The Reader's
Encyclopedia of
Charles
Dickens

ディケンズ
鑑賞大事典

西條隆雄
植木研介
原英一
佐々木徹
松岡光治
編著

南雲堂

Slipcase illustration: "Charles Dickens" by Daniel Maclise, 1839
National Portrait Gallery, London

はしがき

　チャールズ・ディケンズは、大人にも子供にも、知識人にも一般大衆にも愛され、その作品はテレビ・映画でこぞって放映される。小説家は彼の作品にインスピレーションを求めてしきりに読み返し、英米の読書界では、学問に縛られず幅広く人間・社会を観察するディケンズのような作家の再来を待望む声が高い。作品は重厚で読みごたえがあり、ロンドンの魅力はたっぷり提供してくれる。彼ほど歴史・社会・文化の中に研究の対象を広げてくれる作家はいない。ディケンズは実に豊饒な想像世界をもつ作家である。

　しかし、そのディケンズは真価を理解されることなく、長い間「大衆作家」だとか「涙と笑いの作家」、「児童向きの作家」として片付けられてきた。なぜなのか。

　理由は二つあった。一つには、彼の書く作品はどれも読者の高い人気を独占しつづけた。それゆえに生きている間はともかく、死後はその反動にさらされ、とりわけ後期作品に見られる社会批評に対する批評家の感情的な攻撃が、作品そのものを否定する傾向を生んだ。もう一つは、読者の趣味が徐々に変化し、文壇の主流が自然主義、審美主義に傾斜していく中で、知識人の間に幼い時に読んで興奮したものを軽視する風土が生まれてきた。これがディケンズに否定的なラベルを貼ったのである。しかし、時を経て多くの小説家と比較されはじめると、ディケンズのあまりの巨大さを認めぬわけにはいかなくなった。彼は同時代の、あるいはそれ以後のどの作家にも見られぬほど洞察は深く、作風はユニークで、作品は面白い。彼は小説のあらゆる技法を試み、彼の死後に勢力を広げてくる心理分析についても、すでにいくつかの作品でこれを実践している。また、同一小説内で複数のプロッ

トを立ち上げ、これを一つのテーマの下に統括するという驚くべき複雑な創作世界を展開した。30余年にわたって読者を引きつけ、ベストセラー作家でありつづけた彼は、時代の変化や自己の内面の要求に敏感に反応し、小説の醍醐味を追求しながら、同時に小説の新しい形態をつぎつぎに取り入れる進取的な作家であった。しかしディケンズが世を去ると、好機とばかりに評論家や群小作家が彼を誹りと中傷にさらしたのである。

こうした誹りと中傷は、その後ほぼ70年にわたってつづいたが、それは裏づけとなる証拠のないものばかりであった。思えばディケンズが初期作品を書いているころ、批評界は作品の「蓋然性」をめぐる議論に終始し、「偶然」が頻出する彼の作品を低く見る傾向があった。しかし、実人生において、偶然が人の行路を変えることはよくあるが、逆に蓋然性で万事が片づくことはない。現実を映す小説に偶然が頻出するのは当然であろう。ディケンズは、頼りきれず常に豹変する批評家のことばには信をおかず、読者の反応を何よりも重視した。多くの人が読んでくれることが、彼にとっては作品の価値を何よりもよく示していると考えた。したがって、彼と読者の間には、他の作家には見られぬ強い信頼の絆が生まれた。大衆に楽しみを与え、かつ啓蒙することは、彼の作家としての信条であったのだ。

現在、ディケンズは英語圏における5大小説家の一人に数えられ、その中でも最大の小説家であろうといわれている。この大事典は、そのディケンズと彼の作品、および彼のさまざまな活動について、その全貌を捉えるべく編集したものである。全体を6項目――生涯、作品論、想像力の源泉、作家として以外の諸活動、文学的広がり、そして批評の歴史――に分け、それぞれ最新の研究成果を踏まえつつ、詳しく解説することを目標にかかげた。

ディケンズの生涯は小説のごとく波乱に富む。また、作品群はおどろくほど豊饒である。その豊饒な作品を生み出した彼の文学土壌を探り、さまざまな文芸、大衆娯楽、都市ロンドンが彼の想像力にどのようにかかわっているかを突き止めるのは、長い間の大きな課題であっ

た。いまここにそれを展望できるのは大きなよろこびである。

　ディケンズは小説家としての生涯を全うしただけではなかった。彼の活動および影響は多岐にわたる。小説家としての多忙な活動以外に、新聞・雑誌の編集と刊行、自作の公開朗読、演劇興行活動、淪落した女性を更生させるための活動があり、その一つ一つは、それぞれの能力に秀でた人の一生に匹敵するほどの活動であったが、彼はこれらを完璧なまでにやりぬいた。文学作品の陰に隠れて見落とされがちなこれらの活動を丹念に追い、精力的に生きた人間ディケンズの記録を辿ることも、この大事典の大きな眼目である。

　ディケンズと挿絵画家、日本の作家、シェイクスピア、およびドストエフスキーとの関係には、相当のスペースを割いた。影響関係の面からみても、これらは非常に面白いディケンズ研究の側面である。そして付録の CD には、さまざまな資料とともにディケンズ文学の根幹をなすロンドンの地図を 3 葉入れ、1823 年、1843 年、1862 年と、20 年ごとに異なるロンドンおよび街路の姿を詳細に確認できるよう工夫した。巨大な象の頭を撫でただけの人、尻尾を撫でただけの人が全体像を論じ合う愚かさを避けるため、資料の提供には万全を期した。おそらく書斎あるいは研究室の研究環境を大幅に改善できるのではないかと期待もしている。これまでディケンズを敬遠してきた人たち、あるいは彼の真の偉大さに接し得なかった人も、ディケンズの真価を知り、興味と愛着をよせていただけるにちがいない。

　この大事典の編集にあたってはディケンズ博物館、大英図書館、天理大学附属図書館および同志社大学図書館より貴重な資料を提供していただいた。また、寄稿を快く引き受けて下さった Paul Schlicke 氏、Angus Wilson 著「ディケンズとドストエフスキー」論の翻訳・掲載を許可下さった Anthony Garrett 氏、1844 年のロンドン地図の再録を無償で許可して下さった Old House Books 社の Edward Allhusen 氏、1862 年のロンドン地図再録にご協力下さった Harry Margary 社の Giles de Margary 氏、そして見返しにロンドン市街図掲載を許可下さった柏書房に対し厚くお礼を申し上げたい。

いま世界中に「ディケンズ・フェロウシップ」という団体がある。これはディケンズと彼の作品を愛し研究する目的で1902年に発足した団体で、ロンドンに本部をおき、世界中に50の支部をひろげて、ディケンズ理解を深めている。日本支部は1970年に発足し、170名の会員が本部および他の支部と提携を深めながら、ディケンズ研究にいそしんでいる。『ディケンズ鑑賞大事典』は、そのディケンズ・フェロウシップ日本支部が総力を挙げて世に送るものである。本書によって日本におけるディケンズ理解がいっそう深まり、愛読者がふえてくれれば、これにまさる編者の喜びはない。

2007年春

編集委員を代表して　西條隆雄

Acknowledgements

The editors gratefully acknowledge the following sources of materials:
1. Illustrations:
    Cover designs of monthly parts
        Tenri University Library (*NN*, *MC*, *DS*, *BH*, *LD*, *OMF*, *ED*)
        The Charles Dickens Museum (*TTC*)
        Individual owners (*PP*, *OT*, *DC*)
    Pictures:
        The Charles Dickens Museum; 19, 23, 29, 31, 157, 378, 434 (down), 473, 542.
        The British Library; 242, 456.
    Illustrations from the works of Dickens
        The Charles Dickens edition and The Nonesuch Dickens edition.
2. Maps (in CD-ROM):
    Map of London (1823). Reproduced from the map of Takao Saijo.
    Map of London (1843). Reproduced by kind permission of Mr. Edward Allhusen, Old House Books, Devon, UK
    Map of London (1862). Reproduced by kind permission of the publishers, Harry Margary at www.harrymargary.com in association with the Guildhall Library, Aldermanbury, London.
3. Copyright:
    Angus Wilson's "Dickens and Dostoevsky." Reproduced by kind permission of Mr. Tony Garrett, Bury St Edmunds, Suffolk, U.K.
    革命期のパリ市街図 『資料フランス革命事典』岩波書店 1998.
    見返しロンドン地図 『25000分の1ロンドン検索大地図』柏書房、1993.

省略記号および表記方法

1. ディケンズの作品および週刊誌

SB	*Sketches by Boz* (1836)
PP	*The Pickwick Papers* (1836-37)
OT	*Oliver Twist* (1837-39)
NN	*Nicholas Nickleby* (1838-39)
OCS	*The Old Curiosity Shop* (1840-41)
BR	*Barnaby Rudge* (1841)
AN	*American Notes* (1842)
MC	*Martin Chuzzlewit* (1843-44)
CB	*Christmas Books* (1843-48)
PI	*Pictures from Italy* (1846)
DS	*Dombey and Son* (1846-48)
DC	*David Copperfield* (1849-50)
BH	*Bleak House* (1852-53)
HT	*Hard Times* (1854)
LD	*Little Dorrit* (1855-57)
RP	*Reprinted Pieces* (1858)
TTC	*A Tale of Two Cities* (1859)
CS	*Christmas Stories* (1859)
UT	*The Uncommercial Traveller* (1860)
GE	*Great Expectations* (1860-61)
OMF	*Our Mutual Friend* (1864-65)
ED	*The Mystery of Edwin Drood* (1870)
HW	*Household Words* (1850-59)
AYR	*All the Year Round* (1859-68); n.s. (1868-93)

2. 引用
    (1) 作品
      本文中、作品からの引用は章番号のみを（　）内に示す。
      PP 3 = *The Pickwick Papers*, Chapter 3.
      LD 2: 5 = *Little Dorrit*, Book 2, Chapter 2.

CB, "Carol" = "A Christmas Carol" in *Christmas Books*
UT, "Dulborough" = "The Dulborough Town" in *The Uncommercial Traveller*

(2) 書簡

　　書簡はすべて Pilgrim edition を使用し、Nonesuch edition の日付は Pilgrim 版に従って修正した。

　　a. 書簡は宛先人につづき、年月日を記した。
　　b.『書簡集』の脚注に言及する場合は以下のように記す。
　　　Letters 2: 15n = *Letters* 第 2 巻、15 ページ脚注。

(3) 研究書・論文

　　a. フォースター『ディケンズの生涯』
　　　Forster 1: 5 = Forster, *Charles Dickens*. Book 1, Chapter 5.
　　b. 共通文献リスト等
　　　Collins, *Crime* 25 = Collins, *Dickens and Crime*, p. 25.
　　　Collins, *Heritage* 215 = Collins, ed., *Dickens: The Critical Heritage*, p. 215.
　　　A. Wilson 112 = Angus Wilson, *The World of Charles Dickens*, p. 112.

『ディケンズ鑑賞大事典』付録 CD-ROM について

付録 CD-ROM には、「手引き」の PDF ファイル（readme）の他に、「目次」の PDF ファイル（index）と「資料」のフォルダ（data）が収められています。「目次」の PDF ファイル（index）をダブルクリックで開くと、「地名」、「人物」、「粗筋」、「交友」、「分冊」、「年譜」、「地図」、「系図」、「文献」の 9 つの項目を表示したページが現われます。付録 CD-ROM の中では、目次のファイルを経由せず「資料」のフォルダを開いて目次の 9 つの項目に直接アクセスすることもできます。

ディケンズ鑑賞大事典

目　次

はしがき
Acknowledgements
省略記号および表記方法

I　ディケンズの生涯　　　　　　　　　　　　　　小池　　滋　15
II　作品
　　『ボズのスケッチ集』　　　　　　　　　　　　金山　亮太　39
　　『ピクウィック・クラブ』　　　　　　　　　　田辺　洋子　57
　　『オリヴァー・トゥイスト』　　　　　　　　　小野　　章　77
　　『ニコラス・ニクルビー』　　　　　　　　　　甲斐　清高　95
　　『骨董屋』　　　　　　　　　　　　　　　　　原　　英一　115
　　『バーナビー・ラッジ』　　　　　　　　　　　小野寺　進　135
　　『アメリカ紀行』『イタリア紀行』　　　　　　川澄　英男　151
　　『マーティン・チャズルウィット』　　　　　　齋藤　九一　179
　　『クリスマス・ブックス』
　　『クリスマス・ストーリーズ』　　　　　　　　篠田　昭夫　197
　　『ドンビー父子』　　　　　　　　　　　　　　松村　豊子　219
　　『デイヴィッド・コパフィールド』　　　　　　新野　　緑　237
　　『荒涼館』　　　　　　　　　　　　　　　　　中村　　隆　257
　　『ハード・タイムズ』　　　　　　　　　　　　廣野由美子　275
　　『リトル・ドリット』　　　　　　　　　　　　要田　圭治　295
　　『二都物語』　　　　　　　　　　　　　　　　田中　孝信　313
　　『大いなる遺産』　　　　　　　　　　　　　　松岡　光治　333
　　『互いの友』　　　　　　　　　　　　　　　　松本　靖彦　353
　　『エドウィン・ドルードの謎』　　　　　　　　梶山　秀雄　373
　　その他の作品　　　　　　　　　　　　　　　　原　　英一　393
III　想像力の源泉
　　1. 文学の土壌　　　　　　　　　　　　　　　　青木　　健　413
　　2. 都市ロンドン　　　　　　　　　　　　　　　久田　晴則　430
　　3. 19世紀の大衆娯楽　　ポール・シュリッケ／栂　正行訳　453

目次

- IV 多岐にわたる活動
  - 1. ジャーナリズム　　　　　　　　　　　植木　研介　475
  - 2. 素人演劇活動　　　　　　　　　　　　西條　隆雄　494
  - 3. 公開朗読　　　　　　　　　　　　　　荒井　良雄　515
  - 4. 社会活動　　　　　　　　　　　　　　山本　史郎　534
- V ディケンズ文学の広がり
  - 1. 小説出版と挿絵　　　　　　　　　　　玉井　史絵　559
  - 2. ディケンズと映画　　　　　　　　　　佐々木　徹　580
  - 3. 日本の作家たち　　　　　　　　　　　松村　昌家　596
  - 4. ディケンズとシェイクスピア
    　　　　　　　　　ポール・シュリッケ／梅宮創造訳　615
  - 5. ディケンズとドストエフスキー
    　　　　　　　　　アンガス・ウィルソン／畑田美緒訳　636
- VI 批評の歴史
  - 1. 揺れ動く評価──1870-1940　　　　　佐々木　徹　675
  - 2. 本格的研究のはじまり──1940-1960　　原　英一　694
  - 3. 評価の確立──1960-1980　　　　　　西條　隆雄　715
  - 4. 新しい展開──1980-2006　　　　　　村山　敏勝　733
- VII 書誌
  - 1. 作品集、伝記、事典等　　　　　　　　　　　　　　751
  - 2. 主要共通文献一覧　　　　　　　　　　　　　　　　753
- 挿絵一覧表　　　　　　　　　　　　　　　　　　　　　　757
- 執筆者紹介　　　　　　　　　　　　　　　　　　　　　　765
- あとがき　　　　　　　　　　　　　　　　　　　　　　　769
- 索引　　　　　　　　　　　　　　　　　　　　　　　　　771
- 付録（CD-ROM）
  　地名（西垣佐理）、人物（宮丸裕二）、粗筋、交友（野々村咲子）、
  　分冊出版表・年譜（武井暁子）、ロンドン地図（西條隆雄）
  　系図（矢次　綾）、文献（松岡光治）

The Reader's Encyclopedia of Charles Dickens
Table of Contents

Preface
Acknowledgements
Abbreviations
I Life of Dickens   Shigeru Koike
II Dickens's Works
    Sketches by Boz   Ryota Kanayama
    The Pickwick Papers   Yoko Tanabe
    Oliver Twist   Akira Ono
    Nicholas Nickleby   Kiyotaka Kai
    The Old Curiosity Shop   Eiichi Hara
    Barnaby Rudge   Susumu Onodera
    American Notes & Pictures from Italy   Hideo Kawasumi
    Martin Chuzzlewit   Kuichi Saito
    Christmas Books & Christmas Stories   Akio Shinoda
    Dombey and Son   Toyoko Matsumura
    David Copperfield   Midori Niino
    Bleak House   Takashi Nakamura
    Hard Times   Yumiko Hirono
    Little Dorrit   Keiji Kanameda
    A Tale of Two Cities   Takanobu Tanaka
    Great Expectations   Mitsuharu Matsuoka
    Our Mutual Friend   Yasuhiko Matsumoto
    The Mystery of Edwin Drood   Hideo Kajiyama
    Others   Eiichi Hara
III Sources and Backgrounds
    1. Literary Tradition   Ken Aoki
    2. City of London   Harunori Hisada
    3. Popular Amusement of the 19th Century   Paul Schlicke (Masayuki Toga)
IV Variety of Activities
    1. Journalism   Kensuke Ueki
    2. Amateur Theatricals   Takao Saijo
    3. Public Reading   Yoshio Arai
    4. Social Activities   Shiro Yamamoto
V Influences
    1. Novel and Illustration   Fumie Tamai
    2. Dickens and Cinema   Toru Sasaki
    3. Japanese Writers   Masaie Matsumura
    4. Dickens and Shakespeare   Paul Schlicke (Sozo Umemiya)
    5. Dickens and Dostoyevsky   Angus Wilson (Miho Hatada)
VI History of Criticism
    1. Fluctuating Period: 1870-1940   Toru Sasaki
    2. Beginning of Serious Studies: 1940-1960   Eiichi Hara
    3. Establishment of Fame: 1960-1980   Takao Saijo
    4. New Directions: 1980-2006   Toshikatsu Murayama
VII Bibliography
    1. Works, Letters, Lives, Dictionaries, Periodicals
    2. Principal Reference Books
List of Illustrations and contributors
Postscript
Index
Appendix (CD-ROM)   Mitsuharu Matsuoka, Yuji Miyamaru, Sari Nishigaki,
                      Sakiko Nonomura, Akiko Takei, Aya Yatsugi
      Places, Characters, Outline of Works, Dickens's Circle, Serialization Table, Time Chart, Maps of London (1823, 1843, 1862), Genealogy, Bibliography (from 1870)

ディケンズ鑑賞大事典

I
ディケンズの生涯

ディケンズ(1839)

主なき椅子(1870)

　1870年の6月9日、イギリスの大文豪として世界中の老若男女から愛されていた、チャールズ・ディケンズが死んだ。その知らせが全世界に広がると、多くの人々はまるで自分の親類縁者か、隣のおじさんを失ったかのような、大きな悲しみのショックを受けたのだが、その中で一人の子供が父親にこう言ったという——「ねえ、パパ、ディケンズおじさん死んじゃったの？ じゃ今年からはサンタクロースは来ないんだねえ？」
　いかにもマスコミを喜ばせそうな、この逸話の真偽については保証できないが、ある意味では名もない一般読者の気持を実によくあらわした、最高の弔辞と言うことができるだろう。ディケンズはただの小説家——本を通して面白い、あるいは悲しいお話をしてくれる人ではなかった。それはサンタクロースのように、神秘な伝説の人となり、毎年クリスマスという喜びの季節になると、一軒一軒の炉端や台所にまで、笑いと涙と感動をとどけに来てくれる「おじさん」だったのである。だから上はヴィクトリア女王様から、下は名もない貧乏人の子供に至るまで、多くの人々が争って彼の作品を読み、登場人物の一言一句、その一挙一動に泣いたり笑ったり拍手を送ったりした。
　だが、ディケンズという人間は、果して本当にそのような愉快でサービス精神旺盛なおじさん、クリスマス精神の化身だったのだろうか？　その58年の生涯は、文字通り功なり名とげた、華々しい模範

的な国民の鑑（かがみ）、ヴィクトリア朝イギリスの期待される人間像だったのだろうか？ 彼が死んで130年以上たった今でも、その生涯についてはまだ謎に包まれたままの点もかなりあるし、その作品についても、さまざまな評価が加えられている。もちろん後世の読者である私たちは、作品を読んで評価すればよいのであって、それ以外の余計な解説は有害無益かもしれない。しかし他方この作家については、（特にわが国では）かなり不正確な事実や、誤解にみちた先入見がいまだに通用しているきらいがある。だから、「イギリス最大の文豪」というような、およそ空虚なレッテルの文句だけで広く知られ、その作品のダイジェスト物語、映画化、テレビ化、ミュージカル化によって、筋書きだけは親しくなりながら、その実体はあまり知られていないという不幸を背負わされた。この小説家の人と作品について、彼が生きた19世紀のイギリスを背景にして、簡単に記すのも決して無駄なことではあるまい。

1 悲惨な少年時代

彼の生涯の重要な事件や、作品とその発表年等については、本事典「付録」のCD-ROMに収められた「年譜」の項にゆずることにして、ここではむしろ主として彼の内面の生活に重点を置いて記そうと思う。ろくな学校も出ないのに独力で大文豪になり、下級役人の小せがれから国民的英雄にのし上がる——というような、いかにも19世紀的な立身出世の神話の陰に隠された、痛ましい一人の人間の姿の方が、現代の私たちにとっては、より深い関心と共感を呼ぶことになるだろうから。

ディケンズの生家

　彼は1812年に南英の軍港町ポーツマスの郊外で生まれた。父親は

海軍経理局の下級官吏、実に人づき合いのよい愉快な男だった。友人と一緒に飲んだり食ったり、騒いだりするのが大好きで、興に乗ると幼いチャールズをテーブルの上にかつぎ上げ、芝居の真似をさせては拍手喝采することがよくあった。小説家になってからのディケンズは、好んでセンセーショナルな場面を、芝居がかった筆づかいで描いたのみならず、しまいには自分で素人劇団を組織したり、自作を身ぶり手ぶりのジェスチャーを入れて大勢の聴衆の前で朗読したりもしたものだった。満場の熱狂した喝采に酔いたいために、お客にありったけのサービスをふりまく彼の性格は、こんなところから生まれたのであろうか。

ジョン・ディケンズ

エリザベス・ディケンズ

その後父の転勤に従って、3 年間ロンドンに住んでから、海に近い海軍造船所の町チャタムで、約 5 年の幼年時代を過すことになった。すぐ隣の町ロチェスターは、古いお城の廃墟や大聖堂のある、活気はないが平和な町で、『エドウィン・ドルードの謎』の舞台クロイスタラムのモデルとなった町である。こういういかにものんびりした、牧歌的な環境の中で過ごした子供時代は、その後ディケンズにとって一生忘れられぬ甘い思い出となった。

自伝的な小説といわれる『デイヴィッド・コパフィールド』によれば、あまりよその子供と遊ぶこともなく、ひとりで家にある本を読みあさり、自分がその主人公になったつもりで、いろいろな空想にふけ

ったという。その時に読んだ本というのは、『アラビアンナイト』のような東洋風の幻想をおびた物語、18世紀のイギリスの小説家、スモレットやフィールディングなどの作品、一般に「悪漢小説」と呼ばれている作品であった。まだ産業革命の黒煙で汚されていない、18世紀イギリスの田園で、愉快な主人公たちが思う存分活躍するこうした小説の世界は、ロチェスターの町の静かなたたずまいとともに、彼の幼い心に一生消えることのない楽しい印象を植えつけた。

　ところが、こうした天の楽園のような楽しい平和な時代は、1822年、彼が10歳の時に終ってしまった。一家はまたも父の転勤によってロンドンへ引っ越す。田園の穏やかな生活から、一気にむさくるしい狭い大都会の喧騒へ――まさに子供の目には、天国から地獄への転落に映ったことだろう。

　その上もう一つ悪いことに、この頃から一家の暮し向きがだんだん苦しくなって来た。その原因は明らかに父親のでたらめな経済にあった。人づき合いがよく、飲んだり食ったり騒いだりが大好き――確かに仲間としてはいい男だが、一家の大黒柱としてはあまりにもいい加減で頼りない人間だった。底ぬけの楽天家で、そのうち何とかなるだろうとばかり、借金で帳尻を合わせているうちに、とうとう首が回らなくなってしまった。当世無責任男の代表みたいなこの父親は、『デイヴィッド・コパフィールド』の中で、ミコーバーという人物として実に見事に描かれている。かわいそうにその犠牲者となったのが長男のチャールズで、学校へやって貰えないばかりか、家計を助けるために靴墨工場へ働きに出されてしまった。その数日後、借金の払えなくなった父親と、チャールズを除くその一家は、当時の法律によって債務者監獄に放り込まれてしまった。

靴墨工場の日々

もっとも監獄といっても、彼の小説『リトル・ドリット』を読めばわかるように、人殺しや泥棒を入れるところとは違って、ここはひどくのんきなもので、家族と一緒に入るのも自由、出入りも自由、金さえ払えば中で酒でも食物でも勝手に買うことができる——何のことはない家賃のいらない公営アパートみたいなものだから、入れられたご当人もあまりくよくよせずに平気だったらしい。しかし多感なチャールズ少年にとっては、終生忘れられぬショックであり、屈辱であった。辛かったのは工場での重労働でも安い給料でもない。耐えられなかったのは心の痛手——傷つけられたプライドだった。痩せてもかれても官吏の息子が、下賎な他の子供といっしょにこんなひどい所で働かねばならないとは！　その上内心では軽蔑している他の子供たちに、もし両親が監獄に入っていることが知られたら、と思うと、いつもびくびくしていなければならない。もっと悪いことに、当の両親が彼のそうした心の奥底の苦しみを、全然理解してくれなかったのである。

　父の自己破産が認められたため、幸いにして数ヶ月で一家は出獄を許された。その直後に父方の祖母の遺産が転がり込んだこともあって借金も返済され、チャールズも仕事から解放されて、町の私立小学校（当時は義務教育の制度はなかったから）へやって貰えるようになったのだから、少年のこの地獄の苦しみも実は僅かな期間でしかなかった。しかしその短い間の経験が、彼の後の作品のテーマを決定してしまった、と言ってもよいだろう。大都会ロンドンの華やかな面の裏にひそむ悲惨な生活、社会の矛盾や不正のしわ寄せをいつも背負い込まされる貧しい者、弱い者、幼い者たちの姿——彼が本で読んだ18世紀の牧歌的な生活、自身田舎で味わった平和な空気と対照して、現実

マーシャルシー監獄

の 19 世紀の都会の生活は、あまりにも厳しく、みじめだった。貧乏は冗談でもなければ、人間の根性を鍛えてくれる試練でもない、それは人間を徹底的に堕落させ、傷つけるものだ、ということを、学校へも行っていないこの少年は、いやというほど思い知らされてしまった。だから彼はこの悲惨と屈辱の数ヶ月を、大人になってからも、大文豪になって富と名声を一身に集めてからも、ひた隠しに隠そうとした。友人はおろか、最愛の妻子にも話そうとしなかったという。死ぬまで彼の心の奥底に、いまわしい古傷としてわだかまっていたのである。

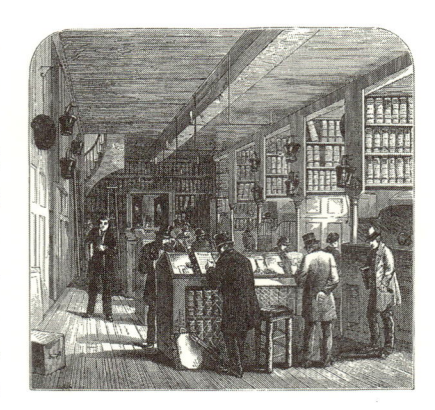

民法法廷

2　はじめての創作

　学校を出てからは法律事務所に勤めたが、あまり仕事には関心をもたず、余暇にはせっせと好きな芝居見物に通った。そのうち速記を習って民法法廷(ドクターズ・コモンズ)の速記者、さらに新聞の通信員となり、活躍することとなった。ちょうどその頃はイギリスが、一つの政治的大改革に直面していた頃だった。貴族や大地主をバックにしたトーリー（保守）党に対して、商工業によって財をなした新興市民階級を代表するホイッグ（自由）党が、ぐんぐんと勢力を伸ばし、激しく火花を散らしていた。当時の革新陣営たるホイッグ党の目標は、保守派に都合よく出来ている選挙区の区割りを改めて、自分らの代表を議会に送りやすくすることであった。この選挙法の改正をめぐって、あちこちの工場でストライキが起るやら、暴動騒ぎがあるやら、イギリス全土は政治活動で騒然としていた。ホイッグ党の提出する選挙法改正法案は何度も議会で否決された後、1832 年 6 月すれすれの差で通過した。

ディケンズは新聞記者として議会での討論、全国でくりひろげられる激しい政治活動、選挙の際の腐敗堕落ぶりを、親しく目撃した。また事件を迅速正確に伝えるために、夜通し疾走する馬車の中で記事を書き上げたこともある。ともかく彼は精力的に働き、スピードと正確さでは指折りの名記者となった。この時代の体験が小説を書く上での貴重な材料となったことは、言うまでもあるまい。

　忙しい報道記者の仕事の余暇に、彼は大英博物館図書室に通ってせっせと本を読んだが、やがて自分でも何かを書いて見たいという気持にかられ、コント風の短篇「ポプラ小路の晩餐会」("A Dinner at Poplar Walk")というのを書き、試みに雑誌に投稿してみたら、1833年の12月号に見事掲載された。はじめて自分の作品が活字になったのを見た、この21歳の青年は、嬉しさと感激で目がぼうっとかすんでしまい、人目に立つと恥ずかしいので、通りすがりの建物の中へ逃げ込んでしまったという。これが縁になって、同じような小品をあちこちの雑誌や新聞に寄せたところ、いずれも好評で、とうとう1836年にはそれらを2冊の本にまとめて、『ボズのスケッチ集』という名をつけて出版した。ボズというのは当時の彼のペンネームで、はじめ彼が弟につけたあだ名だったが、それを拝借したのである。

処女作品の投稿

　この処女作品集は確かに若書きであり、ちゃんとした筋をもった一人前の小説とは言えない。だが後の小説家ディケンズの全作品のエッセンスが、すべて含まれていると言ってよい。身近な背景の中で、どこにでも見られそうな人物の行動や性格を、ユーモアとペーソスをただよわせて描く——しかも、みすぼらしい大都会の裏街を描いて、一種夢幻的な雰囲気をかもし出す筆力——これはとうてい、20歳そこ

そこの新聞記者の余暇から生み出されたものとは、信じられないほどである。単なる写実を超えた、作者独自の想像力の世界が、すでに作り上げられている。

　この1836年という年は、ディケンズの一生では重大な意味を持つ年だった。『ボズのスケッチ集』の成功によって、かなり注目を集めた若い作家に、新たに創立された出版社、チャップマン・アンド・ホールから注文がかかった。スポーツ・クラブ滑稽談を絵と文によって毎月連載で続けようというのであったが、驚いたことに、駆け出しの青二才の作家が、年長の挿絵担当の画家に対して強引に自説を押し通して、テーマやら主人公を変えさせてしまった。これが長篇小説としての第一作『ピクウィック・クラブ』で、最初のうちはあまり評判がよくなかったが、第4回目あたりでサム・ウェラーという、抜け目がなくて愛嬌があって、しかも人情に厚い、いわば庶民の一典型のような人物、ドン・キホーテに対するサンチョ・パンサのような人物を登場させると、爆発的に人気が高まった。『ピクウィック・クラブ』は当時のベストセラーとなり、ディケンズの作家としての名声は確立した。

キャサリン・ホガース

　これに自信を得たのか11月には新聞記者をやめ、筆一本で生活する決意を固めた。

　同じ年に彼は知り合いの新聞編集長の長女、キャサリン・ホガースと結婚した。彼は17歳のころ、銀行家の娘で一つ年上のマライア・ビードネルに恋したことがあったが、当然のことながら身分の釣り合わぬこの思いが叶うはずはない。マライアの方は本気ではなく、片思いのディケンズは、初恋の痛みをじっとこらえるしかなかった。今度の場合でも彼が、特に美人でもなく頭がよく働くわけでもない、平凡な女キャサリンを、どのくらい愛していたかはわからない。マライア

の苦い思い出を早く消すために、無理に愛してもいないおんなと結婚したのだとか、本当に愛していたのはキャサリンの妹のメアリーだったとか、いろいろ説がある。二人の結婚の翌年に、その新家庭で一緒に暮していたメアリーが突然死んでしまった時、あの勤勉な男が一時創作の仕事が手につかず、連載に穴をあけてしまう（これは彼の一生を通じて珍しいことであった）ほどのショックを受けたところを見ると、この説もまんざら根拠がないではない。しかし正確なことは、もちろん本人以外の誰にもわからない。

　翌 1837 年、ベントリーという出版社が新しく雑誌を創刊し、ディケンズを初代編集長に迎えると同時に、長篇小説の連載を依頼した。これが『オリヴァー・トゥイスト』なのであるが、前の『ピクウィック・クラブ』の連載も終っていないし、彼は一躍売れっ子の忙しい身となった。

　ここで当時の文壇の状況について簡単にふれておこう。

3　人気作家の悲哀

　19 世紀初頭までは本一冊買うにも値段が高くて、貧乏人には手が出なかったから、いくら貸本屋から借りて読む習慣が一般に広まったとはいえ、一般の庶民にとって文学は簡単に手がとどかぬものだった。ところが『ピクウィック・クラブ』からはじまった月刊分冊という出版形式は、毎月 32 ページくらいの挿絵つきの小冊子を、たいそう安い値で売り出し、それが 20 回で完結するようになっていた（実際には、最終の第 19 回と第 20 回は合本になっていたから 19 ヶ月で完結した）。これはいわば文学の薄利多売であり、月賦販売でもあったわけで、読者数がぐっと増えたのも当然のことであろう。また雑誌も 18 世紀からあったことはあったが、やはり知的エリート階級の独占物であったといってよい。ところがベントリーの企画した雑誌は大衆向けの総合雑誌であって、そのためにこそ編集長として、すでに売れっ子となっていたディケンズに、白羽の矢を立てたのである。

　このように読者層がぐっと厚くなったということは、当然質の変化

をもたらすことになった。それほど教養もなければ趣味も洗練されていない、低俗なお客もかなりその中に入っているわけである。そして文学の供給者である作家は、こうしたお客の好みを無視するわけにはいかない。ディケンズはいつも進んで読者の意向を探っては、それに従い、時には最初考えていた筋を変えることにも躊躇しなかった。月刊分冊や雑誌連載で長篇を発表して行くと、毎月毎月読者の反響が売れ行きとなって敏感にあらわれて来る。ちょうどいまのテレビの視聴率みたいなもので、毎月冷酷な数字となってはね返って来る自分の人気の上下をキャッチして、それに対処せねばならなかった。現代のテレビ・プロデューサーや週刊誌作家が直面している、マスコミ残酷物語はすでにこの時からはじまっていたのである。そしてディケンズにとってお客はつねに神様だった。わが輩の芸術のわからぬやつの方が悪いのだ——とは、絶対に考えなかったのである。文学至上主義を唱える人は、このような態度を芸術家の風上にもおけぬ、卑劣でみっともない金儲け主義だ、と軽蔑するかもしれない。破廉恥扱いするのは自由だが、結局のところ作品の価値とは、出来上がったものについて言えばよいことで、それが読者に迎合して書かれようと、途中で本来のプランが変ろうと、そんなことはどうでもよいことだろう。シェイクスピアもモーツァルトも、お客の注文に応じて作品を書いたのだが、今日ではそれにどうこうと文句をつける人はいない。天才の作品とはいつでもそうしたものなのだから。

　このようにして彼は毎月毎年、休むことなく勤勉に、読者を喜ばせる長篇小説を書きつづけて行った。また、小説執筆のかたわら、ディケンズはそれ以外いろいろな事業にも手を染めた。ことに雑誌の編集には魅力を感じたらしく、ベントリーの雑誌では出版社と仲違いして編集長を辞任したが、その後自分で『ハンフリー親方の時計』という、週刊文集を出した。しかし読者の受けがよくないので、例によってさっと変り身のよいところを見せ、長篇小説の連載発表の場に変えてしまった。

　また日刊新聞『デイリー・ニューズ』の編集を引き受けたが、数週

間で投げ出してしまった。このように何度も苦い汁をなめたにもかかわらず、1850年から『ハウスホールド・ワーズ』、引き続いて1859年から『オール・ザ・イヤー・ラウンド』という週刊雑誌を、個人で出資し経営し編集し、しかもかなりの量の原稿を寄せるという、千手観音そこのけの大活躍。それもただ小説を書くだけではない。内容は、創作はもちろん、ルポルタージュ、政治、経済、歴史、地理、科学のわかりやすい解説記事、さらに時事問題についての論説など、まさに現代の家庭総合雑誌の先駆というべきもので、老若男女を問わずあらゆる階級の人々に親しめるものにしようというのが、彼の編集方針だったから、彼はみずから時事問題について論説を書き、ルポを書き、他人の原稿に手を入れ、文字通りワンマン編集長ぶりを発揮した。雑誌には「チャールズ・ディケンズ指揮」とあるだけで、個々の記事の筆者名は一切省いてある。これはとりもなおさず、全ページが自分の責任によるものであることを、天下に示すためであろう。

　また有名になって金が出来ると、多くの社会的慈善活動に率先して協力し、また文芸家協会を設立して作家の社会的地位の保護向上に努めたり、著作権の確立（ことにアメリカに対して）に尽力した。これはいわば現代の「ペン・クラブ」ないし日本の「文芸家協会」の仕事の元祖であり、こうしたところにも、ディケンズが単なる世事にうとい筆一本の文士ではなく、実務家的な才能を持っている人間であることがうかがわれる。日本でいうならば雑誌『文芸春秋』を創刊し、文壇のオルガナイザー的な存在だった、菊池寛のようなものである。菊池寛という人間・作家は、考えれば考えるほどディケンズに似ているところがあって、ひょっとすると彼はディケンズを詳しく研究して、そこから学んだのではないかと思いたくなるほどである。

　さらに慈善のために素人芝居の劇団を組織し、みずから脚本を書き演出し、主役を受け持ち、都心の大劇場を借り切って華やかに公演を行う（ヴィクトリア女王の夫君も喜んで見に来たという）など、わが国の文士劇とはけた違いのものだった。これもおそらく慈善のためだけではなく、自分の芝居好きの本能を満足させることの方が、主だっ

たのではあるまいか。またある時自作の一部を朗読して友人に聞かせたところ、ただの朗読を超えた、身振りに声色(こわいろ)まで入る芝居がかったもので、ひどく好評だった。これに味をしめて有料公開朗読会を開き、一般聴衆に聞かせるようになり、それが圧倒的大成功を収めたので、とうとう地方巡業、最後はアメリカにまで出かけた。一代の文豪がなにも役者の真似までしなくとも、と友人がとめても、彼は頑としてきかない。しまいにはそのために本業の執筆活動まで妨げられ、身体と神経を酷使して健康を害し、とうとう医者から禁じられるに至った。

　なぜこのようにわが身に鞭打つようにして、がむしゃらに働かねばならなかったのか？　一つにはお金のためであろう。少年時代から憧れたロチェスター郊外の丘の上の豪壮な邸宅を買いとり、連日のように友人を招いて素人芝居やら宴会を開くという派手な生活では、とても小説を書くだけでは足りなかったかもしれない。それに子供の時からの、大勢の人の熱狂的な拍手喝采に酔いたいという気持も、油を注いだかもしれぬ。しかし一番大きな、深い原因は、彼の精神の不安定にあったのではなかろうか？　貧乏の淵から自力で這い上がって、社会の階段のてっぺんまでたどりついた男の宿命かもしれない。ちゃんとした教育を受けられなかったために、円満で均衡のとれた精神を形成する平穏な空気にひたったり、適度を知り中庸の処世術を学んだりする余裕がなかったのであろう。いつも何か一所懸命に仕事をしていないと、あの子供の時の恐ろしい「貧乏」という怪物に追いつかれて、呑み込まれてしまうのではないか、そんな不安にさいなまれつづけた作家の内面生活は、「国民的大作家」というような表面的に晴れがましい人気や栄誉とはうらはらに、ひどく暗い荒涼たるものだった。大文豪になりながら、子供の日の屈辱を笑いとばすポーズすらとれず、親友や家族にも隠していたという事実は、それを物語るものだろう。そうした心の暗さをかき消し忘れるために、仕事中毒(ワーカホリック)のように働き、その金を派手に使って、いわば蝋燭の両端に火をともしたような華やかな生活を送ったのである。

4 スキャンダル

　おそらくそんな不安といらだちが原因となったのだろうと思われるが、齢40を越してから、20年間も連れ添い、10人の子供を生んだ（その上4回の流産もあったという）妻キャサリンとの間が、次第にうまくいかなくなった。そこへ1857年の8月、素人劇団の公演の応援に頼んだ女優の一人、18歳の金髪の美人エレン・ターナンに会って、彼は一目で参ってしまい、二人の関係は短時間にぐんぐん進み、とうとう翌58年5月には、ディケンズは妻と別居することに決意した。若い時から仕事一本槍で働いた男が、地位と金ができた40何歳かでよろめき出すと止まらなくなる、とはよくあるケースだが、彼の場合がまさにその通りだ

エレン・ターナン

った。しかし現代なら小説家が第2、第3夫人を持とうと、正妻と別居はおろか離婚しようと、誰も驚かないかもしれないが、時代は150年以上も前のイギリス、しかもそれまで貧しいが健全な家庭の幸福を歌い上げて来た作家である。いつの世でも読者は作品の世界と著者の実生活を同じと思いたがるものである。彼は自分を圧倒的に支持してくれた一般読者に、失望と幻滅を与えることはできなかった。そこで彼は事実をひた隠しに隠し、エレンを秘密の家に住まわせ、会う時にも細心の注意を払って、絶対に他人にさとられぬようにした。例えばその時に他の場所にいたように見せかけるために、犯罪人そこのけのアリバイ工作をしたりしている。何しろ謎ときのプロットを立てることにかけては名人のディケンズだから、彼のトリックは実に巧みで、そのためか彼が死んでから半世紀以上も、ごく近親の関係者以外には、あのディケンズに秘密の情事があったとは夢にも考えるものがいなかったが、現在では探偵も顔負けの学者の調査と推理により、このペテ

ンは露見し、事実が証明されている。それどころか二人の間に子供が生まれ、その子が変名でどこかに入籍したらしいというのだが、その辺の事情はまだ確かではない。

 ところが皮肉というか気の毒というか、40男のディケンズがこれほどまでに夢中になったのに、当のエレンの方はそれほど彼を愛していたのではなく、むしろ迷惑気味だったらしい。ディケンズが死んでから、そのようなことを言っていたし、過去のことはあっさり忘れて別の男と正式に結婚してしまった。

5　暗い晩年

　ディケンズの中期以後（具体的には1852年の『荒涼館』以後）の作品は、こうした彼の内面の暗さや、あれやこれやの心労を反映してか、初期の野放図の明るさが消え、構成やテーマの点では実にすぐれているが、どことなく陰うつで苦々しい調子のものとなった。彼のトレード・マークのようなユーモアさえ、何となくすっきりしない、後味の悪いものとなる。これは必ずしも彼の個人的事情だけによるのではなく、時代の姿によるのかもしれない。19世紀の後半のイギリスには、前半に見られたような、荒っぽいが朝日の昇るような勢いの活気がなくなり、落ちついては来たが逆に無気力なムードがただよいはじめたのである。こうした作品の性格の変化を、実際の作品について検討してみよう。

　『オリヴァー・トゥイスト』では、社会の悪や制度の矛盾が徹底的に攻撃されているが、それは例えば弱い者いじめの小役人バンブルとか、ずる賢いフェイギンのように、あくまで個人によって代表され、そうした邪悪な個人がこれも善を代表する個人（例えばブラウンロー氏）によって罰せられることによって、一切の問題は解決するのである。最後の章ですべての悪人は片がつき、善人は幸福になる。

　ところが後期の作品になると、社会の悪は単に個人によって代表されるのではない。『荒涼館』ではイギリスの法の無能率と不合理と古くささが痛烈に諷刺されているが、そしてそのお陰で後になって法の

I ディケンズの生涯

改革が行われたことも事実であるが、作品の最後ですべての問題に明快なけりがついたわけではない。いくら善意の作中人物が努力しても、社会機構そのものの悪はそう簡単に改まるものではない、という悲観的な考えがはっきりと読みとれる。しかし他方作品自体に奥行きが増し、象徴性が強くなり、一個人の運命を中心テーマとした前期の作品には見られない、壮大な交響楽的効果を生み出したということができる。19世紀小説の傑作といわれる『戦争と平和』『アンナ・カレーニナ』の作者、『白痴』『カラマーゾフの兄弟』の作者が、ともにディケンズの愛読者であり、強い影響を受けたということは、このディケンズの作品の延長線上に置いてみれば、容易にうなずけるだろう。

1865年、冬から健康がすぐれなかったため、5月にフランスに行って休養をとり、その帰途の6月9日、たまたまエレン・ターナンと一緒に彼が乗っていたロンドン行の列車が、南イギリスのステイプルハーストという所で大事故を起し、多数の死傷者を出した。ディケンズもエレンも怪我はしなかったが、精神的に大きなショックを受け、以後鉄道恐怖症となるなど、ひどく尾を引くこととなった。その満5年後の同じ6月9日に彼は死ぬことになるのだが、何か妙な因縁を感じざるを得ない。

いろいろな事件が重なり、さらに公開朗読で疲れきった晩年のディケンズは、ともすれば本業の小説まで筆が滞りがちになった。しかし医者から朗読を禁じられた後は著作に専念する決意を固め、いわば新規まきなおしのつもりで、『エドウィン・ドルードの謎』の執筆にとりかかった。ところが、両端に火をともした蠟燭は明るい光を放つとはいえ、しょせんは永続きしないものであ

ステイプルハーストの列車事故

る。1870年6月8日、第6分冊の途中まで書きかけたまま、夕食の席で倒れ、ついに帰らぬ人となった。この最後の未完の小説が、今日でいえばミステリー・ドラマで、ディケンズが縦横にプロットの網を張りめぐらし、遂に主人公が行方不明になるところで中絶してしまったことは、何とも運命の皮肉であった。

ある男が彼の殺人容疑者として逮捕されるのだが、果して本当に殺されたものか、また殺されたとすれば真犯人は誰なのか——エドウィン・ドルードの「謎」は、作者以外の誰もが解くことのできない、永遠の謎となってしまった。後世多くの人がその謎解きを試みたが、どれも一長一短で、まだ決定的な答えは出ていない。

子供からはサンタクロースのおじさんと思われ、大人からは立身出世、勤勉努力のアイドルと仰がれたこの国民的名士の本心は、自分の心の中に秘めたいまわしい過去の記憶と、現在の寂寞とを、そっくりそのまま人目につかぬよう、ひっそりと墓の中に持ち込みたかったのである。彼は遺言書の中で特に葬式は簡素にと、くどいほどに命じている。意地悪くとればこれも「ディケンズ氏は何と奥ゆかしい人だろう！」と、人びとに感心してもらうための、最後のゼスチュアだと言えないこともないが、生前他人からの拍手喝采と、熱狂的な讃辞をいやというほど味わいながら、遂に満ち足りた心の平和を味わえなかった不幸な男の、最後の悲痛な真情の吐露と考えた方がよいだろう。だが世間の人々はその願いを叶えてはくれなかった。彼はウェストミンスター大寺院に葬られ、その葬式には各界の名士が列席し、その後数日にわたって、花を捧げる名もない庶民の行列が続いた。

6　死後の評価

こうした崇拝讃美の熱がさめた後、20世紀になってからは、特にインテリの文筆家たちによって、反動の波がまき起された。ディケンズこそ憎むべきヴィクトリア朝的偽善・悪趣味の権化と見なされ、その安っぽいセンチメンタリズム、お涙頂戴、セックスについての猫っかぶり、なまぬるい社会改革の態度、無教養、俗物根性、大げさな描

写、低俗な笑い、張り子のような登場人物、その他いろいろ——要するに前世代のいまわしきものをすべて一身に負わされてしまったのである。

　しかし20世紀の中頃から現在に至るまで、いろいろな面での再評価が行われ、特に人間ディケンズのこれまで知られざる側面や内面（前に書いたような点である）が明らかにされるにしたがって、ますます彼の謎が深まってきた。単なる伝記上の事実の詮索もさることながら、その矛盾だらけで不可思議で複雑な性格——例えば、ある点ではひどくタフで、ある点では涙もろく、徹底的に冷たいリアリストである反面、子供のようなセンチメンタリスト、しかし決して二重人格ではない——が、いっそう読者の関心をそそるのである。

　また彼の小説についても、今日の読者を驚かせ、時には慄然とさせるような現代性が発見され、単なる19世紀の無教養な大人や子供を楽しませただけの滑稽大衆小説ではなくて、もっと重要な意味を持った芸術品であること、カフカやプルーストが好んで読んだのも、決して理由のないことではない、ということが改めてうなずけるのである。ことに現代の特徴的な芸術である、映画、ラジオ、テレビ、ミュージカルなどが、競ってディケンズの作品を利用している事実を見れば、この作家が約100年以上も前に——無意識のうちに——マス・メディアの存在と可能性に着目し、深く見究めていたことが証明されるだろう。彼の活字による文章は、時にはそのまま視覚的なイメージを読者の目の裏に焼きつけ、時にはリズムを持った音楽となって耳許にひびき、時にはモンタージュのような効果をともなって、忘れがたい印象を脳裡に留めてくれる。映画の発明はおろか、そんなものを夢にさえ想像できなかったような時代に生きた小説家の作品を語る場合に、「モンタージュ」云々とは、時代錯誤もはなはだしいと、お叱りを受けるかもしれないが、ディケンズはこの点においてもまさに予言者的であった。

　モンタージュの理論の開発者として、映画史に輝かしい足跡を残した二人の監督、アメリカのD. W. グリフィスと、ロシアのセルゲイ・

エイゼンシュテインが、ともにディケンズの愛読者であったことは、まぎれもない事実だった。その上グリフィスは、ディケンズが小説でやったことを、自分は映画でやっただけだと語ったそうである。彼の作品を読めば、全然手を加えずともそのまま映画の脚本になりそうな箇所や、そのまま映像化してテレビ・ドラマに仕立て上げたい欲望にかられる箇所を、読者自身が見つけられるだろうと思う。

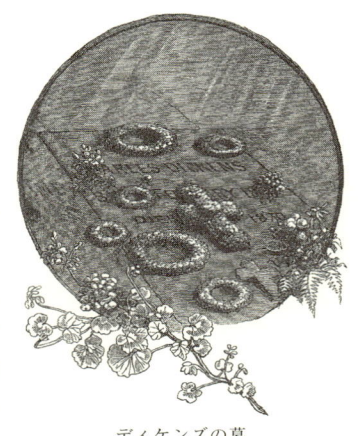

ディケンズの墓

　世界じゅうの観光客の集まるウェストミンスター寺院の一隅、床に敷きつめられた石の一つの上に、チャールズ・ディケンズの名が刻まれているが、それが彼の墓なのだ。彼が死んでから130年以上の間にここを訪れた人、これから先ここを訪れる人の数は想像を絶するほどだ。もちろんその中には、気づかずにその名の刻まれた石を踏んで行く人もたくさんいるだろう。それでちっともかまわないのだ。そして将来いつか、その名が踏まれてすり切れて、消えてしまうかもしれない。いや、それどころか、あの壮大なウェストミンスター大寺院さえ、いつかは崩れ落ちて、忘れられてしまうかもしれない。それでちっともかまわないのだ。たとえイギリス全土が海中に沈んでしまって、地球上から姿を消してしまっても、シェイクスピアとディケンズの作品が残るからいいのだ——こんなことを書くと、おまえは遠い極東の国の人間だから、そんなひとごとみたいなことを無責任に言っていられるのだと、お叱りを受けるかもしれないが、実は上の言葉は、当のイギリス人、しかも決して自国を憎み呪う冷笑家ではなく、こよなく祖国を愛する人、オズバート・シットウェルの『ディケンズ論』(1932)の結びに使われた言葉なのである。

たしかにその通りだろう。墓石の名前がすり切れて消えようとも、文学というものがこの世に存在する限り、彼の作品は英語ばかりではなく各国語で、世界じゅうの国々の店頭、図書館、学校、そして個人の家の棚に残る。それとともにチャールズ・ディケンズという名前も、永久に人びとの心から消えないのである。

(小池　滋)

ウェストミンスター寺院での葬儀

Ⅱ
作　品

『ボズのスケッチ集』
『ピクウィック・クラブ』
『オリヴァー・トゥイスト』
『ニコラス・ニクルビー』
『骨董屋』
『バーナビー・ラッジ』
『アメリカ紀行』『イタリア紀行』
『マーティン・チャズルウィット』
『クリスマス・ブックス』『クリスマス・ストーリーズ』
『ドンビー父子』
『デイヴィッド・コパフィールド』
『荒涼館』
『ハード・タイムズ』
『リトル・ドリット』
『二都物語』
『大いなる遺産』
『互いの友』
『エドウィン・ドルードの謎』
その他の作品

『ボズのスケッチ集』

月刊分冊本表紙下絵

II 作品

1 最初の出版形態および出版年月

　月刊誌『マンスリー・マガジン』1833 年 12 月号に掲載された最初の作品「ポプラ小路の晩餐会」("A Dinner at Poplar Walk")〔投稿時の原題は「遠出の日曜日」("A Sunday Out of Town")、単行本収録時には「ミンズ氏と従兄弟」("Mr Minns and His Cousin") と改題された〕以降、週刊誌『ベルズ・ウィークリー・マガジン』、朝刊紙『モーニング・クロニクル』、週刊誌『ベルズ・ライフ・イン・ロンドン』、夕刊紙『イヴニング・クロニクル』などを中心に、月刊誌『ザ・ライブラリー・オブ・フィクション』、週刊誌『カールトン・クロニクル』などの雑誌にも掲載された作品を集める。1836 年 10 月 26 日に『モーニング・クロニクル』に掲載された「昼間のヴォクソール公園」("Vauxhall-Gardens by Day") をもって終了（詳細は本事典の「付録」CD-ROM の「分冊」の項を参照）。1837 年 11 月よりチャップマン・アンド・ホール社から月刊分冊で刊行された際に、今日見るような「わが教区」、「情景」、「人物」、「物語」の 4 グループに分類され、1839 年の合冊初版本以降、これが踏襲されている。初版（第 1 集・2 巻本）には後に「物語」に収められることになる全 12 作品のうち 9 作品が含まれる一方、初版（第 2 集・1 巻本）に収録された作品は「情景」が約半数を占める。

2 単行本テクスト（初版・校訂版・普及版・翻訳）

初版（第 1 集・2 巻本）　1836 年 2 月 8 日、ジョン・マクローン社。
初版（第 2 集・1 巻本）　1836 年 12 月 17 日、ジョン・マクローン社。
合冊初版本　　　　　　　1839 年 5 月 15 日、チャップマン・アンド・ホール社。
普及版
　　Sketches by Boz and Other Early Papers 1833-39. Ed. Michael Slater. London: J. M. Dent, 1994.
　　Sketches by Boz. Ed. Dennis Walder. London: Penguin, 1995.

翻訳
1. 『ボズのスケッチ　短篇小説篇』全 2 巻（藤岡啓介訳、岩波文庫、2004）（"Tales" の部分のみ）。
2. 『ボズの素描集』（藤本隆康訳、近代文藝社、1993）（"Our Parish" および "Scenes" の部分のみ）。

3　時代背景
(1) 新しい読者の登場

　若き日のディケンズがまだ駆け出しのジャーナリストとして国内を飛び回っていた頃、すなわち 1832 年の第一次選挙法改正や 1834 年の新救貧法の国会通過に見られるように、イギリスが内政上の大変動を迎えていた 1830 年代は、首都ロンドンのみならず、地方の新興工業都市を中心に新しい読者層が台頭しはじめた時期でもあった。対外的には、19 世紀初期にナポレオンとの 2 度にわたる戦争に勝ったイギリスは軍事力に更なる自信を持つようになり、国内的には 16 世紀のエリザベス 1 世以来となる女王ヴィクトリアが即位する。このような激動の時代においては、人々の価値観も大いに揺らいでいた。そしてその影響の跡を顕著にとどめているものの一つに、当時雨後の筍のように誕生した数多くの定期刊行物がある。

　従来の読者とは知的レベルも興味の対象も異なる読者を相手にしなければならなくなった当時の出版界は、この新しい市場に対して次から次へと新聞や雑誌を送り込んでは、彼らのニーズに応えようとした。たとえば、1832 年創刊の『ペニー・マガジン』誌は「有用知識の普及」を副題に掲げ、労働階級の知識向上を謳って刊行されたものである。従来ならば、せいぜいペニー・ドレッドフルと総称された安っぽい犯罪小説か、チャップ・ブックと呼ばれた呼び売り本にしか興味を示さなかった人々に、さまざまな情報をダイジェスト版で伝えるというスタイルを持ったこの雑誌は、百科事典を週刊分冊にしたような形態をとっていた。

　一方、中流階級以上の読者を対象にして、自由党贔屓（ひいき）の『エディン

バラ・レヴュー』誌、保守党寄りの『クォータリー・レヴュー』誌、ラディカルを標榜した『ウェストミンスター・レヴュー』誌が、それぞれ 1802 年、1809 年、1824 年に創刊され、『ブラックウッズ・マガジン』誌 (1817 年創刊)、『ロンドン・マガジン』誌 (1820 年創刊)、『アセニアム』誌 (1828 年創刊)、『フレイザーズ・マガジン』誌 (1830 年創刊) などとともに妍を競うようになる。このように、イギリス全体が熱に浮かされたように文芸雑誌を生み出し、来るべきヴィクトリア朝文学・文化の隆盛を予感させていたのである (Rogers 327)。

(2) 新しい作者の登場

　ディケンズが彼の第一作となる「ポプラ小路の晩餐会」を投稿した『マンスリー・マガジン』誌は、これらよりも少し前の 1796 年に創刊されたため、いささか時代に乗り遅れているような印象を持たれていたのであろうか、もともと自由党シンパの一角を構成していた同誌も、この頃の月間売上げは 600 部程度に低迷していたという (Bentley et al. 169)。正確には *The Monthly Magazine; or British Register of Litera-ture, Science, and Belles Lettres* という表題を見ても明らかなように、純文学から科学まで、当時の人々 (特に中流階級) が興味を持っていたものを手軽に、かつ分かりやすくお茶の間に届けようという目的で発刊されたこの雑誌は、その他多くの類似した雑誌と同様、時事評論や文芸読み物を含んでいた。1843 年には休刊に追い込まれることになるこの雑誌に、若き新聞記者は自分の将来を賭けたのである。

　フリート・ストリートの一角にあった同社の原稿受付ボックスにディケンズが処女作の原稿を投じた当時、読者からの投稿に各雑誌がどの程度依存していたかは不明であるが、単なる投書とは異なり、そこには 2 つの目的があったように思われる。日本の文芸誌においても雑誌の名前を冠した文学賞を設置し、一般読者の中から新たな書き手を発掘しようとする試みが見られるが、これは時代の流れを敏感に知るには、常に同時代の読者の側からの物の見方を知っておくことが不可欠であるという、ジャーナリズムの現場に身を置いたことのある者

ならば直ちに首肯されるであろう原則に基づいている。自由投稿の受付は、紙面に新風を吹き込むと同時に、マンネリ化を避ける当然の工夫と言えよう。もう一つは、常に読者からの声を聞くことで彼らの好みを熟知し、それに応じた紙面を創りあげることを売上げ確保のための必須要件とする、買い手側重視の経営哲学である。

　ここで注意しなければならないのは、ウォルター・スコット亡き後、1830 年代において文学界のビッグ・ネームと呼べるような書き手はトマス・カーライルのみであり、現状への不満と新しい文学スタイルの誕生への期待が新興読者層を中心に膨れあがっていたことである (Chittick 36)。「新しい書き手よ、出でよ」という時代の要請に応えて登場したのが、当時『ミラー・オブ・パーラメント』紙で活躍していたジャーナリスト、若干 21 歳のチャールズ・ディケンズであった。彼は「観測気球を上げ、それがうまく流れに乗って遠くまで飛べるように」と『ボズのスケッチ集』初版の序文で祈ってみせるが、これはジャーナリズムの世界から作家の道に踏み出そうとしていた彼の本音を正確に伝えていると言っていいだろう。「暮らしや風俗をありのままに写した、ささやかな絵を提供すること」がこのスケッチを書いた目的だと述べる彼は、ここで自分の方法論の一端について同時代の読者に向かってある種の宣言をしていたのである。そして、読者の反応に対して細心の注意を払いつつ、「ありふれた物事の夢幻的側面」(『荒涼館』序文)を描き出すというスタイルは、形を変えながらも終生ディケンズの文学の特徴でありつづけたのである。

『ボズのスケッチ集』扉絵

4　執筆・出版に至る経緯

『ピクウィック・クラブ』の廉価版(1847年)に寄せた序文に書かれたディケンズ自身の言い分によれば、「ある日(おそらく1833年の晩秋)の黄昏時に、フリート街の薄暗い路地の奥にあった『マンスリー・マガジン』社の薄暗い事務所の薄暗い郵便受けの中へ、後に「ポプラ小路の晩餐会」の表題で掲載されることになる原稿を、不安におののきながらそっと落とし込んだ」ということになる。そして、それが実際に活字になって現れたときの感激は激しく、ディケンズは「ウェストミンスター・ホールの方へと向かい、半時間ばかりその中に入ったままだった。何しろ嬉しさと誇らしさとで目には涙がいっぱいで、通りを見ることもできなければ、通りで見られるにふさわしい状態でもなかった」という。

その後、『モーニング・クロニクル』紙の専属記者として1834年に雇用されてからも、ディケンズは『マンスリー・マガジン』誌にスケッチ合計9篇を無償で投稿する。1835年に発刊されることになった夕刊紙『イヴニング・クロニクル』にも朝刊紙に載せていたのと同様のスケッチをと頼まれた彼は、昇給を願う手紙を編集長ジョージ・ホガースに出している (Forster 1: 4)。この頃までに彼は新進作家の一人として注目を集めるに至っていたのである。この青年作家の将来性に目を付けたのは、かつて『マンスリー・マガジン』誌の経営者の一人であったジョン・マクローンである。ディケンズよりも3歳年長のこの出版業者は、人気挿絵画家ジョージ・クルークシャンクの挿絵入りでこの原稿を出版することを提案する。当初、マクローンから提示されたタイトルは、もとカナダの知事で、後に文筆業に転向したサー・フランシス・ボンド・ヘッド (1793-1875) という人物が出した『ナソーの泉のあぶく』(*Bubbles from the Brunnens of Nassau, by an Old Man*, 1834) という旅行記をパロディにしたもので、*Bubbles from the Bwain of Boz and the Graver of Cruickshank* という、工夫のないものであった。ちなみに "bwain" とは "brain" を気取って発音した際の音を模したものである。出版業者から出されたこの提案に対し、ディケンズはより

短いタイトル Sketches by Boz and Cuts by Cruikshank を代案とし（マクローン宛書簡、1835 年 10 月 27 日）、最終的には先輩挿絵画家の名前さえも削ってしまう。このあたり、新進作家の自負がはっきり窺えよう。しかし、マクローンの鑑賞眼が正しかったことは、初版の第 1、第 2 集が出てから 1 年も経たないうちに証明されることになる。1837 年 1 月 5 日にディケンズは彼のスケッチの全版権をマクローンに 100 ポンドで売却するが、そのわずか半年後の 6 月 17 日にはチャップマン・アンド・ホール社がそれを 2,250 ポンドで購入している。同社はこの版権を元にして、『ボズのスケッチ集』を月刊分冊の形式で再販したのちに改めて 1 巻本とし、既に世間の注目を集めていた『ピクウィック・クラブ』に次いで「柳の下の泥鰌」を狙ったのであった。

『ピクウィック・クラブ』連載の初期に挿絵画家ロバート・シーモアと対立したことからも明らかなように、ディケンズは挿絵の脇役のような文章を書くつもりはなかった。敏腕ジャーナリストとして、いかに新しい読者の懐に飛び込むか、あるいは素人芝居愛好者として、いかに大向こうを相手に拍手喝采を受けるかが彼の主たる関心事であったと言っては言い過ぎになろうが、この頃のディケンズを支えていたのは自らの文才に対する自信、上司を含む多くの友人（彼は 1836 年には上司の娘キャサリン・ホガースと結婚する）、そして何よりも、彼自身その好みをしっかり捕捉していた大衆であった。デビュー作となったこの『ボズのスケッチ集』は、その初版のいずれの序文においても大衆への言及がある。後にヴィクトリア朝を代表する作家になってからも、彼は大衆の味方であるかのような評価をされたし、彼自身もそれを望んだのだが、これもまた彼の持つ「お客様は神様」というサービス精神の故だったと言えよう。そして、自作への反応を直接知りたい、聴衆を喜ばせたいというこのサービス精神こそが彼を公開朗読へと向かわせ、ついにはその寿命を縮めることに繋がるのである。

5　作品の批評史

(1) 同時代の批評

『ボズのスケッチ集』が 1830 年代後半の読者に与えた衝撃は決して小さなものではなかったが、この作品にとって唯一不幸だったのは、ほぼ同時に発表された『ピクウィック・クラブ』『オリヴァー・トゥイスト』などといった作品の輝きに隠れて、十分な評価を受ける前に読者の側がそれ以降の彼の小説に目を奪われてしまった点であろう。実際、21 歳の若者の手になるとは思えないデビュー作を初め、このスケッチ集はもっと多くの注目を集めてよかったはずである。『メトロポリタン・マガジン』誌は、初版第 1 集が出た直後の 1836 年 3 月号に短いが好意的な書評を載せ、「イギリス社会の大部分を占める階層の道徳、風俗、習慣を完璧に写し取っている」と指摘し、「ほとんどが喜劇や笑劇の題材となりそうだ」という的確なコメントも添えている。

しかし、『ボズのスケッチ集』が単独で評されることは、この後ほとんどなかった。ディケンズの文名はそれ以降の小説によって広く社会に知られるようになったのであり、主たる長編小説について述べる際に、ついでに軽く触れる程度の扱いしか受けられなかった。フォースターは、後年のディケンズがこの作品を不当に低く評価していたのは、後に小説の形でより完全な形式で表現したものの素地がこれほど早い段階でスケッチの中に盛り込まれていたことを、彼自身が認めたくなかったからだという興味深い発言をしているが (Forster 1: 5)、事実、これ以降の『ボズのスケッチ集』評価は、このフォースターの一言を何らかの形で追認するものとなった。

たとえば 19 世紀末に同時代人に先駆けてディケンズを正当に評価した人物であるギッシングは「これらのスケッチの一番の値打ちは、その描写の正確さにある」(Gissing) と言い、その後を追ってディケンズ論を発表したチェスタトンは同書を「同情的であるというよりも遙かに誇張が目立つ」と切り捨てつつも、ディケンズは『ピクウィック・クラブ』より優れた作品を書かなかったが、『ボズのスケッチ集』

より劣った作品も書かなかった、という彼独特の屈折したやり方で一定の評価をしている (Chesterton)。ここでは、この 2 人の評価は、この作品の粗削りなところを認めつつも、その新鮮さに打たれているという点で一致している。

　ちなみに、これらの批評が書かれた時期は世紀転換期であり、反ヴィクトリア朝的な雰囲気が高まっていた時期であった。同じ作家としてディケンズの偉大さを十分に認識していたであろうギッシングのみならず、逆説的な表現を駆使して巧みにディケンズの本質を射抜こうとするチェスタトンもまた、初期ヴィクトリア朝小説の悪しき特徴であると概ね認識されつつあった感傷過多、しまりのないプロット、過度の慎み深さなどをディケンズの中に見ていたのかも知れない。しかし、このように書きながら、彼らはこの作品に対する評価を下しかねているように見える。スケッチ集という作品の特徴からして鑑賞の的を絞りにくいこともあるには違いないが、ただそれだけではなく、彼らがおそらく楽しんで読んだであろう偉大な小説群を世に問うた大作家と、このスケッチ集を書いた青年との間に、何か埋めがたい懸隔を感じているように思われる。ギッシングは『ボズのスケッチ集』の中に将来のディケンズの萌芽を看て取っているが (Gissing)、具体的に類似点を挙げることは差し控えている。

(2) 20 世紀前半の批評

　20 世紀も前半までは、ヴィクトリア朝に対する反発からかディケンズに対しても肯定的な評価は必ずしも多くなかったが、1933 年のデビュー作発表 100 周年を記念して、この作品の成立事情を芝居の脚本を思わせる構成で検討しようとした研究書が現れた。著者の H. ダートンは、エピソードの積み重ねという手法でデビュー当時のディケンズの様子を再現してみせるが、そこにはディケンズへの愛情と興味は窺えても、この作品の本質に迫る議論は見られず、いわば熱狂的な読者による一方的な賛辞(オマージュ)にしか見えない。むしろ、この時期の『ボズのスケッチ集』は完全に『ピクウィック・クラブ』の陰に隠れ

て閑却視されていたと言えるであろう。

(3) 20世紀後半の批評

　1957年に出た記念碑的な『ディケンズの創作過程』をもって、『ボズのスケッチ集』研究は新たな段階に突入することになる。ここでは各スケッチの初出時の文章と単行本としてまとめられた際のものを徹底的に比較することによって、ディケンズがこの時期に彼独自の文体を急速に確立していった様子がティロットソンによって検証されている。実はこれに先だってフランスでは1953年にモノによる『小説家ディケンズ』がパリで出版され、そこで『ボズのスケッチ集』における「文体の揺れ」が指摘されていたのであるが、ここまで本文校訂を思わせる研究が行われたのは初めてであった。この後、ディケンズの没後100年にあたる1970年前後に、このスケッチ集に関する基本的な文献は出そろったと言える。

街路──朝

　都市生活観察者としてのディケンズという視点から書き起こしたブラウニングの論文(1962)は、『ボズのスケッチ集』を頻繁に引用しながら同書をルポルタージュ文学の先駆として再評価しようとするが、それは従来の評価と大きく異なることはなかった。しかし、この発想をさらに大胆に推し進めたヒリス・ミラーが1970年に発表した、挿絵画家クルークシャンクとの共同作品としての『ボズのスケッチ集』論は、この批評家独特の着眼点の鋭さとあいまって、この作品の研究に一大転機をもたらした。ミラーは「客観」をキーワードとして、対象にのめり込むことのないディケンズの描写力を「写真的な正確さ」と呼び、『スケッチ集』の中の表現である「思索する歩行者」なる称

号を与える (Miller 87)。後に彼の『イラストレーション』(1992) でさらに追究されることになる「見ること」への省察が早くもここでは現われている。プラトンの『クラチュロス』の議論（「正確な名前はそのものの本質を表現する」）に端を発するリアリズムの定義や提喩〈シネクドキー〉、換喩〈メトニミー〉などの修辞学用語を援用しつつ、ローマン・ヤコブソン、ジェラール・ジュネット、ジャック・デリダ、ジル・ドゥルーズ、ポール・ド・マンなどといった 1960 年代以降の言語哲学や批評理論を果敢に取り入れる一方、ニーチェ、ハイデガー、ウィットゲンシュタイン、フロイトなどといった現代思想の根底をなす人々の名前が綺羅星のごとく登場するこの論文は、ミラーにとっても記念碑的なリアリズム論であり、これまでの『ボズのスケッチ集』に対する見方を一新するばかりでなく、「古い革袋」に「新しい酒」を入れることで、ディケンズ批評に劇的な化学変化を起こさせようとした点で画期的であった。

　同じく 1970 年代には、これまでの『ボズのスケッチ集』研究をうまく取り入れた形で 2 冊の研究書が世に問われた。グリロウは、スケッチの寄せ集めだったはずのこの作品集の中に、ディケンズの小説に後日現われることになるさまざまなテーマの萌芽を指摘している。また、デヴリーズは、既に半世紀前にダートンが試みた、作家デビュー当時のディケンズの成長過程を今一度描き出した。どちらもティロットソンが『ディケンズの創作過程』で行った基礎作業の上に成り立っているだけに説得力があるが、言い換えれば、既に見えている結論に対して道筋を示して見せたものであるという考え方もできる。いずれにせよ、『ボズのスケッチ集』を単独の対象とした研究書は、これ以降出版されていない。

　それとは異なるアプローチとして、1979 年、都市論の観点から『ボズのスケッチ集』を再評価する声がシュワルツバックによって上げられた。ピアス・イーガンが 1820 年から 21 年まで分冊の形で書いた『ロンドンの生活』よりも質の高い都市の描写ゆえに、当時の読者のみならず批評家までもがこの若い書き手に大いなる期待を寄せたのだと彼は主張する (Schwarzbach 32)。また、ホリントンは、ディケ

ズが「ロマンチック・リアリズム」(Hollington 34) を描こうとしたことの例証を『ボズのスケッチ集』の中に求め、いくつかのスケッチが持つグロテスクさの本質を論じており、アーサー・クレイバラーの『イギリス文学におけるグロテスク』(1965) やウォルフガング・カイザーの『グロテスクなもの』(1966) を敷衍しながら、独自のグロテスク論を展開している。

　日本では、1989年に開文社出版から『ボズのスケッチ――ロンドンの情景』が出され、日本人研究者による論文集と "Scenes" の原文と注釈が1冊にまとまった形で入手できるようになった。また、翻訳としては『ボズの素描集』(藤本隆康訳、近代文藝社、1993) が出ているが、これは「わが教区」および「情景」のみを扱っている。2004年には「物語」のみの翻訳 (藤岡啓介訳、岩波文庫) が出たが、誤訳や改竄、あるいは全くの創作としか思えない部分が散見され、翻案に近いものになっている。

6　作品の特徴――文体のヴァラエティー・ショー

　『ボズのスケッチ集』に対する従来の見方は、あくまでも「磨かれざる原石」(Gissing) としてこのスケッチ集を捉え、その未熟さの中に将来の大作家の萌芽を見るというのが主流であったことは以上に述べたとおりである。確かにクリスマスを扱った作品「クリスマスの正餐」を見ても、後に『クリスマス・キャロル』(1843) を初めとする『クリスマス・ブックス』シリーズとの差は歴然としているし、また、「ニューゲイト監獄探訪記」や「議会点描」などといったジャーナリストならではのスケッチにしても、後に『ハウスホールド・ワーズ』誌で展開されることになる一連の本格的な取材記事と比べれば、発表当時はそれなりにインパクトを与えたであろうと思われるものの、類型化のそしりを免れない部分がある。彼が訪れた場所で、描写されているような人々を実際に目撃したかどうかは重要ではない。彼がどのようにスケッチを締めくくってみせるかという筆さばき、つまり限られた紙面の中でいかに話術を駆使して読者を楽しませるかという

「芸」にわれわれは惹かれるのであって、スケッチがどこまで現実に即しているかどうかは問題ではない。このスケッチ集が時として対象に対するディケンズの「距離」を感じさせるとすれば、すなわち読者を「醒めさせる」瞬間があるとすれば、それは彼がこれらの作品を、ある種のきっかけを元に、いささか過剰な想像力を働かせて描いたことが伝わるからであろう。ちなみにここで言う想像力とは、コールリッジの区分に従うならば、「想像」(imagination) ではなく「空想」(fancy) に分類されるものである。

セヴン・ダイアルズ

　自伝的作品である『デイヴィッド・コパフィールド』を発表し、作家としての地歩を完全に確立した 1850 年代以降になって初めて、彼は本当に自分のやりたいようにやることに踏み切りがついた。それ以前には、デビュー以来一貫して維持してきた、「読者がどう反応するか」という観点を常に頭の片隅に置きながら創作活動を行っていたのである。『ドンビー父子』におけるウォルター・ゲイの扱いについて、「読者の期待を裏切るような展開にしたいのだが、彼らを怒らせずにそれができると思うか」とフォースターに尋ねてまで読者の意向に添おうとした 1846 年のディケンズ (Forster 6: 2) と、一度は雑誌の表題に自らの名前「チャールズ・ディケンズ」をつけることすら考え、結局「チャールズ・ディケンズの指揮による」という自己主張の激しい副題付きの『ハウスホールド・ワーズ』誌に落ち着いた (Forster 6: 6) というエピソードの残る 1850 年の彼との間に、何があったのかは考察の余地がある。しかし、この頃を機に、ディケンズは読者の顔色を窺う売文業者的考えを捨て、芸術家として、また社会改良家としての自らの使命を追求しようとしはじめたのであった。ただし、『ボズの

スケッチ集』を出版した頃の彼は、何はともあれ、まず読者に受け入れてもらうことをひたむきに追求したのである。

　新しい読者層を喜ばせるためにディケンズが試みたのは、彼の持ち前の文体を縦横に駆使して、さまざまな「声色」を彼らに聞かせることであった。もともと芝居好きで役者になろうとオーディションを受ける寸前まで行ったなどというエピソードもあるぐらいで、自ら脚本を書いたり、あるいは文士劇を主催したりするなど、ディケンズの演劇愛好熱は青年時代からの一種の病気であったが、彼が十八番であると自信を持っていたのは俳優チャールズ・マシューズの「物まね」などといった、「観察した他人の様子を自分で再現する天与の能力」(Forster 1: 4)であり、これは、後に『ナイチンゲール氏の日記』という自作の脚本で自らにあてがった、一人で何役もこなすという役柄を演じるときに発揮されることになった。ディケンズが『ボズのスケッチ集』で使う文体は、時に報道記事風、時に芝居のト書き風、時にメロドラマ仕立て、時に空想的というふうに、題材に応じて変幻自在にその語り口を変えているところに大きな特徴がある。"Tales" は一応「物語」の体裁をとらざるを得ないために三人称の語り手が進行役を務めることになる（その結果、あまり面白くない）が、"Our Parish", "Scenes", "Characters"（特に前2つ）においては、読者は彼の語りにうっとりと聞き惚れるだけでよい。彼は身近な観察対象からスケッチを書き起こし、そこにさまざまなエピソードを交え、時には読者を抱腹絶倒させ、また時には人生の真実への考察や社会批判を織り交ぜながら、単なる観察日記には終わらない面白さを読者に提供している。言うなれば、このスケッチ集はディケンズによるオムニバス形式のヴァラエティ

慈善晩餐会

ー・ショーであり、どこから見ても楽しめるようになっているのであって、これこそまさしくディケンズが親しんでいたヴィクトリア朝大衆演劇の姿に他ならなかった。

7 「われわれ」とは誰のことか

　英文法の教科書ならば「編集者の we 」(editorial 'we') という解説ですませてしまいそうな、この「われわれ」が『ボズのスケッチ集』において果たす役割に注目してみたい。このような報道者(レポーター)に扮した語り手が現れるのは、やはり『モーニング・クロニクル』、『イヴニング・クロニクル』などといった新聞に掲載されたスケッチ（大半が後に "Scenes" に分類される）であって、主に『マンスリー・マガジン』誌に掲載された "Tales" とは一線を画するが、この「われわれ」とは一体誰のことなのであろうか。ディケンズが社説の文体を模して書いた一連の作品における「われわれ」とは勿論、掲載された新聞の意見ということにはなるまい。ごく私的な見解をジャーナリズムの文法で述べるというこの技法は、ディケンズが読者を彼の空想世界に導くための語りの装置なのであるとでも言ってしまえば簡単なのであるが、ことはそれほど単純ではなさそうである。恐らくこの「われわれ」は語り手ディケンズ自身のことを指すと同時に、彼と同じ目線で彼と同じものを見ている読者をも含んでいる。言い換えれば、彼は読者のためにカメラを担いで中継しているレポーター兼テレビカメラマンなのである。そのレンズが捉えるのは確かに 19 世紀のロンドン生活の一側面であることは間違いないが、なぜかその映像は奇妙に歪んでいたり、恣意的に編集されていたり、本来ならば人間の視点からは見られない角度から撮影された映像をわれわれに届けてくれる。読者は目をこすりながら、あるいは眉唾ものだぞといささか警戒しながら、いつしかカメラが伝える映像に飲み込まれ、気がつくとディケンズとともに今まさにロンドンの街角に立っている錯覚を抱かされる。そして、ここにこそディケンズの文体の魔術がある。

　ディケンズがジャーナリストの本能に従って、読者が見たがってい

るものを、まるで目の前にそれが存在しているかのような現実性をもって描写をすることができることは、これらのスケッチのどれか一つを読んでみさえすれば、たちどころに了解されよう。"Scenes" には当たり前のように表れているこの「われわれ」は、"Characters" においては影が薄く、そして "Tales" においてはほとんど姿を消している。ここには一人称（表記上は複数形）の語り手から三人称の語り手への移行が見られるように思われるが、実は1839年の合冊初版本に収録された際に最後尾に回された "Tales" の部分こそが彼の最も初期の習作なのであった。

　単行本の形でこの作品を最初から読み進めるうちに、語り手があたかも読者の傍らにいるかのような生き生きとした口調で書かれているものが、情景描写になった途端に風景が色あせ、そればかりか、音も匂いも感じられなくなることが時にある。ロンドンの雑多な人混みを描かせるとあれほどの迫真性を生み出すことのできるディケンズの筆は、当時の人々が実際に見ていたであろうバーレスクめいたやりとりを記録するには適していても、客観的な語りに徹しようとすると「棒読み」を思わせるような単調さや、手垢の付いた常套句が顔をのぞかせる。もちろん、いずれの場合もディケンズ流に手が加えられたりしてはいるものの、いかにもマンネリズムであると思える場合がままある。おそらくこれは、ディケンズが彼の「催眠術」の相手であるわれわれ読者を置き去りにして、おずおずと自分の語るべき物語を構築し始めたときに生じる現象なのである。見る者が喜ぶような映像を送り届けることに専念していたレポーターが、ある時から自分の中のヴィジョンを追求するクリエイターに変容する瞬間。このぎごちない語りこそ、作家ディケンズが誕生するために必要な生みの苦しみの表れなのである。

参考文献

Bentley, Nicholas, Michael Slater, and Nina Burgis. *The Dickens Index*. Oxford: Oxford UP, 1988.

Browning, Robert. "Sketches by Boz." *Dickens and the Twentieth Century*. Ed. John Gross and

Gabriel Pearson. London: Routledge, 1962.
Chesterton, G. K. *Appreciations and Criticisms of the Works of Charles Dickens*. London: J. M. Dent, 1911.
Chittick, Kathryn. *Dickens and the 1830s*. Cambridge: Cambridge UP, 1990.
Darton, F. J. Harvey. *Dickens: Positively the First Appearance*. London: Argonaut, 1933.
DeVries, Duane. *Dickens's Apprentice Years: The Making of a Novelist*. Hassocks: Harvester, 1976.
Grillo, Virgil. *Charles Dickens' Sketches by Boz: End in the Beginning*. Colorado: Colorado Associated UP, 1974.
Hibbert Christopher. *The Making of Charles Dickens*. London: Longman, 1967.
Hollington, Michael. *Dickens and the Grotesque*. London: Croom Helm, 1984.
Miller, J. Hillis. "The Fiction of Realism." *Dickens Centennial Essays*. Ed. Ada Nisbet and Blake Nevis. Berkeley: U of California P, 1971.
Rogers, Pat. *The Oxford Illustrated History of English Literature*. Oxford: Oxford UP, 1987.
Thomas, Deborah A. *Dickens and the Short Story*. Philadelphia: U of Pennsylvania P, 1982.
小池　滋『幸せな旅人たち』南雲堂、1962。

（金山亮太）

『ピクウィック・クラブ』

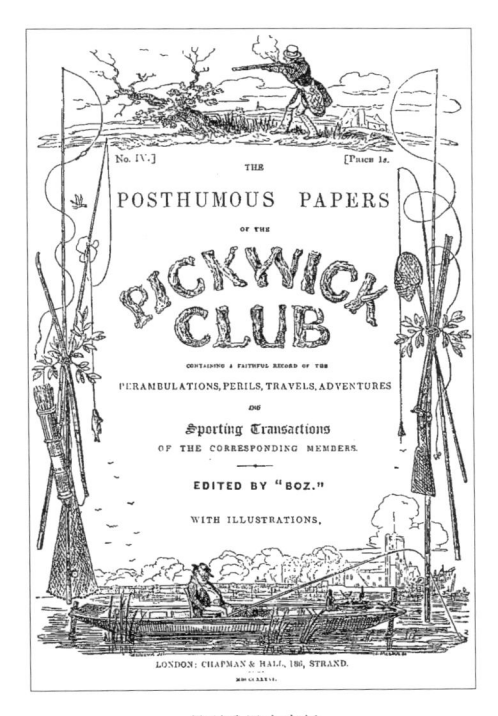

月刊分冊本表紙

II 作品

1 最初の出版形態および出版年月

1836年4月から1837年11月までチャップマン・アンド・ホール社より月刊分冊形式で刊行。

2 単行本テクスト（初版・校訂版・普及版・翻訳）

初版
    1837年11月、チャップマン・アンド・ホール社。

校訂版
    The Pickwick Papers. Ed. James Kinsley. Oxford: Clarendon, 1986.

普及版
    The Pickwick Papers. Ed. James Kinsley. Oxford: Oxford UP, 1998. クラレンドン版に準拠。
    The Pickwick Papers. Ed. Malcolm Andrews. London: Dent, 1998. チャールズ・ディケンズ版に準拠。
    The Pickwick Papers. Ed. Mark Wormald. London: Penguin, 1999. 1837年版に準拠。

翻訳
    『ピクウィック・クラブ』（1971、北川悌二訳、ちくま文庫、1990）。
    『ピクウィック・ペーパーズ』（田辺洋子訳、あぽろん社、2002）。

3 時代背景

(1) 『ピクウィック・クラブ』人気の秘密

「あなたは『ピクウィック・クラブ』なんて聞いたことがないっていうの！ だったらいいこと、これは月刊物で、今では月に25,000部も刷ってるそうよ。……男の子も女の子も彼〔ディケンズ〕のジョークで持ちきりだわ。」女流作家メアリー・ミトフォードが友人に宛てた手紙（6月30日付）にもある通り、ディケンズは1837年夏の時点で一人の作家というより「文化的異変」（Chittick 80）であった。肉屋

の小僧は肩に盆を担いだまま『ピクウィック・クラブ』に読みふける（『ナショナル・マガジン』誌 1837 年 12 月）。医者は往診の合間に馬車の中で『ピクウィック・クラブ』をひもとく。世の商品はピクウィック・ステッキ、ウェラー・ズボンといったように、主人公と従者の名前を付ければ飛ぶように売れる (Ford 7-10)。『ピクウィック・クラブ』人気の逸話は枚挙にいとまがない。

　ではその秘密は何だったのか？　第一に挙げられるのは全篇に漲る活気、滑稽、精気、観察の深さと鋭さ、と同時に作中人物がまさに彼ら自身として「生きて」(Forster 2: 1) いる点だろう。第二は文学史的脈絡である。『ピクウィック・クラブ』は前世紀に人気を博したピカレスク小説の流れを汲み、作中にも類似のエピソードが散見される。しかし、ディケンズは日常性の知的で共感にあふれた描写を旨とするスコットの影響を受け、ピカレスク小説にありがちな猥雑性をことごとく排除し、これをおだやかなユーモアや人間性の共感に換え、社会不正の糾弾を避けた (Marcus 23-24)。加えて、19 世紀初頭に一世を風靡した『ドクター・シンタクスの冒険旅行』(1810-21)、『ロンドンの生活』(1820-21)、『ジョロックスの愉快な冒険』(1831-34) をはじめとする挿絵入り大衆文芸の伝統に則りながらも、その伝統との断絶を試みた。奇しくも女王即位と同年に発刊された『ピクウィック・クラブ』は摂政時代の奔放、喧噪、逸脱の価値観を覆すヴィクトリア朝の礼節、穏健、中庸の美徳の気風をいち早く察知するとともに、それを具現している。

　1830 年代初頭、廉価な新聞・雑誌がつぎつぎに発刊され、中下層階級の間で広く購読されはじめた。識字率は着実に伸び、人々は自己修養をすすめ、余暇の増大に伴う読書習慣が定着する。同時に、製紙・印刷・製本技術が飛躍的な革新を遂げ、『ピクウィック・クラブ』は月刊、しかも 1 シリングという値段で出版された。小説と言えばスコットに代表されるように 3 巻本、1 ギニー半が常識であった時代にあって、文芸作品もまた一挙に大衆化される。ディケンズは真の意味で国民に「属する」最初のイギリス小説家であり、いわば彼らの家族の

一員であるからこそいっそう愛された (Patten 60)。

(2) 時事性

　ディケンズが記者を勤めた 6 年間はイギリスが審査律廃止、第一次選挙法改正法案通過など、極度の政治的熱狂を経験した時期と重なる。国会のナンセンスな舞台裏を冷めた目で見続けた若手記者がフィクションの場を借り、現実社会に巣食った悪の諸相を摘発しない手はない。『ピクウィック・クラブ』第 1 章は痛烈な諷刺で幕を開ける。ピクウィック・クラブ自体、前 10 年間に雨後の筍さながら設立された諸学会への面当てであり、内輪で繰り広げられる「ピクウィック・クラブ的意味合い」問答は 1823 年 4 月 17 日、悪態を「議会的意味合い」の詭弁のもとに糊塗しようとしたブルーム卿の国会答弁をもじったものだ。

　第 12 章に端を発する対バーデル夫人婚約不履行事件は、時の首相メルボーンを巡る不倫訴訟が、また第 13 章のイータンスウィル選挙風景は当時横行していた贈収賄、および候補者や選挙運動員による権力濫用が下敷きとなっている。第 27 章に登場するウェラー夫人と似非牧師は旧態依然たる宗教の象徴だ。第 34 章の法廷場面ではメルボーン裁判における原告側弁護士の牽強付会や証人へのこけおどしが社会腐敗の一縮図として冷笑的に弾劾されている。

　ディケンズは監獄に対し、一生、さまざまな形で関心を持ちつづけた。犯罪と法改正、および投獄生活が人に及ぼす影響は、時代の関心でもあれば彼自身のそれでもあった。第 40 章でピクウィックが投獄されるフリート監獄は、作者の父親が入れられたマーシャルシー監獄がモデルとなっている。12 歳のディケンズが味わった深刻な疎外感は、小説世界において分身サムを入獄させ、「父親」ピクウィックともども出獄させることで、少しでも癒されたであろうか。フリート監獄とマーシャルシー監獄は 1842 年に統合され、1869 年には負債による投獄は廃止される。

4　執筆、出版に至る経緯

(1)『ピクウィック・クラブ』誕生

　「チャプマン・アンド・ホール社が月に 14 ポンドで、企画中の月刊小説を僕ひとりで執筆し、編集してみないかと言って来た。……いろいろ考えてみなければならないことはあるが、報酬がすこぶるいいので、断れそうにない。」ディケンズは 1836 年 2 月 10 日、結婚を間近に控えたフィアンセのキャサリン・ホガースに熱っぽく手紙をしたためている。弱冠 24 歳になったばかりのことだ。『モーニング・クロニクル』誌専属の報道記者として活躍する一方、ボズの筆名でロンドンの素描をつぎつぎ雑誌に寄稿し、作家としての地位を確立しつつあった。ここに言う月刊小説とは、もちろん後に一世を風靡する『ピクウィック・クラブ』。ファーニヴァルズ・インの下宿に出向いてきた出版社の人はウィリアム・ホール氏で、ちょうど二年前、ディケンズが投稿した随筆「ポプラ小路の晩餐会」（のち『ボズのスケッチ集』に収録）の掲載された雑誌を、筆者当人とも知らずに売った男であった。二人は奇遇をよろこび、交渉は順調に運ぶ。

　しかしながら、企画そのものは完全にディケンズの意向に合致していた訳ではない。当時売れっ子の戯画家シーモアの手掛けた滑稽な狩猟風景に小話を添えるにすぎなかったからだ。旅は好きでも狩猟の嗜みはない。発想そのものも手垢にまみれた感がある。ディケンズははっきり、挿絵は本文から自然に生まれるべきであり、出版社側の設定した「ニムロッド・クラブ」の枠に囚われず、より広範な風物や人々を描きたいと主張する。こうして希望通り「英国の田舎の俯瞰図(パノラマ)」に縦横無尽に筆をふるう合意が成立する。小さいながらも着々と地盤を固めつつあった出版社を初交渉の席であっさり「寄り切る」あたり、自信と気概に満ちた新進作家の面目躍如たるものがある。

(2)　ピクウィック氏誕生

　一旦方針が固まれば、ディケンズは水を得た魚のように稿を起こし、ピクウィック氏を思いつく。そのゲラを基に、シーモアはクラブ創設

者の肖像画を手がけた、と後年に至るまでディケンズ自身は思い込んでいた。ところがエドワード・チャプマンが 1849 年、ジョン・フォースターに明かしたところによれば、ことの次第は次のようである。「実はシーモアが最初に描いたのは、のっぽで痩せぎすな男でした。今では不滅の人気を誇るあの老人は、わたしがリッチモンドのさる友人——ご婦人方の反対を押し切って、トビ色のタイツに黒ゲートルのいでたちを改めようともしない、太っちょの伊達男の老人——のことを話して聞かせたのをヒントにしたものです。彼の名はジョン・フォスター (John Foster) といいました」(Forster 1: 5)。

　世紀の主人公のモデルが、'r' の一字を除けば、いまだ一面識もなく、やがて無二の親友となる人物と同名だったとは、偶然の一致の好きなディケンズならさぞや想像力をたくましく働かせたことだろう。

　主役が決まれば周囲の布陣も定まる。専ら「シーモアのネタ」のために登場させたへっぽこ狩猟家ウィンクルと、18 世紀後半の「多感の人」の典型的変種——片や女好き、片やロマンチストの——タップマンとスノッドグラスのトリオで、古き「気質喜劇」(comedy of humours) の単純な焼き直しの出来上がりだ。これに中世騎士物語やピカレスク小説の流れをくむ律義な子分、サムが加われば鬼に金棒。そこへもってディケンズの大好きな役者チャールズ・マシューズ顔負けに「スタッカート風おしゃべり」を撒き散らすジングルが一行を煙に巻いたり虚仮にするという仕組みだ。とは言え、『ピクウィック・クラブ』を不朽の名作たらしめているのは、役者の顔触れの多彩さもさることながら、表面こそしかつめらしいが、おっちょこちょいでお人好しの主人公と、彼にぞっこん惚れ込んだ、天衣無縫にして大胆不敵な靴磨きとの稀有な遭遇であるだろう。

5　作品の批評史
(1) 同時代の評価
　『ボズのスケッチ集』で一躍脚光を浴びたとき、ボズに貼られた「ユーモリスト」のレッテルは、『ピクウィック・クラブ』が世に出た

時にも大きな変化をこうむらなかった。国会諷刺と笑劇風旅もようで幕を開ける第1分冊から、寄宿女学校における深夜の「道化芝居」と徒恋物語の並列された第6分冊に至るまで、事実上、脈絡に欠ける「素描」の集積にすぎないからだ。第1分冊発刊直後の『アトラス』紙（4月3日）では、『ピクウィック・クラブ』の機知は先人ユーモリストや諷刺画家が「笑いをそっくり刈り取り、何一つ残っていない諧謔のわびしい領域」から一歩も抜け出していないと酷評される。ほとんどの書評家は、彼がやがて庶民のペーソスの活写を通して、小説のジャンルに打ち出すことになる新機軸には気づいていなかった。

　第4分冊においてサムが登場すると作品の人気は急上昇し、この号は発刊以来最高の出来となる。「機知は巧妙で目立たず、ユーモアは奇抜というより自然である」（『メトロポリタン・マガジン』誌8月）と看破する読者も現われた。しかし、サムの愉快な言動は「雑録」と題されるコラムに頻繁に抜粋されたものの、作品それ自体は挿絵が多いところへもって分冊出版形式ということもあり、小説とは見なされず、ましてや「文学」として扱われることはない。ところが第7分冊に至ると、『ピクウィック・クラブ』は単なる「定期刊行物」とはちがったジャンルの読み物と見なす傾向が現われ、『サン』紙（10月1日）はサムを「当世の如何なる小説においても遭遇し得ないほど造型のしっかりした人物」と称える。

　1837年5月、義妹メアリー・ホガースの急死に伴い、連載は一時中断されるが、以降は緻密な描写の情緒的効果がより鮮烈で持続的になるとともに、ディケンズ評も大きく転換する。フォースターはデフォーばりの細心な迫真性をもって描かれたフリート監獄内の「名状し難い、すさんだ状態」（『イグザミナー』誌、7月2日）を絶賛する。最後まで『ピクウィック・クラブ』を「変種」と見なし、「打ち上げ花火」にすぎないディケンズはいずれ「木切れ」となって落下するだろう（『クォータリー・レヴュー』誌、1837年10月）と皮肉る向きもあったが、全20分冊が完了した時、書評はおおむね好意的で、『イグザミナー』誌（11月5日）は「すぐれた新進小説家」の誕生を歓迎

する。

　『ピクウィック・クラブ』が1巻本として発売されて2、3年の間、作品評価はいっそう綿密かつ洞察的になる。『エディンバラ・レヴュー』誌（1838年10月）は、中下層の人々の生活を正確に写し取っていること、観察のするどさ、おかしみ、あふれるユーモア、哀感のすばらしさをほめ、ディケンズの描写はホガースの絵を彷彿させると称える。

　ディケンズは、読者の要望に応え、1840年、ピクウィック氏とウェラー父子を『ハンフリー親方の時計』に再登場させるが、時代はすでにユニークな登場人物の道化、奇矯に抱腹絶倒するには内向的かつ冷静になりすぎていた。

(2) 20世紀前半

　ディケンズの死後、20世紀初頭にかけて主知主義作家がもてはやされたこともあり、哲学的・倫理的洞察に欠ける彼の作品は一転、「感傷的」「無教養」のレッテルを貼られ、辛辣な批判に晒される。ギッシングは、特に冒頭部分に関して『ピクウィック・クラブ』を「笑劇」と断定する。こうした風潮にあって、作品のユーモアの核にピクウィックの「神格化された純真」（『ナショナル・レヴュー』誌、1858年10月）を認めるバジョットを踏襲したチェスタトンが、作品の「神々しい浮かれ騒ぎ」を称揚したのはむしろ例外的であった。

　やがて従来看過されていたディケンズの社会洞察や心理分析の深さを指摘するエドマンド・ウィルソンの画期的な批評に端を発し、ディケンズ再評価の気運が高まるが、批評の関心は中・後期の作品に集中する。

(3) 20世紀後半

　ウィリアム・アクストン (Axton 60-83) のように、『ピクウィック・クラブ』はテーマをより熟練した手法で扱うための習作と見なす批評家もいるが、その一方でこの小説をそれ自体で完結した作品として考察

する研究も豊かな成果を得た。サムを作者の「代理」と見なすマーカス (Marcus 34) の分析は、作者自身と父親との関係において、アンガス・ウィルソン (A. Wilson 120-22) やハリー・ストーン (Stone 72-73) により、さらに綿密に追究されている。また、マーカスの指摘する、作中の暗い挿話群に潜む「復讐の衝動」、つまりサムとピクウィックの逆転した「親子」関係の中で「象徴的父殺し」が行なわれることを踏まえ、ドリーン・ロバーツは、作品に頻出する、男性が中年女性によって迫害される「復讐幻想」(Roberts 304) が挿話の根底にあると考える。

　一方、作品を寓話的に読むマーカスの態度は、『ピクウィック・クラブ』を「人間の原罪のアレゴリー」(Auden 408-9) と見なすオーデンの「ディングリー・デルとフリート監獄」の論考において二項対立的に図式化されている。マーカスは別の論考で、『ピクウィック・クラブ』の言語世界とその特性に着目して、言語が自律的に作品を作りあげていると述べる (Marcus, "Language" 194)。これを踏まえたスチュワートは、文体に独自に具わる「潜在的心理」(Stewart 15) を取り上げ、ヒリス・ミラーが挿話と本文の想像力の質的相違を看過 (Stewart 47) していることを指摘し、サックスミスがディケンズの文体や修辞をマラプロピズムや掛詞といった「表層的機知」(Sucksmith 41-69) として処理することに反駁を加える。

　『ピクウィック・クラブ』生成の経緯を跡づける研究としては、バットとティロットソンが、ジャーナリストとしてのディケンズと小説家としてのディケンズの交錯に焦点を絞っている。これを敷衍する形で、キンズリーはクラレンドン版の「序」において、挿絵の完成過程をも含めた統合的な分析を行なっている。チティックは『ピクウィック・クラブ』の誕生を当時の出版土壌との関係から克明に跡づける (Chittick 61-91)。

　一方、図象的取り組みとしては、ヒリス・ミラーによるフィズの挿絵の検証が画期的である。彼は、フィズの挿絵が擬似的パロディー風のテクストと、真摯で明朗なピクウィックの楽天性への言及を過不足

なく結合させていると指摘する (Miller, *Illustration* 96-111)。ミラーはまた別の論考において、ウェラリズムという詩的散文体に象徴される『ピクウィック・クラブ』の「悲喜劇」的側面を指摘する (Miller, *Topographies* 130)。が、ディケンズの本領であるこの喜劇性の追究において、ノースロップ・フライが『ピクウィック・クラブ』のヴィクトリア朝風に様式化された「新喜劇」的側面 (Frye 57-58) を浮き彫りにして以来、本格的な研究が成されていないのは惜しまれる。

6　作品へのアプローチ

(1) 挿絵画家交替劇

『ピクウィック・クラブ』の船出は決して順風満帆ではない。第 1 分冊の印刷は 1,000 部だが、購読者の反応が鈍く、製本は 400 部に留まり、第 2 分冊は印刷段階から 500 部に落としていた。前途多難な様相を背景に、4 月 20 日未明、シーモアの猟銃自殺がおこる。思えば船出以前から雲行きは怪しかった。月刊分冊の表紙も挿絵第一葉も狩猟一色に染まっているからだ。シーモアは出版社からディケンズの意向をどれほど聞かされていたのか？ あるいは聞かされていながら、いずれは若造作家の上手に出られるものと高を括っていたのか？ 謎は尽きないが、ともかく第 2 分冊用に 3 葉の挿絵を仕上げた時点で自ら命を絶つ。原因は「一時的精神錯乱」と判定されるが、ディケンズとの確執が災いしていた可能性は高い。

シーモアの急死を契機に、月刊分冊は本文 24 頁・挿絵 4 葉の体裁であったのを、本文 32 頁・挿絵 2 葉に改め、再出発する。二番手として急遽起用されたのはロバート・バスだったが、わずか 2 葉で首を切られる。「ユーモラスで多才な芸術家」との触れ込みにもかかわらず、役者の似顔絵専門の彼にはエッチングの経験がほとんどなかったのだ。

バスに第 4 分冊の挿絵を準備させる一方、三番手選考は暗々裡に進行する。この時の「落選組」には後の文豪サッカレーもいたが、最終的に選ばれたのは「フィズ」ことハブロー・ブラウンだった。以降、

およそ 20 年 10 作品におよぶ歴史的二人三脚の旅が始まる。第 4 分冊においてピクウィックが恰好のお供を抱えると同時に、ディケンズもまた生涯の相棒を見出したとは、奇しき星の巡り合わせではないか。

　フィズは筆さばきの巧みさ、芸術的抒情および配置に優れていただけではない。ディケンズの「検閲」を絶えずかいくぐり、時にはテクストを凌いだり、テクストを覆す新しい「意味」を挿絵に付与することによって、テクストの「二重化」のみならず、イラスト内におけるイラストの「二重化」(Miller, *Illustration* 111) にも成功している。

(2) 時代設定とタイム・テーブル

　『ピクウィック・クラブ』は本来、ボズが独自で取捨選択した資料を読者に最も魅力あふれる形で披露するという触れ込みでスタートを切った。彼がまずもって「編集」したのはクラブ創設 5 年後の 1827 年 5 月 12 日付の議事録、および通信班が諸国漫遊の旅に出てからは、旅先からクラブ宛に送付される「備忘録」である。これは編集者にとって実に好都合な設定だ。一つには適宜、ネタが選べる。また一つには 10 年近い時間的距離を置くことで、逆に時事性に富んだ痛烈な諷刺を利かすことが可能となる。

　しかし、ディケンズはただやみくもに筆を走らせていた訳ではない。彼は早くも第 3 分冊の終わりでは次章におけるジングルとレイチェルの駆け落ちを仄めかし、第 4 分冊では来たるべき選挙見学を予告する。第 5 分冊でバーデル夫人事件が幕を開け、筋立ての自信が芽生えるとともに、物語に明確な時間設定が導入されはじめる。第 6 分冊において発刊の時節と「ピクウィック時」とは完全に一致し、各エピソードは全て発刊前月に出来(しゅったい)するよう仕組まれる (Kinsley xlviii)。婚約不履行事件を巡るメイン・プロットが立ち現われるにつれて、通信員の記事を収録するという体裁は当然のごとく消失して行った。

(3) 作者のスタンス──編集者ボズから作家ディケンズへ

　ディケンズは、さまざまな声色を使い分けた。登場人物、挿話の語り手としてのみならず、選挙風景、法廷場面においてはジャーナリストとして滔々と語るディケンズがいる。だが『ピクウィック・クラブ』においてより注目すべきは、彼がどの段階で、どのような過程を経て、編集者からストーリー・テラーに変貌したかという点だろう。

　長らく人目にふれず秘蔵されていた遺文録を編集する最適者として名乗りを上げたからには、ボズは当面自己の存在を執拗なまでに印象づける。第2分冊では、典拠を証すことに二の足を踏む「作家」への優位をひけらかす。第3分冊では依然スノッドグラスの備忘録は健在だ。が、奇しくもサムの登場する第10章の冒頭で『白鹿亭』の描写を「われわれは後はただ……と記せば中庭のあらましを伝えたことになろう」と締めくくった時、「われわれ」は過去の、しかも他者の文献を整理しているどころか、現在進行形で問題の中庭にたたずみ、その情景を逐一物語っていたことを暴露する。『ピクウィック・クラブ』は主人公がロンドンの石畳を踏み締めた途端に「魔法」にかかったように息づきはじめる。それはまたピクウィックが「ロンドン生活の化身」(Schwarzbach 44) サムをお供にすることで、事実上は二度と都を後にしなくなる瞬間でもあった。以降は「備忘録」が取り出されることもなければ、「転載」の但し書きもない。わずか第4分冊に「議事録」への、第5分冊と第10分冊に「編集」への言及が垣間見られるだけだ。しかもこの同じ第10分冊の声明文でディケンズは「作家」として『ピクウィック・クラブ』を予定通り20分冊で完結させる初志を貫く覚悟を表明する。

サム登場

出版社側の呈示した「ニムロッド・クラブ」の枷(かせ)を拒んだように、ディケンズは自らに課した「編集」の枠にも収まり切る作家ではなかった。「見事に分離・歪曲・再編された分身」サム (Marcus, "Language" 199) の登場とともに伸びやかに筆をふるいはじめるや、彼は作品それ自体に自己の力の何たるかを教えられつつ、いつしか破天荒な小説を作り上げていた。『ピクウィック・クラブ』を締めくくるに当たり、「架空」の友人を「創造」し、彼らの後日談まで付け加えなければならない悲運を嘆いてみせる「作家」ディケンズは、その高度な「芸術性」において、わずか一年半前には「再録」に明け暮れていた編集者ボズとは全くの別人になり変わっていた。

(4) 挿話の位置づけ

『ピクウィック・クラブ』には9篇の挿話が登場する。かつてこれらはアイディアないし時間の尽きたディケンズの「窮余の一策」(Dexter and Ley 49; E. Johnson 136) と見なされていたが、近年では「お伽噺的要素の逆流」(Stone 80)、「警告」(Patten, "Art" 362)、「想像力の隔離所」(Stewart 33) 等の観点から新たな意義づけが試みられている。確かに社会や家庭における個人の疎外や復讐のテーマをグロテスクに扱ったこ

悪鬼と寺男

れらは、総体として作品全体に異質な暗影を投げる。だが、ここで改めて注目したいのは挿話と本筋の展開との関係である。つぎの頁の表を見ていただきたい。

挿話は7篇までが前半に集中し、バーデル夫人が失神する第5分冊を境に加速度的に頻度を落とす。以降は婚約不履行事件の重大局面の間隙を縫うかのように、ほぼ交互にさしはさまれる。しかも内容は

〈挿話一覧〉

分冊ナンバー	挿　話	婚約不履行事件
2	『旅芸人の話』	
3	『囚人の帰郷』	
4	『狂人の手記』	
5	『御用聞きの物語』(バグマン)	バーデル婦人の失神
6	『真(まこと)の恋の物語』	
7		告訴
8	『奇妙な依頼人の話』	
9		
10	『悪鬼にさらわれた寺男の話』	
12		公判
13	『ブレイダッド王子の伝説』	
14		フリート入獄
17	『御用聞きのおじの物語』(バグマン)	フリート出獄

遙かに穏やかでユーモラスになり、ピクウィックの入獄中は完全に消える。とすれば、挿話は主に婚約不履行事件という「暗」のプロットが開始する以前の、陽気なピクウィックの旅もように対する対立概念としてしか機能していなかったことになる。特に最初の3篇が陰惨極まりないのに対し、以降、これほど悲劇性を具えているものはない。不気味な『奇妙な依頼人の話』ですら「暗」のプロットが動きはじめたばかりのところに位置するとすれば、「明」に対する対立概念の中に含められるだろう。

　最初の3篇の挿話において、徹底的に虐げられていた女性の仇を討つかのように、現実の女性(バーデル夫人)による男性(ピクウィック氏)への復讐という「暗」のプロットが進行しはじめるや、それまでの理不尽な怨念や狂気といった人間性の負の部分を全て吸収する形で、『ピクウィック』は小説としての体裁を整えて行く。

(5) 後家さん嫌いのサブ・プロット

　バーデル夫人と敵対関係に入るのと相前後して、ピクウィックが人生の「伴侶」サムを迎えるように、訴訟の事実上の敵が姿を現わすと同時に、この、言わば「暗」の後家さん騒動を補う「明」の騒動が展開しはじめる。ピクウィックがサムの父トニーにばったり出会うのが悪辣弁護士ドドソン・アンド・フォッグの事務所から暗澹たる気分で引き返す道

ウェラー父子

すがらだったのは、単なる偶然ではない。トニーは後家さんと連れ添い、尻に敷かれっぱなしで苦り切っていた。しかもトニーはピクウィックに劣らず世間知らずで無類の「お人好し」と来る。ピクウィックがサムの主人らしからぬ主人であると同様、トニーは事あるごとに世故長けた息子に救われる事実上の「息子」――人物造形的にもパラレルを成す人物だ。

　しかしながら、トニーはピクウィックと異なり、不如意な立場への憤りをあらわにできる。それは、一つには信心深い門徒の善意につけ込むスティギンズという似非牧師が設定されているからであり、彼は、バーデル訴訟事件における弁護士に相当する。トニーの妻が最後はスティギンズのせいで命を縮めるように、バーデル夫人は信頼し切っていた弁護士に裏切られ、フリート獄に投じられる。後妻の葬儀当日、トニーがスティギンズを散々懲らしめて鬱憤を晴らせば、片やピクウィックはバーデル夫人の過失を赦し、ドドソン・アンド・フォッグを公然と罵倒するだけで事足りる。

　とはいえ、「暗」の婚約不履行事件は、挿話内で虐げられた女性の仇を討つかのように発生しながら、バーデル夫人を「赦す」というピクウィックの究極的な態度で決着がつき、他方、「暗」を補う「明」のサブ・プロットにおいては、後家さんが作者の手によって「殺害」

(6) ウェラー親子のマラプロピズム

『ピクウィック』の醍醐味の一つに挙げられるのがウェラー親子のトンチンカンなマラプロピズムの掛け合いだ。つまり「言葉のはき違え」である。彼らの誤用が傑出しているのは、結果として生まれた語が元の言葉以上に「名は体を表わして」いるからである。トニーが神の「配剤〔ディスペンセーション〕」より「薬剤〔ディスペンサリー〕」の方が効験あらたかだ (52) と思い込んでいるのは困りものだが、我が子を「宝刀息子〔プロディジー・サン〕」と鼻にかけられては相手も二の句がつげまい。父親に25ポンドの借財を作ってまで獄中の主人に付き添う息子は、「放蕩〔プロディガル〕」ならざる「驚異〔プロディジー〕」(43) の息子にちがいないからだ。

だが、何と言っても注目すべきは、サムの解する「人身保護令状〔ハイビアス・コーパス〕」だろう。彼はこれを頭の中で「人肉食いやがれ〔ハヴ・ヒズ・カーカス〕」と綴り直す (40, 43)。ピクウィックは750ポンドの損害賠償金支払いの判決を受け、「生涯債務者獄で暮らすことになろうとも、ビタ一文支払う気はない」(34) と言明した。「人身保護令状」を突きつけられれば、損害賠償金を返済しない限り負債者獄からは二度と出られない。サムのマラプロピズムの真骨頂は、主人が用いる表現以上に、一語でことの本質的な意味を伝える点にある。

とはいえ、ピクウィックは早くも第1章から言葉の冒瀆的操作の中におかれていたのではなかったか。ビル・スタンプス (11) の碑銘を発掘した際にも、唯一真正の解釈だけは容れようとしなかった。ならばその直後、逆に彼自身の文言をバーデル夫人に曲解され、挙句、弁護士によって「致命的」なまでに換骨奪胎されたとしても、言語に自ら働いた狼藉の罪を贖わされたにすぎない。言葉の本質的危うさをテーマに幕を明け、そのさまざまな愚弄者の姿を通して言語的良心を追究する本作品において、サムの詩的言語の「非因襲性」(Sadrin 27) は他の話術の人為性を暴く試金石として機能している。

7 サムの位置づけ再考

　サムの鋭い言語感性は奇想天外な想像力と表裏一体を成す。彼は小説世界に躍り込むや、開口一番「(割り込みはやめて)順番！　順番！」(10) と啖呵をきる。つまり、死刑執行吏ジャック・ケッチが死刑囚に対して後込みせずに「順番通り」と言った言葉を、状況の違いを無視して、得手勝手に用いるのだ。閉塞的な遺文録編集の枠組みに封じ込められていた作者、ひいては読者は、彼によって限りなくファンタスティックなお伽噺の世界へといざなわれる。

　いわゆる「ウェラリズム」には9篇の挿話同様、作品の祝祭的気分を制御する機能がある。サムが主人ピクウィックの無垢な主観性に冷めた客観性の楔を打ち込むように、グロテスクな比喩は「架空」の世界から逆に「現実」の不条理を照射することで、ややもすれば冗舌や浮かれ騒ぎに陥りがちな作品『ピクウィック・クラブ』の「現実逃避」に歯止めをかける。サムと挿話群の機能の一致は、他ならぬ挿話の一篇『真(まこと)の恋の物語』が、サムの「語り」をピクウィックが「編集」した体裁を取っていることでも裏づけられる。この仮説はまた、彼の比喩表現が挿話同様、バーデル夫人訴訟事件の進捗とともに非日常性を弱めて行くこととも矛盾しない。

　ストーリーの展開を蔭で支える機能に着目すれば、サムが他にも多くの逸話の「語り手」である事実が浮かび上がってくる。彼が行き当たりばったりに語る逸話は、確かに独立した挿話の体裁は整えていない。が、「どんなパイでも猫肉ででっち上げる男の話」等、奇怪な死をテーマにした衝撃的な内容が多い。その上、啓発的かつ娯楽的という「物語」の必須条件も十分満たしている。しかも他の挿話が圧倒的に作品の前半に集中しているのに対し、全篇をとおして均等に散りばめられている。ピクウィックが聴き手になっている場合が多いだけに、ストーリーの展開との関係はより緊密だ。奇抜な比喩表現を得意とする警世家はまた、愉快で不気味なストーリー・テラーでもあった。

　さまざまな手法を駆使することにかけては、サムは相棒ディケンズに優るとも劣らない「ごったまぜ作家(パスティッチョ)」である。のみならず「語り」

ピクウィック 六つの旅

旅2
ロンドン ⇒ イプスウィッチ
イプスウィッチ ⇒ ベリー・セント・エドマンズ
ベリー・セント・エドマンズ ⇒ ロンドン

旅6
ロンドン ⇒ ブリストル
ブリストル ⇒ バーミンガム
バーミンガム ⇒ トウスター
トウスター ⇒ ロンドン

旅3
ロンドン ⇒ イプスウィッチ
イプスウィッチ ⇒ ロンドン

旅4
ロンドン ⇒ バース
バース ⇒ ブリストル&クリフトン
バース ⇒ ロンドン

旅5
ロンドン ⇒ ドーキング
ドーキング ⇒ ロンドン

旅1
ロンドン ⇒ ロチェスター
ロチェスター ⇒ メイドストーン
メイドストーン ⇒ ロンドン
ロンドン ⇒ メイドストーン
メイドストーン ⇒ ロチェスター
ロチェスター ⇒ コブハム
コブハム ⇒ グレイブズエンド
グレイブズエンド ⇒ ロンドン

を通して主人を教導するうちに自らも精神的成長を遂げ、最終的にはバーデル夫人下獄を主人出獄に転換する筋立てを練る術さえ会得する。彼が主人の心の枷を解き、同時に現実の獄舎の扉をも開け放った時、我々はシナリオ・ライターとしてのサムの第三の顔にも思い至らなければならないのではないだろうか。

参考文献

Axton, William. *Circle of Fire*. Lexington: U of Kentucky P, 1966.
Chittick, Kathryn. *Dickens and the 1830s*. Cambridge: Cambridge UP, 1990.
Dexter, Walter and J. W. Ley. *The Origin of Pickwick: New Facts Now First Published in the Year of the Centenary*. London: Chapman and Hall, 1936.
Frye, Northrop. "Dickens and the Comedy of Humours." R. H. Pearce ed., *Experience in the Novel*. New York: Columbia UP, 1968. 49-81.
Kinsley, James. "Introduction." Charles Dickens, *The Pickwick Papers*. Oxford: Clarendon, 1986.
Marcus, Steven. "Language into Structure: Pickwick Revisited." *Daedalus* 101 (1972): 183-202.
Miller, J. Hillis. *Illustration*. Cambridge: Harvard UP, 1992.
──. *Topographies*. Stanford: Stanford UP, 1995.
Patten, Robert L. *Charles Dickens and His Publishers*. Oxford: Oxford UP, 1978.
──. "The Art of *Pickwick*'s Interpolated Tales." *ELH* 34 (1967): 349-366.
Roberts, Doreen. "*The Pickwick Papers* and the Sex War." *Dickens Quarterly* 7 (1990): 299-311.
Sadrin, Anny. "Fragmentation in *The Pickwick Papers*." *DSA* 22 (1993): 21-34.
Sucksmith, H. P. *The Narrative Art of Charles Dickens*. Oxford: Oxford UP, 1970.

（田辺洋子）

『オリヴァー・トゥイスト』

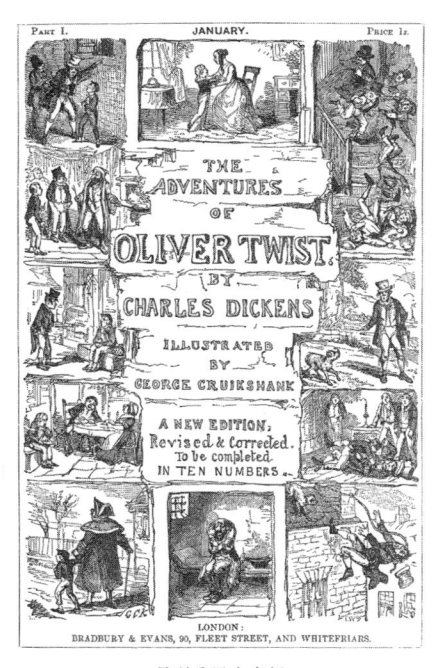

月刊分冊本表紙

Ⅱ　作品

1　最初の出版形態および出版年月

1837年2月から1839年4月まで月刊誌『ベントリーズ・ミセラニー』誌に連載。

2　単行本テクスト（初版・校訂版・普及版・翻訳）

初版

  1838年11月、リチャード・ベントリー・アンド・サン社。3巻本。

校訂版

  Oliver Twist. Ed. Kathleen Tillotson. Oxford: Clarendon, 1966. 1846年版を底本に使用。

  Oliver Twist. Ed. Fred Kaplan. New York: Norton 1993. 1846年版を底本に使用。

普及版

  Oliver Twist. Ed. Kathleen Tillotson. Oxford: Oxford UP, 1982. 上記クラレンドン版に準拠。

  Oliver Twist. Ed. Steven Connor. London: Dent, 1994. チャールズ・ディケンズ版に準拠。

  Oliver Twist. Ed. Philip Horne. London: Penguin, 2002. 月刊誌連載時のテクストに準拠。

翻訳

  『オリヴァー・ツイスト』（中村能三訳、新潮社文庫、1955）

  『オリヴァー・トゥイスト』（小池　滋訳、ちくま文庫、1990）

3　時代背景

新救貧法と功利主義

　作品の時代背景の中心には1834年に制定・実施された新救貧法 (Poor Law Amendment Act) がある。新救貧法は当時注目の時事問題であり、『オリヴァー・トゥイスト』が連載される以前から、『タイムズ』紙や『モーニング・クロニクル』紙等で同法に関して賛否両論が飛び交っていた。また、『オリヴァー・トゥイスト』の連載がはじま

った1837年2月頃は、不作や不況の影響で、新救貧法に対する関心がこれまで以上に高くなっていた。

　新法の成立した1834年まで、困窮者救済は主に、1795年に考案されたスピーナムランド方式 (Speenhamland System) に従って行なわれていた。この方式では、低賃金に苦しむ困窮者に対し院外救済が行なわれていた。つまり、救貧院の外で、低賃金を補うための救済が教区の財源から施されていたのである。しかしながら、この方式は雇用者によって悪用され、賃金はさらに下げられた。また、この方式が堕落させたのは雇用者だけではなかった。困窮者の中には、はじめから救済を頼る者もいたからである。結果として、町や村は職に就くことなくのらくらする人たちであふれることになった。

　このような悪しき状況を改善するために、新救貧法が1834年に制定・実施された。新旧の制度間における最も顕著な違いのひとつは、救貧事業を監督する権限が地方の教区から中央政府に移った点にある。これは、新救貧法が功利主義的思想をその理論的背景としていたことを意味する。しかし、功利主義者たちが支持した同法は、彼らの思惑とは裏腹に、多くの問題をはらむものであった。院外救済は働けない人たち（高齢者や病人）に限定され、健康体の困窮者およびその家族は救貧院に入れられることになった。そして救貧院は「劣等処遇」(less eligibility) の原則に従って運営された。つまり、困窮者に対する補助が、院外で働く労働者の最低の生活水準よりも「劣等」なものになるように定められたのである。その結果、救貧院は「監獄についで魅力の無い場所」(Schlicke 458) となった。そこでは、「単調な仕事が7歳以上の者に課され、入院者は運動もほとんど許されず、面会もめったに認められなかった。また、夫婦は引き離され、親は子供に会えず、入院者の増加に伴って病気も蔓延した」(Wood 90)。食事も質・量ともに不十分なものであった。『オリヴァー・トゥイスト』の中で、救貧院の食事が「1日3度の薄いおかゆと、週2度のたまねぎと、日曜日にロールパン半分」と書かれているのは、滑稽さをねらった誇張であるとしても、極端に事実を歪曲したものではなかったので

ある。(なお、新旧の救貧法に関する情報は、『ブリタニカ百科事典』[第14版] に詳しい。)

4 執筆・出版に至る経緯

『オリヴァー』の執筆には主に 3 つの目的があったと思われる。ひとつは救貧法および救貧院の惨状を世間に広く知らしめること。連載がはじまる直前の 1837 年 1 月 28 日、ディケンズはトマス・ビアードに手紙を出し、その中で『オリヴァー・トゥイスト』を「私の新法案検分」(my glance at the new Poor Law Bill) と呼んでいる。前述の如く、『オリヴァー・トゥイスト』の連載がはじまった時、新救貧法に対する世間の関心はこれまでになく高まっていた。残るふたつの目的は、1841 年にディケンズが書いた『オリヴァー・トゥイスト』第 3 版の「序文」に明らかである。ひとつは「善の原理があらゆる逆境を通じて生き残り、最後には勝利を収めること」を、オリヴァーを通して描くこと。そしてもうひとつは、オリヴァーが陥る犯罪者の世界を写実的に描くことであった。特に後者の目的については、犯罪者を美化して描いたニューゲイト小説との違いを強調しながら、『オリヴァー・トゥイスト』は犯罪者の「あるがままの姿」を提示していると繰り返し述べている。注意すべきは、最後のふたつの目的が、小説の連載終了後に書かれた序文で明らかにされたものであるという点だ。「目的」というよりも、ディケンズ自身による『オリヴァー・トゥイスト』評と見なした方が良いのかもしれない。

5 作品の批評史

(1) 同時代の評価

『オリヴァー・トゥイスト』出版当時には、作品構成の甘さを批判する『マンスリー・レヴュー』誌の意見 (*Dickensian* 1 [1905]: 35-40) 等も存在した。しかし、同時代の評価は、概して、作品が写実的であるか否かという基準に従って下されたようである。ディケンズの友人でもあったジョン・フォースターは、人物描写について、「『ピクウィッ

ク・クラブ』は明るい戯画のようであるが、『オリヴァー・トゥイスト』は写実的である」(*Dickensian* 34 [1937-38]: 29) と評している。『オリヴァー・トゥイスト』をめぐるこの評価は、ロンドンに棲む犯罪者とその仲間の描写に対してなされたものである。実際、犯罪者たちの描写に関しては、フォースター以外にも高い評価を与える者が多かった。例えば、1838 年 11 月 24 日付の『スペクテイター』誌は、ディケンズの描く「泥棒やその仲間、ロンドンの住人には血が通っており、まるで生きた人間のようである」(Collins, *Heritage* 43) と書いている。一方で、『オリヴァー・トゥイスト』が写実的ではないと批判する意見も存在した。サッカレーは、特にナンシーを「この上なく非現実的で突飛な人物」だと断じている (Collins, *Heritage* 46)。1841 年 8 月 7 日号の『パンチ』誌は、「優れたロマンス作品」を生み出す「文学調理法」として、『オリヴァー・トゥイスト』を想像させる登場人物とあらすじを紹介し、この作品がニューゲイト小説的であると暗に諷刺している (Collins, *Heritage* 46)。このような批判に対しディケンズは、第 3 版の「序文」(1841) で、美化された犯罪者ではなく現実にあるがままの犯罪者を描いたのだと主張するとともに、ナンシーが「売春婦」であると初めて明言し、彼女がサイクスに対して抱く愛情は、売春婦としての存在と「一見矛盾しているものの、やはり真実なのだ」と論じた。

(2) 20 世紀はじめ

　20 世紀はじめにおける評価の特徴のひとつは、ディケンズの道徳的作家としての側面に着目している点にある。例えば、チェスタトンは、『オリヴァー・トゥイスト』の主題が「社会による抑圧」(Chesterton, *Appreciations*) であり、この点においてこの作品は、はじけるような笑いに満ちた前作『ピクウィック・クラブ』とは質を異にすると述べている。そして、『オリヴァー・トゥイスト』の道徳性がサイクス等の悪人の描写に最もはっきりと表われているとし、ホガースに代表される 18 世紀のモラリストたちとディケンズとの間に共通性を

見出している。ギッシングも、『オリヴァー・トゥイスト』には、救貧法が生み出す惨状を暴くことと、ロンドンの犯罪者を写実的に描くことのふたつの道徳的な目的があったと論じ、特に第2の目的である犯罪者の写実的な描写において、ディケンズがこれまでの作家と一線を画されるべきであるとしている。

(3) 20世紀半ば

　20世紀半ばの批評は大きく4つに分かれる。すなわち、① フロイト等の理論を援用した精神分析批評、② 伝記的事実や社会背景を考慮した批評、③ テクスト校訂や出版事情を考慮した批評、そして④ ニュー・クリティシズムとイメジャリー研究である。以下、この順番に、20世紀半ばにおける『オリヴァー・トゥイスト』の評価を概観してみたい。

　精神分析批評の口火を切ったのはエドマンド・ウィルソンであった。彼の最も重要な主張を踏襲し、マーカスも、少年時代の靴墨工場での辛い体験がディケンズ芸術の源泉になっていると指摘する。「フェイギンは誰か？」という論は、そのタイトル通り、フェイギンの正体を明らかにしようとするものであるが、その中でマーカスは、フロイトにならって、オリヴァーの夢（に似た体験）を分析している。メイリー一家と田舎家で平穏な生活を送っていたオリヴァーは、読書をしながら眠ってしまう。その時彼は、周りの空気が急に重苦しくなったことに気づくとともに、自分がフェイギンの巣窟に居ると錯覚する。しかし実際は、挿絵にあるように、田舎家の窓辺に現われたフェイギンが、眠るオリヴァーをモンクスと一緒にじっと見つめていたのだ。

モンクスとフェイギン

マーカスによると、オリヴァーのこの体験は、ウォレン靴墨工場でのディケンズの体験——同僚のボブ・フェイギンと作業を行なっているところを、通りに面した窓から多くの人に見られるという体験——と重なり合う。ここで、作品中のフェイギンと父ジョンとが結びつけられる。なぜなら、ディケンズが靴墨工場で働いている姿を見た者の中にジョンも居たからである。ベイリーも、エドマンド・ウィルソンの論に依拠しながら、精神分析批評を展開している。ベイリーによると、犯罪者の世界はローズ・メイリーやブラウンロー氏に代表される善人の世界と対になっているが、それらふたつの世界は相対するものではなく、いわば同じコインの表と裏の関係にある。例として、ベイリーはフェイギンを挙げている。小説のフェイギンは、ディケンズ少年が靴墨工場で共に働いたボブ・フェイギンにちなんで名づけられている。ボブ・フェイギンはディケンズに対し親切であった。しかし、小説のフェイギンは恐ろしい人物として描かれている。このズレを理解するためにはディケンズの心理を探る必要がある、とベイリーは言う。ディケンズにとって、ボブ・フェイギンの親切を受け入れることは、靴墨工場での生活を容認することを意味した。しかし、靴墨工場での体験はディケンズにはあくまでも屈辱的なものであった。従って、ボブ・フェイギンの親切を認めるわけにはいかなかったのである。その結果、「現実のフェイギンの親切心は、犯罪者フェイギンの卑劣さになった」(Bayley 53) のだ。

　ハウスの『ディケンズの世界』は、伝記的事実や社会背景、特に救貧法について有益な情報を我々に与えてくれる。『ディケンズと犯罪』においてコリンズは、『オリヴァー・トゥイスト』がロンドンの犯罪者の世界を写実的に描いていることを、フェイギンの元となった盗品売買人アイキー・ソロモンズや、サイクスの元となったビルという名前の泥棒に触れながら実証的に示している。

　テクスト校訂や出版事情を考慮した実証研究の先駆的なものは、バットとティロットソンの『ディケンズの創作過程』であるが、この書では『オリヴァー・トゥイスト』はほとんど扱われていない。この件

に関しては、ティロットソンの編集によるクラレンドン版が、作品の社会背景のみならず、テクスト校訂や出版事情にも詳しい。また、ウィーラーは、『ベントリーズ・ミセラニー』誌に連載されたテクストと、その後の版とを丹念に読み比べながら、ディケンズが『オリヴァー・トゥイスト』の執筆計画を連載中に二度劇的に変更させたと指摘している。一度目は、『ベントリーズ・ミセラニー』誌への連載が4回分終了した時（つまり、第8章が終了した時）であり、ここで初めてディケンズは作品を「短い連載物」から「小説」(Wheeler 41)へと変更させた。二度目は、さらに3回分の連載が終わった時（つまり、第15章が終わった時）であり、この段階においてディケンズはやっとプロットらしいプロットを思いつき、その中心にナンシーを据えることにしたのである。そしてウィーラーは、『ディケンズとアナロジー』におけるダレスキの意見に賛同しながら、オリヴァーではなくナンシーこそが「善の原理があらゆる逆境を通じて生き残り、最後には勝利を収めること」を体現していると主張している。

　グリーンによれば、『オリヴァー・トゥイスト』には光と闇の世界、つまりブラウンロー氏に代表される善の世界と、フェイギンに代表される悪の世界があり、後者の方がはるかに力強く描かれている。だから、フェイギンやサイクスがこの世から姿を消した後も、闇の世界は依然として読者の心に残るのだ。このようにグリーンが光と闇の世界の間に断絶を見たのに対し、ヒリス・ミラーは、ふたつの世界をいかに融合させるかが作品のテーマであると論じている。光と闇の世界をそれぞれ詳しく分析した後でミラーは、「『オリヴァー・トゥイスト』における理想的な状況とは、外にも開かれ、周りを見渡すことが可能な避難所にしっかりと保護されることである」(J. Hillis Miller 71)と述べている。そしてこのような状況は、オリヴァーが過去に対して生きることで可能となる。オリヴァーにとって現在とは、閉ざされた空間——その代表がフェイギンの巣窟——であり、孤独を強いるものである。またそのような現在の後に続く未来も、恐ろしく暗いものである。このような現在や未来と直接には対峙することを避け、オリヴァーは

過去における両親のイメージ——そのイメージの喚起を手助けするのがブラウンロー氏——の反復として存在しようとする。換言するなら、過去を通じて現在と未来を生きようとするのである。過去を避難所としつつ、現在や未来を見渡しながら生きるという理想的な状況をオリヴァーは手に入れるのだ。かくして、オリヴァーを通じ、光と闇の世界は統合される。

　このように評するミラーは多分にニュー・クリティシズム的である。まず、ニュー・クリティシズムの手法に則って、社会や伝記といったものから作品を切り離し、主に作品内のイメージに依拠しながら批評を展開している。また、光と闇の世界を有機的に統合させ、作品に一貫性を与えようとする態度も、いかにもニュー・クリティシズム的である。その一方で、ミラーは反ニュー・クリティシズム的でもある。なぜなら、ミラーが後に展開させることになる脱構築批評の萌芽を、この『オリヴァー・トゥイスト』論の中にも確認することができるからだ。ミラーによると、オリヴァーの「強い意志」は「消極性」によって支えられ、犯罪者の世界の「安定」は絶えざる「変化」によってもたらされ、その世界においてフェイギンは「中心」にありながらも「空虚」な存在であり、「追う者」が「追われる者」になり、「被監視者」であるオリヴァーが「監視者」にもなる。このように、対立する二項間の境界を曖昧にする論法は、1970〜80年代の脱構築批評を先取りしていると言えよう。

(4) 1970〜90年代
　19世紀の後半から20世紀の半ばまでは、作者が常に文学研究の中心を占めていた。つまり、作者をめぐる諸要素——作者の意図、作者の無意識、作者の伝記的事実や歴史的背景——が作品の意味を決定していた。これに対し、20世紀半ばのニュー・クリティシズムは作者を作品から切り離し、作品の意味は作品自体に存在すると主張した。作者、作品の次に登場したのは読者であった。作品の意味を決定する要因が読者に移った背景には、脱構築の台頭がある。従来の批評は——

それが、作者を中心に据えたものであれ、作品自体を中心に据えたものであれ——あらかじめ決定された、唯一の正当なる意味を求めるものであったと言えよう。そのような作品や作者に対し、脱構築の言うテクストは多次元の空間である。その空間において、意味は、単一的なものではなく多元的なものであり、絶えず生産されると同時に解体される。そしてこのような多元性の収斂する場が読者なのだ。テクストの多元性や読者の役割に着目した脱構築批評は、1970～80年代にかけて一世を風靡することになった。脱構築批評は、テクストの矛盾や多義性をむしろ積極的に評価したという点において、それに先行するニュー・クリティシズム——作品の有機性・一貫性を探求する批評方法——とは異なる。しかし、歴史やイデオロギーを考慮しなかったという点では、両者は共通していると言えよう。これに対し、1980～90年代にかけて、歴史やイデオロギーといったコンテクストを重視した批評が展開されるようになる。新歴史主義、ポスト植民地主義、フェミニズム等を土台にした批評がそれにあたるが、注意すべきは、これらの批評が脱構築を否定するものではないということである。むしろ、これらの批評は、脱構築の考え方を取り入れつつ、新しい歴史観・社会観を主張している。以下、脱構築批評とそれ以降の批評とに分けて、作品研究を概観したい。

　ラーソンは、『オリヴァー・トゥイスト』、『聖書』、バニヤン作『天路歴程』(1678, 84)の三者を比較している。これまでも『オリヴァー・トゥイスト』に影響を与えたと思われるテクストを論じる批評は存在してきた。しかし、それらは伝統的な比較研究の立場からなされたものであり、よってこの作品の起源としての『天路歴程』なり、『聖書』なりを強調したものであった。このような伝統的な研究は、あらかじめ決定された、唯一の正当なる意味を求めてしまう傾向にある。これに対しラーソンは、意味の不確定性に着目し、その観点から3つのテクストを比較している。その際、「読むという行為」に焦点が当てられ、その行為には、テクストを解釈する読者だけではなく、テクストに登場する人物——例えば、オリヴァーや『天路歴程』の主人公ク

リスチャン——も関わり得るものとして論じられている。「読むという行為」や「書くという行為」にこだわった脱構築批評の他の例としては、トレイシーやスローカの論が挙げられる。

　ジョーダンの論文「盗まれたハンカチ」("The Purloined Handkerchief") のタイトルは、エドガー・アラン・ポーの短編「盗まれた手紙」("The Purloined Letter," 1845) の言い換えである。ポーのこの短編は、ラカン、デリダ、バーバラ・ジョンソンといったポスト構造主義の担い手たちによって議論されてきた。ジョーダンの論文も、彼自身が認めるように、これらポスト構造主義者たちの議論を意識している。しかし、ジョーダンの批評は、「純然たる」脱構築論者のそれではない。なぜなら、ジョーダンは、階級やジェンダーといったコンテクストも考慮しているからである。小説の最終段落で語り手はアグネスを「心弱き罪人」と呼んでいるが、ジョーダンはこの同情的な呼び方の裏に潜む女性蔑視の思想を見逃さない。デイヴィッド・ミラーは、フーコーの理論を使いながら、「監視」「権力」「知」といった観点から『オリヴァー・トゥイスト』を分析する。また、グロースマンはフェイギンのユダヤ性に着目する。フェイギンのユダヤ性は、結局のところそれを記述する側——ディケンズのみならず作品の他の登場人物や語り手も含まれる——の問題、さらには記述するという行為自体の問題と関わってくる。つまり、ユダヤ性というものは客観的な事実としてあるものではなく、意図的にあるいは無作為的に構築されるものなのである。

6　作品のテーマと諸相

(1) 新救貧法とディケンズ

　『オリヴァー・トゥイスト』の連載がはじまった時、新救貧法に対する世間の関心はこれまでになく高まっていたが、同法に関しては賛否両論が存在していた。「新法実施による国費節約は、実施前の3年間の平均額に比べ100万ポンド (46%) も減少する好成績をおさめ、当時の知識人の間では高い評価を得ていたのである。ところがこうし

た風潮の中で、『タイムズ』紙は法案の審議中より一貫して、新法の非人道性に焦点をあて、反対の立場を表明しつづけていた」(西條 65)。この『タイムズ』紙と同じく、ディケンズは新救貧法の非人道性を糾弾する立場を取った。そして『オリヴァー・トゥイスト』の中では、特に救貧院における惨状を批判の対象としつつ、飢えるオリヴァーに「お代りを下さい」と言わせたのである。

オリヴァーがこの有名なセリフを吐く場面には、クルークシャンクの挿絵「お代りを求めるオリヴァー」が添えられている。この挿絵は、救貧院で飢えに苦しむ子供たちが、あてがわれた分量以上に食べ物をもらおうとし、貧乏くじを引いたオリヴァーがお代わりを求める場面を描いたものである。スレイターによると、この挿絵はまた別の挿絵である「立派な老紳士に紹介されるオリヴァー」と呼応している。後者は、フェイギンがその巣窟でオリヴァーをもてなす様を描いたものである。救貧院においてオリヴァーは人間的ぬくもりも十分な食事も与えられない。故に、彼は犯罪者の世界に足を踏み入れてしまうのである。このふたつの挿絵を通じて、我々は貧困と犯罪が結びついていることを再認識するのだ。

新救貧法に対するディケンズの批判的な態度は生涯変わることがなかった。それは、この作品より約30年後に書かれた『互いの友』の「後

お代りを求めるオリヴァー

立派な老紳士に紹介されるオリヴァー

書き」からも明らかである。しかし、フェアクラフも指摘する通り、貧困をめぐる問題に関し、ディケンズは『オリヴァー・トゥイスト』の中で具体的な解決策を提示しているわけではない。ディケンズが社会に貢献したと思われる点は、新救貧法および救貧院の非人道性に人々の関心を引き寄せたことであろう。

(2)「真空」なるオリヴァー

『オリヴァー・トゥイスト』執筆の目的のひとつは、「善の原理があらゆる逆境を通じて生き残り、最後には勝利を収めること」を、オリヴァーを通して描くことであった。確かにオリヴァーは、救貧院でいじめられようとも、泥棒の巣窟に足を踏み入れようとも、その純粋さを保ちつづける。しかし、オリヴァーは自らの努力や意志によって純粋さを守るわけではない。彼はいわば「真空」("vacuum," A. Wilson 131) であり、いかなる逆境に遭遇しても致命的な傷を負うことがないように定められている。それは、生まれ育った環境にもかかわらず、彼が標準英語を操る事実にも象徴されている。

オリヴァーが不自然な純粋さを保つ理由は作者ディケンズにあると考えられる。エドマンド・ウィルソンの指摘通り、少年時代における屈辱的な体験が、ディケンズにとって精神的外傷になったとしよう。その外傷は、ディケンズが作家として成功を収め、中産階級の一員としての不動の地位を築いた後も、彼を苦しめたことであろう。中産階級からいつふたたび突き落とされるかもしれないという恐怖が彼を支配し、オリヴァーの造型に影響を与えたと思われる。オリヴァーを通じてディケンズは、「自分の悪夢の中から無意識のうちにのがれようとしていたのだ」(植木 120)。さらに、この悪夢は、ディケンズのみならずヴィクトリア朝の人々に共有されていた。したがってオリヴァーは、下層中産階級の「集団的無意識」("collective unconscious") の内に誕生した (植木 120) といえるであろう。

(3) メアリー・ホガースの死の影響

　ディケンズは『ベントリーズ・ミセラニー』誌における『オリヴァー』の連載に計3回穴をあけているが、そのうちの1回が1837年6月号である。それには明らかな理由がある。1837年5月7日に義妹メアリー・ホガースが17歳の若さで急逝し、ディケンズはそのショックから立ち直ることができなかったのだ。ディケンズの作品にはメアリーの面影を感じさせる女性が多く登場する。中でも、『オリヴァー・トゥイスト』のローズ・メイリーは彼女を最も意識させる人物であろう。ローズは17歳であり、これはメアリーの享年と重なる。また、ローズは、メアリーが死んで約1年が経った時にこの作品に登場しており、メアリーの死から時間的にも近い存在である。さらに、ローズの姓であるメイリー (Maylie) がメアリー (Mary) に類似している。しかし、ローズはメアリーと同じく病に冒されるものの、夭折することはない。現実でメアリーの死に遭遇したディケンズは、虚構においてローズの死に直面することができなかったのであろう。

　メアリーの死の直後に書かれたトマス・ビアード宛の手紙(1837年5月17日付)の中で、ディケンズは次のように記している。「あれほどまでに完璧な人間は居ないだろう。僕は彼女を心から理解していたし、彼女の真価もわかっていた。彼女には一点の曇りもなかった。」『オリヴァー・トゥイスト』執筆の目的のひとつは逆境に左右されない「善」を描くことであった。そして、そのような純粋さを描こうと考えたのは、17歳で他界したメアリーの「完璧」さを不変のものにしようとしたからではないか。(もっとも、作品の連載開始の時点においてメアリーはまだ生きていたので、このような論は成り立たないとも考えられる。しかし、前述のとおり、純粋さを描くという執筆目的は、作品の連載前ではなく、連載終了後に書かれた序文で明らかにされた。メアリーが他界したのは連載が始まって間もない時であった。彼女の死が『オリヴァー・トゥイスト』の在り方に大きな影響を与え、連載中のディケンズに新たな執筆目的を与えたのだとも解釈できよう。)興味深いのは、作品の中で不変の純粋さを体現している人物

が、ダレスキも指摘しているように、オリヴァーではなく、むしろナンシーである点である。「酸いも甘いも噛み分けた」ナンシーにも、メアリーの影響が認められるのだ。

　次の挿絵は、ナンシー（左から3人目）が、身の危険を冒しつつも、オリヴァーを守るための情報をブラウンロー氏とローズ（一番左）に与えている場面を描いたものである。ローズとナンシーは生まれも育ちも全く異なる。しかし、この挿絵が示すように、オリヴァーを守るという共通の目的で二人の女性はつながっている。そして、二人の献身的な態度は、ディケンズが認めたメアリーの美徳と重なるのだ。

密会

(4) サイクスとフェイギンの罪

　『オリヴァー・トゥイスト』執筆の目的の一つは、オリヴァーが陥る犯罪者の世界を写実的に描くことであった。その犯罪者たちの代表としてサイクスとフェイギンを取り上げ、彼ら二人が作品解釈にどのように関わり得るかについて見てみたい。

　第3版の「序文」の中でディケンズは、サイクスの性格が「本当に取り返しのつかないくらいに悪い」と述べ、現実にも「サイクスのようにほんの一瞬たりとも良い性質を見せようとしない人物が存在する」と主張している。確かに、サイクスはフェイギンの一味の中でも極悪の人物として描かれており、それは、チャーリー・ベイツやアートフル・ドジャーといった他の泥棒仲間には見られる喜劇的描写がサイクスに関しては見られないことにも示唆されている。サイクスの極悪ぶりが最高潮に達するのは、言うまでもなく、ナンシーを惨殺する時である。命乞いをしながらナンシーは、自分がどれだけサイクスのことを想い、また助けになろうと考えているかを述べ立てる。そのナ

ンシーをサイクスは無惨にも殴り殺すのだ。しかし、逆説的に、このナンシー殺害によってわれわれは、サイクスにも一片の人間らしさがあることを知る。ナンシーを殺した後、サイクスは逃避行の旅に出る。その旅の先々でサイクスは、ゴシック小説にも似て、ナンシーの目に悩まされるのだ。極悪人である彼にも、人間らしさの片鱗が残っていたことを表わしていると思われる。フェイギンもまた、わが身を守るためならば、自分の手先となって働いてきた泥棒たちを平気で処刑台に送り込む人物として描かれている。相棒のサイクスですら、自分にとって邪魔な存在となってくれば、ナンシーを利用して彼を亡き者にしようと画策する。そのフェイギンも、殺人幇助罪で捕らえられると、最後は恐怖におののきながら死んでいく。このようなフェイギンとサイクスを捉え西條氏は、「盗賊世界をすぐれた次元の読み物にしているのは、この二人の人物の内面を克明に分析する点にある。ほとんど『悪魔的』としか形容しようのない人物が、いつしか一介の人間になり下がり、自分の犯した罪に怯え、死の恐怖におののくのである」と述べる（西條 92-93）。

　悪魔的で神をも恐れぬサイクスとフェイギンが、ナンシー殺害を境に、恐怖におののくようになる。彼らの心理描写にはドストエフスキーにも比すべき深みが感じられるが、その分析は西條論文に任せるとして、ここではディケンズがいかにナンシーを美化することに努めているかをたどってみたい。最初こそは卑俗なことばを使っていた彼女は、小説の進行にともなって最下層の社会階級に属する人間とは思われない英語を使うようになる。彼女は身の危険を冒してまでオリヴァーを守ろうとするし、また、ブラウンロー氏やローズから誘われても、これまでの仲間であるサイクスやフェイギンを最後まで裏切らない。そしてディケンズは、殺害されるナンシーをいつしか殉教者にも似た神々しい姿に変えている。ダレスキの指摘通り、『オリヴァー・トゥイスト』の中で不変の「善」を体現しているのがオリヴァーではなく、むしろナンシーであるというのは、もっともである。

　このような美化は、結局のところ、ナンシーが中産階級の女性の

「美徳」を背負わされていることによって生じる。そして、彼女の取る行動はこの観点から善とされる。オリヴァー、サイクス、フェイギンに対してナンシーが取る立場は、中村氏も指摘するように、それぞれ母、妻、娘である。この3つの立場のいずれにおいても彼女は献身的な態度を示し、自己犠牲の精神を発揮する。このような態度、精神こそがヴィクトリア朝の中産階級の女性に求められたものなのである。『オリヴァー・トゥイスト』の言説は、この中産階級の価値観があたかも「自然なもの」、「当たり前のもの」であり、その価値観に則った行動が善なるものであると感じさせることに成功している。

　ナンシーは、フェイギンによって「監視」され、サイクスによって「処刑」される。つまり、この二人は中産階級の価値観そのものを否定し、破壊したのだ。その罰として、彼らは恐怖におののきながら死んでいく。ナンシーを殺した後、サイクスは彼女の「目」に怯えつづけるのだが、その目は中産階級の社会規範の遵守を監視する「目」に他ならない。このように考えれば、サイクスとフェイギンが最後に感じる恐怖は、ヴィクトリア朝の価値規範を転覆させようとした二人の行為の罪深さに見合ったものとなっている、と理解されるのではなかろうか。

参考文献

Bayley, John. "*Oliver Twist*: 'Things as they really are.'" *Dickens and the Twentieth Century*. Ed. John Gross and Gabriel Pearson. London: Routledge, 1962.
Fairclough, Peter. "Appendix A: Dickens and the Poor Law." *Oliver Twist*. London: Penguin, 1966.
Gissing, George. *The Immortal Dickens*. Ed. B. W. Matz. London: Cecil Palmer, 1925.
Greene, Graham. "The Young Dickens." 1951. *Collected Essays*. London: Bodley Head, 1969.
Grossman, Jonathan H. "The Absent Jew in Dickens: Narrators in *Oliver Twist*, *Our Mutual Friend*, and *A Christmas Carol*." *Dickens Studies Annual* 24 (1996): 37-57.
Jordan, John O. "The Purloined Handkerchief." *Dickens Studies Annual* 18 (1989): 1-17.
Larson, Janet L. *Dickens and the Broken Scripture*. Athens: U of Georgia P, 1985.
Miller, David. *The Novel and the Police*. Berkley and Los Angeles: U of California P, 1988.
Slater, Michael. "On reading *Oliver Twist*." *Dickensian* 70 (1974): 71-81.
Sroka, Kenneth M. "Dickens' Metafiction: Readers and Writers in *Oliver Twist*, *David Copperfield*, and *Our Mutual Friend*." *Dickens Studies Annual* 22 (1993): 35-65.

Tracy, Robert. "'The Old Story" and Inside Stories: Modish Fiction and Fictional Modes in *Oliver Twist*." *Dickens Studies Annual* 17 (1988): 1-33.
Wheeler, Burton M. "The Text and Plan of *Oliver Twist*." *Dickens Studies Annual* 12 (1984): 41-61.
Wood, Anthony. *Nineteenth Century Britain 1815-1914*. 2nd ed. Essex: Longman, 1982.
植木研介『チャールズ・ディケンズ研究——ジャーナリストとして、小説家として』南雲堂フェニックス、2004.
西條隆雄『ディケンズの文学——小説と社会』英宝社、1998.
中村　隆「メドゥーサの肖像——公開朗読のナンシーとセンセーション・ノヴェルのヒロインたち」『英文学研究』第 81 巻 (2005): 79-95.

(小野　章)

『ニコラス・ニクルビー』

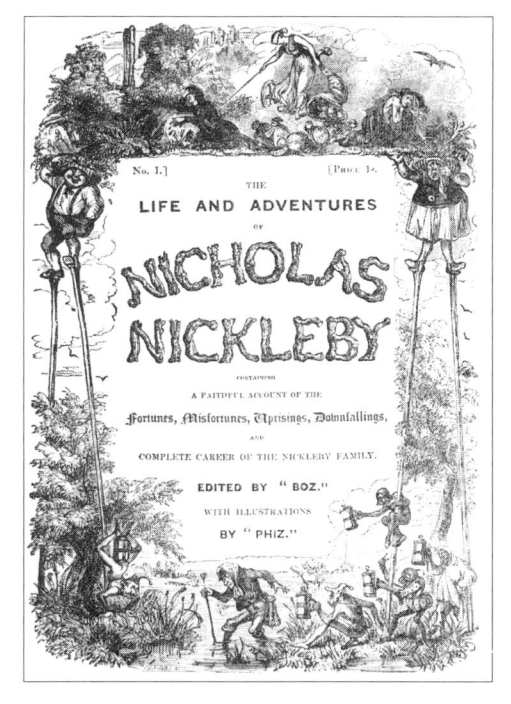

月刊分冊本表紙

II 作品

1 最初の出版形態および出版年月
1838年3月から1839年9月までチャップマン・アンド・ホール社より月間分冊形式で刊行。

2 単行本テクスト（初版・校訂版・普及版・翻訳）
初版
 1839年10月、チャップマン・アンド・ホール社より出版。
普及版
 Nicholas Nickleby. Ed. Paul Schlicke. Oxford: Oxford UP, 1990. チャールズ・ディケンズ版に準拠。
 Nicholas Nickleby. Ed. David Parker. London: J. M. Dent, 1994. チャールズ・ディケンズ版に準拠。
 Nicholas Nickleby. Ed. Mark Ford. London: Penguin, 1999. 1839年版に準拠。
翻訳
 『ニコラス・ニクルビー』（田辺洋子訳、こびあん書房、2001）．

3 時代背景（ヨークシャーの学校）
『ニコラス・ニクルビー』の中で最も有名な部分は、おそらくドゥー・ザ・ボーイズ・ホールとその校長スクウィアズの描写であろう。これは、当時のヨークシャー地方に実在した多くの学校に対する激しい攻撃を意図したものだった。ディケンズは前作『オリヴァー・トゥイスト』で取り上げたような社会批評、社会悪の弾劾を、『ニコラス・ニクルビー』にも取り入れようとした。例えば、「首都連合マフィン・クランペット製造配達向上会社」(The United Metropolitan Improved Hot Muffin and Crumpet Baking and Punctual Delivery Company) に関するエピソードは、当時の投機熱に対する諷刺となっている。しかし、最も激しい攻撃は、ヨークシャーの学校に向けられる。そもそも教育問題に対するディケンズの関心は強く、生涯にわたるものであり、ヨークシャーの学校への批判にも力がこもっている。劣悪な生活環境と

低い教育レベルのために、こうした学校は長きにわたって悪評を立てられていた。『ニコラス・ニクルビー』での描写は、誇張はあるにせよ、事実に基づいたものである (Collins 98-110)。

18 世紀から、ヨークシャー地方でいくつもの学校が作られはじめた。その教育の質を見てみると、良心的な学校もあったが、中には単に望まれない子供たちを厄介払いする場所となっているも

ドゥ・ザ・ボーイズ・ホール

のもあった。作中でスクウィアーズが行なっているのと同じように、実際にこれらの学校は生徒を集めるためにロンドンなど大都市に広告を出し、そこには「休暇なし」という文句が大きく載せられていた。つまり、親元から遠く離れた場所で生活し、休暇に帰省することもないわけだ。それを堂々と宣伝文句にしていたということからも、実家で邪魔にされている子供たちを集めていた様子が窺える。これらの学校では生徒に対する虐待が日常的に行なわれていると噂されていた。実際、多くの学校では、教育の質も悪く、食事は粗末で、衛生状態は省みられず、さらに教師その他からの暴力もあり、さながら牢獄のようであったという。ディケンズは『ニコラス・ニクルビー』の中でそうした学校の悲惨な状況を暴露し、そこに世間の注目を向けたのである。

『ニコラス・ニクルビー』分冊出版が始まる直前の 1838 年 1 月、ディケンズは挿絵画家のハブロー K. ブラウンを伴ってヨークシャーへ赴いた。この地方の学校で行なわれている虐待について、彼は幼い頃から耳にしており、それを新しい小説の題材にしようと取材したのだ。ディケンズはボウズ・アカデミー (Bowes Academy) という学校への訪問にこだわった。その校長、ウィリアム・ショーは、二人の生徒が流行性眼炎を患って視覚を失ったことに関して 1823 年に起訴されたこ

とがあったため、特にディケンズが関心を寄せていたのである。この裁判では、学校側が不十分で不衛生な食事しか与えていなかったこと、5人もの生徒がたったひとつのベッドで寝かされ、しかもそのベッドには蚤(のみ)が湧いていたこと、生徒たちがよく殴られたこと、さらには全部で10人もの生徒の目が見えなくなったが、何の治療処置も行なわれなかったこと、などが証明された。ショーは有罪になって損害賠償金を支払ったにもかかわらず、裁判から15年後にディケンズが訪れたとき、学校はまだ盛況であった。

　劣悪な環境の学校とスクウィアーズという卑劣な教師を描くことによって、ディケンズはヨークシャーの学校を糾弾したのだが、この攻撃は実際に効果があり、ショーのボウズ・アカデミーを閉鎖へと追い込んだ。それだけではなく、『ニコラス・ニクルビー』はその近隣の学校の多くを閉鎖へと追い込んだ。1848年版の序文でディケンズは、この作品が出版されてからの10年間で、ほとんどすべてのヨークシャーの寄宿学校が閉鎖された、と満足げに述べている。ディケンズは自分の小説で現実の社会をいくらか変えることに成功したのだ。

ドゥー・ザ・ボーイズ・ホールの経営術

4　執筆、出版に至る経緯

　『ニコラス・ニクルビー』執筆中、ディケンズは生涯でおそらく最も多くの仕事を抱えていたといえるかもしれない。この作品はディケンズの長編小説のうち第3作目に当たるが、第1作目の『ピクウィック・クラブ』が完成して数日しか経っていない1837年11月24日に、彼はチャップマン・アンド・ホール社と『ニコラス・ニクルビー』執筆の契約をする。その契約で、ディケンズは月150ポンドの報酬

を約束される。ほんの2年前、月刊分冊の『ピクウィック・クラブ』執筆の報酬は月14ポンドであり、その時はこの額でさえ「魅力的で断れない」と言っていたことを考えると、彼の人気と地位が短期間で急激に高くなったのが分かる。翌年1月、実際に執筆を開始したとき、第2作目の『オリヴァー・トゥイスト』は、まだ半分も完成していなかった。つまり、ディケンズは二つの小説を同時進行で書かなければならない羽目に陥ったのである。しかも、実際には完成しなかったとはいえ、1838年10月にはリチャード・ベントリーと、新作の小説『バーナビー・ラッジ』を書き上げる約束までしていた。この時期のディケンズの文学活動は、これに留まらない。『オリヴァー・トゥイスト』の分冊出版中は、それを掲載していた『ベントリーズ・ミセラニー』誌の編集をしていたし、『ピクウィック・クラブ』を終えて『ニコラス・ニクルビー』が始まるまでの短い期間には、『若紳士の素描集』という小さな作品を仕上げ、さらにはパントマイム役者ジョウゼフ・グリマルディの伝記の編集も手がけた。その他にも雑誌の記事や書評を書いたりしている。ディケンズ自身も、この時期の仕事の量が相当な負担だと感じていたようで、『ニコラス・ニクルビー』の後、新しい小説を書く契約は結ばす、別の雑誌『ハンフリー親方の時計』の編集を引き受けただけだった。その後、ディケンズが二つの小説を同時に抱えることは二度となかった。

5　批評史概略
(1) 同時代の評価
　この作品の分冊出版が始まった頃、売れ行きは好調であった。しかし、それまでの作品よりも大きな注目を浴びたものの、書評のほとんどは作品の一部をそのまま抜き出して紹介するだけで、本格的批評はあまり見られなかった。『ニコラス・ニクルビー』は期待通りのものであり、特別に注意を払うべき点がないと思われたのだろう。そんな中で、ジョン・フォースターだけは、この作品の分冊出版中に9度も書評を書いている。彼は『ニコラス・ニクルビー』を『ピクウィッ

ク・クラブ』と比較して、その類似点を認めながら、新作のほうが優れていると主張した。フォースターを含め、初期の数少ない批評は、ディケンズがこの作品において小説家としての芸術的な自意識に目覚めている、と感じ取った。ただし、この傾向に対して批評家の意見は賛否両論に分かれた。この時期、ディケンズの作品はまだ「文学」とは見なされておらず、せいぜい娯楽的な定期刊行物として捉えるのが一般的であった。

　作品が完成したあと、1巻本として出版されてからの批評家の反応は、『ピクウィック・クラブ』や『オリヴァー・トゥイスト』の時に較べて、少し冷めたものがあった。フォースターでさえ、この作品を英国小説の古典に比較したりするものの、その構成が粗雑である点や、誇張して書くディケンズの癖が見られる点を嘆いている。同様に他の批評も粗雑な構造を非難した。その後の批評にしても、ディケンズ作品一般に関して述べられるなかで、『ニコラス・ニクルビー』は簡単に触れられる程度であった。この時期、作品自体に関する批評よりもむしろ、その劇場版や、ドゥー・ザ・ボーイズ・ホールのモデルとなったヨークシャーの学校、チアリブル兄弟のモデルとなった実在の人物などについての論評に留まることが多かった。その傾向は20世紀初頭までつづく。

(2) 20世紀前半の批評
　20世紀前半、ディケンズに対する否定的見解が多い中で、『ニコラス・ニクルビー』は、その楽天性、大衆性、作中人物の内面の欠如などの点において、典型的なディケンズ作品であるとして軽視された。そうした否定的な状況の中で、ジョージ・ギッシングやG. K. チェスタトンは、この作品に見られるディケンズの喜劇的人物造形のエネルギーを称賛している。

(3) 20世紀前半以降の批評
　チェスタトン、ギッシングなどの分析をもとに、その後いくつかの

重要な批評が現れる。その一つがシルベール・モノの批評である。彼は作品の構成に欠陥を認めながらも、『ニコラス・ニクルビー』の最大の目的は、読者との関係を密にすることにあり、堅牢な構成などそこに求めるべきではないと述べて、ディケンズを擁護している (Monod 139-66)。また、スティーヴン・マーカスは『ピクウィック・クラブ』の生命力と『オリヴァー・トゥイスト』の道徳性が『ニコラス・ニクルビー』の中で融合していると称賛し、この作品に芸術的統一性を見出す。彼によれば、作品全体が「分別」という主題で統一されており、すべての作中人物とその行動が、「分別」、あるいは「無分別」を表わしている (Marcus, 92-128)。マーガレット・ガンツは作品に見られるクラムルズ一座に代表されるような喜劇性を称賛し、道徳的で真面目な関心やメロドラマ的な筋立てなどが、その喜劇性を蝕んでいると論じる (Ganz 131-48)。しかし、20世紀の後半になっても、『ニクルビー』は批評家から特に好まれる作品とはならなかった。

(4) 最近の研究動向

　1950年代以降ディケンズ再評価が進んだ際、前期の作品は逆に軽視される傾向にあったが、近年、前期の作品の再評価が批評家の間で進んでいる。それにもかかわらず、『ニコラス・ニクルビー』はあまり取り上げられていない。最も洞察に富む批評のいくつかは、さまざまな普及版の序文の中にあるというのが現実である。マイケル・スレーターによる1978年のペンギン版への序文は、すべての作中人物が何らかの形で演技をしているという点を指摘し、演劇との結びつきこそが、この作品全体に統一性を与えていると述べている (Slater, "Introduction" 13-31)。1990年のオックスフォード・ワールズ・クラシックス版の序文では、ポール・シュリッケが、当時の大衆娯楽に関する膨大な知識を背景に、クラムルズ一座を中心にして、この小説に見られるディケンズの自由な創造力と喜劇的視点を称賛している (Schlicke, "Introduction" xiii-xxxi)。1993年のエブリマン・ライブラリー版の序文は、ジョン・ケアリーによるものであるが、彼はメロドラ

マにあるような道徳的調和がこの作品を硬直化させていると述べる。しかし、彼はまた、その欠点を抜け出す要素として、まずクラムルズ一座たちの奔放な世界、そしてニクルビー夫人の論理を逸脱する思考と台詞、さらには悪役たち、アーサー・グライド (Arthur Gride) とラルフ・ニクルビーの物語そのものに対する反逆を挙げている (Carey, "Introduction" xi-xxix)。

　より最近の注目すべき研究としては、シルビア・マニングやトーリ・レムが『ニコラス・ニクルビー』に遍在するパロディー、特にメロドラマを巡るクラムルズ一座によるパロディーの存在に注目し、この作品自体が内部で自己批判しているといった複雑な様相を指摘している。しかし、この作品は現在でも批評家からさして注目を浴びていないのが事実である。残念ながら『ニコラス・ニクルビー』に対する学術的な評価は低いといわねばならない。確かに、作品には後期の作品に見られるような心理的、社会的洞察や、凝った文体上の技法は見当たらないかもしれない。しかし、まさにその結果として、決して明るい題材ばかりではない作品の世界が陽気な喜劇へと変容しているのだ。そして、それこそがディケンズ最大の魅力のひとつであり、我々がもっと目を向けるべき問題なのではないだろうか。

6　作品のテーマと解説
(1) ピカレスクの伝統と教養小説
　ピカレスク小説は元来、ピカロ（悪漢）を主人公とした物語であり、その若い主人公が冒険をして、その道中でさまざまな人物に出会い、さまざまな経験をする。フィールディングやスモレットといった英国 18 世紀作家の作品は、この本来の意味でのピカレスク小説の範疇に入る。ディケンズは幼少の頃

ニコラス、校長一家を打擲

からこうした作品に親しんでおり、彼の全小説中で『ニコラス・ニクルビー』はピカレスク小説の伝統に最も忠実に従った作品といえる。

　広義には、ピカレスク小説は、若い悪漢を主人公としなくても、色々なエピソードを繋ぎ合わせてできた物語をさすようになり、この点でいえばディケンズの出世作『ピクウィック・クラブ』もそこに含まれる。そもそも『ニコラス・ニクルビー』は出版者との契約時から、「質、量共に『ピクウィック・クラブ』と似たようなもの」になるという取り決めだった。出版前の広告でも、「さまざまな人物や事件が素早く次から次へと連続していく」と宣伝され、また「娯楽」「陽気」「愉快」などといった言葉が強調されていて、新作が『ピクウィック・クラブ』のような作品になることは読者に約束されていた。実際、どちらの作品も、長さや構成、そして雰囲気も似ている。両者とも即興的に書かれた喜劇的小説であり、主人公の冒険を中心に不規則に構成され、さまざまなエピソードが明確な秩序も相互関係もないままに展開して小説全体が成り立っている。また、どちらの作品も多様な場面と鮮やかな描写を特徴としている。

　しかし、『ピクウィック・クラブ』とは違い、『ニコラス・ニクルビー』はフィールディングの『トム・ジョーンズ』(1749) やスモレットの『ロデリック・ランダム』(1748) と同様に、若い主人公が成功するまでの運命の盛衰を中心に展開している。ディケンズが若い男性を主人公にしたのはこの作品が初めてである。ただし、ピカレスク小説の主人公にはめずらしく、ニコラスは物語が進むにつれて幾らかの成熟を示す。最初は楽天的に物事に対処してきたニコラスが、段々と現実的になり、思慮深く行動するようになる。例えば、彼の女性への接し方を考えてみると、ヨークシャーの学校では校長の娘を軽薄な態度であしらって痛い目にあうが、ポーツマスではそれを教訓にして慎重になり、最後にロンドンでは真実の愛を見つける。経験と失敗によって成長するという点で、ニコラスをディケンズの後の小説における主人公たち、つまり『デイヴィッド・コパフィールド』のデイヴィッドや、『大いなる遺産』のピップの前身と考え、『ニコラス・ニクルビー』を

教養小説と見ることも可能であろう。ただし、ニコラスの人物造形には、デイヴィッドやピップほどの複雑さはなく、その成長の過程も洗練されていない。しばしばニコラスの人物造形は、単純で型にはまっているとして批評家から非難の対象となっている。しかし、直向きで、正義感が強く、自尊心が高くて喧嘩っ早いといった特徴をはっきりと示しており、その姿は若い作者自身を彷彿とさせる。その意味でも、ニコラスは後のデイヴィッドやピップの先駆けとなっているといえよう。

(2) 全体的構成と喜劇

　他のディケンズ初期の作品と同様に、『ニコラス・ニクルビー』は文学作品というよりもジャーナリズムとしての性格が強い。そこには多様なジャンルが混在している。これは19世紀初期の大衆演劇や大衆小説に共通して見られる特徴であり、この小説の大衆娯楽への傾倒を示しているといえよう。作品を執筆するにあたって、ディケンズはそれまでに成功した手順を繰り返すことによって、人気をさらに確固たるものにしていった。ピカレスク風の物語のなかで、主人公に各地を遍歴させ、滑稽でグロテスクな人物を次々と登場させる。スケッチ風にロンドンを描写する。ペーソスとメロドラマ、パロディーに社会諷刺、喜劇を混ぜ合わせる。さらに、特定の社会悪に対する鋭い攻撃を加える。これらは以前からディケンズが得意としているものであり、読者もそのことをよく知っていた。

　さまざまな要素が混在するなかで、全体の統一や構成はあまり考慮されていないように見える。この小説は、一つの社会批評で纏まっているわけでもなく、主人公ニコラスの人格に対する興味が全体を結びつけているともいいがたい。むしろ、ニコラスはさまざまな要素が混在するこの小説にぴったりの主人公だといってよい。つまり、あまり強い個性を持っておらず、偽善に対する怒り、弱者に対する哀れみといった単純な性質のみが顕著であり、作中に登場するさまざまな状況や問題に容易に適応することができるのだ。読者を引っ張るのは、念

入りに構成されたプロットではなく、人物や事件の描写、会話などに見られるディケンズの文章の生命力である。少なくとも『ニコラス・ニクルビー』を執筆しているディケンズは、複雑なプロットや全体を統合する主題などよりも、部分を描く文章力で本領を発揮しているといえる。他の作中人物に目を向けると、その人物が作品全体の構図から切り離されたとき、最も力強く描かれる。例えばニコラスの叔父ラルフ・ニクルビーの場合、作品の大部分では悪役としてメロドラマ的な善悪の二項対立の図式にはまり込み、複雑さに欠ける印象を与える。しかし、自殺する直前などのように、全体における役割を失ってしまうとき、この人物は独特の印象的な生命感を帯びる。そして、堅苦しい全体的枠組みの外側に、愉快で奇矯な作中人物たちが群がっている。ニクルビー夫人、マンタリーニ、クラムルズ一座などは、ほとんど物語の進行とは関係ないところで奔放に暴れまわり、さらに数限りないマイナーな作中人物たちが『ニコラス・ニクルビー』の世界を華やかに彩っているのである。

　ほとんどの作中人物は、肉体的に何らかの特異な様相を与えられており、程度の差こそあれグロテスクである。例えばスクウィアーズとその家族や、アル中の生活困窮者ニューマン・ノッグズ、さらには知恵遅れの少年スマイクといった人物は異様な外観を呈している。また、ディケンズ自身の母親をモデルにしているといわれるニクルビー夫人は、脈絡のない気ままな連想にしたがって話し続ける饒舌ぶりで、ある種の異常さを示している。しかし、こうした人物たちが主筋の道徳的枠組みにはめ込まれるとき、その異常さと喜劇性を失っていく。逆に考えると、エピソードを繋ぎあわせたような粗雑な構成のお蔭で、ディケンズは自由に生命力あふれる人物たちを作りあげることができたのである。この作品は、相互に関連性のない逸話であふれ返っており、断片的細部は全体の道徳的意図から解放され、中心から離れていく動きをもっている。まるでニクルビー夫人の言葉のように、決まった方向性をもたずに逸脱していき、一見不必要な細部が増殖していくのである。

(3) メロドラマ

　19世紀英国演劇に流行したメロドラマは、文学批評家からあまり価値を認められないことが多かったが、近年その価値が認識されるようになり、その研究も増えている。特にディケンズの芸術におけるメロドラマの重要性は計り知れない。ディケンズの小説はどれもメロドラマと切り離せないが、その中でも特に『ニコラス・ニクルビー』は最もその色彩が濃い作品である。メロドラマには独特の世界観があり、大仰で様式的な台詞と所作、お決まりの作中人物や筋などを特徴としていた。その世界観の根底にあるのは極めて明瞭な道徳的配置であり、そこでは善悪の二項対立がはっきりと見られる。『ニコラス・ニクルビー』の作中人物たちの道徳的位置づけには、ほとんど曖昧な部分がなく、多くの場合、語り手によってそれぞれの人物の善悪があらかじめ説明されている。このように、善悪にはっきり分かれた人物たちが強い感情に駆られ、大袈裟で様式化された動作や言葉ではっきりと己の道徳的立場を表明する場面が、作品には多く見られる。ラルフとニコラスの対決、ニコラスと妹ケイトによるマデリン・ブレイの結婚に対する干渉といった典型的なメロドラマ的場面、すなわち善と悪が対峙する場面で、作中人物はメロドラマに相応しい大袈裟な言葉を話す。こうしたメロドラマ的な特徴が作品の骨格となっているといっても過言ではない。ただし、これはしばしばこの作品の弱点として指摘される。

　ヒーロー、ヒロインが型にはまっているという点、そして結末が強引であまりに楽天的である点は、悪い意味でメロドラマ的だといえるかもしれない。特に、小説の後半になると、例えば若いマデリン・ブ

アーサー爺にたいする祝言の餞

レイが醜悪な老人アーサー・グライドと結婚させられそうになったりするように、ありきたりの状況（シチュエーション）が多用される。しかし、この小説のメロドラマ的な様相は最初からはっきり見られる。ラルフやニューマン・ノッグズが独白したり、他人の話を立ち聞きしたりするのはその典型であろう。また、作中人物の頻繁な登場と退場なども、当時のメロドラマで一般的に採られていた手法である。悪役がさまざまな策略を巡らせて主人公たちの運命を操って、物語全体を押し進める力として機能しているのも、メロドラマ的な特徴である。『ニコラス・ニクルビー』では、主にラルフがその役目を担っている。彼は典型的なメロドラマの悪役だといえるだろう。彼を突き動かすのは欲と憎しみであり、口から泡をはいて激しくそれを表現する。彼とニコラスとは、まさにメロドラマ的な善悪の二項対立をなす。

　『ニコラス・ニクルビー』はメロドラマ色が非常に強いが、これは必ずしも軽蔑されるべき特徴ではない。マーティン・マイゼルの研究が明らかにしているように、当時の演劇だけではなく、小説や絵画といった芸術と切っても切り離せない。出生の秘密によって隠された身分が後に明らかになる、といった状況は、メロドラマを特徴づけるばかりではなく、フィールディング、スモレットなどの 18 世紀小説にもよく見られる。さらに、エレーン・ハドリーによると、メロドラマは単に演劇や文学だけではなく、人々の生活様式、日常の身振り手振りや言葉など広義のスタイルに広く影響を与えていた (Hadley 1-12)。ホガースの絵やディケンズの作中人物は、当時の見解では写実的であるとされていたが、これは今から見ると少し奇異に感

スネヴリッチ嬢のためのお礼興行

じられるのではなかろうか。現代ではあまりにも単純で、誇張やセンチメンタリズムとしか受け取れないような人物の行動が現実を映し出したものなのだ、という感覚が、当時の社会には広く浸透していたのである。当時の大衆文化はこのような、いわばメロドラマ的「タイプ」を抱き込み、そして広めていたので、それが現実的であると受け取られたのである。

　ディケンズは、小説家として、そして演劇愛好家としてメロドラマと深く関わっていたが、それは彼と広大な読者を結ぶ絆の一つでもある。彼は一般読者層に馴染みの深いメロドラマの様式と手法を拒絶することなく、むしろ段々と発展させていった。彼の後期の小説は、メロドラマ性を失ったのではない。その使い方を洗練させていったのである。クラムルズ一座がメロドラマの風刺となったり、あるいは語り手が大袈裟な言葉で作中人物のことをあざ笑ったりして喜劇性を生み出したりもしているが、ディケンズにとってメロドラマは大いに真面目な問題でもある。彼はメロドラマが社会的・個人的現実を映し出していると感じ取り、それを積極的に使用したのだ。

(4) ドゥー・ザ・ボーイズ・ホールとスクウィアーズ校長

　時代背景の解説の項でヨークシャーの学校について述べたが、小説の中ではヨークシャーの場面は、一つのエピソードとして他の部分から切り離されている。スクウィアーズが倒され、学校が崩壊するという安易な解決は、それが矯正可能な独立した問題だということを示している。これはディケンズ後期の社会批評とは異なる点である。後期の小説では、問題がもっと根深く社会全体に巣食っていて、安易な解決は不可能であるという雰囲気が漂っている。それに対して『ニクルビー』における社会諷刺にはそれほどの絶望感が見られない。

　『ニコラス・ニクルビー』の学校がこれほどの存在感を示しているのは、現実に根ざしていたからではなく、ディケンズの想像力がそれを現実以上に印象深いものに描きあげたお蔭である。ドゥー・ザ・ボーイズ・ホールとその生徒たちの描写は活気にあふれており、ディケ

ンズの悪鬼的な想像力が遺憾なく発揮されている。また、この学校のエピソードは本質的に悲惨なものであるにもかかわらず、そこには喜劇的な要素が強く見られる。特に校長のスクウィアーズは、悪党であると同時に笑いの対象となる。こうした喜劇が、諷刺の力を弱めると不平を述べる批評家もいるが、実際には、その笑いがスクウィアーズとドゥー・ザ・ボーイズ・ホールの描写をより複雑に、そしてより印象的なものにしているのではないだろうか。

(5) 旅役者一座

作品中、ヨークシャーの学校と並んで有名な部分が、旅役者一座のエピソードである。ニコラスは、スマイクと共にロンドンを再び離れて船乗りにでもなろうとポーツマスへ向かう途中、ヴィンセント・クラムルズに出会い、旅一座に加わるが、そこでの役者たちの姿は、滑稽に、また活き活きと描かれている。クラムルズ一座のエピソードは、ディケンズが生涯持

クラムルズ座長の別れの抱擁

ちつづけた演劇への深い愛情に根ざしていたのであろう。彼の小説すべてに演劇への愛情が感じられるが、クラムルズ一座は直接的に、そして詳細に俳優の生活を描いた例として特に重要である。

クラムルズ一座の役者たちについて最初に目を引くのは、彼らが実生活でも舞台の上と同じように芝居がかった台詞や所作をつづける点である。最近の批評家たちは、クラムルズ一座の作中での重要性を強調し、彼らの存在とそのメロドラマ的な演技が主筋のパロディとして機能していると考える。つまり、主筋のメロドラマへと向かう傾向に対する解毒剤として作用しているというのである (Manning 73-92; Rem 267-85)。また、ほとんどすべての作中人物が何らかの形で演技

しており、役者たちのあからさまな演技が作品全体を統一する隠喩の一部として機能している、と論じる批評家もいる (Miller 85-97)。

　クラムルズ一座の作中における主題的機能については、必ずしも誰もが同意するところではないが、少なくともその描写が、1830年代の俳優たちの生活と演技の実際を記録した資料としての価値があることは間違いない。19世紀の演劇では、様式的ジェスチャー、大袈裟な台詞を交えて演技が行なわれた。劇場は歌、ダンス、アクロバットの舞台でもあり、派手さと物珍しさが呼びものとなり、舞台装置も大がかりなものが好まれる傾向にあった。プログラムは、さまざまな種類の演目を混ぜ合わせるという方針で編成され、また個々の上演品目の中でも多様性が求められた。このような点について、クラムルズ一座は当時の状況をそのまま反映している。彼らは当時の大衆演劇の主流に乗っているのだ。また、この時期、現実でも演劇が衰退していたという事実もあり、作中の劇団の状態も経済的にも社会的にも下降気味である。演劇の社会的地位が、主人公ニコラスの役者たちに対する態度に影響しているように思われる。彼は役者たちとの関係に気まずさを感じており、常に批判的な距離を保つ。そのぎこちない関係には、ニコラスの、あるいはディケンズ自身の階級意識が見え隠れしていると考える批評家も多い。実際、語り手もニコラスと同様に、少し距離をおいて役者たちの愚行を見ている。役者たちは決して理想的な存在ではなく、悪意や嫉妬に満ちた人物として描かれているのだ。

　それにもかかわらず、クラムルズ一座のエピソードは全体として好意的に描かれている。役者たちの生活は、ニコラスを苦悩から解放し、ロンドンでの現実とは異なる別世界を作り上げているようだ。クラムルズのエピソードは主筋から切り離されており、主筋の道徳的規範とは別の秩序が支配している。それゆえに、例えば実生活でディケンズが懸命に守ろうとしていた著作権を、彼らはたやすく無視するのである。役者たちは、たとえ愚かであっても陽気に自分らしく振る舞う。そして、彼らは本質的にユーモアと想像力にあふれており、その点で主人公やその他の作中人物たちを明らかに凌いでいる。彼らは主筋に

欠けているものを作品に与えているのだ。

　クラムルズは『デイヴィッド・コパフィールド』のミコーバーを思い起こさせる。どちらの人物も、芝居がかった大袈裟な身振りや言葉を好む、創造性豊かな喜劇役者である。また二人とも、作品全体の枠組みには、はまりきらない。ミコーバーがオーストラリアへ追いやられるのと同様に、クラムルズはアメリカへと追いやられる。これは、最終的な調和へと向かう作品の動きに、喜劇的作中人物が馴染まないからであろう。作品全体の要求に従うと、彼らはその魅力を失ってしまうのである。ミコーバーが多少なりとも作品の主筋や主題に巻き込まれてぎこちなさを見せるのに対して、クラムルズとその役者たちのほうがかなり自由だといえるだろう。クラムルズを、『ハード・タイムズ』に現れるサーカスの団長スリアリーと較べてみると、スリアリーは喜劇人物としてよりもむしろ、小説の構造上の役割を担う人物として重要であるのに対して、クラムルズはそのような機能をほとんどもたない。彼と仲間の役者たちは純粋な喜劇的人物の集まりであり、彼らが作り出す世界は、ディケンズの創作の中でも最も素晴らしい喜劇の一つであることは間違いない。

(6) 著作権問題および他の媒体への脚色

　ディケンズの人気が確固たるものとなるにつれて、彼の作品が何度も劇場で上演されるようになった。まだ分冊出版の途中であった1838年11月に、エドワード・スターリングによって最初の『ニクルビー』の劇場版が上演されたが、ディケンズ自身これを観て称賛している。しかし、1839年5月のウィリアム・モンクリーフの手による劇は、スマイクがラルフの息子であるという秘密が暴露される場面を盛り込んでいた。ディケンズはその秘密をまだ分冊出版の途中で明らかにしていなかったため、非常に腹立たしく思った。作中でも、ニコラスが剽窃劇作家を強く攻撃する場面があり (48)、この問題に対する作者の苛立ちを表わしている。

　盗作を防ぐために、ディケンズは「声明文」を書き、その「声明

文」を『ニコラス・ニクルビー』月刊分冊の序文として掲載した。こうして盗作者に脅しをかけたにもかかわらず、『ニコラス・ニクルビー』出版の最中から、次々と贋『ニクルビー』が出版された。

　ディケンズ自身、この小説を形を変えて利用している。1861年にディケンズが行なった公開朗読では、「ニコラス・ニクルビーとヨークシャーの学校」が標準的演目のひとつとなった。ディケンズは、これが公開朗読に「非常に適している」、つまり朗読によって観客の感情を揺さぶるのに適した題材だと感じていたようである。

　1980年、劇場版『ニコラス・ニクルビー』が王立シェイクスピア劇団によって上演され、デイヴィッド・エドガーの脚色と俳優陣の演技が高い評価を受けて、ふたたびこの小説に世間の目が向けられることになった。また、2002年には、ダグラス・マグラス脚本・監督による映画版『ニコラス・ニクルビー』が上映されている。このような点から、舞台芸術や映画芸術といった他の媒体との関連で注目を浴びるべき作品といえるかもしれない。

7　喜劇性の正当な評価

　スレーターは、ペンギン版の序文のなかで、『ニコラス・ニクルビー』という偉大な喜劇小説を論ずるために、我々はまだこれから正しい批評の焦点を見つけ出さなければならないのかもしれない、と述べている (Slater, "Introduction" 31)。この小説の最も優れた要素は、その力強い喜劇性であることは間違いなく、それを論じなければ、この作品を正当に評価できないだろう。『ニコラス・ニクルビー』に複雑な秩序や主題的統一性や思想的意義を探っていくよりも、むしろ喜劇的な娯楽としてこの作品を評価する方向を探るべきであろう。舞台や映画といった他の媒体への適応は、『ニコラス・ニクルビー』の文化的な価値を証明しているのではなかろうか。シュリッケの研究に倣って、この作品はもっと大衆娯楽文化との関連で研究するべきかもしれない。『ニコラス・ニクルビー』のメロドラマ性にしても、メロドラマの芸術的、文化的価値をもっと積極的に評価したうえで、その意義を

論じなければならない。『ニコラス・ニクルビー』がメロドラマ的であるというのは、決してこの作品の価値を下げるものではない。問題はどのようにメロドラマが利用されているかである。

　この作品が緊密な構成のもとに成り立っていないのは明らかであり、むしろそれゆえに、あらゆるものが受け入れられている。つまり、迸るような力をもった種々雑多な部分の集合体として、『ニコラス・ニクルビー』の陽気な世界ができあがっているといえよう。そして、この喜劇性はディケンズの最も魅力的な特徴であり、この作品に対する評価は、ディケンズという天才娯楽作家の評価へと繋がるのは間違いない。作品は良きにつけ悪しきにつけ最もディケンズらしい作品と呼ぶにふさわしい。

参考文献

Carey, John. "Introduction." *Nicholas Nickleby*. New York: Knopf, 1993.

Chittick, Kathryn. *Dickens and the 1830's*. Cambridge: Cambridge UP, 1990.

Ganz, Margaret. "*Nicholas Nickleby*: The Victories of Humor." *Mosaic* 9 (1975): 131-48.

Hadley, Elaine. *Melodramatic Tactics: Theatricalized Dissent in the English Marketplace, 1800-1885*. Stanford: Stanford UP, 1995.

Manning, Sylvia. "*Nicholas Nickleby*: Parody on the Plains of Syria." *Dickens Studies Annual* 23 (1994): 73-92.

Meizel, Martin. *Realizations: Narrative, Pictorial, and Theatrical Arts in Nineteenth-Century England*. Princeton: Princeton UP, 1983.

Rem, Tore. "Playing Around with Melodrama: The Crummles Episodes in *Nicholas Nickleby*." *Dickens Studies Annual* 25 (1996): 267-85.

Schlicke, Paul. *Dickens and Popular Entertainment*. London: Allen and Unwin, 1985.

———. "Introduction." *Nicholas Nickleby*. Oxford World's Classics. Oxford: Oxford UP, 1990.

Slater, Michael. "The Composition and Monthly Publication of *Nicholas Nickleby*." *Nicholas Nickleby*. London: Scolar Press, 1973. vii-lxxiv.

———. "Introduction." *Nicholas Nickleby*. Harmondsworth: Penguin, 1978.

（甲斐清高）

『骨董屋』

『ハンフリー親方の時計』第Ⅱ巻扉絵

II 作品

1 最初の出版形態および出版年月

1840年4月25日から1841年2月6日まで、週刊誌『ハンフリー親方の時計』に連載。

2 単行本テキスト（初版・校訂版・普及版・翻訳）

初版
 1841年3月、チャップマン・アンド・ホール社。

校訂版
 The Old Curiosity Shop. Ed. Elizabeth Brennan. Oxford: Clarendon, 1997. 1841年版を底本に使用。

普及版
 The Old Curiosity Shop. Ed. Paul Schlicke. London: Dent, 1995. チャールズ・ディケンズ版に準拠。
 The Old Curiosity Shop. Ed. Elizabeth Brennan. London: Oxford UP, 1999. 上記クラレンドン版に準拠。
 The Old Curiosity Shop. Ed. Norman Page. London: Penguin, 2000. 1841年版に準拠。

翻訳
 『骨董屋』（北川悌二訳、ちくま文庫，1989）

3 時代背景

『ニコラス・ニクルビー』の大成功で出版社に対して優位に立ったディケンズは、月刊分冊刊行中の1838年7月頃から、自分に有利な条件で大衆的な週刊誌を刊行することを計画しはじめていた。価格は一部3ペンスということになったが、これは『ニコラス・ニクルビー』の一部1シリング（12ペンス）の4分の1であり、かなり貧しい階級の人たちでも、購入可能な設定だった。『骨董屋』という小説の時代背景を考える際には、まず大衆文学の読者層の状況を知る必要がある。当時の大衆はどのような読み物を求めていたのか、雑誌はどのような読み方がされていたのかといったことを知ることは、大衆的作

家としてのディケンズの創作活動とその作品のテーマを探求する上で重要な前提なのである。『骨董屋』は、貧しい人びとが中心になって活躍する物語である。その背景には、これらの人々が新しい読者層として台頭しつつあったこと、彼らの抱える切実な問題が、文化的表現を求めていたことがあった。経済の発展と植民地経営の拡大によって蓄積された富は社会の一部に偏在していて、多くの大衆は貧困の中にあった。それでも識字率は徐々に上がっていて、飢餓の恐怖と闘いながら生活する人々にとっては、読書が手軽な娯楽であった。もちろん本を買うことは一部の金持ち階級にしかできないことだったが、街頭のバラッド売りや大衆的なパンフレットを通じて、貧しい人たちでも読むことの楽しみに接することはできた。さらに、上層の富は次第に下層にも浸透して、社会の中核をなし識字率もきわめて高い中産市民階級が大きく膨れあがりつつあった。こうした新興の読者層に向けて、新しい雑誌の創刊が計画されたのであった。

4　執筆・出版の経緯
(1) 挿話から長篇へ

　ディケンズが構想した新しい週刊誌は、18 世紀に刊行された週 3 回発行の新聞『タトラー』(*The Tatler*, 1709-11)、日刊紙『スペクテイター』(*The Spectator*, 1711-12、1714) などをモデルにしたもので、雑多な記事からなるというものであった。読者を確保するための一つのアイデアとして、ピクウィック氏とサム・ウェラーを再登場させることも考えられていた。最終的に固まった形は、フォースターへの手紙によると、風変わりな老人ハンフリー親方を中心として、その周囲にピクウィック・クラブのような集まりを配置するというものだった。ハンフリー親方は、お気に入りの時計の分銅が入った箱の中にいろいろな原稿をため込んでいて、それをときどき取り出して読むのを楽しみにしている。「というわけで、僕はこの本を『老ハンフリーの時計』あるいは『ハンフリー親方の時計』と呼ぶことにするつもりだ」（フォースター宛書簡、1840 年 1 月 10 日？）。

青年ディケンズはときとして、奇妙に老人くさい傾向を示すことがある。横溢する活力に満ちた彼が、このような隠居老人の退屈しのぎのような枠組みに満足できるはずはなく、読者が求めるものともかけ離れていることは、十分に予測できたはずなのだが……。ともかくも『ハンフリー親方の時計』は創刊された。ところが、雑誌の基本的アイデアの弱さは、たちどころに明らかになった。創刊号は7万部を売ったが、長編小説の連載がなく、散漫で雑多な記事の寄せ集めであることを知った大衆は、すぐにそっぽを向いてしまった。第2号からの売れ行きはがた落ちになったのである。出版社との契約は、どう転んでもディケンズが損をしないという有利なものではあったが、職業作家としての彼にとって、作品が売れるか売れないかは、やはり死活問題であった。そこで、彼は手っ取り早い売行き回復策をとった。すなわち、自分が執筆する長編小説によって読者の支持を取り戻すことである。こうして、短い挿話に過ぎない予定だった『骨董屋』は、第4号から長編小説として連載されるようになり、ついに雑誌『ハンフリー親方の時計』は、他の記事が姿を消して、すべてこの作品で占められて、事実上の週刊分冊小説となったのである。

(2) 伝記的背景
　このように、この作品も前二作と同様に、計画性のない偶然の産物であったわけだが、この小説を創作するにあたって核となったのが、義妹メアリー・ホガースの急死であったことは疑いない。『骨董屋』は、『オリヴァー・トゥイスト』ほどではないが、自伝的要素がかなり含まれている小説なのである。メアリーは、新婚のディケンズ夫妻の住まい、ダウティー・ストリート48番地に同居していた。感受性豊かなこの少女は義兄を神のように崇拝し、ディケンズもまた自分の文学の最もよき理解者であると思っていた。『ピクウィック・クラブ』でベストセラー作家となり、新妻とその妹に囲まれて、ディケンズは幸福の絶頂にあった。ところが、1837年5月6日、連れだって芝居見物に行って帰宅した晩に、メアリーは突然身体の不調を訴えた。医

者の手当のかいもなく、翌日の午後、彼女は義兄ディケンズの腕に抱かれたまま亡くなってしまった。どうやら心臓に先天的な疾患があったらしい。ディケンズ夫妻が受けた衝撃は大変に大きなものだったが、とくにディケンズは悲しみのあまり、連載中の『ピクウィック・クラブ』と『オリヴァー・トゥイスト』の執筆を一時中断せざるを得ないほどであった。メアリーの死は、彼の心に深い傷跡を残し、ウォレン靴墨工場での経験とともに、長い間うずきつづけることになったのである。

安らかに眠るネル

　17歳で突然死したメアリーの面影は、美しく清らかな少女ネルのイメージとなって結晶した。それが、『骨董屋』の中核部分となり、その後も長く彼の小説でのヒロイン造形の基礎を形成することになった。『ニコラス・ニクルビー』のマデリン・ブレイにすでに見られたような、個性と生彩に乏しい女性——『マーティン・チャズルウィット』のメアリー・グレアムや『デイヴィッド・コパフィールド』のアグネスのようなヒロインたちがネルの後継者となり、闊達で生気に満ちた女性は、『バーナビー・ラッジ』のドリーや、『ドンビー父子』のスーザン・ニッパーのような脇役となっていくのである。

　『骨董屋』がある意味で自伝的な小説であることは、もう一人の重要な登場人物ディック・スウィヴェラーに示されている。この貧乏でのらくら者の三文文士は、「作家」という重要な属性をディケンズと共有している。「ディック」という名前が、後の、もう一人の作家としての登場人物である『デイヴィッド・コパフィールド』のディックさんに受け継がれていることから分かるように、作家が自分自身をこの人物の中にかなりの程度投影させていることは疑いない。クウィル

プもまた作者の分身と考えることができる。もちろんディケンズ自身にはその意識はなかったはずだが、この醜悪な悪党は、いくつかの点で驚くほどの作者との類似点をさらけ出すのだ。底知れないエネルギーに充ち満ちていること、悪ふざけ (practical joke) が大好きであること、神秘的なカリスマによって他人を支配すること、家庭内で絶対的な力を持っていたこと等々……よく見れば見るほどこの人物は、作者に似てくる。別な言い方をするならば、ディックとクウィルプは、野蛮なまでの活力にあふれた若いディケンズの想像力が、全く異なる二つの方向で具現化したものであるとも考えられる。この作品が、メアリー・ホガースの死ばかりではなく、深層においてこうした自伝的要素を内包させていることは、ディケンズの小説創作の根源を知る上で重要な手がかりになることだろう。

5 作品の批評史

(1) 同時代の評価

　週刊誌『ハンフリー親方の時計』に連載された『骨董屋』は、連載が進むにつれて異常なまでに人気が沸騰し、最終号の発行部数は10万部を超えたという。一般大衆に圧倒的に支持されたこの作品について、同時代の批評はきわめて好意的である。『メトロポリタン・マガジン』誌 (1841年3月) の批評では、ディケンズの作家としての功績は、新興の読者階級にとっての「道徳的教師」("a moral teacher") であることだと指摘し、「『ジャック・シェパード』派の作家たちに対する解毒剤——それもきわめて強力な解毒剤」であると述べている。現代の研究では、ディケンズの前作『オリヴァー・トゥイスト』も、エインズワースの『ジャック・シェパード』(1839) と同じく、「ニューゲイト小説」という犯罪小説群に分類されていることを考えると、この評言は興味深い。ディケンズのいわば正統的なヒューマニズムを賞賛するという点では、『アセニアム』誌でも同様である。トマス・フッド (掲載時は匿名) は次のように評価している。

[ボズの]作品を読み終えるといつも、我々は世の中との折り合いがよくなっているものだ。それは、彼が人間性について明るい見方を我々に与えてくれるからであり、善良な人々をいかにも楽しそうに描き出しているので、彼自身が彼らの善良さを心から信じ、それに共感していることが証明されているからなのだ。

現代のように、素朴なヒューマニズムを冷笑する傾向のある時代から振り返ってみると、これらの批評は、むしろ新鮮であり、ディケンズの小説が持つ不変の価値が何であるかを示唆しているように思われる。

　一方、ネルの死に対する読者の反応はどうだったのであろうか。どうやらネルは死ぬことになるらしいと察した読者からの「助命嘆願」が作者のもとに殺到し、実際にネルが死んでしまうと、大の男たちもあたりかまわずに涙にむせんだとされている。これについて、ピルグリム版書簡集の編者たちは、かなり懐疑的な見方を示している（第2巻序、ix ページ以下）。いたいけな少女の死に多数の読者が涙を流した、その中には、ジョン・フォースターはもちろんのこと、トマス・カーライル、エドワード・フィッツジェラルド、エドガー・アラン・ポーといった著名人が含まれている──『骨董屋』について、しばしば繰り返されるこうした「伝説」には、実は具体的証拠が欠けている場合が多いというのである。故ハンフリー・ハウスの事業を引き継いだマデリン・ハウスとグレアム・ストーリーの書簡集編集作業は、徹底的な実証的リサーチを特徴とするものである。彼らの研究姿勢に学んで、我々もまた、『骨董屋』の受容史に付加され、いつの間にか「雪だるま」式にふくれあがった「読者の涙」伝説をもう一度、冷静に、かつ客観的に振り返ってみなければならない。

　ネルの死に対して読者が感動したことは、もちろん事実である。たとえば、ディケンズの親友であった俳優ウィリアム・マクリーディは、ディケンズに「ネルの命を助けてくれるように」と頼んだことを1841年1月21日の日記に記している。翌日、帰宅すると、ディケン

ズから『ハンフリー親方の時計』の最新号が届いていた。その挿絵を一瞥して、ネルが死んだことを知ったマクリーディは、「読むのが恐い」と思いつつ読み通した。「印刷された文字がこれほどの苦痛を与えたことなど、かつてなかった。しばらくの間、泣くことができなかった。」彼の泣くこともできないほどの強烈な感動の背景には、フィリップ・コリンズが指摘するように、前年の11月に彼自身が3歳の娘を亡くしていたという事実があった。幼い者の死、若者の死は同時代の多くの人々にとって切実な実体験だったのである。かなり後のことであるが、ジョン・ラスキンは、こう述べている。「フィクションの力とは、愛情深い人々の多くが、それぞれ自分の五月祭の女王（五月祭で花の冠をかぶる少女）や小さなネルを失ったことがあるということから引き出されるものなのでしょう」（1883年）。幼児や未成年の男女の死亡率が依然として高かった時代の読者の感性について、客観的に知らなければ、『骨董屋』の受容について、正しい認識を持つこととは、やはりできないのである。

　「読者の涙」伝説が生まれた最大の理由は、ディケンズ死後の批評が、一面的なものであったことにあるのではないかと思われる。ピルグリム版書簡集の序文でも指摘されているが、先に引用したフッドの『骨董屋』評では、全23パラグラフ中、ネルに言及されるのはわずか2つでしかない。フッドの書評はネルの死が描かれる3ヶ月前のものであるから、即断はできないが、この小説について、当時の読者は、ネルを特別に重視していたわけではないことを示唆しているとは言えるだろう。『骨董屋』に描かれる「人間性」の全体を、多くの人々は楽しんでいたに違いない。「涙」の部分だけではなく、「笑い」の部分も十分に鑑賞されていたのである。それを考えると、その後の批評の展開が悲劇の方に偏ってしまい、さらに、ディケンズの「悲劇」は真の悲劇ではなく、安っぽい感傷主義に過ぎないという方向に向かっていったのは、むしろ感性の貧困化だったのだと思われてしまう。

(2) 20 世紀前半

　そのような感性の貧困化の最たる表われが、オルダス・ハクスリーによる『骨董屋』批評である。これは批評というより、近視眼的な悪罵とも言うべきものだ。しかも、ハクスリーの批評は、『骨董屋』にとどまるものではない。ディケンズ文学全体に向けられたものであって、20 世紀前半のインテリ読者層のディケンズに対する見方や態度を代表するものであった。その意味で、ディケンズ批評史全体でも、かなり重要な歴史的意義を備えている。ハクスリーは、『文学における卑俗性』(1930) の中で、ディケンズが感情的に卑俗な行為を『骨董屋』中でほとんど間断なく犯していることを指摘し、彼の「あふれんばかりの感情」が「いかにも奇怪な、かなり気味悪い形でじくじくとしみ出してくる」ことが問題だと述べる。ディケンズは感情過多であり、それをコントロールすることができない、いわば幼児的作家だ、感情があふれだしてくると、とたんに知性をなくしてしまう——こうしたハクスリーの見方は、主知主義的傾向が支配的であった 20 世紀前半の西欧インテリ層の大衆文学に対する接し方の典型であった。

　ハクスリーは、ネルをドストエフスキーの『カラマゾフの兄弟』(1879-80) 中の登場人物イリューシャと比較し、この作家が「子供の死」を描く点でいかにディケンズよりもすぐれていたかを強調している。しかし、彼はドストエフスキーがディケンズから強い影響を受けていたことを、いわばディケンズを師と仰いでいたことを知らなかった。近年の研究により、ドストエフスキーとディケンズの影響関係は、詳細に明らかにされている。『骨董屋』もまた、このロシアの作家の創作活動に大きな影響を与えたのであった。ドストエフスキーは、初期の作品『虐げられた人びと』(1861) に、スミス老人とその孫の薄幸

いこい

の少女ネリー、さらにディケンズのクウィルプに勝るとも劣らない悪のキャラクターであるワルコフスキー公爵を登場させている。ディケンズの初期作品のコメディーとペーソスの中に潜む巨大な悪の深淵をこうした形で洞察していたとすれば、ドストエフスキーは、最も優れたディケンズ批評家の一人であったとも言えるだろう。

(3) 20世紀後半以降

　20世紀後半以降のインテリ層によるディケンズ再評価の中でも、『骨董屋』は、かなり冷遇されてきている。「悲劇性」や「暗さ」を発見することによって、ディケンズへの見方を革新することになった20世紀後半の批評は、どうしても『荒涼館』以降の後期小説に重点を置くことになって、喜劇が中心の初期小説を軽視する傾向がある。初期小説では、『オリヴァー・トウィスト』だけは例外的に、その「暗さ」のゆえと思われるが、批評・研究の対象となることがかなり多い。しかし、同じように「隠された自伝」としての要素を強く備えた『骨董屋』は、ほとんど論じられない。こうした評価の偏りは、ディケンズの喜劇作家としての側面全体について見られるものであり、早急に是正されるべきものである。

　フォースターは、アメリカの詩人ブレット・ハートが、遠いカリフォルニアのフロンティアで、『骨董屋』を読んだ感銘を綴った詩を紹介している (Forster 2: 7)。彼は、善なる人間性や文明を伝えるものとしての『骨董屋』の意義を強調するための実例としているのだが、現代の批評は、これについていささか違った見方をしている。「文明」とは西欧文明のことであり、その拡散とは植民地支配の拡大であったことを、ポスト植民地主義の批評は暴露してきた。産業革命の後の社会状況を描き出すことによって『骨董屋』が提示している重要なテーマの一つは、西欧資本主義経済システムに対する痛烈な批判であることは間違いない。その小説が、大衆的ベストセラーとして、はるかカリフォルニアまで、西欧植民地主義のヘゲモニーを拡大する媒体になったのだとすれば、誠に皮肉なことである。ディケンズ小説の大衆的

受容についての研究は以前から行われてきたが、西欧植民地主義との関連は、これからさらに追求されるべき領域である。英語という媒体、大衆文学の中身やその消費について、研究が進むことだろう。一方で、小説そのものが持つ独特のロジックとは無関係の、牽強付会な議論が展開することに対しては、常に警戒しなければならない。『骨董屋』そのものが持つユニークな面白さは、現代の批評によっても、まだまだ賞味し尽くされてはいないのだから。

6　作品へのアプローチ
(1) ロマン主義的子供像

　18世紀末から19世紀初頭にかけての、イギリス・ロマン主義の時代には、人間の感受性がとぎすまされ、あらゆる事物に対して感情移入し、しかもその感情が過多であることが美徳となった。こうした傾向の具体的な表れの一つとして、「子供のイメージ」をあげることができる。このことはピーター・カヴニーの古典的な研究に詳しいが、ウィリアム・ブレイクやワーズワスによって、英文学にはじめて子供らしい子供が登場したのである。

　『骨董屋』のネルもまた、そのようなロマン主義的子供の系譜に連なるものである。オリヴァー・トゥイストがそうであったように、彼女は汚れを知らない、絶対的な美と無垢の象徴として描かれている。しかし、ディケンズが真の意味で子供を描くことに成功したかどうかは、かなり疑問だ。ブレイクの『無垢の歌』(1789) やワーズワスの『序曲』(1799, 1805, 1850) に登場する子供は、詩人の優れた想像力によって確固たる文学的実体を備えている。それに対して、オリヴァーやネルはあまりに完璧すぎて、現実性があるとはいいがたく、概念的、抽象的な存在であることは否定できない。ディケンズが本当に子供らしい子供を描けるようになるのは、『ドンビー父子』のポール・ドンビーに至ってからである。

(2) 喜劇の伝統

　ネルを中心とする感傷性ばかりが注目されるために、『骨董屋』はあたかもセンチメンタルで悲劇的なだけの作品であるかに思われてしまうのだが、実は、この作品の大部分を占めているのは、クウィルプとディック・スウィヴェラーを中心とする喜劇的部分である。喜劇もまた、感性の歴史と重要な関わりがある。われわれは感情というものが、悲しみのみならず、喜びや笑いを含むものであることをつい忘れがちである。そのために、悲劇の方を芸術の高みに押し上げ、喜劇をおとしめる傾向が往々にして見られる。しかし、ディケンズの、少なくとも初期のディケンズの本質は、喜劇作家としてのそれである。スウィヴェラーの痛快な活躍とネルとその祖父トレント老人の哀切な物語とが共存しているのは、不思議でも何でもない。作者自身も、その時代の読者たちも、喜怒哀楽のあらゆる感情が鋭敏になっていたのであって、腹を抱えて笑い転げるかと思えば、悲しみに胸をたたいて嗚咽するのであった。「笑い」と「涙」を共に求めるのが大衆であり、それに応じる作家がディケンズであった。その感性と文学作品の交感の歴史に謙虚な目を向けることによって、『骨董屋』の真の姿がはじめて浮かび上がるのである。

(3) 大衆演芸

　『骨董屋』の中でディック・スウィヴェラーと並んで、最も強烈な印象を与えるのは悪人のクウィルプである。醜悪な相貌と矮小な肉体を持ったこの男は、しかしながら、異常なまでの生気をみなぎらせている。熱湯を平気で飲み、卵は生のまま殻ごと食べてしまう。犬とけんかするところ (21) などは、彼の面目躍如たる場面だ。しかも、奇妙なことに、醜い中年の小男の彼には美しく若い妻がいる。この妻によれば、彼女の夫は、その気になれば、どんな女でも口説き落とすことのできる魅力があるという。この特異なキャラクターは、いったいどこから生まれたのだろうか。もちろんディケンズの天才的な想像力が生み出したことは間違いないのだが、そこにも萌芽となるものを提

供する文化的背景があった。それは「パンチとジュディー」という大衆的な人形芝居である。これはイタリアの人形芝居コメディア・デラルテに起源を持つ大道芸の一種であり、窓のような舞台が付いた小さなボックスがミニチュアの劇場となり、その中に入った人形使いが演じる人形劇である。主人公のパンチは容貌怪異な男で、しかも徹底的な悪人だ。筋らしい筋はほとんどなく、このパンチが妻または恋人であるジュディーを虐待したり、あるいは殺してしまったりという悪行の限りが描かれる。その報いで地獄に堕ちたパンチは、最後には地獄の魔王ルシファーまでまんまと出し抜いてしまう。およそ道徳とは縁のない悪の悦楽と勝利を描いた芝居であり、子供が見るのはかなり教育的問題がありそうだが、人気のある大衆娯楽であった。妻をいじめ、犬をいじめ、さらにはネルを迫害するクウィルプは、その外見も行動も、あきらかにパンチ的属性を示している。

『骨董屋』には、コドリンとショートという、「パンチ」劇を演じて歩く旅芸人が登場する。その他に、移動蠟人形館を展示して歩くジャーリー夫人も登場する。ロンドンのみならずイ

グラインダーの連中

ギリスの各地を旅して歩くこれら放浪の旅芸人の世界が、この小説の重要な背景をなし、作者の想像力の源泉ともなっていた。このことは大衆作家としてのディケンズの本質を知る上で甚だ重要なことである。

(4) シェイクスピアとバニヤンの影響

すべての文学作品がそうであるように、『骨董屋』もまた先行する

文学から大きな影響を受けて成立している。すでに言及した喜劇の伝統の他に、最も目立つのはシェイクスピアとバニヤンからの影響である。ネルとその祖父トレントをめぐる物語を読む多くの読者は、『リア王』(1606) でのリア王と娘のコーデリアとの物語をただちに想起することだろう。賭博の狂気にのめりこんでいくトレントと狂乱のリア、そして、祖父（父）を救おうとして悲劇的な死を迎えるネルとコーデリアという類似は明らかであり、ディケンズの他のさまざまな小説でも見られるシェイクスピア好みが、ここでも表れている。圧倒的な存在感でその独自性を際だたせているかに見えるクウィルプにも、シェイクスピアの『リチャード三世』(1597) の影が重ねられている。奇怪な容貌で矮小な肉体を持つこの悪役は、シェイクスピアのグロスター（後のリチャード三世）が存在したことによって、明確な個性を与えられたと言えるだろう。さらに、『あらし』(1623) に登場するキャリバンもまた、人間と野獣の中間のような怪物であり、やはり強烈な獣性を示すクウィルプとの類縁関係がはっきりと見てとれる。

　バニヤンの『天路歴程』(1678, 84) の影響は、さらにはっきりとしている。クウィルプの迫害を逃れてロンドンを脱出したネルとトレント老人は、郊外の丘の上で休息する。そのときネルは自分の愛読書のことを思い出して、このように語るのだ。「私たちは [『天路歴程』の主人公] クリスチャンのようです、これまで背負ってきた苦しみや悩みの重荷をここでおろしたような気がします」(15)。「重荷」を背負い、「破滅の都」を出たクリスチャンは、「虚栄の市」や「絶望の沼」、「懐疑の城」などを遍歴し、さまざまな試練の後に、ついに「天上の都」へと到達する。苦難の果てに、静かな永遠の眠りに到達するネルの旅は、このクリスチャンの「巡礼」に明らかに依拠したものである。

(5) おとぎ話的要素
　ディケンズの小説全般に、おとぎ話的な要素が色濃く見られることは、しばしば指摘されてきた。『骨董屋』も例外ではなく、しかもそれが特に強く見られる作品である。そもそもこの小説についてのディ

ケンズの最初の着想あるいはイメージに、すでにおとぎ話的構図が見られるのである。1848 年版の序文で、ディケンズはこのように述べている。

　この作品を書くにあたって、私は常にこんなことを空想していた。この子供の孤独な姿をグロテスクで途方もないけれど、あり得なくはない連中で取り囲み、彼女の汚れない顔や純真な気持ちの周りに、彼女の物語が最初に予感されたときにそのベッドの周囲にあった不気味な諸物と同じような、奇怪で異形の仲間たちを集めようと。

語り手のハンフリー親方が空想する、骨董屋の中でネルが穏やかに眠っている姿を描いたフィズの挿絵は、ディケンズの意図をよく表現している。端的に言えば、この物語の基本的なイメージは、「美女と野獣」なのである。美しく汚れない少女、それとは全く正反対の奇怪で不気味なものたち——それは、イタリアに最古の文献があり、18 世紀にボーモン夫人の物語集で有名になったおとぎ話に典型的に見られる一つの原型、基本的な構図である。ネルの周囲には「悪鬼」のようなクウィルプをはじめ、不気味なブラス兄妹、「世にも滑稽な表情をした小僧」キット、そして先に挙げた旅芸人たちが群がっている。この「美女と野獣」というおとぎ話的原型が、『骨董屋』の豊かな世界を生み出す原動力の一つになっていることは疑いないところである。
　ディック・スウィヴェラーと侯爵夫人の物語もまた、かなりおとぎ話的側面を持っている。それは典型的な変身物語と言えるものだ。「侯爵夫人」とは、ブラス家の女中で、奴隷同然にこき使われている醜く矮小な体型をした少女である。へぼ詩人スウィヴェラーは、その奔放な想像力をいかんなく発揮して、名前もないという彼女を「侯爵夫人」と命名したのであった。ところが、この侯爵夫人、ブラス兄妹を退治したスウィヴェラーの世話で学校教育を受けてくると、見違えるような美女に変身している。あるいは想像力豊かな彼の目にそう見えただけかもしれないのだが、スウィヴェラーは彼女と恋に落ちて、

やがてめでたく結婚するのである。サリー・ブラスのことを彼が「ドラゴン」と呼んでいることから明らかだが、スウィヴェラーは、邪悪な龍の虜となり、醜い姿に変えられていたお姫様を救出し、元の姿に戻してやるという騎士の役割を果たしているのだ。

7　人間を疎外する力と「笑い」の生命力

「美女と野獣」というおとぎ話的原型は、この小説の深いテーマともかかわっている。ディケンズは「美少女」ネルの周囲に「グロテスクなもの」を配置することを意図していたわけだから、「野獣」とはこの「グロテスクなもの」を指していることになる。それでは、「グロテスク」とはいったい何なのだろうか。

ウォルフガング・カイザーは、『グロテスクなもの』(1957) の中で、「グロテスクは疎外された世界である」と結論づけている。本来、グロテスクとはイタリア語の「グロット」("grotto" 地下祭室) から生まれた美術史の用語であり、カイザーの定義がこの概念の全体を的確に捉えているものとは言えないかもしれないが、ディケンズ以降の近代小説に見られる「グロテスク」の定義としては、非常に示唆的なものである。プラハ生まれのユダヤ人作家フランツ・カフカは、『デイヴィッド・コパフィールド』に倣って『アメリカ』(1927) という小説を書いたほどディケンズから強い影響を受けているが、やはりディケンズからの影響が色濃く表れた『城』(1926) や『審判』(1925) は、人間を疎外する、まさにグロテスクな世界を描いたものである。『骨董屋』にも同じような「疎外された世界」としてのグロテスクが見られるのだとすれば、その「疎外」の本質とは何なのであろうか。

この小説の中で典型的にグロテスクなキャラクターは、クウィルプでありサンプソンとサリーのブラス兄妹である。彼らはいかにも不気味でしかも滑稽な連中で、それぞれが強烈な印象を与えるために、読者はその外見に注意を引きつけられてしまい、彼らの本質をつい忘れてしまいがちである。しかし、彼らが高利貸しという商売をしていることには注目しなければならない。カリカチュア化されてはいるが、

彼らは資本主義の先兵たちなのである。「金銭」の力は、この小説のプロットを推進させていくものとして、かなり重要な意義を与えられている。ネルとトレント老人が骨董屋を乗っ取られてロンドンを追われるのは、クウィルプの経済的迫害による結果であり、キットを陥れようとする彼のたくらみも 5 ポンドの窃盗というぬれぎぬを着せることである。トレント老人の賭博狂いは、やはり金銭の魔力に捉えられた結果としか考えられない。

　このような邪悪な金銭の力の描写は、もちろん古来から文学作品に普遍的に見られるものであって、『骨董屋』におけるそれも、ごく伝統的な枠組みを出ていないかに思われる。しかし、ここには、歴史上類例のない巨大な背景の存在が示唆されている。ネルとトレント老人がさまよい歩く田園は、牧歌的なものからはおよそほど遠いものだ。そこは、産業革命の進行の結果、工業化が急速に進み、自然が荒廃したイングランド中西部地方である。ネルと祖父の旅は、作者のジャーナリスト的関心から発した取材旅行に基づいている。1838 年にディケンズ自身が、画家の「フィズ」ことハブロー・ブラウンとともに行った綿紡績工場の見学旅行と同じコースを、ネルとトレント老人はたどっている。レミントン、バーミンガムからウォルヴァーハンプトンを通過する道程について、ディケンズは妻に次のように書き送った。

　　われわれはここ［シュルーズベリー］まで、バーミンガムとウォルヴァーハンプトン経由で来ることを余儀なくされてしまった。冷たく湿った霧の中を八時に出発し、空が晴れ渡った頃には、何マイルもの石炭殻の道やら、燃えさかる溶鉱炉やら、轟々とうなる蒸気機関やらの中を、これまで見たこともないようなゴミと暗黒と悲惨が山ほどある中を進んで行った。（キャサリン・ディケンズ宛書簡、1838 年 11 月 1 日）

石炭殻と工場の煤煙が植物を枯死させ、醜悪な煙突が際限もなくつづく中、異様な機械が怪物のごとくうごめいているイングランド中西部のありさまは、『骨董屋』では次のように描写されている。

それから、さらに多くの怒り狂った怪物どもが現われた。その野蛮さといい、獰猛な様子といい、まさに怪物といっていいものが、甲高い叫びをあげながら、ぐるぐると回転しているのだ。そして、依然として、前にも後ろにも、右にも左にも、同じ煉瓦の塔がとぎれることなくつづき、黒い吐瀉物を決してやむことなくはき出して、生あるものも生なきものも等しく荒廃させ、陽の光を締め出し、このすべての恐怖を濃密な黒雲の中に閉じこめているのであった。(45)

　これは、クウィルプにもブラス兄妹にもはるかにまさる、グロテスクなものであると言えるだろう。こうした資本主義支配下の産業社会こそ、人間を疎外するものなのだ。
　それでは、このように人間を疎外し、システムの一部にしてしまおうとする力に対して、『骨董屋』では、いかなる対抗力が作用しているのであろうか。それを体現しているのはディック・スウィヴェラーである。彼は、豊かな想像力を備え、あふれるほどの生命力をみなぎらせた男だ。その彼にとって、自分の雇い主であるブラス兄妹は、次第に我慢できない存在となっていく。特に、妹のサリー・ブラスは彼に強い嫌悪感を起こさせる。サリーは、女でありながら、女性的な部分など微塵もない。しかも、兄のサンプソンと非常によく似ているため、「服を取り替えたら兄と区別がつかなくなるだろう」と思われるほどである。ディックにとって特に神経に障るのは、彼女の頭飾り("head-dress")だ。

　スウィヴェラー氏は、自分にだんだんと奇怪な力が作用してくるのを感じ始めた。それは、このサリー・ブラスを抹殺してしまいたいという恐ろしい欲望—彼女の頭飾りをたたき落として、それをかぶっていない彼女がどんなふうに見えるか試してみたいという、不可解な衝動であった。(33)

フランスの哲学者アンリ・ベルクソンによると、「生きたものにかぶせられた機械的なもの」は、個人や集団における矯正されるべき欠陥であり、その矯正する力こそ「笑い」なのであるという。ディックがサリーに対して感じる衝動は、ベルクソン的な笑いよりもかなり強烈なものだ。しかし、彼が、人間を「物に似た状態」（ベルクソン）から解き放ち、生の優位を回復しようとする力を備えた人物であることは明らかだ。人間を機械化し、疎外しようとする力は、帝国主義全盛期を前にして、ますます強まろうとしている。この近代的な意味での「グロテスクなもの」と、それを矯正し、人間性を回復しようとするベルクソン的な「笑い」とが繰り広げる葛藤こそ、『骨董屋』が提示する最も重要なテーマなのである。

クリベッジの勝負

参考文献

Bergson, Henri. *Laughter: An Essay on the Meaning of the Comic*. Trans. Cloudesley Brereton & Fred Rothwell. New York: Macmillan, 1913.

Coveney, Peter. *The Image of Childhood: A Study of the Theme in English Literature*. Harmondsworth: Penguin, 1967.

Hollingsworth, Keith. *The Newgate Novel 1830-1847*. Detroit: Wayne State UP, 1963.

Huxley, Aldous. *Vulgarity in Literature: Digressions from a Theme*. London: Chatto and Windus, 1930.

Kayser, Wolfgang. *Das Groteske: Seine Gestaltung in Malerei und Dichtung*. Oldenburg: Gerhard Stalling; 1957.

（原　英一）

『バーナビー・ラッジ』

『ハンフリー親方の時計』第Ⅲ巻扉絵

II 作品

1 最初の出版形態および出版年月
1841年2月13日から1841年11月27日まで週刊誌『ハンフリー親方の時計』に連載。

2 単行本テクスト（初版・校訂版・普及版・翻訳）名
初版
  1841年12月、チャップマン・アンド・ホール社。
普及版
  Barnaby Rudge. Ed. Donald Hawes. London: Dent, 1996. チャールズ・ディケンズ版（1867年）に準拠。
  Barnaby Rudge. Ed. John Bowen. London: Penguin, 2003. 1841年版に準拠。
  Barnaby Rudge. Ed. Clive Hurst. Oxford: Oxford UP, 2003. 1841年版に準拠。
翻訳
  『バーナビー・ラッジ』（小池 滋訳、集英社、1975）。
  『バーナビ・ラッジ』（田辺洋子訳、あぽろん社、2003）。

3 時代背景
『バーナビー・ラッジ』の舞台となっているのは1780年のゴードン暴動である。これは、1778年にカトリック教徒に対する差別を撤廃するために制定されたカトリック教徒救済法への反対請願を契機に、1780年6月ロンドンで発生した大規模な反カトリック暴動である。カトリック教徒救済法に反対するため、1779年にロンドン・プロテスタント協会を結成したジョージ・ゴードン卿に率いられたデモ隊が集結し、何千という暴徒になってロンドンを席巻し、カトリック教徒が経営していた大衆酒場をはじめ、カトリック教会堂、カトリック教徒の家々、そしていくつかのニューゲート監獄などの公共の建物が略奪されたり焼き払われたりした。騒乱は鎮圧され、暴徒たちは騒ぎを起こしてもほとんど何の利益も得られず、それどころか流刑や絞り首に

なった。首謀者であったゴードン卿は逮捕され、反逆罪に問われたが、その意図はなかったとして無罪放免となる。カトリック教徒救済法は廃止とはならなかった。

　60年前の暴動を描きながら、同時にディケンズの頭の中には彼が生きていた19世紀という時代も浮かんでいたようだ。産業革命の影響によってイギリス中部に工業地帯が誕生し、多くの工場労働者が生活するようになる。しかしその生活は悲惨であったため、自分たちの権利を主張するために団結し、集団で運動を起こし、しばしば警察と衝突したりした。そのような状況下で1832年に第一次選挙法改正が成立したが、労働者の生活は一向に改善されることはなかった。そこで自分たちが選挙権を得て政治に参加し、政治を改革しようと普通選挙ほか6ヶ条の「国民憲章〔ピープルズ・チャーター〕」を要求する運動が30年代中頃からおこる。これがチャーティスト運動である。チャーティストたちはデモや集会を行い、時には過激な運動へと発展し、警察や軍隊と衝突することもしばしばあった。1839年にはニューポートで群衆が同志を救出しようと監獄を襲撃するといった事件までおきた。結局1848年の大きなデモを最後にこの運動は終焉を迎える。

4　執筆・出版に至る経緯

　『バーナビー・ラッジ』はディケンズの小説の中でも最も長くかつ最も不安定な懐胎期間をもった小説である。ディケンズの5作目として出版されたこの小説は、『ピクウィック・クラブ』のような連載という低俗で安価な出版形態とは異なり、1836年に「ロンドンの錠前屋ゲイブリエル・ヴァードン」と題して、当時の確立された小説出版形式、つまり3巻本で出版される予定であった。

　1836年5月、ディケンズは『ボズのスケッチ集』の版元であるマクローンに『ゲイブリエル・ヴァードン』の完成原稿を11月30日までに200ポンドで引き渡すつもりでいた。しかし、僅か3ヶ月後、『ピクウィック・クラブ』の販売部数が伸びていたこの時点で、信頼できる友人たちからこの小説の版権に500ポンドもらうべきだとの助

言もあって、マクローンとの契約は破棄され、8月22日にベントリーに版権が移される。1年後の1837年には『バーナビー・ラッジ——1780年の暴動の物語』と題を改め、版権も700ポンドに引き上げられた。さらにディケンズは、まだ執筆に取りかかっていないにもかかわらず、1838年9月22日にその版権を900ポンドに引き上げる新たな契約をベントリーと結び、3巻本で出版する代わりに、『バーナビー・ラッジ』を『オリヴァー・トゥイスト』につづいて『ベントリーズ・ミセラニー』誌に月刊連載することにした。

　1839年1月3日、ディケンズは執筆に取りかかるが、わずか3週間もたたないうちに筆が進まなくなる。同年1月21日付の手紙で「いまこの小説を書くことができないのは、動かしようのない事実です。……他人の利益のために人生の盛りを費しているのに、それでいて心から愛する家族のためには辛うじて生活の体面を保つ以上のことはしてやれないのを思うとき、小生は全く意気阻喪せざるをえないのです。……目下の状況では、いささかの時を得て一息入れるまで……新作連載の仕事で身を苦しめることはできません。できもしないし、やる気もありません」とその苦悩を友人のフォースターに打ち明けている。その結果、ディケンズは同年2月27日に『ベントリーズ・ミセラニー』誌の編集長を退くとともに、1840年1月までに原稿を引き渡す代わりに月刊連載から再び三巻本という形態で出版するとの契約変更をする。『バーナビー・ラッジ』の執筆を中断したとはいえ、同年9月まで『ニコラス・ニクルビー』の執筆、10月末には娘ケートの誕生、そして12月にはデヴォンシャー・テラスへの引越し、と多忙であった。

　しかし、以前からベントリーの宣伝広告に不満を抱いていたディケンズは、『バーナビー・ラッジ』の原稿を引き渡すことを取りやめる。その一方で、『ピクウィック・クラブ』や、『ニコラス・ニクルビー』の出版を手がけたチャップマン・アンド・ホール社と交渉し、ベントリーから版権を買い取るための資金を1840年7月に貰い受け、この時点でベントリーとのすべての関係を断ち切る。これで『バーナビー・

ラッジ』の執筆計画は軌道に乗り、『骨董屋』につづいて週刊誌『ハンフリー親方の時計』の46号から88号まで、つまり1841年2月から12月にかけて毎週連載されることになった。

　こうした出版に至るまでの複雑な経緯があったにもかかわらず、ディケンズがあくまでも1780年の暴動の物語にこだわっているところに、彼の本来の構想が如何に堅いものであったかを窺い知ることができる。「序文」によれば、ディケンズはゴードン暴動を「幾多の尋常ならざる様相を呈する」小説の新しい素材と見なしていた。要するに、彼は本格的な歴史小説の執筆に取りかかり、この暴動という主題を選択することでスコットの向こうを張ろうとしていたようである。『ミドロジアンの心臓』(1819)の最初の数章にわたるエディンバラのトルブース監獄襲撃こそが『バーナビー・ラッジ』の山場となるニューゲイト監獄襲撃の着想になったのである。

　しかしながら、こうしたことは物語の舞台や象徴としてのニューゲイト監獄それ自体の直接的な着想は二次的なものでしかない。ニューゲイト監獄の外観は、少年時代のディケンズにとっては馴染み深く恐ろしいものであったのである。1835年にディケンズは『ボズのスケッチ集』の取材のためにそこを訪れ、3人の死刑囚の容貌と、彼らの想像される苦悩に強く打たれる。死刑囚のうち2人はその後処刑され、残る一人は刑を猶予されたという。これが『バーナビー・ラッジ』の76章と77章における処刑場面の萌芽である。

　また、ディケンズは当初、精神病院から脱走した3名をゴードン事件の立役者として構想していたが、フォースターの助言によって思い留まることになる。彼は1836年にベツレヘム癲狂院を下見に訪れており、

メイポール亭

1837年のニューゲイト監獄再訪、並びに計画された小説の二つの表題から、1836年には『バーナビー・ラッジ』の骨格はすでに整っていたことが推測される。

5　作品の批評史

(1) 同時代(出版当時)の評価

　ディケンズの入念な構想にもかかわらず、『バーナビー・ラッジ』が発表された当初、その評価は低く手厳しいものがあった。友人であるフォースターでさえも『イグザミナー』誌(1841年12月)で「当初の興味は後半になると、もはや別種の魅力に席を譲っている」と構造上の欠陥を認め、またミステリーをすぐに看破したポーは『グレアムズ・マガジン』誌(1842年2月)で「暴動は後から付け足したものと見なすべきで、ストーリーと必然的な関係はない」と暴動とミステリーの不調和を指摘する（酷評してはいるが、ポーは彼の詩『大鴉』の原型を『バーナビー・ラッジ』に登場するカラスのグリップに見出した可能性がある）。これに対して、好意的な評価を与えたのがフッドである。彼は『アセニアム』誌(1842年1月)で「『バーナビー・ラッジ』は作りのしっかりした物語で、面白くもあり、特に時宜を得ている」と、その構造を賞賛し、ディケンズが扱ったピューリタン的偏狭と彼が生きた時代の問題との関係を読みとる。またロビンソンは「ゴードン卿の暴動の描写は素晴らしく、歴史に忠実であろうがなかろうが、詩的真理を備えている」とその出来映えを日記に記している(1841年9月4日)。

バーナビーとグリップ

(2) 20 世紀前半

　20 世紀当初は『バーナビー・ラッジ』を賞賛する批評もあったが、依然として作品への関心は低く、全体的には否定的な批評が多かった。このような二分した評価は作品を物語として評価するか、あるいは歴史小説として評価するか、に起因しているようである。

　『バーナビー・ラッジ』を物語として評価したギッシングは、人間のロマンスと歴史小説がしっくりと結びついていないものの、綿密に組み立てられ、細部に至るまで見事に構想されていると高く評価している (Gissing 49)。同様にスウィンバーンも、『クォータリー・レヴュー』誌 (1902 年) で、欠点のない物語とは言えないが、賞賛するに値する作品であるとし、『デイヴィッド・コパフィールド』や『大いなる遺産』に匹敵するとまで言っている。

　これに対して、『バーナビー・ラッジ』を歴史小説として評価したチェスタトンは、写実的な部分はすべて一幅の絵にはなるが、作品自体は小説とは言い難く、歴史小説にはなっていないと述べ、他の作品と対等に扱わずに言及するだけに留めている。このチェスタトンの流れを受けたリリショウも、全体的にスタイル・登場人物・場面設定については賞賛するものの、歴史小説としての構成にまとまりを欠いていると論じる。

(3) 20 世紀後半

　20 世紀後半になるとディケンズの作品全体の再評価の気運が高まる中で、特に『バーナビー・ラッジ』をさまざまな角度から再評価しようとする動きが活発になってくる。構造的欠陥があることは認めつつも、作品にテーマと技法の素晴らしい統一性を見出し、再評価に最初に貢献したのがフォランドで、その統一の根源は行為者とその行為、行為とその結果、さらにそれらに対する行為者の責任という複雑な関係をディケンズが整然と探究しているところにあるとする。更には、登場人物に焦点を当てて再評価をしようとしたのがゴッツホールである。バーナビーを一般に認められているよりもずっと重要で、また物

語の善と悪の闘いといった隠喩構造のまさに中心にいる人物とした上で、『バーナビー・ラッジ』における悪魔と地獄のイメージを読みとり、主題と象徴がいかに調和しているかを論じる。そしてこうした再評価の流れを受け、最大の貢献をしたのがマーカスである。彼はこれをディケンズの小説家としての徒弟期間の頂点に立った作品であると考え、責任と権威に関して、さまざまな父と息子という家庭における個人の関係が、国家と市民という大きな社会テーマとアナロジーによって結びついていることを論じ、そこに後期の傑作と評される作品の洗練された技法の萌芽を読みとる。こうした再評価の動きがあったにもかかわらず、『ケンブリッジ版ディケンズ案内』(2001) で『バーナビー・ラッジ』がほとんど触れられていないことを考えると、この作品の研究は、20世紀末にはあまり活発ではなかったのがわかる。

　しかし、『ディケンズ研究年報』30号に『バーナビー・ラッジ』に関する5本の論文が掲載されたことによって再び積極的に評価しようとする気運が高まった感がある。トレイシーの論文は、『バーナビー・ラッジ』が作中作として本来物語の一部として登場することになっていた『ハンフリー親方の時計』のメタフィクションの物語構造と、ゴシック小説の要素とに注目する。ハンフリー親方の趣のある古屋敷がメイポール亭やウォレン屋敷として再登場し、ルーベン・ヘアデイルがウォレン屋敷で殺害され、その殺人の時にソロモン・デイジーが一人教会にいて、教会の鐘とは違う鐘の音を聞いたりするという、ゴシック小説の要素が『バーナビー・ラッジ』にあることは明らかである。またゴシック小説はしばしば悪党が策略や恐怖でもって犠牲者を操るように、この作品でもジョン・チェスターやガッシュフォードがゴードン卿やヒュー、さらにはヒューを通じてバーナビーや暴徒たちを操るのである。このように、作中における政治的陰謀の操作と虚構のプロット操作のメタフィクション構造が、ディケンズの芸術性を示しているとする。モーゲンテイラーの論文は、芸術や美について直接言明することがないディケンズが、作品の中で美学の問題を提起するのは、『バーナビー・ラッジ』の死刑執行人のデニスや『互いの友』

のヴィーナスといった、芸術家として自称する死を職業とする登場人物についてだけであると指摘する。そしてこの美学の観点から芸術と死と処刑との関係を論じ、そこにディケンズの小説作法が間接的に提示されているとする。ブラントリンジャーの論文では、「人民主義(ポプュリズム)」は、すべての美徳やまともな政治が支配者にあるのではなく、一般大衆にあることを示す言葉であるとした上で、何世紀にもわたる悪政の歴史によって民衆が力を失ったり欺かれたりする時、この「人民主義」がグロテスクに転じてしまうところから、ディケンズの歴史哲学を「グロテスク人民主義」と考える。さらにディケンズの歴史観とはスコットやカーライルのそれをそのまま受け継いだものだとするこれまでの批評に対して、創作活動の比較的早い段階で歴史小説を書こうとしたのは、ディケンズが独自の歴史観を持っていたからにほかならないと論じる。ウィルトは、作品の歴史的側面、つまりゴードン暴動の原因とされるカトリックとプロテスタントの衝突に焦点を合わせて分析する。ディケンズがジョン・チェスターの人物造形をする際に1605年の「火薬陰謀事件(ガンパウダー・プロット)」を念頭においていたとし、ジョン・チェスターが実はイエズス会士であると指摘する。さらに、1829年のイエズス会復権やカトリック教解放、そして1830年代のオックスフォード運動などから、『バーナビー・ラッジ』が世に出た頃にはイギリス国教会も教義の上ではカトリックであったと論じ、カトリック教徒こそが正当なイギリス人であって、プロテスタントはカトリックであることを隠すための単なる仮面に過ぎないと、ユニークな論を展開する。ウィルトの断定には疑問を抱くところもあるが、総じて登場人物の分析は素晴らしく、反カトリックが主題の『バーナビー・ラッジ』をカトリックの側から光を当てるところは高く評価できる。グラヴィンの論文は、ディケンズの政治理解を取り上げ、彼は政治小説を書いたのではなく、この作品を通して国家は根本的にいんちきであることを示したかったのだと指摘する。彼は「劇場」「儀式」「祭」「ファシズム」の観点からディケンズの小説におけるさまざまな政治の側面を論じるが、特に「ファシズム」では『バーナビー・ラッジ』はファシズムの

危険についての警告の物語であり、わたしたちの時代に照らし合わせて読まれるべきだと示唆する。

これらの論考はとても斬新であり、これまで行き詰まった『バーナビー・ラッジ』批評に新しい光を投げかけたと言ってもいいだろう。

6　作品へのアプローチ
(1) 歴史観——過去と現在

ディケンズは歴史に対して狭量とか感覚がないとよく言われるが、それは彼の過去に対する反応が曖昧なところから来ていると思われる。彼には「正確な歴史感覚はなく、物語を正確な『時代』の記録とする欲望もなければ、時代錯誤も恐れない」(House 21)。このことは『バーナビー・ラッジ』が『二都物語』と同様に歴史としては読めない論拠となり、厳しく批判される理由にもなっている。

しかしながら、ディケンズの歴史に対するアプローチの特徴は、過去を忠実にというよりは、過去の時代を書きながらも頭の中では彼の生きている時代を考えているところにある。彼の書斎には、『アニュアル・レジスター』、ホールクロフトの『最近の暴動抄録』(1780)、そしてワトソンの『ジョージ・ゴードン卿の生涯』(1795) などがあり、それらを『バーナビー・ラッジ』執筆の参考にしていたことはすでに明らかにされている (Butt and Tillotson 84-85)。こうした過去の歴史だけではなく、1830 年代から 40 年代にかけて新救貧法に対する反対運動、チャーティスト運動、反穀物法同盟、そしてオックスフォード運動などが、『バーナビー・ラッジ』の構想から執筆・出版に至る時期とちょうど重なっていることも偶然ではない。彼の描く歴史が、過去のものとも彼が生きた時代のものとも、読める所以である。

(2) ジャンルや技法としての歴史小説

ディケンズの歴史小説の手本はスコットであるとされている。スコットの歴史小説の特徴である、過去(尚古趣味)と現在(進歩主義)に対して二重の視野を維持している点と、主題として歴史的変遷を確立

している点で、『バーナビー・ラッジ』は最初のスコット歴史小説の真の継承者であると賞賛されている。

　しかし彼とスコットとの間には幾つか相違点も見られる。スコットは歴史上の二項対立(例えば、イギリス対ジャコバイト、キリスト教対イスラム教といったように)を最終的には統合の方向へ導き、ハッピーエンドで終わらせようとするのに対し、ディケンズはそのような対立をいっそう際立たせる。この作品にはスコットやディケンズの同時代人の上品なロマンスなどはなく、暴動の場面は破壊的で悪魔的な力で満ちあふれた描写になっている。そこにはスコットのホイッグ党の進歩的歴史観はなく、ディケンズは暴徒が無分別に暴れ回る姿をゴードン暴動やフランス革命や1840年代のチャーティスト運動に等しく見ているのである。

　そういった歴史を描く技法と見方は、カーライルから影響を受けている。同時代の随筆家で小説家で歴史家でもあるカーライルはディケンズに多大なる影響を与えた一人である。二人は1840年に出会って以来、生涯の友となる。『バーナビー・ラッジ』の執筆・出版の数年間のうちにディケンズは『フランス革命』(1837)や『英雄崇拝』(1841)といったカーライルの著作物を熱心に読むと同時に、ジョン・フォースターとの強固な友人関係を持ち、1840年中頃まで彼を通じてカーライルと親密な関係を築き上げていった。この二人の関係はしばしばディケンズの社会的・政治的見方に関するカーライルの影響という形で論じられることが多い。

(3) 父と子とロマンス
　父と子というテーマはディケンズの中で大きな位置を占めるだけでなく、ヴィクトリア朝社会においてもきわめて重要な問題であった。なぜなら、産業革命による近代化の波が、政治や経済にも影響を及ぼし、民主主義の発展により階級社会を揺さぶることになる。苦労して立身出世した世代が父親となり、その苦労の報いを自分の子供たちに求めるようになる。子供たちはその期待に応えることが重荷となって

挫折したり、または反発する。また産業の発達に伴い、外で働く父親が多くなり、家庭での存在感が薄くなり、威厳の低下と疎外感が同時にあらわれてくる。加えてダーウィンの『種の起源』(1859) が出版されると、人類の父たる神の存在すら危うくなる。こうした要素が

徒弟騎士団の秘密結社

重なり、これまで揺らぐことのなかった父親の威厳がゆさぶられる。それまでの父親の権威と息子の服従という図式は崩壊し、対立関係が顕在化するのである。『バーナビー・ラッジ』では、バーナビー父子、ジョン・チェスターとエドワードの父子、ジョン・ウィレットとジョーの父子といった父子関係が見られる。父と息子が衝突する様は、19世紀の典型的家族の衝突や、家父長の権威の崩壊を表しているが、そこにはまた単なる父と子という関係だけではなく、アナロジーとして、例えば、政府と市民や家庭の領分と一般市民の領分といった、支配するものと支配されるものとの関係に読みとることができる。さらにこのアナロジーは、ゴードン卿と秘書のガッシュフォード、およびバーナビーとグリップの関係における支配と被支配の構図の逆転を生み出している。加えて父子関係が表わす隠喩(メタファー)には、父親殺しと象徴的に殺された父親によって息子が取り憑かれているオイディプス的テーマが潜んでもいる。またこれと平行して2組のロマンスの物語がサブ・プロットとして描かれている。その中心となるのがエドワード・チェスターとエマ・ヘアデイルである。彼らは恋人同士であるにもかかわらず、チェスター家はプロテスタントでヘアデイル家はローマ・カトリックであり昔から家同士が敵対関係にあり、当然のことながら、両家ともこの縁談には大反対で、2人の仲は引き裂かれる。エドワードは父に結婚を反対され、口論となり、家を飛び出し、西インド諸島へ

旅立つ。ロマンスのもう 1 組はジョー・ウィレットとドリー・ヴァードンである。ジョーは息子の自由に干渉する父ジョンと対立し、家を飛び出す。彼は軍隊に入り、外国へ行くことになる。愛するドリーに引き留めてもらいたいと考え、旅立つ前にそのことを告白するが、拒否され、失意のままロンドンを後にする。この機会をとらえ、以前からドリーに好意を寄せていたシムは、ゴードン騒乱に乗じてエマとドリーをさらい、ロンドン郊外の小屋に閉じ込める。ちょうど騒乱時に海外から戻ってきたエドワードとジョーは、恋人の居所を探し出し、閉じ込められていた 2 人を救出し、騒乱後の 2 組は結婚し幸せな生活を送るのである。この 2 組 2 様のロマンス物語が、父と子という問題と絡み合い、サブ・プロットとして『バーナビー・ラッジ』のもう一つの物語を形作っている。

(4) 狂気と暴力

　当時、狂気に対する民衆の恐怖は相当なもので、狂気は監禁所の中に閉じ込めておくべきであると考えられ、狂人は人間性を否定された存在であり、秩序維持のため社会が隠蔽・監禁しておかなければならないと考えられていた。ロンドンにあるベツレヘム癲狂院は、13 世紀半ばに創設され、すでに 1403 年には 6 人の精神錯乱者が鎖と鉄具をつけられ、1590 年にはその人数は 20 人となる。1642 年に建物が拡張された時、新しい部屋が 12 ばかり建て増しされ、そのうち 8 部屋が狂人用に割り当てられた。1676 年に精神病院として再建されてからは、その収容力は 120 名から 150 名にも及んでいる。当時、不治とみなされた狂人は一般の病院には収容されず、それが 1733 年までつづいた。その治療法は 18 世紀まで、瀉血や催吐剤といった旧態依然のものであったが、19 世紀には精神療法が採用され改善された。しかし、病院の監禁施設は依然として監獄同然で、部屋には格子窓がついていて、公開見学という形で、繋がれた狂人を外部から見ることができた。この公開見学は、民衆の娯楽として 1770 年代まで行なわれていたが、ベツレヘム癲狂院では 19 世紀の初頭においてもなお、

日曜日ごとに1ペニーの料金で見学させており、年間に約9万6千人が訪れていたそうである。実際、ディケンズも1836年にこの癲狂院を見学しようと計画していた。『ピクウィック・クラブ』の「狂人の手記」の冒頭には、狂人が癲狂院に閉じ込められ、鎖で繋がれ、見物客が鉄の柵越しに覗いている様子が描写されている。

『ディヴィッド・コパフィールド』のミスター・ディックに狂気と無垢が、『リトル・ドリット』のウィリアム・ドリットに狂気と投獄が、『大いなる遺産』のミス・ハヴィシャムに狂気と復讐がといったように、ディケンズの作品において狂気はさまざまな形で呈示されている。『バーナビー・ラッジ』においても狂

ゴードン暴動

気と暴力は密接な関係にあり、中心テーマの一つになっている。物語の後半部分で、およそ一週間にわたって群衆が暴徒と化す場面では、社会病質者のヒューや善悪の判断がつかない白痴のバーナビーに率いられ、暴力は目的のない狂気として呈示されているのである。

『バーナビー・ラッジ』はディケンズの「暴徒たちによる暴力の最初で最高の研究」(Dyson 49) で、それだけで初期作品の中に大きな位置を占めることになる。また精神病理学の観点から狂人を見ると、ゴードン卿は妄想症(パラノイア)、バーナビーは白痴、ジョン・ウィレットは精神薄弱者、そして暴徒たちは群集心理による狂人ということになろう。ディケンズは、シェイクスピア以来の偉大なる文学上の精神病学者と成り得たと言っても過言ではない。

参考文献

Brantlinger, Patrick. "Did Dickens Have a Philosophy of History? The Case of *Barnaby Rudge*." *Dickens Studies Annual* 30 (2001): 59-74.

Dyson, A. E. *The Inimitable Dickens: A Reading of the Novels*. London: Macmillan, 1970.

Fleishman, Avrom. *The English Historical Novel: Walter Scott to Virginia Woolf*. Baltimore: Johns Hopkins UP, 1971.

Folland, Harold F. "The Doer and the Deed: Theme and Pattern in *Barnaby Rudge*." *PMLA* 74 (1959): 406-17.

Glavin, John. "Politics and *Barnaby Rudge*: Surrogation, Restoration, and Revival." *Dickens Studies Annual* 30 (2001): 95-112.

Gottshall, James K. "Devils Abroad: The Unity and Significance of *Barnaby Rudge*." *Nineteenth-Century Fiction* 16 (1961): 133-46.

Lillishaw, A. M. "The Case of *Barnaby Rudge*." *Dickensian* 44 (1948): 141-44.

MacGowan, John P. "Mystery and History in *Barnaby Rudge*." *Dickens Studies Annual* 9 (1981): 33-52.

Manheim, Leonard. "Dickens's Fools and Madmen." *Dickens Studies* Annual 2 (1972): 69-97.

Morgentaler, Goldie. "Dickens and the Aesthetics of Death." *Dickens Studies Annual* 30 (2001): 45-57.

Nadel, Ira B. "From Fathers and Sons to Sons and Lovers," *Dalhousie Review* 59 (1979): 221-38.

Newman, S. J. "*Barnaby Rudge*: Dickens and Scott." *Literature of the Romantic Period*. Ed. Reginald T. Davies and B. G. Beatty. Liverpool: Liverpool UP, 1976.

Oddie, William. *Dickens and Carlyle: The Question of Influence*. London: Centenary, 1972.

Rice, Thomas Jackson. "The End of Dickens's Apprenticeship: Variable Focus in *Barnaby Rudge*." *Nineteenth-Century Fiction* 30 (1975): 172-84.

Rooke, Eleanor. "Fathers and Sons in Dickens." *Essays and Studies* 4 (1951): 53-69.

Sadoff, Dianne F. *Monsters of Affection: Dickens, Eliot, & Brontë on Fatherhood*. Baltimore: Johns Hopkins UP, 1982.

Sanders, Andrew. *The Victorian Historical Novel, 1840-1880*. London: Macmillan, 1978.

Spence, Gordon. "Dickens as a Historical Novelist." *Dickensian* 72 (1976): 21-29.

Tracy, Robert. "Clock Work: *The Old Curiosity Shop* and *Barnaby Rudge*." *Dickens Studies Annual* 30 (2001): 23-43.

Wilt, Judith. "Masques of the English in *Barnaby Rudge*." *Dickens Studies Annual* 30 (2001): 75-94.

(小野寺　進)

『アメリカ紀行』『イタリア紀行』

ボストンの街（1842）

II 作品

『アメリカ紀行』

1 最初の出版形式および出版年月
雑誌連載のない書き下ろし。

2 単行本テクスト(初版・校訂版・普及版・翻訳)
初版
  1842年10月、チャップマン・アンド・ホール社。
普及版
  American Notes for General Circulation and Pictures from Italy. Ed. F. S. Schwarzbach and Leonée Ormond. London: Dent, 1997.
  American Notes for General Circulation. Ed. Patricia Ingham. London: Penguin, 2000.
翻訳
  『アメリカ紀行』(伊藤弘行、下笠徳次、隈元貞広訳、岩波文庫、2005)

3 時代背景
　1830年代の後半から英米関係は国境問題などを争点に緊張の度合いを高め、「第3次」米英戦争を危惧させる程になっていた。1837年には、英国の統治に反対するカナダ人を援助していたアメリカ船キャロライン号が、イギリス軍および一部のカナダ人によって破壊され、いわゆる「キャロライン号事件」がおこった。1838～39年には、戦争にまで発展しなかったものの、メイン州と接するカナダの国境線を巡って生じた「アルーストゥック戦争」があり、1841年には、奴隷を乗せヴァージニア州からニューオーリンズに向かっていたアメリカ船クレオール号がイギリス軍に拿捕された。クレオール号事件である。

ディケンズがアメリカを後にして 2 ヶ月ほど経った 1842 年 8 月、一連の紛争はウェブスター・アシュバートン条約によって一応の解決をみた。

4 執筆に至る経緯

ディケンズがフォースターに送った 1839 年 7 月の手紙には、アイルランドかアメリカに渡りその見聞記を書き送ってもよいという趣旨の記述が見られる。彼は、この頃からアメリカ訪問の可能性を考えていたようである。そして『骨董店』を称えるアーヴィングをはじめとする多くのアメリカ人からの熱心な訪問の要請を受け、また帰国後チャップマン・アンド・ホール社から旅行記を出版することなどを予定に入れ、渡米を決断した。

5 作品の批評史

同時代の批評はアメリカに限らずイギリスにおいても、多くが否定的な内容のものとなっている。概略については『アメリカ紀行』とその反響についての項を参照されたい。なお、例外的に好意的な評価を与えたのは、ディケンズとも親しくなったハーヴァード大学のフェルトン教授で、彼は 1843 年 1 月の『ノース・アメリカン・レヴュー』誌に書評を載せた。

その後、ディケンズの第一次アメリカ訪問に関してアクロイド、ジョンソン、カプラン、マッケンジー、ポウプ=ヘネシーなどが伝記の中でそれぞれ言及しているが、それらはいずれもディケンズのアメリカ訪問という事実に焦点を当てており、『アメリカ紀行』そのものを論じてはいない。

同じことは『ディケンジアン』誌をはじめとする雑誌に掲載された論文やその他の研究書についても言えることで、多くが『アメリカ紀行』研究というよりは、むしろ「ディケンズ研究」として「アメリカ訪問」が取り上げられている。従って『アメリカ紀行』研究は、『アメリカ紀行』を生み出したアメリカ訪問の事実と訪問の意義、さらに

『アメリカ紀行』の影響を探究するという道を辿っている。

そうした研究で代表的なものを挙げると、一つはウイルキンズの『アメリカのチャールズ・ディケンズ』(1911) で、当時の著名人の日記や各地の新聞などの資料を用いて 318 ページにわたり、主としてディケンズの第 1 次訪問を跡づけている。

またボストン滞在中のディケンズを克明に再現したものとしては、ペインの『ボストンにおけるディケンズの日々』(1927) が挙げられる。副題が「日々の出来事の記録」(A Record of Daily Events) となっていることからもわかるように、前書と同様に当時の文化人など、ディケンズとかかわった人々の書簡や日記、さらに新聞や雑誌などを駆使してボストンにおけるディケンズの第 1 次および第 2 次訪問を詳細に記述している。

以上の他に、モスの『チャールズ・ディケンズのアメリカとの口論』(1984) と、メッキアーの『田舎者の外遊』(1990) も示唆に富んだ研究書といえる。モスの著作はアメリカに否定的な『アメリカ紀行』が引き起こした「アメリカとの口論」が、以後 25 年間にわたってディケンズの 2 度目の訪問まで続いたことを取り上げ、その間の「口論」の経緯を、イギリスの『フォリン・クォータリー・レヴュー』誌や、アメリカの新聞・雑誌を引用しながら、ディケンズ対アメリカの論争(例えば国際著作権問題、新聞批判、アメリカ文学論評、奴隷制度糾弾など)を追うという形で、詳しく跡付けている。本書はまた『マーティン・チャズルウィット』のいわゆる「アメリカ生活の章」についての論考、および公開朗読を目的とした第 2 次アメリカ訪問についての考察を含んでいる。

メッキアーの『田舎者の外遊』は第 1 次アメリカ訪問がディケンズに与えた影響とその意義について考察している。1842 年に渡米したディケンズは、当時のイギリスの社会状況に不満を抱き、民主主義の共和国アメリカこそイギリスの抱える問題を解決する糸口を与えてくれるユートピアであるとの期待を持っていた。しかし、そのアメリカが物質万能の自己中心的な社会で、イギリスの基準からすれば粗野

で文明化されていない国であることを発見する。この体験がディケンズに大きな失望を与え、その後のディケンズの世界観、そして小説を、否定的で諷刺を含む暗いものにしていった、とメッキアーは洞察している。と同時に、アメリカ社会の実態を見て回るディケンズは、野蛮で異質な社会を受入れることの出来ない自分をはっきりと認識し、自分が生粋のイギリス人であることを自覚していく。『アメリカ紀行』の内容はそれをはっきり証明しているとして、メッキアーはディケンズのアメリカ訪問に重要な意義を見出している。

　他に異色のものとしては、スレイターの『ディケンズの見たアメリカとアメリカ人』(1978) が挙げられる。これは研究書というよりは、ディケンズの手紙、『アメリカ紀行』、『マーティン・チャズルウィット』などからの抜粋を編集したもので、第 1 次ならびに第 2 次訪問を扱っていて、豊富な図版、戯画、写真を使ってディケンズの体験したアメリカを視覚的に伝えている。

6　作品へのアプローチ
(1)『アメリカ紀行』以前

　ディケンズがアメリカを訪れる前に、3 人の著名なイギリス人が大西洋を渡っている。1827 年にはフランシス・トロロップ、1834 年にはハリエット・マーティノー、そして 1837 年にはキャプテン・マリアットが渡った。ニューヨークとリヴァプール間を定期便が往復するようになったのは 1816 年で、1838 年には蒸気船も就航し、両国間の往来は一層活発になった。ディケンズをはじめ当時の多くのイギリス人は、新しく生まれた共和国アメリカがどのような政治をおこない、どのような社会を築き、人々はどのように暮らしているかに関心を示した。既に産業革命を経てさまざまな問題に直面していた立憲君主国イギリスは、自由と民主主義を標榜する新生アメリカに大きな関心を寄せていたのである。

　前述の 3 人は、帰国後それぞれ見聞と体験を出版しているが、最も辛辣な批判を試みたのは F. トロロップで、3 年半のアメリカ滞在

を綴った『アメリカ人の家庭生活』(1832) はアメリカ人の間に一大センセーションを巻き起こし、一躍「悪名高い」書となった。トロロップは、劇場で上着を脱ぎシャツを腕まくりして観劇するアメリカ人の低劣なマナーを指摘しているが、以後そのような者がいると一斉に「トロロップ!」という注意を促すことばが投げつけられるようになったほどである。そうしたアメリカの現状を批判するトロロップは、その原因をアメリカの国是たる民主主義に見ているが、この新しい理念に基づいて国造りを進める建国間もないアメリカは、以後、自分たちがかつて後にした同胞、つまりイギリス人の書くアメリカ旅行記に神経をとがらせるようになる。

マーティノーは『アメリカの社会』(1837) を著し、アメリカ人の生活、マナーなど、2年間の滞在で得られた見聞を記述した。その内容は好意的でアメリカを高く評価するものであった。後にディケンズが、「アメリカ人はドルと政治の話しかしない」と批判した国民の政治に対する異常なまでの関心と係わりについては、民主主義がよく機能していると称賛している。

キャプテン・マリアットはもともとデモクラシーに強い不信を抱いており、1年半のアメリカ訪問もそうした確信を検証するためのものであった。帰国後著した『アメリカ日記』(1839) は自然の風景描写に富み、アメリカ人の暮らしぶり、旅で出会ったインディアンとの交友などを伝えているが、アメリカの民主主義については、それが群集による衆愚政治に陥っていると厳しく批判している。

以上はディケンズに先立つ著名なイギリス人のアメリカ訪問であるが、ディケンズは当然ながら彼らの著作を読んでアメリカへ出かけたわけであり、帰国後自らもアメリカ旅行記を書くつもりでいた。『アメリカ紀行』はこうした脈絡の中で読まれなければならない。

なお、ディケンズのアメリカ滞在は実質3ヶ月程度で、上記3者の滞在と比較すれば極めて短いが、訪れた地域は3者と同様、ミシシッピー河にまで至っている。ディケンズの辿ったルートは、東海岸はボストン、ニューヘイヴン、ニューヨーク、フィラデルフィア、ワ

シントン D. C. およびリッチモンドで、西部へはボルティモアからハリスバーグ、ピッツバーグを経てオハイオ川を下り、途中シンシナティ、ルイヴィルに立ち寄り、ケアロでミシシッピー河に出て、さらに北上してセントルイスに至っている。

西部からの帰路は、シンシナティまで戻り、そこから馬車でオハイオ州コロンバスを抜け、エリー湖へ向かった。途中オハイオ州北部の奥深い森で馬を替えるため小休止したディケンズは、そこにいた2人の娘も自分の作品を読んでいたことを知らされ、感銘を受ける。ディケンズの名声は辺境の森の一軒家にまで及んでいたのである。

ボストンに降り立つディケンズ

ぬかるんだ道に丸太を敷いただけのコーデュロイ道路を行くディケンズは、やっとの思いでエリー湖畔のサンダスキーにたどり着き、ついでエリー湖を東へ進み、バッファローに至り、ナイアガラの滝を見ながらカナダへ入る。そしてトロント、モントリオール、ケベックなどを訪れ、1ヶ月ばかりカナダに滞在している。その後ハドソン川を下ってニューヨークに戻り、さらにシェーカー教徒の村、ウェストポイントの陸軍士官学校を見た後、帰国の途についた。ディケンズと共に旅をしたのは妻のキャサリン、家政婦のアン・ブラウン、そしてボストンで秘書として雇ったアメリカ人のジョージ・パトナムの3人である。

(2)「アメリカ紀行」とアメリカ旅行の距離

『アメリカ紀行』には描かれなかった、もう一つのディケンズのアメリカ体験がある。それは『アメリカ紀行』を理解する上でも、またディケンズを知るためにも重要である。そうした体験の一つは、「地

球上に、未だかつてこれ程までに歓待された王や皇帝がいたでしょうか」というディケンズの手紙（トマス・ミトン宛、1842年1月31日）からも察せられるように、アメリカが国を挙げて29歳の若者を歓迎した事実である。大統領をはじめ上・下院の有力政治家たちとの会見を果たすことになるディケンズは、早くもボストンでは、街へ出るや否や群集に取り囲まれ、着ているコートはもみくちゃにされ、記念にコートの毛がむしり取られた程である。

　また、催されたいくつもの歓迎パーティーのうち、最も盛大なパーティーはニューヨークで行なわれたボズ歓迎舞踏会で、これは3,000人を招いて開催された。他に5,000人もの人がパーティーの入場券を手にすることができずに涙をのんだというから、ディケンズの人気のほどがうかがえる。もう一つはアーヴィングが主催した「ディケンズ・ディナー」で、230名の著名人を招いた晩餐会であった。こうした大小のパーティー、街を行く人々の歓迎、そしてそれを詳しく伝える新聞の報道――つまり、アメリカ全土がディケンズに熱狂したのであった。しかし、こうした歓迎がかえって伝統と成熟した個人主義の国からやってきた来訪者ディケンズを悩ませることになったのも事実であり、とりわけ自分だけの時間と空間を必要としたディケンズを苛立たせることにもなった。

　ディケンズが思ってもみなかった体験は、国際著作権の設定の訴えに対する新聞の激しい攻撃であった。ディケンズはかねがね、自分の作品がアメリカで印税も支払われずに読まれていることは正義にもとると考え、不満を抱いていた。そこでアメリカ到着以来、ボストン、ハートフォードなどで行なわれた晩餐会で、国際著作権設定の必要性を訴えていた。そうしたディケンズの主張に応えるかのように、先の「ディケンズ・ディナー」ではアメリカ側からディケンズを支持するスピーチがなされており、それを受けてさらに良識ある幾つかの新聞による支持の表明もなされた。しかし、『ニューヨーク・ヘラルド』紙など、海賊版をいち早く印刷する商魂たくましい新聞は、作家ともあろうものが卑しい商人になり下がっていると非難し、ディケンズは

そのような露骨な誹謗・中傷に「未だかつて体験したことのない苦しみ」(ジョナサン・チャップマン宛、1842年2月22日)を味わう。一斉に攻撃をしかける新聞に対し、また言論の自由が保証されるべき民主主義の国アメリカに対して、大きな怒りと失望を覚えるのである。国際著作権の設定は、ディケンズの訴え、著名な英米の作家の働きかけ、有力な上院議員の努力にもかかわらず実現に至らず、結局それが成立するのは、ディケンズ訪米後およそ50年も経た1891年のことであった。

　こうした、『アメリカ紀行』には書かれなかった体験を通じて、ディケンズは次第に英国のもつ伝統と国民性の優位を確信するようになり、言論の自由さえ多数意見の横暴で圧殺してしまう国、富のみが支配する社会に幻滅を感じていく。友人への手紙にディケンズはこう書きつけている——「全く失望しました。これは小生が見にきた国ではありません。決して小生が思っていた共和国ではないのです」(マクリーディ宛、1842年3月22日)。

　以上のような、書かれはしなかったが体験された、もう一つのアメリカの旅が、『アメリカ紀行』の背景にあり、『紀行』の行間を読む手がかりを与えてくれる。

(3) 個性的な『アメリカ紀行』

　『アメリカ紀行』の英文タイトルは *American Notes for General Circulation* であるが "Notes" には紙幣という意味もあるので、「全国的に通用するアメリカ紙幣」という意味も持っている。当時アメリカにはそのような統一紙幣がなかったため、ディケンズは金貨を所持して旅を続けたが、タイトルはいわばそうした「遅れた」アメリカを揶揄したものである。しかし勿論のこと、ディケンズの真意は、国際著作権が設定されていないため、『アメリカ紀行』が印税の支払いもないまま広く一般に流布し読まれてしまう、という状況を当てこすったところにある。

　内容は、第1章から第16章までが、リヴァプールを出港してボス

トンに到着した後、アメリカ、カナダを回り、およそ半年後にニューヨークを発って帰国するまでの見聞と体験を綴った章である。また第17章は「奴隷制度」という標題をつけた黒人奴隷の惨状を記したものである。これはディケンズ自身の体験を伝えているのではなく、アメリカの奴隷解放運動家ウェルドの著書『アメリカ奴隷制度の現状――千人の証言』(1839)からの引用が中心となっている。最終章である第18章の「結語」は、アメリカ国民にとっては耳の痛い率直な提言で、全て真実を語ったという言葉で『紀行』は閉じられている。

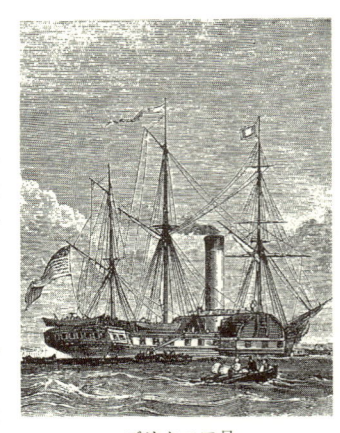

ブリタニア号

　その『アメリカ紀行』の特徴は、まず第一に、奔放と言っていいほどユニークな構成、つまりアンバランスな構成を持っていることである。できるだけ多くの見聞をオールラウンドに記述していく「紀行文」という体裁ではなく、ディケンズの個性に強く引き寄せられた作品、作家としての天性の赴くままに綴られた作品になっている。例えばボストンで盲学校を訪れたディケンズは、ヘレン・ケラーのように三重の障害に苦しむ少女がいかにして言葉を覚えるようになったのか、その過程、そこでの観察と体験などを詳しく語っている(3)が、それはオックスフォード版の『アメリカ紀行』でなんと16ページにも及び、第1章の「船出」の2倍、第2章の大西洋を渡りボストンに上陸するまでを綴った「航海」の章と同じ長さになっている。個人として、また作家として、ディケンズは不幸な少女の暗く閉ざされた心に関心を寄せ、触角以外の感覚を持たない心はどのように他の精神と交わるのかに、大きな興味を抱いた。彼にとっては、荒れ狂う海を描くのに勝るとも劣らない意味を持っていたのである。

　『アメリカ紀行』を読んでいて妙に印象に残るのは、ユーモラスな

豚である。ニューヨーク、しかもブロードウェイを豚が一匹ゆっくりと家路に向かう (6)。「勝手気まま、自由を謳歌する共和国生まれの豚、哲学者然として……」という豚の描写が 1 ページ半つづき、それが西部の新興都市を行くディケンズの前に、ふたたびその雄姿を現わす (12)。若き紳士二人が、ふとしたことから泥まみれになって尾っぽを激しく振りながら渡り会うシーンが描き出されるが、決して長いとはいえない『アメリカ紀行』の貴重な 1 ページが割かれている。ディケンズの想像力と筆の勢いがエネルギッシュな豚に煽られ、ほとばしり出たという感じである。こうした構成上の「隙」が『アメリカ紀行』の特徴である。

　もう一つ例を挙げれば、ワシントン D. C. からリッチモンドへ向かう馬車旅行の描写である。四頭立ての馬車が悪路の中を猛スピードで疾走する (9)。ぬかるみに車輪をとられ、大きな穴にはまり込んで横倒しになる程に傾く。が、そこを掛け声とともに巧みな手綱さばきを見せて窮地を脱する黒人御者。思わずそれに合わせて轍が抜け出るようにと体を浮かす読者。「フレデリックスバーグへの道は想像を絶する悪路であった」と書くだけですむところを、ディケンズは抑えようもない筆の力で、惜しげもなく 2 ページを費やす。はたして『アメリカ紀行』は旅行記なのだろうか。そんな風に思わせるところに『アメリカ紀行』の特色がある。

　つぎに指摘できるのは、ディケンズの社会改革家としての視点が強く出た『紀行』になっていることである。イギリスも手本としなければならない養護施設や矯正施設 (3)、ローウェルの工場の理想的な条件の下で働く女工の姿 (4) を、羨望の眼差しをもって伝えている。と同時に、フィラデルフィアの刑務所の独房による囚人管理（セパレート・システム）の非を訴えるために、悲惨な囚人たちの詳細な描写を軸に、15 ページにわたる第 7 章のうち、13 ページをこれに当てていて、イギリスでも次第に主流となりつつあったセパレート・システムへの移行に、大きな反対意見を突きつける。

　黒人奴隷制度の告発については、既に『アメリカ紀行』の第 9 章

で、ボルティモアおよびリッチモンド間の体験として奴隷制度の生々しい体験を綴っており、『紀行』としての意図は十分伝わっているにもかかわらず、あえて「奴隷制度」という独立した章を第17章に掲げている。しかも、その内容は単純にウェルドの著作からの引用にすぎない。そうしてまでも『アメリカ紀行』にこの問題を取り入れざるを得なかったところに、ディケンズの社会改革家としての姿勢が見てとれる。彼はまた、インディアンに対して極めて同情的な立場を取り、白人によるインディアンの迫害、不当な扱いなど、アメリカのインディアン政策を暗に非難している。第9、12、14章には、それぞれ部分的ながら、「インディアン問題」が扱われている。

　最後に『アメリカ紀行』の特色は、どこを取っても生き生きした、臨場感あふれる叙述に満ちていることである。そうした一つ一つの描写は、ディケンズのどの小説の中にあらわれても違和感はない。その意味で、『アメリカ紀行』はまさに小説家ディケンズの手になる、ユニークな旅行記であって、小説家ディケンズの面目躍如たる一面を覗かせる作品である。若きディケンズの社会・同胞に寄せる関心、ディケンズの個性と天性、小説家としての類まれな才能が伝わってくる。ディケンズを真に理解するには、小説はもとより、こうした特徴を持つ『アメリカ紀行』にも注目しなければならない。そこにまた、『アメリカ紀行』の大きな意義もある。

(4)『アメリカ紀行』とその反響

　最終章の「結語」はアメリカへの称賛が記されてはいるものの、主にアメリカ社会への批判と提言が中心になっている。そのため、一読したアメリカ人は、ディケンズの訪米を大歓迎しただけに大きな失望を覚え、反ディケンズの国民感情さえ生まれるに至った。これは前述のように、再度の米英戦争を危惧させるほどに高まった国境問題などを争点とした当時の両国間の緊張関係も影響していたと考えられる。ともあれ、イギリス側の反応としては、既に『アメリカ紀行』を出版していたF.トロロップやキャプテン・マリアットなどはディケンズに

賛同の意を表し、また一部の文芸批評家も、偏見にとらわれた本ではないと強調したが、同時代の書評の多くは、「失敗作である」（『クォータリー・レヴュー』誌）とか、「作品から得られるものは何もない」（『フレイザーズ・マガジン』誌）、「ディケンズは『アメリカ紀行』を書くべきではなかった」（『ブラックウッズ・マガジン』誌）、「フィクション以外のものを書いてもらっては困る」（『ダブリン・レヴュー』誌）などと、否定的な見解を表明している。ただ、『エディンバラ・レヴュー』誌、『アセニアム』誌、『ウェストミンスター・レヴュー』誌などは、「アメリカの福祉施設を見るディケンズの視点には学ぶべきものがある」、「ピクウィックを感じさせるタッチがよい」、あるいは「ディケンズは作家であって、彼に深遠なアメリカ研究を期待するほうがおかしい……」などと、全面的ではないにせよ、好意的なコメントを寄せた。

　一方、当のアメリカでは、『ニューヨーク・ヘラルド』紙など、『アメリカ紀行』はもとよりディケンズの考え方に対してまで、激しい非難を展開し、『ニュー・イングランダー』誌は20ページにわたって極めて批判的な書評を掲載する。さらに当時を代表する文人たちの見解も否定的で、例えば、エマソンは読みやすい本であると評価しつつも、誇張とカリカチャーに満ち、偏狭で表面的で真実からかけ離れているとの感想を漏らす。フィラデルフィアでディケンズと会うチャンスを得たポーもまた、『アメリカ紀行』を最も自滅的な作品の一つであると酷評する。また、ディケンズが深く敬愛していたアーヴィングは、『アメリカ紀行』の出版を境に、表立った批判はしなかったものの、再びディケンズと会うことはなかった。

　ただし、ディケンズと親交を結ぶに至ったロングフェローは、「時として手厳しいが、楽しい善意に満ちた本である」と評価しているし、フェルトン教授も「生き生きした描写にあふれた、真実を伝える本」だと称賛している。ただ、こうした知識人の冷静な判断はむしろ少数で、1842年11月12日のボストンの『デイリー・イヴニング・トランスクリプト』紙が伝えるように、「現在、半数以上の国民が怒りを

II 作品

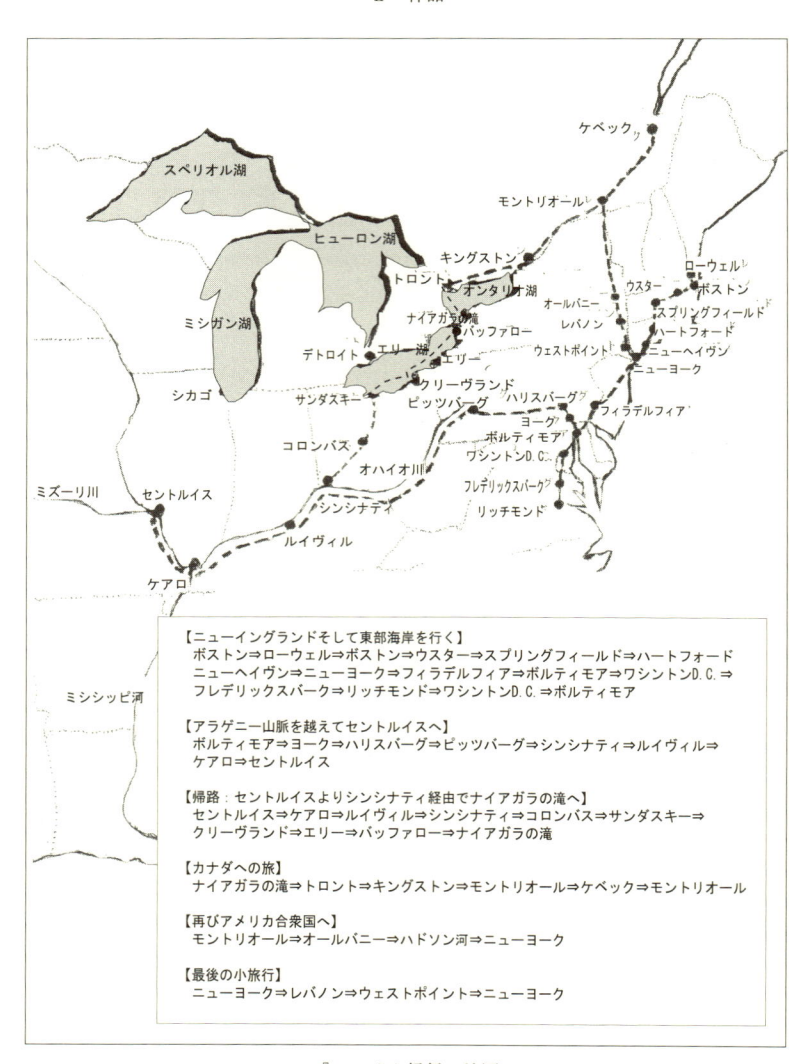

【ニューイングランドそして東部海岸を行く】
ボストン⇒ローウェル⇒ボストン⇒ウスター⇒スプリングフィールド⇒ハートフォード⇒
ニューヘイヴン⇒ニューヨーク⇒フィラデルフィア⇒ボルティモア⇒ワシントンD.C.⇒
フレデリックスバーク⇒リッチモンド⇒ワシントンD.C.⇒ボルティモア

【アラゲニー山脈を越えてセントルイスへ】
ボルティモア⇒ヨーク⇒ハリスバーグ⇒ピッツバーグ⇒シンシナティ⇒ルイヴル⇒
ケアロ⇒セントルイス

【帰路：セントルイスよりシンシナティ経由でナイアガラの滝へ】
セントルイス⇒ケアロ⇒ルイヴル⇒シンシナティ⇒コロンバス⇒サンダスキー⇒
クリーヴランド⇒エリー⇒バッファロー⇒ナイアガラの滝

【カナダへの旅】
ナイアガラの滝⇒トロント⇒キングストン⇒モントリオール⇒ケベック⇒モントリオール

【再びアメリカ合衆国へ】
モントリオール⇒オールバニー⇒ハドソン河⇒ニューヨーク

【最後の小旅行】
ニューヨーク⇒レバノン⇒ウェストポイント⇒ニューヨーク

『アメリカ紀行』地図

露にし、かつてボズを愛し、褒め称えたのと同じほど激しく憎み非難」しており、一般庶民レベルにおいてアメリカ人の受けたショックは大きかった。しかし、それは裏返していえば、民主主義という初めての試みに必死に取り組む共和国を広く認めてもらいたいと願うアメリカ国民の気持ちの表われであり、できる限りの歓迎をディケンズに与えようとした、建国後まもない、ひた向きなアメリカの姿を伝えているといえるのではないか。『アメリカ紀行』は、当時の過渡期のアメリカを生き生きと映し出す貴重な資料であり、魅力あふれる作品である。

参考文献

Athenaeum 782 (Oct. 1842): 899-902.
Blackwood's Magazine 52 (Dec. 1842): 783-801.
Dublin Review 14 (Feb. 1843): 255-68.
Edinburgh Review 76 (Jan. 1843): 497-522.
Fraser's Magazine 26 (Nov. 1842): 617-29.
New Englander 1 (Jan. 1843): 64-84.
North American Review 56 (Jan. 1843): 212-37.
Quarterly Review 71 (March 1843): 502-28.
Southern Literary Messenger 9 (Jan. 1843): 60-62.
Westminster Review 39 (Jan. 1843): 75-82.
Davis, Paul B. "Dickens and the American Press 1842." *Dickens Studies* 4 (1968): 32-77.
Meckier, Jerome. *Innocent Abroad*. Lexington: UP of Kentucky, 1990.
Moss, Sidney P. *Charles Dickens' Quarrel with America*. Troy, NY: Whitston, 1984.
Payne, Edward F. *Dickens Days in Boston*. Boston: Houghton Mifflin, 1927.
Peyrouton, Noel C. "Boz and the American Phreno-Mesmerists." *Dickens Studies* 3 (1967): 38-50.
Slater, Michael, ed. *Dickens on America & the Americans*. Sussex: Harvester, 1979.
Wilkins, W. Glyde. *Charles Dickens in America*. 1911. New York: Haskell, 1970.

（川澄英男）

II 作品

『イタリア紀行』

1 最初の出版形態および出版年月

『デイリー・ニューズ』紙に、最初の 3 分の 1 に当たる分量が「道中旅便り」のタイトルの下に、1845 年 1 月 21 日から 3 月 11 日まで 8 回に渡って連載。

2 単行本テクスト（初版・校訂版・普及版・翻訳）

初版
 1846 年 5 月、ブラッドベリー・アンド・エヴァンズ社。

普及版
 American Notes for General Circulation and Pictures from Italy. Ed. F. S. Schwarzbach and Leonée Ormond. London: Dent, 1997.
 Pictures from Italy. Ed. Kate Flint. London, Penguin, 1998.

翻訳
 なし。

3 時代背景

　神聖同盟の名を借りて行なわれたオーストリア宰相メッテルニヒによる自由主義・国民主義運動の弾圧によって、ヨーロッパでは 1815 から 1830 年まで反動勢力が優勢であったが、次第に国民的統一の気運が高まりを見せていった。ディケンズがイタリア滞在を終えて帰国してからおよそ 3 年後の 1848 年 2 月には、自由主義の最終的勝利とされる二月革命が起こり、その影響によりイタリアの国家統一運動も、マッツィーニの率いる青年イタリア党などの支持を得て、大きく発展の一歩を踏み出した。
　そうした状況下において、ディケンズも外国の支配を排して統一的

な国民国家を樹立しようとするイタリアの国民主義(ナショナリズム)に理解を示し、イタリアへ旅立つ前にも、マッツィーニの書簡を検閲し、その内容をナポリ王国に通報することを認める内務大臣グレアム卿の措置に反対の意向を示している。そして帰国後も、1847年に設立された「人民国際同盟」に加わっているし、さらに1849年、イタリアの統一・独立運動が失敗に終わり、ローマからの難民がイギリスに流入した際は、ロンドンに設けられた難民支援基金を募る委員会のメンバーになっている。

　しかし、イタリア滞在中、ディケンズはイタリアの愛国主義者と接触はしていないし、また『イタリア紀行』の序文に「国政についての批判はしない」と断っていることからも分かるように、『イタリア紀行』には、イタリアの国民主義を支持する政治的見解は一切語られていない。

4　執筆に至る経緯

　連載中の『マーティン・チャズルウィット』の売行きが大きく落ち込んでいたため筆も進まず、また、出版社のチャップマン・アンド・ホール社が原稿料の減額を通告してきたことで頭を悩ませていたディケンズは、フォースターに宛てた1843年11月の手紙の中で、「いま金ができたとすれば一年間世間から姿をくらまし、まだ見ぬ国々を訪れたい」と語っている。連載執筆の重圧と経済的な煩わしさから解放され、外国に渡り見聞を広め、新たな作品のひらめきを得たいとの希望を述べたものだが、子供たちも小さい今がチャンスで、今を措いてはないとフォースターに強く訴えている。

　具体的には『マーティン・チャズルウィット』の連載が終わるのを格好の区切りとし、その後一年間は何もしないで、ノルマンディーかブルターニュのどこかに家を借り、その間にスイス、フランス、イタリアなどを見て回るという計画を思い描いている。そして『アメリカ紀行』の時と同じようにフォースターに印象記を書き送り、後にそれを編集して旅行記を出版したいとの抱負を語っている。

5　作品の批評史

　同時代の書評は批判的なものが多いが、好意的なものもいくつか見られる。その概略は『イタリア紀行』論評の項目を参照されたい。

　その後の評価の変遷であるが、『イタリア紀行』の研究はさほど活発とは言えず、伝記の中でイタリア滞在について言及されている他は、今のところ『ディケンジアン』誌などに時折研究の成果が載るくらいである。例えばステイプルズは、1950年の『ディケンジアン』誌の「ジェノア紀行」で、ディケンズがかつて滞在した「ピンク色の牢獄」をほぼ100年を経て訪れた時の印象を、ピンク色が若干オレンジ色がかってきたことを除けば、当時と変わらない姿をとどめていると報じている。またディケンズがその後移り住んだ「ペスキエーレ荘」も、その内部は宮殿のような豪華な造りだとして、ディケンズの体験の一部を追体験した感想を綴っている。

　またカールトンは、1965年の『ディケンジアン』誌の「ディケンズ、イタリア語を学ぶ」で、ディケンズとアントニオ・ガレンガとの関係を論じている。ディケンズは独裁に抵抗して国外追放されたこの愛国者に同情を寄せており、イタリア行きを決めると、ガレンガからイタリア語の集中レッスンを受ける。こうして始まったディケンズのイタリア語学習と、イタリア滞在中のイタリア語習得を論じたこの論文は、後ユニバーシティ・コレッジのイタリア語・イタリア文学教授となったガレンガの半生にも焦点を当てている。

　パロイシーエンは、1971年の『ディケンジアン』誌の「『イタリア紀行』と予定されていた挿絵画家」で、既に決まっていたスタンフィールドが何故挿絵を描かなかったのか、その理由を推察している。実際に挿絵を描いたのはそれ程有名ではなかったパーマーであったが、スタンフィールドが最初引き受けておいて後になって下りた理由は、スタンフィールドがカトリック信者であったことと、友人にワイズマン枢機卿がいたからであるとしている。ディケンズの『イタリア紀行』はカトリック批判色の濃い作品であるが、最初の部分はフランスの道中を綴っているのでカトリック批判は出ておらず、スタンフィー

『アメリカ紀行』『イタリア紀行』　169

ルドもこの時点では挿絵を描くつもりでいたが、次第に批判が表面化してくると仕事を辞退し、急遽パーマーが候補に上がったと論じている。

　さらにオーモンドは、1983 年の『ディケンジアン』誌の「ディケンズと絵画——巨匠たち」でディケンズとイタリア絵画について考察しているが、イタリア訪問の前にディケンズはどの美術館を訪れ、どんな絵画に親しんでいたかを述べた後、イタリア滞在の間に多くの絵画を鑑賞する機会を得たディケンズは、イタリア絵画が宗教的に過ぎ、同じテーマを繰返し扱っているとの印象を持ったことを、フォースター宛の手紙などを根拠に指摘している。そして、イタリアの巨匠たちの作品に満足できないディケンズが例外的に称賛した偉大な絵画として、ファン・ダイクの「白い服の少年」、ティツィアーノの「聖母被昇天」、ティントレットの「天国」、サルトの「聖アグネス」、ラファエルの「キリストの変容」およびグイド・レーニの「ベアトリーチェ・チェンチ」を挙げ、ディケンズが高く評価する理由をディケンズの書簡を引き合いに出しながら詳しく解説している。ディケンズの芸術観を知る上で示唆に富んだ論文と言えよう。

6　作品へのアプローチ
(1) ディケンズのイタリア旅行
　ディケンズの買い入れた四頭立て馬車がドーヴァー海峡を越えたのは 1844 年 7 月 2 日、乗り込んでいたのは妻のキャサリンとその妹ジョージーナ・ホガース、7 歳の長男から生後 7 ヶ月にも満たない末子に至る子供たち 5 人、アメリカ旅行にも同行した家政婦アン・ブラウンおよび他の

ペレスキエーレ社

二人の家政婦、そして旅行世話係のフランス人ルイ・ロシェら総勢 12 名と犬のティンバーであった。

　海峡を渡った一行はパリを抜け、リヨンからローヌ川を下り、アヴィニョン、マルセイユ、次いで船路ジェノアへと向かった。その時の様子が『イタリア紀行』の「フランスを行く」「リヨン、ローヌ川、そしてアヴィニョンの妖婆」「アヴィニョンからジェノアへ」の各章に記されている。

　イタリア入りしたディケンズが 7 月中頃から 9 月末まで滞在したのは、『イタリア紀行』で「ピンク色の牢獄」と記された、ジェノアに隣接した町アルバロにあるバニェレロ別荘であった。この沈滞しきった殺風景な館にディケンズはがっかりしたようで、そうしたこともあってか、10 月からは街を見下ろす高台に建つジェノア最大の貸し邸、ペスキエーレ荘に移り住み、これを以後 9 ヶ月間のイタリア滞在の拠点とした。ジェノアはヴェニス、フローレンスとならび、ディケンズが高く評価する風光名媚な都市で、ジェノアの生活は「ジェノアとその周辺」の章に 30 ページに渡って記述されている。

　こうして、ジェノアを起点としたイタリア各地の旅が始まる。『イタリア紀行』の目次を見ても、ディケンズの旅はイタリアの主要都市をほぼ訪れているのがわかる。北部方面では、まずジェノアから東のボローニャへ、次いで北のヴェニスへ行き、そこから西へ道をとり、ヴェローナを経てミラノへ、そしてスイスとの国境シンプロン峠まで、また南部方面については、ジェノアからピサ、シエナ、ローマ、そしてナポリ、古代都市ポンペイにまで及んでいる。シチリア行きは断念し、またアドリア海に面した海岸都市は訪れていない。

　1 年におよぶディケンズのイタリア滞在において特記すべきは、ジェノアで『鐘の音』を完成させたことと、ロンドンという風土から切り離されても執筆は十分可能であるとの自覚をディケンズに持たせたことである。年末には『鐘の音』を仲間の文人たちに朗読するために一時帰国するが（この帰国の途中、北イタリアの都市を訪れている）、その時の朗読の体験が、後に行なうことになる有料公開朗読の成功を

予感させた。
　また、同じジェノアでは、精神障害に悩む隣人の女性に催眠療法を実践し、かねがね興味を抱いていた精神界への関心をいっそう深めたが、度重なる女性への催眠療法に妻キャサリンが初めて表立ってディケンズに異を唱え、両者の関係が一時不和に陥ったことは悲しい出来事であった（1858年、二人は別居する）。

(2)『イタリア紀行』出版事情
　1846年5月ブラッドベリー・アンド・エヴァンズ社から出版され、6,000部刷ったうち、6月末までに4,911部が売れた。『イタリア紀行』も『アメリカ紀行』と同様にフォースターに書き送った手紙がもとになっているが、作品の最初の3分の1ほどは、ディケンズが編集を引き受けることで始められた『デイリー・ニューズ』紙への寄稿文から成る。即ち「道中旅便り」のタイトルのもとに掲載された「旅」（1845年1月21日）に始まり、「リヨン、ローヌ川、アヴィニョンの妖婆」（1月24日）、「アヴィニョンからジェノアへ」（1月31日）、「アルバロの休暇」（2月9日）、「最初のジェノア点描——街、店、そして家並み」（2月16日）、「ジェノアにて」（2月26日）、「ジェノア、そしてジェノアを後に」（3月2日）、「ピアチェンツァからボローニャへ」（3月11日）の8つの「便り」である。第2、第3の「便り」のタイトルは、そのまま『イタリア紀行』の第3章、第4章にあたる章（『イタリア紀行』では第何章という章立ては行われていない）のタイトルとして使われている。

(3)『イタリア紀行』の創作スタイル
　ディケンズのイタリア滞在はまる1年におよび、美しい風景、温暖な気候、名所旧跡、陽気な人々、安価な生活費に恵まれた快適な生活であった。わずか2年半ほど前には、アメリカで休む間もなく不便な旅を数千マイルもつづけたが、ここイタリアでは、つきまとう群集もいなければ、国を挙げての歓迎もない。ましてやディケンズを攻

撃する新聞などは皆無という、平穏無事な旅である。アメリカ旅行の場合は、新興国に大きな期待を抱き、アメリカ社会をジャーナリストの目で観察して回ったが、イタリア旅行は、これまで200万語を綴ってきた働きずくめの9年間に区切りをつけ、「ペスキエーレ荘のオレンジの木陰でゆったりと肘かけ椅子に身をあずけた」観光客としての旅であった。

　こうした精神状態の下で、長期に滞在するイタリア旅行から生まれる紀行文は、おのずと独自の特色を帯びる。アンガス・ウィルソンも述べるように、『イタリア紀行』は『アメリカ紀行』のように徹底した観察の成果を出版したものではなく、手紙に書くような私的なコメントを気楽に記したもの (A. Wilson 190) である。そうであれば、トピックの選択も当然ながらディケンズ的になる。単に名所旧跡を取り上げ、それに月並みな解釈を施すことにはならない。『イタリア紀行』は描かれる対象も、その描かれ方も実にディケンズ的なのである。例えば、ディケンズにとって比較的馴染みの薄いイタリア芸術に関して述べると、絵画や彫刻を見るディケンズの目は、美術史的に価値があるか否かにかかわりなく、人間の表情をどこまで忠実に描いているか、人間の個性がどこまで描き出されているかに注がれる。

　そうした『イタリア紀行』には、二つの顕著な特徴が見られる。第一に、『イタリア紀行』は、アクロイドも指摘するように、むしろ小説に近い旅行記である (Ackroyd 468)。すなわち、『イタリア紀行』は単に事実を記録したものではなく、「アヴィニョンの妖婆」に見られるように、事実に触発されたディケンズ特有の想像力が紡ぎ出した、自由活達な叙述、臨場感あふれる描写に満ちた旅行記、つまり「ボズの旅行記」なのである。この点に関してサリンは、特に都市の生活を描いた場面が「生き生きとし」「細かな描写」に満ちていて、まるで小説を読んでいるかのように光景が目の前に浮かんでくると述べ、さらに、貧困や不平等を「描き出す」ディケンズの筆も実に優れており、小説家ディケンズの書いた作品である (Thurin 69)、と評価している。また『イタリア紀行』は、いたるところ新鮮な人物描写にあふ

れた作品であるが、作品に生気を与えているのは正にそうした「人々」——ディケンズの小説から抜け出してきたような人物たちである。ちなみに、観光旅行ではるばるローマへやってきたイギリス人デイヴィス夫妻の諷刺は秀逸である。ディケンズの想像力と表現力が遺憾なく発揮されたこうした叙述は枚挙にいとまがなく、『イタリア紀行』の大きな魅力になっている。

『イタリア紀行』の第二の特徴は、随所ににじみ出たカトリック批判であろう。ディケンズ自身、1842〜43年の冬にはユニテリアン教会に通うようになっていたが、ユニテリアンといえば急進的なプロテスタントなので、カトリックの総本山に入ったディケンズの反応は十分理解できよう。ディケンズは序文にあたる章で、そうした政治や社会体制への批判はしないと断りながらも、ローマの謝肉祭、聖週などの宗教的行事（特にキリストの使徒に扮した人々の足を教皇が洗うといった儀式など）への否定的な見解を作品に織り交ぜざるを得なかった。キリスト教のドグマ、宗派性、教会制度を嫌うディケンズは、とりわけカトリックが専制、迫害、特権意識、腐敗と結びついたものとして、受け入れ難いとの印象を強くしたのである。しかし、イタリアで『イタリア紀行』の翻訳が出版されたのは後年になってからのことであったため、『アメリカ紀行』の時とは異なり、ディケンズのカトリックに関するコメントに対して主だった批判をしたのは『ダブリン・レヴュー』誌だけであった。

(4)『イタリア紀行』論評

『イタリア紀行』に対して当時最も厳しい書評を載せたのは、権威ある『タイムズ』紙である。1846年6月1日の紙面で、「全く生気を欠いた退屈な本」と酷評し、内容は当り前のことばかりで、「始めから終わりまで新しいことは何ひとつ書かれていない」と切り捨てた。また、文体も、いつものように、誇張された直喩や途方もない隠喩が目立つと述べ、最後に、イタリアはディケンズの守備範囲ではなく、旅行記や風物誌は全くの御門違いであると結論づけた。

同じく批判的であったのは、前述の『ダブリン・レヴュー』誌（1846年9月）である。ここ数年、これほど書評を書くのに苦痛を覚えた作品はないと嘆き、『イタリア紀行』は実に「偏狭かつ一方的な本で、馬鹿騒ぎを好み享楽を求める浅薄な人間が書く作品であって、下手な三文小説を読む思いがする」との厳しい評価を下している。ディケンズが諷刺し、戯画化したカトリック観に対しては、一つ一つ例を挙げながら、14ページにわたって反駁する執拗さである。

　同年6月の『チェンバージズ・エディンバラ・ジャーナル』誌も、どちらかといえば批判的で、ボズが書いた陽気で知的なイタリア風物誌を越えるものではなく、作者が断っているように、到底イタリアの歴史や文化に迫るものではないと評する。なぜか旅の道中、宿屋についてのおしゃべりばかりが目につくものの、さすがに普通の人のおしゃべりよりはましだ、と述べる。一方、優れたところとしては「ローマ」の章を挙げ、観察が細かく行き届き、まるでそこに居合わせた気分にさせてくれると述べ、「生き生きとした」叙述を評価し、謝肉祭のシーンになるとボズの力が全開すると評している。しかしボズにとって水を得た魚になれる場は、生まれ育った故郷、イギリスしかないと結論し、『イタリア紀行』の限界を示唆している。

　次に『ジェントルマンズ・マガジン』誌（1846年7）は、20ページ近くにわたり詳細な書評を載せ、イタリア語に堪能でなければ地方のごく普通の人々のユーモアや会話の機微はわからないと指摘し、ディケンズの言語上の制約に触れている。またイタリアという国そのものが芸術作品や史跡の宝庫であり、それらを真に享受するのは並大抵のことではなく、芸術的背景を持ち合わせないディケンズがイタリアについて書くとすれば、手紙の形で感想を述べるか、または小説にしてしまった方がよかったのではないかと指摘する。しかし、こうした評言を除けば、称賛に値する文節を、寸評を交えながら引用し、『イタリア紀行』の内容を紹介している。

　つづいて『テイツ・エディンバラ・マガジン』誌（1846年7月）は、『イタリア紀行』を、真実を伝える偉大な作品というよりはむしろ、

対象を未だかつて試みられたことのない手法で巧みに処理し、成功した作品と位置づける。注目に値するいくつかの段落を引用したあと、『イタリア紀行』がディケンズという作家の評価を上げるわけでも下げるわけでもなく、またいつまでも心に残る印象を与えてくれるわけでもないが、それなりに読者の心を引きつける作品になっていると結論する。

　一方、極めて好意的な書評を掲げたのは『アングロ・アメリカン』誌（1846年6月）で、百年に一度の天才ディケンズによる、独創的かつ巨匠の筆を感じさせる、たぐい稀な作品であると絶賛する。また、ディケンズの通った道は今までも多くの旅行者が辿ったルートであるにもかかわらず、それまでの旅行者には見えなかった多くのものをディケンズが見ていることに感嘆する。ディケンズは単に目にする事実を記述するのではなく、そこから想像を膨らませて書き進めており、全編を貫くこの「生き生きとした」「想像力豊かな」描写が『イタリア紀行』の特徴であるとし、その例を列挙する。特に、よく見かける教会内部の様子を描いた一節 (Oxford Illustrated Dickens 版、pp.382-83) を取り上げ、叙述は完璧で、これほどまでに言葉が現実を如実にとらえた例は、イギリス文学においてもごく稀であると称えている。

　もう一つ好意的なのは、『パトリシアン』誌（1846年6月）で、作品は一貫してディケンズらしい文体で書かれており、感傷と哀感に溢れ、機知とユーモアに満ちた、軽快で、生気あふれるものになっていると評価し、その証拠として具体的に5ヶ所ほどを引用する。作品は非常に楽しい小品であるだけに、ディケンズ文学の魅力を損なうことなく、イタリアという偉大な歴史をもつ国に対してもっと本格的な分析を加えていれば、どれほどすばらしいものになるであろうか、との希望を表明して終えている。

　『アセニアム』誌（1846年5月）は、読者に作品の一部を紹介するという趣旨で、2週（2回）にわたって作品を取り上げているが、『イタリア紀行』は、ディケンズの見たイタリアが描かれているというよりも、イタリアを訪れたディケンズが描かれている、即ちイタリアの

ムードに浸ったディケンズの文学的個性が顕著にあらわれた作品である、と評する。そして、イタリアを行くディケンズは詩人であって、古物鑑定家ではないから、ディケンズに歴史的議論を期待するのは無意味であるとも強調する。1週目はディケンズ得意の、ユーモラスな筆致をみせるジェノアの操り人形芝居を叙述した長い一節を含めて数ヶ所を紹介し、2週目はピサの斜塔の描写を、視覚的効果が十分に発揮された一節として引用している。また、ディケンズの抱くローマの第一印象について同誌は、果たして未だかつてローマがロンドンと似ていると評されたことがあっただろうか、と驚嘆しながらも、ローマを描くディケンズの筆さばきを、サンピエトロ大聖堂、コロシアム、アッピア街道などの描写とともに紹介し、最後にナポリについての小文を引用して終えている。

コロシアム

　アメリカの新聞『ニューヨーク・デイリー・トリビューン』紙（1846年6月12日）は、第1面の第2コラムで『イタリア紀行』を取り上げてはいるが、『アメリカ紀行』の記憶もまだ冷めやらぬせいか、批判的な22行程の短いコメントで終わっている。それによると、書評が遅れた理由は、1～2ページ読むごとにうんざりさせられ、とても読み通せるものではないからだ、と厳しい評価を下している。イギリス的イギリス人は決まってイタリアには溶け込めない訪問者であって、ディケンズこそは最もイギリス的なイギリス人であり、ディケンズの天才はロンドンの陰鬱な裏通りでこそ、その才を発揮すべきものであると評する。ただ、この本が大いに気に入る人もいるだろうから、ぜひ一読をお勧めすると、やや皮肉っぽいコメントで締めくくる。

『イタリア紀行』地図に示される経路：

(イタリア北部への旅)
ジェノア⇒ピアチェンツァ⇒パルマ⇒モデナ⇒
ボローニャ⇒フェラーラ⇒ヴェニス⇒ヴェローナ
⇒マントヴァ⇒ミラノ⇒シンプロン峠

(イタリア南部への旅)
ジェノア⇒カラーラ⇒ピサ⇒シエナ⇒ローマ
ローマ⇒ナポリ⇒ポンペイ⇒ソレント⇒ローマ
ローマ⇒フィレンツェ⇒ジェノア

(帰路の旅)
ジェノア⇒ミラノ⇒コモ湖⇒サン・コタールド峠

『イタリア紀行』地図

　以上は、当時発表された書評の主だったものであるが、これによって『イタリア紀行』がどのような作品で、当時の人々にどのように受け止められたかを垣間見ることができよう。いわば「家族の一員としての責任感」から忠告せざるを得なかった、重い筆致の『アメリカ紀行』からほぼ４年、南国の太陽の下、気楽な旅を続ける文字通りの「外国」を、伸びやかな筆致で描き取った「風物誌」(Pictures from

Italy)、それが『イタリア紀行』である。

参考文献

Anglo-American 7 (June 1846): 193-95.
Athenaeum 969, 970 (May 1846): 519-21, 546-47.
Chambers's Edinburgh Journal 5 (June 1845): 389-91.
Dublin Review 21 (Sept. 1846): 184-201.
Gentleman's Magazine 26 (July 1846): 3-21.
New York Daily Tribune, June 12, 1846.
Patrician 1 (June 1846): 182-86.
Tait's Edinburgh Magazine 13 (July 1846): 461-66.
Times, June 1, 1846.
Carlton, William. "Dickens Studies Italian." *Dickensian* 61 (1965): 101-108.
Ormond, Leonée. "Dickens and Painting: The Old Masters." *Dickensian* 79 (1983): 131-51.
Paroissien, David. "*Pictures from Italy* and its Original Illustrator." *Dickensian* 67 (1971): 87-90.
Sadrin, Anny, ed. *Dickens, Europe and the New Worlds*. New York: St. Martin's, 1999.
Staples, Leslie C. "Pictures from Genoa." *Dickensian* 46 (1950): 84-89.
Thurin, Susan Schoenbauer. "*Pictures from Italy*: Pickwick and Podsnap Abroad." *Dickensian* 83 (1987): 67-78.

（川澄英男）

『マーティン・チャズルウィット』

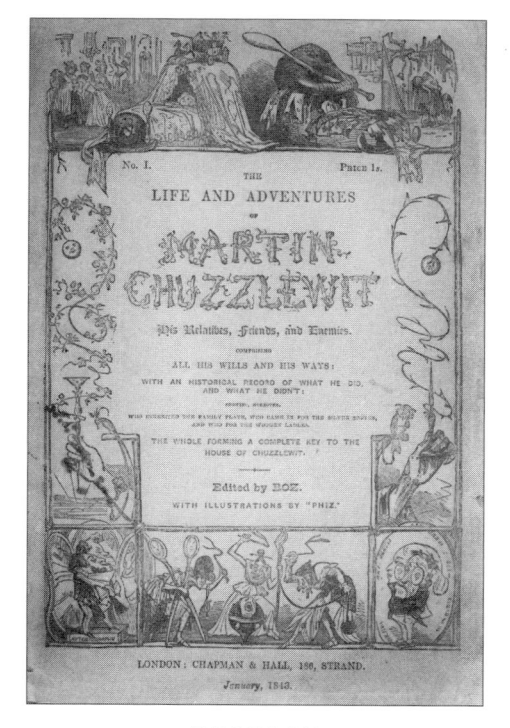

月刊分冊本表紙

II 作品

1　最初の出版形態および出版年月
1843年1月から1844年7月までチャップマン・アンド・ホール社より月刊分冊形式で刊行。

2　単行本テクスト（初版・校訂版・普及版・翻訳）
初版
　　1844年7月、チャップマン・アンド・ホール社。
校訂版
　　Martin Chuzzlewit. Ed. Margaret Cardwell. Oxford: Clarendon, 1982. 1844年版を底本に使用。
普及版
　　Martin Chuzzlewit. Ed. Margaret Cardwell. Oxford: Oxford UP, 1998. 上記クラレンドン版に準拠。
　　Martin Chuzzlewit. Ed. Michael Slater. London: Dent, 1994. チャールズ・ディケンズ版に準拠。
　　Martin Chuzzlewit. Ed. Patricia Ingham. London: Penguin, 1999. 1844年版に準拠。
翻訳
　　『マーティン・チャズルウィット』（北川悌二訳、ちくま文庫、1993）。

3　時代背景
　この作品が発表された1843-44年という時期の歴史的な動きを見ると、イギリスは、清朝中国との間のアヘン戦争 (1840-42) が終わり、ロンドンでの第1回万国博覧会 (1851) やクリミア戦争 (1853) へと向かって進んでいく時期である。また、建国後70年弱のアメリカ合衆国は、ゴールドラッシュ (1849年) 直前であり、やがて南北戦争 (1861-65) がその先に待っている。いずれにしても安定というよりは過渡的な時代であった。ちなみに日本はちょうど水野忠邦による天保の改革 (1841-43) の頃で、やがてペリー来航 (1853) および幕末の動乱

へと向かう時期であった。

　『マーティン・チャズルウィット』を読む際に忘れてはいけないことの一つは、当時のイギリスとアメリカ合衆国の文化的・経済的な力関係が、現代とは全く逆で、何かにつけてイギリスが優位であったということである。主人公マーティン・チャズルウィットのアメリカ渡航体験の辛辣な描写には、それが如実に反映している。

　主人公のアメリカ渡航も含めて、この作品には「旅」が頻出する。ストックトンとダーリントン間に世界最初の鉄道が開通したのが1825年で、1830年にはリバプールとマンチェスター間、さらには、1836年にロンドン・ブリッジとグリニッジ間の一部が運行を開始し、それを契機にロンドンから各地に鉄道が急速に延びようとする時期であった。しかし、この作品においては、ロンドンと地方（たとえばウィルトシャー州ソールズベリー近郊）との間の旅の手段は、鉄道ではなくて、いまだ乗合馬車であった。また、イギリスとアメリカ合衆国の間はもちろん汽船である。いずれにしても、旅には危険が伴い、決して楽しいだけのものではなかった。

　『マーティン・チャズルウィット』には、建築家ペックスニフに弟子入りする主人公マーティン・チャズルウィットに見られるように、徒弟制度的な職業訓練があり、また、女性の職業として、ギャンプ夫人のような産婆兼看護婦や、ルース・ピンチのような住込み女家庭教師が登場するが、とりわけ後者の地位は当時かなり低く見られていたことも念頭に置く必要がある。

4　執筆・出版に至る経緯

　ジョン・フォースターによれば、1842年6月末、半年間のアメリカ訪問から帰国したディケンズは、『アメリカ紀行』を大急ぎで出版した後、秋になって、フォースターを含む友人3人と英国南西部コーンウォール地方へ旅をしている。この旅の趣旨は、ディケンズがアメリカで見てきたものとは対照的な、美しいイギリスの地方の風景を愛でるというものであり、コーンウォール訪問はディケンズにとっても

初めてのことであった (Forster 4: 1)。10月27日から11月4日まで9日間の旅であったが（ジョン・リーチ宛書簡、1842年11月5日）、フォースターの『ディケンズの生涯』では3週間と記されていることから、それだけ楽しかったものと推測される。ディケンズは、翌年1月から開始する予定の新作の構想を練り始めていた。当初、この旅に触発されてか、コーンウォール地方の灯台などを舞台にする案が漠然とあったが、最終的には英国南部ウィルトシャー州ソールズベリー近郊を小説冒頭の舞台とすることになった。

　ごく最近のアメリカ旅行とは別のものを求めて、母国イギリスの地方へ旅をしたというディケンズ一行の趣向は、『マーティン・チャズルウィット』執筆の背景として興味深い。月刊分冊の売行き不振を挽回するために主人公を第5分冊で突然アメリカに送ることにしたという有名な話も、ソールズベリーのような英国の田園地方という舞台設定それ自体が、アメリカ訪問とその見聞記の刊行に対する変化を意図したものであったことを考えれば、それほど突飛な変更でもない。そもそも、『マーティン・チャズルウィット』という作品は最初からディケンズのアメリカ体験の影のもとにあったのである。

　作品の題名に関しては、最初、マーティンという主人公の名前は決まったが、姓はスウィーズルデン、スウィーズルバック、スウィーズルワッグ、チャズルトー、チャズルボーイ、チャブルウィッグ、チャズルウィッグなどと迷ったあげくに、最終的なタイトルは『マーティン・チャズルウィットの生活と冒険』に落ち着いた。

5　作品の批評史概略

(1) 同時代の評価

　『マーティン・チャズルウィット』は、アメリカ訪問で見聞を広め精神的に一回り大きくなったディケンズの自信作になるはずであったが、これまで彼が発表した作品のように熱狂的な売行きをかち得ることができなかった。しかし、「出版当初の売行きはいささか不振であったものの、1850年代からはディケンズの人気作の一つとなった」

(Page 140)。

　売行きとは別に、出版当時の批評がこの小説をどう評価したかは、フィリップ・コリンズ編『ディケンズ──批評の遺産』に詳しい。例えば、フォースター(『イグザミナー』誌 1844 年 10 月 26 日)は、『マーティン・チャズルウィット』がディケンズのその時点までの最上の作品であると述べ、人物の性格描写の深さと力強さを指摘した。アメリカを諷刺した部分がアメリカ人の間に憤激を呼び起こしたとしても、ペックスニフの諷刺的描写がイギリス人に与える痛烈な効果を考えれば、アメリカ人は意気消沈する必要がない、なにしろ、ペックスニフはイギリス人なのだから、とフォースターは述べる (Collins, *Heritage* 184)。

　一方、トマス・クレグホーンは『ノース・ブリティッシュ・レビュー』誌 (1845 年 5 月) において、登場人物トム・ピンチの自己抑制と快活さに好意を示しつつも、ジョウナス・チャズルウィットやセアラ・ギャンプなどの人物を描くディケンズの誇張的な文体を批判している。クレグホーンは、この作品に至ってはじめて登場した(と彼が見なす)ディケンズの粗野な用語法をアメリカ旅行の影響に帰し、また、室内描写などに見られるディケンズの極端な細密描写を(否定的な意味を込めて)「写真的風景」に比している (Collins, *Heritage* 190)。

　また、1861 年 7 月の『ナショナル・レビュー』誌に掲載された匿名論文は、『マーティン・チャズルウィット』第 1 章のチャズルウィット家系図の部分が、物語とは関係もなく無意味なものであって、これまでディケンズが書いた最悪のものの一つであるとする一方で、登場人物ペックスニフの造形やアメリカの場面の描写におけるディケンズの喜劇的な技法を高く評価し、さらに、登場人物セアラ・ギャンプをディケンズの最高の人物造形の一つとしている (Collins, *Heritage* 196)。

　現代の批評的風土および批評的言説から遠く離れているように見える 19 世紀の批評文も、丁寧に読んでみれば、意外に今日的な関心と重なるものがあり、たとえ否定的な評価の場合でも、作品のポイント

となる部分は、さすがに、外していないと言ってよい。

(2) 20世紀の評価

　さて、20世紀の、特に後半におけるディケンズ批評・研究書は多数あり、『マーティン・チャズルウィット』についてもさまざまな興味深い論考があるが、その幾つかは次項の「作品のテーマと諸相」で触れるとして、ここでは、それ以外のものを二点だけ紹介するにとどめたい。

　ドロシー・ヴァン・ゲントの有名な論文「ディケンズ的世界――トジャーズ下宿屋からの眺望」(『スワニー・レヴュー』誌 1950) は、ディケンズの作品世界に広範に見られる「人間とモノとの属性の置換」を指摘している。すなわち、人間がモノや機械のような性質を帯び、逆に生命のないモノが人間のような動きを見せること、いわば、人間の非人間化、および、モノの人間化である。

　例えば、身体の一部であるモノが、それ独自の生命を得て活気づくというテーマの変奏として、ディケンズの想像力は一人の人間が二つのモノに分裂する様相を描き出し、偽善者ペックスニフをはじめ何人かの登場人物の二重性を造形しているという指摘は重要である (Van Ghent 215-16)。なお『マーティン・チャズルウィット』に広範に見られる「二重性」については、次項「作品のテーマと諸相の解説」で詳しく述べる。

　論文の題名にもなった「トジャーズ下宿屋からの眺望」の描写 (9) というのは、大都市ロンドンの下宿の屋上から見える無数のモノが、無秩序な生命を帯びていく不気味さを描くディケンズの文章を指す。ヴァン・ゲントは、この目まいを誘うようなディケンズの文章を、20世紀の実存主義作家サルトルの『嘔吐』を引き合いに出して論じているが、第二次世界大戦直後の思想や文芸思潮を反映した評価として興味深い (Van Ghent 219)。

　他方、マイロン・マグネットは『ディケンズと社会的秩序』の最後の部分で『マーティン・チャズルウィット』を扱っている。彼は、こ

の小説の冒頭の章で言及されるモンボドー卿およびブルーメンバッハの人類学的所説を手がかりとして、『マーティン・チャズルウィット』の本文に頻出する「自然」(nature) と「人間性」(human nature) という言葉、および社会的生き物としての人間という概念をめぐって、いわば、ディケンズ文学の「思いがけない」思想性と言うべきものを指摘している (Magnet 205-12)。ディケンズは社会悪の改革に熱心な進歩派という印象があるが、こと「人間性」に関してはむしろ保守的な考え方をしていたというのがマグネットの主張である。

　主人公マーティンがアメリカで遭遇する原初的な「自然」は人間にとって住むに耐えないように、原初的な「人間性」も決して理想化できるものではなく、むしろ野蛮で暴力的である。しかし原初的なままでは、いわゆる「人間的」ではないのであって、社会の中に具現化された「文明」によって育てられ陶冶されてはじめて本来の人間的なものになる。ただし、その過程で、必然的に、人工的で「不自然」な要素が加わるという代償を払わざるをえない、というのがディケンズの人間性についての考え方だとマグネットは論じる (Magnet 233)。

　彼はまた、アメリカに渡ったマーティン青年がエデンという皮肉な名前の入植地を目指す旅は、コンラッドの『闇の奥』でマーロウ船長がアフリカの奥地に駐在するクルツという人物に会いに行く旅の先行テクストであるとも述べている (Magnet 215)。彼の論文は、文学とそれ以外の学問的な言説との関連、および他の文学テクストとの相互関係の指摘という点で、興味深い。

6　作品のテーマと諸相

(1) 自己中心

　『マーティン・チャズルウィット』の主題は、1850 年の廉価版(チープ・エディション)に付されたディケンズの序文に述べられているように、「あらゆる悪徳の中で最もありふれた悪徳の諸相を提示すること、すなわち、『自己中心』(selfishness) というものが、些細なことから始まって、いかに増殖し、いかに不快な巨人に育つかを示すこと」である。ここでは、

この作品を「二重性（デュアリティー）」という観点から解説してみたい。
　ダレスキによれば、自己中心性あるいは利己心の批判という作者の意図と、作品が与える印象は異なり、例えば、主要な登場人物ペックスニフの性格は、利己的というよりも偽善的であって、まさにこの意味でペックスニフの名前が英語の一部になったのだと言う (Daleski 80)。（ちなみに「ペックスニフ」を手元の英和辞典で引くと「偽善者」とある。）確かに、利己的と偽善的とは異なる。しかし、偽善者がその仮面の下に利己心を隠していることはありうることで、まさにそれがペックスニフである。

ペックスニフと娘たち

　ダレスキはまた、この小説における「自己」(self) という語には、「金銭的な利己主義」と「ひとりよがりの自己本位主義」という意味があり、ペックスニフをはじめとする多くの登場人物には前者が該当し、主人公のマーティンおよび同名の祖父には後者が適用されるとしている (Daleski 106-107)。この小説における自己中心性は、登場人物の「倫理上の性癖としてばかりでなく、彼らが生きている孤立の状態としても存在する。この小説は自己に閉じこもっている人間で満ちている」とヒリス・ミラーは言う (Miller 104)。
　ダレスキとヒリス・ミラーの指摘を踏まえてまとめるならば、この小説において「自己」という語は次の二つの意味を持っていると言える。まず第 1 は「利己主義」(①ペックスニフなどの金銭的な利己主義、②マーティン・チャズルウィットなどの自己本位主義)、そして第 2 は「アイデンティティーあるいは本来的な自己」である。後者のアイデンティティーの問題は、主人公マーティン・チャズルウィットにおいては真の「自己」の発見という形で見られるが、必ずしもそれに限定されるものではない。ジョウナス・チャズルウィットが経験

する「分裂した自己」の状態もその一つの現われである。
　この作品における「自己」という語の両義性を確認した上で、二重性（デュアリティー）が、さまざまな形でこの小説に組み込まれていることを以下に考察する。

(2)「自己」の二重性
　小説の冒頭部で、大きな財産を持つマーティン・チャズルウィット老人は自己の状況をギリシャ神話のミダス王に喩えて次のように言う。「不幸にも手に触れる一切のものを金に変える力を持った男の話を聞いたことがあるだろう。私にかかった呪いとは（それは私の狂った欲望の実現でもあるのだが）、私が身に帯びた黄金の基準によって、他の全ての人間の金属を試し、それが偽物でうつろであることを見いだすように運命づけられていることだ」(3)
　自分が所有する財産は、周囲に集まる人物の利己的な本性を暴露する「黄金の基準」の役割しか果たさない、と人間不信を語るマーティン老人自身にも、やはり、「利己心」がある。「利己心はあまねく存在する！この老人の述懐、および経歴のなかにも、利己心の影は落ちていないだろうか？」(3) と語り手は述べる。
　このような状況の中で、マーティン老人が信頼できる人間は、彼が養女にした孤児メアリー・グレアムのみであるが、この二人の絆も、彼の捨て鉢な言葉によれば、「利害の絆」(3) ということになる。つまり、メアリーに対する経済的な手当は彼の存命中に限られ、死後は一銭の遺産も受けないという条件によって、メアリーは、他の遺産相続を狙う人間たちとは異なり、彼の存命を願いその死を嘆くはずだというのである。しかし、メアリー自身は利己的な人間ではなく、これは小説冒頭部におけるマーティン老人の人間不信の異常さと自己中心性を示していることになる。
　マーティン老人の孫である主人公は、祖父の欠点として頑固さと自己中心性を指摘した後で、次のように言う。「この２つの点で、祖父に匹敵する人間はいない。この２つが大昔から我が一族の欠点だっ

たという話を聞いたことがある。……それが僕には伝わっていないことに感謝し、今後も受け継がないように注意しよう」(6) しかし、そう述べる彼も自己中心性を持っているので、祖父と孫の二人のマーティンをめぐるプロットを「相続の物語」と呼ぶとすれば、財産の相続のみならず、自己中心性という欠点の遺伝もともに込めなければならない。

　主人公は、祖父の知らぬ間にメアリーと婚約したことで怒りを買い、祖父に逆らって家を出る。彼の欠点は、友人マーク・タプリーの観察によれば、「無神経」あるいは「奇妙な鈍感さ」(14) として現われる。つまり、悪意があるわけではないが、他の人々の感情に鈍感で、その結果、無意識のうちに自己中心的な行動を取る。

　一旗揚げるつもりでアメリカに渡った主人公は、エデンという象徴的で皮肉な名を持つ荒れ地で幻滅を味わい、病に倒れ、同行のマーク・タプ

繁栄するエデンの町

リーの献身的な看病を受けて一命を取りとめる。しかしその直後に、タプリーが病に倒れ、この度はマーティンが看病に全力を尽くす。この経験が彼の精神的な覚醒を促す。「二人のうちどちらが助かるに値しただろうか、そして、その理由は？　その時、ほんの少しだけ、幕がゆっくりと上がった。その下に、自己中心、自己中心、自己中心が登場した。……自己中心性がマーティンの胸の中にあり、それは根絶を要するものだった」(33)

　舞台の比喩を使ったこの「自己発見」の場面において、カーテンの陰に隠れていた自己中心性を発見するという構造には、マーティン青年における意識的な自己と無意識的な自己との二重性が前提されている。

利己心を隠す偽善性というペックスニフの二面性にはすでに触れたが、職業柄、偽善性が身についた例としては葬儀屋のモールドという人物が挙げられる。「一つの顔の中で、悲しみの表情を浮かべようとする努力が奇妙にも満足の笑みと争っているので、まるで彼は、極上の年代物のワインに舌鼓を打とうとして、それが薬であるふりをする人のように見えた」(19)。
　また、下宿屋を営むトジャーズ夫人の場合は、「一方の目からは愛情が輝き、もう一方の目からは計算が輝いていた」(8) と描かれ、本来の優しさと仕事上の打算がせめぎ合う様子が示される。
　このような二面性の誇張された表現が、マーティン青年に土地を売りつけるアメリカの不動産屋ゼファナイア・スキャダーに見られる。彼は

> 話すたびに、まるで鍵盤を叩いた時のハープシコードの小さなハンマーのように、何かが彼の喉の中で突き上げるように思われた。たぶんそれは『真実』が彼の唇に昇ろうと弱々しく努力していたのかもしれない。もしそうであっても、それは実現しなかった。この不動産屋の頭部には深く窪んだ2つの灰色の目があったが、一方は視力がなく、全く動かなかった。顔の一方の側は、他方の側がしていることにじっと耳を傾けているように見えた。かくして、それぞれの横顔は明確に異なった表情を浮かべていた。動く側が最も活発な時、硬直した側は最も冷静に注意を払っていた。彼が生き生きした気分でいる時に、こちら側の表情を見ると、そこには抜け目のない打算があった。それは、まるで、この男を裏返しにするようであった。(21)

　しかし、厚顔無恥も徹底すると、このような二重性をすら超越して、空虚さそのものが洗練されてあたかも実体であるかのような様相を呈する人物が、モンタギュー・ティッグ、別名ティッグ・モンタギューという詐欺師である。「上下逆さまにし、裏返しにして、もはやモンタギュー・ティッグではなくティッグ・モンタギューとなっても、や

はりティッグにかわりはなかった。悪魔的で、派手で、軍人的な、同じティッグであった。真鍮は磨かれ、上薬を塗られ、新たに刻印されたが、それでもなお、まぎれもないティッグの金属だった」(27)

人間の二重性という生態に注目する小説の言葉は、特に利己心とは関係しないところにも二重性を見出していく。トジャーズ下宿屋の靴磨き兼雑用係であるロンドンっ子ベイリー少年に関しては、「小柄な少年だが、そのウィンクも、思考も、行動も、言葉も、まるで老人さながらであった。内側には老人の原則、外側には青年の表面があった」(26)と書かれている。

ベイリー少年と仲のよい床屋スウィードルパイプは、「あご髭」と「小鳥」の音の類似の故か、「床屋と小鳥屋の2つの仕事」(26)を兼ねている。

そして、このスウィードルパイプの家に部屋を借りているギャンプ夫人は産婆と看護婦を兼ねていて、「ギャンプ夫人の二重の職業の幸福な点は、若い人にも年取った人にも彼女が関心を抱くことができることだ」(26)と言われるように、出生と死体埋葬準備の、両方に手を貸す人物である。

しかし、ギャンプ夫人について最も重要な二重性は彼女の内面にあり、それはハリス夫人という友人の存在あるいは非存在に関わっている。すなわち、ギャンプ夫人はしばしばハリス夫人のことを話題にするが、彼女の身元は誰も知らず、「支

ギャンプ夫人の乾杯

配的な意見によれば、ハリス夫人はギャンプ夫人の頭脳が生んだ幻影であり、あらゆる種類の話題についてギャンプ夫人と幻の会話を交わし、いつも決まってギャンプ夫人の性格の卓越性に対するほめ言葉で締めくくるという特別な目的のために創造されたのである」(25)とい

うことで、結局ギャンプ夫人の自己称賛の目的に奉仕する架空の人物である。しかし、この架空の人間はギャンプ夫人の分身であり、別の自己を創造することによって、逆説的に本来の自己を確認するのが、ギャンプ夫人の巧妙さである。

したがって、ギャンプ夫人の述べる「私たちはお互いの心の中に何が隠れているか決して知りません。もし心にガラス窓があったら、私たちの何人かはよろい戸を閉めておく必要があるだろうと思います」(29) という言葉を、ヒリス・ミラーが、その直接の文脈には触れずに引用して、この小説全体の題辞(エピグラフ)にふさわしいとしているのも無理からぬところである (Miller 104)。

(3) ジョウナスの「分裂した自己」

探偵ナジェットは、自己の本当の姿を隠すために二重性に止まらず多重性を駆使する。「彼のかびくさい手帳の中には矛盾する名刺が入っていた。ある名刺では石炭商人、別の名刺ではワイン商人、また別の名刺では仲買人、または集金人、あるいは会計士と名のっていて、まるで自分自身がその正体を知らないかのようであった」(27)。さらに彼の自己隠蔽は倒錯的な形でその極に達する。「この男のこそこそとしたやり方は、自分が誰かを見張っているのではなく、誰かが自分を見張っているかのように思わせて、人々の疑いを取り除くのであった」(38)。しかし、ナジェットは自己の本心を疑うのではない。その点がジョウナス・チャズルウィットと違う。

ジョウナスは、(実は未遂に終わったが) 父親殺しを隠すためにその秘密を知ったティッグ・モンタギューを森の中で殺害する。そして犯行の夜は、鍵のかかった自分の部屋に閉じこもっていたようにアリバイ工作をあらかじめ用意した。犯行後自宅へと戻る道すがら、ジョウナスにとっては犯行現場よりもこれから帰るべき自分の部屋が恐ろしい場所となり、その部屋の中には自己の存在と非存在が錯綜して、いつしか「分裂した自己」というべき状態が生じる。「彼は、あの忌々しい部屋をひどく恐れていた。……二晩ずっと嘘と静けさの中に

あったあの醜い部屋と、自分自身が寝ていると信じられてはいたが実際にはいなかったあの寝乱れたベッドとを心に思い浮かべた時、ジョウナスは、いわば、自分自身の亡霊となり、取り付く霊であると同時に、取り付かれる人でもあった」(47)。

ジョウナスの犯罪はナジェットによって暴露されるが、それはジョウナスの目から見れば、ナジェットの正体が暴露される瞬間でもある。「この男が、よりにもよって、自分を見張る探偵だったとは。この男が本性（アイデンティティー）を変え、こそこそと尻込みして愚かで気の利かない性格をかなぐり捨てて、油断のない敵としての姿を突然現わすとは！　たとえ死人が墓から出てきたとしても、ジョウナスをこれほど驚かすことはなかっただろう」(51)。自らのアイデンティティーに亀裂を生じているジョウナスに、他者の正体に対する驚きが加わることによって、いわば、確固とした世界像がジョウナスの内と外において崩れ、悪夢のような逃げ場のない世界が生じる。「もし、奇跡によって、ジョウナスがこの難局を逃れたとしても、顔を別の方角に向ければ、それがどの方角であれ、また新たな復讐者が面前に現われるだろう。……勝ち目はなかった。彼は壁際にくずおれて、その瞬間から二度と希望というものを持たなかった」(51)。

ジョウナスの、この分裂した自己と、作者が意図した主題である自己中心性とはどう関係するだろうか。たしかに、アイデンティティーとしての自己と、自己中心性とは別のものである。しかし、前述したように、この小説では「自己」の意味の二重性によってこの２つを結びつけている。ジョウナスの場合には、遺産相続を早めるために父親殺しを計画したことに見られる利己心と、その計画を隠そうとしてティグ殺害を果たした後に生じた分裂した自己とが、一種の因果関係を有するものとして描かれていることは否定できないであろう。

(4) テーマと統一

マーカスは、「自己」という主題を中心とした多彩な人間描写を高く評価しながらも、主人公マーティン青年と祖父マーティン老人がそ

れぞれ展開するプロットをこの小説の弱点と考える (Marcus 265)。確かに、アメリカの荒れ地におけるマーティン青年の自己発見にしても、あるいは、マーティン老人がペックスニフの支配を受けるかのように振る舞うことによってペックスニフの偽善を暴露する企みにしても、この老若二人のマーティン・チャズルウィットをめぐるプロットは、いささか単純で、説得力に欠けるように見える。

　しかし、一般的な価値の基準や権威が失われ、各人物がそれぞれ自己の中に判断や行動の根拠を置くという「自己中心性」の諸相を提示することが作者のねらいであるとすれば、この価値喪失の状況に対抗して、父から子（あるいは祖父から孫）への価値基準の伝達という主題を打ち出そうとしたのが、まさに、老若二人のマーティン・チャズルウィットをめぐるプロットであり、その裏返しが、マーティン老人の弟アントニー・チャズルウィットとその子ジョウナス・チャズルウィットの間の父親殺しというサブ・プロットであろう。

　そもそも『マーティン・チャズルウィット』の（ある意味では悪名高い）第1章は、チャズルウィット一族の系図をたどるものである。この系図はチャズルウィット一族の家系の古さをアダムとイヴの子孫ということで証明しようとし、また、英国史におけるノルマンの征服 (1066) にも火薬陰謀事件 (1605) にもチャズルウィット家の一員がかかわっていたとして、一族の名を誇大に描いている。これは家系の古さに対する誇りを諷刺すると同時に、チャズルウィット家の系図が全人類の系図のパロディーとなり、それによって利己心というテーマを普遍化する。さらに重要なことは、このような疑似系図を小説の冒頭におくことによって、小説の中に親から子へという系図的な時間意識を生じさせる。それは単なる物理的な時間の流れではなく、マーティン老人とマーティン青年、およびアントニーとジョウナス親子をめぐるプロットに顕著に見られるように、性格の遺伝と財産の相続を伴う、道徳的な意味に満ちた時間の流れである。

　主人公が相続者としてふさわしい人間になるためには、権威に服従しなければならず、その権威は、曲がりなりにもチャズルウィット家

の長老マーティン老人にある。この中心的プロットに対するサブ・プロットがジョウナスの父親殺しの陰謀に関わるものである。遺産相続を早める目的――「老人にはより早い旅を、若者にはより早い遺産相続を」(48)――でめぐらす陰謀は、遺産相続における家父長的権威の破壊行為であり、結局、自己を越えたあらゆる権威の喪失を象徴的に示している。

　結論的に言えば、主人公とマーティン老人をめぐるプロットは、説得力不足はあるものの、多様な形で示された利己心というテーマ、あるいはそれに関連する価値観および権威の喪失というテーマと、矛盾するものではなく、それらの問題に一定の解答を与えようとする試みである。

7　過渡的な作品

　ディケンズは当時、哀感あふれる喜劇作家と考えられており、後期の傑作群におけるように社会の暗い側面を重厚な筆致で描く作家とは見られていなかった。それゆえに、深刻なテーマを辛辣に扱った『マーティン・チャズルウィット』の売行きが、当初は芳しくなかったのもうなずける。しかし、「売行きが芳しくない」ことと、「作品として不評」、さらには「作品として失敗」ということは、必ずしも同じではない。

　『マーティン・チャズルウィット』は、ディケンズの作家的成長の中で見れば、過渡的な作品といえる。『ボズのスケッチ集』のような短編のきらめきではなく、また、『ピクウィック・クラブ』的なエピソードの軽やかさでもなく、音楽に喩えれば、交響曲のように、重い主題を丹念な変奏によって持続的かつ骨太に展開するという、作家としての力業に挑んだのが、31歳の若きディケンズではなかったか。

　素材も、『オリヴァー・トウィスト』の救貧院や、『ニコラス・ニクルビー』の寄宿学校、あるいは『バーナビー・ラッジ』のゴードン暴動といった、いわば、人物の外部にある社会制度や歴史ではなく、まさに人間の内奥の「自己中心性」であって、この素材をテーマとして

描ききることがディケンズのねらいであった。

　このような意味で『マーティン・チャズルウィット』は力作にちがいない。しかし、いわゆる「ディケンズ的」作品であるかどうか、それは読者一人一人にゆだねられた課題であろう。

参考文献

Bowen, John. *Other Dickens: Pickwick to Chuzzlewit*. Oxford: Oxford UP, 2000.
Davis, Paul. *The Penguin Dickens Companion*. Harmondsworth: Penguin, 1999.
Magnet, Myron. *Dickens and the Social Order*. Philadelphia: U of Pennsylvania P, 1985.
Page, Norman. *A Dickens Companion*. 1984. New York: Schocken, 1987.
Van Ghent, Dorothy. "The Dickens World: A View from Todgers's." *Sewanee Review* 58 (1950): 419-38.

（齋藤九一）

『クリスマス・ブックス』
『クリスマス・ストーリーズ』

『クリスマス・キャロル』初版　口絵

II 作品

『クリスマス・ブックス』

1 最初の出版形態および出版年月

1. 『クリスマス・キャロル』1843年12月、チャップマン・アンド・ホール社より単行本として出版。
2. 『鐘の音』1844年12月、ブラッドベリー・アンド・エヴァンズ社より単行本として出版。
3. 『炉辺のこおろぎ』1845年12月、ブラッドベリー・アンド・エヴァンズ社より単行本として出版。
4. 『人生の戦い』1846年12月、ブラッドベリー・アンド・エヴァンズ社より単行本として出版。
5. 『憑かれた男』1848年12月、ブラッドベリー・アンド・エヴァンズ社より単行本として出版。
6. 上記5篇が1852年10月、チャップマン・アンド・ホール社より『クリスマス・ブックス』の書名で1巻本として出版。

2 単行本テクスト（校訂版・普及版・翻訳）

普及版

  Christmas Books. Ed. Ruth Glancy. Oxford: Oxford UP, 1988. チャールズ・ディケンズ版に準拠。

  Christmas Books. Ed. Sally Ledger. London: Dent, 1999. それぞれの短編の初版に準拠。

  A Christmas Carol and Other Christmas Writings. Ed. Michael Slater. London: Penguin, 2003. *A Christmas Carol* と *The Haunted Man* を含む。共に初版に準拠。

翻訳

  『クリスマス・キャロル』（村岡花子訳、新潮文庫、1959）

『クリスマス・キャロル』(小池滋訳、ちくま文庫、1991)(『クリスマス・ブックス』(として所収)

『鐘の音』(松村昌家訳、ちくま文庫、1991)(『クリスマス・ブックス』として所収)

『炉辺のこほろぎ』(本多顕彰訳、岩波文庫、1935、絶版)

『炉辺のこおろぎ』(伊藤廣里訳、近代文藝社、2004)

『人生の戦い』(篠田昭夫訳、成美堂、1990、絶版)

『憑かれた男』(藤本隆康・篠田昭夫・志鷹道明共訳、あぽろん社、1982)

3　時代背景

　『クリスマス・ブックス』が執筆された1840年代は、「飢餓の40年代」と呼ばれる。農作物の不作がつづき、貧富が二極化し、国民の分裂の危機が高まっていた。農村では多数の農民達が都会へ流出するとともに、農場主や地主の穀物倉には恨みの放火が相次ぎ、選挙権拡大を求める急進的なチャーティスト運動は、1848年以降に衰退するまで、約10年間労働者の熱烈な支持を集めて燃えあがった。しかし、国内農業を保護しようとして都市住民の不評を買っていた穀物法が1846年に撤廃され、このころから諸事情は好転しはじめ、1851年に万国博覧会を開催した後は、英国は世界に冠たる帝国として繁栄と隆盛を誇った。

4　執筆・出版に至る経緯

　『クリスマス・キャロル』は、1843年10月5日、マンチェスター・アセニアム(文芸協会)の主催する集会においてディケンズが行なったスピーチに端を発している。このスピーチで、彼は貧困と無知こそが悲惨と犯罪の根源であり、これをなくすには学問を修めることによって自尊の念を育むことが大切であると訴え、アセニアムが行なう活動の重要性を説いた。このスピーチを念頭に、ディケンズは10月上旬から11月いっぱいにかけて『クリスマス・キャロル』を執筆した。

折から執筆中の『マーティン・チャズルウィット』の月刊分冊は予想外の売行き不振をこうむり、翌44年2月には5番目の子供が生まれて家族は増え、父親ジョンの借金による債務も被って、出費のかさむディケンズは、人気挽回と商業的成功を狙って本篇を上梓した。もっとも発売後5日間で6,000部を売り尽くしたにもかかわらず、装丁に凝りすぎて、予想の4分の1程度の利益しか残らなかった。

『鐘の音』は、1844年7月より経費節減を兼ねて滞在していたジェノアで、10月上旬から約1ヶ月で書き上げられた。原稿を片手に、昼夜兼行の馬車旅行でロンドンに帰ったディケンズは、12月3日と5日にごく限られた友人を呼んでこの作品の朗読会を開いた。その朗読は大成功で、出席者の笑いと涙を誘い、予想以上の反響を手にしたそうである (Forster 1: 1)。前作『クリスマス・キャロル』を踏襲し、貧者への関心を中心に展開された本篇が出席者の涙を誘ったのは期待通りで、ディケンズは自信を深めた。

『炉辺のこおろぎ』は、1845年6月上旬にジェノアを離れ、7月上旬に帰英したディケンズが、依然として好転しない経済的苦境の打開策として週刊誌の発行を構想し、その雑誌名に『こおろぎ』を考えたことからはじまった。この雑誌の計画は挫折したものの、ディケンズはその名前を新しいクリスマス作品のタイトルに転用することを思いついた。彼は前年の2月に、義妹メアリー・ホガースと瓜二つの18歳の女性に出会い、激しい愛の衝動に揺り動かされたことがあり、この一時的な衝動と、妻に対して冷却したディケンズの愛情が『炉辺のこおろぎ』に影響を及ぼしたのか、この作品では古(いにしえ)の恋人によせる愛がテーマとなっている。

『人生の戦い』は、ふたたび経費節減を兼ねて、1846年5月下旬に家族とともにスイスに渡り、6月下旬にローザンヌ近郊に落ち着いたディケンズが、9月から10月にかけて完成させた作品である。ここでは二人の姉妹が同じ男性を愛し、ともに身を引いて愛する人を互いに譲り合う、自己犠牲的な愛が展開されている。

『憑かれた男』は、『ドンビー父子』の執筆が難渋したこともあって、

それまで4年つづいたクリスマス作品は1847年にかぎって見送られ、翌48年10月上旬から約2ヶ月の間に創作された。苦労して書き上げた『ドンビー父子』の月刊分冊は好調な売上げを記録し、ディケンズは作家として自信を取り戻すとともに、経済的にも不安から脱け出した。しかし生活基盤の安定とは裏腹に、いくつか重大な出来事がディケンズに降りかかった。そのひとつは1847年の3月頃、ディケンズが幼少期にウォレン靴墨工場で働くのを見たという人がいるが、これは本当のことかとフォースターから質問を受けたことであった。触れられたくない過去に探りを入れられたディケンズは苦悶したが、やがて何週間か後に、父親の負債が原因で両親や弟妹達が債務者監獄に収監されたこと、長男の自分はひとり獄の外に残されて靴墨工場で働きながら屈辱的な生活を送ったことを、自伝的手記にまとめてフォースターに渡したのである (Forster 1: 2)。次いで、1848年9月には姉ファニーが結核で他界した。ディケンズにとってファニーは肉親中で唯一心の通じ合う存在であっただけに、若くして病に倒れた姉への哀惜の情は激しく、この悲しみが『憑かれた男』に影を落としていることは間違いなかろう。

5 作品の批評史
(1)『クリスマス・キャロル』
　『クリスマス・キャロル』は、ディケンズの競争相手と目されたサッカレーが「英国全体が受けた恩恵」(Collins 149) と絶賛した言葉に代表されるように、出版当初から人気、評価ともに高い支持を受けた。その高い評価と人気は、チェスタトンが述べるように、他の4篇をはるかに凌いでいる (Chesterton, *Appreciations*)。例えばトマスが「ディケンズの最高の短篇である」(Thomas, *Dickens* 40) と指摘するように、現在に至るまで、本篇を高く評価する人は数え切れない。デイヴィスは、都市化を迎えた1840年代において、田園のイメージと結び付いた伝統的なクリスマスを都市生活の中で描いたところに、本篇の成功と人気の一端があるとする (Davis 13)。更に、アクロイドは、作

品の第2節で現在のクリスマスの幽霊が衣の裾から取り出した「無知」と「貧困」と名付けられた二人のおぞましい幼児が読者の同情を強く喚起し、作品の評価と人気の上昇に繋がっていると分析する (Ackroyd 407)。

(2)『鐘の音』
　『鐘の音』については、その社会批評においてディケンズが新しい局面を見せたという評価がある一方、以前のユーモアと活気が欠落していることを惜しむ声もあった。カザミヤンは、本篇におけるディケンズの思想を「クリスマスの哲学」と定義した (Cazamian 134) が、チェスタトンは、前作を踏襲する社会性を基調としながらも、より厳しい戦闘性をはらんでいるのが本篇の特色であり、「クリスマスの軍歌」(Chesterton, *Dickens*) と呼んでもいいと指摘する。カーライルの影響の下に、社会と政治をより深く考える傾向がディケンズの中に生まれ、作風が社会を批判する方向へと転じる重要な位置を占めると評価する批評家は多い (Ackroyd 442, 543; Thomas, *Dickens* 43)。

(3)『炉辺のこおろぎ』
　『炉辺のこおろぎ』は、貧しい人々に対する共感、とりわけ貧しい人々がクリスマスの日だけは豊かな気分で祝う姿に共感を寄せる作品である。そしてまた、暖炉で赤々と燃える火、いいかえれば英国の真実の炎、にたいする郷愁を覚えさせる作品である (Chesterton, *Dickens*)。しかしこの作品には、前2作に見られる深刻な社会問題を論ずるところはなく、また、女主人公である20歳の利発で明朗かつ小柄なドットことメアリー・ピアリビングルと、その夫で年齢が倍も離れた、実直で純朴なジョン・ピアリビングルという一組の夫婦の設定には、ディケンズとその妻キャサリンとの関係が形を変えて描かれているとアクロイドは指摘する (Ackroyd 484)。スマイリーも同様の見方をし、実直で無骨な中年男のどこに、ドットを引きつける力があるのか理解しがたいと述べる (Smiley 66)。ドットの個性が魅力的なので、このよ

うな解釈が出てくるのであろう。

(4)『人生の戦い』および『憑かれた男』
　『人生の戦い』は売行きこそ素晴らしかったが、ディケンズの良き理解者であったジェフリーの好意的評価 (Collins 149) を除けば、散々に悪評を浴びた。この作品は、自己犠牲を神聖化し、グレイスとメアリアンの姉妹は、互いにとても似通っている。この二人は名前からも看取されるように、17 歳で他界し、義兄ディケンズに激しい衝撃を与えた上に、死後も彼の内面世界で影響力を発揮しつづけたメアリー・ホガースのイメージが核となって形象化されたものであろうとマーカスは指摘する (Marcus 290-91)。こうした伝記的興味はあるものの、本篇の評価は低く、『クリスマス・ブックス』の中で最も不出来である (Stone 132) とされる。
　一方、『憑かれた男』は大失敗に終わった『人生の戦い』から大きく失地回復し、好意的に迎えられた。ただし、この時期、理由があってディケンズに敵対していた『タイムズ』紙からは無視された (Collins 145)。この 2 篇については、20 世紀前半においても、チェスタトンが全く言及していないことに集約されるように、指摘すべき評言は見当たらない。
　『憑かれた男』は、ディケンズの幼少期の愛読書であった『アラビアンナイト』の影響をうけて、例えば主人公であるレドローの住居の雰囲気や彼自身の魔法使いを思わせる風貌に見られるように、寓話的要素を備えていること (Thomas, *Dickens* 57; Stone 133) が指摘されている。作品中に登場する 6 歳そこそこの名前すらない孤児は、特に靴墨工場時代に通りを彷徨していたディケンズ自身の姿と繋がるとストーンは分析し、伝記的側面との密接な関連を追う。レドローの魂が復活と再生を遂げる最終章は、それまでの現実認識、心理分析、空想が犠牲にされ、ミリーによる救済が便宜的になっていて、それが弱点であるとストーンは主張する (Stone 141)。スレイターが指摘するように、ディケンズにとって最高の教師であるとともに、癒しを与えてくれる

存在でもあったイエス・キリストに対する揺るぎない信頼 (Slater, "Introduction" xxvii) と、12歳当時の体験に根ざす、自分が浮浪児に堕してしまうのではないかという恐怖 (Slater, Guide 105) から脱却したいと希う心理がこの中篇の創作の根源にあることは間違いない。

6 作品のテーマと解説
(1)『クリスマス・キャロル』

『クリスマス・キャロル』は、クリスマスを中心テーマに据えた、最初の本格的な小説である。今日まで抜群の知名度と人気を誇り、クリスマスにちなむ作品には必ずといっていいほど影響を及ぼしてきた、文字通りクリスマスを代表し象徴する作品である。クリスマスとは、本来12月25日に生誕したと伝えられるイエス・キリストを讃えて教会で催されるミサを意味しており、キリストの受難をしのび、想いを新たにして新年を迎える1日である。スクルージなる初老の冷酷非情な高利貸しが、クリスマス・イヴの夜からクリスマスの朝にかけて、一晩の夢見で改心し、まっとうな人間として蘇生するという内容も、「クリスマス祝歌」を意味するタイトルにふさわしい。彼は夢の中に登場する過去、現在、未来のクリスマスの3人の幽霊の導きにより、無縁墓地の荒れ果てた自分自身の墓を見る煉獄の体験を経て、幼児の魂を持つ人間として再生を遂げる。誰よりもクリスマスを喜ぶ人間に生まれ変わり、酷使してきた事務員ボブ・クラチットと松葉杖に頼るその子ティムに愛情の手を差し伸べ、甥のフレッドをはじめ全ての人間に対して笑いと祝福を贈る。全篇を通して場面の転換と展開はスピーディで歯切

スクルージと二人の子供

れ良く、最後まで弛緩することのない作品に仕上がっている。描写の冴えも素晴らしく、第 1 節で冷酷無比と見えたスクルージが、過去のクリスマスの幽霊に案内された故郷で、長年忘れ去っていた幼年期の想い出の香りが空中に漂っているのに接して涙を浮かべた時、これを「広い野原一面に弾んだ楽の音が満ちあふれ、爽やかな空気が一緒になって笑い声をあげた」(2) と表現し、スクルージの変容の第一歩を鮮やかに浮き彫りにしているのは、その好例である。

現在のクリスマスの幽霊は、ボブ・クラチットと家族の貧しいながらも心温まる団欒風景と、フレッド夫妻と友人達の底抜けに明るいクリスマスの祝宴の姿をスクルージの眼前に繰り広げる。

一夜の夢体験を経て、スクルージは全人的な変容を遂げるが、アクロイドが指摘するように、現在のクリスマスの幽霊が衣の裾から取り出した「無知」と「貧困」と命名された二人の醜悪な幼児の持つ重要性を忘れてはならない (Ackroyd 407)。

　　それは男の子と女の子だった。黄色くやせこけて、ぼろをまとい、しかめ面をして狼みたいでありながら、卑屈で平伏していた。美しい幼さがその顔に満ちて生き生きとした血色で彩るべきであるのに、老人みたいに衰えしなびて、歪み、ねじくれてぼろぼろに引き裂かれていた。天使であってもよいはずであるのに、悪魔がひそみ、睨みつけて威かくしていた。(3)

この二人の幼児の出現は唐突であるが、その悲惨さの迫真性が読者に強い印象を与えるとともに、読者の支持と共感を得て、今日まで続く作品の高い評価と人気の原動力となっている。

(2)『鐘の音』
『鐘の音』では、市参事会員キュートや大地主にして国会議員であるサー・ボウリーなどの権力者が、貧しい運搬人である 60 余歳のトウビー・ヴェックをからかい、貧乏は犯罪だと断じて彼を暗澹たる状

態に追いこむ一方、その娘メグに対しては、貧乏人に結婚する資格はないと冷酷な長広舌を浴びせる。為政者の貧民に対するこうした態度に、作者は厳しい批判と怒りを表明する。つづく後半部においては、失意の果てに教会の鐘楼から墜落死して霊と化したトゥビーが、浮遊彷徨しながら目撃する、かずかずのいたましい場面が展開する。例えば、彼が帰宅の途中で鉢合わせたウィル・ファーンは、飢えを凌ぐためにほんのわずかなものを手に取ったために、一生、犯罪人として追いまわされた悲惨な過去を物語る。雨露を凌ぐあてもない彼を、トゥビーは自宅へ案

トゥビーと3人の為政者

内し、粗末ながら一夜の宿を提供するが、別れに際してファーンは、貧民を苦しめる人々の家を焼き討ちにするつもりだとメグに打ち明ける。貧民の悪政に対する批判が、焼き討ちという形で尖鋭化する。

　一方、夫が身を持ち崩したあげくに亡くなり、乳飲み子をつれたまま取り残されたメグには生きるすべもない。彼女は大晦日の夜、娘を抱きしめたままテムズ河へとひたすら走る。ここには、怒りのみならず、作者の強い憐憫の情が投影されている。

　　「私はあの子の父親でした！　あれの父親だったのです」トゥビーは頭上を飛ぶ黒い影に両手を伸ばしながら、叫んだ。「あの子に慈悲を、私に情けをお与え下さい！　あれはどこを目指しているのですか。引き止めて下さい。私はあれの父親だったのです！」
　　だが影は急ぐ彼女を指し示すのみであった。そして言った、「絶望へと急いでいる！　お前の最愛の娘の姿を刻み付けておけ！」(4)

無力感に打ちひしがれ、鐘の精からおのれの罪深さを痛切に自覚させられたトウビーは、乳飲み子と入水自殺をはかるメグを土壇場で救出することに成功し、善に寄せる希望と信頼の重要性を心底から理解する。彼は生きる自信を回復した人間として蘇生する。その瞬間、新年を告げる鐘が鳴り響き、トウビーは一夜の夢から覚める。

　人民が苦しみにあえいだ1840年代において、ディケンズが『クリスマス・キャロル』を、次いで貧者への同情と非情な社会に対する批判を押し進めた『鐘の音』を発表したのは、支配層に冷酷極まりない態度で踏み潰されていく下層の人々の怒りを代弁するという、強い目的意識に支えられての行為であった。『鐘の音』により、ディケンズの作風には、より深い社会批評が導入されることになった。この作品は、以後のディケンズの社会観の形成と発展の上で転回点となっていることを見落としてはならない。作品の前半部に描かれた為政者の横暴は、トウビー・ヴェックの夢を扱う後半部のための導入部をなしており、その夢もトウビー自身の視点から描かれていて、構成には周到な注意が払われている。

(3)『炉辺のこおろぎ』

　運送屋のジョンは、途中で出会った老人を荷馬車に乗せて帰宅する。ところがその老人が実は若い男の変装した姿であり、妻のかつての恋人であると推量したジョンは、妻と恋人の愛の復活に一晩中懊悩し、一時は嫉妬のあまり若い男を射殺しようと考えたが、結局は年老いた自分が身を引くことを決心する。彼はこう述べる。

　「俺は考えただろうか？　あの若さと美しさを備えた彼女を——若い仲間から

こおろぎの精たち

引き抜き、彼女が中心にいて、光り輝く星でもあったあまたの場面から連れ去って、来る日も来る日も退屈な俺の家に閉じこめ、さえない俺の相手をさせたってことを。俺があれの溌剌とした気性にいかに不似合いかということや、俺のようなのろまは、あれみたいに機転の利く者にとって、いかに耐えがたいものであるかを考えただろうか？」(3)

しかしこれはジョンの完全な誤解で、老人に変装していた青年エドワード・プラマーはドットの友人の恋人であった。かれは、愛する女性が初老の醜悪な玩具商人タクルトンと結婚するという噂を聞いて、その真意を確かめるために老人に変装していたという次第。ドットの機転により二人はめでたく結ばれ、誤解が解けたドットとジョンもまた、愛と信頼を回復したことはいうまでもない。あとは一同そろってクリスマスの祝宴。そこへ憎まれ口を叩いて退場したタクルトンが、突如善人に変身し、クリスマスの贈り物を持って再登場し、一同の赦しを乞い、大団円を迎える。

ディケンズは、自分をドットに置き換えることによって、家庭生活の癒しを得たかもしれないが、作品の社会性は稀薄になった。このあとにつづくクリスマス作品は、作家の自己の内面を見つめるまなざしが一段と強くなる。

(4) 『人生の戦い』

『人生の戦い』は、23,000部を即売し、前3作を上回る人気を博した。女主人公であるグレイスとメアリアンの姉妹が二人ともアルフレッド・ヒースフィールドを愛するようになり、妹が姉のために身を引いてグレイスとアルフレッドの結婚を成就させ、彼女は別の男マイクル・ウォーデンと結婚する。妹のために自分の愛は犠牲にして仲介者に徹しようとする姉に対して、妹は家出という形をとって姉に道を譲るのである。

クリスマス作品という体裁の下に、ディケンズは何故このような自己犠牲を讃美する作品を書いたのであろうか。そこには、前作から顕

著になりはじめた自己に注ぐまなざし、つまり自分の人生に対する想念と作品が不可分となっていることに目を向けなくてはならない。メアリー・ホガースのイメージを核として女主人公の姉妹を造形したディケンズは、妻キャサリンと暮らす家庭生活に、どこか満たされない思いを抱いていたのではないか。幽霊や超自然物を排除し、人物像を入念に描きあげてゆくには長篇の分量を必要とする、気高く献身的な愛をめぐって展開する本篇が、結局のところ平板で精彩を欠いた作品にしかなり得なかったのは、止むを得ないところであろう。

(5)『憑かれた男』
　前にも触れたように、『憑かれた男』には自伝的手記をフォースターに渡したことと、姉ファニーの他界が大きく影を落としている。

　　「誰の記憶だって悲しみと苦しみに満ちている。私の記憶も他の人たちの記憶と変わるものではない。だが私だけにこの選択ができるのだ。よし、手を打とう。決まりだ！　私は悲しみも苦しみも忘れてやる！」
　　「さあ」と幻影が言った、「受けるかね？」
　　「受けた！」
　　「決まった！　では、受けるがいい。おまえとはこれでお別れだ。今授けた贈り物を、おまえはどこへ行こうと、さらに人に授けることになろう」(1)

　主人公である初老の化学者レドローは、幼いときには親の愛とは無縁のなかで育ち、青年になってからは親友に恋人を奪われ、功なり名を遂げたとたんに、唯一心の支えとなってくれた妹を若くして失う。彼は苦しみと悲哀に満ちた記憶に押し潰されている。この悲しい記憶を永遠に喪失することができれば、どれだけ幸せであろうかと考える。クリスマス・イヴの夜、眼前に出現した自分の分身たる幽霊が、「学識が消えることはないし、お前のような深遠な思想の持ち主だけに可能なことだ」と言葉巧みに誘導し、「記憶を忘れろ」と提案するのを

受け入れた彼は、幽霊に記憶を売り渡す。

　記憶を売り渡すことが魂を売り渡すことと同義であることはいうまでもない。これ以後、レドローは野獣のような非人間的存在になり代わる。教鞭をとる学寮の管理人の妻であるミリー・スウィジャーと彼女が拾い育てた幼児を除いて、レドローは周囲の人々の辛く悲しい記憶をすべて消し去ってゆく。ミリーの義兄ジョージが、長年の無頼生活の果てに病に倒れ、神の赦しを希求している場面に遭遇したレドローは、彼を助けるどころか、乱心させ、残忍で冷酷な非人間へと変貌させる。自分が振りまく贈物の悪魔性に慄然として立ちすくむレドローは、上記の幼児を連れて私室に閉じこもる。彼は犯した所業に恐れおののき、悔悟と懺悔の叫びを幽霊に向かって発する。そのとき、ミリーがドアの外から必死に呼びかける。彼はこれによって死の世界から救出され、ミリーを信頼することによって蘇生する。彼女の治癒力で狂乱状態を呈していた全ての人々もまた平常に復して、大団円を迎える。

　ここには、クリスマスらしい奇跡が顕現されているとはいっても、再登場してきた幽霊が以前の不気味さと迫真性を欠き、稀薄な存在に転質していることは否定できない。レドローの魂を善導するミリーも人間よりは天使に近く、個性を失い、迫力に欠ける。

　作品をディケンズの人生と関連づけて見てゆくと、メアリー・ホガースに加え、姉ファニーの死に直面したディケンズの慟哭が、レドローを献身的に支えつづけて死んでゆく妹として、形象化されているのがわかる。ディケンズの両親は、子供に無関心で冷たいレドローの両

レドロー博士と幽霊

親として投影されており、ここには彼の怨みも込められていよう。

　幼少時の記憶の中で、両親に関する部分を抹殺することは、可能であればディケンズは当然望んだであろうが、所詮あり得ない話であった。「主よ、わが記憶を緑ならしめんことを！」ということばから看取できるように、ディケンズはメアリー・ホガースとファニーの記憶を緑なる鮮明な状態で保ちつづけるためには、いかに忌まわしい記憶を忘れてしまいたいとは思っても、結局は記憶全体を抱えこんで保持するしかなかったのである。

7　ディケンズとクリスマス

　チェスタトンはディケンズを「クリスマスの不可思議な落とし子」と呼び、ディケンズとクリスマスとの深い結び付きを指摘するとともに、彼の全著書をクリスマス作品と呼んでもよいと論じている (Chesterton, *Appreciations*)。ディケンズは 1850 年より週刊誌の刊行に踏み切り、『クリスマス・ブックス』の執筆と出版に託していた考えをさらに継続して、1867 年にいたるまで自ら主幹する週刊誌のクリスマス特集号に 20 篇にのぼるクリスマスの物語を執筆しつづけた。それらはクリスマスという年間の最大行事に、宗教的色彩と祝祭的要素を巧みに織り込み、善意、寛容、慈愛をテーマとする作品群である。未完の遺作となった長篇『エドウィン・ドルードの謎』に至るまで、ディケンズがクリスマスを作品の重要なモチーフやプロットに関わるものとして扱っていたことを考えると、彼はクリスマスの意義を深く理解し、自分の文学世界にクリスマスを主題とする作品の重要性を刻印したいと思っていたのではないか。彼とクリスマスとの関連性に注意をむけることは、ディケンズ文学の理解を深める重要な一歩である。

　幾度か触れたが、『クリスマス・ブックス』に収められた作品群には、生涯における大事変に直面したディケンズの、懊悩する姿が投影されている。それは特に後半の 3 作品に顕著である。ディケンズの魂が描く軌跡とクリスマスとの関連性をたどってみれば、『クリスマス・

ブックス』の全体像を把握する上で、極めて興味深いものがあろう。
　ディケンズは、当時の代表的作家として長篇小説に健筆をふるった。同時に自作の公開朗読巡業を行い、運営の全責任を背負って週刊誌を刊行し、また慈善活動や社会事業にも深く関与して、文字通り多忙を極めた生涯を送った。そうした多彩な活動の中に、クリスマスに対する関心も加えてよいであろう。
　『クリスマス・ブックス』5篇の中で、『クリスマス・キャロル』は圧倒的な名声を博している。そのため『鐘の音』、『炉辺のこおろぎ』、『人生の戦い』および『憑かれた男』の4篇は、その陰に隠れてさしたる注意を払われていないのは残念である。テーマの面から、作家の小説技法を大きく変化させる点から、空想の面から、そしてまた個人生活の懊悩を投影している面から、『クリスマス・ブックス』はもっともっと読者の関心を集めていいのではなかろうか。

参考文献

Davis, Paul. *The Lives & Times of Ebenezer Scrooge*. New Haven: Yale UP, 1990.
Slater, Michael. *An Intelligent Person's Guide to Dickens*. London: Duckworth, 1999. 佐々木徹訳『ディケンズの遺産』原書房、2005.
———. "Introduction." *Charles Dickens, A Christmas Carol and Other Christmas Writings*. London: Penguin, 2003.
Smiley, Jane. *Charles Dickens*. London: Phoenix, 2002.
宇佐見太一『ディケンズと「クリスマス・ブックス」』関西大学出版会、2000.
カザミアン著、石田憲次・臼田昭共訳『イギリスの社会小説 (1830-1850年)』研究社、1958.
田辺昌美『チャールズ・ディケンズとクリスマス』あぽろん社、1979.

（篠田昭夫）

『クリスマス・ブックス』『クリスマス・ストーリーズ』

『クリスマス・ストーリーズ』

1　最初の出版形態および出版年月

1. 「クリスマス・ツリー」1850年12月『ハウスホールド・ワーズ』誌クリスマス特集号に掲載。
2. 「年齢とともに味わうクリスマスの意味」1851年12月、同クリスマス特集号に掲載。
3. 「貧しい親類の物語」1852年12月、同クリスマス特集号に掲載。
4. 「子供の物語」1852年12月、同クリスマス特集号に掲載。
5. 「男子生徒の物語」1853年12月、同クリスマス特集号に掲載。
6. 「無名氏の物語」1853年12月、同クリスマス特集号に掲載。
7. 「7人の貧しい旅人」1854年12月、同クリスマス特集号に掲載。
8. 「柊旅館」1855年12月、同クリスマス特集号に掲載。
9. 「ゴールデン・メアリー号の難破」1856年12月、同クリスマス特集号に掲載。
10. 「イギリス人捕虜の危険」1857年12月、同クリスマス特集号に掲載。
11. 「社交界に出て」1858年12月、同クリスマス特集号に掲載。
12. 「幽霊屋敷」1859年12月『オール・ザ・イヤー・ラウンド』誌クリスマス特集号に掲載。
13. 「海からのメッセージ」1860年12月、同クリスマス特集号に掲載。
14. 「トム・ティドラーの地面」1861年12月、同クリスマス特集号に掲載。
15. 「何者かの手荷物』1862年12月、同クリスマス特集号に掲載。
16. 「リリパー夫人の下宿屋」1863年12月、同クリスマス特集号に掲載。

17.「リリパー夫人の遺産」1864 年 12 月、同クリスマス特集号に掲載。
18.「ドクター・マリゴールド」1865 年 12 月、同クリスマス特集号に掲載。
19.「マグビー・ジャンクション」1866 年 12 月、同クリスマス特集号に掲載。
20.「行止り」1867 年 12 月、同クリスマス特集号に掲載。
21. 上記 20 篇が、1871 年、チャップマン・アンド・ホール社より『クリスマス・ストーリーズ』の書名で 1 巻本として出版。

2　単行本テクスト（校訂版・普及版・翻訳）

普及版

  Christmas Stories. Oxford Illustrated Dickens 版。Oxford: Oxford UP, 1956. チャールズ・ディケンズ版に準拠。

  Christmas Stories. Ed. Ruth Glancy. London: Dent, 1996. 初出の雑誌掲載時のテクストに準拠。

日本語訳

  「クリスマス・ツリー」が『主流』(1993) に、「子供の物語」、「男子生徒の物語」、「無名氏の物語」の 3 篇が田辺昌美『チャールズ・ディケンズとクリスマス』（あぽろん社、1979）に対訳で所収。

  「マグビー・ジャンクション」の第 4 章「信号手」が『ディケンズ短篇集』（小池滋・石塚裕子共訳、岩波文庫、1986）に所収。

3　執筆・出版に至る経緯

『ドンビー父子』執筆の難渋で 1847 年のクリスマス作品を見送ることになった時、ディケンズはフォースターに宛てて「今年の分の収入を失いたくない」と書いたが、それ以上に彼の心にかかっていたのは「私が満たすべきクリスマスの炉辺に空席をつくるのはもっと辛

い」ということだった (Forster 6: 1)。高収入が期待でき、しかも強い愛着を覚えるクリスマスに何らかの繋がりのある作品を、新週刊誌『ハウスホールド・ワーズ』に載せたいと考えたのは当然であろう。『デイヴィッド・コパフィールド』の執筆に加えて、週刊誌刊行の全責任を抱え込んだディケンズは、手間がかかる単行本形式によるクリスマス作品の執筆は断念せざるを得なかった。他の作家との共同執筆による作品群を『ハウスホールド・ワーズ』誌のクリスマス特集号に掲載する方策を採用したのである。ちなみに 1850 年には彼自身を含む 10 名の作家が執筆した短篇が掲載され、この時ディケンズが執筆した作品が「クリスマス・ツリー」である。それ以降『ハウスホールド・ワーズ』誌とそれを引き継いで 1859 年 4 月から刊行を始めた『オール・ザ・イヤー・ラウンド』誌に、1867 年まで同一形態の作品群が掲載された。

4　作品の批評史

『クリスマス・ブックス』と比べると、『クリスマス・ストーリーズ』は各作品ともに発表当時から現在までほとんど無視され忘却されてきた。わずかにギッシングが指摘する「柊旅館」の第 2 章「靴磨き」に登場する結婚のため駆け落ちしてきた、8 歳と 7 歳のカップルの描写の迫真性と、「リリパー夫人の下宿屋」と「リリパー夫人の遺産」の女主人公エマ・リリパーの鮮明で忘れ難い人間像が目につく程度である。なお、作品中で繰り広げられるエマ・リリパーの一人称体によるモノローグを、トマスは「意識の流れ」に通じる内的独白の実験であると高く評価している(Thomas, "Lirriper" 161)。

5　作品のテーマと解説

『クリスマス・ストーリーズ』の各作品は、ディケンズを含めて 2 名から 10 名に及ぶ作家が分担して執筆し、これが『ハウスホールド・ワーズ』誌と『オール・ザ・イヤー・ラウンド』誌のクリスマス特集号に掲載された。コリンズとギャスケルを除くと、執筆に参加した

作家のほとんどの名前は残っていない。「クリスマス・ツリー」から「無名氏の物語」までは、炉辺でクリスマスにふさわしい物語を思いのままに語るという形で各作家の作品を掲載したが、「7人の貧しい旅人」から体裁が大きく変わった。ディケンズが設定した枠組に沿う形で作品が執筆されるようになったのである。たとえば「幽霊屋敷」は、7人の登場人物がそれぞれ幽霊屋敷で寝泊まりしている間に目撃した幽霊を、仲間に交代で説明していく物語である。これは、クリスマスにふさわしい連帯感と同胞意識を高めたい、というディケンズの願望 (Nayder 27) から打ち出された新方針であったといえよう。それが最も顕著に表れたのがコリンズと二人だけで執筆した「イギリス人捕虜の危険」と「行止り」の二篇である。他の作家たちの出来映えの悪さには失望させられることが多かった (Schlicke 100) が、コリンズだけは別で、上記の2回を含めて計9回も執筆を依頼するほど信頼していた。しかし、徐々に自信をつけたコリンズは、1862年から66年にかけて執筆を拒否するなど、自立を志向しはじめた (Nayder 131) こともあって、『クリスマス・ストーリーズ』は1867年をもって打ち切りとなった。『クリスマス・ストーリーズ』には、富くじで手にした大金を足場に社交界へ入ってみたが、結局は欺かれて捨てられたチョップスなる小人をめぐる「社交界に出て」や、モウプスという人間嫌いの隠者の思い上がりを批判した「トム・ティドラーの地面」などから看取されるように、内容的にはクリスマスに直接結びつかない作品も含まれている。こうした意味でトマスが指摘するように、『クリスマス・ストーリーズ』という題名は、誤解を招きやすいタイトルであることは指摘しておく必要があろう (Thomas, *Dickens* 62)。

　「無名氏の物語」、「海からのメッセージ」、「トム・ティドラーの地面」と「行止り」の4篇を除く16篇の作品は、多少の差異はあるとしても、ほとんど一人称による叙述で構成されている。とりわけ「リリパー夫人の下宿屋」と「リリパー夫人の遺産」におけるエマ・リリパーと、次の作品「ドクター・マリゴールド」の主人公により使用される一人称のモノローグは、複雑な意識を投影した、実験的な叙述が

『クリスマス・ブックス』『クリスマス・ストーリーズ』

展開されていて興味深い。60歳代の未亡人で、長年ロンドンで下宿屋を営みながらかつての下宿人の遺児を孫として育て上げたリリパー夫人は、微妙に屈折したモノローグを通して家庭風景を描くが、これは楽しく温かい。それは血縁関係の全くない「祖母」と「孫」により構築されているだけに、リアリティの欠如はあるものの、却って横溢する幸福感が浮き彫りにされている。親の代から旅回りの大道芸人で、王様と讃えられるほどの成功を収めているマリゴールドのモノローグにも、これは等しく感受される。娘と妻を相次いで亡くしたマリゴールドは、娘の面影を宿す聾唖者の幼女を引きとり、同じソフィーという名前を付けて養育する。ソフィーが聾唖者の夫を得て中国へ渡り、5年が過ぎたクリスマス・イヴの夜、マリゴールドは夢を見る。

  ソフィーのために収集した書物がソフィー自身を現出させたので、暖かい火の傍で眠りに落ちるまでに、私は彼女のいじらしい顔をくっきりと見ることができた。聾唖者の子供を両腕に抱えて、居眠りがつづいている間中ソフィーが私の傍らに無言のままたたずんでいるように見えたのも、多分これのなせることであったのであろう。私がいろいろな場所で商いをしていようと、いまいと、(中略)ずっと彼女は無言の子供を両腕に抱えて、私の傍らに無言のままたたずんでいた。(3)

幼児イエスを抱く聖母マリアのごとく、この幼児を抱いて無言のままマリゴールドを見守るソフィーの姿は、母子ともに聾唖者であるという設定が極めて効果的である。音声が媒介していない分だけ、相互の魂の触れ合いはより強く、美しい。ちょうどこの頃、ディケンズは妻と離婚し、27歳も若い愛人エレン・ターナンとすごしているが、二人の間に相互の愛と信頼に基づく関係が成り立っていたとは考えにくい。社会人として独立しはじめていた息子達たちの能力に落胆させられることが多かった上に、サッカレーをはじめ長年の知友の訃報に接することも多かったディケンズは、おそらく慈愛を注ぎ魂を癒す女性像を希求していたのであろう。こう考えると、ソフィーの姿に投影さ

れているのはメアリー・ホガースであったかも知れない。17歳で世を去った義妹へのディケンズの想いは、彼女の死から30年を経過しても衰えることはなく、彼女に癒しと救済の天使像を刻んだのではなかったか。

　「ドクター・マリゴールド」に端的にうかがわれるように、ディケンズは一人称による叙述を使って、主人公に感情移入を行い、自分自身の悲哀と苦悩を投影してきた。それは『クリスマス・ストーリーズ』全篇を通して指摘できる。こよなく愛し、心を寄せたクリスマスが巡ってくると、程度と濃淡の差こそあれ、主題の上では広い意味でクリスマス作品と呼ぶことができる20篇の作品群を、他界する直前まで『ハウスホールド・ワーズ』誌と『オール・ザ・イヤー・ラウンド』誌に発表しつづけた。『クリスマス・ストーリーズ』は長篇小説や『クリスマス・ブックス』の影に隠れてはいるが、ディケンズの魂が描く軌跡を考察する上で、欠かすことのできない重要な作品集であるといってよい。

参考文献

Nayder, Lillian. *Unequal Partners: Charles Dickens, Wilkie Collins, & Victorian Authorship*. Ithaca: Cornell UP, 2002.

Thomas, Deborah A. "Dickens' Mrs. Lirriper and the Evolution of a Feminine Stereotype," *Dickens Studies Annual* 6 (1977): 154-66.

──. *Dickens and the Short Story*. Philadelphia: U of Pennsylvania P, 1982.

篠田昭夫『チャールズ・ディケンズとクリスマス物の作品群』渓水社、1994.

（篠田昭夫）

『ドンビー父子』

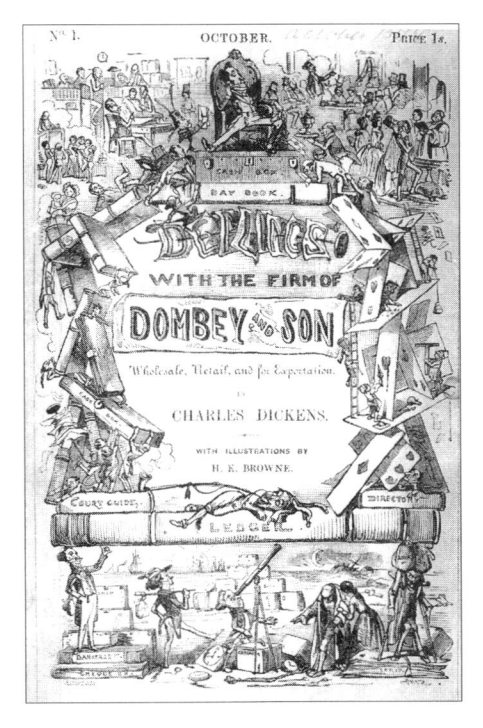

月刊分冊本表紙

Ⅱ　作品

1　最初の出版形態および出版年月
1846年10月から1848年4月まで、ブラッドベリー・アンド・エヴァンズ社より月刊分冊形式で刊行。

2　単行本テクスト（初版・校訂版・普及版・翻訳）
初版
  1848年4月12日、ブラッドベリー・アンド・エヴァンズ社。
校訂本
  Dombey and Son. Ed. Alan Horsman. Oxford: Clarendon, 1974. 1848年版を底本に使用。
普及版
  Dombey and Son. Ed. Alan Horseman. Oxford: Oxford UP, 1990. 上記クラレンドン版に準拠。
  Dombey and Son. Ed. Valerie Purton. London: Dent, 1997. チャールズ・ディケンズ版に準拠。
  Dombey and Son. Ed. Andrew Sanders. London: Penguin, 2002. 1848年版に準拠。
翻訳
  『ドンビー父子』（田辺洋子訳、こびあん書房、2000）。

3　時代背景
(1) 同世代の作家たちの台頭

　『ドンビー父子』が連載された1846年から48年は、イギリス小説の名作が次々と出版された時期である。サッカレーの『虚栄の市』(1847-48)、ギャスケルの『メアリー・バートン』(1848)、シャーロット・ブロンテの『ジェイン・エア』(1847)、エミリ・ブロンテの『嵐が丘』(1847)、アン・ブロンテの『アグネス・グレイ』(1847) と『ワイルドフェル・ホールの借地人』(1848) は、ディケンズに多大な影響を与えた。サッカレーはそれまで『パンチ』誌の挿絵画家として知られていたが、『虚栄の市』をもってディケンズと並び称される人気作家と

なる。ギャスケルについて言えば、ディケンズは新興工業都市マンチェスターを舞台にした『メアリー・バートン』に注目し、1850年に『ハウスホールド・ワーズ』誌を発刊する際、彼女に執筆を依頼した。ブロンテ姉妹と直接関わることはなかったが、彼女たちが好んで描いたヒロインの自立志向は『ドンビー父子』に登場する女性たちにも見られる。支配欲が強いドンビーに反抗するイーディスの別居宣言 (40) やフローレンスの家庭教師願望 (49) も、その一例と考えることが可能だろう。

『ドンビー父子』はイギリス小説の題材が「荒唐無稽なロマンスから家庭へ、貴族と犯罪者という上下両極端の社会階層から中産階級へと」質的に変わる時期の作品である (Tillotson 5)。そして、小説の題材と内容の質的変化は読者の嗜好の変化を意味した。『ピクウィック・クラブ』以来絶大な人気を誇ってきたディケンズにも無視できない競争相手が出現したのである (Ford, *Crime* 110-22)。

(2) 時事性

1840年代後半は、産業革命による技術革新と1830年代の法改正が庶民生活を大きく変化させはじめた時期で、『ドンビー父子』は物語の展開だけでなく、人物造形においても衝撃的な変化を直接的に反映している。

①鉄道建設

従来の小説では主人公たちは馬車で旅をしたが、この作品では鉄道が導入され、主人公ドンビーは二度にわたり鉄道旅行をする。最初は息子を亡くした傷心を癒すため、ユーストン駅から鉄道に乗りレミントンまで旅する (15)。二度目は、妻と駆落ちしたカーカーを追ってディジョンまで赴く (55)。また、作品には鉄道の建設が地域の外観と庶民の生活様式を一変する様子が粒さに描かれている。スタッグジズ・ガーデンズ (「雄鹿園」の意味で、キャムデン・タウンの架空の名) は中世と変わらない田園風景から鉄道敷設の混乱 (6) を経て、開通後には近代的町並み (15) に変貌する。ここで言及される鉄道は1834年に

建設が始まり、38年に開通したユーストンを発着駅とするロンドン＝バーミンガム鉄道である。ちなみに、「スタッグ」とは、『オクスフォード英語大辞典』によれば、共同出資株の割当を求め、株価が上がるとすぐに売り抜けて儲けを企む相場師の俗称である。

②貿易の自由化

19世紀前半に実現した、アジア海域における独占貿易の廃止と穀物法の廃止 (1846) は、イギリス経済を活性化し、中産階級だけでなく労働者階級の生活水準を向上させたが、その一方で自由競争を激化した。総じて豊かだが不安定な社会・経済事情は、ロンドン・ドックスの壮麗な概観 (4)、ドンビー父子商会の繁栄と没落、そして、作中人物たちの世界をまたにかける旅行に反映される。ドンビーの鉄道の旅は言うに及ばず、ウォルターのバルバドス島と広東への商用の旅、遭難したウォルターを捜索するソル・ギルズの航海、フローレンスの中国への旅、バグストック少佐の植民地戦争体験、英国の寄宿学校で悪夢にうなされるインド出身の少年、流刑囚アリス・マーウッドのオーストラリアへの往復の旅など。この作品は地理的移動の点においてディケンズの作品の中で群を抜いている。

③遺言法 (Wills Act, 1837) の制定

1837年に制定された「遺言法」により、世襲制は事実上廃止され、遺産相続予定者は息子に限定されず、娘でも可能になる。ドンビーの関心が息子から娘へ移る筋立てはこの法改正なくしては成立しなかったと思われる。また、世襲制の廃止に伴い、家族法も暫時改正されたため、妻や子供の権利も暫時擁護されるようになった。こうした法改正を背景に、イーディスは別居を宣言し (40)、子供たち (イーディスやアリス・マーウッドなどの成人した大人をも含め) は親の身勝手な行為の犠牲者として大人の子供に対する社会的責任を執拗に問う (27, 30, 34)。

4　執筆、出版に至る経緯

(1) ロンドンを離れての執筆

　ディケンズは、日刊紙『デイリー・ニューズ』の編集長を辞める直前の 1846 年 1 月 30 日、ジョン・フォースターに宛てて手紙を書き、生活費がロンドンより安いヨーロッパへ家族とともに移り、新しい本を執筆したいとの意向を伝える。そして、半年後の同年 6 月にはスイスのローザンヌへ家族とともに移り住み、翌年の 1 月から 3 月まではパリに滞在する。彼はロンドンを離れた寂寥感を次のように述べている。「［街路や

ドンビー氏のスケッチ

大勢の人々］が私にとっていかに必要であるかを語る言葉はありません。こうしたものは忙しい時に絶対なくてはならない何かを私の頭脳に与えてくれるようです。2 週間であれば、寂しい場所（例えばブロードステアーズ）に居ても仕事ははかどり、ロンドンで 1 日過ごせば、すっかり立ち直り、また仕事もはかどります。ところが、街頭や人々を照らし出してくれるあの「幻燈（マジック・ランタン）」がないところで来る日も来る日も執筆にとりかかる辛さは、途方もないものです！……私が創作する人物たちは、群集がまわりにいないと元気がなくなるようです」（フォースター宛書簡、1846 年 8 月 30 日）。翌年 3 月に帰国した後も、彼はロンドンに長く留まらず、ブロードステアーズやブライトンで執筆した。ちなみに、彼が 1848 年 3 月に『ドンビー父子』を書き終えたのはブライトンだった。

　ディケンズがロンドンを離れた直接的な動機は家計の貧窮であったが、結果として、彼は変貌するロンドンの姿を客観的に把握し、作品の中でそれを再構築できたのである。

(2) 原案の作成と変更

ディケンズが『ドンビー父子』の執筆を開始したのはローザンヌに到着後まもない 1846 年 6 月 27 日で、スターンの『トリストラム・シャンディ』から着想をえて、「涙」を誘う冒頭の章を書きはじめた。1ヶ月後には第 1 分冊 (1-4) を書き終え、しかも、48 歳という中年男性のドンビーを中心とする物語の大筋——息子ポールが物語半ばで夭折し、その後、ドンビーは財産と家族を失い、最終的にそれまで顧みなかった娘フローレンスと和解する——を決めていた(フォースター宛書簡、1846 年 7 月 25-26 日)。一旦執筆を開始すると、ディケンズは分冊ごとに内容を書き留め、物語の一貫性を損なわないように細心の注意を払った。

とは言え、物語は必ずしも原案どおりに展開したわけではなかった。当初の案では、ウォルターは商人として成功せず、堕落の一途をたどり、フローレンスの愛情は父親ただ一人に向けられるはずだった。が、フォースターがこの筋立てに反対した結果、ディケンズは相愛の仲にいるフローレンスとウォルターが結婚するように第 8 分冊 (23-25) で物語の軌道を修正した。ウォルターの将来を危ぶんでいたソル・ギルズは海外へ旅立ち、物語の展開に直接関わらなくなる一方、ギルズから店の運営を任されたカトル船長はウォルターとフローレンスの結婚成就に精力的に関わるようになる (Butt & Tillotson 79)。

ディケンズが読者の反応を懸念するあまり筋書きを変更したのはウォルターに限ったことではない。イーディスもまた然りである。ディケンズはイーディスの扱いを「姦通と死」と定め、彼女の死が読者に与える効果を信じて疑わなかった (Forster 6: 2)。ところが、イーディスに心酔したジェフリー卿が彼女の姦通は「ありえない」と指摘したため、ディケンズはイーディスの出奔 (47) を含む第 15 分冊を執筆する直前に急遽方針を変え、第 54 章にみるようにイーディスにカーカーの陰謀の裏をかかせた(フォースター宛書簡、1847 年 12 月 21 日)。

(3) 書くことの苦悩

　ディケンズは、前作『マーティン・チャズルウィット』の売上げが 20,000 部に落ちたことで気が沈んでいたので、『ドンビー父子』の第 1 分冊の売上げが 32,000 部に回復したことを知ると、とても喜んだ。しかし、執筆自体は最初から困難をきわめ、しばしば「書くこと」は「病気」や「苦悶」と同義になった。一例を挙げると、1847 年 12 月 10 日付けのスペンサー・リトルトン宛の手紙では次のように述べている。「ロンドンは泥濘と闇で忌まわしい状態です。誰も彼もがかぜで臥せっており、不愉快な人々だけが時間通りにやって来て、泥濘と闇を話題にしています。……私自身は恐ろしいほど頭が鈍り、苦労し骨折りながら『ドンビー』を書きすすめています。」しかし、彼の筆の進み具合は遅い。

　その理由の一つは、ドンビーの人物造詣がクウィルプ、ペックスニフ、ギャンプ夫人といった、ディケンズがこれまで創り出した奔放にして無軌道な人物とは質を異にしていることである。ドンビーは笑いとは無縁な、沈黙と不動によって「傲慢」を体現する人物である。富と権力を楯とするドンビーの傲慢な態度は、排

ポールとピプチン夫人

他的な対人関係にみられ、また、内的な抑圧は「冷たさ」や「こばわり」といった身体的な特徴に日常的に現われる。フォースターは後年この間のディケンズの労苦を回想し、ディケンズの従来とは異なる創作姿勢を「溢れんばかりの想像力を敢えて抑え、創作に臨んだシェイクスピア」のそれに喩えるほど絶賛した (Forster 6: 2)。ディケンズは挿絵においてもドンビーが戯画化されないよう、挿絵画家フィズことハブロー・ブラウンに執拗に注意を促した (Forster 6: 2)。

　もう一つの理由は、生来横溢しがちな想像力を意図的に抑制し、過

去の秘密を語るようになったことであろう。ポールの陰鬱な学校生活はディケンズに自分の辛い学校生活を思い出させた。「ピプチン夫人の学校を気に入ってくれるといいのですが。あれは実際にあった体験で、ぼくはそこに居たのです。……死後に自伝を遺すというのはどうでしょうか。君をたいそう感動させる逸話もあるでしょう」（フォースター宛書簡、1846 年 11 月 4 日）。過去を語りたいという欲求は執筆中に徐々に強くなったようで、翌春には、誰にも漏らしたことがなかった屈辱的な少年時代の体験——勤労少年として靴墨工場で働く体験——をフォースターに吐露した (Forster 1: 2)。

　ヨーロッパから帰国して後、ディケンズは『ドンビー父子』の執筆と平行して、慈善・福祉活動に精力的に励むようになる。彼はリー・ハントの経済的困窮を救済するべく素人劇団を結成し、1847 年 7 月にリヴァプールとマンチェスターで『十人十色』(1598) を慈善公演した。また、同年 11 月にはバーデット＝クーツ女史の慈善運動を助け、堕落した女性の更正施設である「ウラニアの家」を開設し、運営した。このような社会活動は書くことの苦悩からの逃避とみなされがちだが、新たな自己意識の目覚めの産物の一つと言えよう。

5　作品の批評史

(1) 同時代の評価

　ポールの死は「全国民が喪に服する」ほど大好評だった (Forster 6: 2)。巷ではポールとフローレンスが海辺で交わす会話 (8) を下敷きにした「荒海は何を語っているの？」("What Are the Wild Waves Saying?") という歌が大流行した (Garrod vii-viii)。ディケンズはこの人気に乗じ、1858 年に公開朗読をはじめる際、ポールの物語を演題の一つに選び、「リトル・ドンビーの物語」を編んでいる。

　ポールの物語が評判になったせいか、作品の書評は総体的に好意的だった。ポールが病死する第 5 分冊 (14-16) を読んだサッカレーは「これを凌ぐ近代小説はあるまい」(Collins, *Heritage* 219) と感嘆し、ディケンズの才能に脱帽した。また、過度の感傷を嫌った F. スティー

ヴンでさえポールの物語を「感傷主義の傑作」だと賞賛した(『サタデイ・レビュー』誌 1858 年 12 月 25 日)。ポールやフローレンスに限らず、喜劇的人物も賞賛された(『サン』紙 1848 年 4 月 13 日、『ノース・アメリカン・レビュー』誌 1849 年 10 月)。彼を「イギリスの風俗」をペイソスと愛情を込めて描く「偉大な作家」だと褒めちぎった書評もあった(『エコノミスト』誌 10 月 10 日)。コリンズによれば、酷評は例外的であり、以下の二編のみである (Collins, "Dombey" 86)。一つは人気を博したポールの死を諷刺した「死亡したポール・ドンビー少年の検死」("The Inquest for the Late Master Paul Dombey")である(『月の男』誌 1847 年 3 月)。もう一つは 1848 年 10 月に『ブラックウッズ・マガジン』誌に掲載された書評である。そこでは『ドンビー父子』は「プロットもミステリーもない駄作」、ドンビーの内的変化は「不可解」、イーディスの反抗的な行動は「不可能」と評された。

　好意的かどうかは別にして、ディケンズが創意工夫をこらしたドンビーの内面的変化は理解されず、また、ドンビーとイーディスの波乱万丈の結婚生活は現実離れしたメロドラマとみなされた。故に、ディケンズの相談役だったフォースターは、この作品が「過小評価」されたと不満をもらしている(『イグザミナー』誌 1848 年 10 月 28 日)。彼の不満はまた、ディケンズ自身の不満でもあった。1858 年に出版された 廉価版 (チープ・エディション) の「序文」において、ディケンズはドンビーの内的変化が決して「唐突」でなく、内的葛藤は常に存在していることを説いた。また、1867 年のチャールズ・ディケンズ版の『序文』においても、イーディスの好戦的な態度が自然の理にかなうことをドンビーの弁護と併せて力説した。

　ディケンズの死後、批評が感傷を嫌う主知主義に傾斜すると、ディケンズに対する攻撃が強まる。彼は、表面的な作家だとか、大衆娯楽作家という烙印が押され、喜劇的な初期の作品しか取り上げられなくなる。ディケンズが敢えて喜劇的要素を抑制したこの作品は、評価を下げた。

(2) 20世紀前半

この時期には熱烈なディケンズ崇拝者が現われたが、彼らでさえ『ドンビー父子』に文学的な価値を見出すことはできなかった。その一人、ギッシングはディケンズの「創造力の衰え」を指摘し、「傲慢」が諷刺として描ききれていないうえに、悲劇を書く才能は彼にそなわっていないと言う。ギッシングとは異なり、チェスタトンは、この作品においてディケンズは初めて「道徳的かつ真面目に」創作に取り組み、小説技法に磨きをかけたが、その真面目さが逆効果となり、喜劇的な人物は作為的になり、自然な感情と言葉の発露を失ったと論じる。

『ドンビー父子』が喜劇でも悲劇でもなく、当時の社会・経済事情を鳥瞰的に反映する社会小説として再評価されるのは1940年代になってからである。ハンフリー・ハウスは『ディケンズの世界』において時代考証を入念に行ない、この小説が「変化の時代」を意識して書かれた「モダン」な小説であると力説した (House 136)。また、エドマンド・ウィルソンはこの作品を詳細な心理分析に値するとは看做さなかったものの、「ドンビー父子」という大会社が作品構造の中枢に据えられていることに注目し、ディケンズは個人と社会の複雑な関わりに「新しい一貫性」を見出したと言う (E.Wilson 32)。

(3) 20世紀後半

1940年代に、ディケンズの最初の社会小説として再評価された『ドンビー父子』は、1950年代および1960年代になると、彼の高い社会意識を実証する作品の一つとして論じられるようになる。

この先鞭をつけたのはジョン・バットとキャサリン・テッロトソンである。二人はこの作品においてディケンズが初めて本格的に創作メモをとったことに着目し、彼の創作メモと彼がフォースターをはじめとする友人知人に宛てた書簡とを収集検証した。そして、ディケンズが細心の注意を払って滑稽要素を削除したこと、また、分冊の内容が相互に矛盾しないように綿密にメモをとったことを実証し、この作品

が「用意周到に練られた構想をもつ複雑な小説」であり、しかも、ディケンズが作家として成長するのに重要な役割を果たしたと論じた (Butt & Tillotson 70)。ティロットソンは後に『1840 年代の小説』を著し、ディケンズがサッカレーやギャスケル夫人などの同世代の作家と共有する歴史文化事情や小説の題材・主題を検証した。女史によると、ディケンズはこの作品において「特定の社会悪」を部分的に告発するのをやめ、「時代の変化に対する不安」を「全体の統一感を失わずに」物語構成や人物の言動・感情に反映させ、そのことが後に彼の作品ばかりかヴィクトリア朝小説の方向性をも決定したと断言する (Tillotson 157)。ティロットソンは、イギリス小説史においてこの作品が重要な位置を占めることを論証した。

　ティロットソンより数年遅れて、F. R. リーヴィス はイギリス小説におけるリアリズムの伝統という観点からこの小説を読み解く。リーヴィスはドンビーの性格を描写する冒頭の章を「これまでディケンズが書いた中で最高の出来」だと述べ、この章の卓越した出来は過度な感傷や「買われた花嫁」のメロドラマ的欠点を補ってあまりあると絶賛した (Leavis 178-79)。また、リーヴィスと時期を同じくして、後の『ドンビー父子』研究の主要な道標となる作品論を発表したのは、スティーヴン・マーカスである。彼はイギリス小説の伝統に固執せず、西欧文学全般との関連でこの小説を読み、鉄道導入に端的に表れる「変化」の主題の斬新さに着目し、これを史実だけでなくディケンズの個人生活とも関連づけた (Marcus 298)。「変化」を当時の社会現象というより登場人物および作者の心理状態にまで読み込み、自由競争の時代における「変化、分裂、時間」の法則が、社会と個人の双方に適用されることを検証した点で画期的である。

　その後、従来「不可解」とされた女性たちの言動が注目を浴びるようになり、イーディスのように自己を強く主張する人物を含むこの作品は、しばしばフェミニズム批評やジェンダー批評の格好の研究対象となった。近年では帝国主義批判の視座も含まれる。例えば、バグストック少佐に虐待される植民地出身の使用人とドンビーに冷遇される

フローレンスとの社会的立場の類似性に着目し、ディケンズの帝国主義批評の萌芽をこの作品に読みとることも可能となる (David 64-76)。帝国および女性史関係の資料発掘によって、「帝国と女性」の問題は興味ある研究分野となろう。

6 作品理解の留意点
(1) 象徴としての鉄道
　ディケンズは象徴として鉄道を作品に導入したが、彼の鉄道に対する態度は楽天的ではない。第15章（鉄道開通後）では、鉄道は社会を「進歩発展」させると述べる一方、第6章（鉄道建設中の混乱）、第20章（死と同一視される鉄道）、および第55章（列車によるカーカーの轢死）においては、変革の破壊的諸相を強調する。

　鉄道には産業革命による新しい力の台頭に対する誇りが感じられるが、古い秩序が崩壊した後の風景は「認識不可能なほど」変貌していると指摘し、ディケンズの立場が曖昧であるとレイモンド・ウィリアムズは述べる (Williams 34)。鉄道はここでは階級の境界線を打破し、スピードと民主主義の時代の到来を告げ、労働者階級の生活を豊かにする。ドンビー家（中産階級）とトゥードル家（労働者階級）は階級こそ異なるものの、両者の関わりは深い。また、トゥードル家の一家団欒の様子は家族の情緒的な絆を重視し、性役割が明確な点において、冷遇されるフローレンスが夢想する家庭の平和と同質である。階級の境界線が曖昧であるため、フローレンスは労働者階級のウォルターとの結婚に全然違和感を感じない。この新しい秩序は、ロマンスの実現という形で称揚されるものの、その正体は疑問のまま残る。作品中で鉄道をめぐる矛盾するイメージ、つまり、「伝統」と「進歩発展」がせめぎ合うイデオロギーは展開されず、両者の矛盾が不規則で劇的な発展を形作ってゆく (Eagleton 128)。

　「死」や「怪物」と同一視される鉄道がドンビーやカーカーの内面を表わすことは繰り返すまでもないが、科学技術の発展が培う合理的な時間感覚は人々の心身を蝕む。この最たる犠牲者は息子ポールであ

る。ドンビーがポールに早期英才教育を施したため、ポールは母親だけでなく乳母をも失う。規律と知識偏重のブリンバー博士の学校に置かれた大時計 (11) はポールの心身の衰退を加速化する。鉄道の時代の合理的時間感覚は人々に物質的な幸福をもたらす一方、心身の健康を蝕む危険をはらむ。ドンビー家の人々は、このように鉄道に対して死のイメージを連想するが、語り手の鉄道に対する考えはもっと「楽天的」である (Hardy 51-55)。語り手は、家々の屋根を取り払い、家庭の秘密を白日の下に晒す「善意の精霊」(47) であると捉え、「進歩発展」の究極的な終着点を「死」(20, 50) とは見なさない。実際、鉄道建設はトゥードル家をはじめとする労働者の生活環境を改善している。語り手は、「変化」の行き着く先が「死」ではないかと「無意識のうちに」恐れるあまり、「生の流れ」を象徴する海を人工的な鉄道と対比させ、「変化への衝動」を断続的に抑圧していると論じられることもある (Tambling 70)。

(2) ポールと「グロテスク」

　感傷主義批判が始まって以来、かつて全国的に涙を誘ったポールは、エリート教育の犠牲者として片付けられがちである。しかし、子供の身体に老人の知恵をもつポールは「小人」と呼ばれるほど (Carey 128)、奇妙に歪んだ心身の持ち主である。ポールのこの特質は他の登場人物、特に喜劇的人物の特質でもある。

　トゥーツは、親の愛情の欠如と功利的な教育を強要されたため論理的な思考ができず、またカトル船長は、現役時代に何らかの理由で右手を失い、義手をつけている。二人の障害は喜劇的に描かれているものの、鉄道の時代の自由競争と無関係ではない。ディケンズはトゥーツやカトル船長の善意を自由競争の時代において人間性を培うためには不可欠な道徳的資質とみなしている。一方、喜劇的な人物の善意が称揚されるのと平行して、悪玉の欲望や虚栄心は不気味ほど異様なイメージで語られる。ドンビーの不幸を演出するバグストック少佐の悪意と欲の深さは「飽食のメフィストフェレス」のそれに喩えられ

る。また、物欲と虚栄心が強いスキュートン夫人について言えば、死期が迫るにつれて言葉が混乱し、意味不明となる一方、その姿もまた虚飾をはがれ、原形を留めないほど崩れる。喜劇的人物の心身はこのように「変化」という一貫した主題によって奇妙に抑圧・歪曲され、不気味なものに変質する。

　心身の歪みはドンビー父子についても言える。老人のように疲れ切った幼いポールの「陰気な早熟さ」とドンビーの尊大な外見の内に秘められた「精神的幼稚さ」。ディケンズは両者に共通する歪んだ身体と内面について道徳的是非を問わず、彼らの身体的特徴を指摘するのみである。寡黙・不動を旨とするドンビーは、世界の政治経済の動向をも左右する強大な力を持ちながら、皮肉にも自殺行為（会社の破産など）にまい進する。「グロテスク」を異質なもの（人間的なものと動物的なもの、自然と超自然、喜劇と悲劇等など）が相互に逆説的に影響する混成物と定義すると、ドンビー父子は間違いなくグロテスクと言えよう。第8章でピプチン夫人を憑かれたように見つめるポール［前掲挿絵］は、醜悪なものに魅了されるディケンズ自身の姿を投影しているとも言えるのではないか (Hollington 345)。

　ディケンズはこの作品において急激に変貌するロンドンの姿を描いたが、その代償は歪んだ無垢、つまりグロテスクなものへの断ちがたい執着の再認識だった。ドンビー父子の歪んだ心身の状態は、確かに近代化に対するディケンズの屈折した反応の一つを表わしている。

(3) ヒロインの特異性

　「鉄道」と「海」の二つのイメージに、ジェンダーの二項対立を読み込んだのはニーナ・アウアーバックである。「鉄道」がドンビーの人工的、合理的な世界の特質を体現するのとは対照的に、「海」はフローレンスが娘から妻、そして、母親に成長する姿を表している。彼女の性格の特徴は、父権制家族の規範的な女性である（自分というものを主張せず、父親、弟、夫、息子との関係における自己しか語らない）にもかかわらず、ドンビーの激しい怒りの前に家出し、ついには身分

を越えて結婚するといった、規範に背く行動にはしることである。

　ドンビーとフローレンスの父娘関係は、ジェンダーの二項対立論で簡単に説明がつくわけではない。「家庭の天使」の型に収まりきらないフローレンスの言動に当惑する読者は少なくない。例えば、モイナハンは娘を嫌うドンビーの態度と彼を圧倒するフローレンスの道徳的な影響力を「納得できない二つの謎」だと論じる (Moynahan 121-22)。また、A. E. ダイソンはフローレンスを、父親であるドンビーを「個人として理解せず、」彼女自身が求める「父性愛の型」を彼に押し付ける身勝手極まる娘だと弾劾する (Dyson 113)。

　最近のジェンダー批評では男性は女性と対立しつつも女性の支持を密かに必要とするという相互作用論が定着しつつあり、アウアーバックが提唱した男女二項対立論は修正あるいは否定される傾向にある (Moglen 162)。フローレンス（中産階級の娘）がブラウン夫人（貧しい女泥棒）と遭遇する場面 (6) では、貧しい者と富める者の力関係は女性の性において逆転するので、この作品では階級の境界線は脱構築されたと解釈したくなる。しかし、ディケンズがこのような衝撃的出会いの大前提として女性の他者性を念頭においていることを忘れてはいけない (Welsh 102)。ドンビーの支配に苦悩するフローレンスやイーディスの惨状は彼女たちを最終的に自立でなく、逆に、より「女らしく」させる

フローレンスとイーディス

(Slater, *Women* 244)。ウォルターと結婚後のフローレンスや実家の庇護下に置かれたイーディスは、父権の権威を死守する「沈黙する女性」の役割に徹している。ここでは女性たちは時として階級・ジェンダーの境界線を打破するほど奔放な言動にはしるが、彼女たちの活動は父権の権威を変容させこそすれ、根本的に失墜させることはない。

(4) ドンビーとリア王

　この作品は、しばしば『リア王』(1604-05) と比較され、父娘関係を介して父権の権威の移行がなされる点が注目される (Welsh 258)。ドンビーの家族観は父系直系による大家族であり、彼の唯一の夢は跡取り息子と家督を共有し、ドンビー父子商会を文字通り親子で共同経営することだった。しかしながら、ディケンズはドンビーの家族観を自由化という流動的な時代には適さない時代遅れのものとみなし、ドンビーが男子優先を盾に長年蔑ろにした娘を中心にした核家族（情緒的な絆によって結ばれる父母子から形成される家族）をそれに代えた。家族観の変遷の点において、ドンビーの不幸の要因は彼の性格にあり、ドンビーはリア王と同様に悲劇の主人公となる。『リア王』と『ドンビー父子』は時代背景こそ異なるが、両作品はともに父権制社会における娘の家督相続および権威の継承が極めて困難であるため、父権の権威の失墜につながりかねない危険性をはらんでいることを明らかにしている。

　F. R. リーヴィスがかつてホガースの絵画の影響を指摘して以来 (Leavis 197)、この作品に登場する多くの人物とホガースによる1730年代および40年代の大作との関連性は話題となってきた。例えば、幼いポールと彼をあやすフローレンスの姿は『洗礼式』(c1729) に、アリス・マーウッドの転落の人生は『遊女一代記』(1732) に、トゥードル家の長男の非行は『放蕩一代記』(1735) に、ドンビーとイーディスの結婚は『当世風結婚』(1745) に、また、カーカー兄弟の対照的な人生は『勤勉と怠惰』(1747) に少なからず影響されたと思われる。勿論、ディケンズはホガースの絵画にみられる紋切り型の人物を借用し、読者にわかりやすく込み入った状況を伝えつつ、その実、巧みにホガースの意味づけを変容させている (Hill 78)。例えば、『当世風結婚』では伯爵夫人は誘惑に負け、姦通の末に亡くなるが、他方、イーディスは出奔を演出し、ドンビーの支配に反旗を翻すと同時にカーカーの企みの裏をかく。また、『洗礼式』では父親から疎んじられる娘は洗礼のために用意された聖水盆を覆すが、フローレンスは弟に対しては

母親のように接し、彼の信頼を裏切ることはない。ディケンズがホガースの絵画の意味づけをどのように読み替えたかを知ることはこの作品を読む楽しみの一つであるが、絵画にみられる視覚化された家族の姿（ホガースの絵画）とディケンズによる意味づけの変容のギャップは、ディケンズが新しい時代における父と子、また、夫と妻との情緒的絆の重要性を再認識したことの証ではないだろうか。

この作品におけるホガースの影響を無視することはできないが、この作品と『リア王』との比較をこれに加えるならば、自由化時代の世代交代において女性たちが華々しく活躍するこの作品に対する理解も一層深まると思われる。

7　初期小説とドンビー

『ドンビー父子』は1940年代に社会小説として再評価されて以来、以前の作品とは一線を画する主題と手法の「斬新さ」が強調され、全体的社会像の完成度という点において『荒涼館』、『リトル・ドリット』などの後期小説と比較される場合が多かった。そして、ドンビーの世界が劇的な崩壊を運命づけられているにもかかわらず、彼の気質に関する研究はおろそかにされがちだったように思われる。

ディケンズはドンビーの傲慢な性格を物語構成の中枢にすえ、彼の支配を覆すことで自由化の時代の到来を読者に告げている。ドンビーの「こばわった」身体に抑圧され、言葉にならない感情と欲望は徐々にゆっくりというより、物語の終盤になって報復という爆発的な暴力として解放される。ドンビーの内的葛藤については、ディケンズは「序文」において繰り返し弁明しているにもかかわらず、彼の心の変化は彼の家族（ポール、フロレンス、そして、イーディス）の内的変化ほど理解されなかった。ドンビーは明らかに変革に対処できない人物であり、経験によって内的成長を見ることがない。バグストック少佐の陰謀の餌食になるドンビーは、世事に疎い点において、後の小説に登場するミコーバーやスキンポールを容易に連想させる。が、しかしながら、彼の傲慢ゆえの愚かさ、身体的痛み、そして、暴力行為の

意味は初期小説において変幻自在に活躍する気質との関連性によって解き明かされるべきではないだろうか。妻と娘がなぜ家出したのか全く理解できず、右往左往するドンビーを、マーティン老人の企みに翻弄されるペックスニフの兄弟と解釈すると、この作品の面白さも倍になるであろう。

　『ドンビー父子』は以前の作品の名残を多分に留めつつ、後の作品の礎となる主題と手法をディケンズが新たに発掘した社会小説である。そして、読者による心理分析を許さないドンビーは、変化の前と後とを区切る分岐点を体現する主人公である。

参考文献

Auerbach, Nina "Dickens and Dombey: A Daughter After All." *Dickens Studies Annual* 5 (1976): 95-105.
Collins, Philip. "*Dombey and Son* — Then and Now." *Dickensian* 63 (1967): 82-94.
David, Deirdre. *Rule Britannia*. Ithaca: Cornell UP, 1995.
Dyson, A. E. *The Inimitable Dickens*. London: Macmillan, 1970.
Eagleton, Terry. *Criticism and Ideology: A Study in Marxist Literary Theory*. London: Verso, 1978.
Garrod, H. W. "Introduction" to *Dombey and Son*. Oxford: Oxford UP, 1950.
Hardy, Barbara. *Forms of Feeling in Victorian Fiction*. London: Owen, 1985.
Hill, Nancy K. *A Reformer's Art: Dickens's Picturesque and Grotesque Imagery*. Athens: Ohio UP, 1981.
Hollington, Michael. *Dickens and the Grotesque*. London: Croom Helm, 1984.
Leavis, F. R. "*Dombey and Son*." *Sewanee Review* 70 (1962): 177-201.
Moglen, Helene. "Theorizing Fiction / Fictionalizing Theory: The Case of *Dombey and Son*." *Victorian Studies* 35 (1992): 159-84
Moynahan, Julian. "*Dealings with the Firm of Dombey and Son*: Firmness versus Wetness." *Dickens and the Twentieth Century*. Ed. John Cross and Gabriel Pearson. London: Routledge, 1966.
Tambling, Jeremy. *Dickens, Violence and the Modern State*. New York: Macmillan, 1995
Tillotson, Kathleen. *Novels of the Eighteen-Forties*. Oxford: Oxford UP, 1954.
Welsh, Alexander. *From Copyright to Copperfield: The Identity of Dickens*. Cambridge: Harvard UP, 1987.
Williams, Raymond. "Introduction" to *Dombey and Son*. Harmondsworth: Penguin, 1970.

（松村豊子）

『デイヴィッド・コパフィールド』

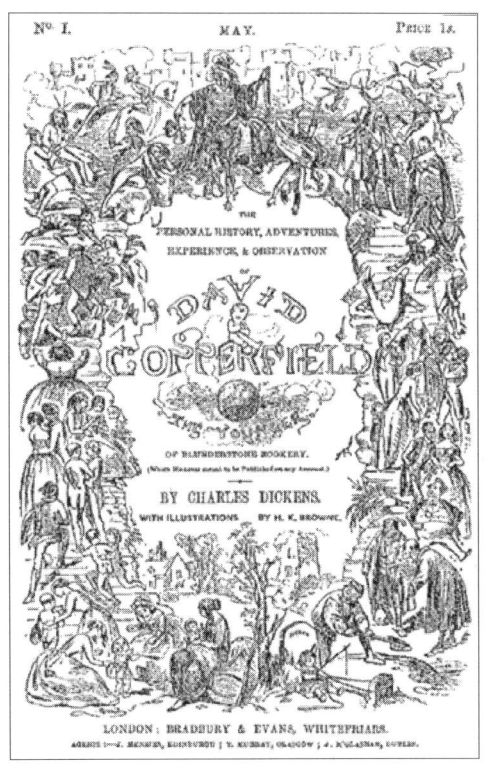

月刊分冊本表紙

II 作品

1 最初の出版形態および出版年月

1849年5月から1850年11月までブラッドベリー・アンド・エヴァンズ社から月刊分冊で出版.

2 単行本テクスト（初版・校訂版・普及版・翻訳）

初版
  1850年11月15日、ブラッドベリー・アンド・エヴァンズ社.

校訂版
  David Copperfield. Ed. Nina Burgis. Oxford: Oxford UP, 1981. 1850年版を底本に使用。
  David Copperfield. Ed. Jerome H. Buckley. New York: Norton, 1990.

普及版
  David Copperfield. Ed. Nina Burgis. Oxford: Oxford UP, 1981. 上記クラレンドン版に準拠。
  David Copperfield. Ed. Malcolm Andrews. New York: Dent, 1991. チャールズ・ディケンズ版に準拠。
  David Copperfield. Ed. Jeremy Tambling. Harmondsworth: Penguin, 1996. 1850年版に準拠。

翻訳
  『デイヴィッド・コパフィールド』（中野好夫訳、新潮文庫、1991）
  『デイヴィッド・コパフィールド』（石塚裕子訳、岩波文庫、2002-03）

3 時代背景

(1) 作品の時間

作品に具体的な日付は書かれていないが、出来事や場所の描写には、物語の時間を示唆する手がかりが織り込まれている。たとえば親友スティアフォースや幼な妻ドーラを失った失意のデイヴィッドがイギリ

スを離れるのは24歳ごろ。ヨーロッパに3年滞在した後、帰国した彼は、「フィッシュ・ストリート・ヒルには古い家が一軒あって、ここ一世紀はペンキ屋も大工も煉瓦職も手をつけていない。それが祖国を離れていた間に壊され、近くの古く不衛生で不便な通りも排水工事が施されて道幅が広がっていた」(59)と、新しいロンドン橋(1831)の開通にともなうフィッシュ・ストリート・ヒルやキング・ウィリアム・ストリート(1829-35)周辺の変化を語る。物語の最後にデイヴィッドは30歳前半だから、彼は作者ディケンズよりも少し年上で、物語の時間は1805年頃から1840年頃までと考えられる。

(2) 時事性と虚構化

　この時期は、ジョージ王朝からヴィクトリア朝への過渡期にあたる。国外ではナポレオン戦争の勃発に加えて植民地支配が進み、国内では産業革命の発達につれて地主階級から新興中産階級に権力が移行、カトリック解放令(1829)や選挙法改正法案(1832)などが可決された。さらに、リヴァプール゠マンチェスター鉄道の開通(1834)を皮切りにイギリス全土に鉄道が引かれ、大英博物館やナショナル・ギャラリーなどの公共建造物が次々と建てられて、ロンドンの容貌は大きく変わった。

　しかし不思議なことに、『デイヴィッド・コパフィールド』にはこれらの歴史的事象はほとんど描かれない。スペンロー氏の法律事務所で代訴人を目指すデイヴィッドは、仕事の傍ら速記を学び有能な議会報道記者となる。ところが当時新聞を賑わしたはずの議案や法案への言及はなく、速記の勉強に友人トラドゥルズが読み上げる議会の演説記録も、ピット父子やフォックス、シェリダンなど一昔前の政治家のものである。

　前作『ドンビー父子』では、ロンドンからレミントンへ向かう主人公の鉄道旅行や、鉄道の敷設に伴うキャムデン・タウン周辺の変化が克明に描かれたが、『デイヴィッド・コパフィールド』には鉄道旅行も、鉄道の敷設によるロンドンの変容もほとんど描かれない。

マードストン商会時代にデイヴィッドが慣れ親しんだチャリング・クロス周辺の地域に関しては、贔屓のプディング店が、「今やすっかり取り払われた」セント・マーティン教会の裏の広場(11) にあり、ディック氏が「今とは全く趣が異なるハンガーフォード・マーケット」(35) の近くに宿をとるなど、土地の変容の様が強調される。ナッシュのチャリング・クロス改造計画(1830年代)を反映するこの描写は、たしかに時代の一側面を写し取ったものだろう。しかし、「自伝」の断片で、ディケンズがウォレン靴墨工場での悲惨な経験を振り返って、「古いハンガーフォード・マーケットが引き倒され、古いハンガーフォード・ステアーズが壊され、土地の様子そのものが変わるまで、隷属生活がはじまったあの場所に戻る勇気は出なかった。」(Forster 1: 2) と言うことを思えば、それは、単なる現実の写実ではなく、作者ディケンズの精神的な分岐点を示す象徴的な事象であることがわかる。

ハンガーフォード・マーケット

　実際、学校教育を終えたデイヴィッド(17歳頃)が伯母のベッツィーと眺めるセント・ダンスタン教会のゴグとマゴグの時計(1830年にリージェント・パークのハートフォード邸に移された)も、20歳頃の主人公がストロング博士を訪ねる途上、当時は建っていなかったと説明する (36) セント・マイクル教会の尖塔(1832年完成)も、変化を表わす記述の大部分は一様に30年前後を指し示し、それが作者の精神的な転換点であることを示唆する。『デイヴィッド・コパフィールド』は、作家の記憶と心理に色濃く染められた世界なのだ。

　したがって、作品に描かれる社会情勢も、たとえばエミリーとマーサをめぐる「堕ちた女」の問題が、1847年に慈善家のバーデット＝クーツが設立し、1858年まで事実上ディケンズが経営を担当した

「ウラニアの家」での売春婦の更正支援活動を基盤とするように、作家の個人的な興味を反映し、物語本来の時間を超えた作品執筆時（40年代後半）の事情を取りこむことにもなる。

この作品が世に出た1850年は、ワーズワスの『序曲』やテニソンの『イン・メモリアム』出版の年だ。作家の過去の記憶を閉じこめた『デイヴィッド・コパフィールド』は、「現実」へのまなざしを常に創作の基盤に据えたディケンズが、外の世界を離れて個人の内面へと深く入りこんだ作品といえる。

4　執筆・出版の経緯あるいは動機
(1) 出版の経緯

はじめて『デイヴィッド・コパフィールド』創作に触れた手紙は、義弟のオースティン宛のものである（1849年2月3日）。フォースターの伝記には、表題の選定に苦悩する手紙が引用され (6: 6)、2月23日から26日までの間に、矢継ぎ早に案が示されている。最初の『マグの気晴らし。ブランダストン・ハウスのトマス・マグ氏の個人の履歴』からブラッドベリー・アンド・エヴァンズ宛書簡（3月21日）に示される最終的な表題に至る変化を追うと、たとえば『ブランダストン・ハウスのデイヴィッド・コパフィールド氏の最期の言葉と告白（ただし氏は死刑囚にあらず）』や『デイヴィッド・コパフィールド氏の最期の意志と遺言状』（フォースター宛書簡、2月26日）が示唆するように、主人公の名が現行のものになってからも、その履歴や物語の結末は大きく異なり、自伝的な作品を書く意図はあまり感じられない。もっともフォースターは、主人公の名のイニシャルDCが、チャールズ・ディケンズのイニシャルCDの逆であることに注目し、作家が表題を模索していたこの時点で、すでに作家と主人公との関係を敏感に察知したという (Forster 6: 6)。

出版は5月1日と決まり、執筆に取りかかったが、フォースターに「書きたいことは分かっているが、荷馬車のように動きが重い」（4月19日？付書簡）と語るように、最初筆の進みは鈍かった。しかし、

出版が始まると、「今月号の工夫は準備万端、来月号もその次も備えがある」(フォースター宛書簡、6月6日)と、構想が次々と浮かんで執筆が加速し、靴墨工場時代の経験の処理に苦労はしたものの、「事実と虚構を精妙に織り込んだ。本当にうまくやったと思う」(フォースター宛書簡、7月10日)と強い自信をのぞかせる。以後、ディック氏の抱く幻想を「突拍子もない」(Forster 6: 3) とするフォースターの提言と、モウチャー嬢のモデルであるヒルからの抗議に対する配慮(フォースター宛書簡、8月22日、ヒル宛書簡、12月18日)を除いては、計画の変更やトラブルを示す証拠は見られない。物語を書き終える頃には、「結末まで3頁足らずとなった……僕の一部を冥界に送る気分だ」(フォースター宛書簡、1850年10月21日)と、主人公とかなり同化していたことがわかる。

(2)「自伝」との関わり

『デイヴィッド・コパフィールド』の成立にもっとも重要な意味を持つのは、未完に終わった「自伝」であろう。正

マライア・ビードネル

確な執筆年代は不明だが、フォースターの証言や複数の書簡から1845年から46年にかけてと推察される。フォースターが「自伝」の存在を知ったのは1847年。ストランドの工場で幼いディケンズに会ったというディルク氏の話が出たのをきっかけに、ディケンズは靴墨工場の思い出を語り、数ヶ月後に「自伝」の一部を見せた (Forster 1: 2)。1855年に初恋の人マライアに「自伝」中断の理由を、「あなたへの失恋の箇所が迫ってくると、勇気が失せて残りを焼いてしまいました」(2月22日付書簡)と書き送っているが、彼女との再会の期待と興奮の中で書かれた言葉だから鵜呑みにはできない。フォースターが言うように、自伝的な『デイヴィッド・コパフィールド』を書いたこ

とで、執筆意欲が削がれたとも考えられる (Forster 1: 2)。いずれにせよ、「自伝」はフォースターが伝記に引用した断片のみで、原稿は残っていない。

それまで触れなかった幼少時代の思い出をディケンズが語りはじめたのは、1840 年代以降である。アーヴィングへの書簡（1841 年 4 月 21 日）や子供時代の記憶の回復をテーマとする『クリスマス・キャロル』の執筆、靴墨工場時代の下宿先の女主人ロイランス夫人をモデルとする『ドンビー父子』のピプチン女史の造形などが、その例である。ウェルシュも指摘するように、そこに作家としての成功を確信したディケンズの自信と野心の隠蔽の構図を読みとることもできる (Welsh 156-72)。

両親や初恋の人をモデルとした登場人物や、ディケンズが通ったウェリントン・ハウス校での経験を反映するセイレム・ハウスに加えて、主人公の経歴も作者のそれと重なる部分が多いが、『デイヴィッド・コパフィールド』が半自伝と言われるのは、何よりも「自伝」の断片が多数引用されているからだ。たとえば、靴墨工場での失望感を語る「こんな連中の仲間に転落したわたしの魂の密かな苦悶は、言葉では言い表わせない」(Forster 1: 2) は、マードストーン時代の主人公の心情の描写にそのまま引用されている (11)。また、「マードストーン商会はブラックフライアーズ (*down* in Blackfriars) にあった……狭い通りの一番奥の家 (the last house *at the bottom* of a narrow street) で、曲がりながら坂道を下って川に至ると (curving *down* hill to the river)、おしまいに階段が数段あり、船に乗れる。古いぐらぐらの家で独自の桟橋がある」(11、強調筆者) という一節は、「自伝」の「靴墨工場は、かつてのハンガーフォード・ステアーズにあった道の左側に並ぶ最後の家だった。ぐらぐらで今にも崩れ落ちそうな古い家だ」(Forster 1: 2) に基づいている。もっとも、地名の変更に加えて、「自伝」にはない「下降」のイメージが強調されて、主人公の転落の意識を強めている。強い上昇志向を持つ主人公を中心に、高慢なスティアフォースと卑下慢のヒープを配置する物語の構図を考えると、ここに示される「下

降」のイメージは物語全体のテーマに関わり、この作品が単なる「自伝」ではない、細部とテーマとが密接に関係づけられた「小説」に変貌していることがわかる。

5 作品の批評史概説

(1) 同時代の評価

『デイヴィッド・コパフィールド』の売上げは、第3分冊から32,000部を売った前作『ドンビー父子』には及ばなかった。第1分冊は初版25,000部、再版5,000部が出されたが、売れたのは26,000部で、第2分冊から売上げは徐々に下がり、第4分冊以降第8分冊まで20,000部を越えることはなかった。しかし、分冊出版が終わり1巻本が出版された1850年の後半になると、売上げは飛躍的に延びて、1858年に出版された廉価版(チープ・エディション)も半年以内に初版5,000部を売りつくしている。

「『デイヴィッド・コパフィールド』の完成時ほどディケンズの評判が高まった時はない」(Forster 6: 7) と、フォースターが言うように、この作品は、出版当初から批評家や作家仲間に好評を博した。一貫した意図や教訓性の欠如を批判する『スペクテイター』誌(1850年11月23日)の書評もあるが、それに激しく反論するフォースターの評価(『イグザミナー』誌1850年12月14日)の方が一般に受け入れられたようだ。

出版直後の批評には、同時期に出版され同じ「教養小説」の形を取ったサッカレーの『ペンデニス』(1848-50) と比較したものが多く、両者の資質の相違を的確に捉えている。サッカレー自身、「名前も人物像も誇張された」ミコーバーの不自然さを批判しながらも、「すばらしく甘美で新鮮な」この作品を「神の如き天才」(マッソン宛書簡、1851年5月6日?)の表れと賞賛した。

「真実らしさ」を重視するリアリズムの時代にあって、外見や性質の一側面を誇張された「不自然」な人物でありながら、圧倒的な存在感を示すディケンズの人物造形は、従来の価値観の枠を越えた斬新な

ものであり、一般大衆から批評家に至るまで強い衝撃を与えた。したがって、作家ディケンズの芸術性を論じることは、批評家にとっても、また後続の作家にとっても、自らの芸術観を見極める試金石となったのではないか。シャーロット・ブロンテ、エリザベス・ブラウニング、カーライル、ラスキンなどの著名な作家たちが、自己の芸術観に照らしてディケンズ、とりわけその代表作『デイヴィッド・コパフィールド』への共感や批判を書簡やエッセイに記しているのは、そうした理由からと思われる。

　出版直後からすでに、マッソンは「ゲーテによれば、芸術(アート)が芸術たりうるのは、まさにそれが自然でないことによる。現代小説という芸術もこの格言の恩恵に与るべきだ」(Hollington 1: 342)と言って、ディケンズの評価に、従来の「真実らしさ」に代わる「人為性」という新たな価値基準を提示した。また、アーノルドがセイレム・ハウス校と校長のクリークルを「わが国の中産階級の、いや、広くイギリス人およびイギリス的なものの典型」として「なんと写実的で真実に忠実なことか」(Collins, *Heritage* 268)と賞賛する時、そこには従来の「自然さ」とは異なるリアリズムの概念が示されている。ディケンズは、新たな「芸術性」の尺度を必要とする作家だった。

(2) 20世紀前半の批評
　ディケンズは、死後も一般大衆に根強い人気を誇ったが、1940年頃までは批評家の間で評価が下降した。思想や哲学が乏しく、繊細な心理描写を欠き、文体が粗雑だと非難され、彼を子供や一般大衆向けの娯楽作家、あるいは滑稽小説家と断定する風潮が、「教養ある知的な読者」に浸透する。しかし、たとえばG. H. ルイスは、ローザやディ

トラドルズ議会で名を上げる

ック氏を、精神が欠落した「操り人形」、ミコーバーを「生理学のために脳を取り出された蛙」と辛辣に批判する一方で、「真実と嘘」が交錯するディケンズ小説の魔力を「幻覚状態における想像力の働き」に似る (Hollington 1: 454-67) として、従来の基準では計り知れない魅力を読み解く手がかりを示してもいる。

　ジェイムズは、子供時代に第 1 分冊の朗読に心を奪われた思い出を語り、ディケンズを「幼少時の埃っぽい部屋に蓄えられた宝」に譬える。そして、彼の「趣味を非難するのは簡単だが、あまりに早くからわたしたちの知性の骨肉となったので、徹底的に検証する気にならない」(James 61-63) と、矛盾に満ちた愛着を表わしている。同様の矛盾した思いは、『デイヴィッド・コパフィールド』では「人物がひしめき合い、生の感覚が世界の隅々のあらゆる裂け目にまで流れこんでいるが、何か共通する感情――若さ、陽気さ、希望――がその激しい動きを包みこみ、ばらばらの部分を結びつけ、ディケンズの中でもっとも完璧なその作品に美の趣を与えている」(84) と言うウルフ (Hollington 3:81-84) にも見られる。

　チェスタトンは、『デイヴィッド・コパフィールド』を「写実的であろうとする夢のような試み」と定義し、「子供から大人に成長する一人の人間の生の真実を生き生きと」描こうとしながら、ミコーバーたちのオーストラリア移住においては、「帝国主義的楽天主義」を示している点に、作家の精神的「疲弊」を見る (Chesterton, Appreciations)。ディケンズの社会批判の倫理性と「建設的な提案の欠如」を論じるオーウェルは、ミコーバーが排除され、ドーラがアグネスという「足のない天使」に取って代わられるこの作品の「成功崇拝」を批判しつつ、「子供の心を外からも内からも」見事に捉え、「不要な細部」から成るディケンズ特有のタイプとしての人物造形を、「怪物だが、とにかく生き続ける」と評価した (Hollington 1: 717-55)。そして、エドマンド・ウィルソンは、ディケンズの作品を「幼少時の精神的打撃と苦難を消化し、説明し、自分を正当化し、そうしたことが起こる世界をなんとか理解できるものにしようとする試み」だとして、そこ

に「彼の人格の悲劇的な分裂」を見出し、「偉大な芸術家、社会批判家」としてディケンズを再評価する (Hollington 1: 756-808)。

　精神分析学的手法でディケンズ小説の伝記的解読を行うウィルソンが、半自伝的な『デイヴィッド・コパフィールド』を「深い作品ではない」(Hollington 1: 777) と考えるのは、隠蔽や歪曲に解読の手がかりを見出す彼の手法の限界を示唆して興味深い。しかし、40年初頭に出されたオーウェルとウィルソンの二つの論が、子供や一般大衆向けの単なる滑稽本作家としてその芸術性を疑問視されていたディケンズの豊かさを再確認させ、芸術家ディケンズ復権の契機となったのは明らかで、そこにはまた現代の研究に通じる斬新な視点も数多く示されている。

(3) 20世紀後半の批評
　作品の「序文」として書かれたギッシングの二つの論を除けば、50年代は包括的な作家論がほとんどだが、マルクス主義の立場から『デイヴィッド・コパフィールド』を論じるジャクソン (Jackson 119-28) を先駆として、特定のテーマや方法を意識しながら作品の全体像に迫ろうとする批評が50年以降にふえてくる。

　ニーダムは、「修養不足」の問題が主人公の造形と小説全体の構造にはたす意味を解き明かす緻密なテーマ批評 (Needham 81-107)。モノは、『デイヴィッド・コパフィールド』をディケンズの創作活動の頂点とみなし、創作ノートや書簡を駆使しながら、登場人物の命名や主人公の心理的発展、言葉や文体などの芸術的技法を包括的に論じて (Monod 275-369)、いずれもが以後の作品論の重要な基盤となった。『デイヴィッド・コパフィールド』を「記憶に関する小説」として主人公の自己形成の過程をさぐるヒリス・ミラーは、「自己」や人生を本来断片的で意味をなさない空虚なものとし、その意味づけの契機を自己と他者の関係と見る (Hillis Miller 150-59) 点で、現代にも通じる斬新な視点を示している。

　50年代と並ぶいま一つの研究のピークは、没後100年にあたる

1970年だろう。「語りや記憶の響きと調子を扱うディケンズの優れた芸術的手法」をプルーストにも匹敵する心理描写の豊かさと見るアンガス・ウィルソン (Wilson 211-16)。作品をトルストイの『戦争と平和』(1863-69) と比較し、作家が時代の称揚する「理想的な家庭の幸福」に不信を抱き、イノセンス崇拝に潜む欺瞞を察知するその意識の複雑さに芸術性を見出す Q. D. リーヴィス (Leavis 34-117)。「教養小説」の枠組みに施された創意工夫に作家特有の「感情の幅」を見て、隠された「二重性」を論じるハーディ (Hardy 122-38)。そして、『デイヴィッド・コパフィールド』をディケンズが「渋々コメディと決別した作品」と定義し、初期小説に顕著な「根本的な二重性、つまり、想像力が生み出す喜劇的世界と……実際的で商業的な『現実』との分裂」を精妙に描く「修辞的笑い」を分析するキンケイド (Bloom 65-85)。70年代初頭を飾るこれらの批評に共通するのは、作品の矛盾する価値観を炙り出し、その二重性がはらむ複雑さを芸術的な豊かさとして評価する姿勢である。

　作品の二重性への関心は、物語を書く芸術家としての側面に注目するホーンバック (Hornback 63-82) や、現実の「再解釈」としての芸術の役割を言葉の不安定さとの連関からさぐるマックガワン (Bloom 145-67) など、言葉と表象の問題と関わりながら脱構築的な批評へと展開する。さらに、鏡のイメージから芸術家の自己陶酔を読み取るウェストバーグ (Westburg 33-114) をはじめとするラカンの援用や、フェミニズムの立場から、アグネスを小説の「生き生きした世界」を生み出す「磁力」として評価するアウアーバック (Auerbach 82-89) など、70代後半から80年にかけては、理論への傾倒が顕著になる。

　デイヴィッドの語りに浸透する「階層的不安」とその歪曲を探るジ

幼な妻の昔なじみ

ョーダン (Jordan 61-92) は、緻密な批評理論を駆使して作品美学を追求する70年代の批評が排除しがちだった社会的な力を作品に回復する試みである。この立場は、主体形成の問題を秘密や規律といった社会的、政治的力との相互作用から論じる D. A. ミラー (D. A. Miller 17-38) や、男性がその性的欲求を社会の要請に適合させる体系を解明し、19世紀文学とブルジョワの「市場経済」との共犯関係をさぐるプーヴィー (Poovey 89-125) にも共通する。

新歴史主義的批評の中でもミラーとプーヴィーは、階層やジェンダー、書くことや語ることなど広汎な問題を取りこみながら、19世紀社会における主体形成の原動力を高度な批評理論を用いて切れ味鋭く論じる点で、他の批評とは一線を画している。ウェルシュは、同じ主体形成の問題を、エリクソンの精神分析に依りながら、「人と特定の社会慣習との相互作用」(Welsh 10) に重点をおいて解き明かす。作家の多様な自己投影の形をさぐりながら、女性、ユーモア、主人公の性的欲望、自己確立、そして「書くこと」など、主要なテーマを綿密かつ包括的に論じるウェルシュ論には、「主体」を社会の構築物と見て、時代の政治的、経済的権力に安易に従属させる新歴史主義批評にはない、広がりと説得力がある。

90年以降、新たな切り口を見せているのは、『デイヴィッド・コパフィールド』にパントマイム劇の型を探るアイグナーや、進歩と退化の間で揺れ動く語り手の二律背反を、女性と子供のイメージや「精神の修養」との関わりから論じるアンドルーズ (Andrews 135-171)、そして作品に浸透するカーニバリズムのイメージから作家の欲望や情念のあり方をさぐるストーンである。『ディケンズ研究年報』31 (2001) には4編の『デイヴィッド・コパフィールド』論が掲載されており、挿絵の問題を論じるパトン (Patten 91-128) のように学際的視点を持つ論も見られる。

6　主要テーマ
(1) 自伝

　『デイヴィッド・コパフィールド』は、自伝的色彩の濃い作品である。とりわけ、孤児となった主人公が、ロンドンのマードストーン商会で味わう孤独感や挫折感は、父親が破産してマーシャルシーに投獄され、ウォレンの靴墨工場でラベル貼りの仕事に従事した12歳の時のロンドン体験を反映し、「自伝」からの引用も多い。さらに、デイヴィッドの下宿先の主人で、マードストーン時代の主人公の父親代わりともいえるミコーバーは、金銭感覚の欠如と楽天主義が作家の父親ジョンに通じるという。フォースターの伝記は、自伝の断片や書簡を用いながら作品と伝記的事実の相関関係を実証的に示しているが、作品を作家の人生の反映と見るこの姿勢は、アクロイドの伝記に至るまである程度踏襲されている。

　しかし、この作品が小説であるかぎり、自伝や伝記とは異なる虚構の要素が入り込んでいるのは当然だ。たとえばデイヴィッドは、生母クララと召使いのペゴティーという二人の「母親」の愛情を一身に受けて、父親不在の家庭で幸福な幼少時代を過ごすが、母親の再婚相手のマードストーンにその近親相姦的な関係を禁止される。母親との一体感に満ちた幼少時の自己を喪失し、精神の空白を意識しはじめた主人公が、母親に代わる女性を求め、自らが父となって幸福な家庭を再建する家庭構築の試みが、彼の自己確立と重なりつつ物語は進行する。ところが、実在のディケンズは、「母がわたしを職場に戻そうと必死だったことを、以後決して忘れなかったし、忘れる気にならなかったし、忘れられなかった。」(Forster 1: 2) と、靴墨工場をやめるのに反対した母親に強い失望感と憾みを示しており、むしろ父親に親近感を持っていたと言われているから、両親に対する作家の心情は逆さまの形で作品に表わされていることになる。こうした事実の変容や転倒にフォースターは作家の想像力の発露を見るが、同時にそれは、エドマンド・ウィルソンやウェルシュなど、精神分析批評の契機ともなっている。

事実と虚構の混淆は、翻って考えれば自伝の断片やフォースターの伝記にも存在するはずで、最近の批評では、あらゆる書き物を言語が構築する虚構のテクストと見てそれらを均質に扱う立場が一般的だ。その視点は、事実にフィクションを織りこんだアクロイドの伝記や、『デイヴィッド・コパフィールド』を「自伝」というジャンルとの関わりから論じるスペンジマン (Spengemann 119-32) などの批評にも読みとれる。

　言語構築物としての「自己」あるいは「主体」の意識は、一方で、一人称の語りの形態や、語り手の記憶のあり方、あるいは主人公の精神的修養や「教養小説」との関わりなどの美学的問題に発展する。他方、主人公の「自己」に密かに浸透する階級やジェンダー、さらには帝国主義的な意識を読みとり、権力と主体形成との相関関係を明らかにする新歴史主義批評も、新しい伝記批評の可能性を開いている。いずれにしても、自伝、あるいは主体形成の問題は、語りや記憶、家庭と女性、主人公の成長と成功神話といったこの作品の主要な要素のすべてに関わる、基本的かつ包括的なテーマである。

(2) 女性と家庭

　作品の登場人物は、主人公を中心に互いに密接な連関を持つ。たとえば名家の出を誇る魅力的な学友スティアフォースは、デイヴィッドの初恋の相手エミリーを誘惑し、ペゴティー氏の家庭を破壊する。「わたしが自身の物語の主人公となるか、それともその地位を誰かほかの人に取られるかは、以後のページに明らかだ」(1) と、主人公が自己の主人公／英雄としての資格を問うて始まるこの物語において、スティアフォースはデイヴィッドの理想の英雄でもあれば、上昇志向や階級意識を反映する者でもあり、隠された欲望の体現者でもある。一方、アグネスをめぐる恋敵ユライア・ヒープは、聖書のバテシバをめぐるダビデとウリアの物語の転倒の構図から、主人公の転落への恐怖とその反動としての野心、そして性的欲望を体現する分身の役割が与えられている（ハーディ、ウェルシュ参照）。さらに、「舵をとって

前進する」という名を持つスティアフォースと、ぬらぬらと湿った手やくねくねと身を捩る様が鰻に譬えられるヒープは、共通する「水」のイメージが示すように密接に結びついて、三者の複雑な分身関係が、無意識をも含めた主人公の複雑な自己のあり方を暗示する。

　同様に、デイヴィッドの実父をはじめ、義父マードストーン、船の家の父親役ペゴティー氏、マードストーン時代の父親代わりのミコーバー、そして幼な妻アニーの父親兼夫として主人公の父親像を踏襲するストロング博士など、さまざまな父親像が、家庭構築を目指す主人公の自己形成に関与する。

　女性達もまた、生母クララを中心に強い連関の糸で結ばれている。同じクララの名を持つ召使いのペゴティーは、マードストーンに奪われたデイヴィッドの母親代わりといえる。大叔母のベツィーは、主人公の「第二の母」(23) と呼ばれるが、身につける金時計や衣服が象徴するように、マードストーンに通じる男性的、父親的側面も併せ持って、「父」になろうとするデイヴィッドの自己確立を準備する。初恋の人エミリーの媚態やドーラの幼な妻としてのあり方は、生母クララと重なり、ストロング博士の幼な妻で従兄との不倫を疑われるアニーや、エミリーと同じくスティアフォースの犠牲となるローザ、そして転落の女マーサも、再婚によって父親とデイヴィッドとを裏切ったクララの一側面を反映する。

　ドーラのモデルはディケンズの初恋の人マライアというのが定説だが、家事能力のなさに関しては妻キャサリンの像が重ねられているだろう。ローザの表す女性の情念は出版当初議論を呼んだが、もっとも評判の悪いのはデイヴィッドの二度目の妻アグネスで、存在の希薄さがオーウェルをはじめ多くの批評家に批判された。しかし、ディケンズにおける性的なものが「排除されたのではなく、地下に追いやられ、それが歪んで抑圧された形で現われる」ことを示すケアリ (Carey 154) や、時代背景や伝記的要素との関わりを通して「理想の女性像」創作の源泉を探るスレイター、さらにウェルシュやアウアーバック、プーヴィーなどのフェミニズム批評の台頭も相まって、アグネス再評

価の気運が高まっている。

　いずれにしても、典型的な「家庭の天使」として理想の母親像を体現すると同時に、ダビデとウリアの物語が暗示する歪んだ性的欲望のイメージをも担うアグネスは、理想の妻として主人公の人生を意味づける「わたし自身の中心であり……人生のすべて」(62) であるのみならず、主人公が母親との幸福な一体感に満ちた家庭の再現を求める『デイヴィッド・コパフィールド』の多様な登場人物をつなぐ要といえる。

(3) 言葉、書くこと

　作家となる主人公の自伝である『デイヴィッド・コパフィールド』は、主人公の自己形成や家庭構築と平行して、物語を書くという創作の行為にも極めて意識的だ。「自作に言及するのは、それがたまたま自分の履歴と軌を一にする時だけと心に誓っているので、創作にまつわる望みや喜び、不安や成功には踏み込まない」(61) と、作品や書くことへの自己言及を否定するこの物語は、しかしながら、創作に関わるさまざまな事象を取り上げている。たとえば主人公の読書経験はディケンズのそれを踏襲し、デイヴィッドの失われた家庭の再現であるペゴティー氏の船の家は、アラジンの宮殿やロックの卵に譬えられて (3) ロマンス性が強調される。スティアフォースとの交友のきっかけも、デイヴィッドがかつて読んだ小説を寝物語に語って聞かせたことにあるし、デイヴィッドが憧れるスティアフォースは、人をそらさぬその魅力がロマンスの主人公として意識され、ヒープが物語の敵役とみなされるのと鋭い対照をなす。

　とりわけ興味深いのは、人生の諸段階で主人公の父親役を果たすミコーバー、ディック氏、そしてストロング博士が、言葉と深く関わる書き手とされることだ。「つまり」("in short") という言葉を口癖にするミコーバーの迂言癖の皮肉と手紙を書くことへのこだわり、自己の人生を正確に記録する追想録にチャールズ1世の斬首という隠喩が侵入するため執筆を中断せざるをえないディック氏、そして、ストロ

ング博士は、ギリシア語の語源を示す厳密な辞書の作成を目指しながら未だ "D" の項にしか達せず完成はおぼつかない。これらの書き手たちは、言葉が現実との間に抱える歪みや断絶を指し示し、ディケンズと同じく速記者から作家となるデイヴィッドの言語観、あるいは言葉との格闘の軌跡を象徴する。

　作品における言葉の問題は、脱構築批評の台頭と平行して、すでにホーンバック、マックガワン、ウェルシュなどが論じているが、上述の3人の書き手が抱える問題点を明確に分析、区分し、さらに物語全体との関連の中で包括的に論じるには至っていない。デイヴィッドの自己形成と家庭構築の物語は、母的なものの代償としての想像力と父親としての言語との葛藤と融合の可能性を探る創作についての小説でもある（新野 105-48）。そして、デイヴィッドの家庭構築を完成させる理想の母親であり妻であるアグネスは、創作をテーマとするこの物語において、主人公の空白を満たす「声」、つまり本来空白な物語の意味を生み出す「読者」の役割を担っているのである。

参考文献

Andrews, Malcom. *Dickens and the Grown-Up Child*. Basingstoke: Macmillan, 1994.

Auerbach, Nina. *Woman and Demon: The Life of a Victorian Myth*. Cambridge, Mass.: Harvard UP, 1982.

Bloom, Harold ed. *Major Literary Characters: David Copperfield*. New York: Chelsea House, 1992.

Eigner, Edwin M. *The Dickens Pantomime*. Berkeley: U of California P, 1989.

Hardy, Barbara. *The Moral Art of Dickens*. 1970, London: Athlone, 1985.

Hornback, Bert G. *Noah's Architecture: A Study of Dickens's Mythology*. Athens: Ohio UP, 1972

Jackson, T. A. *Charles Dickens: The Progress of a Radical*. New York: International Publishers, 1938.

James, Henry. *A Small Boy and Others*. 1913. Chappaqua: Turtle Point Press, 2001.

Jordan, John O. "The Social Sub-text of *David Copperfield*." *Dickens Studies Annual* 14 (1985): 61-92.

Leavis, Q. D. *Dickens the Novelist*. London: Chatto and Windus, 1970.

Miller, D. A. "Secret Subjects, Open Secrets." *Dickens Studies Annual* 14 (1985): 17-38.

Needham, Gwendolyn B. "The Undisciplined Heart of David Copperfield." *Nineteenth-Century Fiction* 9 (1954): 81-107.

Patten, Robert L. "Serial Illustration and Storytelling in *David Copperfield*." *The Victorian Illustrated Book*. Ed. Richard Maxwell. Charlottesville: UP of Virginia, 2002

Poovey, Mary. *Uneven Developments: The Ideological Work of Gender in Mid-Victorian England*. Chicago: U of Chicago Press, 1988.

Spengemann, William C. *The Forms of Autobiography: Episodes in the History of a Literary Genre*. New Haven: Yale UP, 1980.

Stone, Harry. *The Night Side of Dickens: Cannibalism, Passion, Necessity*. Columbus: Ohio State UP, 1994.

Welsh, Alexander. *From Copyright to Copperfield*. Cambridge, Mass.: Harvard UP, 1987.

Westburg, Barry. *The Confessional Fictions of Charles Dickens*. De Kalb: Northern Illinois UP, 1977.

新野緑『小説の迷宮——ディケンズ後期小説を読む』研究社、2001.

（新野　緑）

『荒涼館』

月刊分冊本表紙

Ⅱ 作品

1 最初の出版形態および出版年月

1852 年 3 月から翌年 53 年 9 月までブラッドベリー・アンド・エヴァンズ社より月刊分冊で出版。

2 単行本テクスト（初版・校訂版・普及版・翻訳）

初版
  1853 年 9 月、ブラッドベリー・アンド・エヴァンズ社。

校訂版
  Bleak House. Ed. George Ford and Sylvère Monod. New York: Norton, 1977. 1853 年版を底本に使用。

普及版
  Bleak House. Ed. Andrew Sanders. London: Dent, 1994. チャールズ・ディケンズ版に準拠。
  Bleak House. Ed. Nichola Bradbury. Harmondsworth: Penguin, 1996. 1853 年版に準拠。
  Bleak House. Ed. Stephen Gill. Oxford: Oxford UP, 1996. 1853 年版に準拠。

日本語訳
  『荒涼館』(青木雄造・小池滋訳、ちくま文庫、1989)

3 時代背景

『荒涼館』の連載がはじまる少し前、有名な世界初の万国博覧会がロンドンの水晶宮で開催されている。水晶宮は、世界に先駆けて建てられたプレハブ建築で、鉄とガラスでできた巨大な温室のような斬新な建造物だった。この万博を利用して、薄利多売の団体旅行という新手の旅行形態を企画し、成功を収めたのは今日、世界三大旅行代理店の一つとなっているトマス・クック社の創業者クックである。大英帝国の栄光の象徴となったこの 1851 年のロンドン大博覧会の裏側には、しかし、凄絶なスラムの貧困があった。イースト・エンドと呼ばれる地域にはスラムが点在し、そこでは酸鼻を極めた不衛生と貧困が、

恨みを貯めた手負いの獣のように蠢(うごめ)いていたのである。
　スラムに見られる不衛生は悪循環の見本のようなものである。下水が整備されていないので、勢いスラムには糞尿が溜まる。飲料水といえば、雨水か水たまりの泥水である。仮に水が買えた（貰えた）としても、それは水道会社がテムズ河から取水したものであり、テムズ河自体が、そもそも大きな下水道と化していたので売られる飲料水そのものが危険だった（もっとも生水の代わりにビールがよく飲まれていた）。コレラは水を媒介として広まる。スラムは売春婦と犯罪者の巣窟と怖れられていたが、伝染病の発生源でもあった。事実、1849年のロンドンでのコレラの大流行はスラムを中心として広がり、5万人余りの命を奪っている。
　1852年に連載がはじまった『荒涼館』では、「一人ぼっちのトム」(Tom-All-Alone's) と名づけられた架空のスラムが描かれている。このスラムもまた恐ろしい伝染病の巣であり、スラムの疫病は浮浪児ジョーの命を奪い、ヒロインのエスタと侍女のチャーリーの命を危険にさらす。たとえば、次のようなスラムの描写は、当時の読者を震撼させたにちがいない。「地獄の厩(うまや)の中のもっともどす黒い悪夢がトムをむさぼり食っている。だがトムは深い眠りに落ちたまま……トムのたった一滴の血のしずくが、どこかで感染し、伝染病をばらまくのだ」(46)。このスラムは実在のスラム、「セント・ジャイルズ」を下敷きにしたといわれている。1849年7月5日付の『タイムズ』紙に掲載された奇妙な投書は、54名のスラム住人の署名入りで、当時のスラムの惨状を赤裸々に語る貴重な証言となっている。それによれば、「汚物だらけで……便所がなく、ゴミ箱もなく、排水もできず、水道もない……俺たちはみんな苦しんでいる。そして、たくさんの人間が病気に罹(かか)っている」というもので、この投書が『タイムズ』紙に掲載されたことからも、スラムが社会問題として広く認識されはじめたことがわかる (Page, *Novel of Connections* 33)。
　作者はスラムとは別にもう一つの重要な社会問題を小説の深部に埋めこんでいる。それは係争者の時間と費用を怪物のように呑みこんだ

大法官裁判所である。19世紀の半ば頃、この裁判所の悪弊は、これまた『タイムズ』紙上で盛んに批判され、改革の必要性が喧伝されていたが、これに関して、1851年1月31日付の『タイムズ』紙に掲載された逸話は興味深い。ある弁護士は最近、同業者である義父に「長いこと争われていた裁判をとうとう解決しました」といった。すると、その義父は「この大馬鹿者が。大法官裁判はわれわれの飯の種ではないか。この裁判所があったからこそ、わしは金を貯めることができたのだ。裁判というのはな、われわれ一族が代々引き継いでいくべき家督なんだ」と叱りつけたという (Butt & Tillotson 184)。『荒涼館』で描かれる訴訟は、依頼人の生き血を最後の一滴まで搾り取り、多くの人間の人生を狂わす苛酷な裁判である。このような裁判は法曹関係者にとって、まさに「飯の種」だった。

4　執筆の経緯

　『荒涼館』の連載がはじまるほぼ一年前の1851年2月、この小説の構想が浮かんだディケンズは「新しい物語の最初の蜃気楼がぼんやりと浮遊している」と述べている。しかし、実際に書きはじめられたのは同年の11月のことである (Page, *Dickens Companion* 168)。小説の冒頭部に「情け容赦のない11月。泥濘が通りを埋め尽くし……」(1) とあるのは執筆を始めた時、作者を取り巻いていたロンドンの実際の風景であろう。

自然発火

　さて、この小説の連載中に、ある論争が引きおこされている。これを仕掛けたのは、ヴィクトリア朝を代表する女流小説家ジョージ・エリオットの事実上の夫として知られる文筆家のルイスである。科学に

造詣の深かったルイスは、がらくた商のクルックの死因となった「自然発火」に関して、『リーダー』紙にディケンズに対する公開書簡を4たび掲載し、強い疑念を表明したのだった (Collins, *Heritage* 275)。自然発火とは、人体の内部から自然に火が発生し、焼死に至るという今日の科学的見地からすればおよそありえない現象である (挿絵参照)。ヴィクトリア朝は科学が飛躍的に進歩した時代といわれる。たとえば、近代地質学の黎明を築いたライエルの友人のダーウィンは、ライエルの地層の理論を手がかりとして『種の起源』(1859) を書いた。しかし、『種の起源』とほぼ時代を共有する『荒涼館』の自然発火の論争を見る限り、ヴィクトリア朝は、なお前・近代科学の「迷信」を色濃く受け継ぐ時代だったことがわかる。

5　作品の批評史

(1) 同時代の批評

次に引くのは、『絵入りロンドンニュース』に掲載されたある書評の冒頭部である。「『荒涼館』の連載が終わろうとしていたこの数週間、あちこちで聞かれた挨拶代わりの言葉といえば〈『荒涼館』をどう思う？〉というものだった」(Collins, *Heritage* 280)。月刊あるいは週刊連載であったディケンズの小説は、どうやら、現代のはやりのTVドラマとほぼ同じ扱いを受けていたらしい。

しかし、名声を確立していた作家の40歳から41歳の間に書かれた『荒涼館』の評判は、あまり芳しいものではなかった。哀れを誘う浮浪児のジョーは「この作品の宝石」と賞賛され、多くの読者はこの小説の魅力を見逃してはいなかったものの、物語の中で9つもの死が描かれるこの陰気な作品に接した人々は、作家の活力は減退傾向にあると考えた。また、この小説は、フェミニズムの見地から批判にさらされたことでも有名である。J. S. ミルは、作品の中で愚弄される博愛主義者ジェリビー夫人の描かれ方に憤慨し、ディケンズは「女性の権利を蹂躙している」と強い調子で非難している (Collins, *Heritage* 297-98)。

(2) 20世紀の批評
　① エドマンド・ウィルソン
　大衆娯楽作家と見られがちであったディケンズを、研究に値する本格的な文豪として再発見したウィルソンは、ディケンズの後期作品の再評価の先鞭をつけた。ウィルソンによれば、「中期の傑作」である『荒涼館』においてディケンズは、それまで彼が依存していた「ピカレスク小説」と「感傷文学」の伝統を離れ、「探偵小説」と「社会問題小説」という新しいジャンルを開拓したのである (Wilson 34-43)。
　② 都市論
　都市論の枠組みで書かれた重要なものとして、ウェルシュの研究がある。ウェルシュによれば、ディケンズは都市に住む人間の共通の状況が「疎外」であることをよく知っており、彼の小説において、都市は死のイメージと強く結びついている (Welsh 12, 59)。また、都市を喜劇性と怖ろしいものの混淆であるグロテスクの概念として捉え、いわばグロテスクの劇場としてのロンドンに注目した批評家もいる。
　暗い都市の混沌を視覚化したのは、ディケンズの重要な先行者と目されるホガースである。ホガースの「ジン横丁」の舞台はセント・ジャイルズであり、「ジン横丁」と『荒涼館』の貧民街の風景は、まったく同一のスラムを下敷きにしている。また、最初はディケンズを英国作家の「偉大な伝統」の中に位置づけなかったものの、のちにディケンズを最も偉大な作家の一人として認知したF. R. リーヴィスは、「スモレットのディケンズへの影響はたいしたものではないし、フィールディングの影響も、ホガースがディケンズに与えた影響に比べるべくもない」と述べている (Leavis 26)。
　③ ヒリス・ミラーと脱構築
　精緻なテキスト分析のはてに露呈する記号の齟齬や分裂、あるいは意味の決定不可能な多義性を暴き出す脱構築（ディコンストラクション）を先取りする形でディケンズを解釈したのは、この小説の1971年のペンギン版の序文を書いたヒリス・ミラーだった。ミラーは「『荒涼館』の登場人物も場面もひどく謎だらけだ。読者はさまざまなやり

方で記号を解釈することと、謎の解読を求められている」と述べている (Miller, "Introduction" 13-14)。ミラーによれば、この小説は断片からなる一個の巨大な文書であり、断片をつなぎ合わせる作業が必要となってくる。ポスト構造主義の綱領では、作品は、内在的な統一性を持たない多数の断片（パラドックス）を産出する母体であるが、「類似性」と「近接性」を梃子にして、それらをつなぎ合わせ、意味を復元しようとするミラーの解釈行為は、プレ・ポスト構造主義的な営みというべきだろうか。

④　バフチンとグロテスク

「民衆の笑い」、「カーニヴァル」、「ポリフォニー」、「グロテスク・リアリズム」等の概念を提起したのはロシアの批評家バフチンである。彼の影響を受けたディケンズ研究として、ホリントンに触れておこう。ディケンズの「グロテスク」の淵源として、パントマイム、パンチ・アンド・ジュディー（人形芝居）、ホガース、ドイツ・ロマン派、ゴシック小説などを挙げるホリントンは、『荒涼館』については、ラスキンが称揚したダンテの『地獄篇』に見られるグロテスクとの親近性を指摘し、工業都市＝地獄という伝統的な主題がこの作品全体を支配していると述べている。

　ピクチャレスクとグロテスクという視点からディケンズ文学を論じたのがヒルである。ピクチャレスクとは、寺院や城の廃墟に見られる多様で意外性に満ちた変化や古さなどを賞賛する際に用いられた美学用語であるが、ヒルは、ディケンズの諸作品で描かれるピクチャレスクな風景は、その近接描写において、人間の道徳的堕落や貧困を暴き出してしまうという。ヒルはディケンズに先行するグロテスクな現実模倣の表現者としてホルバインを挙げ、その一連の版画（「死の舞踏」など）に見られる死神のイメージはディケンズの作品に広く浸透していると指摘する。『荒涼館』で死神のイメージを付与されるのは、リチャードを死に誘う悪徳弁護士ヴォールズである (Hill 90-91)。

⑤　フロイトと精神分析

　フロイトを援用したステーアは、『荒涼館』について、エスターは

しばしば母の代理となっており、エスターの顔に残される疫病の瘢痕は、私生児を生んだデドロック夫人の恥辱の象徴であるという。ステーアはまた、デドロック夫人と元侍女のオルタンスの間にペルソナ（仮面）と「影」の分身関係が成立していると考える。すなわち、デドロック夫人の「影」として機能するオルタンスはデドロック夫人の心中に存在する暗い衝動を引き受け、夫人を恐喝するタルキングホーンを殺したのである (Stoehr 137-70)。

　精神分析の語法を巧みに応用したハーシュは、『荒涼館』における「窃視症」に着目する。窃視症とは、子が親の性交の場面（primal scene＝原光景）を覗きたいという欲望を持ったり、それについて幻想（妄想）を抱くことを指すが、この窃視症に罹った典型がタルキングホーンであり、彼に過去の性の秘め事を覗かれる人物がデドロック夫人である。

　フロイトの「ファミリー・ロマンス」という概念もまたディケンズの小説に広く適用されてきた。ファミリー・ロマンスとは、実際の親子関係を否定し、自らを高貴な家柄の子供であると考えることで、具体的には子供（特に少年）が自身を「捨子」もしくは「私生児」だと夢想することである。小説は登場人物の「起源」探求の旅を描くものであり、その意味で、小説はすべて「ファミリー・ロマンス」であると主張するボヒーメンは、『荒涼館』の内部で、ファミリー・ロマンスから探偵小説へのジャンルの移行が起こっていると指摘する。ボヒーメンによると、エスターにおけるファミリー・ロマンスは、通常のそれの皮肉な裏返しである。エスターは高貴な身分に成り上がった母を発見するが、母は、結局、日陰者として死んだ父が眠る貧民共同墓地の入り口付近で死んでしまう。エスターにとって、両親を発見するいわゆる「原光景」の場面は、両親の性の関係の目撃ではなく、両親の死を目撃することだった (Boheemen 128-30)。

　ディケンズにおける抑圧衝動は、ブロンテやエリオットよりも遙かに、破滅的な死の欲望（タナトス）と結びつくと述べるキューシッチは、『デイヴィッド・コパフィールド』以後の後期作品では、単一の

人物の中に、「欲望」と「抑圧」の葛藤が内在化するようになるという。彼によれば、『荒涼館』において、抑圧は、自分についての情報を他者に与えず、代わりに他者の秘密を貯め込む機能を有し、情報の管理者（エスター、タルキングホーン、バケット警部）に権力を与える (Kucich 258-61)。

⑥ フーコー・力・語り

フーコーの権力論を援用した D. A. ミラーは、この小説における二つの権力装置——大法官裁判所（法権力）と警察権力——のダイナミックな覇権争いを分析し、警察権力が法権力を凌駕していく過程を読み解いている。フーコー流の読解をこの小説に適用したものとして、他に、パム・モリスの論文がある。モリスは、他人の情報を統括するパノプティコン（一望監視塔を備えた監獄）的人物であるタルキングホーンに中央集権体制の確立者としてのロベスピエールの残像を読みこむ。

フーコーやフロイト、そしてラカンに依拠し、『荒涼館』の特異な二重の語りの構造を解明したのはジャフである。ジャフによれば、『荒涼館』の「全知の語り」は常に「エスターの語り」によって「監視」されている。自己についての秘密を貯め込むエスタは、情報の流れを堰き止めており、秘密や知識を流通させようとする全知の語り手の「権威」を打ち砕いてしまう (Jaffe 128-49)。先鋭な批評理論を取り込むジャフの議論と好対照をなすのが、ディケンズ研究の泰斗フィリップ・コリンズの含蓄に富む見解である。エスターの語りにはまぎれもなくディケンズ本来の空想とユーモアに満ちた声が入り混じっており、その意味で、エスターの語りは失敗しているとコリンズは指摘する。しかし、彼は「エスターがいるからではなく、エスターがいるにもかかわらず、『荒涼館』は 19 世紀の偉大な小説の一つなのだ」と述べ、この小説に最大級の賛辞を惜しまない (Collins, *DSA* 126)。

⑦ フェミニズム批評

この小説の語りをジェンダー（性差）の問題として捉えたのが、フレッチャーである。エスターは、家庭の理想の女性として「自己を前

面に出さない物語」(Fletcher 68) を本来めざしていた。ところが、いかに自分を抑圧しても、他者の物語の中に常に自分が介在していることをエスターは発見してしまう。さらに、エスターの自信なげな語りは、「語り」とは客観的な真実を語るものだというある種の共同幻想を見事に裏切っているとフレッチャーは述べている。

インガムの批評は、フェミニズムの枠組みでディケンズを包括的に論じたものとして注目に値する。インガムはドンビー夫人、ルイーザ、デドロック夫人の3人を、「不倫のニアミスをする」セクシュアルな女性と定義し、ディケンズにおいて破廉恥な欲望を秘めた妻たちは、伝統的なやり方で罰せられるのではなく、むしろ「祝福されている」と述べ、性の規範から逸脱する女性に対してディケンズが（意外なことに）好意的だったことを論証する (Ingham 110)。

⑧ その他

さらに、ディケンズと他国の作家の比較文学研究がある。ドストエフスキーがディケンズの熱心な読者であり、その影響を受けていたことはよく知られている。慧眼なウィルソンはいち早く、ディケンズは「ドストエフスキーの先生」だったと述べているし (Wilson 1)、あるいは、『荒涼館』についてクロッツは、スモールウィードやクルックといった矮小化したグロテスクな道化は物語の周縁に追いやられていると指摘し、道化の役割がディケンズ後期において、衰退傾向にあることを示唆する (Klotz 212-33)。他方、スピルカは『ディケンズとカフカ』において、『荒涼館』とカフカの『審判』を比較し、これら英独2人の作家は、裁判という制度に内在する「不条理」を鋭く抉り出したと述べている (Spilka 199-240)。

6 作品へのアプローチ

(1) 鏡の中のヒロイン

美貌を喪失するエスターは特異な女主人公である。ヒロインは美しいというのが物語の鉄則であるにもかかわらず、このロマンス的伝統を裏返すかのように、エスターは疫病にかかり、その病痕のために美

貌を失う女性である。病後、初めてエスターが自分の顔を鏡で見る場面は次のように語られている。

> 私の髪の毛は長く、そして豊かでした。私は髪の毛を解き、振り払い、化粧台の鏡の方に向かって行きました……私は決して美人ではありませんでしたし、美人だと思ったこともありません。けれども、今見ている顔とはまったくちがう顔でした。(36)

「私は決して美人ではありませんでした」と彼女はいうが、エスターはかなりの美貌の持ち主だった。それは、法律事務所に勤める青年ガッピーが彼女に一目惚れし、出会ってまもなく彼女にプロポーズしたことからも容易に推測できる。

このように鏡と対峙するエスターは、図像学的に見て興味深い。というのも、鏡を見て、豊かな髪を梳(くしけず)る女は、魔女あるいは悪女の図像を想い起こさせるからである。熱烈に求愛するガッピーを歯牙にもかけず、半ば彼を虚仮(こけ)にするエスターには確かに、悪女の相が隠蔽されているように見える。いずれにせよ、図像学の伝統において、魔性の女には豊かな髪と鏡がつきものであり、これに蛇の主題を加えると、魔性の女のいわば三種の神器ができあがる。この3つを兼ね備える油彩画がたとえば、バルドゥングの『蛇を踏まえて鏡を持つ女性と鹿』(1529) である。また、イギリス19世紀の絵画では、ラファエル前派のロセッティが『レディー・リリス』(1868) において、鮮烈な魔性の女の図像を残している。

ガッピーのプロポーズ

鏡の前のエスターに封印されている彼女の魔女性は、彼女の母デドロック夫人から遺伝的に受け継いだともいえる。なぜなら、社交界に君臨するデドロック夫人は、男性、特に夫に破滅をもたらす真性の魔性の女だからである。しかし、夫人の魔女性は、センセーション・ノヴェルというある特有の小説形式との関係の中で考えておかなくてはならないだろう。センセーション・ノヴェルとは、『荒涼館』の出版からほどなくして1860年代に隆盛をきわめた一連のやや際物の通俗小説を指す言葉である。この種の小説では、主人公はしばしば夫を殺害しようとする妻であり、悪女の物語の要素はセンセーション・ノヴェルの重要な特質となっている。

　ステーアの精神分析批評ですでに見た通り、デドロック夫人の侍女をしていたオルタンスは夫人の「影」あるいは「分身」であり、オルタンスは、デドロック夫人の殺人願望をあたかも引き受けたかのように、タルキングホーンを殺す。ここで一つの疑問が生じる。センセーション・ノヴェルにおいて、妻は夫に対して殺意を抱くのに対し、『荒涼館』で殺されるのは、デドロック夫人の夫サー・レスターではなく、お抱え弁護士のタルキングホーンである。なぜ夫ではなく弁護士が殺されなくてはならなかったのか。

　デドロック夫人は何者にも支配されない誇り高い女性である。しかし、夫人の秘密を握ることで、夫人を支配することにほぼ成功しかかった人間がただ一人だけおり、それがタルキングホーンだった。つまり、デドロック夫人に対して、父権的で抑圧的な夫の役割を演じているのはサー・レスターではなく、タルキングホーンであり、それゆえに彼は殺されなくてはならなかった。タルキングホーン殺しは、夫殺しに限りなく近い構造を持つ殺人事件だったのである。

(2) 陰喩としての病
　結核は美しい病で、癌は醜い病であると述べたのは、ソンタグであるが、病はこのようにしばしば象徴的な意味を持ち、特定の価値観と結びつく。では、作中の病は、どのような「意味」を与えられている

だろうか。『荒涼館』の伝染病は、スラムに淵源があり、高熱が続き、容貌を損なうことが強調されていることから、天然痘であると考えられている。しかし、不思議なのは、作者は一度も天然痘 (smallpox) とは書いていないことである。このように具体的な病名ではなく、病が醸し出す象徴性をより重視した作家の描き方については、幾つかの理由が考えられる。ジェンナーの種痘が広く普及したのは、この小説が出版された 19 世紀中頃のことである（新生児に種痘が義務づけられたのは 1853 年）。種痘により、天然痘は死をもたらす疫病ではなくなりつつあった。事実、チャーリーもエスターもこの伝染病で死んではいない。この疫病が真に怖ろしいのは、その「病名」ではなく、二つの怖ろしい「症状」と結びついていたからである。

　この病はまず顔に傷を残した。ソンタグはハンセン病のいわゆる「ライオン顔」に触れ、人間が怖れる病とは顔を傷つけ、変形させる病であると述べているが (Sontag 129)、『荒涼館』の疫病は、エスターの容貌を著しく変えてしまう。一方、ロレンス・フランクも指摘するように、病以前の「昔の顔」のエスターには、自己の忌まわしい私生児の秘密が刻印されている (Frank, *DSA* 101)。彼女は母のデドロック夫人と酷似した顔の持ち主だったのである。しかし、病がエスターの顔を一変させ、彼女はデドロック夫人と結びつく私生児という刻印を消し去ることができた。私生児という古い記号を消す代償に、エスターは病の瘢痕という新しい記号を得たともいえるが、しかしこれはある意味で、イエスの脇腹の「聖痕」のように、エスターの徳性の高さの指標でもある。もともと徳性の高いエスターは、「通過儀礼」としての疫病をいわば「踏み台」にして、過去の顔を捨て去り、新生の自己を獲得できたのである。この時、作者は、病それ自体ではなく、病に伴う「隠喩」の側面を照射していた。

　天然痘に付随するもう一つの怖ろしい症状は、エスターに一時的に起こる「盲目」という病状である。これも美しい顔を失うに優るとも劣らぬ激烈な通過儀礼として機能していることは自明であるが、さらに重層的な象徴がこの盲目という状況に重ね合わされている。前出の

ヒリス・ミラーは『ディケンズの小説の世界』において、『荒涼館』に偏在する霧が、互いを不可視の状態に陥れており、霧は、都市の人々の「精神の盲目」の象徴であると述べている通り (Miller, Charles Dickens 163)、エスターの盲目は、「誰も霧に閉ざされた不気味な都市ロンドンを見ることができない」という小説全体を通じてのメッセージの象徴と読める。穢れたスラム「一人ぼっちのトム」に発した疫病は、ヴィクトリア朝社会の不正や不平等や悪徳を表象するとともに、それらの悪しきものすべてを透視し、糾弾する眼の不在＝精神の盲目を嘆く作者の声を代弁してもいる。病は天然痘であると声高に断る必要はなかった。むしろ、悪しきものすべてを封じ込めた怖ろしい疫病という「記号」であればよかったのだ。

(3) 裁判・金銭・リアリズム小説

　英国の法制度は、判例法を特色とする。これを補うものとして、公平さや良心に基づく、一種の大岡裁き的な裁判を目的とする衡平法があった。衡平法は、大法官裁判所の法理念であるが、それは国王の代理として裁決にあたる大法官の「足の長さ」に応じて変わると茶化されたように、その恣意性はしばしば非難にさらされ、とりわけ、19世紀前半には、ここでの裁判は、費用と時間が莫大にかかること、煩瑣(はんさ)を極める文書の手続きなどで悪名が知れ渡っていた (Ford & Monod, xvi)。ディケンズ自身、1844年に自作の『クリスマス・キャロル』の海賊版出版業者を著作権侵害で訴える訴訟を大法官裁判所でおこしており、その弊害を身をもって味わっている。彼は訴訟に勝ちはしたものの、相手側の出版社は破産してしまい、損害賠償を受け取ることはなく、ただ700ポンドの裁判費用が残っただけであった。中産家庭の平均的年収が300ポンドとされた時代であるから、当代随一の売れっ子作家であったとしても、700ポンドという裁判費用がいかに腹立たしい出費であったかは容易に想像できよう。

　ディケンズの憤りは、作中の次のような一節からも窺える。「イギリスの法の唯一の大原則は、自分たちだけのために仕事をしていると

いうことである。それ以外の原則は断じてない」(39)。リチャードの顧問弁護士ヴォールズは「吸血鬼」(60) にたとえられ、ヴォールズ自身が自らの所業を「人食い」(39) になぞらえているように、法の側に立つ者は、費用という名目で顧客から金銭をむしり取る。とはいえ、顧客にしても、財産目当てで訴訟を起こしたり、訴えられたりしているのであるから、実は同じ穴に棲むムジナのようなものである。

つまるところ、金銭への飽くなき欲望とそこから生じる強烈なエゴイズムが『荒涼館』を貫く主題である。いやむしろ、ディケンズの小説はほとんどすべて、金銭的欲望にこだわりつづけたというべきだろうか。これに関して興味深いのは、1865年になされたラスキンの次のような発言である。「イギリス人がもっとも好むゲームといえば、それは金儲けだ。我々はこれに身も心も奪われてしまっている。」

英国小説は、しばしば、金銭の「細部」に異常なまでに強い執着を見せる。何ポンド、何シリング、何ペンスという具体的な金銭計算こそ、イギリス小説の根幹をなすといっても過言ではない。

この作品で秘かにパチパチと算盤を弾く人間の一人に、借金を踏み倒しつづけるスキンポールがいる。彼は、「ぼくはお金の価値は、とんと知らないんです」という文句を繰り返し、資本主義経済を揶揄しているように見えるが、その実、借金に追い廻される彼は他の誰よりも厳密な貨幣経済に呪縛されているのだ。エスターがスキンポールに初めて会った時、彼は「24 ポンド 16 シリング 7 ペンス半」の借金で執達吏に追われており、債務者監獄に収容されそうな危険に見舞われている (6)。結果的には、リチャードとエスターが借金の肩代わりをしたのでこの急場を凌ぐことになるが、気をつけておくべきは、スキンポールは借金の肩代わりをさせることによって、間接的にせよ、他人の金銭を「盗んでいる」ことである。

金銭に関わる不正な行為として、盗みの他に賄賂がある。銀貨 30 枚でイエスを売ったユダが穢れているのは、彼の行為が賄賂の授受に関与しているからである。卑劣なユダを髣髴とさせるように、スキンポールもまたある人間を売り渡す。売り渡されたのは、疫病に冒され

た孤児のジョーだった。バケットによると、夜更けに荒涼館に出向き、そこに寝かされているジョーを引き渡してくれるなら5ポンドを差し上げると告げた時、スキンポールの「眉毛は嬉しそうにくいっと動いた」(57) という。バケットはスキンポールを見た瞬間「こいつは俺におあつらえ向きな奴だと確信し」ているが (57)、この時、バケットはスキンポールの中に自己の「金銭への強い信仰」(61) とほぼ同類の思想があることを見抜いたのである。「ぼくには5ポンドなんて、何の意味もありゃしませんよ」(57) とうそぶくスキンポールを指して、バケットは次のようにいっている。

> 「お金についてはまったく興味がないなどという人間に会ったら、その時は自分が持っているお金に気をつけなくてはいけない。そういう奴に限って、隙あらば、その金をかっさらってやろうと思っているもんなんだ。」(57)

「完全なる子供」と形容されるスキンポールは、借金という形で他人のお金を公然と盗み、夜陰に乗じて賄賂を受け取る悪党なのだ。ここで、賄賂として提示される5ポンドは、法律事務所に勤めるガッピーの月給の半分を超える額だった。そのガッピーが一目惚れしたエスターに求婚する時、何を話すのかといえば、自分のサラリーの話を延々とする。彼によると、現在の週給は2ポンドで、勤めはじめた時は1ポンド15シリングで、これから一年経つと週給は2ポンド5シリングになるという。金銭をあけすけに語るにせよ、金銭への欲望を偽装するにせよ、スキンポールもガッピーも、そして、秘密裏に高利貸しを営む吝嗇なスモールウィード老人も皆一様に貨幣というマモン神（物欲の神）に呪縛されている。

『リトル・ドリット』に関して示唆に富む議論を展開したハーバートに従うなら、「金儲けの時代」と規定しうるヴィクトリア朝は、金銭＝糞便（塵）という皮肉な等式を暴露した時代でもあった (Herbert 185-213)。しかし、マタイ伝12章の「貧者の寄進」という言葉に示

されるように、貨幣が自己の欲望をひとまず離れ、他者に施される時、金銭は聖なる地位をえることもまた真実である。作者は、この聖なる貨幣を、法律文具屋のスナグズビーを通して示す。ジョーに会うたびに半クラウン銀貨を恵むスナグズビーは、死の床にあるジョーの切ない話に耳を傾け、話の節目ごとにテーブルの上に一枚ずつ銀貨を積み上げていく。最終的にそれは4枚の銀貨になるが、半クラウン銀貨4枚は10シリングに相当する。これは、当時の最下層の労働者の週給にほぼ匹敵する額である。スナグズビーにとって銀貨は「あらゆる傷に効く魔法の香油」(47)だったのであり、癒しの心に満ちた彼のやさしさの究極の表現手段は貨幣という「全能神」(Marx 136)だった。

スナグズビーがそうであるように、『荒涼館』の多くの登場人物は、すべての現実の根底に「貨幣」という資本主義の全能神がいることを知ってしまった人間たちである。のみならず、彼らは無意識のうちにそれを露呈させてしまう。だがそれゆえに、この小説は真のリアリズム小説の様相を色濃く持つことになった。リアリズム小説とは、突きつめれば、金銭に根深い執着を見せる物語に他ならないのである。

参考文献

Collins, Philip. "Some Narrative Devices in *Bleak House*." *Dickens Studies Annual* 19 (1990): 125-45.

Fletcher, LuAnn McCracken. "A Recipe for Perversion: The Feminine Narrative Challenge in *Bleak House*." *Dickens Studies Annual* 25 (1996): 67-89.

Frank, Lawrence. "'Through a Glass Darkly:' Esther Summerson and *Bleak House*." *Dickens Studies Annual* 4 (1975): 91-112.

Herbert, Christopher. "Filthy Lucre: Victorian Ideas of Money." *Victorian Studies* 44 (2002): 185-213.

Hill, Nancy. *A Reformer's Art: Dickens' Picaresque and Grotesque Imagery*. Athens: Ohio UP, 1981.

Hirsh, Gordon. "The Mysteries in *Bleak House*: A Psychoanalytic Study." *Dickens Studies Annual* 4 (1975): 132-52.

Hollington, Michael. *Dickens and the Grotesque*. London: Croom Helm, 1984.

Ingham, Patricia. *Dickens, Women and Language*. New York: Harvester Wheatsheaf, 1992.

Jaffe, Audrey. *Vanishing Points: Dickens, Narrative, and the Subject of Omniscience*. Berkeley: U

of California P, 1991.
Klotz, Kenneth. *Comedy and the Grotesque in Dickens and Dostevsky*. Diss. Yale U, 1973. Ann Arbor: UMI, 1990.
Kucich, John. *Repression in Victorian Fiction*. Berkeley: U of California P, 1987.
Leavis, F. R. and Q. D. *Dickens the Novelist*. London: Chatto & Windus, 1973.
Marx, Karl. *Economic and Philosophic Manuscripts*. Trans. Martin Milligan. New York: Prometheus, 1988.
Miller, D. A. *The Novel and the Police*. Berkeley: U of California P, 1988.
Morris, Pam. "*Bleak House* and the Struggle for the State Domain." *ELH* 68 (2001): 699-724.
Page, Norman. *A Dickens Companion*. London: Macmillan, 1984.
―――. *Bleak House: A Novel of Connections*. Boston: Twayne, 1990.
Poovey, Mary. *Making a Social Body: British Cultural Formations, 1830-1864*. Chicago: U of Chicago P, 1995.
Sontag, Susan. *Illness as Metaphor & Aids and its Metaphors*. New York: Anchor, 1990.
Spilka, Mark. *Dickens and Kafka: A Mutual Interpretation*. London: Dobson, 1963.
Stoehr, Taylor. *Dickens: The Dreamer's Stance*. Ithaca: Cornell UP, 1965.
Van Boheemen, Christine. *The Novel as Family Romance*. Ithaca: Cornell UP, 1987.

(中村　隆)

『ハード・タイムズ』

連載初回

Ⅱ　作品

1　最初の出版形態および出版年月
1854年4月1日から8月12日まで週刊誌『ハウスホールド・ワーズ』に連載。

2　単行本テクスト（初版・校訂版・普及版・翻訳）
初版
　1854年8月7日、ブラッドベリー・アンド・エヴァンズ社。

校訂版
　Hard Times. Ed. George Ford and Sylvère Monod. New York: Norton, 2001. 1854年版に準拠。

普及版
　Hard Times. Ed. Paul Schlicke. Oxford: Oxford UP, 1989. チャールズ・ディケンズ版に準拠。
　Hard Times, For These Times. Ed. Grahame Smith. London: Dent, 1994. チャールズ・ディケンズ版に準拠。
　Hard Times. Ed. Kate Flint. Harmondsworth: Penguin, 1995. 1854年版に準拠。

日本語訳
　『ハード・タイムズ』（山村元彦・竹村義和・田中孝信共訳、英宝社、2000）

3　時代背景
ディケンズは『ハード・タイムズ』の巻頭に、歴史思想家カーライルへの献辞を添えるにあたって、あらかじめその許可を得るため彼に手紙を書き送った。手紙の中でディケンズは、この作品の狙いは「ひどい誤りを犯している昨今の人々に揺さぶりをかける」（1854年7月13日付）ことであると述べている。この意志表明からも、『ハード・タイムズ』が「イギリスの現状」（カーライルが、チャーティスト運動に関する論説で用いている言葉）を、同時代の人々に理解させるための緊急声明であったことがうかがわれる。「ひどい誤り」を生み出す

要因として、ディケンズが攻撃の対象としているのは、主に産業問題と功利主義思想である。

　産業革命後、富裕な資本家層の対極に形成された貧しい労働者階級は、1830年代以降ころから、労働組合を結成し普通選挙を要求するなど、政治運動を起こすようになった。1832年の選挙法改正において下層階級の要求が挫折すると、不況を背景として労働者の結集がさらに組織化し、30年代から50年代にかけて漸次チャーティスト運動が展開した。1854年には、チャーティスト運動はほぼ消滅しかけていたが、英国北部ではなお労働組合が存続し、長期にわたるストライキや工場閉鎖などが決行されていた。たとえばプレストンでのストライキ (1853-54) は8ケ月以上にも及び、労使対立が激化していたさまを示している。その様子を現地で目撃したディケンズは、『ハード・タイムズ』において産業社会を描き、階級闘争の問題に取り組んだのである。

　当時のイギリスにおける主要な社会理論としては、ベンサムや、その影響を受けたジェイムズ・ミル、ジョン・スチュアート・ミル等の提唱した功利主義が有力であった。ベンサムは、『道徳と立法の諸原理序説』(1789) において、「正邪の基準は最大多数の最大幸福である」という考えを提示した。この原理は、少数の有力者のみの幸福追求を批判する理論的根拠として有効であり、政治的には代議制民主政治の確立を目指し、経済的には、アダム・スミス一派の自由放任主義の考え方に追従する方向をとった。また功利主義には、幸福を快楽として位置づけたり、その数量的計算方法を示したりするなど、思想的にやや極端な特徴も見られる。ディケンズは、ことに功利主義による人間性の捉え方や事実偏重主義、利益追求の理念に対して強い反発を示した。『ハード・タイムズ』において彼は、ヴィクトリア朝社会に蔓延している功利主義思想の弊害を、痛烈に批判したのである。

4　執筆・出版に至る経緯

　『ハード・タイムズ』は、物質主義を弾劾し人間の感受性や空想の

重要性を強調した作品であるが、この小説が世に出た事情自体は、いたって実際的・実利的なものだった。1853 年 8 月に『荒涼館』を書き終えたあと、ウィルキー・コリンズとともにフランス、スイス、イタリアを旅行していたディケンズは、12 月に帰国後早々、厄介な問題に直面する。ディケンズが編集長を務める週刊誌『ハウスホールド・ワーズ』の売上げが激減し、共同出資者であるブラッドベリー・アンド・エヴァンズ社は、その打開策として、ディケンズ自身が雑誌用の新しい小説を書いて連載することを提案したのだった。こうした商業上の理由から、ディケンズは急遽新しい小説の構想を練る必要に迫られた。まず小説の題名を付ける時点から、ディケンズは苦労したらしい。彼は候補として数多くの題名をノートに記しているが、それを 14 に絞って 1854 年 1 月 20 日にジョン・フォースターにリストを送り、結局その中から『ハード・タイムズ』が選ばれた。このあと早速ディケンズは、取材と並行しながら執筆を開始する。

　ディケンズの自由な空想を阻んだもう 1 つの要因は、週刊連載形式という制約であった。1840 年代はじめに『骨董屋』と『バーナビー・ラッジ』を雑誌『ハンフリー親方の時計』に週刊連載して以来、長らく月刊連載形式で創作していたディケンズは、比較的自由なスペースでのびのびと書けるこの形態に慣れ親しんでいた。それに比べ、週刊シリーズ形式は紙数制限が厳しく、ディケンズは「スペースの苦しさに圧迫され」(フォースター宛書簡、1854 年 2 月)、そのうえ締め切りがつぎつぎ迫ってくるため、「私は『ハード・タイムズ』のストーリーの計画に追われて惨めな状態だ」(ウィルズ宛書簡、1854 年 4 月 18 日)と嘆息を漏らしている。同年 7 月に『ハード・タイムズ』を書き終えた時には、ディケンズはすっかり「疲れ果てた」(リチャード・ワトソン夫人宛書簡、1854 年 11 月 1 日)と語っている。

　初版は、『ハウスホールド・ワーズ』誌に 20 回にわたって週刊連載され、第 15 章あたりまで書き進めた時点で、ディケンズはすでに 3 部構成で出版する計画を立てていた。1854 年 8 月、ブラッドベリー・アンド・エヴァンズ社から出された単行本の初版では、題名が

『ハード・タイムズ——昨今の時世のために』と引き延ばされ、カーライルへの献辞と各章のタイトルが付けられ、挿絵はなかった。

5 作品の批評史概略

(1) 同時代（出版当時）の評価

　低迷していた『ハウスホールド・ワーズ』誌の売上げが、『ハード・タイムズ』の連載によってじゅうぶん回復したことからも、発表当初、この作品に対する一般の評判はよかったものと推測できる。ディケンズの物語は各号の第一面に掲載され、その濃厚な社会性ゆえに、並ぶ主要記事との境界が曖昧に見えるほど、当時の人々の目には強烈に映ったに相違ない。ラスキンは『コーンヒル・マガジン』誌（1860 年 8 月）において、一般読者の娯楽のためだけではなく、「重大な国家的問題」を取り上げたこの小説は、ディケンズのこれまでの作品のなかでも最も優れたものであると称賛した。

　しかし、『ハード・タイムズ』に対する批評家たちの全般的反応は、冷ややかなものだった。たとえばシェイクスピア学者シンプソンは『ランブラー』誌（1854 年 10 月）で、この小説が「陳腐で平板で無益な」（ハムレットの言葉）メロドラマにすぎず、登場人物の描写が戯画的で、うわべだけの感傷に留まり、そこには不健全な教訓しかないと酷評した。『アセニアム』誌（1854 年 8 月）では匿名の批評家が、ディケンズは「空想と事実」という詩的な題材を、散文の枠組みで扱っているが、「散文体の議論にふさわしい公正さに欠けている」と指摘する。『ウェストミンスター・レヴュー』誌（1854 年 10 月）の匿名批評では、ほとんどの登場人物が作者の都合で作られた「操り人形」のような様相を帯び、非現実的で生気に欠けると批判されている。アメリカの批評家ウィップルは『アトランティック・マンスリー』誌（1877 年 3 月）において、ディケンズが作品のテーマに関する政治学・法律学・経済学の領域の知識に欠けているという弱点を指摘する。歴史家マコーリーは、この作品について「実に感動的な悲痛な一節を除けば、他は重苦しい社会主義があるだけだ。ディケンズは攻撃の対

象とする悪をひどく戯画化しているが、そのやり方にはユーモアがほとんどない」と1854年8月12日の日記に記している（「感動的な一節」とは、スティーヴンとレイチェルに関わる場面を指しているらしい）。ディケンズの論敵であった女性作家マーティノーの批判は、ことに手厳しい。ディケンズは産業問題の実状をまったくわかっておらず社会批評家としては失格なので、社会問題には口を出さず作家としての本分に止まっているべきであるとまで、彼女は酷評した (Martineau 310-12)。

　このように同時代では、一部の例外を除き、『ハード・タイムズ』は大半の批評家にとって、ディケンズ作品のなかで最下位に位置づけられるべき小説とされたのである。

(2) 20世紀前半までの評価

　ディケンズの死後も、『ハード・タイムズ』の評価は低迷状態だった。ショーは、ディケンズが新たに「イギリスの真の状況」(Shaw 357) に目を開かれて書いた力強い作品であると称えたが、このような一部の熱心な信奉者を除けば、『ハード・タイムズ』は大方の批評家たちから無視されるようになった。

　ディケンズ・フェロウシップを創設したキトンは、『ハード・タイムズ』を書誌『チャールズ・ディケンズの小説』(1897) に含めず、『小品集』(1900) のほうに分類した。ギッシングも、ディケンズは工業都市に関する知識が不足していて、労働者階級が描けていないと述べている。ギッシングによれば、『ハード・タイムズ』は「事実上忘れ去られた作品で、ほとんど注目に値しない」と言われる。ハウスは、ディケンズが「より集中的な社会学的議論の手段」として小説を用いていることを評価しつつも、作品の基調をなす「不安な雰囲気」ゆえに、『ハード・タイムズ』は大方の読者にとって不快な人気のない小説になっていると説明する (House 204-11)。

　しかし作品出版の約100年後、ケンブリッジ大学の文芸批評家リーヴィスが、『ハード・タイムズ』を、「ディケンズの全作品の中でも、

天分のすべてを投じた、他の作品には見られない力強さ――きわめて真剣な芸術作品の持つ力強さ――を備えた作品」(Leavis 258) と再評価したことによって、この小説の批評史は大きく塗り替えられることになった。リーヴィスは、ディケンズが『ハード・タイムズ』において、「活力と一貫した柔軟性と深さ」を備えた芸術によって、ヴィクトリア朝文明の広範な「批判的ヴィジョン」を映し出しているとした(260)。また、「テクストの質や想像力の様式、象徴的方法、そこから生じる集中度」(267) といった観点からも、この小説を詩作品と同種に属するものであると指摘し、高く評価したのである。

(3) 20世紀後半以降の評価

　リーヴィスに対する賛否両論を皮切りに、『ハード・タイムズ』は活発な議論を呼び起こす作品へと転化した。反論としては、ホロウェイのように、『ハード・タイムズ』には俗物的・中産階級的な教訓しかないという見解 (Holloway 159-74) や、ハーシュのように、この小説を代表作扱いにすると、かえってディケンズの評価が下がると危惧する意見などがある (Hirsch 1-16)。

　従来より『ハード・タイムズ』に関する批評は、もっぱら政治・社会思想的側面に焦点が絞られる傾向があったが、20世紀後半における文学批評全体の動向の変化に伴って、この小説も多面的な角度から論じられるようになった。バットとティロットソンは、ディケンズの草稿と覚え書きを考証することによって、連載という出版形態におけるディケンズの創作状況を明らかにした (Butt and Tillotson 201-21)。ロッジは形式主義的なアプローチによって、テクストにおける語りの方法や言語作用、象徴的技法などについて分析している (Lodge, *Language* 153-73)。

　ポスト構造主義に至って、文学テクストが中心的な意味を含む統一体であるという従来の考え方が否定されるようになると、むしろテクストに内在する不一致な点が、時代のイデオロギー的矛盾を反映するものとして着目されるようになった。たとえばコナーは、経済理論と

グラッドグラインドの教育哲学とを等価物として提示するさい、ディケンズ自身がグラッドグラインドと同質の隠喩的表現に訴えていることや、産業社会の構造を批判するためのテクスト自体が体系的に構成されていることなどの矛盾点を指摘して、作品を脱構築している (Connor 89-106)。

『ハード・タイムズ』は社会小説であると同時に、自我の探求という問題も含んでいて、精神分析批評の立場からの研究も可能である。ファブリーツィオは、この小説を「社会経済的状況から作り出された精神を鋭く描いたもの」(Fabrizio 61) として、主に言語と精神病理学という観点から分析する。ことに、産業資本主義のもとにある家庭において人間関係がいかに歪められているかという問題に、彼は議論の焦点を置いている。

グラッドグラインドやバウンダビーの「事実」の世界は、明らかに男性的・攻撃的な特質を持つため、この小説はフェミニズム批評やジェンダー批評の論議の対象にもなる。たとえばカーは、この作品における性の政治学を、より包括的なヴィクトリア朝社会というコンテクストにおいて位置づけながら論じる。ディケンズは作品で家庭的愛情や平凡な共感などを重んじ、女性的な価値観や表現を取ることによって、社会から逸脱するものを探究し、ヴィクトリア朝社会の権力構造を分析しつつそれに挑戦していると、カーは主張している (Carr 161-78)。

ギャラガーは「新歴史主義」の立場から、当時一般に普及していた廉価雑誌の産業小説との比較考察を通して議論を進める。彼女は、『ハード・タイムズ』が公的・私的生活の統合を提唱しながら、結局は家庭と社会の分離で終わることによって、作品に浸透しているイデオロギーが含む矛盾を晒していると言う (Gallagher 147-66)。

このように『ハード・タイムズ』は、現代の多様な批評理論の検討にも耐える文学作品として再評価されつつある。ディケンズの長編小説の中で一番短い作品であるという副次的要因も加わって、『ハード・タイムズ』は現代では最もよく読まれる作品の1つへと逆転した

のである。

6　作品のテーマ・諸相

(1) 産業問題

　ディケンズは産業問題を取り上げるにあたって、物語の舞台を通常のようにロンドンにではなく、英国北部の架空の産業都市コークタウンに定めた。創作に着手して早々、彼は工業都市プレストンに赴き、ストライキの模様について調査している。そのため、コークタウンの雛形(ひながた)はプレストンだという説もあるが、ディケンズ自身はカニンガム宛の手紙(1854年3月11日付)でそれを否定している。作者の狙いは、場所を特定化せず普遍的問題として自国の状況を提示することにあったようだ。

　ディケンズはすでに1838年、綿工場労働者が置かれている悲惨な状況について憤りを示し、「この不幸な人々のために、私は強烈な一撃を加えてやるつもりだ」と、フィッツジェラルド宛の手紙(12月29日付)の中で宣言していた。その問題を初めて本格的に扱った作品が、『ハード・タイムズ』である。当時すでに、ディズレーリの『シビル』(1854)、ギャスケル夫人の『メアリー・バートン』(1848)、キングズリーの『オールトン・ロック』(1850) をはじめ、数多くの産業小説が発表されていた。『ハード・タイムズ』の連載が始まった時には、ギャスケル夫人は『ハウスホールド・ワーズ』誌の連載用に産業小説『北と南』(1855) の執筆にあたっていて、ディケンズはストライキの題材を横取りするつもりではないことを、彼女に納得させるのに苦心したようである。

　しかし『ハード・タイムズ』は、一般の産業小説のように現実をしっかり観察して書いた作品ではない。ディケンズはこの作品においても、またそれ以後も、労働者革命の支持者としての立場を取ることはなかった。彼は「ストライキについて」と題する論説(『ハウスホールド・ワーズ』誌、1854年2月11日)において、労働者に同情しつつも、ストライキは誤りであると断じている。作品でも、労働組合の

扇動者スラックブリッジの演説は歪(いびつ)に誇張されているし、スティーヴンは経営者バウンダビーに解雇される前に、まず組合の同胞たちから追放されるのである。作者の共感が個人としてのスティーヴンに注がれていることからも、ディケンズが資本家と労働組合のいずれの立場にも与せず、双方を批判していることがうかがわれる。結局ディケンズ自身は、啓蒙された道徳的態度によって社会の分裂を解決すべきであるとするカーライル的な立場をとっている。これに対し、とりわけ同時代では、ディケンズの立場を手ぬるいとする批判が多かった。

バウンダービー邸での食事

　しかし、産業問題の中身よりもむしろその描き方を通して、ディケンズは産業社会の暗黒のイメージを強烈に喚起することに成功していると言えるのではないか。そもそもディケンズの方法は、産業汚染やスラム街などについて報道記事風の描写をすることに力点を置くものではない。ジョンソンも指摘するように、ディケンズは産業都市の構造の表面ではなく、その本質的構造、言い換えれば彼が作中で「基調(キーノート)」と呼ぶものを抽出しようとしている (Johnson 411)。たとえば第1部第13章にはもともと、レイチェルの亡き妹が工場の機械に片腕を引きちぎられたという挿話や、『ハウスホールド・ワーズ』誌（1854年4月22日）に掲載された他の寄稿者による記事「工場問題」を参照せよという作品注などがあったが、ディケンズは校正の段階でこれらを削除している。その真意は明らかではないが、おそらくこれらがディケンズの産業問題の提示の仕方に沿わないか、あるいは非本質的部分であったと推測される。むしろ彼は、蛇のように這う煙突の煙や、狂った象のようにピストンを動かす工場の機械といったイメー

ジの描写を、執拗なまでに繰り返す。これは、制御不可能な産業システムの攻撃性や、労働者を鈍感にしてしまう単調さと人間阻害の有様を、写実ではなく象徴によって示す方法であると言えよう。

　ジョンソンはさらに、この作品の構造は閉ざされた工場の組織そのものを模倣していると指摘する (Johnson 411-18)。はじめの 7 章と終わりの 3 章は、グラッドグラインドの話を中心に社会的・政治的枠組みを構成していて、その内側で、ルイーザとスティーヴンの物語がそれぞれ対位法的に進行してゆく。「コークタウン」の「コーク」(coke) とは、燃料であると同時に燃え殻を意味するが、二人はまさに工場システムのコークとしての機能を負っている。スティーヴンは、生活に疲れ果てた中年男として登場し、工場を追われ盗みの嫌疑をかけられ、廃坑に「落ちる」。ルイーザは愛のない不幸な結婚をし、誘惑されて「堕ちた女」へ向かう「階段」を降りてゆく。彼らは、繰り返し煙や火のイメージと結びつけられて描かれ、ともに混乱状態から誌はじまって燃え殻となる過程を辿るのである。このように中心の物語は大きく変化するが、外側の産業システムは維持され、小説も社会もその枠組み自体は結局もとのままに止まる。このような見方によれば、作者の狙いは、解決策を提示することにではなく、産業システムを維持させるために払われるべき代償を構造的に示すことにあったと言える。

病室でのスティーヴンと
レイチェル

(2) 功利主義

　作品の冒頭は、「私が望むものは事実。子供たちには、事実以外のことを教えてはならない……」という演説調の台詞からはじまる。大文字の "Facts" という言葉を畳み掛けるように繰り返し、己の教育哲

学を論じ立てているのは、グラッドグラインドである。事実と計算のみを重んじるこの男の考え方こそ、ディケンズが槍玉に挙げようとしている「当世思想」、つまり功利主義であることは間違いない。グラッドグラインドと資本家バウンダビーの信条においては、ことに数字や事実を偏重する功利主義的特徴が強調されている。また、自由放任主義経済が行き過ぎると、産業資本家の利潤追求に歯止めがきかなくなり労働条件の悪化につながる。作品では、労働者を酷使する悪しき資本家の典型として、バウンダビーが描かれている。

　この小説で、功利主義による弊害が最も顕著に表われた要因として強調されているのは、教育の問題である。物語は、グラッドグラインドの経営する学校で、不毛な教育論が実践される場面から始まる。功利主義によって教化された子供の代表例として登場するビッツァーは、「馬について定義せよ」という問に対して、馬の分類や骨の種類、歯の数等を正確に回答し、優等生として認められる。「白い血が流れている」かのようなこの少年と対照的な存在が、サーカス団の道化役者の娘シシー・ジュープである。彼女は生き生きとした風貌の少女で、数字や事実に疎く、心情や空想中心の発想しかできない劣等生として描かれている。

　このような学校教育の有様は、決して事実に反した誇張ではない。この作品が発表される 8 年前に、ケイ＝シャトルワースが英国でかつてない大々的な教員養成案を実施したが、当時この方法はあまりにも機械的で不毛であるという批判があがっていた。実際、ディケンズは創作にあたり、教育委員会が使った教員採用試験の調査もしている。そのような教員養成制度から生まれた教師の典型として、作品には「同じ工場で、同じ原則で、同時に生産されたピアノの足」(1: 2) のような新任教師マチョーカムチャイルドが登場し、その名の通り、子供たちを窒息させるような詰め込み主義教育に専念するのである。生徒たちは、名前ではなく番号で呼ばれ、事実が注ぎ込まれるための「小さな容器」や「水差し」に譬えられる。また、第 2 章の章題が、「罪なき幼児の殺害」(「マタイによる福音書」2: 16) と名づけられている

ことからも、ディケンズの教育批判の姿勢は明白である。

引き続き教育現場の舞台は、学校から家庭へと移行する。グラッドグラインド家には5人の子供がいるが、物語の中心は長女ルイーザと弟トムに据えられている。妹ジェインはのちにわずかに登場するだけで、下の二人の弟については、アダム・スミスと人口論者マルサスという著名な学者に因んで名づけられていることしか触れられていない。最初に登場した時、ルイーザとトムは十代半ばですでに人生にうんざりしている。彼らが育った環境とは、お伽噺や童謡など空想の世界がいっさい排除され、何にせよ不思議がることは禁止され、事実や統計のみを教えこまれるというものだった。家庭では父親が絶対的な権力を持ち、母親は夫に追従する影のような存在として描かれる。二人の姉弟は、互いに同じ宿命を負う者同士としての絆で結ばれつつも、他のあらゆるものに対して固く心を閉ざしている。物語は、彼らの子供時代が終わり社会へ船出するあたりからはじまる。「種蒔き」「収穫」「蓄え」という穀物の育成過程を示す作品各部の題名が、教育過程を暗示する譬であることは、明らかである。したがってこの小説は、グラッドグラインドが育てた実子ルーシーとトム、生徒シシーとビッツァーのうえに、どのような教育効果が及んだかを示す物語として読むこともできるだろう。

では、4人の子供たちはそれぞれいかなる成長の経路を辿っただろうか。ルイーザは、父親の勧めに従って資本家バウンダビーとの縁談を受け入れ、親子ほども年齢の違う軽蔑すべき男との殺伐たる結婚生活に入る。彼女は、気儘な紳士ハートハウスから誘惑され駆け落ちを迫られるが、転落の一歩手前で止まり、実家に帰る。自分の中には計

ハートハウスと
トム・グラッドグラインド

算では解けない抑えがたい衝動や感情があると、ルイーザから切々と訴えられた時、グラッドグラインドの信念は初めてぐらつく。

他方、トムは堕落の一途を辿り、金詰まりの果てにバウンダビーの銀行の金に手をつけ、スティーヴンに窃盗の罪を擦りつける。こうしてトムは犯罪者となり、社会的にも道徳的にも最低の人間に成り下がる。スティーヴンの臨終間際の言葉から、グラッドグラインドは自分の息子こそ窃盗の真犯人であると知り、自らの教育方針が根底から誤っていたことを思い知る。

グラッドグラインドの子供たちの危機を救ったのは、かつての劣等生シシーであった。彼女は、ルイーザのために身を引くようにとハートハウスを説得し、また、トムにサーカス団長スリアリーを頼って逃亡するようにと促す。グラッドグラインドは、役者の扮装に身を隠しているトムに再会し、息子の成れの果ての姿を見て打撃をうける。トムを国外へ脱出させてやりたいというグラッドグラインドの親心を可能にしたのは、結局、彼が屋敷に引き取ってやった下層階級の娘シシーの真心であり、社会のはみ出し者スリアリーの慈悲であった。このような形で、功利主義の完全なる敗北が強調されるのである。

他方、優等生ビッツァーは、人情に支配されず、冷静な計算に基づいて行動する若者に育ち、バウンダビーの銀行でスパイのような任務を果たしながら、確実な出世コースを歩む。トムを監視し続けていたビッツァーは、逃亡したトムを追い、バウンダビーに引き渡そうとする。こうしてグラッドグラインドは、かつての教え子から、まさに自らが植えつけた理性と損得勘定の論理によって、恩を仇で返される憂き目に会うのである。

スティーヴンの生還

(3) 娯楽の世界

　第 1 部第 10 章冒頭で、語り手は「根拠はないが、私は太陽が当たるどこの人よりも、イギリス人は酷使されているのではないかと思う。こういうばかばかしい特性を認めるのも、彼らにもう少し遊びを与えたいからなのだ」と述べる。これは、ディケンズがナイトに宛てた手紙（1854 年 3 月 17 日付）で、人々が娯楽のために読書することを弁護している箇所に見られる表現と酷似している。したがって、産業社会の犠牲者たちにとって娯楽がいかに重要であるかを主張すると同時に、自らの作品によって娯楽を提供することが、『ハード・タイムズ』を書いたディケンズの狙いの一部であったと言えるだろう。

　サーカス団長スリアリーの「人々は楽しまなければならない」(3: 8) という言葉が、まさに作者の考えを反映していることからもうかがわれるように、この作品で娯楽の世界の中心に位置づけられているのは、サーカスである。それは、日常からの逃避の世界であるばかりではなく、空想や同胞感情といった、非功利的なものの価値が蓄えられた場としても描かれている。しかし、貧窮にあえぐ労働者たちにとって、サーカスは根本的な救いにはならない。ロッジは、ロマン派詩人シェリーとディケンズの産業社会批判とを比較し、シェリーが『詩の弁護』(1840) において、産業社会を詩・想像・創造力と対立させているのに対して、ディケンズは空想・驚異・心情などと対立させていると指摘する。シェリーの「詩」は、人間の全行動の変容を迫るものであるのに対し、ディケンズの「空想」(fancy) は、やむをえず受け入れているものからの一時的逃避にすぎず、結局、コークタウンの悪の解決方法としては、曖昧な善意しか示されていないと、ロッジは批判する (Lodge, *Language* 167-69)。

　しかし、ディケンズはサーカス団を、功利主義を是正するための理想的集団としてではなく、あくまでも功利主義を賞揚する社会からはみ出した世界として描いているのである。グラッドグラインドは、サーカスを「俗悪な好奇心の対象となる職業」(1: 6) とし、それに携わる人々を「浮浪者ども」(1: 3) と呼んで、はじめは一座の娘シシーを

危険分子として学校から排斥しようと考える。また、団員たちは空想や霞を食って生きているわけではなく、その生活が血の滲むような訓練によって支えられていることは、失踪したジュープの苦悩からもうかがわれる。工場労働者として働く代わりに、彼らは自らの芸を資本として生きる者たちであり、ジュープのように体が効かなくなれば、やはり「燃え殻」として生きる道を閉ざされるのである。

　サーカスの世界を描くディケンズの筆致自体は、空想に任せたものではない。彼はレモン宛の手紙（1854年2月20日付）に見られるように、執筆にあたって曲芸師たちの使う俗語について問い合わせるなど、サーカスの世界を忠実に描き出すための注意を払っている。また、作品中で言及されているサーカス芸は、彼が実際に1～2年前にアストリー劇場で見たものと類似していて、当時イギリスで流行していたサーカス芸の情景が生き生きと浮かび上がってくる。1850年代頃にはすでに、サーカスは主要な娯楽の1つとして商業化していた。しかしディケンズは、この作品ではサーカスの産業的・功利的側面を強調せず、むしろ観客の空想や娯楽を目当てにした「商売」である点において、それを一種の功利主義への挑戦として位置づけている。またサーカス団は、トムのような逃亡者の一時的な身の隠し場になる点でも、社会の枠外の世界としての色彩が濃い。スリアリーがトムの逃亡を助けた際の判断基準は、法道徳ではなくグラッドグラインドへの義理である。この点でもサーカスは社会の浸透度が比較的低い世界であったことがうかがわれる。ディケンズが提示しようとしたのは、このような娯楽の世界に一時的に逃避するしか救いのない社会の病んだ状況であったと言えよう。

(4) 空想の世界

　ディケンズは「妖精物語に対するまやかし」と題する論説（『ハウスホールド・ワーズ』誌、1853年10月1日）において、功利主義の時代にはとりわけおとぎ話が重要だと力説している。「空想もロマンスもないような国が重要な位置を占めたためしはなく、そんなことは

金輪際ありえない」と彼は言う。そのメッセージは、『ハード・タイムズ』でも明白に読みとれる。しかしそれは、語り手の直接的な訴えを通して伝えられるだけではない。ディケンズは、功利主義の世界自体を空想的に描くという大胆な手法を用いている。

　この作品の登場人物や出来事、状況などには、おとぎ話的な要素が目立つ。たとえば、最も空想からかけ離れた現実主義者グラッドグラインドさえも、子供を「薄暗い統計の穴蔵」へと引きずり込む「人食い鬼」(1: 3) と表現され、すべての問題を計算し証明するための青書がぎっしり詰まった彼の書斎からは、「青ひげ」(1: 15) の部屋が連想される。ルイーザとトムの姉弟は、危険に瀕した「二人の子供」というお伽噺の類型を浮かび上がらせ、暖炉のそばに座っている彼らの影が壁に映り黒い洞窟が覆い被さるように見える描写 (1: 8) では、子供たちがこれから危険な冒険に旅立つことが暗示される。学校の生徒たちは、瓶に隠れ煮え湯を浴びせられるアリババの「40人の盗賊」(1: 2) に譬えられる。バウンダビーは、家柄自慢の未亡人スパーシット夫人を、自分の引立て役として雇っている。このような存在理由ゆえに、「コリオレイナス風の鼻と濃い黒い眉」(1: 7) という容貌、「馬を進めるような格好で編み物をしている」(1: 11) といった風情で、スパーシット夫人は常に仰々しい威嚇的なイメージを漂わせる。銀行を監督している彼女は、自らを優雅な「銀行の妖精」であると想像しているが、町の人々からは、財宝を守る「銀行のドラゴン」(2: 1) だと思われている。バウンダビーに対して異常な執着を持つスパーシット夫人は、主人夫妻の結婚の破綻を心待ちにし、ルイーザを油断なく監視する。ハートハウスに誘惑され、転落へと一歩ずつ近づいてゆく彼女を見ながら、スパーシット夫人は「巨大な階段」(2: 10) のイメージを心の中に作り上げ、ルイーザがその階段を降りてゆくところを想像することに、無情の喜びを見出す。ルイーザとハートハウスの秘密の面会を、木陰に隠れ、ずぶ濡れになりながら見張るスパーシット夫人の姿は、グロテスクそのものである。

　しかし最も驚嘆すべきことは、ディケンズが醜悪きわまる工場の描

写をも、空想で色濃く染め上げていることである。工場の煙突から絶え間なくたなびく煙は、町を這い回る「巨大な蛇」に、蒸気エンジンのピストンが単調な上下運動を繰り返す様は、「陰鬱な狂った象」に譬えられる (1: 5, 11)。労働者たちは「手」と呼ばれ、「手だけで出来た生物か、あるいは手と胃だけからなる海の下等動物」(1: 10) に生まれついたほうが、まだしも幸運であったかと思われるような存在である。夜になって明かりの灯った工場は、通り過ぎる急行列車から眺めると「おとぎの宮殿」(1: 10) のように見える。かくも醜悪なものからファンタジーの世界を喚起するという奇抜な方法は、その落差によっていっそうグロテスクさを強調する。ディケンズが、このようなやり方で題材を異化するとき、空想は絶大な効力を発揮する。

　また作品では、究極のファンタジーとも言える「夢」が、統一的なモチーフを形成している。スティーヴンが妻を毒殺したいと願いつつ見た恐ろしい劫罰の夢や、トムが煙草を吸ったあとに見た霧の中を歩く夢など、作品にはいくつかの予言的な夢が描かれる。そして物語の結末は、奇妙な白昼夢のような雰囲気の中で閉じられる。バウンダビーが自分の肖像画を眺めながら見た自分の未来図や、グラッドグラインドが書斎で見た将来の自分の姿、ルイーザが暖炉の火の中に見た、レイチェルやトム、シシー、そして自分自身の未来のヴィジョンは、登場人物の予想と、運命の可能性についての語り手の暗示とが渾然としていて、まさに夢のような雰囲気を漂わせる。事実主義で開幕する物語の閉じ方としては、実に皮肉であり、また余韻に満ちた結末と言えるだろう。作品では、ルイーザが暖炉の火を眺める姿が繰り返し描かれる。彼女が火の中に何を見ていたかは明らかではないが、少なくとも彼女が「事実」の対極にあるものを、そこに見出そうとしていたことは確かであろう。「親愛なる読者よ……炉辺に座って、火が灰となり、白く冷たくなってゆくのを見ていよう」という語り手の呼びかけによって、作品は閉じられる。不思議な火の生成を見つめながら、現実の彼方にあるものに思いを馳せること。それ以外には、何ら救い

も解決方法もない「困難な時世」を、ディケンズは提示したのではないだろうか。

参考文献

Carr, Jane Ferguson. "Writing as a Woman: Dickens, *Hard Times*, and Feminine Discourses." *Dickens Studies Annual* 18 (1989): 161-78.
Connor, Steven. *Charles Dickens*. Oxford: Blackwell, 1985.
Fabrizio, Richard. "Wonderful No-meaning: Language and the Psychopathology of the Family in *Hard Times*." *Dickens Studies Annual* 16 (1987): 61-94.
Gallagher, Catherine. *The Industrial Reformation of English Fiction, 1832-1867*. Chicago: U of Chicago P, 1985.
Gray, Paul Edward, ed. *Twentieth Century Interpretations of "Hard Times"*. New Jersey: Prentice-Hall, 1969.
Hirsh, E. D. "*Hard Times* and F. R. Leavis." *Criticism* 6 (1964): 1-16.
Holloway, John. "*Hard Times*: A History and a Criticism." *Dickens and the Twentieth Century*. Ed. John Gross and Gabriel Pearson. London: Routledge, 1962.
Johnson, Patricia E. "*Hard Times* and the Structure of Industrialism: The Novel as Factory." *Studies in the Novel* 21 (1989): 128-37.
Kaplan, Fred and Sylvère Monod, eds. *Charles Dickens*, Hard Times: *An Authoritative Text, Contexts, Criticism*. 3rd ed. Norton Critical Edition series. New York: Norton, 2001.
Leavis, F. R. *The Great Tradition*. 1948; Harmondsworth: Penguin, 1962.
Lodge, David. *The Language of Fiction*. London: Routledge, 1966.
———. *Working with Structuralism*. Boston: Routledge, 1981.
Martineau, Harriet. "The Factory Legislation: A Warning Against Meddling Legislation." (Manchester, 1855) in Kaplan and Monod. 309-12.
Page, Norman, ed. *Charles Dickens*: *"Hard Times", "Great Expectations" and "Our Mutual Friend"*. Casebook series. London: Macmillan, 1979.
Peck, John ed. *"David Copperfield" and "Hard Times"*. New Casebook series. London: Macmillan, 1995.
Shaw, Bernard. "Introduction." *Hard Times* (London: Waverley, 1912) in Kaplan and Monod. 357-63.

（廣野由美子）

『リトル・ドリット』

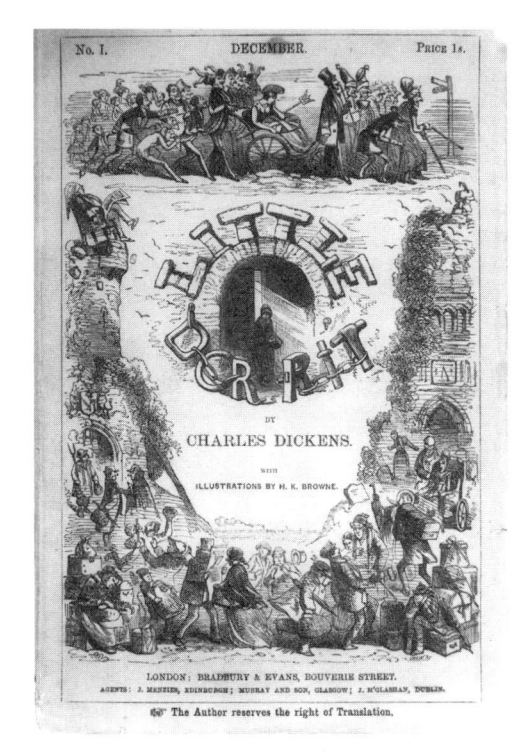

月刊分冊本表紙

II 作品

1 最初の出版形態および出版年月

1855 年 12 月から 1857 年 6 月までブラッドベリー・アンド・エヴァンズ社より月刊分冊形式で刊行。

2 単行本テクスト(初版・校訂版・普及版・翻訳)

初版
　　1857 年 5 月 30 日、ブラッドベリー・アンド・エヴァンズ社。

校訂版
　　Little Dorrit. Ed. Harvey Peter Sucksmith. Oxford: Clarendon, 1979. 1857 年版を底本に使用。

普及版
　　Little Dorrit. Ed. Harvey Peter Sucksmith. Oxford: Oxford UP, 1982. 上記クラレンドン版に準拠。
　　Little Dorrit. Ed. Stephen Wall and Helen Small. London: Penguin, 1999. 1857 年版に準拠。
　　Little Dorrit. Ed. Angus Easson. London: Dent, 1999. チャールズ・ディケンズ版 (1868 年) に準拠。

翻訳
　　『リトル・ドリット』(小池滋訳、筑摩文庫、1991)。
　　『リトル・ドリット』(田辺洋子訳、あぽろん社、2004)。

3 時代背景の解説

ディケンズは、1855 年 2 月 3 日にジョン・フォースターに宛てて、「前々から貴族政治と権力者へのおもねりがイギリスの致命傷になるだろうと思っていたが、にわかにその思いが強くなっている」と書いている。この頃、広く政治不信がつのってきていた。5 月には「行政改革協会」が結成され、ディケンズもそのメンバーになったが (Butt & Tillotson 228)、これはディケンズが生涯で参加した唯一の政治団体である。この政治不信が一気に表面化したのがクリミア戦争のとき (1853-56) で、この作品の背景には、政府の戦争遂行策に対して人々

が抱いた不満があるとされる。

　クリミア戦争は、地中海・中東地域の支配をもくろむロシアに対抗して、イギリス、フランス、オスマン・トルコおよびサルジニアが連合して起こした。連合国側は、ロシアの南下策が成功すれば、ローマ・カトリック教会とギリシア正教はパレスティナの聖地への通路が断たれるとして、この通路の確保を開戦の理由にした。1854年3月にイギリスは正式に参戦する。統率の乱れ、補給の不足、衛生状態の悪さが原因となって兵士が疲弊したばかりか、スキュタリ (Scutari) をはじめとする戦地ではコレラも発生して、数多くの死者を出した (Philpotts 1)。1854年10月、ウィリアム・ハワード・ラッセルが『タイムズ』紙で政府の失態と現地の惨状を暴露し、1855年1月29日には下院が実態調査のための委員会設置を可決、それを受けてロウバック委員会が任命され (Philpotts 1)、2月1日にアバディーン内閣が瓦解した。フォースター宛書簡と同日の2月3日、ディケンズはギャスケル夫人に宛てて、「クリミア戦争に関してはだれもが悲痛な思いです。前々から思っていたのですが、しまいには貴族的な政治がわが国土を荒廃させてしまいます」と書いている。4月27日に彼はフォースター宛の手紙で、戦争遂行を困難にしている「働かない貴族、沈黙した議会」にため息をついた。

　ちなみに、これより先の1853年、貴族が官職の任官を左右する悪弊を打破するために、ノースコット＝トレヴェリアン報告 (the Northcote-Trevelian Civil Service Report) が、官庁に広範な階層から人材登用をはかって、競争試験制度の導入を提言していた。ディケンズはこの試験制度には反対している。合格するのにじゅうぶんな教育が受けられるのは、ほぼ特権階級の子弟に限られる、というのがその理

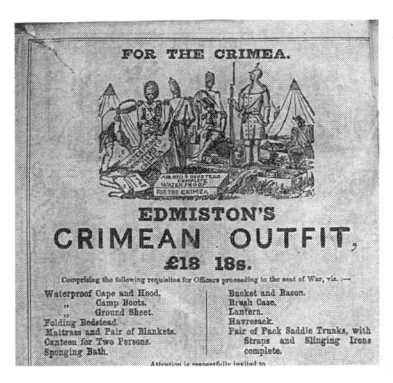

クリミア戦争支度品一覧

由の一つである (Philpotts 4)。

　作中でダニエル・ドイスが担う役割もクリミア戦争と無縁ではない。有望な発明がなされたとしても、実用化のための特許取得が困難になっているとして、行政の対応が新聞・雑誌で批判されていた (Philpotts 2-3)。4月18日の『タイムズ』紙は「安心せよイギリス大衆、オキマリ将軍 (General Routine) がまだその地位にあって、気ままにやっているのだから。……活動的で発明の才もある、わが国の天才は戦争の遂行から排除されている」と皮肉った。

　ディケンズは、1857年版の序文でマードル氏のモデルに触れている。その人物、アイルランド人の銀行家ジョン・サドラーは1856年2月、詐欺的行為が露呈して倒産、多くの人を巻き込んで破産させたあげく自殺した。ディケンズがこの小説を書きはじめたのは、事件がおこる前年の5月だったが、経済界の状況からすれば、いつこのような事件がおきても不思議ではなかった (Philpotts 4-5)。すでにイギリスは40年代の鉄道投資ブームとその破綻による混乱など、いくつかの危機を経験していた。40年代の終わりに強引な市場操作で経済界に打撃を与えた「鉄道王」ジョージ・ハドソンもマードルのモデルの一人に目されている。この事件は、投資ブームの脆弱さばかりでなく、資本と経営が分離するなど、会社の実体が把握しがたいほど巨大化した異様な事態を映し出している。サドラー事件などが契機となって、1855年と56年に相次いで「有限責任法」(Limited Liability Act) が成立した。

　物語の時代は、クリミア戦争より早い19世紀前半に設定されている。マーシャルシー

北側から見たマーシャルシー監獄

債務者監獄自体は 1842 年に閉鎖されたし、小規模の負債による投獄は 1844 年に廃止されていた（負債による投獄の制度は 1869 年まで廃止されなかった）。当然、ウィリアム・ドリットの投獄はそれ以前のことになる。エイミーは 1826 年に 22 歳で、父親の入獄後数ヶ月で生まれたとある。1824 年のはじめ、作者の父親ジョン・ディケンズが借金を返済できずに、マーシャルシー監獄に入った。家族は監獄内で生活し、12 歳の作者が家族から一人離れてウォレン靴墨工場で労働者の子供にまじって仕事をした。伝記的要素の解釈は読者に委ねられようが、フィルポッツが言うように、『リトル・ドリット』におけるマーシャルシー監獄の生々しい具体性は、このとき作者の心に刻みこまれた強い印象と無関係ではありえない (Philpotts 6)。

4　執筆・出版に至る経緯

上のフォースター宛の手紙（1855 年 2 月 3 日）に「新しい小説が、濁った空気の中に塵のよう漂っている」とあるから、ディケンズはこのころ新しい作品を構想しはじめたらしい。当初は、「だれの責任でもない」("Nobody's Fault") というタイトルが予定されていた。この文句では、代名詞の "Nobody" を固有名詞とみなせば「ノーボディーの失敗」となって、責任を「ノーボディー」に転嫁することができる。このときノーボディーはスケープ・ゴートなのだ。フォースターによれば、ディケンズは、自分の失敗を神の配剤とみなして繰り返し "Nobody's Fault" ということばを口にする男が登場する小説を考えていた。1855 年 5 月 21 日の手紙には第 1 章を書いているとある。その少し前、5 月 7 日のバーデット＝クーツ宛の手紙にみえる、新作のために思いついた「すばらしい名前」というのは "Nobody's Fault" のことらしい。だが、結局この題名は放棄される。1855 年 9 月 16 日、ディケンズはフォースターに「作中でエイミー・ドリットを強くできそうだ」と書き、10 月 13 日には新作が『リトル・ドリット』のタイトルで広告された。

1856 年 8 月 30 日付『ハウスホールド・ワーズ』誌のディケンズ執

筆の記事、"Nobody, Somebody, and Everybody" には、「イギリスではノーボディーの力が巨大になりつつあって、彼一人が数多くのことに対処する責任を担っている（実行されたり、されなかったりだが）。ノーボディーはかくも多くの責任を負い、たえず説明を求められてもいるので、彼についてここで一言するのもタイミングとして悪くはあるまい」とあり、クリミアの戦地で「だれかの無責任から生じた」軍事面、非軍事面の失敗が列挙されている。このことからすれば、『リトル・ドリット』執筆中にも、クリミア戦争と、政府の無策がディケンズの大きな関心事であったことがうかがえるが、タイトルの変更は、内容面のシフトに大きく関わっていると言うべきだろう。これに関して、バットとティロットソンは、この小説は政治的な演説をするのではなく個人を描いている、と言う。それゆえ二人からみればタイトルの変更は賢明だったのだ、と。焦点が政治から個人に移ったというより、作品が人間の状況を、政治も含めて包括的に描いていると言うべきだが、たしかに、はじめのタイトルのままでは、内容が政治諷刺にかたよった印象を与えてしまうだろう。

　1855年12月に第1分冊が刊行の運びとなって、32,000部が飛ぶように売れ、月末までに6,000冊が増刷された (Easson xxiv-v)。翌年1月には第2分冊が35,000部の売上げを記録して、すべり出しは好調であった。この頃ディケンズは「ギャズヒル・プレイス」という豪邸を購入した。この小説で富のむなしさを訴える作家としては皮肉な行動と言えるかもしれない。その屋敷の下見に行く途中、マーシャルシー監獄の跡地に立ち寄った (Forster 8: 1)。ディケンズ個人の身の上におこったこの一件は、まるで「貧困」と「富」という、小説の対比的構造と照応しているかのようだ。この頃、ジョージ・エリオットやギャスケル夫人など、ディケンズの後を追うようにして優れた作家が相次いで登場し、彼らに対する対抗意識が、ディケンズの芸術性への意識を高めた気配がある。たしかに、筋立てに工夫を試みて試行錯誤する様子が、フォースターに宛てた手紙や、月刊分冊執筆のためにとった「覚書き」に明らかだ。

人々が、旅仲間としてたまたま一緒になり、さらには、人生でよくあるように、同じ場所にいながら互いを知らないままにしておくのは、新しいアイデアではなかろうか。あとでこの人々を結びつけるのだが、どう結びつくのかという期待がまた面白さを生むのだ。

結果的に、「新しいアイデア」は採用されず (Forster 8: 1)、当初の予定通り、アーサー・クレナムとミーグルズ一家ははじめて登場するときからすでに知り合いの仲である。同じ場所にいながら互いを知らない人々があとで結びつく筋立ては、マルセイユの監獄にいたリゴーとカヴァレットが、アーサーやミーグルズ一家と出会うことに生かされているくらいだ。

フォースターは、こうして物語に工夫をこらしたために、ディケンズ持ち前のほとばしる空想力が水をさされていると言う。また、登場人物相互のやりとりに自然さが消え、人間関係に一貫性がなく、くわえて物語の中心となる関心事がないのが欠点だとも言う (Forster 8: 1)。『リトル・ドリット』執筆のころ、ディケンズは極端にはりつめた状態にあった。これは『荒涼館』を書いていた時期の後半にすでに見えていた徴候だった。こう語るフォースターの言葉からは、ディケンズの「芸術」への過剰な意識しか伝わってこないが、いずれにしろ、この緊張状態を自覚したディケンズは、出来事や登場人物に関して思いついたことを書きとめるために「覚書き」を使ったのだった。例えば、ある公爵邸に関するメモが、バーナクル邸の描写に役だっている (Forster 9: 7)。『互いの友』を最後に覚え書きは使われなくなるが、このような補助手段を用いることを、フォースターは、以前の「自在で豊穣な手段」(Forster 8: 2) が欠如した証拠と見なしている。

5　作品の批評史概説
(1) 同時代の批評
　同時代の批評では、まず「繁文縟礼省」("Circumlocution Office") を

めぐる発言に注目しよう。例えばスティーヴンは、ディケンズが下層民を扱う際、事実に忠実に、ユーモアを込めて描いていて、そのことは彼の優しさを物語っているのに、上層の人間はとても現実にはありそうもない姿で描くばかりか、からかってさえいる。また、「繁文縟礼省」として戯画化された政府組織だが、そう易々とは理解できない、複雑なシステムを持っているのだ。それをわかろうともしないで不当に批判する、と不公平さを指摘している。

> いかに偉大な政治家や、法律家、あるいは哲学者であれ、帝国の行政府全体の真価といった、複雑であいまいな問題については慎重になり、むやみに手厳しい批評を加えたりはしないものである。だが、ディケンズ氏にとって、ことはそうむずかしくない。彼は政府を具体化した、「繁文縟礼省」という名句を思いつく。また、一般人なら自分の仕事をいかにすべきか知りたいのに、政府の手腕は「いかになさざるか」を発見することにつきるという、名発想を生み出す。これを 23 行のうちに 10 回もくり返す。あまり意味があるとは思えぬこの二つの語句を用いて、彼は軽々しく、たわむれに自国の政府を描きだすのである (Collins, *Heritage* 369)。

外国政府との比較がなされていないし、政府がうまく機能しているところには目をつむっている。世慣れた読者であれば、作品の諷刺を笑いはしても、割りびいて理解できるが、教育のない者や若者は文字通りに受け取り、その結果、制度に備わる諸々の美点を受け入れることができなくなるのではないかとスティーヴンは指摘する。そして政府がうまく機能している例として、郵便制度およびディケンズ自身が手放しでほめる警察制度をあげる。また、ドイスの発明を活用できない政府を批判したことに関しては、鉄道の成功をその反証としてあげている。2 年後、マッソンは、作品には滑稽な誇張があるかもしれないがと言いつつも、ディケンズを賞賛して「行政改革協会」(「時代背景の解説」参照) が 10 年がんばったとしても、ディケンズ氏が、「繁文

縟礼省」という名句を振りまわすことによってもたらした効果の半分も上げられなかったろう、と言う (Collins, *Heritage* 357)。

　もちろん、この小説の「芸術性」も論議された。ディケンズが「自分の芸術と格闘している」と述べるフォースターは、ドリット兄弟の描写を高く評価する一方、「現実味を欠く」エイミーには首をかしげている。E. B. ハムリーは「ユーモリスト、ディケンズ」が消えたのを嘆き、この小説を「『リトル・ドリット』の荒野」と呼んだ (Collins, *Heritage* 360)。この小説が「無理し、苦労して」(『ネイション』誌、1865 年 12 月 21 日) 書かれているというジェイムズも、「ユーモリスト、ディケンズ」を期待していたのではないにせよ、ハムリーらと似たところを見ている。

　19 世紀に下された好意的な評価の例としては、リアリズムに注目して積極的にこの作品を評価したギッシングをあげなければならない。フォースターと同じく、彼もウィリアム・ドリットの人物造形を称賛し、エイミーを批判している。福音主義が陰気な影を落とした「ロンドンの日曜日」のくだりは、ディケンズが「ユーモア」を交えずに達成した芸術として高く評価する (Gissing)。彼は「道徳的目的」を読みとる一方で、ディケンズの筆に疲労の跡を認めているが、なおかつこの小説には「ディケンズ作品の最良の部分」があるし、「芸術としての洗練がある」(Gissing) のだ。中でも特筆されるのは、第 1 巻 31 章の、マーシャルシー監獄でウィリアム・ドリットがナンディー老人をもてなす場面だ。ここでディケンズは、巧みな人間研究を行なうとともに、彼の天分の極致を見せていると言う。「繁文縟礼省」の諷刺については、「たしかにおもしろいが、真実でもある」(Gissing) と言うが、これはあとにあげるショーの言葉とこだまする。

(2)　20 世紀前半の批評
　『リトル・ドリット』はディケンズが「リアリズム、悲哀、近代性」(Chesterton) の坂道をどこまでころげ落ちたかを示していると述べて、その暗転を嘆いたのはチェスタトンである。彼は、この小説のペシミ

ズムを批判した。この小説が描いているのは「境遇が人間の魂に勝利する」(Chesterton) ことだがディケンズの本領は、不運に負ける人間を描くところにはないからである。この作品を書いたときほどディケンズが悲観的になったことはなかったというチェスタトンは、次作『二都物語』においてディケンズは悪夢を振りはらっていると言う。少なくともシドニー・カートンには「つかの間、ディケンズ自身を雲のように覆っていた、とり返しのつかない境遇への暗い服従」(Chesterton) が描かれてはいないのである。

　1908 年のスピーチで、「『リトル・ドリット』は英語で書かれた小説の中で最も偉大な小説の一つで、イギリス国民がこの小説の偉大さを理解すれば、イギリスに革命が起こるだろう」(Laurence & Quinn 111) と言ったとき、ジョージ・バーナード・ショーは、すでにこの小説再評価への機運を作っていた。1937 年に彼は、改革のエネルギーを浪費する下院や、イギリス議会制度の誤りを批判したディケンズを革命家とみなした。彼は哲学によらない、独立独歩の急進主義者で、「『リトル・ドリット』は『資本論』よりも煽動的な本」(Laurence & Quinn 51) なのだ。ショーはまた、ディケンズが攻撃対象の人物を戯画化する問題に触れて、描かれた人間がときとして信じがたいものになるが、それは滑稽すぎるからではなく、あまりにも真実味にあふれているからで、ディケンズはおもしろがるどころか本気なのだと言う。

　20 世紀前半にはほとんど注目されることのなかった『リトル・ドリット』だが、作品の評価は、まず海を越えたアメリカで高まることになる。1941 年にはウィルソンが、この小説にディケンズの階級問題にからむ不安が反映されているとして、ウィリアム・ドリットの人物造形に注目し、そこに作者の父、ジョン・ディケンズの姿を読みこんだ。

(3) 20 世紀後半の批評

　20 世紀半ばの 1953 年、トリリングは「われわれのディケンズ意識の陰に沈んでいた」(Trilling v) この小説を明るみに引きもどし、19 世

紀の最も重要な小説の一つに数えた。この小説が偉大なのは、社会批判の鋭さのせいではなく、個人意志と社会の関係を描いたからである。「19世紀の精神には監獄がとりついてはなれないが、それはバスティーユ崩壊に淵源がある」(Trilling vi) と述べ、この小説における「監禁された精神の状態」に注目したウィルソンを継承している。一方、精神を監獄にとじこめる近代の病を見ている点で、彼はこの小説に近代性への傾斜を見るチェスタトンを別方向から引きついでいる。厳しい現実を前にして、人の願望は夢と幻想の中でしか実現しないと述べるトリリングは、フロイトをいささか自由に読み込みつつ、「地位を志向する意志」(Trilling x) に注目して、それを満足させられずに屈折する人物たちの心理を読み解く。その上で彼は、マーシャルシー体験が作り出したディケンズ個人の心理に焦点を当て、名誉を望みながらそれとは裏腹なものしか手にしえなかった作家と、人生をあきらめたかにみえる主人公アーサー・クレナムとを重ねる。トリリングは、『リトル・ドリット』の社会的意思の超越に意義を見出し、この作品が個別性と具体性ではなく、普遍的で抽象的な芸術性をかちとっているがゆえに新しい小説なのだと述べる。

　一方、歴史主義も相変わらず堅調である。例えば、フィルポッツは、批評の多くがディケンズの行政諷刺を抽象的だとみなすのは誤りで、それには具体的な対象があると言う。そのフィルポッツが、『リトル・ドリット』に「普遍化と抽象化」を見て称賛したトリリングを批判するのは当然の成り行きだろう。彼が注目するのは、ノースコット＝トレヴェリアン報告書を作成したチャールズ・トレヴェリアンと、彼が次官を務めた大蔵省である。彼は、クリミア戦争の惨状に関して軍の兵站部にこの報告書が横やりを入れたことから説明するのだ。結局、「繁文縟礼省」攻撃の標的は大蔵省にあった。この小説は、戦争を利用した投機的な中産階級をウィリアム・ドリットを描くことによって批判しながらも、より大きな責任を負っている貴族を批判している、とフィルポッツは言う。

　マーク・ナイトは、当初考えられていたタイトルの "Nobody's Fault"

に注目して、人間の責任の取り方を、自由意思対決定論という枠組みから、神の配剤と人間の責任という神学的な場に置き換えて考える (Knight 17-93)。

6 作品のテーマと諸相
(1)「監獄」
　ディケンズには、債務ゆえに家族がマーシャルシー監獄に入った過去がある。『ピクウィック・クラブ』を書いたとき、彼はピクウィック氏をフリート監獄に入れることによってその過去を追体験したかのようだった。『ボズのスケッチ集』に始まり、『大いなる遺産』で「甘やかされた囚人たち」に言及するときまで、彼はしばしば監獄をとりあげる。『リトル・ドリット』では、ドリット一家が住むマーシャルシー監獄が主舞台の一つとなるが、監獄はイメージと具体物の両面において作品世界に遍在している。冒頭のマルセイユにおける検疫停船、同じ町にある監獄、セント・バーナード峠の修道院などがその例であるし、繁文縟礼省を「イギリスの創造的才能の監獄」と呼ぶライオネル・トリリングのように、監獄に捕らえられた人間精神を見る批評家もいる。

　アーサー・クレナムの問題は、この精神の牢獄から脱出できるか、できるとすればいかにして脱出するかにあると言えるだろう。はじめ彼は精神的な不全感にさいなまれており、「意志、目標、希望」を持たないことを告白する。子供時代に過酷な宗教の下で

アーサーの帰国

育てられ、「おびえた心の中に空虚」を抱えていたと彼は言う。この宗教、カルヴィニズムは外ではイギリスの陰気な日曜日に、内ではクレナム夫人の硬直した精神に形をとっている。だが、クレナム家に秘

密が隠されているのを疑う彼は、その秘密を解明しようと動き出すのだ。

アーサーとウィリアム・ドリットを区別するのはこの点である。アーサーは子供時代の内面の空虚を大人になるまで持ち越したとも言え、秘密を解明しなければ、その空虚が埋まらないままになるおそれがある。それが彼を行為へと駆り立てる一因である。他方、マーシャルシー監獄の中でウィリアム・ドリットは脆弱な内面を保護するかのように、「マーシャルシーの父」の仮面を構築していく。ホロウェイは、この小説では多くの人間がペルソナ（外見）と「実体」に乖離した状態にあると言う。ケアリーが仮面の下の「私たち自身」、仮面の下からほとばしる「自然の感情」というときも、この乖離状態を見ている。この小説は、第 1 巻と第 2 巻で

マーシャルシー出獄

ウィリアムの「本来の姿」に言及する。マーシャルシーでエイミーは、生まれて以来一度も父の「本当の姿」を見ていないと語る (1: 19) が、これと対をなすように、マーシャルシー監獄から解放された後、イタリアの地で彼が死ぬとき、彼の顔から牢獄の痕跡が次第に消えて、「若々しい、彼女自身に似た顔」が現われる (2: 9)。解放以降、社交界の一員として過去の自分、本来の自分をひた隠しにしてきた彼が、死の間際にマーシャルシーの囚人のペルソナを顕わし、さらにその裏に「本来の彼」の相貌を顕わす。ウィリアムを十重二十重に覆っていたペルソナがはぎ取られていくのである。

(2) 自由意志

この作品で問われているものの一つは自由意志である。これは、行為と責任というこの小説のテーマの一つと密接に結びついている。ア

アーサーはミーグルズに「自分には意志がない」と述べ、すぐにつづけて「行為に移せる意志を持たないに近い」と言い換える。また、彼がのちに、「地上での義務、地上での償い」とならんで、「地上での行為」に人生の指針を見いだすように、彼の問題は行為と自由意志に収斂していると言ってよいだろう。アーサーの闘いは、外からの力に束縛されてきたと感じる彼が、いかに自らの自由意志を手にするかの闘いである。この小説では、アーサーばかりでなく、ウィリアム・ドリットをはじめ、多くの人々が外的な圧力にさらされて、大なり小なりマイナスの影響を被っている。チェスタトンは、この小説が「境遇が人間の魂に勝利する」さまを描いている点にディケンズのペシミズムを見たが、彼は自由意志を阻害する外的決定要因を強調していると言えるだろう。

(3)「ノーボディー」のレトリック

アーサー・クレナムがマルセイユで、「意志」も「目的」も持たないと告白するとき、彼は底知れぬ「倦怠(アンニュイ)」にとりつかれているかに見える。だが、すでにふれたように、クレナム家でエイミーの姿を目にした彼が自然な「好奇心」に促されて彼女の跡をつけるように、彼には自発性と行動力の片鱗がうかがわれるのだ。彼の言葉には、額面通りには受けとれない曖昧さがつきまとう。興味深いのは、彼の心理が生み出す言葉のレトリックだ。ミニー・ミーグルズへの恋心を募らせながらも、いま一歩踏み出せない彼はその気持ちを否認して、それは「ノーボディー」(nobody) のものだと言う。「nobody」が代名詞ならこの恋心は「誰のものでもない」ことになる。だが、「執筆・出版に至る経緯」で触れたように、「nobody」は「Nobody」という固有名詞に読み替えられる。アーサーは、自分が否認した恋心をノーボディーという架空の人物に転嫁しているのだ。「ノーボディー」の言葉遊びについては、小池滋氏の『リトル・ドリット』解説に詳しい。小池氏は「ノーボディー」はアーサー自身の影であると言う。つまり、彼は「ノーボディー」というフィクションを作り出して自己韜晦をはかっ

ているのである。

　日常的な隠喩と直喩もまた類似の効果を生み出す。ダニエル・ドイスがはじめて登場するとき、ミーグルズ氏は彼のことを次の隠喩で語る。「この男は、重罪を犯したやつです。謀殺、故殺、放火、偽造、ペテン、押し込み、追いはぎ、窃盗、謀議、詐欺を」(1: 10) と。この場合ミーグルズ氏は、発明の才能を国家のために生かそうと努力する熱意を裏返しに表現しているにすぎない。しかし、自分の発明を審査しようとしない「繁文縟礼省」に、延々 12 年以上も訴えつづけるドイスの熱意を、犯罪の比喩で表現することによって、その本質を隠蔽しかねないのが『リトル・ドリット』の世界である。代わってドイスは、自分の置かれた立場を直喩で語る。

　　「はっきり言って、私は犯罪を犯したかのように感じさせられました。あちこちのお役所のあいだを行き来しながら、私はいつも、多少の差はあれ、ひどい罪でも犯したかのように扱われました。……」

言うなれば、ここでは「かのように」の原理が働いているのである。次に挙げるエイミーとアーサーの対話においてもまた、事実は直接言及することがない。アーサーが、エイミーの兄エドワードの借金を皆済して、マーシャルシー監獄から解放したときのことである。エイミーは恩人がアーサーだと知りながら、当のアーサーを目の前にして、それを知らないかのように装う。

　　お話ししたかったのは、もし私にその方〔恩人〕が誰であるかわかるなら、よろしければその方にこう申し上げたいということです。私がどれほどその方のやさしさをありがたく思っているか、決しておわかりにはならない、父もそれを知ればどれほどありがたいと思うかおわかりにならない、と。(1: 14)

エイミーは、「私はその方が誰であるか知らないかのようにお話しし

ます」と言うのではない。「私はその方のことを知らない」ということ以外には言明していないのである。同様に、彼女が真実を知っていると知りながら、知らないかのように振舞うのがアーサーである。彼が、エドワードの恩人の名を伏せるという条件を出したことは彼の控え目な性格を物語っているが、これによってアーサーの行為が回避されながら言及されるという逆説が生み出されている。他愛もない隠喩によってドイスを犯罪者扱いし、彼の行動を押さえようとするミーグルズは、ドイスの真摯な人柄を、いわば、隠しつつあらわにする。彼らは、仮面を被って、「実体」を顕わにしないウィリアムのような人物よりは自由だといえるであろう。

　このことはまた、諷刺のレベルにおいても二重の意識が作り出されていることと無関係ではない。すでに小池氏も言うように、ディケンズは、マードル一人が自殺すれば、彼の詐欺行為の破綻に連座して多くの人々が不幸になる事態は回避できる、と考えるほど楽観的ではない。「人間の中に根強く住み着く欲望」（小池 411）がこのような悲劇を生んだことを見抜いている。そうであれば、「繁文縟礼省」の諷刺は、果たしてどこまで諷刺として徹底しているのか、問うてみる必要がある。ディケンズが「繁文縟礼省」を愚者の集まりとして描いた一面性を批判したのはスティーヴンだった。バフチンは、ラブレーの作品の諷刺性を強調したある批評家を批判して、ラブレーのグロテスクに、あってはならないもの、否定的なものを誇張する諷刺を見ることをしりぞけた。もし諷刺が、「真理」の側から一方的に対象を批判するのであれば、それは不毛でしかない。なぜなら、自分の心を精査してみれば、ノーボディーとして排斥しえない、責任を負うべき己の姿に必ず出会うからだ。つなりこの小説は、何かの対象を創り出してそこに批判の焦点を当てるという操作がしにくくなった社会の現実を照らし出しているのではないか。こうした現実と、多層性の底に正体を隠して、直截には表現しない作中人物の精神構造は、どこか深いところでつながっているようだ。

(4) リトル・ドリットの役割

　この小説は、何かを為すか為さないかを基準として政治に問いかけるが、個人に対しても同じことを問いかける。そのことが、「性格付けが弱い」と指摘されるリトル・ドリットの役割を鮮明にする。「地上での義務、地上での償い、地上での行為」の意味を悟るアーサーは、同時に「言葉の翼に乗って天国まで飛翔する」もくろみの虚妄を知る。彼は、聖書を曲解して己の意志に従わせるクレナム夫人の世界から決別することを告げる。言葉を濫用しないことにおいて、また行為に専心することにおいて、リトル・ドリットの右に出る者はいない。ダニエル・ドイスの行動力と創造性はそれに匹敵するかもしれないが、他人に注ぐ愛の深さにおいて彼女に勝る者はいない。それゆえ、ここでは、アーサーが旧約聖書の苛酷な試練と復讐心の世界から、新約聖書の愛に満ちた世界へ移行することが暗示されてもいる。物語の結末近くでミーグルズ氏は、リトル・ドリットの半生を評して、彼女は監獄に生まれ育ったゆえに人を恨むことはないと語り、「彼女の若い人生は、運命をすすんで引き受け、人を思いやり、気高い奉仕をする人生だった」とつづける。リトル・ドリットの行為のひたむきさは、その行為の裏に潜む責任を彼女が黙って引き受けていることをうかがわせる。それは監獄の内にいるときも、外に出た後も一貫して「リトル・ドリット」でありつづける彼女の強さを印象づける。彼女の生き方、政治が無策でありながら責任転嫁をし、社会が危うい状況に陥った場合でも、それに回復をもたらすものとして、期待を抱かせるものである。だが、なによりも、結婚した彼女とアーサーは、言葉の翼に乗って天国に上ろうとするのではなく、俗世間の喧噪の中に降りていくのだ。リトル・ドリットと知り合って後、知らず知らずのうちに彼女の感化を受けながら、アーサー・クレナムはようやく現実に立ち向かう準備ができたと言えるかもしれない。

参考文献

Daleski, H. M. "Large, Loose, Baggy Monsters and *Little Dorrit*." *Dickens Studies Annual* 21

(1992): 131-42.
Easson, Angus. "Introduction." *Little Dorrit*. London: Dent, 1999.
Holloway, John. "Introduction" to *Little Dorrit*. Harmondsworth: Penguin, 1967.
Knight, Mark. "*Little Dorrit* and Providence." *Dickens Studies Annual* 32 (2002): 179-93.
Laurence, Dan H. and Martin Quinn. *Shaw on Dickens*. New York: Frederick Ungar, 1985.
Philpotts, Trey. "Trevelyan, Treasury, and Circumlocution." *Dickens Studies Annual* 22 (1993): 283-301.
Trilling, Lionel. "Introduction." *Little Dorrit*. London: Oxford UP, 1953.
小池滋「解説」『リトル・ドリット』Ⅱ（集英社、1980）。

（要田圭治）

『二都物語』

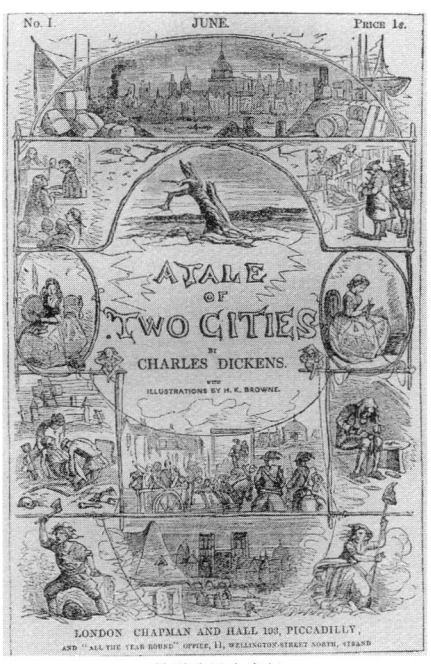

月刊分冊本表紙

Ⅱ　作品

1　最初の出版形態と出版年月

1859 年 4 月 30 日から 11 月 26 日まで週刊誌『オール・ザ・イヤー・ラウンド』誌に連載。

2　単行本テクスト（初版・校訂版・普及版・翻訳）

初版

　　　1859 年 12 月、チャップマン・アンド・ホール社から一巻本で出版。

普及版

　　　A Tale of Two Cities. Ed. Andrew Sanders. Oxford: Oxford UP, 1988. ワールズ・クラシックス版に準拠。

　　　A Tale of Two Cities. Ed. Norman Page. London: Dent, 1994. チャールズ・ディケンズ版に準拠。

　　　A Tale of Two Cities. Ed. Richard Maxwell. Harmondsworth: Penguin, 2000. 雑誌連載時のテクストに準拠。

翻訳

　　　『二都物語』（中野好夫訳、新潮文庫、1967）。

3　時代背景

1780 年のゴードン暴動を素材にした第 1 作目の歴史小説『バーナビー・ラッジ』が執筆された頃は、反穀物法の暴動やチャーティスト運動が広がりを見せ、社会全体が不穏な空気に包まれていた。それから約 20 年後、第 2 作目の歴史小説が書かれたときも、社会の不安定さは依然として人々の心を捕らえていた。1855 年 4 月 10 日、ディケンズはレイアード宛の手紙のなかで、政治に参加できない民衆の不満がいつか爆発し、暴力的行為に発展するかもしれないと述べる。このとき彼は、フランス革命前夜の状況を思い浮かべていた。フランス革命はヴィクトリア朝の人々にとって、いまだ生々しい悪夢だったのである。また、1857 年 5 月には「セポイの反乱」が起こり、大規模な民衆の蜂起がどれほど恐ろしいものかを示した。それらの暴力や流血は、社会の安定した幸福な未来への発展という概念を根底から覆すよ

うに思えたのである。

　執筆当時のフランスの不安定な政治状況にも触れておかねばならない。ナポレオン3世による第二帝政は、強大な軍事力ゆえにイギリスの安全にとっては脅威であったものの、国内事情は決して安定していなかった。1858年には、「共和国万歳」を叫ぶ群衆の暴動につづいて、皇帝暗殺未遂事件がおこる。そして、その計画がイギリスで立てられたこと、および事件に使用された爆弾がバーミンガムで製造されたことが判明し、両国関係は緊張する。

4　執筆・出版の経緯

　ディケンズはバーデット＝クーツ宛の手紙のなかで、コリンズの『凍れる海』（1857年1月6日初演）で自らが演じたリチャード・ウォーダーという、愛する女性のために自らを犠牲にして恋敵の命を救う役柄に触れ、「新

『凍れる海』の一場面

しい物語についての考えが驚くほど力強く、はっきりした形で心に浮かんだ」（1857年9月5日）と述べている。これが、後に『二都物語』となる作品について彼が言及した最初の例であろう。事実、『凍れる海』に見られた男女の三角関係における愛、対抗意識、自己犠牲という主題は、『二都物語』のプロットに強く反映される。

　1858年3月15日にはフォースターに、「生き埋め」、「黄金の糸」、「ボーヴェーの医師」という3つの題を送り、意見を求める。ただ、この時期は、エレン・ターナンとの情事、最初の有料公開朗読、妻キャサリンとの別居など、ディケンズを精神的に不安定にする事柄が重なったため、それ以上構想が具体化することはなかった。

しかし、やがて彼は「今度の物語のためにまさに格好の題」（フォースター宛書簡、1859年3月11日）を思いつき、カーライルによってロンドン図書館から送られてきた歴史資料を調べはじめる。そして、4月30日には第1回分が『オール・ザ・イヤー・ラウンド』誌に掲載されることになる。

　その夏ディケンズは健康がすぐれず、「今までのペース、つまり、1ヶ月分書き溜めておく以上のことは」（フォースター宛書簡、1859年7月9日）できなかった。週刊連載という出版形式も『ハード・タイムズ』のとき同様、彼に苦難を強いる。翌月フォースターに語ったところによれば、「単なる金銭ではなく、題材の興味、週刊連載に伴う困難と戦う快感だけが、物語を絶えず切り詰めるのに要する時間と労力に報いてくれる」（1859年8月25日）のであった。

　そうした困難にもかかわらず彼は根気よく執筆に励み、これまでのディケンズ小説とは違ったものに書き上げようとする。「絵画的な物語を書き、実際に見られるような人物たちで各章を盛り上げ、しかも、対話によって自己を表現するというよりも、物語に人物を表現させるというちょっとした仕事に取り組んでいます。言い換えれば、〈事件から成る物語〉——そう称するのみのくだらない物語ではなくて——を書き、人物たちを事件の展開という乳鉢のなかですりつぶし、彼らの持つ面白みを引き出すことを考えたのです」（フォースター宛書簡、1859年8月25日、傍点ディケンズ）。

　10月4日に作品を完成したとき、ディケンズはレニエ宛の手紙で、「私がこれまでに書いたもののなかで最高の物語であると思います」と自信のほどを窺わせる（1859年10月15日）。その後、ブルワー＝リットンが、歴史上および芸術上の問題に関して異議を唱えた際にも、彼は自分の小説を擁護する。まず「封建領主の諸々の特権」はこの小説が扱っている恐怖政治時代には残っていなかったのではないかという疑問に対して、確かにそのとおりだが、それらの幾つかは、「マネット医師の物語——これはご記憶と思いますが、恐怖政治時代よりずっと前のことです——の時期、つまり革命に近い頃まで、小作人をひ

どく抑圧するために使われていたのです」(1860年6月5日)と答える。また、マダム・ドファルジュの死が偶然過ぎはしないかとの批判に対しては、彼女の死を威厳で包むのではなく、むしろ偶然の産物にしたところに明白な意図があるとする。「偶然が人物の情熱や感情と不可分の場合、すなわち、それが全体の構想と厳密に一致し、物語がそれまで周到に準備してきた、その人物の最終的行動から生じている場合には、偶然はいわば神の裁きの表われ」(1860年6月5日)なのである。

『二都物語』に創造的刺激を与えたものとして、先に『凍れる海』のウォーダー像を挙げたが、フィリップスの劇『死せる心臓』(1859年11月初演)も、プロットの主要な点で『二都物語』に似通っている。どちらも舞台がフランス革命時であり、登場人物の一人は18年間「生き埋めにされ」、主人公は他の人物の命を救おうとギロチンにかけられる (Dolmetsch を参照)。しかし、これ以上に多大な影響を与えたのがカーライルの『フランス革命』(1837) である。すでに1851年の夏に、ディケンズは「あの素晴らしい作品を500回読み返し」たとフォースターに述べているし、実際、『二都物語』中の事件や革命に対する黙示録的な見方は、『フランス革命』に依拠している。

5　作品の批評史
(1) 同時代の評価

出版されると『二都物語』は好調な売行きを示し、多くの書評が称賛の言葉を惜しまなかった。それに対して、例えば、高級ジャーナリズムを自負する『サタデイ・レヴュー』誌 (1859年12月17日) は辛辣であり、評者スティーヴンは作品を「料理したところでごまかしようのない」「子犬のパイと猫のシチュー」に譬え、そのプロットを、「ディケンズ氏が在庫する派手で安っぽい商品を陳列するための支離滅裂な枠組み」だと酷評する。「多分イギリス批評史上もっとも悪名高い〔書評〕」(*Letters* 9: 183n) と言われる所以である。

(2) 20世紀——否定的評価

　ディケンズの死後、この作品をけなすのが批評上の一種の流行となる。例えば1871年、オリファントは、「どんな新人作家にでも書けただろう。ディケンズらしさなどほとんどない」(『ブラックウッズ・エディンバラ・マガジン誌』109: 691) と評した。ギッシングは、「熟慮して物語のための物語を書こうとしたが、これこそは、ディケンズがこれまでできなかったことなのだ」と述べる。20世紀に入ると、チェスタトンは作品の「威厳と雄弁」を評価しつつも、歴史的大事件の説明としては欠陥を有すると指摘する (Chesterton, *Dickens*)。

　20世紀後半になっても幾人かの批評家は、この小説にほとんど価値を見出さなかった。ジョンソンは、偶然に頼り過ぎていること、ユーモアの欠如、愛と革命という2つの主題がうまく融合していない点を失敗の原因として挙げ、シドニー・カートンの殉教にも似た崇高な死は、物語の社会批判的手法を弱めていると非難する (Johnson 2: 982)。グロスは文体を槍玉に上げ、「灰色で飾り気がない」(Gross 194) と却下する。ただし、文体に対するこの評価は、その後の批評家によって反論される。またルーカスは、本作をディケンズの「最悪」の小説と見なし、特に暴力を改革の手段としているとして異議を唱える (Lucas 287)。

(3) 20世紀——肯定的評価

　多くの批評家は、『二都物語』が完全な成功作ではないにしても、何らかの意味で興味深い作品であると判断している。描かれた心理学上の複雑さに目を向けたマンハイムは、小説の構造とディケンズ自身の精神的不安定との関係を探究し、ハッターは、ヴィクトリア朝の「家族」というコンテクストにおいて、小説を父と息子の葛藤という観点から分析する。

　そうした精神分析的手法は、従来、平板で退屈だとして批判されてきた人物像の再評価につながる。例えばマネット医師の精神状態の描写に、数多くの批評家が、長期にわたる孤独が精神に及ぼす影響につ

いての非常に現代的な分析を見てとる。ダイソンは、マネット像を「ディケンズ作品中、心理的洞察と象徴性がもっとも巧みに融合した一例」(Dyson 223) だと高く評価する。彼はカートンの死も単なる現実逃避とは見なさず、倫理的およびキリスト教的観点から捉える。ブルックは一歩推し進めて、カートンはチャールズ・ダーネイの代わりに死んだのではなくエヴレモンド、すなわちエヴリマン (Everyman) の代わりに死んだのだと論じる (Brook 95)。『二都物語』を人間の堕落の寓意物語として読むゴールドは、カートンの死をディケンズによる「キリスト教哲学の人本主義的表現への置き換え」(Gold 238) の極致と見なす。しかしアンガス・ウィルソンは、カートンの犠牲に人間愛が強調されるあまり、「一種の異教的英雄主義」になると批判する (Wilson 267)。作品の感情的エネルギーの媒体となるマダム・ドファルジュについては、スレイターが、「ディケンズが女性の性質のなかに埋もれているのを発見した、恐ろしい力に対する根深い恐怖の表現である」(Slater, *Women* 356) と述べる。彼女への関心は、フェミニズム批評によって近年とみに高まっている。

　文体および修辞学上の特質も詳細に分析されている。モノは反復とイメジャリーに、ストアーは換喩構造に特に注目する。サーリーは、ギリシア神話に基づく隠喩と古典的な象徴を分析し、「精神的過程と歴史的主題との結合」こそがこの小説の偉大な成果であると述べる (Thurley 274)。また、メンガルは、3つの噴水の象徴的機能を分析し、小説には「時間と歴史に対する相反する態度が並存している」(Mengel 31) と論じる。

　ディケンズの歴史観を知るには、カーライルの影響がどういう形でどこまで及んでいるかを探ることが肝要である。オディーは、後者の影響力のみならず両者の重要な相違点も明らかにし、特にカーライルに見られないものとして、『二都物語』中の宿命論を挙げる。オディーと非常に異なる捉え方をするのがゴールドバーグである。彼は『二都物語』のほとんど全てがカーライルに負っているとし、ディケンズとカーライルがともに暴力に魅せられていた点、および歴史が現在に

教訓なり警告を与えると彼らが信じていた点に注意を向ける。

　『二都物語』と『フランス革命』との関係は、『二都物語』特集号と言える Dickens Studies Annual 12 (1983) においても探究されている。しかし、ここで注目すべきは、両者の相関関係を論じる際に「書くこと」や「語り」に多くの論文が主眼を置いている点である。例えばボームガートンは、「この世は矛盾によって特徴づけられており、書くことも例外ではない」(Baumgarten 161) と言語の多義性、両義性のなかで「書くこと」について考察する。その上でカーライルとディケンズの文章を比較し、前者が「モノフォニー」に向かうのに対して、後者は「ポリフォニー」を実現したと結論づける。また、ギャラガーの急進的な読みは、ディケンズの「語りはそれ自身の分身を作り出すことで自らを隠蔽する」(Gallagher 125) と主張する。つまり、小説家が登場人物たちの私的領域を暴く行為は、テクストに描かれたイギリスの公開処刑、フランス革命、死体盗掘という、私的領域への3つの「途方もない侵略者」(Gallagher 126) と対比して、善良なものとされるのである。これらの論文の影響下で、植木氏は「書くこと」の危険性に注目し、村山氏はテクストの曖昧性や「歴史の重荷」に焦点を当てる。

　植木、村山両氏ともマダム・ドファルジュの編み物をマネットの手記と並ぶ「書くこと」の隠喩と捉えるが、「書くこと」と歴史や過去との係わりが問題となっている。それに対して新野氏は、マダム・ドファルジュの行為を物語のプロットやルーシー・マネットの「語り」との関連から考える。声とエクリチュールとの対立に着目し、声の優位性が解体してゆく様を論じるのである。

　このように、「書くこと」への意識の高まりに見られるように、現在では『二都物語』を批評に耐え得る作品として再評価しようとする動きが著しい。だがディケンズ愛好家たちにとって、ユーモアの欠如、人物造形の深みのなさ、細部描写の希薄さゆえに、やはり物足りなさが残る作品であることは間違いない。ただ大衆の間では人気を博し、まさに、その欠点とされた理由ゆえに何度も舞台にかけられたり映画

化されたりしている（「ディケンズと映画」の項目参照）。

6　作品へのアプローチ
(1) 伝記的背景
　『二都物語』が生み出された時期、ディケンズは情緒面において非常に不安定だった。1858年5月に妻との関係が破局に達し、別居することになる。もちろん原因は彼とエレンとの情事にあるが、彼はそれをアリバイ工作をするなどしてひた隠しにする。しかし、噂は広まってしまう。それも、ディケンズの秘密の愛人は、夫妻と同居していた妻の妹、ジョージーナ・ホガースであるというのだ。それに対してディケンズは、6月12日『ハウスホールド・ワーズ』誌に一文を寄せ、「最近 囁かれている噂は全て」偽りであると主張する。この事件がもとで彼は、『ハウスホールド・ワーズ』誌の出版元であるブラッドベリー・アンド・エヴァンズ社との関係に終止符を打つ。そして新たに、事実上彼の個人所有雑誌『オール・ザ・イヤー・ラウンド』誌を創刊する。彼はあくまで清廉潔白な自画像を世間に提示するのである。だが、こうした分裂した自己に苦悩を覚えながらも、娘ほども年の離れた若い女性との関係を通して、彼が解放感、回春、感情面での新たな目覚めを覚えたことは間違いない。

　したがって作品の中心的な主題である「再生」は、ディケンズ自身の内面の変化を劇的に表現しているとも解釈できる。カートンとダーネイの二人は、ディケンズが自らの相対立する二面と見なしていたかもしれないものを表わす。それは、『凍れる海』でルーシー・クレイフォードを演じたエレンをモデルにしたヒロイン、ルーシーに対する二人の姿勢に顕著に表われる。しかし、ディケンズは良心の痛みや罪悪感を完全に払拭することはできなかった。それは全てカートンが担うことになる。作者の暗い分身であるカートンは、現実生活でディケンズがする気もなかったしできなかった欲望の自制を引受け、最後の場面では英雄的な自己犠牲にまで走る。このように考えてくると、カートンの処刑台での死の動機が、ルーシーのためという非常に個人的な

ものであり、政治的もしくはイデオロギー上のものではないことの理由が分かってくる。作品の最後の音調は、あからさまなまでの主情主義に陥っているのである。

　個人生活の面でのこうした変化は突然おこったように見えるが、実際は、『荒涼館』以降の作品に見られたような暗い人生観に彼を駆り立ててきた、長年にわたる内的変化が、具体的な形を取って彼の人生上に噴出してきたと解釈する方が妥当であろう。登場人物を飲みこむ革命は、人間として、そして芸術家としてのディケンズを飲みこんでいた革命を象徴的に表現する。

(2) 革命と暴力

　ディケンズが、革命の破壊的暴力に取りつかれていたのは事実だ。彼にとって悪が善より遥かに実体を帯びていたように、暴力は幸福や調和より彼の創作力を強く刺激する。そして、その暴力とは、長期間にわたって抑圧されてきた怒りが突然解き放たれた群衆の暴力なのである。ディケンズの群衆描写に見られる修辞的戦略とフランス革命観は、その大部分がカーライルに拠っている。

波は高まる

群衆を表わす象徴としては、激しい雷雨、地震、猛り狂う炎といった自然界に由来するものが多く使われたが、カーライル同様ディケンズが好んだ隠喩も海である。バスティーユ監獄襲撃の描写は、とりわけその海のイメージを精巧に用いている点で注目に値する。

　群衆のなかで、女性は男性以上にディケンズを引きつける。実際、フランス革命では、女性たちが前例のない重要な役割を果たした。ヴェルサイユ宮殿への大行進は主として女性たちによって扇動され遂行

されたものだった。『フランス革命』中の「女たちの反乱」と名づけられた箇所の一節でカーライルは、この出来事に魅せられるとともに動揺させられる自分を隠していない。だが、彼は冷やかしと皮肉で簡単に片づけようとする。それに対してディケンズは、女性の役割に動揺しつつも笑い飛ばすことなく、仮借なく残酷な女性革命家たちに魅せられる自分をありのままに表現する。財務長官フーロンを即決で処刑する挿話では、カーライルには言及のない女たちの関与を強調する。この場面やカルマニョール輪舞の場面で起こるのは、〈境界侵犯〉である。革命時に生じた階級間の伝統的権力関係の侵犯は、ジェンダーに基づく社会活動の伝統的な役割と慣例の侵犯と結びつく。まさにフランス革命は抑圧されたものの復権のようだ。

　群衆のこのような暴動をディケンズは、抑圧が生み出した当然の産物として提示する。彼は、群衆の破壊力を楽しむだけでなく、小説家として、なぜそうした暴動がおこるのか、その原因を探る。革命時に暴虐非道を働いた人々も家庭に帰れば、ダーネイやルーシーと同じ良き父や母なのである。彼らをそうした行為に走らせたのはフランス貴族であり、支配階級は自ら蒔いた種によって滅ぼされたと、ディケンズは明言する。

　しかし、『二都物語』をマルクス主義的小説と考えてはいけない。ディケンズは革命の暴力を、アンシャン・レジームの圧制と同じくらい否定的で自滅的なものと主張する。暴力に惹かれながらも、制御の利かない激情を恐れるのである。最後の章の冒頭近くで語り手は、「同種のハンマーで、もう一度人間を形が崩れるほどに押しつぶしてみるがよい。彼らは再びいびつに捩れ、苦しむ姿を呈するだろう。あの飽くなき放縦と圧制と同じ種子を、もう一度まいてみるがよい。そこからは、それぞれの品種に応じた同じ実が必ずできるだろう」(3: 15) と述べる。ここにはカーライル的な見解がそのまま反映されている。圧制によって歪められた人間の精神は、以前と同じような歪んだ社会しか生み出さないのである。

　では、歴史のそうした無益な円運動を防ぐにはどうしたらよいのか。

ディケンズが期待するのは、個人の変化だ。フランス革命を非人間的な制度と見なす彼は、カーライル同様、あらゆる人間らしいものにとって有害な諸制度から成る社会のなかで、個々人がいかに人間味溢れる自己実現の道を探るかに関心を持ったのである。オーウェルが指摘するように、「あらゆる社会批判において、彼〔ディケンズ〕は常に、枠組みの変化よりむしろ精神の変化を目指す」(Orwell 22) のである。

(3)「生き埋め」と「再生」

社会と個人との係わり合いは、「生き埋め」という主題と密接に結びつく。実際、作品中には、バスティーユ監獄に18年間幽閉されたマネット、何度も投獄され死の淵に立つダーネイ、「僕という人間はですね、子供のまま死んでしまったのも同然なのです」(2: 13) とルーシーに語るカートンなど多くの人物が、肉体的・精神的に「生き埋め」にされている。な

バスチーユ監獄で

かでも、『生き埋め』という題を考案したとき、ディケンズが主として考えていたのはマネットだった。1842年のアメリカ訪問の際、フィラデルフィアの刑務所で採用されていた隔離システムにひどい衝撃を受けたことも動機となって、ディケンズは、マネット像を通して、独房監禁が人間精神に及ぼす悪影響を描き出す。釈放された後もマネットは幾度と、幽閉時の精神状態に陥る。

「生き埋め」は、もっとも

郵便馬車

重要な主題である「再生」と密接に連関する。テルソン銀行員ロリーは、マネットをイギリスに連れ戻すためにドーヴァーに向かう途中で、銀行の使い走りをするクランチャーに「甦った」という伝言を銀行に届けさせる。それから眠りに陥った彼は、地中から一人の男を、鋤や鍵で掘り出す夢を見る。パリで彼とルーシーは、バスティーユで生き埋めにされていた状態から救い出されたマネットを発見する。しかし、マネットの精神は異常をきたしており、ルーシーの愛と献身が彼に第二の再生をもたらす。

「生き埋め」はまた、革命が生み出す混沌を反映して別の意味をも帯びる。それは偽りの再生と結びつくのである。イギリス官憲のスパイであるクライは身の危険を感じて偽の葬式を出し、後に革命側のスパイとしてパリに現われる。同様に、パリの群衆に嫌悪されているフーロンは、死をでっち上げ偽の葬式を出す。ただし彼は群衆によって甦らされ、ぞっとする死を迎えることになる。そして偽りの再生は、夜になると死体盗掘人となるクランチャーが、解剖用に売って金儲けをしようと墓から死体を掘り出すとき、もっとも強く冒瀆的側面を帯びる。

著しい対照を成すのが、キリスト教的意味合いを持つカートンの再生である。彼がなぜ自らの人生に対して無頓着な態度しか示さないのか、その点ははっきりしないが、彼が、ディケンズの後期作品の多くの主人公同様、「無感動」という病にかかっていたのは確かだ。彼は、真実を見抜く鋭い知覚力を秘めながらも、表面上は無関心な態度を取りつづける。だがルーシーへの愛は、彼に変化をもたらす。彼女の愛するダーネイを命を賭して救出しようとするとき、彼はこれまでのすさんだ人生を償うために、自らを犠牲にすることができるほどに強い人間として現われ出る。「我は甦りなり、生命なり」(3: 9) という「ヨハネ伝」第 11 章第 25 節からの言葉を胸に断頭台の露と消えるとき、彼は精神的な「生き埋め」状態から完全に脱したといえる。

7 「天使の光と影」

『二都物語』のテクストにはフランスとイギリスの対照を始め、人間愛と残酷さ、死と再生、愛と憎しみといったさまざまな対立が描き出されている。その1つが、セクシュアリティを露わにする力強い下層階級出のマダム・ドファルジュと、中産階級の「家庭の天使」ルーシーという二人の女性である。だが、テクスト中に描かれた対立物の境界がそれほど堅固でないのも事実である。二人の女性もまた、極端なまでに対照的でありながら、逆に共通性をも有するのではないだろうか。以下ではそうした観点から、全体を男性と女性の対立構図のなかで捉えつつ、テクストを読み解いてみよう。

革命は、神聖なる国王という表象のもと秩序づけられてきた家父長制社会に対する、女性の反乱と見なし得る。そこでは男と女の結びつきよりも、女と女とのホモソーシャルな結びつきの方が重視される。父なる神は否定され、革命の正義を実行する女神「ギロチン」が新たに崇拝の対象となる。男女の強者と弱者の関係は逆転し、男性は女性化されさえする。こうしたカーニヴァル空間では、公的領域と私的領域の区別はなくなる。

その中心に位置するのが、マダム・ドファルジュである。子供を産まないマダム・ドファルジュの身体は、その代わりに、ギロチンとともに、制御の利かないほど多くの死を産み出す。その準備は「編む」という行為によって為される。彼女は女性の言説というべきものを編み出しているのである。「編む」という、ヴィクトリア朝の家父長制イデオロギーにとって家庭と理想の女性像と結びつく行為が、ここでは逆の復讐、暴力、死といったイメージと結びつくことになる。

一方ルーシーは、「黄金の糸」(2: 4) を紡ぎ出し、父親や夫ダーネイに心地よい家庭空間を提供する。公私の領域が渾然一体と化した革命を体現するマダム・ドファルジュの暴力が破壊せんとするのは、まさにこの家庭生活なのである。

しかし、両者が共通性を有している点にも目を向ける必要がある。マダム・ドファルジュと密接に結びつくギロチンは、カーライルによ

って「彼〔ドクトル・ギロチン〕の娘」(FR, I.1.4.4) と記される。またディケンズも、「ラ・ギヨティーヌと呼ばれる切れ者のあまっ子」(3: 4) として言及する。ギロチンは、マダム・ドファルジュと同じく鋭い女性であるばかりか、ルーシー同様、父の忠実な娘でもあるのだ。したがって、ギロチンを介して、ルーシーとマダム・ドファルジュは結びつく。それのみならず、マダム・ドファルジュが革命に走る動機が過去に家族が被った悲劇にあったことを思いおこせば、彼女の家族への執着は、ルーシーが、過去に父が理不尽に被った悲劇ゆえに、家庭を激しいまでに守ろうとする姿勢に近いといえる。二人はともに過去の記憶に基づいて、現在の行動を規定されているのである。

マダム・ドファルジュの「編む」行為が革命の物語を「書く」行為だとすれば、ルーシーは「黄金の糸」を紡ぎ出すことによって平安な家庭の物語を「書く」。この二本の糸によって『二都物語』は展開してゆく。しかし、月刊分冊本の表紙絵に描かれた二本の糸は、一本につながっているのである。ここにもまた両者の共通性が示唆されている。すなわち、マダム・ドファルジュの行為が男性に死を運命づけるのであれば、ルーシーの行為は、その糸のなかに男性を絡め取ってしまうのである。もちろんディケンズは、一義的にはルーシーの道徳的影響力を称賛するのだが、あまりに強い影響力は男性から活力を奪い取ってしまう。相対立する二人の女性が、このように男性に対して本質的に同じ脅威となるとき、我々は、両者の境界線の曖昧さとともに、テクストが女性によって支配されていることを知る。

だがルーシーの影響力の下、男性たちは完全に去勢されていたわけではない。ダーネイが、サン・テヴレモンド一族に仕えてきたギャベールを救うためにパリに向かう行為は、結果的に彼女の束縛からの解放となる。しかし彼の行動の背後に、父と叔父の犠牲となった家族の生き残りの娘に償いをすると亡母と交わした約束を果たしていないという恥と罪の意識があることを忘れてはならない。彼は、亡母に導かれるかのように、ルーシーという心地よい母の胸から、マダム・ドファルジュという死を産み出す怒れる母のもとに向かうのである。

マネットにしても同じである。パリの監獄に入れられたダーネイを救出するために彼は、バスティーユの囚人としての自分の過去を愛のために積極的に利用する。このとき彼は、ルーシーの影響下で抑圧していた暗い過去を解き放つことができる。ダーネイの救出に成功したとき、父娘の逆転関係は逆転し、強い家父長としての父と彼に頼るか弱い娘という「正常な」構図が描かれることになる。だが、これも束の間のことでしかない。彼は再び生ける屍と化す。マダム・ドファルジュは、彼が過去に書いたダーネイ一族への憎悪と復讐の手記を利用して、彼を再び過去に引きずり戻すのである。彼の場合も、心地よい母との一体性からの脱離は、恐怖としてコード化される「母親」に再び囚われ翻弄されることを意味する。
　しかし、二人の女性による支配には終止符が打たれる。ルーシーの守る家庭空間は、マダム・ドファルジュが体現する革命という公私の区別のない領域に巻き込まれ、消え失せる。一時的にせよ、規範を逸脱した女性によって、規範に沿った理想の女性が屈服させられるというディケンズ小説上これまで類を見ない事態が生じることになる。しかし、そのマダム・ドファルジュもまた、過去への復讐に囚われ歴史を不毛な円運動にしてしまったために身を滅ぼすことになる。
　歴史は直線的な流れでなくてはならない。それを導くのがカートンであり、物語は最後になってようやく男性の手に取り戻される。それは、父なる神が復権するときでもある。カートンがこの役目を担うのは、彼がルーシーの影響力に触れながらも距離を置いており、「黄金の糸」に給め取られなかったこと、言い換えればダーネイやマネットのように去勢されなかったからだと考えられる。
　だがはたして物語は、完全に男性の手に取り戻されたのだろうか。確かに、無力なダーネイに口述筆記させた手紙、英雄的な自己犠牲、そして、それにつづく予言は物語の中心がどこにあるかを示している。しかしながら彼の権威は、最後に登場もしくは言及される二人の女性によって弱められているのではないだろうか。
　カートンが一緒に処刑台に向かう貧しいお針子が、たった一人の身

内である従妹の身の上を心配して、「もしこの共和国が、本当に貧しい人たちのために尽くし、それでその人たちも、もうひもじさに泣くことはなく、万事につけて苦しみが減るという、そんなことにでもなれば」(3: 15) と言うとき、その発言は社会問題の域にまで達する。このとき女性は、必ずしもマダム・ドファルジュのように歴史の悲劇的な円運動を引き起こすのではなく、男性のみにあてがわれたと思われた、歴史の直線的な進展を示す能力をも与えられているのである。

また、カートンがギロチンに向かう様は、「同じ斧の犠牲となったもっとも有名な者の一人」(3: 15)マダム・ロランの二番煎じにすぎない。彼女は、一緒に処刑台に向かうラマルシュという意気消沈した男を元気づけようとする。それが、カートンが一緒に処刑台に向かうお針子を励ます場面に繰り返される。彼の予言もまた、処刑される直前に浮かんだ感想を書き留めたいと願ったマダム・ロランの例に倣ったものである。

のみならずカートンの自己犠牲そのものが、マダム・ロランの収監が持つ意味を模倣しているのだ。収監期間中に彼女は、自分自身についての『回想録』(1793) を書き、そのなかで、貞淑な「ひとかどの人物の正妻」としての立場を自負している間は書けなかった、愛人ビュゾとの関係に触れる。収監によって彼女は、自らの意思でビュゾとの関係を保ち、それでいて身体的な結びつきを否定しつづけることができた。収監を通じて、徳性が保たれると同時に恋情を満足させるという、究極の不倫が可能となったのである (Outram 149)。同様にカートンも、監獄でルーシーへの思いをこめた、それもダーネイには理解不可能な手紙を書くことで、身体的な結びつきはなくとも、彼女との不倫関係を永遠に保ちつづけることができる。恋情を満足させつつも、英雄的行為を前面に押し出すことができるのである。

テクストは、愛する女性のためのカートンの死を、崇高な行為として賛美して幕を閉じる。ルーシーについては、男性が命を捧げるに値する美徳を備えた理想の女性としての面だけが強調される。女性によって支配権を剥奪される危険を最後まではらみながらも、それを抑圧

革命期のパリ市街図

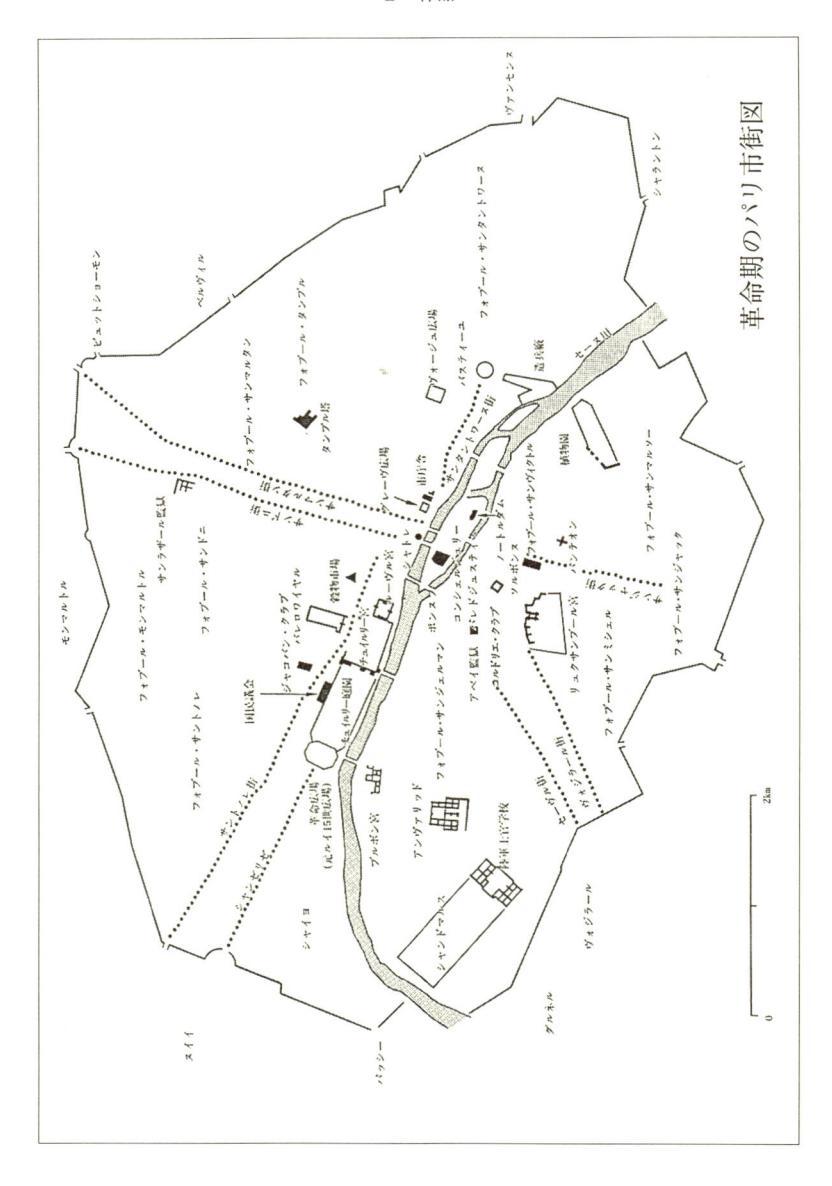

した形で、アンシャン・レジーム時とは異なる、男性支配の復活が唱えられるのである。『二都物語』ではまだ、強引ながらも、男性が主体的に理想の女性像を再定義し、自らの語りによって権威を回復し秩序をもたらすことが可能だったと言える。

参考文献

Baumgarten, Murray. "Writing the Revolution." *Dickens Studies Annual* 12 (1983): 161-76.
Brook, Chris. *Signs for the Times: Symbolic Realism in the Mid-Victorian World*. London: George Allen, 1984.
Dolmetsch, Carl R. "Dickens and *The Dead Heart*." *Dickensian* 55 (1959): 179-87.
Dyson, A. E. *The Inimitable Dickens: A Reading of the Novels*. London: Macmillan, 1970.
Gallagher, Catherine. "The Duplicity of Doubling in *A Tale of Two Cities*." *Dickens Studies Annual* 12 (1983): 125-45.
Gold, Joseph. *Charles Dickens: Radical Moralist*. Minneapolis: U of Minnesota P, 1972.
Goldberg, Michael. *Carlyle and Dickens*. Athens: U of Georgia P, 1972.
Gross, John. "A Tale of Two Cities." *Dickens and the Twentieth Century*. Ed. John Gross and Gabriel Pearson. London: Routedge, 1962. 187-97.
Hutter, Albert D. "Nation and Generation in *A Tale of Two Cities*," *PMLA* 93 (1978): 448-62
Lucas, John. *The Melancholy Man: A Study of Dickens's Novels*. East Essex: Harvester, 1980.
Manheim, Leonard. "A Tale of Two Characters: A Study in Multiple Projection." *Dickens Studies Annual* 1 (1970): 225-37.
Mengel, Ewald. "The Poisoned Fountain: Dickens's Use of a Traditional Symbol in *A Tale of Two Cities*." *Dickensian* 80 (1984): 26-32.
Monod Sylvère. "*A Tale of Two Cities*: A French View." *Dickens Memorial Lectures*, 1970. *Dickensian* 65, supplement (1970): 21-37.
Murayama, Toshikatsu. "Writing, Knitting and Digging: Textual Indeterminacy and Historical Determinacy in *A Tale of Two Cities*." *Otsuka Review* 29 (1993): 69-84.
新野緑『小説の迷宮——ディケンズ後期小説を読む』研究社、2002.
Oddie, William. *Dickens and Carlyle: The Question of Influence*. London: Centenary, 1972.
Outram, Dorinda. *The Body and the French Revolution: Sex, Class and Political Culture*. New Haven: Yale UP, 1989.
Stoehr, Taylor. *Dickens: The Dreamer's Stance*. Ithaca: Cornell UP, 1965.
Thurley, Geoffrey. *The Dickens Myth: Its Genesis and Structure*. London: Routledge, 1976.
植木研介「『二都物語』の掘り起こされた過去—— Writing, Knitting, Burying, Digging を巡って」『広島大学文学部紀要』50 (1991): 96-125.

(田中孝信)

『大いなる遺産』

初版 1 巻本表紙

II　作品

1　最初の出版形態および出版年月日
週刊誌『オール・ザ・イヤー・ラウンド』に 1860 年 12 月 1 日号から 1861 年 8 月 3 日号まで連載。

2　単行本の初版出版年月日および出版社名
初版
 3 巻本(挿絵なし)、1861 年 7 月 6 日、チャップマン・アンド・ホール社。
 1 巻本(マーカス・ストーンの挿絵付き)、1862 年 11 月 1 日、チャップマン・アンド・ホール社。

校訂版
 Great Expectations. Ed. Margaret Cardwell. Oxford:, Clarendon 1993. 上記 3 巻本に準拠。

普及版
 Great Expectations. Ed. Robin Gilmour. London: Dent, 1994. Charles Dickens 版に準拠。
 Great Expectations. Ed. Margaret Cardwell. Oxford: Oxford UP, 1994. 上記クラレンドン版に準拠。
 Great Expectations. Ed. Charlotte Mitchell. Rev. ed. Harmondsworth: Penguin, 2003. 上記 3 巻本に準拠。

翻訳
 『大いなる遺産』(山西英一訳、新潮文庫、全 2 巻、1997)
 『大いなる遺産』(山本政喜訳、角川文庫、全 3 巻、1998)

3　時代背景とトポグラフィー
ディケンズは『大いなる遺産』の時代設定に関して具体的な日付けを記していないが、作中に散見される内的証拠によって時代背景を窺い知ることができる。例えば、成年の 21 歳になったばかりの主人公ピップが狂恋の相手エステラと馬車で通った街路のガス灯 (33) は、1827 年以降に本格的に使用されはじめたものである。ピップが親友

ハーバート・ポケットとボート漕ぎの練習をして旧ロンドン橋 (46) をくぐった時は 23 歳であったが、この橋は 1831 年に取り壊されている。そうした内的証拠によって、ピップが生まれたのはディケンズが生まれる 5 年前の 1807 年頃だと分かる。また、ピップはパイを盗んだ恐怖から抱きついたテーブルを「現代の霊媒」("a Medium of the present day," 4) のように動かすが、心霊主義 (Modern Spiritualism) が 1852 年にボストンの霊媒、マライア・ヘイドンによってイギリスに紹介されて流行した史実から判断するならば、語り手ピップは少なくとも 45 歳以上となる。従って、語り手ピップが過去を振り返っている時期は、ディケンズが『大いなる遺産』を書いていた時期(48～49 歳)とほぼ同じ頃だと考えてよい。

　小説で描かれるロンドンのさまざまな場所には実名が使われている。それに対し、作品冒頭で描かれるピップの生まれ故郷については、テムズ河とメドウェイ川の河口に挟まれたフー半島の沼沢地帯のどこかであること以外は確定できない。ピップが義兄で鍛冶屋のジョー・ガージャリーと一緒に住んでいる村に関してはクーリングとロワー・ハイアムの説がある。クーリングについては、そこのセント・ジェイムズ教会の墓地に語り手ピップが夭折した 5 人兄弟の墓石について記した「長さ 1 フィート半ほどの小さな菱形の石」(1) が実際にあり、ディケンズがしばしば友人を連れて見せに行った (Forster 8: 3) こともあり、説としては有力である。一方、ピップが呼ばれて出かける (父親が醸造業で財をなした) 中産階級のミス・ハヴィシャムの住む町は、ディケンズが幼少時代を過ごしたケント州チャタムの隣町ロチェスター(『エドウィン・ドルードの謎』の舞台クロイタラムのモデル)であり、これについては異論がない。そして、ミス・ハヴィシャムの屋敷 (サティス・ハウス) はロチェスターの本通からはずれたメイドストン・ロードにあるレストレーション・ハウスがモデルとなっている。また、ジョーの叔父パンブルチュックの店と紳士になったピップが泊まる青猪亭は、それぞれ現在もロチェスターの本通にあるイーストゲイト・ハウス (ディケンズ・センター) の斜め向かいの家とロイヤル・ヴィク

トリア・アンド・ブル・ホテルだと言われている。『大いなる遺産』の詳しい地図については、<http://wwwsoc.nii.ac.jp/dickens/archive/ge/ge-map.pdf> を参照のこと。

4 執筆、出版に至る経緯

　ディケンズは『大いなる遺産』を1860年9月下旬から書きはじめたが、その構想は『オール・ザ・イヤー・ラウンド』誌に自ら寄稿していたエッセイの一つから生まれた。同じ月の中旬に、彼は知友ジョン・フォースターに宛てた手紙で、「とても素晴らしい、斬新でグロテスクな着想がひらめいたので、この考えを新しい小説のために取っておいた方がよいと思いはじめています」と記している。このグロテスク

ピップとマグウィッチ

で悲喜劇的な構想とは、主人公ピップに脱獄囚マグウィッチと善良で愚かな義兄ジョーを絡め、それを中心に物語が展開する軸を設けることであった。しかし、フォースター宛ての10月4日付けの手紙を読めば、この考えをディケンズは従来どおり20回の月間分冊の形式で出版するつもりだったことが分かる。ところが、その頃『オール・ザ・イヤー・ラウンド』誌の巻頭に連載されていたアイルランドの作家、リーヴァーの小説『日帰りの狩猟』が不評で、雑誌の売れ行きが落ちこんでいたので、ディケンズは参謀会議を開き、自ら割りこんで巻頭小説を書くことに決めてしまった。

　こうして『大いなる遺産』の出版は週刊形式に変更され、1860年12月1日号から連載がはじまった。そして、この小説のおかげで『オール・ザ・イヤー・ラウンド』誌の発行部数は、約6万部の日刊『タイムズ』紙より数千部ほど多くなった。ディケンズは自分にとって5回目の週刊連載となる『大いなる遺産』で、雑誌の巻頭に2段

組で 5 ページ強、約 5,200 語を毎週ほぼ均一に書いたわけであるが、スペースについて漏らした不平不満にもかかわらず、これは彼の最初の週刊誌『ハウスワールド・ワーズ』誌で培われた編集の才と臨機に事を処理する類まれな能力を証明するものだと言える。

5　作品の批評史

(1)　ニュー・クリティシズムの流行まで (1860-1960)

　『大いなる遺産』の出版直後の書評には、例えば 1861 年 7 月 20 日の『サタデイ・レヴュー』誌に代表されるように、人物描写における矛盾や誇張に難癖を付けながらも、ディケンズが 1850 年代に書いた一連の暗い小説からユーモアに富む前期の明るい小説への回帰を歓迎したものが多かった。1860 年 10 月初旬にフォースターへ宛てた手紙で、ディケンズが「『二都物語』のようにユーモアの不足を嘆かれることはないでしょう。冒頭場面の全体的な効果を非常に滑稽なものにしたと思っています」と書いたように、確かにピップとジョーの関係は笑いを誘うものである。しかし、脱獄囚のグロテスクで陰鬱な描写によって、その効果が中和されているのも事実である。監獄のテーマや自信と陽気に欠ける主人公などの点で、コリンズは『リトル・ドリット』や『二都物語』との共通性を指摘している (Collins 345) し、人間を堕落させる〈金〉の影響力というテーマでは『互いの友』と密接な関係があるので、『大いなる遺産』はやはり後期作品群に共通する悲観的なトーンに支配された小説だと言わねばなるまい。

　1880 年代から 1940 年過ぎまではディケンズ批評にとって冬の時代であった。スウィンバーン、ショー、ギッシング、チェスタトンといった作家たちは『大いなる遺産』を高く評価したが、この小説もまた批評家の間ではずっと日の目を見なかった。1941 年に出版された二つの研究書、すなわち伝記的事実からディケンズの心中の葛藤に注目して負の側面をえぐり出した E. ウィルソンの『傷と弓』と、ディケンズが生きた時代と社会を実証的に論じたハウスの『ディケンズの世界』は、この小説家の再評価に先鞭をつけたが、まだ春の到来とは言

えなかった。しかし、1950年代になって作品の形式と内容との融合状態を明らかにするニュー・クリティシズムが流行するにつれ、『大いなる遺産』は恰好の研究対象となった。この小説が高い評価を受けるようになった理由は、形式的に焦点が定まり、作品のあらゆる段階において各部分が密接な繋がりを持っている点、つまり前期作品群には見られなかった作品の統一性にある。実際に、この頃からニュー・クリティシズムの方法によってイメージやシンボルの分析が盛んに行なわれた。『荒涼館』の〈霧〉や『リトル・ドリット』の〈監獄〉のような大がかりな象徴的意義こそ欠けているものの、『大いなる遺産』の統一性を強めている要素としては、効果的に何度も使用されるイメージの他に、ピップの恩恵者は誰かというミステリーを中心に巧みに操作されるプロット、相互に作用する社会的および個人的な不正に対するアイロニーなどが挙げられる。

　語りの構造もまた『大いなる遺産』が高い評価を得た要因の一つである。この小説には、遺産相続の見込みの生滅に翻弄されながらさまざまな経験をする〈登場人物としてのピップ〉、年功を積んで過去を回想する〈語り手としてのピップ〉、そして登場人物と語り手のピップの背後にいる〈作者としてのディケンズ〉という三つの視点がある。語り手ピップは登場人物ピップの言動について親近感を抱いて描くと同時に、その愚かさをアイロニカルに語るのに十分な距離を保っており、この着かず離れずの状態によって〈信頼できる語り手〉となっている。

　同じ一人称小説であっても、『大いなる遺産』は自分の生前の出来事が弁解もなく記される『デイヴィッド・コパフィールド』や現実にありそうにないことが何度も記される『荒涼館』(エスタ・サマソンが語る部分)とは違い、ギッシングが指摘したように、「語り手にディケンズ自身の天才を持たせることで現実感を驚くほど入念に保っているし、書き手が見たり聞いたりできないことは何ひとつ見たとも聞いたとも記されていない」(Gissing 60)。また、『荒涼館』で哀れみや自己犠牲といった資質を備えた女性の語り手を試みた結果、ディケンズは

『大いなる遺産』で男性的な強さと女性的な優しさが混在するような、視点の偏りの少ない語り手を創造することができたというテイラーの指摘 (Taylor 152) も首肯できる。語り手ピップの独善性や語りの中に見られる騙りを指摘する批評家もいるが、『大いなる遺産』の語りの評価は総じて高い。

(2) 主人公の自律性に関する批評 (1950-1980)

　ディケンズが前期作品群に見られたような気ままな筆の運びを押さえ、作品の統一性を意識して執筆した『大いなる遺産』は、ニュー・クリティシズムの時代に高く評価されると同時に、その副産物として主人公の自律性に関する批評を生み出した。換言するならば、教養小説に特有の精神的成長——社会風潮や時代精神に影響されて俗物に堕したピップが、最終的には外部からの力に縛られることなく、新しい規範に従って行動すること——が、作品の統一性に照らして考察されたのである。その結果、1950 年から 1980 年にかけては個人と社会の関係を分析した論文が数多く見られる。

　例えば、ヒリス・ミラーはピップを「ディケンズ的ヒーローの原型」(Miller 248) として捉え、この主人公は富、社会的地位、教養があれば、人格は自然に備わるという社会通念が全くの偽りであるという真実に、最後は立ち向かっているという見解を示した。敷衍すれば、ピップは社会的な孤立から逃れる唯一の道が〈愛〉、つまりキリスト教の自己犠牲的な愛であることを学び、その愛をマグウィッチに対する態度の変化を通して実践することで、社会に対する個人の本当の自我を発達させているのである。

　Q. D. リーヴィスはピップをヴィクトリア朝社会の普通の人間の典型であると考え、彼の言動を必然的なものと見なした (Leavis 330) が、この歴史的な解釈に実証を試みたのが『ヴィクトリア朝小説における紳士観』の著者ギルモアである。ディケンズは『大いなる遺産』の時代設定を 19 世紀初期 (犯罪者たちが残酷な扱いを受けていた時代) にする一方で、小説が執筆された 1860 年当時 (国民の紳士意識が強く

なった時代)を念頭に置き、貧しい鍛冶屋の少年が紳士になるという典型的な具体例を描いて見せることによって、ヴィクトリア朝社会が上品であることに拘泥した複雑な要因を示すことができた (Gilmour 129)——というのがギルモアの主張である。つまり、紳士(ジェントルマン)になりたいという願望は、自分の階級から抜け出したいという名利に囚われた俗物根性だけでなく、洗練されて見苦しくない生活の中で優しい男(ジェントル・マン)になりたいという気持ちでもあったという観点から、ピップの紳士階級への憧れは肯定的に解釈できるわけである。

　ピップの心中では野心と良心(罪意識)とが絶えずせめぎ合っている。このような相克で苦しむピップについて、『大いなる遺産』の前年に出版されたスマイルズの『自助伝』(1859) の精神(セルフ・ヘルプ)を体現しているハーバートは、その精神を喪失して大いなる遺産相続の見込みだけに依存する親友ピップの実体が「性急と逡巡、大胆と内気、行動と夢想が奇妙な具合に混在している善良な男」(30) であることを見抜いている。したがって、ディケンズがピップの道徳的な葛藤をマグウィッチと似非紳士コンピソンのみならず、対照をなす副次的人物たち——ハーバートと鍛冶屋の職人オーリック、ハーバートの父から紳士教育を受けるスタートップと邪悪な男ドラムル、田舎の仕立屋トラッブの小僧と復讐小僧と呼ばれる召使いなど——にも反映させている点に、読者は気づく必要がある。

　ピップの強い罪意識は、『大いなる遺産』を「ヴィクトリア朝中期の紳士観を検証した最も説得力のある小説」(Gilmour 138) と考えるギルモアによれば、まだ残酷さが残っていた摂政時代 (1811-20) から抜け出したヴィクトリア朝の中産階級——犯罪と文明、暴力と上品は対立せずに密接な関係にあることを認めたくなかった中産階級——の人々が、自分の犯罪性や暴力性に対する意識的な抑圧にもかかわらず、時として抱かざるを得なかった罪悪感の典型ということになる。このような中産階級の精神構造を理解するためには、地表で美と醜に見える花と雑草も地面の下では互いの根を密接に絡ませていることを思い起こせばよい。のちに弁護士ジャガーズの家政婦となるモリーとマグ

ウィッチという犯罪者たちの娘として、中産階級のエステラを設定したディケンズの目的は、表面上は異なって見える対立物も表面下では密接な関係にあるヴィクトリア朝社会の実態を暗示することであったと思われる。美醜や善悪を混在させるピップのような都市生活者が、そういった相克の苦しみを感じずに済むためには、ジャガーズの事務員ウェミックのように仕事と私生活をはっきり分けた機械的な生活を送るしかない。その意味において、ウェミックの自宅が都市と田舎の接点である郊外のウォルワースに位置しているのは興味深い。
　ピップの罪意識は、姉さん女房としてジョーを支配する家母長のガージャリー夫人（ピップの実姉）による暴力と、彼女の性悪説に基づいた厳格な福音主義的教育によって、植えつけられたものである。その証拠に、脱獄囚のために自分のパンをズボンに隠した時、ピップは姉のものを盗もうとしているという「罪意識」("guilty knowledge," 2)に苛まれる。同様に、パンブルチュックや教会の庶務係ウォプスルといった大人たちが、聖書の放蕩息子の物語 (4) やロンドン商人ジョージ・バーンウェルの物語 (15) の主人公たちとピップを同一視したことも、彼に罪悪感を抱かせる大きな要因となっている。脱獄囚との接触、ハーバートとの戦い、ガージャリー夫人の襲撃、いずれの場合もピップが抱く罪悪感は、いわれなきものである。罪悪感が強いピップが読者の同情を失わない理由としては、彼は「罪を犯すというよりも罪を犯される」(Welsh 108) 人物として描かれていることが挙げられる。作者はピップを俗物的な加害者として描写しながら、同時にヴィクトリア朝の時代精神や社会風潮の被害者であることを読者に意識させているのだ。その意味で、ピップの問題は個人の問題を超え、「資本主義が人間関係を歪めたヴィクトリア朝の虚偽に満ちた世界の象徴」になっているという指摘 (Lindsay 369-70) は正鵠を射ている。

(3) ニュー・クリティシズムを超えて (1970-)
　文学作品の統一性や自律性といったニュー・クリティシズムの理想を疑問視し、文学言語による構築物の特権性への信仰に異を唱える批

評理論が流行しはじめた 1970 年代以降、『大いなる遺産』の評価も変質するようになった。『ディケンズ研究年報』11 (1983) に掲載された 3 点の論文―― Robert Tracy, "Reading Dickens' Writing"; Murray Baumgarten, "Calligraphy and Code: Writing in *Great Expectations*"; John O. Jordan, "The Medium of *Great Expectations*" ――は、いずれも書くことの問題性に焦点を当てている。トレイシーは、ピップが読み書き(リテラシー)を習得するにつれ、読み書きのできないジョーと疎遠になって道徳的に堕落している点に注目し、そうしたピップが改悛行為として書く物語を含めて、話すことに特権を与えた小説における書くことの問題性を論じた。また、本章 3 節の「時代背景とトポグラフィー」で触れた「現代の霊媒」に着目したジョーダンによれば、罪意識の表われとして幽霊を見るピップも自分の物語を語るピップも『大いなる遺産』における霊媒と言えるので、ピップの書く行為には霊媒（心霊主義者）に必然的に伴う偽造の問題――"forger" に鍛冶屋と偽造者の意がある点に注意！――をはらんでいる。このように自らの主張を疑問視する自己言及的なテクストとして『大いなる遺産』を捉える方法が、ポスト構造主義の影響を受けていることは論をまたない。

ポスト構造主義以降の批評理論によれば、それまで首尾一貫した正しい自己認識を持つと思われてきた人間の主体(サブジェクト)は、歴史的、社会的、文化的、経済的な力に従属している(サブジェクト)という認識を避けるために、さまざまな幻想を創作してしまう。その最たる例は、おとぎ話の主人公と自己を同一視するピップの〈自己欺瞞〉である。実は、特権化された人間の主体（そこにあるとされている安定した自己同一性）を脱中心化するような読みの前兆は、批評理論が流行する以前からあった。例えば、ピップの罪意識に独創的な分析を加えたモイナハンの論文がある。彼はオーリックがガージャ

オーリックとピップ

リー夫人への襲撃 (15) やパンブルチュックへの強盗 (57) を働いたことに着眼し、オーリックをピップの悪の分身（鏡像）として捉えた。この画期的な解釈が説得性を持つのは、作品後半でオーリックがピップを石灰窯小屋に呼び出し、「貴様のうるせえ姉ちゃんを殺したのは貴様だぞ」(53) と断じているからである。しかし、そうした視点から見れば、ピップを苦しめたエステラに虐待を加えるドラムルの存在もまた、オーリックの場合と同じだと言える。また、ピップの誤解を放置して彼を苦しめたミス・ハヴィシャムについても、花嫁衣装の炎上場面で語り手ピップが用いた「私たちは不倶戴天の敵のように床の上で揉み合った」(49) という表現は、ピップが2度にわたって見た彼女の絞首刑についての幻覚 (8, 49) を考えると、不当に虐待された少年の抑圧された復讐心、あるいは彼女と他の女性たちが母性と女性性を拒むことによってピップに加えた危害に対する「象徴的な復讐——レイプ」(Hartog 259) を仄めかしていると解釈できる。

　ここでポスト構造主義以降の批評理論を援用した代表的な論考を幾つか挙げておきたい。モイナハンの流れを汲む精神分析的批評としては、ブルックスの「反復・抑圧・回帰」がある。プロットが最高度に秩序づけられた『大いなる遺産』にはプロットの概念そのものを切り崩して無化するものがあると主張するブルックスは、サティス・ハウスを中心として構築された美しいおとぎ話のような公式のプロットが、醜い魔女（ウィッチ）(マグウィッチの名前に注意！）の物語という抑圧されたプロットによって常に侵犯されており、結局はピップも読者も満足のいくプロットを見出すことができないと述べている。

　プロットに対する物語の優位性を論証した原英一氏の「物語の不在と不在の物語」は、説得力のある秀逸な脱構築批評である。原氏は、パンブルチュックやウォプスルによって書かれた「犯罪者ピップの物語」、階級社会という巨大な他者が書いた「徒弟ピップの物語」、そしてピップの空想によって書かれる「大いなる遺産をめぐるおとぎ話」が、マグウィッチの書く「ピップの物語」の周囲を同心円のように取り巻いていることに注目し、それらは物語の不在という自己解体によ

る消滅を運命づけられており、この崩れ去るテクストはピップのエステラに対する非理性的な愛という不在の物語を最後に提示していると主張する。

　サイードは、『世界・テクスト・批評』においてデリダの表象理論を考察する際に、『大いなる遺産』第 31 章のウォプスルと下手くそな一団による『ハムレット』上演の失敗を取り上げ、その失敗は「テクスト自体の表象あるいは上演をきちんと機能させることができないテクストの不十分な権威のせいである」(Said 198) と述べ、脱構築というデリダの哲学的な懐疑的戦略を例証してみせた。

　更に、ポスト植民地主義批評の基盤を提供したサイードは、『文化と帝国主義』の序論で再び『大いなる遺産』を取り上げ、マグウィッチのようなアウトサイダーを収容する流刑の植民地（オーストラリア）に対して、中心（帝都ロンドン）と周縁（植民地）の貿易を活性化する健全な植民地（生まれ変わったピップが熱心な事務員として働く東洋）という対位法的な読みを通して、植民者と〈被〉植民者との二項対立の存在を暗示する。このような二項対立的図式の脱構築についてサイードが詳述していないのは残念だが、帝国の中心から対蹠地へ遠ざけられた他者としてのマグウィッチが命を賭けて帰国しようとした動機について次のような解釈をすれば、それは紛れもない脱構築的批評となるだろう。流刑囚であるはずのマグウィッチは自分自身を植民者だと思い込んでいる——そうした視点によって中心と周縁という図式は脆くも瓦解する。彼の帰国の真の動機は、恩義を受けたピップに会うためではなく、ある目的で自分が作った紳士を見て満足するためである。ロンドンで紳士を作ることは帝国の中心から認知されるだけでなく、植民地での成功では獲得できない中心的な体制における自己を確立することを同時に意味する。しかし、周縁の他者から中心の自己へというマグウィッチの野心は、ピップの野心と同じように他者としての自分を再確認する皮肉な結果にしかならない。

　ジェンダーとセクシュアリティの批評では、シーゲルの「ポストモダン女性小説家によるヴィクトリア朝男性マゾヒズムの再考」が示唆

に富む。家父長制社会が理想とする〈家庭の天使〉は、『大いなる遺産』の主要人物ではビディーだけしかおらず、残りの女性はほとんど伝統的な女性性と母性を喪失している。ディケンズがガージャリー夫妻の間でジェンダーの役割を逆転させたのは、それが暴力と無秩序を生むことを暗示するためである。その証拠に、規範から逸脱した女性たちは、最後はより大きな暴力に——ガージャリー夫人はオーリックに、モリーはジャガーズに、エステラはドラムルに——支配されてしまう。しかし、そうしたジェンダーの逆転の犠牲者であるピップが、結婚とはぶつかぶたれるかだという考えを成長の過程で内面化していることに着目したシーゲルは、この主人公をマゾヒストと見なし、彼は姉の打擲（ちょうちゃく）を内面化した結果として、女性の愛を暴力や苦痛と同一視するようになると述べている。ビディーは「私に苦痛を与えたら、それを悲しく思うだけで、決して喜んだりしない」(17) 女性だと分かっていながら、ピップが心の冷たいエステラの方を選ぶ理由は、理性より被虐性愛（マゾヒズム）の方が強いからに他ならない。

　このように批評理論を援用して、テクストが権威づけようとする解釈に抵抗する読みを提示した他の代表的な論文としては、次のようなものがある。（精神分析的批評）Steven Connor, "The Structures of Looking," *Charles Dickens* (Oxford: Basil Blackwell, 1985) 126-37.（フェミニズム批評）Linda Raphael, "A Re-Vision of Miss Havisham: Her Expectations and Our Responses," *Studies in the Novel* 21 (1989): 400-12; Susan Walsh, "Bodies of Capital: *Great Expectations* and the Climacteric Economy," *Victorian Studies* 37.1 (1993): 73-98.（ジェンダー・セクシュアリティ）Carolyn Brown, "'Great Expectations': Masculinity and Modernity," *English and Cultural Studies*, ed. Michael Green (London: Murray, 1987): 60-74; Curt Hartog, "The Rape of Miss Havisham," *Studies in the Novel* 14 (1982): 248-65.（カルチュラル・スタディーズ）Jeremy Tambling, "Prison-Bound: Dickens and Foucault," *Essays in Criticism* 37 (1986): 11-30; Pam Morris, "*Great Expectations*: A Bought Self," *Dickens's Class Consciousness: A Marginal View* (New York: St. Martin's, 1991) 103-

19.（新歴史主義）William J. Palmer, "Dickens and George Barnwell." *Dickens and New Historicism* (New York: Palgrave Macmillan, 1997) 101-48.

6　作品へのアプローチ
(1) 作品の統一性とイメージ

　『大いなる遺産』では、作品構成に統一感を持たせるために、古代哲学で万物の根源をなす要素と考えられた四つの元素(エレメンツ)、特に〈火〉と〈水〉がイメージとして効果的に使用されている。ジョーが火かき棒を持って担当する暖炉の火は、古代ケルトの火の女神を語源とする名を持つビディーが〈家庭の天使〉(ブリード)と結びつくように、暖かい家庭の団欒 (hearth and home) を連想させる。反対に、全男性に復讐するためにエステラを養女にしたミス・ハヴィシャムの――身を焼き尽くすような激情の象徴と言える――サティス・ハウスの暖炉の火は、花嫁衣装に燃え移って彼女を死に至らしめることを考えると、破壊と懲罰の意味を持つ。そして、燃え移った火を消す時にピップが負った大火傷 (49) と石灰窯小屋で仇敵のオーリックから受ける火の試練 (53) が、この主人公の精神的成長に必要な贖罪としての通過儀礼(イニシエーション)となっている。

　火と同じように水に関しても、ノアの洪水を思い起こすまでもなく、ディケンズは相反する伝統的なイメージ――すべてを飲みこむ破壊のイメージと精神的再生や新生といった創造のイメージ――を利用している。例えば、脱獄囚マグウィッチの運命は、『互いの友』で人間の生死や社会の清濁を併せ飲む巨大な力の象徴となる〈川〉と常に関連づけられ、その水のイメージは彼がピップの前に姿を現わして逮捕後に流刑となる作品序盤、そしてピップと一緒に国外へ逃げる際に再逮捕されて死刑に処せられる作品終盤を支配している。この破壊的な川の水はマグウィッチに致命傷を負わせ、彼の宿敵コンピソンを溺死させるが、同時にマグウィッチの罪を洗い清め、悔い改めたピップを浄化して精神的に再生させる役割も果たしている。

作品構成と最も有機的に連関しているのは〈手〉のイメージである。『大いなる遺産』には階級意識によって惹起される社会的な問題と金銭が精神に影響を及ぼす個人的な問題がある。エステラから労働で黒ずんだ手を軽蔑されたピップは階級意識に目覚め、労働者階級はすべて「下品で粗野」("coarse and common," 14) だという強迫観念に囚われる。ディケンズはジョーの「黒ずんだ手」(35) とエステラの「白い手」(29) を使い、それを社会階級の指標としているが、重要な点はピップが脱獄囚との関係を「気がとがめるほど下品で粗野なこと」("the guiltily coarse and common thing," 10) と感じはじめることである。これによって、ピップが次第に労働者の汚れた手と犯罪者の汚れた手を混同し、エステラと同じ中産階級の立場から両者を一緒に軽蔑していることが分かる。この社会的な問題は、ピップが自分の意識に受け入れがたい階級的な劣等感をジョーに投影して処理しようとする、俗物根性という個人的な問題を生み出すことになる。

　ディケンズはまた、相手に触れるという、やはり同じ手のイメージに相反する意味を付与し、個人の道徳的な善悪を暗示させている。サティス・ハウスを訪問した時、ピップはミス・ハヴ

ビディーとピップ

ィシャムから肩に手を置かれ、部屋の中をぐるぐる廻れという命令 (11) を受けるが、エステラにも肩を貸して小姓のように荒廃した庭をぐるぐる歩き回ること (29) を余儀なくされる。これらの手のイメージは階級意識に根ざした支配欲を表わしているが、そうした意識に目覚めて苦悩するピップの肩に置かれたビディーの「労働で荒れているが慰めを与える手」(17) や、徒弟の損失を金で補償しようとしたジャガーズに対して、激怒したジョーがピップの腕に置く「愛情で震える手」(18) は、ディケンズが得意とする視覚記号に翻訳された身振り言語として、ピップに対する教育的な意味を雄弁に語りかけて

いる。

　マグウィッチが帰国して恩恵者が判明した時、ピップは自分の肩に置かれた昔の脱獄囚の手が「血で汚れている」(39) と思って身震いする。しかし、その懲罰としてミス・ハヴィシャムの炎上で両腕に火傷を負った (49) あとは——特にマグウィッチと一緒に乗ったボートが転覆してテムズ河の水で象徴的に罪を浄化された (54) あとは、彼の手を拒むことなく、衆目が集まる法廷でその手を自発的に握ること (56) によって、自分と犯罪者が同じ人間であること（作品冒頭のマグウィッチとコンピソンの逮捕場面でジョーがピップに教えたこと）を公然と示している。俗物性から人間性への、道徳的堕落から再生への変化は、このように手のイメージだけでも裏づけることができる。

(2) 逆様の世界と自己欺瞞

　スターンジは、マグウィッチがピップを逆さ吊りして教会の尖塔をひっくり返して見せた冒頭場面に着眼し、読者もピップにならって教会に象徴される既存の価値体系を逆に見る必要があると主張した (Stange 10)。ここで忘れてならないのは、伝統的な家父長制社会の中で力関係が逆転したガージャリー夫妻の家で厄介になっているピップには、物事を逆様に見る傾向がもともと育まれていたことである。この逆様の世界は『誰の責任でもない』(*Nobody's Fault*) という原題を持つ『リトル・ドリット』のライトモチーフとなっている。社会の諸問題は〈事大主義〉によって社会を支えている「万人の責任である」——これが原題の含意であることは瞭然として明らかである。

　逆様の世界はアイロニーを主たる目的とする。『大いなる遺産』というタイトルは、正確には莫大な財産が手に入る「見込み」(expectations) の意味であり、それは将来いつか財産を所有することに対する単なる「期待」にすぎない。期待という言葉には失望に帰着するピップの誤解に対する作者の痛烈なアイロニーが読み取れる。将来どうなるか分からないピップは、強迫観念——遺産相続の見込みによって自分のアイデンティティの基盤を築けるようになった紳士階級から、昔

の労働者階級へ逆戻りするかもしれない不安——に絶えず悩まされている。この不安を抑圧すべく、彼は恩人が自分とエステラを結婚させようとしているミス・ハヴィシャムだという誤解の罪を犯さざるを得ないのだ。その意味において、偽の恩人ミス・ハヴィシャム (Havisham < Have a sham) は、彼女が恩人であって欲しいと思うピップと、彼に感情移入する読者の注意を意図的にそらすことによって、真の恩人についての両者の誤解を持続させるための戦略的人物だと言える。

　ピップという名前もまた皮肉な解釈が可能である。第一に、ピップにはリンゴやブドウなどの「種子」の意味がある。ミス・ハヴィシャムの屋敷へ行く前に、パンブルチュックの店で紙袋に包まれた種子を見たピップは、「こんな監獄のような包みを破って、いつか晴れた日に花開くことを望むだろうか」(8) と思う。この何気ないコンテクストへの投入によって、彼の名前は将来への期待という点で大いなる発展のもととなる小さきものとして聖書の「一粒の芥子種」(Matt. 13: 31-32) を想起させ、強烈なアイロニーを浮かび上がらせる。更に、種子のイメージは『ハード・タイムズ』の「種まき」「収穫」「蓄え」という三つの巻題をはじめ、他の作品でも頻繁に言及される因果応報を通して、ピップの誤解の罪に対する罰を読者に暗示してやまない。

　ピップ (Pip < Pirrip) という名前はまた、逆様にして読んでも同じ言葉、つまりパリンドローム（回文）となっている。レディーのエステラを求める労働者であろうと、逆に幼なじみの労働者ビディーを求める紳士であろうと、そうしたピップの期待は結果的に失望に終わるという点では等しく無益な誤解にすぎない。その点において、サティス・ハウスで与えられたピップの仕事が、ミス・ハヴィシャムを部屋中ぐるぐる歩かせることだというのは、実に意味深い。ピップが円弧を描く部屋は、色あせた花嫁衣装に身を包んだ老女を中心に、9 時 20 分前でストップした屋敷中の時計 (8) を含め、一切の活動が停止した活人画のような世界であり、絵になる要素がふんだんにある。この場面は、幾何学を応用した錯覚を利用し、遠近法や透視法を逆手に取って、ありえない世界を作り出したオランダの版画家 M. C. エッシャ

ーが、無窮階段をモチーフにして描いた『上昇と下降』(1960) を連想させる。野心を抱いて紳士階級への階段をいくら昇ったところで結局どこにも到達しないピップの無益な堂々巡りは、彼がサティス・ハウスという錯視の世界で抱いたかずかずの期待が、すべて誤解を基盤にしていることの皮肉な結果である。

『リトル・ドリット』に登場する退職した銀行家ミーグルズは、感染力が極めて強い麻疹(ミーズルズ)を連想させ、常にディケンズの揶揄の対象として描かれている。それは事大主義によって社会を支えるヴィクトリア朝の人々が例外なく患っている自己欺瞞という病原体の典型的な保有者であるからだ。この小説の主人公アーサー・クレナムは、ミーグルズの胸の中にすら「繁文縟礼省という大樹に芽を出すような、顕微鏡なしには見えないほど微小な、芥子種のかけら」(*LD* 1: 16) が宿っているのではないかと考える。この聖書を眼中に置いたイメージとしての種子は、寄らば大樹の陰に影響されて紳士階級にあこがれる『大いなる遺産』の主人公ピップ(ピップ)の中で開花することになる。

ピップの自己欺瞞を的確に要約した一節としては、エステラに会うために帰郷する際、ジョーの家ではなく青猪亭に泊まる口実を作る場面がある。

ジョーの家に行けば迷惑になるだろう。私の帰りを待ってベッドの準備なんかしていないはずだ。ミス・ハヴィシャムの屋敷からは遠くなるし、あの方は厳しいから、気に入らないかも知れない。この世のどんなペテン師だって、私のような自己欺瞞家に比べれば物の数ではない。こんな口実で私は自分をだましたのである。本当に奇妙なことだ。私が誰か他人の偽造した半クラウン銀貨を何も知らずに受け取ったのであれば、それは無理もないことであろう。しかし、自分自身で作った贋金をそれと知っていながら、本物の金だと思うなんて！ (28)

意識的に誤解せざるを得ない自己の欠点を、ピップが語り手や読者のように客観的に見て反省できない主な原因は、産業革命後に急速に発

展した資本主義社会の価値観という色眼鏡をかけられていることにある。成長して社会事情に通暁した語り手が自己欺瞞の説明に用いた「お金」の比喩は、その点を裏づける傍証だ。もとより、お金は時代の価値観を鮮明に反映する鏡であるから、読者はピップの自己欺瞞に時代精神と社会風潮が大きく影響しているのに気づかねばならない。ピップが時代精神と社会風潮を体現した類型的人物だとするならば、彼の存在意義は家柄のよい者や勢力の強い者に付和雷同する衆愚を自ら代表し、なすべきこと──鍛冶屋の徒弟としての道義的な務め──をしない〈不作為の罪〉を犯している点にある。そうした事大主義の自覚を阻止する自己欺瞞こそ、ディケンズは近代社会における新しい原罪と考えていたのではあるまいか。

(3) その他

「紳士とは何か？」という主題をはじめ、人間の内面的な価値が救いをもたらすという普遍的テーマを扱った論文が多いが、その他にも自伝的要素、子供の視点、疎外、暴力、精神と身体、金銭、社会的不正、階級意識、罪意識、キリスト教的な赦し、新しい女、性格描写、脇役の機能、ユーモア、象徴、時間、文体、語り、プロットなど、さまざまな問題が論じられている。詳しくは、参考

ピップとエステラ

文献の最後に挙げたワースの注釈付きの書誌や、本書の付録 CD-ROM に収められた「日本における研究書誌」（最も頻繁に論じられている「二つの結末」については <http://wwwsoc.nii.ac.jp/dickens/archive/ge/ge-endings.pdf>）を参照のこと。

参考文献

Baumgarten, Murray. "Calligraphy and Code: Writing in *Great Expectations*." *Dickens Studies*

Annual 11 (1983): 61-72.
Brooks, Peter. "Repetition, Repression, and Return: *Great Expectations*." *New Literary History* 11 (1980): 503-26.
Collins, Philip. "A Tale of Two Novels: *A Tale of Two Cities* and *Great Expectations* in Dickens's Career." *Dickens Studies Annual* 2 (1972): 336-51.
Gilmour, Robin. *The Idea of the Gentleman in the Victorian Novel*. London: Allen, 1981.
Hara, Eiichi. "Stories Present and Absent in *Great Expectations*." *ELH* 53 (1986): 593-614.
Jordan, John O. "The Medium of *Great Expectations*." *Dickens Studies Annual* 11 (1983): 73-88.
Leavis, Q. D. "How We Must Read 'Great Expectations.'" *Dickens the Novelist*. Ed. F. R. and Q. D. Leavis. London: Chatto, 1970.
Lindsay, Jack. *Charles Dickens: A Biographical and Critical Study*. London: Dakers, 1950.
Moynahan, Julian. "The Hero's Guilt: The Case of *Great Expectations*." *Essays in Criticism* 10 (1960): 60-79.
Said, Edward W. *The World, the Text, and the Critic*. Cambridge: Harvard UP, 1983.
———. *Culture and Imperialism*. New York: Knopf, 1993.
Siegel, Carol. "Postmodern Women Novelists Review Victorian Male Masochism." *Genders* 11 (1991): 1-16.
Stange, G. Robert. "Expectations Well Lost: Dickens' Fable for His Time." *College English* 16 (1954): 9-17.
Taylor, Anne Robinson. *Male Novelists and Their Female Voices: Literary Masquerades*. Troy, NY: Whitson, 1981.
Tracy, Robert. "Reading Dickens' Writing." *Dickens Studies Annual* 11 (1983): 37-59.
Welsh, Alexander. *The City of Dickens*. Oxford: Clarendon, 1971.
Worth, George J. *"Great Expectations": An Annotated Bibliography*. New York: Garland, 1986.

（松岡光治）

『互いの友』

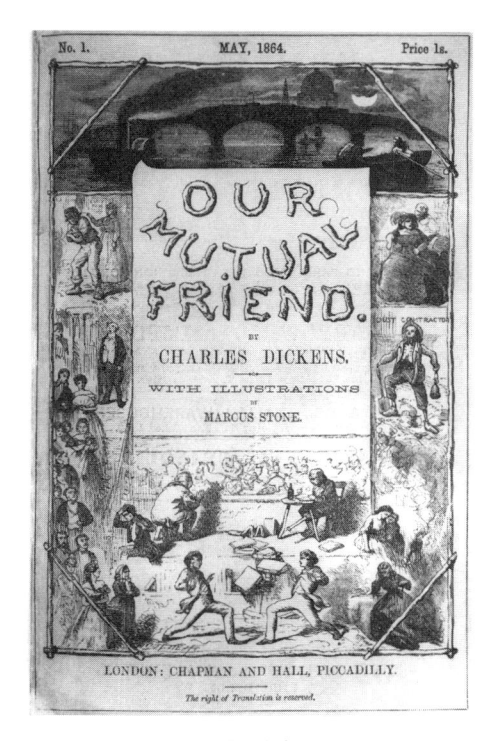

月刊分冊本表紙

II 作品

1 最初の出版形態および出版年月

1864年5月から1865年11月までチャップマン・アンド・ホール社から月刊分冊形式で出版。

2 単行本テクスト(初版・校訂版・普及版・翻訳)

初版
  1865年チャップマン・アンド・ホール社から2巻本の形式で出版(第1巻2月、第2巻11月)。

普及版
  Our Mutual Friend. Ed. Adrian Poole. Harmondsworth: Penguin, 1997. 1865年版に準拠。
  Our Mutual Friend. Ed. Michael Cotsell. Oxford: Oxford UP, 1989. チャールズ・ディケンズ版に準拠。
  Our Mutual Friend. Ed. Joel J. Brattin. London: Dent, 2000. チャールズ・ディケンズ版に準拠。

翻訳
  『互いの友』(田辺洋子訳、こびあん書房、1996)。
  『われら共通の友』(間二郎訳、ちくま文庫、1997)。

3 時代背景

(1) 塵芥の山・テムズ河・救貧院

『互いの友』の2つの主要プロットの中核には、塵芥の山とテムズ河がある。19世紀において、巨万の富を産み出す塵芥の山は周知の存在であった。集積した雑多な塵芥がどのよう

塵芥処理場

にして利潤に結びつくのか、その具体的な過程を見てみよう。

> 先ず集められたごみをふるいにかけ、ふるい落された「土壌」(ソイル)と呼ばれる最も細かい部分は、肥料や煉瓦の材料として高値を呼ぶ。次にやや荒い燃えがらは、煉瓦をやくための重宝な燃料となる。中に混り込んでいるボロぎれや骨類、金属類などは、船舶用具製造業者に、空きかん、古鉄類は、トランクのとめ金や硫酸鉄の製造業者に、古煉瓦、かき殻などは地盤固めや道路補強用として建設業者に、さらに古靴類は、プルシアンブルーと呼ばれる染料製造業者に、というふうに、あらゆる品物の売行き先がきまっていたのである。(松村、ロンドン 176-77)

徹底した再利用、再活用ぶりが窺える。なお、現金や宝石類を見つければそれは別枠の利益になった。塵芥の山は文字通り宝の山だったのであり、ボフィンの綽名(あだな)である「黄金の塵芥屋」(Golden Dustman)も奇を衒(てら)った撞着語法ではなかった。

テムズ河は象徴的な死と新生の舞台である前に、まずは具体的な死活の場であった。巻頭リジーの父親は、「この河に食わしてもらってるくせによ」と娘をたしなめているが、河浚い人や船頭たちにとって、テムズ河はまさしく生活の糧だった。河浚い人たちの主な獲物は、石炭船から落ちた石炭だったが、縄、骨、木片等も掬われて、上述の塵芥の場合と同様に、それぞれの用途に応じて売られた(松村、ロンドン 192-93)。これに劣らず彼らにとって重要な収入源だったのが、水死体の捜索であった。彼らはまた死体が身につけていた金を自分たちの実入りにしていた。河浚い人たちの間で慣習化していたこの行為を、ギャファーは、「死人に金の使いようがあるってえのか」(1: 1) と言って正当化したわけである。テムズ河はまた

河浚い人

重要な交通手段でもあった。1814 年に導入された蒸気船の交通量は 60 年代までには激増し、河で働く船頭たちは物理的な身の危険 (3: 3) だけでなく、生計が成り立たなくなる脅威を覚えていた。

　ベティー・ヒグデンが死ぬほど恐れた救貧院と、その背後にある救貧法は、ディケンズが『オリヴァー・トゥイスト』以来批判しつづけた対象だった。それが貧しい人たちを救うどころか、かえって悲惨の極みに追いやっていると彼が考えたからである。当時、救貧院は刑務所よりも酷い惨めな場所だと知られていた。院に付属している病院も栄養、衛生、看護婦の水準は問題にならぬ低さだった。「救貧院に収容されるよりは行き倒れになったほうがまし」という声は、『ロンドンの労働者と貧民』を著したメイヒューも収録していて (Cotsell 120)、「救貧院」と聞いただけで怖気をふるうベティーの恐怖があながち誇張ではないことを裏付けている。

(2)「我らのこの時代に」――過渡期のロンドン

　物語の背景となっている 1860 年代のロンドンの姿は、鉄道網拡大と下水整備の工事が進む中、忙しく移り変わっていった。世界に先駆けて地下鉄も開通した (1863 年)。作品中、風景の中に電線が見えていたり (1: 12)、登場人物が電報を打つ場面もある (2: 3)。また、植民地貿易を背景にした人と物の往来も、この小説の背景になっている (2: 8 ベラの空想参照)。テムズ河は当時世界貿易の中心であり、ポドスナップに財をもたらした海運保険業は、ナポレオン戦争終結後一時衰えたが、その後持ち直し、1860 年代には多数の株式会社が設立された。

　株もプロット上重要な展開をもたらしている。鉄道関連業における投資熱は「飢餓の 40 年代」から既にはじまっていて、1850 年代以降、投資家たちの運命が劇的勝利と悲劇的破滅とに二分される様は、小説家たちに格好の題材を提供した (Poovey 156)。第 1 巻 10 章に記されている株式熱は、66 年の金融危機までつづいた。血筋からいえば正統な貴族に近いトゥエムローがうらぶれた生活をしている一方で、株

であてたヴェニアリングが上流社会の只中に踊り出ているところに、社会階層間の劇的な移動が起り得た当時の世相が表われている（松村、ロンドン 180-82）。

　ディケンズが一貫して教育問題に深い関心を持ちつづけていたことは、彼の小説だけでなく雑誌記事やスピーチにもうかがえる。教育に関する彼の基本的な見解は、特定の宗派に偏せず健全な原則に則ったものであれば、全ての国民が必要最低限の教育を受けられるようにするべきだというものだった。『互いの友』執筆当時の教育制度は、1870年に義務教育法案が成立し、国家による無償の義務教育制度の端緒が開かれるまでの過渡期にあった。ヘッドストーンの人物造形には、教育が普及する過程で出現した猛烈な詰め込み教育に対するディケンズの批判がうかがえる (2:1)。そのような教育は想像力、延いては人間性の枯渇につながると彼は信じたのだった。

(3) 素材と影響

　おとぎ話や俗謡から、歴史書や評伝、聖書や祈祷書に至る雑多な言及や引用（もどき）が詰め込まれた『互いの友』は、他のどの作品よりも──「人体骨格組立て師」ヴィーナス氏の表現を借りれば──「寄せ集め」の要素が顕著な言語の堆積物である。この作品の「全体の図柄」(the whole pattern ──同作品の「後書き」参照）の中に丸ごと、あるいは断片的に織り込まれている素材を網羅的に拾い上げているのが、コットセルである。主に彼の『「互いの友」の手引き』に依りながら、この作品の材料になったと推定されるものを以下に幾つか挙げてみる。まず物語の中核を成す2つのプロット──ジョン・ハーモン、ベラ・ウィルファー、ボフィン系と、リジー・ヘクサムとユージーン・レイバーン系──は、それぞれシェリダン・ノウルズの『せむし』と『娘』という喜劇作品を下敷きにしている。前者は、都市生活によって道徳的に堕落した娘ジュリアに真実の愛を教えるため、守銭奴になった振りをする父親の話で、一時的に金持ちの秘書を勤め、最後にジュリアと結ばれることになる恋人も登場する。後者には、自分

が犯した殺人の嫌疑を女主人公の父親に擦りつけるという、ライダーフッドに似た男が登場する。

　また、シェイクスピア（特に『ハムレット』と『マクベス』）の影響がみられること、カーライルの『時事小冊子』が塵芥の山、塵芥処理人のイメージを提供していること (3: 8)、そしてフッドの詩『ユージーン・アラムの夢』が、ブラッドリー・ヘッドストーンに影響を与えていること等が指摘されている。義足の悪党サイラス・ウェッグの人物設定に大きく影響したのは、1830年代に出版された「文学好きな塵芥処理人」という俗謡だとされる（西條 271-76）。

　ディケンズの実人生から誕生した人物もある。タヴィストック・ハウス（1851年から60年までディケンズ邸）を売った縁でディケンズが知己を得たユダヤ人のデイヴィス夫人は、『オリヴァー・トゥイスト』の悪辣なユダヤ人フェイギンがユダヤ民族に対する偏見を助長している、とディケンズを非難した。彼は手紙で反論してはいるが、思い当たる節があったのだろう、埋合せをするかのように善玉のユダヤ人ライヤを創造した。挿絵を担当したマーカス・ストーンは、自分が鳩の剥製を頼んでいた「人体骨格組立業・小鳥剥製業」を営むウィリス氏の店にディケンズを連れて行った。二人が訪問した際、ウィリス氏（明るく活発な人物だったという）本人は不在だったが、店にいた陰気な助手がヴィーナス氏のモデルになった。なお、ディケンズの友人であり、彼の伝記を書いたフォースターが、尊大なポドスナップ氏のモデルだとされる。

　『互いの友』は、概して「ディケンズ離れ」の時期といえる19世紀末やモダニズムの時代にも、彼の影響力が途絶えていなかったことを示す作品である。「人形の家のお人形なんかよりも、ずっと値打ちのあるものになりたいの」(4: 5) というベラの言葉と、イプセンの『人形の家』(1879) との間に、直接の影響関係があったとは断言できないが (Ewbank, 297-315)、上述のベラの台詞は、ヤングが示唆しているように、自立した個人たらんとする、後期ヴィクトリア朝の女性たちの意識を言語化したものだといえる (Young 93)。一見してベラと

ノラとは全く別な生き方を選択してはいるが、既に 65 年においてディケンズが肉声を与えた女性達の自立意識の高まりがなければ、後にロンドンで『人形の家』が初演された際 (89 年) の反響の大きさ——おおむね否定的なものであったにせよ——はなかっただろう。「人形の家」という比喩を介して、ディケンズは「新しい女」の時代に通じているとの指摘 (松村、世紀末 122) がなされるゆえんである。

　また、エリオットは、『荒地』(1922) の最初の 2 章 (「死者の埋葬」と「チェス」) を関連させるために表題として当初、「この子 (スロッピー) は警察の記事を、いろんな声色で読んでくれるんですよ」(1: 16) というベティー・ヒグデンの言葉を使う予定だった (Booth 116)。これは後に変更されたが、『荒地』は主題においてもイメージにおいても『互いの友』との類似性が認められ、後者をディケンズ版『荒地』と評する声もある (Johnson 2: 1043)。

4　執筆・出版にいたる経緯

　ディケンズが作品の素材を拾い集めた「覚書き」の中で、『互いの友』に使われたことが確認できる最も古いものは、「溺死者発見」のビラ (1: 3) についての言及である。この記述は『リトル・ドリット』執筆中のもので、彼がその「覚書き」をつけはじめた 1855 年に遡る。フォースターによれば、ディケンズは 61 年には既に作品の題名を決めていたらしいが、62 年中にはどうしても書き出せないでいた。そして「覚書き」のネタを活用しつつ彼が執筆に取りかかったのは、63 年から翌年にかけての冬のことである。「覚書き」中の、「若くて、恐らくは風変わりな男が、死んだ振りをするのだが、意志だの目的だのというものに対してことごとく死んだも同然になり」(Forster 9: 5)、という着想は、肉付けされて、ジョン・ハーモン (ロークスミス) となった。ユージーン・レイバーンの素材らしき記述も散見できるが、マーカス・ストーンの証言によると、レイバーンは当初死ぬ設定だったらしい。

　執筆開始前の 63 年秋、ディケンズはフォースターに手紙で、「書

き出しも、物語の主筋もはっきり見えています」と伝えている (Forster 9: 5)。しかし、その直後の「鉄——私自身のことです——が熱いうちに打たないと、また流されてしまいそうで」という言葉には、早く集中して取り掛からないと書けなくなってしまいそうだ、という彼の不安と焦燥が窺える。彼が月刊20分冊の長編小説を書くのは『リトル・ドリット』以来、実にほぼ7年ぶりのことであった。

　『リトル・ドリット』から『互いの友』執筆にいたるまでの間に、ディケンズの生活は当然ながら変化した。変わらぬ気質、守りつづけた習慣もあったが、彼の人生には大小さまざまな交替劇が繰り広げられ、エネルギーが向けられる対象は分散、あるいは移行した。彼は週刊雑誌『ハウスホールド・ワーズ』をあれこれの理由から廃し、これを編入する形で新たに『オール・ザ・イヤー・ラウンド』誌を作った。本宅もギャズヒルに移った。演劇活動は玄人はだしの本格的なものになり、それが縁となって出会った若い女優エレン・ターナンに惹かれていった。ギャズヒル邸の経費が嵩んだことも一因で、慈善で行なっていた公開朗読を有料化した。その直後に妻と別居、以降彼の公開朗読はますます熱を帯びる。彼の愛情はエレンに移るが、彼女を囲うようになってからも妻を養いつづけたので、経済的負担は増した。そして経済的必要にも応えてくれる上に、執筆よりもはるかに彼の表現欲や自己承認欲を満たしてくれる公開朗読に没入した。こうして『リトル・ドリット』完結から『互いの友』執筆に至るまでの間、大部の作品を世に出すに足るエネルギーを、ディケンズが集中して小説執筆に投じることはなかった。

　さて、実際に書きはじめてみると、久々の20分冊は骨が折れた。体力も明らかに衰えていた。ディケンズは執筆自体に苦しんだだけでなく、集中できないことを嘆いている。執筆開始のかなり前から、家族や友人の死など、彼を動揺させる出来事が相次いだ。少年時代の辛い記憶——ウォレン靴墨工場で働かされた時の惨めさ——も蘇ってきて、数年来彼を苦めていた。63年9月には母親が亡くなり、大晦日には次男のウォルターがカルカッタで病死した。喧嘩別れをしていた

サッカレーと仲直りをした直後に彼が死に（63年12月）、友人ジョン・リーチが亡くなったときには（64年10月）、一時完全に筆が止まった。さらに65年2月には左足を血栓症に襲われ、「落ち着きのなさ」を解消するための気晴らしすらできず呻吟した。65年6月9日にはフランスからの帰途、ステイプルハーストで列車事故に遇った。エレンと同乗していたディケンズは無事だったが、大惨事に巻き込まれただけでなく、二人の関係が発覚する恐れも味わった。他の乗客の救助にあたった彼は、その際執筆途中の『互いの友』の原稿（第16分冊分）を客室に置き忘れたままにしていたので、引き返してその原稿を救出した（「後書き」）。命拾いをしたディケンズだったが、その後1ヶ月近く、心身ともに後遺症を引きずった。この日からちょうど5年後の1870年6月9日に彼が亡くなることを考え合わせると、この列車事故は不吉な影を帯びる。以上のような人生の大波小波を潜り抜ける中で、『互いの友』は書かれたのだった。

5　作品の批評史

(1) 出版当時

大々的な広告キャンペーンが功を奏し、第1分冊の売上げは驚異的だった——発売後3日間で4万部発行の内3万部が売れた——が、その後、最終号までの売上げは着実に落ちこんだ。

出版当時、評価は定まらなかった。同作品の「シェークスピア並の豊かさ」を称賛するアメリカの雑誌（『ハーパーズ・マンスリー・マガジン』誌）もあったが、『ネイション』誌（評者はヘンリー・ジェイムズ）は「ディケンズ氏の作品中最悪の出来」と断じた。『アセニアム』誌は登場人物のうち一部は評価し、一部は切り捨て、筋の複雑さに難ありとしている。ディケンズ自身は気に入っていたという『タイムズ』紙評も手放しの賛美ではない。

(2) 20世紀前半まで

ディケンズの死後まもなくはじまるディケンズ否定の時代にも、ギ

ッシングやチェスタトンは彼を弁護していたが、ギッシングは『互いの友』に関する限り、「彼の作品でこれほど冗長で退屈なものはない」と断じた。チェスタトンは、ディケンズの喜劇的精神が復活したことや、一部の登場人物の人物造形を評価している (Chesterton, *Appreciations*)。だが両者ともに、ボフィンがベラを教育する目的で守銭奴の振りをするという設定は信じ難いとし、もともと本当に金の亡者にするつもりだったのではないかと考えている。またショーは、『互いの友』は『荒涼館』、『ハード・タイムズ』、『リトル・ドリット』同様、前期作品重視に固執する批評家たちによって不当に軽んじられていると述べた (Ford and Lane 129)。しかし、少数の支持者を除き、ディケンズの「教養のなさ」を指摘し、彼の作品には深みがないと見る傾向はしばらく続く。

　本格的なディケンズの再評価がはじまる1940年代、ウィルソンは、ディケンズには鋭い社会批評や心理分析といった深みがあることを世に示した。だが後期作品を高く評価した彼も『互いの友』に関しては、全般的には著者の創作力の衰えを指摘する (E. Wilson 61, 82)。ディケンズ作品を同時代の社会的文脈の中に位置づけようとしたハウスは、この作品を高く評価し、作品執筆当時、実際の塵芥の山には排泄物が含まれていた可能性を特筆して (House 167)、論議を呼んだ。モースは、「詩人の手法」で小説を書いたディケンズの真価は、20世紀のリアリズムや文学嗜好では測れないと主張し、象徴やイメージを駆使して作品に統一性を与える彼の力量を評価した。

(3) 20世紀後半以降

　20世紀の後半になると、この作品に対する批評的関心は増大しつづけ、評価も上がった。論点も、塵芥の山とテムズ河の象徴性に限らず、多岐にわたる。

　1950年、リンゼイは『互いの友』を、「今までに書かれた最も偉大な散文作品の一つ」(Lindsay 380) と称賛した。ジョンソンによる浩瀚な伝記 (1952年) は、価値 (観) の逆転をもたらす塵芥の山、河におけ

る死と「洗礼」による再生など、重要な論点を提供した。1958 年、ミラーによる、伝記的、歴史的背景を切り捨てた、徹底的なテクスト分析が世に出る。彼の『互いの友』論は、無意味な自己反復の中に囚われた登場人物たちが、一度そこから切り離され、「死」の領域を通過することで、自己を刷新して行く姿を論じている。さまざまな世界観が寄せ集められたままで、統一体としての世界像は拒絶するという、ミラーの描く『互いの友』は、20 世紀小説の世界観に直結し、同作品の現代性を提示することになった。ポストモダニズム批評の嚆矢と言える彼の論考は、ディケンズ作品が理論的読みにも豊かに応えてくれる可能性を開示した。

1960 年代においては、まず人物造形が再評価された。ボフィンが金の亡者を演ずる筋書を肯定的に評価する論考が発表され (Kettle, Miyoshi)、コリンズは、教育や犯罪というテーマや階級の問題が描きこまれたヘッドストーンの内に、ディケンズの筆致の成長を認めた (Collins, *Education* 159-71)。また主要プロットに対する劇作家ノウルズの影響も提示された (Davis 266-69)。

1970 年、ウィルソンは、ディケンズの登場人物にヘンリー・ジェイムズやワイルドとの親近性——例えばレイバーンの倦怠——を見て取り、『互いの友』が「全くの現代小説」であると述べた (A. Wilson 280)。1970 年代にはまた、断片化した世界と想像力の関係に着眼した論考がいくつか出た。例えばメッツは、解体しつつある世界にいくらかでも秩序を取り戻したり、自らの経験を繋ぎ合わせるために、登場人物たちは「接合」(articulation) や「分類・分析」(analysis) の作業を通じて、不調和なものと再活用可能なものとを仕分けしていると論じた (Metz 59-72)。「秩序や全体像を求めて部分・断片を接ぎ合せる」営為への着目は、「死と再生」という古典的な主題とは別に作品全体を読み解く新たな鍵をもたらし、ヴィーナス氏やジェニー・レン等、わき役の重要性の再評価につながった。

1980 年代になって、この観点にはハッターによって文化史的な広がりが加えられる。「切断」(dismemberment) と「接合」を軸とする彼

の論は、全体像が見えないまま圧倒的な混沌に向いつつある世界の中で、登場人物たちが断片的手掛かりを繋ぎ合わせ、より満足の行く状況に到達するというパターンを、ヴィクトリア朝の犯罪記事、解剖学、美学、歴史学、探偵小説等を経由して提示した (Hutter 135-75)。

1980年代以降、ポストモダニズムの世界観に合致する特徴を多く備えたこの小説は、批評家たちの好餌となった。その一方で批評理論の趨勢に関与せず、この作品の理解と評価に益する資料集を提供したコットセルの功績も大きい。

1980年代の終りには、「断片化」に着目しても、秩序や意味の回復ではなく、むしろ欠損や切断そのものに焦点があてられるようになった。ある論考は、ジェニー・レンを例にして、女性の身体や欲望は「痛み」や「歪み」を通してしか「接合」され得ないと論じた (Michie 199-212)。別の論考は、『互いの友』において生命が価値をもつのは——マルサス経済学に反対した時のラスキンやディケンズの思惑とは裏腹に——それが生身の人体から切り離され、宙ぶらりんの状態になっているときであると主張した (Gallagher 345-65)。また有限責任法 (1855) や株式会社法 (1856) 等によって可能になった、経済活動の道徳からの切り離しに着目した1990年代のある論考は、『互いの友』という小説が、この経済と道徳との分離に抗うと同時に、それによって生じた (主に男性性にまつわる) 不安を露呈している、と指摘する (Poovey 157)。

一方、徹底した精読による新しい読みを示したのが植木研介氏である。彼はまず過去の『互いの友』批評において対立が目立つ争点を、「Boffinの堕落は芝居であったとの説明の信憑性」に関するものと、「塵芥の山の意味」に関するものの2つに整理した上で(植木 307)、両者を関連づけてみせた。彼によれば、ボフィンは堕落した演技をつづけると同時に、呪われた富を浄化するという「錬金術の行為を行なっていた」のであり、それは作品後半で「Johnにとって不吉な呪いの塵芥の山」が消失していくことと表裏一体の関係にあるのだという (植木 314-15)。

6 作品へのアプローチ

(1) マモンの都市

　ディケンズ最後の完結した長編小説『互いの友』は、ある遺産相続人殺人事件をめぐって複雑に展開する、劇的な一大人間模様である。舞台は「現代の」ロンドン。ディケンズ執筆当時の大都市ロンドンの諸相もまた——ウエストエンドに居を構える貴族気取りの成金たちの経済的繁栄から、イーストエンドの極貧層の生活に至るまで——如実に描きこまれている。それは社会構造がはらむ根深い不条理だけでなく、人間の欲心や利己心によって家族や仲間同士の絆がバラバラに分断された世界である。

　しかし、それ以上に根深いレベルの分断化が——片足を切断された小悪党が暗躍し、両足義足の老人が女主人公の婚礼に華を添える——この物語においては進行している。自分の体から切断された足の骨を回収すべくヴィーナス氏を訪ねるウェッグは勿論のこと、躍起になって断片を掻き集める人物が本作品には多い。塵芥を集めて財を成した先代のハーモンと、その跡を継いだボフィン。政治も塵芥処理の一種にすぎないし (3: 8)、金融界の「塵芥処理請負人」であるフレッジビーも、ライアーを使って「不良手形」(queer bills) を買い集める。ジェニー・レンも、人形の服を拵えるのに端切れを集め、ヴィーナス氏は、雑多な骨の寄せ集めから完全な骨格標本を作り上げる。しかし、そうやって断片を掻き集めたところで、果たして分断された絆や世界を再び繋ぎ合わせることができるのであろうか。

　本作品で批判の矛先が向けられる最大の相手は、特定の組織でも社会制度でもない。人と人との絆を壊す呪わしい原因として焦点があてられるのは、「マモン」(mammon)、つまりは金のもつ魔力である。『互いの友』が描くのは、金の力が所与のものとして根深く浸透している社会であり、どこへ行ってもその影響力から逃れるすべはない。かつて幼いネルの永久の臥所となった、時間が停まったかのような静謐な田舎の安息所はもはやない。暖かい炉辺があり、優しい妻のいる家庭も金力と無縁の聖域ではないし、ライアーが設けた「屋上庭園」

も、逃れ場としてはあまりにも貧弱だ（挿絵では、都会の街並みのまがまがしい影に囲まれて四面楚歌といった感がある）。結局、人々はマモンの支配が周(あまね)く行き渡った都市の只中で生きていくしかないのであり、その中で見失われた愛情や友情を回復するためには、「今、ここ」での人間性の荒療治が必要になってくるのである。

(2) 身を捨ててこそ……

　その荒療治とは、ずばり一度死ぬことである。物語の中心にあって互いに絡まり合いながら展開しているのは、ジョン・ハーモン、ベラ・ウィルファー、ボフィン夫妻を中心とした遺産相続・結婚物語と、ユージーン・レイバーンとリジー・ヘクサムの階級を越えたロマンスという主要な二つの物語であるが、そのいずれにおいても主人公たちがそれぞれ女主人公と結ばれるためには、一度死んで、象徴的な新生を体験せねばならない。

　彼らの死と新生の場となるのが、テムズ河である。これが新約聖書的な洗礼(バプテスマ)の一種であることは言うまでもないし、ボフィンの名前であるニコデマス（ニコデモ）も、新生を促すイエスの言葉 (John 3:3, 5) を想起させずにはおかない。「死と蘇り」のパターンは、この物語の細部にまで及んでいる。例えば、俗世の塵にまみれたフレッジビーに、「あんたはまだ死んでないじゃないの」と言い、「上がって来て死になさいね」と屋上の「庭」から呼び続けるジェニー・レンの台詞は、「生きるためには死ね」という象徴的死への誘いである。

　二人の男性主人公たち、ジョン・ハーモンとユージーン・レイバーンは、テムズ河に投げ込まれることによって強引に新生を迫られる。物語に登場した時、彼らはいずれも自分の人生にさえ消極的な態度を見せ

屋上庭園

る。父親が用意した将来像——ジョンの場合は見ず知らずの女性との結婚、ユージーンの場合は法廷弁護士になること——に従うことに彼らが躊躇いを覚えるのも無理はない。しかし、それを考慮に入れてもジョンはいささか臆病に過ぎるし、ユージーンは余りにも投げやりである。殺人者に襲われることがなければ、ジョンは結局父親の遺志と対決することを避け、外国に逃げ帰ってしまったかもしれないし、ユージーンはリジーに付きまといながらも、責任のある決断はしなかったであろう。彼らが本腰を据えて自分の人生と向かい合うのは、テムズ河で溺れ、九死に一生を得てからである。

(3) 死んだおかげで……
　そもそもジョンが「殺される」羽目に陥ったのは、自分の人生の課題と直面するのを避け、決断の時を先延ばしにしたために、その隙を悪者につけこまれたのだった。彼はその結果、幕開け直前に表舞台から閉め出され、いわば裏口からこっそりと物語世界に潜り込まざるを得なくなる。もっとも、これこそディケンズが仕組んだプロット上の仕掛けの一つであり、世界から半ば弾き出されてしまい、「生きながらの死者」という奇妙な立場に追い込まれた彼が、どのようにして再び世界の中に居場所を見出していくかは、この物語の大きな見所の一つである。秘書ロークスミスとしてボフィン夫妻やベラに接近する彼には、透明人間さながら、彼らの偽りのない心情を盗み見ることができる。老夫婦の自分への変わらぬ愛情、ベラの心根の美しさを確信した彼は「死んだおかげで、いろいろわかった」(2: 13) と言う。その後、彼は遺産相続人ジョン・ハーモンとしての素性を隠したまま、使用人の立場でベラに求愛し、見事に振られるが、その前から彼には我が身が浮かばれることよりも、ベラやボフィン夫妻の幸福を優先する覚悟ができていた。失恋の痛手に耐えながら、ジョン・ハーモンを永久に葬り去る決意を固める彼は、その自己放棄によって、残酷な父親の遺志に込められた呪いを無化するのである。
　リジーと別れることもできず、かといって結婚するわけにもいかな

い、という煮え切らないユージーンの葛藤に決着をつけたのは、皮肉なことにヘッドストーンの殺意であった。彼が襲撃し、河に投げ込んだユージーンは、他でもないリジーの腕で救い出され、それが二人を分かちがたく結びつけることになる。河で死にかけるまでの彼には、結局はリジーは自分の思うようになるさ、とどこか彼女を見下しているところがあった。また、彼女を追い求めながらも決断を先延ばしにする彼の無責任さ、嫉妬に狂うヘッドストーンを嘲弄し、故意に苦しめて喜ぶ俗悪さも、テムズ河の泥水によって洗い流されねばならなかった。生死の境をさ迷い、回復の望みも定かにならないままリジーと結婚式を挙げたその病床で、こんな僕と結婚するなんて君は自分を捨てたも同然だ、と新妻に語るユージーンには、今や自己放棄の権化であるリジーの夫に似つかわしい謙虚さが見られる。

(4) 塵捨て場の錬金術

　新たな絆を結ぶためには、ジョンもユージーンも一度死なねばならない。言い換えれば、それはいったん自らを捨てるということだ。テムズ河での臨死体験は、彼らを真実の自己放棄へと導くための荒療治であり、ライダーフッドのように自己放棄を伴わない蘇生 (3: 3) は新生とは無縁である。

　自己放棄こそが肝要なのであれば、テムズ河に投げ込まれずとも、思い切ってそれまでの生き方を投げ棄てさえすれば、新たに生まれ変わることができるのだ。この意味では塵芥の山も新生の象徴となり得る。ベラがその名の通り最高に美しく輝き出すのは、富に惑わされる自分を棄て去ったときである。ある日、ボフィン氏は使用人の分際でベラに求愛したロークスミスを、彼女の眼前で糾弾し、解雇してしまう。ボフィン夫妻に引き取られ、裕福な生活の味を覚え始めた彼女だったが、「（ベラに求婚したのは）金が目当てだったんだろう」と、散々にロークスミスをなじるボフィンのあまりの非道ぶりに慄然とする。優しかったボフィンを、こんなにも邪な我利我利亡者にしてしまう金の魔力のおぞましさ。こんなことならお金なんて要らない。

「私を貧乏に戻して！」と涙ながらに嘆いたベラは、即座にボフィン夫妻の寵愛を一身に集めることのできる立場も、既に夫妻から貰っていた物も全てを放棄し、決然と夫妻の豪邸を去る。自らのものになるはずの富の全てを投げ棄てた彼女は、その直後、無一文のジョンの愛を受け入れる。こうして彼女は「棄てる」ことを通して、見事に「正真正銘の黄金」(4: 13) の光を放ちはじめるのだ。

　ボフィンがロークスミスをいびり抜く場面をはらはらしながら読み進んだ読者は、これは実はベラの心を試すためのお芝居でした、という種明かしに鼻白むかもしれない。しかし、これこそ「黄金のゴミ屋」ボフィンの十八番、塵芥を金に変えるという、錬金術にも似た、価値の大転換の延長線上にある試みなのである。呪いを込めた遺志とともに老ハーモンが遺した巨万の富から毒抜きをし、純金のようなベラの心の真価を引き出すという、大掛かりな生身の錬金術を成功させるためには、ボフィンもまた本来の自分を棄てて、マモンの毒をひとまず一手に引き受けるという「黒の過程」が不可欠だったのである。これはディケンズが仕組んだプロット上、最大の仕掛けでもあった。

(5) わき役の魅力と「全体の図柄」
　物語の大詰めできれいさっぱり片づけられていく塵芥の山と同様に、主要人物たちもまた篩いにかけられ、最終的に2つの群れに仕分けされる——大切な絆のために身を投げ出したり、悪だくみと縁を切った者たちは、社会の中に新たな居場所や友を見出すことができるが、救いがたく堕ちた輩は放り出されたり、閉め出されて終わる。
　といっても『互いの友』は、決して単純な勧善懲悪やおとぎ話の枠には収まりきらない。この小説の面白みは、わき役たちの魅力にもある。未遂に終わったものの、殺人を犯すまでに嫉妬に狂った教師ブラッドリー・ヘッドストーンは、貧しさから苦労して身を起こした努力家であり、根っからの極悪人ではない。望みのない恋を諦めきれない苦しさ、やっとのことで得た物を失うまいとする努力が強いる極度の緊張、殺人者の暗い悦びと絶望……。そこには潔く棄てられない男の

悲劇があり、生々しい筆致で描かれる心理ドラマは、読者に強烈な印象を残さずにはおかない。

　最後は文字通り、塵芥と一緒くたに捨てられてしまう、片足が義足の小悪党、ウェッグも、言い間違いなどお構いなしの大胆な朗読や、怪しい「教養」を振りかざす独自の語り口で笑いを誘う。確かに悪者には違いないのだが、どうも憎みきれない。

　人形の洋服屋、ジェニー・レンは、心身に鋭い痛みを背負わされている一方で（あるいはそれがゆえに）、美しい髪と天上的恍惚に通じる想像力を付与されているのだが、物語の終盤、スロッピーの前で、ちょっと照れながら杖をついて歩いて見せる場面では、身体的な障害すらも彼女の魅力の一部として融合されている。また、よちよち歩きのトゥルズとポドゥルズの描写は簡潔ながら可愛らしいし、幼いジョニーやベティー・ヒグデンが息をひきとる場面では、涙をそそるディケンズ節も健在である。

　この小説を初めて手にした読者は、冒頭の４章の舞台が目まぐるしく変わるため、筋を追うのにも困難を覚えるかもしれない。しかし、それも作者の計算の内。とぎれとぎれの記憶の断片を繋ぎ合わせながら、単身、事件の核心に迫って行くジョン・ハーモンのように、また「骨格組立師」のヴィーナス氏よろしく、一つ一つの挿話を辛抱強く接ぎ合せながら読み進んでいくと、それまで没交渉だった人物たちが「互いの友」を介して次第に結び合い、壮大なスケールの人間模様が浮かび上がってくる。ヴィーナス氏の「フランス人紳士」の骨格はついぞ完成を見ないが、作者の言う「〈物語〉全体の図柄」が、読み進むにつれて明らかになってくるとき、また主要人物がそれぞれの傷や痛みを乗り越え、新たな絆を確かにして行くのを眼にするとき、読者はこの大部の小説を通読する悦びを知るだろう。

『互いの友』地図

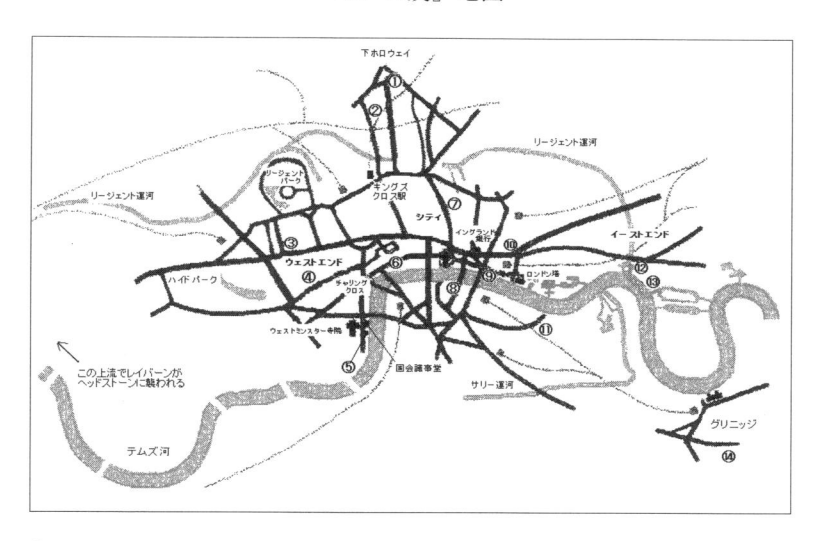

① ウィルファー家
② 塵芥の山
③ ポドスナップ邸
④ ラムル邸
⑤ ジェニー・レンの家
⑥ 法学院
⑦ ヴィーナスの店
⑧ サザック橋
⑨ ロンドン橋
⑩ パブシー商会
⑪ ヘッドストーンの学校
⑫ 「6人の陽気な仲間たち」
⑬ ライムハウス・ホール
⑭ ジョンとベラの家

参考文献

Booth, Allyson. "'He Do the Police in Different Voices': *Our Mutual Friend* and *The Waste Land*." *Dickensian* 97 (2001): 116-21.

Davis, Earle. *The Flint and the Flame: The Artistry of Charles Dickens*. London: Victor Gollancz, 1964.

Ewbank, Inga-Stina. "Dickens, Ibsen and Cross-Currents." *Anglo-Scandinavian Cross-Currents*. Norwich: Norvik, 1999. 297-315.

Gallagher, Catherine. "The Bio-Economics of *Our Mutual Friend*." *Zone: Fragments for a History of the Human Body*. New York: Urzone, 1989. 345-65.

Hutter, Albert D. "Dismemberment and Articulation in *Our Mutual Friend*." *Dickens Studies Annual* 11 (1983): 135-75.

Lindsay, Jack. *Charles Dickens: A Biographical and Critical Study*. 1950. London: Andrew Darkers, 1970.

Metz, Nancy A. "The Artistic Reclamation of Waste in *Our Mutual Friend*." *Nineteenth-Century*

Fiction 34 (1979-80): 59-72.
Michie, Helena. "'Who is this in Pain?': Scarring, Disfigurement, and Female Identity in *Bleak House* and *Our Mutual Friend*." *Novel: A Forum of Fiction*. 22 (1989): 199-212.
Miyoshi, Masao. "Resolution of Identity in *Our Mutual Friend*." *Victorian Newsletter*. 26 (Fall, 1964): 5-9.
Morse, Robert. "Our Mutual Friend." Ford and Lane 197-213.
Poovey, Mary. *Making a Social Body: British Cultural Formation, 1830-1864*. Chicago: U of Chicago P, 1995.
Shaw, George Bernard. Introduction to *Hard Times*. 1912. Ford and Lane 125-35.
Young, G. M. *Portrait of an Age*. 1936. London: Phoenix, 2002.
植木研介『チャールズ・ディケンズ研究――ジャーナリストとして、小説家として』南雲堂フェニックス、2004.
小池　滋『チャールズ・ディケンズ』沖積舎、1993.
西條隆雄『ディケンズの文学――小説と社会』英宝社、1998.
松村昌家『ディケンズとロンドン』研究社、1981.
――.「ディケンズと世紀末」『ディケンズ・フェロウシップ日本支部年報』27 (2004).

（松本靖彦）

『エドウィン・ドルードの謎』

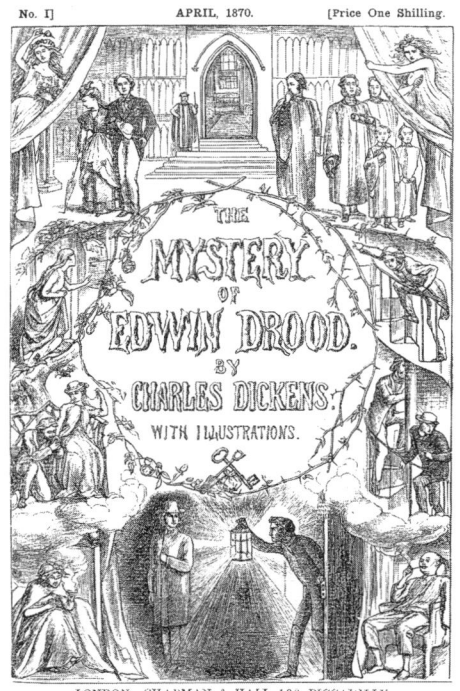

月刊分冊本表紙

II 作品

1 最初の出版形態および出版年月
1870年4月から9月までチャップマン・アンド・ホール社より月刊分冊で刊行（12号で完結予定のところ6号で絶筆）。

2 単行本テクスト（初版・校訂版・普及版・翻訳）
初版
  1870年8月、チャップマン・アンド・ホール社
校訂版
  The Mystery of Edwin Drood. Ed. Margaret Cardwell. Oxford: Clarendon, 1972. 1870年版を底本に使用。
普及版
  The Mystery of Edwin Drood. Ed. Margaret Cardwell. Oxford: Oxford UP, 1982. 上記クラレンドン版に準拠。
  The Mystery of Edwin Drood. Ed. Steven Connor. London: J. M. Dent, 1996. チャールズ・ディケンズ版に準拠。
  The Mystery of Edwin Drood. Ed. David Paroissien. London: Penguin, 2002. 1870年版に準拠。
翻訳
  『エドウィン・ドルードの謎』（小池滋訳、創元推理文庫、1988）

3 時代背景
1860年から70年にかけてのイギリスは、1851年の万国博覧会以来の経済的繁栄を謳歌しており、その圧倒的な経済力を背景に対外的には自由貿易の拡大を国策としていた。この自由主義政策は、やがて1873年の不況による財政難を打開するために帝国主義政策に転ずることになるが、その予兆とも言うべきものを1865年のジャマイカで起こった反乱事件に見ることができる。この反乱がエア提督によって鎮圧された際、この是非をめぐって国内を二分する論争が巻き起こったが、提督を非難するミルやスペンサーのような自由主義知識人に対して、ディケンズはカーライルやラスキン、テニソンなどとともに、

提督を擁護する側にまわった。

　こうした時代の転換期に書かれた『エドウィン・ドルードの謎』もまた、これまでの作品とは比べものにならないほど地理的な広がりを見せるようになる。エドウィンが赴任予定のエジプト、ランドレス兄妹がやってきたセイロン、博愛主義者ハニーサンダーとジャマイカ、さらにはジャスパーの幻想の中にあらわれるトルコ、といったように作品世界も、領土を拡大する大英帝国と同じく膨張の一途をたどる。驚嘆すべきは、そのような大英帝国のありようを、それまでの鳥瞰的(パノラマ)手法から一転、大聖堂の町クロイスタラムに集約したディケンズの手腕である。この小さな世界に、当時のイギリスの社会、および上流中産階級が凝縮されており、さらには植民地の問題までも射程におさめられているのである。

　晩年のディケンズは、自由主義への嫌悪を見せることが多くなり、国内にあっては浮浪者や犯罪者が横行する社会的無秩序に対して強硬な態度を示すようになっていた。しかしながら、そうした個人的な倫理の表明とは裏腹に、大聖堂の聖歌隊教師でありながらイースト・エンドのアヘン窟に足繁く通うジャスパーを描くディケンズは、リスペクタビリティーといった言葉に代表されるヴィクトリア朝的な価値観の行き詰まりを予見し、世紀末の退廃に至る道筋を照射しているかのように思われる。『エドウィン・ドルードの謎』は、時代の転換期において、ディケンズがこれまでの作風から脱皮し、新たな小説の方向性を模索した作品であると言えるかもしれない。

4　執筆、出版に至る経緯

　ディケンズ最後の作品となった『エドウィン・ドルードの謎』は、これまでのほとんどの作品と同じように月刊分冊形式で発表され、ディケンズが他界した際には第6号まで刊行されていた。過去の作品においては、月刊分冊の形式では19ヶ月で完結していたが、この作品はディケンズの希望により当初から12ヶ月で終了する予定となっていたため、折り返し地点まであと1章分、全体の約45%というと

ころで絶筆となった計算になる。
　『互いの友』の出版後の 4 年間、ディケンズは脳出血による左足の麻痺、極度の緊張と疲労からくる不整脈といった健康上の不安を抱えながらも、ますます朗読旅行に耽溺するようになった。朝は長距離散歩、午後と夕方は朗読公演という緊密なスケジュールの中で、折からの心臓機能障害は悪化していったが、この公演旅行による多額の収入により、小説家としての現役を退き、安定した老後を送るという目論みがあった。1867 年には多額のギャラを提示されて、アメリカ公開朗読旅行を行ない、さらに帰国後、ディケンズは 100 回の朗読からなる国内での「お別れ朗読会」の旅に出る。そのセント・マーティンズ・ホールで行われた 1 回目の朗読会で、サイクスのナンシー殺害の場面がはじめて披露された。やがて十八番となるこの演目が、ディケンズが終生追いつづけた犯罪心理への関心をふたたび喚起し、後にジョン・ジャスパーの殺人と暴力性へと結実することになる。
　ディケンズがこの作品の最初の構想を得たのは 1869 年の 7 月半ばである。フォースターにあてた手紙の中で、「二人の人間（少年と少女か、または非常に若い男女）が何年か後には結婚しようと約束してお互いに別れる。結婚するのは小説の結末においてである」（フォースター宛書簡、1869 年 7 月中旬）と新作の筋書きを開陳し、旧友の意見を求めている。さらに、8 月 20 日までには、"The Loss of James Wake Field," "James's Disappearance," "Flight And Pursuit," "Sworn to Avenge It," "One Object in Life," "A Kinsman's Devotion," "The Two Kinsmen," "The Loss of Edwyn Brood," "The Loss of Edwin Brude," "The Mystery in the Drood Family," "The Loss of Edwyn Drood," "The Flight of Edwyn Drood," "Edwin Drood in hiding," "The Loss of Edwin Drude," "The Disappearance of Edwin Drood," "The Mystery of Edwin Drood," "Dead? or Alive?" という 17 の題名候補のリストを作成している。エドウィンとローザの婚約と別離という物語の発端は残しつつ、主人公の失踪に力点が移っていることが分かる。この時点でディケンズは当初の計画を破棄し、その「新作のためのとても興味深く新しい考え」については、

「作品の興味が失せてしまうから」(フォースター宛書簡、1869年8月6日)という理由で詳細には語っていない。後にフォースターが明らかにしたところでは、この時点でのディケンズの腹案は次のようなものであった。

> 物語は叔父が甥を殺す話になるはずで、その独創性は、結末で殺人者自身が自分の経歴を振り返り、その際、殺人の誘惑を感じたのは、自分自身ではなく、誰かほかの人であったかのように扱われる点にあるというのであった。最後の数章は死刑囚監房で書かれるが、彼はそこに送られる原因となった悪行について、あたかも他人事のように丹念に語る。犯人は殺人を犯した直後、自分の目的のためには、殺人は全く不要であったと悟る。犯人の正体は結末近くに至るまで分からないが、彼が死体を投げ込んだ生石灰の腐食作用を受けつけなかった金の指輪によって、被害者の身許のみならず、犯行現場、殺人犯までが明らかになる。以上のことを、私は作品がまだ書きはじめられないうちに聞かされた。(Forster 11: 2)

題名候補からも明らかなように、ディケンズは行方不明になった主人公が、物語の最後になって現われるという筋書きを予定していたようだが、実際に書きはじめた頃には、主人公は死ぬことに変更されていたようだ。そのことを裏付けるのが、ロバート・リットンの『ジョン・アクランドの失踪』という短編に対するディケンズの反応である。失踪したと思われていた主人公が結局殺害されていたという筋書きのこの作品を、ディケンズはすぐに『オール・ザ・イヤー・ラウンド』誌に掲載することを了承したものの、実際に1869年9月18日号から10月16日号まで5号にわたって掲載されたのは、ディケンズの編集によって大幅に短縮されたものであった。リットンに「主人公が本当に殺されたかどうか、最後まで読者を惑わせる」ために、タイトルに"Disappearance"という言葉を使うことを提案までしたディケンズが(リットン宛書簡、1969年9月2日)、翌月には手のひらを

返したように「既に同じような話が発表されているという投書があった」(10月1日)という理由で、唐突に掲載を打ち切ったのはいかにも不可解だが、おそらくこれから書こうとする作品が、リットンの剽窃だとみなされる危険に思い当たったためではないだろうか。

9月半ばから本格的に執筆に取りかかったディケンズは、10月の第3週には第1分冊の原稿を完成させ、フォースター邸で朗読を行った。つづいて問題となったのは、挿絵画家の選択であった。当初予定されていたのは、ウィルキー・コリンズの弟で、娘婿でもあるチャールズ・コリンズであり、ディケンズは彼に指示して、第1分冊分の挿絵と分冊全体の表紙を書かせた。しかしながら、体調不良のためコリンズが辞退し、ジョン・エヴァレット・ミレーの紹介で、新進気鋭の画家ルーク・ファイルズに白羽の矢が立った。ファイルズはコリンズのスケッチを基に挿絵と表紙を書き直したが、よく見るとコリンズのものとは微妙な違いがある。分冊形式の表紙には、作品全体から名場面をとりあげて題名のまわりに配するのが通例であったから、この時点でディケンズは既に『エドウィン・ドルードの謎』に関する明確な構想を持っていたと考えられる。

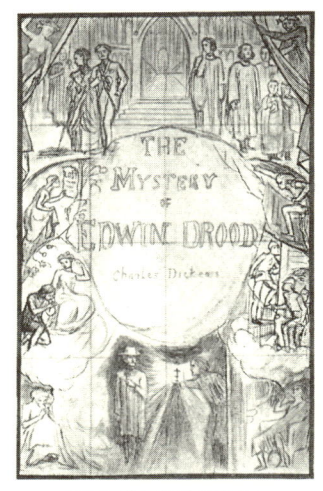

コリンズの表紙デザイン

このように『互いの友』から数えて3年半ぶりの執筆作業は、さまざまなトラブルに見舞われ、「かつての気力が失われてしまった」と周囲の人間に漏らすほど、ディケンズにとって決して容易な作業ではなかったようだ。さらに、11月の終わりに第2分冊を書き上げたディケンズは、ある衝撃的な出来事を体験する。「物語の最初の2号分を書き終えたと思っていたところ、両方合わせて印刷した紙面の12ページ分が不足しているとクラウズに聞かされて仰天しました」

(フォースター宛書簡、1869 年 12 月 22 日)。若い頃より速記や雑誌編集に携わった経験から、活版印刷に詳しかったディケンズには、1分冊の原稿量を熟知している自負があったが、ここで致命的な計算違いをしてしまったのである(同様の事態は、『互いの友』でも起こっているが、これほど致命的な間違いではなかった)。これが単なる年齢からくる衰えによるものか、度重なる公開朗読による健康上の理由に基づくものであったかどうかは定かではない。仕方なくディケンズは新たな場面を加えて、第 2 分冊から 1 章を割いて第 1 分冊に移して事なきをえたが、これ以後、ディケンズは当初予定していた材料を使い果たしてしまわぬように計算しながら、執筆をつづけていくことになる。

　これ以降は特に支障もなく、順調に刊行されたが、ディケンズの突然の死により中断を余儀なくされた。1870 年 6 月 8 日、いつもの習慣に反して午後も執筆をつづけたディケンズは、夕食後突然気分が悪くなり、脳出血を起こしてソファに倒れ、意識が戻らないまま翌日の夕刻に息を引き取った。遺稿となった第 22 章「再び夜明け」では死と再生が描かれ、その遺稿は後にファイルズの描いた「主なき椅子」の前に残されていた。

5　作品の批評史
(1) 同時代の評価
　発表当初の書評は好意的なものであれ、批判的なものであれ、作品の登場人物に関するものがほとんどであり、筋書き自体に触れたものは少なかった。ディケンズの死後は、否定的な意見はほとんど封殺されていたが、ディケンズの作家生活を総括する必要が生じると、やがて「ディケンズ氏の後期作品が、初期作品に匹敵するなどと装っても、何の意味もない」(『サタデイ・レヴュー』誌 1870 年 6 月)という意見が大半を占めるようになる。とりわけ、当時の批評家たちは『ピクウィック・クラブ』に代表される初期の喜劇的色合いの強い作品を高く評価する傾向があり、後期のいわゆる社会批評を前面に出した重厚な

作品群が激しい非難を浴びる中で、最晩年に書かれた『エドウィン・ドルードの謎』については言及されることがほとんどなかった。その一方で、文学批評の量とは反比例して、続編および結末を予想する論考が雲霞のごとく出現したのである。

(2) 20世紀前半まで

　世紀の変わり目にあっても依然として『エドウィン・ドルードの謎』に対する認識は大きく二つに分かれていた。作品の謎解きにますます拘泥する流れがある一方で、オーウェルによるディケンズ再評価の風潮にあっても、その文学的価値については論じられることがほとんどなかった。ニュー・クリティシズムにはじまる文学理論は、ディケンズの後期作品に注目を集める契機となったが、作品のそれぞれの部分が密接な連関性を持ち、テクスト全体が多声的に響きあうという理論に、未完の『エドウィン・ドルードの謎』はうまくなじまず、批評家たちはこの作品が存在しないかのような素振りをつづけていた。この作品がいわゆる正当な文学批評の対象となったのは、エドマンド・ウィルソンの論文「ディケンズ——二人のスクルージ」に負うところが少なくない。ジャスパーに投影されたディケンズの心理状態——犯罪者に引きつけられる一方で、ブルジョワ的な生活や信念に安らぎを求める躁鬱病的な不安定さが、この作品のみならずディケンズの作品群を解読する重要な手がかりであるとするウィルソンの論は、この作品に対する精神分析的な考察や、当時の社会状況に対するディケンズの洞察の究明といった新たな地平を開いた。

(3) 20世紀後半以降

　1950年以降、新たな伝記的事実の発見や文学理論の流行により、堰を切ったように『エドウィン・ドルードの謎』の研究論文が産出され、作品は多角的な観点から論じられるようになる。エドガー・ジョンソンやアンガス・ウィルソンは、この作品を愛人エレン・ターナンとの関係に集約されるディケンズの秘密の生活の発露として読み、フレ

ッド・カプランはディケンズの催眠術への接近をそこに重ね合わせる。精神分析理論はジャスパーの複雑な犯罪心理への洞察を深め、ポスト植民地主義からは、この作品に書き込まれた初期帝国主義の痕跡を解読する議論が提出され、クイア理論は、そうした不安の現われとしてのホモソーシャル、あるいは同性愛的な関係に着目する。『エドウィン・ドルードの謎』はもはや単なる未完の探偵小説ではなく、帝国主義、あるいはポスト植民地主義、精神分析理論、セクシュアリティー、アイデンティティーといった現代的な問題を内包したテクストとして注目されている。

6　作品へのアプローチ
(1)　結末をめぐる考察

　未完に終わった『エドウィン・ドルードの謎』は、探偵小説的要素が強いことも相俟って、ディケンズの死後、現在に至るまでその結末に関して多くの推論が出された。書評や論文といった形だけではなく、劇、ラジオ番組、あるいはテレビドラマ化される際にも、おのおのが真の結末を提示しようと躍起になった。ドルードは本当に死んだのか？　本当にジャスパーは殺人者なのか？　ドルードはどのように殺されたのか？　ダチェリーの正体は？　この人物は男か女か？　こうした「ドルード問題」(the Drood controversy) の解答はさまざまであり、「誇張でもなんでもなく、筋書きに関する作者の意図について『エドウィン・ドルードの謎』ほど多くの評言や推論が提出された未完小説はない」(Kitton 292) と言っていいだろう。特に 20 世紀初頭は、『ディケンジアン』誌のみならず、雑誌や新聞のコラムには、この作品の真相を究明しようとする論考があふれかえっていた。

　ディケンズの死後まもなく、1870 年から 1899 年にかけては、劇や小説の形でさまざまな続編が書かれた。中には同じ月刊分冊で、ファイルズの挿絵を真似した『ジョン・ジャスパーの秘密』(1871) のような手の込んだものもあり、当時の読者を混乱させた。最たる変わり種は、「霊媒を通して語る、チャールズ・ディケンズの神霊ペン」(Spirit

Pen of Charles Dickens, Through a Medium) なる筆名で出版された『完結エドウィン・ドルードの謎——エドウィン・ドルードの謎、第2部』(1873) である。作者＝霊媒のヴァーモント州ブラトルボロの印刷工、トマス P. ジェイムズによれば、ディケンズは死後もこの作品を書きつづけるという計画を持っており、霊媒として彼を使うことも予定していたという。後にこの路線は晩年に神秘主義に転じた探偵小説作家コナン・ドイルに受け継がれた。やはりディケンズの霊を召還したドイルは、『未知の淵』(1930) の中で、ジェイムズの続編は詐欺であり、「本当の結末」(エドウィンは生きており、クリスパークルが匿（かくま）っているといった内容) を直接告げられたと語った。

　先に触れたように、ジョン・フォースターは『ディケンズの生涯』の中でディケンズの考えていた結末を公表した。この結末は、当初予定されていた挿絵画家であったチャールズ・コリンズが友人に語った結末とほぼ同じものであったため、現在でもかなり信憑性のあるものとされている。さらに、このフォースター説は、後年挿絵を担当したルーク・ファイルズや息子のディケンズ・ジュニア、娘のケイト・ディケンズにもお墨付きをもらっている。

　しかしながら、フォースターが提唱した結末も「ドルード問題」に決着をつけるには至らず、むしろ 1884 年以降、議論はますます燃えさかっていく。こうした議論の全てを解説するわけにはいかないが、いくつか参照すべき論考を紹介しておこう。例えば、1887 年に出版された『死者に見張られて——ディケンズの未完の物語に関する愛情を込めた研究』という『エドウィン・ドルードの謎』を論じた初めての研究書（それまでは雑誌や新聞などに、それも匿名で投稿されるものがほとんどであった）の中で、リチャード・プロクターは「犯罪者がその被害者に見張られる」というディケンズの好む主題がここでも展開されているという。やはり探偵小説的要素の強い『荒涼館』におけるオルタンスとバケット夫人の例を出し、全く眼中になかった人物に犯罪者が監視されているという形式がここでも踏襲されているのではないか。グルージャスは犯人であるジャスパーが尻尾を出すのを

（探偵ダチェリーを雇って）待っているのであり、エドウィンは彼の手によって救出されたのだ、と彼は述べる。この「エドウィン生存説」は、フォースターの説に真っ向から対立するものであり、これ以後、作品の注釈史において、「復活派」(resurrectionist school) を形成するに至る。

『ディケンジアン』誌が発刊された1905年には、カミング・ウォルターズが『エドウィン・ドルードの謎、解決の糸口』を発表し、この小説には3つの解かなければならない問題があると指摘した。すなわち、エドウィンの運命、ダチェリー、およびパッファー妃殿下の正体である。ウォルターズが提起した解決で論議を呼んだのが、ダチェリーをヘレナ・ランドレスの男装とする説である。ディケンズの愛好者からは猛烈な反論がおこったが、一方でしばしば指摘される『マクベス』からの影響を勘案すると（この論でいくとドルードは死んでいなくてはならない）、『ヴェニスの商人』や『十二夜』といった男装が作品の要となるシェイクスピア劇から、ディケンズがこの「ダチェリー即ヘレナ」の変装の着想を得たとしても不思議はない。

このように1905年から1914年にかけて『エドウィン・ドルードの謎』に寄せられた批評は、ほとんどがその結末を推理するものであった。こうした犯人探しの果てには、ジャスパーを被告人とする裁判まで行われ（それぞれの登場人物を俳優が演じ、陪審員が判決を下すという趣向）、ありとあらゆる仮説が提唱され、吟味された。最終的に『ディケンジアン』誌が、1908年、次いで1915年にこれ以上の結末に関する推論は、あくまでも推論に過ぎず無益であると二度の終結宣言をして、とりあえずこの犯人探しゲームは沈静化したが、後にも何度か再燃し、この真の結末をめぐる考察は現在まで受け継がれている。

(2) ミステリーとしての『エドウィン・ドルードの謎』

しばしばこの作品と比較の対象にされるのが、「最初の、最も長大にして、最も秀れたイギリスの推理小説」とT. S. エリオットから絶

賛を浴びたウィルキー・コリンズの『月長石』(1868) である。ディケンズはこの 12 歳年下のコリンズに対して当初は導師のような役割を果たしていたが（『月長石』はディケンズに捧げられている）、後期作品においては、ディケンズの方がコリンズから少なからずミステリー構成の面で影響を受けているように思われる。それゆえ、『エドウィン・ドルードの謎』の書かれた晩年には、この 2 人の関係も微妙なものになっており、ディケンズは『月長石』に対しても「構成がずさんこの上ない」という不満を持っていたようだ（確かに第 1 部はやたらと話がわき道にそれる傾向がある）。ディケンズからすれば、たとえ同じような題材を扱うにしても、中心となるトリックにジャスパーの二重人格的な性格を据えることによって、この催眠下における犯罪とその贖罪という主題をより掘り下げ、効果的に見せる自信があったに違いない。しかしながら、コリンズ自身は『エドウィン・ドルードの謎』をあまり評価していなかったようで、「疲れ切った頭で書いた陰気な作品である」と辛辣なコメントを残している。ディケンズの死後、コリンズがその後を引き取って続編を書くという噂が流れたが、結局実現はしていない。

　作品の語りの形式は、現代ならば倒述ミステリーと呼ばれるもので、主眼となるのは、誰が殺したかではなく、むしろ犯人がどのように殺し、どのように追いつめられていくかということである。『互いの友』でジョン・ハーモンの失踪が、完全に死んだものとして語られるのとは対照的に、この作品ではエドウィンの失踪が物語の折り返し地点に設定され、最後まで物語の吸引力として機能するように差配されている。さらに、通常の探偵小説では、殺人事件が物語の序盤で起こり、後はその解明に費やされるのに対して、『エドウィン・ドルードの謎』ではあくまでもエドウィンの失踪自体が謎として語られるのである。となると、ディケンズの主眼は、謎解きの興味というよりも、暴力とねじ曲がった愛、そして犯罪者自身の意識を解明することにあったのではないか。この主題は既に『互いの友』におけるブラッドリー・ヘッドストーンにもあらわれているが、ジョン・ジャスパーにおいては、

より明確な形で攻撃性と性への執着が描かれていると言っていいだろう。

　このジャスパーの人物造形に関して、あるモデルの存在があったことに触れておく。1849年10月にジョージ・パークマン博士が、旧友のハーヴァード大学医学部教授であったジョン・ホワイト・ウェブスターに殺害されるという事件が起こった。ウェブスターとも面識があり、かねてよりこの事件に関して非常に興味を抱いていたディケンズは、友人を介して事件の詳細を知り、1867年の二度目のアメリカへの公開朗読旅行の際には、その合間を縫って実際に現場を訪れてもいる。死体隠滅の方法やその発覚にいたる経緯など、ウェブスター事件と『エドウィン・ドルードの謎』との類似点は数多く挙げられるが、世間的には立派な紳士として通用している人間の内に秘められた残虐性といったものをディケンズはこの事件から学び、それをジョン・ジャスパーとして結晶化したのである。

　それはまた、実生活で「サイクスとナンシー」の朗読を繰り返し、エレン・ターナンとの不倫関係において、二重生活を余儀なくされたディケンズの内にも秘められた暴力性である。ディケンズは犯罪者に対して相反する感情を持っていた。短編『追いつめられて』や『荒涼館』の場合のように、探偵小説的に犯罪者を追いつめる快楽を抱く一方で、『互いの友』に登場するブラッドリー・ヘッドストーンのような、世間的にはなんの不足もない立場にありながら、なおかつ殺人を犯そうとする人物への心理的洞察を行っているのは、なによりもそうした犯罪に対する衝動が自分自身の中にもあることを痛感しているからである。こうした人間の奥底に隠された「秘密の生活」(secret life) という主題は、1940年以後『エドウィン・ドルードの謎』研究の中心的なテーマとなり、ジャスパーとディケンズの類似が重要視されることになる。

(3) 大聖堂の町クロイスタラム
　作品の舞台となるのは、クロイスタラムという大聖堂の町で、ディ

ケンズが幼少時代を過ごしたロチェスターがモデルとされている。後年、『ロンドン巡礼』でギュスターヴ・ドーレとともにロンドンの阿片窟を訪れたウィリアム・ブランチャード・ジェロルドは、即座に『エドウィン・ドルードの謎』でパッファー妃殿下が経営する阿片窟を想起したというが、そうしたリアリズムに徹したロンドンとは対極的に、幻想として描かれるのがクロイスタラムである。

　古いイギリスの大聖堂の町だって？　古いイギリスの大聖堂の町がどうしてこんなところにあるのだろう！　町の古い大聖堂の、おなじみのどっしりした灰色の四角張った石造りの塔だって？　そんなものがどうしてここにあるのだろう！　実物をどんな方角から眺めたとしても、自分とそれの間に錆だらけの槍先が見えるはずはないのだ。では、間に割り込んでいるあの槍先は何だ？　誰があんなものを立てたんだ？　きっと回教王の命令で、トルコ人の盗賊を一人一人串刺しの刑にするために立てたのだろう。そうに違いない。なにしろシンバルの音が響いて、回教王の長い行列が王宮に向かって通り過ぎて行くのだから。三日月形の刀が一万も日光にきらめいて、三万人もの踊り子が花をふりまく。その後から、無数の色の派手な盛装を施した白い象の列が、お供の者と一緒に無限に続く。それなのに、背景にはイギリスの大聖堂の塔がそびえ立っている。こんなところに立っているはずがないのに。その上、いかめしい槍の先にはのたうち回る罪人の姿も見えぬ。ちょっと待った！　あの槍とは結局、傾いた古い寝台の柱の錆びた先端などという、下賤なものにすぎないのか？　この可能性ありやなしやを検討すべく、眠りと笑いのいり混じった、ぼんやりした何がしかの時間を費やさねばならない。(1)

　ハリー・ストーンの言葉を借りれば、「近代主義的な心理小説の先駆けとなる内的独白と意識の流れ」を実現した実験小説的な書き出しである。クロイスタラム大聖堂は、ゴシック小説で描かれる幽霊に取り憑かれた古城にも似て、停滞、時代遅れの価値観、生きながらの死を象徴しており、この最後の作品でディケンズは、自らの創作の起源で

あるロチェスターにロンドンを重ね合わせて、過去と現在の融合を試みた。作品の舞台となるクロイスタラムの聖堂に、突然錆びた鉄の槍先が割り込んでくることで場面は一転して、サルタン、トルコ人の盗賊、串刺しの刑、三日月型の刀、花を振りまく踊り子、白い象の列、といった幻想的なイメージがつづく。ここで語り手は、よく知った風景に非日常的なイメージを挿入することで、やがてこの町で繰り広げられる犯罪を予告していると解釈できる。もっともディケンズは、すぐその後でこうした非日常的なイメージを打ち消すかのように、これが阿片による幻覚であったという合理的な説明をつけてみせる。奇怪な謎を打ち出してから、それに合理的な説明をしてみせるという探偵小説の構図を冒頭のわずか数ページで展開し、『月長石』の核となる阿片による二重人格のトリックをあっさりと暴露してみせるところにもまた、ディケンズの並々ならぬ自信をうかがうことができるだろう。

　このクロイスタラム――ロンドン、過去――現在の二重写しの中心にいるのが、犯罪への衝動を有しながらも一般市民として生活する、二面性を持つジャスパーという男である。このジャスパーに精神分裂、あるいは二重人格の兆候があることは明らかである。聖歌隊長である一方で阿片に耽溺するジャスパーの中には、社会的な地位に相反する邪悪な欲望が渦巻いている。クロイスタラムでの職務や生活に飽き飽きしたと洩らすジャスパーは、「自分の心臓に悪魔の彫り物でもすればいいのか？」(2) と吐き捨てる。エドウィンの良き理解者である一方で、ローザに横恋慕するなど、ジャスパーの二重性を裏付ける証拠は数多く挙げられ、こうした個人の内にひそむ悪魔を描き出そうとするディケンズもまた、そうした人格分離を切実な問題として抱えていたのではないだろうか。

　20世紀を通じて最も影響力のあるディケンズ論の一つ、「ディケンズ――二人のスクルージ」(1941) の中で、エドマンド・ウィルソンは、ジャスパーがディケンズ自身の投影であるという考えを打ち立てた。ジャスパーがもうひとりの自分の犯罪の被害者となり、その負債を独

房で清算しなくてはならないように、ディケンズもまた時として自殺行為とさえ思える公開朗読に精を出し、自己破滅的な振る舞いを繰り返した代償は自らの死であった。このウィルソンの論の延長として、1950年代には、エドガー・ジョンソンがその『ディケンズ伝』で、『エドウィン・ドルードの謎』はエレン・ターナンとの関係がはじめて書き込まれた作品であると主張し、ジャスパー（＝ディケンズ）の思い上がりを罰する女神ネメシスとしてのヘレナ・ランドレスにその影を見ている。これ以後、堰を切ったようにディケンズに関する伝記的な研究が進み、それにつれて『エドウィン・ドルードの謎』にディケンズとターナンとの関係がどのように書き換えられているのか、といった精神分析学的な問題意識に基づく研究が盛んになっていく。『二都物語』のシドニー・カートンとチャールズ・ダーネイの容姿が酷似しているように、『エドウィン・ドルードの謎』のジャスパーは、その内面において、もう一人のディケンズなのであり、ある意味ではスティーヴンソンの『ジキル博士とハイド氏』(1886) の先駆けとなる心理小説として読むことができるだろう。

(4) 帝国主義と「オリエンタル」(「非英国的」) なもの

　ジャスパーの抱える二重人格性はまた英国全体にも適応され、帝国主義やポスト植民地主義といった、より広範な議論も喚起する。1856年のクリミア戦争、1857-58年にかけてのインドでの反乱によって、大英帝国の栄光に翳りがさしはじめており、そうした時代の雰囲気はディケンズの作風にも影響を与えないはずはない。それまでオーストラリアに代表される「外部」としての植民地が、都合の悪い人間をはき捨てる場所、もしくは名状し難い暗部として機能していたのに対して、『ドルード』ではより直接的にそれらの脅威が語られ、その存在を無視することができなくなっている。

　こうした帝国主義に関わる『エドウィン・ドルードの謎』研究の嚆矢となったのは、1922年のオーブリー・ボイドで、彼は催眠術とオリエンタリズムがこの作品の主題だと看破した (Boyd 58)。パッファー

妃殿下が経営する阿片窟の中国人やインド人水夫、エドウィンが赴任予定のエジプト、博愛主義者ハニーサンダーとジャマイカ問題、さらにはセイロンからやってきた、「美しき原始人の捕虜」と形容されるランドレス兄妹など、オリエンタルな要素に関しては枚挙に暇がない。ネヴィル・ランドレスがエドウィン失踪事件の犯人として真っ先に嫌疑の対象となるのは、クロイスタラム(＝イングランド)にとってネヴィルが明らかに異質な(＝オリエンタル)存在であるからに他ならない。しかしながら、ネヴィルは真犯人ではなく、オリエンタルなものを排除すれば事件が解決するわけではない。ローザとの婚約を解消したエドウィンがヘレナに惹かれるように、オリエンタルなものは恐ろしくも魅惑的なものとして描かれ、冒頭のジャスパーの幻影と同じく「外部」と「内部」は渾然一体となり、区別することが困難になるのである。

　こうしたオリエンタルなものをめぐる洞察は、1930年代に入って更に深化する。ダフィールドはジャスパーが「サグ」(インドの絞殺強盗団員)であると断定した。現在では、この作品でディケンズがオリエンタルなものを強く意識していたというのは常識となっているが、当時はせいぜい『月長石』との関連で論じられる程度で、発表当時は画期的な論であった。サグ団とは19世紀初頭までインドに実在した結社であり、破壊神カーリを崇め、人をネッカチーフで絞殺して、持ち物を奪って死体を埋めてしまうことで知られていた。『月長石』にもこのような団員が登場し、なによりジャスパーは厚地のスカーフ(14)を使って、甥のエドウィンを殺すつもりであったのではないか、とダフィールドは推理

アヘン窟(ドーレ画)

する。これをポスト植民地主義の視点から言い換えれば、ジャスパーの内にも「英国人」と「オリエント化した英国人」の二面性があり、それが宗主国と植民地の二重性としても表象されているということになる。

　『月長石』でも重要な役割を果たした催眠術に関しては、この技術がディケンズの創作上の源泉の一つだったというフレッド・カプランの指摘もある。「動物磁気」と呼ばれる原始的な催眠術を提唱したメスメルの弟子、エリオットソン博士から催眠療法を教授されたディケンズは、実生活でもこのオカルト的な技術を積極的に用いていた。ある時には公開朗読会で聴衆を引きつける「可視光線」を発し、またある時には避暑地で知り合ったド・ラ・ルー夫人のヒステリー症状に対して遠隔治療を行ったディケンズは、意識／無意識を基盤とする精神分析的な概念に肉薄していたのではないか。厳密にはジャスパーの用いる魔術的な催眠術と動物磁気は区別するべきだが、フロイトが催眠術を介して無意識の発見に至ったように、ディケンズもまた催眠術という擬似科学を通じて、個人の意識、そしてイギリスの中に潜む形容しがたい不気味なものに思いを馳せたのではないかと考えられるのである。

　この作品と帝国主義との関連で、この作品の同性愛的な要素に着目する論者も少なくない。「ホモフォビア（同性愛嫌悪）」のあらわれとしてこの小説を読むならば (Sedgwick 180)、確かに抱擁、握手といったエドウィンに対するジャスパーの肉体的接触は度を超しており、「ほとんど女性のような」振る舞いとして描かれていることにあらためて気づかされる。いわば、ローザとエドウィンという二人の恋愛対象を揺れ動くジャスパーのアイデンティティーは、異性愛と同性愛の間で引き裂かれているのである。さらに、異性愛がクロイスタラム、ひいてはイギリス全体の支配に貢献する一方で、同性愛は受動性や阿片といったオリエンタルなものに結びつけられる。こうした同性愛を排除しようとする同性愛嫌悪が外国人（＝オリエンタル）嫌悪と結託して、ターターとクリスパークルに代表されるホモソーシャルな社会

が形成され、帝国主義を強化する役割を担っているのである。

7　反探偵小説としての『エドウィン・ドルードの謎』

　探偵小説というジャンルの起源は、1841年発表のエドガー・アラン・ポーの『モルグ街の殺人』に求められるのが通例だが、その成立の過程において、しばしばディケンズの作品への言及がなされることがある。ポーが連載中に「被害者＝犯人」のトリックを書評で暴いてしまった『バーナビー・ラッジ』、文学史上初の職業的探偵（バケット警部）が登場する『荒涼館』、そして未完となった『エドウィン・ドルードの謎』がそれである。中心となる殺人プロットをサブ・プロットで薄めてしまっているという欠点はあるものの、これらの作品は、探偵小説の歴史においては、ジャンルの成立に貢献した探偵小説の原型と見なされている。とりわけ『エドウィン・ドルードの謎』は、ディケンズが真っ向から探偵小説に取り組んだ作品とされ、未完に終わったことを嘆く声が多いが、はたしてディケンズが書こうとしたのは本当に探偵小説だったのか。

　むろん作品執筆当時には、探偵小説というジャンルは画定されておらず、原理的にはディケンズがそれを意識していたとは考えられないが、それまでにかずかずの「謎」を読者に提示してきたストーリーテラーが、最も探偵小説に接近した作品であることは間違いない。しかしながら、それは探偵小説の黎明期に位置づけられる原・探偵小説であると同時に、探偵小説以後を予見させる反・探偵小説とでも言うべきものである。ポーを鼻祖とする探偵小説は、時代が下るにつれて、ジャンルとして成熟する一方で、ひたすら先行作品の形式的な模倣を繰り返すことになった。こうした行き詰まりに対して、ステファノ・ターニは、現代作家が生み出す「解決なき結末を特徴とする脱構築的な探偵小説」に着目し、「反探偵小説」と名づけている。『デイヴィッド・コパフィールド』から『大いなる遺産』への変遷において、伝統的な自叙伝の形式を転倒させたことからも明らかなように、ディケンズはこうしたジャンルの硬直化に敏感な作家であった。その横断性と

形式化に対する徹底した内省によって、反探偵小説『エドウィン・ドルードの謎』は、ジャンル分けを拒否する「小説」として、優れた現代性を保持しているとは言えないだろうか。

参考文献

Boyd, Aubrey. "A New Angle on the Drood Mystery." *Washington University Studies* 9 (1922): 35-85.

Connor, Steven. "Dead? Or Alive? *Edwin Drood* and the Work of Mourning." *Dickensian* 89 (1993): 85-102.

Cox, Don Richard. *The Mystery of Edwin Drood: An Annotated Bibliography*. New York: AMS, 1992.

Duffield, George Howard. "John Jasper — Strangler." *The Bookman* 70 (1930): 581-88.

―――. "The Macbeth Motif in *Edwin Drood*." *Dickensian* 30 (1934): 263-71.

Dubberke, Ray. *Dickens, Drood, and the Detectives*. New York: Vantage P, 1992.

Kaplan, Fred. *Dickens: A Biography*. New York: Morrow, 1988.

Kitton, Frederic G. *Dickensiana: A Bibliography of the Literature Relating to Charles Dickens and His Writing*. 1886. New York: Haskell, 1971.

Proctor, Richard A. *Watched by the Dead: A Loving Study of Dickens' Half-Told Tale*. London: W. H. 1887.

Schaumburger, Nancy E. "The 'Gritty Stages' of Life: Psychological Time in *The Mystery of Edwin Drood*." *Dickensian* 86 (1990): 158-63.

Sedgwick, Eve Kosofsky. *Between Men: English Literature and Male Homosocial Desire*. New York: Columbia UP, 1985.

Walters, J. Cuming. *The Complete Mystery of Edwin Drood: The History, Continuations, and Solutions (1870-1912)*. London: Chapman and Hall, 1912.

―――. *Clues to the Mystery of Edwin Drood*. 1905. New York: Haskell, 1970.

小池滋『ディケンズとともに』集英社、1983.

富山太佳夫『文化と精読――新しい文学入門』名古屋大学出版、2003.

松村昌家『ディケンズの小説とその時代』研究社、1989.

（梶山秀雄）

その他の作品

「長い旅路」

II　作品

ディケンズの主要作品以外のものを、執筆・出版年代順に挙げ、「最初の出版（上演）形態・年月」、「テクスト」、及び「解説」を付する。

『日曜三題』
Sunday Under Three Heads

1　最初の出版形態および出版年月

1836年チャップマン・アンド・ホール社から出版されたパンフレット。ハブロー・ブラウンの挿絵3葉入り。

2　テクスト

The Uncommercial Traveller and Reprinted Pieces. London: Oxford UP, 1958.

Dickens' Journalism: 'Sketches by Boz' and Other Early Papers, 1833-39. VOLUME I: Dent Uniform Edition. Ed. Michael Slater. London: Dent, 1994.

3　解説

「三題」とは、副題にあるように、「現状の日曜日・安息日法案がもくろむ日曜日・仮想の安息日」のこと。これから分かるように、日曜日を安息日として労働や商売を禁ずるのみならず、ピクニックなどのレクリエーションまでも禁止しようとするアンドルー・アグニュー卿(Sir Andrew Agnew)が議会に提出した安息日遵守法案に対する痛烈な諷刺攻撃。

『奇妙な紳士』
The Strange Gentleman

1　最初の上演・出版形態・年月

　1836 年 9 月 29 日にセント・ジェイムズ劇場で上演された喜劇。1836（または 1837）年にチャップマン・アンド・ホール社から出版。

2　テクスト

　Complete Plays and Selected Poems of Charles Dickens. London: Vision, 1970.

　The Strange Gentleman and Other Plays, etc. London: Heinemann, 1972.

3　解説

　『ボズのスケッチ集』にある「グレート・ウィングルベリーの決闘」を劇化したもの。ディケンズが書いた最初の芝居で、約 2 ヶ月間連続上演された。

『村のコケット』
Village Coquettes

1　最初の上演および出版年月

　1836 年 12 月 6 日にセント・ジェイムズ劇場で初演された喜劇オペラ。同年、リチャード・ベントリーにより出版。

2　テクスト

　Complete Plays and Selected Poems of Charles Dickens. London:

Vision Press, 1970.

3 解説

ディケンズと同い年の若い作曲家ジョン・ハラ (John Hullah) が作曲。二人のコケティッシュな村娘、ルーシーとローズを中心に展開する恋愛喜劇。ディケンズが書いた台本は批評家から不評だったが、上演そのものは観客から熱狂的に支持された。初日の上演後に観客の「ボズ！」コールに応えてディケンズが舞台上に姿を見せたところ、サム・ウェラーかピクウィック氏のような人物を期待していた観客は、イメージと全く違う青年の姿に失望したという (Edgar Johnson 153)。

『あれで奥様かしら？——風変わりな事件』
Is She His Wife? Or, Something Singular

1 最初の上演および出版年月

1837年3月6日にセント・ジェイムズ劇場で上演されたバーレッタ（喜歌劇）。イギリスでの出版状況は不明。1876年にボストンの出版業者オズグッド (James R. Osgood) が、30ページからなる印刷されたパンフレットを入手し、翌年に再版したが、原本は火災で焼失。

2 テクスト

Complete Plays and Selected Poems of Charles Dickens. London: Vision, 1970.

3 解説

新婚のカップル、ラヴタウン夫妻を中心とする笑劇。ディケンズの作品の中では最も「きわどい」内容になっているとされる。

『マドフォッグおよびその他のスケッチ集』
The Mudfog and Other Sketches

1 最初の出版形態・年月

1837年1月から1838年8月まで『ベントリーズ・ミセラニー』誌に掲載。1880年に初めてまとめられて出版。その後の版では、「親から子に宛てたうちとけた手紙」と題した、同誌への訣別の辞が加えられている。

2 テクスト

Sketches by Boz. London: Oxford UP, 1957. 605-88.
The Mudfog Papers. Gloucester: Sutton, 1984.

3 解説

架空の町マドフォッグの市長ニコラス・タルランブルの失態を描いた「タルランブル氏の公的生活」など、次の6篇の諷刺的作品から成る。

"The Public Life of Mr. Tulrumble," "Full Report of the First Meeting of the Mudfog Association for the Advancement of Everything," "Full Report of the Second Meeting of the Mudfog Association for the Advancement of Everything," "The Pantomime of Life," "Some Particulars Concerning a Lion," "Mr. Robert Bolton."

『青年紳士群像スケッチ集』
Sketches of Young Gentlemen

1 最初の出版形態および出版年月
1838年にチャップマン・アンド・ホール社から出版された12篇から成るスケッチ集。

2 テクスト
Sketches by Boz. London: Oxford UP, 1957. 49-548.

3 解説
『ボズのスケッチ集』の「人物」の場合と同様の人物スケッチ集。「恥ずかしがりの若紳士」、「正真正銘の若紳士」など、さまざまな青年紳士のコミックなスケッチ12篇を収める。

"The Bashful Young Gentleman," "The Out-and-Out Young Gentleman," "The Very Friendly Young Gentleman," "The Military Young Gentleman," "The Political Young Gentleman," "The Domestic Young Gentleman," "The Censorious Young Gentleman," "The Funny Young Gentleman" "The Theatrical Young Gentleman," "The Poetical Young Gentleman," "The 'Throwing-Off' Young Gentleman," "The Young Ladies' Young Gentleman."

その他の作品

『若いカップルのスケッチ集』
Sketches of Young Couples

1　最初の出版形態および出版年月

　1840年にチャップマン・アンド・ホール社から出版された11篇から成るスケッチ集。

2　テクスト

　Sketches by Boz. London: Oxford UP, 1957. 549-603.

3　解説

　さまざまなタイプの若夫婦のスケッチ集。ヴィクトリア女王とアルバート公との結婚を慶賀することが執筆動機であったようで、「イングランドの若者たちは、その輝かしい運命に諸国民の想いが注がれているあの一組のカップルに模範を求めるべきである」（オクスフォード版603）と「跋」(Conclusion) で述べている。

　"The Young Couple," "The Formal Couple," "The Loving Couple," "The Contradictory Couple," "The Couple Who Dote Upon Their Children," "The Cool Couple," "The Plausible Couple," "The Nice Little Couple," "The Egotistical Couple," "The Couple Who Coddle Themselves," "The Old Couple."

『ハンフリー親方の時計』
Master Humphrey's Clock

1　最初の出版形態および出版年月

　1840年4月から1841年12月まで、計88号発行された週刊誌。

1840年から翌年にかけてチャップマン・アンド・ホール社から3巻本でまとめて刊行。

2　テクスト

  Master Humphrey's Clock and A Child's History of England.
   London: Oxford UP, 1958.
  Master Humphrey's Clock and Other Stories. Ed. Peter Mudford.
   London: Everyman, 1997.

3　解説

 ディケンズが、形式上は18世紀の『タトラー』紙や『スペクテイター』紙を模倣し、内容的には大衆性を前面に押し出した週刊誌として構想し、執筆したもの。その大部分は『骨董屋』と『バーナビー・ラッジ』で占められることになった（それぞれの作品の項を参照）。上記テクストは、これら二つの長篇を除いた部分をまとめたもの。ピクウィック氏とサム・ウェラー父子を再登場させるなど、売れ行き不振を何とか挽回しようという苦心のあとが見られる。

「点灯夫の物語」
"The Lamplighter's Story"

1　最初の出版形態および出版年月

 1841年にチャップマン・アンド・ホール社から出版された『ピク・ニック・ペイパーズ』(*The Pic Nic Papers*) に収録された短篇。これはディケンズが編集し、クルークシャンクとフィズの挿絵の入った3巻本。『ボズのスケッチ集』の出版者であったマクローンの未亡人と遺児たちのための出版事業であった。

2 テクスト

The Uncommercial Traveller and Reprinted Pieces. London: Oxford UP, 1958.

3 解説

本来は 1838 年に俳優マクリーディのために書かれた笑劇であったが、内容が不出来であったため、リハーサルが行われただけで上演はされなかった。点灯夫のトム・グリッグと頭のおかしい老占星術師の物語。

『主の物語』
The Life of Our Lord

1 最初の出版形態および出版年月

1846 年にスイスのローザンヌで執筆された。1934 年に初めて出版。

2 テクスト

Holiday Romance and Other Writings for Children. Ed. Gillian Avery. London: Everyman, 1995.

3 解説

フォースターによれば、これはディケンズが自分の子供たちのために、平易な言葉で書いた新約聖書の四福音書の要約。ごく私的な性格の小品であり、ディケンズには当初から出版の意図はなかった。ディケンズの死後、自筆原稿は義妹ジョージーナ・ホガースの手を経て、ディケンズの六男ヘンリー・ディケンズの手に渡った。彼は出版には消極的だったが、自分の死後であれば、出版を止めておく理由はないと考えていた。1933 年にヘンリーが逝去し、翌年、この作品はよう

やく世に出ることになった。

『子供のためのイギリス史』
A Child's History of England

1　最初の出版形態および出版年月

　1850年10月から1853年9月にかけて執筆された。『ハウスホールド・ワーズ』誌に1851年1月から1853年12月まで連載。1852年から1854年にかけてブラッドベリー・アンド・エヴァンズ社から3巻本で出版。

2　テクスト

　　Holiday Romance and Other Writings for Children. Ed. Gillian Avery. London: Everyman, 1995.

3　解説

　自分の子供たちに献呈していることから分かるように、子供のためにやさしく書かれたイギリスの歴史。紀元前55年のジュリアス・シーザーに率いられたローマ軍の来寇から1689年に名誉革命でウィリアム三世とメアリー二世が即位するまでを叙述したもの。その後の歴史は2ページに要約されている。イギリスの歴史を、プロテスタントの信仰が確立される過程として捉える歴史観に貫かれている。ただし、ローマ・カトリックと袂を分かって、イギリス国教会を確立したヘンリー八世を「史上最も嫌悪すべき悪人の一人」とこきおろしている。

『ナイチンゲール氏の日記』
Mr. Nightingale's Diary

1　最初の上演および出版年月

　一幕の笑劇。マーク・レモンとの共作。1851年5月27日に、デヴォンシャー・テラスで最初の上演が行われた。同年、著者名も出版者名もない形で私家版が出た。1877年、アメリカで初めて出版。

2　テクスト

　Complete Plays and Selected Poems of Charles Dickens. London: Vision, 1970.

3　解説

　ディケンズは、ブルワー=リットンと共に、困窮した作家・芸術家のために「文学芸術ギルド」を設立し、慈善活動を行った。この笑劇はそのために書かれたもので、デヴォンシャー・テラスでの最初の慈善興行の際、ディケンズは6役を一人で演じた。

「黄昏に読むべき物語」
"To Be Read at Dusk"

1　最初の出版形態および出版年月

　ブレッシントン伯爵夫人が編集し、死後はマルガリータ・パワーがこれを引き継いだ、年刊誌『形見』(*The Keepsake*) の1852年号に掲載された短篇。同年、パンフレットとして出版。

2　テクスト

The Uncommercial Traveller and Reprinted Pieces. London: Oxford UP, 1958.

3　解説

ジェノア人とドイツ人の旅行案内人がそれぞれ語るイギリス人花嫁の悲劇と幽霊物語。

『再録小品集』
Reprinted Pieces

1　最初の出版形態および出版年月

チャップマン・アンド・ホール社から 1858 年に出版。

2　テクスト

The Uncommercial Traveller and Reprinted Pieces. London: Oxford UP, 1958.

3　解説

ディケンズが『ハウスホールド・ワーズ』誌に書いた 31 篇のエッセイをまとめたもの。その後の版では、5 篇 ("A Christmas Tree," "The Poor Relation's Story," "The Child's Story," "The Schoolboy's Story," "Nobody's Story") が『クリスマス・ストーリーズ』の方に組み入れられ、以下の 26 篇となった。

"The Long Voyage," "The Begging-letter Writer," "A Child's Dream of a Star," "Our English Watering-place," "Our French Watering-place," "Bill-sticking," "'Births. Mrs. Meek, of a Son'," "Lying Awake," "The Ghost of Art," "Out of Town," "Out of the Season," "A Poor Man's Tale of a Patent," "The Noble Savage," "A Flight," "The Detective

その他の作品

Police," "Three 'Detective' Anecdotes: 1. 'The Pair of Gloves' 2. 'The Artful Touch' 3. 'The Sofa,'" "On Duty with Inspector Field," "Down with the Tide," "A Walk in a Workhouse," "Prince Bull. A Fairy Tale," "A Plated Article," "Our Honourable Friend," "Our School," "Our Vestry," "Our Bore," "A Monument of French Folly."

なお、これらはディケンズが『ハウスホールド・ワーズ』誌に執筆した記事のすべてを網羅しているわけではない。ハリー・ストーンが編纂した全2巻から成る『ハウスホールド・ワーズ誌におけるディケンズの未収録記事』(1968) には、ディケンズが書いた、あるいは関わった多数の記事が集められている。これらはほとんどが共著であるか、ディケンズが大幅に加筆修正したものである。さらに、マイケル・スレーターは、『ディケンズのジャーナリズム』第3巻 (Michael Slater, ed., *Dickens' Journalism, Vol. 3, 'Gone Astray' and Other Papers from Household Words 1851-1859* [Volue III: Dent Uniform Edition], London: Dent, 1998) で、ディケンズが単独で書いた記事を60篇以上収録している。

「追いつめられて」
"Hunted Down"

1 最初の出版形態および出版年月

アメリカの雑誌『ニューヨーク・レジャー』に、1859年8月20日号から9月3日号まで連載。『オール・ザ・イヤー・ラウンド』誌1860年8月4日号と11日号に掲載。

2 テクスト

The Uncommercial Traveller and Reprinted Pieces. London: Oxford UP, 1958.

Hunted Down: the Detective Stories of Charles Dickens. Ed. Peter

Haining. London: Peter Owen, 1996.

3 解説

『マーティン・チャズルウィット』のジョナスのモデルともなった毒殺犯ウェインライトの事件をモデルにしているとされる。偽善的な悪人スリンクトンの保険金目当ての殺人を被害者の恋人だった保険経理人メルサムが暴くというもの。

『無商旅人』
The Uncommercial Traveller

1 最初の出版形態および出版年月

『オール・ザ・イヤー・ラウンド』誌に1860年から1869年にかけて掲載されたエッセイやスケッチを集めたもの。1860年12月にチャップマン・アンド・ホール社から17篇を収めたものが出版された。その後、1865年に11篇が追加され、ディケンズの死後1875年に8篇がさらに追加されて、それぞれ出版された。

2 テクスト

> *The Uncommercial Traveller and Reprinted Pieces*. London: Oxford UP, 1958.
>
> *Dickens' Journalism: 'The Uncommercial Traveller' and Other Papers, 1859-70*. Volume IV: Dent Uniform Edition. Ed. Michael Slater and John Drew. London: Dent, 2000.
>
> 広島大学英国小説研究会(訳)『無商旅人』篠崎書林、1982.

3 解説

「巡回商人」(commercial traveller) は、商品の見本などを持って各地を旅するセールスマンだが、この「無商旅人」は、自己紹介によれば、

「私は人類愛兄弟社という大商会の社員として旅をしており、そしてどちらかと言えば小間物（ファンシー・グッズ）関係に多くの得意先を持っている」（『無商旅人』3-4）。彼はファンシー（空想）を刺激してくれるような、さまざまな事件や人物、事物を求めて、旅をして歩くのである。ここに集められた記事は、「遊歩者」（フラヌール flâneur）という独特の個性を持ったジャーナリストとしてのディケンズの姿をよく示している。（別項「ジャーナリスト」を参照。）

各章の日本語訳と原題は次の通り。

- 第 1 章　商いのあらまし（"His General Line of Business"）
- 第 2 章　難破船（"The Shipwreck"）
- 第 3 章　ウォピング救貧院（"Wapping Workhouse"）
- 第 4 章　ある大衆劇場の二つの光景（"Two Views of a Cheap Theatre"）
- 第 5 章　哀れな商船員ジャック（"Poor Mercantile Jack"）
- 第 6 章　旅人の軽食（"Refreshments for Travellers"）
- 第 7 章　外国旅行（"Travelling Abroad"）
- 第 8 章　大タスマニア号の船荷（"The Great Tasmania's Cargo"）
- 第 9 章　ロンドン旧市内の教会（"City of London Churches"）
- 第 10 章　人目をはばかる界隈（"Shy Neighbourhoods"）
- 第 11 章　浮浪者（"Tramps"）
- 第 12 章　ダルバラ・タウン（"Dullborough Town"）
- 第 13 章　夜の散策（"Night Walks"）
- 第 14 章　弁護士事務室（"Chambers"）
- 第 15 章　乳母の話（"Nurse's Stories"）
- 第 16 章　アルカディアのロンドン（"Arcadian London"）
- 第 17 章　イタリアの囚人（"The Italian Prisoner"）
- 第 18 章　カレー行き夜行郵便列車（"The Calais Night Mail"）
- 第 19 章　死にまつわるいくつかの思い出（"Some Recollections of Mortality"）

第20章　誕生日のお祝い（"Birthday Celebrations"）
第21章　短縮課業の児童たち（"The Short Timers"）
第22章　グレート・ソルト・レークに向けて（"Bound for the Great Salt Lake"）
第23章　人気のない町（"The City of the Absent"）
第24章　古い駅馬車宿（"An Old Stage-coaching House"）
第25章　新生英国のボイルド・ビーフ（"The Boiled Beef of New England"）
第26章　チャタム造船所（"Chatham Dockyard"）
第27章　フランス領フランダースにて（"In the French-Flemish Country"）
第28章　文明社会の呪師（"Medicine Men of Civilisation"）
第29章　ティトブル養老院（"Titbull's Alms-Houses"）
第30章　悪漢（"The Ruffian"）
第31章　船上にて（"Aboard Ship"）
第32章　東方の小さな星（"A Small Star in the East"）
第33章　一時間後の軽食（"A Little Dinner in an Hour"）
第34章　バーロウ先生（"Mr. Barlow"）
第35章　素人巡回（"On an Amateur Beat"）
第36章　人生の余白（"A Fly-leaf in a Life"）
第37章　絶対禁酒への訴願（"A Plea for Total Abstinence"）

「ジョージ・シルヴァーマンの弁明」
"George Silverman's Explanation"

1　最初の出版形態・年月

　アメリカの雑誌『アトランティック・マンスリー』誌に、1868年1月から3月まで連載。同年3月に『オール・ザ・イヤー・ラウンド』誌にも掲載。

2 テクスト

The Uncommercial Traveller and Reprinted Pieces. London: Oxford UP, 1958.

3 解説

　ジョン・フォースターによれば、ディケンズはこの作品と「休日のロマンス」の原稿料として 1,000 ポンドを得たという (Forster 8: 5)。短編小説としては前代未聞の高額であった。

　狂信的な非国教会派の手で育てられて、牧師となった孤児ジョージ・シルヴァーマンが、フェアウェイ夫人の娘アデリーナに恋するが、自分の気持ちを犠牲にして、彼女を他の男と結婚させる。そのためファラウェイ夫人から誤解されて、迫害を受けるという物語。

「休日のロマンス」
"Holiday Romance"

1 最初の出版形態および出版年月

　アメリカの子供向け雑誌『我らの少年少女たち』(*Our Young Folks*) に、1868 年 1 月から 5 月まで連載。同年 1 月から 4 月に『オール・ザ・イヤー・ラウンド』誌にも掲載。

2 テクスト

Holiday Romance and Other Writings for Children. Ed. Gillian Avery. London: Everyman, 1995.

3 解説

　8 歳のウィリアム・ティンクリングが編集したものという形式で、幼い二人の少年と二人の少女がそれぞれ物語を語る。

（原　英一）

Ⅲ

想像力の源泉

1. 文学の土壌
2. 都市ロンドン
3. 19 世紀の大衆娯楽

ディケンズと作中人物たち

1. 文学の土壌

　ディケンズは、さまざまな文学的伝統を継承し、その影響を受けつつ独自の世界を作り上げている。そこには、小説、随筆、諷刺絵画の影響が見られるし、また同時に、彼の文学には同時代の大衆文芸、児童文学、そして当時流布した煽情的な読み物やニューゲイト小説の影響もいちじるしい。ここでは、そうしたさまざまな伝統や影響をとりあげ、ディケンズの文学土壌を探ってゆきたい。

1　18世紀ピカレスク小説
(1) 18世紀文学への愛着
　自らが影響を受けた伝統文学について、ディケンズは『デイヴィッド・コパフィールド』の主人公を通してこう語っている。

　「[父は]二階の小さな部屋にささやかな蔵書を持っていた……その幸せな小部屋からはロデリック・ランダム、ペリグリン・ピックル、ハンフリー・クリンカー、トム・ジョーンズ、ウェイクフィールドの牧師、ドン・キホーテ、ジル・ブラース、さらにはロビンソン・クルーソーなどが現れては、私の遊び相手になってくれるのだった。彼らは、私の空想を生き生きとさせ、また時間と空間を超えたものへの私の願望に生彩を加えた……１週間トム・ジョーンズ（無害な子供のトム・ジョーンズ）になったかと思うと、１ヶ月間ロデリック・ランダムになりきったりした……これは私の唯一の慰めだった」(4)

　デイヴィッドの読書欲は、そのまま幼年期のディケンズに当てはまる。
　上に記されている蔵書は、「ピカレスク」小説という名で呼ばれる。ピカレスク小説とは16世紀後半から17世紀のはじめにかけてスペ

インで流行し、やがてフランス、イギリス、ドイツなどに伝わった小説の一種で、ピカロ (picaro = 悪漢、悪党) を主人公とし、彼らの奸計や冒険を写実的に描く自伝小説の形をとった風俗小説である。本来ピカロは地位、身分、財産等をもたず、社会の枠組みから締め出されたアウトサイダーであって、放浪生活を送り、生き延びてゆくためには徹底した現実主義を貫き、奸智にたけた不道徳行為をあえて犯す。そのピカレスク小説は、『ドン・キホーテ』(1605, 1615) に見るように、物語の中にさらに独立した物語を挿入するのが普通で、ピカロの旅物語はとりとめのない脱線に満ちているのが一つの特徴である。

(2) 『ジル・ブラース』

　ディケンズは、『ジル・ブラース』(1715-35) を『ドン・キホーテ』以来の最高の小説と考えていたが、同時に、この作品は、『ロデリック・ランダム』(1748) の序文にも見られるように、スモレットやフィールディングなどにも影響を与えている。そこに共通するのは、若者が主人公という点である。ジル・ブラースの生まれは、けっして高くはないが、低いというのでもない。転々と境遇を変え、主人を変えてゆく間に遭遇する事件をつづって行く。たびたび悪の誘惑に負けそうになりながらも結局はそれを抜け出すことのできる善良な人間で、最初の仕事はギャング仲間と一緒だが、やがて緩やかに社会的上昇の道を歩み、宮廷に入り、ついには首相の補佐官になる。幸運に恵まれる一方で、彼は自己の才能、特に文学的才能を磨いて、貴族、司教そして国王の目にさえ留まるようになる。

(3) イギリスのピカレスク小説

　しかし、イギリスのピカレスク小説となると、一部の例外はあるものの、『ロデリック・ランダム』や『トム・ジョーンズ』(1749) の主人公のように、概して由緒ある家柄に生まれている。彼らは何らかの事情で相続権を奪われ、迫害を受けて家を出、放浪と冒険をつづけるが、ピカロ本来の奸計や悪行を積極的に行なうことはない。社会の陰険さ

に巻き込まれ、運命に翻弄されながらも、本来的な善性を保ちつづけ、最後にはさまざまな誤解が解けて社会復帰を果たし、人間的な成長を果たすところにその特徴がある。

　ディケンズは、『ピクウィック・クラブ』を十分な構想を練る余裕もなく書きはじめた。その中味と体裁は、18世紀文学から借用しているようだ。主題の選定や人物描写、それに内容それ自体もところどころに18世紀文学に依存した箇所がほの見える。『ピクウィック・クラブ』の挿話的な面と主人公たちの遍歴の物語形式は18世紀のピカレスク小説と深く関わっており、挿話の中には18世紀小説を髣髴させるものもある。イプスウィッチの宿で部屋を間違え、パジャマ姿で中年婦人と相まみえなければならないピクウィックの混乱ぶり(22)は、『ロデリック・ランダム』の主人公が経験する夜の冒険(11)から野卑な部分を削除したものと言える。『トム・ジョーンズ』の主人公が遭遇するアプトンでの出来事(10: 2-7)も同種のものである。鉱泉の保養地バースの描写も『ハンフリー・クリンカー』(1771)でスモレットが既に描いている。マーシャルシー監獄やフリート監獄は、ディケンズ自身の体験と強く結びついているが、前者もスモレットによって詳しく描かれており、類似点を指摘するのはさほど難しくはない。『アセニアム』誌は『ピクウィック・クラブ』の分冊が発行されるとすぐに、料理のレシピの比喩を使って、次のような論評を掲げている。「事実、『ピクウィック・クラブ』は2ポンドのスモレット、3オンスのスターン、フックを少々、それにピアス・イーガンの文法を少量加えたもの――事件は好みに合わせて適当に入れ、独特のスパイスの効いたソースを添えて出来上がり」(1836年12月3日)。ピカレスクのスモレット、感傷小説のスターン、スケッチ風にロンドンの情景を描いたフック、粋なロンドン子をコミカルに描いたイーガン、それぞれの特徴が渾然一体となった様子を巧みに寸評している。

　18世紀ピカレスク小説に欠かせない、主人公と従者あるいは召使との関係は、『ドン・キホーテ』以来の伝統である。ロデリックとストラップ(『ロデリック・ランダム』)、トムとパートリッジ(『トム・ジョ

ーンズ』)は、それぞれ主人公と従者との階級差に強調がおかれているが、ディケンズはこの関係を18世紀の小説家たちより上手く処理し、ピクウィックとサム・ウェラー、あるいはニコラスとスマイクなどに見られるように、二人の間により複雑な関係を作り出している。ディケンズは最初無批判に18世紀のピカレスク小説を援用したが、ほどなくしてそれらに「独自のスパイス」を加え、たとえば『ピクウィック・クラブ』では、主人と召使の関係を理想と現実の衝突におきかえ、従者であるサムが世間に疎い主人に現実世界の営みを教えるという、主客転倒を行っている。

2　随想およびホガースの諷刺版画

　ディケンズの、18世紀の随筆新聞に寄せる関心には、大きなものがあった。彼がのちに「定期刊行物」を発行するときには、必ずといってよいほどそれが念頭に浮かぶ。処女小説である『ピクウィック・クラブ』においても、その主人公と随行員の選定およびクラブの趣旨とは、随筆新聞『タトラー』紙 (1709-11) と『スペクテイター』紙 (1711-12) から借りたふしがある。『タトラー』紙が発行に関して記事の出所を5つに分け、社交と娯楽はホワイトのチョコレート店発、詩はウィルのコーヒー店発、知識学問はギリシャ・コーヒー店発、国内外のニュースはセント・ジェイムズ・コーヒー店発、その他は自宅発とした発想は、知識学問を重んじるピクウィック、詩人スノッドグラス、女性を崇拝してやまないタップマンなどピクウィック一行を選んだ発想と似てはいないか。またその第1号のモットーである「何事によらず、人間の行為、言動、嗜好、感情について観察すること」や『スペクテイター』紙の第1号でアディソンとスティールが宣言した「人間と社会の観察者」という立場は、ピクウィック氏に忠実に受け継がれている。

　また、ディケンズの文学において本文と挿絵の関係を忘れてはならない。彼の文学的出発点である『ボズのスケッチ集』は、後の小説につながる想像力を垣間見せているが、そこにはウィリアム・ホガース

の諷刺版画の影響が見られる。さまざまな情景や人物を捉えたスケッチは、ホガースが『一日の四つの時』(1738) で描いたのと同種のさまざまなロンドンの世相と光景が繰り広げられている。「質屋」、「我らが隣人」、「酔っ払いの死」等の没落の主題には、ホガースが絵で暗示した没落の因果関係が視覚的に文章化されている。また「刑事裁判所」には、『勤勉と怠惰』(1749) に登場する怠惰な徒弟の犯罪と流刑の一部始終がそのまま描かれている。「グリニッジ・フェア」は、ホガースの『サザック・フェア』(1734) のいわばディケンズ版である（西條他 61-118）。

ホガースの影響は『ピクウィック・クラブ』にも見られる。第13章に描かれるブルーズとバフスによる二大政党の選挙戦の描写は、ホガースの『選挙風景』(1755-58) から題材をとったかのようである。サム・ウェラーの父親が息子に語る選挙の際のエピソード（御者が選挙民を乗せたまま馬車を河に放り込んで選挙妨害をする）は、まさに『選挙風景』の第3図（「投票」[Polling]）の説明文そのものである。しかし、小説家ディケンズがホガースに傾倒したのは、その諷刺精神とともに彼の絵画がラムの言う「読むための絵」であり、多分に物語性を含んでいるからである。『娼婦の遍歴』(1732) をはじめ、『放蕩一代記』、『当世風結婚』(1745) そして『勤勉と怠惰』などは、いずれも連作画によって「遍歴」(プログレス)が主題となって展開されている。ちなみに「遍歴」の原型は17世紀の『天路歴程』(1678) にまで遡る。

ホガースの「諷刺精神と物語性」の影響は、さらに『オリヴァー・トゥイスト』にも色濃く残っている。『オリヴァー』の副題 (*The Parish Boy's Progress*) には「遍歴」の概念がはっきり出ているし、第3版の序文にはホガースの名が挙げられている。この作品とホガース

ホガース「投票」

との関連は早くから指摘されていた (Horne 15-22)。『オリヴァー・トゥイスト』においてディケンズと挿絵画家クルークシャンクが選んだ題材は、『ボズのスケッチ集』につづいて、ふたたびロンドンの下層社会と犯罪の巣窟である。クルークシャンクは、オリヴァーの遍歴を描くにあたって、ホガースの『勤勉と怠惰』の主人公フランシス・グッドチャイルドの遍歴を想定していた。したがって挿絵は、純粋な少年の成功物語を描いてゆくとともに、たとえばフェイギンの挿絵に見るように、悪人の因果応報を描き、かつ独創的手腕によって、読者に登場人物の心理を読み取らせる働きをもしたのであった。

3　児童文学

　ディケンズ文学を語る際、児童文学との関係は避けて通ることができない。彼の幼年期のお気に入りの物語は妖精物語、寓話、お伽噺の類であった。1850年12月、ディケンズは『ハウスホールド・ワーズ』誌に載せた「クリスマス・ツリー」の中で、『赤ずきん』、『ジャックと豆の木』、『黄色い小人』、とりわけ『アラビアンナイト』を懐しく回顧している。彼は、小説その他でしばしばこれらの物語や人物に言及し、小説空間を豊かにしたり、鋭い諷刺を加える。『ハード・タイムズ』のグラッドグラインドや『ドンビー父子』のピプチン夫人の体現する「空想や想像力の否定」は、児童文学の粋でもある妖精物語やファンタジー否定につながるものである。「子供の想像力否定」を通して行なわれた功利主義に対するディケンズの批判を理解するには、妖精物語や童話をはじめとする児童文学の歴史があったことを知る必要がある。

　18世紀末から19世紀初めにかけて、イギリスの民衆文芸や児童文芸は凶暴なもの、野卑なもの、旧弊なもの、残酷なもの、異教的なものの要素を取り除く方向、つまり教訓的物語への傾斜と、児童観の変化に伴なう新たな児童文学観が対立する形となった。ディケンズの目が児童文学に対して厳しく注がれていたことは、クルークシャンクとの論争（後述）にも見出される。

1. 文学の土壌

(1) チャップブック

　チャップブックは、とりわけ 18 世紀の子供向けの書物と密接に関わっていた。チャップブックとは、一般にチャップマン (chapman) と呼ばれた行商人によって売り捌かれた薄表紙の本であり、煽情的な犯罪や事件を載せたもののほかに、粗雑な木版刷りの挿絵がついた妖精物語や寓話など、子供の読めるものもあった。その内容をおおまかに分類すると次のようになるという。(1) 宗教的なもの、(2) 超自然なもの、(3) 迷信に関するもの、(4) 昔話や中世のロマンス、(5) 伝説的なもの、(6) 歴史的もの、(7) 伝記、(8) 犯罪者たちの物語（猪熊他 89-90）。チャップブックは、元来子供のための本ではなかったが、一般民衆に読めるように文章は平易に書き直され、娯楽を目的としたため、子供たちにも競って読まれた。ダートンはそれまで軽視されていたチャップブックを評価し、子供に直接読まれ、子供の読者層をひろげ、それまで見すごされていた妖精物語や童歌への橋渡しの役割を果たしたと述べている (Darton 80-84)。

　しかし、恐ろしい魔女、粗暴な夫、残忍な獣が頻繁に登場するチャップブックは、そのまま現代的なファンタジーへと結びついたわけではない。18 世紀末から 19 世紀にかけて活躍した児童文学作家の中には、児童文学を民衆の児童教育との関係で捉え、児童の文学は教え諭す手段という観点から、チャップブックの中に収められた妖精物語や寓話を激しく批判した作家たちがいた。セアラ・トリマー、アナ・バーボールド、ハナ・モア等である。

(2) 教訓主義児童文学

　トリマーは、英国国教会を中心に推し進められていた慈善学校運動や日曜学校運動の熱心な活動家として著名であったが、『教育の守護者』(1802-06) という雑誌の創刊者として、当時の子どもの読書に影響を与えたことでも知られる。彼女は、『聖書物語』(1782-86) を発表し、社会諷刺を含むブロードシーツ、バラッド、チャップブックの残酷な妖精物語、不思議で超自然的な読み物、あるいは革命思想に影響を受

けた読み物なども、概して卑俗で不道徳なものとみなして批判した。この雑誌は初めて本格的に児童本を書評したという意義を持つ反面、妖精物語などの想像性を否定し、児童文学の発達に歯止めをかけたと言われる(猪熊他 84-85)。彼女が書いた『こまどり物語』(1786) は、表題どおり動物愛護の精神を子供に求めたものだが、一方では子供のしつけのために好まれ、1870年代まで版を重ねたが、他方、押し付けがましい教訓癖のために、児童文学の批評家からは批判を浴びた。

アナ・バーボールド夫人は、子供のための賛美歌を数多く作り、子供の信仰心を培ったアイザック・ワッツの崇拝者であった。ワッツの『子供のための聖歌』(1715) は、ディケンズも子守唄がわりに聞いたほど、広く人々の間に行きわたっていた。バーボールド自身は『散文の頌歌』(1781) を書き、ワッツの後継者であることを自任するとともに、児童書としては弟ジョン・エイキンとの合作『家庭の夕べ』(1792) によって名を確立した。この本は、フェアボン家が住むビーチグローブ・ホールに集まる客たちが作ったイソップ流の寓話や物語、あるいは動植物についての話などを箱に入れて置き、家族や客が集まった夜、取り出して読むという形式になっていた。一家の教育と娯楽のために書かれた読みやすい文章と、時にメルヘン的な空想が相まって、この本は長い生命を保った。と同時に、その明らかな教訓主義は、児童文学を独立した芸術作品と考える読者を辟易させた。

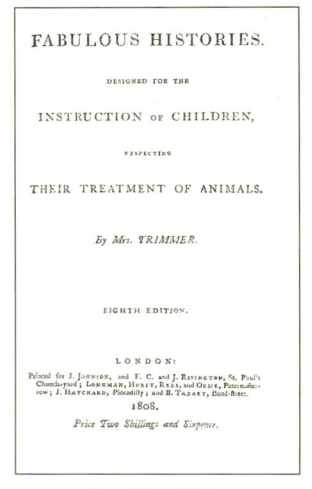

『こまどり物語』

ハナ・モアは日曜学校運動の熱心な推進者で、チャップブックのような反宗教的で卑俗な冊子、あるいは革命思想の危険性に対抗して、信仰、節制、勤勉の恩恵を説いた小冊子からなる『廉価版叢書』を1795年から刊行しはじめた。毎月三つの教訓物語を書き加え、文体

は簡明で物語性に富むよう工夫されたので、おどろくほどの売れ行きを見せ、読者層の拡大に寄与した。彼女自身も『ソールズベリー平原の羊飼い』(1798) や『ヘスター・ウィルモット』(1805) などの訓話を発表し、一般庶民をすこしでも読書という知的営為の方向へ導いたのであった。

(3) 児童文学書出版とジョン・ニューベリー

ロンドンのセント・ポール大寺院南側に書店を開いたジョン・ニューベリーは、将来性を見越して児童書出版を手がけ、その世界に新機軸を開いた。1744 年に発刊した『かわいいポケット・ブック』にはイソップ物語のいくつかが収められ、子供の興味を引くと同

『靴二つさんの物語』

時に、健康で忍耐強い、賢い人間の育成を目指しつつ、娯楽を主要目的の一つとして子供の興味を重視した。ニューベリーは、つめ込みではなく、ゆとりの中で基礎的な判断力を子供に植えつける必要性を感じていた。彼はアルファベット順に木版のカット入りで子供の遊びを紹介し、気の利いた教訓をつけた。『かわいいポケット・ブック』から 20 数年の間に彼が刊行した少年少女向きの刊行物の中には、『マザー・グースの物語』(1765) や『寓話詩』(Fables in Verse, 1758) などがあるが，特に「靴二つさんの物語」(1765) は、「子供だけを楽しませることを目的としてイギリスで最初に書かれた小説」(Darton 128)、あるいは「社会や教育や経済を反映した、子供のために書かれた最初の写実主義小説」(Meigs 349) と言われ、後年評価が高まった。この作品は子供の興味を重視し、比較的質のよいカットを使い、楽しく、しかも安価な本を子供に提供し、過去の想像力豊かな遺産を身近なものにし

た点で、児童文学に多大な貢献をしたと言える。

　ジョン・ニューベリーの作品と同時代で、長く読みつがれたものに、トマス・デイの『サンドフォードとマートン』(1783-89)がある。質素な農民の子ハリー・サンドフォードは、バーロウ師に預けられた富豪の息子で、甘やかされて育った無学で短気なトミー・マートンを、さまざまな経験や感化を通して立派な人間に変えてゆき、その結果二人の間には深い友情が芽生える。これは19世紀を通してよく読まれた作品であったが、ディケンズは『無商旅人』の「バーロウ先生」と題する一文で、「シンドバッドの誠実さを疑う」バーロウ先生の教訓癖に満ちた態度に嫌悪感を露わにしている。

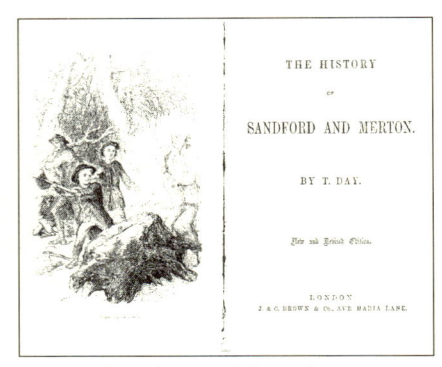

『サンドフォードとマートン』

(4) 児童観の変化とロマン主義

　18世紀末、人間的尊厳を認めたルソーなどの考えを踏まえて、ワーズワースは『序曲』(1805)の中で「幼児には神に似た創造性や宇宙を包摂する能力がある」と説き、子供は未完成な大人であるとした18世紀的な児童観を180度変えた。またコールリッジも、18世紀の多くの児童作家が危険視し否定した、子供の空想や昔話・寓話の超自然性に価値を見出していた。

　教訓主義対ロマン主義の相克の結果は、後者が次第に優勢となり、妖精物語に潜む残酷性や超自然性は市民権を得ることになる。19世紀も20年代にはいる頃にはグリム童話集が英訳され、1846年にはアンデルセンの童話集が英訳されて、昔話や妖精物語を含めて人間の空想の所産が持つ芸術性がイギリス人に認められた。ディケンズは

1847 年、ロンドンでアンデルセンに出会う以前に英訳をいくつか読んでいたし、自らもアンデルセン風の物語「子供の星の夢」を『ハウスホールド・ワーズ』誌(1850 年 4 月 6 日)に書いて、彼に敬意を表している。

　1853 年 10 月 1 日、ディケンズは『ハウスホールズ・ワーズ』誌に「妖精物語に対するまやかし」("Frauds on the Fairies")と題する一文を書き、クルークシャンクが発刊した『おとぎ文庫』(1853-54)を公然と批判した。禁酒運動推進のために従来のおとぎ話を改変するクルークシャンクの『親指太郎』(*Hop-o'-my-Thumb*) は、子供の想像力をゆがめ、文学の救いの力を否定するもので、「今の時代私たちにとって、人間的に優しく有益な、美しい物語を改作する」(ウィルズ宛書簡、1853 年 7 月 27 日)ことのおろかさを非難した。これは既に見たロマン派の作家がとった態度と軌を一にしている。

4　大衆文芸

　当時、一日 16 時間働いて 2 シリングの給料(バター 2 ポンド分)しか手に入らない労働者にとって、ウォルター・スコットの小説のように店頭価格 31 シリング 6 ペンスの 3 巻本小説は民衆の手に届かない高価なものだった。また『タイムズ』紙なども 7 ペンス(うち 4 ペンスが税)という値段で、民衆にはとても手が届かない。こうした人々は宗教パンフレット、ブロードシーツ(瓦版のようなもので、殺人や処刑の様子をしるしたもの)、チャップブック(伝説上・歴史上の人物、民間伝承、詩をのせた 10 ページ程度の冊子本)、ブルーブック(青表紙で綴じたゴシック小説の小型版)といった粗雑な印刷物を手にし、労働の苦しさを癒していた。当然ながらこうした印刷物においては凶悪な犯罪が話題を占め、血なまぐさい煽情性がもてはやされる。悪党・強盗ですら、行状はそっちのけで彼らの颯爽たる姿、豪胆で勇ましい姿が称えられ、語り継がれる。

　「1 ペニーなら買える ('A penny — I'll give you a penny.')」(Mayhew 1: 291) と叫んだ貧しい一般民衆が当時読んでいたのは、1 ペニーのブロ

ードシーツやチャップブックといった印刷物だった。それらは、低層の人々に提供された。1820年代には、犯罪者をうたったバラッド、犯罪者の告白や最期の言葉を刷ったブロードシーツが数十万単位で印刷され販売された。ディケンズは『ボズのスケッチ集』の中で、「キャトナックとピッツの名前で神聖化されたセヴン・ダイアルズ」に触れ、大量のブロードシーツを印刷・販売したジェイムズ・キャトナックとその商売敵ジョン・ピッツを皮肉たっぷりに懐古している。1823年のサーテルによる殺人事件報道はキャトナックの本領を伝えるものである。サーテルの逮捕から裁判そして処刑にいたる一部始終を書いたパンフレットやブロードシーツは飛ぶように売れた。「1週間、4台の印刷機をフル回転させて25万部を印刷して、ジョン・サーテルとその共犯者によるウェア氏殺害の完全、真実、かつ詳細な記録として売り捌いた」(西條他 19)。

　ロンドンの巨大な謎と闇を背景とするセンセーショナルな犯罪事件を中心とした廉価な読み物は、ヘンリー・メイヒューによって「路上の絞首台文学」と呼ばれた。それらは、パンフレットやブロードシーツのみならず、新聞や週刊誌さらには小説へと領域を拡大して行った。『ドンビー父子』には、フローレンスたちの母親の死後、ドンビーの指示で家中の家具を新聞紙で覆う場面がある。「呼び鈴の把手、窓のブラインド、姿見などは日刊や週刊の新聞ですべて覆われており、死や恐ろしい殺人の記事があちこちに載っていた」(*DS* 5) という描写は、犯罪のニュースを頻繁に掲載する当時の新聞記事の姿を伝えている。ディケンズ自身も少年の頃、1ペニーの廉価な週刊誌に心を躍らせていた。「学校に通っていた頃、『テリフィック・レジスター』誌 (1824-5?) を取っていて、毎週1ペニーという僅かな金額であったが恐ろしさのあまり気分が悪くなったり、頭がおかしくなりそうだった。毎号挿絵が一枚あり、それにはいつも血の海、少なくとも一つの死体が描かれていたが、思えば1ペニーは安いものだった」(Forster 1: 3)。このような体験は、ディケンズの想像力へと働きかけ、後にビル・サイクス、スクウィアーズ、クウィルプ、クルック等の人物造型へとつ

ながることになる。

　犯罪や殺人、あるいは公開処刑への民衆の関心と興味は、小説においても反映された。1830年代に一世を風靡したチャールズ・ナイトの『ペニー・マガジン』誌は、「有用知識普及協会」の協力のもとで、一時は20万部の発行部数を誇った。しかし40年代に入ると、ペニー・ドレッドフルと呼ばれる分冊形式で出版される煽情的な読み物に押されて、廃刊の憂き目に会う。彼は廃刊告知文の中で「この上なく俗悪で野蛮な読み物」(Knight 239) ということばで煽情的な小説の流行に対して呪詛の弁を語っている。

　ナイトがどう言おうと、たしかに労働者階級の読者の文学的趣向は、煽情的なロマンスへと傾斜して行った。40年代に入ると、ディケンズが『ボズのスケッチ集』の「セヴン・ダイアルズ」で言及した、一段と毒々しい内容を持つ読み物「ペニー雑誌」が大量に出版された。特にソールズベリー・スクエアの出版所からは、「ソールズベリー・フィクション」と蔑称された大衆小説がエドワード・ロイドによって分冊形式で出版された。そのような小説家として、レノルズ、プレスト、ライマー等がいる。レノルズの『狼男ワグナー』(1846-47) やライマーの『吸血鬼ヴァーニー』(1846) は大当たりをとった。こうした読み物は、はさらに1860年代のウィルキー・コリンズやチャールズ・リードたちのセンセーション・ノヴェルへと受けつがれるとともに、ディケンズ自身の後期の作品、とくに『エドウィン・ドルードの謎』にも影響を与えることになる。

5　銀のフォーク小説および犯罪小説
(1) 銀のフォーク小説

　ディケンズが『ピクウィック・クラブ』でもって文壇にデヴューする前後のイギリスの文壇は、ウォルター・スコットも去り、いわば大作家空位の時期にあたっている。その中にあって、一般読者層の増大と廉価な出版物とがうまくかみ合って、出版界は活況を呈しはじめていた。読み物としては、上流階級向け小説群と下層階級向けの犯罪小

説群とが特に人気を博した。前者は「銀のフォーク小説」と呼ばれ、1820年代中頃から40年代初めにかけて流行し、上流階級の風俗を描き、「舞踏会、晩餐会、オペラ、クラブを舞台に、上流の人々の会話や振る舞い方、食事や衣服を忠実に写すこと」（北條 43）を第一の眼目にしていた。

　その代表的な作家としてセオドア・フック、ベンジャミン・ディズレーリ、ブルワー=リットン、T. H. リスター、ゴア夫人等がいる。ディズレーリの『ヴィヴィアン・グレイ』(1826-7)が公刊された時、上流階級の生活を垣間見させる、新しい種類の小説が世に出たとの好意的な評価を得た。また、稀代の殺人犯サーテルをモデルとした人物の登場するブルワー=リットンの『ペラム』(1828)は、「恐らく19世紀における最大のベストセラーであろう」(Sutherland 69) と言われている。しかし、「それらの作家たちの主たる長所は衣服に関する完璧な知識であり、主たる欠点はその衣服の中に人間を入れ忘れたことだ」（北條 44）と指摘されているように、「銀のフォーク小説」はセンチメンタルな人物描写、変わりばえのしない上流風俗によって読者を飽きさせた。これに対するディケンズの姿勢は、あいまいである。実生活では、ブレッシントン伯爵夫人やゴア夫人など「銀のフォーク小説」派の人々との社交を大切にしていたが、彼らの作品は彼の嗜好には合わず、むしろ諷刺的に見ている。国際版権についてフォースターに宛てた手紙の中で、ディケンズは次のように述べている。「社交界物語は鼻についてしょうがない。アメリカ人などは〈金メッキの子牛〉を前にしたように有り難がっているが、英国では貸本屋で鎮座しているだけだ」(1842年5月3日)。また、『ニコラス・ニクルビー』では、ケイトがウィッティタリー夫人に『レディー・フラベラの物語』を語り聞かせるという趣向で「シルバー・フォーク小説」が滑稽にからかわれている (*NN* 28)。

(2) ニューゲイト小説
　1830年代には、犯罪者を主人公にした「ニューゲイト小説」と呼

1. 文学の土壌

ばれる小説群が流行した。その背景には『ニューゲイト・カレンダー』がある。これは、18世紀以来ニューゲイト監獄に入れられた「凶悪犯のひとりひとりについて、その生い立ち、犯罪の動機、裁判の経過と判決、囚人の悔恨、処刑の模様、処刑前の模様、処刑前の最後の言葉などを書いたもの」（北條 26）である。この小説の特徴は、作品中の主要人物が『ニューゲイト・カレンダー』に描かれた（多くは）実在の犯罪者であること、また、その犯罪者を理想化していることである。その煽情的な内容とともに、主人公となった実在の人物に対する感情移入、虚構ではなく事実に基づく話であることが読者の興味を引いたのであった。

「ニューゲイト小説」派と言われる作家には、ブルワー=リットン、エインズワースなどディケンズに近い作家がいる。ブルワー=リットンは『ポール・クリフォード』(1830)で、犯罪者の一生に焦点を当てながら公開処刑や監獄の問題などの社会問題に読者の目を集めようとした。彼は序文で「罰則の制度における二つの誤り——監獄の苛酷な規律と、犯罪者を即死刑とする刑罰——に人々の関心を引くため」に筆を執ったと語っている。追剥や殺人者の破天荒な行為をひたすら愉しむ読者に対して、道徳的価値を見出す必要を主張したのである。

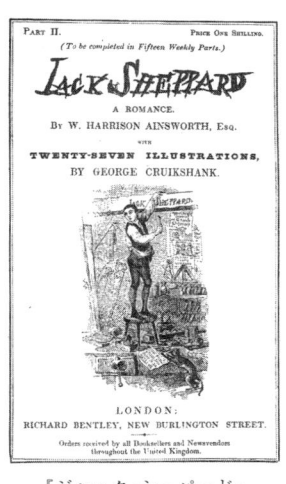

『ジャック・シェパード』

エインズワースの『ロックウッド』(1834)には名代の追剥ディック・タービンが捕縛を逃れヨークまで長駆する勇姿が描かれている。そのあとに脱獄囚を主人公とする『ジャック・シェパード』(1839)が書かれ、「ニューゲイト小説」は最盛期を迎える。ディケンズは厳密には、「ニューゲイト小説」派に属するとは言い難いが、『オリヴァー・トゥイスト』を書いたということでこのグループの一人とされた。

少年犯罪を扱った『オリヴァー・トゥイスト』は社会批判を色濃く表わしているとはいえ、「ニューゲイト小説」と重なる部分を持っていたため、ディケンズの反論にもかかわらず、その仲間と見られた。ディケンズは犯罪者を美化する「ニューゲイト小説」から身を引く努力をする。

そのきっかけの一つにサッカレーの「ニューゲイト小説」批判があったと思われる。犯罪者を社会の犠牲者に見たてたり、理想化したり、魅力ある人物に仕立てることに反発した批判者の筆頭はサッカレーであった。彼は「ニューゲイト小説」を諷刺する意図で『キャサリン』(1839-40)を書いた。主人公はキャサリン・ヘイズという夫殺しの女で、『ニューゲイト・カレンダー』にも登場した人物である。サッカレーは小説の冒頭で次のように宣言する。「私は小説を面白くするために、悪人どもに立派な行動をとらせる他の小説家たちのような方法はとらないつもりだ。……主人公は、プラトンを口にするユージーン・アラム [リットン作『ユージーン・アラム』(1832) の主人公] とか、愉快にバラッドを口ずさむ脱獄囚ディック・ターピンとか、……天使となって死んで行くナンシーのような人物は登場しない」と述べて「ニューゲイト小説」を皮肉る。サッカレーは、下層階級の歪曲された姿、小説が読者に生じさせる下劣な趣味、商業主義に陥ることによる小説の質の低下などを理由にこれを弾劾した。フォースターも『ジャック・シェパード』が舞台で上演されることになった時、『イグザミナー』誌 (3 November 1839) でそれを激しく批判している。

このことは、無批判に犯罪小説を手がけたレノルズやロイドたちよりも、小説の目的や動機、さらにはその影響を深く考える作家たちによって書かれたと言うことである。

ディケンズは自作とブルワー=リットンやエインズワースの「ニューゲイト小説」との違いを極力際立たせて、批判を回避しようと努めた。彼は『オリヴァー・トゥイスト』の第 3 版の序文(1841 年)で、この小説を非現実的というサッカレーの批判に対して、「これは真実に即したもの」(IT IS TRUE) だと反論している。ディケンズは、ほど

なく「ニューゲイト小説」の伝統を離れ、新しい小説の可能性の鉱脈を探りあてることによって、サッカレーの批判に応えることになる。

参考文献

Altick, Richard D. *The English Common Reader: A Social History of the Mass Reading Public, 1800-1900*. Chicago: U of Chicago P, 1957.
Darton, F. J. Harvey. *Children's Book in England*. Cambridge: Cambridge UP, 1932.
Horne, R. H. *A New Spirit of the Age*. 2 vols. 1844. Farnborough: Gregg International, 1971.
James, Louis. *Print and the People*. London: Allan Lane, 1976.
Knight, Charles. *Old Printer and the Modern Press*.1854, New York: AMS, 1974.
Meigs, Cornelia et al. *A Critical History of Children's Literature*, New York: Macmillan, 1969.
Miller, Stuart. *The Picaresque Novel*. Cleveland: P of Case Western Reserve U, 1967.
Muir, Percy. *English Children's Books 1600-1900*. London: Batsford, 1985.
Sanders, Andrew. *Dickens and the Spirit of the Age*. Oxford: Oxford UP, 1999.
Sutherland, J. A. *Victorian Novelists and Publishers*. London: Athlone, 1976.
猪熊葉子他『英米児童文学史』研究社、1971.
小池 滋『幸せな旅人たち――英国ピカレスク小説論』南雲堂、1962.
西條隆雄他『ヴィクトリア朝小説と犯罪』音羽書房鶴見書店、2002.
鶴見良次『マザー・グースとイギリス近代』岩波書店、2005.
津村憲文『19世紀の英国小説と出版』広島修道大学総合研究所、1987.
北條文緒『ニューゲイト・ノヴェル：ある犯罪小説群』研究社、1981.
宮崎孝一監訳　間二郎・中西敏一共訳『チャールズ・ディケンズの生涯』(上下) 研友社、1985-87.

（青木　健）

2. 都市ロンドン
― ディケンズの足跡を追って ―

はじめに

　都市ロンドンはディケンズとはどのような関係にあったのか。この観点はディケンズ研究における基本的な命題だと言える。結論的に述べれば、ディケンズを育て彼を作家たらしめたのは都市ロンドンであり、それと同時にディケンズは都市ロンドンを「ディケンズ化」していった。つまり「19世紀のロンドン」を造ったのはディケンズだったのである。ディケンズがロンドンに接触し、内部へ深く入り込んでいくにつれて彼の感性は大きく伸び広がり進化していった。その感性で把握された都市ロンドンは、彼の作品の中に文字で縷々紡ぎ出され、読者はそれまで気づかなかったロンドンの鮮烈な映像を目撃することになる。ロンドンの現実がディケンズの高められた感性と直面しその好意の中に取り込まれた時、その現実は1つの強烈なロンドン像として止揚され、彼の筆から彼独自の鮮明にして詳細なロンドン像が描出されてきたということである。

　ロンドンは彼に宿り、彼の心をうっとりさせた。それと同時に、彼の心をおびえさせもした。ロンドンは彼の空想の素材となるとともに、現実社会を直視するための舞台ともなった。それ故ロンドンは、その好意の両相を持つ場所としてディケンズの筆から詳細に綴られる。ディケンズは神経質な子供の頃にロンドンへ出てきたのだが、その時から1870年に亡くなるまでの、50年間近くにわたってロンドンを再創造し、そこから足音が聞こえ、足跡さえ見えるほど真に迫ったロンドン像を後世に残した。

　ディケンズが現実にロンドンと係わってきた経緯を略述すると次のようになる。1812年にポーツマスで生まれたディケンズは、父ジョンの転勤で1814年末から2年間、ロンドンのセント・マリルボン教

区のノーフォーク・ストリート 10 番地（現クリーヴランド・ストリート 22 番地）に住む。一家はその後、父の次の転勤でケント州のシーアネスとチャタムに移転したが、1822 年 9 月には父の再度のロンドン転勤で、ロンドン郊外だったキャムデン・タウンのベイアム・ストリート 16 番地へ移り住む。それ以後一家はロンドン市内の各所を転々とする。その間に父の借金で家計は傾き、そのため少年ディケンズはウォレン靴墨工場（ハンガーフォード・ステアーズ、少年の勤め中にチャンドス・ストリートへ移転）に働きに出され（1824 年 2 月 9 日〜1825 年 3 月あるいは 4 月）、その間に父ジョンは返済不能の罪でマーシャルシー監獄に収監された（1824 年 2 月 20 日〜5 月 28 日）。少年は靴墨工場の労苦から解放された後ウェリントン・ハウス校へ入学するが、そこへ通学できたのは 1827 年 3 月までだった。彼が受けた学校教育は、結局、この 2 年間のみだった。この後彼は自助・自立を目指して速記術を身につけて報道記者になる。1834 年 12 月には家族から別れて一人大邸宅のファーニヴァルズ・インに部屋（第 13 居住区画）を借りて自立の生活に入り、1836 年 2 月にキャサリン・ホガースと結婚し、同所でより広い部屋（第 15 居住区画）に移る。その後住居を集合住宅の部屋から独立家屋に求めたディケンズは、1837 年 4 月にダウティー・ストリート 48 番地、1839 年にはデヴォンシャー・テラス 1 番地、1851 年にタヴィストック・ハウスへと移り住み、1860 年にケントのギャッズヒル・プレイスに終の住み処を定めるに至る。自立してファーニヴァルズ・インに住んで以降の 4 回の転居の度に住まいが大きくなっていったのは、家族が増えたこととは別に、建物という具象物を通して、自己の社会的上昇を顕示せんとした彼の強い心象の現われを示すものだろ

ベイアム・ストリート 16 番地

う。しかしながら、ケントの大邸宅に住まいを定めながらも、ロンドン市内に寝泊りする部屋を常に確保しつづけており、彼のロンドンとの係わりは58年間の全生涯のうちで50年間にも及ぶことになる。ディケンズとロンドンはかくも不可分な関係にあったのである。

ここではディケンズとロンドンの不可分な関係を以下に大きく3つの観点から考察したい。すなわち、(1) 父の影——父ジョンが息子チャールズの上に落としつづける監獄の影の問題、父と息子との間に見られる「ダブル」(分身)の関係、(2) 都市ロンドンに対する肯定(愛情)と否定(嫌悪、恐怖)が生み出す彼独自のロンドン像、そして (3) テムズ河への愛憎のからみ合いの3つの観点である。

1 父の影

繊細で想像力豊かな10歳なかばの少年ディケンズは、一家におくれること3ヶ月、「1822年9月」(Allen 4) に馬車で一人チャタムからロンドンへ送り届けられた。少年の心は、その時降っていた雨よりも「もっとぐっしょり濡れて」(Forester1: 1) 重かった。ロンドンは重苦しく冴えないように見えた。それは、空想上の人々で満ちあふれた彼独自の想像世界と、学校で目をかけ指導してくれたウィリアム・ジャイルズ先生とをあとに残してきたからだった。到着したベイアム・ストリート16番地は、快適で上品な地区でかなり新しい建物という条件のもとに父が選んだ住宅だったと言われている。「粗末で小さい住宅」(Forester 1: 1) だったとフォースターは述べているが、それはあたらないだろう。アランの実証的研究によると、この通りは築後10年の新興の街であって、近所には有名な彫刻師、劇作家、退職したダイアモンド商、リージェント・ストリートの宝石商らが住んでいたからである。けれどもこの街は退廃的で、名状しがたいほど気の滅入る所があり、雰囲気には常に敏感な少年はこの通りに最初から嫌悪感を抱いていた。広々とした、チャタムからロンドンのこの小さな屋根裏部屋に押し込まれた彼は「押しつぶされ身のこごえる思いだった」と説明するフォースターの言葉は正しいし、ディケンズ自身も、屋根裏部

屋の中で「チャタムを失ったためにあらゆるものを失ってしまったことを」(Forester 1: 1) 嘆き悔しがったと後に告白している。この喪失は、少年ディケンズにとってきわめて深刻なものであり、彼の心には埋めがたい空虚感を残した。「この通りの南端に立って、塵芥の山やギシギシの葉の広がりや、野原の向こうで、煙の中にぼんやり立つセント・ポール大聖堂の鐘楼を眺めることは一つの喜びであり、その思いをその後何時間もばく然と抱きつづけた」(Forester 1: 1) とディケンズは 27 年後に、このロンドンの遠望を通して抱いていた自己の心象を述懐し告白しているが、この心象こそは、物理的な変化によるものだけでは説明できない空虚感を彼が宿していたことを暗示している。

　ディケンズは後になって、チャタムからキャムデン・タウンへの移転の前後に出会った人々をもとに、印象的な人物を数多くの創造している。チャタムで彼の家の女中であったメアリー・ウェラーはデイヴィッドの愛すべき子守りのクララ・ペゴティーとなった。ロンドンへ連れてこられた冴えない召使いの女の子は、『骨董屋』の中でディックに「侯爵夫人」(*OCS* 57) と渾名される召使いになり、彼女はかずかずのドラマを経て「美貌で賢い、快活な夫人」に成長しディックと結婚する。一方このベイアム・ストリート近辺が舞台となってボブ・クラチット (*CB*, "Carol")、トゥードル一家 (*DS*)、デイヴィッドの友人トミー・トラドルズ (*DC*) などが生まれている。ただし注目すべきは、これら明るい人物たちはディケンズが胸中に満たされない虚ろさを抱いていた頃の現実が基になっているということである。同時に、同じ界隈から、ヘイリングの復讐の物語 (*PP*) もまた生まれている。

(1) 監獄

　ディケンズと監獄、および監獄に相当する靴墨工場についての印象は、小説の中に注目すべき状況を造り出す。1872 年に取り壊されたフリート監獄は、『ピクウィック・クラブ』に描かれている (*PP* 40)。キングズ (クイーンズ)・ベンチ監獄は、『デイヴィッド・コパフィールド』(*DC* 11) の中で異彩を放っている。『リトル・ドリット』の舞台は

マーシャルシー監獄 (*LD* 1: 6) が中心となる。その描写は、フリート監獄の描写と比べると一層詳しく念入りで、その場所の雰囲気や、そこに住む人々の性格まで浮かび上がらせている。

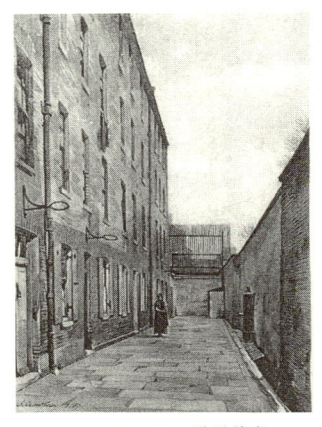

マーシャルシー監獄前庭

　キャムデン・タウン以降、ロンドン市内を移転しつづけたディケンズ一家は、移転の度に生活の悪化をたどった。途中で借り主がディケンズ夫人になったことも、凋落が一層進んだことを示している。夫人は私塾を開くが生徒が来ず、この時の印象は『デイヴィッド・コパフィールド』の中でミコーバー夫人の空しい試みとなって再現されている。その間に家財は一つずつ質屋へ入っていき、滞在はどこも短期間で、少年にとっては落ち着かない日々だった。この不安定とそこに生じる不安感が、それ以降彼の静穏を乱しつづける主要因となっていく一方で、それらは同時に静穏とそれを保障する場の確保を彼に強く求めさせる衝動ともなっていった。

　彼の不安の極みは、言うまでもなく、河べりのハンガーフォード・ステアーズ 30 番地にあった「ウォレン靴墨工場」における労働者としての生活であり、その直後に起こった父のマーシャルシー監獄への収監だった。「河に接したところにあり、鼠のはびこる、ぐらついて今にもつぶれそうな古い建物」(Forster 1: 2) の中で、靴墨のびんを包装し、その上に付箋を付ける作業をさせられていた。1 年余りつづいたこの悲痛な体験は、後に『デイヴィッド・

ウォレン靴墨工場

コパフィールド』の中で、その苦悩を訴えるような筆致で生々しく描出されることになる。母と弟たちは監獄内の父のもとに合流したために、少年はただ一人、リトル・コレッジ・ストリートでロイランス老夫人（後に『ドンビー父子』の中で、ポールを一時期世話するピプチン夫人として登場する）の世話になり、次いで監獄近くのラント・ストリートの屋根裏部屋に間借りして、靴墨工場へ通いつづけた。

　ディケンズは、何年か後に貧乏医学生ボブ・ソーヤーを下宿させることになるこの屋根裏部屋を、自分の新しい住居となしえた喜びを「至福の境地」(Forester 1: 2) と表現し、「この幸せな閑居の通り」について、「バラのラント・ストリートには心に穏やかな憂鬱さを投げかける安らぎがある」(*PP* 32) と書いている。ディケンズが下宿した家の気立てのよい老夫妻は、後に『骨董屋』でキット・ナブルズを雇う親切なガーランド夫妻として描かれる。サザックは 19 世紀までは監獄が多く、その中の一つキングズ（クイーンズ）・ベンチ監獄にはルールズ (rules) と呼ばれる獄外拘禁区域があった。ラント・ストリートも監獄地区内の通りであり、比喩的な意味でマーシャルシー監獄の「影の中」にあったと言える。

　一方、少年ディケンズが勤めていた靴墨工場は、ハンガーフォード・ステアーズからストランドを北に超えたチャンドス・ストリートへと移った。それまでは一人河面を前に作業していたが、新しい仕事場では、手際の良さと知的な顔つきのため、窓辺で作業させられ、通行人の目にさらされた。鉄格子の内側ではないが、ガラスの中で人目にさらされながらの仕事は、少年には、辛い奴隷状態以外の何物でもなかった。鉄格子の内側の方がまだよかったのかもしれない。しかし両親が現実に監獄の鉄格子の内側に留め置かれていることだけは人に知られたくなかった。この点にまつわるエピソードがある。体調を崩したディケンズを見て、仲間のボブ・フェイギンがどうしても家へ送ってやると言って聞かなかったが、両親が監獄に入っていることを知られたくない彼はフェイギンを途中でうまく煙にまいてしまったという。興味深いことに、ディケンズは後に『オリヴァー・トゥイスト』

で、主人公のオリヴァーを悪の道に引き込もうとするスリ仲間の親分にこのフェイギンという名前をつけている。

　少年はこのように、監獄の影の下で、また靴墨工場での汚れと悪臭に身をさらしつつ、ロンドン市内で自分だけの心の休まる秘密の場所を見つけていく。その一つは、アイヴィー・ブリッジ・レインの入口近くにあった河沿いのパブ「フォックス・アンダー・ザ・ヒル」であった。ディケンズが初めてエールを注文したと言われるパブはパーラメント・ストリートとダービー・ストリートとの角にあった「レッド・ライオン」だったと言われ、ここはやがてデイヴィッドが初めて入るパブとして印象的な場面となる。セント・マーティンズ・レインとドルーリー・レインにはプディングの店やビーフ・ハウスがあったが、『デイヴィッド・コパフィールド』に出てくる「ドルーリー・レインの有名なアラモード・ビーフ・ハウス」(*DC* 11)はドルーリー・レインを東に入るクレア・コートにあったジョンソンの店だったと言われている。昼食時には仲間のポール・グリーンやボブ・フェイギンとテムズ河の岸辺で石炭運搬用の半底船の上で遊んだと言われているが、いつもはたいてい一人でアデルフィー界隈の裏通りや路地・袋小路を歩いたり、アデルフィーの地下道をぶらついたりして過ごした。そうした散策は、後にデイヴィッドの少年時代の経験として、生き生きと再現されている。

(2) 父と息子
　ロンドンへ来て早々に受けた屈辱的な体験は、敏感にして元気のいい少年に消えることのない影響を与えた。これはひとえに父ジョンの無思慮がもたらしたものだった。それにもかかわらず、少年は父を恨んだり父に反感を抱いたりしたことはなかった。父が出獄した後も靴墨問屋から解放してもらえず、少年は「耐え難い落胆」を味わうが、怒り狂ったりはしていない。泣きつかれて初めて息子の実情を知った父は、彼をすぐさま辞めさせた。しかしこの時母は勤めを続けるべきだと言い張り、相手と直談判さえした。ディケンズはこの時の母を

「決して許さない」と言っている。しかし父に対してはどうだったのか。

　ジョンを知る人は誰しも、彼には並以上の才能のあることを認めている。息子を有名で人からあがめられるような人物に高めたあの質的価値の多くは、父の中にすでにあった。ただし、父には、無思慮という致命的欠陥があるため、本来の価値はすべて壊され台無しにされた。少年は父に好意を持つあまり、父が批判されるのを耳にすると激しく怒り、父の弁護にまわったという。一方で頭脳が鋭くなった少年は、父によって蒔かれた破壊の種がやがて成長して有毒な雑草になり、自分の持てる秀でたものを全てだめにするのではないかと内心悩んでいた。ジョンとチャールズとは深い部分で相似的であり、チャールズには、父の存在はもう一つの自分、自分の他我 (alter ego) だと感じられた。ひょっとすると自分も父のようになってしまうかもしれないという認識があった。つまり、彼は「父の影」の中にいた。チャールズが父を愛してやまない理由は、そこにあったと思われる。この父への愛情は、しかしながら、無思慮という致命傷を持たない自分自身への愛でもあった。この点を自覚していたからこそ彼は父をけなしたり、激怒したりすることはなかったのだ。この父と息子の関係は、ディケンズの実人生および創作の世界の中で、母、子供、妻など他のどの肉親との関係よりもはるかに重要である。この父と息子の関係は、後に作品の中で変容を遂げて、ピクウィック氏とサム・ウェラー、ミコーバー氏とデイヴィッド、父ドリットと娘のエイミーなどの対の人物となって出現し、作品を動かす大きな力となるとともに、また舞台としてのロンドンを忘れえぬ場所に変えていく力となった。

　ディケンズは、靴墨工場での苦役については妻にも子供たちにも一切語ることなく堅い沈黙を守り、長い間心の中で苦しみつづけたが、『デイヴィッド・コパフィールド』の中でそれをすべて告白する形でその苦しみを浄化した。父のイメージをミコーバー氏に投影することによって、彼は心の中から父に関するコンプレックスを取り除いた。彼は、ミコーバー氏の造形を通して、「父の影」から外に出た。それは

同時に「監獄の影」から外へ出たということでもあった。

　ディケンズは苦渋の労働から解放された後、ウェリントン・ハウス校で 2 年間教育を受ける。しかしディケンズほど教育から益することの少なかった才人は他にいなかっただろう。ディケンズの持ち味である、あの人生への興味、飽くことを知らない好奇心、決して消えることのないユーモア、深い共感、押さえようもない親切心は、すべて碌でもない父からたっぷりと受け継いだものであり、いくら教育を受けようとも、それで増えるものでは決してなかった。

2　独自のロンドン像

　1827 年に「エリス・アンド・ブラックモア法律事務所」でかつてディケンズと同僚だった人物が、「自分はいっぱしのロンドン通だと思っていた。しかしディケンズと話をした後、自分はロンドンのことは何も知らないことがわかった。彼は、東はボウから西はブレントフォードの間のロンドンは全て知っていた」と言っている。実際ディケンズはロンドンを隅から隅まで熟知しており、ロンドンは、いわば、ディケンズの想像力の鍵を握っていた。しかしディケンズは、ケントの地を愛したようにはロンドンやテムズ河を愛してはいなかったのである。にもかかわらずディケンズにとって、ロンドン以外の場所はその半分も意味を持たず、ギャズヒル・プレイスといえどもそれは同じであった。その証拠に、ディケンズの主要な人物は、ほとんどどの小説においても遅かれ早かれロンドンにやって来る。ヤーマスの漁夫であるペゴティー氏が雪の積もったセント・マーティン・イン・ザ・フィールズ教会の入口の石段の上に立っていること (DC 40) を誰が予見できるだろうか。けれどもディケンズにとって、それは何の驚きにも当らない。彼の世界では全ての道路はロンドンへ通じているからである。その中心地がチャリング・クロスであり、その真中にゴールデン・クロス・ホテルがそびえ立つ。

2. 都市ロンドン

(1) インとホテル

　ディケンズの小説では、馬車の行き来が忘れられない道行きの場となっている。馬車の発着所である宿駅の描出は読者にことのほか大きな楽しみを与えてくれる。宿駅の1つであるゴールデン・クロス・ホテルはディケンズの若い頃はウェスト・エンドの代表的な

ゴールデン・クロス・ホテルと
チャールズ一世騎馬像

ホテルだった。このホテルは、1830年にトラファルガー広場の建造が始まったことにともない取り壊されてその少し東側に再建された。ディケンズが靴墨工場で働いていた頃に知っていたのは移転前の元のホテルだった。少年はそのホテルが南を見据えて立つチャールズ一世の騎馬像の後姿を見下ろす形で、そのゴシック調の小尖塔の正面を同じ南に向けてそびえ立っている様をよく見上げていたはずである。ロチェスターを目指すピクウィック氏が、喧嘩早い御者に殴られたのはこのホテルの前の通りであり（作品の時代設定は1827年5月13日とあり、古いホテルが舞台であるが、現実に執筆されたのは1836年4月であるので、添えられている挿絵のホテルは再建された新館となっている）、またピクウィック氏が乗り込んだ馬車の「コモドア」号が動き出した途端に、同乗者のジングルが彼が、背の高い婦人を乗せた馬車が出口を出る際そのアーチに頭をぶつけて「首が取れてしまった」話（事実に基づく）をしたのも、このホテルの出口を出た直後のことだった (*PP* 2)。

　セント・セパルカー教会から三軒西隣りに1868年まで建っていたサラセンズ・ヘッドは、その起源は12世紀にさかのぼると言われる。18～19世紀が最盛期で、「タリー・ホー」という早駅馬車をはじめとする長距離馬車がイングランド北西部のカーライルやカンバーランドへ向けて出発していったことで有名である。『ニコラス・ニクルビー』

で、ヨークシャーにあるドゥ・ザ・ボーイズ・ホールのひどい校長ワックフォード・スクウィアーズが生徒を集めるために上京した際、滞在していたのがこの旅籠である。ニコラスがその学校の助手として出発するのもこの宿駅からであり、また、ジョン・ブローディー一行がロンドンへ出て来て宿を取るのもこの旅籠だった (*NN* 9)。

ベル・ソヴァージュ亭は、サムの父トニー・ウェラーが本拠としていた馬車発着場を兼ねる古い旅籠である。ラドゲイト・ヒルの鉄道高架橋（現在は地下鉄道となっているために高架橋は取り払われて無くなっている）の東隣りあたりに立っていて、北と東の方向へ向う馬車の発着駅だった。北へ向う馬車は最初にイズリントンのエインジェル亭で止まる。オリヴァーが北のバーネットからアートフル・ドジャーに連れられてロンドン市内へ入っていく時に通過するのがこのエインジェル亭である (*OT* 8)。一方トニーの御する馬車は東へ向い、最初の駅がホワイトチャペルのブル・インだった。オールドゲイト・ハイ・ストリートの北側に並ぶ5つの旅籠の一つであり、ロンドンへ入ろうとするイースト・アングリア地方の人々には馴染みの宿だった。トニー・ウェラーの馬車は、ここでピクウィック氏一行や求婚のために旅立つピーター・マグナスらを乗せてイプスウィッチへと向う (*PP* 22)。

西方へ旅をする者には、ピカデリーとそこから南に入るアーリントン・ストリートとの角のところにあったホワイト・ホース・セラーが最も重要な発着所だった。ピクウィック氏とサムがバースへ向うのもこの宿駅からで、ピクウィック氏はここの待合室は「意気消沈した人間の最後の留り場」(*PP* 35) だと言う。『荒涼館』でエスター・サマソンがレディングから上京して着く駅もこの宿駅だった (*BH* 3)。なお「ピクウィック」という名前は馬車の扉に金文字で書かれていた「モーゼズ・ピクウィック」（バースの馬車業者兼ホテル営業者の名前）から取ったものだと言われる。

サザックは南イングランドやヨーロッパへの旅の出発地・終着地であったので、「回廊付きの旅籠」が沢山あった。ロンドン橋へ通じるバラ・ハイ・ストリートには19世紀初頭でそのような旅籠は11軒を

数えたが、ディケンズの作品に登場するのはそのうちの2つである。白鹿亭はディケンズの世界全体を通して最も縁起のいい邂逅の場面となった所である。ここで、ピクウィック氏が「長靴磨きに精を出している」(*PP* 10) ひょうきんな若者サム・ウェラーと出会い、彼を召使にしたのである。このサムの活躍が『ピクウィック・クラブ』の名を一挙に高めるとともに、この旅籠の名を不滅のものにした。その南に位置するのがジョージ・インで、昔からの回廊つき旅籠の姿を現在に残すロンドン唯一の旅籠であり、現在はナショナル・トラストの管轄下にある。この旅籠は『リトル・ドリット』の中で、マギーの口を通してその名前が語られるだけである (*LD* 1: 22)。

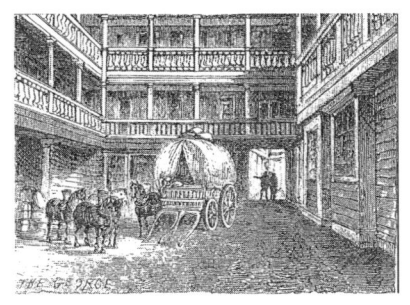

ジョージ・イン

フリート・ストリートから北に入る小路ワイン・オフィス・コートにチェシャー・チーズという古くからのレストランがある。ドクター・ジョンソンやディケンズら18世紀・19世紀の文人たちが通った店だった。ディケンズの作品にはこの名前は出てこないが、『二都物語』の中でシドニー・カートンがチャールズ・ダーネイを連れて入った、フリート・ストリートの奥の居酒屋はこの店だと言われている (*TTC* 2: 4)。

(2) 〈我が家の庭〉

首都ロンドンはディケンズの想像力を強く刺激したにもかかわらず、彼がロンドン全てを愛していたという証拠はない。馬車の発着する旅籠や、雑踏する市場・通りは香り豊かに記述されているが、官公庁やスラムなど、ディケンズが憎んだり、恐れているところもあった。つば広のソフト帽を被ったディケンズは、通りやスクエア、路地や小路など、どこであろうとまるで頭脳と肉体が共にせきたてられるかのように、日夜を問わず大股で歩き、一見何も見ていないようであって

全てのものを心の中に記録していった。その記録の中で彼の想像力を駆り立てたのは、ロンドンの部分部分であって、全体ではなかったのである。部分の中でもウェスト・エンドに関しては、その壮重で尊大なたたずまいにディケンズは馴染めなかった。ベルグレイヴ・スクエア地区に成り上がり者のヴェニアリング一家を住まわせ、繁文縟礼省の高官タイト・バーナクル一家をグロヴナー・スクエア近くのミューズ・ストリートに置いただけである (*LD* 1: 10)。彼がはるかに興味を引かれたのは郊外だった。ガーランド一家はフィンチレーに住み、ニコラス・ニクルビーと母はボウに住む。『ボズのスケッチ集』には、ハックニー、クラプトンあたりに住みシティーの事務所に通う会社員たちや、郊外からシティーやチャンサリー・レイン、法学院へと急ぎ足で向う早朝出勤の事務員の長い列が活写されている。(*SB*, "The Streets — Morning")

しかしディケンズ本来のロンドンは、古きロンドンの姿にある。例えば『オリヴァー・トゥイスト』21章で描かれるスミスフィールドの家畜市場の描写など、天賦の才のなせる業としか言えないものである。そしてこの市場と並んで、個人的な経験上熟知しているストランドとフリート・ストリートも、ほとんどの作品に登場する。デイヴィッド少年は、パーティーを開く日「ストランドを歩き、

スミスフィールド市場

ハムとビーフの店の窓をのぞき込む」(*DC* 24)。ラルフ・ニクルビーはミス・ラ・クリーヴィを訪ねるために「ストランドへ急行した」(*NN* 3)。ミスター・ヘアデイルは、ウォレン屋敷が焼き払われた後「ストランドを歩いている」(*BR* 66)。アーサー・クレナムは「夜暗くなるとストランドを通過する途中」、彼の先を行く点灯夫の前方にタティコーラムとリゴーを目撃する (*LD* 2: 9)。他にも『荒涼館』、『二都物語』、

『互いの友』、『骨董屋』、『無商旅人』など多くの作品の中で言及されている。

一方、フリート・ストリートおよびストランドと、ホーボンとにはさまれた地域全体は、ディケンズには我が家の庭とも言える場所であった。

コヴェント・ガーデン市場

とりわけコヴェント・ガーデンは常に創造的な刺激を与えた。「散歩に連れ出され、それがコヴェント・ガーデンかストランドあたりだったら、ディケンズは有頂天になって喜んだ」(Forster 1: 1) とフォースターは語っている。ディケンズは「コヴェント・ガーデンから3マイル以内だったら、馬の給水係はすべて、一目見ただけで知っていた」(SB, "Hackney-Coach Stands")。「家へ戻るな」という警告をウェミックから受けたピップが貸馬車で夜中に駆けつけたのは、コヴェント・ガーデンの高級ホテル、「ハマムズ」だった (GE 34)。『デイヴィッド・コパフィールド』では、主人公が小さい頃「パイナップルをじっと見つめた」(DC 12) という体験にはじまり、他にも多くの言及が見られる。『骨董屋』の書き出し部分での「朝のマーケット」の描写や、『ボズのスケッチ集』での「マーケットの朝」(SB "The Streets — Morning") の描写がある一方で、夜歩きが語るまだ夜の明けやらぬコヴェント・ガーデン (UT, "Night Walks") がある。

これらの通り、場所、地域は全て靴墨工場時代のロンドンである。彼の頭脳が過剰に研ぎ澄まされていて、全てのものに異常なほど敏感に反応していた頃のロンドンである。この早い頃の心象が後に書く内容に影を落としている場合が多い。その感情的効果は、コヴェント・ガーデンなどの描出に見られるような陶酔した高揚となって現れる一方で、それが昂じて読むに耐え難いような描出ともなる。例えば、ネモが埋葬されている身の毛もよだつような墓所の描写がその明白な事例である (BH 16)。ジョーがレディー・デッドロックを悪臭の充満する

路地を通って墓地を取り巻く鉄柵の入口まで案内し、その中に見える「疫病を発生させるような汚れた」墓を指差しながら、「鍵がかかっていなければ、このほうきで掘り出してみせてあげられるのに」(*BH* 16)と悔しがる場面がそれである。そしてディケンズのロンドンで最も荒涼とした場所は「トム・オール・アローンズ」だった。クレア・マーケットとドルーリー・レインの界隈の中にあったスラムで、ジョーが住むのは「黒くなった荒廃した通りで、上品な人たちは決して近づかない所。そこでは壊れそうな建物は腐敗が相当進むと、大胆な浮浪者が住み着いたりした」と描写されるスラムの中だった (*BH* 16)。また同じく、最下層の人間、泥棒、娼婦などが住み込み、悪と不潔と困窮の巣窟とされた所がセント・ジャイルズ・イン・ザ・フィールズ教会とその近辺であり、そこは「貧民窟(ルーカリー)」と呼ばれていた。

(3) 法曹界

　ディケンズにとって最も冷酷な存在は法律家であり、ロンドンの中心に鎮座する不可解なものが法律だった。ディケンズは、生涯、法そのもの、その遅延、偽善性、腐敗を攻撃しつづけた。彼は15歳になるとグレイズ・インのレイモンド・ビルディングズ1番地のエリス・アンド・ブラックモアの法律事務所で働き、その後、短期間であるが、シモンズ・イン6番地のチャールズ・モロイの事務所に勤めている。更に、セント・ポール大聖堂南の「民法法廷(ドクターズ・コモンズ)」で速記者になったのがまだ18歳の時だった。27歳（1839年）になった時、彼は法廷弁護士を目指すために、法学院の一つ、ミドル・テンプルに入会している。ただし、その資格を取るには至らず、1855年に退会した。当時のロンドンは株式仲買人や銀行家が多かったが、弁護士と書記の力は絶大で、彼らはあらゆる面を支配していた。それらの面にディケンズが精通したのは上記のような若い頃の現場体験によるものだった。

　法学院と法学院予備院は全作品を通して、あちらこちらに顔を出す。ジョン・ウェストロックがルース・ピンチに求婚するのはミドル・テンプルのファウンテン・コートだった (*MC* 53)。インナー・テンプルの

門の所ではブラッドリー・ヘッドストーンがユージーン・レイバーンの動きを注視している (*OMF* 2: 6)。更には、法学院などの独自な特徴が皮肉交じりのこっけいな筆致で描出される例が多く見られる。モロイの事務所で働いていた時に知るようになったシモンズ・インは、「小さく、青白く、外斜視で悲嘆に暮れた予備院で、中が２つの部分に分かれ、ふるいのくっついた大型のごみ箱のような格好」(*BH* 39) をしている。「夜のリンカーンズ・インは法律の影におおわれて、当惑し落ち着かぬ谷間となり」(*BH* 32) で始まるリンカーンズ・インの長い描写や、「雄ねこのクラブにでもするように、悪臭ぷんぷんたる隅っこに詰めこまれた、みすぼらしい、見るからにうすぎたない建物の集まり」(*GE* 21) と描写されているバーナーズ・インなどはそのいい例である。

弁護士の事務所となると宿駅と同じくらい頻出する。主なものを挙げれば、上級法廷弁護士のスナビンの弁護士事務所 (*PP* 31) とケンジ・アンド・カーボーイ事務弁護士の事務所 (*BH* 20)、『大いなる遺産』に出てくるジャガーズの事務所 (*GE* 20) などがある。『荒涼館』のタルキングホーンの事務所 (*BH* 10) はリンカーンズ・イン・フィールズにあり、スペンロー・アンド・ジョーキンズの事務所 (*DC* 23) は民法法廷にある。この民法法廷は僧侶のような事務弁護士たちが、結婚、離婚、遺言、海事に関する問題を処理するところであるが、弁護士の事務員や役人たちの怠惰で血の通わない形式的な仕事振りが、彼らの行状を通して、ディケンズの筆で痛烈に揶揄されている。

しかしディケンズの作品の中では、こうした法曹界はロンドン市内で独自の色合いで点々と散在するが、それは市民の生活と切り離されて存在しているのではない。例えば、ピクウィック氏は入獄のためフリート監獄へ出向く途中、法曹界の中心地のチャンサリー・レインに立ち寄っている (*PP* 50)。『互いの友』のなかでジョン・ロークスミスがミスター・ボフィンを背後から初めて目撃したのもこの通りである (*OMF* 1: 8)。「荒涼館」の前所有者で、ジョン・ジャーンダイスの大伯父のトム・ジャーンダイスが、際限なく続く大法官訴訟に落胆した結

果、絶望して銃で頭を撃ち抜いたのも、チャンサリー・レインのコーヒー・ハウスの中だった (*BH* 1)。ミスター・スナッグズビーが法律家用書類商を営んでいる通りは「クックス・コート」、すなわち現実のトゥックス・コートである (*BH* 10)。

　ディケンズには、これらの弁護士事務所を描出する時、そこに古き物、美的なものへの愛好を書き込む傾向がある。法廷等の外側に充満する雑踏と内側を占める静けさとの対照は常に印象的である。『荒涼館』で、エスター・サマソンがミスター・ケンジをリンカーンズ・インのオールド・スクエアに訪ねる時の描出はその一例である。真っ黒に汚れきり大混乱状態の大通りから、一つの古い通路をくぐると、「突然の静けさ」に入り込み、静かなスクエアを通り抜け、「奇妙なすみっこ」へ至る。そこから階段を上がった所がミスター・ケンジの事務所だとある (*BH* 3)。ディケンズの複雑な精神は時に過敏で急進的な行動を起こすが、反面、心に安らぎをもたらすような静けさを希求する。その静けさを求めうる最高の場所がテンプルだった。ストランドやフリート・ストリートの騒ぎから一歩中へ入ると「日に当ったり、日陰の中で休んだりする場所がある。中庭にいると眠気におそわれ、木々の中にいると夢見心地のけだるさがやってくる」(*BR* 15) という描写がある。他にも『骨董屋』、『大いなる遺産』、『互いの友』、『マーティン・チャズルウィット』などにテンプルの癒しの力が描きこまれている。

3　テムズ河

　ディケンズとテムズ河とは、彼の実人生の上でも彼の文学の上でも、切っても切れない関係にあった。ディケンズは子供の頃、おじで名付け親だったクリストファー・ハッファムを、イースト・エンドはライムハウスのチャーチ・ロー 5 番によく訪ねた。訪ねる度に少年はくつろぐことが多かったという。眼前を流れる河面、埠頭や桟橋を洗う河の流れは、海軍経理部のヨットでチャタムから出ていった時に見た河であり、最後の住まいであるギャズヒル・プレイスの高台から遠くに見

えた河だった。この河は、年を重ねるにつれて彼が一層親しみを抱くようになる河だった。19世紀を通してロンドンの街中の人々は世界各地に通じる生活や活動に係わっていったが、河沿いの人々は、それとは違って、河岸の埠頭や桟橋での古き忘れえぬ生活を続けていた。しかし現実には船頭の仕事は減少していき、年をとった船頭の中には陸に上がって宿駅などで馬の給水係といった片手間の仕事をするものも多かった。ヴィクトリア・アンド・アルバート・エンバンクメントが1864-70年の間に建造されると、彼らは昔からの河の共同使用権を失った。厳格な監視と管理のもとでの使用に変わり、荷揚げの場所は指定された地点のみに限られた。

　ディケンズほど河沿いの利用をきちっと管理する必要のあることを認識していた人間はいなかったであろう。ありとあらゆる考えられる限りの無法な行為が、河沿いの悪臭を放つ地下室や、使われなくなった下水管の排出口の中で行われている現実を知っていたからである。しかしながら、昔ながらの生き方への郷愁の強い彼が、テムズ河沿いの船頭に特別の愛着を抱いていたことも確かだった。

(1) 河沿いの船着き場

　『ボズのスケッチ集』にはストランド・レインの先端の桟橋でしつこく客引きをする場面があるが (*SB* "The Steam Excursion")、桟橋はたいていの大作の中に頻繁に現われる。『大いなる遺産』でピップがマグウィッチを密出国させようとボートを用意したのはテンプル・ステアーズであり (*GE* 54)、またこの桟橋から『エドウィン・ドルードの謎』のミスター・ターターがミスター・グルージアスとローザ・バッドをボートに乗せて河の上流へ漕ぎ出していく (*ED* 22)。『マーティン・チャズルウィット』では、ジョウナス・チャズルウィットがティッグ・モンタギューを殺害する時に変装した衣服をロンドン橋の階段を下った所で河の中に沈めたが、その様子をうかがっていた秘密探偵のナジェットが河底から「泥によごれ、血痕の付いた」、問題の服の束を捜し出している (*MC* 51)。

最も注目すべき場面は『オリヴァー・トゥイスト』にある。ものわびしい夜ナンシーは秘密の話を伝えようとローズ・メイリーとミスター・ブラウンローの二人をロンドン橋の南端側から階段を下って上陸用桟橋まで連れて行きそこで話をするが、尾行していたノア・クレイポールに立ち聞きされる (*OT* 46)。その密談がフェイギンに伝えられ、その結果ナンシーはビル・サイクスの手によって撲殺される。そのサイクスは群集によってバーモンジーのジェイコブズ・アイランドへと追い込まれ、屋根伝いに逃げようとした際墜落し、その際持っていたロープが首に絡まり絶命する (*OT* 50)。

(2) テムズ河の変貌
　次々と懸けられる橋がテムズ河の展望を大きく変化させ、同時に河の水質も急速に悪化する。「家の前に広がる、日の当たるテムズ河はとてもいいわ」(*DC* 35) と言ったのはベツィー・トロットウッドだったが、『デイヴィッド・コパフィールド』の8年後に「ロンドンのテムズ河は本当にひどいものだ。……風がちょっと吹き上げただけで、あのむかつくような悪臭は頭と胃を同時に狂わせてしまう」とディケンズは手紙に書いている（ド・セルジャ宛書簡、1858年7月7日）。更に3年後、同じ人宛に、ミルバンクを歩いてみて、以前ボートを漕いだ時と比べて「あれほどの様変わりは、よそで見たことがない」と書き送っている（ド・セルジャ宛書簡、1861年2月1日）。『リトル・ドリット』では、外国から20年振りにロンドンへ戻ったアーサー・クレナムが、ロンドンのひどい状態を目にして「町の真中を、昔は立派な川だったのに、毒水の流れる下水溝が引いたり満ちたりしている」(*LD* 3) と述べている。テムズ河には幾本かの橋が懸けられたが、ディケンズにとってロンドン橋の魅力を凌ぐ橋は一本もなかった。橋といえばロンドン橋であった。

(3) 河の魔力
　河沿いの世界はディケンズの心を惹きつけた。それは、彼が父の入

獄の時に神経が過敏になっていたことと関係しており、テムズ河の持つ暗い、不吉な一面が彼に魔法をかけたのだった。その結果、彼の心には現実とも空想ともつかぬ観念が生まれ、腐りかかった埠頭、ヘドロのまつわりついた階段、あちこちに打ち捨てられた廃屋の描写となって具体化する。テムズ河は落ち着かなく不可解な流れとして、人間の心を破壊する冷酷な力を象徴する。嫌悪するが押さえようがない存在、常に理性では判らない存在、少年の頃味わされた人生の不合理に通じる存在だった。サイクスやクウィルプという悪人を滅ぼしたのは、テムズ河のこの力だった。

　このテムズ河の魔力の化身ともいうべき人物が『互いの友』のギャファー・ヘクサムである。彼は河の上に舟を浮かべて流れる死体を漁ってはポケットの小銭をまさぐる。「死体はどの世に属するか？　あの世だ。金はどの世に属するか？　この世だ。だから金は死体のものだなんてありえないのさ」(*OMF* 1:1) というのが彼の信条である。ヘクサムは河沿いの古い小屋に住んでいて、その小屋は「その額には腐った木のこぶ」(*OMF* 1: 3) をくっつけた格好をしている。

　テムズ河の両岸に立ち並ぶ廃屋然となった建物群の壁には白と黒の文字が書かれているが、全体の様子は「墓石に刻まれた碑文のように見える」(*OMF* 1: 14)。悪漢ローグ・ライダーフッドは「ライムハウス・ホールの奥深い陰気な所」を根城にしている (*OMF* 2: 12)。またセント・ジョージズ・イン・ジ・イースト教区で、ロンドン・ドックスとシャドウェル新係船池(ベイスン)とを結ぶ水路の上にニュー・グラヴェル・レイン橋が懸かっていたが、この橋は飛び込み自殺の名所と言われ、「ベイカー旦那のわな」と呼ばれていた (*UT* "Wapping Workhouse")。

(4)　河の魅惑

　ディケンズの心を捉えた河沿いではそこを取り巻くように 1800 年以降 5 つの大きなドックが建造され、コマーシャル・ロードが通され (1810 年)、港湾労働者用の安普請住宅がその周りに建設された。

　シャドウェル、ウォッピング、ロザハイズは、ディケンズを魅了し

た。下流の方向には飲食店、パブ、安服販売店、コーヒー屋、掛売り販売店などが軒を並べていた。これらの地域で暖かい歓待を提供してくれる最良の居酒屋が『互いの友』の「シックス・ジョリー・フェローシップ・ポーターズ」だった (*OMF* 1: 6)。原型はライムハウスにある「グレイプス」だと言われてきたが、最近はウォッピングに今もある「プロスペクト・オブ・ウィットビー」だという説が出ている。この居酒屋の持つ居心地の良さと名前の示す空想的な感じには、おじのいたライムハウスへの愛着が滲み出ている。

(5) 下流

　下流には低湿地帯が広がる。ところどころに水路が掘られており、枝を刈り込まれた柳の木が見え、はるか地平線にはあちこち風車が遠望できる。このような低湿地帯はディケンズには大きな魅力であり、それを描く時、そこには劇的な緊張感をはらんだ詩的な空間が出現した。『大いなる遺産』は「我々の地域は低湿地帯である」(*GE* 1) ではじまり、静かで詩的な空間が出現するが、それはすぐさま囚人マグウィッチを捕まえる活劇の舞台になるとともに、後には彼を国外へ逃がそうとする劇的な場面 (*GE* 54) に変わる。このことはディケンズがこの湿地帯の中にかくも深い潜在能力が存在することを読みとっていたことをよく示している。

おわりに

　少年時代、チャタムではディケンズはもっぱら座して読書にふける日々を過ごしていた。その少年が突然都市ロンドンへ移り住むこととなる。そぼ降る雨の中を一人馬車に揺られながら、惨めな気持ちでロンドンへ荷物然と運ばれてきた少年は、はじめて住むベイアム・ストリートに馴染むことができず、嫌悪さえ抱いた。しかし、座ったまま「至福の時」をすごしていた少年は、やがて立ち上がり自らの足でロンドンの現実の中へと歩いて行かねばならなかった。

　父ジョンと少年は互いの分身であった。少年を有名にし崇められる

2. 都市ロンドン

人間にした美徳は、父の長所であった。しかし父には無思慮という欠点があり、これが父の全てを台無しにした。その無思慮は少年を靴墨工場へと送り込み、自らを負債者監獄へ収監させることとなった。少年は父の欠点が自らに現われることを恐れていた。自伝的断片を書き、且つミコーバー氏を創造し終えた時、ディケンズははじめて父親との心的関係、ファーザー・コンプレックスから逃れ、父親の影から脱出できたのである。

一方、若い時の苦役のおかげで、ディケンズはそれまで以上にロンドンを歩きまわり結果として彼とロンドンは切っても切れない関係を結ぶ。ディケンズはこの時、ロンドンに対して感覚過敏になり、この敏感さは一生つづくことになる。

あの苦役の頃を振り返ってディケンズは、仕事場とその向かい側にあったパブとの間を自分の小さな足で行き来した際、横切った道路面を「すり減らした」(Forester 1: 2, *DC* 11) と言っている。この言葉は、比喩的な意味で、彼が自己のロンドン像を造形していった過程を言い当てていると言える。このようにディケンズは昼夜を問わず歩くことで、ロンドンに足跡の刻印を重ね、彼独自のロンドン像を出現させた。ただし、ディケンズにとってロンドンは好悪両様をはらむ街だった。「ロンドンの通りはどこも見るもおぞましいし、ロンドン全体の醜さには驚かされるばかりだ」(妻キャサリン宛書簡、1856年2月7日)、「ロンドンは古ぼけてみすぼらしい。……ドルーリー・レインほどみすぼらしく見える通りはローマには見当たらない」(*UT* "The Boiled Beef of New England") と言う一方で、ロンドンがないと自分は知的にも精神的にも腑抜けてしまうと言い、「（人物や場面を映し出してくれる）あのロンドンという 幻燈(マジック・ランタン) がないと、日々の執筆の骨折りと苦心たるや誠に計りしれない。……わが輩の人物たちは周りに群集がいないと活気が無くなってしまいそうだ」(フォースター宛書簡、1846年8月30日)とローザンヌからロンドン熱望の想いを書き送っている。

ロンドンは、ディケンズを引き込んで彼を陶酔させた。彼の想像力を働かさせつづける刺激材だったとも言える。それはディケンズにと

っては文字通り魅惑の街であった。同時に嫌悪すべき街でもあった。如何ともし難くロンドンに惹きつけられたディケンズは、ロンドンに対して「嫌悪の魅力」(attraction of repulsion) (*UT* "The City of The Absent") を抱いていたのであり、その力で描出されたロンドンこそが「ディケンズ化された」ロンドンだったのである。

参考文献

Ackroyd, Peter and Piers Dudgeon. *Dickens' London*. London: Headline, 1989.
Addison, William. *In the Steps of Charles Dickens*. London: Rich and Cowan, 1955.
Allbut, Robert. *Rambles in Dickens-Land*. London: Chapman and Hall, 1899.
Allen, Michael. *Charles Dickens' Childhood*. London: Macmillan, 1988.
Andrews, Malcolm. *Dickens on England and the English*. Sussex: Harvester, 1979.
Bentley, Nicolas, Michael Slater, and Nina Burgis. *The Dickens Index*. Oxford: Oxford UP, 1990.
London Topographical Record. Vols. 1-28. London Topographical Society, 1901-2001.
The London of Charles Dickens. London: London Transport and Midas, 1979.
中西敏一『チャールズ・ディケンズの英国』開文社、昭和 51．
Philip, Alex J. and Laurence Gadd. *The Dickens Dictionary*. London: Bracken Books, 1989.
Pierce, Gilbert A. and William A. Wheeler. *The Dickens Dictionary*. New York: Kraus, 1965.

(久田晴則)

3. 19 世紀の大衆娯楽

1 はじめに

　『骨董屋』第 39 章、キットとバーバラは、ガーランド夫妻が二家族を「目の回るような娯楽」に連れ出してくれた半日休暇を満喫する。民衆が楽しむ姿を目にしてよろこぶのを常としたディケンズは、夜の外出の支度に忙しいナブルズ夫人とバーバラの母親の、期待にうきうきした様子、演技に喝采をおくる一行の興奮ぶり、そして、芝居がはねた後で夕食の牡蠣を嬉々として頬張る人々の姿をつぎつぎと描き出す。苦痛、悲哀、恐怖、そして死に満たされたこの小説のなか、第 39 章はまぎれもない幸福のひと時として、また、のんびりと楽しむ娯楽の重要性にディケンズが抱く深い確信の典型として、際立っている。

　ところがこの記述のなかに、小さなことだが、現代の読者を困惑させかねないことがひとつある。ディケンズはこの夜のハイライトを、緞帳、天井桟敷、そしてボックスの完備した優雅な観客席の前で演じられる「芝居」として描く。それでいて明らかにこの娯楽は単なる芝居の上演ではない。馬、道化、優美な女性曲馬師、後足で立つ子馬がそこにいるばかりではなく、ディケンズはこの演技の行われている場を、動物演技と曲乗りにかけてはロンドンでもっとも有名なアストリー (Astley's) と特定する。ここはリトル・ジェイコブが「手が痛くなるまで」拍手して喜ぶ三幕ものの芝居が演じられる〈劇場〉であり、同時に「真っ白なおが屑」が舞い「かすかに馬の匂い」がする〈サーカス〉なのだ。つまり、ふたつの別々の、それぞれに特徴的な娯楽がここで融合されているのであるが、そうしたことが生じているのは、この場の目撃者であるキットが正規の教育を受けていないからでもなければ、ディケンズがこの章の執筆中に居眠りをしていたからでもない。

ここで起こっていることをはっきり理解するには、現代の〈劇場〉と〈サーカス〉に関する観念を脇におき、時代を遡って、これらが19世紀英国でどういうものであったかを見る必要があろう。ここでは、なぜディケンズがサーカスの一夜を芝居見物であると述べたかを説明し、そこから敷衍して、ディケンズ芸術の演劇性を理解するのに役立つ点をいくつか示唆してみたい。

2　サーカス

(1) アストリー劇場

　ディケンズが知っていたサーカスは1768年に始まった。この年、退役軍人フィリップ・アストリーは曲乗りを見世物に仕立て、曲芸、奇術、道化、動物の芸当といったさまざまなアトラクションを順次加えていった。翌年の興行シーズンまでには、テムズ川の議事堂対岸ウェストミンスター・ブリッジ・ロードの一角を常設会場に定めた。アストリーが興したサーカスは、1893年に閉鎖されるまで、一世紀以上にわたって栄えることになった。アストリーおよびその模倣者たちの興行の特徴は、当時も今も、多くの要素を混ぜ合わせた娯楽という点にあった。サーカスの特徴は、小規模であれ大規模であれ、巡業型であれ常駐型であれ、芸をする動物、軽業をする芸人、そして道化師にあった。

　しかし、通例18世紀および19世紀初頭のサーカスは、その後のサーカスとは異なるふたつの特徴を備えていた。サーカスは闘技場および舞台を備えた大きな建物の屋内で行われ、その主な呼び物は馬劇 ("hippodrama")、すなわち騎乗の芸人によるメロドラマの上演だった。フィリップ・アストリーはランベスに興行の場を定めると、1780年代に

アストリー劇場 (1843)

は舞台を建て、その円形劇場に移動式傾斜路をつけた。これによって馬は円形競技場と舞台の間を自由に動き回ることができた。1794年、1803年、1830年、そして1841年に起きた壊滅的な火災によって、そのたびに再建の必要が生じたものの、建物自体の構造は変わらなかった。椅子席が、劇場同様に、天井桟敷、二階正面席、ボックス、そして平土間に配され、直径13メートルの円形競技場が平土間の中央を占めた。幅40メートルでロンドン一といわれた舞台には、観客席と同じ幅の張り出しがあった (Howard 15)。当時の挿絵を見ると、内部はカーテン、シャンデリア、金箔、天井や壁の飾りが豪華に施されていた。英国の他の地域、フランス、アメリカでもサーカスは同様にデザインされた建物の中で行われた。巡業型のショーでさえ、19世紀中葉まで、後年使用される巨大なテントの中ではなく、『ハード・タイムズ』のスリアリーの「木造パヴィリオン」(*HT* 1: 3) のように、移動可能な木造建築物の中で行われた。ディケンズの知っていたサーカスの観客席は、要するに、基本的には劇場のそれと同じだった。円形競技場を除き、内部の構造は同じだった。

　さらに、この興行には当時の演劇と共通の特徴が多々あった。一般に今日のサーカスのショー全体を構成する、リング上のさまざまな曲芸や演技は、19世紀前半の、夜のアトラクションの一部にしかすぎなかった。当時、ビラ広告の最上部を飾ったのは、馬を使った出し物で、騎手と馬とが芝居を演じるというものであった。繰り広げられるものが模擬戦闘、メロドラマ、あるいはパントマイムであれ、これらの出し物の本質的要素はそのドラマ性にあった。つまり物語が演じられたのだ。シシーに自分の演技を説明する際、スリアリーは曲馬劇の本質を語っている。

　　わしらの「森の子どもたち」では、子たちの両親は馬上で亡くなり——叔父が馬上で子どもたちを引取り——子どもたちは馬に乗ってクロイチゴを摘みに行き——コマドリが馬に乗ってやってきて木の葉で二人を被うんです——それを見たら、あんたはこんなすばらしいものは見たこと

がないとおっしゃるでしょうよ。(*HT* 3: 7)

(2) 馬上のスペクタクル

アンドルー・デュークロウの有名な「言葉よりも、まず馬」という指示に従うと、曲馬劇では科白は最小限にとどめ、力点は馬術の妙技、音楽、衣装、セット、そしてページェントにおかれた (Saxon, *Ducrow* 179)。デュークロウは、ディケンズが『ボズのスケッチ集』で賞賛しているように (*SB*, "Astley's")、19世紀で最も才能豊かな騎手であり、アストリー劇場で活躍していた間 (1825-42)、疾駆する馬上で繰り広げる踊りと

アンドルー・デュークロウ

仕草の絶妙の取り合わせは、馬上の演劇を洗練の極にまで高めた。

こうしたサーカス芝居では、一頭一頭の馬が、主演俳優としてプログラムに名前が載り、踊ったり、死んだふりをしたり、女主人公を助けたり、悪党を捕らえたりした。象やライオンが配役に含まれることもあった。1824年初演の豪華軍事スペクタクル『ワーテルローの戦い』は、毎年繰り返し上演された。バイロンの原作を脚本化した『マゼッパ』(*Mazeppa*, 1831) も同様で、ここでは鞍なしで主人公を背に乗せた野生の馬が、断崖を登り、峡谷を越え、田園を疾駆する。(馬上のマゼッパが最も危険な冒険を演じる時には、通例、人形が曲馬師にとって代わった。1864年、ディケンズは「演劇史上はじめて人形を使わずに」マゼッパの果敢な乗馬を演じるエイダ・アイザックス・メンケンを見ようとしたが、満員のアストリー劇場に入れてもらえなかった [フォースター宛書簡、1864年10月8日?])。ディケンズが『ハード・タイムズ』を書く直前の1853年、アストリー一座は、『ビリー・バトンのブレントフォードへの旅』(*Billy Button's Journey to Brentford*, シシー・ジュープの定番のひとつ) を稚拙な乗馬の喜劇演技

から30以上の配役を擁する手の込んだクリスマス向けパントマイムに仕立て上げた。これらおよび他の無数の乗馬劇において、サーカスと劇場の完璧な融合が生じた。つまりそこにあったのは、馬上スペクタクルであり、同時に筋書きと登場人物を持つ戯曲であった。

　しかし、サーカスの中に演劇的要素があるというのは、問題の一側面にすぎない。逆に、19世紀の劇場のほうも――一流の劇場でさえ――私たちにとって、今日、演劇よりもむしろサーカスを連想させるさまざまな類の娯楽に深く彩られていたのである。この二つの様式が混ざり合っている根本的な理由は、英国におけるドラマ上演の法律的な位置付けにあった (Ganzel 384-96)。1737年の演劇規制法によって、「正規の」(legitimate)、つまり台詞の入った、演劇の上演は、コヴェント・ガーデン劇場とドルーリー・レイン劇場の二つの勅許劇場に制限された。演劇上演の特権はしだいに他の劇場に拡大されたものの、この法律は、100年間にわたり援用され、修正され、事実上この国のほとんどの劇場において台詞を用いる芝居の上演を妨げた。実際、この状況によって小劇場はそれに代わるいろいろの形の娯楽を開発せざるをえなくなった。音楽、ダンス、豪華な舞台装置、ページェント、衣装、およびその他スペクタクルを構成する諸要素を結びつける創意工夫によって、小劇場はおおいに人気を博すことになった。事実、勅許劇場も観客獲得競争のため相応の呼び物を上演しなければならぬ結果となった。1823年、デュークロウは自分の馬を連れコヴェント・ガーデン劇場に乗り込む。1838～39年のシーズン、彼の名はアメリカのライオン使いアイザック・ヴァン・アンバーグとともにドルーリー・レイン劇場のプログラムの冒頭を飾った。このショーは王室をも魅了し、若き日のヴィクトリア女王は、1月10日から2月12日ま

ライオン使いのアンバーグ

での間に、6晩も足を運んだ (Saxon, *Ducrow* 114ff; 323ff)。

3　19世紀の劇場
(1) 演劇様式の多様化
　しかし、たとえサーカスの演技がなくとも、19世紀の劇場は、決して演劇的とは言えない娯楽を相当に提供した。書割りはますます精妙かつ洗練を極め、時には巨大な画布の背景が用いられた。あるいは役者の背後の場面が、回転軸の上で可動する透視画 (diorama) も使用された。上演に際しての歴史的正確さへの気遣いがセットや衣装に金を厭わぬ細部へのこだわりとして具体化し、その結果生じた視覚的効果が作品に演劇的な動きよりも絵画的な壮麗さを付与した。役者たちは活人画 (tableau) を形作り、人気のある絵画を舞台上に再現してみせた。ディケンズ小説を脚色したいくつかの演劇は、静止した人物たちがフィズの挿絵を真似る一連の場面からなっていた。そして19世紀も下ると、とくに人気を博した出し物は、『ジャーリー夫人の名高い蝋人形コレクション』(*OCS* 27) の舞台化で、ここでは素人役者が、『骨董屋』の中でリトル・ネルが出会う蝋人形モデルとして衣装をまといポーズをとった。とりわけ華やかだったのはパントマイムである。これは19世紀の劇場娯楽の中でもっともおおきな資金を必要とし、巨額の富（あるいは壊滅的な損失）を生んだ。ハーレキンが棒で触れるだけで風車は魔法のように船に変わり、道化の座っている椅子は突然空へと舞い、セット全体が暗い洞窟から光の射す田園に変わる、といったような機械的な創意工夫によりかかっていた。

　舞台上での所作は、決まって、筋の運びとともに新奇さとスペクタクルを強調したものだった。犬が主役を演じる犬劇 (dog drama) は終始人気を博した。サドラーズ・ウェルズ劇場では、舞台の代わりに巨大な水槽が据えられ、これによって、戦艦どうしの模擬戦争など、海上演劇の設備が整った。音楽——メロドラマの「メロ」の部分——は絶えずついてまわり、芝居の中でも幕間でも、役者が人気のメロディーを歌い、ポルカを踊り（あるいは鎖につながれたままで水兵の踊り

を披露し)、奇術を演じ、曲芸を演じ、ゆるく張った綱の上で綱渡りをした。「バーレッタ」——もとは台詞を用いず音楽に合わせて叙唱する形の演劇であったが、1830年代までには、定義不能なまでに多様化した——として知られる類(たぐい)の出し物の発達に伴い、正

サドラーズ・ウェルズ劇場

規劇とそうでないものとの法的境界は完全に崩れ、1843年の演劇規正法の廃止は、すでに確立した慣行、つまり混合形態の出し物が英国中の劇場を席巻していたという事実を、ただ確認しただけであった。

(2) 演技スタイル

　この時代の演技スタイルは、色彩豊かに見せることを全体として重視する風潮と響きあっていた。際立って様式化された上演スタイルは、修辞に富んだ台詞回し、大仰な身振り、型にはまった姿勢、つまり洞窟のような巨大劇場にも、白黒のはっきりしたメロドラマにもうまく適う所作に依存していた。腕を挙げ、顔に反抗の色を浮かべ、体を斜めに倒した、紙芝居に用いる役者の切絵は、正しく19世紀の演技の様式化された型を表わしている。つまり暗黙裡に承認された記号があって、それに則って、心中に感じる情緒を外部に表現するのだ。そして当時の演技手引書には、特定の感情や態度を表現するのにふさわしい手段と見なされた身のこなし方が詳細に記されていた。演ずるとは「再現」、つまり、役者が役になりきって自分の個性を消し、観客に現実の人生を観ているという錯覚を与えることでなく、「提示」、つまり俳優が認められた慣習や技巧に依存して人物を生き生きと描き出すことを意味した (Donohue 180-81)。今日の映画界におけるハリウッドのスター制度と同様、これらの演技に呼応する観客は、俳優が演じている役よりも、演技をしている俳優自身に強い関心をよせる傾向にあっ

た。19世紀初頭にあっては、ひとりの俳優が一シーズンの間のみならず、わずか一晩の間ですら、多くの役を演じなければならず、しかもメロドラマの登場人物は類型化されていたから、演じられる人物の性格より演じる俳優の上手さを重視する考えは、いっそう強まった。言い換えれば、ディケンズの時代の役者は、当時のサーカスのすぐれた芸人と多くの共通点を備えていた。役者は他人に扮する者としてばかりでなく、演技者としてもまた誉めそやされたのである。

(3) ディケンズの作品における演劇

　19世紀の劇場のこうした際立った特徴を認識すれば、ディケンズの作品における演劇性がさらにはっきり理解できる。まず、こうした認識によって、ディケンズの登場人物の多くは（単に俳優に限定されず）劇場関係の芸人としてお互いに密接に結びついていることがわかる。『骨董屋』のパンチとジュディーの人形使いトム・コドリンが、この稼業に就く前は市の立つ広場の芝居小屋で幽霊を演じていたように、ときに彼らは一つの形態の演劇と別の形態の演劇の間を往き来する。同じく『骨董屋』で、ジェリーの芸をする犬の一匹は、以前、パンチとジュディーの人形劇でトビーの役を演じていた。小男のチョップス (CS "Going into Society") は、巨人、白子の女、凶暴なインディアンと共演させられる。大道商人であるドクター・マリゴールド (CS) は、市の客引きに劣らぬ愉快な話術で客を引き寄せる。マシュー・バグネット (BH) は劇場のオーケストラでバスーンを、フレデリック・ドリット (LD) はクラリネットを吹く。リトル・スウィルズ (BH) はパブに出演する漫談家である。

　上に挙げたものも含めて、他のあらゆる演劇関係の人物の中で、

二人の息子の剣戟

傑出しているのは、『ニコラス・ニクルビー』の俳優たちと『ハード・タイムズ』のサーカス一座だ。先に触れたサーカスと劇場の共通性から明らかなように、クラムルズとスリアリーはほとんど従兄弟と言ってよい。どちらの座長も、芝居とヴァラエティー・ショーを提供する。ポーツマスの役者たちは、芝居ばかりでなく、クラムルズの二人の息子の剣戟、「インド人と乙女」のバレー・デュエット、そしてかずかずの歌や踊りを演じる。必要とあれば、これに子馬の曲芸も加わった。コークタウンのサーカスでは、馬を使った芸と、『森の子どもたち』、『巨人退治のジャック』、そして少年トム・グラッドグラインドの演じる黒人劇など、馬上で演じる芝居が出し物になっていた。さらに双方の一座の演技者たちは、いくつかの本質的な特徴を共有している。彼らは臆面もなく、人を楽しませる芸人として舞台に立つ。勤勉で、社交的で、陽気で、慈悲深く、想像力に富むと同時に、根性の卑しさや自己中心性も見せ、決して美化されて描かれているわけではない。『ニコラス・ニクルビー』より15年後に書かれた『ハード・タイムズ』は、作品の主題とイメージにのなかに芸人達をいっそう緊密に織り込んでいるものの、どちらの作品の演劇的登場人物も愛着をこめて描かれ、共通の目的に仕える。つまり彼らはともに肯定的価値を具現し、私利私欲を離れて中心人物を支えるのだ（Schlicke 1985, Chs. 3, 5 を参照）。

　これらの登場人物たちが本質的に類似していることに留意すれば、彼らがそれぞれの作品内で果たす役割が一致していることをいっそう明確に理解することができる。俳優たちは単に役割を演じるだけでなく、ヴァラエティ・ショーの芸人でもある。曲馬師は単に熟練の馬乗りというだけではなく俳優にもなる。この多様な活動の中には、彼らが同時に自身として、また他者として舞台に上がるということも含まれている。舞台上の彼らは、役者が役を演じているという事実を隠そうとしない。こうして演技は、現実との複雑な戯れとなり、役者の自己を主張すると同時に、それを越えた想像上の人物に及ぶ。誠実さ、想像力、そして観客を歓ばせることは、こうした演劇性の本質的要素

である。これらの要素はスリアリー一座でもクラムルズ一座でも重要な属性として表現されている。

聖セシリア祝日

4 ディケンズ芸術の演劇性
(1) 演劇的人物の本質

　歴史的な理解を深めれば、ディケンズの演劇的人物の本質を明確に捉えることができるとともに、彼の芸術に対する極度に単純化された、あるいは時代錯誤的な解釈、つまり小説の中心となる出来事は「安っぽいメロドラマの念入りな上演である」(Miller 90) といった主張を安易に受け入れることはないはずだ。ディケンズ小説はすべて、同時代の演劇に影響された大仰な修辞と舞台装置を用いて、類型化された人物の具現する道徳規範が衝突するのを描いているのは確かに真実だが、この方法を「安っぽい」ものとして蔑視する必要はない。小説におけるメロドラマはひとつの「方法」であって、ものごとの表面下に隠された本質的なパターンを明らかにし、特定されたさまざまな問題を理想的に解決しようとするものである (Brooks, *Melodramatic Imagination*)。さらに、彼の小説の多くは、演劇的ではあるが、特にすぐれてメロドラマ的ではない。さまざまな登場人物と背景、決定的瞬間の絵画性、衣装や場所に対する細かい配慮など、これらはすべて、上に概略したさまざまな演劇性に関係する。また、ディケンズの小説の多くの要素——例えば、言語の持つ魅力、語りの手法の開拓、教育への関心、それに複雑な人間心理の究明など——は、特に演劇的というわけではないことも明らかにしておかねばならない。ディケンズの芸術にメロドラマが影響を与えていることは明白だが、それは彼の豊饒

の一部を解き明かすにすぎない。

　また、役割演技 (role-playing) という意味での演劇性が、ディケンズ作品の「真の中心」をなすという議論に接するとき、その洞察には感謝するが、一方それがどこまで当てはまるかという点に注意を払わねばならない (Slater, "Introduction" 15)。ディケンズ小説の中で、人が舞台上の役者に欺かれることはない。ただし、ときどき子供という例外はある。「ダルバラ・タウン」に出てくるのはディケンズ自身の少年時代の想像上の姿であるが、この子は、劇場で目にしたものに仰天する。

> 私はその聖域で多くの驚くべき自然界の不思議を知った。なんとも恐かったことに、『マクベス』の魔女がスコットランドの領主や他のスコットランド人たちにそっくりで、そしてダンカン王は墓で安眠できずに、しょっちゅう抜け出してきては別の人物になりすますのだった。(UT 12)

　しかし、これほど無邪気でない観客は、役者と彼らが演じる役柄について勘違いしたり、混乱させられたりはしない。たとえば、ヴィンセント・クラムルズと彼の一団は、舞台上でも実人生でも、自分自身と観客の双方に楽しみを提供する。彼らのポーズやジェスチャーや台詞回しは、だれの誤解も招くことなく、彼らのありのままの姿を誇張したかたちで表現する。彼らにとって役割演技はそれだけのものでしかない。遊びなのだ。一方、ジングルのような悪党にとっては、その意図は根本的に異なる。彼は役者としての才能を用いて人を喜ばそうとはせず、騙していいように利用しようとする。自分は見たとおりの存在だと人に思い込ませようとする彼のやり方は、ディケンズが認識していた、演技の本質を歪めている。人生を演劇という鏡で映し出す——そのとき、鏡の存在を意識することは、演じる側の喜びにも見る側の喜びにも欠かせないものであるが、それがジングルの手にあっては、不誠実な詐術となる。同様に、バンブルやスクウィアーズといった偽善者や悪党は、自分が見せかけで演じている存在になりすました

めに、仮面を被る。こうした登場人物にとって、役割演技は同時代の演劇的娯楽のやり方で演じることではなく、利己目的のために二枚舌を使うことを意味する。19世紀の舞台慣習に親しめば、ディケンズの作品中における芸人の演技と悪党の偽善の区別が明確になるだろう。

(2) パントマイムの構造と技法

　当時の娯楽について知れば、彼の小説のなかにパントマイムの構造と技法の存在を認めることができる。ただしディケンズ芸術の本質に至る鍵は、ここにありと短絡的に結論してはいけない。たとえば、本来自力で動かぬものが命を持ち人間どもを戸惑わせる、といったディケンズの文体に特徴的な擬人化は、明らかに、その多くをパントマイムの世界に負っている。パントマイムの世界では、道化は見たり触れたりするものすべてによって迫害を受けつづける。ディケンズ小説のほとんどに見られる、ほぼ変わることのない登場人物の類型——主人公、女主人公、悪役、そして道化役——は、パントマイムに付きもののハーレキン劇の主要な登場人物たち——ハーレキン、コロンバイン、パンタルーン、そしてクラウン——と紛れもない類似性をもっている。同様に、ディケンズ小説において、一見克服しがたい障害に出会いながらもたどり着くハッピー・エンドは、パントマイムにおいて理想的解決を導く、あの魔法のような場面の変転と関係づけられる (Eigner 参照)。しかし重要な相違点もある。モンタギュー・ティッグ (*MC*) がティッグ・モンタギューに変身したり、あるいはリトル・ブリテン通りにあるジャガーズの事務所で働く自分と、ウォルワースの小さなゴシック風の城における自分の生活とを完全に切り離すジョン・ウェミック (*GE*) といった稀な例外はあるものの、ディケンズの登場人物はパントマイムの登場人物ほど明々白々な変身は遂げない。喜劇的人物はディケンズの栄えある創造物だが、いかなる道化も、ギャンプ夫人やミコーバー氏でさえも、ハーレキン劇のジョウイ・グリマルディのように舞台を独占することはない。超現実的なものがディケンズの創り

Pantaloon　Clown　Harlequin　Clown　Pantaloon
ハーレキン

出す言語上の創造宇宙に溢れてはいても、それらはパントマイムの魔法的な特性に比べれば、よほどしっかりと日々の現実に根ざしている。役割演技に基づくメロドラマ的な筋書きや登場人物造型と同様、パントマイムはディケンズの小説に見られる演劇性の一部を説明はするものの、すべてを説明するとは決していえないのである。

　筋書きや人物のみならずスペクタクルも重視する、多様な性質を兼ね備えた19世紀の劇場は、明らかに楽しみを提供することに専念していた。それはちょうど、ディケンズが、作品の目的は娯楽の提供にあるといくつかの序文で書いているのと同じである。劇場およびディケンズの小説におけるこの娯楽は、同時代の生活の実相を映しながらも、決してそれを隷属的に模倣しようとするのではなかった。こうした芸術の魅力のひとつは、明らかに人為的な手法が既知の現実を映し出すことができる驚きにあった。劇場は「楽しい夢」であり、人が「現実世界を一、二時間まったく忘れ去った後、通りに出ると、そこは雨にぬれ、驚くばかりに寒く、暗く、人込みや渋滞する馬車で溢れている」(*Speeches* 316) と述べるディケンズは、この種の芸術が現実を模倣することを目的としてはいないことをはっきりと認識している。同様に、ディケンズはパントマイムの「陽気な世界」がいかに人を惹きつけるかについても語った。

　そこでは、いかなる不幸や災厄も何ひとつ刻印を残さない。人が氷の裂

け目に落ち込んだり、台所の火に飛び込んでも、そのために滑稽さが増すだけだ。食事を与えている最中に、赤ん坊が小突き回されたり、誰かがその上に乗ったり、肉汁をスプーンに何倍も飲まされて窒息死しても、検死官は必要とされず、誰一人気まずい思いをする者もいない。職人が屋根のてっぺんから落ちたり、あるいは下から飛び上がっててっぺんにぶち当たったりするが、それでいて頭に怪我ひとつせず、病院は必要なく、幼い子供たちが親をなくすこともない。つまり、人生の災難はたえず身に降りかかるものの、誰も彼もそれをいとも簡単に乗り越えてしまう——まさにその点にこそ、痛みや悲しみに傷つきやすい観客がこの種の娯楽になべて見出すよろこびの秘訣が（多くの人はそれと意識していないであろうが）あるのだ。("A Curious Dance Round a Curious Tree," *HW* 4: 385-89)

道化とハーレキン

……よろこびの秘訣は、人生によくある危険や不運を一時的に超越できることにある、と私には常々思える。そうした災難は、実生活においては、肉体的・精神的な苦しみ、涙、貧困を伴うのだが、それが一種の荒削りな詩的世界の中で、誰にも害を及ぼすことなく生じる。パントマイムでは、役者がこっけいな所作で災難にあったことを示すために、それはもう災難ではなくなってしまう。喜劇小説の中で、いつ病気になってもおかしくない赤ん坊を家に持つ母親が、舞台に登場する不死身の赤ん坊をおおいに愛しむのは、私にはよく理解できる。同様に、パントマイムの世界において、仕事中にいつ足場から落ちて病院に運ばれるとも限らぬ石工が、薄い金属片のたくさんついた衣服に身をつつんだキラキラ光る人物が牡牛に乗って（あるいは逆立ちしたまま）雲の中に消え去るの

をうっとり眺め、その人物が並外れた手練と巧みさによって、自分たちが常に晒されているような危険を乗り越えたのを——よく考えてみもせずに——当然のこととして受け取るのは、私にはよく理解できる。
("Lying Awake," *HW* 6: 145-48)

こうした、なんのてらいもなく現実から遊離した逃避的な演劇と、ディケンズの芸術を関連づけるにあたっては、少し考えてみる必要がある。なぜなら、彼の小説は明らかに現実世界の差し迫った問題に取組んでいるからだ。フォースターによると、ディケンズは「現実を切り取ったものとして自分の仕事を評価してもらえることに比べれば、単なる文学面の賞賛には無関心であった」(Forster 2: 1)。ディケンズはまた、いくつかの序文において、クルックの自然発火、チアリブル兄弟の慈悲、ヨークシャーの学校でのおそろしい出来事はすべて事実に基づくものであることを主張し、サイクスに尽くすナンシーを擁護して、「**それは真実である**」と太字で書く(*BH, NN, OT* 各序文)。明らかに、自分の芸術が事実に則したものであるということは、ディケンズにとって非常に大事な問題であった。

(3)「空想」の喚起
　しかし同時に、ディケンズの見るところでは、事実は芸術の——あるいは生の——基盤として、十分なものではない。特に『ハード・タイムズ』は、事実に依拠するだけでは致命的な結果に至るという警告を発している。ディケンズはフォースターに宛てて次のように書いている。

いかなる記述についてもそれが紛れもない真実と言うだけでは十分ではないと思われます。紛れもない真実は存在しなければなりません。しかし語り手の価値あるいは技は、真実の扱い方にあります。そのことについて文学では、なすべきことが山ほどあると思われます。恐ろしいほど文字通りで、カタログのような傾向——つまりその扱い方を、どれほど

惨めな人でも、かくやれば必ずできるといった、一種の引き算の答に置きかえてしまう傾向――の支配する現今、私は、(私の職業としているものを愛する気持ちに基づいて発言するのですが) 一種の大衆的暗黒時代の中で大衆文学を維持するには、こうした空想的な扱いに頼らざるを得ないと思うのです。(Foster 9: 1)。

ディケンズはここで、彼の芸術的信条の根本原理、つまり人間生活にとって生き生きとした想像力が重要な価値を持つという信念を表明している。それを養い育てることこそ、芸術の最も大切な役割である。想像力、あるいはディケンズがより頻繁に用いる表現で言えば、「空想」は、彼にとって、自己の外部にあるものに対する反応であり、好奇心、驚きの念、人生の豊かさに喜びを見出すこと、ありきたりの現実を新たな驚くべき視点から眺めようとすることである。ディケンズの考えでは、空想は、日常生活の退屈さから人間を解き放ち、同胞愛を喚起する力を通して社会の調和を促すのであった。

そしてディケンズの信じるところでは、演劇はまさに人間の「空想」という能力に訴えかけるのであった。彼は 1857 年のスピーチでこう述べている。

　　偉大なる民族の性格にとって何よりも重要なのは、限りなき愛と慈悲に溢れる想像力を思いやりをもって育むことだと考えています。これを鍛える手段のうちでも最良のものは……激しい情熱を表現するすばらしい絵と、壮大な幻想と、栄えある文学を備えた舞台でなければならないと思います (*Speeches* 230)。

当時の劇場のさまざまな特徴を見れば、これがどのような刺激を想像力に及ぼすかが明らかになる。ディケンズの知っていた演劇は、現実の幻影を創り出すという意味の再現的なものではなく、「人生の断片」を切り取ってみせるものでもなかった。むしろ演劇は演技であり、既知の現実の境壁にぶつかり、夢想だにしなかった可能性を明かし、あ

りきたりの生活に新たな光を投げかけ、それによって観客の経験を広げるのであった。同様に、ディケンズも小説において見慣れたものの空想的な側面について思いを巡らし、想像力の喚起を通して読者の認識を広げる芸術作品を生み出した。『ハード・タイムズ』のもったいぶった自慢屋バウンダビー氏はこうした活動の対極に立つ。バウンダビーは、自分を偉く見せるため全くでたらめな己のイメージを作り上げ、想像的手法の核心である「紛れもない真実」を拒絶する。彼の作り上げたものは空想ではなく欺瞞だ。他の人々を喜ばすための役割演技ではなく、周りの人々を犠牲にして作り上げた嘘である。それはスリアリーのサーカスの芸人たちによって具現される演劇的価値のまさに正反対のものだ。

(4) 演劇と人生

　ディケンズにとって、演劇と人生とはお互いを映しあう興味深い関係にあった。少なくとも、それが初期の随想「人生のパントマイム」でディケンズが述べた主張——すべて人は、人生という大きなパントマイムのなかの役者なのだ——である。同じ見解は、ディケンズが『オリヴァー・トゥイスト』の中で、メロドラマにおける喜劇的場面と悲劇的場面の交互のあらわれを、塩漬けベーコンの赤と白の縞模様に喩えて説明した有名なくだりにも現われている。

　　そのような場面転換は、一見信じがたいと思われるかもしれませんが、実はそれほど不自然ではないのです。実生活においてもご馳走の並ぶ宴会から死の床へ、喪服から祭りの晴れ着へと変わることは、ちっとも驚くには当たりません。もっともその場合、私たちは忙しい主役を演じているので、ただの見物人ではないという大きな違いがあります。(*OT* 7)

　大仰なジェスチャーと独特の語り口をもつ、彼の小説にひしめく素晴らしいほどに奇抜な人物たち、最後には悪党を挫き主人公と女主人公を結び合わせる筋立ての驚くべき偶然、生き生きと描かれた物が、そ

れ自体、生命を持つような世界——これらすべてが、ディケンズ芸術の中心的な特徴であり、ディケンズを貶す人々はこれを「演劇的」と呼ぶ。それはたしかに演劇的ではあるが、軽蔑的な意味においてそうなのではない。それは日常に溢れる不条理を照らし出し、現実のともすれば見過ごされてしまうような部分を強調し、併置や逆換や驚くべき連関によって新たな視点を創造し、好奇心と驚きの目で人生を描き、あらゆるもののなかに新奇さ、娯楽、洞察を見出す。

　ディケンズは、演劇愛を人間に内在する特質であると信じた。このため、演劇芸術には強い教育力の効能があると確信していた。直接的に人々に訴えることにより、他のどのような手段も(それがいかに楽しく教えるものであっても)及ばぬほど想像力を刺激しうると感じた (*HW*, 1 [1850]: 13-15, 57-60)。したがって、彼のフィクションの演劇的特質は、彼の芸術目的の中心にあった。小説家サッカレーをたたえるスピーチの中で、ディケンズは「よき俳優はすべて、よき作家をめがけて演技をする。そしてフィクションの書き手たるものはすべて、たとえ戯曲という形式を採用しなくとも、要は舞台にのせるために書くのだ」と述べた (*Speeches* 262)。この主張は、ディケンズが主張するほど包括性を持つものではないかもしれないが、彼自身の芸術手法と関連があることは明白だ。演劇性はディケンズの天才の本質的要素である。そして彼の偉大な小説の読者である私たちは、この演劇性をできるだけ完全に、かつ正確に理解しなければならない。

参考文献

Brooks, Peter. *The Melodramatic Imagination: Balzac and Henry James, Melodrama, and the Mode of Excess*. New Haven: Yale UP, 1976.

Donohue, Joseph W. *Theatre in the Age of Kean*. Oxford: Blackwell, 1975.

Eigner, Edwin M. *The Dickens Pantomime*. Berkeley: California UP, 1989.

Ganzel, Dewey. "Patent Wrongs and Patent Theatres: Drama and the Law in the Early Nineteenth Century," *PMLA* 76 (1961): 384-96.

Howard, Diana. *London Theatres and Music Halls 1850-1950*. London: The Library Association, 1970.

Saxon, A. H. *Enter Foot and Horse: A History of Hippodrama in England and France*. New Haven:

Yale UP, 1968.
Saxon, A. H. *The Life and Art of Andrew Ducrow and the Romantic Age for the English Circus*. Hamden: Archon, 1978.
Schlicke, Paul. *Dickens and Popular Entertainment*. London: George Allen, 1985.
Slater, Michael. "Introduction," *Nicholas Nickleby*. Harmondsworth: Penguin, 1978.
Speaight, George. *A History of the Circus*. London: Tantivy, 1980.
——. "The Circus as Theatre: and Its Actors in the Age of Romanticism." *Educational Theatre Journal* 27 (1975): 299-312.

(ポール・シュリッケ／栂　正行訳)

IV

多岐にわたる活動

1. ジャーナリズム
2. 素人演劇活動
3. 公開朗読
4. 社会活動

ディケンズ率いる素人劇団

1. ジャーナリズム

はじめに

　ディケンズは1827年3月ウェリントン・ハウス校での教育を終えると家計の窮状を救うため、ある事務弁護士事務所に勤めはじめるが、数週間後には、グレイズ・インに在った別の事務弁護士事務所エリス・アンド・ブラックモアに移っている。ここで法律に接して、週給10シリングで働き自立する。後に給与は週給15シリングに上がるが、法曹界にはなじめず、更なる社会上昇を狙って、ほぼ独学で、「6ヶ国語を習得するに等しいくらい」難しく、「速記の謎とよばれた」(*DC* 36) ガーニーの速記術を学びはじめる。速記術を身につけると1828年11月には弁護士事務所を離れて独立し、民法法廷(ドクターズ・コモンズ)で自由契約速記記者として事務弁護士の依頼を受け、裁判の速記を取っていた。このようにして速記の技術を磨きながらディケンズは国会報道記者になれる20歳までをすごしていたのである。この時期はいわばジャーナリストとしての準備期間であったともいえる。

　さらに法律の世界を直接体験したことは、彼が生きていくうえで大きな意味をもつが、ここでは彼がジャーナリストとして活動した新聞、雑誌ごとに時間を追って見てゆく。今日から見れば、ディケンズはまず小説作家とみなされるが、彼の作品の発表の仕方から見ていくと何よりもジャーナリストとしての彼が、同時代の人にとっては大きな比重を持っていたに違いないのである。

1　初期のジャーナリズム活動

(1)『ミラー・オヴ・パーラメント』紙

　ディケンズの母方の叔父、ジョン・バローが議会報道の専門紙として、1828年1月に創刊した週刊新聞。1841年廃刊となった。1832年

20歳になったディケンズは、この年の早い時期にこの新聞の議会報道記者となり、ジャーナリストとしての人生を開始した。

イギリスは当時、選挙法の改正問題で大きく動揺し、厳しい政治的駆け引きを伴って1832年6月に法律が成立するのをディケンズは報道記者として目撃した。彼は生涯、社会の改革をおおむね支持していくが、議会報道記者時代に政治の実態に接した彼は、議会や政治に対し、常に距離を置き、手厳しい評価をする。「おおむね」と条件付きなのは、対植民地政策になると彼は帝国主義者の立場を優先させるからである。

記者仲間で彼が頭角を現わすには、独学の速記術の腕が大きな力となった。後日3度首相となるエドワード・スタンリー議員が1833年2月に行なったアイルランド問題についての有名な6時間を超える演説は、『ミラー・オヴ・パーラメント』社の8人の速記者が交替して一人45分ずつ速記し、のべ9人を要する長いものだった。翌日の新聞に載った演説を読んだスタンリーは、ディケンズ担当の冒頭と最後の部分のみが正確であるのを知り、編集長に次回の議会演説ではディケンズに速記してもらう依頼をし、約束を取りつけている。ある説によるとディケンズに頼んでこの演説全部を書き留めなおしてもらったともいわれている。

国会開会中は多忙を極め、週20ギニーから25ギニーの収入になったが、国会が休会中の暇な時は減収となり、再び民法法廷で速記を取るなど、生活は少し楽になったもののまだ不安定な時期を送る。こうした生活が1834年8月に『モーニング・クロニクル』紙の報道記者になるまで続く。

またディケンズは1832年3月5日創刊の夕刊紙『トルー・サン』の議会報道記者にもなったが、その財政状態は悪く、7月にはこの極めてラディカルな新聞から離れている。少なくとも4ヶ月間、ディケンズは、『ミラー・オヴ・パーラメント』と『トルー・サン』の両紙に報道記事を書いていた。『トルー・サン』は1837年に廃刊。同紙とディケンズの関係があったことは間違いないが、その全貌は不詳。

(2) 『モーニング・クロニクル』紙

　1769 年創刊、1862 年に廃刊になった有力日刊新聞。自由主義の主張を強く掲げるジョン・ブラック報集長の許に、ディケンズが一足先に入社していた友人の議会記者トマス・ビアードの紹介で採用されたのは 1834 年 8 月のことだった。ビアードはのちにディケンズの速記について「彼ほどの速記者は断じていなかった」と称揚した。これ以前に甥の才能に気づいた人のよい無欲なバローは、自分の新聞よりも、安定した広い世界を与えようとこの新聞の共同編集長コーリアに会わせる労をとったが、その時は実現していない。1834 年の早い時期に、社主がリベラル派国会議員ジョン・イーストホープに代わり、ブラックと力を合わせて主力日刊紙『タイムズ』に並ぶ新聞にしようと 1 日 1,000 部を 6,000 部にまで伸ばしつつあった。ディケンズが新聞記者として大きく飛躍し、ジャーナリストとしての目を養い、さらに作家になるまでの舞台は『モーニング・クロニクル』紙の中にあったのだ。物語を書きはじめたディケンズを支持し励ましたのは、ほかならぬ編集長ブラックである。

　1865 年 5 月 20 日、新聞記者共済基金募集の晩餐会でディケンズは、鉄道時代の記者たちを前に次のようなスピーチをした。「私は同僚の記者諸氏の思いも及ばぬ状況の下で記者の仕事をしておりました。速記メモから印刷所向けに重要な演説を書き直しましたが、それは厳密な正確さが求められ、一つの間違いは若い記者の命取りになりかねません。時速 15 マイルの当時としては驚くべき速さで疾走する四頭立て駅馬車の中、草深い田舎道を深夜駆け抜ける中、暗い角燈の下、掌を机として書いたのです。」この『タイムズ』紙との抜きつ抜かれつの奮闘ぶりは、ジョン・ラッセル（のちに 2 回首相となる）の遊説に同行取材した 1835 年 5 月 2 日、同 4 日、11 月 10 日のディケンズの手紙にも活写されている。その結果は競争相手の新聞、雑誌からの称賛となって現われた。同じ議会報道記者であったジェイムズ・グラントは「ディケンズは 80 から 90 名いた議会報道記者の中で最高の部類に属した」と語っている。このことはディケンズの耳の正確さ、俊敏

さ、正確な英語の知識を物語るエピソードである。

　ディケンズは多忙な記者生活を楽しんでいたとしか思えない。前述のスピーチにも、手紙にも活力が溢れている。しかし報道の対象である政治の世界には没入することなく、混乱と駆け引きの泥沼を的確に記事の中に描写していく、天性のジャーナリストであった。だからこそ、一方で自分の想像する世界の中に自由に没入できる彼は天性の作家だったとも言えるのである。この二つの特質を併せ持つことが作家ディケンズを支える大きな基盤となっている。

　まだディケンズが『ミラー・オヴ・パーラメント』紙の記者であった 1833 年 12 月、投稿した短編の物語が『マンスリー・マガジン』誌にはじめて活字となって掲載された。涙が収まるのを 30 分も待たねばならぬほどの感激を覚えたこの時、作家ディケンズが誕生した。現在『ボズのスケッチ集』に所収の計 9 篇 (内 2 篇は続き物) に発表の場を与えたこの月刊誌は、自由主義を旗印にするホランドが社主兼編集に当たっていたが、部数 600 あまりの雑誌で、寄稿者への稿料支払不能の状態になっていた。1835 年初めの連作をもってディケンズはこの雑誌と縁が切れる。これより先 1834 年 9 月以降、記者として勤めはじめた『モーニング・クロニクル』紙や、翌年 1 月創刊の姉妹紙『イヴニング・クロニクル』に作品発表の場を移している。いずれにしても作家ディケンズは雑誌、新聞の中から育っていったのだ。1836 年春、『モーニング・クロニクル』社に在職中、『ピクウィック・クラブ』が、チャプマン・アンド・ホール社から出はじめるが、ディケンズ愛用の形式となる、20 回分冊による出版形式について、アンガス・ウィルソンは「正統な小説家として世に出る願いよりも、『ジャーナリズム』への深入りということにほかならなかった」と評している (Wilson 116)。すなわち読者の反応を見て筋を臨機応変に動かしていく即興性がそこにある。この点にも読者との絆を大切にするジャーナリストとしてのディケンズが存在し、それは形式に縛られない小説というジャンルにおいてこそ可能だったのだ。

1. ジャーナリズム

(3)『イヴニング・クロニクル』紙

日刊紙『モーニング・クロニクル』の姉妹紙として 1835 年 1 月に創刊された、週 3 回発行の夕刊紙。ディケンズより 3 ヶ月早く採用された彼の上司ジョージ・ホガースが計画し、共同編集責任者となり、計画段階からディケンズに意見を求め、創刊号に彼の作品を収めている。彼の娘キャサリンがディケンズと後に結婚、ディケンズの義理の父となった。ディケンズは『ボズのスケッチ集』にやがて収められる 20 の作品をこの夕刊紙に発表。これらのスケッチは、その熟知された多彩なロンドンの風物と正確な観察によって、当時の批評家から高い評価を受けた。1836 年 2 月、社主イーストホウプに強い調子の決別の手紙を渡して退社したとき、彼はすでに世に認められた新進の作家であり、ジャーナリストであった。

(4)『ピクウィック・クラブ』

今日の視点からは、れっきとした小説と考えられる作品である。しかし、チャプマン・アンド・ホール社から依頼を受けたいきさつや、月刊分冊の形で 1836 年 4 月から 1837 年 11 月にかけて結果的に 20 回で発行された経緯、作品の成り立ちを考えるなら、エヴリマン・ディケンズ版の序文 (1998) でマルコム・アンドルーズが述べているように、ディケンズ本人にもまた当時の読者にも、最初は「雑誌」ないし「物語」として意識されていたと考えられる。挿絵が主で、文章が従となる出版社の提案がディケンズにより逆転されたことによって、事実上、「小説」の新しい発行形式が生まれたと言えよう。したがってジャーナリストとしてのディケンズの活動の中にこの『ピクウィック・クラブ』を入れて置く。

(5)『ベントリーズ・ミセラニー』誌

1836 年 11 月にヴィクトリア朝の有名な出版社、リチャード・ベントリー・アンド・サンと新しい雑誌の編集長を勤める契約を結び、ディケンズが『モーニング・クロニクル』紙を退いたとき、彼は 24 歳の

若さであった。うら若い新聞記者に雑誌の編集が任されたのである。契約には月刊誌の編集とともに、作品16頁分を毎号執筆すること、それぞれに対して報酬が支払われることが明記してある（以下に触れる契約書は、『ピルグリム版書簡集』第1巻の付録に収められている）。彼に求められていたのは、ジャーナリストの仕事である編集と、作家の仕事である作品執筆の両方であった。

　これより先、『ピクウィック・クラブ』を分冊執筆中の彼は、1836年5月に出版社マクローンと、11月末までに3巻本小説『ロンドンの錠前屋ゲイブリエル・ヴァードン』（後に『バーナビー・ラッジ』と改題）の全原稿を一括して渡す契約をした。ついでベントリー社と、期日と作品名は明記しないで、3巻本小説を二つ、全原稿を整えて渡す契約を8月末にしてしまった。この二つの契約は、生涯彼が採用することのなかった「3巻本全原稿一括引き渡し」になっている点に注目すべきであろう。これらの約束のほかに、執筆を含む雑誌編集を抱えては、これは無理な仕事であった。マクローン社との契約は、のちに『ボズのスケッチ集』の版権をめぐる交渉の中でディケンズ側の妥協で解消された。しかしベントリーとの二つの契約は有効なまま、1837年1月1日、『ベントリーズ・ミセラニー』誌の創刊号が出版されていく。

　この月刊雑誌は、愉快な物語や記事、伝記記事、詩、幽霊物語や冒険談から成り、何人かの寄稿原稿とディケンズの書き下ろしによって構成された。1月31日発行の2月号から、『オリヴァー・トゥイスト』の連載も開始。この第2号は6,000部も売れ、ただちに成功を収めた。若き編集者の面目躍如と言ってよい。

　この成功を見てベントリー側は、ディケンズ引き留めを図って、前年11月の契約の改定を申し入れ、報酬を引き上げ、契約期間1年を創刊から5年とする新契約を1837年3月中旬に結ぶ。ただし、3巻本小説に関する契約はそのまま有効であった。ディケンズも強気の要求をしてみたが、この時の主張は通らなかった。

　雑誌の成功をよそに、いやそれゆえに、出版社と彼は互いに不満を

抱きはじめていく。対立の原因は二つある。一つはディケンズの編集権に対するベントリーの介入であった。創刊当初は、編集の仕事に不慣れであり、文筆家に知己の少ない若い作家を、出版界に通じたベントリーが助けて万事うまく進んでいた。しかし、ディケンズが経験を積むにつれ、彼にはベントリーの行動が妨害となりはじめた。もう一つの原因は、作家ディケンズの知名度が急速に上がり、雑誌が成功すればするほど、出版社との契約は、彼を不当な条件で働かせ、出版社のみが利益を上げることに対する不満であった。契約の内容がいくら改善されても、うなぎ登りの人気に追いつかないのだ。契約書の条項に従うかぎりベントリーが正しく見える。実態に即せば、ディケンズの主張も正しい。1837年の夏には、この反目は冷たく怒りを含んだものとなった。あいにく、ベントリーの雑誌記事への拒否権は契約の中で認められていた。ベントリーは拒否権を盾に読み物の差し替えを迫り、ディケンズは意図的に1837年10月号で『オリヴァー・トゥイスト』の連載に穴をあけ、別の創作でその穴を塞いでいる。争いは泥沼化した。

　作家として編集者として世に認められるにつれて、ディケンズの立場は強いものになった。1837年9月末の契約改定で、雑誌編集と3巻本小説二つの件が整理された。編集の契約期間はこの年の12月から3年とし、3巻本小説の一つにはすでに連載中の『オリヴァー・トゥイスト』をそれと見なし、他の一つは『バーナビー・ラッジ』とし、その3巻本分の原稿を翌年10月末までに一括引き渡しとした。1年後の1838年9月、ベントリーはさらに譲歩し、『バーナビー・ラッジ』の原稿は、『オリヴァー・トゥイスト』連載終了（翌年4月）後、雑誌連載の形でよいと認めた。この時の契約書は、双方の猜疑心が現われた異常に長い契約書となっている。だが1839年1月末、ディケンズは友人の作家エインズワースに『ベントリーズ・ミセラニー』誌の編集長を引き継いでもらい、編集の職から強引に退く。この件は、契約を破棄したディケンズが、版権の絡みもあって2,000ポンド余を支払って翌年ようやく決着する。これによって契約に縛られず作品を

書く自由を手にして、独立した力強い作家ディケンズが誕生した。この時から約10年間、彼のジャーナリストとしての活動は間欠的なものとなる。

(6)『ハンフリー親方の時計』
　厳密に言えば、この作品は純然たる創作作品であって、ジャーナリストとしての活動の範疇には入らない。しかし1839年7月14日付の、フォースター宛て書簡によれば、最初『タトラー』紙や『スペクテイター』紙のような雑誌の計画を示しつつ、そこに他人の寄稿を受け入れる形のものを考えていた。この時点では雑誌編集を念頭に置いていたと言えるのだ。
　しかしチャプマン・アンド・ホール社から1840年4月に第1号が出たとき、週刊誌の体裁を取りながらすべての記事、物語をディケンズが執筆するという、週刊誌全体を独りで創作してみせる挙に出たのである。しかも売れ行きが落ちると、本来その一部であった『骨董屋』を増殖させて、雑誌をこの小説の週刊分冊本の姿に変貌させ、それが終わると『バーナビー・ラッジ』を連載させている。その結果、1841年12月『ハンフリー親方の時計』が終刊になったとき、独立した別々の小説が二つ生まれ存在して残った。そしてこの二つの小説を取り除いた残余の部分が『ハンフリー親方の時計』という枠組みとして残ったのである。この融通無碍のあり方こそが、ジャーナリストとしてのディケンズと作家ディケンズの関係のあり方と同じだと言ってよかろう。

2　中期のジャーナリズム活動
『デイリー・ニューズ』紙
　1846年1月21日創刊の、自由主義、自由貿易を支持する日刊新聞。初代編集長はディケンズで創刊のために前年の秋から尽力してきたが、わずか17号を出した2月9日、彼は友人のフォースターに主筆の任を託し辞任した。

1. ジャーナリズム

　不況がイギリスを襲った1842年頃から、急進改革を掲げる新聞を出したいと希望していた彼は、1845年の経済不況とアイルランドの大飢饉に端を発した厳しい階級対立の政治状況の中で、階級の利益の対立でなく、国民全体の福祉に人々の関心を向ける目的の新聞発行を具体化していく。フォースターらの反対を押して、漫画週刊誌『パンチ』で名の知られたブラッドベリー・アンド・エヴァンズ社と11月に契約。ウィリアム・ウィルズを秘書兼スタッフの一員に入れ、競争紙が恐れるほどの潤沢な資金力に物を言わせて、有力文筆家、敏腕記者を引き抜いた。
　その契約の行われる少し前1845年10月20日（月）付けのディケンズの書簡が残っている。昔からの友人トマス・ミトン宛のもので意味深長な内容になっている。

　親愛なるミトン君
　　土曜日に自らチャッツワースへ出向いてきました。ここを昼12時に発って、夜9時半到着。翌朝3時に再びそこを離れて、昨日午後1時半に自宅に戻ってきました。Hは、出資者にはならないけれど、その影響力においてわれわれの味方です。パクストンは「グレイト・ウェスタン鉄道」を除く、イングランド内外全ての鉄道に支配権と影響力を持っていて、熱意と資本金を携えて参加。もう一つ大株主が入ってくることになっています。それはある会社で、広告を新聞に集める力を所有しています。もたらされる取引上の影響力は、その全面的協力と活動があいまって、他を圧倒するものになるでしょう。それは、ロンドンの金融街のみならず、リヴァプール、マンチェスター、ブリストル、ヨークシャーにおいてもそうなのです。もっとも優れたスタッフをどこからでも採用しようと現在努力中。小さな本を書き終えたら、四方八方に出かけて会社の体制を固めるつもり。ヴェンチャー事業の幕は切って下ろされ、わたしは突進をはじめてしまっています。
　　その本は少しずつ進んでいますが、それに二日連続して全時間を充てることはできない状態です。

手紙の中でHと書かれているのは、既に「鉄道王」と呼ばれていたジョージ・ハドソンのことである。チャッツワースはウィリアム・ジョージ・キャヴェンディシュ、すなわち6代目デヴォンシャー公爵の領地のひとつであり、公爵の庭園師をしていたパクストンが妻セアラと住んでいた所である。この地でパクストンが間に立ってディケンズとハドソンを引き合わせたのだ。手紙の中に書かれているように、パクストンはこのとき鉄道の事業家としても名を成しており、自ら新しい新聞の創刊に出資し、大きく関与していくのである。こうしてハドソンとディケンズが手を結んだときに、新しい新聞の鉄道建設に対する姿勢、すなわち鉄道建設を煽る方向に鉄道方針は決まってしまった。新聞界の雄『タイムズ』紙は、既に鉄道への投資を過熱気味として、鉄道への投機熱に反対の態度をとっていたのである。だが新聞創刊に夢中になっていたディケンズがこの会見を、大歓迎していたことはこの書簡から明らかであろう。彼は資金源が、そして広告収入がほしかったのである。

11月17日付の「同意覚書」では、パクストンが25,000ポンド、ブラッドベリー・アンド・エヴァンズ社が22,500ポンド、事務弁護士のライトが2,500ポンド出資することにし、他の出資者を募りうるとしていた。『デイリー・ニューズ』紙創刊日に作成された「共同出資証書」によると1株500ポンド、会社は合計100株で発足し、ブラッドベリー・アンド・エヴァンズ社を1人とみなし9人の株主で持ち合ったことが判明している。パクストンの持ち株は33株で、予定より相対的に力は弱くなっているが、ブラッドベリー・アンド・エヴァンズが44株を持ち筆頭株主になっている。当然ながらブラッドベリー・アンド・エヴァンズ社の発言力は増すことになった。ディケンズは編集長になっても出資者にはなっていない。このことは編集長ではあっても権限は制限されることを意味する。

手紙の中の「小さな本」とはこの年の12月20日に発行されるクリスマス本の『炉辺のこおろぎ』のことである。クリスマス本は3年目になっていた。それを執筆中だと書簡は伝えている。結果的に

1. ジャーナリズム

　『炉辺のこおろぎ』の売行きは順調でディケンズはそれに満足しているが、ディケンズの新聞創刊におびえた『タイムズ』紙は、12月27日の文芸欄で酷評をおこなっている。ディケンズは友人に「『タイムズ』紙が嫉妬しておびえてくれれば自分たちの新聞にとって有利だ」と書き送るほど、この時点では強気であった。

　ディケンズが1846年の1月を創刊の時期と決めたのは、長年懸案であった穀物法全廃か否かで国会が揺れ動くことを見通してこの時期を選んだのであった。国会で激しい論争が行われれば新聞の売行きは必ずのびるのが常であったからである。鉄道投機によって財を成したハドソンは鉄道拡大路線をとり、鉄道敷設のため土地所有者を味方にしようと穀物法維持派として、1845年8月15日の選挙で自ら国会議員となっていた。それは、彼のライバル社がその年の国会にロンドン・ヨーク間直通鉄道（のちの Great Northern）建設の法案を提出したのに対抗して、間接的でなく自ら国会議員となりロンドン・ヨーク間を結ぶ鉄道 (The Direct Northern) を実現するためであった。ハドソンのこの鉄道は、結局、実現していない。このようにしてディケンズは、『デイリー・ニューズ』紙の支持者の中に、鉄道建設推進派で穀物法全廃反対の国会議員をもってしまった。

　一方、政治の大波乱は1845年12月4日に『タイムズ』紙のスクープによって始まった。当時の首相ロバート・ピールはそれまでトーリー党が掲げてきた穀物法維持はもはや無理であると判断し、ついにコブデン等の主張する穀物法廃止を受け入れ、政策の大転換を図った。閣内にいる反対派スタンリー卿らを追い出すために、外務大臣アバディーンを使って、「ピール首相は穀物法全廃を決意している」と、政府系の新聞である『スタンダード』や『ヘラルド』にではなく、『タイムズ』の編集長に政府内の秘密をリークさせたのである。その記事をうけて、野党のジョン・ラッセル卿に組閣の力はないと判断し、12月5日には内閣総辞職を行ない、政治的な混乱を経て12月20日にはスタンリー卿らを締め出した内閣を発足させて、ピールは再び首相となっている。閣内に情報源を持って、『タイムズ』紙は、それまで

1845年12月20日に発行された『炉辺のこおろぎ』の挿絵。年取った玩具製作職人ケイレブ・プラマーが目の見えない娘バーサとおもちゃを作っているところ。目の不自由な点を利用してケイレブは貧しい暮らしぶりを隠して作り話で飾り立てている。

ケイレブとバーサ

『炉辺のこおろぎ』の挿絵をもじった、1846年1月3日付『メフィストフィリーズ』誌の政治諷刺漫画。内閣のキャビネットと人形の家とが懸けてある。ケイレブ役がピール。目の見えない女性がヴィクトリア女王。二人の間におかれているのがウェリントンの人形で、女王が手にしているのがブルーム。女王のスカートの前がアルバート公で左手前がスタンリー。その奥が、ジョン・ラッセル。びっくり箱の人形はコブデン。中央棚の上の人形が『メフィストフィリーズ』誌のロゴマーク。

ピールとヴィクトリア女王

の反ピールからピール支持に回って報道合戦をリードしつづけた。

　そうした情勢の中でディケンズは『デイリー・ニューズ』紙の創刊に邁進する。1846年1月21日の創刊号は10,000部が売れた。だが物珍しさが収まると4,000部に落ち着いた。他紙に比べて決して劣る数字ではないが、『タイムズ』紙の25,000部には遠く及ばない。1月22日にはヴィクトリア女王が国会開会の演説を行い、その中で穀物法の全廃に向けて準備するよう提言し、1月27日ピール首相は全廃を受け入れる演説を行った。ピールは最後まで全廃に踏み切らないと

考えていたディケンズもこれでは認めざるを得ず、翌 28 日には穀物法全廃に向けての過去 100 年の経緯を『デイリー・ニューズ』紙は付録につけている。そして 1 月 30 日付けでディケンズはブラッドベリー・アンド・エヴァンズ社に人事を口実にした編集長辞任の手紙を書き、2 月 9 日の『デイリー・ニューズ』紙第 17 号を出して辞任した。彼にしてみればその後の国会のやり取りなどは興味がなかったのであろう。『デイリー・ニューズ』紙は大成功であると後にディケンズは手紙で語っているし、新聞自体も変遷をとげながら 1960 年まで続いた。

　1 月 30 日の書簡で、『デイリー・ニューズ』紙の鉄道政策はあまりに一方に偏っていること、彼の採用したある編集長補佐に対するブラッドベリーの解任要求は不当であると主張し、彼は辞任の意向を伝え

『デイリー・ニューズ』紙発刊

アンチ・ディケンズだった『メフィストフィリーズ』誌の 1846 年 1 月 31 日号に載った諷刺漫画。風刺の下敷きは『イソップ物語』の中のカラスが孔雀の落とした羽根を拾って身にまとい孔雀の仲間になろうとしたが正体を見破られる話である。画面のディケンズガラスの背後にいるのはディケンズが勤めていたことのある『クロニクル』紙でホイッグ寄りのリベラル紙。右側の 3 羽は MOTISER が『モーニング・アドバタイザー』紙を指し、『サン』、『グローブ』とでリベラル派の 3 匹。『グローブ』はホイッグの機関紙として知られていた。左の『ヘラルド』と『スタンダード』は同じ保守党政府派の新聞で前者が朝刊紙、後者が夕刊紙。一番大きいのが『タイムズ』紙で口にこおろぎを咥え、足下に『パンチ』誌のロゴマークであるパンチを踏みつけている。新聞『デイリー・ニューズ』の出版元であり同時に『パンチ』誌の出版社であったのが、ブラッドベリー・アンド・エヴァンズ社であった。こおろぎはもちろん『炉辺のこおろぎ』を意味している。

ていた。これは見方をかえれば、鉄道株旋風に絡んだ資本の圧力に立ち向かう術もなくディケンズは敗れたのである。ディケンズの後を継いだフォースターも同年10月には辞任した。ディケンズは資本の力とその恐ろしさを体験し、次の機会にはこの教訓を生かしていく。

　辞任はしたが『デイリー・ニューズ』紙への投稿は続けたし、ブラッドベリー社とは縁を切るどころか、『ドンビー父子』(この作品に鉄道が描かれているのは興味深い)、『デイヴィッド・コパフィールド』、『荒涼館』、『リトル・ドリット』(この作品中のミスター・マードルには、そのモデルの一人としてジョージ・ハドソンの影が濃い)が、その後この出版社から発行された。またパクストンとの関係も続いている。途切れたのはハドソンとディケンズの関係だけで、『タイムズ』紙とディケンズの関係も彼の辞任後は元に戻っている。

3　後期のジャーナリズム活動

(1) 『ハウスホールド・ワーズ』誌

　1850年3月27日創刊（発行日30日付）されたディケンズ編集の週刊誌。この時から20年間、彼はジャーナリスト兼作家として働く。

　『デイリー・ニューズ』紙での体験から、この雑誌の所有権の半分を彼が持ち、出版社ブラッドベリー・アンド・エヴァンズが4分の1を、友人フォースターが8分の1、ディケンズの右腕、編集補佐のウィルズが8分の1を持つことにした。1856年、フォースターが所有権を手離したときには、それをディケンズとウィルズが半分ずつ持った。こうして彼は編集権のみならず所有権もその4分の3を自分の影響下に置き、自由に思う存分腕を振るえるようになったのだ。

　24頁わずか2ペンスだが、第1号は10,000部、平均して週36,000部から40,000部の売行きで、財政的には成功であった。週刊冊子以外に、1ヶ月分を1冊にまとめ月刊体裁にしたりし、25号を一巻に装丁して発行し、売行きを伸ばす工夫も怠っていない。発行日として土曜の日付が印刷されているが、実際は3日前の水曜日発行である。

　原稿は主に寄稿者に頼ったが、彼の意見や見解に沿うものだけが採

用され、自由に修正の筆が入り、当時の慣例に従って無署名で掲載した（誰が何を書いたかを知るには、アン・ローリ編集『ハウスホールド・ワーズ誌』を参照されたい）。このやり方で彼は雑誌を統轄した。個人名が出てくるのは彼の名だけで、彼に指導、管理、指揮された(conducted)雑誌と表題に記している。この方法は『オール・ザ・イヤー・ラウンド』誌でも同じであり、そのため二つの雑誌はディケンズが50年代、60年代に書いた小説の最良の注釈書ともなっている。

他の週刊雑誌と比べてみると社会問題を扱う記事が多い。特に住居・上下水道・衛生状態の改善を主張するもの、教育の普及・促進を主張するもの、工場内での事故防止対策の改善をうながすものが目につく。多いとは言っても1号平均6ないし7つの記事の内、改革主張のものは、2ないし3までだった。ディケンズは原稿採用の際、文章に活力があり、面白く読める記事しか採用しなかった。想像力（ファンシー）を大切にする彼は、娯楽の重要性を説く人物でもあって、『ハウスホールド・ワーズ』誌は「面白くて為になる」を文字通り実践した雑誌となったのだ。

この週刊誌に載ったディケンズの連載小説は『ハード・タイムズ』だけである。エリザベス・ギャスケルは『クランフォード』『北と南』の連載のほかにもいくつもの短編を発表している。通常の週刊誌の本体とは別に月に一度『ザ・ハウスホールド・ナラティヴ・オヴ・カレント・イベンツ』という、多彩なニュースの手際よい要約を発行したが新聞とみなされ、課税対象となりこの部分はのちに廃刊とした。一方12月には、36頁立てのクリスマス特別号を1851年（この年はまだ24頁立て）以降、1858年まで発行（1850年は普通号にクリスマス特集を組んでいる）。クリスマス物には、必ず彼の書き下ろし物語を一編以上、その中に入れている。

1858年5月、ディケンズは妻キャサリンと別居することになった。この時に立った噂によって読者が離れていくのを恐れた彼は、「一身上の問題」に関する一文を、多くの友人の反対にもかかわらず『ハウスホールド・ワーズ』誌6月1日号の第1頁全面に載せ、噂の否定に

やっきになった。それでも満足できず、この挨拶をいくつかの新聞社に送りつけ、新聞に出してもらったのである。この時掲載を拒否したのが、漫画週刊誌の『パンチ』であり、『パンチ』の出版社がブラッドベリー・アンド・エヴァンズであった。特にエヴァンズが自分の名を貶めようとしていると判断したディケンズは、『ハウスホールド・ワーズ』誌からブラッドベリー・アンド・エヴァンズ社を追い出そうと図るが、4分の1の権利を持つ彼らは応じない。そこで、ディケンズが『ハウスホールド・ワーズ』誌にうり二つの週刊誌『オール・ザ・イヤー・ラウンド』創刊の準備にかかると、ブラッドベリー側は法律に訴えて『ハウスホールド・ワーズ』誌の権益を守ろうとする。結局、裁定に従って1859年5月28日、雑誌の権利が競売にかけられた。その権利を買い取ったディケンズは、すでに発足していた「オール・ザ・イヤー・ラウンド」の題字の下に「ハウスホールド・ワーズが併合された」との一文を入れ、この雑誌に『ハウスホールド・ワーズ』誌が編入された形をとったのだ。この編入で『ハウスホールド・ワーズ』誌は1859年5月28日号で廃刊となる。

(2)『オール・ザ・イヤー・ラウンド』誌

　『ハウスホールド・ワーズ』誌での争いに懲りたディケンズは、彼が4分の3、腹心の編集補佐ウィルズが4分の1を出資して、1859年4月27日にこの週刊誌を創刊した（発行日30日付）。事実上、彼の個人所有の雑誌であった。『ハウスホールド・ワーズ』誌とほぼ同じ方式で発行されたので、その点は『ハウスホールド・ワーズ』誌の項目を参照のこと。『ハウスホールド・ワーズ』誌との大きな違いは、各号の冒頭を、かなり名の通った作家の文芸作品の連載にあて、連載開始の数週前から広告の形で予告した点である。予告の中でのみ作家名を明記（その他の記事は無署名のため、誰の記事かを知るには、エラ・オッペンランダー著『ディケンズのオール・ザ・イヤー・ラウンド誌』を参照されたい）。この企画で多くの読者を獲得、雑誌全体も文学的色調が強まってきて、当時の一般的週刊誌に近づいた。ディケンズ自身

『二都物語』『大いなる遺産』を連載。あとで『無商旅人』の中に収められる随想、ルポルタージュを多数寄稿。ウィルキー・コリンズは『白衣の女』『月長石』を連載している。これらにより『オール・ザ・イヤー・ラウンド』誌は『ハウスホールド・ワーズ』誌よりも文芸色の濃い雑誌となった。ディケンズ書き下ろしの珠玉の短編を含むクリスマス特別号は普通号の 2 倍の 48 頁立てで、1859 年から 67 年まで毎年 12 月に発行されている。

　営業面でも好調で、創刊号は 215,000 部に達し、続く各号も 100,000 部以上の売上げを見せ、クリスマス特別号などは 300,000 部を記録した。『ハウスホールド・ワーズ』誌も成功はしたが、それをはるかに上回る数字をこの週刊誌は残している。ディケンズの死後、息子のチャールズ・ディケンズが 1888 年まで編集。1893 年に廃刊となった。

　1860 年 1 月 28 日から、『無商旅人』に収められることになるルポルタージュや随想をディケンズは不定期に『オール・ザ・イヤー・ラウンド』誌に連載しはじめた。彼はルポルタージュにおいては正確さを求めて実際にある事柄が起こった土地に出向いて取材している。

　第一の旅では、1859 年 10 月 26 日の朝、オーストラリアのメルボルンから乗客と金塊を積んでリバプール港を目指した船「ロイヤル・チャーター」号が、目的地を目前にして強風により難破し 450 名以上の死者を出す惨事となった事件を取り上げている。1859 年 12 月 29 日にロンドンを発ち、海岸に打ち上げられた死者 145 人の遺体を埋葬したスティーヴン・ヒューズ牧師の牧師館に泊まり、翌日たぶん彼は、その現場付近を案内してもらっている。彼の、このルポルタージュの目的は、宗教、宗派の区別をしないで遺体を埋葬したヒューズ牧師兄弟の人間愛に基づく行為を賞賛することであった。1860 年 1 月 10 日付の手紙で彼は、校正刷りが手紙とともに印刷所から送られるのですぐその数字や細部に誤りがないか教えてほしいとヒューズ牧師に頼み、折り返しの便で校正刷りを返送することも頼んでいる。急ぐ理由として、アメリカでも『オール・ザ・イヤー・ラウンド』誌を同時発行しているからだと説明している。また、遺族からの手紙を引用

するためディケンズはヒューズ牧師から手紙類を預かり、校正刷りを送る際に返却していることも分かるのである。この遭難事件から2ヶ月以上たった、1860年1月の『タイムズ』紙を読むと、金塊の回収作業のことなどがまだ新聞紙上に載っていることが分かる。この金塊の回収量についてもディケンズは配慮し数字を記事の中に書き込んでいる。

『タイムズ』紙といえばこの1月中、日曜の休刊日を除いて、連日「ニュー・ブリタニア劇場」について次のような広告を載せている。

「ニュー・ブリタニア劇場」、ホックストン。今宵は「自由の妖精」ないし「針とピン」と題された新作のパントマイム上演。自由の妖精役はS.レイン夫人。コロンバイン役はマドモワゼル・ステファン。ハーレキーナ役はW.クローフォード夫人。クラウンはJ.ルイス氏。(中略)開演6時半。

この広告にぴたりと符合する劇場の描写が1860年2月25日付けの『オール・ザ・イヤー・ラウンド』誌44号に載っている。『無商旅人』の第4章「ある大衆劇場の二つの光景」の中で描かれるパントマイムの芝居である。

ディケンズは1860年1月25日(水)に、友人のウィルキー・コリンズに宛てて次のような手紙を送っている。

「ブリタニア劇場」に行くときには、イェイツに教えてやると約束していましたので、土曜日に行くと伝えました。腹ごしらえに4時半、フリート・ストリートの「雄鶏亭」でブリティッシュ・ステーキはいかが。
注意。　この観劇の理由と日曜日の件はイェイツにまだ何もいっていません。後者の件は劇場主のレイン氏にも言わぬつもり。日曜日にはここで5時に食事をしてそのあと安息日の一般聴衆の中に入りましょう。敬具。

1月28日の土曜日にディケンズはエドマンド・イェイツとウィルキ

ー・コリンズの 3 人で「ニュー・ブリタニア劇場」へパントマイムを見に行き、これは劇場の所有者レイン氏にも告げてあるが、29 日の日曜日は、レイン氏にも言わないでウィルキー・コリンズと二人だけで厳格な福音派の牧師ニューマン・ホール師の説教を 4,000 人の聴衆に混じって同じ劇場で聞こうという計画を立てているのである。

　ディケンズは、土曜日にはパントマイムに打ち興じた貧しい庶民が、日曜日の説教の比較的立派な身なりの聴衆の中には一人もいないことを指摘しつつ、ホール師の説教の問題点を指摘するルポルタージュを「ある大衆劇場の二つの光景」の中に収めている。ただしホール師の名前を書き込んではいない。このように彼はルポルタージュを物するときは徹底的に正確なリアリストになろうと現場取材をする。

　ディケンズは無名の人を装って、ルポルタージュの旅をはじめるが、既に有名人である彼が行くところ、記事の中ではぶらりと立ち寄る姿を描いていても、彼は有名人として遇せられるのである。だがジャーナリズムの世界で、時間との競争に疲れて、時の止まったような人気のないロンドンを散策し、彼自身の過去の中に分け入るときに、『無商旅人』では珠玉の文学作品が生まれている。

参考文献

Drew, John. *Dickens the Journalist*. New York: Palgrave Macmillan, 2003.
Lohrli, Anne, comp. *"Household Words": Table of Contents, List of Contributors and Their Contributions*. Toronto: U of Toronto P, 1973.
Slater, Michael and John Drew, eds. *The Dent Uniform Edition of Dickens' Journalism*. 4 vols. London: Dent, 2000.
Oppenlander, Ella Ann. *Dickens' "All the Year Round": Descriptive Index and Contributor List*. New York: Whitston, 1984.
植木研介『チャールズ・ディケンズ研究──ジャーナリストとして、小説家として』南雲堂フェニックス、2004.
小松原茂雄『ディケンズの世界』三笠書房、1989.

（植木研介）

2. 素人演劇活動

1　ディケンズと演劇
(1) オーディション
　20歳のとき、ディケンズはコヴェント・ガーデン劇場のオーディションに応募した。作家としてデビューするよりも以前の、民法法廷(ドクターズ・コモンズ)で書記を勤めていたときのことである。この頃、彼は演劇こそが自分の天職だと考えていた。もし合格していれば彼は小説家としてではなく、俳優として名を馳せていたかもしれない。しかし、彼は風邪で高熱を出し、オーディションに出席できなかった。別の日の指定もあったが、これもやはり出席できず、結局のところ俳優への道は絶たれた。この一件を、友人であり伝記作家であるフォースターは次のように記している。

　　何という偉大な俳優ディケンズがこの瞬間に消えてしまったかを残念がる必要はない。彼はより高次な道についた。しかし、それはより低次の道をも含んでいたのである。(Forster 5: 1)

彼は、より高次な道、つまり永遠の生命を持つ文学の道に専念することになった。しかしその道は、より低次の職業、つまり演劇の道をも含んでいたというのである。この時代、職業にははっきり優劣があり、フォースターは演劇とか後に行なう公開朗読をいかがわしいものと考えていたのである。しかし、彼の演劇の才能は傑出しており、小説家としての偉大さに隠れてしばしば見過ごされがちであるが、その才能をいかんなく発揮した素人演劇活動および自作公開朗読は、プロの俳優をも感動させるすばらしいものであった。彼は文筆の才と演劇の才を持ち合わせる、たぐい稀な小説家であった。

(2) 紙芝居

　彼の演劇への傾倒は幼いときにはじまる。9歳の時にはジェイムズ・リドリー作の『魔人物語』(1764) を読み、これをもとに「インド国王ミスナー」(*Misnar, The Sultan of India* [現在散逸]) の悲劇を書き上げて近所の子どもたちとこれを演じている。おそらくは紙芝居であろう (Dexter 35: 231)。チャタムにいた頃、親戚に当たるジェイムズ・ラマートが時おり劇場へ連れて行ってくれ、有名なグリマルディを見る機会にも恵まれた。またラマート自身、自宅で素人芝居を行なってもいたのである (Langton 53)。その彼が紙芝居のセットを贈ってくれたこともあって、ウェリントン・ハウス校に通学していた 12〜14 歳の時には、「粉屋と手下たち」(*The Miller and His Men*) や「さくらんぼとお星さま」(*Cherry and Fair Star*) の紙芝居を上演して、学校で人気を博した。

(3) チャールズ・マシューズ

　民法法廷に勤めていた 1829 年から 32 年の間、ディケンズは仕事が引けると毎晩きまって芝居見物に出かけ、帰宅したのちは俳優のしぐさを何時間も真似しつづけていたと記している。

> 私は少なくとも 3 年間、ほとんど例外なく、毎晩、どこかの劇場へ通った。まず最初にビラ広告をしっかり見て、最も優れた演技をやっているところへ行き、もしマシューズが演じていれば、それがどこであろうと必ず見に行った。私は (舞台の出入りとか椅子に座るだけのしぐさですら) 懸命に練習を積んだ。一日に 4 時間、5 時間、6 時間、自分の部屋に閉じこもり、あるいは戸外を歩きつつ、練習に練習を重ねた。(フォースター宛書簡、1844 年 12 月 30 日〜1845 年 1 月 1 日)

立振舞や歩き方という演劇の基本中の基本動作について、これほど熱心に取組む一方、個人経営の劇場や小劇場にも頻繁に出入りし、お金を支払っていろんな役をさせてもらい、上記オーディションに備えた

のであろう。『ボズのスケッチ集』には、そうした名もない小劇場の内部の様子が克明に描かれており、随想はおそらくは経験を踏まえてのものであろうと思われる。なお、ここに記されているマシューズとは、「マシューズさんを招いて」("At Home") という名のワンマンショーにおいて物真似と変わり身の速さで一世を風靡した名優のことで、ディケンズは心底からこの俳優に親しみと尊敬を抱いていた。のちに彼はマーク・レモンとの合作『ナイチンゲール氏の日記』を著し、この芝居のなかで6人役を一人でこなし、マシューズのディケンズ版を完璧に演じて見せる。彼について驚くのは、10代後半に、あるいはその後にも、見た芝居は一つ残らず脳裏に刻み込み、いつ何どきなりとそれを再現することができることであった。のちに彼が行なう素人演劇興行において、その企画・立案の巧みさ、演目選択およびプログラム作成の迅速さ、そして短時間でリハーサルを経て上演にこぎつける才幹は、劇場支配人として独立しうる能力を完璧に備えていたことを物語っている。

(4) 作劇

　21歳の時にシェイクスピア劇をもじった『オテロ』(O'Thello) を書き、これをはじめとして戯曲は4本書き、共同執筆が2本残っている。『奇妙な紳士』(*The Strange Gentleman*, 1836)、『村のコケット』(*The Village Coquettes*, 1836)、『あれで奥様かしら』(*Is She His Wife?*, 1837)、『点灯夫』(*The Lamplighter*, 1838) がそれで、共同執筆は上に述べた『ナイチンゲール氏の日記』と『行止り』(*No Thorough-fare*, 1867) である。演劇にどっぷりつかったディケンズは、小説を書く場合にも人物造形、場面構成、衣装、発声に関して、まるで劇作家、舞台監督、衣装係を思わせるほどに巧みであり、かつ視覚につよく訴えるので、読者は瞬時に理解し歓迎した。ディケンズの書く作品は、否、連載中の作品ですら完結もしないのに、作家を先取りして結論までつけて、舞台上で演じられるほどの人気であったが、このように小説と演劇は、彼の内部で完全に一体化しているのである。

2 俳優および舞台監督として

(1) 素人芝居のはじまり

　ディケンズがはじめて素人芝居を演じたのは、ジョン・ハワード・ペイン作の『クラリ、またはミラノの乙女』(*Clari; or, the Maid of Milan*) であった。この作品は 1823 年 5 月 8 日にコヴェント・ガーデン劇場において初演され、初日より観客を興奮と熱狂の渦に巻き込んだ。とりわけこの作品が観客をとらえたのは、誘惑した貴族の手を振り切って逃げ帰った娘が、怒りと絶望に沈んでいる父に赦しを請う場面で歌う、ヘンリー・ビショップ作曲の「埴生の宿」("Home, Sweet Home!") であった。このヒット作がディケンズの脳裏に深い印象を刻んだにちがいない。1833 年、彼はこれを家族と友人仲間で演じている。ちなみにディケンズは父親役。初回リハーサル（4 月 13 日）から音楽・衣装をそろえた本稽古（4 月 19 日）を経て 27 日に上演するまで、ディケンズはすべてを取り仕切った。番組編成も本格興行にならって喜劇オペラ、幕間劇、笑劇の 3 本立てとし、ディケンズ自身、番組すべてに出演するとともに、舞台監督としても敏腕を振るった。ときに 21 歳、将来展開する慈善興行の成功を見るような、順調な滑り出しであった。

(2) モントリオール公演

　初回上演から数えてほぼ 10 年、『ピクウィック・クラブ』、『オリヴァー・トゥイスト』、『ニコラス・ニクルビー』、『骨董屋』の成功で一躍文壇の寵児となったディケンズは、1842 年の 1 月、アメリカに渡る。その船上で知り合ったマルグレーヴ伯爵に請われ、5 月にはモントリオール駐屯部隊の士官が組織する素人劇団を率いて、当地のロイヤル劇場において慈善のための公演を行なうことになった。彼は 1 ヶ月前に、『しっぺ返し』(*A Roland for an Oliver*)、『全く聞こえず』(*Deaf as a Post*)、『午前 2 時過ぎ』(*Past Two O'Clock in the Morning*) を選んで 3 本立ての番組を組み、オーケストラには第 23 連隊の軍楽隊を配した。脚本の取り寄せ、舞台装置、道具の調達およびリハーサルはす

べて自分の手でやってのけた。当日は、書割および必要な道具類を一覧表にして後見席の椅子にピンで留め、台詞は残らず書き留め、出演者には絶対服従を強いるとともに、自分が舞台上で演じていないときは後見席で指図をとるという、超人的な働きをみせた。誰の目にも、劇場の支配人となるべき人間が、小説世界にうずもれてしまっていると思えるほど、目を見張る運営ぶりであった。

　招待客 500〜600 人の前で演じた結果は、上々であった。幕間劇『午前二時過ぎ』の場合など、熟睡中をたたき起こされて見知らぬ女性の見張りに付き合わされるディケンズ扮するスノッビントンはあまりにみごとだったので、舞台脇の特別席にいたカナダ総督は、誰が演じていたのか、幕が下りるまで分からなかったと言う。もちろん、案内のプログラムには出演者の名前が入っていなかったせいもあったには違いない。が、扮装、所作、声と語りにかけては、ディケンズがいかに巧みであったかを物語っている。なか 2 日おいて 28 日、この日は劇場支配人トットヒルに対するお礼興行で有料とし、前二つの演目は前回と同じ、最後の笑劇は主人の留守を見計らって贅沢な貴族生活を送る『召使たちの豪奢な生活』(*High Life below Stairs*) に取り替えた。5 月 30 日の『モントリオール・ガゼット』紙は、「ディケンズの演じるハイフライヤーの演技スタイルは、チャールズ・マシューズとバックストーンの演じ方の交じったものであるが、その二人の面目をつぶさぬ、すばらしい演技であった」(*Dickensian* 38: 73-4) と述べている。ディケンズがいかにマシューズに没入し、彼の演技を自家薬籠中のものにしていたかが窺えるであろう。

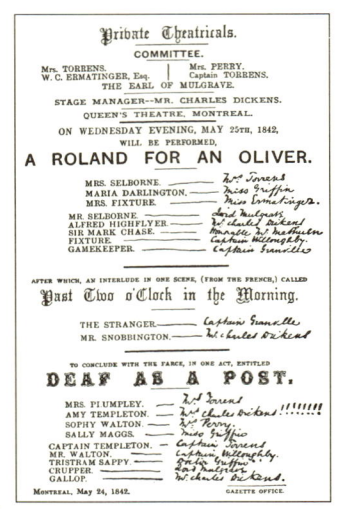

モントリオール公演
プログラム

(3) 素人劇団の結成

　モンオトリオールで成功を収めたディケンズは、自信を深め、イギリスにおいてこれと似た企画を立ててみたいと考えた。そこで1845年、友人仲間のジョン・フォースター、マーク・レモン、ヘンリー・メイヒュー、ダグラス・ジェロルド、ジョン・リーチ、ギルバート・ア・ベケット等に呼びかけて素人劇団を結成した。結成の手はじめにベン・ジョンソン作の『十人十色』(*Every Man in His Humour*) とフレッチャー作の『兄』(*The Elder Brother*) を選んで準備を重ね、ソホーにある「ケリー嬢の劇場」を借りて、600〜700人の招待客を前に上演した。(ちなみにこの劇場は、フランシス・ケリーの50歳の誕生を祝って、演劇界の大パトロンであるデヴォンシャー公爵が1840年に建てたものである。) この上演は、出演者がお金を出し合って行なう企画であって、女性配役にはプロの女優を当てた。ディケンズはボバディル大尉をみごとに演じ、プロ並みともいわれるマーク・レモンのブレインワーム役を凌いで、並み居る人々の心を捕えた。素人興行であるにもかかわらず『タイムズ』紙をはじめとして、紙上で絶賛を浴び、リー・ハントもまた、ボバディル役に深く感銘し、「この役をこれほど知的に理解した俳優はいなかった」(Fawcett 146) と褒めた。

　しかし、演技者としての成功とは比較にならないほどすぐれていたのは、ディケンズが舞台監督、大道具係、舞台背景係、小道具係、進行係、楽団指揮をすべて兼ね、衣装・ポスターの考案、リハーサルの立案とその実行にいたるまで、公演の指揮・運営を一手に引き受けた実務の才であった。彼はこの事業全体の「生命であり魂であった」とフォースターは記している (Forster 5: 1)。素人芝居は取り上げないのを旨とする『タイムズ』紙が、これを取り上げ、非の打ちどころがないと褒めた。これを伝え聞いたアルバート殿下が是非見たいと所望したので、ディケンズはリハーサルを開始し、11月15日にサウスウッド・スミス医師の結核療養施設に義援金を送る目的の興行を企画し、殿下を招待した。ついで翌年の1月3日にはフレッチャー作の『兄』と組み合わせ、ケリー嬢へのお礼公演を行なった。

(4) 慈善興行

『ドンビー父子』執筆中の 1847 年、一座は、老齢に達し著作活動もままならぬリー・ハントおよびジョン・プールの生活苦に同情し、二人の生活支援を行なうための慈善興行を行なった。女性役にはプロの俳優を配し、入場料を 1 シリングに定めて 7 月 26 日にマンチェスター、7 月 28 日にリヴァプールで『十人十色』を演じたところ、それぞれ £440.12、£463.8.6 の収入をあげた。幕間劇と笑劇は、26 日が『形勢逆転』(*Turning the Tables*) と『熟睡』(*A Good Night's Sleep*)、28 日が『形勢逆転』と『快適な宿』(*Comfortable Lodgings*) であった。慈善目的とあって、出演者もその意図を充分に理解し、旅費・ホテル代はすべて自弁とし、道具類の運搬とか会場費といった高額の経費のみを興行収入から差し引き、400 ギニーにのぼる義援金を贈ったのである。

この成功によろこび、また、上記慈善興行の一環としてロンドン公演用に準備していた『ウィンザーの陽気な女房たち』が、政府の芸術家に対する年金下賜によって上演の必要を免れると、シェイクスピア協会のメンバーであったディケンズは、シェイクスピア生家博物館館長職の基金設立興行を思い立ち、それにこの作品を当ててみたいと思った。今回はジョージ・クルークシャンクや G. H. ルイスなどもメンバーに加わり、プロの女優カウデン・クラーク夫人が召使クイックリー夫人役として加わっている。1848 年 5 月から 7 月にかけて、ヘイマーケット劇場で 2 回（うち 1 回は女王夫妻が臨席）、マンチェスター（6 月 3 日）、リヴァプール（6 月 5 日）、エディンバ

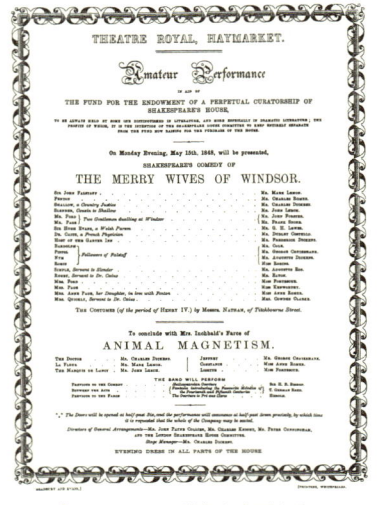

『ウィンザーの陽気な女房たち』

ラ（7月17日）でそれぞれ1晩ずつ、バーミンガム（6月6、27日）とグラスゴー（6月18、20日）で2晩ずつ、計9回の上演を行ない£2541.8の収入をあげた。

　この巡業の間、ディケンズは一貫して舞台主任に徹し、リハーサルでは登場人物の対話や入場の仕方、舞台上の姿勢・位置を指示するとともに、公演に支障の出ないようあらゆる気配りを行なった。カウデン・クラーク夫人はのちに素人巡業を回想し、ディケンズのリハーサルにおける真剣さと指示の巧みさに賛辞を送っている (Clarke 708-13)。一方演技においては、彼の演じるシャロー判事はメーキャップの巧みさもあって、舞台上に姿をあらわしたときは誰一人彼を見分けることができなかった。しかし観客は、一瞬固唾を飲んだあと、彼が文壇の寵児であることを知って大喝采を送る。年のせいで手足は自由がきかず、肩をすぼめ頭を垂れ、足元は弱々しく、それでいてうぬぼれ屋の治安判事特有の気取りは崩さない。もつれ舌の言葉は不鮮明、歯が抜けたせいか歯擦音がまじる語りは完璧。失って久しい気概を何とか誇示しようと、弱々しい声や仕草で自慢話をする80歳の老人を見事に演じたのである (Pemberton 108)。『催眠術』(*Animal Magnetism*) も同様、観客はボックス席から身を乗り出して笑いこけたという。

3　文学と芸術の擁護
(1) 文学芸術ギルド
　1851年の5月といえば、世界初の万国博覧会の忙しい最中であった。その5月16日、ディケンズは女王とアルバート殿下をはじめ、多くの貴顕を前に『見かけほど悪くない』(*Not So Bad As We Seem*) を演じた。この公演計画は、前年の11月18日から20日までの3日間、ネブワースにあるブルワー＝リットンの邸宅においてディケンズと友人仲間が『十人十色』を演じることで幕をあけた。トマス・フッドやシェリダン・ノウルズをはじめ、友人として付き合っている作家たちに対して以前より行ってきた文人互助計画を、恒久的な制度にできないかと考えたディケンズは、「文学芸術ギルド」設立を提唱し、それ

に対して文人仲間であるブルワー・リットンの一大貢献を取りつけた。これは、作家や芸術家の労に報い、老後は生活苦に追われずゆったり過ごせるような制度と施設を作ろうというものである。ディケンズは、卿が5幕物の喜劇を書き、自分は笑劇を書いて、これをロンドンおよび地方で公演し、ある程度の基金を手にした段階で計画の詳細を文書化して、各方面に働きかける計画であった。とりわけ両人の友であったレイマン・ブランチャードの自殺が二人の心に重くのしかかっていた。

卿は早速執筆に取りかかると、1月1日には原稿を送ってきた。ディケンズは読むなり感動し、ただちに4月30日の本番にむけて作業を開始するとともに、自分も笑劇の執筆に取りかかる。舞台のほうは、文芸を天職としている人々に深い関心を寄せるデヴォンシャー公爵が、ピカデリーにある自分の邸宅を初演のために提供してくれた。しかも公爵らしい鷹揚さで、改造に伴う費用一切の負担と、自分の楽団の提供を申し出たのである。取り外しのできる舞台がジョウゼフ・パクストンの手で完成し、これが大応接間に取りつけられ、豪華な書斎は楽屋となった。事業の成功には、ぜひとも女王の臨席を仰がなければならず、女王夫妻用のボックス席も設け、準備はすっかり整った。

「見かけほど悪くない」

(2) 『見かけほど悪くない』の巡業公演

ディケンズは200名の観客を選び、入場料を設定し（3ギニーを提案したが公爵が5ギニーに変更、結局は5ポンドに落着）、設立趣意書の起草をはじめ、全企画の準備と運営を引き受けた。しかし予想外

の煩雑さに加え、父ジョンが 3 月 31 日に、つづいて 1 歳に満たない娘のドラ・ディケンズがその 14 日後に亡くなり、リハーサルと本番の実施は困難になった。この状況下にあって女王が公演を 5 月 16 日まで延期することに同意したので、ディケンズは本番リハーサルを 14 日に組み、予定通り 16 日に上演にこぎつけた。初演には女王夫妻、ウェリントン公爵も臨席され、女王からは 150 ポンドの慈善寄付金がよせられた。

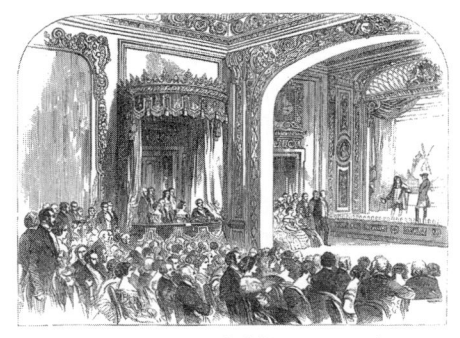

デヴォンシャー公爵邸における上演

多事に見舞われたディケンズは、笑劇の執筆をマーク・レモンとの合作に切り替え（5 月 1 日に完成）、そのなかに洒落や、ギャンプ夫人並みの老女や威勢のいい靴磨きのおもしろさ、おかしさをふんだんに盛り込んだ。出来上がった『ナイチンゲール氏の日記』は、『見かけほど悪くない』と組み合わせて第 2 回目の公演（5 月 27 日）で初披露され、爆笑を巻きおこした。この日は芝居のあとに夕食会と舞踏会がつづき、ふたたび満席となって、企画は 2 日間で 2,500 ポンドの基金を手にした。文人たちが才能と時間を無償で提供し、ギルド設立にかける努力には、すばらしいものがあったし、ギルド設立の議案提出にはデヴォンシャー公爵がよろこんで名を連ねてくれたが、これは公爵の文芸愛とともに、見識の高さを示すものであった。以下は、その巡業日程である。

　　1851 年 5 月 16 日　デヴォンシャー公爵邸
　　　　　 5 月 27 日　同上
　　　　　 6 月 18 日　ハノーヴァー広場
　　　　　 7 月　2 日　同上

7 月 21 日　同上
8 月 4 日　同上
11 月 10 日　バース
11 月 12 日　ブリストル
11 月 14 日　同上
12 月 23 日　レディング
1852 年 2 月 11 日　マンチェスター
2 月 13 日　リヴァプール
2 月 14 日　同上
5 月 10 日　シュルーズベリー
5 月 13 日　バーミンガム
8 月 23 日　ノッティンガム
8 月 25 日　ダービー
8 月 27 日　ニューカッスル・アポン・タイン
8 月 28 日　サンダーランド
8 月 30 日　シェフィールド
9 月 1 日　マンチェスター
9 月 3 日　リヴァプール

　計 22 回の公演中、1 回は『見かけほど悪くない』のみ（初日）、19 回は『見かけほど悪くない』と『ナイチンゲール氏の日記』の組合せ、ノッティンガム（8 月 23 日）では『午前二時』を加えて 3 本立てに、最後の 1 回（リヴァプール）は『見かけほど悪くない』に代えて『退屈男』(Used Up) を演じた。基金は相当額にのぼり、巡業は大成功であった。（ちなみに、ブルワー・リットンは 1854 年に議会に法案を提出し、1863 年には

「退屈男」

2. 素人演劇活動

文人の憩いの家を建設するために自分の土地を提供している。）9 月 3 日、最後の公演はそれまでのさして面白みのないウィルモット役から、いろんな人物に変装するサー・チャールズ・コールドストリームに代わったディケンズは、まるで魚が水を得たかのように生き生きと演じて大喝采を浴びた。

　しかし、表面こそ華やかな成功に見えるが、舞台裏の苦労は並大抵のものではなかった。緊張と心配の連続であったことは、サンダーランドのライシーアム劇場で公演を果たした翌日、フォースターに宛てた長文の手紙に詳しく述べられている。それによると、会場は「たいまつの光を頼りに一晩で屋根を葺いた」ような造りのホールで、素人興行に反対する町の劇場経営者たちが、「この建物は危険」だと言いふらしたので町中がそのことで恐慌状態に陥り、「金を返してもらった人もいたし、見に行くかどうか決めかねている人もいた」というのである。もし観客が誤って騒ぎ出し、出口に殺到すれば大変だと思い、ディケンズはキャサリンとジョージーナを観覧席に出ないよう指示した。また、笑劇の中で「仲間の誰かが階段を上り降りするときにつまずいたりでもすると、思わず心臓の鼓動がドキン」と激しく打った。ともかく昨夜は「激しい心配と無事に終わった安堵とで、今日は半死半生の状態となり、飲むこともできなければ食べることもできず、部屋から外に出ることもできない」（フォースター宛書簡、1852 年 8 月 29 日）というのである。

　さらには、舞台を作るための時間がいくらもなかったこと、二頭の手におえない馬のおかげで、舞台装置のすべてを入れた荷車の一つがニューカッスル駅で横転し、中に入っていたものがすべてひっくり返ってしまったこと、四晩徹夜で働いた大工たちは疲労困憊し、あちらこちらの入口で死んだように眠りこけていたという。華々しく見える成功の裏に、日々連続して細心の注意と尽力をかたむけるディケンズの姿が浮かび上がる。

4　演劇活動と創作──『灯台』

(1)『灯台』上演

　大巡業のあと、ディケンズはしばらく「世界中でもっとも小さい劇場」と銘うった自宅の子供勉強部屋で十二夜の子供劇を演じていたが、1855年、彼は突如『灯台』上演に踏み切った。脚本はコリンズが『ハウスホールド・ワーズ』誌（1853年4月16日、23日）に寄稿した「ゲイブリエルの結婚」をもとに書いたものである。1855年の5月、届いた脚本に目を通すなりディケンズはすぐさま上演を決め、数日後にはロイヤル・アカデミー会員であるスタンフィールドに舞台背景画の制作を依頼し、マーク・レモンをはじめ知人・友人に配役を割り振ると、すぐさま練習日程を組み、6月中旬には上演にこぎつける。

「灯台」

　このタヴィストック劇場（ディケンズ邸の子供勉強部屋）における上演については、ディケンズが多くの新聞・雑誌の劇評家を招待していたこともあり、評判はすこぶる高く、多くの人が是非見たいと希望した。とにかく観客席が25席しかないので要請には応えきれず、そこで1ヶ月後にケンジントンにあるウォー大佐の邸宅（キャムデン・ハウス）で上演することを決定した。

　この演劇の醍醐味はディケンズの演技の妙にある。暴風雨に遭って難破した船から乗組員を救出したまではよかったものの、灯台守(Dickens)はその中に自分がかつて殺害したはずの女性を認めた。その女性が、突然、灯台守の前に立ちあらわれる。おのれの欺瞞の露呈

とともに失神して倒れた灯台守は、まるで死の世界からよみがえってくるかのように、ゆっくりゆっくり意識を回復してゆく。その意識回復過程をディケンズは神業のごとく演じるのであった。観客席でこれを目にしたかつての俳優イェイツ夫人は、芝居が終るなり目を真っ赤にはらしてディケンズのもとに駆け寄り、「あゝディケンズさん、あなたにほかのことができるなんて、なんて残念なことでしょう」（バーデット=クーツ宛書簡、1855年6月19日）と述べた。これだけの演技力をもちながら、なぜそれを職業とせずに作家などになったのかと驚き、演技の妙味を称えたのであった。役者としてのディケンズのすばらしさを要約する名言である。

『灯台』の背景画

(2)『灯台』と『リトル・ドリット』

　ディケンズが上演に踏み切り、練習時間が短期間であったにもかかわらず最高度の演技を見せた『灯台』は、単なる余技としてではなく、創作活動との補完関係において眺めてみなければならない。1855年の1月、かれは新しい小説『誰の責任でもない』("Nobody's Fault") の構想を温めていた。前年にはロンドンの衛生問題、特に労働者に対して良質な住宅を政府が提供することの必要性を説き、また上下水道の整備に着手することを『ハウスホールド・ワーズ』誌上で強く訴えていたが、下院はそうした改善策を推し進める法案を否決し、新年に入ってからは、クリミア戦争において失態を繰り返していた。ディケンズは業を煮やし、「おびただしい愚策」という記事を誌上に連載し、パーマストン内閣を批判し、ひたすら行政改革を促そうと試みた。し

かし政府はへつらいや世辞をうけ入れ、無能者を重要ポストに任命して改革に踏みだそうとはせず、それを見たディケンズは、官僚機構の腐敗をどのように作品に反映すればいいかについて悩みつづけた。

同年5月、ディケンズは『誰の責任でもない』の執筆にとりかかるが、重苦しい政治批判を前面に出せば出すほど筆は進まない。前回の月刊小説(『荒涼館』)では、開巻章に重厚な社会批評を掲げて成功を見たので、今回のものは、それにもまして急進的な社会批評を展開したいと考えた。それだけに作品の全体構想はまとまらず、開巻章で行き詰まっていた。そこへコリンズから新しい脚本が届いた。出来はいいし、行き詰りの打開にはうってつけの気晴らしとばかり、上演に飛びついた。プロローグを一気に書き上げ、同時にほぼ30年以上も前に読んだ「グロヴナー号」難破の物語を歌詞に仕立て上げ、芝居のなかでフィービ役をやる娘のメアリーに歌わせることにした。これは、ディケンズが子供の時に読んで心を打たれた物語であった (*RP*, "The Long Voyage")。歌詞は芝居のビラ広告に掲載されているが、ディケンズが音楽の選択やビラ広告の制作にいたるまで気を配り、演出の見せ場を作った一例である。

ディケンズは、この歌詞をジョージ・リンリー作曲の「リトル・ネル」(バラッド)の節まわしでメアリーに歌わせた。「リトル・ネル」のバラッドは、もちろん英米の読者を涙にくれさせた『骨董屋』から生まれたものである。リハーサルと本番でこれを耳にしているうちに、この歌の余韻がディケンズに霊感を与え、構想を練っていた新小説の題名が『誰の責任でもない』から『リトル・ドリット』に変更されたのである。作品全体を統括する象徴的存在が可憐なる少女ネルによって触発され、これまでの政治批判から大きく転向し、人間および人間社会の根底を問う作品に変更された。これが9月の半ば、そして12月には『リトル・ドリット』の題名で第1分冊が出版されるのである。

5月11日にコリンズから原稿を受取ると、すぐさまスタンフィールドに舞台背景を依頼し、脚本をキャストに配布し終えると、リハー

サルを6月2日(土)、4日(月)、5日(火)、7日(木)、8日(金)、11日(月)に組んだ。14日に舞台ができあがると、15日には召し使いや出入りの商人に芝居を披露し、16、18、19の3日間、特別に招待した人々を前に芝居を演じた。出席した人々は、出演するディケンズ、フランク・ストーン、オーガスタス・エッグ、マーク・レモンおよびその家族に加え、次のような名士が顔を揃えた。

引退した元俳優のイェイツ夫人、弁護士・ジャーナリスト・演劇作家のギルバート・ア・ベケット、ジャーナリスト・小説家のエドマンド・イェイツ、俳優エライザ・ベッカー、画家クラークソン・スタンフィールドおよびデイヴィッド・ロバーツ、友人ジョン・フォースター、サッカレーおよび娘たち、ジョン・リーチ、ダグラス・ジェロルド、トマス・カーライル、それに高等法院王座部の首席裁判官キャンベル卿である。デヴォンシャー公爵は、ディケンズが直々に招待状を出したが病気ゆえに出席はかなわなかった。

『灯台』は観客に深い感動をあたえ、観客は顔を泣きはらした。ディケンズの演技は印象的で、カウデン・クラーク夫人はこう記している。

> すばらしい演技だった。実に想像豊かで、独創に満ち、狂乱を巧みに演じた、印象的な演技だった。崇高なほどに知的な二つの目は、うつろにさまよい、悲しげで怯え、うろたえたまなざしは、まるで魂が身体から抜け落ち、がらんどうになった人のそれであった (Pemberton 128)。

『灯台』は同年7月10日、日刊5紙、週刊新聞10紙に大きく宣伝されたあと、ウォー大佐の邸宅においてボーンマスの結核患者療養施設の義捐金活動のために演じられた。チケットは1ギニーという高額にもかかわらず、大勢の観客を呼び、大成功を収めた。2年後には「オリンピック劇場」で8月10日から10月17日までロブソン・エムデン劇団の手で上演された。観客はディケンズの演技を見ているので、アーロン役のスチュアート・ロブソンは演技に大変だったらしい。し

かしさすがはプロの俳優、みごとに演じきったという。

　『灯台』はディケンズにとって華々しい気晴らしになったが、同時に新しい小説に象徴的な枠組みを提供するきっかけをも作った。演劇は、創作の苦しみを抜け出す一時的な衝動ではなく、創作をより高い次元に押し上げ、作品構成の重厚さに貢献している点に注目しなければならない。灯台守の意識回復過程は、ウィリアム・ドリットの過去の亡霊との戦い、失神、絶命という過程とつながっていよう。とりわけ、絶命したのちに、彼の顔から偽りのヴェールが一枚また一枚と消えてゆく場面には、ディケンズの深い人間心理の洞察が見てとれるのである。

5　最後の公演と劇団の解散
(1)『凍れる海』

　成功を重ねたディケンズの素人興行は、1857 年、コリンズの 3 幕物『凍れる海』(*The Frozen Deep*) をもって最後となった。場面はニューファウンドランド沿岸の洞窟、背景には北極の海に座礁した軍艦が描かれている。脚本にはディケンズが相当に手をいれ、カットして、恋敵であるオールダーズリを殺害しようとするウォーダーの性格が入念に練り上げられている。艦が氷に閉じ込められて 3 年、食糧も底をつき、あとは毛皮を商う人々に助けを求める以外にとるべき方法がなくなって、この二人が選ばれて氷雪の中に旅立つ。途中、ウォーダーは何度か眠っている間に相手を遺棄しようと考えるが、そのたびに良心がはげしく抵抗してその考えを押しとどめる。空腹と疲労にやつれきりながらも、彼は相棒を後に残し水と食料を求めつづける。その彼の前に、偶然にも、国に残してきた人々を乗せた救出艦があらわれる。しかもそこには、捜し求めていたかつての恋人が来合わせていた。ひと目彼女を見て心の落ち着いた彼は、息絶え絶えのオールダーズリを連れ戻すと「あなたのために、彼を助けました」と述べて彼を彼女の腕に預け、安らかに息を引き取る。愛する人のために命を捨てる気高さは、ディケンズが既成のモラルに縛られぬヒーロー像を探求する

中で生まれてきたのであろう。1月5日、本番リハーサルをかねて召使いや出入りの人々の前で演じると、6日には子供部屋と庭を改造して作った劇場に、90名を招待して上演した。死が刻々と迫る主人公の最期の様子は、観客を深い感動で包み、『リーダー』紙は「ディケンズの演技は新時代の幕を開く」と書いた (*Letters* 8: 254n)。またサッカレーは、「彼なら年収2万ポンドを手にする俳優になろう」と述べている (*Letters* 8: 261n)。次いで8日、12日、14日に演じて公演はすべて終了、タヴィストック劇場はそれをもって解体された。

ところが6月8日にダグラス・ジェロルドが亡くなって事態は変わった。2日後の10日に弔問したディケンズは、すぐさま追悼事業委員会を発足させ、追悼事業としてジェロルド作の芝居上演、サッカレーおよび『タイムズ』紙の従軍特派員ラッセルによる講演、ディケンズ自身の作品朗読、それに『凍れる海』の上演を行なうことによって2,000ポンドを遺族に贈る計画を立てたのである（フォースター宛書簡、1857年6月10日、*Letters* 8: 736-37)。委員会事務所をジェロルドが繁く出入りしていたリージェント・ストリート南端の小劇場、ギャラリー・オブ・イラストレーション (The Gallery of Illustration) に設けると、彼は精力的に募金活動に乗り出した。

かねてより女王が『凍れる海』を見たいとうわさに聞いていたので、ディケンズはこの上演に女王の臨席を仰ぎたいと考えた。しかし女王は、個人の追悼に参加することはできないと断り、ついてはバッキンガム宮殿に一座で出向いてほしいとの希望を伝えてきた。ディケンズは娘たちを役者の身分で参内させることはとうていできないとこの申し出を断り、それに替えて7月4日にギャラリー・オブ・イラストレーションで女王および付添いの人々のために私的に上演することを提案したところ、女王はこれを快く受け入れた。そして、その上演の1週間後から開始して4回、つまり7月11、18、25日、および8月8日に、ジェロルドの追悼慈善興行として『凍れる海』を上演した。

その忙しい間にも、ディケンズは月末にマンチェスターに赴き『クリスマス・キャロル』を朗読した。しかし募金額は予定していた

2,000ポンドには達しなかった。そこへ『凍れる海』を見ることのできなかったマンチェスターの人々から、是非とも公演をしてほしいとの要請が届いた。一時はためらったものの、結局はこれを受け入れ、8月21、22、24日、フリー・トレイド・ホールにおいて素人演劇活動の最後となる『凍れる海』を演じた。

(2) マンチェスター公演

　要請を受けたとはいえ、ここは3,000人収容の会館なので、プロの俳優でなければ声が届かない。探しているうちに、紹介を受けたのがターナン一家であった。ディケンズは短期日で演技を教えこみ、すばらしい成功を手にする。8月24日のビラ広告には、ターナン夫人とエレン、マライアの二人の娘が『凍れる海』および『ジョン伯父さん』(Uncle John) に出演している (Tomalin 101)。芝居のクライマックス、いままさに死なんとするディケンズの顔を両の手にとり膝にのせたマライアは、彼が本当に死んでしまうと思って、その顔の上に涙の雨を降らす。するとディケンズは小声で「あと2分で終わるから、気を静めて」と下からささやいたが、「もうすぐこと切れるなんていや、私をこんな悲しい目にあわせたまま先立たないでください」と哀願するのであった (ワトソン夫人宛書簡、1857年12月7日)。この心情吐露は、ディケンズをことのほか喜ばせた。これ以後、ディケンズは姉エレンとの関係を深め、1858年、ついに22年間連れ添った夫人と別居を決意する。

　その別居をめぐってこれまで一緒に巡業してきた友人仲間は二分し、もはや演劇活動はつづけることができなくなった。ディケンズの演劇活動は、これ以後、そのはけ口を公開朗読に求めるのである。

参考文献

Brannan, Robert Louis, ed. *Under the Management of Mr. Charles Dickens: His Production of "The Frozen Deep."* Ithaca: Cornell UP, 1966.

Clarke, Mary Cowden. "Charles Dickens and His Letters." *Gentleman's Magazine* (1872): 708-13.

Dexter, Walter. "For One Night Only: Dickens's Appearances as an Amateur Actor." *Dickensian* 35

2. 素人演劇活動

(1939): 231-42; 36 (1940): 20-30, 90-102, 130-35, 195-201.
Fawcett, F. Dubrez. *Dickens the Dramatist on Stage, Screen and Radio*. London: W. H. Allen, 1952.
Horne, R. H. "The Guild of Literature and Art at Chatsworth." *Gentleman's Magazine* (1871): 246-62.
Langton, Robert. *Childhood and Youth of Charles Dickens*. Manchester: Albert Chambers, 1883.
Morley, Henry. *The Journal of a London Playgoer*. 1866. Lercester: Leicester UP, 1974.
Pemberton, T. E. *Dickens and the Stage*. London: George Redway, 1888.
Tomalin, Claire. *The Invisible Woman: The Story of Nelly Ternan and Charles Dickens*. New York: Knopf, 1991.
Van Amerongen, J. B. *The Actor in Dickens*. 1926. New York; Haskell, 1970.
Yates, Edmund. *Edmund Yates: His Recollections and Experiences*. 2vols. London: Richard Bentley, 1884.
"Charles Dickens's Acting in 'The Lighthouse'." *Dickensian* 5 (1909): 91-94.
"Mr. Dickens's Amateur Theatricals." *Macmillan's Magazine* 23 (1871): 206-15.
"The Devonshire-House Theatricals." *Bentley's Miscellany* 29 (1851): 660-67.

ディケンズの演じた素人芝居脚本一覧表

	〈劇作家〉	〈戯曲／所在〉	〈種類〉
1833	Payne/Bishop	*Clari, or, the Maid of Milan* 『クラリ、またはミラノの乙女』	
		(*Cumberland's British Theatre*, XXIV)	Light Opera
1833	O'Callaghan	*The Married Bachelor* 『独身者の結婚』	
		(*Cumberland's Minor Theatre*, x)	Comedy
1833	R. B. Peake	*Amateurs and Actors* 『素人役者と俳優たち』	
		(*Cumberland's British Theatre*, XVI)	Mus. Farce
1842	Morton	*A Roland for an Oliver* 『しっぺ返し』	
		(*Lacy's Acting Edition of Plays*, lxxv)	Comedy
1842	J. Poole	*Deaf as a Post* 『聞こえぬふりをして』	
		(*Dicks' Standard Plays*, No. 343)	Farce
1842	Mrs. Gore	*Past Two O'clock in the Morning* 『午前二時すぎ』	
		(*Dicks' Standard Plays*, No. 403)	Farce
		(This last piece was afterwards billed as *Two O'clock in the Morning*, then as *A Good Night's Rest* by Mrs Gore.)	
1842	J. Townley	*High Life below Stairs* 『召使たちの豪奢な生活』	
		(*The London Stage*, vol. 1)	Farce
1845	B. Jonson	*Every Man in his Humour* 『十人十色』	
		(London: Yale UP, 1969)	Comedy

1845	Fletcher	*The Elder Brother* 『兄』	
		(*The Works of Beaumont and Fletcher*, 1969)	Comedy
1846	Peake	*Comfortable Lodgings, or Paris, in 1750* 『快適な宿』	
		(*Cumberland's British Theatre*, XXIX)	Farce
1847	J. Poole	*Turning the Tables* 『形勢逆転』	
		(*Dicks' Standard Plays*, No. 380)	Farce
1848	Shakespeare	*The Merry Wives of Windsor* 『ウィンザーの陽気な女房たち』	
			Comedy
1848	Kenney	*Love, Law and Physic* 『恋人、弁護士、医者』	
		(*Dicks' Standard Plays*, No. 673)	Farce
1848	Mrs. Inchbald	*Animal Magnetism* 『催眠術』	
		(*London Stage*, vol. 4)	Farce
1848	Boucicault	*Used Up* 『退屈男』	
		(London: National Acting Drama Office, n.d.)	Comedy
1851	Bulwer Lytton	*Not So Bad As We Seem* 『見かけほど悪くない』	
		(London: Chapman and Hall, 1851)	Comedy
1851	Dickens	*Mr. Nightingale's Diary* 『ナイチンゲール氏の日記』	
		(*Complete Plays*)	Farce
1851	Mrs Kemble	*A Day After the Wedding* 『結婚式翌日』	
		(*Cumberland's British Theatre*, XXIX)	Interlude
1854	Fielding	*Tom Thumb* 『親指トム』	
		(*British Drama*, vol. 2)	Burlesque
1855	Planché	*Fortunio and His Fairy Seven Gifted Servants* 『フォーチュニオと七人の供侍』	
		(*Extravaganzas*, vol. 2)	Extravaganza
1855	W. Collins	*The Lighthouse* 『灯台』	
		(MS, British Museum)	Melodrama
1857	W. Collins	*The Frozen Deep* 『凍れる海』	
		London: C. Whiting (private), 1866	Romantic Drama
1857	J. B. Buckstone	*Uncle John* 『ジョン伯父さん』	
		(*Dicks' Standard Plays*, No. 826)	Farce

(西條隆雄)

3. 公開朗読

1　朗読事始

　「比類なきディケンズ」(Inimitable Dickens) と称えて、しばしばディケンズの前人未踏の文学活動を絶賛することがある。

　チャールズ・ディケンズは、ヴィクトリア朝を代表する小説家として、膨大な量の優れた文学作品を出版したばかりでなく、ジャーナリズムの世界でも編集と執筆で多才な活動を展開した。加えて演劇の分野においては、数編の戯曲を書き、それがれっきとした劇場で上演されるとともに、彼の著す小説はつぎつぎと脚本化され上演され

朗読するディケンズ

た。そしてまた、文人にはめったに例を見ない素人演劇活動に熱中し、プロ並みの演出をもってかずかずの慈善興行をおこなうとともに、晩年には自作朗読を行い、長編の名場面や朗読効果のある短編を、劇場やホールにおいて朗読し、興行として大成功を収めた。1867 年から翌年にかけてのアメリカ朗読旅行もまた大好評であった。このような多才で多芸な文学者は、イギリス文学史上に例を見ず、ディケンズは「比類なき」と呼ばれるに相応しい。

　この形容辞は、もともとジョン・フォースターが、その著『ディケンズの生涯』で『鐘の音』を扱った箇所で使っているほか (Forster 4: 5)、朗読家としての名人芸を絶賛することばとしても使われた(『ニューヨーク・トリビューン』紙 1867 年 12 月 3 日)。

　1844 年 10 月、ジェノアに滞在中のディケンズは『鐘の音』を書き

上げると、12 月にはその原稿を携えていったん帰国し、それをフォースター邸で朗読した。その日集ったのは、トマス・カーライルをはじめ 10 名ほどだったが、そのうちの一人画家ダニエル・マクリースは、朗読会のスケッチを残している。フォースターは「真剣に耳を傾けるカーライル、深い興味を示すスタンフィールドとマクリース、病めるレイマン・ブランチャードの鋭いまなざし、荘重な面持ちで聞き惚れるフォックス、じっと天井を見つめるジェロルド、ハンカチで目をおおうハーネスとダイス等、このスケッチには、あの場面の特徴的な点が十分に表現されている」と述べる (Forster 4: 6)。この私的な朗読会が行なわれたのは、1844 年 12 月 2 日の午後 6 時半であった。その素晴らしさが友人の間で評判となり、ディケンズは 3 日後の 12 月 5 日に、校正刷を用いて再度フォースター邸で朗読会を行なった。この 2 回にわたる朗読会が、ディケンズののちの公開朗読会の「萌芽」であるとフォースターは書く。これが「比類なき」と絶賛されることになるディケンズの朗読の「事始」であった。

2 『クリスマス・キャロル』の慈善朗読会

　『鐘の音』は、12 月 16 日に刊行されると、すぐさま 20,000 部が売れた。それから 9 年後の 1853 年 12 月 27 日、当時 41 歳であったディケンズは、バーミンガムのタウン・ホールにおいて、慈善目的の朗読会を行った。用いたテクストは『クリスマス・キャロル』、ちょうど 10 年前の 1843 年のクリスマス・シーズンに出版して初版 6,000 部、再版 15,000 部が年内に売れた評判の名作で、その朗読は熱狂的な歓迎を受けた。これはマンチェスターとリヴァプールに新しい文芸協会

3. 公開朗読

を設立するための募金目的の朗読で、200ポンド以上の大金が集った。その成功に応えて、さらに29日には『炉辺のこおろぎ』、30日には『クリスマス・キャロル』の再朗読という形で、募金朗読会が行なわれ、2回で400～500ポンドの募金が集り、この3回の朗読に集まった聴衆は合計6,000人に近かったという。この募金朗読会の成功が大きな反響を呼び起こし、ディケンズは、以後、慈善や公共奉仕のための公開朗読会を頻繁に引き受けるようになった。

　子どもの頃から芝居が大好きで、20歳のときには俳優を職業にすることを本気で考えたこともあったディケンズは、ついに1858年、企画者や支持者および聴衆の要望にこたえるため、俳優としての才能と演技力を生かして、「有料公開朗読会」に踏み切った。フォースターや周囲の友人たちは、作家と俳優の二足草鞋をはき、万一朗読が失敗でもすれば偉大な作家としての名声に傷がつくことを心配したが、何事においても完璧主義者のディケンズは、創作活動と平行して朗読の練習にも時間をかけて万全を期した。朗読を熱望する愛読者に対してはサーヴィス精神に徹し、過密スケジュールをものともせずに鉄道を利用してイギリス各地を駆け巡り、はてはアメリカにまで朗読旅行に出かけた。過労による健康の衰えを自覚はしていたが、ドクター・ストップがかかっても、公開朗読を中止することはなく、これが亡くなる3ヶ月前までつづいた。小説家ディケンズが、公開朗読に情熱と時間とエネルギーを傾注する決意をした背景には、それなりの原因と意図があったものと思われる。

　第一は、私生活の問題である。ディケンズは、公開朗読をはじめる前年の1857年に、自らが主宰した素人演劇慈善公演に賛助出演を依頼した18歳の美貌の女優エレン・ターナンと親密になり、妻のキャサリンとの仲が険悪になると、ついに1858年、20年間一緒に暮らしてきた妻と別居するに至った。妻と愛人と大勢の子供を抱える家庭の現状とともに、スキャンダルの暴露を恐れる心労もあって、「何とかしなくては」ならないと考えていたに違いない。文壇の大御所サッカレーとの不和、小さい頃からの夢であったギャズヒル邸宅の購入と改

装という金銭上の問題もあった。そうした人生の転機と危機にさしかかっていたディケンズは、持ち前の俳優の才能を生かし、自作朗読に没頭することによって、聴衆との直接的かつ人間的な触れ合いを手にし、華やかな舞台と暖かい拍手喝采に大きな魅力と安堵を見出したのかも知れない。あるいはまた、作家と俳優を一体化した新しい芸術形式を開拓したいとの意図があったのかもしれない。しかし、何よりも公開朗読は即金で大きな収入源になったのである。

　第二は、前人未到の朗読台本作者になろうとする意欲である。1860年の前後、ディケンズは『二都物語』、『大いなる遺産』、『互いの友』といった大作を世に送り、小説家としての健在ぶりを示したが、同時に朗読台本の作成にも力を入れて、1回約2時間から2時間半の公開朗読のために、名場面を中心に長編小説を短縮し、短編を練り直し、改訂に改訂を重ねて、全21編の朗読台本を作り上げたのだった。

3　『キャロル』から「サイクスとナンシー」まで

(1) 『キャロル』

　バーミンガムで最初の慈善朗読会を行ったとき、『クリスマス・キャロル』には2時間を予定していたが、実際は3時間もかかったという。2,000人を越える聴衆を前に、朗読の速度を落とさざるをえなかったものと思われるが、朗読台本がほぼ原作通りで、カットが少なかったのも、時間がかかった原因の一つであろう。1857年にロンドンで初めて公開朗読したときは2時間半、1858年5月の第一回公開朗読シリーズで読んだときは2時間、年末には、もう一つの人気朗読台本「バーデル対ピクウィック」の裁判の場面と組み合わせて2時間番組

お別れ朗読会 (1870)

にするため、『キャロル』は 1 時間半に縮小された。もともとディケンズは、当時の演劇の標準的な上演時間である 2 時間を念頭において朗読を企画しており、1859 年、ロンドンにおけるクリスマス朗読会で使用した台本も、2 時間を目標に構成した。『キャロル』は原作そのものが演劇的であり、音楽的であり、視覚的であって、ほとんどそのまま演劇台本としても、朗読台本としても、映画シナリオとしても、使用できるというあたりに、この作品の人気の秘密の一つがある。その上、クリスマスの慈善精神やメロドラマ性、さらにはスクルージの特異で強烈な性格創造も加わって、この作品は人々を強くひきつける。朗読回数は「バーデル対ピクウィック」に次ぐ第 2 位で、127 回である。

(2)『炉辺のこおろぎ』
　『クリスマス・ブックス』の第 3 編である『炉辺のこおろぎ』(1845)は、強い要望をうけて 1853 年 12 月 29 日、バーミンガムにおける最初の慈善朗読会において朗読した。前日に大好評を博した『キャロル』に勝るとも劣らない素晴らしい朗読だったと記録されているが、ディケンズ自身は「もっと小さな場所で朗読するには非常に適っているだろうが、バーミンガムのタウン・ホールには、もっと劇的で強力な主題が必要だ」と述べた。しかしディケンズは、この作品に何度か挑戦した。1858 年 4 月 29 日から 3 ヶ月にわたってロンドンで行なわれた、最初の有料公開朗読シリーズの初日は『炉辺のこおろぎ』ではじまり、つづいて 5 月 20 日、そして地方公演でも 9 月 29 日に朗読したが、これを最後に、以後は二度とレパートリーには入れなかった。朗読回数はわずか 4 回を数えるだけである。『炉辺のこおろぎ』は、内容が地味なので、炉辺でおとぎ話を語り聞かせるように、小さな会場で少人数の聴衆に語って聞かせるのに適した台本である。こおろぎと鉄瓶の合唱を背景に展開する「第 1 のさえずり」、白髪の老人の正体が分る「第 2 のさえずり」、過去のことをすべて許す寛大な夫に妻が感動する「第 3 のさえずり」の三部構成は、多少カットはし

ているものの原作通りの朗読台本である。筋が入り組んでいて、文学的には成功した「家庭の妖精物語」も、朗読台本としては成功しなかった。

(3)『鐘の音』と「リトル・ドンビーの物語」
　『鐘の音』は、1844年12月2日と5日の2回、自宅に友人を集めて朗読し、のちの公開朗読の「萌芽」となった重要な作品である。この作品の公開朗読は1858年5月6日がはじめてで、以後の朗読回数はわずか10回である。人気がなかったのは、紳士階級の「お偉方」を皮肉をこめて戯画化した作者の痛烈な諷刺が、聴衆の多くを占める紳士淑女のお気に召さなかったのかもしれない。朗読台本は、原作をカットすることもほとんどなく、4部構成もそのまま残しており、最後は原作通り「語り手」としての作者のメッセージで終る。
　「リトル・ドンビーの物語」("The Story of Little Dombey") は、ディケンズが初めて試みた長編小説からの抜粋朗読で、1858年6月10日に初演された。それ以来、このかわいそうな子どもの物語は、48回朗読されている。朗読台本は長編小説『ドンビー父子』(1848)の約4分の1にあたる第1章から第16章まで、すなわち48歳になったドンビー氏に期待の男児が誕生して48分経った場面にはじまり、その子が病弱のため、まるで父親の世界を否定するかのように死んでゆくまでの部分を、6章構成にまとめている。第1章は原作の第1章、第2章は原作の第5章、第3章は原作の第8章、4章は原作の第11〜12章、第5章は原作の第14章、第6章は原作の第16章に相当する。初演の時はこれを朗読したが、やがてレパートリーに入れるようになると、息子ポールの洗礼を描く第2章をカットして5章構成に改訂し、軽い短編を一本加えて、2時間番組を組むようになった。

(4)「哀れな旅人」と「柊旅館のブーツ」
　「哀れな旅人」("The Poor Traveller") は、「柊旅館のブーツ」("Boots at the Holly-Tree Inn") や「ミセス・ギャンプ」("Mrs. Gamp") とともに、

3. 公開朗読

ディケンズの短編3本立て番組として、1858年6月17日にロンドンで朗読した。以後朗読回数は30回。語り手が親戚の一人として紹介するのは、貧しい飲んだくれの青年リチャード、通称ディック、改称してダブルディックである。彼は22歳のときに失恋し、放浪したあげく、死ぬ覚悟でチャタムの軍隊に入隊する。軍隊では尊敬する上官に出会い、心を入れ替えるとともに、波乱万丈の戦争体験を積んで出世する。やがて彼を蘇生させてくれた恩人である上官を殺したフランス軍人への復讐に燃え、自分も負傷するが、最後には昔の恋人に再会し、敵の軍人をも許して終る。貧乏、失恋、失意、運命的な出会い、献身と勇気、努力と忍耐、出世、友情と約束、復讐、劇的な再会、そして寛容と赦し、といったディケンズ文学でお馴染みのテーマやエピソードが、メロドラマ風に展開する。

「柊旅館のブーツ」は1858年6月17日に、短編3本立て番組の1本として朗読された。それ以来、ディケンズは、このほほえましく、感動的で、しかもユーモラスな小品を好んで取り上げ、朗読回数は81回におよぶ。「バーデル対ピクウィック」の164回、『クリスマス・キャロル』の127回に次いで、第3位の朗読回数である。これは週刊誌『ハウスホールド・ワーズ』の1855年クリスマス号に発表され、『クリスマス・ストーリーズ』に「柊旅館」(*The Holly-Tree*) の題名で収録されている短編の第2話「ブーツ」(*The Boots*) に基づいている。語り手の「私」が、大雪のために柊旅館に閉じ込められていると、下足番のコブズが、ぶらりと部屋へ入ってきて、これまでに出合った最も不思議な出来事の一つとして、駆け落ちの名所として名高いイングランドとスコットランドの境に近い村、グレトナ・グリーンへ出かけて結婚しようとする可愛い少年少女の純愛物語をする、という体裁をとっている。コブズは可憐な子供の信頼を泣く泣く裏切って、宿の主人にヨークに住む子供の親元へ連絡させて、このロマンティックな純愛の夢を壊してしまったのだ。語り手が、いつの間にかブーツになり、そのブーツが子供のあどけない対話を引用しながら物語を進めていく巧妙な話術は、ディケンズの朗読芸の白眉というべきであろう。

(5)「ミセス・ギャンプ」

「ミセス・ギャンプ」は、1858年6月17日に、短編3本立て興行の1本として、公開朗読のレパートリーに入った。それ以来ディケンズは、この台本を60回も朗読した。朗読回数では第7位の人気台本である。ミセス・ギャンプというのは長編小説『マーティン・チャズルウィット』に登場する、肥った酒好きの老女で、職業は乳母で産婆ということになっているが、いかがわしくて品のない女性である。小説の中では脇役だが、強烈な個性の持ち主で、この種のタイプの喜劇的女性には、古くは『カンタベリー物語』(c.1387-1400) のバースの女房、『ロミオとジュリエット』(1594-95) の乳母、『ヘンリー四世』第1部 (1597-98) のクイックリー夫人、シェリダンの『恋敵』(1775) のマラプロップ夫人などがいるが、ミセス・ギャンプはディケンズが創造した女性版フォールスタフといってもよいであろう。台本の構成は、ミセス・ギャンプが初めて登場する第19章と、次の登場場面である第25章を中心に構成されているが、長くて起伏に乏しいので、回数を重ねるうちに、第25章を省略し、死体の納棺を扱う第19章に絞って朗読するようになり、大好評を博した。ハスキーな声とコックニー訛り、加えて飲酒のせいで舌がもつれる彼女独特の文体とことば使いは、「ギャンピズム」(Gampism) として知られ、マラプロップ夫人の「マラプロピズム」とともに、特異な英語表現として英語辞典に紹介されている。ディケンズの朗読芸が十二分に発揮できるよう工夫された、喜劇的台本の代表作で、偉大なユーモア作家の面目躍如たる傑作である。

(6)「バーデル対ピクウィック」

「バーデル対ピクウィック」("Bardell and Pickwick") は、『ピクウィック・クラブ』の第34章を、ほとんどそのまま使った喜劇的な朗読台本である。存在感抜群の主人公ピクウィックをはじめ、その仲間のタップマン、スノッドグラス、ウィンクル、および従者のサム・ウェラー、その父親までが賑やかに登場するが、焦点はイギリスの法律や

裁判制度に対する痛烈な諷刺にあって、裁判の不条理性が嘲笑の対象になっている。弁護士事務所に務め、議会や法廷の速記者としての経験をもち、演説の大家でもあったディケンズならではの作品で、9人以上の登場人物の声を使い分ける、朗読効果満点の法廷場面である。初演は 1858 年 10 月 19 日で、それ以後の朗読回数は『クリスマス・キャロル』を遥かに凌ぐ、167 回を記録している。大いに受けたのはステアリー判事の演技で、裁判中に居眠りをしていて、突然ハッと眼を覚ますと、梟のように鈍重で眠そうな目をパチパチさせて、単調な細い声でしゃべる表現とタイミングが抜群で、滑稽かつユーモラスな人物描写としてたいそう評判になった。

(7)「デイヴィッド・コパフィールド」

「デイヴィッド・コパフィールド」("David Copperfield") は、同名の自叙伝的長編小説を短縮する形でまとめたもので、その 2 時間の台本は 1861 年 10 月 28 日に初演された。2 回目以後は 30 分短縮した台本を使って 71 回朗読し、回数では第 5 位を占める。中心になっているのは、幼なじみのリトル・エミリーをめぐるデイヴィッドとハムとスティアフォースの愛と友情の物語（原作の第 3 章、19 章、20 章、21 章、22 章、29 章、31 章）で、この美しくて悲壮な筋を締めくくるのが、ラストの迫力ある大嵐の場面（第 50 章、51 章、55 章）である。その間には、デイヴィッドのドーラに対する熱愛とミコーバー氏の楽天的な生き方（第 16 章、26 章、27 章、28 章、36 章）、ミスター・ペゴティーのエミリー捜索の旅（第 32 章と 40 章）、デイヴィッドのドーラに対する求婚と結婚、そしてドーラの病死（第 33 章、37 章、41 章、43 章、44 章、48 章）が巧妙に織り込まれている。大部の小説を、プロットに従いつつ、2 時間の朗読台本に凝縮するのは大変な作業で、ディケンズは 7 年間にわたって苦闘しつづけながら、ようやく完成にこぎつけた。それだけに、ディケンズにとっては愛着と思い入れがつよい。聞かせどころは、最後の大嵐の場面（原作の第 55 章）である。荒狂う大自然の猛威を見事に表現した文章を、ディケンズは迫力のあ

る力強い声量で朗誦した。

(8)「ヨークシャー学校のニコラス・ニクルビー」
　「ヨークシャー学校のニコラス・ニクルビー」("Nicholas Nickleby at Yorkshire School") は、長編小説『ニコラス・ニクルビー』の最初の部分にあたる「ヨークシャー学校」の場面を選んで、4部構成の朗読台本にしたものである。初演は1861年10月29日で、それ以来54回朗読している。ドラマティックな迫力と、虐げられ酷使される知恵遅れの生徒スマイクを包む悲哀感は、聴衆に歓迎された。朗読台本は2種あって、4部構成の方は第1部が原作の7章を中心にして、3章と4章と5章の短文の抜粋を加えている。第2部と3部は、それぞれ原作の8章と9章に呼応している。短い3部構成の方は、スクウィアーズの娘のファニーがニコラスに惚れてパーティーを開く喜劇的な第3部（原作の第9章）をカットしている。この省略版は、「ボブ・ソーヤー」や「柊旅館のブーツ」と組んだ3本立てプログラムとして朗読された。1時間15分の4部構成版は、「バーデル対ピクウィック」と組んで朗読されたほか、「ボブ・ソーヤー」や「柊旅館のブーツ」と組むこともあった。3部構成版には、息抜きの場面はないが、筋立てがすっきりしていて、朗読台本として優れている。ディケンズの社会悪に対する正義感と、虐げられた人々にたいする同情が、真正面から力強く表現された、若々しい情熱が漲る台本である。

(9)「ボブ・ソーヤー氏のパーティー」および「ドクター・マリゴールド」
　「ボブ・ソーヤー氏のパーティー」("Mr. Bob Sawyer's Party") は、『ピクウィック・クラブ』の第32章に基づく朗読台本で、ほとんど原作そのままである。初演は1861年12月30日、それ以後の朗読回数は64回で、第6位を占める。滞っている家賃を取り立てようと、わめく意地の悪い下宿のおかみさんの性格描写、木製の玉でできたネックレスを飲み込み、おなかの中で大きな音をごろごろと立てている子供の小話、そしてパーティーに参加した二人の青年ノディー氏とガンタ

3. 公開朗読

一氏の口論と和解などが、巧妙に語られる。このパーティーに招かれて、当惑するピクウィック氏と、パーティーの主催者であるボブ・ソーヤー氏にも、どことなくユーモアとペーソスが漂う。

「ドクター・マリゴールド」("Doctor Marigold") は、週刊誌『オール・ザ・イヤー・ラウンド』の 1865 年クリスマス号に発表した短編小説「ドクター・マリゴールド」を基にして、主人公の大道商人のモノローグを中心に構成されている。前半は語り芸の面白さで笑わせ、後半は人情話で感動させる。喜劇と悲劇、滑稽と悲哀、ユーモアとセンチメンタルなメロドラマのバランスがとれた、理想的な朗読台本である。ディケンズはフォースターやウィルキー・コリンズを招いた試読会で披露し、好評を博した。特に商人の口上の部分は練習を積めば積むだけ「立板に水」のような語りの効果があがるので、200 回も練習を重ねたという。約 1 時間の台本は、「ボブ・ソーヤー氏のパーティー」と組んで、1866 年 4 月 10 日に、ロンドンのセント・ジェイムジーズ・ホールで初演、それ以後 74 回も朗読された。朗読回数では「柊旅館のブーツ」の次にくる第 4 位の人気台本である。朗読を聴いた W. M. ライトは、「今夜、皆さんに、ドクター・マリゴールドの物語を朗読できますのは、私の喜びとするところであります。すべてを、この主人公に任せて、彼なりのやり方で、皆さんに語ってもらいましょう」と言って、ディケンズが朗読をはじめたと記録している。この傑作台本は、叩き売りの大道商人が、なぜ「ドクター・マリゴールド」と呼ばれるようになったかという解説ではじまる。この男の父親は、妻が赤ん坊を生みそうになったので、医者を呼んできた。親切な医者はお産に立ち会ったお礼に、貧乏な男から紅茶のお盆しか受け取らなかったので、彼は医者に敬意を表して、赤ん坊に「ドクター」という名前を付けた。その赤ん坊が成長して、叩き売りを職業にするわけだが、その叩き売りの口上が、ユーモアたっぷりの愉快な嘘八百のスピーチで、ディケンズの話芸を十分発揮できるように書かれている。そこに言葉の音楽美と人情物語が見事に調和した語り芸の完成をみる思いがする。

(10)「バーボックス兄弟」「マグビー駅のボーイ」「小人のチョップス氏」

「バーボックス兄弟」("Barbox Brothers") は、週刊誌『オール・ザ・イヤー・ラウンド』の 1866 年クリスマス号に、「マグビー・ジャンクション」の総題で発表した 3 つの短編の 1 つで、他の短編「マグビー駅のボーイ」と組んで、ギャズヒルの邸宅の私的な朗読会で披露されたあと、1867 年 1 月 15 日から始まる長期公開朗読旅行の初日に朗読された。「バーボックス兄弟」は、「哀れな旅人」に似た物語で、傷心の放浪紳士が、貧しく弱い人々を助け、愛していた女性と駆け落ちした友人の裏切りを許してやるという寛容とヒューマニズムに満ちた物語である。語り手なしで、いきなり 2 人の男の対話で始まる冒頭の部分は、原作の短編も同様、まるで舞台劇のように、観客や読者を物語の世界へ引き込んでしまう。

「マグビー駅のボーイ」("The Boy at Mugby") は、1866 年、ディケンズが旅行中にラグビー駅の食堂でひどいサーヴィスをうけ、立腹した体験をもとに書かれたユーモラスな短編である。この軽いスケッチ風の小品の魅力は、マグビー駅の軽食堂で飲食物を買うさまざまな乗客たちや、そこで働く女たちを、エゼキエルという名の少年になりすまして、鋭い観察眼で生き生きと活写してみせるところにある。「バーボックス兄弟」と「マグビー駅のボーイ」の 2 編は、あまり朗読される機会がなく、前者は 5 回、後者は 8 回を数えるのみである。

「小人のチョップス氏」("Mr. Chops, the Dwarf") は、『ハウスホールド・ワーズ』誌の 1858 年クリスマス号に発表した「貸家」に基づく台本で、1868 年 10 月 28 日にリヴァプールで初演された。朗読回数は 5 回のみ。興行師マグズマン氏が語るモノローグ形式で展開する。頭の大きな小人が、宝くじで大当たりをとり、憧れてい

「サイクスとナンシー」の朗読

たロンドンの社交界に出るものの、俗物どもにひどい扱いを受けた上に大金を巻き上げられて、悲しい最後を遂げる物語である。

(11)「サイクスとナンシー」

　「サイクスとナンシー」("Sikes and Nancy") は、『オリヴァー・トゥイスト』の「ナンシー殺し」の場面を中心に組み立てたもので、初演は1870年1月5日、セント・ジェイムジーズ・ホールにおける「お別れ朗読会」であった。その日から朗読の最後となった1870年3月15日の公演まで、約2ヶ月という短い期間中に、ディケンズはこの台本を28回朗読している。この朗読には、他の作品以上の演技力と精力、迫力ある声量と強靭な精神力が必要であったため、3ヶ月後の6月9日にディケンズが58歳の生涯を閉じたのは、この苛酷な朗読が命取りになったと言われている。ビル・サイクスがナンシーを殺害する血生臭い場面は、当時の有名な悲劇俳優マクリーディをして、「マクベス二人分」("Two Macbeths!") と言わしめたほど凄惨極まりないもので、ディケンズの迫真の朗読を聴いた聴衆の中には失神した女性もいたという。また、朗読するたびにディケンズの血圧は上がり、ドクター・ストップがかかったともいわれる。「サイクスとナンシー」は、ディケンズが残した21篇の朗読台本のなかで、最もドラマティック、最もセンセーショナル、そして最もインパクトの鮮烈な台本で、『オリヴァー・トゥイスト』のラスト・シーンに近い第43章、44章、45章、46章、48章を中心に構成されている。ヴィクトリア朝を代表する大作家となったディケンズは、その苦難と成功の生涯を閉じるにあたって、子供の頃からの夢であった舞台に立ち、持ち前の俳優としての優れた才能の全てを燃焼させてみせたのが、「サイクスとナンシー」の公開朗読会であったと言ってもよい。

(12) 未朗読台本

　「憑かれた男」("The Haunted Man")、「バスティーユの囚人」("The Bastille Prisoner")、「大いなる遺産」("Great Expectations")、「リリパー

夫人の下宿屋」("Mrs. Lirriper's Lodgings")、「信号手」("The Signalman") の5本の台本は朗読されないままに終わった。

『憑かれた男』は、『クリスマス・ブックス』の第5篇で、1848年に発表された。出版直前の12月11日、ディケンズは自宅で友人達に非公開で朗読して聞かせたという。1853年12月下旬、バーミンガムで最初の慈善朗読会を開催することになったとき、ディケンズは『クリスマス・キャロル』のほかに、『鐘の音』と『憑かれた男』を候補にあげたが、主催者側の意向もあって、そのときは『キャロル』と『鐘の音』だけとなった。

ディケンズはその後、何度も『憑かれた男』の台本作成を試みた。化学者であり、過去に取りつかれた男であるレドローの性格描写とその運命に焦点を絞ったため、第1章は原作を少しカットするだけで済んだが、第2章はテタビーの家庭描写を大幅に省略することになり、第3章に至っては、最初のページに手を入れただけで作業を断念した。おそらくレドローの荒廃した心をミリーの慈悲の高みにまで引き上げ、「被った不幸とそれに対する赦し」を限られたスペース内で描き出すのは、むつかしいと考えたのであろう。結局は、未完成のまま手を引いた。

「バスティーユの囚人」は、『二都物語』の第1巻「甦った」の第4章と第5章と第6章を基にして構成されている。作品の有名な冒頭をそのまま残した格調の高い語りではじまり、ドーバーのホテルにおけるロリー氏とミス・マネットの出会いを経て、マネットの父である老靴職人の囚人「北塔105番」と娘との感動的な対面がパリの屋根裏部屋で行われる。淡々とした描写が多い地味な朗読台本であるが、ロリー氏やミス・マネットが、それぞれの思い出を語る部分の話術が、聞かせどころである。18年間の幽閉生活で憔悴しきった老囚人の、「吐息とも、うめき声ともつかない、おっくうそうな声」の表現には、高度な朗読術が必要になる。朗読効果に富んだ魅力的な台本であるが、波乱万丈の大ロマンを期待する聴衆には物足りない。そのあたりにディケンズが朗読を躊躇した原因があるのかも知れない。

「大いなる遺産」は、3部構成になっている。第1ステージは「ピップの少年時代」。荒涼とした沼地でのマグウィッチとの出会いと、鍛冶屋のジョー・ガージャリー夫婦の家での暮らしが中心で、原作の第1章から7章までに当る。第2ステージは「ピップの未成年時代」で、ミス・ハヴィシャムに代表される上流社会を知ったピップに、「大いなる遺産」相続の話がもたらされ、上京して紳士教育をうける過程が中心で、原作の第8〜13章と、第37章からなっている。第3ステージは「ピップの成年時代」で、紳士となり21歳になったピップの前にマグウィッチが再び姿を現し、密入国の科で逮捕・投獄され、ピップに見守られながら監獄内で死を迎えるまでの物語で、原作の第39〜56章をドラマティックに編んでいる。ピップとエステラの関係は削除され、ピップとマグウィッチの関係が中心となっている。

「リリパー夫人の下宿屋」は、『オール・ザ・イヤー・ラウンド』誌の1863年クリスマス号に発表されて好評だったので、翌年のクリスマス号には続編の「リリパー夫人の遺産」が出た。この両短編が朗読台本に編集されている。物語の語り手であるリリパー夫人は未亡人で、ロンドンのストランドで下宿業によって生計を立てている。60歳前後の話し好きで人情味のある女で、ミセス・ギャンプやミセス・ニクルビーなどとともに、ディケンズが創造した代表的な人気者の女性である。この下宿に住み着いているのが、「少佐」（メイジャー）と呼ばれる好人物の退役軍人である。リリパー夫人の自己紹介で幕が上がると、手におえない2人の若い女中の愉快な描写があり、次いで「少佐」ジェミー・ジャックマンの登場となる。その後にバフル氏一家の火事騒動と「少佐」が大奮闘するドタバタ騒ぎがつづき、下宿屋に入ってきた新婚夫婦のエピソードがはじまる。夫は妊娠した妻を棄てて姿をくらまし、絶望した妻が自殺しようとするところを、夫人と少佐が救出するが、妻は男の子を出産して病死、孤児となった男の子を夫人と少佐が養育するという人情話である。ディケンズが一度も朗読しなかったのは、語り手が女性である上に、一貫性のないエピソードを繋ぎ合わせた台本は、聴衆を最後まで引っ張る劇的迫力に欠けるためかと思われる。

「信号手」は、『オール・ザ・イヤー・ラウンド』誌の1866年のクリスマス号に発表された後、「マグビー・ジャンクション」の総題のもとに集められた4章から成る物語の最終章として、『クリスマス・ストーリーズ』に収録された。ディケンズ自身は結局朗読することはなかったが、この音声効果抜群の台本は、1937年にアメリカでラジオドラマ化され、1953年には短編テレビ映画になった。そのプロデューサーであり監督でもあったネイサン・ザッカーは、原作のダイアローグだけを取り出し、それをそのままシナリオとして使用した。このことは、科白が書ける脚本家としてのディケンズの才能を明白に証明しているといえるであろう。

4　朗読の評価と再演

一般聴衆や批評家が残した僅かばかりの鑑賞記録は、ディケンズの朗読の全貌を伝えてはいないし、また全貌の記録などは期待すべくもないであろう。ディケンズが聴衆やマネージャーの要望に答えて実施した公開朗読会の回数こそが、人気の尺度であり、評価でもあると考えたい。イギリスにおける朗読回数は、1853年の慈善朗読会から1870年の最終朗読会までの17年間に397回、それに1867年の12月から翌年の4月へかけての5ヶ月間にわたるアメリカ主要都市で行った

ディケンズ最終朗読会

公開朗読を加えると、実に500回近くの朗読回数になり、そのうち興行としての有料朗読は400回を超えていて、そのどれもが大入り満員だったから、これは朗読が演劇並みに興行として立派に成功した驚異的な記録である。アメリカにおける観客動員数は、1回平均1,500人、週4回平均で5ヶ月に及ぶ朗読回数は75回、総収入は228,000ドルだったというから、凄い評判であり、見事な成果だと言

えよう。

　ディケンズが『リア王』の忠臣に喩えて「忠実なケント」と呼んだジャーナリストのチャールズ・ケントが、ディケンズの全朗読作品 16 編の台本の概要と朗読の反響を記録した『朗読者ディケンズ』(1872) と、1866 年から 1870 年までの有料朗読のマネージャーであったジョージ・ドルビーが書き残した『私の知るディケンズ——イギリスとアメリカにおける朗読旅行物語』(1885) は、ディケンズの朗読の抜群の人気と、観衆の熱狂的な歓迎を伝える当時の貴重な資料である。

　ディケンズの没後、公開朗読を再現して評判をとったのは、劇作家で俳優のエムリン・ウィリアムズであった。映画演劇界のスターとして名声を確立していたウィリアムズは、作家であり俳優であるという利点を生かして、ディケンズに扮した朗読形式の一人芝居を 1951 年 10 月から開始し、世界を巡演して日本へも立ち寄った。東京公演は 1965 年 6 月 27 日から 3 日間、有楽町の朝日講堂で開催された。さらにディケンズ没後 100 年を記念する 1970 年には、この公開朗読を再演した。

　ウィリアムズの演目には、ディケンズの朗読台本の再演、現在の観客を考慮に入れた改訂版の朗読、そしてディケンズの小説に基づく独自の脚色の三種があった。彼の朗読台本作成の基本方針は、ディケンズを全く読んでいない観客や、読んだことがあっても忘れている観客に向かって朗読するという姿勢であった。したがって、ディケンズ台本を再演するにしても、観客の立場を考えて、分かりやすさを目標にしている。例えば、最高朗読回数を誇っている「バーデル対ピクウィック」の場合には、第 34 章の「裁判」の場面の前に第 12 章を加えて、事件の発端を観客に知らせる工夫をしている。ウィリアムズが公開朗読で取り上げた台本は、「ボブ・ソーヤー氏のパーティー」、「小人のチョップス氏」、「リトル・ドンビーの物語」などがあるが、彼の最大の功績は、ディケンズが未朗読に終わった「信号手」を、ほとんど台本通りに朗読して成功させた点にある。ウィリアムズは、この朗読公演の記録を『ディケンズの朗読』(1953) と題する本に書き残してい

るほか、ディケンズの朗読に関するエッセーも発表した (Tomlin 177-95)。

エムリン・ウィリアムズ以後、ディケンズの公開朗読台本や小説の朗読において、舞台やテレビでの朗読や、カセット・テープ、CDなどの朗読録音で活躍した俳優には、ポール・スコフィールド、ジョージ・ハーランド、マイケル・ペニントン、サイモン・キャロウなどがいる。

フィリップ・コリンズは、ほとんど散逸状態になっていた「幻」の台本を丹念に集め、校訂・注釈を施して、『ディケンズ公開朗読台本全集』(1975) を出版した。この書物によって、晩年の朗読家としてのディケンズの全貌がはじめて明らかになった。ディケンズの公開朗読の全貌をとらえ、これを再評価した優れた研究である。コリンズはまた、この朗読台本全集から、実際に朗読された 12 編を選んで、1983 年、オクスフォード版の「ワールズ・クラシックス」の 1 冊として出版した。

5　日本での現状

英米では、もともと文学作品の朗読が盛んだが、21 世紀に入って、日本でも朗読が脚光を浴びるようになって、国語教育においても、音読や朗読の重要性が再評価されてきた。ディケンズの場合は、本人が朗読家として一世を風靡し、朗読台本を残したこともあって、英国の俳優は言うまでもなく、ディケンズ研究者にも朗読を見事にやってのける人たちがいる。朗読台本全集を編集したフィリップ・コリンズ教授は、まさに「行学一如」の優れたディケンズ朗読家でもあった。その伝統をマイケル・スレイター教授、マルコム・アンドルーズ教授などが継承して、ディケンズ作品の学者朗読はイギリスでは常識となっている。ディケンズの血を引くジェラルド・ディケンズの朗読も名物になっている。

日本における朗読台本の初演は、1993 年 2 月 7 日、ディケンズの誕生日を記念して、小池滋訳の『信号手』を荒井良雄が朗読したのがはじまりとなる。1994 年 12 月 17 日には村岡花子訳の『炉辺のこお

ろぎ』を用いて朗読し、以後、翻訳のあるものは翻訳で、無いものは原文で、全21編の完読を達成した。その様子は写真入りで『ディケンジアン』90 (1994): 149 に掲載された。また、2000年のクリスマスからは、出口典雄氏の演出によるシェイクスピア・シアター等で、シェイクスピア全作品脇役出演を果たした俳優の佐藤昇氏と、同じくシェイクスピア・シアターに属して多数のシェイクスピア劇に出演した蔀英治氏によるディケンズ朗読会が、「グローブ文芸朗読会」の名称の下に東京荻窪の朗読会場ではじまった。すでに10作品以上の朗読を完了している。小池滋氏の新訳による「バーデル対ピクウィック」の初演を成功させ、松村昌家氏の訳による『鐘の音』を見事に朗読してみせた佐藤昇氏は、日本におけるディケンズ朗読のスタイルをほぼ確立したと言えよう。あとは朗読台本の翻訳出版を待つばかりであって、それによって、ディケンズ作品の朗読が、これから日本でも盛んになることを期待してやまない。

参考文献

Collins, Philip. *Charles Dickens: Sikes and Nancy and Other Public Readings*. The World's Classics. Oxford UP, 1983.

Dolby, George. *Charles Dickens as I Knew Him: The Story of the Reading Tours in Great Britain and America (1866-1870)*. London: T. Fisher Unwin, 1887.

Fawcett, F. Dubrez. *Dickens the Dramatist*. London: W. H. Allen, 1952.

Findlater, Richard. *Emlyn Williams*. London: Rockliff, 1956.

Kent, Charles. *Charles Dickens as a Reader*. London: Chapman & Hall, 1872.

Tomlin, E. W. F. ed. *Charles Dickens 1812-1870*. London: Weidenfeld and Nicolson, 1969.

Williams, Emlyn. *Readings from Dickens*. London: Folio Society, 1953.

荒井良雄「ディケンズ文学の語り――文体と朗読表現の関係」『ディケンズ・フェロウシップ日本支部年報』24 (2001).

佐藤真二「ディケンズの'すばらしき新世界'――朗読台本 "Doctor Marigold" にみるディケンズ像」『ディケンズ・フェロウシップ日本支部年報』19 (1996).

(荒井良雄)

4. 社会活動

1　社会活動と社会運動

　ディケンズにおける「社会活動」とはいったい何であろうか？　いうまでもないことだが、「社会活動」は「社会運動」とは異なる。ディケンズの時代ということであれば、社会運動家の一人の典型的な例として、ロバート・オーウェンを挙げることができるだろう。社会運動の定義として、さまざまな著述や、実践的な活動によって、社会の改革を目指す団体に身を投じ、それを導いていくということができるだろうが、さまざまな意味で労働者の地位と権利を社会の中で認知させようとしたオーウェンは、まさにこの定義にあてはまる。これに対して、社会活動という言葉は、社会を改良するといったような目的を直接持っているわけではない職業に従事している者が、それとは別に、社会そのものに関わるような活動をしているような場合に用いられるのが普通である。その意味では、オーウェンが全国労働組合大連合の議長となったことや、『社会に関する新見解』を著わし、環境や教育の問題を論じたことをさして、オーウェンにおける「社会活動」と述べることには大きな違和感がともなう。

　それでは、ディケンズの場合はどうだろう。

　ディケンズは、ここで述べたような意味での「社会運動家」だったのだろうか。その答えは一応は否である。後にも触れるが、ディケンズはチャタム、バーミンガム、およびレディングの職工学校の会長に名誉的に選ばれており、総会などで頻繁にスピーチや朗読を行なったが、何らかの特定の主義主張を標榜するいわゆる社会運動に没頭・献身したという事実はないからだ。それでは、ディケンズは何かの職業に従事していて、それとは別に社会そのものへの参加なり働きかけを行なっていたのだろうか？　ディケンズ、あるいはディケンズの小説

についてある程度の知識のある者は、ためらいながら、この場合にもやはり否と答えるのではなかろうか。しかし、この疑問に対して、たちどころに肯定の答えも、否定の答えも出しきれないところに、ディケンズという人物なり、彼の創造した文学なりの本質があるといってよい。

2 ディケンズの社会との関わり

次なる疑問は、ディケンズは具体的にどのようなかたちで社会と関わっていたのだろうか、ということである。

ディケンズの生涯の活動の中で、いわゆる社会活動にもっとも近いのは、職工学校をはじめとして、さまざまな機関、協会、基金団体、クラブなどで行なったスピーチである。ディケンズはヴィクトリア朝のイギリスを代表する作家であり、かつ名士でもあったので、名誉的にスピーチを頼まれる機会はきわめて多かった。ディケンズが具体的にいつどこで、どんな状況で、どのようなことを話したのか、我々はK. J. フィールディング編集の『ディケンズのスピーチ集』をひもとくことによって窺うことができる。

しかしもう1つ、典型的な社会活動として忘れてはならないのは、慈善的な活動である。この場合、慈善を目的としたディケンズの活動は、大きく2つに分けることができる。

一つは個人的な慈善活動である。公的な年金などの制度のない19世紀のこと、作家や俳優が年をとって生活が立ちゆかなくなったり、死亡した結果、残された家族が路頭に迷ったりするというような状況が生じることがあった。そんなとき、見て見ぬ振りをすることのできないのがディケンズであった。では、そのような場合に、ディケンズはどのようにして義捐金を集めようとしたのだろうか？ それには、主として3つの方法があった。すなわち、自分も寄稿しながら有名作家たちに原稿をつのって本を作り、その出版で収入を得る方法。次に、作家や画家の仲間、その家族たちを語らって、シェイクスピアやジョンソンなどの古典演劇、ブルワー＝リットンやコリンズの新作の

劇、さらにはコリンズとの合作の劇の慈善公演を行なって金を稼ぐ方法。さらに後半生になると、自作の小説の一部を慈善的に公開朗読することによって基金を作る方法も用いられた。

　これらは個々の人間に援助の手を差し伸べるものであるが、より広範な社会的影響力をもつという意味で、もっと重要な慈善的活動があった。それは、思わぬことから莫大な遺産を受け継ぎ、生涯を慈善的活動にささげたバーデット゠クーツという女性に、ディケンズが彼女の慈善活動について助言するというかたちで行なわれた。具体的には、売春婦に更生をうながし援助をあたえるための施設〈ウラニアの家〉の創設と運営、スラム撤去と貧困層の人々のための住宅の建設などがそれにあたる。

　しかしながら、売春婦や極貧層へのこのような慈善的な活動を眺めはじめると、ディケンズの社会的な活動は裕福な慈善家への助言にとどまってはいないことに気がつく。というのも、ディケンズはこのような問題について、一時編集長をつとめたこともある『デイリー・ニューズ』紙、さらに自らが主催する週刊誌『ハウスホールド・ワーズ』、『オール・ザ・イヤー・ラウンド』などへの投書や記事のかたちで、積極的に発言することが多かった。そして、まったく同じような形で、このような媒体を用いてディケンズが提起した問題は、慈善にはとどまらず、さまざまの社会問題にまでおよんでいる。救貧院の問題、チャーティズム、工場の劣悪な労働条件、貧しい人々の教育問題、労働者の住居や賃金の問題、都市衛生の問題、非効率な行政機構の問題など、それはきわめて広い範囲にわたっている。

　こういうと、もうお気づきのことと思うが、このようにディケンズがいわばジャーナリストとして取り上げた問題を列挙していけば、それはすなわち小説家ディケンズの活動の軌跡ともぴたりと重なり合うのである。なぜかというと、ある意味で、ディケンズのほとんどすべての小説は社会問題への関心から出発しているといっても過言ではないからだ。結果としてできあがった個々の作品について、それが社会問題への取り組みだけに終わっていると述べることはナンセンスであ

るし、そうでないことは、そこに描かれた社会問題の多くがもはや直接的な意味合いを持っていない現在、ディケンズの作品がなおも多くの人によって読みつがれ感動を与えているという事実そのものによって証明されているが、それでもなお、社会問題との関わりが作品の重要な部分をしめていることは否定できない。

　このように考えてくると、ディケンズの「社会活動」は、普通にこの語の定義として述べられる範囲を大きく逸脱して、ディケンズの生涯のほとんどすべての局面に及んでいるものと考えないではいられなくなる。つまり、個人的な慈善活動、慈善家への助言と協力、公の場でのスピーチ、芝居の慈善公演、公開朗読、雑誌や新聞の記事や投書、それにもちろん小説の執筆——これらすべてがディケンズの「社会活動」である。

　その一方で、ディケンズの社会との関わりについて、このように、その媒体という観点から眺めることとは別に、それぞれの問題についてテーマごとに整理することもできる。さまざまな媒体を横軸とみなし、個々のテーマを縦軸と呼んでみるとするならば、以下では、この縦軸に沿ったかたちで、代表的な問題、すなわちなるべく横軸の膨らみの大きなものを取り上げていこうと思う。中心となるテーマは、安息日の遵守法案、貧困層および労働者の教育、ウラニアの家、死刑公開廃止、公衆衛生とスラムの撤廃問題などである。

3　安息日の遵守
(1) キリスト教国イギリス

　19世紀のイギリスは、文字通りのキリスト教国であった。1862年にイギリスをおとずれたフランス人の学者テーヌは、街路の汚さ、酔いどれ女たちのみっともない姿に眉をひそめるいっぽうで、日曜日ともなれば、あらゆる教会の鐘が容赦なく鳴り響き、厳粛な顔をした男女が子どもの手を引きながらぞろぞろと礼拝の場所にむかう姿に目を丸くしている。『リトル・ドリット』の第2章、20年ぶりにロンドンに帰ってきたアーサー・クレナムが、教会の鐘の音を聞きながら、子

供時代の暗鬱だった日曜日のことを回想する場面が思い出されるのではなかろうか。

　では、当のイギリス人は自らのことをどう思っていたのだろうか？ 1851年3月30日の日曜日、国中のあらゆる礼拝の場所で、朝、昼、夕に集まってくる人々の数が記録された。その結果、この日、当時の推定人口17,927,609人のうち、7,261,032人の者が礼拝所にやって来たことが判明した。全人口の約40パーセントというこの数字は、今日の我々の目には驚くべきものと映る。しかし、当時の聖職者たちにはそうは見えなかった。そして、もっと多数の人に魂の平安をもたらすべく、日曜日の礼拝をうながす方策を講じなければならないと考えたのだった。すなわち「安息日遵守法案」がその一つである。

　1836年4月、サー・アンドルー・アグニューという国会議員が「安息日遵守法案」を下院に提案した。それによれば、労働者階級の者が日曜日に労働することばかりか、娯楽をたのしむことも不可能になることが明らかだった。サー・アンドルーはこの提案を32年以来いく度も提案していたが、いまだ可決されず、あえて再提案の挙に及んだのであった。この法案が成立すれば、日曜日には、店の営業、酩酊すること、公の集会、馬車の貸し借り、蒸気船や馬車屋や娯楽施設の営業などがいっさい禁じられることとなる。

(2)「日曜三題」

　これを聞いたディケンズは、怒髪天を衝いた。そして、『ピクウィック・クラブ』の執筆などで忙しい生活の中にわずかな暇を盗んで、たちどころに1冊の政治パンフレットを書き上げた。「日曜三題」と題する小品がそれである。「今の状況」、「安息日法が成立したら」、「そのかわりに」の3章からなり、ティモシー・スパークスの筆名のもと、6月に出版された。

　この中でディケンズがもっとも怒ったのは、富裕階級のことを棚上げにして、労働者階級にとって差別的な待遇が提案されていることであった。例えば富裕な階級の者はたとえ日曜日でも召使いに肉を料理

させて奢った食事をたべ、馬車にのってドライブを楽しむこともできる。これに引きかえ労働者たちは、日曜日に食堂を閉められてしまうと、楽しみにしている週に一度の暖かいマトンと焼きじゃがのご馳走が食べられなくなってしまうではないかと、ディケンズは憤慨する。したがって、彼らは、田舎の空気を吸うことも、クリケットを楽しむことも封じられた結果、汚辱、病、淫蕩、酩酊に追い込まれることになるだろう、と。そしてディケンズは聖職者に対する皮肉たっぷりの言葉で締めくくっている。「聖職につく者は、自らもって真の道徳の範を示さねばならない。すなわち、朝説教をしたあとは会衆を解放して、午後は本当の休みを楽しませてやるのだ。彼らをして、説教の種として……かの救世主の口から出た『安息日は人のためにつくられた。安息日に仕えるために人が造られたのではない』の一句を選ばしめよ。」

結局、サー・アンドルーの法案は下院で 5 月に否決された。ただしディケンズの「日曜三題」が出たのは 6 月だったので、この結果とは何の関係もなかった。この後もう一度同じ法案が提案されたが議会の解散とともに流れ、その後はサー・アンドルーが落選し、誰もそれを引き継ぐ者は現われなかった。

4 教育

(1) 19 世紀初頭の教育事情

19 世紀に入ると、イギリスでは工場労働者の数が飛躍的に増大し、社会の中の 1 つの階級として認識されるようになった。そもそも、そのような現象を経験した場所は当時の地球上にはどこにも存在しなかったので、自然発生的に人口が集中してしまった地域に上下水道など都市衛生上の配慮がなかったことも、工場で働く労働者を守るための制度や法律などが一切存在しなかったことも、ある意味では当然のことであった。そして下層階級の人間の教育も、その例外ではない。

ディケンズ自身は中産階級の末端にぶら下がっているような家庭の出身だったので、本人に言わしめれば「不規則」とのことだが、それ

でもかろうじて教育を受けることができた。すなわち、1817 年、家族がチャタムに移った直後に、何の資格もない一人の老婆が教える学校に通った。これは、多かれ少なかれ、『大いなる遺産』に描かれているウォプスル氏の大叔母の学校に似たものであったのだろう。また、1812 年から 22 年には、同じチャタムでオクスフォード出の若い牧師ウィリアム・ジャイルズが教える学校で学んだ。さらに、1824 年から 27 年にかけて、ロンドンのウェリントン・ハウス校に通っている。この学校での経験は、『デイヴィッド・コパフィールド』で主人公デイヴィッドが通う学校に、ある程度反映されているものと考えられている。この学校は、当時としては水準以上の学校で、教育の内容としては、英語の読み書き、数学、ラテン語、フランス語、ダンスなどがあったようだ。しかし、当時の学校はすべてが私立で、国によるカリキュラムについての規定や指導などはまったく存在しなかった。このような事情は中流階級の上層や上流階級の師弟が通うパブリック・スクールにとっても同じことで、1828 年にラグビー校の校長に就任したトマス・アーノルドが、ほとんど古典語の教育しか行なわれていなかったそれまでのカリキュラムを改革して、数学、近代史、近代語などを導入して、その後のイギリスにおける教育改革に大きな影響をあたえたというのは周知のことである。

　19 世紀の初頭には、国が国民の教育の義務を負うべきだという考えはまだなかった。それは教会の役割であると考えられていた。したがって、貧しい者に教育を施すための組織としては、1808 年に設立された無宗派の〈英国および外国学校協会〉と、1811 年に設立された国教会系の〈国教会の原則によって貧者の教育を推進する全国協会〉の 2 つがあり、労働者層の子弟のため、教師を養成し、学校を作った。しかし、作品、雑誌記事をとわず、ディケンズはこのような組織や、その傘下にある学校について、ほとんど言及していない。では、ディケンズの注意をひいた学校とはどのようなものだったのだろうか？

① 慈善学校

　その一つは、篤志家の寄付によってまかなわれる慈善学校であった。『ドンビー父子』に出てくる〈チャリタブル・グラインダー〉はそのようなものの1つとして描かれている。そうした学校の財政は慈善家の寄付によって支えられ、寄付を行なった人々には、そこで教育を授けるべき生徒を指名する権利があたえられていた。ディケンズ自身も〈孤児学校〉をはじめとして、いくつかの学校に寄付をしていたが、彼はこのような制度については嫌悪を感じていた。そもそもの成り立ちが恩顧にもとづいているので生徒にとって屈辱的であるうえに、生徒指名権のある寄付者のもとに、気まずい懇願の手紙などが殺到するというのがその理由だった。

　ディケンズの小説には、そのような学校に通う生徒が何人も描かれている。ノア・クレイポール、ロビン・トゥードル、ユライア・ヒープ——こうして並べてみると、すべて卑屈で、ゆがんだ性格の持ち主ばかりである。これによって、ディケンズの慈善学校に対する見方がわかる。『ドンビー父子』で、ディケンズはこう書いている。「その手の学校では名誉を教えることはない。そのようなところでは、偽善を生むことに特に強みを発揮するシステムが跋扈している」と。

② 貧民学校

　これに対して、極貧の子どもたちに無償で教育を受けさせようという運動があった。すなわち、〈貧民学校〉と称されるものがそれである。

　そもそも、それを思いついたのは、ポーツマスの靴職人ジョン・パウンズという人物であった。彼は1818年、無償で貧しい子どもたちを教えはじめた。この考えをトマス・ガスリーが引き継ぎ、エディンバラに同じような学校を開校した。そして1844年には、シャフツベリー伯爵を会長として〈貧民学校連合〉が設立された。こうして、1850年ごろまでに、このような労働者の子弟のための無償の学校が200以上作られたのだった。

　このような運動の存在を、ディケンズは1843年に知った。そして、バーデット゠クーツ女史の依頼を受けて見学にいった。

バーデット゠クーツ女史というのは、サー・フランシス・バーデットの娘で、息子1人、娘5人の兄弟姉妹の末っ子だった。幼いころから大陸で長期間の滞在をすることが多く、しかも銀行経営者であった母方の縁故で各地の王侯貴族との交わりがあり、さらに政治家であった父方のコネを通じて、ヨーロッパの進歩的な知識人とのつき合いにも事欠かなかった。このようなことから、バーデット゠クーツはリベラルで進歩的な考え方の女性に育った。銀行家であった母方の祖父はもと女優だった人物と再婚していたが、1837年、この女性が亡くなると、その莫大な遺産はアンジェラに遺された。それ以降アンジェラは生涯を通じて、この遺産を社会の改良、とくに貧しい人々や不運な者への援助に捧げつづけることとなる。そしてディケンズは、このようなバーデット゠クーツからさまざまな慈善的な計画について、たびたび相談を受けたのである。アクロイドはこのような二人のことを、次のように記している。「どちらも、相手に、自分自身の中にあるものを見て取った。

バーデット゠クーツ女史

それはすなわち貧しい人々への心の底からの懸念と同情であり、当時の政治的・社会的な通念の枠にはおさまりきらないものだった。」

(2) フィールドレイン学校の視察

　1843年9月14日の夕方、ディケンズはサフロン・ヒルにある〈フィールドレイン貧民学校〉を訪れた。そして16日に報告書をバーデット゠クーツに送り、「今までロンドンその他の土地で、奇妙で、恐ろしいものならたくさん目にしてきましたが、ここの子どもたちが、これほどまでに魂と身体の面倒を見てもらっていないのを見るのは、何にもましてショッキングです」と印象をしるしている。このような無

知で不潔な状態に子どもを放置することこそは犯罪の温床となるので、これはバーデット゠クーツが援助するにまさにふさわしい対象であると結んだ。そして、「神の概念をたたきこむことすら困難なのだから……彼らに宗派的な教義や形式を教えることは誤っている」と重箱の隅をつついて教義の詳細を教えたがる福音主義者への嫌悪感を表明し、建物のひどさを指摘し、身体を洗う場所を設けるべきだという実際的な細目を忘れないのはいかにもディケンズらしいといえよう。このときの体験を基にして、ディケンズは『エディンバラ・レヴュー』誌に記事を書くことを申し出て編集者と合意に達していたが、『クリスマス・キャロル』の執筆などと重なり、実現にはいたらなかった。しかし、ディケンズはこのときの訪問をもとにして、1846年2月4日の『デイリー・ニューズ』紙に貧民学校の紹介記事をのせた。

　ディケンズはこの後もたびたび貧民学校を訪れた。そして1846年には、自ら理想的な貧民学校を設立することを思い立ち、よりによって、『鐘の音』などで批判の槍玉にあげたベンサム主義者である統計学者ケイ゠シャトルワースに手紙を出し、「あなたとわたしが組めばうまくいくでしょう」と誘いかけている（46年3月28日）。結局この計画は頓挫したが、その後もディケンズは貧民学校への関心を持ちつづけ、1852年には『ハウスホールド・ワーズ』誌に、フィールドレイン学校の訪問を思い出して記事を書き、「国は[貧しい子どもたちを]いつも罰するばかりだが、それにおとらぬ手間と、少ない経費で、彼らを教育し、救済することができる」と述べ、国による援助の必要性を訴えたのだった。

ダリッジ校での慈善就学演説

(3) 成人教育

　ディケンズは成人の教育にも大きな関心をいだいていた。その中心は、各地の「職工学校」であった。職工学校というのは、当時の労働者の中でも上層に属する熟練技術者たちから何がしかの会費を取りながら、さまざまな教育をほどこす機関で、イギリス各地に存在していた。1850年には、そのような機関が700を数え、合計で10万人の会員がいたという。ディケンズはチャタム、バーミンガムおよびレディングの職工学校の会長に選ばれた。1843年以降、彼はさまざまな機会にスピーチを行ない、財政的支援の一環として公開朗読を行なった。

　1843年10月、ディケンズは、財政危機に陥った「マンチェスター・アセニアム」(文芸協会)を立て直すための会でスピーチをするよう求められた。「ここにはいくつも楽しい部屋があり、愉快でためになる講義、勉強のための6,000冊の書籍を擁する図書室があります。議論や討論のためのさまざまの機会、健康的な運動もでき、そして……無邪気で理性的な娯楽の機会——そうしたものを、この大きな町の若者、大人の誰もが利用できるわけでありますから、そうしたさまざまの利点を享受するため……毎週6ペンスを割くことをいとう方はおられますまい。」

　リヴァプールの職工学校の「クリスマスの夜会」が(ディケンズの都合によって延期された結果)1844年の2月に行なわれた。ディケンズは充実した図書館について賛辞を述べたあと、「この学校が提供するさまざまの利点を認識し、この学校で自己を高めることができた者は、必ずや、その利益を各人が属する社会集団に持って帰り、それを他の人々に対して、複利で預けることになるでありましょう。そのような利益がどこまで大きく成長するか、それは計り知れないほどであります。」

　これ以降も、ディケンズがこのような種類のさまざまな組織の振興・発展のために公開朗読などによって寄付を募った例はきわめて多い。

5　ウラニアの家
(1) 大きな社会悪

　『デイヴィッド・コパフィールド』の中で、主人公デイヴィッドの幼友達エムリーはスティアフォースによって誘惑されて捨てられる。かくして「堕ちた女」となり都市の陋巷に埋没してしまったエムリーではあるが、その後、叔父ペゴティーの懸命の捜索によって発見され、ともどもオーストラリアへと移住する。同じ作品の中には、もう一人マーサ・エンデルという名の街娼が描かれていて、ペゴティーによるエムリー発見に大きな役割を果たしている。これらとともに、ディケンズが描いた売春婦として忘れてならないのは、『オリヴァー・トゥイスト』のナンシーである。とても心が暖かく純粋な娘で、尽くしがいのない男への忠誠をつらぬいて命を失うさまは、読者の胸をうたないではおかない。ディケンズの作品に登場するこうした不運な女たちのことを頭に思い浮かべると、彼女らにむけられるディケンズの優しいまなざしに、今さらのように驚かされる。しかし、このようなディケンズのまなざしはフィクションの中のみにはとどまらなかった。それどころか、現実にむけられたディケンズの目はもっと優しかったとさえいえる。

　1840年代、50年代のイギリスでは、売春の問題は「大きな社会悪」と呼ばれ、社会的関心が大いに高まっていた。当時の小説や詩やメロドラマに頻繁に登場する一つのパターンがあった。それは、田舎の娘が地主の息子に純潔をうばわれ、家出してロンドンにゆき、そこでテムズ川に身を投げて自殺をはかる、というものである。これには多分に文学的クリシェという面があるものの、このようなパターンが流行するにつけては、現実の裏付けが厳然として存在したのである。ヘンリー・メイヒューによれば1857年には警察に知られているだけで8,600人の売春婦がいたが、実数はこの10倍くらいいるのではなかろうかという。社会がかかえるこのような多数の売春婦や「堕ちた女」にたいする社会的関心の高まりとともに、芸術作品に取り上げられることも多くなった。画家ホルマン・ハントの「良心の目覚め」

(1853) や、詩人トマス・フッドの「ため息橋」(1844) などは有名である。また小説家も『メアリー・バートン』(1848) や『ルース』(1853) を著したギャスケルをはじめとして、ジョージ・エリオット、コリンズ、さらにはハーディにまで及んでいる。また、〈ロック収容所〉をはじめとして、売春婦を収容する施設も多数存在した。

では、このような社会状況に対して、ディケンズはどのように反応したのだろうか？

(2) ウラニアの家の成立

1846年5月、ディケンズは、バーデット＝クーツから売春婦の救済・更生施設を作る可能性について相談を受けた。ディケンズは、まるで待ってましたといわんばかりに、すかさず返事を書いた。5月26日付けのほぼ2,500語におよぶこの長文の手紙で、ディケンズは自分の頭に描いている施設のことを微に入り細を穿って述べた。まずディケンズは「少なくとも最初は新たに家を建てる必要はなく……ロンドンもしくはその近郊に、その目的のために改造することのできる家はたくさんあります」と述べる。そして入ってきた女性は例外なく、まず「保護観察」の場所に入れられ、ある程度の期間をへてから、他の者たちとの共同生活に入る。この保護観察的な期間にあるうちは「社会のことは棚に上げておきます。社会のほうが彼女らを虐待し、彼女らから顔をそむけたのだから、社会における善悪について注意を向けさせようとしてもむだです」。そうしてさらに、このような保護観察的な期間をどれくらい設けるかは個々人によって異なり、「マークシステム」、すなわち「よい行い」に対して与えられる得点を蓄積させることによって、その期間の長短を決めるのがよいとディケンズは述べている。

それでは、収容された女性たちの日常についてはどうであろうか？「この施設全体の基礎として宗教の教えがあるべきことは当然のことです。しかし、この種の人々を扱う場合に重要なのは、訓練のシステムがしっかりと確立されていることです。それは断固として着実に実

施されるべきものであるいっぽう、快活で、希望に満ちたものでもなければなりません。秩序、時間厳守、清潔、それに洗濯、繕い、料理などのさまざまな家事労働——こうしたものを、施設そのものが一人一人にたいして、実地に役に立つように教える手段を提供することになります。」このように、きわめて実際的な細目に及ぶまでの具体的な計画を、ディケンズはバーデット＝クーツへのアドバイスとして書いて送った。そして、翌年、この手紙に書かれていることが、ほとんどそのまま実現されることとなった。

　計画の実現のため、ディケンズは精力的に動いた。その結果、ロンドン西郊のシェパーズ・ブッシュに適当な家が見つかり、ディケンズ自身によって〈ウラニアの家〉と名付けられ、1847年の11月に開かれた。その後入所者をつのるため、ディケンズは監獄の所長をつとめたことのある知人、すなわちジョージ・チェスタトン、オーガスタス・トレイシーなどの協力を得ながら、ウェストミンスター矯正院やコールド・バス・フィールズ監獄などに収容されている女たちに「堕ちた女へのアピール」と称するパンフレットを配布してもらうよう手配した。

(3) 堕ちた女へのアピール

　この文書でディケンズは、「幸せになるためにこの世に生まれてきたのに、これまで惨めに生きてきた女性、将来に何の夢もなく、過去に荒れはてた青春しかない女性、もしも母になったことがあったとしても、不幸せな赤ちゃんのことを誇らしく思うどころか、むしろ恥ずかしく感じた女性」にたいして呼びかけている。そしてそのような女性たちの気の毒なありさまに、さる貴婦人が心をいため、彼女たちのために「ホーム」を作った。しかし、「彼女たちが悔悟し、自らの義務を果たすことを教わったあとで社会から閉め出されることは、この貴婦人の本意ではなく、むしろ社会に復帰……することが切なる願いにして目的でもあるので、いくばくかの時がたって、心の真摯さと改心が、彼女たちのふるまいによって証明されたあかつきには、海外に

移住し、遠い異国の地で正直な男性の妻となり、心穏やかに生きて死ぬことができるよう、あらゆる手だてが、彼女たちのために講じられるだろう」という風に、海外への移住とそこでの結婚が最終の目的として掲げられている。そして結びの言葉としてディケンズは、きわめて感動的な筆致で、このような「ホーム」のことを、「もしも深夜の静寂の中でひとり目覚めたときには、考えてみてほしい。いまだ無垢で、いまとはとても違っていたかつての自分の姿が心に蘇ってきたときには、考えてみてほしい。いままで胸に感じたことのある優しい気持ち、何かを愛する気持ちのことを一瞬でも思い出して、ふと心が和らいだときには、考えてみてほしい。そうして心が動かされ、いまの自分のありさまにひきかえて、自分はこうもあり得たのだと身にしみて感じたなら、このホームのことを思って、いまからなれる自分のことを考えてほしい」と述べている。

(4) ウラニアの家の運営

〈ウラニアの家〉には、13名の女性が収容され、さらに監督者として二人の女性が常駐していた。この監督者の人選ばかりか、新たな収容希望者については、ディケンズが自ら面接し、入所させるかどうかを決めていた。そして、運営のための委員会が設けられ、月例の会合がもたれた。委員にはディケンズの推薦によって、上記のチェスタトン、トレイシーのほか数名の人々が任命され、その中にはケイ=シャトルワースも含まれていた。このように経費等はすべてバーデット=クーツがまかなったが、計画の立案、実施から、実際のホームの運営にいたるまで、もっぱらディケンズが行なったといえる。収容された女性たちが着るためのユニフォームはなかったが、なるべく明るく快活なものにすべきだと、ディケンズは彼女たちが着る服の色合いまで指示したのだった。

運営について、ディケンズはきわめてヒューマニスティックな態度で臨んだ。ディケンズは、収容者たちが自分のかつての生きざまの過ちを認めることを求めたが、その後は、過去を非難することはいっさ

いなかった。彼女たちが過去のことを話すことは禁じられ、監督者ですら収容者がどのような前歴を持っているのかを知らされていなかった。また近所の人たちも、〈ウラニアの家〉がどのような種類の施設で、どんな者たちが住んでいるのかを知らなかった。そんな中でディケンズがとりわけ重視したのは、ホームの中の雰囲気だった。1847年11月、ホームが開かれる直前に書かれた長文の手紙で、「快活さとやさしさに、すべての希望がかかっています」とディケンズは述べた。そして一年後にも、「避けなければならない大問題、われわれが現在そちらにむかって進みかけている危険があります。すなわち、厳格で暗い雰囲気です」と述べている。

(5) 『ハウスホールド・ワーズ』誌の総括

　1853年、ディケンズは『ハウスホールド・ワーズ』誌に、〈ウラニアの家〉の総括ともいうべき内容の記事を、匿名で書いた。「ホームのない女性のためのホーム」と題されたこの記事の中で、そこに収容されてきたのは、いわゆる「堕ちた女」ばかりではないことが述べられている。「身持ちのよい飢えたお針子、家具付きの下宿から家具を盗んだお針子、監督不行届の救貧院で乱暴をはたらいたために投獄された少女、貧民学校に通っていた貧しい少女、警察署に救助を求めてきた貧窮者、街角で客引きをしていた若い女、乱暴、万引き、すりなどで投獄されていた街娼、誘惑された女中、それに自殺未遂で拘留されていた女が2人。25〜6才をこえる女はまれだ。平均は20才くらいだろう。」そして1853年までの時点で、ホームに在籍したことのある女性について、次のように記している。「30人はオーストラリア等に移住して幸せに暮らし、そのうちの7人は結婚した。残りの者のうち、7人は保護観察の期間の間に自らの意志によって去り、10人はホームでの不品行のために追放された。7人は逃亡し、3人は海外移住しようとしたが、旅の途中で昔の陋習にもどった。」

　ディケンズはその後、1857年妻キャサリンとの別居などが原因でバーデット゠クーツと疎遠になるまで、〈ウラニアの家〉の運営に献身

的にうちこんだ。しかし、上記『ハウスホールド・ワーズ』誌の記事が匿名で書かれていることは象徴的である。というのも、〈ウラニアの家〉について、ディケンズは公のかたちで語ることがほとんどなかったのだ。このことは、作品の中で、自らの慈善活動について声を大にして語る人物の愚かさを次々と笑い者にしてきた作家ディケンズの行動と軌を一にするものだとフィリップ・コリンズが述べている。けだし至言というべきであろう。

6　公開処刑の禁止
(1) イギリスにおける死刑

　イギリスでは1964年に死刑が廃止されるまで、遠くアングロサクソンの時代から、身分の高い者をのぞいて、一般の犯罪者の処刑には絞首刑が延々と用いられた。処刑場として特に有名なのはタイバーンである。現在のオクスフォード・ストリートが尽きるマーブルアーチのあたりにあった。1700年から83年までの間に、約2,450名の者がここで処刑されたという。1783年11月以降、処刑の場所はニューゲイト監獄の前へと移された。しかし、場所が移されても、処刑が公開で行なわれ、多数の物見高い人々の眼前で行なわれる風習はかわらなかった。話題になった人物の処刑などの際には何万人もの人々が場所取りのために前日から集まり、周囲の建物も高い席料をとって見物人に貸された。

　19世紀の初頭には、なんと122種類の犯罪について死刑が規定されていた。その中には「ロンドン橋の損壊罪」というようなものまであった。しかし、実際に死刑の執行が行なわれたのは、そのうちの16種類の犯罪に過ぎなかった。殺人、殺人未遂、放火、強姦、男色、紙幣偽造、各種の強盗、流刑地からの帰還、重大な傷害、牛馬羊の窃盗などである。その他の罪については、死刑の代用として、オーストラリアもしくはアメリカへの流刑が言い渡された。

　しかし19世紀前半には死刑の対象となる罪種は減らされてゆき、1861年には殺人、重反逆罪など4つにまでなっている。このような

傾向とともに、死刑そのものの件数が劇的に減少した。1800年には133件、ピークとなった1801年には216件、1829年にはまだ74件もあった。しかし、1830年代になって、流刑が死刑の代用として用いられることが多くなると、処刑そのものはきわめて少なくなった。1838年には、イングランドとウェールズを合わせてわずか6件しかなく、1840年から99年までの年平均はたったの7.8件であった。

(2) ディケンズの死刑見物

　1840年7月、ディケンズは殺人犯の処刑を見るためニューゲイト監獄に行った。前夜の11時ディケンズが現場に到着すると、すでに人だかりができはじめていた。ディケンズは処刑台正面の、借りた部屋に陣取る。午前1時には、あたりはびっしりと人で埋め尽くされていた。午前4時、処刑台の組み立てがはじまり、いよいよ処刑の予定時刻8時へと時が刻々近づいていく。しかし、「どこを見ても……この場にふさわしい感情は、およそ皆無だった。悲しみも、健全な恐怖も、嫌悪も、厳粛さもなかった。そこにあるのは、ただ、猥雑な冗談、らんちき騒ぎ、軽薄なおどけ、酩酊ばかり……そのあまりのおぞましさ。自分の同胞の集団のことを、こんな風に感じることがあるだろうなどとは、まさか思ってもみなかった」(『デイリー・ニューズ』紙、1846年3月9日)。

　1841年11月、当時雑誌に連載中だった『バーナビー・ラッジ』に描かれている暴動や処刑の場面には、この時のディケンズの心情が色濃く反映されているものと思われるが、ディケンズが死刑そのものについて語ったのは、さらにその5年後のことだった。すなわち、1846年、ディケンズは『デイリー・ニューズ』紙に3通の連続書簡を発表し(3月9, 13, 16日)、死刑廃止を訴えたのである。その中では、

ニューゲイト監獄

死刑になることで悪名をはせようとするような犯罪者の倒錯した心理、死刑を見ることによって人心が荒廃すること、幼稚な見物人の胸に処刑される犯罪者への同情心をかきたてうること、誤審があった場合に取り返しがつかないこと、死刑相当とされることにより殺人などの犯罪が神秘的な色彩を帯びて人々の不健全な興味をかきたてること、などを根拠として、きわめて理路整然と議論が展開されている。

(3)『タイムズ』紙への投書

　ディケンズは1849年11月13日にふたたび死刑見物に出かけた。ホースモンガー・レイン監獄で、マライア・マニングとジョージ・マニングという夫婦が同時に処刑された。犯罪そのものは金品めあてに下宿人を殺害したという陳腐なものだったが、マライアがベルギー人の女で、激しい気性の持ち主だったことなどが理由で、大きな話題となった（『荒涼館』のオルタンス嬢のモデルになったと言われている）。ディケンズはこの処刑について、すかさず『タイムズ』紙に書簡を投じた。その中で「今朝この処刑に集まった大群衆の邪悪さ、軽薄さ。あれほどまでに想像を絶した、ぞっとする光景を頭に思い描くことは……とうてい不可能だろう」と述べ、ディケンズは死刑を非公開にすべきことを訴えた。ここで注意しておかなければならないのは、1846年の時点でディケンズは死刑そのものの廃止を訴えていたのに対し、この時には、それが望ましいとしながらも、より実現の可能性の高いものとして、処刑を非公開にすべきことが主張されていることである。『タイムズ』紙の発行部数の多さのためか、このディケンズの立場への賛否をめぐって侃侃諤諤大論争が生じた。

　最終的にイギリスで公開処刑が廃止されたのは、1868年のことである。ジョン・フォースターの伝記によれば、このような変革をうながすにあたって、上に述べたようなディケンズの行動が大きく影響したと述べられている。それに対して、フィリップ・コリンズはこれはまったく事実ではないと反論している。しかし、1856年の時点ですでに、下院の特別委員会でそのような動議が満場一致で可決されてい

たこと、1850年代には公開処刑の廃止という言葉からディケンズの名が連想されていたという事実があったらしいことを正当に評価するならば、コリンズの結論は振り子が逆の方向に振れすぎていると言わざるをえないのではなかろうか。

7 『ハウスホールド・ワーズ』誌と社会問題

　1850年3月30日に発刊が始まった『ハウスホールド・ワーズ』誌の表紙には、「ディケンズに指揮されて」と銘打たれているが、毎週のように、ディケンズの関心をひいた社会問題が大きく取り上げられている。とくに多いのが、さまざまな教育問題、工場の労働環境や事故、スラムのひどい住環境や衛生状態、行政の非能率などの問題である。ここでは、その中のスラムの問題を眺めておこう。

(1) スラムの衛生問題
　「立法による健康」("Health by Act of Parliament,"、1850年8月10日)と題された記事では、「ロンドンは人口過密、ゴミ、悪い空気、悪い水、窓税、下水の不足によって瀕死の状態にある」にもかかわらず、首都が公衆衛生法の適応から除外されていることを嘆いている。また、統計的な数字を挙げながら、もっとも人口の稠密なスラムが、もっとも死亡率が高いことを示している。「急所は住所」("A Home Question," 1854年11月11日)では、労働者には健康的な家をもつ権利があるのであり、「公衆衛生は、まさに我々すべてにとって重要な、(労働者の)住居問題にほかならない」と、労働者に健康的な家を提供することが、結局、都市全体の衛生問題の改善につながることが主張されている。そしてさらに、「そんなので委員会」("Commission and Omission," 1854年11月18日)という長文の記事では、ロンドンにいまもっとも必要なのは下水道設備だということが論じられている。
　『ハウスホールド・ワーズ』誌の記事にとどまらず、ディケンズはあらゆる機会をとらえて公衆衛生の問題に人々の注目をひこうとした。例えば、1850年2月に首都公衆衛生協会に招かれてスピーチを行な

った際、「現今のロンドンの衛生状態は、いくら悪く言っても言い過ぎることは不可能なほどだと思います」と述べ、「公衆衛生法の適応から首都が除外されているのは、墓掘り人しか登場しない『ハムレット』のようなものだ」と言ってのけた。ロンドンの衛生状態の改善を妨げているのは、スラムの地主や家屋の持ち主たちと、「自治」をよしとする紳士貴顕の諸子だという。しかし、前者に対して、ディケンズは、よい衛生状態ほど結局のところ安上がりのものはなく、「それぞれの住民のために、週に1パイントのビールもしくはグラス2杯のジンをふるまうほどの出費」でそれが実現できるのだという。また後者に対しては、熱病や天然痘は一つの教区の中に押さえ込むことなど不可能なのだから、自分は自分、人は人というようなことを言ってはいられないのだと、『荒涼館』のテーマの一つを予兆するようなことを述べている。ディケンズは次の年にも、首都公衆衛生協会で、スラムの問題についてスピーチを行なっている。

(2) モデル住宅の建設

　このようなディケンズをはじめとする善意の人々の働きかけにも関わらず、政府は重い腰を上げようとしなかった。しかし、慈善家のバーデット゠クーツは自らの手でスラムを撤去し、労働者のための住宅を建設することを思いつき、それに対してディケンズの意見を求めた。ディケンズは1852年4月18日付けの手紙で、例によって懇切丁寧にアドバイスしている。小さな一軒家の建設を考えていたバーデット゠クーツに対して、ディケンズは、集合住宅のほうが建築費用がかからず、良好な設備の実現が可能になると述べている。アパート式の建物を何軒もつくることにより、広い庭を共有し、しっかりとした壁、丈夫な基礎、ガス・水道・下水、その他さまざまな設備を持たせることが可能になるが、家族単位の一軒家を建てた場合には、同じような設備を作ることは、費用がかかりすぎて不可能だろうという。ディケンズはさらに、学校、銀行、公共図書館が備わって、それぞれの建物のまとまりがさながら一つの町になりそうな計画までたてた。このよう

な過程の中で、バーデット゠クーツの資金によるベスナルグリーンのスラム区域の撤去および、コロンビア・スクエアのモデルアパートの建設が実現したのだった。

7　すぐれた実務家ディケンズ

　以上、ディケンズと、彼が生きたイギリスのヴィクトリア朝社会との関わりの、いくつか主要な項目を、それぞれの問題の時代的背景をも考慮に入れながら眺めてきた。このようなプロセスによってあらためて浮かび上がってくるのは、きわめて現実的で有能なディケンズの、実務家としてのすぐれた側面である。ハンフリー・ハウスは古典的名著『ディケンズの世界』の中で、「ディケンズは何かを始めたわけではなく、彼の主要な運動は成功しなかった」と述べている。この簡潔な表現の前半部、すなわちディケンズの社会の問題についてのさまざまな関心や提言は、時代に先んじていたというわけではなく、いわば当時の常識をきわめて的確にとらえ、適切な表現をあたえただけだったという点については、ハウスの慧眼に敬服しなければならない。しかし後半部、すなわち社会問題への取り組みが直接の成果を結ぶことがなかったことは歴史に徴して事実であろうが、ディケンズという時代の寵児は、その時代の大多数の人々の良心を代弁していたので、それによって社会が一定の方向に動いていくモメンタムを増さなかったと考えるのは、きわめて不自然なことだ。ディケンズは何も新しいことを行なわなかったかもしれない。しかしディケンズが行なおうとしたこと、その裏にある精神は、いまなお古びてはいないのである。

参考文献

Checkland, S. G. *The Rise of Industrial Society in England 1815-1885*. London: Longmans, 1964.
Clark, G. Kiston. *The Making of Victorian England*. London: Methuen, 1962.
Guy, Josephine M. *The Victorian Social-Problem Novel*. London: Macmillan, 1996.
Houghton, Walter E. *The Victorian Frame of Mind, 1830-1870*. New Haven: Yale UP, 1957.
角山　栄『産業革命と民衆』(生活の世界歴史 10) 河出書房新社、1975.

(山本史郎)

V

ディケンズ文学の広がり

1. 小説出版と挿絵
2. ディケンズと映画
3. 日本の作家たち
4. ディケンズとシェイクスピア
5. ディケンズとドストエフスキー

レズリー・ウォードによるディケンズ (1870)

1. 小説出版と挿絵

1 小説と挿絵

　偉大なディケンズですらクルークシャンクやハブロー・ブラウンに負うところがないと言えるであろうか？　彼をあんなにもよく理解し解釈したあの二人の素晴らしい銅版画家達に！……（作品の登場人物達に関する）我々の記憶は、分厚い黄色の紙の、いつも待ちに待ったページに印刷されたあの永遠の美術館の、彼らの小さな銅版画によって、消えることのない具体的なものとして固定され、具体化され、強固にされた。それらの銅版画を人々は物語を読む前、読んだ後、そして読んでいる最中に強烈な興味を持ってじっくりと眺めたものである。人々はペックスニフ氏がその世界の中で考えたこと、言ったこと、したことは忘れてしまうかもしれない。けれども彼がどんな風貌の人だったかを決して忘れることはないだろう (Leavis 434)。

　上にあげた言葉は、画家であり小説家でもあったジョージ・デュ・モーリエが 1890 年の『芸術の雑誌』8 月号に寄せたもので、ディケンズの挿絵画家達に対する最大の賛辞であろう。彼が言うようにディケンズの読者にとって、本文と挿絵は分かちがたく結びついている。ペックスニフ氏ばかりでなく、フェイギン、ピクウィック氏、ギャンプ夫人、ドンビー氏といった登場人物達は、ジョージ・クルークシャンクやフィズことハブロー・ブラウンの描いた挿絵によって、読者の記憶の中で、忘れがたいものとなっている。『ピクウィック・クラブ』を読んだことはないが、ピクウィック氏の絵なら見たことがあるという人は多いはずである。
　ディケンズの小説における挿絵の重要性は、当時の独特の出版形態

と深く関わっている。彼の小説の多くは月刊分冊という形で出版された。中でもディケンズがとりわけ得意としたのは 32 ページのテクストに 2 枚の挿絵をつけて、19 回月刊分冊で出版するという方法であった。そのような出版形態において挿絵は、読者が登場人物の視覚的イメージを固定化し、物語の流れを記憶するのを助けるという実際的な機能をもっていた。特に、18 世紀の画家ウィリアム・ホガースの伝統を受け継ぎ、細部に象徴的な図像を配置する手法を用いたクルークシャンクやブラウンの挿絵は、小説のテーマを読者に印象づけるのに役立った。また、挿絵はしばしば店の窓に飾られ、宣伝媒体としての役割を果たしていた。実際ディケンズの小説の中で挿絵なしで出版されたのは、自らが編集した『ハウスホールド・ワーズ』と『オール・ザ・イヤー・ラウンド』という週刊誌に連載された、『ハード・タイムズ』、『二都物語』、『大いなる遺産』の 3 冊だけであった。ただしこのうち、『二都物語』は後にブラウンの挿絵をつけ、1859 年の 6 月から 12 月まで 8 回の月刊分冊で出版されている。

　ディケンズの小説が常に挿絵とともに出版されたことは、挿絵の読者に直接的に訴える機能だけの問題ではなかった。ディケンズの小説は絵画的であるとよく言われる。実際、当時の批評家達は「ホガースが絵画で成し遂げたこととほぼ同じことをディケンズは小説で成し遂げた」(Lister 77) というように、しばしば彼をホガースにたとえた。ディケンズは一瞬の情景を細部まで正確に描き、その細部の描写の積み重ねにより、中心的なテーマを強調するという手法を用いた。それはホガースの絵画手法そのものであった。ディケンズはフォースターに、彼自身の作品の創作過程について、「私は創るのではなく——本当にそうではない——そうではなく見るのだ——そして書き留めるのだ」(Forster 3: 308) と書き送ったという。そのような作家にとって挿絵とは、まさに作品の本質にかかわる要素の一つと言えるであろう。

　以下、ディケンズの小説を彩った挿絵画家を年代順に見ていきたい。

2　ジョージ・クルークシャンク

(1)『ボズのスケッチ集』

　ディケンズとクルークシャンクの最初の出会いは、1835 年 11 月、出版社主のジョン・マクローンが、『マンスリー・マガジン』誌や『モーニング・クロニクル』紙等に掲載されたディケンズの随筆『ボズのスケッチ集』第 1 集の挿絵を、クルークシャンクに依頼したときである。当時ディケンズは 23 歳の無名の作家、一方のクルークシャンクは諷刺画や挿絵で「現代のホガース」としばしば評されるほどの不動の地位を確立した画家であった。第 1 集に添えられたディケンズの序文には、偉大な画家に対する駆け出しの作家の深い感謝の念を見ることができる。

　　脆い舟で誰の助けも借りずにたった一人ぼっちで危険な航海に乗り出さなければならないことを考え、いささか不安な気持ちを覚えていた作者としては、当然ながら今まで多くの成功に貢献してきた著名な人物の助けと友情を得たいと思った。……このような要件を十二分に満たしている人物として、ジョージ・クルークシャンク以外の誰にお願いすることができたであろうか？ (xxxix)

　しかしながら、若いディケンズは野心家であり、はるかに年長の著名な画家に対しても臆することなく自分の意見を主張したので、二人の共同作業は最初からどちらが主導権を握るかの争いとなった。挿絵はテクストに付随するものだと私達は考えがちだが、1830 年代のイギリス出版界において、それは必ずしも真実ではなかった。挿絵画家が既版の本の中から挿絵を描きたいテクストを選んで再版したり、挿絵画家の描く絵に作家が文章を後からつけるという出版形態が、19 世紀初頭にはよく見られた。既に名声を確立していたクルークシャンクが、ディケンズとの共同作業において自らが主導権を握ると考えたとしても、それは当然のことであった。ところが、ディケンズは彼に対し、描く予定の挿絵のリストを早く送るようにと催促し、彼の仕事に

介入してきたので、彼はマクローンに「不愉快な状況の展開」(*Letters* 1: 102n) を遺憾に思うとの手紙を送り、不快感を露にした。好評を博した第 1 集に続き第 2 集の出版を進めていく中で、二人の見解の相違がますます明らかになる。第 1 集が出版されてわずか 1 年も経たないうちに、ディケンズは『ピクウィック・クラブ』の成功で大変な人気作家となっていた。小説の執筆のために原稿が遅れがちなディケンズにしびれを切らしたクルークシャンクは、「絵に合うように変更を提案する特権を保持するため」(*Letters* 1: 183n) 適宜原稿を見せてほしいと要求する。ディケンズはこの「自分の原稿を彼が変えるという考え」に対して、「私は以前からクルークシャンクは気が変だと思っていた」(1836 年 10 月 19 ? 日)とマクローンに書き送っている。結局、ディケンズが怒りを静めて二人は和解するが、当初 2 巻を予定していた第 2 集は 1 巻で終ることになった。

(2) 『オリヴァー・トゥイスト』

　二人はその後、『ベントリーズ・ミセラニー』という月刊誌の編集長と挿絵画家の立場で再び一緒に働くこととなる。しばらくの間は平穏な共同作業が続いたが、『ベントリーズ・ミセラニー』誌にディケンズが『オリヴァー・トゥイスト』を連載し、その挿絵をクルークシャンクが担当することになると、二人の緊張関係が再び高まる。二人は仕事の手順についての計画をあらかじめ立てた。それによれば、クルークシャンクは描く場面をディケンズと相談してから下絵を描き、それをディケンズに見せて同意を得ることになっていた。有名な「お代わりを求めるオリヴァー」はこのような手順を経て出来上がったのである。けれども仕事が進むにつれ、ディケンズの原稿はまた遅れがちになり、画家との相談なしに彼が描いてほしい場面を指示するというようなこともしばしば起きるようになった。二人の関係は、3 巻からなる小説の単行本が、雑誌の連載終了に先立って出版されることとなった 1838 年 11 月、さらに悪化した。ディケンズは出版の直前、クルークシャンクに最後の 6 枚の絵に関する指示を残して、ウェールズ

とミッドランドへの旅行に出かけた。クルークシャンクは一人図版の製作に取り掛かったが、それらはすべて多かれ少なかれ作家の意向から逸脱したものであった。例えば、ディケンズが指示したナンシーとローズが初めて会う場面をクルークシャンクは描かず、代わりにサイクスが犬を殺そうとする場面と、サイクス逃亡の場面を描いた。単行本の仕上がりを心配したディケンズは予定を早く切り上げて出版の前日にロンドンに戻り、クルークシャンクの完成した図版を見たが、自分の留守をいいことに、画家が自立性を主張したことを見て、不快感を示す。とりわけ気に入らなかったのは、最後の挿絵（メイリー家の人々とオリヴァーのその後を描いた炉辺の図）で、ディケンズはこの図版を直ちにやり直すよう指示した。クルークシャンクはしぶしぶこれに従い、アグネスの墓前にたたずむローズとオリヴァーを描いた挿絵に差し替えた。

　この 6 枚の図版の中にはクルークシャンクの最高傑作の一つである「死刑囚独房のフェイギン」（図 1）も含まれていた。フェイギンの卑しさと追い詰められた心理とを並々ならぬ表現力で表したこの絵を評して、チェスタトンは「これは単にフェイギンを描いた絵であるばかりでなく、フェイギンによる絵のようである」（Chesterton 112）と賞賛している。ディケンズは絶望的になって牢獄の壁や窓をたたくフェイギンを描くように指示していたが、クルークシャンクは動きのない場面を選ぶことによって、死刑囚の行き場のない絶望感とみじめさをより深く描写することに成功した。パントマイムの役者のような誇張された表情や身振りの人物描写を特徴とするクルークシャンクだが、ここでは誇張よりはむしろ抑制によって効果を得ている。ディケンズもこの絵の高い芸術性を認識したのか、何も不満は述べなかったようである。

　ディケンズとクルークシャンクの仕事

図 1

上の関係は、いくつかの小品での協力を除いて、『オリヴァー・トゥイスト』で終わりを告げることになるが、彼らの交友関係はその後も続いた。強い個性の持ち主である二人は、年齢の違いにも関わらず友人としては互いに惹かれあうものがあったようである。また演劇に対する強い情熱を共有していた彼らはしばしば、素人芝居で共演した。しかし、クルークシャンクが1840年代後半に禁酒運動にのめりこむようになって、二人は徐々に疎遠になっていく。1850年代から60年代にかけて、次々に作品を発表し当代一の人気作家として華々しい成功を収めたディケンズに対し、クルークシャンクはもはや時代遅れの、人々から顧みられることのない画家となりつつあった。小説家と画家のその後の人生は、1830年代の共同作業を転機として上昇と下降とに大きく分かれていったのである。

(3) クルークシャンク対フォースターの論争

　晩年のクルークシャンクは『オリヴァー・トゥイスト』のアイデアを提供したのは自分だと主張し、フォースターと大論争を引き起こすが、その背後には、おそらく落ちぶれた画家の苦々しい思いがあったのかもしれない。論争はマッケンジーが、アメリカの雑誌『ラウンド・テーブル』に1865年に掲載した記事が発端となった。その中で彼はクルークシャンクから直接聞いた話として、ディケンズは画家の描いたロンドンの盗賊の生涯を扱った連作を見て、小説の着想を得たと述べている。当時存命中のディケンズがこの記事を読んだかどうかは定かでない(彼はこれに対して反論することなく他界する)。けれども彼の死後フォースターが、『ディケンズの生涯』で、ディケンズがクルークシャンクに絵を書き直させたことさえあるという事実を引き合いに出し、画家の話は嘘であると反論した。嘘つき呼ばわりされたクルークシャンクは、二度にわたってフォースターへの抗議を試みる。彼は画家としての最後のプライドをかけて、『オリヴァー・トゥイスト』の誕生において自らが果たしたと信じる役割を主張したのである。

1. 小説出版と挿絵

　結局のところクルークシャンクの主張がどこまで正しいのかを確かめる術はない。けれども『ボズのスケッチ集』や『オリヴァー・トゥイスト』が、終始作家主導で書かれたわけではないことは、既に多くの批評家が指摘するところである。『ボズのスケッチ集』に関しては、文章をつけるのに適当な挿絵があれば見せてほしいと頼んだディケンズの手紙が残っている。また、「オリヴァー、ドジャーの『仕事ぶり』に驚く」の下絵の裏にはクルークシャンクの手になる、以下のような文面が見える。

　　二枚目の図版の主題を教えていただけませんか？　一枚目は製作中です。ところで、その絵を見たいですか？　取りに来てくださるなら一、二時間お貸ししてもいいですよ。(qtd. in Volger 72)

クルークシャンクが下絵を送るのは必ずしもディケンズの承認を得るためだけではなく、時にはディケンズが下絵を見て文章を書けるようにとの配慮のためだったということを、この文面は証明している。

　もし仮に、これらの事例が例外的な出来事であったとしても、作家と画家のどちらが優位に立っていたかという議論自体が、そもそもあまり意味をなさない。なぜならディケンズがクルークシャンクに細かな指示を与えたという事実自体が、彼が常に画家の書く挿絵を意識していたことを示しているからである。『ボズのスケッチ集』はそのタイトルが示すようにきわめて視覚的であり、『オリヴァー・トゥイスト』の場合においても、ディケンズは時に作家というよりは画家として場面を描写している。例えばメイリー家の人々のその後を描いた最終場面を見てみよう。

　　私はもう少しの間だけ、長い間一緒に動き回っていた人達のもとにとどまって、彼らの幸せを描くことで、その幸せを分かち合いたい。……私は [ローズ・メイリー] が、炉辺の団欒や夏の楽しい集まりの喜びに満ちて暮らしているところを描いてみたい。……私は彼女と今は亡き姉の

子供が、互いに愛し合って、彼らが不幸にも失ってしまった友人達の姿を心に浮かべながら、幸せに時を過ごしている様子を描いてみたい。[傍点筆者] (53)

これはディケンズがクルークシャンクに書き直しを指示した場面であるが、ここでディケンズは「描く」(paint) という動詞を使っている。たとえディケンズの指示がフォースターの主張するように作家の優位性を示しているとしても、ディケンズがこの場面をクルークシャンクに描いてもらうために書いたということは明らかである。その意味でディケンズの作品は常に作家と画家との共同作業であった。このような共同作業は、後の挿絵画家との間でも継続していくことになる。

3　フィズが『ピクウィック・クラブ』の画家となるまで
(1)『ピクウィック・クラブ』のはじまり

　ディケンズの挿絵画家として人々が真っ先に思い浮かべるのは、「フィズ」の愛称で親しまれたブラウンであろう。彼は『ピクウィック・クラブ』にはじまり、実に 10 冊ものディケンズの小説の挿絵を手がけた。けれども彼がディケンズの挿絵画家となったのは、ある不幸な出来事がきっかけであった。

　『オリヴァー・トゥイスト』の起源については、先に見たように、未だ確かなことはわかっていないが、『ピクウィック・クラブ』に関しては、少なくとも最初に話を持ちかけたのは、ロバート・シーモアという挿絵画家であったことがはっきりしている。シーモアはもともと油彩画家を志していたが、生計を立てるため挿絵画家に転向し、一時は「ショートシャンク」というペンネームを名乗り、ユーモラスな主題を得意とする人気諷刺画家としての地位を固めた。特に 1831 年から彼が寄稿をはじめた『フィガロ・イン・ロンドン』紙では、毎号巻頭を飾るシーモアの絵が売り物となっていた。しかし、このような成功とは裏腹に、彼は十分な教育を受けていないという劣等感と生来のふさぎこみがちな性格に絶えず悩まされていた。そんな彼が「ニムロッ

ド・クラブ」というロンドン子の狩猟家グループの滑稽な冒険譚を描いた本の企画を出版社に持ちかけたのは、1835 年のことであった。多くの出版社が無関心であったなか、唯一興味を示したのは、設立されたばかりの出版社チャップマン・アンド・ホールのエドワード・チャップマンであった。

　チャップマンは早速文章をつける作家を探しはじめる。そして出版社の新企画『小説文庫』に「ラムズゲートのタッグズ家の人々」を寄稿したディケンズに白羽の矢を立てた。1836 年 2 月、チャップマン・アンド・ホールのもう一人の経営者ウィリアム・ホールがディケンズの家を訪ねている。話はすぐにまとまったが、ディケンズはこの最初の出版社との交渉から、シーモアの企画をそのまま受け入れることは出来ないことをはっきりと主張する。まず彼は、狩猟家の冒険譚はさほど目新しい企画ではなく、またそのような主題では彼自身の技量を十分に発揮できないと述べ、何よりも画家の絵に彼が文章をつけるという案に強い難色を示した。彼はホールに「挿絵は文章から自然に生まれ出るほうが、はるかによい」と言ったと、1847 年の『ピクウィック・クラブ』の廉価版(チープ・エディション)の序文で述べている。つまり、あくまでも作家が主役となることをディケンズは主張したのである。

(2) シーモアの悲劇とその後
　画家と作家との間にこのような大きな見解の相違があったにもかかわらず、この企画は動きはじめた。その後の成り行きを考えれば、それはディケンズにとっては大きな幸運であったが、シーモアにとっては大変な不幸であった。シーモアは分冊の表紙に、銃を構える人物や釣り糸をたれるピクウィック氏を描いて、自らが心に思い描いている物語を表現した。だが、ディケンズは第 1 回目の分冊から彼の意向にはほとんど従わず、強引に主導権を握る。まず彼はシーモアの考えとは裏腹に、ウィンクル氏を除いてクラブのメンバーの誰一人として狩猟家にしなかった。第 1 章、ピクウィック・クラブの会合の挿絵で、シーモアは壁には雄鹿の頭部の剥製とさまざまな狩猟の図、床には狩

猟道具を配置しているが(図2)、ディケンズのテクストでは、狩猟のことにはほとんど触れられていない。そして、第2章でディケンズは、クラブのメンバーをシーモアが全く知らないロチェスターへ行かせてしまう。第1回分冊で動物と郊外の風景の描写を得意とするシーモアがその実力を発揮できたのは、ジングル氏の語る賢い犬の話を描いた挿絵だけであった。

図2

　悲劇は第2分冊の出版を進めている最中におこった。第3章はアルコール中毒の道化が最後は幻覚をきたして死んでいくという、旅芸人が語る挿話であったが、ディケンズはその場面を描いた下絵の人物描写が気に入らず、シーモアに描き直しを命じる。彼はその週末の日曜日にシーモアを自宅に招いたが、これが二人の最初で最後の対面となった。過度に敏感な性格の持ち主であるシーモアは、ディケンズとの共同作業にこれ以上耐えられないと思ったのかもしれない。その理由は定かではないが、「臨終の道化」(図3)の図版を火曜日までかかって仕上げたシーモアは、その後猟銃で自殺し、水曜日の朝、変わり果てた姿で女中に発見されたのである。

図3

　突然の悲劇であったが、本の出版を中断することはできない。ディケンズは1回の分冊の挿絵を4枚から2枚に減らし、代わりにテクストを8ページ増やした形で連載を続けることを決める。チャップマンは慌てて後任の挿絵画家を探し、『小説文庫』の挿絵を描いたことのあるロバート・バスに仕事を依頼する。バスはロイヤル・アカデミーに出品する作品を制作中だったが、非常事態であることを理解して

快く仕事を引き受けた。エッチングの経験がなかった彼は早速練習に取りかかる。だが、出来上がった第3分冊の2枚の挿絵は線がぎこちなく、出版社にとってもディケンズにとっても満足のできるものではなかった。バスはエッチングの経験を積めば確実に挿絵の質は向上する手ごたえを感じていたが、その必要はなかった。出版社が「ハブロー・ブラウン氏にこの仕事を依頼した」(Cohen 55) とそっけなく伝えてきたからである。

4　ハブロー・ブラウン［フィズ］

(1)『ピクウィック・クラブ』から『バーナビー・ラッジ』まで

　バスの解雇にディケンズがどの程度関わっていたのかは定かではない。だが、シーモアの後継者として、幾人かの画家が名乗りをあげたなかで、最終的に選ばれたのはこのとき21歳のハブロー・ブラウンであった。有名なフィンデンの版画工房で修行を積んだ彼は、シーモアやバスも挿絵を描いた『小説文庫』や、ディケンズが匿名で書いた安息日厳守主義反対のパンフレット「日曜三題」でその力量を発揮し、シーモアの後継者としての地位を獲得したのであった。『ピクウィック・クラブ』の挿絵画家として登場した時、ブラウンはラテン語で「名無し」を意味する「ネモ」(Nemo) というペンネームを名乗ったが、その名が象徴するように、ブラウンは内気で控えめな性格であった。『ボズのスケッチ集』での経験から、名の通った自己主張の強いベテラン画家との共同作業の難しさを感じていたディケンズは、ブラウンのような若くおとなしい画家との方がうまくやっていけると考えたのかもしれない。

　かくして、その後23年間もの長き歳月にわたる彼らの共同作業がはじまった。ブラウンが最初に手がけた第4分冊は『ピクウィック・クラブ』の転換点とも言うべきものであった。それまで低迷をつづけてきた売上は、サム・ウェラーの登場によって急上昇する。そしてブラウンによる最初の2枚の挿絵のうち1枚は、ピクウィック氏とサムの白鹿亭でのはじめての出会いを描いたものであった (図4)。無名

図4　　1836 (a)　　　　　　　　1838 (b)

の「ネモ」は一夜にして時の人となり、以後「ボズ」に合わせた「フィズ」というペンネームを名乗るようになる。

　ブラウンとディケンズは二人とも、晩年になって書簡を焼却したので、彼らの共同作業の記録の多くは残念ながら失われてしまったが、残っているさまざまな記録から、ディケンズは常にブラウンに細かい指示を与えていたことがわかる。けれども、ブラウンはただディケンズの意のままに描いていたわけではなく、自らの創意工夫を加えて、独自の表現を開拓している。例えば、酩酊して手押し車の上で居眠りをしたピクウィック氏が、知らぬ間に家禽囲いの中に運ばれた場面の挿絵を見てみよう(図5)。ブラウンはテクストには書かれていない豚とロバを家禽囲いの中に描いているが、これらによって、状況の滑稽さを強調しているばかりでなく、ピクウィック氏の暴飲の愚かさを象徴的に表わしているので

図5

ある。またブラウンは絶えず技術を磨き、表現力を高めて、ディケンズとともに成長していった。彼の成長は、月刊分冊の図版と 1838 年の単行本のためにもう一度彫りなおした図版を比べるとよくわかる。例えば、「サム・ウェラーの登場」の 1838 年版では、登場人物の表情がより生き生きとし、細部にわたるまで明瞭な線でより鮮明に描かれている (図 4)。

次作『ニコラス・ニクルビー』は、作家にとっても画家にとっても模索の時期であったが、『骨董屋』と『バーナビー・ラッジ』において、ディケンズは木版画の挿絵を使うことにより、新たな視覚的効果の可能性を探求した。18 世紀末にトマス・ビューイックが開発した木口木版は、細密な版面と経済性によって、19 世紀、急速に市場を拡大していった。木版画は銅(鋼)版画と違い、凸版であるために活字と同じ面に印刷することができる。それゆえテクストの合間に小さな飾り絵や挿絵を挿入することも可能であり、文と絵が一体となった効果が高まるのである。例えば墓守がネルに教会の地下聖堂の古井戸を見せる場面では、「『見てごらん』と墓守は言って、指で下の方を指差した。少女はそれに従って、井戸の中を見つめた」という文章の次に、「暗く恐ろしい場所」という挿絵が挿入されている (図 6)。井戸枠やピンと張ったロープの縦のライン、そして墓守の手が下方への動きを強調する。その挿絵の次に「これは墓そのもののように見えるね」という墓守の言葉がつづく。このような視覚と文章の相乗効果によってディケンズは、近づきつつあるネルの死の暗い予感を読者に強く印象づけているのである。

図 6

ブラウンは新たな表現法を身につけ、多彩な才能を開花させ、作家に合わせて成長していく能力を示しつづける。ディケンズは『骨董屋』の主な挿絵画家としてブラウンとジョージ・キャタモールの二人を起用する。キャタモールは水彩画家協会

のメンバーであり、騎士や盗賊、修道僧の登場するような古めかしい時代の風景を描く画家として知られており、壮麗な建築物の描写を得意としていた。彼に割り当てられた骨董屋や村の古い教会などの挿絵は、小説に感傷的な雰囲気を与えることに成功している。一方、ブラウンには人物を描写する場面が多く割り当てられたが、彼がとりわけ力量を発揮したのはクウィルプの描写であった。彼は『ニコラス・ニクルビー』で既に歪んだ表情や背格好によってラルフ・ニクルビーらのグロテスクな人物造形に成功していたが、クウィルプの場合、姿や顔の獰猛さを増すことによって、より微妙に彼の内面の醜さまでも表現している。クウィルプの死を描いた挿絵は傑作として高く評価されている (図7)。

つづく『バーナビー・ラッジ』でもキャタモールとブラウンが起用された。キャタモールはまたもメイポール、ウォレン、ウェストミンスター・ホールといった古い建物の挿絵を担当したが、彼の描く絵は基本的に『骨董屋』のときと大きな変化はない。だが、ブラウンの方は大きく変化した。彼は、チェスター卿やヒューといった人物を、それまで悪人を描く際に用いたグロテスクな人物描写の手法には全く頼らず、あくまで写実的に描いた。「ヒュー」(図8) などはもしもサインがなければブラウンの挿絵だとは思われないぐらいである。ブラウンのスタイルの変化は、それまでになく簡素で抑制された表現を追求したディケンズの変化と対応していた。このように、作者の変化に敏感に応えることのできるブラウンの感受性こそが、彼の何よりの強みだったのだ。

図7

図8

(2) 『マーティン・チャズルウィット』から『デイヴィッド・コパフィールド』まで

　ディケンズ中期の小説『マーティン・チャズルウィット』、『ドンビー父子』、『デイヴィッド・コパフィールド』の 3 冊は、作家と画家との共同作業の円熟期ともいえる作品である。ディケンズは統一のとれたテーマとより緻密な構成を持つ小説を書くことを目指し、ブラウンも細部の描写が全体のテーマを補強するような挿絵を描くことにより、この変化に呼応した。この頃の彼の挿絵は、象徴的意味がこめられた細部の描写を特徴としている。『マーティン・チャズルウィット』と『デイヴィッド・コパフィールド』から具体的な例を見ていきたい。

図 9

　「温和なペックスニフ氏と娘達」(図 9) と題する、『マーティン・チャズルウィット』の最初の挿絵では、ペックスニフを中心に、マーシー(慈悲)とチャリティー(慈善)という名の二人の娘と、見習いのトマス・ピンチが描かれている。立派な身なりをした偽善者ペックスニフの自信たっぷりのポーズと表情は、その後ろに立つ、みすぼらしい身なりをしたトムの遠慮がちな姿勢と対比され、強調されている。部屋は彼の肖像とその横の彼の胸像、そして壁にかかった彼の設計による建物の絵によって支配され、世の中全体が彼に体現される偽善に満ちていることを暗示する。壁の右端にかけられた絵にある救貧院と思われる建物とよく似た形をした、暖炉の上の "Poor Box" と書かれた貯金箱は、困って睨みつけるような顔をして、ペックスニフや娘達に対している。その横には、諷刺画の伝統においては吝嗇の象徴である天秤が描かれていて、チャリティーの首にかけられた十字架の偽善性を暴いている。このように、挿絵は小説全体を通して描かれるペックスニフ氏の偽善を、さまざまな細部の描写を用いて表現する。

　このような細部の描写は多くの場合、ディケンズの指示によってで

はなく、ブラウン自身の創意によって加えられた。つまり、ブラウンはディケンズの指示や原稿から作品の意図を正確に理解し、彼自身の説明を加えて視覚化したのである。

ドーラの死を告げるアグネスと悲嘆に暮れるデイヴィッドを描いた、『デイヴィッド・コパフィールド』の「幼な妻と友人」(図10)の挿絵を見てみよう。窓から見える満月はドーラの純潔を表わし、テムズ河に浮かぶボートは彼女の魂が教会によって象徴される天国へと導かれたことを表現している。また、アグネスと並ぶように建つ教会は、彼女がデイヴィッドの「良き天使」であることも表わす。彼女とデイヴィッドとの間に描かれている亡きドーラの肖像画は、彼らのこの世での三角関係を読者に思いおこさせる。マントルピースの置物は彼らのロマンティックな愛を、暖炉の浮き彫りの天使は彼らの牧歌的愛の未熟さを象徴し、火の消えた蝋燭と暖炉はドーラの命の終わりを、空っぽの時計のケースは死と喪失を、弦の切れたギターは彼らの愛の終わりを示している。これらの例から、ブラウンがいかにディケンズの小説のよき理解者であり解釈者であったかということがわかるであろう。

図10

(3)『荒涼館』以降

『荒涼館』以降のディケンズの小説を特徴づけるのは、社会全体を見つめる巨視的視野と深い洞察力である。挿絵画家にも作家の深化した世界を表現できるだけの多彩な能力が求められるが、ブラウンは少なくとも『荒涼館』までは、そのような要求に応えることができる柔軟性をもちつづけていた。

社会悪の象徴である大法院の霧に包まれた『荒涼館』の世界を表現することは、容易ではない。しかし、ブラウンは「黒い図版」(dark plate)と呼ばれる技法を駆使し、ディケンズの暗い社会観を表わすこ

とに成功している。「黒い図版」は銅（鋼）版に細かい傷をつけることによって、ビロードのような柔らかい黒の濃淡を出すメゾティントと呼ばれる技法の一種である。これは銅（鋼）版のグラウンドと呼ばれる防蝕層にあらかじめ縦、横、または斜めの細かい平行線を機械で引いた後、腐蝕液に浸す技法で、腐蝕の度合いによって自在に濃淡を決めることができる。全体に灰色がかった色調となるために「黒い図版」と名づけられている。ブラウンがディケンズの挿絵で最初に「黒い図版」を用いたのは、『ドンビー父子』の 55 章、カーカーの逃亡を描いた挿絵「暗い道で」（図 11）である。絵の暗い色調は、迫りつつある追っ手に対するカーカーの恐怖を見事に表現し、彼の無残な最期をも予感させている。

『荒涼館』において、最後 3 分の 1 の部分の挿絵はほとんどが「黒い図版」である。一説によれば、これはこの頃増加しつつあった出版社によるリソグラフ（石版画）による図版のコピーを防ぐための方策であったとも言われるが、いずれにせよ、これらの挿絵は小説の雰囲気を的確に表現している。通常、人物描写が中心となるブラウンの挿絵としては例外的に、10 枚の「黒い図版」のうち 6 枚には人物が描かれていない。そして残りの 4 枚に描かれた人物も灰色がかった情景の一部のようで、存在感が感じられない。このことは、小説における社会の人間に対する抑圧的な支配力を反映し、人間の無力さと無意味さを表している。「トム・オール・アローンズ」（図 12）は、中でもとりわけ有名な「黒い図版」である。今にも崩れ落ちそうな両側の建物は、材木によってかろうじて支えられている。絵の上部を縁取るように描かれている材木は、まるで天空全体──つまり世の中全体──がこのような危うい支えによってかろうじて崩壊を免れているかのよう

図 11

な印象を与える。汚泥で覆われた道は、まるでここに住む住民達の人生を象徴するかのように、質屋とその先にある墓場へ向かっている。ホードン大尉が貧窮の末に行き着いたのはまさにこの墓場であった。その背後に、この悲惨な通りを見下ろすように聳え立つ教会は、宗教組織が貧しき人々にとって何の救いももたらしていないことを示し、小説でディケンズが行なったキリスト教の慈善家達に対する批判を視覚的に表現している。

　このようにディケンズの成長に合わせて、表現力を磨き、多彩な才能を開花さ

図 12

せて、自らも成長してきたブラウンであったが、『リトル・ドリット』以降は、その柔軟性を失っていった。年とともに注文が増し、多忙になっていったブラウンは、このころ既にその才を消耗しはじめ、衰退の兆候をあらわしていたのかもしれない。スケッチは柔らかすぎる鉛筆で描かれ、線は正確さに欠けていたし、デザインには意味のないスペースが目立つようになった。人物の描写は生彩を欠き、彼があれほど得意とした象徴的意味を持つ細部の描写も、あまり見られない。数枚の秀作があるものの、『リトル・ドリット』の挿絵には、かつての彼の力量はもはや発揮されていない。

　週刊雑誌『オール・ザ・イヤー・ラウンド』での連載と同時に、ブラウンの挿絵入りの月刊分冊でも出版された『二都物語』において、彼の衰えは誰の目にも明白となった。このとき47歳のディケンズは、『バーナビー・ラッジ』以降はじめて歴史小説に挑戦し、新境地を開拓しようとしていた。しかし、ブラウンにはもはやそのような作家についていく気力も能力もなかった。小説の主要な舞台の一つであるパリをブラウンがほとんど知らなかったことや、小説が扱ったフランス革命にあまり興味がなかったこともあり、さまざまな劇的な出来事がつ

ぎつぎと起こる本文とは裏腹に、挿絵にはかつてのような生彩はほとんど見られない。ディケンズとブラウンとの長年の共同作業はこの作品が最後となり、仕事上の関係の破綻とともに、もともとそれほど強くはなかった彼らの個人的な交友関係も終わりを告げた。

5　ブラウン以降の画家達

　ブラウンがディケンズの挿絵画家としての地位を失ったのには、彼の力量の衰えだけではなく、挿絵の世界に訪れた潮流の変化も関係していた。ジョン・エヴァレット・ミレー、ダンテ・ガブリエル・ロセッティ、ホルマン・ハントといったラファエロ前派の画家達が、1850 年代後半に挿絵の分野にも進出しはじめるにつれ、人々の好みは、象徴的な図像を用いた挿絵や、グロテスクやピクチャレスクな挿絵よりも、画壇の画家達のリアリズムやセンチメンタリズムを好むようになった。『二都物語』の挿絵を書いていたとき、ブラウンは既に時代遅れの画家となっていたのだ。また、ブラウンの得意とする鋼版画に代わって、経済性に優れた木口木版が市場を支配しつつあったことも、彼の失脚の一因であった。

　ブラウンの後、『互いの友』の挿絵画家として採用されたのはマーカス・ストーンであった。彼は、ディケンズの親友で 1859 年に亡くなった画家フランク・ストーンの 3 人の息子の 1 人で、ディケンズは彼をわが息子のようにかわいがっていた。ディケンズが彼を雇ったのは、一つには、父の死後経済的に困窮している彼を助けるためであったが、もう一つの重要な要因は、彼がホガース――クルークシャンク――ブラウンという、もはや時代遅れとなった絵画の伝統とは結びつきのない若い画家だということであった。彼の挿絵が新しい小説に新鮮な息吹を与えてくれることを、ディケンズは望んでいたのである。

　『互いの友』におけるストーンの挿絵の特徴は、60 年代の流行とマッチした写実的な人物描写である。「家の主と悪い子供」（図 13）はブラウンの挿絵と比べ、人物は大きく描かれ、背景の描写はきわめて簡素である。しかし彼は、ブラウンの得意としたグロテスクな人物の造

形には弱かった。それゆえ彼の描くジェニー・レン、ドール氏、ボフィン氏、ウェッグ、ヴィーナスといった人物は、読者にとって印象の薄いものとなってしまっている。

　ディケンズの未完の小説『エドウィン・ドルードの謎』を飾ったのはルーク・ファイルズであった。もともとこの仕事は、ウィルキー・コリンズの弟で、ディケンズの2番目の娘、ケイト・ディケンズと結婚したチャールズ・コリンズに任されたのだが、病弱な彼は分冊の表紙を描いたあと、

図13

それ以上仕事を続けることができなくなってしまった。ファイルズは、新しく創刊された絵入り週刊新聞『グラフィック』の第1号に掲載された、救貧院の外に並ぶ貧しい一群の人々を描いた絵が高く評価されて、ディケンズの挿絵画家に抜擢された。

　ファイルズは、実際のモデルを使って写実的に人物を描写した。また背景に外の風景や建物の一部を描くときも、実際のものにできるだけ忠実に従おうとした。そのような挿絵にディケンズは大変な満足を示した。ファイルズはディケンズの信頼と賞賛ばかりではなく、友情も手にしたので、未完に終った小説の謎の鍵を握るような秘密（ジャスパーがエドウィンをスカーフで絞殺した）も作家から打ち明けられた。

　『エドウィン・ドルードの謎』の6分冊のうち、3分冊はディケンズの死後出版された。フォースターがディケンズの原稿を集め、ファイルズが挿絵の場面を選び、完成させ、タイトルをつけた。これまで続いてきた作家と画家との共同作業は、作家の突然の死によって画家一人の孤独な作業となったのである。

　以上『ボズのスケッチ集』から『エドウィン・ドルードの謎』まで、ディケンズの小説を彩った挿絵画家達について見てきた。紙面の関係

上省略せざるを得なかったのは、1840年代の『クリスマス・ブックス』の挿絵画家達である(これらの挿絵画家については、本事典「付録」の CD-ROM に収められた「交友」の項を参照されたい)。クリスマスという特別な日のために書かれた物語は、その製作過程そのものがどこか祝祭的なものであったためか、挿絵画家達もディケンズと特に親しい交友関係のあった人達だった。その中には、『パンチ』の人気画家のジョン・リーチやリチャード・ドイル、同じく『パンチ』画家で、後に『アリス』の画家として有名になるジョン・テニエル、ロイヤル・アカデミーの画家であったダニエル・マクリース、エドウィン・ランシーア、クラークソン・スタンフィールド等が含まれる。このように見ていくと、ディケンズがいかに多くの画壇やジャーナリズムの画家達と交友関係にあったかがわかるであろう。ディケンズの作品はそうした環境から自然に生まれた総合芸術だったのである。

参考文献

Buchanan-Brown, John. *Phiz! The Book Illustrations of Hablot Knight Browne*. Newton Abbot: David and Charles, 1978.

Cohen, Jane R. *Charles Dickens and His Original Illustrators*. Columbus: Ohio UP, 1980.

Harvey, John. *Victorian Novelists and Their Illustrators*. London: Sidgwick, 1970.

Leavis, Q. D. "The Dickens Illustrations: Their Function." F. R. and Q. D. Leavis, *Dickens the Novelist*. 1970. Harmondsworth: Penguin, 1972.

[Lister, T. H.]. "Dickens's Tales." *Edinburgh Review* 68 (1838): 75-97.

Miller, J. Hillis, and David Borowitz. *Charles Dickens and George Cruikshank*. Los Angeles: William Clark Memorial Library, 1971.

Patten, Robert L. ed. *George Cruikshank: A Revaluation*. 1974. Princeton: Princeton UP, 1992.

Steig, Michael. *Dickens and Phiz*. Bloomington: Indiana UP, 1978.

Stone, Harry. "Dickens, Cruikshank, and Fairy Tales." Patten, 213-47.

Volger, Richard A. "Cruikshank and Dickens: A Reassessment of the Role of the Artist and the Author." Patten, 61-91.

清水一嘉『挿絵画家の時代:ヴィクトリア朝の出版文化』大修館書店、2001.

谷田博幸『ヴィクトリア朝挿絵画家列伝――ディケンズと『パンチ』誌の周辺』図書出版社、1993.

(玉井史絵)

2. ディケンズと映画

1 ディケンズの映画性

『クリスマス・キャロル』で、スクルージが過去のクリスマスの霊に自分の昔の姿を次から次と見せられるくだりを思い出してみよう。一人教室に残された学校時代、フェジウィッグのダンス・パーティー、フィアンセとの語らい——さながらホーム・ムービーの映写会ではあるまいか。ことこの点に限らず、まさしくディケンズは映像の時代を先取りした芸術家であった。それは、彼ほど映画化された回数が多い小説家はなく (Marsh, "Film" 204)、また彼ほど「映画的」と呼ばれることの多い小説家はいない (Moynahan, "Guilt" 143) という事実が十分に示している。

この〈ディケンズと映画〉という問題については、例えばザンブレイノのいささか凡庸な著書やパロイシーエンの有益な論文など、さまざまな包括的研究が発表されているが、何と言っても最も重要な文献は、高名な映画監督エイゼンシュテインの手になる「ディケンズ、グリフィス、そして私たち」である。グリフィスは「アメリカ映画の父」と呼ばれるサイレント映画の巨匠であり、エイゼンシュテインが『戦艦ポチョムキン』(1925) などで発展させたモンタージュ技法の開拓者でもあった。以下にこの画期的な論考の要点を示しておこう。(英語訳は 1944 年のロシア語版に基づいているが、日本語訳はそれから後でエイゼンシュテインが全集のために手を入れたものを底本に使用しており、これらの間には若干の相違がある。)

「鉄瓶が始めた」という『炉辺のこおろぎ』の冒頭、これこそは典型的なグリフィスのクロースアップである。彼が作ったエピソードの、あるいは映画全体の冒頭に、このようなクロースアップをどれだけし

ばしばわれわれは見たであろう。ちなみに、グリフィス最初期の映画の一つは『炉辺のこおろぎ』であった。

　グリフィスの最も偉大な功績はモンタージュだった。彼は平行して筋を運ぶ手法を通じてこれに到達した。そのアイデアを彼に与えたのはディケンズである。グリフィスはテニソンの『イノック・アーデン』を脚色した『幾歳月のあと』(1908) において、故郷を離れて久しい夫を妻が待つシーンで、彼女の顔だけをクローズアップで画面に映した。これだけでも当時としては大胆な試みだったが、さらにその直後に、彼女の気がかりの対象である、遠い無人島に置き去りにされた夫を映した画面を挿入した。話がこのように飛躍すれば一般の観客は物語を理解できない、と会社の上役が批判すると、グリフィスは、「しかし、ディケンズはこんな風に書いていないだろうか？」と言い、小説と映画とは違うと反論されると、「いや、そんなに違いはない。私は映画で小説を作っているのだ」と言葉を返したという逸話が残っている。

　平行するさまざまな場面を交互にカットでつなぐ〈モンタージュ進行〉（グリフィスはこれを危機に陥ったヒロインが間一髪で救出される場面等で最も見事に用いた）は、『オリヴァー・トゥイスト』第 14 章以下に既に現われている。グリムウィッグの挑発に乗るような格好でブラウンローがオリヴァーを本屋に使いに出し、彼がフェイギン、サイクス、ナンシーの手に再び落ちてしまうくだりである。この進行は以下のような表に示すことができる。

　　1　老紳士たち。
　　2　オリヴァーの出発。
　　3　老紳士たちと時計。日没前。
　　4　グリムウィッグの性格についての脱線。
　　5　老紳士たちと時計。深まる黄昏。
　　6　居酒屋のフェイギン、サイクス、ナンシー。
　　7　街路の場面。
　　8　老紳士たちと時計。ガス灯の点火。
　　9　オリヴァーがフェイギンのもとに連れ戻される。

10　第17章冒頭における脱線。
11　バンブルの旅行。
12　老紳士たち。オリヴァーを記憶から消し去れというブラウンロー氏の命令。

このエピソードの真中に極めて興味深い脱線10が挿入されていることに注目しよう。ここでディケンズはモンタージュ構造の諸原則について独自の見解を述べている——「血湧き肉躍るメロドラマにおいては、良質のベーコンの切り口が交互に赤と白の層をなしているように、悲劇的な場面と喜劇的な場面が規則的にかわるがわる出てくるのが舞台の慣わしである。」

また、グリフィスがディケンズから引き継いだもう一つの技法、すなわち〈モンタージュ的提示〉の例として、ロンドンの街の様子を描く、『オリヴァー』第21章の冒頭を考えてみる。（ここではスペースの都合上、原文を大幅に短縮する。）

1　彼らが街路に入った時は陰気な朝だった。空には昇りつつある太陽の、弱々しいほのかな光があった。通りには誰一人動く影もない。

2　夜は完全に明け、灯火の多くは既に消されていた。店も徐々に開き、人がまばらに行き来していた。仕事に行く労働者たちが三々五々やってきた。頭上に魚籠をのせた男女、野菜を積んだロバの二輪車、手桶を持った乳しぼりの女たち、そして町の東の郊外に供給するさまざまな品物を持って、とぼとぼ歩く人々の途切れない流れ。

3　彼らが商業区に近づくにつれて車馬と騒音が次第に増える。あたりは日中としては一番の明るさとなる。忙しい朝が始まる。

4　市場。地面はほとんど足首まで深さのある汚物とぬかるみにおおわれ、汗をかいた牛の体から上がる濃い湯気は、煙突の頂で支えられてじっとしているように見える霧と混ざり合い、重々しく垂れ込める。農民、肉屋、家畜商人、行商人、少年、泥棒、のらくら者、そしてあらゆる低級なやくざ連中が、渾然

となった集団を形成する。
5　家畜商人の口笛、犬の鳴き声、牡牛の鳴き声と突進、羊の鳴き声、豚の鳴き声、行商人の呼び声、いたるところでやかましい口論や罵声、ベルの音。市場の隅々から反響する、ひどく耳障りな騒音。

　テンポを速めながらのディテールの蓄積——徐々に変化する光（明かりのともった街灯から消えた街灯へ、夜明けから日中の太陽の輝きへ）——純然たる視覚的な表現に、聴覚的な要素が音量を増しながら参加——牛から立ち上がる湯気があたりをおおう霧と混ざり合うというすばらしい描写——「汚物とぬかるみにはまりこんだ」足首のクローズ・アップ——これらが結合され、市場というパノラマが完全に映画的な感覚で活写される。このモンタージュのリズムは都会生活のスピードを見事に表現したものだ。
　このように、ディケンズの叙述方法は映画的表現のさまざまな特徴に驚くべきほど類似している。また、視野を広げて考えてみると、ディケンズの読者と同じ社会層に属する現代の人々にとって映画が持つのと同じ意味を、ディケンズの小説は持っていたと言えよう。彼の小説が当時勝ち得た大衆的な人気は今日の映画が持つ人気とのみ比較しうる。この秘密はディケンズの人物造形の立体感にある。彼らは今日の映画の主人公同様わかりやすく、少々誇張されて表現されている。
　われわれの当面の課題に関するエイゼンシュテインの論点を整理すれば、以上のようになるだろう（この論の究極的な目的はグリフィスの保守イデオロギーの限界を示し、それを革新的モンタージュ技法によって乗り越えた、ソヴィエト映画の優越性を示すことにある）。これらの洞察を最も鋭利に発展させたのがスミスである。彼は具体的にカット、パン、ディゾルヴ、クレーン・ショットなどのダイナミックなカメラワークが既にディケンズに見られること（例えば『荒涼館』第 11 章の結末部）を示し、さらに、ベンヤミン的な「スペクタクルとしての都市」という観点を導入しつつ、パノラマやジオラマ、マジック・ランタン（幻燈）などを含む、19 世紀の映画以前の視覚的娯楽と

ディケンズ文学(特にその都市性)との緊密な関係を精査している。ペトリ(1974)もグリフィスの『イントレランス』(1916)におけるホイットマンの詩行の繰り返しが、ちょうど『ドンビー父子』の初期シンボリズム(例えば、ポールに関連する「海」のモチーフ)に対応するという興味深い指摘を行なっており、スチュワートはディケンズが好んで用いる兼用法 (syllepsis) —— "the cultivation of coffee, and natives" ——や、例えば "Toots tumbled" の影に stumble という語が見られるような構造の中に、モンタージュ的論理を見出している。なお、エイゼンシュテインや彼の影響を受けた批評家は、小説と初期の映画との関係を強調するあまり、サイレント映画の多くは文学作品を劇化したものに基づいていることに目を向けていないとするペトリやオルトマンの批判も忘れてはなるまい。ディケンズと特定の映画監督の関係を探った研究としては、スミスのオーソン・ウェルズ論 (176-96)、バスコムのヒッチコック論が注目に値する。アフナンはビリー・ワイルダーの名作『サンセット大通り』(1950)が『大いなる遺産』を下敷きにしつつ、それに新しい解釈を加えた作品だと論じている。最後に、キンケードのように、ディケンズの本質は映像化できない言語表現にあると主張する批評家もいることを付け加えておこう。

2　ディケンズ作品の映画化

ここでは時代順に主要な映画化作品を検討する。網羅的な映画誌はポインターあるいはグラヴィンを参照されたい。

(1) 初期サイレント時代

ポインターの調査によれば、1897 年に American Mutoscope Company の製作した *Death of Nancy Sykes* がディケンズ作品の最初の映画化ということになっている。サイレント期にはおよそ 100 本の映画がディケンズに基づいて作られたが、フィルムの 7 割近くは失われてしまい、それらに関するデータも限りがあって、事実関係を見極めるのはかなり困難であるから、これが本当に最初かどうかは保証

の限りではない。ただ、現存する最も古い映画がR. W. ポール監督の *Scrooge: Or Marley's Ghost* (1901) だということはまず間違いない。これは10分ほどで『クリスマス・キャロル』の物語を12の場面に区切ってひとわたり見せようとする、当時としては野心的な試みだった（現在 British Film Institute に保存されているフィルムはその半分、5分程度のものである）。他の映画はたいてい小説の一部のみを扱っていた。例えば、*Dotheboys Hall; Or Nicholas Nickleby* (UK 1903) は、スクウィアズが教室でスマイクを鞭打とうとし、それをニコラスが止める場面だけを3分ほどカメラに収めている。これらの作品ではカメラの位置は完全に固定されており、細かいカット割りはなく、1シーンを1ショットで撮っている。もっとも、*Scrooge* には原始的とはいえ、ディゾルヴや二重露出などの技巧が早くも用いられている。

　この頃の話術は基本的に、先ず字幕で場面設定や人物の心理を解説した後に、俳優がそれを演技で見せるというものだった。しかし、登場人物の名前や、物語の粗筋も観客がある程度は知っているというのが前提になっていたようで、細かい説明は省略されている。例えば *The Pickwick Papers* (US 1913) で、"Winkle's Last Hope" という字幕が出た後、ウィンクルとスノッドグラスがしゃべっている場面があるが、彼らの話の内容は全く提示されないので、ウィンクルが「最後の望み」として決闘をやめるよう説き伏せてもらいたがっていることなどが、予備知識を持たない観客に伝わるとはとても思えない。

　初期のサイレント映画は数分間の長さしかなかったが、1910年ごろには20分、1920年ごろには90分程度が標準となり、技術的にもかなり洗練された水準に達するようになる。デンマークの Nordisk 社は20年代に4本のディケンズ映画（いずれも120分程度）を製作しており、そのうちの一つ *Little Dorrit* (1924) では、ドリット氏が晩餐会で正気を失う場面で、彼の服が監獄の中で着ていた服に変わり、まわりの人々が囚人たちに変わったりするなど、極めて効果的な映画的演出が見られる。

　おそらくディケンズのサイレント映画の中で最も有名なものは

1922年の *Oliver Twist* であろう。これは前年チャップリンの *The Kid*(US 1921 邦題『キッド』)で大成功を収めた子役のジャッキー・クーガンをオリヴァーに、そして怪奇映画で有名なロン・チャニーをフェイギンに起用したものだった。(ちなみに、*The Kid* 自体が、ディケンズに深い共感と関心を抱いていたチャップリン版の『オリヴァー・トゥイスト』であった。)

やはり役者中心の企画に *The Only Way* (UK 1925) がある。これは『二都物語』に基づいた舞台劇を映画化したもので、3時間になんなんとする長尺で相当見応えがある。舞台と同じく、サー・ジョン・マーティン=ハーヴィがここでもカートンを演じており、映画は彼を軸に展開する。サン・テヴレモンド侯爵殺害や、ショックを受けたマネット医師が目に見えない糸と針で靴の修理をはじめる場面などは印象に残る。カートンには彼に惚れているミミという下女がおり、ダーネイの身代わりになろうというカートンの意図を悟って彼女がそれを止めるところなどは泣かせる。哀れミミは、ルーシーを探しに来たドファルジュ夫人を殺した後、官憲に捕らえられて命を落す。

以上、サイレント期のディケンズ映画については、ポインターに加え、綿密な調査に基づいたペトリの研究 (2001) が参考になる。

(2) 1930年代(トーキー初期)

イギリス最初のトーキーは *The Old Curiosity Shop* (1934)で、無声時代からディケンズ映画を撮っていたトマス・ベントリーが監督したものであった。クウィルプもまずまず恐ろしく、調子のよいディック・スウィヴェラーや可愛いネルなど、よいキャストにめぐまれ、美しいロケーション撮影と相まって、なかなかの出来となっている。これに比べると、同年アメリカで製作された *Great Expectations*(邦題『脱獄鬼』)は何をとっても凡庸。クロード・レインズがジャスパーを演じる *The Mystery of Edwin Drood*(US 1935 邦題『幻の合唱』)は、それよりは効果的であるものの、珍品の域を出るものではない。しかし、『風と共に去りぬ』(1939) など文芸大作の映画化を好んだプロデューサーの

デイヴィッド・セルズニックが 1935 年に製作した *David Copperfield*（邦題『孤児ダビド物語』）と *A Tale of Two Cities*（邦題『嵐の三色旗』）の二本は非常に優れた作品である。

David Copperfield は、後に『マイ・フェア・レディ』を撮るジョージ・キューカーが監督にあたり、小説家のヒュー・ウォルポールが脚本を担当した。この映画で一番話題になったのは有名なアメリカのコメディアン、W. C. フィールズがミコーバーを演じたことである。この思い切った配役は一般に評判がよいのだが、ミコーバーの紳士気取りや、もったいぶった口調がうまくとらえていないように、筆者には思われる。この映画の強みは有名な子役フレディ・バーソロミューの若きデイヴィッド、ライオネル・バリモアのペゴティー氏などのハリウッド・スターに加えて、要所に英国俳優を配したところにある。特にマードストン役のバジル・ラスボーンとベツィー・トロットウッド役のエドナ・メイ・オリヴァーは秀逸。

A Tale of Two Cities は何と言ってもシドニー・カートン役のロナルド・コールマンが素晴らしく、この物憂い人物の倦怠感を見事に描き切っている。彼はこの役を「チャールズ・ダーネイとの二役で演じない」という条件で受け入れた。バーサッドがダーネイを訴える裁判の場面で、ストライヴァーがカートンを指差し、バーサッドを含め法廷全体がカートンとダーネイの類似に驚くところがあるが、映画でこれをやると（例えば後述の 1958 年版）、俳優がよほど似ていないとしらけてしまう。ここではその愚を避けて、バーサッドが過去に行なった偽証をカートンに知られているために証言を撤回せざるを得なくなる、という状況に作り変えている。最後にフランスの監獄内ですりかわる時も、二人の顔の類似よりもまわりの暗さを利用するという設定になっている。

(3) 1940 年代

この時代を代表するのはデイヴィッド・リーン監督の *Great Expectations*（UK 1946 邦題『大いなる遺産』）と *Oliver Twist*（UK 1948

邦題『オリヴァ・ツイスト』）の2本の傑作である。意外なことに、リーンはディケンズの愛読者であったわけではなく、たまたま誘われて観に行った『大いなる遺産』の舞台劇に感銘を受けたのが製作のきっかけであった。この芝居の台本を書き、ハーバート・ポケットを演じていたのが当時全く無名のアレック・ギネスで、彼はミス・ハヴィシャムのマーティタ・ハントとともに、映画でも同じ役に起用された。

Great Expectations では、オーリックやトラップの小僧が削除されたために、ピップの心理の暗い側面や階級社会に対する批判が弱まったというきらいはあるが、それを補って余りある映像美がここには存在する。開巻、どんよりとした剣呑な雲をはらんだ空の下、平坦な湿地を走ってくる少年。寂しい村の教会。不吉な風になびく木々。恐くなった少年が走り出す。と、突然現れた囚人に突き当たる。マグウィッチの顔のクローズ・アップ。このスリリングな冒頭はもとより、白黒の画面は特に前半が美しく、ジョーとピップが軍隊と一緒に逃亡囚人を探しに出る場面のシルエット、泥沼の中で殴りあうマグウィッチとコンピソンなど、忘れ難い風景に満ちている。

映像処理の成功した例をもう少し挙げてみよう。サティス・ハウスでピップが初めてジャガーズに会う場面では、カメラは暗闇に浮かび上がったジャガーズを階段の下方から捕らえ、彼の威圧的な存在感を強調している。また、彼が鍛冶場に現われてピップに莫大な財産が入ることを告げる時、ジャガーズは壁に映っているピップとジョーの影（またまたシルエットが美しい）の間に位置するドアから入ってくる。これは彼が二人とは違う世界に属する人間であること、そして二人の友情の間に割って入る存在であることを効果的に視覚化している。

原作とは異なる、興味深い場面もある。エステラとドラムルを結婚させるつもりだというミス・ハヴィシャムの言に、ピップは失望して部屋を去る。彼は出て行った後ドアを閉める。暖炉から火のついた石炭が転がり、彼女のドレスに火がつく。このフィルム編集だと、あたかもピップが意図的ではないにせよ彼女を死に至らしめたように見える。（もしもピップの中に、モイナハン [1960] が指摘したような、ミ

ス・ハヴィシャムに対する攻撃的な感情があるとすれば、映画ではそれがうまく捌け口を見出したような格好になっている。しかし、奇妙なことに、モイナハンはこの映画について述べた論文 [1981] の中で、この場面の処理は全くだめだと切り捨てている。)あるいはミス・ハヴィシャムのエステラに対する支配力の強さが強調されるエンディング。ピップがサティス・ハウスを訪れると、ドラムルとの結婚話がつぶれたエステラがミス・ハヴィシャムの部屋にいて彼女の椅子に座り、すっかりその後を継いで世捨て人を決め込もうとしている。そのエステラに対し、ピップはこの家は死んだ家だと言い、「僕は戻ってきましたよ、ミス・ハヴィシャム！」と叫びながら家のカーテンを引き剝がして、太陽の光を入れる（原作の第 29 章の初めに、ピップがこの屋敷に光を入れるという未来を思い描く場面がある）。陳腐な演出とも見えようが、これは、マグウィッチの死後ピップが病気になり、ついに昏倒するところで画面を暗転にし、やがて徐々に明かりが差してジョーの顔が見えることでピップの再生を表現する映像処理と呼応しているとも考えられる。

　Oliver Twist は、原作とは異なり、嵐の中を女が救貧院にたどりつくというドラマティックな場面（強風にたわむ茨がシルエットで浮かび上がり、彼女の苦境を具現する）から始まる。リーンの映像表現は前作よりもさらに力を増している。オリヴァーがお代わりをねだる有名なくだりは殆ど黙劇で進行する。くじ引きが始まり、オリヴァーが当たりを引く。息を呑む子供たち。彼らが去る足音。明かりの中に一人取り残されるオリヴァー。食事の開始。子供たちは皆オリヴァーに注目。立ち上がって通路を歩くオリヴァー。「どうか、もう一杯ください。」驚く給仕の顔、驚くマン夫人、驚くバンブル、驚く救貧委員会の面々、のモンタージュ。まことにスピーディな演出である。ここでの白黒画面は陰影に富み、救貧院の中やサワベリーの店内はすこぶる暗く、その中に浮かび上がるサリーの顔などは迫力がある。（対照的にブラウンロー邸の中はまぶしいほどに明るい。）オリヴァーがロンドンに着くと、エイゼンシュテインが注目したような都会の喧騒が

見事に描かれ、ドジャーに引っ張られてフェイギンの隠れ家に初めて連れて行かれるシークエンスでは、迷宮のように入り組んだセットに主観ショットを加えて、主人公の不安を見事に表わしている。

　特筆に価するのは、サイクスのナンシー殺しの演出である。リーンは直接的な表現はとらずに、サイクスの犬が恐れをなして部屋から逃げ出そうと必死になる様をカメラで捕らえることによって、この場面の凶暴性を描いている。サイクスは殺人を犯した後しばらく放心状態になり、やがて陽光が窓から差してくるとわれに返り、後悔の念に襲われる。ここで先ずナンシーの顔が映り、次にフェイギンが現われ、サイクスがフェイギンを殴り殺すと、それがナンシーの死体に変わって、サイクスの眼前の現実に戻るというシークエンスがある。殺すべきだったのは自分を愛していたナンシーではなく、狡猾なフェイギンであったという口惜しさが巧みに映し出されている。

　この二作はいずれも素晴らしいキャストを誇るが、アレック・ギネスのフェイギンは他を圧して強烈な印象を残す。クルークシャンクの挿絵に基づいた、わし鼻を強調した彼のメイキャップのせいで映画は反ユダヤ的と判断され、ベルリンでけが人の出る暴動を巻き起こし、アメリカではさんざんもめた挙げ句、3年後にやっと輸入され、ギネスの場面は大幅にカットして上映されたのだった。

　リーンの映画を観ていると、白黒フィルムの世界が不思議にディケンズ作品の特質をよく伝えていることに思い至る。それはクルークシャンクなどの挿絵を見慣れているせいもあるのだろうが、白黒画面独特の、リアリスティックでありながら、（われわれが日常カラー映画の世界に生きていることを思うと）非現実的な雰囲気が、ディケンズの本質に通じるからであろう。なお、リーンの映画に挟まれて余り注目されないが、アルベルト・カヴァルカンティ監督の *Nicholas Nickleby* (UK 1947 邦題『悪魔と寵児』)はセドリック・ハードウィックのラルフとスタンリー・ホロウェイのクラムルズが光る佳品である。

(4) 1950-70 年代

　ディケンズの小説の中でも最も数多く映画化されているのは『クリスマス・キャロル』で（次点は『オリヴァー・トゥイスト』）、テレビ映画を含まずに、劇場公開されたものだけで優に 20 本を越える。（詳しくはグイダやデイヴィスの研究を参照されたい。）その中で、決定版と言うべきは *Scrooge* (UK 1951) である。それまでの映画化が概ね 19 世紀末のバックストーンの舞台版を下敷きにしていたのに対し、本作は原典に立ち戻ることを意図している。例えば、これまでは「無知」と「欠乏」の二人の子供が登場することはめったになく、結果的に社会批判の精神が抜け落ちてしまっていたのだが、ここでは彼らがちゃんと出てくるし、ロンドンの街の汚さや、惨めな暮らしを送る人々もカメラに収められている。この作品は主人公の心理的な掘り下げを特徴とし、スクルージの過去を周到に描いて彼の複雑さを浮き彫りにする。そのために、原作にはないさまざまな付け足しがあるが、それが知的に処理され、映画を豊かなものにしている。例えば、スクルージの父親は、妻がスクルージを生む時に死んだために息子に恨みを持っている、という設定になっている。これと平行するように、スクルージが愛していた妹のファンはフレッドを産んで死んだので、彼はフレッドを疎ましく思う。（この「作られた過去」は、スクルージの父親が 1 シーンだけ登場するジョージ・スコット主演——なかなか迫力ある演技——の *A Christmas Carol* (US 1984) でも踏襲されている。）また、ジョーキンズというビジネスマンが、「今のご時世でこんなやり方は時代遅れだ」と言いながら、フェジウィッグの商売を吸収しようと試みる。そのジョーキンズに若きスクルージとマーリーが雇われて、二人が「今は過酷な生存競争の時代だから、弱者と一緒につぶされないために厳しい生き方をしなくてはならぬ」と語り合い、意気投合する。しかし、これらの工夫にも増してこの作品を成功に導いたのは主演のアラステア・シムである。彼ほどこの守銭奴の卑しい部分とコミックな部分を見事に併せ表現した俳優はいない。けだし名演技と言えよう。

この映画につづいて、翌年同スタジオ (Renown) は The Pickwick Papers (UK 1952) を世に問うた。ウィンクルを中心とするドタバタ喜劇がいささか馬鹿馬鹿しいものの、全体として軽いコメディーとしてはよく出来ている。ジェームズ・ヘイターのピクウィック氏とナイジェル・パトリックのジングルは特筆に価する。1958 年には『二都物語』が再度映画化されたが、ダーク・ボガードのカートンは自虐的に過ぎ、全体に活気がなく月並みな仕上がりにとどまった。これが白黒時代の最後の作品である。

60 年代は『ウェストサイド物語』(1961) や『サウンド・オブ・ミュージック』(1965) など大作ミュージカルが客を呼んだので、ディケンズがそのブームに巻き込まれたのも不思議ではない。名匠キャロル・リード (Carol Reed) がメガホンをとった Oliver! (UK 1968 邦題『オリバー！』) では、フェイギンが同情的に描かれ、最後はドジャーと二人で、やっぱり泥棒はやめられないと歌いながら去っていく。この映画は作品賞を含む 6 部門でアカデミー賞を獲得した。『ニューヨーカー』誌の批評家ポーリン・ケールは、これにリーンの映画よりも高い評価を与え、様式化されたディケンズの世界が様式化されたミュージカルという形式の中で息を吹き返したと絶賛した。しかし、筆者はこの意見に同意するものではない。確かにこれは丁寧に作られた、ある程度楽しい作品ではあるが、音楽的にも平凡で、ディケンズらしさの余り感じられない気が抜けた映画ではないだろうか。（ディケンズのミュージカル映画には他に Scrooge [US 1970 邦題『クリスマス・キャロル』] や Mister Quilp [UK 1975] があり、アルバート・フィニーがスクルージを、アレック・ギネスがマーリーを演じた前者はかなり楽しめる。）この後しばらくディケンズはよい映画に恵まれず、David Copperfield (US 1969 邦題『さすらいの旅路』) と Great Expectations (UK 1974) はどちらもよいキャストを擁し、それなりの工夫は見られるものの——前者はドーラを亡くした後のデイヴィッドの回想という枠組み、後者は子供と成人のエステラをどちらもサラ・マイルズが演じた——結果的にはあまり意味のないリメーク (melic) であった。

(5) 1980年以降

Little Dorrit (UK 1987) は第1部 *Nobody's Fault*、第2部 *Little Dorrit's Story* から成る、合計6時間という大作である。これは大きなスタジオではなく、クリスティン・エザード監督の独立プロの製作になるもので、さすがに外見的には低予算で作られたことが隠せないものの、アレック・ギネスのドリットを初め、豪華な配役で、高い水準の映画に仕上がっている。第2部は、アーサーの視点を用いた第1部の物語（アーサーがマーシャルシーに投獄されるまで）のかなりの部分をリトル・ドリットの視点から語り直している。これは小説の第1部第14章の冒頭にある、「この物語は時々リトル・ドリットの目を通して描かれねばならない」という文にヒントを得たものであろう。しかし、映画は（角度は変えてあるものの）同じ場面をもう一度観客に見せるわけで、冗漫の謗りを免れるものではない。この目論見には、エザート監督の女性としての意識が強く働いたと考えられるが、繰り返しをする時間があるのなら、代わりにミス・ウェイドを登場させて欲しかった。リトル・ドリットがしばしば窓やドアの枠の中に「捕らわれて」いるなど人物配置の工夫があるが、全体にカメラの動きは少なく視覚的に平板で、画面には凝らずに俳優の演技をじっくり見せようという撮り方になっている。それはブランドワを削除し、メロドラマを抑えた演出に通じる。エザードの狙いはアーサーとリトル・ドリットの関係を等身大に描くことにあり、その意味ではこの映画は十分成功したと評価できる。（この作品については、マーシュの詳細にして明敏な研究 (1993) がある。）

エザードの *Little Dorrit* が「正攻法」の映画化であったのに対して、風変わりな翻案もいくつか出現した。ポルトガル映画 *Tempos Dificeis, Este Tempo* (1988) は『ハード・タイムズ』の舞台を現代に移し変え、白黒フィルムを使うことで労資の対立をより鮮明に描き出そうとした作品で、一部から高い評価を受けているが、残念ながら簡単に観ることができない。*Great Expectations* (US 1998 邦題『大いなる遺産』) もやはり現代のアメリカに舞台を移している。幼い時にフロリ

ダ沖でギャングの逃走を助けた画才のある少年フィンは、荒廃した大邸宅に住む奇矯な独身女性と知り合い、そこに同居するエステラに恋をし、やがて匿名の後援者の助けによってニューヨークで個展を開いてもらう。その成功の直後、ギャングが姿を現し、自分が影のパトロンであったと告げる。彼には追っ手がかかっており、フィンの助けを得て逃走するが地下鉄で刺されて死ぬ。フロリダに戻ったフィンは荒れ果てた屋敷でエステラに再会する。このような結構を一笑に付さぬとすれば、けれん味豊かな美しい映像は捨て難く、この大胆な試みはあながち失敗でもない。田舎者のジョーが個展を観に来て主人公を恥じ入らせる場面など、工夫された演出も見られる。

オーソドックスな映画化では、然るべく忘却の淵に沈んだ *The Mystery of Edwin Drood* (UK 1993) の後、現時点で最も新しいのは *Nicholas Nickleby* (US 2002) である。クラムルズが出だしの語り手を務め、最後はニコラスの結婚パーティーに彼の一座が参加するなど、この小説の演劇性が強調されているのはよいが、残念ながらクリストファー・プラマーのラルフを除けば見るべきところのない凡作にとどまった。主演のチャーリー・ハナムが全く19世紀の人間に見えないのが致命的である。

最後に、数多く製作されているテレビ映画に少し触れておこう。特に、英国BBC製作の *Bleak House* (1985) や *The Pickwick Papers* (1985)、および *Martin Chuzzlewit* (1994) は一見の価値がある（いずれもビデオやDVDで入手可能）。劇場公開の作品とは異なり、これらは5時間、あるいは6時間といった長さを与えられているところが強みである。

以上見てきたように、ディケンズを原作にして数多くの映画が定期的に作られてきたが、その流れが急に止まるとは思えない。いや、正直に、止まって欲しくない、と言うべきだろうか。銀幕に登場した作品には偏りがあり、『バーナビー・ラッジ』『マーティン・チャズルウィット』『ドンビー父子』『荒涼館』『互いの友』は、トーキー時代になってから映画化されておらず、是非共これらを大きなスクリーン上で観てみたいものである。

参考文献

Afnan, Elham. "Imaginative Transformations: *Great Expectations and Sunset Boulevard*." *Dickensian* 94 (1998): 5-12.
Altman, Rick. "Dickens, Griffith, and Film Theory Today." *Silent Film*. Ed. Richard Abel. New Brunswick: Rutgers UP, 1996. 145-62.
Buscombe, Edward. "Dickens and Hitchcock." *Screen* 11 (1970): 97-114.
Davis, Paul. *The Lives and Times of Ebenezer Scrooge*. New Haven: Yale UP, 1990.
Eisenstein, Sergei. "Dickens, Griffith, and the Film Today." *Film Form*. Trans. Jay Leyda. New York: Harcourt Brace Jovanovich, 1949. 195-255. [セルゲイ・エイゼンシュテイン、「ディケンズ、グリフィス、そして私たち」、『エイゼンシュテイン全集』第6巻、キネマ旬報社、1980年]
Glavin, John. *Dickens on Screen*. Cambridge: Cambridge UP, 2003.
Guida, Fred. *A Christmas Carol and Its Adaptations*. Jefferson: McFarland, 2000.
Kael, Pauline. *Going Steady*. Boston: Little, Brown, 1970.
Kincaid, James R. "Viewing and Blurring in Dickens: The Misrepresentation of Representation." *Dickens Studies Annual* 16 (1987): 95-111.
Marsh, Joss. "Dickens and Film." *The Cambridge Companion to Charles Dickens*. Ed. John O. Jordan. Cambridge: Cambridge UP, 2001. 204-23.
———. "Inimitable Double Vision: Dickens, *Little Dorrit*, Photography, Film." *Dickens Studies Annual* 22 (1993): 239-82.
Moynahan, Julian. "The Hero's Guilt: The Case of *Great Expectation*." *Essays in Criticism* 10 (1960): 60-79.
———. "Seeing the Book, Reading the Movie." *The English Novel and the Movies*. Ed. Michael Klein and Gillian Parker. New York: Frederick Ungar, 1981. 143-54.
Paroissien, David. "Dickens and Cinema." *Dickens Studies Annual* 7 (1978): 68-80.
Petrie, Graham. "Dickens, Goddard, and the Film Today." *Yale Review* 64 (1974): 185-201.
———. "Silent Film Adaptations of Dickens." Parts 1-3. *Dickensian* 97 (2001): 7-21, 101-15, 197-213.
Pointer, Michael. *Charles Dickens on the Screen*. Lanham, Md.: Scarecrow, 1996.
Smith, Grahame. *Dickens and the Dream of Cinema*. Manchester: Manchester UP, 2003.
Stewart, Garret. "Dickens, Eisenstein, film." *Dickens on Screen*. Ed. John Glavin. 122-44.
Zambrano, A. L. *Dickens and Film*. New York: Gordon, 1977.

(佐々木 徹)

3. 日本の作家たち

1　坪内逍遥

　坪内逍遥 (1859-1935) は、1880 (明治 13) 年ころから当時の東京大学の学生仲間、高田早苗や丹乙馬らとイギリス小説を読みはじめ、ウォルター・スコットやブルワー=リットンらを読むうちに、次第にディケンズに傾倒するようになった。そのころは、ディケンズの作品といっても、視野に入っていたのは『デイヴィッド・コパフィールド』までの前期の作品で、逍遥が読んだのも、『ピクウィック・クラブ』『オリヴァー・トゥイスト』『ニコラス・ニクルビー』が主であった。

　1887 (明治 20) 年 1 月 27 日から 2 月 5 日にかけて『読売新聞』に連載された「旅ごろも」(熱海滞在記)などに如実にあらわれているように、彼は『小説神髄』(1886) や『当世書生気質』(1886) の執筆時期から 2～3 年後までは、すっかりディケンズにはまっていた。「ヂッケンズを読む。且読み且笑い且誦し且嘆じ、うまいと賞め妙とたゝへ、頻に独言をいひ散して、容躰やうやく気狂いじみたり……」といったような熱狂ぶりであった。

　当時彼の『小説神髄』や『当世書生気質』には、その影響が濃厚にあらわれてくる。そこでまずは、逍遥の小説論構築において、ディケンズがどれほど重きをなしているかを見ることにしよう。

　『小説神髄』は、上・下 2 巻から成る。上巻が総じて「小説とは何か」を論じているとするならば、下巻は「小説はいかに書かれるべきか」という実践的方法論を説いているといえよう。その意味において、上巻を代表するのが「小説の主眼」であるのに対し、下巻では「文体論」と「小説脚色の方法」がその中心部をなす。そして「文体論」、「小説脚色の法則」両部門において、人情世態と関連して、論の構築上最も貢献度の高いと思われるのが、チャールズ・ディケンズである。

3. 日本の作家たち

　まず、「文体論」に目を向けよう。
　逍遥は、わが国における古来の小説の文体を、雅文体、俗文体、雅俗折衷文体の3種に分類し、実例をもって各文体の特徴を論じつつ、さまざまな小説のジャンルに即応した文体に選択の必要性を説いている。人情世態を小説の真髄とすべきことを主張してきた逍遥自身も、当然、この選択を迫られることになる。そこで彼は言う。

　　それ小説は情態をうつすをもて其骨髄となすものなり。故に下流の情態をば寫しいださまくほりするときには、其人物の言葉なんどに鄙俚猥俗なる言葉あるはもとより脱れがたきことなりかし。

　文体、言い換えれば表現の問題に関するこの一節は、「小説の主眼」冒頭の「小説の主脳は人情なり、世態風俗これに次ぐ」という表現と対応し、両者が結合して逍遥の小説改革のマニフェストをなしていると考えてよい。
　彼の小説理論の実践編とも言うべき『当世書生気質』をみてもわかるように、彼の俗文体なるものは、いわゆる言文一致にはほど遠いものがあったが、その文体、とりわけ「鄙俚猥俗なる言語」の適用には当時の文学者からの強い抵抗が予測された。そこで逍遥はイギリスの小説を例にとって、それに対する防御態勢を固める——「ヂッケンス翁の小説ならびにフヒールヂング翁の稗史などには、随分はなはだしき俚言などをいくらともなく用ひたれども、其故をもてヂッケンスを譏りて評せし者なければ、またフ翁をも罵るものなし」。
　卑俗な言葉の使用に関して、ディケンズとフィールディングを同列に並べるのは、必ずしも適切ではない。逍遥の頭の中には、おそらく『ジョナサン・ワイルド』(1743) などがあったと思われるが、逍遥の言う「下流の情態」を写した小説という点から言えば、断じてディケンズの『オリヴァー・トゥイスト』のほうが、その代表たる資格をもつ。
　そして興味深いのは、『オリヴァー・トゥイスト』第3版序文において、ディケンズが、逍遥の言葉を借りて言えば、それこそ「下流の情

態」を写し出すのに一切の手加減を加えなかったことを強調していることだ。「私は、それら [下層階級の真実] を直視し得ないような繊細さ(デリカシー)などを信じる気はないのだ」と言って、彼は小説家としての態度を打ち出しているのである。

　しかもディケンズは、ヴィクトリア朝の読者層の大部分を構成する中流階級の品性をまったく無視するわけにはいかなかった。彼はロンドンの暗黒街にうごめく堕落しきった人間どもを如実に描き出すには全情熱を傾けるが、彼らが口にする、あまりにも下品な言葉と下劣な行為に関しては、かなり神経をつかった。結果としてディケンズは、それらの言葉や行為の露骨な描写を避けて、その代わり、そのようなおぞましい世界が実在しているのだという「避けがたい推測」(unavoidable inference) を起こさせる方法を講じるようになるのである。

　このような作家の態度は、逍遥にとっても、またとない手本であったのではないか。彼もまた、人情世態を写すのに俗文体の使用を主張しながらも、描写に当たっては、ある程度の制限を設けることが必要だと言うのである。「およそ鄙猥(ひわい)なる事柄にも大概定限(かぎり)のある事にて、世の情態をうつしいだすに、いはでかなはぬ鄙猥の事あり、いふべからざる卑陋(ひろう)の事あり。いはで叶はぬ鄙猥の事件は之れを叙するに心を用ひてなるべく淡泊に摸寫しいだし、餘は讀(よ)むものゝ心々に想像し得るに任すべきなり」(「小説脚色の法則」)。まさに、今指摘したディケンズの序文の一節をパラフレーズしているような感じである。

　また逍遥は、上の文章の導入部において、「親子相ならびて巻(まき)をひらき朗讀するに堪へざるごときは眞成(まこと)の小説とはいひがたかり」とも述べているが、これまたいかにもディケンズと調子を合わせたような言い方で、はなはだ興味深い。ディケンズもやはり、作品が家庭内において、「親子相ならびて」読まれることに配慮したればこそ、そこに「導入した最低の人物の口から、気分を害する恐れのある表現を避けるように努めた」(『オリヴァー・トゥイスト』序文)のである。

　逍遥と『オリヴァー・トゥイスト』との関係は、これにとどまらな

い。彼は、『当世書生気質』に対して起こった「陋猥卑俗文学士の著作に似ず」といったたぐいの批評に応えて、『自由の灯』(1885 年 7 月 30 日、第 325 号)に 4 項から成る反論を掲げたが、それがそのまま、『当世書生気質』の第 10 回と第 11 回の間に転載されている。その第一にいう。「下等の情態を写し、卑俗の言語を用ふるは、元来稗官の得意とする所。……英のヂッケンスはいふも更なり、……中には密賣女の情態を写したる者もあり、巾着切の内幕を穿ちたる者もありて、脚色もをさをさ近俗にして、且文句さへも卑しげなるあり……」。

ここにいう「密賣女」(=売春婦)、「巾着切の内幕」がそれぞれ、『オリヴァー・トゥイスト』の悪党ビル・サイクスの情婦ナンシーと、フェイギンを中心とする掏摸団の世界をさすものであることは、疑う余地がない。

しかし、『当世書生気質』の中身からいえば、『オリヴァー・トゥイスト』よりも、『ピクウィック・クラブ』との関係のほうがはるかに深い。いろいろとたくさんあるなかで顕著な例だけあげると、その第 14 回「近眼遠からず、駒込の温泉に再度の間違」は、明らかに想を、『ピクウィック・クラブ』第 22 章に描かれている、イプスウィッチの宿屋大白馬亭におけるピクウィック氏の失敗の巻に得ている。駒込に宿をとって、温泉から上がった書生が、「皆同じやうな結構なるゆゑ」己の戻るべき部屋がわからなくなり、間違って他人の部屋に入って寝ていたところへ、泊り客の女が帰ってきて大騒ぎになるという話——ピクウィック氏の「中年婦人相手のロマンティックな冒険」とそっくりである。

逍遥がその実作において、このような笑いの場面の設定を工夫しているのも、彼

「駒込の温泉に再度の間違」

の小説改革の意識と無関係ではない。『小説神髄』には、人情世態の描写によって馬琴流の勧善懲悪から脱皮しようとする狙いと並行して、もう一つ重要な課題があった。

それは十返舎一九(じっぺんしゃいっく)(1765-1831)の『東海道中膝栗毛』(1802-22)や梅亭金鵞(ばいていきんが)(1821-93)の『七偏人(しちへんじん)』(1857-63)などによって代表される滑稽小説の改革である。これらの小説は、笑いを誘うために、下品な「下(しも)がかり」の事件に訴えることを常套手段としていたからである。

しかし、逍遥の考えるところによれば、「純粋なる快活小説を綴るに當りて最も忌み嫌ふべき條件」というのは、「鄙野猥褻(ひやわいせつ)なる脚色」である。『膝栗毛』も『七偏人』も、「親子相ならびて巻をひらき朗読するに堪へざる」ものであるという点で、「眞成(まこと)の小説」としては失格である。試みに『ピクウィック・クラブ』を見よ、と言って、逍遥はこれを「快活小説の鑑(かがみ)」として取り上げているのである。すなわち、『ピクウィック・クラブ』は、「純然たる快活小説の一種にして、通篇詼諧に成るといへども、決して猥褻なる脚色もなければ、また陋(いや)しげなる文字(もんじ)もなし」(「小説脚色の法則」)。

つづいて逍遥は「滑稽、戯謔の秘訣」をいろいろと数えあげているが、それらはすべて、『ピクウィック・クラブ』の中の人物や出来事と照応させることのできるものばかりである。例えば、「或ひは老實(まじめ)なる人の粗忽なる振舞、あるひは倨傲なる人物のへこまされし體裁等」というあたりを読むとき、さまざまな場面——風に吹き飛ばされた帽子を拾う場面 (4)、夜中に女子寄宿学校に潜入して怪しまれて面目まるつぶれになる場面 (16)、スケート遊びの最中に、氷が割れて池にはまる場面 (30)、それからすでに述べた「大白馬亭」の場面、等々——におけるピクウィック氏の姿、そして、倨傲なる偽善的牧師スティギンズがトニー・ウェラーにへこまされる場面 (52) が、彷彿として浮かんでくるのである。

しかし逍遥が『当世書生気質』において、これらの「快活」の手法に成功しているかどうかは、別問題である。彼は主張としては、戯作を離れてディケンズを掲げているのだが、彼の全身に戯作趣味がしみ

ついていたことを忘れてはなるまい。だからこそ彼は、ディケンズ得意の言葉あそび、駄洒落、わざとらしく気取った表現に、共感しやすかったのではないか。

　逍遥におけるあれ程のディケンズ熱も、「旅ごろも」の連載が終わったころには、あっけなく醒めていたようだ。1889 年 4 月 22 日付けの『国民之友』第 48 号附録が行なった「書目十種」(愛読書アンケート) を見ると、逍遥はディケンズの作品をひとつもあげていない。彼はサッカレーの『虚栄の市』、『スペクテイター』、ワシントン・アーヴィングの小品文、クーパーの詩などをあげている。そんななかで内田貢 (魯庵、1868-1929) が ゴールドスミスの "Deserted Village and Traveller," "Spectator," "Johnson's Lives of the Poets" とともに、"Dicken's [sic] Works" をあげているのは注目すべきことだ。魯庵はそれから 2 年後、「黒頭巾」(『ボズのスケッチ集』「物語」編の "The Black Veil" の翻訳) を『国民之友』(1891 年 9 月 23 日号と 10 月 3 日、23 日号) に連載することになる (1893 年に警醒社から刊行された魯庵の短編小説翻訳集『鳥留好語』に収録)。

　すくなくとも 1890 年頃までには、「ヂッケンズやサッカレーなどに読み耽っていた」(『近代の小説』 8) ことを自認する田山花袋が、1891 年 5 月に、はじめて尾崎紅葉を訪れてから以後「そろそろ英文学を離れて、大陸文学のほうへと来るやうになってゐた」(同上) のは、ある意味では象徴的なことであった。戸川秋骨が「何故に英国文学は日本に行はれざる歟」(『新潮』 1907 年 7 月号) で述べているように、この時代の若い文学者たちが、さまざまな理由で、英文学を離れて大陸文学へ流れるのは、一般の趨勢であったからである。そんななかで、例外的な文学者が一人いた。言うまでもなく夏目漱石 (1867-1916) だ。そして特にディケンズとの関係において注目すべき人物として、徳冨蘆花 (1868-1927) がいた。

2　夏目漱石

　夏目漱石とイギリスの小説家というと、ジョージ・メレディスがま

っ先にあげられるのが常で、ともすればディケンズとは疎遠であったかのように思われがちだが、そうではない。まず、漱石が朝日新聞に入社して本格的な作家活動をはじめた頃の談話として、『英語青年』(1908年10月1日号)所載の「無教育な文士と教育ある文士」の中の一説を読んでみよう。

> Dickens も亦無学の人である。彼が下層社会に長じ、正式の教育を受くることができなかったから、English gentleman の気風を描き得ぬとまで言わるゝが、兎に角一派の作家に相違ない。よし作品に欠点があったとしても、それは無教育から来たことではない。彼の作は学問のお蔭を蒙ってゐないと云っても差支ない。無学の大家である。(岩波『漱石全集』第 25 巻、295-96)

何はともあれ、漱石がディケンズを小説の「大家」として認めていることは疑い得ない。しかも、漱石門下の一人であり、『クリスマス・キャロル』の翻訳者でもあった森田草平の見るところによれば、漱石とディケンズとの間には、多くの面で気質的な類似もあった。

> 少しでも世の中を善くしようと思っている人々には熱意がある。何処までも積極的である。夏目漱石は実にさういふ人であった。私の見る所を以てすれば、チャールス・ディッケンズも亦さういふ男であった。そりゃ学問の有無や修業の浅深から云ったら、無論、ディッケンズは漱石先生の敵ではあるまい。しかし、その単純で無垢な性質といひ、一本気で激しい感情家であった点といひ、善と悪とをはっきり書き分けずにゐられなかった所といひ、最後に座談に長じて、講演を以て聴衆を魅了した才能といひ、両者の相似を挙げようと思へば、いくらでも挙げ得る……。(『漱石先生と私』1947、上巻第 6 章)

文中の「善と悪とをはっきり書き分けずにゐられなかった」という表現には、特に注意を向ける必要がある。これは漱石が指摘するディケ

ンズの気質的特徴とも相通ずるように思えるからである。漱石は、小説家としてのディケンズが「悪人を描くに」用いる筆鋒に注目し、これを「自分の厭なものを正面より攻撃する男らしき発表」の代表例としてあげているのである（「文学談片」岩波『漱石全集』第 25 巻、160）。

そこで今度は、漱石の描く「坊っちゃん」がまさに、「厭なものを正面より攻撃する」電光的倫理感の固まりであったことを思えば、漱石の言う「テースト」（彼は文学を「吾人のテーストの発^{エキスプレッション}表である」と規定している）の面で、ディケンズとの間に相当の共通性があったことを認めないわけにはいかなくなるのだ。『吾輩は猫である』の最初に出てくる謎めいた「ニコラス・ニックルベー」への言及にも、こういった点で含むところがあったのかもしれないのである。というのは、ディケンズの描いたニコラス・ニクルビーこそ、坊っちゃんと好対をなす正義感の固まりのような人物だからである。作品の序文にあるように、「電光的で、世の経験に乏しい若者」として、ディケンズはニコラスを創り出した。漱石は「単純すぎて経験が乏しすぎて現今の様な複雑な社会には円満に生存しにくい人」として、坊っちゃんを創り出した。両人とも若い教員として田舎の学校に赴任して、偽善、暴虐に立ち向かうという点でも類似性がある。それから、それぞれの主人公が、ある意味で作者の自我のメタファーになっているのも興味深い点だ。

加えて、かつて伊藤整が指摘したように、漱石の小説構造法におけるディケンズの影響（創芸社『夏目漱石全集』1953、第 1 巻、412）にも留意すべきであろう。特に『吾輩は猫である』の構成には、『ピクウィック・クラブ』との類縁が感じられる。その他『坊っちゃん』の清がデイヴィッド・コパフィールドの乳母ペゴティーと比較可能な性格であること、『日記』や『文学論』等における折々の記述などから見て、漱石がディケンズに対して相当の親近性と関心を持っていたことは、疑いえないのである。

漱石とディケンズとの関係を考える上で、もうひとつ見落としては

ならないことがある。それは、1900年から1902年までの2年間にわたるロンドン生活の中で、「カンバーウェルと云ふ貧乏町の隣町」に下宿していたときの自分の身の上を、彼は「ミカウバーと住んで居たデビッド、カッパーフヒールド」（「倫敦消息」）に喩えていることである。

このときに漱石が下宿していたのは 6 Flodden Road, Camberwell New Road の Brett 家。ガヴァネス上がりのミセス・ブレットが家計を補うために女塾を開いたが失敗して、下宿を開業した、と言えば、漱石の頭に倫敦に出てきてミコーバーの家に下宿したデイヴィッド・コパフィールドのイメージが浮かんだ理由がわかるであろう。しかも興味深いことには、後に漱石が書いた唯一の自伝的小説『道草』は、「貧乏な親類」(poor relation) の主題によって成り立っている。奇しくもこの点において、『道草』は『デイヴィッド・コパフィールド』と一脈相通じているのを感じさせるのである。

3　徳冨蘆花『思出の記』と『デイヴィッド・コパフィールド』

『思出の記』(1900-01) は、徳冨蘆花の自伝的小説として有名である。また立身出世のロマンとして、往年の若い読者たちの間で人気を博した。

妻愛子と共著の形をとっている自伝小説――というより自伝そのものと言ってよい『冨士』（全四巻 1925-28）第2巻第20章によれば、熊次（＝蘆花）は明治33年（しかしこれは彼の記憶違いで、明治32年＝1899年のはず）の春、横浜で、「赤のクロス表紙、銅版画入りの二冊本」の、『デイヴィッド・コパフィールド』を購入した。「逗子の住処あらめ屋の藤の椅子で初めて D. C. に読み耽った熊次は、笑ったり、涙ぐむだり、而して自分も書かうといふ念を起さずに居られぬ人であった。而して彼は終に『思出の記』を書きはじめた」。

作者自身が『デイヴィッド・コパフィールド』からのインパクトをこれほど素直に認めている以上、内容的に多分の類似性があるのは当然であろう。まず大枠からいって、「両者ともにその主人公が、文筆

生活で立つ見込みの開けてくるところで終わっている点も共通なら、またヴィクトリア朝前期といい、わが明治期といい、資本主義上昇期社会の特徴である、明るい楽天主義が、色濃く全篇を貫いていることも同様である」（中野好夫『蘆花徳冨健次郎』筑摩書房，第 2 部，75-76）。細かい点になると、たとえば主人公菊池慎太郎が松村敏子の恋のとりこになる場面など、まるでデイヴィッドとドーラとの間のドラマを引き写しにしたような叙述が散見する。あまりにも明白な比較を避けて、むしろ蘆花における影響のありようについて、二、三の点を指摘しておくことにする。

　まず注目したいのは、蘆花の『デイヴィッド・コパフィールド』との出会いが、若松賤子の翻訳に始まるということ。若松は、『デイヴィッド・コパフィールド』第 44 章の "Our Housekeeping" の一部分を翻訳し、「雛嫁」という表題のもとに 1892 年 8 月 13 日発行の『国民之友』夏季附録に載せた。ドーラの "a child wife" ぶりに対する若松賤子の関心のほどがうかがえるが、日本における『デイヴィッド・コパフィールド』の最初の翻訳がこのような形で現われたのは興味深い。蘆花はこれに触発されて、横浜で二冊本を購入——そしてそれを「粉本」にして、『思出の記』を書く、ということになったのである。

　この経緯からしてすでに明らかなように、蘆花は「自己のあるものを語るべく」『デイヴィッド・コパフィールド』に範を求めた。これ自体には何ら問題はない。だが、彼はこれをただ「英吉利風の行儀のよい」（『冨士』第 2 巻第 20 章）作品として、きわめて安易に模倣を試みた。その過程で彼は、『デイヴィッド・コパフィールド』の小説としての持ち味には思い至らなかったようである。であるがゆえに蘆花は後に、『思出の記』を虚偽の書として断罪し、徹底した懺悔、赤裸々な告白へ突っ走ることになる。つまり、ディケンズに近づきながら、ディケンズの生命とも言うべき虚構の世界から遠ざかる結果になってしまったのである。

4　細香生訳『小桜新八』

ここで明治期の作家によるディケンズの作品翻訳の代表例を一つ取り上げておこう。

1911（明治44）年1月16日から5月3日まで、全「105回にわたって『都新聞』に連載された『小桜新八』である。翻訳者は細香生となっているが、これは小説・ジャーナリズム・政治思想等、多方面において活躍した堺利彦(1870-1933)のペンネームの一つである。そして『小桜新八』は、彼による『オリヴァー・トゥイスト』の翻訳名である。

まず冒頭の一節を引いて、その翻訳のスタイルがどのようなものであったかを示すことにしよう。

　　小桜新八は或年の或日、小桜町の養育院で此浮世に生まれ出た。
　　産が余程重くして、ヤット生れ落ちはしたものゝ、迚も是はと見る人毎に云われたほど、弱々しい赤坊であッた。それで若し其侭育たずに死んで了ッたら、こんな長物語りの伝記もかかれずに済んだであろう。（原文は旧漢字、総ルビになっているが、ここでは新漢字を用いルビは適宜省略した。）

もちろん原作の忠実な翻訳ではない。主人公の名前のほか、バンブルは岡野幹事、フェイギンは山銀親爺、ビル・サイクスは佐伯敏州、アートフル・ドジャーは千葉多吉、チャーリー・ベイツは別府三太郎、モンクスは阿久沢、ナンシーはお夏、ブラウンローは葉山好道、ローズ・メイリーは藤子、という風に人名がすべて日本名になっているほかに、

新八誕生

イズリントンは中野の町、サフロン・ヒルは万年町、ロンドン橋は御茶の水橋というように、地名もすべて日本化している。というよりは、ロンドンが東京に置き換えられているといってよいだろう。第 19 回（2 月 3 日付）を除いて、毎回 1 葉ずつ添えられている挿絵も、純然たる日本風のものになっている。たとえば上に引用した物語冒頭部には前ページのような挿絵が、そしてあのお夏（ナンシー）殺害の場面には上掲のような挿絵が添えられている。これによって全体を推し測ることができるであろう。

敏州によるお夏殺害

　明治時代におけるディケンズの翻訳といえば、森田思軒の「牢帰り」（『家庭雑誌』 1896 年 8 月）や「伊太利の囚人」（『国民之友』 1889 年 5，6 月号付録）、内田魯庵の「黒頭巾」（翻訳集『鳥留好語』 1893）等のように、ほとんどが作中の挿話か、短篇の翻訳で占められていた。若松賎子の「雛嫁」（『国民之友』 1892 年 8 月 13 日付「夏季付録」）なども当時における名訳の一つだが、これは『デイヴィッド・コパフィールド』第 44 章 "Our Housekeeping" の抄訳で、とうていこの長編小説の紹介の役割を果たしたとは言い難い。

　このような断片的なディケンズ翻訳の初段階を経て、1907（明治 40）年 1 月 1 日から 23 日にかけて、『人民新聞』紙上に吉田碧寥による『オリヴァー・トゥイスト』の翻訳『オリヴァー・トゥキスト』が連載（11 日は休載）された。訳者自らが認めるように、これは原作の「梗概を訳載」したものなのだが、日本における最初の『オリヴァー・トゥイスト』というよりは、ディケンズの長編小説の最初の翻訳として注目に値する。加えて、「余初め彼の作に接してより爾来、深刻なる

筆致の妙に動かるゝ事多年であって、……頗る其紹介に心動かされて居った……」という風に、翻訳の動機を明かにしているのも、また注目すべき点であろう。人名・地名もすべて原作に則しており、平易な口語体を用いている点から見れば、細香生訳『小桜新八』よりも高く評価されてよいように思える。にもかかわらず後者により心をひかれるのは何故か。

一言でいえば、翻案調でありながらも『小桜新八』のほうが、ディケンズの世界により近いものを感じさせる、という不思議な魅力を備えているからである。原作に関する翻訳者の理解度の深さもさることながら、この翻訳からは堺利彦のディケンズに対する共感や親近感が、より直に伝わってくるように思えるのである。

1887(明治20)年、第一高等中学校(一高)に入学した(まもなく中退)18歳の堺利彦が最初に読んだイギリス小説が『オリヴァー・トゥイスト』であった。それから24年後の1911年に『都新聞』から作品の連載を依頼されて、この作品の翻訳を思い立ったというのであるから、『オリヴァー・トゥイスト』に対する彼の思い入れは、よほど深かったに違いないのである。

堺は『小桜新八』の連載に先立って、読者に次のようなメッセージを発信している。

　　此小説は確かに面白く読んで貰へると思ひます。
　　舞台には浅ましい貧苦の様や、恐ろしい掏模や盗みの事なども出て来ますけれども、其の恐ろしい、浅ましい景色の間に、至る処、美しい、シホらしい、人情の花が咲いています。
　　筆使いはずいぶん皮肉ですけれど、其の皮肉の底には何時も涙が溢れて居ます。人を馬鹿にした様な滑稽の趣もありますが、その滑稽の裏には必ず真面目な教訓が含まれて居ます。

そしてまた連載完了後、1912年5月に『小桜新八』という題で公文書院から単行本として刊行する際には、彼はその「はしがき」のなか

でディケンズについて、「殊に其の弱き者、低き者に同情する暖か味と、強き者、高き者を嘲笑する皮肉とは此の作家の特色です」とも書いている。

堺利彦は、日本における社会主義運動の先駆者の一人で、文筆・実践両面を通じて、多彩な活動をする一方で、ユーモアには殊のほか関心を持っていた。彼は自称「立派なユーモリスト」でもあった。ただし彼にとっての「ユーモアとは決して単なるノホホンを意味するものでは」なかった(堺利彦『桜の国地震の国』小学館、1928、「序」)。そこには、社会的・道徳的意図が含まれていなければならない。考えようによっては、堺利彦は文学的なモデルをディケンズに求めていたといえるのかも知れないのである。

5 生誕百年から没後百年のあいだ

明治時代が幕を閉じたのは1912年、奇しくもディケンズ生誕100年に当たる年であった。この年の2月1日および15日発行の『英語青年』がその特集を組んでいる。それから58年後の1970年6月には、『英語研究』ディケンズ没後百年記念号が刊行されることになるが、その間1929年に『英語研究』(4月号)は、もう一つのディケンズ特集を行なっている。市河三喜の「ディケンズの俗語の研究」や竹友藻風の「ディケンズの世界」をはじめ、ディケンズとその作品に関する多くの論文や紹介記事が掲載されたが、日本の作家たちに与えたディケンズのインパクトは、モーパッサンやゾラ、ドストエフスキーなどに比べると実に微々たるものであったと言わざるをえない。しかし、明治の自然主義文学運動の重要な一翼を担った正宗白鳥(1879-1962)が、晩年に書き残した次の一文は印象的である。

　始めは無論英文学を読んだが、学校を出ると、英文学が面白くなくなり、フランス文学やロシア文学を英訳で読むようになった。もっとも最近はまた英文学に郷愁を覚えるようになり、先日はディケンズの『デイヴィッド・カパーフィールド』を読み、私もこんな面白い作品を書いてお

けばよかったと思った。(中野好夫編『現代の作家』岩波新書、1955)

正宗白鳥が『デイヴィッド・コパフィールド』のような面白い作品を書こうとして、書き得たかどうかは別問題として、この述懐がちょうど市川又彦訳の『デイヴィッド・コパーフィールド』(岩波文庫、1950-52)が刊行された頃になされたものであることは、注目に値する。この作品はそれまでに、1918年に矢口達によって初訳されて以来、平田禿木訳が国民文庫刊行会から出版 (1925-28) されたことがあり、また後には、中野好夫による翻訳(新潮社、1963)が刊行されることになる。翻訳が回を重ねるごとに、ディケンズ再評価の道が開かれ、そしてなにがしかの影響力が広がっていったことは言うまでもない。たとえば青木雄造・小池滋共訳の『荒涼館』(筑摩書房、1969)のような画期的な翻訳が現われ、ディケンズの評価に変革をもたらすのに大きく貢献したことは、特筆しておく必要がある。このようにしてディケンズ再発見の基盤が固まりつつあった頃に、日本の作家として最初の、そしてきわめて斬新なディケンズ論が出現する運びとなる。

6　辻邦生のディケンズ論

先にふれた『英語研究』ディケンズ没後百年記念号の「ディケンズとの出会い」のコラムに辻邦生 (1925-99) が登場する。辻はフランス文学——特にプルーストに造詣の深い作家だ。しかも彼もまた『デイヴィッド・コパフィールド』によって目を見開かされた一人であったのである。「小説の存在理由がどうしてもつかめず、暗澹とした気持ちで日々を送っていたころ」、はじめて彼はこの作品との出会いを経験する。「私はデイヴィッドとともに泣き笑いしながら過ごした数日が、自分を、無味乾燥な知的な小説探究の砂漠から救い出してくれた、と今も信じている」(傍点は筆者)。辻は、ドストエフスキー、プルースト、カフカなど、どの作家を見ても、ディケンズの影の落ちていないところはないことを認識するに至る。そして、「従来のディケンズ論の狭小な偏見を見れば、いかにこの作家がながいあいだ、近代知性

主義の病毒にむしばまれた人々に、誤解されていたか、よくわかる」と言って、知的反ディケンズ派の欠陥を突いた。彼によれば、「ディケンズの無意識な、本能的な、あふれるばかりの創造力」によって創り出された独特の物語芸術は、フローベールを始祖とする近代写実主義からの、あらゆる挑戦を退けて余りあるものであった。

『小説への序章』(河出書房新社、1968) 第7章「ディケンズと映像」は、このような出会いの体験から生まれたディケンズの物語芸術論である。20世紀後半における現役作家の実感的ディケンズ論としてユニークであり、再評価の決め手となるさまざまな問題を提示している。

まず注目すべきは、辻が写実主義からアンチ・ロマンに至る、もろもろの「主義(イズム)」や流派の枠組みからディケンズを解放することによって、自らも解放されていることだ。そして、「無学者！　善良な巨人──だが第二流の……」というフローベールの軽蔑に対抗して、「ヴィジョンの特異性」を主軸として、ディケンズの超イズム性を論じているのである。

ディケンズは物すべてを対象化し、主体を非人称化することによって成立する「写実の精神」とはほとんど無縁の作家である。たとえば「われわれにとって単なる樹木であるものに、彼は身をゆすぶる巨人を見るのであり、われわれにとって単なる家であるものに、彼は悪徳で腐ちてゆく柩を見るのである」。こういった写実主義対ディケンズの特異性が、遠近画法とイエラルシー・ド・タイユ ("hierarchie de taille," 身体秩序法) との対比によって照らし出されているのも興味深い。このイエラルシー・ド・タイユに喩えられるディケンズの特異性は、子供における感覚の特異性と言ってよいものである。そしてそれは、辻が指摘しているように、プルーストの『失われた時を求めて』の手法の一つにもなっているのである。

このようなディケンズの「新しさ」に最も早く親近感を覚えたのは、ほかならぬドストエフスキーであった。『作家の日記』における「展覧会に関して」に例証されているように、彼は、いち早くもディ

ケンズの人物描写が画家の模範とすべき特異の芸術性を備えていることを見抜いていて、その課題を彼の芸術論として展開させているのである。またドイツの哲学者のウィルヘルム・ディルタイは、肖像画の天才たちが、「印象点の主宰という点に対して、偉大な物語作家ディケンズから特に教えられるところが多い」(澤柳大五郎訳『近代美学史』岩波文庫、79) ことを指摘している。辻邦生の「ディケンズと映像」も、この流れの中に位置づけることができる。しかも 20 世紀日本の作家としての実感的ディケンズ論であるだけに、この再評価は一段と意味深く、また説得力が感じられるのである。

7　大江健三郎『キルプの軍団』

　ここに言う「キルプ」とは、もちろん『骨董屋』の怪物男の Quilp (一般的な読み方では「クウィルプ」)である。「まずキルプという名前が、気にいったのでした。Quilp とアルファベットで印刷した様子は、ネズミに似ていると思います」という書き出しでこの小説は始まる。

　『骨董屋』は、ある意味でディケンズの生前における熱烈な人気のスケイプゴートになった作品である。とりわけオルダス・ハクスリーが『文学における卑俗性』(1930) において、これを槍玉にあげた話は有名である。1972 年にはじめて北川悌二による全訳 (三笠書房) が出たとはいうものの、文壇はもとより、批評界からもこの作品が注目されたことはまったくなかった、と言って過言ではない。実はひと昔前に、大江健三郎が「表現された子供」(『図書』1975. 9) という非常に興味深い、子供における感覚の特異性を論じながら、ディケンズには一言の言及もないのにいささかの物足りなさを感じたことがある。それだけに、この『キルプの軍団』というメタフィクションの出現は、日本 (文学) とディケンズの問題に限らず、現代の作家とディケンズを問題にするときにも大きな意味を持つのだ。以下大江の作品に関して、いくつかの要点を拾い上げることにする。

　『キルプの軍団』(岩波書店、1988) の主人公・語り手は、オーちゃん

と呼ばれる高校二年生の男子。松山から東京へ出張してきて同居中の暴力犯係刑事の忠叔父から、『骨董屋』の英文講読の指導を受ける。作品を読み進むうちに、側彎症(そくわんしょう)で肋骨が曲がっているオーちゃんは、キルプと自分とを結ぶある種の絆を感じる。そして刑事の叔父は、昇任のための受験勉強をそっちのけにして、『デイヴィッド・コパフィールド』、『オリヴァー・トゥイスト』、『荒涼館』に読み耽った熱心なディケンジアンである。ということで、大江自身におけるディケンズへの傾倒ぶりが暗示されているのである。

　ある日、オーちゃんの目の前に「年齢の見当のつかない──十五、六歳から四十歳までの──、不思議なような美しさの女の人」が現われる。かつて一輪車乗りのサーカス少女であった百恵さんで、今彼女は夫の原さんが劇映画作りの資金をサラ金から借りていたために、ヤクザにつけねらわれる立場にある。もちろん、クウィルプに追跡されるリトル・ネルとパラレルの関係をなす。

　「原さんの計画した映画作りは、都心から遠く離れたところにある、戦争中に作られた地下壕の隠れ家で進められるが、その過程で、ドストエフスキーの『虐げられし人びと』のネリーとリトル・ネルとの影響関係が語られる。つまりリトル・ネルとネリーと百恵さんが、ちょうど三角形につながれたような形になるのである。このあたりで興味深いのは、大江がローラリー・マクパイクの『ドストエフスキーのディケンズ──文学的影響に関する研究』を持ち出し、ドストエフスキーのネリーにおけるディケンズのネルの影響のありようを援用しながら、それによって、自分のディケンズの受け入れ方とドストエフスキーの受け入れ方との相違を明らかにしていることである。彼にとっての関心の焦点は、むしろ "evil genius" としてのキルプ、そしてひいてはサラ金のヤクザの存在感と脅威の問題であり、オーちゃんの想像を支配するキルプ・オブセッションの問題なのである。

　原さんが苦心惨憺の末に取りかかった映画作りは、彼がかつての仲間であったセクト(キルプ軍団)によって誤って殴り殺されるという大破局のうちに水泡に帰する。この筋書きは、もう一つの面で興味を

かき立てる。というのは、『リトル・ドリット』の続編として構想され、『リトル・ドリット』の牢獄の世界の映画化を主題の一つにすえて書かれた、ピーター・アクロイドの『ロンドン大火』(1982) が、ちょうど同じような破局で終わっているからである。『リトル・ドリット』の映画作りのための資金調達に奔走したスペンサー・スペンダーは、その実現に向かって撮影を開始する。しかし、自分がリトル・ドリットであるという妄想にとりつかれていて、ヒロイン役を怨む女の放火のために、炎上する映画基地のセットの中へ駆け込んで焼け死ぬ。ピーター・アクロイドは、膨大な伝記『ディケンズ』(1990) の著者としても話題になっているイギリスの現代作家だ。大江健三郎がアクロイドの『ロンドン大火』を読んだという証拠を示すことはできないが、原さんとスペンダーが同じく映画作りに奔走したあげくに、その製作過程で遺恨の犠牲となって悲惨な死を遂げるというプロット構成には、単なる偶然とは思えない共通性が感じられる。

参考文献
辻　邦生『小説への序章』河出書房新社、1968.
中野好夫『蘆花徳富健次郎』(全3巻) 筑摩書房、1984.
Matsumura, Masaie. "Dickens in Japan." *Charles Dickens* Our Mutual Friend: *Essays from Britain and Japan*. Ed. Chiaki Higashida. Tokyo: Nan'un-do, 1983.
松村昌家『明治文学とヴィクトリア朝時代』山口書店、1981.
──.「日本におけるディケンズ翻訳の足跡」『ディケンズの小説とその時代』研究社出版、1989.
森田草平『漱石先生と私』東西出版社、1947.
柳田　泉『「小説神髄」研究』春秋社、1966.
──.『明治初期翻訳文学の研究』春秋社、1961.
MacPike, Loralee. *Dostoevsky's Dickens: A Study of Literary Influence*. London: G. Prior, 1981.

（松村昌家）

4. ディケンズとシェイクスピア

1　シェイクスピアへの傾斜

　ディケンズにとってシェイクスピアは「全てを知る巨匠」であり、その劇作は「言葉に尽くせぬ喜びの源」(*UT*, "Night Walks") であった。「文学の天才を発見しうるのは文学の天才を措いて他にない」(Harbage 114) とは、いみじくも云ったものだが、事実シェイクスピアほどディケンズに多大な影響を与えた作家もいない。作家としてのデヴュー以来、ディケンズの力量はシェイクスピアのそれに比せられてきた。今日でもなおその比較が色あせないのは、そのままディケンズの偉大な資質を証明していよう。

　シェイクスピアに寄せるディケンズの興味は、ごく小さい頃からはじまった。少年は従兄弟のジェイムズ・ラマートとロチェスターのロイヤル座へ出かけ、リチャード三世が「僕の坐っている舞台わきの特別席までにじり寄ってきた」のに脅えてしまう。劇場では「多くの驚くべき自然界の不思議を知った。……なんとも恐かったことに、『マクベス』の魔女がスコットランドの領主や住民たちにそっくりで、ダンカン王は墓のなかで安眠できずに、しょっちゅう抜け出しては別の人物になりすますのだった」(*UT*, "Dullborough Town")。芝居熱は生涯ずっと続くことになるが、この引用にも語られる通り、喜びの主たる源泉は、心を魅了して止まぬ虚と実の結びつきにあったようだ。

　この「いっぷう変った小さな子供が……まだ今の九つの半分にもならない頃」、父親はこの子を散歩に連れ出して、「このあたりはフォールスタフが旅人の持物を奪って逃げた所」だと云いながら、ギャズヒルの家を見せた。

　あれ以来、私がその家をとても気に入っているのを知って、父がよくこ

う言ったのを今も憶えている。「おまえもな、じっと辛抱して懸命に働けば、いつかあの家に住めるかも知れんぞ」(*UT*, "Travelling Abroad")

実際、ずっと後になって、このときの夢が実現したのであった。まさに当の家が売りに出て、ディケンズはそれを購入したのである。晩年の10年間をそこに過ごし、シェイクスピアにからむ土地の意味あいを大そう喜んで記念のステンドグラス窓まで作らせ、訪問客のすぐ目につく場所に据えさせた。これは現在、ロンドンのチャールズ・ディケンズ博物館に展示され、そこには以下の文字が記されている。

　当ギャズヒル・プレイス邸はシェイクスピアゆかりの地、ギャズヒルの頂上に建つ。サー・ジョン・フォールスタフとその大風呂敷にちなみ、永久に記憶さるべき土地なり。──「ともかく、兄さんらよ、あしたの朝は早いとこ4時にギャズヒルだぜ。奉納金たんまり持った巡礼どもがカンタベリーへ、懐中ぱんぱんの商人らはロンドンへ、というわけよ。面かくしはみんなの分をそろえた。馬はめいめい用意しろ」(Forster 8: 3、引用は『ヘンリー四世・第一部』1幕2場118-122行)

シェイクスピアとの関わりはディケンズの全生涯に及んだ。18歳の誕生日の翌日、ディケンズは初めて大英博物館の読書室へ入場することができて、そのとき借り出した本のなかにシェイクスピア作品集の2セットがあり──その編者がまた、奇しくもサミュエル・ウェラー・シンガーという学者なのであった (*Letters* 1: 9n)。『ピクウィック・クラブ』分冊第1号発行の1周年記念にあたっては、版元のチャップマン・アンド・ホールがディケンズにシェイクスピア全集を贈呈した (*Letters* 1: 244n)。1841年には『シェイクスピアの戯曲と詩』(ヴァリオラム・エディション第3版) 全21巻をみずから購入したが、これはジェイムズ・ボズウェル二世がシェイクスピア学者の第1号たるエドマンド・マローンの遺稿を元に編んだ版本である (*Letters* 2: 229n)。また1842年、ディケンズが初めてアメリカへ旅立つ直前に、友人かつ

伝記作者のジョン・フォースターはシェイクスピア集 1 巻を進呈したが、それについては旅先のディケンズから、「いつも外套のポケットに入れて持ち歩いている」との便りがあった(フォースター宛書簡、1842 年 3 月 22-23 日)。

ディケンズは若い頃から、一流のシェイクスピア学者、批評家、役者らを友人知人のなかに持っていた。当代一流の悲劇役者ウィリアム・チャールズ・マクリーディは大の親友であり、ディケンズ夫妻のアメリカ滞在中には英国に残した子供たちの面倒までみてくれた。マクリーディは 1837 年から 38 年にかけてコヴェント・ガーデン劇場の座元兼俳優(アクター・マネージャー)をやりながら、イギリス演劇に前代の威光を復活させようと努めたが、そのときディケンズは親身になって演出面の助言を与えたのであった。ディケンズはまた、ヴィンセント・クラムルズとその劇団を描いた『ニコラス・ニクルビー』をマクリーディに献呈した。もう 1 人の親友に、画家のダニエル・マクリースがいて、シェイクスピア劇を主題にしたその絵は、わけてもよく知られ高く評価された作品である。ディケンズは後年、俳優のチャールズ・フェクター(仏名シャルル・フェシュテール)を贔屓(ひいき)にして盛んに応援したが、フェクターはなかでもハムレットとイアーゴー役を十八番(おはこ)とした。小型のスイス風山小屋を丸ごとディケンズに贈呈したのもこの人物であり、ディケンズはそれをギャズヒルの庭内に据えて書斎に使った。

マクリーディ(左)の演じるマクベス

ディケンズはシェイクスピア・クラブの積極的な会員であった。ここには著名な作家、俳優、画家、音楽家が 70 名ほど名を連ねて、1838 年から 39 年まで、毎週、朗読やら研究発表やら討論のために集まった。ところが、1839 年 12 月の恒例の晩餐会で、ディケンズが司

会を務めたとき、フォースターの引起こした口論がもとでクラブは解散することになる。翌年、元クラブ会員らがシェイクスピア協会をつくり、予約販売の出版事業を興し、これは 1853 年まで栄えた。ディケンズも 1843 年から 44 年まで評議員を務め、その出版物のうち 49 点までが、1870 年に亡くなったとき彼の書庫に収められていた。

　1848 年、ディケンズはロンドン・シェイクスピア委員会の仕事に忙しかった。委員会はストラットフォード・アポン・エイヴォンのシェイクスピア生家を購入したが、ディケンズはそれより 10 年余り前、シェイクスピアが誕生した部屋に自分の署名を残してきたのであった（ディ

ボバディル大尉役のディケンズ（右）

ケンズ夫人宛書簡、1838 年 11 月 1 日）。この年にはまた、劇作家かつ俳優のジェイムズ・シェリダン・ノウルズが破産したのを知って、ディケンズは義捐金を集めるために素人芝居の上演を企画した。選ばれた劇作品が、『ウィンザーの陽気な女房たち』とベン・ジョンソンの『十人十色』である。ディケンズは前者のシャロー判事と後者のボバディル役を引受け、地方での一連の公演に乗り出した。収益金の一部をもってシェイクスピア生家博物館に館長職を設け、ノウルズをその初代館長に就任させようと考えたわけだが、ノウルズが政府から年金を受けることに決まり、当初の計画も無用となった。

2　舞台に注がれた情熱

　シェイクスピアを繰返し精読し、同好の士と交わり、シェイクスピアに関わる企画に参加するなどで、ディケンズはかの詩人の生涯と作品からいつも離れずにいた。けれどもディケンズがシェイクスピアを何よりも強く実感したのは、劇場においてである。フォースターに語ったところでは、若い頃のディケンズは「少なくとも 3 年間、ごく

4. ディケンズとシェイクスピア

わずかの日を除いて毎晩」(Forster 5: 1) 劇場に足を運んだという。その当時のディケンズの大きな野心は舞台にあった。『ボズのスケッチ集』で私設芝居小屋を叙した件(くだり)に、野心満々の若い役者かぶれが、リチャード三世やら何やらの大役を求めて金まで払う話がある。あれなども作者の実体験から生れたようだ。

　ディケンズは子供の頃、アイザック・ポコック作の流行メロドラマ『粉屋と手下たち』を紙芝居で演じたものである。16 歳までに 2 つの芝居（いずれも現存せず）を書き、1833 年にはシェイクスピア劇のもじり『オテロ、あるいはヴェニスのアイルランド系ムーア人』を書き、家族や友人といっしょにこれを演じた。流行の節まわしで歌うための戯れ歌が、父親の演出台本として原稿 7 ページ分に残されている (Haywood 67-68)。それはシェイクスピア劇とのつながりを辛うじて感じさせる程度の代物で、文学的価値などまったくない（ディケンズは後年、若い時期の劇作の証拠を湮滅するためにあらゆる努力を払った）。1834 年のスケッチ「向かいのジョウゼフ・ポーター夫人」（のち、『ボズのスケッチ集』に収録）から窺うに、このような素人芝居の上演は、往々にして惨憺たる結果に終ったようである。

　ディケンズは本業のかたわら、幾つかの芝居を単独で、あるいは共同で執筆した。かずかずの素人芝居では縁の下の力持ちともなれば、主役を演じたりもした。晩年の 12 年間は自作の公開朗読に没頭したが、これは一つには、現役を退いた元女優のファニー・ケンブルがシェイクスピア朗読で注目を浴びたことに触発されたためでもある (Collins, *Readings* xlix-l)。ディケンズは準備に万全を尽くし、演出に精魂を傾け、すみずみまで注意を払った。素人演技をとかく軽蔑したマクリーディも、ディケンズこそは「演劇の才能を誇れる」例外的な素人 2 人のうちの 1 人だ (Macready 1: 112) として、『オリヴァー・トゥイスト』から採ったナンシー殺害の鬼気迫る朗読を、「マクベスの恐怖 2 倍分」（フォースター宛書簡、1869 年 2 月 15 日）の迫力であると評価した。

　ディケンズが関わった多くの芝居のなかで、シェイクスピア物は只

一つ、『ウィンザーの陽気な女房たち』だけである。これはもともと、1847年春、リー・ハント（貧乏神に取りつかれた急進派ジャーナリストで、のち『荒涼館』のスキンポールとしてディケンズの諷刺を浴びる）を援助するためにロンドンのコヴェント・ガーデン劇場で上演されるはずだったが、ハントが王室下賜年金を受けることになり中止された。翌年、ディケンズは再び素人役者を結集させて、今度はシェリダン・ノウルズのために一肌ぬごうと考えた。ベン・ジョンソンの『錬金術師』、ブルワー゠リットンの『銭』、ダグラス・ジェロルドの『支払い日』をそれぞれ検討したあと没にして、結局シェイクスピアの『ウィンザーの陽気な女房たち』とジョンソンの『十人十色』を、ディケンズの断固たる指揮のもとで、交互に上演することとなった。

　ディケンズが芝居上演に身を投じる様子を、フォースターはこう記している。

　　ディケンズは事業全体の中心人物だった……みずから何もかも引受け、苦もなくやってのけた。ときに舞台監督であり、しばしば大道具係、舞台背景係、小道具係、進行係、音楽指揮者でもあった。誰一人として怒らせることなく、みんなをきちんとまとめ上げる。どんなことにも有益な提案を出し、どんなつまらぬ粘土でも、この陶工の手にかかればつややかな磁器のかけらに変ってしまう。ディケンズは背景をととのえ、道具係に手を貸し、衣装も考案すれば、ポスターも工夫し、リハーサルの告示を書き、どうしても他人に頼らねばならない場合には、すべてまず自分で実行して手本を見せるのだった。(Forster 5: 1)

『陽気な女房たち』は1848年5月15日、ロンドンのヘイマーケット劇場を皮切りに、マンチェスター、リヴァプール、バーミンガム、エディンバラ、グラスゴーと巡業がつづいた。ディケンズはリハーサルの日取りを設定し、精力的に指揮をとった。劇場側と交渉したり、広告を出したり、小道具を注文しては、時代物の衣装をそろえ、音楽を選び、切符のデザインを考え、座席に番号を付け——要するに、あり

とあらゆる準備をととのえ、それに加えてシャロー判事の役までも演じたのである。『パンチ』の編集長マーク・レモンがフォールスタフ役をこなし、『シェイクスピア用語索引大全』の著者メアリー・カウデン・クラークがクイックリーおかみを演じた。クラーク女史が語るところでは、舞台監督としてのディケンズは「寝るのも忘れて動きまわり、きびしく監督し、指示を与え、提案をぶつける人」であった。シャロー判事の演技ぶりについて、彼女はこう述べる。

　　ディケンズは役そのものになりきっていました。年老いて、手足が云うことをきかず、背中はわびしく丸まり、頭は項垂れ、足どりも頼りないのに、それでも治安判事特有の見栄を張っているのです。その演技には、一分の狂いもありません。声のほうは、舌をもつれさせたり、口をもぐもぐさせたり、まるで歯が抜けているために歯擦音が「笛でも吹いている」ようであったりと、一つ一つがみな台詞まわしに見事な効果を生んでいるのでした。(Cowden Clarke)

3　劇評家ディケンズ

　舞台上演ばかりか、ディケンズは観劇のほうにも並々ならぬ情熱を注いだ。ケイト・フィールドの言によれば、「演劇批評の第一人者」(『アトランティック・マンスリー』誌、1870) ということになる。ディケンズは多くの劇評を書き、そのうちの3つはシェイクスピア劇を扱っている。すなわち、「マクリーディ扮するベネディック」(『イグザミナー』誌1843年3月4日)、「マクリーディ扮するリア王」(『イグザミナー』誌、1849年10月27日)、「フェクター氏の演技について」(『アトランティック・マンスリー』誌1869年8月)。他にもR. H. ホーンとの共同執筆「シェイクスピアとニューゲイト」(『ハウスホールド・ワーズ』誌、1851年10月4日)があり、5つ目として、1838年マクリーディの『リア王』に寄せる一文(『イグザミナー』誌、1838年1月28日)が挙げられる。これはフォースターの書いたものだが、実のところ彼は病気のため当夜の観劇ができず、「完全なる信頼をお

く友人の判断」に頼って仕上げた——その友人がディケンズであったことはほぼ間違いない。もう一つ、「シェイクスピアのリア、舞台への復活」(『イグザミナー』誌、1838年2月4日) は、1908年のナショナル版ディケンズ全集の『雑篇集』(*Miscellaneous Papers*) に B. W. マッツが誤って含めたものである。爾来、ディケンズがこれを書いたとされてきたが、本当はフォースターの手になる。もっとも、その内容についてディケンズも同感であったことは疑いない (Carlton 133-40)。

　これらの劇評でディケンズは、シェイクスピアの原作に知的関心が払われていることと、細部にまで注意が向けられていることを、それぞれの演出において何よりも賞賛に値する特質だと主張した。その評の随所に、演劇のもつ大いなる教育的効力を信ずる心が隠れている。また先入観にとらわれぬ観客なら「まともな出し物」を楽しみ、そこから学ぶところもあるはずだというディケンズの確信がひそんでいる。ディケンズの関心は友人マクリーディと一致しており——当時としては異例ながら——整合性のある演出へと向けられていた。それはすぐれた芸術性と真実と情熱を求める不屈の努力から、また入念な計画と、選びぬかれた配役と、そして徹底したリハーサルから生れるものであった。

　『リア王』の上演について、ディケンズ(およびフォースター) は原典に帰ろうとするマクリーディを称え(過去150年間、イギリス演劇にあってはネイハム・テイトの「不快きわまる」改作のみがまかり通っていた)、とりわけ道化を復活させたことに賛辞を述べた。ディケンズは道化の存在をリアの性格に対する「妙なる息抜きの効果」と述べ、ここでのリアをマクリーディ「最高のはまり役」と絶賛した。ラムによれば、この劇作は理智に傾きすぎて、舞台にのせるには不適当ということだが、ディケンズはそんなラムの考えを退けて、マクリーディの上演を「見事」と形容した。

　　人間の心と、魂と、頭脳の崩壊、その崩れゆく刻々のありさまが、我らの前に露にされる……やさしさ、憤り、狂乱、悔恨、悲しみ、これら

があとからあとから現われて一つの鎖につながるのだ。(『イグザミナー』誌、1849 年 10 月 27 日)

『空騒ぎ』のベネディックを演ずるマクリーディについて、ディケンズは役者の「名人芸」を称えながら、悲劇役者が喜劇の役まわりを演ずることの「危険」にも触れる。また役者の領分は狭くかぎられているという考えを偏見とみなし、役者が役づくりをするにあたって伝統的通念に黙従すべきだなどの注文を退けて、マクリーディの演技こそは「みずみずしく、鮮明で、活力にあふれ、愉しめる」ものだと断じた(『イグザミナー』誌、1843 年 3 月 4 日)。

1869 年、チャールズ・フェクターがアメリカへ発つ間際にディケンズは劇評で賛辞を述べたが、実はそれよりもずっと前から、この役者を買っていた。フェクターはフランスでまず名を挙げ、ロンドンのライシーアム劇場の座元を務めたあと(1863-67 年)、1867 年に、ディケンズとコリンズ共作のクリスマス物『行止り』の芝居で悪漢オベンライザーに扮して脚光を浴びた。ディケンズによれば、フェクターは「自然と芸術それぞれの、優美にして微妙なところを知る」(フェクター宛書簡、1862 年 3 月 14 日) ロマンティックな大役者である。シェイクスピア劇では、ディケンズはフェクターの音楽的かつ知的な無韻詩の詠みっぷりに感心した。フェクターのイアーゴーは月並みな悪漢どころか、その手口につい引っかかってしまいそうな策士であり、ハムレットとなれば、「充ちわたる一つの意図」に促され、「はっきりと把握し、まとめ上げた想念」に支えられながら、他の役者ではとうてい為しえぬ一貫性を生み出している(『アトランティック・マンスリー』誌 1869 年 8 月)。

シェイクスピアについて書いたディケンズの随筆のなかでも白眉と云えば、むろん『ハウスホールド・ワーズ』誌の同僚リチャード・ヘンリー・ホーンとの共同執筆による——サドラーズ・ウェルズ劇場でのサミュエル・フェルプスの上演を祝すものである。マクリーディの蔭に甘んじること数年、その後フェルプスはサドラーズ・ウェルズ劇場の

支配人を務めることになった。この劇場はウェスト・エンド地区から遠く離れ、悪名高き放蕩地区の一郭にあったが、ここでフェルプスは1844年から62年にかけ

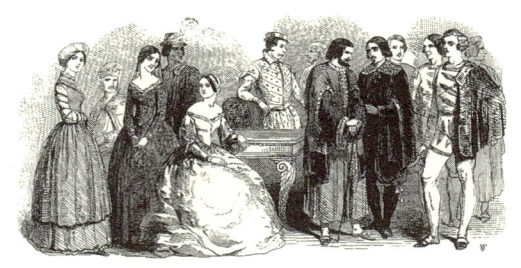

サドラーズ・ウェルズ劇場における『ヴェニスの商人』

て、大胆にもシェイクスピア劇34作を上演したのである。フェルプスは観客のひどい振舞いをつぎつぎと消滅せしめ、「細心の注意を傾け、ありったけの知力を注ぎ、詩にこめられた美を捉え、それを何とか表現しようと願いつつ」舞台にのせた芝居に熱心な観客を惹きつけた。ディケンズはそのやり方を賞賛している。すぐれた芸術性、細部へのこだわり、および全体のまとまりに観客の理解を促そうとするフェルプスの企てを賞め称えながら、ディケンズは自分の強い信念のいくつかを表明する。

> イギリス国民がどうしても必要とするのは、健全でためになる娯楽を措いて、そうざらにはない。大衆教育なるものの、その名に値するための必要な基本要素として、あるいは日々の生活に疲れたときの、いざ空想へと誘う健やかな導き手として、あるいはまた、精神の完全な満足などとうてい得られるはずもない現実生活からの解放、いっときの憩いとして——健全でためになる公共の娯楽こそが、いま切に望まれるのだ。
> (「シェイクスピアとニューゲイト」『ハウスホールド・ワーズ』誌、1851年10月4日)

編集長たるディケンズは、執筆に加えて、さらに多くのシェイクスピア関係の文章に目を通していた。『ベントリーズ・ミセラニー』誌の編集を担当していたときには、摂政時代の著名なジャーナリスト、ウィリアム・マギンによるシェイクスピアの劇中人物に関する論文6篇を

連載した。また『ハウスホールド・ワーズ』誌に、同僚のヘンリー・モーリーが近年の『ハムレット』劇に寄せた評「シェイクスピアの失ったもの」(1857年1月17日)を、ジョン・オクスンフォード (John Oxenford, 1812-77) によるハムレットの材源研究「ハムレット殿下について」(1857年10月17日)を、そしてJ. A. ヘロード (J. A. Heraud, 1799-1887) による「ハムレット殿下再考」(1857年12月5日)を掲載した。

小説『ニコラス・ニクルビー』では、カードル氏なる男の頑迷な学識が茶化されている。この人物は——

> 『ロミオとジュリエット』の乳母の亡き夫の性格とやらについて、故人は生前本当に「愉快な男」であったものか、あるいは寡婦にそう云わしめたのも、彼女の身贔屓ゆえのことなのか、と8折版で64ページにも及ぶ小冊子を書いた。それにまた、シェイクスピアの作品のどれもが、通常の句読点の打ち方を変えてみるだけで、まったく別の作品になり、意味までも一変することを立証した。そんなわけだから、この人が偉い批評家であり、深淵かつ甚だ独創に富む思想家であることは申すまでもない。(*NN* 24)

同じ小説のなかでディケンズは、ウィティタリー夫人のように、シェイクスピアについてやたらに熱を上げる愚行を皮肉ってみせる。

> 「わたくし、シェイクスピアを観たあとは、いつも具合が悪いんですの」とウィティタリー夫人は云った。「次の日なんか、生きている気もしませんわ。悲劇のあとは、反動がとても大きいものですから。ああ、シェイクスピアって、ほんとに素敵ですわ」(*NN* 27)

4　シェイクスピアの改作物と劇場法

シェイクスピアに寄せるディケンズの考えを理解するためには、ディケンズが学問的テクストやお堅い上演だけからシェイクスピア劇を

捉えていたのではないということ、まずその点を押えるべきである。シェイクスピアは小劇場や、市、酒場、その他見ばえのしない場所でさまざまに演じられてきた。そこにディケンズは、大衆の心をゆさぶる偉大な芸術の一つの例をじかに見ていた。18世紀いっぱい、また19世紀に入ってもなお法の締めつけがつづいたにもかかわらず、シェイクスピアは決してエリート主義文化の専有物とされることがなかった。その作品は田舎のむさくるしい芝居小屋にまで着々と浸透し、ちょうどディケンズが初期の評判作を次々と出していた頃の10年間には、シェイクスピアの改作物も鰻のぼりに増えていった (Schlicke 1-15)。

17世紀後葉の王政復古期にあって、コヴェント・ガーデンやドルーリー・レインの大物俳優と女優らは、休業中でも名声を利用して手早く金を得るには市の小屋掛けで上演するにかぎると考えていた。けれども1735年にバーソロミュー・フェアの期間が2週間から3日間に短縮されてからは、ロンドンの劇場が休業中なら、むしろ地方へ流れたほうが金になることに気がついた。しかし、こうして勅許劇場の役者たちが市から離れていっても、芝居そのものは生き永らえたのである。『ヴェニスの商人』、『ヘンリー四世』、『あらし』、『間違いの喜劇』の上演が記録に残っている。特筆すべきは、いずれもみなシェイクスピア劇の完全版ではなく、市の小屋掛け用に原作をしかるべく加工した物だということだ。複雑な印象を弱め、おかし味やスペクタクルや所作を際立たせるために、原作が縮められた。題も興味を惹きつけるように改められて、たとえば1733年の改作物に、『サー・ジョン・フォールスタフ、シャロー判事、ピストル爺さん、その他の滑稽劇』(*The Comic Humours of Sir John Falstaff, Justice Shallow, Ancient Pistol, and Others*) というのがある (Rosenfeld 9, 42, 147)。

小屋掛けの芝居はシェイクスピアの原作に忠実ではなかったが、国の一流劇場にあっても事情はほとんど変らなかった。シェイクスピアに大幅な手を加えるのが当り前の時代であって、ネイハム・テイトやコリー・シバー、またその同類が、当時の嗜好に合せて原作を書き改

めたものだ。そんな時代が長くつづいた。1838 年までずっと、シェイクスピア原典に基づく『リア王』がイギリスの舞台に上ることはなく、エドガーとコーデリアの恋愛ごっこ、よろずめでたしで結ばれるテイト版が専らであった。むろん立派な劇場での本格的な上演と、珍奇な見せ物や綱わたり、生姜パン売り、人形劇などで贔屓客を奪いあう小屋掛けの出し物とでは雲泥の差があった。ともあれ、18 世紀のシェイクスピア上演となると、優劣を問わず、みな改作物であることに違いはない。こんなところから、演劇を愛したディケンズが、シェイクスピアの劇的、文学的特質をまじめに取り上げて舞台にのせようとしたマクリーディの努力をあれだけ称揚した理由も納得されよう。逆にまた、高級であるのと大衆的であるのは隣りあわせ、という考えも、ディケンズにとってはごく当り前であったことが察せられる。ディケンズが継承した演劇の伝統に照らすなら、両者の相違などは、截然と区別されるよりもむしろ程度の違いなのである。

　しかし、それをきっぱりと区別することこそが劇場法の狙いであった。1737 年に制定され、1843 年になってやっと廃止されたこの法令によれば、台詞つき劇の上演は 2 ヶ所の勅許劇場でのみ許された。法令は 18 世紀に幾ばくかの反対を受けながらも揺らぐことはなかったが、19 世紀初頭になって、都市人口の急増に呼応して劇場の数も多くなると、かつての拘束力はなくなってきた。非勅許劇場も法の枠内において新しい娯楽を開拓しはじめた (Booth 1-57)。二大劇場以外では本物の芝居を上演することが禁じられていたので、シェイクスピアの上演を望むなら、方法として二つの選択肢しか考えられなかった。一つは法律を無視すること、一つは台詞つきの芝居をパントマイムと音楽とスペクタクルの出し物に改めることである。どちらにせよ、シェイクスピア劇は 18 世紀の市で演じられたようなもの、つまり、大いに大衆を喜ばせる形態に留まった。

　いかがわしい安芝居小屋は 19 世紀を通して貧民地区に栄え、もろもろの報告によれば、芝居上演のどん底を成していたようだが、ここに甚だ荒削りのメロドラマと並んでシェイクスピア劇も潜り込んだの

であった。市の小屋掛け同様、公演全体にしたところで、2、3の見せ物まで含めて1時間とかからなかった。しかも毎晩これを何度か繰返す。殺人、狂乱、亡霊、決闘だの死がやたらに強調されたことから、『マクベス』や『ハムレット』が安芝居小屋の定番にすんなり収まったのも想像に難くない (Sheridan 参照)。

　もっと品のあるところで、19世紀になって斬新な上演をつぎつぎと打出した小劇場にあっても、シェイクスピアは勅許法規の条文の枠内に押し込まれた。1809年にロバート・エリストンが、サリー劇場で『マクベスの物語、殺人、その生涯と死』と題して「音楽と所作によるバレー」を上演した。それは台詞をほとんど除外して、もっぱら踊りとスペクタクルを音楽で盛りあげながら法の網の目をくぐったものである。その20年後、独占体制も急速に弱まりつつあるとき、エリストンはシェイクスピア劇を短縮したミュージカル物で、ハムレット、オセロー、マーキューシオ、フォールスタフを演じた (Murray 22-25)。

　1834年と35年にアストリー座サーカスがシェイクスピアもじりの芝居を演じた。題は、『リチャード二世の生涯と死、あるいはワット・タイラーとジャック・ストロー』と『白バラと赤バラ、あるいはボズワース・フィールドの戦』。アストリー座では、円形劇場の座元かつ花形でもあったアンドルー・デュークロウの「言葉よりも、まず馬」という訓示に従い、芝居は馬にまたがって演じられた。また1835年の上演では、ジョン・リチャードソンの市小屋掛けから出た悲劇役者ジョン・カートリッチがリッチモンド伯爵に扮した (Saxon 179, 286)。

　そうこうするなかで、シェイクスピア劇のバーレスクが世にあふれ出した。勅許法規の力が弱まると、あちこちの劇場では、もはや台詞を発しても罰せられはしないだろうということになった。ディケンズもまた (先述した通り)、戯画版『オテロ』をもって、この方面の流行にわずかながら貢献したのであった。19世紀のシェイクスピア・バーレスクを潤沢に集めて全5巻を編んだスタンリー・ウェルズによれば、シェイクスピア・バーレスクの出現は、テクストの問題や主要作品中の正確な史実に注目しようとする新しい動きに重なるらしい (Wells 1:

xiii; 2: x)。大衆化現象と質の追求とは、ここでもやはり一点に近づきあう。

　シェイクスピアが偉大にして独創的な言葉の使い手であり劇作家であることを、ディケンズははっきりと捉えていた。野心的で原作に忠実な上演と、下品でつまらぬ改作との違いには敏感だった。1839年の冬、ライオン使いのアイザック・ヴァン・アンバーグがドルーリー・レイン劇場に満席の観客を集めたとき、ディケンズはその様子を眺めて「ライオンやトラなどいない『芝居』に少しでも興味を示す人たちは、貴重な集団だと思う」と手紙に書いている（マクリーディ宛書簡、1839年1月26日）。またディケンズは、シェイクスピアを尊敬するにしても、やたらと畏まるようなことはなかった。初期の『オテロ』や、後期のウォプスル氏の陽気なハムレットが好い例である。一方にシェイクスピアの大悲劇あり、他方にリチャードソンばりの活発なメロドラマや、安芝居小屋の目もあてられぬ堕落や、素人芝居の失笑を買うばかりのお粗末ぶりがあって、ディケンズはこれらをはっきりと識別することができた。もちろん、その違いを知っていたわけだ。

　そればかりか、なりふり構わぬ芝居小屋では大概シェイクスピアを勝手に盗んで、ろくに教育も受けない観客に提供していたことをディケンズは知っていた。ヘンリー・メイヒューが調査した呼売り商人の意見では、連中にシェイクスピアの忠実な上演など理解できるはずもないという。『ハムレット』は亡霊の場面と、埋葬と、最後の殺しあいだけ、『マクベス』は魔女と戦だけで沢山なのだそうだ (Mayhew 1: 15)。それでも広く入念に観察したところから、ディケンズは下層の人々の娯しみ方というものを知り、折しも『ピクウィック・クラブ』が進行中の頃、安息日厳守主義反対を唱えるパンフレット『日曜三題』に、ほとんどの人は下等な出し物より上等なほうを好む、ときっぱり表明したのである。さらに後年、『ハウスホールド・ワーズ』誌に載せた重要な一文「庶民の娯楽」のなかで、そもそも演劇的表現への嗜好は「人間本性のうちに生来備わっているもの」だから、芝居見物を通して人々は向上しうる、と明言することになった (1850)。これは

「芸術こそ人徳を高める」というまことしやかな理論ではなくて、然るべく上演すれば、高級な芸術でも広く観客に訴えるはずだ、という信念そのものに他ならない。この観点からすれば、シェイクスピアの天才の一面とは、教養のある人にも無い人にも等しく訴えかける芸道の本質を見失わぬところにあったと云える。勅許劇場以外でのシェイクスピアの改作上演は、大衆化すなわちお定まりの軽薄を意味せず、長もちする価値はとかく大衆化の形をとる、という一つの立派な事例をディケンズに示したのである。

『ハムレット』墓場の場面

5　娯楽性、演劇性、そして言葉の独創性

　ディケンズの小説、記事、手紙には、シェイクスピアの引用や、ひねった誤用、作品への言及があふれている。どれだけ広くシェイクスピアに触れているかについては、ヴァレリー・ゲイジャーの著作『シェイクスピアとディケンズ——影響の力学』に付した一覧表に示されている。その一覧表は、不完全とはいえ、ざっと 120 ページにも及ぶ。ディケンズは初期の随筆「人生のパントマイム」(『ベントリーズ・ミセラニー』誌、1837 年 3 月）で、自分をシェイクスピアの追随者に喩え、「まあ、数百万海里ばかり後ろから、ちょっとその足跡をたどらせていただけば」などと云う。あるいは 1858 年、同時代の作家サッカレーを称える演説のなかで、「小説家は誰であれ、すすんで劇の形式を取り入れないまでも、実際には舞台のために書いているものだ」(Fielding 262) と述べている。

　ディケンズの小説には、シェイクスピア悲劇に触れた忘れがたい滑稽な描写が幾つかある。『オテロ』は『ボズのスケッチ集』のジョウ

ゼフ・ポーター夫人が素人芝居に取りあげた作であり、ロミオは、ニコラス・ニクルビーがヴィンセント・クラムルズおよび旅役者たちと大成功を収めた役柄であり、極め付きとしては、『大いなる遺産』のなかでピップとハーバートがウォプスル氏扮するハムレットを観にゆく場面がある。

　ディケンズはシェイクスピアの大半の作品に触れているが、とりわけ目立つのが『ハムレット』と『マクベス』の二作である。作品への言及が多いことと云い、もろもろの必要に合せて積極的に引用を持ち出しているところと云い、どうやらディケンズはシェイクスピアの台詞を自分の思考の発動機がわりに用いていたようだ。しかし同時にまた、小説の構造上のモデルとして、少なくとも一つのシェイクスピア劇を活用している。多くの批

ウォプスルの演じる
『ハムレット』

評家たち、わけてもアレグザンダー・ウェルシュは、『リア王』とディケンズの作品、特に『骨董屋』、『ドンビー父子』、そして『ハード・タイムズ』との類似点を探ってきた。ウェルシュは云う——「ディケンズが小説のなかに愛と真実の気高い試練をもち込もうとするとき、彼はいつも、気難しい父親に対するコーデリア型の忠誠心を好む傾向があった……ディケンズは、1838年のマクリーディ上演による新しい『リア王』を、死ぬまで研究しつづけたと云っていいだろう」(Welsh 88, 104)。

　ディケンズは、作家として常に想像力をかき立てられた行為——殺人——を想うとき、必ずや『マクベス』に思いを馳せた (Slater 142)。最も迫力ある『マクベス』ばりの描写は、『オリヴァー・トゥイスト』でナンシー殺害後のサイクスを描く件に見える。「こんなにも血が！」と叫ぶサイクスは、ちょうどマクベス夫人その人だ（『マクベス』5幕1場44行）。バンクォーの亡霊がマクベスを脅かしたよう

に、ナンシーの目がサイクスの前にしきりに現われる。サイクスはさんざん苦しめられ、これもマクベス同様に、まさしく「眠りを殺してしまった」(『マクベス』2幕1場36行)。

　一方ハムレットとなると、ディケンズは深刻に受けとめることができず、ただ滑稽味を加えるために、この王子を何度となく引っぱり出しているにすぎない。まさしくジュリエット・ジョンが主張するように、ディケンズとしては、ちょうど建設的な社会行為こそが望まれるときに、だらだらと内省に耽っている人間なぞ信用できず、ハムレットこそロマンティックな知識人タイプそのものだと考えていた (John)。ディケンズはまた、『クリスマス・キャロル』の削除した一節でこう述べる。

　　たぶん皆さんは、ハムレットの知性を強靭なものとお考えでしょう。私は違います。明日から、ああいう息子がいっしょだと思ってごらんなさい。難問ばかり出してくる嫌な奴だと思うんじゃないでしょうか。まったく手を焼く男で、死んだあとでどれだけ家族に褒められようとも、とにかく、生きているうちは大変な厄介者というわけですよ。(Slater, *Christmas Books* 1: 257)

『リア王』はディケンズにとって最も興味ぶかい人間関係、すなわち父と娘の一つのモデルを提供してくれた。マクリーディ同様、ディケンズもこの劇作を感傷悲劇と捉え、ペーソスこそがここで引き出される第一の感情であると考えた (Schlicke, "Discipline" 79-89)。『骨董屋』では、ネルが頭のおかしくなった祖父をつれて漂泊しながら、ついに二人とも死んでゆくなど、シェイクスピア劇との明らかなつながりが幾つも見える。『ドンビー父子』では、プライドの高い歪んだ父親の性格が娘の変らぬ愛情によって矯正され、『ハード・タイムズ』のシシー・ジュープは「賢明かつ愛すべき受動性」の好例であり、これがためグラッドグラインドも知恵と愛情の何たるかを知る、といった具合である (Smith 164-70)。

4. ディケンズとシェイクスピア

アンガス・ウィルソンが述べたように、文学的に影響されるということは、誰それの作品の断片を掠め取るというようなものではない。それは「視野の全て、見解の全て、小説の世界全て」にかかわるもので、「作品の小さな断片を取り上げてそれを自分の小説に（変形させて）組込むというような問題」ではない (Wilson 42)。ディケンズの芸術は、大きく三つの点――娯楽性、演劇性、そして言葉の創意工夫――でシェイクスピアに似ている。

シェイクスピアのようにディケンズもまた、大衆性と芸術的精錬とは互いに少しも矛盾しないと考える娯楽作家(エンターテイナー)であった。ディケンズの小説は基本的に芝居がかっている。登場人物の姿は目に見えるように描かれ、人物それぞれは演劇ふうに交わり、彼らが口を開けばきまって熱弁をふるう。ディケンズの娘メイミーによれば、ある日父親が執筆しているのを目にとめたところ、父は鏡に向って顔をしかめ、そのあと机に戻って書き写すべき場面を演じていた、というのである (Mamie Dickens 47-9)。ディケンズの最も濃厚な、また最もディケンズらしい滑稽味は、人物が公私を問わずいつも同じように振舞う姿に現われている。つまり、登場人物はめいめいの役柄を終始変らずに演じて見せるというわけだ。法律事務所に勤めるガッピー氏はエスターに結婚を申込むのに、「訴状を提出し」（『荒涼館』9）てもよろしいか、などと訊ねる。リリヴィック氏はケンウィッグズ家の客間にあってなお、水道料金取立て人の用語を持ち出す (*NN* 15)。ときに野次馬までが芝居見物のつもりで集まってくる。いかさま師の化けの皮がはがれるところを見てやろうと、「およそ 25 人ぐらい」が集団となってバウンダビーのあとを追う (*HT* 3: 5)。あるいは村の子供らが、ピップの猿まねをする仕立屋トラップの小僧に見入る (*GE* 30)。登場人物の集まる場を描くのはお手のもので、そこではめいめいが念入りに関係づけられ、話はいつも劇的な場面で終結する。たとえば『マーティン・チャズルウィット』のおしまいで、マーティン老人がペックスニフを打ちすえる箇所 (52) などがそうだ。これはディケンズの小説が見事な絵になるという一つの証左でもある。ディケンズ作品を劇化した幾

つかの上演などは、まさしく絵を並べているようなもので、そこでは役者たちが、フィズの挿絵そのままに動いて見せる。ディケンズは劇作家としては秀でていないが、彼の小説は、シェイクスピアばりの活力あふれる演劇性を示している。

　最後に、言葉の独創性という点でディケンズはシェイクスピアに似る。両人はいずれも言語の幅を拡げ、言葉を豊かにした。どちらも嬉々として新しい云いまわしや、耳に珍しい鮮やかな語と語の組み合せを編み出した。これが、両人の言語の一大特徴とされるアニミズムを生んだ。物品に生命が脈打ち、片や、生ある物はグロテスクなまでに物品化される。そこから現世と想像世界を結ぶ力学関係が生れ、現実と空想を分つ境界線が絶えず吟味されることにもなる。それはまた驚くほど豊かな文学言語を生み、一個の小さな語句が作品の広大なテーマを包み込むほどの「膨らんだ比喩」(シェイクスピアの言語についてのウィルソン・ナイトの表現。スティーヴン・マーカスがそれを巧みにディケンズにも適用 [Marcus 40])──へと繋がった。この意味でディケンズは、シェイクスピア同様に、英語を操るすぐれた詩人なのである。F. R. リーヴィスは云う。「ディケンズの語、句、リズム、イメージの使用、その縦横無尽の手さばきともなれば、まったく、シェイクスピアを除いて彼をしのぐ英語の達人は他にいない」(Leavis 207)。

参考文献

Booth, Michael et.al., ed. *The Revels History of Drama in English*. Vol.6. London: Methuen, 1975.

Carlton, William J. "Dickens or Forster? Some *King Lear* Criticisms Re-examined," *Dickensian* 61 (1965): 133-40.

Clarke, Charles and Mary Cowden. "Splendid Strolling." *Recollections of Writers* [1878]. Ed. Robert Gittings. Fontwell: Centaur, 1969.

Dickens, Mamie. *My Father As I Recall Him*. London: Roxburgh Press, 1897.

Harbage, Alfred. *A Kind of Power: The Shakespeare-Dickens Analogy*. Philadelphia: American Philosophical Society, 1975.

Haywood, Charles. "Charles Dickens and Shakespeare; or The Irish Moor of Venice, *O'Thello*, with Music." *Dickensian* 73 (1977): 67-88.

John, Juliet. "Dickens and Shakespeare," *Victorian Shakespear*. Ed. Gail Marshall and Adrian

Poole. London: Palgrave, 2003.
Macready, William Charles. *Macready's Reminiscences and Selections from his Diaries and Letters*. Ed. Sir Frederick Pollock. London: Macmillan, 1875.
Mayhew, Henry. *London Labour and the London Poor*. 4 vols. London: Griffin, Bohn, 1861-62.
Murray, Christopher. *Robert William Elliston Manager*. London: Society for Theatre Research, 1975.
Rosenfeld, Sybil. *The Theatre of the London Fairs in the Eighteenth Century*. Cambridge: Cambridge UP, 1960.
Saxon, A. H. *The Life and Art of Andrew Ducrow and the Romantic Age of the English Circus*. Hamden: Archon, 1978.
Schlicke, Paul. "A 'Discipline of Feeling': Macready's *Lear and The Old Curiosity Shop*," *Dickensian* 76 (1980): 79-89.
Schlicke, Paul. "The Showman of *The Pickwick Papers*," *Dickens Studies Annual* 20 (1991): 1-15.
Sheridan, Paul. *Penny Theatres of Victorian London*. London: Dobson, 1981.
Slater, Micahel. *The Christmas Books*. 2 vols. Harmondsworth: Penguin, 1984.
Slater, Michael. "Some Remarks on Dickens's Use of Shakespearean Allusions," *Studies in English and American Literature in Honour of Witold Ostrowski*. Warsaw: Polish Scientific Publishers, 1964.
Smith, Grahame "'O Reason Not the Need': *King Lear, Hard Times* and Utilitarian Values," *Dickensian* 86 (1990): 164-70.
Wells, Stanley, ed. *Nineteenth-Century Shakespeare Burlesques*. 5 vols. London: Diploma, 1977.
Welsh, Alexander. *From Copyright to Copperfield: The Identity of Dickens*. Cambridge: Harvard UP, 1987.
Wilson, Angus. "Dickens and Dostoevsky," *Dickens Memorial Lectures* (supplement to the 1970 *Dickensian*).

(ポール・シュリッケ／梅宮創造訳)

5. ディケンズとドストエフスキー

1　はじめに——**類似性への注目**

　ディケンズとドストエフスキー——私は長い間この問題について話したいと思っていました。なぜなら、この問題はディケンズ批評の中に常に気配を漂わせていたからです。1962 年に『ディケンズと 20 世紀』という、さまざまな人々による評論集で私も寄稿した本が出版された時、書評者の一人が、事実上全ての評論の中でドストエフスキーが舞台袖のどこかに隠れている、と言ったのを覚えています。ただし、実際のドストエフスキーは「隠れて」いようとはしなかったはずです。何しろスポットライトが大好きな人でしたから。彼は表舞台に立つことを主張したでしょう。観客から彼の人気を完全にさらうことのできた 19 世紀の作家がいたとすれば、多分それはチャールズ・ディケンズただ一人だったと思います。演劇に対するすぐれた感覚は、彼らが共通して持っていたものの一つでした。若い頃、小説家になる前に、二人とも劇作に対する野心を抱いていた、というのは注目すべき事実です。おそらく、これは彼らの共通点としてだけでなく、相違点としても注目すべきであるかもしれません。違いは二人の野心の性質に見出されます。ディケンズは『村のコケット』のような類の喜劇的オペレッタを目指していましたのですが、ドストエフスキーは、メアリー・スチュワートやボリス・ゴドゥノフを主人公とする、シラーふうの詩劇に着手していました。とはいえ、演劇が彼らの想像力を最初に引きつけたことは間違いなく、彼らは基本的には演劇的作家なのです。これが第一の共通点です。

　ここ 20 年の間に、ディケンズとドストエフスキーについて言われてきたことのほとんどは、非常に混乱を招くものです。なぜならば、そこには「シンボル」という語が頻繁に出て来るのですが、その意味

があまりに曖昧だからです。今では私たちは「シンボル」という言葉からは遠ざかるようになっています。それはあまりに濫用され、満足のいく内容を伴わないことが多すぎますから。たびたび明言されるドストエフスキーとディケンズのこの類似性は明白な実体を持っているのでしょうか？ 川から引き上げられたギャファー・ヘクサムの遺体のような実体のあるものなのか、あるいはむしろ、ローグ・ライダーフッドの水浸しの毛皮の帽子のような、何となく、なかば実体のあるもので、なかばはシンボルのようなものなのでしょうか？ これは往々にして批評家の言葉からは見定められないものです。今夜はディケンズとドストエフスキーの関係を少しでも明確にし、(もし影響があったとすれば)ディケンズがどのような種類の影響をドストエフスキーに与えたか、何が二人の間に存在すると証明できるか——そしておそらくはこちらの方がより重要な点でしょうが——証明はできないとしても何が存在すると考えられるか、について述べたいと思います。

　まず初めに、自作についての考えは、お互いにさほどかけ離れてはいませんでした。ドストエフスキーは「私は空想的リアリズムの作家である」と言っていました。そしてディケンズは『荒涼館』の序文で「日常的なもののロマンティックな側面」に言及しました。「空想的リアリズム」と「日常的なもののロマンティックな側面」の間には、何か非常に似たところがあります。自分自身について、彼らは同じような見方をしていると言えそうです。彼らがどこでつながるのかについては、これまで果てしなく議論が行なわれてきました。英国人の議論——英語による議論と言いましょうか(これはイギリスとアメリカ両方の評論家によるものですが)——は概ね漠然としていますが、時には非常に洞察力に富むものです。予想できるように、ロシアの学者の議論ははるかに厳密ですが、全体として、より実り少ないのです。(実証的研究が悪いと言うつもりはありませんが、もし事実だけを相手にしていれば、ご存じグラッドグラインド氏のように、結局はひからびたビスケットを食べることになってしまうでしょう。)ただ一人、マイケル・フットレルだけがこの問題全体を調べ、その上で、ディケ

ンズのドストエフスキーへの影響で実際に証明できるものはさほど重要ではなく、しかも非常に限られたものにすぎない、と言っていますが、これは正しいと思います。しかし、これから述べますように、彼はその限られた証拠を十分に調べたとは言えません。それに、直接的影響の証拠が薄弱だと言ってもそれは大した意味を持ちません。二人の小説家の関係は、この部分があの箇所に影響を受けたと考えられる証拠がある、といった次元よりも、もっと面白い問題です。小説家として私がかなり確信を持って言えるのは、「私の本のあの部分はあの作家に由来するものです」というような意味での影響を与えるのは重要でない作家だけだ、ということです。真に重要な作家は全く異なる種類の影響を及ぼします。つまり、視野の全て、見解の全て、小説の世界全てに影響を与えるのです。作品の小さな断片を取り上げて、それを自分の小説に（変形させて）組み込む、というような問題ではありません。これからドストエフスキーが実際にあちらこちらでディケンズの作品を取り入れていたことについて述べますが、概して、これはあまり重要でない作品の中においてなのです。たとえディケンズの作品を読んだ経験がなかったとしても、ドストエフスキーは全く同じような書き方で書いたであろう、とさえ言っていいと思います。これは、彼らの関係を直接的な影響においてとらえることが、いかに重要でないかを示しています。本当に大切なのは、彼らが自分の生きている世紀を四分の三ぐらい同じ見方で見ていた、ということです。自分が生きている世界や社会に対する彼らの見解は、全く驚くほど類似しています。

　当然ながら、社会を同じような見方で見ていても、非常に異なる宗教と非常に異なる政治体制を持つ非常に異なった国に住んでいたため、目の前の悪に対して彼らが提示した実際の解決法は、必然的に非常に異なっていました。時折、私たちが知っているように、ディケンズは晩年（もしかしたら、K. J. フィールディング教授の言われるように、一般的に考えられているよりも、もっと早い時期から）社会的、政治的問題に対して奇妙なまでに権威主義的な解決法を提示すること

がありました。しかし、ドストエフスキーが最終的に信奉するようになったような、並外れた、度を超した、時にはほとんど正気とは思えぬ権威主義的な社会観、政治観は決して持ちませんでした。とは言え、これは重要ではありません。なぜなら、彼らが公言していた政治的意見がどれほど異なっていようと、彼らが作り出した社会像は同じであったからです。そしてそれは主に、彼らの社会像が同じ倫理観に基づいていたことから生じました。彼らは基本的には世界に——彼らが見たところ、非常に恐ろしい世界に——新しい工業社会の密林に、キリスト教の福音を解決手段として近づこうとしていました。この福音を適用する上で同じような困難を感じたので、結果的に彼らの作品は大変よく似ているのです。

　ここで一つ非常に奇妙で際立った逆説を述べさせて下さい。チャールズ・ディケンズは、しばしば言われているよりもはるかに博識でしたが、ヨーロッパの文学には精通しておらず、それでいてだんだんヨーロッパ、特にフランスが好きになり、おそらくはイギリスを嫌うようにさえなったイギリス人でした。一方、ドストエフスキーはロシア人で、ヨーロッパの文化を熟知していたのですが、次第にヨーロッパ（特にフランス）を嫌うようになり、国外にいることを忌みさえし、自分の故国が大好きになりました。それでも、このヨーロッパ嫌いのロシア人ほどディケンズに似ている同時代のイギリス人はいないと言ってよいでしょう。そして同じようにドストエフスキーについても、ゴーゴリは例外かもしれませんが、ヨーロッパを愛しながらも、実際はヨーロッパ的感覚にほとんど通じていないこのイギリス人ほど彼に近い作家はいません。ヨーロッパへの接し方は正反対でしたが、彼らは本当によく似ています。

　彼らの類似性は長い間注目されてきました。それは全然新しい問題ではありません。それに関する最初で最良の記述は1898年に、あの優れた批評家で、過小評価されている小説家のジョージ・ギッシングによってなされています。ギッシングはドストエフスキーの英訳をひもとき、「ドストエフスキーを読んでいると、往々にしてディケンズ

を、そしてディケンズ独特のユーモアさえをも思い出す」と言いました。そして、『虐げられた人々』と『罪と罰』に見られる類似性を示しています。これらの作品が当時英語に、おそらくかなり不正確に、翻訳されていたのです。『罪と罰』について彼はこう述べています。

> ロシアに生まれ育っていれば、ディケンズはそっくりそのままこの小説を書いたかもしれない。それは奇妙な殺人、巧妙な謎解き、魂を清らかなままに保つ売春婦、そして愛とキリストへの信仰によって救済された罪人の物語であり、場面は終始ロシアの首都の暗さ、みすぼらしさ、グロテスクな醜さの中に設定されている。(『チャールズ・ディケンズ論』第11章)

これはドストエフスキーの小説と同様、ディケンズの小説についてのすばらしい記述でもあると思います。ただひとつ違和感を覚える点は、「魂を清らかなままに保つ売春婦」と言う時に込められたかすかな軽蔑です。ギッシングの最初の妻は、彼が救済しようという意図から結婚した売春婦で、この結婚は非常な大失敗でした。それで彼は、ディケンズやドストエフスキーほど容易には、売春婦が魂を清らかなままに保っている可能性があるとは考えないのでしょう。彼らは、このような馬鹿げた実験をしたことはありませんでした。

さて、ギッシングが上の文章を書いた時期、1898年、というのは重要な意味を持ちます。ドストエフスキーに関するイギリス人の意見は、フランスの批評家達、特にド・ヴォギュエに大きく影響されていました。つまり、『虐げられた人々』のような初期小説から『罪と罰』に到るまで、ドストエフスキーの作品はド・ヴォギュエのあらゆる賛辞とともに、彼らの元に届いたのです。しかしこの批評家は1880年代頃に、ドストエフスキーの作品は力を失いつつあると言いはじめていました。彼は「『罪と罰』の後、ドストエフスキーの技量は向上していない」と書き、その後の小説の長々しさと退屈さについて述べています。これは『カラマーゾフの兄弟』や『白痴』や『悪霊』こそド

ストエフスキーの傑作だと考えている私たちにはとても奇妙に思われます。フランスでの感じ方はそのようなものではありませんでした。その点は、フランス人の意見に影響された 19 世紀末のイギリスでも同じでした。従って、ギッシングがディケンズとドストエフスキーの間の関係を見てとった時の意見は、閃光のように突然現われたものだったのです。それが繰り返されることはありませんでした。1912 年に『カラマーゾフ』が英訳されるまでは、ドストエフスキーに対する興味は低かったのです。そしてこの頃には高等な文学批評は、ディケンズを軽蔑するようになっていました。『カラマーゾフ』の翻訳は、イギリスの文化においてきわめて重大な時点で現われました。つまりフロイトが既に漠然と広まっている時期です。結果としてイギリスの知識人はドストエフスキーを主としてフロイト的観点から見ました。彼らがドストエフスキーに直ちに見てとったのは、潜在意識、あるいは無意識に対する理解と言ってもよいものでした。ドストエフスキーの喜劇的側面は何も見ていませんでした。ごく最近になってようやく——主としてロナルド・ヒングレーのすばらしい著書『知られざるドストエフスキー』を通して——私たちはドストエフスキーの同時代の人々が十分に分かっていたこと、つまり彼が非常に滑稽な作家であったということを再び理解するようになったのです。キャサリン・マンスフィールドやヴァージニア・ウルフや D. H. ロレンスのような人々が、奔放で、奇妙で、きわめて真剣な哲学的著作であると考えていたものの多くが、本当は途方もない茶番と喜劇なのでした。批評家達がディケンズの偉大さの一部は彼の暗い側面にあることを認識するのに大変長い時間がかかりましたが、同じように、ドストエフスキーの偉大さには純然たる喜劇的側面があるということを、今私たちは学ばなければなりません。今夜用意した文学作品からの引用は主にドストエフスキーからのもので、それによって私は時として彼がいかに滑稽であるかをお伝えしたいと考えています。皆さんは、ディケンズがどれほど滑稽でかつどれほど暗く不吉でありうるか、ということを既にご存じだと思いますが、ドストエフスキーがどれほど喜劇的な作家であ

ったかは多分実感しておられないでしょう。私たちは、暗いディケンズと喜劇的なディケンズを別々に論じていたのでは不十分だと気づきはじめたばかりです。ディケンズは喜劇的であり同時に暗い小説家でした。このことはドストエフスキーについてもおおむね当てはまると思います。

2 共通の文学的源泉

二人に共通する文学の源泉の一つは、ディケンズの全ての作品に最も強力に表われているもの、すなわちシェイクスピアであります。いとこのフィーニックスはディケンズの全ての喜劇的な〈聖なる愚者〉のうちで最も胸を打ち、最もすばらしい人物の一人で、しばしば作者の考え方を代弁します。その彼が、「ただ私が言えるのは、私の友人のシェイクスピアとともに、それは夢の影のようだということです」と述べています (*DS* 61)。シェイクスピアの作品は人生を「夢の影」のように映して見せる——この点にディケンズは深く感じ入っていたと思います。一方ドストエフスキーは、「シェイクスピアは人間と人間の魂の神秘を我々に示すために神によって遣わされた予言者である」と言いました。ディケンズとドストエフスキーは、シェイクスピアにつきまとう計り知れない畏怖と神秘を同じように感じていたのです。

シェイクスピアの神秘に対するこの崇敬の念は、これから私が述べようとしている他の文学的源泉のどれよりも、ディケンズとドストエフスキーの間の絆についての、はるかに大きな手がかりであります。彼らの倫理観が新約聖書を共通の源としているならば、彼らの詩的特質はシェイクスピアを共通の源としていたと言えましょう。彼らが作り出したロンドンとサンクト・ペテルブルグを結びつけ、あるいは混同さえさせるのは、この二人の偉大な小説家の詩情なのです。ドストエフスキーやディケンズの小説を読んでいる時、特に、不吉で、ある時には暑く、ギラギラと睨みつけるように暑く、またある時には暗く霧が立ちこめたロンドンの、あるいはサンクト・ペテルブルグの街路

を動き回っているとき、いったい何が起こったのか分からなくなることがあります。それはまるでドストエフスキーの地図を持ってディケンズの都市に迷い込んだかのような（あるいはその逆のような）経験です。

　ディケンズに対して何らかの形でドストエフスキーの影響があり得た、という考えは立証できないと思いますし、誰もかつて実際にそうしようとしたことはありません。1870 年までに、つまりディケンズが亡くなった時点までに、ドストエフスキーの全作品がともかくも翻訳されたのはドイツ語においてだけで、ディケンズは、私たちが知るかぎり、ドイツ語はできませんでした（ライン川を行く船の上で、ある紳士が彼の発した数語のドイツ語をほめたことがありましたが）。ディケンズが亡くなる前に、ドストエフスキーの作品の断片がいくらかフランス語にされていたかもしれません。ただ、ロシア文学やロシアで何がおこっているかに対するディケンズの主な知識は、ツルゲーネフを経由したものでした。ツルゲーネフは何よりもドストエフスキーを嫌っていましたから、ドストエフスキーのように未熟で、（彼の見るところ）狂気じみた作家の作品を読むようにディケンズに勧めたはずはありません。したがって、ディケンズがドストエフスキーの作品を読んだことがあるかもしれない、という考えは捨ててもよいでしょう。ドストエフスキー小説の直系の父親であったゴーゴリが、いかにディケンズに影響を受けたかについては多くが述べられています。しかし、これは主に表面的な見かけの話です。『死せる魂』が『ピクウィック・クラブ』に負うところが大であるという通説は大変疑わしい。つまるところ問題は、両方の小説において、人々が小さな二輪の幌馬車や大型四輪馬車で非常な悪路をとても早く移動する、という事実に帰着するように思われるのですが、これは当時珍しいことではなかったはずです。そしてまた両方の小説で、数多くの栄養不良の事務員がカウンターの後ろの高い腰掛けに座って、上司が見ていないときに怠けてうわさ話をし、ちょっと一杯ひっかける、というような場面がしばしば見られますが、これもまた 19 世紀初期のイギリスとロシ

アの両方で、かなりありふれた光景であったに違いありません。だから私はゴーゴリとディケンズの関係が近いものであるとすぐに信じるつもりはありません——ある一点を除いては。これは非常に重要な点です。1867 年、ブルワー＝リットンに宛てた手紙の中でディケンズは、「ニコライ・ゴーゴリの『ロシア小説集』を読みましたか？ ルイ・ヴィアルドによってフランス語に訳されたもので、『タラス・ブーリバ』という短編が入っています」と述べ、その物語は大変興味深いものだとつづけています。異国情緒に満ちた『タラス・ブーリバ』はディケンズの作品にあまり関係ないと思いますが、ルイ・ヴィアルドによって訳された、『ロシア小説集』というその同じ作品集に『狂人日記』という題の、ゴーゴリのはるかに重要な短編小説があります。そしてこの短編は、ドストエフスキーの有名な『地下室の手記』を触発した点で、間違いなく非常に大きな役割を果たしたのです。『地下室の手記』は、もちろん、現代社会における疎外感の先駆的研究として、ドストエフスキーのヨーロッパ文化への偉大な予言的貢献として、今や賛美されている作品です。ディケンズが『狂人日記』についての知識を共有していた可能性は大きいですし、おそらくはこの作品をたいそう楽しんだことでしょう。いずれにせよ、ゴーゴリの『死せる魂』が 1842 年に最初に出版されたとき、ロシアの批評家達はゴーゴリがディケンズに影響を受けたと考えました。そして、重大なことですが、彼らはこれを完全な賛辞のつもりで言ったのではなかったのです。ディケンズは初期の作品からロシアでよく知られていましたが、多くの人々に、大変ショッキングで現実的すぎる低俗な作家であると考えられており、特に『オリヴァー・トゥイスト』は胸が悪くなるような作品であると見なされていました。あるロシアの批評家は、『死せる魂』について、「汚ない物を描かせれば、我々のホメロス〔すなわちゴーゴリ〕は、イギリスのセルヴァンテス〔すなわちピクウィックの創造者としてのディケンズ〕の優位さえ友好的に奪うことができる」と書いています。ディケンズが汚物の提供者であるというこの見解は全く驚くべきものですが、レディー・カーライルも『オリヴァー・トゥイス

ト』に触れて、「スリや娼婦のような不幸な人々がいるということは知っていますが、その人たちがお互いに何を言い合っているかを聞きたいとは思いません」と言われました。

　ディケンズとドストエフスキーの両方が、バルザックに大きく影響されたということは大いにありそうです。ところが、なるほどディケンズは彼の作品の大部分を蔵書していたものの、実際にどれくらい読んでいたかを知るのは非常に難しいのです。ドストエフスキーは若い頃バルザックを崇拝しており、『ウジェニ・グランデ』をロシア語に翻訳したりしました。しかし彼の作品にバルザックの明確な痕跡は見つけられません。ここで一つ重要な事実を指摘しておきましょう。ディケンズもドストエフスキーもゴシックの伝統をバルザックと共有していたのですが、彼らのいずれも作品のプロットを作る上で超自然的な力を一度も利用していません——何かそのようなものが『エドウィン・ドルードの謎』に秘められているならば別ですが、それは疑わしいと思います。ディケンズ自身がなかなかの腕前の催眠術師であった事実からすると、これは確かに奇妙です。その種のものはバルザックの作品中にはいたるところに見出されます。彼は動物磁気や催眠術などを何度も使いましたが、それらはプロットを作る上で大変役に立つ手段でした。というのも、登場人物は地理的距離によって大きく隔てられていても、超自然的な方法によってお互いに関係をもつことができたからです。ディケンズとドストエフスキーがなぜそのように簡単なゴシック風の趣向を利用しなかったのかという問題は、彼らの類似性を明らかにしてくれる一つの手がかりになると思います。二人が著書の中で催眠術や動物磁気や魔力を使おうとしなかったのは、そのようなものが彼らのキリスト教信仰に反していたからだと私は信じています。ディケンズは1860年代に、さまざまな種類の心霊術を調査するのにかなりの手間をかけました。力の濫用、あるいはもっと多くの場合、いかさまと自分が思ったものに、彼はいつもひどく嫌悪を感じました。この二人のキリスト教徒の作家にとって、自分の作品に、いかに劇的であろうとも、神聖な事柄を軽く扱っているように見えるか

もしれないゴシック風の手段を取り入れることは、倫理的信条に反していていたのです。

　彼らが共有していた可能性がある文学的影響は、他にもたくさんあります。ディケンズはラドクリフ夫人の作品を読んだに違いありません。ドストエフスキーが子供の時、彼の父親はラドクリフ夫人の本を声に出して読んだものでした。また、二人ともド・クインシーに影響されたのではないでしょうか。ドストエフスキーが若い頃の友人の一人は、『アヘン服用者の告白』が、当時まだ無名であったペテルブルグの学生に及ぼした強い影響について語っています（彼はその本がマチューリンによるものとしていますが）。ディケンズについては、大抵の問題に関してそうであるように、『ディケンジアン』誌に、紹介されるべき非常に興味深いエッセイが掲載されています。1911年に、ある寄稿者がド・クインシーの『悲しみの淑女』の一節を引用しており、そこには「我らが悲しみの淑女」がいかに「芝居や村での楽しみの誘惑に逆らって、ひどく悩んでいる父親とともに埃っぽい路を一日中旅したか」が書かれています。これはどこかで『骨董屋』に関連しているに決まっています。彼ら二人に影響を与えたに違いない、ヨーロッパのもう一人の偉大な人物は、E. T. A. ホフマンです。ちなみに、ここで、ドストエフスキーという例を通じて、私たちは影響と模倣は別ものだと気づかされます。ドストエフスキーの初期作品の多く、特に彼が金儲けのために書いた作品は、ほとんどホフマンの翻案と呼べるかもしれません。私が知るかぎり、ディケンズがホフマンを読んだという証拠はないのですが、カーライルがホフマンの作品を1827年にいくらか英訳しています。ディケンズがカーライルの訳した小説を読まなかったはずはないでしょう。

3　ディケンズからの影響──記録上の証拠

　次に、ディケンズがドストエフスキーに影響を与えたという証拠について考えてみたいと思います。まず彼らの年齢に注目しましょう。ドストエフスキーはディケンズより9歳若かっただけなのですが、

5. ディケンズとドストエフスキー

処女長編『貧しき人々』が出版されたとき、ディケンズは既に確固たる地位を確立した作家でした。これは 1844 年のことで、『鐘の音』が出版された年です。ドストエフスキーが逮捕されシベリアに送られる 1849 年以前に、ディケンズを読んでいたのは確かですが、それより以前に彼が書いた初期作品に、ディケンズの影響の証拠を見出すことはできないと思います。1847 年に書いた書評の中で彼は「ディケンズの魅力」についてやや一般的に述べています。その後 1870 年に、『虚栄の市』がついにディケンズの名声を翳らせたという 1848 年のロシア文学界での意見を振り返っています。しかしこれらは彼が投獄と国外追放以前に、私たちの予想する通り、ディケンズの名声をよく知っていたことを示すものにすぎません。より注目すべきは、1881 年のドストエフスキーの死の直後に伝えられた話で、これは本当らしく思われます。犯罪者植民地の中で最もすさまじいオムスクにいたとき、彼はしばしば非常に具合が悪くなり、病院に入らなければなりませんでしたが、そのとき読みたいと頼んだ 2 冊の本は『ピクウィック・クラブ』(それを彼は何度も読んでいました)と ── より重要な ──『デイヴィッド・コパフィールド』(彼が投獄された時には未出版)でした。彼は後者を読むのを待ち焦がれ、それに夢中になりました。この小説は間違いなく彼に強い影響を与えました。とにかく非常に感受性の鋭くなっている時期のことでしたし、何といっても、このときの彼は何ヶ月も読書を一切許されていなかった人物、全ての読み物を奪われた知識人だったのですから。シベリアでの自分の経験を書いた『死の家の記録』で最も胸を打つ部分の一つは、この、読む物を奪われた状態についてのくだりなのです。『デイヴィッド・コパフィールド』は疑いもなく、ディケンズがドストエフスキーに影響を与える上で大きな役割を果たした本の一冊です。ドストエフスキーは 1854 年に釈放され、セミパラティンスクでの軍務に送られますが、それ以降、1881 年にこの世を去るまで、彼の手紙や論評の中にはディケンズへの言及がさらに多くあります。例えば、1867 年にドレスデンで大変貧しかった時期に、彼が市場の売店で中古のディケンズの本を買おう

としていたと彼の二番目の妻は語っています。1868 年にスイスで、偉大な聖人のような知恵おくれの主人公ムイシュキンの出てくる『白痴』を書く計画を立てていたとき、彼は姪に手紙を書きましたが、そこでムイシュキンがドン・キホーテのようになってくれることを望んでいると語り、ピクウィックにも言及しています——「ピクウィックはドン・キホーテよりもはるかに迫力に欠ける人物だが、それでもなお偉大な創造物で……滑稽でもあり、その点だけで成功をおさめている。」これはドストエフスキーに対してイギリス人が伝統的に持つ、厳粛な考え方を修正するものとして重要です。イギリスの批評家と読者は、ドストエフスキーの偉大な白痴という概念のまさに中心にあるムイシュキン公爵を、彼がパーティーで中国の壺をひっくり返すときでさえ(チャップリンの映画ならば非常に滑稽だと思われるような出来事ですが)、ある種の大変厳粛で深刻な哲学的概念の表われと解釈したがってきました。ドストエフスキーの手紙は、彼がムイシュキンを作り出す計画を立てている段階で、ディケンズのピクウィックを強く思い浮かべていたことを示しています。この、非常に滑稽でもある非常に善良な人物という概念は、完成された小説『白痴』の中にもやはり見られます。

　1880 年の手紙の中にディケンズへのさらなる言及があります。これは、ドストエフスキーはディケンズの初期作品に大きな影響を受けたが後期作品は何も知らなかった、という一般的な考え方を否定しているように思われます。(私はこの通説を内的な証拠によっても論破するつもりです。)友人のオシモフに対するこの手紙で、「娘にどのような本を与えればよいだろうか」という質問に、彼は「全てのディケンズの本。一冊の例外もなく」と答えています。もし彼がそのすべてを自分で読んでいなかったならば、こうは言わなかったでしょう。彼はそのような種類の人物ではありませんでした。しかしながら、ドストエフスキーがディケンズから受けている多大な恩義の最も重要な証拠は、彼の手紙にではなく、彼が 1873 年から 1877 年の間に書いた記事、つまり、大成功をおさめた雑誌記者としてのコラム、『作家の

日記』にあります。ディケンズと異なり、編集者としての彼の企てはどれも惨憺たるものでした。しかし彼は雑誌の所有者や編集者になろうとするのを止めて、記者になったとき、非常な成功をおさめました。これらの日記からの最初の引用はきわめて典型的なものです。

> 要するに、特徴的なものはすべて、主としてロシア民族固有なものはなにもかも、(したがって、真に芸術的なものは一から十まで) わたしの意見によれば、ヨーロッパにとってはとうてい理解しがたいものなのである。……だがそれにもかかわらずわれわれはロシア語で読んでいても、ほとんど英国人と同じようにディケンズを理解していると、わたしは信じて疑わない。おそらく、どんな細かなニュアンスの末にいたるまで分からないことはないとさえ言えるのではなかろうか。とは言うものの、いかにディケンズは典型的で、独特な風格をそなえた民族的な作家であることか！ この事実からはたしてどんな結論が引き出せるだろう？ このように他国の国民性が理解できるということはヨーロッパ人に比べてロシア人に与えられた独特な天賦の才能なのであろうか？ ことによると、これは特別な天賦の才能であるかもしれない。そしてもしそのような天賦の才能があるとすれば (事実ほかのどのヨーロッパ人に比べても特にきわだっている、他国語を自由に話す天分と同様に)、この天賦の才能はきわめて意義のあることであり、また未来に多くのものを約束し、ロシア人に多くの使命があることを先触れしているものである。──もっとも、それがはたして文句なしによい天分なのであるか、それともこれにはなにかよくないものも含まれているのか、それはわたしにも分からない……。(9 「展覧会に関連して」)

これはとりとめもなく汎スラブ主義を展開する時のドストエフスキーの最たる例ですが、ともかく彼は、ディケンズはロシア人が知り、特別な財産として持っていなければならないものだと感じていたのです。同じ 1873 年に、彼は風俗画とその重要性について述べています──「風俗画とは、画家が自分で体験し自分の目で見た、現代の、

自分の目の前にある現実を表現する芸術であり……たとえば、歴史的現実とは正反対のものである。」その後に但し書きがつきます。「いま『自分の目でみた』と言った。だがディケンズは決して自分の目でピクウィックを見たのではなく、ただ自分が観察した現実の種々相の中にそれを認め、ひとりの人物を創造して自分の観察の結果としてそれを提示しただけのことである。このようなわけで、ディケンズは単に現実の理想を取り上げただけであっても、その人物は現実に存在する人物とまったく同じように、現実的なのである」(9「展覧会に関連して」)。これは再び、いかに彼がディケンズと同じように、この特異な想像力が現実に根ざしていると信じていたかを示しています。ディケンズとドストエフスキーが現実の世界を描こうとしなかったという指摘は、ほとんど意味がありません。彼らにとっては、自分たちの想像したものこそが現実世界だったのです。そしてドストエフスキーはディケンズを、何よりもこの想像力の点で自分に先行した人物だと思っていました。最後に1876年の『作家の日記』から引用します。これは彼らのキリスト教に対する共通した見解の重要性を示すものです。ジョルジュ・サンドが亡くなったとき、彼女の自由主義思想や不可知論に若い頃かなり影響を受けたドストエフスキーは、その死に本当に動揺しました。しかし、最終的には彼女はキリスト教作家ではなかった、と彼は明言せざるをえませんでした――「彼女は自分の小説の中につつましく卑しい生まれの人々を描きたがらなかった。偉大なキリスト教徒、チャールズ・ディケンズのほとんど全ての小説に登場するような、高潔だが従順で、熱心な信者で、虐げられた人々を」(1876年6月「ジョルジュ・サンドについて数言」)。虐げられた人々！　山上の垂訓の倫理、柔和な者、卑しい者、虐げられた者の幸いについてキリストが言った全ての言葉――これこそ彼がディケンズの中に見出した最も重要なものなのです。

4　ディケンズからの影響――作品内の証拠

次に、ドストエフスキーの小説内部の証拠を検討しましょう。彼が

監禁と追放から最初に解放されたとき、何を書くことができたでしょうか？ 足に鎖をつけられた囚人として、それから遠いシベリアで徴集兵として何年も暮らし、ほとんど 7 年間も文学界から隔絶されていた人物が？ その頃に彼が書いた初期のいくつかの作品があまり優れたものではなかったのは、驚くにあたらないと思います。そしてそれらは、影響というよりは模倣というべき表面的な意味で、ディケンズを手本にしています。ロシアの学者が特にあら探しをしてきたのは、これらの作品です。なぜなら、それらが影響を受けていることは非常に容易に分かるからなのですが、そのような影響は全く重要ではありません。例えば、彼は、滑稽に書くつもりで、あまりうまくいっていないと思われる『一家の友人』という小説を発表しました。この小説にはフォマー・フォーミッチという主要人物がいます。彼は偽善者で、田舎紳士の家に行って住み込み、その紳士にへつらい、それから家中を支配する暴君になり、最後に主人が真実を悟ったとき、追い出されてしまいます。彼はペックスニフをモデルにしているとされていますが、19 世紀にはそのような人々が何千人もいたに違いありません。また、タルテュフをモデルにしたとも言われているのは注目に値します。マーティン老人がペックスニフ氏を打ち倒した場面を描くフィズによる最後の挿絵を思い出して下さい。本箱から落ちた本の中にモリエールの『タルテュフ』がありますが、こういうものは偽善者という概念から生まれてくるものにすぎません。『一家の友人』には主人公の山師が駆け落ちをしようとする未婚婦人の描写もあり、これはジングル氏とレイチェル・ウォードルを真似たと言われています。しかし、もし山師と駆け落ちをする全ての不器量な未婚女性や、不器量な未婚女性のお金に目をつける全ての詐欺師が『ピクウィック・クラブ』にその源をたどることができるならば、『ピクウィック・クラブ』に由来するといえる小説は数多く見出されるでしょう。この種の表面的な影響は、二人の作家の重要で、ほぼ明白な、広い意味での結びつきを曖昧にしてきたにすぎないのです。より注目すべきは、彼がサンクト・ペテルブルグに戻らねばならなかった時期に書き、1860 年に出版さ

れた『虐げられた人々』です。これは奇妙な本で、行方不明のネルという小さな少女が登場します。彼女は結局、スミス氏というイギリス老人を通じて、語り手によって行方を突き止められます。その老人は屋根裏部屋で餓死しているのが発見されますが、ネルは彼の孫娘であると判明します。ネルと老人の扱いはともにディケンズとは異なっていますが、この出来事全体は明らかに『骨董屋』に由来するものです。さらに、語り手の存在は、ハンフリー親方同様、物語の外枠を構成します。祖父は自己中心的です。ネルも、ディケンズの有名なヒロインと同じく、献身的で、哀れで、若さに似合わぬ分別を持っています。しかし、『虐げられた人々』の少女の性格には、同時にジェニー・レンにも似たつむじ曲がりなところがあります。（ディケンズとドストエフスキーの描く子供達の不思議な絡み合いについては、後ほどさらに述べるつもりです。）これはすぐれた小説ではありません。作家が他の誰かの作品から少々いただく、つまり「ネタをパクった」時に——その素材をどういじくり回したとしても——きわめて頻繁に生じる結果の典型的な例と言えます。

　1866年に『罪と罰』が出版されます。彼の初期の小説『二重人格』は非常に独創的で面白い作品でしたけれども、私は『罪と罰』こそ、ドストエフスキーの、最初の偉大な小説だと思います。これはディケンズの世界とドストエフスキーの世界が同じものだという感じを与える最初の作品でもあります。ここでラスコーリニコフが質屋の殺害の計画を立てながらサンクト・ペテルブルグを歩き回っているときや、彼が自分の部屋に戻ってくるとき、読者はジョウナス・チャズルウィットの世界にいるような風変わりな感覚を持つでしょう。ラスコーリニコフはどこに行っても、殺人そのものや自分が殺害した人間についての詳細よりも、自分の部屋の詳細に取り憑かれているように思われます。これは非常にチャズルウィット的な要素です。ジョウナス・チャズルウィットが殺人の後、ロンドンに戻って来るところをご記憶でしょうか？　彼が恐れているのは、生い茂った林の中の空き地に殺害して残してきたモンタギュー・ティッグ、つまり自分が殺害した人間

の死体ではなく、自分の部屋に戻った時に目にするかもしれない光景なのです。そしてまた、『罪と罰』全体に行きわたる、大都市をさまよい歩くラスコーリニコフやスヴィドリガイロフの扱いは、彷徨するジョウナス・チャズルウィットやビル・サイクスやアーサー・クレナムの描写と同質のものなのです。彼らの頭は一つのことでいっぱいです。その内容こそ作品のテーマやプロットの中心であるはずなのですが、彼らは通りの中のあらゆる種類の雑多な事柄に気づき、その多くがあらゆる種類の糸で主筋に結びついています。しかしさらに際立っているのは、すばらしく数多くの細かい事柄が、十分にその姿を見せないながらも、登場人物の心境に影響を与えるということです。これは確かに、都市の街路が持つ特質についてのすぐれた観察記録です。ドストエフスキーの娘は、完全に信頼のできる証人ではありませんが、自分の父親がペテルブルグの通りを歩き回りつつ、一人でしかめ面をしたり独り言を言ったりしながら創作をしていた、と記しています。その光景は、ディケンズの創作方法について知られていること——より正確に言うなら、彼の娘のメイミーが、彼の創作方法について述べていること——と大変似通っています。

　『罪と罰』の雰囲気とディケンズの世界との全体的な類似性についてはここまでにしますが、直接的な影響はあと二つあります。その一つは、もちろん、マルメラードフ氏に見られます。マルメラードフは明らかにミコーバーに由来していると思われる、ドストエフスキー作品の多くの登場人物の最初のものです。ドストエフスキーの父親は陰気で大酒飲み、母親はたいそう信仰心が厚く迷信深かったのです。しかしマルメラードフ夫妻の性質はこのようではありませんでしたし、まして『白痴』のイヴォルギン将軍のような、のちのミコーバー的人物の性質はなおさら彼らと異なっていました。狂ったマルメラードフ夫人が子供と一緒に通りで物乞いをしている恐ろしい場面は、自分が死ぬ際の妻子の境遇に関する、典型的にメロドラマじみたミコーバー氏の言葉の延長であると考える根拠は十分にあります。しかしサンクト・ペテルブルグへのジョン・ディケンズの出現は、イヴォルギン将軍

の中にはるかに顕著です。イヴォルギン将軍が下宿人のムイシュキン公爵にはじめて出会う場面は、涙ぐましいほどの愚かさという点で、確かに『デイヴィッド・コパフィールド』の響きを持っています。

　「あの男だ——あの男だ！」と低いながら重味のある声で言い出した。「そっくり生き写しだ！　じつはさっきから家のものが頻りにわしにとって親しい懐しい名を、繰り返し繰り返し話しているじゃありませんか、それでふと永劫去って返らぬ昔を思い出しました……。ムイシュキン公爵ですな？」
　「ええ、そうです。」
　「わしはイヴォルギン将軍、哀れな退職の老将です。あなたのお名と父称は、失礼ですが？」
　「レフ・ニコラエヴィッチ。」
　「なるほど、なるほど。竹馬の友と言って差支えないニコライ・ペトローヴィッチのご子息ですな？」
　「僕の親父はニコライ・リヴォヴィッチと申しましたが……」
　「リヴォヴィッチ」と将軍は言い直したが、少しもあわてず騒がず、自分は決して忘れたのではない、ただ思わず言い間違えたのだ、とでも言うような落ち着きがあった。
　彼は自分で座につくと、公爵の手を取って、傍へ坐らした。
　「わしはあんたを抱いて歩いたもんですよ。」
　「本当ですか？」と公爵は訊ねた。「でも、僕の父が死んでからもう20年になりますが。」
　「さよう、20年と3ヵ月です。一緒に学校に通ったもんだが、わしはすぐに軍隊へ入るし……」
　「ええ、父もやはり軍務に服していました。ヴァシリコーフスキイ連隊の少尉でした。」
　「いや、ベロミールスキイです。ベロミールスキイへ転任ということになったのは、ほとんど死なれるすぐ前でしたなあ。わしはその場に居合わせて、お父さんを永遠の世界へ祝福してあげましたよ。あんたのお母さんは……」

将軍はあたかも悲しい追憶に誘われたかのごとく言葉を切った。
「ええ、母もやはり半年ばかりたって風邪ひきのために死んでしまったのです」と公爵は言った。
「風邪じゃない、風邪じゃない。年寄りは嘘を言いませんて。わしはその場に立ち会って葬送の式を営んだですよ。亡き夫を思う哀しみのためで、風邪などじゃありません。さよう、公爵夫人のこともわしはよう覚えておりますよ。ああ、若かったなあ！　あの人のためにわしと公爵が、竹馬の友が、危く殺し合おうとしたことがある。」
公爵はいくぶんか疑いを挿んで聞き始めた。
「あんたのお母さんがまだ娘の時分──わしの親友の許嫁の時分、わしは激しくお母さんに思いをかけましたよ。それに気がついて公爵は、烈火のごとく怒られたのです。ある朝早く6時頃にやって来て、わしを起されるじゃありませんか。わしはびっくりして着替えをしたが、両方とも沈黙です。わしはみんなさとってしまった。すると、公爵はポケットから拳銃を二挺とり出して、ハンカチの下から射ち合おう、介添人はなしだ、とこういう事でしたよ。なんの、もう5分たったらお互に友達を永遠の世界へ送ろうという際に、証人も何もいったものじゃない。それから弾丸をこめハンカチを拡げて、拳銃を互の胸に押し当てながら、互に顔を眺め合うたです。不意に二人とも目から霰のように涙が迸り、手はぶるぶる震えるじゃありませんか。二人ともです、二人とも同時にですよ！　で、すぐに自然の情として、二人は抱き合って、両方から寛大の競争をはじめたのです。公爵は、『君のものだ』と叫ぶ、わしも『君のものだ』と叫ぶ。一言にしてつくせば……一言にしてつくせば……あんたは家へ寄宿しなさる……寄宿を？」
「ええ、多分しばらくの間」と公爵はなんとなく吃り気味に答えた。
「公爵、お母さんがちょっと来て下さいって」とコーリャが戸口から覗きこみながら叫んだ。
公爵は立って行きそうにすると、将軍はその肩に右の掌を載せて、馴れ馴れしく元の長椅子に彼を引き据えてしまった。
「亡くなったお父さんの誠実なる友として、わしは予めあんたにご注意しておきたいことがあります」と将軍が言い出した。「わしはご覧の通り、

ある悲劇的な災難のためにひどい目に遭いましたよ、それも無理非道に！　無理非道に！　ニーナは世にも珍しい女です。ヴァルヴァーラ――これはわしの娘だが、また類の少ない娘です！　事情やむを得ず下宿を始めたが、実に情ない零落の仕様じゃありませんか！　わしはこれでも総督くらいになれるはずでしたからな！　しかし、あんたが見えたのは我々一同じつに嬉しい。」(1: 8)

このようにミコーバー氏の世界は、イヴォルギン将軍やマルメラードフ氏、および、悲しい気の狂った生活を送っている最も落ちぶれた時期にさえも、自分の生まれの良さを絶えず思い出しているマルメラードフ夫人の世界と、さほどかけ離れたものではないのです。一方エリザベス・ディケンズも、ニクルビー夫人経由で、もっと英雄的な人物ラスコーリニコフ夫人として『罪と罰』で登場しています。彼女は地方から息子を追って上京しますが、彼がペテルブルグの下宿で半ば気が狂った様子でいるのに出くわします。ここでラスコーリニコフ夫人が話しているとき、明らかにニクルビー夫人の声が聞こえてきます。

「ああ、ロージャ、お前はとても本当に出来まいがね。」彼女はわが子の言葉に答えを急いで、いきなりこう引き取った。「ドゥーネチカもわたしも昨日はどんなに……不仕合わせだったか！　でも今はもう何もかもすんで、おしまいになったから、わたし達はまた仕合わせになったんだよ――だからもう話してもかまわないね。まあ考えてもおくれ、早くお前を抱きしめたいと思って、汽車を降りるとすぐ、ここへ駆けつけて来て見ると、あの女中さんが――ああ、そこにいますね！　こんにちは、ナスターシヤ！　あの人が、いきなり出しぬけに、お前は脳病系の熱で寝ていたのに、つい今しがた、お医者にかくれて、熱に浮かされながら外へ飛び出してしまったので、みんなさがしに駆け出したっていうじゃないか。その時のわたし達の心持は、お前にゃとても分りゃしないよ！　わたしはすぐ、家で懇意にしていたポタンチコフ中尉――ほら、お前のお父さんのお友達さ――あの人の非業な最期が思い出されたんだよ。お前はもう覚えていないだろうが、やっぱり脳病系の熱でね、同じようなふうに外

へ飛び出して、裏庭の井戸へおっこちてしまったんだよ。やっと翌日になって引き上げたような始末なのさ。だからお前、わたし達はいうまでもない、なおのこと大仰に考えるだろうじゃないか。(3: 3)

『罪と罰』はディケンズ小説の響きでいっぱいです。例えば生まれの良いラスコーリニコフ夫人とその娘は、ニクルビー夫人とケイトのように、ドゥーニャ・ラスコーリニコフの強欲な婚約者ルージンによって、彼女らに全くふさわしくない都会の下宿に住まわされます。この悪党は、クウィルプがキット・ナブルズに対してそうしたように、ソーニャ・マルメラードフに紙幣を「こっそり忍ばせて窃盗の嫌疑をかける」のです。しかし彼はクウィルプやラルフ・ニクルビーではありません。彼はむしろドストエフスキーの功利主義批判を体現しており、『鐘の音』や『ハード・タイムズ』から抜け出してきたかのようです。それは次のような彼の言葉に明らかでしょう。

「いや、月なみじゃありません！ 例えば今日まで『隣人を愛せよ』といわれておりましたが、もしわたしがやたらに他人を愛したとすれば、その結果はどうなったでしょう？」とルージンは言葉をつづけた。あるいは、少々急き込みすぎたかもしれない。「その結果は、わたしが上着を二つに裂いて隣人に分けてやる、そして二人とも裸になってしまうのです。つまりロシアの諺でいう『二兎を逐うものは一兎をも得ず』というあれですな、ところが科学はこういいます——まず第一に己れ一人のみを愛せよ、何となれば、この世の一切は個人的利益に基づけばなり。己れ一人のみを愛すれば、己が業務をも適宜に処理するを得、かつ上着も無事なるを得ん、とこうです。しかも経済上の真理はさらにこう付言しています——この世の中というものは整頓した個人的事業即ち無事な上着が多ければ多いほど、ますます鞏固な社会的基礎が築かれ、同時に一般の福祉もますます完備されるわけだとね。かようなわけで、ただただ自分一個のために利益を獲得しながら、それによって万人のためにも獲得してやることになる。そして隣人だって千切れた上着よりは、多少ましなものを得ることができるようにと、心がけております。しかもそれ

はもはや単なる個人的慈善のためじゃなくて、社会全般の進歩によるのですからな。この思想はきわめて単純なものですが、不幸にも感激性と空想癖に蔽われて、あまりにも長くわれわれを訪れなかったのです。これを語るには大して機智も要らなさそうなものですが……」(2: 5)

ドストエフスキーが『地下室の手記』の中で完全な唯物主義を象徴するものとして、ディケンズが非常に不信感を抱いていた水晶宮を選んだ、ということが思い出されます。

以上、『罪と罰』において非常に明確になる二人の類似性について見てきましたが、これはあまり驚くべきことではないかもしれません。というのも、ペテルブルグがドストエフスキーに選ばれた舞台ではありましたが、彼が1862年に訪れたロンドンは、手紙や日記の中で最も力強い文章の一つを生みだすほど強い印象をこの小説家に与えていたからです。

ロンドンでは世界のどこにおいてもとても現実に見られないほどの、おびただしい数の、しかも恐るべき状況の下におかれたこうした大衆にお目にかかることができる。たとえば、私はこんな話を聞いた。ロンドンでは土曜日の夜になると、それぞれ子供たちを引き連れた、50万からの男女の労働者が、まるで海のように全市中にみちあふれ、特にある地域にはどこよりも多く群れをなして集まり、朝の5時まで夜どおし一週の仕事が終わったことを祝う、つまり、まるで家畜のように、まる一週間分の食いだめ、飲みだめをやるのだそうである。これらの連中はみんな一週間のあいだ生活を切りつめてためた金を、詛いのことばを口にしながら苦しい労働でやっと手に入れた金を、残らずぱっと使ってしまう。肉屋や食料品屋の店先からは、ガス灯の光が太い束になって流れ出て、街路をあかあかと照らしている。まるでこれらの白い皮膚を持ったネグロのために、舞踏会でも開かれているかのようである。群衆は開け放たれた飲食店や街路でひしめき合っている。そこで飲んだり食ったりしてるのである。飲み屋という飲み屋は、どれも宮殿のように美しく飾り立

てられている。みんなべろんべろんに酔っぱらっているが、すこしも楽しそうではなく、陰気くさい、気むずかしい顔をして、誰も彼も不思議なほど妙に黙りこくっている。ただときどき罵り合う声と血なまぐさいつかみ合いの喧嘩が、このうさんくさい、見ているだけで悲しくなってくるような沈黙を破るばかりである。この連中はみんな一刻も早く飲みつぶれて意識を失おうと急いでいるのだ……。女房どもも亭主に負けてはいないで、亭主と一緒にぐいぐい酒を飲んでいる。そのあいだを子供たちが駆けまわったり這いまわったりしている。そうした夜の一時過ぎに、あるとき私は道に迷って、こうした陰気くさい連中が無数に群がっているあいだを掻き分けながら、ほとんど身振り手まねだけで、道をたずねて歩いたことがあった。と言うのは、私は英語はひとこともわからないからである。やっと道はわかったけれども、そのとき私が見たものの印象に、その後三日間も私は苦しめ続けられたものだった。人の波、どちらを向いても人の波であるが、そこにあるものはなにもかも実に巨大で、実に鮮やかなものばかりなので、それまで頭の中だけで想像していたものに、膚でじかに触れたような感じだった。ここで諸君が目にするのは群衆などというものですらなく、組織化された、従順な、むしろそうなるように奨励されている意識の喪失である。こうした社会の最下層階級の人々の姿を見たならば、諸君もおそらく、彼らのための予言はこれから先もまだまだ長いこと実現されないであろうし、彼らはまだまだ長いこと棕櫚の枝や白い服をもらうことはないだろう、そしてこれからもまだ長いこと天帝の玉座に向かって「主よ、いつまで」と大声で訴えつづけるにちがいない、と感じられることだろう。

ヘイマーケットで私は、まだ年端もいかない自分の娘を商売させに連れてくる母親がいるのに気がついた。せいぜい 12, 3 のまだ小さな女の子が、男の手をつかまえて、一緒に行こうとせがむのだ。忘れもしないがあるとき私は、往来の群衆の中で、ひとりの女の子の姿を見かけたことがあった。年はどう見ても 6 歳そこそこ、ぼろを身にまとった、がりがりに痩せて、しょっちゅうなぐられつけている、汚ならしい、跣足の女の子であった。ぼろのあいだから透けて見える彼女のからだはどこもか

しこも青痣だらけだった。彼女は前後もわきまえない様子で別にどこへ急いで行くというわけでもなく、なんのためやら群衆にもまれながら、よろよろと歩いていた。もしかすると、彼女は腹が空いていたのかもしれない。誰ひとり彼女に注意を払う者はいなかった。しかしなによりも私が強い衝撃を受けたのは——歩いている彼女の顔になんとも言えない悲哀、もはやどうにもならない絶望の表情が浮かんでいることであった。こんな小さな子供が、早くもこれほど深刻な詛いと絶望を背負わされているのを見るのは、むしろなんとなく不自然で、おそろしいほど胸の痛むことであった。彼女はしきりになにか思案でもしているように、その髪の毛のくしゃくしゃに乱れた頭を絶えず左右に振りながら、その小さな両手をさっとひろげて、妙な身振りをしたかと思うと、今度は急にその手をぱちりと打ち合わせ、剝き出しになった胸に押しつけたりするのだった。私はあと戻りをして、彼女に半シリングの金を与えた。彼女は黙って銀貨を受け取ったが、そのあとで今度は野獣のような目つきで、びっくりしたようにおずおずと私の目色をうかがっていたかと思うと、まるで私が金を取り返すのではないかと恐れるように、急にもときたほうへ一目散に逃げ出した。(『冬に記す夏の印象』5)

『罪と罰』でラスコーリニコフが小さな少女を売春から救う場面についてドストエフスキーが、ペテルブルグからと同じぐらいロンドンからもヒントを得ているのは確かです。

　クレナムがロンドンに戻るとき、鐘が鳴り響き、通りは静まり返っていて、彼は自分の子供時代の恐ろしく死んだような日曜日のことを思い出します。1848年にドストエフスキーが書いたペテルブルグの物語、『白夜』にも似たところがあります。主人公は次のように語ります。

朝早くから、なにか奇妙なわびしさが、私を苦しめはじめたのである。まったく藪から棒に、この孤独な私をみんなが見棄てようとしている、みんなが私から離れようとしているというような気がしはじめたのだ。それはもちろん誰だって、「いったいどこのどいつだね、そのみんなとい

うのは？」とたずねる権利をもっているにちがいない。なにしろ私はこれでもう 8 年もペテルブルグに住んでいながら、ほとんど一人の知人をつくる才覚もなかった男なのだから。しかし知人なんかこの私になんの必要があるのだ？　それでなくとも私はペテルブルグじゅうの人間をよく知っている。ペテルブルグじゅうの人間が腰をあげて、突然それぞれの別荘に行ってしまうと、なんだかみんなに見棄てられるような気がしたのも、じつはそのためなのである。私はひとりあとに残されるのが急に恐ろしくなった。そこでまる 3 日間も、自分がどうなっているのかさっぱりわからぬままに、深い憂愁にとざされて、街をさまよい歩いた。ニェフスキー通りへ行ってみても、公園へ行ってみても、河岸通りをぶらついてみても——この一年間いつもきまった場所で、きまった時間に行き会うことになっていた人々が、一人として顔を見せないではないか。先方では、もちろん、私のことなどは知らないが、こちらでは先方の顔をよく知っている。(第一夜)

これはまさにディケンズの世界——主人公は人々のことを知っているけれども、誰も実際には主人公のことを知らない世界——です。彼は都会を動き回っている孤立した人物です。そして、ディケンズの世界の中でと同様に、ドストエフスキーの世界でも、人間がお互いに意思疎通をすることができない埋め合わせに、その場に実在する物体が生気にあふれています。ドンビー氏が出かけている時の彼の邸宅では、あらゆるものが活気づき、時計も壁も絵画も、全てのものがそれ自身生命をもっています。同じことは『白夜』にも（そして他の作品にも頻繁に）観察されます。語り手は、人々がみんな夏期休暇でペテルブルグから出て行ってしまい、彼が町に取り残された時のことを再び語り、こう言います。

建物もやはり私にとってはお馴染みである。私が歩いていると、その一つ一つがてんでに私の前の往来に駆け出してきて、ありったけの窓で私を見つめながら、こんなことを口に出さないばかりのありさまなのだ

——「やあ、こんにちは、御機嫌いかがですか？ 私もおかげさまで元気です。ところで私は五月になるともう一階増築してもらうことになってるんですよ」とか、「お元気ですかね？ 明日はいよいよ修繕です」とか、「私はあやうく焼けるところでしたよ、あれにはまったく驚きましたね」といった調子である。それらの建物のなかには私のお気に入りもいれば、親しい友達もいる。そのうちの一つはこの夏に建築家の治療を受けることになっている。どうかしてとんでもない治療でも受けると大変なので、私は毎日わざわざ行って見るつもりである。（第一夜）

後になって彼は、「快適に元の場所にぶらさがっている」クモの巣について述べています。これこそディケンズ的ではありませんか？ ディケンズやドストエフスキー以外の誰が、クモの巣が「快適」でありうるなどと考えるでしょうか？

5　悪について——二重人格と聖なる愚者

　二人の小説家はまた、非常に似通った具合に悪を信じており、悪魔について同種の観念を抱いていたと思います。トリリング教授は、『リトル・ドリット』の悪人リゴーは、イワン・カラマーゾフの幻覚に現われる悪魔に密接に関連している、それは、両者共に自分は紳士であると強く主張し、奇妙にフランス風の趣を漂わせているからだ、と言います。私はこの関連性を完全に確信しているわけではありません。しかし、ドストエフスキーは後期のディケンズの作品を知らなかったのでそのようなことはあり得ない、とするフットレル氏の考えは完全に否定します。亡くなった時のドストエフスキーの蔵書には、『ドンビー父子』も『荒涼館』もあり、彼がそれらを読んでいなかったという理由はありません、なぜかというと、既に申しましたように、1880年に彼は友人の娘にディケンズを全て読むように勧めているからです。もし彼が『ドンビー父子』と『荒涼館』を読んでいたのなら、1858年にはすでにフランス語訳されていた『リトル・ドリット』もおそらく読んでいたでしょう。彼がディケンズの後期小説すべてを読ん

でいなかったとする理由はほとんどありません。ともかく、彼らは二人とも絶対的な悪を信じていました。ディケンズは『オリヴァー・トゥイスト』の序文でサイクスの邪悪な本質に触れ、矯正することが不可能な人は存在すると述べています。『リトル・ドリット』で、殺人者のリゴーがフランスを横断して逃走する際にも、悪に関する一節があります。宿屋「あけぼの亭」で、あるスイス人が、殺人者は不幸な環境の犠牲者にすぎないと述べると、ディケンズがフランス人に語らせようとするときにどういうわけか採用したあの逐語訳的な話し方で、女主人がこう言います。「私は女だよ。でも、この目で見たこと、自分がいるこの場所で、世間の人々の顔に見て取ったことは分かっているよ。そして言うんだけどね、あんた達、いいところは少しもなくて……野獣のように踏みつぶして片付けてしまわなきゃならない人々がいるんだよ」(LD 1: 11)。ドストエフスキーはこの信念を共有していたと思います。彼はあるときこう言っています。「悪は、社会主義の効能の宣伝屋が想定しているより人間のはるかに深いところに隠れていて、社会組織がどのようなものであれ、避けることはできない。」彼らはともに、一種の生来の悪を信じていました。しかしながら、ドストエフスキーは、最も非人間的な犯罪者達と一緒に過ごしたシベリアでの長く恐ろしい年月から、最も卑しい環境の中でさえ、純真無垢のままでいることはあり得る、ということを実際に知っていました。それは『死の家の記録』の若い囚人アレイの姿に示されています。監獄を訪問しただけのディケンズは、犯罪者の精神について、より思いやりに欠ける、(私の見るところ)より浅薄な知識しか持っていなかったのではないかと思います。彼らの悪に対する信念は、特に二重人格という概念に表われています。これはどちらの小説家にとってもきわめて重要なものです。ペックスニフ氏がたき火の前で手を温めている時、彼はその手が誰か他の人のものであるかのような、ある種慈悲深いやり方で温めている、とディケンズは書いています。これは偽善者の特徴の一つです。どういうわけかバラバラになってしまった社会、人々が二つに分裂している社会の特徴の一つなのです。ディケンズは

この分裂状態を実に多くの形で用いています——時には、双子のフリントウィンチのように、プロット上の工夫として、あるいはまた、ジョウナス・チャズルウィットが後に残してきた死体を恐れるよりも、部屋に戻った際に自分がそこにいるのを見出すかもしれないと自分自身を恐れている描写のように、もっと暗く不吉なやり方で。マードル夫人の宴会での劇的な場面で、昔のマーシャルシーの父が、資産家の紳士の中に未だに存在していることを読者が知る時のドリット氏もその例にあたるかもしれません。そこには二重の人格が存在しています。ディケンズの小説にはこの二重人格という概念が頻繁に現われます。しかしそこには、ホフマンやその信奉者達に見られるような、ゴシック調の超自然的性質はありませんでした。ドストエフスキーもその概念を取り入れ、多くの奇抜な心理学的方法で発展させています。彼の初期の傑作の一つは、ゴリャートキン氏という紳士についての『二重人格』という短い小説だと思います。この本はとても滑稽です。銀行員のゴリャートキン氏は、突然自分のデスクにもう一人の若いゴリャートキン氏を見つけます。彼がつつましいのに対して若者の方は図々しく、この分身が、あらゆる種類のショッキングで恥ずかしいことをしでかし、本物の評判を惨憺たるものにしてしまいます。19世紀的な本能の抑圧の非常に悲劇的で不幸な側面を、ドストエフスキーもディケンズと同様に知っていましたが、これはそれを笑劇風に利用した注目に値する作品なのです。しかし、ドストエフスキー作品のいたるところに、この種の偽善的人物は見出されることでしょう。ドストエフスキーはディケンズよりさらにもう一歩進んでいます。彼は、いつもこのような人物達が、自己分裂に気づかないようには描いていないのです。すばらしい登場人物は数多く、中でも『罪と罰』のスヴィドリガイロフがひょっとしたら最も重要な人物かもしれませんが、自己分裂を強く意識している人物はたくさんいます。そして、レーベジェフ（『白痴』）やレビャートキン（『悪霊』）のようにそれをうまく利用して、社会に対して主張を通す手段として使う者もいます——「私は自分が何をしているのか本当は分かりませんでした。私は分裂した人

間です。」現代では犯罪者に関して非常に強力な言い訳となった、分裂した人物という概念は、ディケンズとドストエフスキーによって予見されていたと思われます。人間に二つの自己があり、どういうわけか、一方はもう一方に責任がないと信じるようになる、という着想です。二人の作家はともに、単純な合理的心理学は人間の行動を説明できないということを、強く意識していました。このあたりの問題に対する手がかりは、もしかしたら、性的抑圧、特に、多くの批評家がクウィルプやフェイギンやヘッドストーンに見て取るような、若い少女や少年への興味にあるのかもしれません。それは明らかにスヴィドリガイロフにも存在しています。(この問題には、後で子供の描き方一般について論じるときに戻ってくることにします。)

　既に引用しましたドストエフスキーによるロンドンの描写は、彼がヘイマーケットで見たもの、そしてディケンズもきっと見たに違いないものを示しています。この悪に対して、彼らは二人とも福音書を対置しました。しかし、彼らの聖人は非常に特別な種類のものです。それは、「幼な子のようでなければ天の国に入ることはできない」(マタイ伝18章3節)という考え方を体現しています。こういった聖人たちの人生観は彼らの純真さに基づき、多くの場合きわめて常識的なものです。デイヴィッドをどうしたらよいか尋ねられたとき、ディック氏は「新しい洋服ひとそろいのために採寸をしなさい」と言います。これは賢明な即答です。先に触れたように、イギリスの知識人はムイシュキン公爵を大変複雑な人物だと常に考えてきましたが、彼はディック氏と同じような単純な人物で、半ば気の狂った売春婦ナターシャが、与えられた多額のお金を取って火に投げ入れ、皆が彼女の行動の隠された意味は何であるかを理解しようとしているとき、彼女は狂っている、と言います。そして、彼は正しいのです。これはドストエフスキーとディケンズの両方に見られる聖人的人物の一つの特徴です。彼らは子供のような考え方を持っていて、それは常識的な意味での物事の核心をとらえます。ただし、それでは十分でないということを、ディケンズもドストエフスキーも、結局は感じざるを得なくなったの

だと私は思います。彼らはそれでは答にならないと悟ったのです。ディケンズは読者を尊重し、かつまた大衆の人生への希望を失わせてはならないという自身の社会的責任感を尊重して、自分が抱いた疑念を決して明らかにはしていません。しかし、ドストエフスキーのムイシュキンのような聖人は明らかに敗者であると示されています。たとえアリョーシャ・カラマーゾフが救われたとしても、それは彼自身の子供のような神聖さによってではなく、彼が子供と接触することによってなのです。

この種の神聖な、子供のような人々はどの階級の出身でもありえます。ディケンズとドストエフスキーの中心にあるのは、紳士の世界、社会の中で落ちぶれてしまった人々の世界なのです。労働者も何人か描かれています。『罪と罰』の労働者、プローニッシュ氏、トゥードゥル氏などはすばらしい登場人物です。驚くべきことに、ディケンズが鍛冶屋のジョーという無類の人物を作り出したのに対して、少年時代に田舎の屋敷に住んでいたドストエフスキーは、結局、田舎の人々が描けませんでした。しかし、彼らの世界は概して都会のもので、だいたいは貧しい紳士たちの世界です。彼らは二人とも、社会状況の責任を貴族制度に負わせる傾向がありました。それにもかかわらず、ディケンズとドストエフスキー両方の作品で、いとこのフィーニックスやトゥエムロー氏のような貴族が、時に素朴な善人の代表と考えられています。『白痴』にはベツィー・トロットウッド伯母さんによく似た、率直で子供のような貴族リザベータ・プロコフィエヴナという人物が出てきます。小説の終わりで、聖人のようなムイシュキン公爵が精神異常でスイスの精神病院にいる時、ドストエフスキーを代弁するのは彼女なのです。

夫人は猛烈な勢いで、外国のものというと何もかも、頭ごなしにこきおろしたとのことである。「どこへ行っても、パンをうまく焼くすべさえ知りゃしない。そして、冬は二十日鼠みたいに、穴蔵の中で凍えている」と彼女は言った。「まあ、ここでこうして、この不仕合わせな男の身の上

をロシア語で嘆いてやるのが、せめてもの心やりです……夢中になるのはいい加減にして、そろそろ理性が働いてもいい頃です。こんなものはみんな――こんな外国や、あなた方の有難がるヨーロッパなんか、みんなみんな夢です。そして、外国へ来ている今のわたしたちも、みんな夢です……わたしの言ったことを覚えてらっしゃい、今にご自分でなるほどと思いますから！」(4:12)

ドストエフスキーが、この単純な判断に同意していたのは、ディケンズがベツィー・トロットウッドのロンドン嫌いに同意していたのと同じぐらい間違いないでしょう。

6 子供の扱い方

次に、子供の扱い方を比較してみましょう。これは当面の問題により一層明るい光を投げかけてくれます。先ず、子供の死がある種の贖罪として利用されているという点は注目に値します。子供が死ぬときには、彼らが一種の生け贄となることを望むような感覚があるのです。リトル・ネル、『虐げられた人々』のネリー、ディック、スマイク、ポール・ドンビー、『カラマーゾフの兄弟』で死亡する少年イルーシャ・スネギリョフ、タイニー・ティム――彼らは（スクルージが見た幻の中でのタイニー・ティムの死が彼の救済の要因となるように）ある意味で、私たちが生きるために死ぬのです。これは、現世についてのキリストの教えだけではなく、当時子供たちはほとんど人間と考えられていなかったという事実にも関連していました。オリヴァー・トゥイストがある種の生け贄的な犠牲者として描かれたとき、彼のような生き方をしていた現実のオリヴァー・トゥイスト達が実際いたのです。そして同じように、『カラマーゾフの兄弟』で、貴族が猟犬をけしかけ、面白半分に殺してしまう小さな少年の話がありますが――イワン・カラマーゾフをして神への信仰に背を向けさせた恐ろしい事実です――この出来事は帝政ロシアで実際におこったことから取られています。これらの話は、社会に対する激しい抗議であり、同時に、宗教

的な象徴でもあるのです。

　もっとも、二人の小説家は次の二点で異なっています。先ず、ディケンズ小説の子供たちには、既にあの世にいるような、病弱な者が多く見られます。これはドストエフスキーについては全く当てはまりません。彼の最も優れた、心を打つ文章のいくつかは、幸せで健康的な子供たちについてのものなのです。実際、彼の本に登場する子供たちの多くは、ダンソンやその他の友人たちが描写しているような、ウェリントン・ハウス校にいた頃のディケンズを思い起こさせます。そしてこれらの健康な子供達は、ドストエフスキー的世界の道徳的価値観の中核を成しているのです。子供たちが死ぬとき、ドストエフスキーは〈私たちは彼らによって救われる〉ではなく、〈彼らの死の記憶が、恐らく後になってから私たちをよりよい自己に戻してくれるものとなるであろう〉と言いますが、これはきわめて重要なポイントです。『カラマーゾフの兄弟』にはイリューシャの葬儀についての素晴らしい一節があります。『カラマーゾフ』の第二巻は執筆されませんでしたが、アリョーシャ・カラマーゾフが、イリューシャの学校友達に、この葬儀のことを将来ずっと覚えているだろうと言うのを読むと、のちにアリョーシャが、この勇敢で愛情に満ちた子供の死の記憶によって、罪に陥ったあと更生する展開になるのは明白です。

　もう一つ、ドストエフスキーの全作品の中心には、子供たちは孤独であるという考え方があります。『未成年』の登場人物が語る大変心を打つ話で、領地の村で馬に乗っている時に幼い農民の少年を蹴倒してしまう、金持ちの封建地主についてのものがあります。彼は自分がしたことを恥じ、その幼い少年を自分の家に連れて帰って育てますが、他の子供たちから隔絶したところで、少年が耐えうる以上に猛勉強させたために、ある日少年は孤独のあまり、川に行って身を投げてしまいます。ここでドストエフスキーは——不思議なことですが——まさにディケンズが、靴墨工場の経験の結果、自分の作品の中心としてもおかしくなかったような筋書きを使っているような感じがします。しかしある意味では、ディケンズは孤独について、人々が考えるより

はるかにセンチメンタルではなかったのでしょう。彼は常に靴墨工場での自分自身の孤独を振り返っていたかもしれませんが、自分の苦痛の種について感傷にふけることがいかに危険でありうるか、ということをよく知っていました。私の考えでは、彼の作品全部の中で最も興味深いものの一つは、「ジョージ・シルヴァーマンの弁明」です。これを読めばディケンズが、ドストエフスキーの決して理解できなかったことを理解しているのが分かります——つまり、ひとりぼっちで孤独な子供は世の中の大きな悲劇の一つであるかもしれないが、あまりに孤独感におぼれすぎると、それによって自分の人生がゆがめられ台無しにされるだろう、ということです。ともかく、どちらの作家も、挫折した子供の邪悪な面に気付いていないわけではありませんでした。体が不自由なジェニー・レンの空想する残酷な行為や、子供がはりつけにされて死んでいくときに、パイナップルのコンポートを食べるという病弱なリーズ・ホフラコーヴァ(『カラマーゾフの兄弟』)の夢想がその証拠です。

7　おわりに——暗い社会での解決策

したがって、彼らがともに心に描いていた社会の姿は、暗いものでした。彼らは社会的制裁をほとんど信じていませんでした。例えば、ディケンズにあっては常に不条理なものである法律は、ドミートリー・カラマーゾフの裁判では、より深遠なレベルではあっても、同じように茶番劇的で、その進行具合は、弁護人による心理学的に興味深い弁論にもかかわらず、バーデル対ピクウィックの訴訟と同じぐらいひどいものです。けれども、二人とも社会革命を、落ちぶれても気位だけは高い人々の不満や、困窮と無知の中で育った子供達の残忍性が表面化することを、大変恐れていました。彼らの作品中の殺人は、革命や、社会の転覆や、社会構造の破壊(それをドストエフスキーは「破廉恥な事件」と呼びました)に、いつも非常に近いところにあります。ゴードンの騒乱は殺人者ラッジに結びついており、逃亡するサイクスは、フェイギンの逮捕と同じように、暴徒を生みだし、タルキ

ングホーン氏の殺害はデドロック夫人の秘密の暴露を早めます。リゴーの殺人は、小説全体には全く関係がないものの、ドリット氏が自己を欺き、マードル氏が社会を転倒させる世の中で何度もちらっと姿を現わし、オーリックの殺人計画はピップの身代の崩壊の前兆で、ユージーンの殺人未遂やハーモンの推定上の殺人は、ラムル夫妻やヴェニアリング夫妻の社会的恥辱に織り込まれています。ドストエフスキーにおいても全く同じことです。フョードル・パブロヴィッチ・カラマーゾフの修道院での恥ずべき振舞いと禁欲的なゾシマ神父の遺骸が堪えがたい腐臭を放つ事件は父親殺しに先行し、ムイシュキンの訪れた別荘で無政府主義の学生達が中傷じみた新聞記事を巡って引きおこす大騒動と、エパンチンの歓迎会でのムイシュキン自身のひどい失態(それは中国の花瓶を壊すことで最高潮に達します)は、ついには恐ろしい、ほとんど儀式的な、ナスターシャ・フィリポヴナの殺害に至るのです。『悪霊』では、県知事夫人による慈善の催しは終始惨憺たるありさまで、レンプケ県知事と彼の妻(マードル夫妻に似ている人物たちです)の失墜をもたらし、最後には暴動とシャートフの真に象徴的な殺害へと至ります。この作品に登場する、たかり屋で自由人の文士スチェパン・トロフィーモヴィッチ・ヴェルホヴェーンスキーほどドリット氏に似た人物はいないでしょう。語り手への彼の抗議を見てください。

「本当に君はそう思ってるのかね……私に、このスチェパン・ヴェルホヴェーンスキーに、あの旅行用の箱を——あのみすぼらしい箱をかついで、旅に出るだけの精神力はないと、君には本当にそんなことが想像できるのかね。名誉と偉大な独立を貫き通す私の主義がそれを要求するならば、あの箱をこの弱々しい肩にかついで、門の外へ足を踏み出し、永久にここから姿を消してしまう気力がないと思うのかね? ……どこか商人の家で家庭教師として一生を終わるか、それでなければどこかの垣根の下で餓死するぐらいのことは平気でやってのける寛容の精神を、私はいつでも自分の内部に発見できるということを、君は信じてくれないんだね、

ああ！　返事をしたまえ、いますぐ返事をしてくれたまえ、君は信じるのか信じないのか？」(1:3)

必要な変更を加えると、これはクレナムに語りかけるドリット氏になります。ドストエフスキーの描く弱いたかり屋は、結局はこの後さまよい出て行き、福音を説く流浪の女性に慰められて死にますが、これはひょっとするとディケンズよりも強い作者の信仰を示しているのかもしれません。

確かに、二人が依り所としたのは、疑わしい、陰のように淡い宗教心と、キリストへの燃えるような信仰だったと思います。ドストエフスキーはかつてこのように書いています。

> キリストよりも美しく、深遠で、好感の持てる、理性的で、男らしく、完璧なものはなにひとつ存在しない……誰かが私にキリストは真理の外にあると証明してくれたにしても、また実際に真理はキリストの外にあるものだとしても、私は真理とともにあるよりはむしろキリストとともにあることを望むことでしょう。(N. D. フォンヴィジン宛書簡、1854年2月下旬)

ディケンズも福音書に対して同じような考え方を持っていたと思います（このような文章では表現しなかったでしょうが）。ただ、彼らのいずれにとっても、それで十分であったかどうかは大変疑わしいと思います。彼らは自分たちが暗黒の世の中に住んでいると考えていましたが、結局その中で彼らを支えていたのは、彼らが作り出した聖人でもなければ、子供時代の純真さでもなく、暗い洞察と明るい喜劇的な洞察を驚くべき具合に混ぜ合わせたものでした。その洞察は彼らに、不条理なものがいかに深遠でありうるか、そして深遠な物事の大部分が、しばしば、いかに馬鹿げたものであるかということを、深遠なものと馬鹿げたものは完全に混ざり合っていることを理解させました。この洞察こそがディケンズとドストエフスキーの共有していたものであり、彼らが解決策として——いついかなる瞬間にあらゆる抑制が外れ

てしまうかわからないような世界、暴力の世界、人間が分裂して、一人の自分がもう一人の自分に責任がもてないような世界の中で私たちを支えてくれるものとして——提示したものなのです。彼らは、19世紀の他のどの人物よりも、私たちの時代を深く理解し、全く同じ答を示しました。それは彼らの直接的な解答、つまり彼らの単純なキリスト教的な意見よりもはるかにずっと重要な解答でした。彼らは、私たちの時代の問題に対する解答となる、同じ世界図を描きました。おそらく最も注目すべきは、ディケンズが非常に複雑で多義的な人生像を描いた一方で、ヴィクトリア朝的美徳の最良の意味において「まじめ」なままであったということ、そして、ドストエフスキーがあのような喜劇的世界を作り出した一方で、最も滑稽な熱狂的愛国主義、絶対主義の信条を非常に強く真剣に持っていたということでありましょう。

(Angus Wilson, "Dickens and Dostoevsky" in *Dickens Memorial Lectures 1970*, a supplement to the September 1970 *Dickensian*.)

＊以上は 1970 年 6 月にディケンズ没後 100 年を記念してロンドンで行なわれた講演の翻訳である。
＊翻訳にあたっては、講演につきもののやや冗長な言い回しや反復は省略した。ドストエフスキーからのまとまった引用は、既存の邦訳（『罪と罰』は新潮文庫版米川正夫訳、『白痴』は平凡社版米川正夫訳、その他は筑摩書房版小沼文彦訳）の該当箇所を、表記等に一部手を加えて利用し、章数を本文中に記した。

（アンガス・ウィルソン／畑田美緒訳）

VI
批評の歴史

1. 揺れ動く評価—— 1870-1940
2. 本格的研究のはじまり—— 1940-1960
3. 評価の確立—— 1960-1980
4. 新しい展開—— 1980-2006

ディケンズ(1852)

1. 揺れ動く評価——1870-1940

1　1870-1900 年

(1) フォースター、ルイス、テーヌ、スティーヴン

　1870 年 6 月、ディケンズはウェストミンスター寺院の文人専用の一角に埋葬された。チョーサーやシェイクスピアの墓も同所にあり、これは作家として最大の栄誉を授けられたことを意味した。当代随一の人気を誇った国民作家として、当然の処遇であったと言えよう。この機会に新聞や雑誌にはディケンズの芸術を総括するような記事がたくさん掲載されたが、それらを見ると、当時高い評価を受けていたのは初期の作品、特に『ピクウィック・クラブ』『クリスマス・キャロル』『マーティン・チャズルウィット』『デイヴィッド・コパフィールド』などであり、「高級な」読者の間にはディケンズの「低俗性」を批判する意見もかなりあったことが分かる。

　その後間もなく、フォースターによる 3 巻本の浩瀚な『ディケンズの生涯』(1872-74) が出版された。彼は 1836 年以来 30 余年にわたってディケンズと親交があり、文学的な問題のみならず、経済的、家庭的な問題についてのよき助言者でもあった。ディケンズは執筆中の作品をしばしば彼に見せて感想を求めたし、ほとんど全ての小説の校正ゲラを読んでもらった。そのように作者を知り尽くした人間の手になる伝記であるから、今日の目から見てもこれは資料的に極めて重要な著作である。勿論欠点がないわけではなく、自分がいかにディケンズにとって大きな存在であったかを強調しすぎているとか、ウィルキー・コリンズを快く思わず、彼とディケンズとの交友についてほとんど触れていない、エレン・ターナンについては完全に沈黙を守り、ディケンズをかばって真実を伝えていない、などの批判もあるが、それらは本書の価値を決定的に下げるものではない。なお、この本の中で

初めてディケンズの出自の詳細や、靴墨工場へ働きに出された過去および出版社との金銭交渉などが明らかになり、少なからぬ読者の間で、ディケンズは卑しい強欲な人間だったとして評判を落すことになった。

　1874 年に出版された第 3 巻の中で、フォースターはディケンズを批判する批評家たちに反駁を加えるため 1 章を割いている。彼が特に反論の必要を認めた相手はテーヌとルイスの 2 人だった。テーヌの『英文学史』はもともとフランスで 1863 年に出版され、その英訳が 1871 年に刊行された。（ただし、ディケンズに関する部分は 1856 年に雑誌に発表されたエッセイの再録で、『ハード・タイムズ』までしか考察の対象になっていない。）確かにテーヌの文章にはいささか鼻につく優越感が漂ってはいるものの、ディケンズの想像力の特質に触れた部分などは非常に鋭く、重要な要素としてアニミズムも既に指摘されている。フォースターが特に不満に思ったのは、いわゆる「天才と狂人は紙一重」という理屈で、夢が現実に等しい世界、「偏執狂の想像力」(587)、「幻覚を描かせたら右に出るものはない」(588)といった表現により、ともすればディケンズの精神が抑制のきかない異常なもののように捉えられている点であった。

　ルイス (1872 年) もそのような論点を引き継ぎ、幻覚 (hallucination) にディケンズの想像力の本質を認める (59)。彼は一応ディケンズに低い評価しか与えない批評家たちと自分は違うというポーズを取り、誇張された機械的な登場人物には真実性がない等々ディケンズには欠点が多くあるものの、そればかりを見て彼を否定するのは間違っていると述べる。しかしルイスの結論は、「洗練された」読者にしてみれば、ディケンズが持っているのは思想でも心理的洞察でも優雅な文体でもなく、感情を揺り動かす力だけだ、ということである。われわれは彼の作品に対して子供のように泣いたり笑ったりする。つまり、これは非常に原始的なレベルでの反応でしかない。彼はディケンズの本棚に教養書が一冊もなく、それを見て失望したと記している。ディケンズには「動物的な知性」しかない (31) ——これがルイスの評価のエッセンスである。

1885年から、ヴァージニア・ウルフの父親レズリー・スティーヴンを編集主幹とした、『英国人名事典』の刊行が開始された。この権威ある大冊のディケンズの項目（1888年出版）を担当したのはスティーヴンその人であった。（『リトル・ドリット』で役所仕事を批判されたと感じ、『サタデイ・レヴュー』誌でディケンズを厳しく論難した上級公務員のジェームズ・フィッツジェームズ・スティーヴンは、彼の兄にあたる。）ここでは「手厳しい批評家たちの意見」として、教育のない読者に人気があった、観察眼はあっても思考力はない、理性より本能に頼る社会観、生き生きとしてはいるが気取って型にはまった文体、などが問題点として挙げられている。事典の記述であるから客観的であろうとしてはいるものの、「もしも文学的名声が満足に教育を受けていない者たちの間での人気によって決定されるなら、ディケンズは間違いなく英国第一の小説家である」(935) などという一文には、依然として当時のインテリ特有のディケンズ嫌いがにじみ出ている。また、「動物的な生気」や「幻覚」といった言葉の選択にはルイスの影響が感じられる (927, 935)。

(2) ギッシング

単行本という形で出版された本格的な研究書は1898年のギッシングの著作をもって嚆矢とする。ディケンズはギッシングにとって、幼少時から敬愛してきた偉大な先輩作家であった。しかし、彼はただ偶像崇拝をするわけではなく、リアリズムを奉じる自分とは違う世代に属する、（例えばプロット展開において偶然を多用しすぎる）旧弊な小説家ディケンズを批判的に見つめている。最初の2章で作家修業時代までの伝記的スケッチをした後は、「ストーリー」「人物造形」「諷刺的描写」「ユーモア」「文体」等々の観点からディケンズの小説世界の総体を分析しようと試みる。ギッシングは『暁の労働者たち』(1880)『無階級の人々』(1884) 等々、苛酷な生活を強いられていた労働者や女性などの社会的弱者の窮状を訴え、世の中の不公正を暴くことを目的にした作品を多く書いた小説家であったから、ディケンズの

社会小説に共感するとともに、その階級意識の限界を感じとった。ディケンズは労働者をまともに描けなかった——結局、「身分の低い者はおのれの分際をわきまえるべきだ、というのが彼の考えである。彼は中産階級の一員であり、これほど社会的な意味での平等を説こうという意図から遠かった作家もいない」(215)。また、ギッシングはディケンズの人物造形の多くに誇張を認めるが、不愉快な女性の描写はその例外とし、これらはリアルに描かれていると言う（この見解には女性問題で苦労したギッシング自身の経験が強く反映されているように思われる）。そして、誇張が明らかに入っているにもかかわらず成功しているギャンプ夫人などの人物造形を、苦し紛れにアイデアリズムという概念を導入することによって、自分自身で納得しようとしている (Ford 248-49)。『リトル・ドリット』を高く評価した点など、当時としてはユニークな反応であり、芝居がかったプロットの弱点が目立つ初期作品の中では『骨董屋』が最も見事な構成を持つとか、『バーナビー・ラッジ』の文体は直截的で明晰である、など本書には他にも興味深い論点が多い。バルザックやドストエフスキーなどとの比較も注目に値する。もしもギッシングのディケンズ論が今日もはや強烈な魅力を持っていないとすれば、それは彼が夙に指摘していたことが、現在のディケンズ研究において誰もが口にする常識となってしまったからに過ぎない、と小池滋氏は説明している。

(3) キトン

　ここまでの批評史に登場したのは全て職業的な批評家か小説家であった。キトンはその点異色の存在と言える。もともとは版画家で、ディケンズに関してはいわゆる素人研究家である。しかしながら、ディケンズ書誌の整理などに加え、『ペンと鉛筆によるディケンズ素描』(1890)『ディケンズとその挿絵画家たち』(1899) など、今なお価値ある業績を残している。キトンはディケンズ愛好家の団体「ディケンズ・フェロウシップ」の設立 (1902) にも大きく寄与し、同団体の機関誌『ディケンジアン』の初代編集長に就任するはずであったが、彼の

死亡によりそれは実現しなかった。

2　1900-1925 年
(1) スウィンバーン、メネル、カザミヤン

新しい世紀に入って間もなく発表されたエッセイ (1902) において、耽美派詩人スウィンバーンは、ディケンズをシェイクスピアと並ぶ巨大な天才として高く評価した。作品では、珍しいことに、『無商旅人』や「ゴールデン・メアリー号の難破」を絶賛する。彼は3年に1度ディケンズ全集を読み直すという熱狂的な読者で、感情的な思い入れも強く、この文章の中でもディケンズを酷評したルイスを語気荒く罵倒している。

メネルはディケンズの文体の特徴、言葉を操る術の巧みさ、ユーモアやウィットを多くのサンプルを引きつつ例証した (1903)。どの作品が面白いとか、どの人物はよく描けているといった類の漠然とした感想を述べるのではなく、ディケンズ作品の文学性自体を論じたという点で、この論考は批評史上ギッシングの著作と並ぶユニークな位置を占めている。メネルは、よく言われるディケンズの誇張を戯画として弁護し、また、子供を描く筆の冴えを指摘する。メレディスなどはこの評論を読んで、ディケンズに対する考え方が変わったと告白している (Ford 187)。

同じ頃、フランスで優れた研究が出版された。19世紀英国において反ベンサム思想がいかに小説に反映されたかを検証する著作 (1903) の一部で、カザミヤンは社会小説作家としてのディケンズ像を明らかにしようとした。これはディケンズ作品とその背後にある社会事情との関係を探った最初の本格的な研究である。『二都物語』以後の作品には見るべきものはないとか、ディケンズは悪人よりも善人を描いたほうが精彩を放つ、など首を傾げたくなる発言もあるが、分析は全体に極めて的確であり、作品の歴史的背景を考察した後の研究に比してほとんど遜色はない。カザミヤンによれば、ディケンズの考えの本質は『クリスマス・ブックス』に最も明らかな形で現われている。つま

り、利己主義(ベンサムの社会思想もディケンズに言わせればこの範疇に入る)を退け、同胞愛の重要性を訴える「クリスマス哲学」である。ディケンズはある種の気質を嫌ったのであって特定の階級を嫌ったわけではないとか、社会改革において彼は先頭を切ったのではなくむしろ流れに追随するのが常だったという観察、ディケンズに見られる「進歩」崇拝と過去への郷愁の混在を指摘し、その上で結局彼は本質的に保守的であったとする判断などは、この研究者の理解の深さを示しているだろう。

(2) チェスタトン

チェスタトンの『チャールズ・ディケンズ』(1906) のすごさは、彼一流の逆説を用いて、ディケンズの面白さをディケンズばりのレトリックで表現した点にある。「ディケンズは特別な存在ではない。普通の人から、普通の自制心を引いただけの人間だ。彼は健康人の欲すると同じものを欲するのだが、欲する度が過ぎて病気になる」、「彼はアメリカで真実を 999 回聞かされ、ついにそれが嘘であることを悟った」、「ディケンズの登場人物たちが最も活力を帯びるのは彼らが筋の動きに最も関係ない時である」、「ディケンズが真実味のある登場人物を作り出したのは、真実味のありそうにない人物を作った時だけだ」、「ディケンズの描写は、彼がその空想的想像力を働かせた時に最も正確なものとなる。彼は誇張すべき真実を見つけたときのみ誇張に走る。ある意味で、真実のみが誇張可能なのだ。他のものは誇張の重圧に耐えられない」等々、例を挙げればきりがない。

それにしても、いわゆる学術論文とこれほど縁遠い書き物もない。チェスタトンの批評は論理ではなく、直感によって支配されている。したがって、分かりやすいとは言いがたい。しかし、あたかも雷光の一閃のごとく、その直感のひらめきはしばしばディケンズの本質を照らし出す。また、チェスタトンの好みには偏りがあって、彼に言わせれば、ディケンズは初期の喜劇的な作品が優れており、とりわけ『ピクウィック・クラブ』が傑出した出来を示している――「これは小説

ではない。小説よりも気高いものである。プロットがあってそれが結末を持つ小説ごときは、この本のように永遠の若さの感覚（神々が英国を闊歩してまわる感覚）を伝えることはできない」。チェスタトンの見るところ、『ドンビー父子』を完成させてから、つまり中期から後は、ジョージ・エリオットやサッカレーの真似をしてリアリズムめいたことをやりだしたために、ディケンズの独創性は失われてしまう。

　この本は明らかにギッシングに対抗意識をもって書かれている。ギッシングが第 1 章で時代とディケンズの関係について述べているように、チェスタトンも同工の書き出しを用いている。そして、実際は希望と人間愛の風が吹いていたはずの初期ディケンズの時代を苛酷なものととらえたペシミストのギッシングは、時代の精神を分かってないと切り捨てる。さらに、『リトル・ドリット』は他の小説に比べると凝り過ぎで悲しい小説だから、ディケンズ愛好家は退屈し、ギッシングは大喜びする、などと言う。

　チェスタトンの批評は決して単純に旧弊なものではない。例えば、人間ディケンズの中には弱さと強さが同居する二重性があったとか、『荒涼館』という小説全体が象徴的であり、物語全体が象徴で満ちている、など後の批評家に先んじた創見がある。彼は後期小説を好いてはいなかったものの、理解していなかったわけでは全くない。なお、『荒涼館』についてのこの見解は、エヴリマンズ・ライブラリーに収録されたディケンズ作品に彼がつけた序文 (1907-11) を集めた『鑑賞と批評』(1911) に見られるものである。結局のところ、ディケンズは特殊な思想や制度についてではなく、「他人を見下す時に人の顔に浮かぶ表情」(46) に反応したのだという洞察（カザミヤンによる同趣の意見を参照）など、この書物にも示唆に富む発言が多く含まれている。

(3) ショーとサンタヤナ
　この時代の才人として、チェスタトンが東の横綱なら、西の横綱はショーであった。ショーもまたディケンズについて興味深い観察をい

くつか行なっている。その代表的なものが、1913年に出たウェイヴァリー版『ハード・タイムズ』への序文である。ラスキンはかつてこれこそディケンズの最高作品だと述べたが、ショーはその意見の正当性を明らかにしようとする。『荒涼館』と『ハード・タイムズ』を比較してみると、そこには極めて大きな違いが生じている。後者においては、一人の個人や一つの組織が悪いのでなく、社会全体のねじが歪んでおり、まずここから直さないことにはどうしようもない、という意識がディケンズに芽生えている。これは「文明自体に対して病に対するように戦いを挑み、社会における無秩序な部分が悪いのではなく、秩序自体が悪いのだと宣告するマルクス、カーライル、ラスキン等の姿勢である」(29)。ショーのディケンズ観はチェスタトンの逆と思えばよい。チェスタトンはキャラクターを重視し、前期の散漫な喜劇的小説、楽天主義にディケンズの本質があるとするが、ショーは思想を重視して後期の悲観的な社会小説を買う。チェスタトンは時間的に後ろを向いて、ディケンズは人を現代の悲観主義から、中世の豪快な楽天主義へと向かわせてくれると言う。そして『ピクウィック・クラブ』を、『ドン・キホーテ』や『カンタベリー物語』に比すべき作品と見なす。逆にショーはディケンズをイプセンやワーグナーと同列に考え、未来の社会を見通した革命的予言者に仕立て上げている。

　アメリカの哲学者サンタヤナは、その名も簡単に「ディケンズ」と題されたエッセイ (1921) の中で、厳密な意味においてディケンズはいかなる問題に関しても「考え」(ideas) と呼べるものは持っていなかった、と指摘している。とは言え、ここでの論点はルイス的なインテリの不平を並べることにはない。ディケンズには「人間の日常生活に共感的に参加する巨大な能力」があったとして、サンタヤナはこれを高く評価する (137)。そして、ディケンズは何でもすぐに誇張するという批判については、「そんなことを言う連中は目もないし、耳もないのだ」と言い切る (143)。彼らは人間や物についての概念を持っているだけで、それをただ習慣的に受け入れている。ユーモアとは、その約束事の壁を破って真実を認識することだ。われわれがディケンズ

を不愉快に思うのは、彼のコメディーが容赦ないからである。自然界に毒キノコが存在するように、クウィルプやスクイアーズのようなグロテスクな人間は実際にいる。人間の生活における因襲のばかばかしさを見抜いていたディケンズは「優れた哲学者」であった (148)、というのがこの随想の結論である。

3　1925-40 年
(1) エリオット、ハックスリー、ジャクソン等

モダニズムを代表する詩人・批評家 T. S. エリオットは、残念なことに、小説についての文章を余り残していない。その数少ない例外の一つが「ウィルキー・コリンズとディケンズ」(1927) である。エリオットはここで昨今の小説が「純文学」と、「スリラー」あるいは「探偵小説」に分離してしまったことを嘆き、メロドラマ小説の黄金時代、すなわちディケンズとコリンズの時代にはそのような分け隔てはなく、最上の小説はスリルに満ちていたと述べる。そして、コリンズが最もディケンズに接近するのが『白衣の女』で、ディケンズが最もコリンズに接近するのが『荒涼館』だとし、この小説をディケンズの最高作と呼ぶ。

今は『荒地』として知られる彼の有名な詩の最初の 2 章に、もともとエリオットは「彼は警察記事をいろいろな声で読む」というサブタイトルをつけていた。これはディケンズからの引用で、『互いの友』のスロッピーを指してベティー・ヒグデンが用いる言葉である。このようにディケンズ、あるいは広く 19 世紀の作家に敬意を表そうというのはモダニズム文学者の典型的な態度ではなかった。支配的だったのは、リットン・ストレイチーが『立派なヴィクトリア朝人』(1918) で示したような、前時代を手厳しく批評する精神であった。ヴァージニア・ウルフは「1910 年 12 月を境に人間の性質は変わった」と言い、古い時代との断絶を標榜した。ディケンズの評判も 20 年代から 30 年代半ばまでが総じて一番低い時期であった。ウルフと同じく、先鋭的な文化を担っていたブルームズベリー・グループに属していた E.

M. フォースターはケンブリッジ大学での連続講演『小説の諸相』(1927) の中で、ディケンズをリチャードソン、デフォー、オースティンより一段落ちる、「優れてはいるが不完全な」小説家と位置づけた (76)。そして、「平板な人物」と「立体的な人物」という名高い峻別を行ない、発展性のない平板な人物の典型として「わたくしは決して主人を見捨てませんわ」としか言わないミコーバー夫人を挙げた。

ストレイチーの「ヴィクトリア朝叩き」の余勢を買って、というところであろうか、この頃ロバーツが Ephesian というペンネームで、『偶像崇拝も同然』(1928) なる書物を出版した。これは「チャールズ・ディケンズの生涯に基づいた」小説と銘打たれ——ディケンズの父ジョンはミコーバーのように、母エリザベスはニクルビー夫人のように話し、赤子のディケンズを取り上げた看護婦がギャンプ夫人のような女であったりする——その中でディケンズの否定的側面（特に、妻キャサリンに対する冷酷な仕打ち）が強調されている。さほど面白い小説でもないが、これは初めてエレン・ターナンの件に触れた書物として注目される。彼女の存在は、フォースターをはじめとして、ディケンズの遺族もひた隠しにしていた（フォースターの伝記にはディケンズの遺言が再録されており、ターナンの名前はそこに見えるのだが、何の説明も加えられていない。また、遺族の編集したディケンズ書簡集には彼女に対する言及は全く出てこない）。ただし、『偶像崇拝も同然』の中では、ターナンは本の終わり 10 ページばかりに登場するだけで、ディケンズが彼女に夢中になったとは書いてあっても、愛人関係にあったとは記されていない。（この本は 1858 年、ディケンズが妻を捨てるところで終わっている。）ターナンの一件がはっきりした形で描かれたのは、ライトによる伝記 (1935) の中でのことである。ライトはターナンを知っていたという聖職者（既に故人）の証言を引用し、彼女はディケンズの囲われ者になったことを忌まわしく思っていた、と書いている。それに追い討ちをかけたのが、ディケンズの娘ケイトの回想をストーリーが聞き書きで本にした『ディケンズと娘』(1939) であった。ケイトはディケンズが愛情深い、素晴らしい父親で

あった反面、「非常に邪悪な人間」(219) でもあったと述懐し、エレン・ターナンとの間には子供までできていたと語っている。(ディケンズとターナンの関係については今日に至るまでさまざまな議論があるが、子供がいたという証拠はない。)

一方、この時期、ディケンズの感傷主義がしばしば批判の対象となった。ハックスリーは『文学における卑俗性』(1930) において『骨董屋』とその主人公の死を取り上げ、「リトル・ネルの物語はまことに痛ましい。しかし、それはディケンズが意図したような意味で痛ましいのではない。物語のできの悪さと俗悪なセンチメンタリズムの故に痛ましいのである」と述べた (155)。また、その名も『感傷旅行』(1934) と題された評伝の中で、キングズミルはディケンズの主情主義を冷たく分析し、彼の最も一貫して強い感情は自己憐憫であるとした。「ディケンズは他人を感動させる手段として自分の感情を大事にしたが、それを正確に見極めて誠実に表現するのを恐れた。彼はまた極端に芝居がかった人物であったが、舞台に上ることくらいではそのエゴイズムは満足させられなかった」と、その舌鋒は鋭い (30)。

30年代は左翼思想が隆盛を極めた時代でもあった。その風潮を反映してのことであろう、ショーは1937年出版の『大いなる遺産』の序文で、『リトル・ドリット』は『資本論』よりも革命思想を鼓舞する力のある本だと述べた。同年、ジャクソンは『チャールズ・ディケンズ——革新思想家としての軌跡』(1937) で、ディケンズ初期の楽天主義から後期の悲観主義への移行は、喜劇精神の減退や想像力の枯渇とは何の関係もなく、19世紀革新思想の高揚と低迷の歴史(選挙法改正、チャーティズムの勃興、1848年の大陸での革命、その後続く反動政治の優勢) を反映したものであるとし、ディケンズとマルクス・エンゲルスの思想の共通点を論じ、マルクス主義思想家として発展を遂げる(きわめて恣意的な)ディケンズ像を提出した。ここではディケンズのアメリカ体験が重要な分水嶺と考えられている。当時の革新思想は本質的にユートピア思想と深く関わっており、現在 (1930年代) の社会主義者がソ連から期待するよりもまだ多くをディケンズはアメリ

カという理想境に期待した。これが大いに裏切られることとなるのだが、彼の失望は保守派の俗物のそれではなく、あくまでも革新思想家のそれであったとジャクソンは強調する。そしてこの経験の結果、ディケンズの楽天主義は決定的な変容を迫られる。『マーティン・チャズルウィット』の利己主義、『ドンビー父子』のプライドはどちらもアメリカ体験から生まれたテーマであるし、『デイヴィッド・コパフィールド』では従来の作品とは異なり、下層中流階級およびプロレタリア階級の人物の活躍が目立つようになる。『荒涼館』『リトル・ドリット』が抑制された系統だった社会批判であるとすれば、『ハード・タイムズ』は激しい怒りの叫び声であった。その声の荒々しさの源は、社会全体に蔓延する巨大な悪に対する唯一の解決策――すなわち、完全な社会革命――の可能性が見えない苛立ちにある。これこそが後期小説の苦々しさの核心であり、ディケンズの悲劇は、ブルジョワを批判しつつも、プロレタリアに信を置くことができなかった点に由来する。19 世紀後半の英国は、『大いなる遺産』において結局何の希望 (expectations) も持てない社会として描かれ、『互いの友』では、その中心に諸悪の根源としてのポドスナップ（ブルジョワの自己満足の象徴）が鎮座する、救いようのない世界に堕している。このようなジャクソンの分析はかなりイデオロギー的に偏向したもののように映るであろう。確かに、『バーナビー・ラッジ』と『二都物語』を比較して、前者において作者は暴徒に何の同情も見せていないのに、後者では革命を起こした民衆に完全に共感しているとし、そこからディケンズの革新思想が人民蜂起や武力に訴えるのも辞さない姿勢へと強化されたと結論したり、E. M. フォースター言うところの「平板な」キャラクターを弁護して、エンゲルスの『反デューリング論』にある「労働の断片化により、人間もまた断片化する」という一節を引き、社会構造によって人間が押しつぶされているからディケンズは人間を「平板に」描いているのだとする、いささか無理な解釈や強引な断定が時折顔を出す。しかし、後のウィルソンに引き継がれる「時代に反抗する作家」としてのディケンズ像を描く可能性を切り開いた点は評価され

てよい。「全体的に見たディケンズの考え」と題した最終章は、政治、宗教、法律、家庭などについてのディケンズの見解を整理したもので——ディケンズの宗教心の薄さやブルジョワ家庭批判に拘泥しすぎる嫌いはあるが——この時期の研究としては画期的なものであった。欠点が目につくとは言え、これは未だに顧みる値打ちのある書物である。

(2) オーウェル

　オーウェルは、1939年の冬に書かれたその名高いディケンズ論を、「ディケンズは盗むに値する作家の一人である」という文章で始めている (454)。彼に言わせれば、チェスタトンはディケンズを「盗んで」自分の中世的な理想を体現した作家に仕立て上げたし、同様にジャクソンはマルクス主義者としてのディケンズを世に問うたのである。チェスタトンはディケンズを貧者の味方と言うが、彼が「貧者」という言葉で指し示しているのは誰だかはっきりしない。サム・ウェラーまでこの範疇に入ってくるのはおかしい。また、ディケンズはジャクソンが言うようなプロレタリアの擁護者でも、革命思想の持ち主でもない。彼の小説はほとんど中産階級的環境で展開する、とオーウェルは指摘する。（これは当を得た批判ではない——ディケンズはプロレタリアの観点に立つことができなかったブルジョワだったというのが、ジャクソンの論点である。）以下、オーウェルの優れた観察を列挙してみよう。ディケンズは確かに反体制的、反抗的と言える。しかし、彼の社会批判は本質的に道徳的なものである。つまり、批判の標的は社会ではなく、人間性なのだ。この点についてオーウェルはチェスタトン（上述、「他人を見下す時に人の顔に浮かぶ表情」のくだり）を引用し、同意を示す。ヴィクトリア朝の社会がシステムとしてどこがおかしいとか、どこをどう改革すればよりよい社会が実現するか、というような考察はディケンズの埒外にある。社会の現体制はそのままでよく、そこにいる人間の性質を向上させればよい社会になる、というのが彼の理屈なのである。出自の点などからみると、ディケンズの現代版はウェルズにあたる（ただし、ディケンズには「未来」の意識が

全然ない)。都市プチ・ブルという階級的偏見のせいで、犯罪や貧困を目の前にすると、往々にしてディケンズには「自分はまとも(respectable)な生き方をしてきた」式の反応が出る。ピップがマグウィッチに対して見せる反応である。彼にとって、労働者や下層階級を表わす外観は不名誉な恥辱の印にほかならない。ディケンズはトロロップなどとは異なり、登場人物たちの仕事についてほとんど何も語らない。彼らは、社会の中で機能する姿ではなく、個人の生活において描かれている。ディケンズ自身は小説を書くことを理想とするに足る労働と考えていたが、自分の職業に興味を持ち、生きがいを見出しているような人物は彼の作品に登場しない。裕福になったマーティン・チャズルウィットやニコラス・ニクルビーはおそらく何の仕事もしない。田舎に引き込み大きな家でのうのうと暮らすのが彼らの理想である。革新思想の持ち主のわりには、ディケンズは機械に無関心で、例えば、『リトル・ドリット』のドイスの発明は何か明示されない。現代文明の発明品(電報、ゴム、石炭ガスなど)はほとんど出てこないので、彼の小説は19世紀前半の社会を描いているように見える。芸術的な観点から言うと、ディケンズ小説の特性は「不必要なディテール」である。『ピクウィック・クラブ』第44章におけるサムの挿話は自分なら50語程度で済むのにディケンズはそれに1000語も費やして、人物の服や食事、彼が読む新聞などこと細かに描写する。結果として、天性の豊かな想像力は、小説家としてのディケンズの邪魔になっている。彼の場合、部分の方が全体よりも面白い。彼の人物には精神生活がない。彼らは学問もしないし、思索するということもない。最も瞑想的なキャラクターはポール・ドンビー少年であろう。ディケンズは、労働者から彼が批判した支配層まで、幅広い人気を獲得したが、つまるところ、その秘密は彼が負け犬に同情的であったという点にある。大衆文化で他の例を探せば、ポパイやミッキー・マウスがこれに相当する。ディケンズは「人間の同朋愛(未だに広く人々によって信じられている規律――それに従って行動しない人々によってすら信じられている規律)」に強く訴えたのだった(504)。小説の技巧面に

ついての意見をそのまま受け入れるのはいささか難しいが、鋭い指摘を多く含んだ本論は、ディケンズという作家がどういう考えを持っていた人間であったかを探るには見逃せない必読の文献と言える。

(3) ウィルソン

　1939年、オーウェルがディケンズ論にとりかかる少し前、アメリカの批評家エドマンド・ウィルソンは、シカゴ大学のサマー・スクールでディケンズについての講義を行なっていた。翌年ウィルソンはこれをもとにディケンズに関するエッセイを4篇、矢継ぎ早に文芸雑誌に発表。次いでそれらを「二人のスクルージ」と題する長編論文にまとめて、評論集『傷と弓』(1941) に収録した。この書物で彼は、異臭を放つ足傷に悩むピロクテーテースのみが無敵の弓を引くことができるというギリシャ神話、およびそれを素材にしたソポクレースの悲劇を手がかりに、芸術作品の創造は作家の精神的な「傷」に深く関連する（由来する、とまでは極論していない）というテーゼを打ち出した。

　ディケンズは困窮する家庭事情のために、12歳の時に靴墨工場に働きに出された。時を同じくして、浪費家であった父親はマーシャルシー監獄に投獄される。ウィルソンに言わせれば、「ディケンズの作家としての生涯は少年期の打撃や困難を消化し、自分自身に納得させ、このような出来事の起こりうる世の中を理解しようとする試みであった」ということになる (31)。

　子供時代に社会から残酷な仕打ちを受けた、気概のある人間の取る自然な行動は二つ考えられる。「犯罪者」になるか、「反抗者」になるかのどちらかである。ディケンズは社会にうまく適応できないまま、想像力の中でその両方の役割を演じたが、初期作品では犯罪者、特に殺人者に対する同一化が顕著に見られ、中期（『マーティン・チャズルウィット』の後半以後）では「反抗者」としての姿勢が目立ってくる（政治に対する不信はその一つの現れと言える）。ペックスニフ、ドンビー、マードストーンなどの人物を通じて、偽善的で尊大なヴィクトリア朝社会の中産階級が批判の対象となり、その批判は『荒涼館』に

おいてさらに規模と辛辣さを増す。『リトル・ドリット』では人物の心理描写、社会状況の扱い方の両面に新しい展開が見られる。作者の父親の姿を投影したドリット氏の人物像はこれまでのグロテスクなキャラクターとは一線を画すものである。『荒涼館』における霧に相当するシンボルがここでは監獄だが、これがクレナムをはじめ登場人物の心の中をも支配する。つまり、閉塞的状況が社会構造としてだけでなく、個人の内面の問題としても捉えられている。(この新側面の展開は夫婦の不和に悩んでいた当時の作者自身の心理状態を反映しているとも考えられる。)ディケンズの陰鬱な社会観はさらに『大いなる遺産』において発展させられ、『互いの友』ではポドスナップが代表する中産階級に対する作者の完全な絶望がうかがえる。

　登場人物の心理描写について見てみると、ディケンズにとっての難題は善と悪を同時に一人の人物の中に存在させることだった。初期作品では人物の善悪がはっきりしており、唯一のひねりは悪人が心を入れ替えて善人になるという点であった。この変化はスクルージ、ドンビーを経て、『ハード・タイムズ』のグラッドグラインドにおいて説得力を持った形で現われるようになる。『大いなる遺産』ではピップは読者が同情と反感の両方を覚える人物になっており、『互いの友』ではヘッドストーンという、実在感のある悪役が登場してくる。

　ディケンズは慈悲深さと凶悪さの共存する、躁鬱性の不安定な心理の持ち主であり、彼の中には、言わば、「二人のスクルージ」が住んでいた。『エドウィン・ドルードの謎』のジャスパー(彼はヘッドストンの発展形である)にはその二重性が色濃く投影されている。この最後の長編では、今や社会から切り離された作者には「反抗者」としての姿勢が殆ど見られず、かわって「犯罪者」のテーマがこれまでにないほど深く追究される。すなわち、社会的よりは心理的な興味に焦点が合わされている。ペックスニフに始まり、マードストーン、ヘッドストーンを経て最終的にジャスパーという形をとったヴィクトリア朝の偽善者は、とうとう解決不能な難問をディケンズに突きつけた。彼は自分の中に存在する二人のジャスパーの間で揺れつつ、自らの居場

所について結論が出せないまま、この世を去ったのである。
　ウィルソンの論をまとめれば、以上のようになるだろう。要するに、彼はフロイトとマルクスの強い影響の下で、作家個人の人生と周囲の社会状況から作品を説明しようとしたが、ディケンズの生涯からきれいな物語を作り出そうとする傾向が少々強すぎる。そのために、靴墨工場の一件には全てを決定するような（やや過剰とも思える）重要性が与えられているし、ジャスパーと完全に同一化して「道徳的混乱」に陥ったディケンズに対して社会が最終的な「勝利」をおさめた、という（メロドラマ的）結論が導かれる。また、ウィルソンはエレン・ターナンとの恋愛を重要視し、後期のヒロインたちは彼女に基づいていると主張するが、実際のエレンがどんな人物だったか分からないのでそれを作品から類推する。これは全くの循環論法である。そのような問題は残るにせよ、とにかく、後期の「暗い」社会小説を初めて正当に評価し、単に謎解きとしての興味とは別に『エドウィン・ドルードの謎』の作品としての意味を考えた功績は大きく、ディケンズの作家としての成長を明確に提示した腕前は見事の一語に尽きる。
　飾らない文体を持つ鋭利な批評家であり、小説、詩、ルポルタージュなどさまざまなジャンルの作品を残し、左翼思想に共感を示しつつ共産主義を批判し、ソ連に深い興味を持つ。ウィルソンに見られるこのような特質はそっくりそのままオーウェルにも当てはまる。そのオーウェルの手になる『傷と弓』の書評は、当然のことながら面白い。自身、ディケンズの階級意識を詳しく論じたオーウェルは、ディケンズが徐々に商業中産階級に対して幻滅を覚えて批判するようになるというウィルソンの意見に同意し、『互いの友』では下級貴族とプロレタリアに対する同情が初めて現われているとする指摘に興味を見せる。しかし、この小説では個人の善意が世の中を改善するという初期の考えにディケンズが逆戻りしていることをウィルソンは見逃している、と付け足している。オーウェルは、ウィルソンの主張するディケンズの二重性には説得力があるとし、その『ドルード』論の斬新さを認め、全体としてこれは近年最高のディケンズ論だと高く評価する。

なお、ウィルソンの論考についてはコリンズの名著『ディケンズと犯罪』における批判を是非とも参照されたい。その反論の核心は、ディケンズほどヴィクトリア朝という時代に反抗した作家はいなかったとウィルソンは主張するが、それならばこの小説家が 30 年以上も国中の人気者であったという事実を一体どう説明するのか、という点にある。(オーウェルはこの問題に彼なりの答えを出していたことを思い出そう。)コリンズは時代の主潮に沿って大衆と同じように考えが動くディケンズの普通さを強調し、かつ、ディケンズが殺人や犯罪に対して持っていた興味はウィルソンの言うほど極端なものではなく、本質的に常人の持つ興味だったと述べている。後の点については、チェスタトンも『デイヴィッド・コパフィールド』のトラドルズを持ち出して、同じような感覚でこの問題を捉えている(この至極健全な人物は小学生の頃、好んで骸骨の落書きをしていた)。しかし、彼はまた言う——ディケンズは普通の感覚と、並外れた感性を持っていた、と。つまり、ディケンズは普通人と同じものに興味を示したが、その興味の程度は並外れていたのである。確かに、そう考えるのが、この作家の本質に最も近づくのではないだろうか。

以上、1870 年から 1940 年までを通観してみると、そこに聳え立つ高峰は間違いなくギッシング、チェスタトン、オーウェル、ウィルソンである。彼らの優れた批評は、ディケンズの文学とともに、決して古びることのない立派な芸術作品と言えるだろう。

参考文献

Cazamian, Louis. *Le Roman Social en Angleterre*. 1902; *The Social Novel in Egland 1830-1850*. London: Routledge & Kegan Paul, 1973. [ルイ・カザミヤン、石田憲次・臼田昭訳『イギリスの社会小説』研究社、1958]

Chesterton, G. K. *Appreciations and Criticisms of the Works of Charles Dickens*. London: Dent, 1911.

Eliot, T. S. "Wilkie Collins and Dickens" *Times Literary Supplement* (August 4, 1927). Revised and reprinted in *Selected Essays*. London: Faber & Faber, 1932. 460-70.

Forster, E. M. *Aspects of the Novel*. 1927; Harmondsworth: Penguin, 1990. [E. M. フォースター、中野康司訳『小説の諸相』みすず書房、1994]

Huxley, Aldous. *Vulgarity in Literature*. 1930. Rpt. as "The Vulgarity of Little Nell" in Ford and Lane. 153-57.
Jackson, T. A. *Charles Dickens: The Progress of a Radical*. 1937. New York: International Publishers, 1938.
Kingsmill, Hugh. *The Sentimental Journey: A Life of Charles Dickens*. London: Wishart, 1934.
Kitton, Frederic George. *Charles Dickens by Pen and Pencil*. London: Sabin, 1890.
——. *Dickens and His Illustrators*. London: Redway, 1899.
Laurence, Dan H., and Martin Quinn, eds. *Shaw on Dickens*. New York: Frederick Ungar, 1985.
Lewes, George Henry. "Dickens in Relation to Criticism." *Fortnightly Review* (February 1872). Rpt. in Ford and Lane. 54-74.
Meynell, Alice. "Charles Dickens as a Man of Letters." *Atlantic Monthly* (January 1903). Rpt. in Ford and Lane. 95-108.
Orwell, George. Review of Edmund Wilson, *The Wound and the Bow*. *The Observer* (10 May 1942). Rpt. in *Keeping Our Little Corner Clean: 1942-1943*. Ed. Peter Davison. London: Secker & Warburg, 2001. 314-16.
Roberts, C. E. Bechhofer. *This Side Idolatry*. Indianapolis: Bobbs-Merrill, 1928.
Santayana, George. "Dickens." *The Dial* (1921). Rpt. in Ford and Lane. 135-51.
Shaw, George Bernard. Introduction. *Hard Times* (Waverley Edition) 1913. Rpt. in Laurence and Quinn. 27-35.
——. Foreword. *Great Expectations* (Limited Editions Club) 1937. Rpt. in Laurence and Quinn. 45-59.
Stephen, Leslie. "Charles Dickens." *The Dictionary of National Biography*. London: Smith, Elder, 1885-1900.
Storey, Gladys. *Dickens and Daughter*. London: Frederick Muller, 1939.
Swinburne, A. C. "Charles Dickens." *Quarterly Review* (July 1902). Rpt. in *Swinburne as Critic*. Ed. Clyde K. Hyder. London: Routledge, 1972. 223-42.
Taine, Hippolyte. *Histoire de la Littérature Anglaise*. 1863; *History of English Literature*. 1871. New York: American Book Exchange, 1880.
Wright, Thomas. *The Life of Charles Dickens*. 1935. London: Routledge-Thoemmes, 1999.

小池　滋「ギッシングとディケンズ」、松岡光治（編）『ギッシングの世界』（英宝社、2003）321-40.
佐々木徹「チェスタトンのディケンズ論」『ディケンズ・フェロウシップ日本支部年報』25 (2002): 158-67.
松村昌家「ジョージ・オーウェルおよびそれ以前」『ディケンズ・フェロウシップ日本支部年報』25 (2002): 168-73.

（佐々木徹）

2. 本格的研究のはじまり —— 1940-1960

1　1940-1950
(1) ハンフリー・ハウス

　1941年に出版されたハンフリー・ハウスの『ディケンズの世界』は、20世紀後半のディケンズ研究に一つの方向性を与えたものとして、大きな意義がある。それはエドマンド・ウィルソンのディケンズ論が指し示していた方向とはまた別のものだ。ウィルソンは、ディケンズの作品の中に隠されている深淵を、あるいはその可能性を鋭利に解明し、その後の心理主義的解釈、テクスト分析中心の批評等に道を切り開いた。それに対して、ハウスは、ディケンズの作品がその時代の社会と切り離すことができない深い関係にあることをあらためて強調し、歴史資料に基づいた堅実な実証的ディケンズ研究・批評の道筋を明確に示したのである。彼は序文の中でこう述べている。「本書は、ディケンズが書いたものと彼が書いていた時代との関係、彼の改革主義と彼が改革したいと願っていたもののいくつかとの関係、彼の作品中に提示される人生への態度と彼が生きていた社会との関係を、幅広くかつ単純な形で示すことを試みるだろう。本書は、さまざまな事実を大いに扱うことになるだろうし、雑多な典拠からの引用による例証を提示することになるだろう」(14)。

　ハウスの事実のリサーチを重視するこのような態度の背景には、すでにディケンズの死後70年を経て、作家もその時代も、完全に過去の歴史の一部となっていたことがあるにちがいない。ディケンズが書いた当時は切実な社会問題であったさまざまな事柄が、20世紀半ばという「現代」の読者にとっては、理解も共感もできず、あるいはただ何気なく見過ごしてしまうということが起こりつつあった。たとえば、『互いの友』の中で、80歳近い老女ベティー・ヒグデンは救貧院

2. 本格的研究のはじまり──1940-1960

を蛇蝎のごとく忌み嫌い、ボフィンの援助も拒否し続け、ついに行商の途中で息絶える。現代の読者には理解しがたく、退屈なものでしかない彼女のエピソードであるが、実は1834年の救貧法改正以来、彼女のような生き方をしてきた者が何百万人もいたのである。『オリヴァー・トゥイスト』でディケンズが糾弾した救貧法改正問題は、30年後もまだ現実であったのだ。その事実を知らなければ、この老女が人間としての尊厳を守ろうとして戦う姿とその悲壮な最期を、殉教の悲劇として理解することは不可能なのだ (103)。他にも、ディケンズの小説にしばしば登場する偽善的な宗教者、すなわち『ピクウィック・クラブ』のスティギンスや『荒涼館』のチャドバンドといった連中、さらに、やはり偽善的で自己満足の慈善事業家たちは、単なる滑稽なカリカチュアではなく、当時実際に社会を騒がせていた宗教運動や社会運動と緊密なつながりがあることが示されている。

　ディケンズが生きた時代は、「近代イギリス社会とその政体である中産階級の寡頭政治を作り上げた時代」である。「彼の少年時代は、カトリック解放運動と選挙法改正法案のための闘争と共に終わったのであり、作家としての生涯は、〈10ポンド戸主〉[第一次選挙法改正によって選挙権を与えられた年間10ポンド相当の不動産を有する戸主] による支配とほぼ正確に重なる」。この時代の科学技術がもたらした大変化が同時代の人々に及ぼした物理的・精神的影響もまた、未曾有のものだった。「ますますその速度を速める変化に慣れてしまったわれわれにとっては、鉄道や電報や海底ケーブルを迎え入れたときの功利主義的満足感と情緒的興奮が入り混じった気分を再現することは困難である」(133)。現代の読者は、ディケンズの自由奔放な想像力に幻惑されて、彼の小説がその時代との間に切り離しがたい関係を持っていることを忘れがちである。ハウスは、ディケンズの小説の背後にある当時の政治、社会、経済、文化、科学技術の諸相を、同時代の資料を駆使して、詳細に提示し、「ディケンズの世界」を見事に再現したのであった。

　このように、ハウスの業績は、現代のディケンズ研究の基礎を築い

たのであるが、ディケンズの作品を「歴史資料」として扱うという実証的・歴史主義的な批評態度には、異論がなかったわけではない。想像力あふれる芸術家としてのディケンズ、すなわちウィルソン以降急速に形成されてくる作家像が、ここでは完全に影をひそめているではないか。しかし、ハウス自身は、「本書では、彼が創造的アーティストではなく、ジャーナリストであるかのような扱い方を、意図的にしてきた」(215)と明言している。ジャーナリストとしての側面はディケンズという作家の重要な一部であることは自明である。それがなければ彼の芸術は成立し得なかったはずだ。ハウスの研究の意義は、事実とフィクションが融合して生み出される躍動するダイナミズムという、ディケンズ文学の本質を立体的に捉え直すことにあったのである。ただし、『ディケンズの世界』は、そこで扱われる内容の巨大さに比べてごく薄い（約 230 ページ）本であり、本格的な研究の序論という感は否めない。歴史主義的な研究には、厖大な資料を渉猟し、それらを整理して要点を抽出してまとめるという地道な作業が要求される。ハウスの時代には、まとまった形での歴史資料は少なく、そもそもディケンズ自身に関する資料が不足していた。彼は、決定版と言える書簡集を編纂する必要を痛感して、その仕事にとりかかったのだが、まだこれからという時、1955 年に 40 代半ばで世を去ってしまった。しかし、その志はフィリップ・コリンズの研究に引き継がれることになり、彼が創始した事業であるディケンズ書簡集は、未亡人のマデリン・ハウス等が継承して、『ピルグリム版書簡集』として死後 40 年を経て完成されることになる。

(1) F. R. リーヴィス

周知のように、F. R. リーヴィスは、T. S. エリオットと並んで、20世紀前半の批評界の巨人であった。雑誌『スクルーティニー』を主たる舞台として展開された彼の批評活動の影響は、英文学のさまざまな面に及んでいる。今日から振り返ってみると、ディケンズ批評でも、その影響が絶大なものであったことが分かる。もしかしたら、それは

エドマンド・ウィルソンを凌駕するものであったかもしれない。ウィルソンの論は、その先駆的性格からして当然のことだが、伝記的側面に比重がかかり、論述が包括的であったのに対して、リーヴィスは、詳細な「テクスト解析」(explication de texte) によって、ぐいぐいと求心的に議論を進めることを身上としており、ディケンズ論でもその特性がいかんなく発揮され、読む者の胸に深い印象を刻み込むからである。

　リーヴィスの著作の中でも、『偉大な伝統』(1948年)は、20世紀前半のイギリスにおける文学研究の基底にあった思想や批評態度を典型的に示している。それをイデオロギーと呼ぶことは、リーヴィス派の批評家たちから反撥されるであろうし、実際明確に主張されたものでもない。しかし、イギリス小説の「偉大な伝統」を「偉大なる倫理的伝統」(great moral tradition) と定義し、人間がいかに生きるかというテーマを追求してきたものと捉える彼の見方は、その根底にヒューマニズムを置いていることは疑いない。ヒューマニズムというと日本語では何か陳腐で軽薄な含意を、ときとして持つこともあるが、リーヴィスをその典型例とするイギリスのヒューマニズムは、甘さなど微塵もなく、歴史の荒波に抗して屹立する巌のようにがっしりと堅固で、深く広い内実を包含する。この基盤に立ったイギリス小説の偉大な、正統の伝統はジョージ・エリオット、ヘンリー・ジェイムズ、そしてジョセフ・コンラッドによって形成され、D. H. ロレンスに継承されている、と主張されるのである。これらの作家へ及ぼした影響の大きさは認めつつも、リーヴィスはディケンズをこの伝統に組み入れることをしなかった。その理由について、彼は次のように述べている。「ディケンズが大変な天才であり、古典の中に恒久的な位置を占めることは確実である。しかしその天才は、偉大なエンターテイナーのそれであり、この表現に含まれる以上に深い創造的アーティストとしての責任を、彼はほとんど持っていなかったのだ」(29)。要するに、彼には倫理的テーマを厳しく追及するために必須の「まじめさ」(seriousness) が欠けているというのである。

リーヴィスのこのような見方は、ディケンズの死後に急速に拡大したイギリス文学の主知主義的傾向が、いかに強固に根を張っていたかを証明している。小説は高尚なテーマを知的に、かつ洗練された技法によって追求すべき芸術であるとする思想、ヴァージニア・ウルフなどいわゆるブルームズベリー・グループが主導した思想は、大衆的な文学や文化を周縁に追いやった。現在から振り返ってみれば、ディケンズからの影響を隠そうともせず、むしろその小説に暗示されている可能性を徹底的に追及しようとしたヘンリー・ジェイムズやコンラッドを、さらにはロシアのドストエフスキーを、この主知主義的批評がしきりに持ち上げていたのは、いかにも不可解なことである。誤った知的エリート主義のインテリ層に対する支配はそれほどに強力で、明敏なリーヴィスにして、その呪縛にからめとられていたのだ。
　しかしリーヴィスは、ディケンズを無視することはついにできなかった。彼は『偉大な伝統』の末尾にディケンズ論を、いわば「付録」として加えたのである。「『ハード・タイムズ』分析的注解」は、1947年に『スクルーティニィー』誌に「劇詩としての小説」という題名で発表された論文を基にしている。この小説は、ディケンズの全作品の中でも、『バーナビー・ラッジ』と並んで、一般読者に最も人気のないものであった。それをリーヴィスは、「持続的で完全なまじめさと一体となった完璧な作品」と主張した。ここでは人間を機械化しようとする近代産業社会と人間に備わっている根源的な生命力との葛藤が、象徴的手法により見事な芸術作品として表現されている。「その散文は、英語の最も偉大な名人のそれであり、会話は（中略）完全この上ないもので、美しく自然な様式性を備えている」(30)。ロマン派の詩人ウィリアム・ブレイクが唄い、やがてロレンスが小説形式の中で完成させることになる人間性への賛歌と同じものがここに見られる。
　「付録」とされたこの論文は、その圧倒的な説得力により、本体の方でディケンズを偉大な伝統に入れなかったことの誤りを、皮肉にも自ら証明してしまった。小説論に限らず一般的に言って、リーヴィスの批評は、適切な箇所の引用原文を、精緻きわまりない手法で解釈す

ることにその真髄がある。『ハード・タイムズ』からの引用文とそれに対する彼の読みは、読者に新鮮な驚きを与えた。誰もが、ディケンズはこんな文章を書いたのか、このように深いテーマを追求していたのかと刮目させられたのである。これらの読者はインテリの批評家たちであったが、彼らはあらためてディケンズの他の作品へ注意を向けることになった。『ハード・タイムズ』に匹敵する、いやそれをはるかに凌ぐような見事な散文が、これまで読み過ごされてきたディケンズの文章、時には「下手な無韻詩(ブランク・ヴァース)」と揶揄された文章の至る所に存在することを彼らが発見するのは、もはや時間の問題でしかなくなったのである。

(2) 山本忠雄

　言語・文体研究であるので、批評史に加えることは適当ではないかもしれないが、最近復刻された山本忠雄の『ディケンズの文体の発展と体系』(1950年)は、日本人研究者による先駆的かつユニークなディケンズ研究として、特筆されるべきものである。英文で執筆されたこの本の中で、山本はディケンズの文体を精密に整理、分析し、その発展の過程を丁寧に明らかにして、最終的にそのシステムの全容を解明した。批評と直接結びつくわけではないにしても、言語のレベルでのディケンズの文体の特徴を知ることにより、今日でもさまざまな有益な示唆を与えてくれる。海外でも高い評価を受けた。

2　1950-1960

(1) ジャック・リンゼイ

　フォースター以後、さまざまなディケンズ伝が出版されてきたが、決定版と言えるような学術的伝記はなかなか現われなかった。エドマンド・ウィルソンによるディケンズ再評価を十分に消化した最初の伝記的研究は、1950年に出版されたジャック・リンゼイによる『チャールズ・ディケンズ——伝記的・批評的研究』である。リンゼイは、トマス・ライトとグラディス・ストーリーによって暴露されたエレン・タ

ーナンとの関係などの事実に基づき、新しいディケンズ像を提示した。彼の立場は、過去のディケンズ批評の中ではバーナード・ショーを高く評価することからも窺われるが、過激な革新主義者としてディケンズを捉えようとするものである。彼は、ディケンズ文学のファンタジーあるいは白日夢的要素について、「常にリアリズムとファンタジーを融合させているからこそ、彼はリアリズムをそのブルジョワ的歪曲（自然主義）から救い出したのであり、ブルジョワの勝利によって脅かされている偉大な創造的伝統の傑出した擁護者が自分であることを証明しているのだ」(415) と述べている。こうした素朴なマルクス主義的歴史観に支配されたリンゼイの伝記は、英米の批評界に大きな影響を与えることはできなかった。しかし、1980年代以降の新マルクス主義批評の方から振り返ってみるならば、そこにはさまざまな示唆を再発見することができるかもしれない。

(2) エドガー・ジョンソン

エドガー・ジョンソンの『チャールズ・ディケンズ——その悲劇と勝利』(1952) は、待望久しかった本格的なディケンズ伝である。しかも、この伝記は、ウィルソンやリーヴィスほどではなかったにしても、20世紀後半のディケンズ批評にきわめて大きな影響を及ぼしたので、批評史の中でも重要な位置を占めている。フォースターの公式伝記では意図的に伏せられた事実が、その後次々に明るみに出て、明るい笑いとユーモアの作家、幸福な家庭の守護神といった古いディケンズ像は大幅に修正されてきた。ジョンソンの伝記は、そうした「新事実」の積み重ねに基づいているのだが、リンゼイと異なるのは、大量に残存する書簡、原稿などの徹底したリサーチを通じて、可能な限り客観的に組み立てられていることである。その結果、この伝記は、ディケンズ研究に欠かせない礎石の一つとなった。ナンサッチ版ディケンズ全集（1937-8年）に含められた3巻の書簡集は、それまでに出版されたものとは比較にならないほど充実した内容であったが、それでもディケンズ自身が書いた書簡のごく一部に過ぎないことをジョンソンは認

識していた。彼は厖大な未発表書簡を渉猟し、それらを基礎的な資料として伝記を組み立てていったのである。たとえば、富豪の慈善事業家アンジェラ・バーデット゠クーツとの四半世紀にわたる緊密な協力関係は、500通以上にのぼる彼女あてのディケンズの書簡を通じて詳細に明らかにされている。愛人エレン・ターナンとの関係については、関係者による徹底的な証拠隠滅を前にして、さすがのジョンソンも決定的な新資料を発見することはできなかったが、わずかに残された記録と状況証拠の綿密な積み重ねによって、かなり詳細にその経緯をたどることに成功している。ジョンソンの伝記のもう一つの功績は、ディケンズのジャーナリストとしての活動を重視したことである。『ハウスホールド・ワーズ』誌と『オール・ザ・イヤー・ラウンド』誌には、ディケンズ自身による記事も多いが、すべての記事に編集者ディケンズの意向が強く反映している。20年以上に及ぶこのジャーナリストとしての活動は、「それ自体が重要であるばかりではなく、それが彼の小説のテーマの展開を照らし出すがゆえに重要なのである」(viii)。ディケンズの晩年に、ジョン・フォースターよりもはるかに親交の深かったウィルキー・コリンズとの関係にも、十分なページが割かれている。

　全2巻、総ページ数1500超という浩瀚な書物であるが、ジョンソンの語り口のうまさと何よりもディケンズの生涯の変転の多彩さによって、読者を飽きさせることがない。伝記好きの英米の読書界では珍しいことではないが、専門家のみならず一般読者にも広範囲に受け入れられた。その成功の鍵は主人公の魅力にあった。「ディケンズは自分自身が一人のディケンズ的キャラクターであって、途方もなく破天荒なバイタリティーではち切れんばかりであった」。その人物が送った生涯は、「喜劇と悲劇の混交である人間の闘争」を、彼の作品に負けないほど強烈に凝縮したものなのである(vii)。ディケンズという人間およびその作品に対するジョンソンのこうした基本的な捉え方は、この伝記のタイトルにも示されている。喜劇作家であったはずのディケンズが、実は少年時代の靴墨工場での辛い経験、義妹メアリー・ホ

ガースの突然死、妻との不仲、父娘ほどの年齢差のある若い愛人との葛藤など、生涯を通じて不運や不幸に見舞われつづけた人物であったことが強調されている。すでに功なり名を遂げた大作家となった後にも、彼はしばしば空虚な寂しさを感じていた。「気持ちが落ち込んだとき、自分は人生で一つの幸福を得られなかったのではないか、一人の友、伴侶たるべき人間に一度も会えなかったのではないかという思いがこみあげてきて、哀れなデイヴィッド [・コパフィールド] と同じように、私の心を押しつぶすのは、いったいどうしてなのだろう」（830、フォースター宛書簡からの引用）。年齢を重ねるほどに強まるこの思いは、作家としての成功の華々しさのゆえにいっそう、彼の個人的不幸を浮き彫りにしていく。ディケンズはそのような逆境と精神的苦しみの中から、偉大な芸術を生み出していった。彼は悲劇の英雄なのである。

　こうした見方は、ウィルソンの評論と同じように、一般的なディケンズ観の革新をもたらし、インテリ層のディケンズに対する関心の復活と批評・研究の隆盛に大きく貢献したことは確かである。さらに、ジョンソンは、すべての長編小説について、「批評」の章を設け、詳細な分析的読みを試みている。現在から見れば、それらの殆どはこれといった独創性はなく、凡庸と感じられてしまうが、その総体を客観的に捉えるならば、ディケンズの小説全体についての、最初の本格的な学問的批評の取り組みとなっていることが分かる。ジョンソンは、すべての長編を真剣に読むに価するものと考え、ジャーナリストとしてのディケンズの活動と密接に関連づけて解釈したのである。『荒涼館』について、「ディケンズがここで成し遂げたのは、実際、社会批評の道具として使われるべき社会集団の小説を創造したことなのである」(764) と指摘し、強烈な個性を与えられた人物たちによって、「社会の解剖図」と「寓話」が作り上げられていると述べている (769)。今では常識となった見方とはいえ、その先駆的な意義は評価されなければならない。『大いなる遺産』の結末についても、ミルトンの『失楽園』の結末との共鳴を指摘するなど(993-94)、その後のディケンズ

2. 本格的研究のはじまり——1940-1960

批評がジョンソンに負うところは、決して少なくないのである。

(3) シルベール・モノ

　ヨーロッパ大陸からのディケンズに対する見方は、英米のそれとかなり異なる場合がしばしばあって興味深い。フランスでのディケンズ研究・批評はすでにカザミヤンの仕事があったが、1953年に出版されたシルベール・モノの『小説家ディケンズ』（英訳1969）もまた、英米のディケンズ批評と際だった対照をなすものである。この著作は、パリ・ソルボンヌ大学に博士論文として提出されたものを基にしたものであり、モノはその後同大学の英文学教授として、フランスでのディケンズ研究を指導したのであった。

　ディケンズに対するモノの見方は、エドマンド・ウィルソンとリーヴィスの影響によって、後期の「暗い小説群」に急速に興味の焦点を移行させていった英米の傾向とは、全く異なっている。彼は次のように述べている。「小説家としてのディケンズのキャリアは、三つの主要な時期に容易に区分できる。『コパフィールド』以前、『デイヴィッド・コパフィールド』、そして『コパフィールド』以後である」(83)。一つの作品を一つの「時期」にしていることから明らかだが、モノは『デイヴィッド・コパフィールド』をディケンズの作家活動の頂点と捉えている。本書の構成からも、彼の独特な見方を窺うことができる。第一部のタイトルは「準備」、第二部は「上へ登る」、第三部は「頂上で——『デイヴィッド・コパフィールド』」、そして第四部は「回帰」である。つまり、『コパフィールド』に至るまでの諸作品は至高の傑作を生み出すための準備段階であり、それ以後の作品は、衰退とまでは言わないとしても、ディケンズの芸術の到達点がところどころに再現されているに過ぎないと見られているのだ。これは一面では、ディケンズの著作全体に対する一般大衆読者のおおよその見方と一致する。『マーティン・チャズルウィット』で人気の翳りを初めて経験したディケンズだが、『ドンビー父子』以後、大衆の支持が揺らぐことはまずなかった。それでも、『荒涼館』以降のディケンズの作品には、

かつてのように読者を熱狂させるようなものがなくなったというのが、ジョン・フォースター以来の一般的な感想だったのである。

しかし、モノの議論は、大衆迎合的なものではもちろんない。それは、著者本人は意識しなかったとはいえ、ウィルソン以降の批評で急速に強まっていった後期小説偏重の傾向に対する、きわめて健全な反論となっているのである。ディケンズが本質的に喜劇的小説家であることは誰もが認めるだろう。『ピクウィック・クラブ』から始まった彼の作家としてのキャリアの中で、コメディーが不変の基調であった。それを軽視する批評は、ディケンズ文学の全体を決して十全に捉えることはできないはずである。悲劇を至高の芸術とみなし、喜劇を劣った形式と考える傾向は、洋の東西を問わず、広く見られる。しかし、少なくともイギリス文学には、チョーサー、シェイクスピア、ベン・ジョンソン、ヘンリー・フィールディング、ジェイン・オースティンと続く、偉大な喜劇の伝統がある。ディケンズがその正統な継承者であるのだから、彼の喜劇的側面を探求することは、こうした作家たちの再評価にも貢献することになるはずだ。モノの批評は、たしかに英米の主流とは一線を画するものではあるが、その意義は未だに失われていない。

(4) プリチェット、リデル、ケトル、アレン、ヴァン・ゲント

ディケンズに限らず、イギリス小説の研究はこの時代にようやく盛んになってきた。かつては英文学の研究対象といえば、せいぜい18世紀文学まで、それも詩や演劇が中心であった。デフォーやリチャードソンによる草創期から大衆文学としての要素を強く持ってきた小説というジャンルは、高尚な学問研究の対象にふさわしいとはみなされなかったのである。しかし第二次大戦前後から小説への興味がインテリ層の間に急速に広まっていった。これは主知主義的な文学批評の一つの功績であったとも言える。小説を芸術であると主張したヘンリー・ジェイムズ以降、ヴァージニア・ウルフやジェイムズ・ジョイスなど、インテリ層にアピールする、あるいは挑戦する小説が次々に生ま

れた。これらの作品は、小説というジャンルが備える文学としての深さや可能性への興味をかき立てることになった。その結果、V. S. プリチェット『生きている小説』(1946)、ロバート・リデル『小説論考』(1947)、アーノルド・ケトル『イギリス小説序説』(1951)、そしてウォルター・アレン『イギリス小説』(1954) などのすぐれた概説書が続々と現われることになった。これらの本の中で、ディケンズはイギリス小説史の巨人と認識され、おおむね好意的に扱われている。アレンは、リーヴィスのディケンズ観を批判して、「フィクションにおいては、偉大なエンターテイナーでありながら偉大な小説家ではなかった者がいたことはあるが、まず最初に偉大なエンターテイナーではなかったという偉大な小説家など、いたためしはない」(139) と言っている。

　こうしたイギリス小説概説書の中で、ドロシー・ヴァン・ゲントの『イギリス小説——その形式と機能』(1953) は、圧倒的な存在感で群を抜いている。ヴァン・ゲントは、イギリス小説の淵源ともいうべきセルヴァンテスの『ドン・キホーテ』からジョイスの『若き芸術家の肖像』に至るまでの 18 冊の小説を取り上げて、それぞれについて詳細な分析を行っている。何らの批評理論やイデオロギーに依拠することなく、ただひたすらテクストと正面から向き合った、その小説読解は、驚くべき洞察に満ちあふれている。彼女が取り上げたディケンズの小説は『大いなる遺産』であった。存命中、ディケンズはその現実社会への忠実性すなわちリアリズムのゆえに評価されたのであったが、その後はカリカチュアやグロテスクな誇張、メロドラマ的プロット展開が目立つものとして、否定的に評価されてきた。ヴァン・ゲントは、ディケンズの作品世界では、いわゆるリアリズム文学とは全く異質な原理が機能していることを指摘したのである。そこでは、生命のないはずの物体が人間のように振る舞い、一方、人間が生命のない物体のように振る舞うことがしばしば見られる。「諸物と人々の特性が逆転されたこのありさまは、悪魔的に動機づけられた世界の姿なのであった。その世界では、〈暗黒の〉あるいは魔術的な力やエネルギーが (現代の精神分析心理学が考えるように) 人間のみならず諸物に

おいても作用している」(158-159)。「感傷的誤謬」(pathetic fallacy) と呼ばれる、無生物に人間的感情を投影するという文学表現技法が、ディケンズの小説では、その根源的推進力となっている、とヴァン・ゲントは主張する。これは、現実にはあり得ない「偶然の一致」(coincidence) が頻繁に起こるディケンズ小説のプロット展開の背後にもある原理なのだ。本来結びつかないはずものが乱暴に結びつけられるというのが、「偶然の一致」の本質である。従来の批評では、ディケンズの小説プロットでは、それが、芸術上の必然に裏づけられないまま、安易に多用されていると非難されてきた。しかしそれは、物と人間が不安定な関係にあるというディケンズ的宇宙の本質を理解しない的はずれなものである。「全体を通じて神経過敏な宇宙、すなわち神経節が人間とその外的環境の双方に広がっているために、人間における変化が空気や海の流れに影響を与えうる宇宙にあっては、物理力学の法則を排除するかに見える出来事や対決が、論理的に生成されうるのである」(163)。ピップとマグウィッチの墓地での出逢い、二人の再会のときに階段の暗がりにひそむオーリックの存在、こうした偶然は、小説の中で深い妥当性を持っているのだ。

　生物と無生物の境界があいまいになるというディケンズのアニミズム的世界は、ヴァン・ゲントがこれより少し前に書いた論文「ディケンズの世界——トジャーズ下宿屋からの眺望」(1950) ですでに提示されていたものである。『マーティン・チャズルウィット』第9章冒頭、ロンドンの下宿屋トジャーズの屋上から見られる情景の描写は、それを何気なく眺めているうちに、建物や煙突や干し物、さらに河岸に林立する船のマスト群が、いつしか恐るべき生命をみなぎらせ、轟音をたてて観察者へ向かって押し寄せ、彼を狂気に駆り立てるという特異な展開となっている。この描写の中にディケンズ文学の本質を洞察したヴァン・ゲントの炯眼には脱帽の他はない。後述のヒリス・ミラーがやがて『ボズのスケッチ集』をヤコブソンによるメタファー／メトニミーの言語学的対照を援用して論じることになるなど、ヴァン・ゲントがディケンズ批評に与えた影響は、はっきりと認知される場合は少

2. 本格的研究のはじまり——1940-1960

ないが、はかりしれないものがあったのである。

(5) ジョージ・フォード

どんな小説にも当てはまることだが、とくにディケンズの場合、読者との関係は重要な意味を持っている。作品の売れ行きが収入に直接の影響を及ぼす職業作家であるのだから当然だが、ディケンズは自分の小説が読者の支持を受けることを常に期待して執筆した。読者の評判がかんばしくない、つまり売行きが悪いときには、『マーティン・チャズルウィット』の場合のように、分冊刊行の途中でプロットの大幅な変更すら行なったのである。このように、ディケンズと読者の関係は、その作品の成立過程で重要な機能を果たしたのであるが、作家が存命中から始まったディケンズ受容史については、十分に研究されてこなかった。ジョージ・フォードは『ディケンズとその読者たち——1836年以来の小説批評の諸相』(1955)において、『ピクウィック・クラブ』刊行開始の年から1952年に至るまでのディケンズ受容史を、初めて包括的に検討したのである。序文ではこう述べられている。「私の目的は、ディケンズの名声の歴史を書評記事の列挙を超えて、より一般的な小説読書の研究へと拡大させることである。イギリスのどのような読者が彼の小説を読んだのか？ […] ディケンズの作品鑑賞や理解が、好みの変遷により、新しい小説批評理論の発展により、さらには後の小説家たちのさまざまな実験の成功により、どのような影響を受けてきたのか？ 本研究で提起される主要な問題はこういったものである」(viii)。

『ディケンズとその読者たち』は、1970年代から盛んになった読者反応批評 (Reader Response Criticism) の先取りであり、その先駆的意義は大きい。読者論批評は、ヤウス等ヨーロッパ大陸の文学理論の影響によって盛んになったのだが、以前から英米の文学批評では堅固な基盤を形成していたものである。フォードのすぐ後に、19世紀大衆読者層の古典的研究書であるオールティックの『イギリスの一般読者——大衆読者層の社会史　1800年～1990年』(1957)が出ていること

も想起しておかなければならない。

(6) ジョン・バット、キャスリーン・ティロットソン

　作家の作品研究には、そのテクストの厳密な校訂が欠かせない。作家が書いた原稿が活字に組まれ、本として出版されるまでには、さまざまな過程がある。その中で、作者自身による改訂はもちろんのこと、たとえば編集者が意図的に削除や書きかえを行ったり、植字工が活字を入れ間違うなどの単純なミスを犯したりなど、テクストの変遷が生じていく。シェイクスピアなどルネサンス期の作家の場合などは、オリジナルの原稿が現存していることなどまずありえず、校訂者は手に入る限りのあらゆる材料、印刷されたテクストはもとより、当時の印刷機械や印刷工程の実態、さらには植字工や印刷屋の「癖」に至るまでの手がかりを通じて、何とか「正しい」テクストを再構成しようと苦闘することになる。それは、作家の創作過程をたどり、その作品を真に理解するためには必要不可欠の作業だ。ところが、ディケンズの場合には、その自筆原稿のかなりの部分と「ナンバー・プラン」と呼ばれる連載小説の各ナンバーのための著者自身の覚え書きなど、豊富な資料が現存しているにもかかわらず、それらが研究や校訂版作成のために使用されたことがなかった。ジョン・バットとキャスリーン・ティロットソンは、オリジナル資料に基づいた研究が、いかに有益なものであるかを、『ディケンズの創作過程』(1957年)で提示してみせたのである。二人は序文で次のように述べている。「本書で、われわれはディケンズが執筆にあたっていた際のさまざまな状況を手がかりとして、彼の小説のいくつかを検討した。これらの状況について現存する証拠は多岐にわたり、しかも、従来は一般に無視されてきたのであったが、こうした資料が重要であるというわれわれの評価がもし正しいとすれば、それは彼の作品の批評において、新たな方向を少なからず示唆することになる」(7)。

　バットとティロットソンは、ヴィクトリア・アンド・アルバート博物館に所蔵されているフォースター・コレクションを中心とするオリ

2. 本格的研究のはじまり —— 1940-1960

ジナル資料を縦横に駆使して、ディケンズの具体的な創作過程を、『ボズのスケッチ集』とその他 7 篇の長編小説について、具体的に明らかにしていった。その結果、一般にはあまり知られていなかったさまざまな事実が、次々に明らかになったのである。たとえば、『ボズのスケッチ集』が一冊の本として成立する過程は、きわめて複雑なものであった。雑誌に発表されたときのテクストがそのままになっている場合はなく、ディケンズ自身の手でさまざまな改訂が施されている。雑多な雑誌記事がどのような過程を経て現在の姿になったのかを明らかにしているのだが、これを読むと校訂版『ボズのスケッチ集』を編集しようとする者の仕事がとてつもなく大変なものであることが予想される。バットとティロットソンの先駆的な作業は、ディケンズのテクスト編集に存在する独特の問題、すなわちジャーナリズムとの関係という問題を浮き彫りにしたのである。

　ナンバー・プランに基づく作品の創作過程研究もまた、画期的な仕事であった。周知のように、ディケンズは、連載各ナンバーにどのようなことを書く予定なのか、どういった人物を出すか、キーとなる語やセンテンスが何か、といったことを「ナンバー・プラン」としてメモしていた。彼がいかに優れたプロフェッショナルであったとしても、多数の人物や事件が複雑に錯綜する自分の長大な小説を完全にコントロールするためには、どうしてもこのようなメモが必要だったのである。フォースター・コレクションに保存されているこの「ナンバー・プラン」は、研究者にとっては、もちろんかけがえのない宝である。バットとティロットソンは、ディケンズ批評史上初めて、これらの資料を用いてディケンズの小説を論じたのであった。とくに、第 6 章「『デイヴィッド・コパフィールド』各月刊分冊の検討」は圧巻だ。1849 年 4 月に執筆された月刊分冊第 1 号（ナンバー 1）から翌年 10 月 22 日（または 23 日）に脱稿した最終分冊（ナンバー 19・20 合併号）まで、ナンバー・プランと出版されたテクストとの関係が、分冊毎に綿密に分析されている。こうした分析は、ディケンズが連載小説作家であって、そのことが彼の作品に大きな影響を与えていたことを、再

認識させてくれるものであった。その後に出版された彼の小説の編者たちは、旧ペンギン版 (Penguin English Library) をはじめとして、このことを当然の前提としてテクスト編集にあたるようになったのである。

『ディケンズの創作過程』の中で取り上げられている 8 作品の中でとくに注目すべきは、『バーナビー・ラッジ』論である。ディケンズの全作品の中で最も不人気な作品だが、バットとティロットソンの研究によって、新しい光をあてられることとなった。ディケンズが最初に構想していた長編小説は、当初『ロンドンの錠前屋ガブリエル・ヴァードン』(Gabriel Vardon, the Locksmith of London) というタイトルであった『バーナビー・ラッジ』なのである。偶然の事情から、長編としてほとんど何の構想もなく開始され、なり行きまかせで書き進められた『ピクウィック・クラブ』が爆発的な人気を博したため、この歴史小説は、『骨董店』の後までその執筆と発表を遅らせられることになった。作品そのものの価値は別としても、長期間にわたって入念に構想が練られた小説としての『バーナビー・ラッジ』は、長編小説作家としてのディケンズを知る上で欠かせない作品であることを、バットとティロットソンは示したのである。

ジョン・バットは 1965 年に逝去したが、ティロットソンはその後、クラレンドン版ディケンズ全集の編集を始めて、ディケンズのテクスト研究を高度な学問的レベルへと引き上げることになった。「ディケンズ研究は、19 世紀初期のシェイクスピア研究の段階をほとんど越えておらず、一方、そのテクスト研究は 18 世紀初期に停滞しているようだ」(『ディケンズの創作過程』8) という状態は、彼女の努力によってようやく解消されることになる。ティロットソンはまた、1954 年にすぐれたヴィクトリア朝小説研究書である『1840 年代の小説』を著している。その中の『ドンビー父子』論は、今日でもなおこの作品の標準的批評として、欠かせないものとなっている。「責任ある、しかも成功した計画性の最も初期の例として」、そこには「筋のみならず、構成と情緒の統一が見られる」(157) としたティロットソンの

見方は、後のリーヴィスによる『ドンビー父子』論 (1970) を先取りしたものと言えるだろう。

(7) K. J. フィールディング

　K. J. フィールディングの『チャールズ・ディケンズ──批評的概説』(1958) は、伝記に分類されるべきものだろう。ただし、それは「ディケンズの人生を詳しく物語るという試みではなく、作家としての彼のキャリアを語ろうとするもの」(1) なので、作品論でもある。『ボズのスケッチ集』から『エドウィン・ドルードの謎』に至るまでの各作品を中心に据えながら、ディケンズの人生の物語と作品の解題が融合した形で提供されている。コンパクトにまとまっていて、ディケンズの全体像を過不足なく捉えており、最も好適なディケンズ入門書としての地位を今日に至るまで保っている。

(8) J. ヒリス・ミラー

　1958 年に出版されたミラーの『チャールズ・ディケンズ──その小説の世界』(以下、『ディケンズ小説の世界』と略) ほど、20 世紀後半のディケンズ批評に絶大な影響力を及ぼしたものは他にない。現在でもなお、ディケンズ研究を志す若い研究者にとって、読まずには先に進めない必読書となっている。ミラーの批評は、ハンフリー・ハウスの方向とは異なる、ディケンズ批評・研究の一つの大きな潮流を形成することになった。それはディケンズの時代の社会、経済、文化、ジャーナリズムといった「事実」の方に重点を置かず、それらの時代諸相を作家の想像力がいかなる形で吸収し、表現したのかを追求して、作品の深奥にあるテーマや問題を解明しようとする方向である。これはリーヴィスやエドガー・ジョンソンの批評にすでに示唆されていたものであり、作者の深層心理と芸術との関係を追求しようとする心理主義的批評姿勢ともいうべきものである。これ以後、ディケンズの作家としての成熟過程をその想像力の発展過程として捉える、モンロー・エンゲルの『ディケンズの成熟期』(1959) など、多くの想像力批

評が出ることになる。
　『ディケンズ小説の世界』はジョルジュ・プーレに献呈されている。プーレは1952年から57年までの間、ジョンズ・ホプキンズ大学でフランス文学教授を務め、ミラーの謝辞によれば、その間にミラーに多くの助言を与えてくれたとのことである。このことはミラーの批評が依って立つ基盤を理解する上で有用な情報である。『人間的時間の研究』(1950、邦訳1969)や『円環の変貌』(1961、邦訳1974)等の著作で知られるプーレの手法は精緻きわまりない文体分析、テクスト分析を主体とするものであり、後のロラン・バルトやデリダも、プーレが敷いた礎石の上に独自の文学論や哲学を築いていったといっても過言ではない。構造主義からポスト構造主義にまで至る、現代英米批評を良くも悪くも支配することになるフランス思想の先駆者の一人であったのだ。ちょうどアメリカでも「ニュー・クリティシズム」がもてはやされた時期でもあり、ミラーがテクスト分析、深層の文体論に自分の批評活動の焦点を定めたのも、彼自身の感覚の鋭さの証左であるとともに歴史的な必然であったとも言えるのである。
　一方、ミラーの批評は、1950年代に新たに作り直されたディケンズ像とも切り離せない関係がある。出版されたばかりのエドガー・ジョンソンの伝記に若い学究であったミラーは、大きな影響を受けていたのである。ミラーの方法論は、一見すると、伝記的なものを基盤とするのではなく、テクストそのものに深く沈み込み、テクストの中に最後までとどまって、一貫性のある読み方を追求するというニュー・クリティシズム的なものに思われる。それでもなお、ミラーの研究は、実はある意味で伝記的なディケンズ研究なのである。彼はディケンズという人間の生涯をたどりはしなかったが、その作品を通して一つの心理的伝記物語を書き上げていった。『ディケンズ小説の世界』の序文で、彼はこのようなことを述べている。「一人の作家が次々に書いていく作品の中心には、それぞれの出来事やイメージを通して少しずつ露わになっていくもの、捉えがたいが組織化しようとする形式があって、それが言葉の選択を常に管理しているのだ。この形式をもしわ

2. 本格的研究のはじまり——1940-1960

れわれが発見することができれば、作家が物質世界、他の人間たち、そして自分自身との間に持っている密接な関係について、どんな伝記的データよりも有力な手がかりとなるだろう」(ix)。ミラーがこの「形式」(form)を発見するための具体的な手がかりと考えたのは、ディケンズの小説全体に見られる「本物のかつ有効なアイデンティティーの探求」(the search for a true and viable identity) というテーマである。このテーマが、ディケンズの小説全体を通して、彼の想像力によっていかに表現され、変容していくかを追求したのが『ディケンズ小説の世界』であった。結論でミラーは次のように述べている。「したがって、私がこれまで示そうと試みてきたように、ディケンズの小説群は一つの全体を、統一された総体を形成している。この全体の中で、単一の問題が、すなわち有効なアイデンティティーの探求が何度もくりかえし叙述され、隠された中心へとしだいしだいに近づいていく。その中心とは、世界の本質とその中に置かれた人間の状況についてのディケンズの底知れぬ不安なのである」(136-37)。

このようにミラーがディケンズの作品に「アイデンティティー探求」さらに「実存の不安」という、一見していかにも20世紀的な統一テーマを見出したのは、ディケンズの作品がその時代の産物であるのみならず、時空を超越した普遍性を持っているからこそであった。ミラーが1950年代の後半という時期にこのテーマに取り組んだことには、それなりの歴史的・文化的な背景があった。第二次大戦後に獲得されたかに見えたアメリカの安定と繁栄は冷戦の激化でゆらぎ、やがてはヴェトナム戦争の泥沼に入り込むことになる。この時代の若者たちは、「自分が何者か」を見失い、その失われた自己を探し求める模索を始めようとしていた。そんなとき、自分には理解できない異質な世界に投げ出され、その中での安定した位置を探し求めて苦悩するディケンズの主人公たちは、まさに同時代的感覚で受け容れられたのである。ミラーはそのような、現代にもなお切実なメッセージを投げかけるディケンズの世界を、明瞭に解き明かしてみせたのであった。

参考文献

Allen, Walter. *The English Novel*. Harmondsworth: Pelican, 1954.
Altick, Richard D. *The English Common Reader: A Social History of the Mass Reading Public 1800-1900*. Chicago: U of Chicago P, 1957.
Engel, Monroe. *The Maturity of Dickens*. Cambridge, Mass.: Harvard UP, 1959.
Kettle, Arnold. *An Introduction to the English Novel*. London: Hutchinson, 1957.
Leavis, F. R. *The Great Tradition: George Eliot, Henry James, Joseph Conrad*. London: Chatto, 1948.
Liddell, Robert. *A Treatise on the Novel*. London: Jonathan Cape, 1947.
Lindsay, Jack. *Charles Dickens: A Biographical and Critical Study*. New York: Andrew Dakers, 1950.
Monod, Sylvère. *Dickens romancier*. 1953. *Dickens the Novelist*. 1969. Norman: U of Oklahoma P, 1968.
Pritchett, V. S. *The Living Novel*. London: Chatto, 1946.
Tillotson, Kathleen. *Novels of the Eighteen-Forties*. Oxford: Clarendon, 1956.
Van Ghent, Dorothy. "The Dickens World: A View from the Todgers's." *Sewanee Review* 58 (1950): 419-38.
———. *The English Novel: Form and Function*. New York: Rinehart, 1953.
Yamamoto, Tadao. *Growth and System of the Language of Dickens: An Introduction to A Dickens Lexicon*. Osaka: [関西大學英語學會]: 1950. Third ed. Hiroshima: Keisuisha, 2003.

（原　英一）

3. 評価の確立——1960-1980

1 本来的な評価の定着

　レズリー・スティーヴンは『英国人名事典』(1888) に「もし文学的名声が無教養な人々の人気で計られるものであれば、ディケンズはイギリス小説の中で最高の地位を占めるはずだ」と書いたが、これはディケンズの死後におこった反動意見を要約するものであった。この歪んだディケンズ評価は、ほぼ100年を経て、フィリップ・コリンズによって大幅に修正され、ようやく狂いのない作家像が確立した。コリンズは『ブリタニカ百科事典』(1974) において、「ディケンズは英語圏の小説家のなかで最大の小説家」であり、創作の深さと広がり、そして技法の新しさにおいては比類のないすばらしさを持つ作家であると明記した。ディケンズの文学的成功と作品のかずかずの魅力、そして現在の批評界における評価の高さを的確に述べ、彼は19世紀文壇の牽引力であり、19世紀英国社会の良心の代弁者であったことを明らかにした。1960年から1980年の間にディケンズの評価は大きく変わり、ディケンズ研究は飛躍的に進展した。

　評論する側の時代知識の欠如ゆえに、正しい作家像が捉えられないことを憂えたフィリップ・コリンズは、自ら「リテラリー・ヒストリアン」(＝文学的歴史家) と称し、ハンフリー・ハウスの実証的研究方法を引き継いで、ディケンズの著作を同時代の膨大な歴史的資料で裏付けることに精力を注いだ。『ディケンズと犯罪』(1962) はディケンズの生涯と作品をしっかり踏まえつつ、それと当時の犯罪および犯罪についての考え方、さまざまな事件、刑法改正とを関係づけ、豊富な文献を用いて検証した古典的名著であった。これが30歳代終わりの業績、つづいて前作以上に自信を込めた『ディケンズと教育』(1963) を著し、ディケンズが生涯にわたって持ちつづけた関心事を伝記と社会

史の中から余すところなく解き明かした。「余すところなく」というのが彼の研究の一貫した態度で、その後につづく大著——『ディケンズ——批評の遺産』(1971)、『公開朗読台本全集』(1975)、および『ヴィクトリア朝小説——研究の手引き続編』(1978) の「ディケンズ」の項目——は、広範な文献と資料を駆使してディケンズをとらえる、厳密な研究から生まれたものであった。『ブリタニカ』のディケンズ評価は、もはや時代の偏見や個人的感情とは無縁の、正鵠で揺るがぬ評価であった。

ライオネル・スティーヴンソン編『ヴィクトリア朝小説——研究の手引き』(1964) によれば、ディケンズについて博士論文を書いた人の数が 1930 年代には 7 人、1950 年代には 32 人であったが、ジョージ H. フォード編『ヴィクトリア朝小説——研究の手引き続編』(1978) によれば、1974 年の 3 ヶ月間だけで 20 人、そして研究論文は 3 ヶ月ごとに 100 あるいはそれ以上が出版されているという。つまり、1960 年から 1970 年にかけてディケンズ研究は空前の広がりを見せ、それを証明するかのようにディケンズ研究専門の研究誌がつぎつぎに発刊された。また『ディケンジアン』誌の総索引が 1974 年に完成すると、この雑誌に載せられた 70 年におよぶディケンズ研究の全てが容易に目に触れることとなり、研究はより緻密に、ディケンズ像はより巨大になった。ディケンズ研究が加速的に進んだ理由には、この時期にヴィクトリア朝研究が活発になり、小説を歴史的コンテクストの中で読む傾向が定着したことがあげられる。それによって、ディケンズは他のどの作家よりも文学的に、歴史的に、社会的に、研究者の興味をひきつけたのである。1960 年代のはじめ、ジョージ・フォードは『ディケンズ批評——過去、現在、未来の動向』(1962) というシンポジウムのなかでこう述べている。「ヘンリー・ジェイムズの批評理論やプルースト、ジード、ジョイスの作品に親しんでいる読者は、これまでディケンズ小説を評価するさいに、明らかに有利な立場にあった。しかしディケンズを評価するには、ラスキン、アーノルド、サッカレー、G. W. M. レノルズの著作にも親しみ、またヴィクトリア朝の新

3. 評価の確立——1960-1980

聞・雑誌、そして説教にも通暁した学問ある読者が必要だ。なぜならディケンズはこれらすべてを読んでいるからだ」(p.21) と。ディケンズ理解には、時代および時代背景の膨大な知識が必要となった。同時に、文学理論でディケンズを裁断しても、作家像を正しくつかむことはできないことがはっきりしてきた。

1960 年から 1980 年の間の特徴は、作家論、作品論以外に、テクストの校訂、書簡の集大成、それに主要作品以外の作品および雑誌記事の編集が相次いでスタートし、ディケンズ想像力の源泉の探求や、ディケンズと演劇、小説と挿絵の関係にも関心が広がり、ディケンズ研究の土台が強固に築きあげられたことである。本格的な研究と評価の時代と呼んでもいいであろう。日本で本格的な研究書が出はじめるのは、この時期である。

2 テクスト校訂

1953 年、おそらくディケンズ研究において手稿、創作メモ、校正刷りの書き込みに着目する人のなかったときに、シルベール・モノはそれらを用いてディケンズが小説を入念に組み立てる職人であることを証し、『小説家ディケンズ』を学位論文として世に送った。一方対岸の英国では、バットとティロットソンが『ディケンズの創作過程』(1957) によって同じく手稿・創作メモ・校正刷りを丹念に追い、彼が即興的な作家ではなく、さまざまな作品、とりわけ『ドンビー父子』においては周到に構想を練った事実を裏づけた。

作家としてのディケンズ像を大きく修正した上記の著書に次いで、ティロットソンはそれまでまちまちであったテクストの校訂作業に入る。これはいくつかの異本を厳密に照合する単調な仕事であるが、これによってディケンズが登場人物の名前や年齢を改変し、罵言を削除し、台詞の改善や削除を行なったことが確認された。また、ディケンズが校正刷りに手を加えるときには、手稿にはほとんど目を通していなかったこともわかった。1966 年、さまざまな版の「序」に加え、『ベントリーズ・ミセラニー』誌の月刊連載から 10 年後に出された分

冊本の表紙絵も加えて『オリヴァー・トゥイスト』の校訂本がオクスフォード大学出版局から出ると、つづいて1972年には『エドウィン・ドルードの謎』の校訂本が出版された。ここには、開巻早々に出てくる "Town" という語が、長らく "Tower" に読み違えられていた事実が発見された。

　作業は順調に進み、『ドンビー父子』(1974)、『リトル・ドリット』(1979)、『デイヴィッド・コパフィールド』(1981) が相ついで校訂・出版され、「クラレンドン版ディケンズ」は、決定版としての評価を手にした。一方アメリカでは、値段の高いクラレンドン版に対抗し、校訂を経たテクストに加え、創作メモ、当時の関係資料、作品解説、書評や評論の抜粋を載せ、値段も教材として使える程度に抑えたノートン版が企画され、『ハード・タイムズ』(1966)、『荒涼館』(1981)、(後には『デイヴィッド・コパフィールド』[1990]、『オリヴァー・トゥイスト』[1993]、『大いなる遺産』[1999]) が出版され、好評を博している。

3　書簡集の編集

　テクスト校訂につづいて一大事業を起こしたのは、『ピルグリム版書簡集』の編集であった。フォースターの編んだ3巻本 (1874) は日付の間違いが多く、大部分は切り貼りして『ディケンズの生涯』に使用されていた。1938年、世界中をくまなく探したウォルター・デクスターが『ナンサッチ全集』のなかに書簡集3巻を組み入れたとき、書簡の総数は5,811通であった。しかし、この3巻本は日付に間違いがある上に、内容面でもオリジナルの書簡と照合されていないので、最上の資料でありながら、信頼性に欠けるところがあった。そこでハンフリー・ハウスは、ディケンズの全書簡を徹底的に集めこれを編集するという、無謀とも思える仕事に取りかかった。第1巻すら完成しない1955年に亡くなると、残る仕事は夫人とグレアム・ストーリーに引き継がれた。全部で11,956通にのぼる書簡——第1巻では1,059通のうち722通には日付がなく、作家の作業日程から割り出したり、紙質の違いから特定する難作業が続いたが、やがてディケンズ

の署名のしかたの違いによって特定する方法を発見した——の第 1 巻 (1820-38) が 1965 年、第 2 巻 (1840-41) が 1969 年、第 3 巻 (1842-43) が 1974 年、第 4 巻 (1844-46) が 1977 年、第 5 巻 (1847-49) が 1981 年に出版された（この世紀の大事業は、数人の編集者の手を経て 2002 年に全 12 巻でようやく完成を見た。その後新たに発見された書簡は順次、『ディケンジアン』誌に掲載される予定である。半世紀以上にわたってその存在を誇った『ナンサッチ書簡集』は、この時点で役割を終えた）。書簡の一つ一つは、当時の文書・資料を用いて詳しい注釈が施されているので、研究資料として非常に使いやすく、ハウスの編集方針の先見性が高く評価される。また、付録には『ボズのスケッチ集』のそれぞれのスケッチの掲載年月日と掲載紙、ディケンズの蔵書リスト、出版契約書、国際著作権問題についての文書、文学芸術ギルド設立趣旨とその基金集めのための興行プログラムなど、有益な資料がたくさん載せられている。

4 その他の編集本

『ディケンズのスピーチ集』(1960)、『ジョウゼフ・グリマルディ回想録』(1968)、『演劇全集および詩集選』(1970)、『凍れる海』(1966)、『ディケンズ公開朗読台本全集』(1975)、そして『ハウスホールド・ワーズ誌におけるディケンズの未収録記事』(1968) も、この時期に編まれた。

多くの編集本のなかでも、ディケンズが公開朗読で用いた台本は存在場所が定かでなく、それを編集することはほとんど絶望視されていた。これがコリンズの想像を絶する努力でことごとく集められ、ディケンズの朗読活動のすべてを詳細に解説して出版された。台本の作成、異本の校訂、朗読回数、未使用台本のリストと本文、「憑かれた男」のように完成を見ぬままに投げ出されたものや、「デイヴィッド・コパフィールド」のように 8 年を費やして長編を一つの物語に作り変えた台本など、朗読台本の作成から朗読にいたるまでの活動の詳細が浮び上った。これによって、ディケンズ晩年の、創作と並ぶ大きな活動の跡を克明に追うことができるようになった。

同様に絶望視されていたのは、雑誌記事の執筆者を特定する作業である。しかしハリー・ストーンはプリンストン大学に『ハウスホールド・ワーズ誌編集原簿』があることを知っていた。この原簿は W. H. ウィルズが執筆者に支払った原稿料を丹念に記載していたもので、彼の死後、家族の手によって流出したものと思われる。これをもとに彼はディケンズの書いた記事を拾い出し、詳しい注をつけて『未収録記事』を出版した。つづいてアン・ローリーはこの『編集原簿』を編集して『ハウスホールド・ワーズ誌——目次、寄稿者一覧および寄稿作品リスト』(1973) を出版し、全記事のリスト・アップとともに 390 名におよぶ寄稿者についての詳細な情報を書き加えた。また、クリスマス特集号の寄稿者の特定も、デボラ・トマスによってなされた (1973-74)。

　もう一つ別の雑誌『オール・ザ・イヤー・ラウンド』については、ハンティントン図書館にあった書簡の束を研究していたコリンズが研究成果をエラ・オッペンランダーに託し、彼女が調査・編集して『オール・ザ・イヤー・ラウンド誌の索引と寄稿者リスト』(1984) を出版した。この手紙類も W. H. ウィルズがとどめおいていたものらしい。こうしてディケンズ研究の行く手を阻む大きな障壁が取り払われた。

5　批評のアンソロジー

　ディケンズ批評の歴史を綿密にたどった書物はジョージ・フォードの『ディケンズと読者たち』(1955) である。この書物は、ディケンズがどのように受け取られ、否定され、復活するかを、それぞれの時代と批評家に語らせる体裁で書き進めた。リチャード・オールティックの『英国の一般読者』(1957) と合わせて読めば、ディケンズの生きている間に彼の小説が読書界にもたらした衝撃をより正確に捉えることができよう。この著書をきっかけに、ディケンズ批評のアンソロジーがいくつか編集された。たとえば、『ディケンズの批評家たち』(*The Dickens Critics*, 1961)、『ディケンズと 20 世紀』(*Dickens and The Twentieth Century*, 1962)、『ディケンズ評論集』(*Dickens: A Collection of*

Critical Essays, 1967)、そして『ペンギン版ディケンズ評論集』(*Charles Dickens: A Critical Anthology*, 1970) がある。しかし、この種のアンソロジーは後年のものほど新しくかつ包括的で、『ペンギン評論集』は批評の変遷を3つの時期にわけて整理しており、もっとも利便性の高いアンソロジーである。

その『ペンギン評論集』は全3部からなり、第1部は75編におよぶディケンズの序文、スピーチ、書簡それに「自伝の断片」を年代順に並べ、その間に当時の評論を挟んでいる。ディケンズの作家としての確信が育ってゆく過程を見ることができ、また彼が時代の代弁者であることがよく把握できるよう配慮・工夫されている。第2部は、ディケンズの死後から1940年までの「ディケンズ否定の時代」の評論を過不足なく掲載して利用の便に供している。第3部は1940年から1968年までのあいだの、ディケンズの芸術的名声を高める論文・著書を、抜粋の形ではあるがほとんど網羅している。批評の歴史を見るには便利な論集で、評価は高い。

なお、アンソロジーには医学・心理学で用いられる用語を冠した「ケース・ブック（症例集）」という個別作品論集も編まれている（『荒涼館』[1969]、『ハード・タイムズ、大いなる遺産、互いの友』[1979]）。

『ディケンズ——批評の遺産』(1971)

しかし、かずかずのアンソロジーの中でもとりわけ傑出しているのは『ディケンズ——批評の遺産』(1971) である。これはなぜ編集しなければならなかったか、その目的と意義を明確に教えてくれる。フォードはディケンズ批評の変遷を膨大な資料を駆使してたどったが、19世紀の書評や評論がどのようなものであったか、そしてその不充分さゆえにディケンズ評価が大きく歪められたことを示してはいない。フィリップ・コリンズの編んだ『ディケンズ——批評の遺産』は、ディケンズが生きていた時代の評論を、肯定論と否定論の双方を偏ることなく収録しながら、そこにどのような欠陥があったかを指摘している。

コリンズの出発点はディケンズを「国民の友」、彼の死を「国家的損失」ととらえる当時の人々のディケンズ観を中心にすえ、作品の人気と魅力の大きさを語るとともに、その一方で彼を誹謗する評論家の批評方法がなぜ否定的なのかを探る。一時、ディケンズの作品を低俗な大衆小説と見る態度があったが、これに対してはヘンリー・ジェイムズの回想録を引用し、人々が戯曲化された作品を劇場で見たこと、しかもそれを観る人々は無学の人が多かったことと関係していたと述べ、更には、小説につけた挿絵が人々に過度の単純化を促すことになったからだと指摘する。

　より重要な指摘で、ほとんどのディケンズ研究者が見落としていた事実は、ディケンズを悪しざまに論じる評論家たちが、彼の文学的名声の高い作品ではなく、マイナーな作品のみを取り上げて彼を論評していたということである。たとえば 1840 年代に『タイムズ』紙は、『マーティン・チャズルウィット』などの長編を眼中におかず、不思議にも『クリスマス・ブックス』だけを取り上げて、ディケンズに「書き急ぎ」をしないようにとの片手落ちな論評を平気でやってのけているし、名作の誉れ高い『ドンビー父子』はタイトルすら論評に出てこない。『サタデイ・レヴュー』誌においては、編集長ジェイムズ F. スティーヴンが『リトル・ドリット』を激しく非難し、ディケンズを軽薄文学の類に入れる。スティーヴンがこの作品を非難する理由は、作品中に出てくる「繁文縟礼省」が自分の父を戯画化していると考えたからであって、彼がつぎつぎに書いた評論は、コリンズによると「学部生の偶像破壊」「貴族の大衆侮蔑」程度の粗雑なものだという。ちなみにスティーヴン家の血には代々ディケンズ非難の血が流れているので、作品・作家論にこの一家の人々の書いた評論を引用するときには注意が必要であろう。ともかく、個人的感情を交えた『サタデイ・レヴュー』誌の書評には、『ブラックウッド・マガジン』誌からも苦言が出ていたほどであった。

　『クォータリー・レヴュー』誌は（総じて「クォータリー」と名のつく季刊誌はすべて、ディケンズ評論に関するかぎり誰の目からも批判

を躱(かわ)すことはできないが) 当時の最大作家の作品の中で『アメリカ紀行』だけを取り上げて長々と論評し、ほかの作品には全く触れないという不思議な態度を見せ、『エディンバラ・レヴュー』誌も同様にディケンズの文学を軽薄な部類と考え、一貫して評論対象から外している。「英国の文芸誌は使命を果たさず、文化的軽薄さを露呈しているではないか」とコリンズは批判する。ディケンズ評価を誤ったものにする原因は、批評家たちのおざなりな批評態度にあったことを、コリンズの慧眼は見落とさない。否、これは膨大な評論すべてに目を通して編集したからこそわかった発見であった。ディケンズは、幸いにして評論を無視できたからよかったものの、こうした評論をいちいち気にしていれば創作の筆は間違いなく折られていたであろう。

6　作家・作品研究

　この時期はディケンズ研究が一挙に花開き、著された研究書は、1960年以前に比べると驚くほど多数に上る。ここでは取捨選択しながら出版年の順にしたがって取り上げ、寸評を加えたい。ディケンズ芸術は急速に深まりを見せ、研究は多方面に広がる。

(1) スティーヴン・マーカス
　　『ディケンズ——「ピクウィック」から「ドンビー」まで』(1965)
　批評家の目が後期作品に偏りがちな中で、初期作品にこれだけの批評的関心を向けたことはすばらしい。マーカスは、フロイドとマルクスに造詣が深く (彼の *Engels, Manchester, and the Working Class* [1974] は高評)、広い視点からディケンズ作品を捉えているのがいい。

(2) テイラー・ステーア『ディケンズ——夢想家の視座』(1965)
　ディケンズの執筆態度はフロイドのいう夢の作用に近いとし、この理論を後期の暗い6小説に応用し、作品がどのように構成されているかを解明する。

(3) ハーヴェイ・サックスミス『ディケンズの語りの技法』(1970)

　作品のテクストに注意を注ぎ、手稿、校正刷りに丹念に目を通した書物で、本書によって、ディケンズが直感的に筆を取るとか、夢や強迫観念を書く作家であるということは言えなくなった。彼は意識的な芸術家で、読者に与えたいと思う効果をよく考え、そのために手段を使ったとする。語りに力をおいたために、社会小説家としての姿がやや甘くなっている。

(4) H. M. ダレスキ『ディケンズとアナロジー』(1970)

　さまざまな人物や概念を「類比」やパタンによって結び発展させてゆく作家の技法を捉え、愛と金銭といったテーマがどのように展開され深められてゆくかを8つの小説において追い、ディケンズの作家としての発展を跡づける。

(5) ロバート・パートロウ編『小説の職人ディケンズ──創作の技法』(1970)

　　マイケル・スレイター編『1970年のディケンズ』(1970)

　　A. E. ダイソン『比類なきディケンズ──彼の小説の読み方』(1970)

　　ジョン・ルーカス『憂鬱な人──ディケンズ小説研究』(1970)

　　アンガス・ウィルソン『ディケンズの世界』(1970)

　没後100年記念の年には、研究書がずいぶん出た。しかしアンガス・ウィルソンの『ディケンズの世界』は、そのなかでとくに優れている。これは全生涯を芸術にささげた作家像を念頭におき、作家の飛躍的成長の跡をたどった、小説家による小説家論で、芸術家としてのディケンズ像をしっかり捉えた、説得力のある著書である。

　ウィルソンは、作品の評価は回想する立場と、読む立場の双方から同時におこなわれなければならないと考える。そうすることによって、本当にいい作品と、余計なことば・無駄な文節の混じる作品とが区別できるからだという。ディケンズの初期作品は全般的に即興の感があ

り、その芸術世界はジャーナリズムに近いが、『バーナビー・ラッジ』と『マーティン・チャズルウィット』においては社会像の形成が見られはじめ、『ドンビー父子』にいたってそれが完成するとともに、人間がはじめて人間として描かれ、内的変化を経る主人公が登場する。『デイヴィッド・コパフィールド』は経験が詩に昇華されたすばらしい作品であるとしながらも、これは「ディケンズの最も内奥を照らすはずの小説が、もっとも浅薄でもっとも上滑りになった小説である」(p.215) と述べる。そこにはディケンズ自身が持つ、より深い、悪魔的なものが、主人公デイヴィッドには欠けているからだと説明する。

『荒涼館』以降『エドウィン・ドルードの謎』にいたるまで、ウィルソンは作品ごとの有機的なつながりと、芸術の完成へ向かって飛躍意的に成長していく作家の姿を克明に跡づける。社会小説家としては、『荒涼館』『リトル・ドリット』『大いなる遺産』において完成したとする。『互いの友』は非の打ち所のない社会小説だが、読み返してみると意味のない文章、余計な文節が散見するので以前のものより劣ると判断を下す。しかしそのような文章が混じっている真の理由は、ディケンズが予言するかのように未来の社会像をとらえているからで、ここにはヘンリー・ジェイムズの後期ヴィクトリア朝世界の通俗社会がすでに明確に捉えられていることに驚く、とウィルソンはディケンズの慧眼を称える。本書は、芸術家としての成長を的確に捉えていることと、幼年時代のオブセッションが作り上げる作家の内面を扱う第1章がすばらしく、それに母親像の修正およびディケンズの女性観の変遷を扱ったのが新しい。

(6) リーヴィス夫妻『小説家ディケンズ』(1970)

リーヴィス夫妻の上記の研究書に F. R. が載せた「リトル・ドリット論」は、優れた論文である。この作品は「世界でもっとも偉大な小説のひとつ（もちろんディケンズの最高作）である」とし、詩的なすばらしさとヘンリー・ジェイムズにも匹敵する内面描写の深さをたたえた芸術作品であると断じた。彼はここにおいて『大いなる伝統』に

ディケンズを加えなかった欠陥を補ったかに見える。しかし論じている内容は別として、この論文にはあまりに頻繁に "but" が繰り返され、はたしてこれが批評文の模範であろうかと首をひねるほどのひどい走り書きである。Q. D. のほうは評価が一定しているものの、F. R. のほうは過去の失敗にどこまでも責められているようだ。

(7) ジョン・ケアリー『暴力的想像力』(1973)
　ディケンズ批評家の間で物議をかもしているのは、ジョン・ケアリーの『暴力的想像力』(1973) である。『骨董屋』のハエにはじまり、ディケンズの細部ばかりをこれほどつぎつぎに取り出して論じた批評書は珍しい。ケアリーはディケンズを喜劇作家として捉えているのはいいが、「ディケンズは喜劇の力が強すぎて、そのため劇的なものをつかむことができない。だから書いたものは早晩浅薄なメロドラマに堕してしまう傾向がある」と述べ、一旦ユーモアが消えれば彼の想像力は 2 つか 3 つの文章しかつづかないと蔑む。また、ディケンズに内的世界のあることを断固否定し、イーディス・ドンビーやエステラの複雑な内面には目を向けず、表面的な類型的人物としてしか捉えない。ケアリーの捉えるディケンズは、ディケンズを注意深く読んだ人から出てくるものとは思われない。「どんな子どももピプチン夫人に対してポールのように語りかけることはない」と述べるが、これも彼の憶測に過ぎない。アグネスの手が天井を指しているのを、二階のベッドを指している、つまり性的欲求不満を示していると解釈するのは、本書の執筆目的がディケンズを揶揄するためではなかったのかとすら思われる。ともかくオクスフォード大学詩学教授の無責任なジョーク集とも受け取れる本書に対する批判は厳しい。コックシャットが『ディケンズの想像力』でかかげた課題、「これほど粗雑な精神の持ち主がどうして芸術の巨匠になれたのか」(*The Imagination of Charles Dickens* [1961], p.11) に似た発想で筆を執ったのかも知れない。

(8) ジェイムズ・キンケイド『ディケンズと笑いのレトリック』(1967)
　ハリー・ストーン『ディケンズと不可視の世界』(1979)
　お伽的要素はディケンズの作家活動が進むにつれて大きくなり、円熟した小説では全体を統括する力となって『ドンビー父子』『デイヴィッド・コパフィールド』においてそれが成功していると述べる。しかし、以降の小説については何も触れていないので、やや不満が残る。

(9) アレグザンダー・ウェルシュ『ディケンズの都市』(1971)
　シュワルツバック『ディケンズと都市』(1979)
　都市の見方が作品を通してどのように変わってゆくかを捉えている。初期の作品では田園と都会（悪夢のロンドン）が対立的に捉えられているが、『ドンビー父子』になるとそのような単純な図式は消え、『荒涼館』『リトル・ドリット』では腐敗し、人々を閉じ込める都市の姿になる。しかし、『大いなる遺産』では、単なる腐敗の都市ではなく、活力と機会を与える場所となっており、『互いの友』では再生の力を与えるところとして捉えている。面白いが、作品解釈のためにロンドンを便宜的に捉えてはいないだろうか。

(10) マルコム・アンドルーズ
　　『ディケンズの見たイギリスとイギリス人』(1979)
　マイケル・スレイター
　　『ディケンズの見たアメリカとアメリカ人』(1979)
　図版を多用して1842年および1867-68年にディケンズがアメリカを訪れたときの様子を解説したもので、図版が実に有難い。

7　多様なディケンズ研究

　この時期には「ディケンズ産業」といわれるほど出版物がつぎつぎに出され、作品研究においても、また文学土壌・影響関係においても興味あふれる研究が相ついだ。ここではそれぞれを分類して書名を掲

げるにとどめたい。
(1) 小説と出版
  ロイヤル・ゲットマン
    『あるヴィクトリア朝の出版社――ベントリー社の研究』(1960)
  A. C. クーリッジ
    『連載小説家ディケンズ』(1967)
  ロバート・パトン『ディケンズと出版社』(1978)
(2) 小説と挿絵
  ジョン・ハーヴェイ『ヴィクトリア朝小説家と挿絵』(1970)
  ヒリス・ミラーおよび D. ボロウィッツ
    『ディケンズとクルークシャンク』(1971)
  マイケル・スタイグ『ディケンズとフィズ』(1978)
  ジョン・ブキャナン＝ブラウン
    『フィズ――ディケンズの挿絵画家』(1978)
  ジェイン・コーエン
    『ディケンズと当初の挿絵画家たち』(1980)
  ジョン・ハント編『文学と絵画の出会い』(1971)
(3) ディケンズの英語・文体
  G. L. ブルック『ディケンズの言語』(1970)
  スタンリー・ギアソン
    『ディケンズの作品の対話における音と記号』(1967)
  ウィリアム・アクストン
    『芝居仲間――ディケンズの見方、文体、大衆演劇』(1966)
  ギャレット・ステュアート『ディケンズと想像力の試練』(1975)
(4) ディケンズと他作家との関係・影響
  マーク・スピルカ『ディケンズとカフカ』(1963)
  マイケル・ゴールドバーグ『カーライルとディケンズ』(1972)
  ウィリアム・オディー『ディケンズとカーライル』(1972)
  N. M. レアリー
    『ドストエフスキーとディケンズ――文学的影響の研究』(1973)

3. 評価の確立――1960-1980

　　　パール・ソロモン『ディケンズとメルヴィル』(1975)
　　　アルフレッド・ハーベッジ
　　　　『一種の力――シェイクスピアとディケンズの類似点』(1975)
(5) ディケンズの文学土壌
　　　アール・デイヴィス『火打ち石と炎』(1963)
　　　ルイ・ジェイムズ『労働者の小説―― 1830-1850 』(1963)
　　　ルイ・ジェイムズ『イギリス大衆文芸―― 1819-1851 』(1976)

8　ディケンズ研究雑誌の刊行
　　　『ディケンズ・スタディーズ』誌（エマソン・カレッジ、1965-69）
　　　『ディケンズ・スタディーズ・ニューズレター』誌
　　　　　　　　　　　　　　　　　（南イリノイ大学、1970-）
　　　『ディケンズ研究年報』（南イリノイ大学、1970-）

9　個別作品論
　ディケンズ研究の広がりと深まりに呼応して、個々の作品のよみ方は歴史的・文化的な背景の中で作品固有の姿をとらえる態度が顕著になり、作家の用いることばの中に作家の本質的なもののみかた、人物造形、社会像の形成のパタンを読みとっていこうとする。ここでは、興味を引く論文4点を紹介してみたい。

(1) Steven Marcus. "The Blest Dawn." *Dickens: From Pickwick to Dombey*
　　(1965)
　『ピクウィック・クラブ』が「先例のない現象」を引き起こした理由を考察した論文。マーカスはつぎのように説明する。①小説の伝統に新しい時点を画したこと、つまりディケンズが18世紀の随筆・小説の場面を借用しながら、その卑猥さ、粗雑さをとり除いてそれを同朋意識や安心感に包まれた場面に変えていること。②個人体験を新しい形に書き直し、ピクウィックとサムの関係、サムとトニーの関係を小説の大きな興味に仕立て、自分と父の関係を明確に理想化しているこ

と。サムは従者であることを超え、主人に現実世界を案内する人物になっている。そして、③社会の不正や邪悪はピクウィックおよび随行員の道徳的な生き方と関係づけられており、主人公の道徳的影響に素直に応じる人物たちは彼の博愛行為をそのまま受け入れる。したがって、この調和世界においては、不正や邪悪は社会の脅威にはならない。悪人が蘇生するにはピクウィックを一目見れば済む。そうした意味で『ピクウィック・クラブ』は神の国に手が届き、しかも地上において神の国に似たものを作り上げることができると主張する小説で、この楽観主義が作品の世界的評判を説明する、と捉える。

(2) Ian Milner. "The Dickens Drama: Mr. Dombey." NCF 24 (1970)

ドンビー氏の内的変化をみごとに説明する論文。ドンビー氏の内面の描き方は、分析を通して読者に語るという形をとらず、彼の心の中にうごめくさまざまな情念をそのまま映し出し、読者に見せる形をとる。この描き方は劇作家のそれであって、内面の自己およびさまざまな動機を行動によって示し、劇的な内面投影の場面、たとえば父の部屋を訪ねて拒絶されたフローレンスのこわばった表情 (18 章) とか幾多の足跡を刻む階段の場面 (59 章)、を作品中にいくつか用意することによって、ドンビー氏の内的変化を漸層的に展開してゆく。筆者はディケンズを人間の普遍的動機に鋭く目を注ぐ、生まれながらの劇作家であると捉えている。

(3) Bernard N. Schilling. "Micawber's Difficulties." "Micawber's Abilities." *The Comic Spirit: Boccaccio to Thomas Mann.* Detroit: Wayne State UP, 1965.

ミコーバーをイギリス文学の大喜劇人物として捉え、失敗の人生を喜劇として演じるミコーバーの性格、多芸多才、柔軟性、適応性を分析する。ことにミコーバーの詩的表現に関しては、修辞、引用、ラテン語派生の抽象語句、イメジャリー、比喩にわたって詳しく吟味し、困窮との戦いがミコーバーをいかにすばらしい雄弁家にし、彼に誇り

と詩的喜びを与えているかを指摘する。また、ミコーバー夫人のものの考え方と夫への忠誠に対してもまた、彼女の一本調子とその限界を面白くかつ適切にとらえている。

(4) Eugene F. Quirk. "Tulkinghorn's Buried Life: A Study of Character in *Bleak House*." *JEGP* 72 (1978).

ほとんどの批評家がタルキングホーンを表層のみでとらえ、それゆえにディケンズ芸術を不当に評価するが、この弁護士のきわめて制約された描写を綿密に追うことによって、彼の性質、考え方、さまざまな動機を浮かび上がらせる緻密な論文。寡黙な描写のなかで、"blinds"、"whether/or" 構文、"it may be..." の表現に着目し、ここから弁護士の権力欲、秘密保持熱、上流階級嫌悪を裏づけてゆく。かくて彼は夫人に対して支配権を握り、夫人には影がさしはじめる。ディケンズの計算と巧みさ、それに "maggots in nuts" と書いて、弁護士というものの正体とそれが貴族の館に及ぼす運命をすらほのめかす。この人物こそはディケンズの円熟した芸術の結晶だととらえ、従来の単純化された人物造形論を覆している。

参考文献

Andrews, Malcolm. *Dickens on England and the English*. New York: Barnes, 1979.
Axton, William F. *Circle of Fire: Dickens' Vision & Style & The Popular Victorian Theater*. Lexington: U of Kentucky P, 1966.
Brook, G. L. *The Language of Dickens*. London: Andre Deutch, 1970.
Buchanan-Brown, John. *Phiz! Illustrator of Dickens' World*. New York: Scribner's, 1978.
Cohen, Jane R. *Charles Dickens and His Original Illustrators*. Columbus: Ohio UP, 1980.
Davis, Earle. *The Flint and the Flame: The Artistry of Charles Dickens*. Columbia: U of Missouri P, 1963.
Ford, George H., ed. *Victorian Fiction: A Second Guide to Research*. New York: The Modern Language Association of America, 1978.
Gettmann, Royal. *A Victorian Publisher: A study of the Bentley Papers*. Cambridge: Cambridge UP, 1960.
Goldberg, Michael. *Carlyle and Dickens*. Athens: U of Georgia P, 1972.
Harbage, Alfred B. *A Kind of Power: The Shakespeare-Dickens Analogy*. Philadelphia: American Philosophical Society, 1975.

Hunt, John Dixon, ed. *Encounters: Essays on Literature and the Visual Arts.* London: Studio Vista, 1971.

James, Louis. *English Popular Literature 1819-1851.* London: Allen Lane, 1976.

James, Louis. *Fiction for the Working Man 1830-1850.* London: Oxford UP, 1963.

Lary, N. M. *Dostoevsky and Dickens: A Study of Literary Influence.* London: Routledge, 1973.

Leavis, Q. D. & F. R. *Dickens the Novelist.* London: Chatto and Windus., 1970.

Lohrli, Ann comp. *"Household Words": Table of Contents, List of Contributors and Their Contributions.* Toronto: U of Toronto P, 1971.

Miller, J. Hillis, and David Borrowits. *Charles Dickens and George Cruikshank.* Los Angeles: William Clarks Memorial Library, 1971.

Oddie, William. *Dickens and Carlyle.* London: Centenary, 1972.

Oppenlander, Ella Ann. *Dickens' "All the Year Round": Descriptive Index and Contributor List.* New York: Whitson, 1984.

Partlow, Robert B., Jr. *Dickens the Craftsman: Strategies of Presentation.* Carbondale: Southern Illinois UP, 1970.

Patten, Robert L. *Charles Dickens and His Publishers.* Oxford. Oxford UP, 1978.

Schwarzbach, F. S. *Dickens and the City.* London: Athlone, 1979.

Slater, Michael. *Dickens on America and the Americans.* Sussex: Harvester, 1979.

Solomon, Pearl Chester. *Dickens and Melville in Their Time.* New York: Columbia UP, 1975

Spilka, Mark. *Dickens and Kafka: A Mutual Interpretation.* Bloomington: Indiana UP, 1963.

Stanley Gerson, *Sound and Symbol in the Dialogue of the Works of Charles Dickens.* Stockholm: Almsqvist & Wiksell, 1967.

Steig, Michael. *Dickens and Phiz.* Bloomington: Indiana UP, 1978

Stevenson, Lionel, ed. *Victorian Fiction: A Guide to Research.* Cambridge: Harvard UP, 1964.

Stewart, Garrett. Dickens and the Trials of Imagination. Cambridge: Harvard UP, 1974.

Stone, Harry ed. *The Uncollected Writings of Charles Dickens: "Household Words" 1850-1859.* 2 vols. Bloomington: Indiana UP, 1968.

〔西條隆雄〕

4. 新しい展開——1980-2006

　1970年代後半から現代にかけて、文学批評のありかたは大きく変貌した。構造主義をはじめとする「現代思想」が、英語圏でも影響をふるい、文学を語ることばそのものが変質したからである。ディケンズ研究もその例にもれない。本稿ではこの20年余に書かれた優れたディケンズ論をいくつか取り上げるが、厄介なのは、現代の優れたディケンズ論の多くが、タイトルに「ディケンズ」と銘打たれ、ディケンズのみを論じる書物には含まれていないことだ。一人の作家の全体像を描くという方法は、もはや文学研究の主流ではない。ポスト構造主義的批評なら、文学をなりたたせる記号の性質そのものを問うだろうし、歴史主義的批評なら、ヴィクトリア朝イギリスという時代の文化全体を問うだろう。ディケンズという巨大な存在は、こうしたさらに巨大な問いへの、いわば窓の役目をはたしている。そのようななかで、ディケンズを読む新たな視点をもたらした達成を見てみよう。ただし、単行本未収録の雑誌論文は——あまりに膨大にあり、選択がいっそう恣意的にならざるをえないという理由で——原則として取り上げないことにする。

1　物語論／脱構築

　1960年代のフランスに始まる構造主義的な物語論(ナラトロジー)は、小説を言語による構造物とみなして、語りがどのように意味を生むかを明らかにしようと努めた。アメリカの物語論の古典というべきピーター・ブルックス『プロットを追って読む——物語の構図と意図』(1984)は、物語論と精神分析を一体化させる野心的な試みであり、全体の扇の要の位置に『大いなる遺産』論を置いている。フロイト『快楽原則の彼岸』をモデルとするブルックスの図式では、物語とはエロス＝生の欲

動とタナトス＝死の欲動のせめぎあう場である。われわれは、先がどうなるかを知りたいと感じてページをめくるが、結末に達し、すべてが解決されたときには、もはや読むページは残っていない。読書の快楽は終わり、物語は死んでしまうのである。フロイトは、あらゆる生物には、一切の緊張を欠いた無機的な静止状態を求める傾向があるとして、この状態への欲動をタナトスと呼んだ。物語を読む読者は、生命感に溢れた登場人物たちの活躍を楽しみながら（生の欲動）、つねにその先になにも語ることがない終点を待ち遠しく思っている（死の欲動）。1冊の本を読み終わることは、小さな死の体験なのだ。

　『大いなる遺産』は、このような生＝物語の構造の原型とみなせるだろう。ピップという名は、子どもの頃のピップ自身が自分を呼んだ呼び方からきている。彼はいわば、自分の人生のプロットをゼロから作ろうとしている。しかし実際に彼の人生の物語を作っているのは、マグウィッチという犯罪者であり、ピップが最初にマグウィッチと出会う墓場の場面は、精神分析的にいえば小説＝生の全体を規定している原風景である。故郷の村に何度も帰っていくピップは、自分で自分の人生を前向きに作っているつもりでいながら、じつは出発点でもある死に引き寄せられ、原風景を反復している。謎が明かされるとき、ピップのプロット＝人生設計は根底から覆され、すべては無に根拠をおいていたことがわかる。この小説全体が、なにもないところから出発してなにもないところへ戻っていく、物語の根本的な反復構造の隠喩になっているのである。

　ブルックスのこのような解釈は、すでに狭い意味での構造主義の枠を超えて、ポスト構造主義に接近しているともいえる。彼の物語論は、物語は単純に前進するのではなく、自己破壊の要素を含んでいる、と捉えているからだ。こうした議論は脱構築（ディコンストラクション）批評の方向性を思い起こさせる。文学批評における脱構築は、単純化していえば、テクストのなかにテクスト自身を批判し、解体する要素を見出す方法といえるだろう。この姿勢を小説研究において普及させる役目をはたしたのは、1950年代から活動を開始し、すでに『チャ

ールズ・ディケンズ』(1958) という作家論を書いていたヒリス・ミラーだった。彼は 70 年代末からは、フランスの哲学者デリダの影響下で、脱構築批評をアメリカの学会に広める伝道師としてふるまうようになる。一躍流行した脱構築批評の方法では、あらゆる文学テクストの意味は決定不能である。解釈は無限にあり、われわれはけっして記号の意味を固定することができない。テクストはつねに謎を投げかけつづけ、われわれは意味を追い求めつづける。

　この路線で彼がディケンズを論じたもののうちもっとも有名なのは、ペンギン版『荒涼館』の序文 (1971) だろう。『荒涼館』では、書かれた文字の意味はまさに決定不能である。法文書の解釈は無限に続き、クルックは文字も読めないのに文書を収集する。テクストの本質的な決定不能性を、テクスト自身が語っているところに注目し、次々列挙していくこの手法は、続く批評家たちに大きな影響を与えた。とはいえこうした枠組みでは、ディケンズの固有性はあまり明らかにされないのではないか、という思いはなくもない。決定不能性はあらゆる記号、あらゆる文学テクストにつきまとうものだし、『大いなる遺産』の直線的な（だからこそ脱構築しやすい）プロット構成は、むしろディケンズとしては例外的ではないだろうか。

　この疑問に答えた書物として、ピーター・ギャレットの『ヴィクトリア朝のマルチプロット小説』(1980) を挙げるべきだろう。膨大な登場人物と脇筋が次から次へと繰り出されるディケンズやジョージ・エリオットの大作は、美学的にはだらしがないと、しばしば批判されてきた。なんでもありの詰め込み過ぎで、統一感を欠いているというわけである。ギャレットは 19 世紀小説のこうした雑然さを、逆に積極的に評価してみせた。参照されるのは、ソ連の批評理論家バフチンの小説論である。バフチンは『小説の言葉』(1935) などで、「詩の言語」と「小説の言語」を対比させ、後者は基本的に多声的である、としている。詩の言語が基本的に詩人＝語り手一人に属しているとしたら、小説の言語は無法なまでに多様である。登場人物は一人一人違ったことば遣いをするし、地の文ですら、新聞記事や広告を引用したりそれ

らの文体を模倣したりして、作者以外の人々のことばを輸入する。イギリスのような階級社会では、用いられることばの多様性は、社会階層の多様性を映し出すことになる。こうした「対話的」「異種混交的」な小説の典型例として実際にバフチンが取り上げたのは、他ならぬ『リトル・ドリット』だった。成り上がりのマードル氏を大げさに讃えることで逆に彼の皮相さ、滑稽さを浮かび上がらせるディケンズの文は、「世間の声」をパロディとして取り入れる「混声的技法」の最高の例なのだった。

　ギャレットはバフチンを引き継ぎ、ことばだけでなく物語内容の上でも、ディケンズが雑種的で複数的であることを強調した。たとえば『エドウィン・ドルードの謎』の冒頭は、大聖堂、アヘン窟、サルタンの宮殿のイメージを、ただたんに並列してみせる。なんらかの統一に向かうのではなく、異質のものが同時に存在することが重要なのだ。『荒涼館』『リトル・ドリット』『互いの友』といったパノラマ的小説は、階級的には上から下まで、一見なんの関係もない多種多様な人物たちが、じつは隠れた絆でつながっている「社会」を描いた。ギャレットは、一見無関係な複数の物語が交錯するこうした作品の構造を美学的に評価して、小説を単一な語りの完成品と見るような視点を覆してみせたのだった。

2　新歴史主義

　狭義の新歴史主義批評は、カリフォルニア大学バークレー校を拠点とする文学・文化研究誌『リプリゼンテーションズ』を中心に1980年代半ばに集まった批評家たちの作業を指す。その理論的骨組みは、フランスの歴史家・哲学者ミシェル・フーコーの言説論と権力論である。文学以外の言語テクストを文学テクストと区別せず、どちらも時代を作り出している言説の一部として分析すること、この言説が生み出す権力空間は、あらゆるものを包みこむ全体的なものであり、そこから逃れるものはないと考えること、とまとめてよいだろう。「個人」は基本的に問題にならない。現代の文学研究において作家論の地位が

低下したことと、新歴史主義の興隆は深くつながっている。個人は、さまざまな言説を結び合わせる一つの点となり、独立した「人格」は描き出されなくなる。ディケンズ研究の場合、ここがハウス、ティロットソン、コリンズら、1940、50 年代に活躍した「旧歴史主義者」たちとの大きな違いだろう。彼らも雑誌や議会録、裁判文書といった歴史的な一次資料を広く渉猟したが、それはディケンズという偉大な個人の全体像を描くための作業だった。しかし新歴史主義においては、こうした個人信仰は失われている。

　新歴史主義的な 19 世紀小説論のうち、もっとも広い影響力をもった本は、しかし歴史の一次資料は駆使しなかった。D. A. ミラー『小説と警察』(1988) は、小説、ことに探偵小説は、ブルジョワ中産階級の「規律」を読者に教え込む装置であると論じている。フーコー『監獄の誕生』(1977) の一元的権力論を、小説研究にもっとも徹底して応用した例だろう。ミラーの基本図式では、小説はブルジョワ権力に仕えているが、しかしそれを、家庭、読書、プライヴァシーといった、露骨な警察権力から遠い領域を設定することでおこなっている。たとえば『オリヴァー・トゥイスト』では、メイリー家のような立派な人たちが警察の横暴からオリヴァーを守ってくれるが、彼らはいわば自警団であり、警察を排除して、教育というかたちでもっとソフトな権力を行使しているといえる。『荒涼館』では、最大の対立は、大法院に代表される法＝公的空間と、エスター・サマソンが家政を司る荒涼館に代表される家庭＝私的空間のあいだにある。霧のごとき大法院の権力は、すべてを包み込むものだったはずだが、しだいに物語は探偵小説的になり、外部の犯人が逮捕されさえすれば家庭の聖域は守られたかのように感じられる。実際には、こうして権力から一見遠い空間が保証されることで、ブルジョワ的な良き市民への教育装置はより深く浸透するというのである。

　『小説と警察』は出版当初から、権力の描きかたがあまりに全体的で逃げ場がない、これは敗北主義的姿勢である、と批判された。文学が時代のイデオロギーに完全に従属している、という主張は、保守的

な文学鑑賞家からも、また文学に批判的機能を読み込もうとする左翼の批評家からも、激しい反発をうけたのだ。ただミラー自身が序文でいうように、文学は体制批判的でありうるかもしれないが、「文学は体制批判的である」という発言自体は、現在の文学教育・批評の制度を批判するものではない。文学は、権力の外にあるかのごとく見えるものを作り出すことによって、いっそうよく権力を延命させる。ミラーは、体制批判の身ぶり自体が体制的であるという現在の状況を自意識化してみせた。文学は権力を転覆する力をもつのか、それとも最終的に権力に包含されるのか、という議論は、現在すでに沈静しているが、1980年代から90年代にかけて、これがもっとも大きな批評の問題だったことはたしかだろう。

　権力論と並ぶ新歴史主義のもう一つの特徴は、すでに述べたように文学以外の多様なテクストを扱うことで、こちらはいまも学会の主流であり続けている。もっともディケンズは、同時代のあらゆる事象を小説にとりこみ、自らジャーナリスティックな活動を続けたわけだから、こうした作家の場合、歴史と文学を結びつけるのに高度な言説理論は必要ないとすらいえる。言説理論は、無名のテクストの断片や逸話を資料として用いることを可能にした。伝統的な実証主義の手法では、そうした無名の資料を作家が直接知っていたかどうかが問われるが、言説理論の下では、すべてを一つの流動的な言説空間に属するものとして扱えばよい。ところがディケンズの場合、ほとんどあらゆる社会問題に関して、ディケンズ自身が、あるいは彼に近しい人が直接書いたものを読むことができるので、資料収集の作業自体にはじつは「旧歴史主義」と「新歴史主義」のあいだであまり違いがないといえるだろう。

　『新歴史主義の実践』(2000) などで、代表的な新歴史主義研究者とみなされているキャサリン・ギャラガーは、『イギリス小説の産業改革』(1985) で、『ハード・タイムズ』やギャスケルらの産業小説と、当時の哲学や経済学、議会文書や宗教パンフレットを並置して、どちらのテクストも細かに分析している。またこの本の前年に発表された論

文「『二都物語』における二重化の二重性」は、一元論的権力論と歴史資料の精読という新歴史主義の二つの特徴をあわせもつ、もっとも早い例だろう。ギャラガーは、小説中に出てくる3つのもの——公開処刑、フランス革命、死体盗掘を、それぞれ小説内における小説装置の類似物とみなす。いずれも小説同様、プライヴァシーの領域を荒々しく蹂躙するものだからだ。文学作品のなかに文学の自己言及の例を見出す作業は、すでに見たように脱構築批評の得意技である。ギャラガーはさらに、小説をモデルとした図式を外部に拡大し、歴史的事象に小説的なものを見出す。新歴史主義は、偉大な作家の個性を描けず、同時代の他の文献との同一性ばかりを見いだす、という批判はしばしば聞かれる。ただしギャラガーは、偉大な文学を凡庸な歴史に回収しているわけではない。むしろ、プライヴァシーを賞揚しつつプライヴァシーを暴く小説のメカニズムの類似物を、歴史のいたるところに見いだすのである。ギャラガーは近著『身体経済』(2006) でも、『ハード・タイムズ』『互いの友』をとりあげ、マルサスらの経済学と連結してみせている。

　ディケンズと当時の金融事情との関係を追ったメアリー・プーヴィーの『互いの友』論(『社会身体を作る』1995 所収)もよい例だろう。ここでは、ジャーナリストのマルコム・ロナルド・レイン・ミーズンが1863年から65年にかけて、『オール・ザ・イヤー・ラウンド』誌に掲載した、投機と株式をめぐる一連の文章が分析されている。ミーズンはここで、会社を作り潰すことを、子どもを産み育て殺すことの比喩で語っている。プーヴィーはこのレトリックを、ボフィン夫妻が養子を探す際の「孤児市場」の挿話と、さらにはベラ・ウィルファーをあたかも金融商品であるかのように語る「もっとも価値ある麗しき商品」といった形容と対比させる。ミーズンが株式に子どもの比喩を用いるいっぽうで、ディケンズは養子縁組や女性に対して株式やバブル経済の比喩を用いるのである。ディケンズのテクストとミーズンのテクストは、どちらも金融について触れているだけではなく、似通った比喩を用いている。両者の題材ではなく、テクスト自体が似ているの

であり、この類似関係を拡大していくのが、新歴史主義批評の基本的手続きと考えてよい。

　こうして新歴史主義的なテクストの連結は、ありとあらゆる方向に向けていくことができる。イギリスではデイヴィッド・トロッターの『循環』(1988) が、デフォー、ディケンズの文学テクストと、当時の公衆衛生の議論や政治経済学を結びつけている。たとえば『オリヴァー・トゥイスト』は、チャドウィック率いる王立公衆衛生委員会が1842年に出した、労働者居住区域の衛生状態についての報告書と同様に、ロンドンの暗黒街という特定の問題地域を囲いこみ、観察の対象としている。トロッターは、貨幣・情報・空気・人間の正しい流通・循環というレトリックを、18、19世紀のさまざまな領域の言説に通底するものとみた。ディケンズのスラムは、あまりに汚れた、人と大気の自由な移動を拒む澱のような空間であり、だからこそ伝染病の温床となる。社会階層からいえば対極にある『荒涼館』のデドロック邸もまた、情報を隠匿し、流通を阻害する淀んだ場ということになる。警察や公衆衛生改革の仕事は、これら停滞した場に正しい空気や情報の流れを取り戻すことなのだった。公衆衛生とディケンズを関連させた同傾向のものとして、パメラ・ギルバート『ヴィクトリア朝社会身体を地図に描く』(2004) が、『互いの友』をとりあげている。医学史は、新歴史主義がもっとも充実した結果を生んでいる領域だろう。

　自然科学もまた、テクストの横断の場として魅力的になりうる。ジョージ・レヴィン『ダーウィンと小説家たち』(1988) は、オースティンからコンラッドにいたる19世紀小説の言説を、ダーウィンの進化論と比較対照させている。ダーウィンはあらゆる生物を一つの相にまとめてみせた。一見すると混乱しているように見える世界は、自然淘汰という原理の下に統括されており、こうして個々の存在が複雑にもつれあって全体をなす巨大な世界像は、まさにディケンズ的である。レヴィンはさらに『リトル・ドリット』に、当時の三つの科学、すなわち自然神学（自然は調和しており、究極的な意味をもつ）、熱力学（世界は必ずしも進歩せず、むしろしだいに熱的死という破滅にいた

る)、そしてダーウィン進化論の要素をそれぞれ見いだす。牽強付会といえばそうであり、このような対比は、ディケンズでなくともほとんど何にでも通用してしまうのではないかという思いも拭えないが、これは間違いなく研究の領域を拡大した著作である。

　写真テクノロジーと文学史を絡めて論じるナンシー・アームストロングの『写真の時代の小説』(1999) は、『オリヴァー・トゥイスト』と『荒涼館』を対比させている。前者が描くロンドンの情景が挿画本のステレオタイプにはまっているのに対して、後者はそうでない。クルークシャンクによる前者の挿絵と比べると、フィズによる後者のそれは、霧や闇の不透明さが特徴であり、人物像も観相学に照らして性格を推量できるものではない。重要なのはむしろ、エスターと実の母デドロック夫人の容姿の、まさに写真的な類似である。写真的なリアリズムとは、観相学のような既存のイメージでなく、エスターのような「個」のイメージが重要性を帯びる形式なのだ。解釈法が決まっている「悪い」イメージではなく、一見解釈しづらいが確固としたイメージを作りだすことが、写真の時代の文学の特徴となる。悪いイメージを超えたところにあるのは、描き得ない真理のように一見思える。しかし写真がもたらしたのは、「真理」が、ことばを越えて誰にでも容易に表象できるという事態だった。そして小説リアリズムもまた写真と同じように、ステレオタイプを拒否して、読み取りがたい細部を描きこむことで、「良いイメージ」を生産しようとする。ここでも、小説と写真との関係は構造的な類似であり、ただ作中に写真が現れるといったレベルではない。新歴史主義の新歴史主義たるゆえんである。

3　精神分析／伝記批評／ジェンダー論

　現在英語圏、とくにアメリカの文学研究では、歴史主義はほぼ規定路線である。誰もが古書庫にこもり、あまり知られていない文献の発掘に熱中する。ただ、こうした姿勢と一線を分かつ批評はむろんあり、なかでも有力な派閥は、精神分析とジェンダー論、そしてゲイ・スタディーズだろう。

ディケンズと精神分析といえば、少年時代の靴墨工場での屈辱的な体験が心的トラウマとして注目されることが多かった。アレグザンダー・ウェルシュ『コピーライトからコパフィールドへ——ディケンズのアイデンティティ』(1987) はしかし、作家の個性を明かすのに幼少期だけに注目する方法に警鐘を鳴らし、ディケンズにとってキャリアの転換期とみなしうる 30 歳代に注目する。この時期ディケンズは国際著作権法を提唱し、その結果、自分とアメリカとの関係が悪化したことで悩んでいる。『マーティン・チャズルウィット』でアメリカ滞在経験を、『デイヴィッド・コパフィールド』で作家としての経験を作品化することで、彼はこの時期をくぐり抜けるのである。幼少期のみを特権化するのではなく、成人した作家を同時代社会との関わりで描いてゆく自らの手法を、ウェルシュは「心理社会的」アプローチと呼び、『荒涼館』以降を扱った『癒されたディケンズ』(2000) でもこの路線を踏襲している。作家の人格の個性を強調しない新歴史主義批評の興隆のなかでなされた、新たな伝記批評の試みといってよいだろう。脱構築や新歴史主義に無知なわけではなく、それらを意識した上で批判するウェルシュは、独自の立場を貫いて、多産な活動を続けている。
　精神分析批評では、ジョン・キューシッチ『ヴィクトリア朝小説における抑圧』(1987) を挙げておこう。ここでは自己否定のリビドーが、19 世紀小説の主体性の中心におかれる。ふつう抑圧といえば、なんらかの欲動が主体の内部にすでにあり、それが社会規範と衝突した場合に押さえつけられる、という図式で捉えられる。しかしキューシッチはむしろ、自らを抑圧して沈黙したり自己破壊したりするリビドー、つまり自己の内部の死の欲動を重視する。こうした破壊的リビドーは、社会規範に一致するどころか、むしろそれに反し、体制を揺るがすことすらあるだろう。欲望と抑圧は対立せず、激しい抑圧への欲望が存在する——それは『二都物語』のシドニー・カートンや『荒涼館』のエスターのように自己犠牲の美徳となることもあれば、『互いの友』のブラッドリー・ヘッドストーンのように、屈折した暴力として現われることもあるだろう。キューシッチの理論は、ディケンズの多くの

登場人物の、激しい情熱と忍従の美徳との関係を読み解く視点を与えてくれている。

　フェミニズム批評は、この20年間量の上でも最大の成果をあげており、その全体像を描くことは本稿の手に余る。ディケンズの場合、ことに「家庭の天使」的なヒロイン像が注目されることが多い。エイミー・ドリットやアグネス・ウィックフィールドら慎ましやかな女たちは、ヴィクトリア朝中流階級の家庭の理想像だった。前述したプーヴィーは『不均衡発展』(1985) で『デイヴィッド・コパフィールド』を扱い、作家デイヴィッドが中産階級の家長として自己形成をはたすなかで、いかに女性を抑圧しているかを細かく分析している。いっぽう男性世界に対して反逆的な女性像、『デイヴィッド・コパフィールド』でいえばローザ・ダートルや、『リトル・ドリット』のミス・ウェイドが注目されることも多い。ディケンズにおける家父長制の構造を批判的にとりあげた著作は数限りないが、比較的新しいものではヒラリー・ショーの『ディケンズと家の娘』(1999) が、過去の蓄積を踏まえた上で詳細な女性キャラクター論をおこなっており、先行文献への案内役となってくれるだろう。

　イギリス小説研究において、フェミニズムとゲイ・スタディーズを連結させた書物といえば、イヴ・セジウィック『男同士の絆』(1985)である。セジウィックは、「ホモソーシャル」という概念を提示して、異性愛の男性どうしのあいだに、強い性的欲望の存在を暴いてみせた。異性愛男性は、女性を性的対象として選び、同性愛男性を差別しながら、じつは自分たち同士のほとんど同性愛的な強い絆で社会を動かしているのである。彼女の発想はジェンダー論全体に絶大な影響を与えたが、このような理論が英文学研究から出現したのは自然なことだろう。ヴィクトリア朝小説においては、セクシュアリティが露骨なかたちで現れることはほとんどなく、読者は登場人物の身振りや会話から抑制された欲望を読み解くことになる。ホモソーシャルという、一見目に見えない欲望を焙り出す方法の下地はこうして作られた。『男同士の絆』は、『互いの友』『エドウィン・ドルードの謎』と二つのディ

ケンズ作品をとりあげている。セジウィック以降、ディケンズの他の作品をホモソーシャル論を援用して論ずる作業は多数行われ、いまや当初の新奇さを完全に失って、ごく当たり前の解釈枠になっている。

4　民衆文化からポスト植民地主義へ

　すでに述べたように、初期の新歴史主義批評は文学が体制批判的であることを否定して、激しい反発を受けた。ディケンズの場合もっとも大きな反発は、この国民作家に民衆的活力を見出す人々からのものだった。1970年代以降は、第1節でも述べたバフチンの著作が、こうした姿勢を支える理論的支えとなっている。ハイカルチャーの形式性に抗って噴出する、ときにグロテスクな身体の活力、日常の安定した時間を打ち破る祝祭性が、「カーニヴァル的」なものとして新たに脚光を浴びたのである。文化唯物論といわれるイギリスのマルクス主義批評はもともと、文学に描かれる下層民衆や労働者階級に注目することが多かった。国民作家ディケンズの描く活力に溢れた民衆、たとえば『ピクウィック・クラブ』のサム・ウェラーは、その一典型なのである。

　こうした視点に近く、ただしバフチン以上にドゥルーズ＆ガタリの哲学に依拠している点で異色なのが、デイヴィッド・マッセルホワイトの『結合された分離』(1989) である。文化唯物論といわれるイギリスのマルクス主義批評の系統に連なるマッセルホワイトは、後期の作品をより完成度の高いものとして評価する傾向を全否定し、『ボズのスケッチ集』にこそディケンズの最上の姿があると主張した。ドゥルーズ＆ガタリのノマド概念を援用した彼の議論では、物語として完結し、大団円を迎える後期作品は、単にブルジョワ的な予定調和に落ち着いてしまっている。このような統一の権力に屈せず、断片を散乱させ、さまざまな社会の声をただ次々と提示していく初期のディケンズにこそ、資本主義的商品化の支配を乗り越える活力があるというのである。

　デボラ・ヴロック『ディケンズ、小説朗読、ヴィクトリア朝の大衆

演劇』(1998) は、民衆文化論の視点から新歴史主義の小説観を批判している。D. A. ミラーらの視点では、小説は根本的にプライヴェートなジャンルであり、読者は一人一人孤独に作品世界を体験するのだった。しかしヴロックは、ディケンズ作品が当時数多く舞台化された——『ニコラス・ニクルビー』は、作品の完成以前に 25 回も舞台化されたという——ことに注目し、小説を、劇場という生き生きとした集合的な場に引き寄せる。ディケンズ作品は日常的にパブで朗読されていたし、ディケンズ自身も公開朗読を熱心におこなっていた。小説は、つねに生身の声や身体と結びついていたのである。こうしてヴロックは、多数の俳優による声のアンサンブルを実現した、1980 年のロイヤル・シェイクスピア劇団による舞台版『ニクルビー』を高く評価する。実際多くの現代人にとって、ディケンズは、小説を読むこと以上に、『クリスマス・キャロル』を始めとする作品の数々の舞台版や映画版によって体験されているのではないだろうか。文化遺産としてのディケンズは、書斎で読まれる小説という形式だけにとどまらないことを、鮮やかに浮かび上がらせた議論である。

　かつて政治批評といえば、まずイギリス国内の階級問題を焦点としていた。しかし「英文学」がブリテン島だけのものではないことを、近年のポスト植民地主義批評は明らかにしている。19 世紀イギリスは巨大な植民地国家であったのだから、当然といえば当然の考えであり、その事実が長年なおざりにされてきたことのほうが驚きだろう。パレスチナ出身であったサイードの『文化と帝国主義』(1993 年) は、ジェイン・オースティンのような、一見国内の狭い社会だけを扱い、植民地とかグローバリゼーションとは無縁にみえる古典にすら、大英帝国の植民地との関係が書きこまれていることを強調して、広い議論を呼んだ。あらゆる英文学の正典は、非イギリスの視点から、読み直されることになったのである。

　ディケンズも当然再解釈の波に洗われてきた。インド出身の女性批評家スヴェンドリニ・ペレーラの『帝国の勢力範囲——エッジワースからディケンズまでのイギリス小説』(1991) などが、その早い例であ

る。ポスト植民地主義の視点からとくに注目されるディケンズ作品といえば、『ドンビー父子』だろう。家族小説であり、またイギリスの近代化を描く小説でもあるこの作品は、同時に大英帝国下の貿易世界を描いた経済小説でもある。一見フローレンス・ドンビーの女性的な家庭の世界と、父ドンビー氏の商業世界は対立しているようにみえるが、フローレンスの結婚相手ウォルターもまた、海の向こうで活躍する人物である。植民地の拡大は、物語を根本的に支えている歴史的枠組みなのだ。また『エドウィン・ドルードの謎』は、阿片をはじめとする「東洋的な」悪を描いた作品として読むことができる。ペレーラの視点では、ジャスパーは帝国の負の部分を象徴的に引き受けており、いわば植民地の暴力はイギリスに逆に向けられてエドウィンの死を引き起こす。

　フランスのアニー・サドランが編集した『ディケンズ、ヨーロッパ、新世界』(1990) と、ウェンディ・ジェイコブソン編『ディケンズと帝国の子どもたち』(2000) という二つの論集は、ポスト植民地主義批評の流れに位置づけることができる。前者は当然ながら、狭義の植民地だけでなくフランス、イタリア、アメリカ関連の論文を含んでいるし、後者はタイトルに反してディケンズだけを論じたものではないが、どちらも帝国と英文学という主題への関心によって編まれた論集である。たとえば後者には、ローデシア、ジンバブエという旧英領アフリカの英語文学の研究者であるアンソニー・チェンネルズが論文を寄せ、ディケンズのヨーロッパ中心主義を検討している。『ハウスホールド・ワーズ』誌に掲載された 1853 年のエッセイ「高貴な野蛮人」などで、「野蛮な異人種」のイメージは効果的に用いられているが、それらは結局ヨーロッパ文明に拮抗する力をもたないものとされる。このような傾向はむろんディケンズ一人のものではないが、ディケンズという古典の中の古典がもつ差別性、自文化中心性は、たえず意識しなければならない。

　非植民地の抑圧された暴力性が、ときに「野蛮に」噴出する、という議論は、階級闘争を軸とするマルクス主義的な解釈とよく似ている。

ポスト植民地主義批評は、ディケンズによく見られる原始性すら感じさせる暴力の場面に、非白人や東洋的なものの影がしばしば重なることを指摘することができる。マルクス主義批評は、抑圧された下層階級が生き抜くために闘うさまを描き出すが、そのような闘いはイギリス国内に限られてはいない。大英帝国という巨大な空間において、被植民者も同じく抑圧された人々として抵抗の主体となるのである。ただし労働者階級白人と植民地の非白人とが、いつでも連帯できるというわけではない。場合によっては、前者が後者に暴力を向けることで、階級制度自体が温存されることもある。『エドウィン・ドルードの謎』もこうした解釈が可能だろう。ポスト植民地主義批評は、日本人には重い問いを突きつけるものである。日本は、近代において植民者となった数少ない非白人国家だからだ。逆にこの特殊な地位を通して、見えてくるべつなディケンズ像がわれわれにはあるのかもしれない。イギリスの外からのこうした再解釈には、まだまだ可能性がありそうである。

参考文献

Armstrong, Nancy. *Fiction in the Age of Photography: the Legacy of British Realism*. Cambridge: Harvard UP, 1999.

バフチン、ミハイル『小説の言葉』伊藤一郎訳、平凡社、1995。

Brooks, Peter. *Reading for the Plot: Design and Intention in Narrative*. New York: Knopf, 1984.

フーコー、ミシェル『監獄の誕生』田村俶訳、新潮社、1977。

Gallagher, Catherine. *The Industrial Reformation of English Fiction*. Chicago: U of Chicago P, 1985.

———. "The Duplicity of Doubling in *A Tale of Two Cities*." *Dickens Studies Annual* 12 (1984): 125-45.

———. *The Body Economic: Life, Death, and Sensation in Political Economy and the Victorian Novel*. Princeton: Princeton UP, 2006.

Garrett, Peter K. *The Victorian Multiplot Novel*. New Haven: Yale UP, 1980.

Gilbert, Pamela. K. *Mapping the Victorian Social Body*. Albany: State U of New York P, 2004.

Jacobson, Wendy S., ed. *Dickens and the Children of Empire*. Basingstoke: Palgrave, 2000.

Kucich, John. *Repression in Victorian Fiction*. Berkeley: U of California P, 1987.

Levine, George. *Darwin and the Novelists: Patterns of Science in Victorian Fiction*. Chicago: U of Chicago P, 1988.

Miller, D.A. *The Novel and the Police*. Berkeley: U of California P, 1988. 〔ミラー『小説と警察』村山敏勝訳、国文社、1996〕

Miller, J. Hillis. "Introduction." *Bleak House*. Harmondsworth: Penguin, 1971.

Musselwhite, David E. *Partings Welded Together: Politics and Desire in the Nineteenth-Century English Novel*. London: Metheun, 1987.

Perera, Svendrini. *Reaches of Empire: The English Novel from Edgeworth to Dickens*. New York: Columbia UP, 1991.

Poovey, Mary. *Uneven Developments: The Ideological Work of Gender in Mid-Vicrtorian England*. Chicago: U of Chicago P, 1988.

——. *Making a Social Body: British Cultural Formation, 1830-1984*. Chicago: U of Chicago P, 1995.

Sadrin, Anny, ed. *Dickens, Europe and the New Worlds*. London: Macmillan, 1999.

Said, Edward. *Culture and Imperialism*. New York: Vintage, 1993. [サイード『文化と帝国主義』大橋洋一訳、みすず書房、1998]

Schor, Hilary M. *Dickens and the Daughter of the House*. Cambridge, Cambridge UP, 1999.

Sedgwick, Eve Kosofsky. *Between Men: English Literature and Male Homosocial Desire*. New York: Columbia UP, 1985. 〔セジウィック『男同士の絆』上原早苗、亀澤美由紀訳、名古屋大学出版会、2001〕

Trotter, David. *Circulation: Defoe, Dickens, and the Economics of the Novel*. London: Macmillan, 1988.

Vlock, Deborah. *Dickens, Novel Reading, and the Victorian Popular Theater*. Cambridge: Cambridge UP, 1998.

Welsh, Alexander. *From Copyright to Copperfield: The Identity of Dickens*. Cambridge: Harvard UP, 1987.

——. *Dickens Redressed: The Art of "Bleak House" and "Hard Times"*. New Haven: Yale UP, 2000.

(村山敏勝)

VII

書誌

1. 作品集、伝記、事典等
2. 主要共通文献一覧

ギャズヒル・プレイス

1. 作品集、伝記、事典等
(1) 作品集

Works of Charles Dickens. The Oxford Illustrated Dickens edition. 1947-58.
Works of Charles Dickens. The Clarendon Dickens edition. 1966-続刊中。
Works of Charles Dickens. Charles Dickens edition. 1867-75.
Works of Charles Dickens. Everyman Dickens edition. 1993-2000.
Works of Charles Dickens. The World's Classics edition. 1982-2003.
Works of Charles Dickens. Penguin Dickens edition. 1996-2003.

The Letters of Charles Dickens. 12 vols. The Pilgrim edition. Oxford: Oxford University Press, 1965-2002.
Complete Plays and Selected Poems of Charles Dickens. 1885. London: Vision Press, 1970.
The Speeches of Charles Dickens. Ed. K. J. Fielding. Oxford: Oxford University Press, 1959.
Charles Dickens: The Public Readings. Ed. Philip Collins. Oxford: Oxford University Press, 1975.

Household Words (1850-59) 20 vols.
All the Year Round (1859-68) 20 vols. New series (1868-88).

(2) 伝記

Forster, John. *The Life of Charles Dickens*. Ed. J. W. T. Ley. London: Cecil Palmer, 1928. Originally published in 3 vols. London: Chapman & Hall, 1872-74.（宮崎孝一監訳『定本チャールズ・ディケンズの生涯』［東京: 研友社、1987］）

Johnson, Edgar. *Charles Dickens: His Tragedy and Triumph*. 2 vols. London: Victor Gollancz, 1952.

Ackroyd, Peter. *Dickens*. New York: HarperCollins, 1990.

(3) 辞書・事典

Pierce, Gilbert A. *The Dickens Dictionary: A Key to The Plot and Characters of the Tales of Charles Dickens*. 1872. New York: Kraus Reprint, 1965.

Hayward, Arthur L. *The Dickens Encyclopedia*. 1924. London: Routledge & Kegan Paul, 1969.

Hardwick, Michael & Molie, comp. *The Charles Dickens Encyclopedia*. New York: Charles Scribner's Sons, 1973.

Lohrli, Ann comp. *'Household Words': A Weekly Journal 1850-1859, Conducted by Charles Dickens*. Toronto: University of Toronto Press, 1973.

Oppenlander, Ella Ann. *Dickens' 'All the Year Round': Descriptive Index and Contributor List*. New York: The Whitson Publishing, 1984.

Bentley, Nicholas et. al. *The Dickens Index*. Oxford: Oxford University Press, 1988.

Weinreb, Ben, and Christopher Hibbert eds. *The London Encyclopedia*. 1983. London: Macmillan, 1988.

Schlicke, Paul ed. *Oxford Reader's Companion to Dickens*. Oxford: Oxford University Press, 1999.

(4) 文献リストおよび文献解題

The Stature of Dickens: A Centenary Bibliography. Comp. Joseph Gold. Toronto: University of Toronto Press, 1971.

A Dickens Bibliography. Comp. Philip Collins. London: The Dickens Fellowship, 1970. (Reprinted from *The New Cambridge Bibliography of English Literature*, 1969.)

Victorian Fiction: A Guide to Research. Ed. Lionel Stevenson. Cambridge: Harvard University Press, 1966.

Victorian Fiction: A Second Guide to Research. Ed. George H. Ford. New York: The Modern Language Association of America, 1978.

Garland Dickens Bibliographies. 1981- (*David Copperfield*) より続刊中。

(5) 注釈書 (Dickens Companion series)

    Jacobson, Wendy S. *The Companion to 'The Mystery of Edwin Drood.'* London: Allen & Unwin, 1972.

    Cotsell, Michael. *The Companion to 'Our Mutual Friend'*. London: Allen & Unwin, 1986.

    Sanders, andrew. *The Companion to 'A Tale of Two Cities'*. London: Unwin Hyman, 1988.

    Shatto, Susan. *The Companion to 'Bleak House'*. London: Unwin Hyman, 1988.

    Paroissien, David. *The Companion to 'Oliver Twist'*. Edinburgh: Edinburgh University Press, 1992.

    Simpson, Margaret, *The Companion to 'Hard Times'*. East Sussex: Helm Information Limited, 1997.

    Paroissien, David. *The Companion to 'Great Expectations'*. East Sussex: Helm Information Limited, 2000.

    Mets, Nancy Aycock. *The Companion to 'Martin Chuzzlewit'*. Westport: Greenwood Press, 2001.

(6) 定期刊行物

    The Dickensian 1 (1905)-

    Dickens Studies Newsletter, 1 (1970)-14 (1983)

    The Dickens Quarterly, 1 (1984)-

    Dickens Studies Annual, 1 (1970)-

2. 主要共通文献一覧

以下は主要共通文献として各論の参考文献リストからはずしたものである。これ以外の文献については CD-ROM（付録）を参照されたい。

Ackroyd, Peter. *Dickens*. New York: HarperCollins, 1990.

Butt, John and Kathleen Tillotson. *Dickens at Work*. London: Methuen, 1957.

Carey, John. *The Violent Effigy: A Study of Dickens's Imagination*. London:

Faber, 1973.

Chesterton, G. K. *Charles Dickens: A Critical Study.* 1906; New York: Dodd Mead, 1951

Collins, Philip. *Dickens and Crime.* London: Macmillan, 1962.

——. *Dickens and Education.* London: Macmillan, 1963.

——. ed. *Dickens: The Critical Heritage.* London: Routledge and Kegan Paul, 1971.

——. ed. *Charles Dickens: The Public Readings.* Oxford: Clarendon Press, 1975.

Cotsell, Michael. *The Companion to 'Our Mutual Friend.'* London: Allen & Unwin, 1986.

Daleski, H. M. *Dickens and the Art of Analogy.* London: Faber, 1970.

Fielding, K. J *Charles Dickens.* London: Longman, 1953.

——. ed. *The Speeches of Charles Dickens.* Oxford: Clarendon Press, 1960.

Ford, George H. *Dickens and His Readers: Aspects of Novel-Criticism Since 1836.* Princeton, N J: Princeton UP, 1955.

Ford, George H., et al. *Dickens Criticism: Past, Present, and Future Directions: A Symposium.* Cambridge, MA: CDRC, 1962.

Forster, John. *The Life of Charles Dickens.* 3 vols. London: Chapman and Hall, 1872-74.

Gissing, George. *Charles Dickens: A Critical Study.* London: Blackie, 1898.

Hollington, Michael, ed. ed. *Charles Dickens: Critical Assessments* 4 vols. Mountfield, East Sussex, Helm Information, 1995.

House, Humphry. *The Dickens World.* Oxford: Oxford University Press, 1941.

Jacobson, Wendy S. *The Companion to 'The Mystery of Edwin Drood.'* London: Allen & Unwin, 1972.

Johnson, Edgar. *Charles Dickens: His Tragedy and Triumph.* New York: Simon and Schuster, 1952.

Marcus, Steven. *Dickens: From Pickwick to Dombey.* London: Chatto and Windus, 1965.

Mets, Nancy Aycock. *The Companion to 'Martin Chuzzlewit.'* Westport:

Greenwood Press, 2001.

Miller, J. Hillis. *Charles Dickens: The World of His Novels.* Cambridge, MA: Harvard University Press, 1958.

Monod, Sylvère. *Dickens the Novelist.* 1953. Norman, OK: University of Oklahoma Press, 1968.

Orwell, George. *Dickens, Dali and Others: Studies in Popular Culture.* New York: Reynal and Hitchcock, 1946

Paroissien, David. *The Companion to 'Oliver Twist.'* Edinburgh: Edinburgh University Press, 1992.

Paroissien, David. *The Companion to 'Great Expectations.'* East Sussex: Helm Information Limited, 2000.

Sanders, Andrew. *The Companion to 'A Tale of Two Cities.'* London: Unwin Hyman, 1988.

Schlicke, Paul ed. *The Oxford Reader's Companion to Dickens.* Oxford: Oxford University Press, 1999.

Shatto, Susan. *The Companion to 'Bleak House.'* London: Unwin Hyman, 1988

Simpson, Margaret, *The Companion to 'Hard Times.'* East Sussex: Helm Information Limited, 1997.

Slater, Michael, ed. Dickens 1970: *Centenary Essays.* London: Chapman and Hall, 1970.

――. *Dickens and Women.* London: J. M. Dent, 1983.

Stone, Harry. *Dickens and the Invisible World: Fairy Tales, Fantasy, and Novel-Making.* Bloomington: Indiana University Press, 1979.

Welsh, Alexander. *The City of Dickens.* Oxford: Clarendon Press, 1971

Wilson, Edmund. *The Wound and the Bow.* London: W. H. Allen, 1941.

Wilson, Angus. *The World of Charles Dickens.* London: Secker and Warburg, 1970.

挿絵一覧表

I ディケンズの生涯
　ディケンズ (1839)　　　　　　　　　　*Charles Dickens by Pen & Pencil*
　　主なき椅子 (1870)　　　　　　　　　*Charles Dickens by Pen & Pencil*
　　ディケンズの生家　　　　　　　　　*Charles Dickens by Pen & Pencil*
　　ジョン・ディケンズ　　　　　　　　*Charles Dickens by Pen & Pencil*
　　エリザベス・ディケンズ　　　　　　*Courtesy of Charles Dickens Museum*
　　靴墨工場の日々　　　　　　　　　　*Charles Dickens by Pen & Pencil*
　　マーシャルシー監獄　　　　　　　　*Old and New London*
　　民法法廷　　　　　　　　　　　　　*Charles Dickens by Pen & Pencil*
　　処女作品の投稿　　　　　　　　　　*Courtesy of Charles Dickens Museum*
　　キャサリン・ホガース　　　　　　　*Charles Dickens by Pen & Pencil*
　　エレン・ターナン　　　　　　　　　*Courtesy of Charles Dickens Museum*
　　ステイプルハーストの列車事故　　　*Courtesy of Charles Dickens Museum*
　　ディケンズの墓　　　　　　　　　　*Charles Dickens by Pen & Pencil*
　　ウェストミンスター寺院での葬儀　　*ILN (25 July 1870)*

II 作品
　SB
　　月刊分冊本表紙下絵　　　　　　　　*Charles Dickens by Pen & Pencil*
　　「ボズのスケッチ集」扉絵　　　　　Nonesuch Dickens 版
　　街路―朝　　　　　　　　　　　　　Nonesuch Dickens 版
　　セヴン・ダイアルズ　　　　　　　　Nonesuch Dickens 版
　　慈善晩餐会　　　　　　　　　　　　*Charles Dickens by Pen & Pencil*
　PP
　　月刊分冊本表紙　　　　　　　　　　初版本（個人蔵）
　　サム登場　　　　　　　　　　　　　初版本（個人蔵）
　　悪鬼と寺男　　　　　　　　　　　　初版本（個人蔵）
　　ウェラー父子　　　　　　　　　　　初版本（個人蔵）
　OT
　　月刊分冊本表紙　　　　　　　　　　個人蔵
　　モンクスとフェイギン　　　　　　　Nonesuch Dickens 版
　　お代りを求めるオリヴァー　　　　　Nonesuch Dickens 版
　　立派な老紳士に紹介されるオリヴァー　Nonesuch Dickens 版
　　密会　　　　　　　　　　　　　　　Nonesuch Dickens 版

　NN
　　月刊分冊本表紙　　　　　　　　　　天理図書館

挿絵一覧表

ドゥ・ザ・ボーイズ・ホール	*Charles Dickens by Pen & Pencil*
ドゥ・ザ・ボーイズ・ホールの経営術	初版本（個人蔵）
ニコラス、校長一家を打擲	初版本（個人蔵）
アーサー爺にたいする祝言の餞	初版本（個人蔵）
スネヴリッチ嬢のためのお礼興行	初版本（個人蔵）
クラムルズ座長の別れの抱擁	初版本（個人蔵）

OCS

『ハンフリー親方の時計』第Ⅱ巻扉絵	*Master Humphrey's Clock* (1841)
安らかに眠るネル	*Master Humphrey's Clock* (1840)
いこい	*Master Humphrey's Clock* (1841)
グラインダーの連中	*Master Humphrey's Clock* (1840)
クリベッジの勝負	*Master Humphrey's Clock* (1841)

BR

『ハンフリー親方の時計』第Ⅲ巻扉絵	*Master Humphrey's Clock* (1841)
メイポール亭	*Master Humphrey's Clock* (1841)
バーナビーとグリップ	*Master Humphrey's Clock* (1841)
徒弟騎士団の秘密結社	*Master Humphrey's Clock* (1841)
ゴードン暴動	*Master Humphrey's Clock* (1841)

MC

月刊分冊本表紙	天理図書館
ペックスニフと娘たち	Nonesuch Dickens 版
繁栄するエデンの町	Nonesuch Dickens 版
ギャンプ夫人の乾杯	Nonesuch Dickens 版

AI, PI

ボストンの町 (1842)	Thomas Archer, *Charles Dickens*
ボストンに降り立つディケンズ	Courtesy of Charles Dickens Museum
ブリタニア号	*Charles Dickens by Pen & Pencil*
ペレスキエーレ社	*Charles Dickens by Pen & Pencil*
コロシアム	Thomas Archer, *Charles Dickens*

CB

『クリスマス・キャロル』初版口絵	*A Christmas Carol* 初版本（個人蔵）
スクルージと二人の子供	*A Christmas Carol* 初版本（個人蔵）
トウビーと三人の為政者	*The Chimes* 初版本（個人蔵）
こおろぎの精たち	*The Cricket on the Hearth* 初版本（個人蔵）

レドロー博士と幽霊	*The Haunted Man* 初版本（個人蔵）
DS	
月刊分冊本表紙	天理図書館
ドンビー氏のスケッチ	Forster 6: 2
ポールとピプチン夫人	Nonesuch Dickens 版
フローレンスとイーディス	Nonesuch Dickens 版
DC	
月刊分冊本表紙	天理図書館
ハンガーフォード・マーケット	*London and Its Environments in the 19th Century* (1829)
マライア・ビードネル	Courtesy of The British Library Board
トラドルズの精進	Nonesuch Dickens 版
幼な妻の昔なじみ	Nonesuch Dickens 版
BH	
月刊分冊本表紙	天理図書館
自然発火	Nonesuch Dickens 版
ガッピーのプロポーズ	Nonesuch Dickens 版
LD	
月刊分冊本表紙	天理図書館
クリミア戦争支度品一覧	分冊本表紙裏の宣伝（個人蔵）
北側から見たマーシャルシー監獄	Besant, *London* (1892)
アーサーの帰国	Nonesuch Dickens 版
マーシャルシー出獄	Nonesuch Dickens 版
HT	
連載初回	*Household Words*
バウンダービー邸での食事	Charles Dickens 版
病室でのスティーヴンとレイチェル	Charles Dickens 版
ハートハウスとトム・グラッドグラインド	Charles Dickens 版
スティーヴンの生還	Charles Dickens 版
TTC	
月刊分冊本表紙	Courtesy of Charles Dickens Museum 版
『凍れる海』の一場面	*ILN* (17 January 1857)
波は高まる	Nonesuch Dickens 版
バスチーユ監獄で	Nonesuch Dickens 版
ドーバー行郵便馬車	Nonesuch Dickens 版

挿絵一覧表

革命期のパリ市街図 　　　　　　岩波書店『資料フランス革命事典』
GE
　初版1巻本表紙 　　　　　　　　初版本（個人蔵）
　ピップとマグウィッチ 　　　　　初版本（個人蔵）
　オーリックとピップ 　　　　　　初版本（個人蔵）
　ビディーとピップ 　　　　　　　初版本（個人蔵）
　ピップとエステラ 　　　　　　　初版本（個人蔵）
OMF
　月刊分冊本表紙 　　　　　　　　天理図書館
　塵芥処理場 　　　　　　　　　　*Unsentimental Journeys of the Byways*
　　　　　　　　　　　　　　　　　　of Modern Babylon (1867)
　河浚い人 　　　　　　　　　　　Nonesuch Dickens 版
　屋上庭園 　　　　　　　　　　　Nonesuch Dickens 版
ED
　月刊分冊本表紙 　　　　　　　　天理図書館
　コリンズの表紙デザイン 　　　　Courtesy of Charles Dickens Museum
　アヘン窟（ドーレ画） 　　　　　Doré, *London: A Pilgrimage* (1872)
　その他の作品
　　「長い旅路」 　　　　　　　　Charles Dickens 版

III ディケンズと想像力
　ディケンズと作中人物たち 　　　*Charles Dickens by Pen & Pencil*
　伝統文学と大衆文芸
　　ホガース「投票」 　　　　　　*The Complete Works of Hogarth*
　　　　　　　　　　　　　　　　　　　　　　　　　　(Mackenzie)
　　『こまどり物語』 　　　　　　個人蔵
　　『靴二つさんの物語』 　　　　個人蔵
　　『サンドフォードとマートン』 個人蔵
　　『ジャック・シェパード』 　　*George Cruikshank: A Catalogue Raisonne*
　　　　　　　　　　　　　　　　　　　　　　　　　　(1924)
　都市ロンドン
　　ベイアム・ストリート16番地 　*A Week's Tramp in Dickens-Land* (1893)
　　マーシャルシー監獄前庭 　　　By permission of The Guildhall Library
　　ウォレン靴墨工場 　　　　　　Courtesy of Charles Dickens Museum
　　ゴールデン・クロス・ホテルとチャールズ一世騎馬像
　　　　　　　　　　　　　　　　London and Its Environments in the 19th
　　　　　　　　　　　　　　　　　　Century (1829)

ジョージ・イン	*Old and New London*
スミスフィールド市場	*London and Its Environments in the 19th Century* (1829)
コヴェント・ガーデン市場	*Old and New London*
ディケンズ時代の大衆娯楽	
アストリー劇場 (1843)	*ILN* (1 April 1843)
アンドルー・デュークロウ	Courtesy of The British Library Board
ライオン使いのアンバーグ	*ILN* (21 January 1843)
サドラーズ・ウェルズ劇場	*Microcosm of London* 3 (1808)
二人の息子の剣戟	*Vincent Crummmles* (1926)
聖シシリア祝日	*Cruikshank's Comic Almanack's* (1837)
ハーレキン	*Penny Plain and Twopence Coloured* (1932)
道化とハーレキン	*Memoirs of Joseph Grimaldi* (1853)

IV 多岐にわたる活動

ディケンズ率いる素人劇団	Courtesy of Charles Dickens Museum
ジャーナリストとして	
ケイレブとバーサ	*The Chimes* 初版本（個人蔵）
ピールとヴィクトリア女王	*Mephystopheles* (3 Jannuary 1846)
『デイリー・ニュース』紙創刊前夜	*Mephystopheles* (31 Jannuary 1846)
素人劇団興行	
モントリオール公演プログラム	*Charles Dickens by Pen & Pencil*
『ウィンザーの陽気な女房たち』	*Charles Dickens by Pen & Pencil*
『見掛けほど悪くない』	*Charles Dickens by Pen & Pencil*
デヴォンシャー公爵邸における上演	*ILN* (24 May 1851)
『退屈男』	*Charles Dickens by Pen & Pencil*
『灯台』	*Charles Dickens by Pen & Pencil*
『灯台』の背景画	*ILN* (21 July 1855)
公開朗読講演	
朗読するディケンズ	*Charles Dickens by Pen & Pencil*
『鐘の音』の朗読	*Charles Dickens by Pen & Pencil*
お別れ朗読会 (1870)	*Penny Illustrated Paper* (19 March 1870)
「サイクスとナンシー」の朗読	*Charles Dickens by Pen & Pencil*
ディケンズ最終朗読会	*Charles Dickens by Pen & Pencil*

社会活動家
　バーデット゠クーツ女史　　　　　　　　Courtesy of Charles Dickens Museum
　ダリッジ校での慈善就学演説　　　　　　*Charles Dickens by Pen & Pencil*
　ニューゲイト監獄　　　　　　　　　　　*London and Its Environments in the 19th*
　　　　　　　　　　　　　　　　　　　　Century (1829)

V 文学の広がり
　レズリー・ウォードによるディケンズ (1870)
　　　　　　　　　　　　　　　　　　　　Charles Dickens by Pen & Pencil
小説出版と挿絵
　図　1　　　　　　　　　　　　　　　　Nonesuch Dickens 版
　図　2　　　　　　　　　　　　　　　　Nonesuch Dickens 版
　図　3　　　　　　　　　　　　　　　　Nonesuch Dickens 版
　図　4　　1836 (a)　　　　　　　　　　分冊本
　　　　　　1838 (b)　　　　　　　　　　Charles Dickens 版
　図　5　　　　　　　　　　　　　　　　Nonesuch Dickens 版
　図　6　　　　　　　　　　　　　　　　Nonesuch Dickens 版
　図　7　　　　　　　　　　　　　　　　Nonesuch Dickens 版
　図　8　　　　　　　　　　　　　　　　Nonesuch Dickens 版
　図　9　　　　　　　　　　　　　　　　Nonesuch Dickens 版
　図 10　　　　　　　　　　　　　　　　Nonesuch Dickens 版
　図 11　　　　　　　　　　　　　　　　Nonesuch Dickens 版
　図 12　　　　　　　　　　　　　　　　Nonesuch Dickens 版
　図 13　　　　　　　　　　　　　　　　Nonesuch Dickens 版
ディケンズと日本
　「駒込の温泉に再度の間違」　　　　　　『当世書生気質』東京堂、1925 年.
　新八誕生　　　　　　　　　　　　　　『都新聞』(1911 年 1 月 16 日付)
　敏州によるお夏殺害　　　　　　　　　『都新聞』(1911 年 4 月 24 日付)
ディケンズとシェイクスピア
　マクリーディの演じるマクベス　　　　*ILN* (13 October 1849)
　ボバディル大尉役のディケンズ (右)　　*ILN* (22 November 1845)
　サドラーズ・ウェルズ劇場における『ヴェニスの商人』
　　　　　　　　　　　　　　　　　　　ILN (9 January 1847)
　ウォプスルの演じる『ハムレット』　　*Vincent Crummles* (1926)
　『ハムレット』墓場の場面　　　　　　*Memoirs of Joseph Grimaldi* (1853)

VI ディケンズ批評の歴史
　　ディケンズ (1852)　　　　　　　　*Charles Dickens by Pen & Pencil*

VII 書誌
　　ギャズヒル・プレイス　　　　　　*ILN* (18 June 1870)

執筆者紹介 (50音順、＊印は編者)

青木　　健（あおき・けん）
　　1941年生。東京教育大学大学院修士課程終了。成城大学教授。
　　共編『ピクウィック読本』（東京図書、1987）、共訳『文筆業の文化史』（彩流社、1999）。
荒井　良雄（あらい・よしお）
　　1935年生。学習院大学大学院修士課程終了。駒澤大学名誉教授。
　　著書『シェイクスピア劇上演論』（新樹社、1972）、『英米文学映画化作品論』（新樹社、1996）。
＊植木　研介（うえき・けんすけ）
　　1944年生。広島大学大学院博士課程終了、文学博士。広島大学教授。
　　著書『チャールズ・ディケンズ研究――ジャーナリストとして、小説家として』（南雲堂フェニックス、2004）。
梅宮　創造（うめみや・そうぞう）
　　1950年生。早稲田大学大学院修士課程終了。早稲田大学教授。
　　著書『はじめてのシェイクスピア』（王国社、2002）、翻訳『英国紳士サミュエル・ピクウィックの冒険』（未知谷、2005）。
小野　　章（おの・あきら）
　　1968年生。広島大学大学院博士課程終了、文学博士。広島大学助教授。
　　論文 "David Copperfield: A Discrepancy between the Two Davids." *Hiroshima Studies in English Language and Literature*, 40 (1995)、「*Little Dorrit*における経済構造とその働き」『英語英文学研究』42 (1997)。
小野寺　進（おのでら・すすむ）
　　1959年生。東北学院大学大学院博士課程終了。弘前大学助教授。
　　論文「Dickensの読者と読者 Howitt――『幽霊屋敷』をめぐる論争」『ディケンズ・フェロウシップ日本支部年報』26 (2003)、「家族小説としての *Oliver Twist*――共同体から近代家族へ」『弘前大学人文社会論叢』7 (2002)。
甲斐　清高（かい・きよたか）
　　1970年生。京都大学大学院博士課程終了。名古屋外国語大学講師。
　　論文「逸脱への衝動――『ピクウィック・ペーパーズ』」『英文学春秋』2 (1997)、"Melodramatic Self-Expressions in *Nicholas Nickleby*," *Albion* 46 (2000).
梶山　秀雄（かじやま・ひでお）
　　1972年生。広島大学大学院博士課程終了、文学博士。島根大学助教授。
　　論文「告白という困難――『大いなる遺産』と『わたしたちが孤児だったころ』における叙述トリックをめぐって」『英語英文学研究』47 (2002)、「誰がエドウィン・ドルードを殺そうとかまうものか――探偵小説『エドウィン・ドルードの謎』試論」『ディケンズ・フェロウシップ日本支部年報』24 (2001)。
要田　圭治（かなめだ・けいじ）
　　1952年生。広島大学大学院修士課程終了。広島大学助教授。
　　共著『ヴィクトリア朝小説と犯罪』（音羽書房鶴見書店、2002）、『ギャスケル小説の旅』（鳳書房、2002）。
金山　亮太（かなやま・りょうた）
　　1961年生。東京都立大学大学院博士課程終了。新潟大学助教授。
　　共訳　チェスタトン著『チャールズ・ディケンズ』（春秋社、1992）、論文「汝再び

　　　　　故郷に帰れず――突然変異か形質遺伝か」『ギッシングの世界』（英宝社、2003）
川澄　英男（かわすみ・ひでお）
　　　　1947 年生。東京教育大学大学院修士課程終了。成蹊大学教授。
　　　　著書『ディケンズとアメリカ―― 19 世紀アメリカ事情』（彩流社、1998）
小池　　滋（こいけ・しげる）
　　　　1931 年生。東京大学大学院博士課程終了。東京都立大学名誉教授。
　　　　著書『ロンドン――ほんの 100 年前の物語』（中央公論社、1978）、『ディケンズと
　　　　ともに』（晶文社、1983 年）
＊西條　隆雄（さいじょう・たかお）
　　　　1942 年生。広島大学大学院博士課程終了、文学博士。甲南大学教授。
　　　　著書『ディケンズの文学――小説と社会』（英宝社、1998）、編著『ヴィクトリア朝
　　　　小説と犯罪』（音羽書房鶴見書店、2002）
齋藤　九一（さいとう・くいち）
　　　　1948 年生。東京教育大学大学院博士課程終了。上越教育大学教授。
　　　　論文「マードル氏とメルモット氏」『ディケンズ・フェロウシップ日本支部年報』
　　　　24 (2004)、「トロロプ、エレン・ターナン、ディケンズ」 OTSUKA REVIEW 39 (2003)
＊佐々木　徹（ささき・とおる）
　　　　1956 年生。ニューヨーク大学大学院修士課程終了。京都大学教授。
　　　　監修『ウィルキー・コリンズ傑作選』全 12 巻（臨川書店、1999-2001）、翻訳 M. ス
　　　　レイター著『ディケンズの遺産』（原書房、2005）
篠田　昭夫（しのだ・あきお）
　　　　1942 年生。広島大学大学院修士課程終了、文学博士。福山大学教授。
　　　　著書『チャールズ・ディケンズとクリスマス物の作品群』（渓水社、1994）、『魂の彷
　　　　徨―ディケンズ文学の一面』（渓水社、1998）
武井　暁子（たけい・あきこ）
　　　　1963 年生。アバディーン大学大学院博士課程終了、Ph.D. 山口大学教育学部助教授。
　　　　論文 "Benevolence or Manipulation? The Treatment of Mr Dick," *The Dickensian* 101.2
　　　　(2005)、"'Your Complexion Is So Improved!': A Diagnosis of Fanny Price's 'Disease,'"
　　　　Eighteenth-Century Fiction 17.4 (2005).
田中　孝信（たなか・たかのぶ）
　　　　1954 年生。広島大学大学院博士課程中退、文学博士。大阪市立大学助教授。
　　　　著書『ディケンズのジェンダー観の変遷――中心と周縁とのせめぎ合い』（音羽書
　　　　房鶴見書店、2006）、共著『ヴィクトリア朝小説と犯罪』（音羽書房鶴見書店、
　　　　2002）
田辺　洋子（たなべ・ようこ）
　　　　1955 年生。広島大学大学院博士課程終了、文学博士。広島経済大学教授。
　　　　著書『ディケンズ後期四作品研究：「視点」から脱「視点」へ』（こびあん書房，
　　　　1999）、訳書　ディケンズ『互いの友』（こびあん書房, 1996）
玉井　史絵（たまい・ふみえ）
　　　　1963 年生。リーズ大学大学院博士課程終了、PhD. 同志社大学助教授。
　　　　論文「包含と排除――『骨董店』における〈同情〉のメカニズム」『主流』 67
　　　　(2006)、論文 *The Representation of Empire and Class in Dickens's Novels* (Ph.D.
　　　　Dissertation, University of Leeds, 2004).
栂　正行（とが・まさゆき）
　　　　1954 年生。東京都立大学大学院博士課程終了。中京大学教授。
　　　　著書『コヴェント・ガーデン』（河出書房新社、1999）、共訳 V.S.ナイポール著『中
　　　　心の発見』（草思社、2003）

執筆者紹介

中村　　隆（なかむら・たかし）
　　1961年生。東北大学大学院博士課程終了、文学博士。山形大学助教授。
　　論文 "Ghost and Money," *Shiron*（『試論』）41（2003）、「メドゥーサの肖像——公開朗読のナンシーとセンセーション・ノヴェルのヒロインたち」『英文学研究』81（2005）

新野　　緑（にいの・みどり）
　　1956年生。大阪大学大学院博士課程中退、文学博士。神戸市外国語大学教授。
　　著書『小説の迷宮——ディケンズ後期小説を読む』（研究社、2002）、共編著『〈異界〉を創造する——英米文学におけるジャンルの変奏』阪大英文学会叢書3（英宝社、2006）

西垣　佐理（にしがき・さり）
　　1973年生。関西学院大学大学院博士後期課程修了。同志社大学非常勤講師。
　　論文「〈憂鬱な〉男たち——『互いの友』にみるVictorian Masculinity形成をめぐって」『ディケンズ・フェロウシップ日本支部年報』24（2001）、「逆転の構図——*Great Expectations*にみる病と癒し」『関西学院大学英米文学』44（2000）

野々村咲子（ののむら・さきこ）
　　1975年生。名古屋大学大学院博士後期課程修了。岐阜工業高等専門学校専任講師。
　　論文「ディケンズとコリンズの精神科学——*Our Mutual Friend*と*Armadale*における意識の諸相」『ディケンズ・フェロウシップ日本支部年報』26（2003）、"Physiological Psychology and Dickens's *Bleak House*," *IVY* 36（2003）

畑田　美緒（はただ・みお）
　　1964年生。京都大学大学院博士課程終了。大阪外国語大学助教授。
　　論文「『時』の囚われ人たち」（『チャールズ・ディケンズ「大いなる遺産」——読みと解釈』（英宝社、1998）、"Death of the Child and Death of the Aged: A Study of Dickens's *The Old Curiosity Shop*"『英米研究』30（大阪外国語大学英米学会）2006.

＊原　　英一（はら・えいいち）
　　1948年生。東北大学大学院修士課程終了。東北大学教授。
　　論文 "Stories Present and Absent in *Great Expectations*," *ELH* 53（1986）、原他編著 *Enlightened Groves: Essays in Honour of Professor Zenzo Suzuki* (Tokyo: Shohakusha, 1996).

久田　晴則（ひさだ・はるのり）
　　1939年生。広島大学大学院博士課程終了。愛知教育大学名誉教授。
　　編著『文化のカレードスコープ——英米言語・文化論集』（英宝社、2003）

廣野由美子（ひろの・ゆみこ）
　　1958年生。神戸大学大学院博士課程終了、学術博士。京都大学大学院助教授。
　　著書『「嵐が丘」の謎を解く』（創元社、2001）、『批評理論入門——「フランケンシュタイン」解剖講義』（中公新書、2005）

＊松岡　光治（まつおか・みつはる）
　　1956年生。広島大学大学院博士課程終了。名古屋大学教授。
　　編著『ギャスケルの文学——ヴィクトリア朝社会を多面的に照射する』（英宝社、2001）、『ギッシングの世界——全体像の解明をめざして』（英宝社、2003）

松村　豊子（まつむら・とよこ）
　　1952年生。津田塾大学大学院博士課程終了。江戸川大学教授。
　　共著『旅するイギリス小説』（ミネルヴァ書房、2000）、『〈食〉で読むイギリス小説』（ミネルヴァ書房、2004）

松村　昌家（まつむら・まさいえ）
　　1929年生。大阪市立大学大学院修士課程終了。大手前大学教授。
　　著書『ディケンズの小説とその時代』（研究社、1989）、『19世紀ロンドン生活の光

と影——リージェンシーからディケンズの世界へ』(世界思想社、2003)
松本　靖彦（まつもと・やすひこ）
　　1966年生。東京外国語大学大学院博士課程終了。東京理科大学助教授。
　　論文「ディケンズとホガースの速記術」『英語青年』147巻8号（2001.11)、「阪妻の立ち回り再考」日比野他編『からだはどこにある？——ポップカルチャーにおける身体表象』（彩流社、2004）
宮丸　裕二（みやまる・ゆうじ）
　　1971年生。慶應義塾大学大学院博士課程終了、文学博士。中央大学法学部助教授。
　　論文 "Art for Life's Sake: Victorian Biography and Literary Artists"（博士論文、慶應義塾大学, 2005）、"The Grotesque in Transition: Two Kinds of Laughter in *The Pickwick Papers*"『藝文研究』（慶應義塾大学文学部紀要）82 (2002)
村山　敏勝（むらやま・としかつ）
　　1967-2006．筑波大学大学院博士課程中退、文学博士。元成蹊大学助教授。
　　著書『〈見えない〉欲望へ向けて——クィア批評との対話』（人文書院、2005年）、論文 "A Professional Contest over the Body: Quackery and Respectable Medicine in *Martin Chuzzlewit*" (*Victorian Literature and Culture*, 30 [2002]).
矢次　綾（やつぎ・あや）
　　1966年生。福岡女子大学大学院修士課程終了。宇部工業高等専門学校助教授。
　　論文「『二都物語』におけるカーニヴァル——革命空間の集団および個人」『中部英文学』26 (2007)、「ディケンズが描いた他者の歴史——『バーナビー・ラッジ』」『九州英文学研究』23 (2006)
山本　史郎（やまもと・しろう）
　　1954年生。東京大学大学院修士課程終了。東京大学教授。
　　論文「非凡な凡人——ハンフリー・ハウスとディケンズ」『ディケンズ・フェロウシップ日本支部年報』25 (2002)、「テクストの産婆術」、斉藤兆史編『英語の教え方学び方』（東京大学出版会、2003）
Angus Wilson（アンガス・ウィルソン）
　　1913-91, Writer & Professor.
　　著書 *The World of Charles Dickens* (Martin Secker & Warburg, 1970).
Paul Schlicke（ポール・シュリッケ）
　　1942年生。カリフォルニア大学大学院（サン・ディエゴ校）終了、PhD. Senior Lecturer, University of Aberdeen
　　著書 *Dickens and Popular Entertainment* (Allen & Unwin, 1985)、編著 *Oxford Reader's Companion to Dickens* (Oxford UP, 1999).

あとがき

　生きている間は世間の耳目を集める大作家。亡くなったときは『タイムズ』紙をはじめ新聞雑誌は口をそろえて国民的損失であると述べて愛惜し、一般読者は家族の一員をなくしたような悲しみを味わったという。人々に希望と勇気を与えるとともに、他方では小説のおもしろさを探りつづけたディケンズの足跡をここにほぼ余すところなく提示できることはとてもうれしい。長い間とらえきれなかった巨大なディケンズの全貌が、ようやく眼前に開けた感じである。これを契機に日本におけるディケンズ研究がさらにいっそう進展することを願ってやまない。

　ディケンズは、喩えて言えば、偉大なアルプスの風景であろうか。彼は一人の人間として、またすぐれた作家として人々の脳裏に刻まれているだけではない。新聞・雑誌の編集と刊行、朗読・演劇興行活動などにも全力を尽した。その生涯と全仕事はじつに壮大で美しい。アルプスの比喩をいま少しつづけるとすれば、処女作の『ピクウィック・クラブ』はリージェンシーの猥雑・不道徳と袂を分かち、善意と博愛をうたう小説として全家庭に浸透するベストセラーとなった。つづく『オリヴァー・トゥイスト』以下の小説もまた、時の社会問題を痛烈かつ軽妙に諷刺し大好評を博した。これらは、いわば小説の新たな歴史を刻むすばらしい白雪の峰々といえよう。ディケンズの芸術的飛躍を記す『ドンビー父子』、およびそれにつづく重厚な社会小説のかずかずは、これまた白雪を戴く威容にみちた連峰である。この登りがたい偉大な山岳群像になぞらえうる小説群をまえに、一転して近づきやすくのびやかに広がる湖沼や高原にたとえうるのは、大成功を収めた素人演劇の興業であり、聴衆を興奮と熱狂につつんだ晩年の公開

朗読の巡業であり、雑誌編集や日刊新聞創刊に着実な実務能力を示すジャーナリストとしての活動であろう。この壮大なパノラマを脳裏に描きつつ彼の成しとげた仕事を考えると、そのスケールの大きさと芸術的高みに畏怖を覚えずにはいられない。

　原案を作成して 30 名にそれぞれ定めたテーマで原稿をお願いしたのは 2002 年の秋であった。2 年後に原稿が集まると、5 名の編集委員は読み易さを念頭において全原稿に目を通し、難解な表現や資料の追加・再考の必要と思われる個所はその旨を記して再点検をお願いした。完成した最終原稿がほぼすべて集まった 2005 年の 3 月、編集委員は 3 日間の合宿編集会議を開き、内容を含めて最終チェックを行ない、用語、人名・地名の表記などの統一もはかった。編集には時間を要したが、対象が巨大なディケンズ像であればそれは当然であった。

　編集に当たっては Michael Slater, Anthony Williams, Malcolm Andrews, Alan Dilnot, Andrew Xavier 諸氏をはじめ、多くの方より助言をいただいた。ディケンズ博物館および大英図書館のかずかずのご好意には深く感謝している。とりわけ南雲堂の原信雄氏には並々ならぬお世話になった。この場を借りて厚くお礼を申し上げたい。

編集委員一同

索　引

1. ディケンズの作品　*773*
2. 他作家の作品および新聞・雑誌等　*778*
3. 作品の登場人物　*789*
4. 実在人物　*800*
5. 地名（Greater London 内）　*817*
6. 地名（Greater London 以外）　*822*
7. キーワード　*826*

1. ディケンズの作品

あ

「甘やかされた囚人たち」("Pet Prisoners," 1850) 306

『アメリカ紀行』(*American Notes*, 1842) **151-165**, 181, 723

『あれで奥様かしら』(*Is She His Wife?* 1837) 396, 496

「哀れな旅人（朗読台本）」("The Poor Traveller") 520, 526

「イギリス人捕虜の危険」("The Perils of Certain English Prisoners," *CS*) 213, 216

『イタリア紀行』(*Pictures from Italy*, 1846) 152, **166-178**

「伊太利の囚人」("The Italian Prisoner," *UT*) 607

「インド国王ミスナー」(*Misnar, The Sultan of India*［現在散逸］) 495

「ウォッピング救貧院」("Wapping Workhouse," *UT*) 449

「海からのメッセージ」("A Message from the Sea," *CS*) 213, 216

『エドウィン・ドルードの謎』(*The Mystery of Edwin Drood*, 1870) 19, 31, 32, 211, 335, **373-392**, 425, 447, 578, 645, 691, 690, 711, 718, 725, 736, 743, 746, 747

『演劇全集および詩集選』(*Complete Plays and Selected Poems of Charles Dickens*, 1970) 719

『オール・ザ・イヤー・ラウンド』誌 (*All the Year Round*, 1859-93) 27, 213, 215, 218, 314, 316, 321, 334, 336, 360, 377, 405, 406, 408, 409, 489-492, 525, 526, 529, 530, 536, 560, 576, 701, 720, 739

「追いつめられて」("Hunted Down," 1859) 385, 405

『大いなる遺産』(*Great Expectations*) 103, 140, 148, 306, **333-352**, 391, 445-447, 450, 491, 518, 540, 560, 584, 586, 588, 592, 631, 685, 686, 690, 702, 705, 718, 720, 725, 727, 733-735

「大いなる遺産（朗読台本）」("Great Expectations") 527, 529

『オセロ』(*O'Thello*, 1833) 496, 619

「おびただしい愚策」("The Thousand and One Humbugs," *HW*) 507

「親から子に宛てたうちとけた手紙」("Familiar Epistle from a Parent to a Child," 1837) 397

『オリヴァー・トゥヰスト』(*Oliver Twist*)

『オリヴァー・トゥイスト』(*Oliver Twist*, 1837-39) 25, 30, 46, **77-94**, 96, 99-101, 118-120, 124, 138, 194, 356, 358, 417, 427, 427, 428, 428, 435, 469, 480, 481, 496, 497, 527, 545, 562, 564, 565, 567, 581, 586, 591, 596-599, 606-608, 613, 619, 631, 663, 664, 695, 718, 737, 740, 741

か

「外国旅行」("Travelling Abroad," *UT*) 616

「街路―朝」("The Streets-Morning," *SB*) 48, 442, 443

「貸し馬車乗り場」("Hackney-coach Stands," *SB*) 443

「貸家」("A House to Let," *HW Extra Christmas Number*, 1858) 526

『鐘の音』(*The Chimes*, 1844) 170, 198-200, 202, 205, 207, 212, 575, 576, 520, 528, 533, 543, 647, 657

「議会点描」("A Parliamentary Sketch," *SB*) 50

『奇妙な紳士』(*The Strange Gentleman*, 1836) 395, 496

「急所は住所」("A Home Question," *HW*) 553

「休日のロマンス」("Holiday Romance," 1868) 409

「狂人の手記」("A Madman's Manuscript," *PP*) 148

「靴磨き」("The Boots," *CS*) 215

『クリスマス・キャロル』(*A Christmas Carol*,

1843)　50, 197-201, 204, 207, 212, 243, 270, 511, 516, 517, 519, 521, 523, 529, 543, 580, 585, 591, 592, 602, 632, 675, 745
『クリスマス・ストーリーズ』(*Christmas Stories*, 1850-67)　**213-218**, 404, 521, 530
「クリスマス・ツリー」("A Christmas Tree," *CS*)　213-214, 217, 418
『クリスマス・ブックス』(*Christmas Books*, 1843-48)　50, **198-212**, 215, 218, 519, 528, 579, 679, 722
「クリスマスの正餐」("A Christmas Dinner," *SB*)　50
「黒頭巾」("The Black Veil," *SB*)　601, 607
「グリニッジ・フェア」("Greenwich Fair," *SB*)　417
「グレート・ウィングルベリーの決闘」("The Great Winglebury Duel," *SB*)　395
「刑事裁判所」("Criminal Courts," *SB*)　417
『ゲイブリエル・ヴァードン』(*Gabriel Vardon*, 1841)　481
「ゴールデン・メアリー号の難破」("The Wreck of the Golden Mary," *CS*)　213, 679
『公開朗読台本全集』(Collins ed., *Charles Dickens: The Public Readings*, 1975)　532, 716, 719
『荒涼館』(*Bleak House*, 1852-3)　30, 43, 124, 235, **257-274**, 278, 301, 322, 338, 362, 382, 385, 391, 440, 442, 445, 446, 488, 508, 552, 554, 555, 574, 575, 583, 594, 610, 613, 620, 633, 637, 662, 681-683, 686, 689, 690, 695, 702, 703, 718, 721, 725, 727, 735-737, 740-742
『骨董屋』(*The Old Curiosity Shop*, 1840-41)　**116-133**, 139, 153, 278, 400, 433, 435, 443, 447, 453, 459, 460, 482, 497, 509, 571, 573, 631, 632, 646, 652, 678, 685, 710, 726
『子供のためのイギリス史』(*A Child's History of England*, 1851-53)　402
「子供の物語」("The Child's Story," *CS*)　213, 214
「子供の星の夢」("A Child's Dream of a Star," *HW*)　423

「小人のチョップス氏（朗読台本）」("Mr. Chops, the Dwarf ")　526, 531

さ
「サイクスとナンシー（朗読台本）」("Sikes and Nancy")　518, 527
『再録作品集』(*Reprinted Pieces*, 1858)　404
『雑篇集』(*Miscellaneous Papers*, 1908)　622
「シェイクスピアとニューゲイト」("Shakespeare and Newgate," with Horne, *HW*)　621, 624
「7人の貧しい旅人」("The Seven Poor Travellers," *CS*)　213, 216
「質屋」("The Pawnbroker's Shop," *SB*)　417
「自伝的手記」("Autobiographical Fragment," 1847)　201, 209
「社交界に出て」("Going into Society," *CS*)　213, 216
『主の物語』(*The Life of Our Lord*, 1846, 1934)　401
「ジョージ・シルヴァーマンの弁明」("George Silverman's Explanation," 1868)　408, 669
「蒸気船の旅」("The Steam Excursion," *SB*)　447
『ジョウゼフ・グリマルディ回想録』(*Memoirs of Joseph Grimaldi*, 1838)　619
「庶民の娯楽」("The Amusements of the People," *HW*)　629
「信号手（朗読台本）」("The Signalman")　528, 530-532
「信号手」("The Signalman," *CS*)　214
『人生の戦い』(*The Battle of Life*, 1846)　198-200, 203, 208, 212
「人生のパントマイム」("The pantomime of Life," *Bentley's Miscellany*, 1837)　630
「ストライキについて」("On Strike," *HW*)　283
『青年紳士群像スケッチ集』(*Sketches of Young Gentlemen*, 1838)　398
「セヴン・ダイアルズ」("Seven Dials," *SB*)　51, 424, 425
「そんなので委員会」("Commission and Omission," *HW*)　553

索引

た

『互いの友』(*Our Mutual Friend*, 1864-65)　142, 301, 337, 347, **373-392**, 445, 446, 449, 450, 518, 577, 594, 683, 686, 690, 691, 694, 721, 725, 727, 736, 739, 740, 742, 743

「たそがれに読むべき物語」("To Be Read at Dusk," 1837)　403

『誰の責任でもない』(*Nobody's Fault*)　507, 508

「男子生徒の物語」("The Schoolboy's Story," *CS*)　213, 214

『憑かれた男』(*The Haunted Man*, 1848)　198-201, 203, 209, 212, 719

「憑かれた男（朗読台本）」("The Haunted Man")　527, 528

『ディケンズのスピーチ集』(Fielding ed., *The Speeches of Charles Dickens*, 1960)　535, 719

「デイヴィッド・コパフィールド（朗読台本）」("David Copperfield")　523

『デイヴィッド・コパフィールド』(*David Copperfield*, 1849-50)　19, 20, 51, 103, 111, 119, 130, 141, 148, 215, **237-255**, 264, 338, 391, 413, 433, 434, 436, 437, 443, 448, 488, 523, 540, 545, 573, 574, 596, 604, 605, 607, 610, 613, 647, 654, 675, 686, 692, 703, 709, 718, 719, 725, 727, 742, 743

『デイリー・ニューズ』紙 (*The Daily News*, 1846-1930)　26, 166, 171, 223, 482, 484-488, 536, 543, 551

「点灯夫」(*The Lamplighter*, 1838)　496

「点灯夫の物語」("The Lamplighter's Story," 1841)　400

「ドクター・マリゴールド（朗読台本）」("Doctor Marigold")　524, 525

『ドクター・マリゴールド』("Doctor Marigold," *CS*)　214, 216, 218, 525

「トム・ティドラーズの地面」("Tom Tiddler's Ground," *CS*)　213, 216

『ドンビー父子』(*Dombey and Son*, 1846-48)　51, 119, 125, 200, 201, 214, **219-236**, 239, 243, 244, 418, 424, 435, 488, 500, 520, 541, 573, 575, 584, 594, 631, 632, 662, 681, 687, 703, 710, 711, 717, 718, 722, 725, 727, 746

な

「ナイチンゲール氏の日記」(*Mr. Nightingale's Diary*, 1851)　52, 403, 496, 503, 504, 514

ナショナル版ディケンズ全集 (*The National Edition of Dickens's Works*, 1908)　622

「何物かの手荷物」("Somebody's Luggage," *CS*)　213

『ニコラス・ニクルビー』(*Nicholas Nickleby*, 1838-39)　**95-113**, 116, 119, 138, 194, 426, 439, 461, 497, 524, 571, 572, 585, 590, 594, 596, 617, 625, 745

『ニコラス・ニックルベー』(*Nicholas Nickleby*)　603

『日曜三題』(*Sunday Under Three Heads*, 1836)　394, 538, 539, 567, 629

『二都物語』(*A Tale of Two Cities*, 1859)　144, 304, 314, 315, 742, **313-331**, 337, 388, 441, 443, 491, 518, 528, 560, 576, 577, 586, 592, 679, 686, 739

「ニューゲイト監獄探訪記」("A Visit to Newgate," *SB*)　50

「年齢とともに味わうクリスマスの意味」("What Christmas Is as We Grow Older," *CS*)　213

「ノーボディ、サムボディ、エヴリボディ」("Nobody, Somebody, and Everybody," 1856)　300

は

「バーデル対ピクウィック（朗読台本）」("Bardell and Pickwick")　518, 519, 521, 522, 524, 531, 533

『ハード・タイムズ』(*Hard Times*, 1854)　111, **275-293**, 316, 349, 362, 418, 431, 455, 456, 467, 469, 489, 560, 593, 631, 632, 657, 676, 682, 686, 698, 699, 718, 721, 738

『バーナビー・ラッジ』(*Barnaby Rudge*, 1841)　99, 119, **135-149**, 194, 278, 314, 391, 400, 551, 569, 571, 572, 576, 594, 678, 686, 698, 710, 725

「バーボックス兄弟（朗読台本）」("Barbox Brothers")　526

『ハウスホールド・ナラティヴ・オヴ・カレント・イベンツ』(*The Household

Narrative of Current Events, 1852-55) 489
『ハウスホールド・ワーズ』誌 (Household Words, 1850-59)　27, 50, 51, 213, 215, 218, 221, 276, 278, 279, 283, 284, 290, 299, 321, 360, 402, 404, 405, 418, 423, 488-491, 506, 507, 521, 526, 536, 543, 549, 550, 553, 560, 621, 623-625, 629, 701, 719, 720, 746
「バスティーユの囚人（朗読台本）」("The Bastille Prisoner")　527, 528
『ハンフリー親方の時計』(Master Humphrey's Clock, 1840-41)　26, 64, 99, 116-118, 120, 122, 136, 139, 142, 142, 399, 482
「柊旅館」("The Holly-Tree," CS)　213, 215, 521
「柊旅館のブーツ（朗読台本）」("Boots at the Holly-Tree Inn")　520, 521, 524, 525
『ピクウィック・クラブ』(The Pickwick Club, 1836-37)　24, 25, 44-47, **57-75**, 98-101, 103, 118, 119, 137, 138, 148, 194, 221, 306, 379, 415-417, 425, 433, 441, 478-480, 497, 522, 524, 538, 558, 562, 566, 569, 596, 599, 600, 603, 616, 629, 643, 647, 651, 674, 680, 682, 689, 695, 704, 707, 710, 729, 730
「人気のない町」("The City of The Absent," UT)　452
「雛嫁」("Our Housekeeping," DC)　605, 607
『ピルグリム版書簡集』(The Pilgrim Edition of the Letters, 1965-2002)　480, 718-719
「昼間のヴォクソール公園」("Vauxhall Gardens by Day," SB)　40
「フェクター氏の演技について」("On Mr Fechter's Acting," Atlantic Monthly, 1869)　621
「ホームのない女性のためのホーム」("Home for Homeless Women," HW) 549
『ボズのスケッチ集』(Sketches by Boz, 1836) 23, 24, **39-55**, 61, 62, 137, 139, 194, 306, 395, 398, 400, 416, 418, 424, 425, 442, 443, 447, 456, 478-490, 496, 560, 565, 569, 578, 601, 619, 630, 706, 709, 711, 719, 744
「ボブ・ソーヤー氏のパーティ（朗読台本）」("Mr. Bob Sawyer's Party")　524, 525, 531
「ポプラ小路の晩餐会」("A Dinner at Poplar Walk," SB)　23, 61

ま
『マーティン・チャーズルウィット』(Martin Chuzzlewit, 1843-44)　119, 154, 155, 167, **179-195**, 200, 222, 225, 225, 406, 446, 447, 522, 573, 594, 633, 675, 686, 688, 689, 703, 706, 707, 742
「マクリーディの『リア王』」("Macready's Lear at Covent Garden," Examiner, 1838)　621
「マクリーディ扮するベネディック」("Macready as Benedick," Examiner, 1843)　621
「マクリーディ扮するリア王」("Macready as King Lear," Examiner, 1849) 621
「マグビー・ジャンクション」("Mugby Junctions," CS)　526, 530
「マグビー駅のボーイ（朗読台本）」("The Boy at Mugby")　526
「貧しい親類の物語」("The Poor Relation's Story," CS)　213
『マドフォッグおよびその他のスケッチ集』(The Mudfog and Other Sketches, 1837-38)　397
「ミセス・ギャンプ（朗読台本）」("Mrs. Gamp")　520, 522
「ミンズ氏といとこ」("Mr. Minns and his Cousin," SB)　40
『無商旅人』(The Uncommercial Traveller, 1860)　406, 407, 443, 491-493, 619, 679
「無名氏の物語」("Nobody's Story," CS) 213, 214, 216
『村のコケット』(The Village Coquettes, 1836)　395, 469, 636

や
「幽霊屋敷」("The Haunted House," CS) 213, 216
「行止り」(No Thoroughfare, 1867)　496, 623

索 引

「ヨークシャー学校のニコラス・ニクルビー（朗読台本）」("Nicholas Nickleby at the Yorkshire School")　524
「妖精についての欺瞞」("Frauds on the Fairies," *HW*)　290
「酔っ払いの死」("The Drunkard's Death," *SB*)　417
「夜の散策」("Night Walks," *UT*)　443, 615

ら
「ラムズゲートのタッグズ家の人々」("The Tuggses at Ramsgate," *SB*)　567
「立法による健康」("Health by Act of Parliament," *HW*)　553
『リトル・ドリット』(*Little Dorrit*, 1855-57)　21, 148, 235, 272, **295-312**, 337, 338, 348, 350, 359, 360, 362, 433, 441, 448, 488, 507, 508, 537, 576, 614, 662, 663, 677, 678, 681, 685, 686, 688, 690, 718, 722, 725, 727, 736, 740, 743
「リトル・ドンビーの物語（朗読台本）」("The Story of Little Dombey")　226, 520, 531
「リリパー夫人の遺産」("Mrs. Lirriper's Legacy," *CS*)　214-216, 529
「リリパー夫人の下宿屋」("Mrs. Lirriper's Lodgings," *CS*)　213, 215, 216
「リリパー夫人の下宿屋（朗読台本）」("Mrs. Lirriper's Lodgings")　529
「牢帰り」("The Convict's Return," *PP*)　607
『炉辺のこおろぎ』(*The Cricket on the Hearth*, 1845)　198-200, 202, 207, 212, 484-487, 517, 519
『ロンドンの錠前屋ガブリエル・ヴァードン』(*Gabriel Vardon, the Locksmith of London*)　710

わ
『若いカップルのスケッチ集』(*Sketches of Young Couples*, 1840)　399
『若紳士の素描集』(*Sketches of Young Gentlemen*, 1838)　99
「我らが隣人」("Our Next-door Neighbour," *SB*)　417

2. 他作家の作品および新聞・雑誌等

あ

『赤ずきんちゃん』(*Little Red Riding Hood*) 418

『アグネス・グレイ』(A. Brontë, *Agnes Grey*, 1847) 220

『悪霊』(Dostoevsky, *The Devils*, 1871-72) 640, 664, 670

『朝日新聞』(*Asahi shimbun* [*The Asahi*], 1879-) 602

『アセニアム』誌 (*The Athenaeum*, 1828-1921) 42, 120, 140, 163, 279, 361, 415

『アトラス』紙 (*The Atlas*, 1826-62) 63

『アトランティック・マンスリー』誌 (*The Atlantic Monthly*, 1857-1901) 279, 408, 621, 623

『兄』(Fletcher, *The Elder Brother*, 1625) 499, 514

『アニュアル・レジスター』(*The Annual Register*, 1758-) 144

『アヘン服用者の告白』(De Quincey, *The Confession of an Opium Eater*, 1821) 646

『アメリカ』(Kafka, *America*, 1927) 130

『アメリカ人の家庭生活』(F. Trollope, *Domestic Manners of the Americans*, 1832) 156

『アメリカ奴隷制度の現状——一千人の証言』(Weld, *American Slavery As It Is: Testimony of a Thousand Witnesses*, 1839) 160

『アメリカ日記』(Marryat, *Diary in America*, 1839) 156

『アメリカのチャールズ・ディケンズ』(Wilkins, *Charles Dickens in America*, 1911) 154

『あらし』(Shakespeare, *The Tempest*, 1611/12) 128, 626

『嵐が丘』(E. Brontë, *Wuthering Heights*, 1847) 220

『アラビアンナイト』(*The Arabian Nights*) 20, 203, 418

『アリス』<『不思議の国のアリス』、『鏡の国のアリス』>(Lewis Carroll, *Alice's Adventures in the Wonderland*, 1865, *Through the Looking-Glass*, 1871) 579

『あるヴィクトリア朝の出版社——ベントリー社の研究』(Gettmann, *A Victorian Publisher: A Study of the Bentley Papers*, 1960) 728

『主なき椅子』(Fildes, *The Empty Chair*, 1870) 379

『荒地』(Eliot, *The Waste Land*, 1922) 359, 683

『アングロ・アメリカン』誌 (*The Anglo American*, 1843-47) 175

『アンナ・カレーニナ』(*Anna Karenina*, 1875-77) 31

『イヴニング・クロニクル』紙 (*Evening Chronicle*, 1835-47) 478, 479

『イギリス大衆文芸 1819-1851』(James, *English Popular Literature 1819-1851*, 1976) 729

『イギリスの社会小説 (1830-1850年)』(Cazamian, *The Social Novel in England 1830-1850*, 1903) 212

『イギリス文学におけるグロテスク』(Clayborough, *The Grotesque in the English Novel*, 1965) 50

『イグザミナー』誌 (*The Examiner*, 1808-81) 63, 140, 183, 227, 244, 428, 621, 622, 623

『偉大なる伝統』(Leavis, *The Great Tradition*, 1948) 725

『一日の四つの時』(Hogarth, *Four Times of a Day*, 1738) 417

『一家の友人』(Dostoevsky, *The Friend of the Family*, 1859) 651

『一種の力——シェイクスピアとディケンズの類似点』(Harbage, *A Kind of Power: The Shakespeare-Dickens Analogy*, 1975) 729

『田舎者の外遊』(Meckier, *Innocent Abroad*, 1990) 154

『イノック・アーデン』(Tennyson, *Enoch*

索　引　779

　　　Arden, 1864)　581
『イラストレーション』(Miller, *Illustration*, 1992)　49, 66, 67, 75
岩波『漱石全集』(*Iwanami Complete Works of Soseki*)　602, 603
『イン・メモリアム』(Tennyson, *In Memoriam*, 1850)　241
「インド人と乙女」("The Indian Savage and the Maiden")　461
ヴァリオラム・エディション第三版　(the "third variorum" edition, 21vols., 1821)　616
『ヴィヴィアン・グレー』(Disraeli, *Vivian Grey*, 1826-27)　426
『ヴィクトリア朝小説——研究の手引き続編』(Ford ed., *Victorian Fiction: A Second Guide to Research*, 1978)　716
『ヴィクトリア朝小説家と挿絵』(Harvey, *Victorian Novelists and Their Illustrators*, 1970)　728
『ウィンザーの陽気な女房たち』(Shakespeare, *The Merry Wives of Windsor*, 1597)　500, 514, 618, 620
『ウェストミンスター・レヴュー』誌 (*The Westminster Review*, 1824-1914)　42, 163, 279
『ヴェニスの商人』(Shakespeare, *The Merchant of Venice*, 1596/97)　383, 626
『失われた時を求めて』(Proust, *A la recherche de temps perdu*, 1912-19)　611
『ウジェニ・グランデ』(Balzac, *Eugénie Grandet*, 1833)　645
『英国人名事典』(*Dictionary of National Biography*, 1888)　715
『英国の一般読者』(Altick, *The English Common Reader*, 1957)　720
『英語研究』(*Eigo Kenkyu* [*Study of English*])　609, 610
『英語青年』(*Eigo Seinen* [*The Rising Generation*], 1898-)　602, 609
『英雄崇拝』(Carlyle, *Heros, Hero-Worship and the Heroic in History*, 1841)　145
『絵入りロンドンニュース』紙　(*The Illustrated London News*, 1842-)

　　　261
『エコノミスト』誌 (*The Economist*, 1843-　)　227
『エディンバラ・レヴュー』誌 (*The Edinburgh Review*, 1802-1929)　41, 64, 163, 723
『エドウィン・ドルードの謎、解決の糸口』(Walters, *Clues to the Mystery of Edwin Drood*, 1905)　383
『エベニーザ・スクルージの生涯と時代』(Davis, The Lives & *Times of Ebenezer Scrooge*, 1990)　212
『オール・ザ・イヤー・ラウンドの索引と寄稿者リスト』(Oppenlander, *Dickens' 'All the Year Round': Descriptive Index and Contributor List*, 1984)　720
『オールトン・ロック』(Kingsley, *Alton Locke*, 1850)　283
『嘔吐』(Sartre, *Nausea*, 1938)　184
『狼男ワグナー』(Reynolds, *Wagner, the Wehr-Wolf*, 1846-47)　425
『おとぎ文庫』(Cruikshank, *Fairy Library*, 1853-56)　423
『思出の記』(Tokutomi, *Omoide no ki [Footprints in the Snow]*, 1900-01)　604, 605
『親指太郎』(*Hop-o'-my-Thumb*)　423

か

『カーライルとディケンズ』(Goldberg, *Carlyle and Dickens*, 1972)　728
『カールトン・クロニクル』誌 (*The Carlton Chronicle*)　40
『回想録』(*Mémoires*, 1793)　329
「快適な宿」(Peake, *Comfortable Lodgings*, 1827)　500, 514
『快楽原則の彼岸』(Freud, *Beyond Pleasure Principle*, 1920)　733
『形見』(*The Keepsake*, 1828-57)　403
『家庭雑誌』(*Household Magazine*)　607
『家庭の夕べ』(Barbauld and Aikin, *Evenings at Home*, 1782-6)　420
『悲しみの淑女』(De Quincey, *Mater Dolorosa*, 1821)　646
『空騒ぎ』(Shakespeare, *Much Ado about Nothing*, 1598/99)　623
『カラマーゾフの兄弟』(Dostoevsky, *The Brothers Karamazov*, 1879-80)　31,

123, 640, 667, 668, 669
『かわいいポケット・ブック』(*A Little Pretty Pocket-Book*, 1744)　421
『完結エドウィン・ドルードの謎』(James, *The Mystery of Edwin Drood Complete*, 1873)　382
『監獄の誕生』(Foucault, *Discipline and Punish*, 1975)　737, 747
『カンタベリー物語』(Chaucer, *The Canterbury Tales*, c1387-1400)　522, 682
『黄色い小人』(Comtesse, *The Yellow Dwarf*, 1721)　418
『傷と弓』(E. Wilson, *The Wound and the Bow*, 1941)　337
『北と南』(Gaskell, *North and South*, 1855)　283, 489
『キャサリン』(Thackeray, *Catherine*, 1839-40)　428
『吸血鬼ヴァーニー』(Rymer, *Varney the Vampire*, 1846)　425
「急所は住所」("A Home Question," *HW*)　553
『旧約聖書』(*The Old Testament*)　311
『教育の守護者』(Trimmer, *The Guardian of Education*, 1802-06)　419
『狂人日記』(Gogol, "Notes of a Madman," *NR*)　644
『虚栄の市』(Thackeray, *Vanity Fair*, 1847-48)　220, 601, 647
「巨人退治のジャック」("Jack the Giant Killer")　461
『キルプの軍団』(Oe, *The Troop of Quilp*, 1988)　612
『近代の小説』(*Modern Novel*)　601
『近代美学史』(Dilthey, *Die drei Epochen der modernen Ästhetik und ihre heutige Ausgabe*, 1892)　612
『勤勉と怠惰』(Hogarth, *Industry and Idleness*, 1745)　234, 417, 418
『クォータリー・レヴュー』誌 (*The Quarterly Review*, 1809-1967)　42, 63, 141, 163, 722
『靴二つさんの物語』(*Goody Two-Shoes*, 1765)　421
『クラチュロス』(Plato, *Cratylus*)　49
「クラリ、またはミラノの乙女」(Payne, *Clari; or, the Maid of Milan*, 1823)

497, 513
『クランフォード』(Gaskell, *Cranford*, 1853)　489
『寓話詩』(*Fables in Verse*, 1758)　421
『グラフィック』誌 (*The Graphic*, 1869-1932)　578
『グレアムズ・マガジン』誌 (*Graham's Magazine*)　140
『グロテスクなもの』(Kayser, *Das Groteske*, 1957, trans. 1963)　50
「形勢逆転」(Poole, *Turning the Tables*, 1830)　500, 514
『芸術の雑誌』(*The Magazine of Art*, 1878-1902)　559
「ゲイブリエルの結婚」(Collins, "Gabriel's Marriage," *HW*)　506
『月長石』(Collins, *The Moonstone*, 1868)　384, 387, 389, 390, 491
『現代の作家』(*Modern Writers*, 1955)　610
『ケンブリッジ版ディケンズ案内』(*The Cambridge Companion to Charles Dickens*, 2001)　142
『コーンヒル・マガジン』誌 (*The Cornhill Magazine*, 1860-1975)　279
『恋敵』(Sheridan, *The Rivals*, 1775)　522
「工場問題」("Ground in the Mill," *HW*)　284
『凍れる海』(Brannan ed., *Under the Management of Mr. Charles Dickens: His Production of "The Frozen Deep,"* 1966)　719
『凍れる海』(*The Frozen Deep*, 1857)　315, 317, 321, 510, 511, 512, 514
『国民之友』(*Kokumin no tomo* [*The Nation's Friend*], 1887-95)　601, 605, 607
『小桜新八』(Sakai tr., *Kozakura Shimpachi*)　606, 608
「午前2時過ぎ」(Mrs. Gore, *Past Two O'Clock in the Morning*, 1839)　497
『子供のための聖歌』(Watts, *Divine Songs*, 1715)　420
「粉屋と手下たち」(Pocock, *The Miller and His Men*, 1813)　495, 619
『こまどり物語』(Trimmer, *The History of the Robins*, 1786)　420

さ

『ザ・ライブラリー・オブ・フィクション』誌　(*The Library of Fiction*)　40

『サー・ジョン・フォールスタフ、シャロー判事、ピストル爺さん、その他による滑稽劇』(*The Comic Humours of Sir John Falstaff, Justice Shallow, Ancient Pistol, and Others*, 1733)　626

『最近の暴動抄録』(Holcroft, *Narrative of the Late Riot*, 1780)　144

「催眠術」(Mrs. Inchbald, *Animal Magnetism*, 1788)　501, 514

『桜の国地震の国』(Sakai, *The Country of Cherry Blossoms, The Country of Earthquakes*, 1928)　609

「さくらんぼとお星さま」(anon., "Cherry and Fair Star," 1822)　495

「サザック・フェア」(Hogarth, "Southwark Fair," 1714)　417

『サザン・リテラリー・メッセンジャー』誌 (*The Southern Literary Messenger*, 1834-64)　165

『サタデイ・レヴュー』誌 (*The Saturday Review*)　227, 317, 337, 379, 415, 677, 722

『作家の日記』(Dostoevsky, *The Writer's Diary*)　611, 650

『サン』紙　(*The Sun*, 1792-)　63, 227

『散文の頌歌』(Barbauld, *Hymns in Prose for Children*, 1789)　420

『虐げられた人々』(Dostoevsky, *The Insulted and the Injured*, 1861)　123, 613, 640, 652, 667

「シェイクスピアのリア、舞台への復活」(Forster, "The Restoration of Shakespeare's Lear to the Stage," *Examiner*, 1838)　622

「シェイクスピアの失ったもの」("Something that Shakespeare Lost," *HW*)　625

『シェイクスピアとディケンズ――影響の力学』(Gager, *Shakespeare and Dickens: The Dynamics of Influence*, 1996)　630

『シェイクスピアの戯曲と詩』(*Shakespeare's Plays and Poems*, 21 vols., 1821)　616

『シェイクスピア作品集』(Singer ed., *Dramatic Works of William Shakespeare*, 10 vols., 1829)　616

『シェイクスピア用語索引大全』(Clarke, *The Complete Concordance to Shakespeare*, 1844-45)　621

『ジェイン・エア』(C. Brontë, *Jane Eyre*, 1847)　220

『ジェントルマンズ・マガジン』誌 (*The Gentleman's Magazine*, 1731-1868)　174

『ジキル博士とハイド氏』(Stevenson, *Dr. Jekyll and Mr. Hyde*, 1886)　388

『時事小冊子』(Carlyle, *Latter-Day Pamphlets*, 1850)　358

『死者に見張られて――ディケンズの未完の物語に関する愛情を込めた研究』(Proctor, *Watched by the Dead: A Loving Study of Dickens's Half-Told Tale*, 1887)　382

『自助伝』(Smiles, *Self-Help*, 1959)　340

『死せる心臓』(*The Dead Heart*, 1859)　317

『死せる魂』(Gogol, *Dead Souls*, 1842)　643, 644

「七偏人」(Baitei-kinga, *Shichihenjin*, 1857-63)　600

「しっぺ返し」(Morton, *A Roland for an Oliver*, 1819)　497, 513

『失楽園』(Milton, *Paradise Lost*, 1667)　702

『死の家の記録』(Dostoevsky, *The House of the Dead*, 1860)　647, 663

『詩の弁護』(Shelley, *A Defence of Poetry*, 1840)　289

『芝居仲間――ディケンズの見方、文体、大衆演劇』(Axton, *Circle of Fire*, 1966)　75, 728

『支払い日』(Jerrold, *The Rent Day*, 1832)　620

『シビル』(Disraeli, *Sybil*, 1854)　283

『資本論』(*The Capital*)　304, 685

『ジャーナリスト・ディケンズ』(Drew, *Dickens the Journalist*, 2003)　493

「ジャーリー夫人の名高い蝋人形コレクション」("Mrs Jarley's Far-Famed Collection of Waxworks," *OCS*)　458

『社会に関する新見解』(*A New View of Society*)　534

『ジャック・シェパード』(Ainsworth, *Jack Sheppard*, 1839)　120, 427, 428
『ジャックと豆の木』("Jack and the Beanstalk")　418
『十二夜』(Shakespeare, *Twelfth Night*, 1599-1600)　383
『十人十色』(Jonson, *Every Man in His Humour*, 1597)　226, 499, 500, 501, 513, 618, 620
「熟睡」(Mrs. Gore, *A Good Night's Sleep*, 1839)　500
『自由の灯』(*The Light of Freedom*, 1884-)　599
『種の起原』(Darwin, *On the Origin of Species*, 1859)　146
『ジョージ・ゴードン卿の生涯』(Watson, *Life of Lord George Gordon*, 1795)　144
『上昇と下降』(*Ascending and Descending*, 1960)　350
『小説家ディケンズ』(Monod, *Dickens Romancier*, 1953, trans.1967, *Dickens the Novelist*)　48, 717
『小説家ディケンズ』(Leavis, *Dickens the Novelist*, 1970)　725
『小説神髄』(Tsubouchi, *Shosetsu shinzui* [*The essence of the Novel*], 1886)　596, 600, 614
『小説の経験』(Pearce ed., *Experience in the Novel*, 1968)　75
『小説の職人ディケンズ』(Partlow, Jr., *Dickens the Craftsman*, 1970)　724
『小説文庫』(*The Library of Fiction*, 1836-37)　567, 568, 569
『小説への序章』(Tsuji, *Introduction to the Novel*, 1968)　611, 614
『小品集』(Kitton, *The Minor Writing*, 1900)　280
『娼婦の遍歴』(Hogarth, *A Harlot's Progress*, 1732)　417
『序曲』(Wordsworth, *The Prelude*, 1799, 1805, 1850)　125, 241, 422
『ジョロックスの愉快な冒険』(Surtees, *Jorrocks's Jaunts and Jollities*, 1831-34)　59
『ジョン・アクランドの失踪』(Lytton, *The Disappearance of John Ackland*, 1869)　377

『ジョン・ジャスパーの秘密』(Morford, *John Jasper's Secret*, 1871)　381
「ジョン伯父さん」(Buckstone, *Uncle John*, 1833)　512, 514
『知られざるドストエフスキー』(Hingley, *The Undiscovered Dostoevsky*, 1975)　641
『ジル・ブラース』(*Gil Blas*, 1715)　414
『城』(Kafka, *The Castle*, 1926)　130
『白バラと赤バラ、あるいはボズワース・フィールドの戦』(*The White and Red Rose; or The Battle of Bosworth Field*, 1835)　628
『新潮』(*Shincho* [*New Tide*])　601
『審判』(Kafka, *The Trial*, 1925)　130
『人民新聞』紙　(*Jinmin shimbun*)　607
『新約聖書』(*The New Testament*)　311, 401
『スクルーティニー』誌　(*Scrutiny*, 1932-1953)　696, 698
『スタンダード』紙　(*Standard*)　485, 487
『スペクテイター』紙　(*The Sectator*, 1711-12)　81, 117, 400, 416, 482, 601
『スペクテイター』誌　(*The Spectator*, 1828-)　244
『スワニー・レビュー』誌　(*The Sewanee Review*)　184
『聖書』(*The Bible*)　251, 311
『聖書物語』(Trimmer, *Sacred History*, 1782-84)　419
『銭』(Bulwer-Lytton, *Money*, 1840)　620
『せむし』(Knowles, *The Hunchback*, 1832)　357
『1970年のディケンズ』(Slater ed., *Dickens 1970*, 1970)　724
「選挙風景」(Hogarth, *The Election*, 1757-58)　417
『戦争と平和』(Tolstoy, *War and Peace*, 1863-69)　31, 248
『1840年代の小説』(Tillotson, *Novels of the Eighteen-Forties*, 1954)　229
「洗礼式」(Hogarth, "A Baptism," c1729)　234
『ソールズベリー平原の羊飼い』(More, *The Shepherd of Salisbury Plain*, 1798)　421
『漱石先生と私』(Morita, *Souseki-sensei and I*, 1947)　602, 614

索　引

「そんなので委員会」("Commission and Omission", *HW*)　553

た
「退屈男」(Boucicault, *Used Up*, 1844)　504, 514
『ダイダロス』誌 (*Daedalus*, 1955-)　75
『タイムズ』紙 (*The Times*, 1785-)　78, 88, 173, 203, 259, 260, 297, 298, 336, 361, 423, 477, 477, 484, 485, 485, 486, 486, 487, 487, 488, 488, 489, 492, 492, 499, 511, 552, 722
『タトラー』紙 (*The Tatler*, 1709-11)　117, 400, 416, 482
「旅ごろも」(Tsubouchi, "Tabigoromo," 1887)　596, 601
『ダブリン・レヴュー』誌 (*The Dublin Review*, 1836-96)　163, 173, 174
『タラス・ブーリバ』(Gogol, "Taras Bulba," *NR*)　644
『タルテュフ』(Molière, *Le Tartuffe*, 1664)　651
『チェインバーズ・エディンバラ・ジャーナル』誌 (*The Chambers's Edinburgh Journal*, 1832-53)　178
『地下室の手記』(Dostoevsky, *Letters from the Underworld*, 1864)　644, 658
『チャールズ・ディケンズのアメリカとの口論』(Moss, *Charles Dickens' Quarrel with America*, 1984)　154
『チャールズ・ディケンズ、その悲劇と栄光』(Johnson, *Charles Dickens: His Tragedy and Triumph*, 1952)　700
『チャールズ・ディケンズ』(Chesterton, *Charles Dickens*, 1906)　202
『チャールズ・ディケンズ』(Smiley, *Charles Dickens*, 2002)　202, 212
『チャールズ・ディケンズの語りの技法』(Sucksmith, *The Narrative Art of Charles Dickens*, 1970)　75
『チャールズ・ディケンズの小説』(Kitton, *The Novels of Charles Dickens*, 1897)　280
『チャールズ・ディケンズ研究——ジャーナリストとして、小説家として』(2004)　493
『チャールズ・ディケンズ論』(Gissing, *Charles Dickens*, 1898)　640
『鳥留好語』(Uchida, *Choryukogo*, 1893)　601, 607
『月の男』誌 (*The Man in the Moon*, 1847-49)　227
『罪と罰』(Dostoevsky, *Crime and Punishment*, 1866)　640, 952, 653, 656, 657, 658, 660, 664, 666, 672
『ディケンジアン』誌 (*The Dickensian*, 1905-)　153, 168, 169, 381, 383, 533, 646, 678, 716, 719
『ディケンズ』(Ackroyd, *Dickens*, 1990)　614
『ディケンズ・クォータリー』誌 (*Dickens Quarterly*, 1984-)　75
『ディケンズ研究年報』(*Dickens Studies Annual* [Southern Illinois University], 1970-)　142, 218, 249, 342, 729
『ディケンズ作品の観賞と批評』(Chesterton, *Appreciations and Criticisms of the Works of Charles Dickens*, 1911)　201, 211
『ディケンズ・スタディーズ』誌 (*Dickens Studies* [Emerson College], 1965-69)　165, 178, 729
『ディケンズ・スタディーズ・ニューズレター』誌 (*Dickens Studies Newsletter* [Southern Illinois University], 1970-84)　729
「ディケンズ的世界　トジャーズ下宿からの眺め」("The Dickens World: A View from Todgers's," 1950)　184
『ディケンズとアナロジー』(Daleski, *Dickens and the Art of Analogy*, 1970)　84, 724
『ディケンズとカーライル』(Oddie, *Dickens and Carlyle*, 1972)　728
『ディケンズとカフカ』(Spilka, *Dickens and Kafka*, 1963)　728
『ディケンズと教育』(Collins, *Dickens and Education*, 1963)　715
『ディケンズとクルックシャンク』(Miller and Borowitz, *Charles Dickens and George Cruikshank*, 1971)　728
『ディケンズと出版社』(Patten, *Charles Dickens and His Publishers*, 1978)　75, 728
『ディケンズと1830年代』(Chittick, *Dickens and the 1830s*, 1990)　75
『ディケンズと想像力の試練』(Stewart,

Dickens and The Trials of imagination, 1975)　728
『ディケンズと短篇』(Thomas, *Dickens and the Short Story*, 1982)　218
『ディケンズと当初の挿絵画家たち』(Cohen, *Charles Dickens and His Original Illustrators*, 1980)　728
『ディケンズと読者たち』(Ford, *Dickens and His Readers*, 1955)　720
『ディケンズと都市』(Schwarzbach, *Dickens and The City*, 1979)　727
『ディケンズと20世紀』(Gross and Pearson, *Dickens and The Twentieth Century*, 1962)　636, 720
『ディケンズと犯罪』(Collins, *Dickens and Crime*, 1962)　83, 715
『ディケンズとフィズ』(Steig, *Dickens and Phiz*, 1978)　728
『ディケンズとメルヴィル』(Solomon, *Dickens and Melville in Their Time*, 1975)　729
『ディケンズと不可視の世界』(Stone, *Dickens and The Invisible World*, 1979)　727
『ディケンズと笑いのレトリック』(Kincaid, *Dickens and The Rhetoric of Laughter*, 1967)　727
『ディケンズの遺産』(Slater, *An Intelligent Person's Guide to Dickens*, 1999)　212
『ディケンズのオール・ザ・イヤー・ラウンド——記述索引、寄稿者一覧』(Oppenlander, *Dickens' 'All the Year Round': Descriptive Index and Contributor List*, 1984)　490
『ディケンズの語りの技法』(Sucksmith, *The Narrative Art of Charles Dickens*, 1970)　724
『ディケンズの言語』(Brook, *The Language of Dickens*, 1970)　728
『ディケンズの作品の対話における音と記号』(Gerson, *Sound and Symbol in the Dialogue of the Works of Charles Dickens*, 1967)　728
『ディケンズの生涯』(Forster, *The Life of Charles Dickens*, 1872-74)　182, 515, 564, 718
「ディケンズの世界」(Taketomo-sofu, "The World of Dickens")　608, 609, 652, 653, 661
『ディケンズの世界』(Wilson, *The World of Charles Dickens*, 1970)　83, 337, 493, 724
『ディケンズの創作過程』(Butt & Tillotson, *Dickens at Work*, 1957)　48, 49, 83, 717
『ディケンズの想像力』(Cockshut, *The Imagination of Charles Dickens*, 1961)　726
「ディケンズの俗語の研究」(Ichikawa, "Studies of Slang in Dickens")　609
『ディケンズの都市』(Welsh, *The City of Dickens*, 1971)　727
『ディケンズの批評家たち』(Ford & Lane, Jr., *The Dickens Critics*, 1961)　720
『ディケンズの見たアメリカとアメリカ人』(Slater, ed., *Dickens on America & the Americans*, 1979)　155, 727
『ディケンズの見たイギリスとイギリス人』(Malcolm, *Dickens on England and The English*, 1979)　727
『ディケンズの朗読』(Williams, *Readings from Dickens*, 1954)　531
『ディケンズ——批評の遺産』(Collins, *Dickens: The Critical Heritage*, 1971)　183, 716, 721
『ディケンズ批評——過去、現在、未来の方向』(Ford et al. eds., *Dickens Criticism: Past, Present, and Future Directions: A Symposium*, 1962)　716
『ディケンズ評論集』(Price ed., *Dickens; A Collection of Critical Essays*, 1967)　720
『ディケンズ——「ピクウィック」から「ドンビー」まで』(Marcus, *Dickens: From Pickwick to Dombey*, 1965)　723
『ディケンズ——夢想家の視座』(Stoehr, *Dickens: The Dreamer's Stance*, 1965)　723
『ディケンズ論』(Sitwell, *Dickens*, 1932)　34
『テイツ・エディンバラ・マガジン』誌 (*The Tait's Edinburgh Magazine*, 1832-61)　178

索 引

ティッグ、モンタギュー (Montague Tig, MC)　464
『デイリー・イヴニング・トランスクリプト』誌 (The Daily Evening Transcript, 1830-53)　163
『テリフィック・レジスター』誌 (The Terrific Register, 1824-57)　424
『デント版ディケンズのジャーナリズム』(Slater and Drew, eds. The Dent Uniform Edition of Dickens's Journalism, 2000)　493
『天路歴程』(Bunyan, The Pilgrim's Progress, 1678, 84)　86, 128, 417
『東海道中膝栗毛』(Jippensha-ikku, Tokaidochu hizakurige [Shank's Mare], 1802-22)　600
『当世書生気質』(Tsubouchi, Tosei shosei katagi [The Character of Modern Students], 1886)　596, 597, 599, 600
『当世風結婚』(Hogarth, Marriage a la Mode, 1745)　234, 417
『灯台』(Collins, The Lighthouse, 1855)　506, 507, 509, 510, 514
『道徳と立法の諸原理序説』(Bentham, Introduction to Principles of Morals and Legislation, 1789)　277
「投票」(Hogarth, "Polling," 1775)　417
『ドクター・シンタクスの冒険旅行』(Combe, Dr. Syntax's Three Tours, 1810-21)　59
『ドストエフスキーとディケンズ』(Lary, Dostoevsky and Dickens, 1973)　728
『トポグラフィーズ』(Miller, Topographies, 1995)　66, 75
『トム・ジョーンズ』(Tom Jones, 1749)　103, 414, 415
『トリストラム・シャンディ』(Sterne, Tristram Shandy, 1765)　224
『トルー・サン』紙 (The True Sun, 1832-37)　476, 487
『ドン・キホーテ』(Cervantes, Don Quixote, 1605, 1615)　414, 415, 648, 682, 705

な

『ナショナル・マガジン』誌 (The National Magazine, n.d.)　59
『ナショナル・レビュー』誌 (The National Review)　64, 183
『ナソーの泉のあぶく』(Bond Head, Bubbles from the Brunnens of Nassau, by an Old Man, 1834)　44
「ナンサッチ書簡集」("Nonesuch Letters")　719
『ナンサッチ全集』(The Nonesuch Dickens, 1937-38)　719
『二重人格』(Dostoevsky, The Double, 1846)　652, 664
『日記』(Natsume, Diary)　603
『ニュー・イングランダー』誌 (The New Englander, 1843-84)　163
『ニューゲイト・カレンダー』(Newgate Calendar)　427, 428
『ニューヨーク・デイリー・トリビューン』紙 (The New York Daily Tribune, 1841-72)　176
『ニューヨーク・トリビューン』紙 (The New York Tribune)　515
『ニューヨーク・ヘラルド』紙 (The New York Herald, 1835-1924)　158, 163
『ニューヨーク・レッジャー』紙 (The New York Ledger, 1856-98)　405
『人形の家』(Ibsen, A Doll's House, 1879)　358, 359
「盗まれた手紙」(Poe, "The Purloined Letter," 1845)　87
『ネイション』誌 (The Nation)　361
『ノース・アメリカン・レヴュー』誌 (The North American Review, 18!5-1939)　227, 153
『ノース・ブリティッシュ・レビュー』誌 (The North British Review)　183

は

『ハーパーズ・マンスリー・マガジン』誌 (Harper's Monthly Magazine)　361
『ハウスホールド・ワーズ——目次、寄稿者一覧、寄稿作品』(Lohrli, comp., 'Household Words': Table of Contents, List of Contributors and Their Contributions, 1973)　488, 489, 490, 491, 732
『ハウスホールド・ワーズにおけるディケンズの未収録記事』(Stone ed., The Uncollected Writings of Charles Dickens: 'Household Words' 1850-

『1859, 1968)　719
『ハウスホールド・ワーズ編集原簿』("The Household Words Office Book")　720
『白衣の女』(Collins, The Woman in White, 1860)　491, 683
『白痴』(Dostoevsky, The Idiot, 1868)　31, 640, 648, 653, 664, 666, 672
「埴生の宿」(Bishop, "Home, Sweet Home!" 1823)　497
『ハムレット』(Hamlet, 1600)　344, 358
「ハムレット殿下について」("Touching the Lord Hamlet," HW)　625
「ハムレット殿下再考」("Re-Touching the Lord Hamlet," HW)　625
『ハンフリー・クリンカー』(Humphry Clinker, 1771)　415
『パトリシアン』誌 (The Patrician, 1846-48)　175
『パンチ』誌 (Punch, 1841-1992, 1996-2002)　81, 220, 483, 487, 490, 579, 621
「パンチとジュディー」("Punch and Judy")　127, 460
『火打ち石と炎』(Davis, The Flint and the Flame, 1963)　729
『日帰りの狩猟』(Lever, A Day's Ride, 1860)　336
『ピクウィックの起源』(Dexter and Ley, The Origin of Pickwick, 1936)　75
『ピクニック・ペイパーズ』(The Pic Nic Papers, 1841)　400
「美女と野獣」(Beaumont, Beauty and the Beast, 1757)　129, 130
『白夜』(Dostoevsky, White Nights, 1847)　660, 661
『比類なきディケンズ』(Dyson, The Inimitable Dickens, 1970)　724
『ビリー・バトンのブレントフォードへの旅』(Billy Button's Journey to Brentford)　456
『フィガロ・イン・ロンドン』紙 (Figaro in London, 1831-39)　566
『フィズ——ディケンズの挿絵画家』(Buchanan-Brown, Phiz! Illustrator of Dickens' World, 1978)　728
『フォリン・クォータリー・レヴュー』誌 (The Foreign Quarterly Review, 1827-46)　154
福音書 (The Gospels)　401
『冨士』(Tokutomi, Fuji, 1925-28)　604, 605
『不平等なパートナー：チャールズ・ディケンズ、ウィルキー・コリンズとヴィクトリア朝の作家業』(Nayder, Unequal Partners: Charles Dickens, Wilkie Collins, & Victorian Authorship, 2002)　218
『冬に記す夏の印象』(Winter Notes on Summer Impressions)　660
『ブラックウッズ・マガジン』誌 (The Blackwood's Magazine, 1817-1980)　42, 163, 227
『ブラックウッズ・エディンバラ・マガジン』誌 (Blackwood's Edinburgh Magazine, 1817-1980)　318, 722
『フランス革命』(Carlyle, History of the French Revolution, 1837)　145, 317, 320, 323
『ブリタニカ百科事典』(Encyclopaedia Britannica)　80, 715
『フレイザーズ・マガジン』誌 (The Fraser's Magazine, 1830-82)　42, 163
『文化と帝国主義』(Said, Culture and Imperialism, 1994)　745, 748
「文学談片」(Natsume, "Critical Pieces")　603
『文学と絵画の出会い』(Hunt ed. Encounters: Essays on Literature and the Visual Arts, 1971)　728
『文学における卑俗性』(Huxley, Vulgarity of Literature, 1930)　612
『文学論』(Natsume, On Literature)　603
『文芸春秋』(Bungeishunju)　27
「文体論」(Tsubouchi, "On Style")　596, 597
『ヘスター・ウィルモット』(More, The History of Hester Wilmot, 1805)　421
『ペニー・マガジン』誌 (The Penny Magazine, 1832-1846)　41, 425
『ペラム』(Lytton, Pelham, 1828)　426
『ヘラルド』紙 (Herald)　485, 487
『ベルズ・ウィークリー・マガジン』誌 (Bell's Weekly Magazine, 1796-1896)　40

索　引

『ベルズ・ライフ・イン・ロンドン』誌　(*Bell's Life in London*, 1822-1886)　40
『ペンギン評論集——ディケンズ』(Wall ed., *Charles Dickens: A Critical Anthology*, 1970)　721
『ペンデニス』(Thackeray, *Pendennis*, 1848-50)　244
『ベントリーズ・ミセラニー』誌 (*Bentley's Miscellany*, 1837-68)　78, 84, 90, 99, 138, 397, 479, 480, 481, 562, 562, 624, 624, 630, 630, 717
『ヘンリー四世・第一部』(Shakespeare, *Henry IV, Part 1*, 1597/98)　522, 616
「ホームのない女性のためのホーム」("Home for Homeless Women," *HW*)　549
『ポール・クリフォード』(Lytton, *Paul Clifford*, 1830)　427
『放蕩一代記』(Hogarth, *A Rake's Progress*, 1735)　234, 417
『暴力的想像力』(Carey, *The Violent Effigy*, 1973)　726
『ボストンにおけるディケンズの日々』(Payne, *Dickens' Days in Boston*, 1927)　154
『ボズのスケッチ——ロンドンの情景』(1989)　50
『ボズの素描集』(1993)　41, 50
『坊っちゃん』(Natsume, *Botchan*, [*Little Master*], 1906)　603

ま

『マクベス』(Shakespeare, *Macbeth*, 1605/06)　358, 383, 463, 615, 629, 628, 630, 632
『マクベスの物語、殺人、その生涯と死』(Elliston, *The History, Murders, Life, and Death of Macbeth*, 1809)　628
『マザーグースの物語』(*Mother Goose's Nursery Rhymes*, 1765)　421
「マシューズさんを招いて」("At Home")　496
『魔人物語』(Ridley, *The Tales of the Genii*, 1764)　495
『貧しき人々』(Dostoevsky, *Poor Folks*, 1845)　647
『マゼッパ』(Byron, *Mazeppa*, 1831)　456
「マタイによる福音書」("*Matthew*")　286
『間違いの喜劇』(Shakespeare, *The Comedy of Errors*, 1592/93)　626
「全く聞こえず」(Poole, *Deaf as a Post*, 1823)　497
『マンスリー・マガジン』誌 (*The Monthly Magazine*, 1796-1843)　40, 42, 44, 53, 478, 561, 621, 623
『マンスリー・レヴュー』誌 (*Monthly Review*)　80
『見かけほど悪くない』(Lytton, *Not So Bad As We Seem*, 1851)　501, 514
『未成年』(Dostoevsky, *The Raw Youth*, 1875)　668
『道草』(Natsume, *Michikusa* [*The Three-Cornered World*], 1906)　604
『未知の淵』(Doyle, *The Edge of Unknown*, 1930)　382
『ミドロジアンの心臓』(Scott, *The Heart of Midlothian*, 1818)　139
『都新聞』(*Miyako shimbun*, 1888-1942)　606, 608
『ミラー・オブ・パーラメント』紙 (*The Mirror of Parliament*, 1828-40)　43, 475, 476, 478
『無垢の歌』(Blake, *Songs of Innocence*, 1789)　125
『娘』(Knowles, *The Daughter*, 1837)　357
『メアリー・バートン』(Gaskell, *Mary Barton*, 1848)　220, 221, 283
「召使たちの豪奢な生活」(Townley, *High Life below Stairs*, 1759)　498, 513
『メトロポリタン・マガジン』誌 (*The Metropolitan Magazine*, 1831-50)　46, 63, 120
『モーニング・クロニクル』紙 (*The Morning Chronicle*, 1769-1862)　40, 44, 53, 61, 78, 476, 477, 478, 479, 561
「森の子どもたち」("The Children in the Woods")　455, 461
「モルグ街の殺人」(Poe, "The Murders in the Rue Morgue," 1841)　391
『モントリオール・ガゼット』紙 (*The Montreal Gazette*, 1785-1867)　498

や

『闇の奥』(Conrad, *Heart of Darkness*, 1902)　185
『憂鬱な人——ディケンズ小説研究』(Lucas, *The Melancholy Man*, 1970)

724

『ユージーン・アラムの夢』(Hood, The Dream of Eugene Aram, 1828) 358

『ユージーン・アラム』(Lytton, Eugene Aram, 1832) 428

『遊女一代記』(Hogarth, A Harlot's Progress, 1732) 234

「ヨハネ伝」(John) 325

『読売新聞』(Yomiuri shimbun [The Yomiuri], 1874-) 596

ら

『ラウンド・テーブル』(The Round Table, 1863-69) 564

『ランブラー』誌 (The Rambler, 1848-62) 279

『リーダー』紙 (The Leader, 1850-59) 511

『リア王』(Shakespeare, King Lear, 1608) 128, 234, 235, 531

『リチャード三世』(Shakespeare, Richard III, 1597) 128

『リチャード二世の生涯と死、あるいはワット・タイラーとジャック・ストロー』(The Life and Death of King Richard II; or Wat Tyler and Jack Straw, 1834) 628

「立法による健康」("Health by Act of Parliament," HW) 553

「リトル・ネル」(バラッド) ("Little Nell") 508

『リプリゼンテーションズ』(Representations) 736

『レディ・フラベラ』(The Lady Flabella, 1820) 426

『廉価版叢書』(More, Cheap Repository Tracts, 1795-98) 420

『錬金術師』(Jonson, The Alchemist, 1610) 620

『連載小説家チャールズ・ディケンズ』(Coolidge, Jr., Charles Dickens as Serial Novelist, 1967) 728

『労働者の小説――1830-1850』(James, Fiction for The Working Man 1830-1850, 1963) 729

『朗読者ディケンズ』(Kent, Charles Dickens as a Reader, 1872) 531

『蘆花徳冨健次郎』(Nakano, Roka Tokutomi-kenjiro, 1972-74) 605

『ロシア小説集』(Gogol, Nouvelles Russes, 1845) 644

『ロックウッド』(Ainsworth, Rookwood, 1834) 427

『ロデリック・ランダム』(Smollett, Roderick Random, 1748) 103, 414, 415

『ロミオとジュリエット』(Shakespeare, Romeo and Juliet, 1594-95) 522, 625

『ロンドン・マガジン』誌 (The London Magazine, 1820-29) 42

『ロンドン商人ジョージ・バーンウェル』(Lillo, The History of George Barnwell, 1731) 341

『ロンドンの生活』(Egan, Life in London, 1820-21) 59

『ロンドン大火』(Ackroyd, The Great Fire of London, 1982) 614

『ロンドンの労働者と貧民』(London Labour and the London Poor, 1861-62) 356

わ

「ワーテルローの戦い」("The Battle of Waterloo") 456

『ワイルドフェル・ホールの借地人』(A. Brontë, The Tenant of Wildfell Hall, 1848) 220

『若き芸術家の肖像』(Joyce, The Portrait of the Artist as a Young Man, 1916) 705

『吾輩は猫である』(Natsume, I Am a Cat, 1905-06) 603

『私の知るディケンズ――イギリスとアメリカにおける朗読旅行物語』(Dolby, Charles Dickens as I Knew Him: The Story of the Reading Tours in Great Britain and America, 1885) 531

『我らの少年少女たち』(Our Young Folks, 1865-73) 409

3. 作品の登場人物

あ

アートフル・ドジャー（The Artful Dodger, *OT*）⇨ ドジャー
アーロン（Aaron Gurnock, *The Lighthouse*）509
愛子（Aiko,『冨士』）604
阿久沢（Akuzawa,『小桜新八』）606
アグネス ⇨ ウィックフィールド
アデリーナ（Adelina Faraway, "Silverman"）409
アニー ⇨ ストロング、アニー
アラム、ユージーン（Eugene Aram, *Eugene Aram*）428
アリババ（Ali Baba, *Arabian Nights*）291
アレイ（Ali, *The House of the Dead*）663
イーディス（Edith, *DS*）221, 222, 224, 227, 229, 233, 234, 235
イアーゴー（Iago, *Othello*）617, 623
イヴォルギン（General Ivolgin, *The Idiot*）653, 654, 656
イリューシャ（Illusha, *The Brothers Karamazov*）123
ヴァーデン、ゲイブリエル（Gabriel Varden, *BR*）137
ヴァーデン、ドリー（Dolly Varden, *BR*）119, 147
ヴァルヴァーラ（Varvara Ardalioovna, *The Idiot*）656
ヴィーナス（Venus, *OMF*）357, 358, 363, 365, 370, 371
ウィックフィールド、アグネス（Agnes Wickfield, *DC*）87, 246, 119, 248, 251, 252, 253, 254, 563
ウィッティタリー、ジュリア（Julia Wititterly, *NN*）426
ウィッティタリー夫人（Mrs. Wititterly, *NN*）625
ウィルファー、ベラ（Bella Wilfer, *OMF*）356, 357, 358, 362, 366, 367, 368, 369, 371
ウィルモット（Lord Wilmot, *Not So Bad As We Seem*）505
ウィレット、ジョン（John Willet, *BR*）146, 147, 148
ウィンクル、ナサニエル（Nathaniel Winkle, *PP*）62, 522, 567, 585, 592
ウェイド、ミス（Miss Wade, *LD*）593, 743
ウェストロック、ジョン（John Westlock, *MC*）444
ウェッグ、サイラス（Silas Wegg, *OMF*）358, 365, 370, 578
ヴェック、トゥビー（Toby Veck, *CB*, "Chimes"）05, 206, 207
ヴェック、メグ（Meg Veck, *CB*, "Chimes"）206, 207
ヴェニアリング、ハミルトン（Hamilton Veneering, *OMF*）357
ヴェニアリング夫妻（The Veneerings, *OMF*）442, 670
ウェミック、ジョン（John Wemmick, *GE*）341, 443, 464
ウェラー、サム（Sam Weller, *PP*）24, 60, 62, 63, 65, 68, 69, 71 72, 73, 74, 117, 396, 400, 416, 417, 437, 522, 569, 687, 688, 744
ウェラー、トニー（Tony Weller, *PP*）71, 72, 440, 600
ウェラー夫人（Mrs. Weller, *PP*）60
ヴェルホヴェーンスキー、スチュパン（Stepan Trofimovitch Verhovensky, *The Devils*）670
ウォーダー、リチャード（Richard Wardour, *The Frozen Deep*）315, 510
ウォーデン、マイクル（Michael Warden, *BL*）208
ウォードル、レイチェル（Rachel Wardle, *PP*）651
ヴォールズ（Vholes, *BH*）263, 271
ウォプスル（Wopsle, *GE*）341, 343, 344. 629, 631
ウォプスル氏の大叔母（Mr. Wopsle's Great Aunt, *GE*）540
乳母（The Nurse, *Romeo and Juliet*）625
エスター（Esther Summerson, *BH*）⇨ サマソン、エスター

エステラ（Estella, *GE*）　334, 341, 343, 344, 345, 346, 347, 349, 350, 351, 529, 588, 589, 592, 594, 726
エゼキエル（Ezekiel, *CS*, "Mugby"）　526
エドガー（Edgar, *King Lear*）　627
エパンチン（Ivan Fyodorovitch Yepanchin, *The Idiot*）　670
エムリー（Em'ly, *DC*）　240, 251, 523, 545
エンデル、マーサ（Martha Endell, *DC*）　240, 252, 545
オーチャン（O-chan, 『キルプの軍団』）　612, 613
オーリック、ドルジ（Dolge Orlick, *GE*）　340, 342, 343, 345, 346, 588, 670, 706
オールダーズリ（Frank Aldersley, *The Frozen Deep*）　510
オイディプス（Oedipus, *Oedipus Tyrannus*）　146
「黄金の塵芥屋」（Golden Dustman）⇨ ボフィン、ニコデマス
岡野幹事（Okano Kanji, 『小桜新八』）　606
お夏（Onatsu, 『小桜新八』）　606, 607
オベンライザー（Obenreiser, *No Thoroughfare*）　623
オルタンス（Hortense, *BH*）　264, 268, 382, 552

か

カーカー（James Carker, *DS*）　221, 224, 230, 234, 575
ガージャリー、ジョー（Joe Gargery, *GE*）　335, 336, 337, 341, 342, 346, 347, 348, 350, 529, 588, 589, 594, 666
ガージャリー夫人（Mrs. Gargery, *GE*）　341, 345
カーストーン、リチャード（Richard Carstone, *BH*）　271
カートン、シドニー（Sydney Carton, *TTC*）　304, 318, 319, 321, 324, 325, 328, 329, 388, 441, 586, 587, 592, 742
カードル氏（Mr. Curdle, *NN*）　625
ガーランド一家（The Garlands, *OCS*）　442
ガーランド夫妻（Mr. and Mrs. Garland, *OCS*）　453
カヴァレット、ジョン（John Cavaletto, *LD*）　301

過去のクリスマスの幽霊（Ghost of Christmas Past, *CB*, "Carol"）　204, 205
ガッシュフォード（Gashford, *BR*）　142, 146
ガッピー、ウィリアム（William Guppy, *BH*）　267, 272、633
カトル船長（Captain Cuttle, *DS*）　224, 231
カラマーゾフ、アリョーシャ（Alyosha Karamazov, *The Brothers Karamazov*）　666, 668
カラマーゾフ、イワン（Ivan Karamazov, *The Brothers Karamazov*）　662, 667
カラマーゾフ、ドミートリー（Dmitri Karamazov, *The Brothers Karamazov*）　669
カラマーゾフ、フョードル（Fyodor Pavlovitch Karamazov, *The Brothers Karamazov*）　670
ガンター（Gunter, *PP*）　524
菊池慎太郎（Kikuchi Shintaro, 『思出の記』）　605
キホーテ、ドン（Don Quixote, *Don Quixote*）　24, 413, 648
ギャファー（Gaffer）⇨ ヘクサム、ジェシー
ギャベール、テオフィーユ（Theophile Gabelle, *TTC*）　327
キャリバン（Caliban, *The Tempest*）　128
ギャンプ、セアラ（Sarah Gamp, *MC*）　181, 183, 190, 191, 225, 464, 503, 559, 678, 684
キュート（Alderman Cute, *CB*, "Chimes"）　205
清（Kiyo, *Botchan*）　603
ギルズ、ソル（Sol Gills, *DS*）　222, 224
クイックリー夫人（Mrs. Quickly, *The Merry Wives of Windsor*）　500, 522, 621
クウィルプ、ダニエル（Daniel Quilp, *OCS*）　120, 124, 126, 127, 128, 129, 130, 131, 132, 225, 424, 449, 572, 612, 613, 657, 665, 683
グッドチャイルド、フランシス（Francis Goodchild, *Industry and Idleness*）　418
熊次（Kumaji, 『冨士』）　604
クライ、ロジャー（Roger Cly, *TTC*）　325

索 引

グラインダー、チャリタブル (Charitable Grinder, *DS*)　541
グライド、アーサー (Arthur Gride, *NN*)　102, 106, 107
クラチット、ティム (Tim Cratchit, *CB*, "Chimes")　204
クラチット、ボブ (Bob Cratchit, *CB*, "Chimes")　204, 205, 433
グラッドグラインド、ジェイン (Jane Gradgrind, *HT*)　28
グラッドグラインド、トマス (Thomas Gradgrind, *HT*)　282, 285, 286, 287, 288, 289, 290, 291, 292, 418, 632, 637, 690
グラッドグラインド、トム (Tom Gradgrind, *HT*)　287, 288, 290, 291, 292, 461
グラッドグラインド、ルイーザ (Louisa Gradgrind, *HT*)　285, 287, 288, 291, 292
クラムルズ、ヴィンセント (Vincent Crummles, *NN*)　109, 110, 111, 461, 463, 590, 594, 617, 631
クランチャー、ジェリー (Jerry Cruncher, *TTC*)　325
クリークル (Mr. Creakle, *DC*)　245
クリーバー、ファニー (Fanny Cleaver, *OMF*) ⇨ レン、ジニー
クリスチャン (Christian, *The Pilgrim's Progress*)　128
クリスパークル、セプティマス (Rev. Septimus Crisparkle, *ED*)　382, 390
グリッグ、トム (Tom Grig, "Lamplighter")　401
クリンカー、ハンフリー (Humphry Clinker, *Humphry Clinker*)　413
グルージアス、ハイラム (Hiram Grewgious, *ED*)　382, 447
クルーソー、ロビンソン (Robinson Cusoe, *Robinson Crusoe*)　413
クルック (Krook, *BH*)　261, 266, 424, 467
クルツ (Kurtz, *Heart of Darkness*)　185
グレアム、メアリー (Mary Graham, *MC*)　119, 187, 188
クレイフォード、ルーシー (Lucy Crayford, *The Frozen Deep*)　321
クレイポール、ノア (Noah Claypole, *OT*)　448, 541

クレナム、アーサー (Arthur Clennam, *LD*)　301, 305, 306, 30, 308, 309, 310, 311, 350, 442, 448, 448, 537, 541, 593, 653, 660, 671, 690
グロスター (Gloucester, afterward Richard III, *Richard III*)　128
ゲイ、ウォルター (Walter Gay, *DS*)　222, 224, 230, 233, 746
ケイト (Kate Nickleby, *NN*) ⇨ ニクルビー、ケイト
ケンウィッグズ (Kenwigs, *NN*)　633
現在のクリスマスの幽霊 (Ghost of Christmas Present, *CB*, "Carol")　202, 204, 205
ケンジ、ミスター (Mr. Kenge, *BH*)　446
県知事夫人 (Governess Lembke, *The Devils*)　670
コーデリア (Cordelia, *King Lear*)　128, 627, 631
ゴードン、ジョージ (Lord George Gordon, *BR*)　142, 146, 147, 148
コーリャ (Kolya Krasotkin, *The Idiot*)　65
コールドストリーム、サー・チャールズ (Sir Charles Coldstream, *Used Up*)　505
侯爵夫人 (The Marchioness, *OCS*)　129
コドリン、トム (Tom Codlin, *OCS*)　127, 460
コパフィールド、デイヴィッド (David Copperfield, *DC*)　103, 104, 238, 239, 240, 241, 248, 250 251, 252, 253, 254, 413, 433, 436, 442, 523, 540, 545, 574, 592, 603, 604, 605, 610, 702
コパフィールド、クララ (Clara Copperfield, *DC*)　250, 252
コブズ (Cobbs, *CS*, "Holly-tree")　521
ゴリャートキ (Mr. Golyadkin, *The Double*)　664
コンピソン (Compeyson, *GE*)　340, 346, 348, 588

さ

サイクス、ビル (Bill Sikes, *OT*)　81, 83, 84, 91, 92, 93, 376, 424, 448, 449, 467, 527, 563, 581, 590, 599, 606, 631, 632, 653, 663, 669
佐伯敏州 (Saeki Binshu, 『小桜新八』)

606
サマソン、エスター (Esther Summerson, *BH*) 259, 263, 264, 265, 266, 267, 268, 269, 270, 271, 272, 338, 440, 446, 737, 741, 742
サム (Sam < Samuel Weller, *PP*) ⇨ ウェラー、サム
サリー (Sally, *OT*) 589
サワベリー (Sowerberry, *OT*) 589
サン・テヴレモンド (St. Evrémonde, *TTC*) 327, 586
サンドフォード、ハリー (Harry Sandford, *The History of Sandford and Merton*) 422
ジェイコブ、リトル (Jacob Nubbles, *OCS*) 453
ジェドラー、グレイス (Grace Jeddler, *CB*, "Battle") 203, 208
ジェドラー、メアリアン (Marion Jeddler, *CB*, "Battle") 203, 208
シシー (Sissy < Cecilia Jupe, *HT*) ⇨ ジュープ、シシー
シム (Sim < Simon Tappertit, *BR*) 147
シャートフ (Shatov, *The Devils*) 670
ジャーリー夫人 (Mrs. Jarley, *OCS*) 127
ジャーンダイス、ジョン (John Jarndyce, *BH*) 445
ジャーンダイス、トム (Tom Jarndyce, *BH*) 445
ジャガーズ (Mr. Jaggers, *GE*) 340, 341, 345, 347, 445
ジャスパー、ジョン (John Jasper, *ED*) 375, 376, 380, 381, 382, 383, 384, 385, 387, 388, 389, 390, 578, 586, 690, 691, 746
ジャックマン、ジェミー (Major Jemmy Jackman, *CS*, "Lirriper") 529
シャロー (Justice Shallow, *The Merry Wives of Windsor*) 501, 618, 621, 626
ジュープ、シシー (Sissy Jupe, *HT*) 286, 287, 288, 289, 292 632
ジュープ (Jupe, *HT*) 286, 290
ジュディー (Judy, *Punch and Judy*) 460
ジュリア (Julia, *The Hunchback*) 357
ジョー ⇨ ガージャリー
ジョー (Jo, *BH*) 259, 261, 272, 273, 443, 444
ショート (Short, *OCS*) 127

ジョーンズ、トム (Tom Jones, *Tom Jones*) 413
ジョニー (Johnny, *OMF*) 370
シルヴァーマン、ジョージ (George Silverman, "Silverman") 409
ジングル、アルフレッド (Alfred Jingle, *PP*) 62, 67, 463, 568, 592, 651
シンドバッド (Sindbad the Sailor, *Arabian Nights*) 422
スウィードルパイプ、ポール (Paul Sweedlepipe, *MC*) 190
スウィヴェラー、ディック (Dick Swiveller, *OCS*) 119, 126, 129,130, 132, 586, 665
スウィジャー、ジョージ (George Swidger, *CB, "Haunted"*) 210
スウィジャー、ミリー (Milly Swidger, *CB, "Haunted"*) 203, 210
スヴィドリガイロフ (Arkady Ivanovitch Svidrigaylov, *Crime and Punishment*) 653, 664, 665
スウィルズ、リトル (Little Swills, *BH*) 460
スキムポール (Skimpole, *BH*) 235, 271, 272, 620
スキャダー、ゼファナイア (Zephaniah Scadder, *MC*) 189
スキュートン夫人 (Mrs. Skewton, *DS*) 232
スクウィアーズ、ワックフォード (Wackford Squeers, *NN*) 96, 97, 98, 105, 108, 109, 424, 440, 463, 524, 585, 667, 683
スクルージ、ファン (Fan Scrooge, *CB*, "Carol") 591
ステアリー (Mr. Justice Stareleigh, *PP*) 523
スティアフォース、ジェイムズ (James Steerforth, *DC*) 238, 243, 251, 252, 253, 523, 545
スティギンズ (Rev. Stiggins, *PP*) 71, 600, 695
ストライヴァー (Stryver, *TTC*) 587
ストラップ、ヒュー (Hugh Strap, *Roderick Random*) 415
ストロング、アニー (Annie Strong, *DC*) 252
ストロング博士 (Doctor Strong, *DC*) 240, 252, 253
スナグズビー (Snagsby, *BH*) 446, 273

索　引

スナビン（Serjeant Snubbin, *PP*）　445
スネヴリッチ嬢（Miss Snevellicci, *NN*）107
スネギリョフ、イユーシャ（Ilusha Snegirov, *The Brothers Karamazov*）　667
スノッドグラス、オーガスタス（Augustus Snodgrass, *PP*）　62, 68, 416, 522, 585
スノッビントン（Snobbington, *Past Two O'Clock in the Morning*）　498
スパーシット夫人（Mrs. Sparsit, *HT*）291
スペンロー、ドーラ（Dora Spenlow, *DC*）238, 246, 252, 523, 574, 592, 605
スペンロー氏（Francis Spenlow, *DC*）239
スマイク（Smike, *NN*）　105, 109, 111, 416, 524 667
スミス（Jeremy Smith, *The Insulted and Injured*）　123, 652
スモールウィード（Smallweed, *BH*）266, 272
スラックブリッジ（Slackbridge, *HT*）284
スリアリー（Sleary, *OCS*）　111, 288, 289, 290, 455, 461, 469
スリンクトン（Julius Slinkton, "Hunted Down"）　406
スロッピー（Sloppy, *OMF*）　359, 370, 683
ソーヤー、ボブ（Bob Sawyer, *PP*）　435, 525
ゾシマ（Father Zosima, *The Brothers Karamazov*）　670
ソフィー（Sophy, *CS*, "Doctor Marigold"）217

た

ターター、ミスター（Mr. Tartar, *ED*）390, 447
ダートル、ローザ（Rosa Dartle, *DC*）245, 252, 743
ダーネイ、チャールズ（Charles Darnay, *TTC*）　319, 321, 323, 324, 325, 326, 327, 328, 329, 388, 441, 586, 587
ターピン、ディック（Dick Turpin, *Rookwood*）427, 428
タイニー・ティム（Tiny Tim, *CB*, "Chimes")667
タクルトン（Tackleton, *CB*, "Cricket"）208
ダチェリー、ディック（Dick Datchery, *ED*）381, 383
タップマン、トレイシー（Tracy Tupman, *PP*）　62, 416, 522
タップリー、マーク（Mark Tapley, *MC*）188
タティコーラム（Tattycoram = Harriet Beadle, *LD*）⇨ ビードル、ハリエット　443
ダブルディック（Richard Doubledick, *CS*, "Seven"）　521
タルキングホーン、ミスター（Mr. Tulkinghorn, *BH*）　264, 265, 268, 445, 670, 731
タルテュフ（Tartuffe, *Le Tartuffe*）　651
タルランブル、ニコラス（Ncholas Tulrumble, *Mudfog*）　397
ダンカン王（King Duncan, *Macbeth*）463, 615
チアリブル兄弟（Cheeryble Brothers, *NN*）100, 467
チェスター、エドワード（Edward Chester, *BR*）　146, 147
チェスター、ジョン（John Chester, *BR*）142, 143, 146, 572
千葉多吉（Chiba Takichi,『小桜新八』）606
チャーリー（Charley＜Charlotte Necket, *BH*）　259, 269
チャズルウィット、アントニー（Anthony Chuzzlewit, *MC*）　193
チャズルウィット、ジョウナス（Jonas Chuzzlewit, *MC*）　18, 186, 191, 192, 193, 194, 406, 447, 652, 653, 664
チャズルウィット、マーティン（young Martin Chuzzlewit, *MC*）　181, 182, 185, 186, 188, 189, 192, 193, 688
チャズルウィット、マーティン（old Martin Chuzzlewit, *MC*）　186, 187, 188, 192, 193, 194, 236, 633, 651
チャドバンド（Chadband, *BH*）　695
忠叔父（Uncle Chu,『キルプの軍団』）613
チョップス（Chops the Dwarf, *CS*, "Going into Society"）　216, 460

デイヴィッド ⇨ コパフィールド、デイヴィッド
デイヴィス夫妻 (Mr. and Mrs. Davis, *PI*) 173
デイジー、ソロモン (Solomon Daisy, *BR*) 142
ティッグ、モンタギュー (Montague Tigg, *MC*) 189, 190, 191, 447, 652
ディック、ミスター (Mr. Dick, *DC*) 119, 120, 148, 240, 242, 253, 667
ディック ⇨ ダブルディック
ディック ⇨ スウィヴェラー、ディック
ティンクリング、ウィリアム (William Tinkling, "Holiday Romance") 409
テタビィー (Tetterby, *CB*, "Haunted") 528
デッドロック夫人 (Lady Honoria Dedlock, *BH*) ⇨ デッドロック、オノリア
デッドロック、オノリア (Honoria Dedlock, *BH*) 264, 266, 268, 269, 443, 670
デッドロック、レスター (Leicester Dedlock, *BH*) 268
デニス、ネッド (Ned Dennis, *BR*) 142
ドーキンス、ジャック (Jack Dawkins, *OT*) ⇨ ドジャー、アートフル
ドーラ ⇨ スペンロー
ドイス、ダニエル (Daniel Doyce, *LD*) 298, 302, 309, 310, 311, 688
トゥーツ (Toots, *DS*) 231
トゥードル、ロビン (Robin Toodle, *DS*) 541, 666
トゥードル一家 (The Toodles, *DS*) 433
トゥイスト、オリヴァー (Oliver Twist, *OT*) 80, 82, 83, 84, 85, 86, 88, 89, 91, 92, 93, 418, 436, 440, 62, 563, 581, 582, 586, 589, 667
トゥエムロー、メルヴィン (Melvin Twemlow, *OMF*) 356, 666
道化 (The Fool, *King Lear*) 622
ドジャー、アートフル (The Artful Dodger, *OT*) 91, 440, 565, 590, 592, 606
ドット (Dot < Mary Peerybingle, *CB*, "Cricket") 202, 208
トドゥルズ (Toddles, *OMF*) 370
ドドソン (Mr. Dodson, *PP*) 71
トニー (Tony Weller, *PP*) ⇨ ウェラー、トニー
トビー (Toby, *Punch and Judy*) 460

ドファルジュ、マダム・テレーズ (Mme Thérèse Defarge, *TTC*) 317, 319, 320, 326, 32, 328, 329, 586
トラップの小僧 (Trabb's Boy, *GE*) 588, 633
トラドゥルズ、トミー (Tommy Traddles, *DC*) 239, 433, 692
ドラムル、ベントリー (Bentley Drummle, *GE*) 340, 343, 345, 588, 589
ドリー (Dolly Varden, *BR*) ⇨ ヴァーデン、ドリー
ドリット、ウィリアム (William Dorrit, *LD*) 148, 299, 303, 304, 305, 307, 308, 310, 437, 510, 585, 593, 664, 670, 671, 690
ドリット、エイミー (Amy Dorrit, *LD*) 235, 299, 303,307, 308, 309, 437, 593, 614, 743
ドリット、エドワード (Edward Dorrit, *LD*) 309, 310
ドリット、フレデリック (Frederick Dorrit, *LD*) 460
ドリット、リトル (Little Dorrit < Amy Dorrit, *LD*) ⇨ ドリット、エイミー
ドル氏 (Mr. Doll, *OMF*) 578
ドルード、エドウィン (Edwin Drood, *ED*) 32, 381, 383, 578
トレント、ネル (Nell Trent, *OCS*) 119, 120, 121, 122, 123, 125, 126, 127, 128, 129, 130, 131, 365, 508, 571, 56, 613, 667
トレント老人 (Old Trent, *OCS*) 126, 128, 131
トロットウッド、ベツィー (Betsey Trotwood, *DC*) 240, 252, 448, 666, 667
ドンビー (Mr. Dombey, *DS*) 221, 222, 224, 227, 229, 230, 31, 232, 233, 234, 235, 236, 689, 690, 689, 690, 730
ドンビー、イーディス (Edith Dombey, *DS*) 266, 726
ドンビー、フローレンス (Florence Dombey, *DS*) 221, 222, 224, 226, 227, 230, 232, 233, 234, 730, 746
ドンビー、ポール (Paul Dombey, *DS*) 125, 435, 520, 559, 584, 667, 688, 726

な

ナジェット (Nadgett, *MC*) 191, 192, 447
ナターシャ (Natasha < Nastasya Filippovna

索 引

Barashkov, *The Idiot*) 665
ナブルズ、キット (Kit Nubbles, *OCS*) ⇨ ナブルズ、クリストファー
ナブルズ、クリストファー (Christopher Nubbles, *OCS*) 129, 131, 435, 453, 657
ナブルズ夫人 (Mrs. Nubbles, *OCS*) 453
ナンシー (Nancy, *OT*) 81 84, 91, 92, 93, 376, 428, 448, 467, 527, 545, 563, 581, 590, 619, 631, 632
ナンディー老人 (Old Nandy, *LD*) 303
ニイナ (Nina Alexandrovna, *The Idiot*) 656
ニクルビー、ケイト (Kate Nickleby, *NN*) 106, 426, 657
ニクルビー、ニコラス (Nicholas Nickleby, *NN*) 102, 13, 104, 105, 106, 107, 109, 110, 111, 416, 440, 442, 524, 585, 594, 688
ニクルビー、ラルフ (Ralph Nickleby, *NN*) 102, 105, 106, 107, 111, 442, 572, 590, 594, 657
ニクルビー夫人 (Mrs. Nickleby, *NN*) 102, 105, 656, 657, 684
ニッパー、スーザン (Susan Nipper, *DS*) 119
ニムロッド (Nimrod, *Genesis*) 61, 69
ネモ (Nemo, *BH*) ⇨ ホードン
ネリー (Nelly, *Poor Folk*) 613
ネリー (Nellie ＜ Nell, *The Insulted and the Injured*) 124, 667
ネル、リトル (Little Nell, *OCS*) ⇨ トレント、ネル
ネル (Nell, *The Insulted and the Injured*) 652
ノッグズ、ニューマン (Newman Noggs, *NN*) 105, 107
ノディー (Noddy, *PP*) 524

は

バーサッド、ジョン (John Barsad, *TTC*) 587
バースの女房 (Wife of Bath, *Canterbury Tales*) 522
バーデル (Martha Bardell, *PP*) 60, 67, 69, 70, 71, 72, 73, 74, 669
ハートハウス、ジェイムズ (James Harthouse, *HT*) 287, 288, 291

パートリッジ (Partridge, *Tom Jones*) 415
バーナクル一族 (The Barnacles, *LD*) 301
バーナクル、タイト (Tite Barnacle, *LD*) 442
バーバラ (Barbara, *OCS*) 453
ハーモン、ジョン (John Harmon, *OMF*) 357, 359, 366, 367, 368, 369, 370, 371, 384, 445, 670
バーロウ (Barlow, *The History of Sandford and Merton*) 422
ハイフライヤー (Alfred Highflyer, *A Roland for an Oliver*) 498
ハヴィシャム、ミス (Miss Havisham, *GE*) 148, 335, 343, 346, 347, 348, 349, 350, 529, 588, 589
バウンダビー、ジョサイア (Josiah Bounderby, *HT*) 282, 284, 286, 287, 288, 291, 292, 469, 633
バウンダビー、ルイーザ (Louisa Bounderby, *HT*) 266
バグストック少佐 (Major Bagstock, *DS*) 222, 229, 231, 235
バグネット、マシュー (Matthew Bagnet, *BH*) 460
バケット警部 (Inspector Bucket, *BH*) 265, 272, 391
バケット夫人 (Mrs. Bucket, *BH*) 382
バッド、ローザ (Rosa Bud, *ED*) 376, 387, 389, 390, 447
パッファー妃殿下 (Princess Puffer, *ED*) 383, 386
ハニーサンダー、ルーク (Luke Honeythunder, *ED*) 375, 389
バフル (Buffle, *CS*, "Lirriper") 529
ハム (Ham Peggotty, *DC*) 523
ハムレット (Hamlet, *Hamlet*) 279, 617, 623, 625, 628, 629, 631, 632
葉山好道 (Hayama Yoshimichi,『小桜新八』) 606
原さん (Hara-san,『キルプの軍団』) 613, 614
ハリス夫人 (Mrs. Harris, *MC*) 190
バンクォー (Banquo, *Macbeth*) 631
パンサ、サンチョ (Sancho Panza, *Don Quixote*) 24
ハンフリー親方 (Master Humphrey, *MHC*,

OCS) 117, 29, 142, 652
バンブル (Bumble, *OT*) 30, 463, 582, 589, 606
パンブルチュック (Pumblechook, *GE*) 335, 341, 343, 349
ヒースフィールド、アルフレッド (Alfred Heathfield, *CB*, "Battle") 208
ヒープ、ユライア (Uriah Heap, *DC*) 243, 251, 252, 253, 541
ピアリビングル、ジョン (John Peerybingle, *CB*, "Cricket") 202, 207, 208
ピクウィック、サミュエル (Samuel Pickwick, *PP*) 60, 61, 64, 65, 67, 68, 70, 71, 72, 73, 117, 306, 396, 400, 415, 416, 437, 439, 40, 441, 445, 522, 525, 559, 567, 570, 592, 599, 600, 644, 648, 650, 669
ヒグデン、ベティー (Betty Higden, *OMF*) 356, 359, 370, 683, 694
ピックル、ペリグリン (Peregrine Pickle, *Peregrine Pickle*) 413
ビッツァー (Bitzer, *HT*) 286, 287, 288, 345, 346, 347, 349
ピップ (Pip＜Philip Pirrip, *GE*) 103, 104, 334, 335, 336, 337, 338, 339, 340, 341, 342, 343, 344, 34, 346, 347, 348, 349, 350, 351, 443, 447, 529, 588, 589, 631, 633, 670, 688, 690, 706, 734
ビディー (Biddy, *GE*)
ピプチン、ミセス (Mrs. Pipchin, *DS*) 225, 226, 232, 243, 418, 435, 726
ヒュー (Hugh, *BR*) 142, 148, 572
貧困 (Want, *CB*, "Carol") 202, 205
ピンチ、トマス（トム）(Thomas Pinch, *MC*) 183, 573
ピンチ、ルース (Ruth Pinch, *MC*) 181, 444
ブーツ (Boots, *CS*, "Holly-tree") ⇨ コブズ
ファーン、ウィル (Will Fern, *CB*, "Chimes") 206
ファニー (Fanny Squeers, *NN*) 524
ファラウェイ夫人 (Lady Faraway, "Silverman") 409
フィーニックス (Cousin Feenix, *DS*) 642, 666
フィービ (Phobe, *The Lighthouse*) 508
フェイギン (Fagin, *OT*) 30, 358, 418, 436, 448, 559, 563, 81, 586, 590, 592, 599, 606, 665, 669

フェジウィッグ (Fezziwig, *CB*, "Carol") 580, 591
フォーミッチ、フォマー (Foma Fomitch, *The Friend of the Family*) 651
フォールスタフ (Falstaff, *Henry IV*) 522
フォールスタフ、ジョン (Sir John Falstaff, *Henry IV*, *The Merry Wives of Windsor*, et al.) 615, 616, 621, 626, 628
フォッグ (Mr. Fogg, *PP*) 71
藤子 (Fujiko, 『小桜新八』) 606
ブラース、ジル (Gil Blas, *Gil Blas*) 413, 414
ブラウン夫人 (Mrs. Brown, *DS*) 225, 233
ブラウンロー (Brownlow, *OT*) 30, 83, 84, 85, 91, 92, 448, 581, 582, 589, 606
ブラス、サリー (Sally Brass, *OCS*) 130, 132, 133
ブラス、サンプソン (Sampson Brass, *OCS*) 130, 132
ブラックプール、スティーヴン (Stephen Blackpool, *HT*) 280, 284, 285, 288, 292
プラマー、エドワード (Edward Plummer, *CB*, "Cricket") 208
ブランドワ (Blandois, *LD*) 593
フリントウィンチ (Jeremiah / Ephraim Flintwinch, *LD*) 664
ブリンバー博士 (Dr. Blimber, *DS*) 231
ブレイ、マデリン (Madeline Bray, *NN*) 106, 119
ブレインワーム (Brainworm, *Every Man in His Humour*) 499
フレッジビー (Fledgeby, *OMF*) 365, 366
フレッド (Fred, *CB*, "Carol") 204, 205, 591
ブローディー、ジョン (John Browdie, *NN*) 440
プローニッシュ (Thomas Plornish, *LD*) 666
フローレンス (Florence Dombey, *DS*) ⇨ ドンビー、フローレンス
プロコフィエヴナ、リザベータ (Lizaveta Prokofyevna, *The Idiot*) 666
ヘアデイル、エマ (Emma, Haredale,

索引

BR)　146, 147
ヘアデイル、ジェフリー　(Geoffrey Haredale, BR)　442
ヘアデイル、ルーベン　(Reuben Haredale, BR)　142
ヘイズ、キャサリン　(Catherine Hayes, Catherine)　428
ベイツ、チャーリー　(Charley Bates, OT)　91, 606
ベイリー少年　(Young Bailey, MC)　190
ヘイリング、ジョージ　(George Heyling, PP)　433
ヘクサム、ギャファー　(Gaffer Hexam, OMF) ⇨ ヘクサム、ジェシー
ヘクサム、ジェシー　(Jessy Hexam, OMF)　449, 637
ヘクサム、リジー　(Lizzie Hexam, OMF)　355, 357, 366, 367, 368
ペゴティー、エムリー　(Em'ly Peggotty, DC)　545
ペゴティー、クララ　(Clara Peggotty, DC)　250, 252, 433, 603
ペゴティー、ダニエル　(Daniel Peggotty, DC)　251, 252, 253, 438, 438
ベツィー　(Betsey Trotwood, DC) ⇨ トロットウッド、ベツィー
ペックスニフ、セス　(Seth Pecksniff, MC)　181, 183, 184, 186, 189, 193, 225, 236, 559, 573, 633, 689, 690
ペックスニフ、チャリティー　(Charity Pecksniff, MC)　573
ペックスニフ、マーシー　(Mercy Pecksniff, MC)　573
ヘッドストーン、ブラッドリー　(Bradley Headstone, OMF)　384, 385, 445, 665, 690, 742
別府三太郎　(Beppu Santaro,『小桜新八』)　606
ベネディック　(Benedick, Much Ado about Nothing)　621, 623
ヘルマー、ノラ　(Nora Helmer, A Doll's House, 1879)　359
ポーター夫人　(Mrs. Joseph Porter, SB)　619, 631
ホードン大尉　(Captain Hawdon, BH)　443, 576
ポール、リトル　(Little Paul, DS) ⇨ ドンビー、ポール

ボウリー、サー　(Sir Bowley, CB, "Chimes")　205
ポケット、ハーバート　(Herbert Pocket, GE)　335, 340, 341, 588, 631
ポドゥルズ　(Poddles, OMF)　370
ポドスナップ、ジョン　(John Podsnap, OMF)　356, 358, 371, 686, 690
ボバディル　(Captain Bobadil, Every Man in His Humour)　499, 618
ボフィン、ニコデマス（ノディー）　(Nicodemus Boffin, OMF)　355, 357, 362, 363, 364, 365, 366, 368, 369, 445, 578, 69, 739
ホフラコーヴァ、リーズ　(Lisa Hohlakov, The Brothers Karamazov)　669

ま
マーウッド、アリス　(Alice Marwood, DS)　222, 234
マーキューシオ　(Mercutio, Romeo and Juliet)　628
マーサ　(Martha Endell, DC) ⇨ エンデル、マーサ
マーシャルシーの父　(The Father of the Marshalsea ＜ William Dorrit, LD)　664
マーショネス　(The Marchioness, OCS) ⇨ 侯爵夫人
マーティン老人　(Old Martin Chuzzlewit, MC) ⇨ チャズルウィット、マーティン
マートン、トミー　(Tommy Merton, The History of Sandford and Merton)　422
マードストーン、エドワード　(Edward Murdstone, DC)　250, 252, 689, 690
マードル　(Mr. Merdle, LD)　298, 310, 488
マードル夫人　(Mrs. Merdle, LD)　664
マーリー、ジェイコブ　(Jacob Marley, CC)　591, 592
マーロウ　(Marlow, Heart of Darkness)　185
マギー　(Maggy, LD)　441
マクベス　(Macbeth, Macbeth)　57, 617, 619, 628, 631, 632
マクベス夫人　(Lady Macbeth, Macbeth)　631

マグウィッチ、エイベル (Abel Magwitch, *GE*)　336, 339, 340, 343, 344, 346, 348, 447, 450, 529, 588, 589, 688, 706, 734
マグズマン (Robert Magsman, *CS*, "Going into Society")　526
マグナス、ピーター (Peter Magnus, *PP*)　440
マチョーカムチャイルド (M'Choakumchild, *HT*)　286
松村敏子 (Muramatsu Toshiko, 『思出の記』)　605
マネット、アレグザンドル (Dr. Alexandre Manette, *TTC*)　316, 318, 319, 320, 324, 25, 328, 586
マネット、ルーシー (Lucy Manette, *TTC*)　320, 321, 323, 324, 325, 326, 327, 328, 329, 528, 586
マラプロップ夫人 (Mrs. Malaprop, *Rivals*)　522
マリゴールド (Doctor Marigold, *CS*, "Doctor Marigold")　217, 460, 525
マルメラードフ、ソーニャ (Sonya Marmeladov, *Crime ad Punishment*)　657
マルメラードフ (Katerina Ivanovna, *Crime and Punishment*)　653, 656
マルメラードフ (Semyon Zakharovitch Marmeladov, *Crime and Punishment*)　653, 656
マン夫人 (Mrs. Mann, *OT*)　589
マンタリーニ (Alfred Mantalini, *NN*)　105
ミーグルズ、ミニー (Minnie Meagles, *LD*)　308
ミーグルズ (Meagls, *LD*)　308, 309, 310, 311, 350
ミカウバー (Wilkins Micawber, *DC*)　604
ミコーバー、ウィルキンズ (Wilkins Micawber, *DC*)　20, 111, 235, 244, 246, 250, 252, 253, 437, 451, 464, 523, 587, 653, 656, 684, 730
ミコーバー夫人 (Mrs. Micawber, *DC*)　434, 684, 731
ミダス王 (Midas, King of Phryia, *MC*)　187
未来のクリスマスの幽霊 (Ghost of Christmas Yet to Come, *CB*, "Carol")　204

ミリー (Milly Swidger, *CS*, "Haunted")　528
ムイシュキン (Prince Lyov Nikolayevitch Myshkin, *The Idiot*)　648, 654, 665, 666, 670
無知 (Ignorance, *CB*, "Carol")　202, 205
「少佐」⇨ ジャックマン
メイリー (Maylie, *OT*)　737
メイリー、アグネス (Agnes Maylie, *OT*)　563
メイリー、ローズ (Rose Maylie, *OT*)　82, 83, 90, 448, 563, 565, 606
メルサム (Meltham, "Hunted Down")　406
モウチャー嬢 (Miss Mowcher, *DC*)　242
モウプス (Mopes, "Tom Tiddler's Ground," *CS*)　216
モウルド (Mould, *MC*)　189
百恵 (Momoe, 『キルプの軍団』)　613
モリー (Molly, *GE*)　340, 345
モンクス (Monks, *OT*)　82, 606

や

山銀親爺 (Yamagin-oyaji, 『小桜新八』)　606
ユージーン (Eugene Wrayburn, *OMF*) ⇨ レイバーン

ら

ラ・クリーヴィ、ミス (Miss La Creevy, *NN*)　442
ライアー (Riah, *OMF*)　364
ライダーフッド、ロジャー (ローグ) (Rogue Riderhood, *OMF*)　358, 368, 449, 637
ラヴタウン (Alfred and Mrs. Lovetown, *Is She His Wife?*)　396
ラスコーリニコフ、ドーニャ (Dunya Raskolnikov, *Crime and Punishment*)　657
ラスコーリニコフ (Rodion Romanovitch Raskolnikov, *Crime and Punishment*)　652, 653, 660
ラスコーリニコフ夫人 (Mrs. Raskolnikov, *Crime and Punishment*)　656, 657
ラッジ、バーナビー (Barnaby Rudge, *BR*)　140, 141, 142, 146, 148, 669
ラムル夫妻 (The Lammles, *OMF*)　670

索引

ランダム、ロデリック (Roderick Random, *Roderick Random*) 413, 415
ランドレス、ネヴィル (Neville Landless, *ED*) 389
ランドレス、ヘレナ (Helena Landless, *ED*) 383, 288, 389
リア王 (King Lear, *King Lear*) 128, 621
リヴォヴィッチ、ニコライ (Nikolai Lvovich, *The Idiot*) 654
リゴー (Rigaud, *LD*) 301, 442, 662, 663, 670
リチャード ⇨ ダブルディック
リッチモンド伯爵 (Earl of Richmond, *The White and Red Rose; or The Battle of Bosworth Field*) 628
リトル・ネル (Little Nell ＜ Nell Trent, *OCS*) ⇨ トレント、ネル
リリヴィック (Lillyvick, *NN*) 633
リリパー、エマ (Emma Lirriper, *CS*, "Mrs. Lirriper's Lodgings" & "Mrs. Lirriper's Legacy" 215, 216, 217, 529
ルーシー (Lucy, *Village Coquettes*) 396
ルージン (Luzhin, *Crime and Punishment*) 657
ルシファー (Lucifer, *Punch and Judy*) 127

レーベジェフ (Vera Lebedev, *The Idiot*) 664
レイチェル (Rachael, *HT*) 280, 284, 292
レイチェル (Rachel Wardle, *PP*) 67
レイバーン、ユージーン (Eugene Wrayburn, *OMF*) 357, 359, 366, 367, 368, 445, 670
レドロー (Redlaw, *HM*) 203, 209, 210, 528
レビャートキン (Lebyatkin, *The Devils*) 664
レン、ジェニー (Jenny Wren ＜ Fanny Clever, *OMF*) 578, 652, 669
レンプケ県知事 (Governor Lembke, *The Devils*) 670
ロークスミス、ジョン (John Rokesmith, *OMF*) ⇨ ハーモン、ジョン
ローザ ⇨ ダートル、ローザ
ローズ (Rose, *Village Coquettes*) 396
ロリー、ジャーヴィス (Jarvis Lorry, *TTC*) 325, 528

わ

ワルコフスキー公爵 (Prince Valkovsky, *The Insulted and Injured*) 124

4．実在人物

あ

アーヴィング、ワシントン (Washington Irving, 1783-1859)　153, 158, 163, 243, 601
アーノルド、トマス (Thomas Arnold, 1795-1842)　540
アーノルド、マシュー (Matthew Arnold, 1822-88)　245, 716
アイグナー、エドウィン (Edwin M. Eigner)　249
アウアーバック、ニーナ (Nina Auerbach)　232, 248, 252
青木雄造 (Yuzo Aoki, 1917-82)　610
アクストン、ウィリアム (William F. Axton)　64, 728
アグニュー、アンドルー (Sir Andrew Agnue, 1793-1849)　538
アクロイド、ピーター (Peter Ackroyd)　452, 542, 614
アストリー、フィリップ (Philip Astley, 1742-1814)　454
アディソン、ウィリアム (William Addison)　452
アディソン、ジョウゼフ (Joseph Addison, 1672-1719)　416
アバディーン伯爵 (George Hamilton Gordon, 4th Earl of Aberdeen, 1784-1860)　297, 485
アフナン、エラム (Elham Afnan)　584
荒井良雄 (Yoshio Arai)　532
アルバート公 (Prince Albert, 1819-61)　399, 499, 501
アレン、ウォルター (Walter Allen, 1911-95)　704, 705
アレン、マイケル (Michael Allen)　432, 452
アンデルセン、ハンス・クリスチャン (Hans Christian Anderson, 1805-75)　422, 423
アンドルーズ、マルコム (Malcom Andrews)　58, 238, 249, 254, 452, 479, 532, 727
イーガン、ピアス (Pierce Egan, 1772-1849)　415

イーグルトン、テリー (Terry Eagleton)　230, 236
イーストホープ、ジョン (John Easthope, 1784-1865)　477
イーソン、アンガス (Angus Easson)　296, 300, 312
イェイツ、エドマンド (Edmund Yates, 1831-94)　492, 509
イェイツ夫人 (Mrs. Elizabeth Yates, 1799-1860)　507, 509
石塚裕子 (Yuko Ishizuka)　238
市河三喜 (Sanki Ichikawa, 1886-1970)　609
市川又彦 (Matahiko Ichikawa)　610
伊藤整 (Ito Sei, 1905-69)　603
猪熊葉子 (Yoko Inokuma)　429
イプセン、ヘンリク (Henrik Johan Ibsen, 1828-1906)　358, 682
インガム、パトリシア (Patricia Ingham)　266
ウートラム、ドリンダ (Dorinda Outram)　329, 331
ヴァン・アンバーグ、アイザック (Isaac Van Amburgh, 1801-65)　453, 629
ヴァン・ゲント、ドロシー (Dorothy Van Ghent)　184, 704, 705, 706
ウィーラー、ウィリアム (William A. Wheeler)　452
ウィーラー、バートン (Burton M. Wheeler)　84
ヴィアルド、ルイ (Louis Viardot, 1800-83)　644
ヴィクトリア女王 (Queen Victoria, 1819-1901, 在位 1837-1901)　17, 27, 41, 399, 453, 486
ウィットゲンシュタイン (Ludwig Josef Johann Wittgenstein, 1889-1951)　49
ウィップル、エドウィン (Edwin Whipple, 1819-86)　279
ウィリアム三世 (William III, 1650-1702、在位 1689-1702)　402
ウィリアムズ、エムリン (Emlyn Williams,

800

索引

1905-1987) 531, 532
ウィリアムズ、レイモンド (Raymond Williams, 1921-88) 230
ウィリス (Mr. Willis) 358
ウィルキンズ、グライド (Glyde Wilkins) 165
ウィルズ、ウィリアム (William Henry Wills, 1810-80) 278, 423, 483, 488, 490, 720
ウィルソン、アンガス (Angus Wilson, 1913-91) 65, 363, 380, 478, 633, 724, 725
ウィルソン、エドマンド (Edmund Wilson, 1895-1972) 64, 246, 248, 250, 304, 304, 305, 305, 337, 362, 380, 387, 388, 686, 689, 691, 692, 694, 696, 697, 699, 700, 702, 703, 704
ウィルト、ジュディス (Judith Wilt) 143
ウエインライト、T. G. (Thomas Griffiths Wainewright, 1794-1852) 406
植木研介 (Kensuke Ueki) 94, 320, 331, 364, 372, 493
ウェストバーグ、バリー (Barry Westburg) 248
ウェブスター、ジョン (John White Webster, 1793-1850) 385
ウェラー、メアリー (Mary Weller) 433
ウェリントン公爵 (Duke of Wellington; Arthur Wellesley, 1769-1852) 503
ウェルシュ、アレグザンダー (Alexander Welsh) 233, 234, 236, 243, 249, 250, 251, 252, 254, 341, 352, 631, 727, 742
ウェルズ、H. G. (Herbert George Wells, 1866-1946) 687
ウェルズ、スタンリー (Stanley William Wells) 628
ウェルド、セオドア (Theodore Weld, 1803-95) 160, 162
ウォー大佐 (Lieu-Colonel William Petrie Waugh) 506, 509
ヴォルジャー、リチャード (Richard Volger) 565, 579
ウォルターズ、カミング (J. Cuming Walters, d.1933) 383
ウォルポール、ヒュー (Hugh Walpole, 1884-1941) 587
内田貢（魯庵）(Uchida Roan, 1868-1929)

601, 607
ウッド、アンソニー (Anthony Wood) 79, 94
ウルフ、ヴァージニア (Virginia Woolf, 1882-1941) 246, 641, 677, 683, 704
ヴロック、デボラ (Deborah Vlock) 744, 745
エア、ジョン (Edward John Eyre, 1815-1901) 374
エイゼンシュテイン、セルゲイ (Sergei Mikhailovich Eisenstein, 1898-1948) 34, 580, 583, 584, 589, 595
エインズワース、ウィリアム (William Harrison Ainsworth, 1805-82) 120, 427, 428, 481
エヴァンズ、フレデリック (Frederick Mullet Evans, d.1870) 490
エッグ、オーガスタス (Augustus L. Egg, 1816-63) 509
エッシャー、M. C. (Maurits Cornelis Escher, 1898-1972) 112
エドガー、デイヴィッド (David Edgar) 112
エマソン、ラルフ (Ralph Emerson, 1803-82) 163
エリオット、ジョージ (George Eliot, 1819-80) 260, 264, 300, 546, 681, 683, 697, 735
エリオット、T. S. (T. S. Elliot, 1888-1965) 359, 383, 683, 696,
エリオットソン、ジョン (John Eliotson, 1791-1868) 390
エリクソン、エリック (Erik H. Erikson) 249
エリザベス1世 (Queen Elizabeth I, 1533-1603, 在位 1558-1603) 41
エリス・アンド・ブラックモア (Ellis and Blackmore) 438, 444
エリストン、ロバート (Robert William Elliston, 1774-1831) 628
エンゲル、モンロー (Monroe Engel) 711
エンゲルス、フリードリヒ (Friedrich Engels, 1820-95) 685, 686
オーウェル、ジョージ (George Orwell, 1903-50) 246, 247, 252, 380, 687, 689, 691
オーウェン、ロバート (Robert Owen,

1771-1858) 534
オースティン、ジェイン (Jane Austen, 1775-1817) 684, 704, 740, 745
オースティン、ヘンリー (Henry Austin, ?1812-61) 241
オーデン、W. H. (Wystan Hugh Auden, 1907-73) 65
オーモンド、リーアネー (Leonee Ormond) 169
オールティック、リチャード (Richard Daniel Altick) 429, 707, 720
オクスンフォード、ジョン (John Oxenford, 1812-77) 625
尾崎紅葉 (Ozaki Koyo, 1867-1903) 601
オシモフ、(Osimov) 648
オスグッド、ジェイムズ (James R. Osgood) 396
オッペンランダー、エラ (Ella Ann Oppenlander) 490, 720
オディー、ウィリアム (William Oddie) 149, 319, 728
オリファント、マーガレット (Margaret Oliphant, 1828-97) 318
オルトマン、リック (Rick Altman) 584
オルバット、ロバート (Robert Allbut) 452
カー、ジェイン (Jane Ferguson Carr) 282
カートリッチ、ジョン (John Cartlitch) 628
ガーニー、ウィリアム (William Brodie Gurney, 1777-1855) 475
カーライル、トマス (Thomas Carlyle, 1795-1881) 43, 121, 143, 145, 202, 245, 276, 279, 284, 316, 317, 319, 320, 322, 323, 324, 326, 358, 374, 509, 516, 646, 682
カーライル、レディー (Lady Carlisle) 644
カールトン、ウィリアム (William John Carlton) 168, 622, 634
ガイ、ジョゼフィン (Josephine M. Guy) 555
カイザー、ウォルフガング (Wolfgang Kayser, 1906-60) 50, 130
カヴニー、ピーター (Peter James Coveney) 125
カザミアン、ルイ (Louis François Cazamian, 1877-1965) 212, 679, 681, 692, 703

ガスリー、トマス (Thomas Guthrie, 1803-73) 541
ガタリ、フェリックス (Felix Guattari, 1930-92) 744
カナダ総督 (Governor-General of Canada = Sir Charles Bagot, 1781-1843) 498
カニンガム、ピーター (Peter Cunningham) 283
カフカ、フランツ (Franz Kafka, 1883-1924) 33, 130, 266, 610
カプラン、フレッド (Fred Kaplan) 153, 293, 380-381, 390
ガレンガ、アントニオ (Antonio Gallenga, 1810-95) 168
カワード、ノエル (Noël Coward, 1899-1973)
ガンツ、マーガレット (Margaret Ganz) 101
ギアソン、スタンリー (Stanley Gerson) 728
菊池寛 (Kikuchi Kan, 1888-1948) 27
北川悌二 (Teiji Kitagawa) 116
ギッシング、ジョージ (George Gissing, 1857-1903) 46, 47, 64, 82, 100, 141, 247, 303, 337, 338, 362, 639, 640, 641, 677, 678, 679, 681, 693
キトン、フレデリック (Frederick George Kitton, 1856-1904) 280, 392, 678
キャサリン ⇨ ディケンズ、キャサリン
ギャスケル、エリザベス (Elizabeth Gaskell, 1810-65) 215, 220, 221, 229, 283, 297, 300, 489, 738
キャタモール、ジョージ (George Cattermole, 1800-68) 571, 572
ギャッド、ローレンス (Laurence Gadd) 452
キャトナック、ジェイムズ (James Catnach, 1792-1841) 424
ギャラガー、キャサリン (Catherine Gallagher) 282, 320, 331, 364, 371, 738, 739,
ギャレット、ピーター (Peter Garrett) 735, 736
キャロウ、サイモン (Simon Callow) 532
ギャロッド、ヒースコート (Heathcote William Garrod, 1878-1960) 226, 236
キャンベル卿 (Lord Campbell; John

索引

Campbell, 1779-1861) 509
キューシッチ、ジョン (John Kucich) 264, 742
ギルモア、ロビン (Robin Gilmour) 339, 340
ギロチン、ジョウゼフ (Dr Joseph Ignace Guillotin, 1738-1814) 317, 326, 327, 329
キングズミル、ヒュー (Hugh Kingsmill) 685
キングズリー、チャールズ (Charles Kingsley, 1819-75) 283
キンケイド、ジェイムズ (James Kincaid) 248, 584, 727
キンズリー、ジェームズ (James Kinsley) 65
クーパー (James Fenimore cooper, 1789-1851) 601
クーリッジ、A. C. (Archibald C. Coolidge) 728
グイダ、フレッド (Fred Guida) 591
クック、トマス (Thomas Cook, 1808-92) 258
クラーク、キトスン (G. Kitson Clark) 555
クラーク、チャールズ (Charles Cowden Clarke, 1787-1877) 621, 634
クラーク、メアリ (Mary Cowden Clarke, 1809-98) 500, 501, 509, 621, 634
グラヴィン、ジョン (John Glavin) 143, 584
グラント、ジェイムズ (James Grant, 1802-79) 477
グリーン、グレアム (Graham Green, 1904-91) 84
グリーン、ポール (Paul Green) 436
グリフィス、デイヴィッド (David Wark Griffith, 1875-1948) 33, 34, 580, 582, 583, 584, 595
グリマルディ (Joseph Grimaldi, 1779-1837) 99, 464, 495
グリロウ、ヴァージル (Virgil Grillo) 49
クルークシャンク、ジョージ (George Cruikshank, 1792-1878) 44, 48, 88, 400, 418, 423, 500, 559, 560, 561, 562, 563, 564, 565, 566, 577, 590
グレアム、ジェイムズ (James Graham, 1792-1861) 167
グレイ、ポール (Paul Edward Gray) 293
クレイバラ、アーサー (Arthur Clayborough) 50
クレグホーン、トマス (Thomas Cleghorn, 1818-74) 183
グロースマン、ジョナサン (Jonathan H. Grossman) 87
グロス、ジョン (John Gross) 318
クロッツ、ケネス (Kenneth Klotz) 266
クワーク、ユージーン (Eugene F. Quirk) 731
ゲーテ、ヨハン (Johan Wolfgang von Goethe, 1749-1832) 245
ケール、ポーリン (Pauline Kael) 592
ケアリー、ジョン (John Carey) 101, 307, 726
ケイ=シャトルワース、ジェイムズ (James Kay-Shuttleworth, 1804-77) 286, 543, 548
ゲイジャー、ヴァレリー (Valerie L. Gager) 630
ケッチ、ジャック (Jack Ketch, 在任 1663-86) 73
ゲットマン (Royal Gettmann) 728
ケトル、アーノルド (Arnold Kettle) 363, 704, 705
ケラー、ヘレン (Helen Keller, 1880-1968) 160
ケント、チャールズ (Charles Kent, 1823-1902) 531
ケンブル、ファニー (Fanny Anne Kemble, 1809-93) 619
コーエン、ジェイン (Jane R. Cohen) 569, 579, 728
ゴーゴリ (Nikolai Gogol, 1809-52) 639, 643, 644
ゴードン卿、ジョージ (Lord George Gordon, 1751-93) 136, 142, 669
ゴードン、ジョージ・ハミルトン (George Hamilton Gordon, 1784-1860) ⇨ アバディーン伯爵
ゴールド、ジョウゼフ (Joseph Gold) 319
ゴールドスミス (Oliver Goldsmith, 1730-74) 601
ゴールドバーグ、マイケル (Michael

Goldberg) 319, 728
コールリッジ、サミュエル・テイラー (Samuel Taylor Coleridge, 1772-1834) 51, 422
ゴア、キャサリン (Catherine Gore, 1799-1861) 426
小池滋 (Shigeru Koike) 55, 296, 308, 310, 312, 374, 392, 429, 532, 533, 610
コックシャット (A. O. J. Cockshut) 726
コックス、ドン (Don Richard Cox) 392
ゴッツホール、ジェームズ (James K. Gottshall) 141
コットセル、マイケル (Michael Cotsell) 357, 364
ゴドゥノフ、ボリス (Boris Fedorovich Godunov, 1552-1605) 636
コナー、スティーブン (Steven Connor) 281, 374, 392
小松原茂雄 (Shigeo Komatsubara, 1928-88) 493
コブデン、リチャード (Richard Cobden, 1804-65) 485, 486
コリンズ、ウィルキー (Wilkie Collins, 1824-89) 215, 216, 278, 315, 378, 384, 425, 491, 492, 493, 506, 508, 510, 525, 535, 536, 546, 578, 623, 675, 683, 701
コリンズ、チャールズ (Charles Allston Collins, 1828-73) 378, 382, 578
コリンズ、フィリップ (Philip Collins) 97, 122, 183, 227, 302, 303, 337, 363, 532, 619, 692, 696, 715, 721, 737
コンラッド、ジョウゼフ (Joseph Conrad, 1857-1924) 185, 697, 698
サーテル、ジョン (John Thurtell, 1794-1824) 424, 426
サーリー、ジェフリー (Geoffrey Thurley) 319
サイード、エドワード (Edward W. Said, 1935-2003) 344, 745, 748
細香生 (Saikasei) ⇨ 堺利彦
西條隆雄 (Takao Saijo) 94, 417, 424, 429
堺利彦 (Toshihiko Sakai, 1870-1933) 606, 608
サクソン、アーサー (Arthur Hartley Saxon) 628, 635
サザランド、ジョン (John A. Sutherland) 426, 429
ザッカー、ネイサン (Nathan Zucker) 530
サッカレー、ウィリアム (William Makepeace Thackeray, 1811-1863) 66, 81, 201, 217, 220, 226, 229, 244, 361, 428, 429, 470, 509, 511, 517, 606, 608, 609, 630, 681, 716
サックスミス、ハーヴェイ (Harvey Peter Sucksmith) 65, 724
佐藤昇 (Noboru Sato) 533
サドフ、ダイアン (Dianne F. Sadoff) 149
サドラー、ジョン (John Sadleir, 1814-1856) 298
サドリン、アニー (Anny Sadrin) 72, 75, 178, 746
サリン、スーザン (Susan Thurin) 172
サルト、アンドレア (Andrea del Sarto, 1486-1531) 169
サルトル、ジャン・ポール (Jean-Paul Sartre, 1905-80) 184
澤柳大五郎 (Daigoro Sawayanagi) 612
サンダーズ、アンドルー (Andrew Sanders) 149
サンタヤナ、ジョージ (George Santayana, 1863-1952) 681, 682
サンド、ジョルジュ (Georges Sand, 1804-76) 650
ザンブレイノ (A. L. Zambrano) 580
シーザー、ジュリアス (Julius Caesar, 100-44B.C.) 402
ジード (André Gide, 1869-1951) 716
シーモア、ロバート (Robert Seymour, 1798?-1836) 45, 61, 62, 66, 566, 567, 568, 569
シェイクスピア、ウィリアム (William Shakespeare, 1564-1616) 128, 148, 279, 358, 382, 533, 535, 615-635, 642, 675, 679, 704, 708, 709
ジェイコブソン、ウェンディ (Wendy S. Jacobson) 746
ジェイムズ、トマス (Thomas P. James) 382
ジェイムズ、ヘンリー (Henry James, 1843-1916) 246, 303, 697, 698, 704
ジェイムズ、ルイ (Louis James) 729
ジェフリー、フランシス (Francis Jeffrey,

1773-1850) 203, 224
シェリー、パーシー (Percy Bysshe Shelley, 1792-1822) 289
シェリダン、ポール (Paul Sheridan) 628, 635
シェリダン (Richard Brinsley Sheridan, 1751-1816) 239, 522
ジェロルド (Douglas Jerrold, 1803-57) 516, 620
ジェロルド、ウィリアム (William Blanchard Jerrold, 1826-84) 386
シットウェル、オズバート (Sir Osbert Sitwell, 1892-1969) 34
十返舎一九 (Jippensha Ikku, 1765-1831) 600
蔀栄治 (Eiji Shitomi) 533
シバー、コリー (Colley Cibber, 1671-1757) 626
清水一嘉 (Kazuyoshi Shimizu) 579
ジャイルズ、ウィリアム (William Giles, 1798-1856) 432, 540
ジャクソン、トーマス (Thomas Alfred Jackson, 1879-1955) 247, 693
ジャフ、オードリー (Audrey Jaffe) 265
シャフツベリー伯爵 (Anthony Ashley Cooper, 7th Earl of Shaftsbury, 1801-85) 541
ジュネット、ジェラール (Gerard Genette) 49
シュリッケ、ポール (Paul Schlicke) 101, 112, 635
シュワルツバック、F. S. (F.S. Schwarzbach) 49, 727
ショー、ウィリアム (William Shaw, 1782-1850) 97, 98
ショー、バーナード (George Bernard Shaw, 1856-1950) 280, 303, 304, 337, 362, 681, 682, 685, 700
ジョージーナ (Georgina Hogarth, 1827-1917) 505
ジョーダン、ジョン (John O. Jordan) 87, 249, 254
ショートシャンク (Shortshank) ⇨ シーモア、ロバート
ショームバーガー、ナンシー (Nancy E. Schaumburger) 392
ショア、ヒラリー (Hilary M. Schor) 748
ジョイス (James Joyce, 1882-1941) 704, 705, 716
女王 (Queen Victoria, 1819-1901) 500, 501, 502, 503, 511
ジョン ⇨ ディケンズ、ジョン
ジョン、ジュリエット (Juliet John) 632
ジョンソン、エドガー (Edgar Johnson, 1902-95) 69, 362, 380, 388, 700, 701, 702, 703, 704, 711
ジョンソン、ドクター (Doctor Johnson, 1709-84) 441
ジョンソン、バーバラ (Barbara Johnson) 87
ジョンソン、パトリシア (Patricia E. Johnson) 284, 285
ジョンソン、ベン (Ben Jonson, 1573?-1637) 535, 618, 620, 704
シラー (Johann Christoph Friedrich von Schiller, 1759-1805) 636
シリング、バーナード (Schilling, Bernard) 730
シンガー、サミュエル (Samuel Weller Singer, 1783-1858) 616
シンプソン、リチャード (Richard Simpson, 1820-76) 279
スウィンバーン、アルジャノン (Algernon Charles Swinburne, 1837-1909) 141, 337, 679
スコフィールド、ポール (Paul Scofield) 532
スコット、ウォルター (Sir Walter Scott, 1771-1832) 43, 59, 139, 143, 144, 145, 423, 425, 596
スターリング、エドワード (Edward Stirling, 1809-94) 111
スターン、ローレンス (Laurence Sterne, 1713-68) 415
スタイグ、マイケル (Michael Steig) 579, 728
スタンフィールド (Clarkson Stanfield, 1793-1867)
スタンフィールド、クラークソン (Clarkson Stanfield, 1793-1867) 168, 506, 508, 509, 516, 579
スタンリー、エドワード (Edward Smith Stanley, 14th earl of Derby, 1799-1869) 476, 485, 485, 486
スチュワート、メアリー (Mary Stuart, 1542-87) 636

スチュワート、ギャレット (Garrett Stewart) 65, 584, 732
ステーア、テイラー (Taylor Stoehr) 263, 264, 268, 331, 723
スティーヴン、ジェイムズ (James Fitzjames Stephen, 1829-94) 229, 302, 310, 317, 675, 677, 722
スティーヴン、レズリー (Leslie Stephen, 1832-1904) 675, 677, 715
スティーヴンソン、ライオネル (Lionel Stevenson, 1902-73) 716
スティーヴンソン、ロバート (Robert Louis Stevenson, 1850-94) 388
スティール、リチャード (Sir Richard Steele, 1672-1729) 416
ステイプルズ、レスリー (Leslie Staples) 168
ステファン嬢 (Mademoiselle Stephan) 492
ストーリー、グラディス (Gladys Storey, 1897-1964) 684, 699
ストーリー、グレアム (Graham Storey, 1920-2005) 121, 718
ストーン、ハリー (Harry Stone) 65, 249, 386, 405, 579, 720, 727
ストーン、フランク (Frank Stone, 1800-59) 509, 577
ストーン、マーカス (Marcus Stone, 1840-1921) 334, 358, 359, 577
ストレイチー、リットン (Lytton Strachey, 1880-1932) 683, 684
スパークス、ティモシー (Timothy Sparks) 538
スピルカ、マーク (Mark Spilka) 266, 728
スペンサー、ハーバート (Herbert Spencer, 1820-1903) 374
スペンジマン、ウィリアム (William C. Spengemann) 251
スペンス、ゴードン (Gordon Spence) 149
スペンダー、スペンサー (Spenser Spender) 614
スマイリー、ジェイン (Jane Smiley) 202
スマイルズ、サミュエル (Samuel Smiles, 1812-1904) 340
スミス、アダム (Adam Smith, 1723-90) 277, 287
スミス、グレアム (Grahame Smith) 583, 584, 632, 635
スミス、サウスウッド (Thomas Southwood Smith, 1788-1861) 499
スモレット、トバイアス (Tobias George Smollett, 1721-71) 102, 103, 107, 262, 414, 415
スレイター、マイケル (Michael Slater) 88, 101, 155, 203, 405, 452, 493, 532, 631, 632, 635, 724
スローカ、ケネス (Kenneth M. Sroka) 87
セジウィック、イヴ (Eve Kosofsky Sedgwick) 390, 392, 743, 744, 748
セルヴァンテス (Miguel de Cervantes Saavedora, 1547-1616) 644, 705
ソロモン、パール (Pearl Chesler Solomon) 729
ソロモンズ、アイキー (Ikey Solomons, c.1785-1850) 83
ソンタグ、スーザン (Susan Sontag, 1933-2004) 268, 269
ゾラ (Emile Zola, 1840-1902) 609

た
ダーウィン、チャールズ (Charles Robert Darwin, 1809-82) 146
ダートン、ハーヴェイ (Harvey Darton, 1878-1936) 47, 49, 419
ターナン、エレン (Ellen Lawless Ternan, 1839-1914) 29, 31, 217, 360, 315, 380, 385, 388, 512, 517, 675, 684, 685, 691, 701
ターナン、マライア (Maria Susanna Ternan, 1837-1904) 512
ターナン夫人 (Frances Eleanor Ternan, 1803-73) 512
ターニ、ステファノ (Stefano Tani) 391
ダイス (Alexander Dyce, 1798-1869) 516
ダイソン、アンソニー (Anthony Edward Dyson, 1928-2002) 148, 149, 319, 724
高田早苗 (Takata Sanae, 1860-1938) 596
竹友藻風 (Sofu Taketomo, 1891-1954) 609
ダジョン、ピエール (Piers Dudgeon)

索 引

　　　452
谷田博幸 (Hiroyuki Tanida)　579
ダフィールド、ジョージ (George Howard Duffield,)　389
ダブパーク、レイ (Ray Dubberke)　392
田山花袋 (Tayama Katai, 1871-1930)　601
ダレスキ (H. M. Daleski)　311, 724
丹乙馬 (Tan Otsuma)　596
ダンソン、ヘンリー (Henry Danson)　668
ダンテ、アリギエーリ (Alighieri Dante, 1265-1321)　263
タンブリング、ジェレミー (Jeremy Tambling)　231, 236, 238
チェスタトン、ギルバート (Gilbert Keith Chesterton, 1874-1936)　46, 47, 64, 100, 141, 303, 304, 305, 308, 337, 362, 547, 548, 563, 680, 681, 682, 687, 692, 693
チェックランド、シドニー (Sydney George Checkland, 1916-86)　555
チェンネルズ、アンソニー (Anthony Channels)　746
ヂッケンズ (＝ディケンズ)　596, 597, 601
チティック、キャスリン (Kathleen Chittick)　43, 55, 65, 113
チャールズ一世 (Charles I, 1600-49; 在位 1625-49)　253, 430
チャップマン、エドワード (Edward Chapman, 1804-80)　61, 62, 567, 568
チャップマン、ジョナサン (Jonathan Chapman, 1807-48)　159
チャップリン、チャーリー (Charlie Chaplin, 1889-1977)　586, 648
チョーサー、ジェフリー (Geoffrey Chaucer, c. 1343-1400)　675, 704
辻邦生 (Kunio Tsuji, 1925-99)　610, 612
角山栄 (Sakae Tsunoyama)　555
坪内逍遥 (Tsubouchi Shoyo, 1859-1935)　596
津村憲文 (Hirofumi Tsumura, 1938-89)　429
ツルゲーネフ (Ivan Sergeyevich Turgenev, 1818-83)　643
鶴見良次 (Ryoji Tsurumi)　429
テーヌ、イポリット (Hippolyte Adolphe Taine, 1828-93)　537, 675, 676
デイ、トマス (Thomas Day, 1748-89)　422
デイヴィス、アール (Earle Davis)　363, 371, 729
デイヴィス夫人 (Mrs. Eliza Davis)　358
デイヴィス、ポール (Paul Davis)　173, 201, 591
デイヴィッド、ディアドレ (Deirdre David)　230, 236
ディケンズ、ウォルター (Walter Landor Dickens, 1841-63)　360
ディケンズ、エリザベス (Elizabeth Dickens, 1789-1863)　656, 684
ディケンズ、キャサリン (Catherine Hogarth Dickens, 1816-79)　24, 45, 61, 131, 157, 169, 171, 202, 209, 252, 315, 431, 479, 489, 505, 517, 549, 684
ディケンズ、ケイト (Kate Macready Dickens, 1839-1929)　138, 382, 578, 684
ディケンズ、ジェラルド (Gerald Charles Dickens)　532
ディケンズ、ジョン (John Dickens, 1785-1851)　83, 200, 250, 299, 304, 430, 431, 432, 436, 437, 450, 653, 684
ディケンズ、チャールズ (Charles Culliford Dickens, 1837-96)　382, 491
ディケンズ、ドーラ (Dora Annie Dickens, 1850-51)　503
ディケンズ、ヘンリー (Henry Fielding Dickens, 1849-1933)　401
ディケンズ、メイミー (Mamie ＜ Mary Dickens, 1838-96)　508, 633, 653
ディケンズ、ファニー (Frances Elizabeth Dickens, 1810-48)　201, 209, 210, 211, 524, 619
ディケンズ夫人 (Catherine Dickens, 1815-79)　618
ディズレーリ、ベンジャミン (Benjamin Disraeli, 1804-81)　283, 426
ティツィアーノ (Tiziano, 1490-1576)　169
テイト、ネイハム (Nahum Tate, 1652-1715)　622, 626, 627
テイラー、アン (Anne Robinson Taylor)　339
ディルク、チャールズ (Charles Wentworth Dilke, 1810-69)　242
ディルタイ、ヴィルヘルム (Wilhelm

Dilthey, 1833-1911) 612
ティロットソン、キャスリーン (Kathleen Tillotson, 1906-2001) 48, 49, 65, 229, 300, 708, 709, 710, 717, 737
ティントレット (Tintoretto, 1518-94) 169
デヴォンシャー公爵 (William George Smith Spenser Cavendish, 6th Duke of Devonshire, 1790-1858) 484
デヴリーズ、デュアン (Duane DeVries) 49
デクスター、ウォルター (Walter Dexter, 1877-1944) 69, 75, 718
出口典雄 (Norio Deguchi) 533
テニエル、ジョン (John Tenniel, 1820-1914) 579
テニソン、アルフレッド (Alfred Tennyson, 1809-92) 241, 581
デフォー、ダニエル (Daniel Defoe, 1660-1731) 63, 684, 704
デュ・モーリエ、ジョージ (George Du Maurier, 1834-96) 559
デュークロウ、アンドルー (Andrew Ducrow, 1793-1842) 456, 457, 628
デリダ、ジャック (Jacques Derrida, 1930-2004) 49, 87, 344, 712, 735
ド・ヴォギュエ (Eugène Melchior, Vicomte de Vogüé, 1848-1910) 640
ド・クインシー (Thomas De Quincey, 1785-1859) 646
ド・セルジャ (W.W.F. De Cerjat, d.1869) 448
ド・マン、ポール (Paul de Man, 1919-83) 49
ド・ラ・リュ、オーガスタ (Augusta de la Rue) 390
ドイル、コナン (Arthur Conan Doyle, 1859-1930) 382
ドイル、リチャード (Richard Doyle, 1824-83) 579
ドゥルーズ、ジル (Gilles Deleuze, 1925-95) 49, 744
戸川秋骨 (Togawa Shukotsu, 1870-1939) 601
徳冨蘆花 (Tokutomi Roka, 1868-1927) 601, 604
ドストエフスキー、フョードル (Fyodor Mikhailovich Dostoevsky, 1821-81)

92, 123, 124, 266, 609, 610, 611, 613, 636-672, 678, 698
トマス、デボラ (Deborah A. Thomas) 55, 201, 215, 216, 720
富山太佳夫 (Takao Tomiyama) 392
トリマー、セアラ (Sarah Trimmer, 1741-1810) 419
トリリング、ライオネル (Lionel Trilling, 1905-75) 304, 305, 306, 662
ドリーン、ロバーツ (Doreen Roberts) 65
ドルー、ジョン (John M. L. Drew) 493
トルストイ、レフ (Lev Nikolaevich Tolstoi, 1828-1910) 248
ドルビー、ジョージ (George Dolby, 1831-1900) 531
ドルメッチ、カール (Carl R. Dolmetsch) 317, 331
ドレ、ギュスターヴ (Gustave Dore, 1832-83) 386
トレイシー、オーガスタス (Augustus Frederick Tracey) 142, 547, 548
トレイシー、ロバート (Robert Tracy) 87
トレヴェリアン、チャールズ (Charles Trevelyan, 1807-86) 305
トロロップ、アントニー (Anthony Trollope, 1815-82) 688
トロロップ、フランシス (Frances Trollope, 1779-1863) 155, 156, 162

な
ナイト、ウィルソン (George Wilson Knight) 634
ナイト、チャールズ (Charles Knight, 1791-1873) 289, 425
ナイト、マーク (Mark Knight) 305
中野好夫 (Yoshio Nakano, 1903-85) 238, 605, 610, 614
中村 隆 (Takashi Nakamura) 93, 94
ナッシュ、ジョン (John Nash, 1752-1835) 240
夏目漱石 (Natsume Soseki, 1867-1916) 601, 602, 603
ナポレオン (Napoleon Bonaparte, 1769-1821) 41
ナポレオン3世 (Napoléon III, Charles Napoléon Bonaparte, 1808-73, 在位

索 引

1852-70) 315
ニーダム、グウェンドリン（Gwendolyn B. Needham) 247
ニーチェ、フリードリッヒ（Friedrich Wilhelm Nietzsche, 1844-1900) 49
新野緑（Midori Niino) 255, 331
ニューベリー、ジョン（John Newbery, 1713-67) 421, 422
ニューマン、S. J.（S. J. Newman) 149
ネイダー、リリアン（Lillian Nayder) 216, 218
ネイデル、アイラ（Ira B. Nadel) 149
ノウルズ、シェリダン（James Sheridan Knowles, 1784-1862) 357, 363, 501, 618, 620

は

ハーヴェイ、ジョン（John Harvey) 579, 724, 728
パークマン、ジョージ（George Parkman, 1790-1849) 385
バージス、ニーナ（Nina Burgis) 238, 452
ハーシュ、E（E. D. Hirsh) 281
ハーシュ、ゴードン（Gordon Hirsh) 264
パース、R. H.（R. H. Pearce) 75
ハーディ、トマス（Thomas Hardy, 1840-1928) 546
ハーディ、バーバラ（Barbara Hardy) 231, 236, 248, 251
バーデット、フランシス（Sir Francis Burdett, 1770-1844) 542
バーデット＝クーツ、アンジェラ（Angela Georgina Burdett-Coutts, 1814-1906) 226, 240, 299, 315, 507, 536, 541, 542, 543, 546, 547, 548, 549, 554, 701
ハート、ブレット（Bret Harte, 1836-1902) 124
パートロウ、ロバート（Robert Partlow) 724
ハーネス（Rev. William Harness, 1790-1869) 516
ハーバート、クリストファー（Christopher Herbert) 272
ハーベッジ、アルフレッド（Alfred Harbage, 1901-76) 615, 634, 729
バーボールド、アナ（Anna Letitia Barbauld, 1743-1825) 419, 420
パーマー、サミュエル（Samuel Palmer) 168, 169
パーマストン（Henry J. T. Palmerston, 1784-1865) 507
ハーランド、ジョージ（George Harland) 532
梅亭金鵞（Baitei Kinga, 1821-93) 600
ハイデガー、マルティン（Martin Heidegger, 1889-1976) 49
ハウス、ハンフリー（Humphry House, 1908-55) 121, 337, 362, 694, 711, 715, 718, 719, 737
ハウス、マデリン（Madeline House) 121, 696
パウンズ、ジョン（John Pounds, 1766-1839) 541
馬琴（Takizawa Bakin, 1767-1848) 600
パクストン、ジョウゼフ（Joseph Paxton, 1803-65) 483, 484, 488, 502
パクストン、セアラ（Sarah Paxton) 483, 484, 488
ハクスリー、オルダス（Aldous Huxley, 1894-1963) 123, 612, 683, 685
バジョット、ウォルター（Walter Bagehot, 1826-77) 64
バス、ロバート（Robert Buss, 1804-75) 66, 568, 569
バスコム、エドワード（Edward Buscombe) 584
バックストーン（J. C. Buckstone) 591
バックリー、ジェローム（Jerome Hamilton Buckley) 238
ハッター、アルバート（Albert D. Hutter) 318, 363
バット、ジョン（John Butt, 1906-65) 65, 228, 300, 708, 709, 710, 717
ハッファム、クリストファー（Christopher Huffam, 1771-1839) 446
ハドソン、ジョージ（George Hudson, 1800-1871) 298, 484, 485, 488
パトナム、ジョージ（George Putnam, 1812-96) 157
ハドリー、エレーン（Elaine Hadley) 107
パトン、ロバート（Robert L. Patten) 60, 69, 75, 249, 255, 579, 728
バニヤン、ジョン（John Bunyan, 1628-88)

86, 127, 128
バフチン、ミハイル (Mikhail Bakhtin, 1895-1975)　263, 310, 735, 736, 744, 747
ハムリー、E. B. (E. B. Hamley, 1824-93)　303
ハラ、ジョン (John Pyke Hullah, 1815-82)　396
バルザック (Honoé de Balzac, 1799-1850)　645, 678
バルト、ロラン (Roland Barthes, 1915-80)　712
バルドゥング、ハンス (Hans Baldung Grien, 1484-1545)　267
バロー、ジョン (John Henry Barrow, 1764-1848)　475, 477
パロイシーエン、デイヴィッド (David Paroissien)　168, 580
ハント、ホルマン (William Holman Hunt, 1827-1910)　545, 577
ハント、リー (Leigh Hunt, 1784-1859)　226, 499, 500, 620
ビードネル、マライア (Maria Beadnell, 1811-86)　24, 242, 252, 512
ピール、ロバート (Robert Peel, 1788-1850)　485, 486
ピアース、ギルバート A. (Gilbert A. Pierce)　452
ビアード、トマス (Thomas Beard, 1807-91)　80, 90, 477
ピクウィック、モーゼズ (Moses Pickwick)　440
ピッツ、ジョン (John Pitts, 1765-1844)　424
ピット、ウィリアム（小ピット）(William Pitt, 1759-1806)　239
ピット、ウィリアム（大ピット）(William Pitt, 1708-78)　239
ヒバート、クリストファー (Christopher Hibbert)　55
ビューイック、トマス (Thomas Bewick, 1753-1828)　571
ヒューズ、スティーヴン (Stephen Roose Hughes, 1815-62)　491, 492
ビュゾ、フランソワ (François Nicolas Léonard Buzot, 1760-94)　329
平田禿木 (Tokuboku Hirata, 1873-1943)　610

ヒル、ジェイン (Jane Seymour Hill)　242
ヒル、ナンシー (Nancy Klenk Hill)　234, 236, 263
ヒングレー、ロナルド (Ronald Hingley, 1920-)　641
プーヴィー、メアリ (Mary Poovey)　249, 252, 274, 356, 364, 372, 739, 743
フーコー、ミシェル (Michel Foucault, 1926-84)　87, 265, 736, 737, 747
ブース、アリソン (Allyson Booth)　359, 371
ブース、マイケル (Michael Richard Booth, 1931-)　627, 634
プール、ジョン (John Poole, 1786-1872)　500
プーレ、ジョルジュ (Georges Poulet, 1902-1991)　712
フーロン、ジョゼフ (Joseph François Foulon, 1715-89)　323, 325
ファイルズ、ルーク (Luke Fildes, 1843-1927)　378, 379, 381, 382, 578
ファブリーツィオ、リチャード (Richard Fabrizio)　282
ファン・ダイク (Sir Anthony Van Dyck, 1599-1641)　169
フィールディング、ケネス (Kenneth J. Fielding, 1924-2005)　630, 638, 704, 711
フィールディング、ヘンリー (Henry Fielding, 1707-54)　20, 102, 103, 107, 262, 597, 704
フィールド、ケイト (Kate Field, 1838-1896)　621
フィズ ("Phiz") ⇨ ブラウン、ハブロー
フィッツジェラルド、エドワード (Edward Marlborough Fitzgerald, 1809-83)　121, 283
フィリップ、アレックス (Alex J. Philip)　452
フィリップス、ワッツ (Watts Phillips, 1825-74)　317
フィルポッツ、トレイ (Trey Philpotts)　299, 305
フィンデン、ウィリアム (William Finden, 1787-1852)　569
フェアクラフ、ピーター (Peter Fairclough)　89
フェイギン、ボブ (Bob Fagin)　83, 435,

索引

436
フェクター、チャールズ (Charles Fechter, 1822-79)　617, 621, 623
フェシュテール、シャルル ⇨ フェクター
フェルトン、コーネリアス (Cornelius Felton, 1807-62)　153, 163
フェルプス、サミュエル (Samuel Phelps, 1804-78)　623, 624
フォースター、E. M. (Edward Morgan Forster, 1879-1970)　684, 686, 692
フォースター、ジョン (John Forster, 1812-76)　46, 51, 62, 63, 99, 100, 117, 121, 124, 138, 139, 140, 145, 181, 182, 183, 223, 224, 225, 226, 227, 228, 296, 296, 297, 297, 299, 300, 300, 301, 301, 303, 303, 336, 337, 358, 359, 376, 377, 378, 379, 382, 383, 401, 409, 426, 428, 432, 443, 451, 482, 483, 488, 494, 499, 505, 509, 515, 515, 564, 566, 578, 617, 618, 619, 620, 621, 622, 675, 676, 684, 699, 700, 701, 702, 704, 708, 709
フォード、ジョージ (George Harry Ford, 1914-95)　59, 707, 716, 720, 721
フォックス (William J. Fox, 1786-1864)　516
フォックス、チャールズ (Charles James Fox, 1749-1806)　239
フォランド、ハロルド (Harold F. Folland)　141
フォンヴィジン (N. D. Fonvisin)　671
ブキャナン＝ブラウン (John Buchanan-Brown)　57, 728
藤岡啓介 (Keisuke Fujioka)　41, 50
藤本隆康 (Takayasu Fujimoto)　41, 50
フック、セオドア (Theodore Edward Hook, 1788-1841)　415
フッド、トマス (Thomas Hood, 1799-1845)　120, 122, 140, 358, 501, 546
フットレル、マイケル (Michael Futtrell)　637, 662
フヒールヂング (＝フィールディング)　597
フライ、ノースロップ (Northrop Frye)　66
フライシュマン、エイブロム (Avrom Fleishman)　149
ブラウニング (Robert Browning)　48
ブラウニング、エリザベス (Elizabeth Barrett Browning, 1806-61)　245
ブラウン、アン (Anne Brown, Cateherine's maid)　157, 169
ブラウン、ハブロー (Hablôt Knight Brown, 1815-82)　65, 66, 67, 97, 131, 225, 394, 400, 559, 560, 566, 569, 570, 571, 572, 573, 574, 575, 576, 577, 634
ブラック、ジョン (John Black, 1783-1855)　477
ブラッドベリー、ウィリアム (William Bradbury, 1800-69)　238, 241, 487, 490
プラトン (Plato, c.429-347B.C.)　49, 428
ブランチャード、レイマン (Laman Blanchard, 1804-45)　502, 516
ブラントリンジャー、パトリック (Patrick Brantlinger)　143
プリチェット、V. S. (Sir Victor Sawdon. Pritchet, 1900-97)　704, 705
プルースト (Marcel Proust, 1871-1922)　33, 248, 611, 716
ブルーム、ハロルド (Harold Bloom)　248, 254
ブルーム卿 (Lord Brougham, 1778-1868)　60
ブルーメンバッハ、ヨハン (Johann Friedrich Blumenbach, 1752-1840)　185
ブルック、G. L. (G. L. Brook)　728
ブルック、クリス (Chris Brook)　319
ブルックス、ピーター (Peter Brooks)　733, 734
ブルワー＝リットン ⇨ リットン
ブレイク、ウィリアム (William Blake, 1757-1827)　125, 698
プレスト、トマス (Thomas Peckett Prest, 1810-79)　425
ブレッシントン、レディー (Marguerit, Countess of Blessington, 1789-1849)　403, 426
フレッチャー、ジョン (John Fletcher, 1579-1625)　499
フレッチャー、ルアン (LuAnn McCracken Fletcher)　265, 266
ブレット、ミセス (Mrs. Harold Brett)　604
フロイト、ジークムント (Sigmund Freud, 1856-1939)　49, 82, 263, 264, 265, 305, 390, 641, 691, 733, 734

フローベール (Gustave Flaubert, 1821-1880) 611
プロクター、リチャード (Richard Proctor, 1837-88) 382
ブロンテ、アン (Anne Bronte, 1820-49) 220, 221
ブロンテ、エミリ (Emily Jane Bronte, 1818-48) 220, 221
ブロンテ、シャーロット (Charlotte Bronte, 1816-55) 220, 221, 245, 264
ページ、ノーマン (Norman Page) 259, 260, 274, 293
ヘイウッド、チャールズ (Charles Haywood) 619, 634
ヘイドン、マライア (Maria Trenholm Hayden, 1826-83) 335
ベイリー、ジョン (John Bayley) 83
ペイルートン、ノエル (Noel Peyrouton) 165
ペイン、エドワード (Edward Payne) 154
ベッカー、エライザ (Eliza Becher [neé O'Neill], 1791-1872) 509
ペック、ジョン (John Peck) 293
ヘッド、フランシス (Sir Francis Bond Head, 1793-1875) 44
ペトリ、グレアム (Graham Petrie) 584, 586
ペニントン、マイケル (Michael Pennington) 532
ペリー、マシュー (Matthew Calbraith Perry, 1794-1858) 180
ベルクソン、アンリ (Henri Bergson, 1859-1941) 133
ペレーラ、スヴェンドリニ (Svenderini Perera) 745, 746
ヘロード、ジョン (John Abraham Heraud, 1799-1887) 625
ベンサム、ジェレミー (Jeremy Bentham, 1748-1832) 277, 679, 680
ベントリー、ニコラス (Nicolas Bentley, 1907-78) 42, 452
ベントリー、リチャード (Richard Bentley, 1794-1871) 25, 26, 99, 138, 395, 480, 481
ベンヤミン、ヴァルター (Walter Benjamin, 1892-1940) 583
ヘンリー八世 (Henry VIII, 1491-1547, 在位 1509-47) 402
ポー、エドガー・アラン (Edgar Allan Poe, 1809-49) 87, 121, 140, 163, 391
ホートン、ウォルター (Walter E. Houghton) 555
ボームガーテン、マリー (Murray Baumgarten) 320
ボーモン夫人 (Mme Marie Leprince Beaumont, 1711-80) 129
ホール、ウィリアム (William Hall, ?1801-47) 61, 567
ホール、ニューマン (Newman Hall) 493
ホールクロフト、トマス (Thomas Holcroft, 1745-1809) 144
ホーン、リチャード (Richard Henry Horne, 1802-84) 621, 623
ホーンバック、バート (Bert G. Hornback) 248, 254
ホイットマン、ウォルト (Walt Whitman, 1819-92) 584
ボイド、オーブリー (Aubrey Boyd) 388
ポインター、マイケル (Michael Pointer) 584, 586
北條文緒 (Fumio Hohjo) 426, 427, 429
ポウプ=ヘネシー、ウーナ (Una Pope-Hennessy) 153
ホガース、ウィリアム (William Hogarth, 1697-1764) 64, 81, 107, 234, 235, 262, 263, 416, 417, 418, 560, 577
ホガース、キャサリン (Catherine Hogarth, 1815-1879) ⇨ ディケンズ、キャサリン
ホガース、ジョージ (George Hogarth, 1783-1870) 44, 479
ホガース、ジョージーナ (Georgina Hogarth, 1827-1917) 169, 321, 401
ホガース、メアリー (Mary Scott Hogarth, 1820-37) 25, 63, 90,118, 120, 200, 203, 209, 210, 218, 702
ポコック、アイザック (Isaac Pocock, 1782-1835) 619
ボズ (Boz) (= チャールズ・ディケンズ) 23, 61, 62, 67, 68, 69, 570
ボズウェル、ジェイムズ (James Boswell the younger, 1778-1822) 616
ボヒーメン、クリスティン (Christine Van Boheemen) 264
ホフマン、エルンスト (Ernst Theodor

索 引

Amadeus Hoffmann, 1776-1822) 646, 664
ホリントン、マイケル (Michael Hollington) 49, 232, 236, 263
ホルバイン、ハンス (Hans Holbein, 1497-1543) 263
ボロウィッツ、デイヴィッド (David Borowitz) 579, 728
ホロウェイ、ジョン (John Hollway) 281, 307

ま

マーカス、スティーヴン (Steven Marcus) 65, 75, 101, 142, 634, 723, 729
マーシュ、ジョス (Joss Marsh) 593
マーティノー、ハリエット (Harriet Martineau, 1802-76) 155, 156, 280
マイゼル、マーティン (Martin Meisel) 107
マギン、ウィリアム (William Maginn, 1793-1842) 624
マグネット、マイロン (Myron Magnet) 184, 185
マグラス、ダグラス (Douglas McGrath) 112
マクリース、ダニエル (Daniel Maclise, 1806-70) 516, 579, 617
マクリーディ、ウィリアム (William Charles Macready, 1793-1873) 121, 122, 159, 401, 527, 617, 619, 621, 622, 623, 627, 629, 631, 632
マクローン、ジョン (John Macrone, 1809-37) 44, 45, 137, 138, 400, 561, 562
マコーリー、トマス (Thomas Babington Macaulay, 1800-59) 279
正宗白鳥 (Masamune Hakucho, 1879-1962) 610
マシューズ、チャールズ (Charles Mathews, 1776-1835) 52, 62, 495, 496, 498
マチューリン (Charles Robert Maturin, 1782-1824) 646
マックガワン、ジョン (John P. MacGowan) 149, 248, 254
マッケンジー、ロバート (Robert Shelton Mackenzie, 1809-80) 564
マッケンジー夫妻 (Norman & Jeanne MacKenzie) 153
マッセルホワイト、デイヴィッド (David Musselwhite) 744
マッソン、デイヴィッド (David Masson, 1822-1907) 244, 245, 302
マッツ、バートラム (Bertram W. Mats, 1865-1925) 622
マッツィーニ、ジュゼッペ (Giuseppe Mazzini, 1805-72)
松村昌家 (Masaie Matsumura, 1929-) 355, 357, 359, 372, 392, 533
マニング、ジョージ (George Manning, 1821-49) 552
マニング、シルヴィア (Sylvia Manning) 102
マニング、マライア (Maria Manning, 1821-49) 552
マライア ⇨ ターナン、マライア
マリアット、キャプテン (Captain Frederick Marryat, 1792-1848) 155, 156, 162
マリー、クリストファー (Christopher Murray) 628, 635
マルクス、カール (Karl Marx, 1818-83) 273, 274, 682, 685, 687, 691
マルグレーヴ伯 (Earl of Mulgrave; Constantine Henry Phipps, 1797-1863) 497
マルサス、トマス (Thomas Robert Malthus, 1766-1834) 287, 364
マローン、エドマンド (Edmund Malone, 1741-1812) 616
マンスフィールド、キャサリン (Katherine Mansfield, 1888-1923) 641
マンハイム、レナード (Leonard Manheim) 149, 318
ミーズン、マルコム (Malcolm Ronald Laing Meason, journalist) 739
水野忠邦 (Mizuno Tadakuni, 1794-1851) 180
ミッチー、ヘレナ (Helena Michie) 364, 372
ミトフォード、メアリー (Mary Mitford, 1787-1855) 58
ミトン、トマス (Thomas Mitton, 1812-78) 158, 483
宮崎孝一 (Koichi Miyazaki) 429
ミヨシ、マサオ (Masao Miyoshi) 363, 372
ミラー、D.A. (D. A. Miller) 84, 85, 87, 262, 263, 265, 270, 249, 737, 738, 745,

748
ミラー、スチュワート (Stuart Miller) 429
ミラー、ヒリス (J. Hillis Miller) 48, 49, 65, 66, 110, 339, 363, 579, 706, 711, 712, 713. 728, 735
ミル、ジェイムズ (James Mill, 1773-1836) 277
ミル、ジョン (John Stuart Mill, 1806-73) 261, 277, 374
ミルトン、ジョン (John Milton, 1608-74) 702
ミルナー、イーアン (Ian Milner) 730
ミレー、ジョン (John Everett Millais, 1829-96) 378, 577
村岡花子 (Hanako Muraoka, 1893-1968) 532
村山敏勝 (Toshikatsu Murayama, 1967-2006) 320
メアリー (Mary Dickens, 1838-96) ⇨ ディケンズ、メイミー
メアリー二世 (Mary II, 1662-94, 在位 1689-94) 402
メイグズ、コーネリア (Cornelia Lynde Meigs, 1884-1973) 421, 429
メイヒュー、ヘンリー (Henry Mayhew, 1812-87) 356, 424, 545, 629
メイミー ⇨ ディケンズ、メイミー
メスメル、フランツ (Franz Anton Mesmer, 1734-1815) 390
メッキアー、ジェローム (Jerome Meckier) 154, 155
メッツ、ナンシー (Nancy A. Metz) 363
メッテルニヒ、クレメンス (Klemens Metternich, 1773-1859) 166
メネル、アリス (Alice Thompson Meynell, 1847-1922) 679
メルボーン (Melbourne, 1779-1848) 60
メレディス、ジョージ (George Meredith, 1828-1909) 601, 679
メンガル、エイヴァールト (Ewald Mengel) 319
メンケン、エイダ (Adah Isaacs Menken, 1835?-68) 456
モーゲンテイラー、ゴルディ (Goldie Morgentaler) 142
モース、ロバート (Robert Morse) 462
モーツァルト (Johann Georg Leopold Mozart, 1719-87) 26
モーパッサン (Guy de Maupassant, 1850-93) 609
モーリー、ヘンリー (Henry Morley, 1822-94) 625
モア、ハナ (Hannah More, 1745-1833) 419, 420
モイナハン、ジュリアン (Julian Moynahan) 233, 588, 589
モグレン、ヘレン (Helene Moglen) 233, 236
モス、シドニー (Sidney Moss) 154
モノ、シルベール (Silvère Monod) 48, 101, 703, 704, 717
モリエール (Molière, 1622-73) 651
モリス、パム (Pam Morris) 265
森田思軒 (Morita Siken, 1861-97) 607
森田草平 (Morita Sohei, 1881-1949) 602, 614
モロイ、チャールズ (Charles Molloy) 444, 445
モンクリーフ、ウィリアム (William Moncrieff, 1794-1857) 111
モンボドー卿 (Lord Monboddo, 1714-99) 185

や
ヤウス、H. R. (Hans Robert Jauss, 1921-97) 707
矢口達 (Tatsu Yaguchi) 610
ヤコブソン、ロマン (Roman Jakobson, 1896-1982) 49, 706
山本忠雄 (Tadao Yamamoto, 1904-91) 699
ヤング、ジョージ (George Malcolm Young, 1882-1959) 358
ユーバンク、インガ‐スティナ (Inga-Stina Ewbank) 358, 371
吉田碧寥 (Yoshida Hekiryo) 607

ら
ラーソン、ジャネット (Janet L. Larson) 86
ライス、トマス (Thomas Jackson Rice) 149, 684, 699
ライト、W. M. (W. M. Wright) 525
ライマー、ジェイムズ (James Malcolm Rymer, 1804-84) 425

索引

ラカン、ジャック (Jacques Lacan, 1901-81) 87, 248, 265
ラスキン、ジョン (John Ruskin, 1819-1900) 122, 245, 263, 271, 279, 364, 374, 682, 716
ラッセル、ジョン (John Russell, 1792-1878) 477, 485, 486
ラッセル、ウィリアム (William Russel, 1821-1907) 297
ラドクリフ夫人 (Ann Radcliffe, 1764-1823) 646
ラファエル (Raphael, 1483-1520) 169
ラブレー、フランソワ (François Rabelais, 1494?-1553) 310
ラマート、ジェイムズ (James Lamert) 495, 615
ラマルシュ、S. F. (S. F. Lamarche, d. 1793) 329
ラム、チャールズ (Charles Lamb, 1775-1834) 417, 622
ランシーア、エドウィン (Edwin Landseer, 1802-73) 579
リーヴァー、チャールズ (Charles James Lever, 1806-72) 336
リーヴィス、F. R. (F. R. Leavis, 1895-1978) 229, 234, 262, 274, 280, 281, 634, 696, 697, 698, 700, 703, 705, 711
リーヴィス、Q. D. (Queenie Dorothy Leavis, 1906-81) 248, 262, 274, 339, 559, 579
リーヴィス夫妻 (Dr. and Mrs. Leavis, 1895-1978; 1906-81) 725
リーチ、ジョン (John Leech, 1817-64) 182, 361, 499, 509, 579
リード、チャールズ (Charles Reade, 1814-84) 425
リスター、トマス (Thomas Henry Lister, 1800-42) 426, 560, 579
リチャード三世 (Richard III, 1452-85) 615, 619,
リチャードソン、サミュエル (Samuel Richardson, 1689-1761) 684, 704
リチャードソン、ジョン (John Richardson, 1767?-1836) 628
リットン、ブルワー (Edward George Bulwer-Lytton, 1803-73) 316, 403, 426, 427, 428, 501, 502, 504, 535, 596, 620, 644

リットン、ロバート (Edward Robert Bulwer Lytton, 1831-91) 377, 378
リデル、ジョン (John Robert Liddell) 704
リドリー、ジェイムズ (Rev. James Ridley, 1736-65) 495
リトルトン、スペンサー (Spencer Littelton, 1818-81) 225
リリショウ、A. M. (A. M. Lillishaw) 141
リンゼイ、ジャック (Jack Lindsay, 1900-90) 341, 352, 362, 699, 700
リンリー、ジョージ (George Linley, 1798-1865) 508
ルーカス、ジョン (John Lucas) 318, 724
ルーク、エレノア (Eleanor Rooke) 149
ルイス、ジョージ (George Henry Lewes, 1817-78) 245, 260, 261, 500, 675, 676, 677, 679, 682
レーニ、グイド (Guido Reni, 1575-1642) 169
レイ、W. T. (W. T. Ley) 69, 75
レイアード、オースティン (Austen Henry Layard, 1817-94) 314
レイリー、N. M. (N. M. Lary) 732
レイン、サム (Sam Lane) 492, 493
レイン夫人 (Mrs. S. Lane) 492
レニエ、フランソワ (François Joseph Philoclès Régnier, 1807-85) 316
レノルズ、G. W. M. (G. W. M. Reynolds, 1814-79) 425, 428, 716
レム、トーリ (Tore Rem) 102
レモン、マーク (Mark Lemon, 1809-70) 290, 403, 621
ローゼンフェルド、シビル (Sybil Marion Rosenfeld) 626, 635
ローリ、アン (Ann Lohrli) 489, 720
ロイド、エドワード (Edward Lloyd) 425, 428
ロイランス、エリザベス (Elizabeth Roylance) 243
ロシェ、ルイ (Louis Roche, d.1849) 170
ロジャーズ、パット (Pat Rogers) 42, 55
ロセッティ、ガブリエル (Dante Gabriel Rossetti, 1828-82) 577
ロセッティ、ダンテ (Dante Gabriel Rossetti, 1828-82) 267
ロッジ、デイヴィッド (David John Lodge)

815

281, 289
ロバーツ、C. E. ベックホファー （C. E. Bechhofer Roberts） 684
ロバーツ、デイヴィッド （David Roberts, 1796-1864） 509
ロビンソン、ヘンリー （Henry Crabb Robinson, 1775-1867） 140
ロブスン、フレデリック （Thomas Drederick Robson, 1821-64）
ロベスピエール、マクシミリアン （Maximilien Robespierre, 1758-94） 265
ロラン、マノン （Mme Manon Phlipon Roland, 1754-93） 329
ロレンス、D. H. （David Herbert Lawrence, 1885-1930） 641, 697, 698
ロングフェロー、ヘンリー （Henry Longfellow, 1807-82） 163

わ

ワーグナー、リヒャルト （Richard Wagner, 1813-83） 682
ワース、ジョージ （George J. Worth） 351
ワーズワース、ウィリアム （William Wordsworth, 1770-1850） 125, 241, 422
ワイズマン、ニコラス （Nicholas Wiseman, 1802-65） 168
若松賤子 （Shizuko Wakamatsu, 1864-96） 605, 607
ワッツ、アイザック （Isaac Watts, 1674-1748） 420
ワトソン、ラヴィニア （Lavinia Watson, 1816-88） 278
ワトソン、ロバート （Robert Watson, 1746-1838） 144

5. 地名（Greater London 内）

あ

アーリントン・ストリート　（Arlington Street, Piccadilly）　440
アイヴィー・ブリッジ・レイン　（Ivy Bridge Lane, Strand）　436
アストリー劇場　（Astley's, Lambeth）　454, 456
アデルフィー　（Royal Adelphi Terrace, Strand）　436
アラモード・ビーフ・ハウス　（Alamode Beef House, Holborn）　436
イースト・エンド　（East End）　375, 446
イズリントン　（Islington）　440, 607
インナー・テンプル　（Inner Temple, Fleet Street）　444
ヴィクトリア・アンド・アルバート・エンバンクメント　（Victoria and Albert Embankments, River Thames）　447
ヴィクトリア・アンド・アルバート博物館　（Victoria and Albert Museum）　708
ウィルのコーヒー・ハウス　（Will's Coffee House, Covent Garden）　16
ウェスト・エンド　（West End）　439, 442, 624
ウェストミンスター・ホール　（Westminster Hall）　44, 572
ウェストミンスター矯正院　（Westminster House of Correction）　547
ウェストミンスター大寺院　（Westminster Abbey）　32, 34, 35
ウェリントン・ハウス校　（Wellington House Academy, Hampstead Road）　243, 431, 438, 475, 495, 540, 668
ウォッピング　（Wapping, Tower Hamlets）　449, 450
ウォルワース　（Walworth, Surrey）　341, 464
ウォレン靴墨工場　（Warren's Blacking, Hungerford Stairs, Covent Garden）　20, 82, 83, 119, 240, 250, 299, 431, 433, 434, 439, 443, 689
ウォレン屋敷　（The Warren, Chigwell）　142, 442
ウラニアの家　（Urania Cottage, Shepherd's Bush）　226, 241
エインジェル亭　（The Angel, Islington）　440
エリス・アンド・ブラックモア法律事務所　（Ellis and Blackmore Office, Raymond Buildings, Gray's Inn）　438, 444
オールド・スクエア　（Old Square, Lincoln's Inn, Chancery Lane）　446
オールドゲイト・ハイ・ストリート　（Aldgate High Street, City）　440
オクスフォード・ストリート　（Oxford Street）　550
「オリンピック劇場」（Olympic Theatre, Strand）　509

か

カンバーウェル　（Camberwell New Road, Surrey）　604
キャムデン・タウン　（Camden Town）　221, 239, 431, 433, 434
キャムデン・ハウス　（Campden House, Kensington）　506
ギャラリー・オブ・イラストレーション　（The Gallery of Illustration, Regent Street）　511
ギリシャ・コーヒー・ハウス　（Grecian Coffee House, Strand）　416
キング・ウィリアム・ストリート　（King William Street）　239
キングズ（クイーンズ）・ベンチ監獄　（King's [Queen's] Bench Prison, Southwark）　433, 435
クックス・コート　（Cook's Court ⇨ Took's Court）　446
クラプトン　（Clapton）　442
クリーヴランド・ストリート　（Cleveland Street, St. Marylebone）　431
グリニッジ・フェア　（Greenwich Fair, Greenwich）　417
クレア・コート　（Clare Court, Holborn）　436
クレア・マーケット　（Clare Market,

Lincoln's Inn Fields) 444
グレイズ・イン (Gray's Inn, Holborn) 444, 475
グレイプス (Grapes, Limehouse) 450
グロヴナー広場 (Grosvenor Square, Mayfair) 442
ケンジントン (Kensington) 506
ゴールデン・クロス・ホテル (Golden Cross Hotel, Charing Cross) 438, 439
コールド＝バス＝フィールズ監獄 (Cold Bath Fields Prison) 547
コヴェント・ガーデン (Covent Garden, Strand) 443
コヴェント・ガーデン劇場 (Covent Garden Theatre) 457, 494, 497, 617, 620, 626
コマーシャル・ロード (Commercial Road, Whitechapel) 449

さ

債務者監獄 (Marshalsea Prison, Southwark) 201
サザック (Southwark) 435, 440
サザック・フェア (Southwark Fair, Southwark) 417
サドラーズ・ウェルズ劇場 (Sadler's Wells Theatre) 458, 459, 623, 624
サフロン・ヒル (Saffron Hill, Holborn) 607
サラセンズ・ヘッド亭 (The Saracen's Head Tavern, Holborn) 439
サリー劇場 (Surrey Theatre, Blackfriars Road, now demolished) 628
シェイクスピア・シアター (Shakespeare Theatre, Tokyo) 533
ジェイコブズ・アイランド (Jacob's Island, Bermondsey) 448
シェパーズ＝ブッシュ (Shepherd's Bush) 547
シックス・ジョリー・フェローシップ・ポーターズ (Six Jolly Fellowship Porters, Limehouse) 449
シモンズ・イン (Symond's Inn, Chancery Lane) 444, 445
シャドウェル (Shadwell, Tower Hamlets) 449
シャドウェル新係船池 (Shadwell New Basin, Shadwell) 449

ジョージ・イン (The George Inn, Southwark) 441
ジョンソンズ・アラモード・ビーフ・ハウス (Johnson's Alamode Beef-House, Holborn) 436
スタッグジズ・ガーデンズ (Staggs's Gardens) ⇨ キャムデン・タウン
ステイプルハースト (Staplehurst, Lewisham) 31
ストランド・レイン (Strand Lane, Strand) 447
ストランド (Strand) 242, 435, 442, 443, 446, 529
スペンロー・アンド・ジョーキンズ (Spenlow and Jorkins, *DC*) 445
スミスフィールド家畜市場 (Smithfield Market, City) 442
セイレム・ハウス (Salem House, Blackheath) 243, 245
セント・ジャイルズ (St. Giles) 259, 262
セント・ジャイルズ・イン・ザ・フィールズ教会 (St. Giles-in-the-Fields Church, Holborn) 444
セント・ジェームズ・コーヒーハウス (St. James Coffee House, Westminster) 416
セント・ジェイムジーズ・ホール (St. James's Hall, Piccadilly) 525, 527
セント・ジェイムズ劇場 (St. James Theatre) 395, 396
セント・ジョージズ・イン・ジ・イースト教区 (Parish of St. George's-in-the-East Church, Tower Hamlets) 449
セント・セパルカー教会 (St. Sepulchre's Church, Holborn) 439
セント・ダンスタン教会 (St. Dunstan in the West, Fleet Street) 240, 438
セント・マーティン教会 (St. Martin-in-the-Fields, Trafalgar Square) 240
セント・マイケル教会 (St. Michael, Highgate) 240
セント・ポール大聖堂 (St. Paul's Cathedral, Ludgate Hill) 421, 433, 444
セント・マーティンズ・ホール (St. Martin's Hall, West End) 376
セント・マーティンズ・レイン (St Martin's Lane, Strand) 436
ソールズベリー・スクエア (Salisbury

索　引

Square, City)　425
ソホー (Soho)　499

た

ダービー・ストリート、現ダービー・ゲート (Derby Street, Westminster)　436
大英博物館 (British Museum, Great Russell Street)　239, 616
タイバーン (Tyburn)　550
大法院 (the High Court of Chancery, Chancery Lane)　574
タヴィストック・ハウス (Tavistock House, Tavistock Square)　358, 431
タヴィストック・ハウス劇場 (Tavistock House Theatre, Bloomsbury)　506, 511
ダウティー・ストリート (Doughty Street, Mecklenburgh Square)　431
ダウティー街48番地 (48 Doughty Street)　118
チェシャー・チーズ亭 (Cheshire Cheese Tavern, Fleet Street)　441
チャーチ・ロー (Church Row, Limehouse)　446
チャールズ・ディケンズ博物館 (Charles Dickens Museum, Doughty Street)　616
チャリング・クロス (Charing Cross)　240, 438
チャンサリー・レイン (Chancery Lane, Holborn)　442, 445, 446
チャンドス・ストリート (Chandos Street, Covent Garden)　431, 435
デヴォンシャー・テラス (Devonshire Terrace, Marylebone Road, London)　138, 403, 431
テムズ河 (River Thames)　206, 259, 335, 348, 354, 355, 356, 362, 366, 367, 368, 432, 436, 438, 446, 447, 448, 449, 545, 574
テルソン銀行 (Tellson's Bank, Temple Bar)　325
テンプル・ステアーズ (Temple Stairs, The Temple)　447
テンプル (The Temple)　446
トゥックス・コート (Took's Court, Cursitor Street, Chancery Lane)　446

ドクターズ・コモンズ ⇨ 民法法廷
トム・オール・アローンズ (Tom-All-Alone's, Bloomsbury/Covent Garden?)　444, 575
トラファルガー広場 (Trafalgar Square, Strand)　439
ドルーリー・レイン (Drury Lane, Holborn)　436, 444, 451
ドルーリー・レイン劇場 (Drury Lane theatre, Westminster)　457, 626, 629

な

ナショナル・ギャラリー (National Gallery, Trafalgar Square)　239
ニュー・グラヴェル・レイン橋 (New Gravel Lane Bridge, Shadwell)　449
ニュー・ブリタニア劇場 (New Britannia Theatre, Hoxton)　492, 493
ニューゲイト監獄 (Newgate Prison, Old Bailey)　50, 136, 139, 140, 550, 551, 621, 624
ノーフォーク・ストリート (Norfolk Street, St. Marylebone)　431

は

バーナーズ・イン (Barnard's Inn, Holborn)　445
バーネット (Barnet)　440
バーモンジー (Bermondsey)　448
パーラメント・ストリート (Parliament Street, Westminster)　436
白鹿亭 (The White Hart Inn, Southwark)　68, 441, 569,
ハックニー (Hackney)　442
ハノーヴァー広場 (Hanover Square, off Regent Street)　503
ハマムズ (Hummums, Covent Garden)　443
バラ (Borough)　435
バラ・ハイ・ストリート (Borough High Street, Southwark)　440
ハンガーフォード・ステアーズ (Hungerford Stairs, Charing Cross)　240, 243, 431, 434, 435
ハンガーフォード・マーケット (Hungerford Market, Charing Cross)　240
ピカデリー (Piccadilly)　440, 502
ファーニヴァルズ・イン (Furnival's Inn,

Holborn) 61, 431
ファウンテン・コート (Fountain Court, Middle Temple) 444
フィールド・レイン (Field Lane, Saffron Hill) 542
フィールド・レイン学校 (Field Lane School) 542, 543
フィッシュ・ストリート・ヒル (Fish Street Hill) 239
フィンチレー (Finchley) 442
フォックス・アンダー・ザ・ヒル (The Fox-under-the-Hill, Strand) 436
ブラックフライアーズ (Blackfriars) 243
フリート・ストリート (Fleet Street, City) 42, 44, 441, 442, 443, 446, 492
フリート監獄 (Fleet Prison, Farringdon Street) 60, 63, 65, 70, 71, 306, 415, 433, 434, 445
ブル・イン (The Bull Inn, Whitechapel) 440
ブレントフォード (Brentford, Hounslow) 438
プロスペクト・オヴ・ウィットビー (Prospect of Whitby, Shadwell) 450
ベイアム・ストリート (Bayham Street, Camden Town) 431, 432, 433, 450
ベイカー旦那のわな (Mr. Baker's Trap, Shadwell) 449
ヘイマーケット (Haymarket Street, off Pall Mall) 659, 665
ヘイマーケット劇場 (Haymarket Theatre) 500, 620
ベスナルグリーン (Bethnal Green) 555
ベツレヘム癲狂院 (Bethlehem Hospital, Moorfields) 139, 147
ベル・ソヴァージュ旅籠 (Belle Sauvage Inn, Ludgate Hill) 440
ベルグレイブ広場 (Belgrave Square, Belgravia) 442
ホースモンガー・レイン監獄 (Horsemonger Lane Gaol) 552
ホーボン (Holborn) 443
ボウ (Bow, Tower Hamlets) 438, 442
法学院 (Inns of Court, Holborn) 442, 444, 445
ポプラ小路 (Poplar Walk, Stamford Hill, North London) 40, 42, 44
ホワイツ・チョコレートハウス (White's Chocolate House, Pall Mall, Westminster) 416
ホワイト・ホース・セラー旅籠 (The White Horse Cellar, Piccadilly) 440
ホワイトチャペル (Whitechapel) 440

ま

マーシャルシー監獄 (Marshalsea Prison, Southwark) 60, 250, 298, 299, 300, 303, 305, 306, 307, 309, 431, 434, 435, 593, 689
マードストン商会 (Murdstone and Grinby, Blackfriars) 240, 243, 250
マーブルアーチ (Marble Arch) 550
ミドル・テンプル (Middle Temple, Fleet Street) 444
ミューズ・ストリート (Mews Street, Mayfair) 442
ミルバンク (Millbank, Westminster) 448
民法法廷 (Doctors' Commons, City) 444, 445, 475, 476, 494, 495

や

ユーストン駅 (Euston Station) 221, 222

ら

ライシーアム劇場 (Lyceum Theatre, Strand) 623
ライムハウス (Limehouse, Tower Hamlets) 449, 450
ライムハウス・ホール (Limehouse Hole, Limehouse) 449
ラドゲイト・ヒル (Ludgate Hill) 440
ラント・ストリート (Lant Street, Southwark) 435
ランベス (Lambeth, Surrey) 454
リージェント・ストリート (Regent Street) 432, 511
リージェント・パーク (Regent's Park) 240
リッチモンド (Richmond-upon-Thames) 62
リトル・コレッジ・ストリート (Little College Street, Somers Town) 435
リトル・ブリテン通り (Little Britain, City) 464

索　引

リンカーンズ・イン　(Lincoln's Inn, Chancery Lane)　445, 446
リンカーンズ・イン・フィールズ　(Lincoln's Inn Fields, Holborn)　445
ルールズ　(rules, Southwark)　435
レイモンド・ビルディングズ　(Raymond Buildings, Gray's Inn)　444
レッド・ライオン　(Red Lion, Westminster)　436
ロザハイズ　(Rotherhithe, Bermondsey)　449

ロンドン・ドックス　(London Docks, Wapping)　222, 449
ロンドン図書館　(London Library, St. James's Square)　316
ロンドン橋　(London Bridge)　181, 239, 335, 440, 447, 448, 607

わ

ワイン・オフィス・コート　(Wine Office Court, Fleet Street)　441

6. 地名 (Greater London 以外)

あ

アイルランド (Ireland) 153, 336, 476, 483
アヴィニョン (Avignon) 170, 171, 172
青猪亭 (The Blue Boar, Rochester) 335, 350
アドリア海 (Adriatic Sea) 170
アプトン (Apton, Hereford and Worcester) 415
アメリカ (America) 111, 497, 515, 517, 530, 531, 550, 616, 617, 623, 637
アメリカ合衆国 (the United States of America) 180, 181
アルバロ (Albaro) 170, 171
イースト・アングリア (East Anglia) 440
イーストゲイト・ハウス (Eastgate House, Rochester) 335
イータンスウィル (Eatanswill ＜＝Sudbury, Suffolk) 60
イギリス (Great Britain) 296, 297, 298, 300, 304, 306
イタリア (Italy) 166, 167, 169, 168, 171, 170, 173, 172, 175, 174, 176
イプスウィッチ (Ipswich, Suffolk) 415, 440, 599
イングランド (England) 521, 551
イングランド中西部地方 (West Midlands) 131
インド (India) 222, 388, 389
ウェールズ (Wales) 551
ウェストポイント (West Point, New York) 157
ヴェニス (Venice) 170
ヴェルサイユ宮殿 (Palace of Versailles, France) 322
ヴェローナ (Verona)
ウォルヴァーハンプトン (Wolverhampton) 131
エジプト (Egypt) 375, 389
エディンバラ (Edinburgh) 139, 500, 541, 543, 620
エデン (Eden) 185, 188
エリー湖 (Lake Erie) 157

オーストラリア (Australia) 111, 222, 246, 388, 545, 549, 550
オーストリア (Austria) 166
オスマン・トルコ (the Ottoman Turkish Empire) 297
御茶の水橋 (Ochanomizu Bridge, Tokyo) 607
オハイオ川 (Ohio River) 157
オハイオ州 (State of Ohio) 157
オムスク (Omsk, Russia) 647

か

カーライル (Carlisle, Cumbria) 439,
「懐疑の城」(Doubting Castle) 128
カナダ (Canada) 44, 152, 157, 160
カリフォルニア (California) 124
カルカッタ (Calcutta, India) 360
カンタベリー (Canterbury, Kent)
広東 (Canton, China) 222
カンバーランド (Cumberland, Cumbria) 439
ギャズヒル／ギャズ・ヒル・プレイス (Gad's Hill/ Gad's Hill Place, Kent) 300, 360, 431, 517, 526, 615, 616, 617
「虚栄の市」(Vanity Fair) 128
クーリング (Cooling, Kent) 335
グラスゴー (Glasgow) 501, 620
グリニッジ (Greenwich) 181
グレトナ・グリーン (Gretna Green, Scotland) 521
クロイスタラム (Cloisteram ＜＝ Rochester) 19, 335, 375, 385, 386, 387, 390
ケアロ (Cairo, Illinois) 157
ケベック (Quebec, Canada) 157
ケント州 (Kent) 431
コークタウン (Coketown) 283, 285, 289, 461
コーンウォール (Cornwall) 181, 182
駒込 (Komagome, Tokyo) 599
コロンバス (Columbus, Ohio) 157
コロンビア・スクエア (Columbia Square) 555

822

索引

さ

サティス・ハウス (Satis House, Rochester) 335, 343, 346, 347, 349, 350
サルジニア (Sardinia) 297
サンクト・ペテルブルグ (St. Petersburg, Russia) 642, 652, 653
サンダーランド (Sunderland, Tyne and Wear) 504, 505
サンダスキー (Sandusky, Ohio) 157
シーアネス (Sheerness, Kent) 431
シェイクスピア生家 (Shakespeare's birthplace, Stratford-upon-Avon) 618
シエナ (Siena) 170
ジェノア (Genoa, Italy) 170, 171, 176, 200, 404, 515
シェフィールド (Sheffield) 504
シチリア (Sicilia/Sicily) 170
シベリア (Siberia) 647, 651, 663
ジャマイカ (Jamaica) 374, 375, 389
シュルーズベリー (Shrewsbury) 131, 504
ジョンズ・ホプキンズ大学 (Johns Hopkins University) 712
シンシナティ (Cincinnati, Ohio) 157
シンプロン峠 (Simplon Pass) 170
スイス (Switzerland) 167, 170, 648, 663, 666
スキュタリ (Scutari) 297
スコットランド (Scotland) 463, 521, 615
ストックトン (Stockton) 181
ストラットフォード・アポン・エイヴォン (Stratford-upon-Avon, Warwick) 618
セイロン (Ceylon, Sri Lanka) 375, 389
「絶望の沼」 (Slough of Despond) 128
セミパラティンスク (Semey [Semipalatinsk], Kazakhstan) 647
セント・ジェイムズ教会 (St. James's Church, Kent) 335
セント・バーナード峠 (Great St. Bernard Pass) 306
セントルイス (St. Louis, Missouri) 157
ソールズベリー (Salisbury) 181, 182
ソルボンヌ大学 (Sorbonne University) 703

た

ダービー (Derby) 504
ダーリントン (Darlington) 181
大白馬亭 (The Great White Horse, Suffolk) 599, 600
地中海 (the Mediterranean Sea) 297
チャールズ・ディケンズ・センター (Charles Dickens Centre, Rochester) 335
チャタム (Chatham, Kent) 19, 335, 431, 432, 433, 446, 450, 495, 521, 534, 540, 544
チャッツワース (Chatsworth, Derbyshire) 483, 484
中国 (China) 180, 217
中東 (the Middle East) 297
ディジョン (Dijon, France) 221
「天上の都」 (Celestial City) 128
ドーヴァー (Dover, Kent) 325, 528
ドーヴァー海峡 (Strait of Dover) 169
ドイツ (Germany) 404, 612
ドゥー・ザ・ボーイズ・ホール (Dotheboys Hall, Yorkshire) 96, 100, 108, 109, 440
東京 (Tokyo) 531, 533
トルコ (Turkey) 375, 385, 386
トルブース監獄 (Tolbooth Prison, Edinburgh) 139
ドレスデン (Dresden, Germany) 647
トロント (Toronto, Canada) 157

な

中野 (Nakano, Tokyo) 607
ナポリ (Naples) 170
ネフスキー通り (the Nevsky, St. Petersburg, Russia) 661
西インド諸島 (West Indies) 146
日本 (Japan) 180
ニューオーリンズ (New Orleans, Louisiana) 152
ニューカッスル・アポン・タイン (Newcastle-upon-Tyne) 504
ニューファンドランド (Newfoundland) 510
ニューヘイヴン (New Haven, Connecticut) 156
ニューポート (Newport, Gwent, Wales) 137

ニューヨーク (New York) 155, 156, 157, 160, 161
ネブワース (Knebworth, Herts.) 501
ノッティンガム (Nottingham) 504
ノルマンディー (Normandy) 167

は

ハーヴァード大学 (Harvard University, Massachusetts, America) 385
バース (Bath, Avon) 440, 504
ハートフォード (Hartford, Connecticut) 158
バーミンガム (Birmingham) 131, 315, 501, 504, 516, 518, 519, 528, 534, 544, 620
バスティーユ監獄 (the Bastille, France) 305, 322
バッファロー (Buffalo, New York) 157
ハドソン川 (Hudson River) 157
「破滅の都」 (City of Destruction) 128
パリ (Paris) 48, 170, 325, 327, 328, 703
ハリウッド (Hollywood) 459
ハリスバーグ (Harrisburg, Pennsylvania) 157
バルバドス (Barbados, West India) 222
パレスティナ (Palestine) 297
ハンティントン図書館 (Huntington Library, California) 720
ピアチェンツァ (Piacenza) 171
ピサ (Pisa) 170, 176
ピッツバーグ (Pittsburgh, Pennsylvania) 157
フー半島 (Hoo Peninsula, Kent) 335
フィラデルフィア (Philadelphia, Pennsylvania) 156, 161, 163, 324
ブライトン (Brighton) 223
フランス (France) 31, 167, 168, 170, 297, 315, 326, 361, 370, 623, 639, 640, 641, 643, 644, 662, 663, 703, 712
ブランダストン (Blunderstone, Suffolk) 241
フリー・トレイド・ホール (Free Trade Hall, Manchester) 512
ブリストル (Bristol) 483, 504
プリンストン大学 (Princeton University, New Jersey) 720
ブルターニュ (Bretagne/Brittany) 167
プレストン (Preston, Lancashire) 277,
283
フレデリックスバーグ (Fredericksburg, Virginia) 161
ブロードウェイ (Broadway, New York) 161
ブロードステアーズ (Broadstairs) 223
フローレンス (Florence) 170
ペスキエーレ荘 (Palazzo Peschiere) 168, 170, 172
ベロミールスキイ (Belomirksy) 654 (Bowes Academy, Yorkshire [County Durham]) 97
ボーヴェー (Beauvais) 315
ポーツマス (Portsmouth, Hampshire) 18, 103, 109, 430, 461
ボーンマス (Bournemouth, Dorset) 509
ボストン (Boston, Massachusetts) 154, 156, 157, 158, 160, 163, 396
ボローニャ (Bologna) 170, 171
ポンペイ (Pompeii) 170

ま

マグビー・ジャンクション (Mugby Junction yajirusi ⇔ Rugby Junction) 214
マルセイユ (Marseilles) 170, 301, 306, 308
マンチェスター (Manchester) 181, 221, 226, 483, 500, 504, 511, 512, 516, 620
マンチェスター・アセニアム (Manchester Athenaeum) 199, 544
万年町 (Man'nencho, Tokyo) 607
ミシシッピー川 (Mississippi River) 156
南イングランド (South England) 440
ミラノ (Milan) 170
メイドストン・ロード (Maidstone Road, Rochester) 335
メイポール亭 (Maypole Inn ⇐ King's Head, Chigwel) 139, 142
メイン州 (State of Maine) 152
メドウェイ川 (River Medway, Kent) 335
メルボルン (Melbourne, Australia) 491
モントリオール (Montreal, Canada) 157, 497, 498

や

ヤーマス (Great Yarmouth, Norfolk) 438

ヨーク (York)　485, 515, 521, 524
ヨークシャー (Yorkshire)　96, 97, 98, 100, 103, 108, 109, 112, 440, 467, 483
ヨーロッパ (Europe)　166, 239, 440, 639, 644, 646, 649, 667, 703, 707

ら

ライシアム劇場 (Lyceum Theatre, Sunderland)　515
ライン川 (the Rhine)　643
リヴァプール (Liverpool)　155, 159, 500, 504, 516, 526, 620
リヴァプール職工学校 (Liverpool Mechanics' Institute)　544
リッチモンド (Richmond, Virginia)　157, 161, 162
リヨン (Lyons)　170, 171
ルイヴィル (Louisville, Kentucky)　157
レストレーション・ハウス (Restoration House, Rochester)　335
レディング (Reading, Berkshire)　440, 504, 534, 544
レミントン (Leamington Spa, Warwickshire)　131, 221, 239
ローウェル (Lowell, Massachusetts)　161
ローザンヌ (Lausanne, Switzerland)　200, 223, 224, 401, 451
ローヌ川 (Rhone River)　170, 171
ローマ (Rome, Italy)　167, 170, 173, 174, 176, 451
ロイヤル・ヴィクトリア・アンド・ブル・ホテル (Royal Victoria and Bull Hotel, Rochester)　335-6
ロイヤル座 (Theatre Royal, Rochester)　615
ロシア (Russia)　33, 297, 637, 639, 640, 643, 644, 645, 647, 649, 651, 657, 667
ロチェスター (Rochester, Kent)　19, 20, 28, 335, 386, 387, 439, 615
ロワー・ハイアム (Lower Higham, Kent)　335

わ

ワシントン D. C. (Washington D.C.)　161

7. キーワード

あ

アーティスト（artist） 697, 696
愛国主義（chauvinism） 672
アイデンティティー（identity） 186, 192, 713
アイロニー（irony） 338, 348, 349
アウトサイダー（outsider） 414
悪（evil） 638, 662, 663, 665
アストリー（Astley's hall） 290, 628
新しい女（new woman） 351
アッピア街道（Appian Way） 176
「後書き」（postscript） 88-89, 361
アナロジー（analogy） 142, 146
アニミズム（animism） 676, 706
アヘン窟（opium den） 375, 389
アヘン戦争（the Opium War） 180
アリバイ（alibi） 29, 191
アルーストゥック戦争（Aroostook War） 152
アンシャン・レジーム（the ancient régime） 323, 331
安息日厳守主義（Sabbatarianism） 569, 629
安息日遵守法案（Sabbath Bills） 394, 538
アンチ・ロマン（anti-romance） 611
イエス・キリスト（Jesus Christ） 204
イエズス会士（Jesuit） 143
イエラルシー・ド・タイユ（hierarchie de taille） 611
生き埋め（buried alive） 315, 317, 324, 325
イギリス・ロマン主義（English Romanticism） 125
イギリス国教会（Anglican Church） 402
生け贄（sacrifice） 667
異国情緒（exoticism） 644
遺産相続（inheritance） 187, 192, 194
異種混交性（heterogeneity） 736
イスラム教（Islam） 145
異性愛（heterosexuality） 390
一人称小説（first-person narrative） 338
イデオロギー（ideology） 686, 697, 705
犬劇（dog drama） 458

イメージ（image） 85
イラスト ⇨ 挿絵
院外救済（outdoor relief） 79
因果応報（poetic justice） 349
印税（royalty） 158, 159
ヴァラエティー・ショー（variety show） 50, 52, 461
ヴィクトリア朝研究（Victorian studies） 716
ヴェトナム戦争（the Vietnam War） 713
ウェブスター・アシュバートン条約（Webster-Ashburton Treaty） 153
ウェラリズム（Wellerism） 66, 73
ウォレン靴墨工場（Warren's Blacking Factory）⇨ 索引 5 を参照。
ウラニアの家（Urania Cottage） 536, 537, 545-550
映画（cinema） 18, 33, 34, 614; ディケンズと映画 **580-595**
英国及び外国学校協会（British and Foreign School Society） 540
衛生問題（sanitary conditions problem） 507
映像（image） 611, 612
エヴリマン・ディケンズ（Everyman Dickens） 479
エリス・アンド・ブラックモア（Ellis and Blackmore） 438, 444, 475
遠近画法（perspective representation） 611
円形競技場（amphitheatre） 455
演劇（drama） 636
演劇規制法（The Theatre Regulation Act） 457
演出台本（prompt copy） 619
エンターテイナー（entertainer） 697, 705
オーディション（audition） 494, 495
オクスフォード運動（Oxford Movement） 143, 144
堕ちた女（fallen woman） 285, 545
おとぎ話（fairy tale） 519
覚書（Book of Memoranda） 300, 301,

索引

359
オリエンタリズム (orientalism)　388
お礼公演 (benefit)　499
「お別れ朗読会」(farewell reading)　518, 527

か

カーニバリズム (cannibalism)　249
カーニバル (cannibal)　173, 174, 326
海運保険 (marine insurance)　356
階級 (the classes)　297, 304, 305
階級意識 (class consciousness)　110, 347, 351
階級対立 (class confrontation)　483
海軍経理局 (The Navy Pay Office)　19
海上演劇 (nautical drama)　458
改正法案 (The Reform Bill)　22
海賊版 (pirated edition)　158
解剖図 (anatomy)　702
下院 (the House of Commons)　538, 539, 552
隠された自伝 (hidden autobiography)　124
革命 (revolution)　669
隔離システム (isolation system)　324
過去 (secret past)　201, 204-206
家族法 (family law)　222
語り (narration)　73
語り手 (narrator)　87, 110
家畜市場 (cattle market)　442
学校 (school)　96-68, 100, 103, 108, 109, 112
活人画 (tableau)　458
家庭 (home)　675, 687, 689, 737, 743, 746
家庭教師 (governess)　181, 221
家庭の団欒 (hearth and home)　346
家庭の天使 (angel in the house)　233
寡頭政治 (oligarchy)　695
カトリック (Catholic)　136, 137, 143, 146
カトリック解放令 (Catholic Emancipation Act)　239
カトリック教徒救済法 (Catholic Relief Act)　136, 137
金 (money)　355, 357, 362, 363, 365, 368
家父長 (patriarch)　146, 194, 326, 328
株 (stock)　356, 365
株主 (shareholder)　483, 484

雅文体 (elegant style)　597
紙芝居 (toy-theatre)　459, 495, 619
カメラ・アイ (camera-eye)
仮面 (the mask)　307, 310
火薬陰謀事件 (Gunpowder Plot)　143
カリカチュア (caricature)　130
カルヴィニズム (Calvinism)　306
カルチュラル・スタディーズ (cultural studies)　345
カルマニョール輪舞 (the Carmagnole)　323
河浚い人 (dredger)　355
監禁 (imprisonment)　651
監獄 (prison)　60, 63, 65, 147, 298-301, 303, 305-307, 309, 311, 337, 338, 432
監視 (surveillance)　382
感情移入 (empathy)　349
感傷主義 (sentimentalism)　122
感傷的誤謬 (pathetic fallacy)　706
感性の歴史 (history of sensibility)　126
勧善懲悪 (poetic justice)　369
姦通 (adultery)　224, 234
記憶 (memory)　209-211
戯画 (caricature)　225
喜劇 (comedy)　227, 228, 231, 232, 395, 396, 683, 701, 704
喜劇オペラ (comic opera)　395, 497
喜劇作家 (comic writer)　194
喜劇人物 (comic character)　730
気質 (humour)　235, 236
記者 (reporter)　60, 61
寄宿学校 (boarding school)　194
奇術 (juggling)　454, 459
汽船 (steamship)　181
偽善 (hypocrisy)　600, 603
偽善者 (hypocrite)　184, 186
貴族 (aristocrat)　666, 691
キャラクター (character)　124, 126, 130, 701
キャロライン号事件 (Caroline Affair)　152
「ギャンピズム」(Gampism)　522
救貧院 (workhouse)　536, 549, 694
救貧法 (Poor Law)　695; 新救貧法 (New Poor Law)　41, 78-80, 87-89, 144
教育 (education)　96, 97, 534, 536, 537, 539-541, 543, 544, 553

狂気 (madness) 147, 148
教訓 (moral) 421, 608
教訓主義 (moralism) 419, 420, 422
行政改革 (administration reform) 507
共同作業 (collaboration) 561, 562, 564, 566, 568-570, 573, 577, 578
教養小説 (Bildungsroman) 102, 104
曲乗り (trick riding) 453, 454
ギリシア正教 (the Greek Orthodox Church) 297
キリスト教 (Christianity) 639, 645, 650, 672
「キリストの変容」(The Transfiguration) 169
ギロチン (guillotine) 317, 326, 327, 329
禁酒運動 (temperance activities) 564
近親相姦 (incest) 250
近代産業社会 (modern industrial society) 698
偶然 (coincidence) 317, 318, 706
空想 (fancy) 51-53
空想的リアリズム (fantastic realism) 637
寓話 (fable) 702
クラウン (clown) 464
クリスマス (Christmas) 50, 200-201, 204, 205, 208-214, 216-218, 680
クリミア戦争 (The Crimean War) 507
クレオール号事件 (Creole Affair) 152
黒い図版 (dark plate) 574, 575
「グロヴナー号」(The Grosvenor) 508
グロテスク (grotesque) 50
群衆 (crowd) 658-660
ゲイ・スタディーズ (gay studies) 741, 743
警察制度 (the police) 302
芸術的信条 (artistic creed) 468
軽薄文学 (light literature) 722
刑法改正 (penal reform) 715
刑務所 (penitentiary) 161
劇作家 (playwright) 496, 509
劇場 (theatre) 615, 617-620, 623, 624, 626-630
劇場支配人 (manager of a theatre) 496, 498
劇場法 (theatrical licensing law) 625, 627
劇評 (theatrical review) 621, 622

戯作 (playful composition) 600
下水 (sewage) 356, 553
月刊分冊 (monthly installment) 25, 26, 39, 40, 45, 58, 295, 296, 300, 313, 327, 373-375, 381, 560, 571, 576, 709
決定論 (determinism) 306
検疫停船 (quarantine) 306
嫌悪の魅力 (attraction of repulsion) 452
幻覚 (hallucination) 676, 677
ケンジ・アンド・カーボーイ (Kenge and Carboy, *BH*) 445
現実主義 (realism) 229
幻想 (delusion) 375, 386, 387
言文一致 (colloquial style) 597
権力 (power) 736-739, 744
コーデュロイ道路 (corduroy road) 157
ゴードン暴動 (the Gordon Riots, 1780) 136, 139, 143, 145, 148, 194, 314
ゴールドラッシュ (gold rush) 180
公開処刑 (public execution) 320, 425, 427
公開朗読 (public reading) 28, 31, 45, 154, 170, 315, 360, 376, 379, 385, 389, 390, 494, 512, **515-533**, 536, 537, 544, 619, 719, 745
好奇心 (curiosity) 438
交響楽 (symphony) 31
公衆衛生法 (Public Health Act) 553, 554
絞首刑 (hanging) 550
絞首台文学 (gallows literature) 424
校正刷り (proofsheet) 717, 724
構造主義 (structuralism) 712, 733, 734
高等法院王座部 (The Queens Bench) 509
功利主義 (Benthamism, Utilitarianism) 78, 79, 277, 285, 286, 288-290, 418, 657, 695
五月祭の女王 (May queen) 122
国外追放 (exile) 647
国際著作権 (international copyright) 154, 158, 159, 719
ゴグとマゴグ (Gog and Magog) 240
国民憲章 (People's Charter) 137
穀物法 (Corn Laws) 144, 199, 314, 485-487
孤児 (orphan) 250
ゴシック (Gothic) 142, 645, 646, 664
ゴシック小説 (Gothic novel) 92, 423

索引

国会議員　（Member of Parliament, M.P.）　477, 485
国会報道記者　（parliamentary reporter）　475
コックニー　（cockney）　522
滑稽　（the ridiculous）　228
滑稽小説　（comic novel）　600
子供　（child, children）　97, 243, 245-247, 249, 646, 652, 653, 658-660, 665-669, 671
子供のイメージ　（image of childhood）　125
子供の死　（death of a child）　123
小人　（dwarf）　231
塵芥の山　（dust-heap）　354, 355, 358, 362, 364, 368, 369, 371
コメディー　（comedy）⇨ 喜劇
コメディア・デラルテ　（commedia dell'arte）　127
コモドア号　（The Commodore）　439
娯楽　（amusement）　279, 289, 290, 624, 627, 629, 630, 633
娯楽作家　（entertainer）　633
コレラ　（cholera）　259, 297
コロシアム　（Colosseum）　176
コロンバイン　（Columbine）　464

さ

サーカス　（circus）　286, 288-290, 453-458, 460, 461, 469
再生　（rebirth）　203, 204, 207, 210
催眠術　（hypnotism, mesmerism）　381, 388, 390, 645
催眠療法　（hypnotherapy）　171
債務者監獄　（Debtors' prison）⇨ 索引5「マーシャルシー監獄」を参照。
挿絵　（illustration）　24, 25, 59, 61, 63, 65-67, 82, 88, 91, 168, 169, 220, 225, 232, 279, 378, 381, 382, 479, 486, 559-563, 565-578, 590, 607, 678, 717, 722, 728; 小説出版と挿絵 559-579
挿絵画家　（illustrator）　66, 559-562, 566, 568, 569, 571, 574, 577-579
殺人　（murder）　32, 376, 377, 381, 384, 385, 391, 628, 631, 640, 652, 663, 669, 670
サブ・プロット　（sub plot）　71, 146, 147
座元兼俳優　（actor manager）　617

3巻本　（three-decker）　480, 481
産業革命　（Industrial Revolution）　124, 131, 137, 145, 155, 221, 239, 277, 350
産業小説　（industrial novel）　282, 283
懺悔　（confession）　605
サンタクローズ　（Santa Clause）　17, 32
サンピエトロ大聖堂　（St. Peter's）　176
シェーカー教徒　（Shaker）　157
シェイクスピア協会　（The Shakespeare Society）　500, 618
ジェンダー　（gender）　229, 232, 233, 249, 251, 265, 287, 323, 344, 345, 741, 743
ジェンダー批評　（gender criticism）　282
ジェントルマン　（gentleman）　602
自我　（self）　603
識字率　（literacy）　117
死刑　（capital punishment）　537, 550-552
死刑執行人　（hangman）　142
死刑囚監房　（condemned cell）　377
自己犠牲　（self-sacrifice）　93, 200, 203, 208, 315, 321, 328, 338, 339
自己形成　（self-formation）　247, 252-254
自己中心　（selfishness）　185-188, 192-194
自己投影　（self-projection）　249
自己発見　（self-discovery）　188, 193
時事問題　（current issues）　27
市場経済　（a market economy）　249
私設芝居小屋　（private theatre）　619
慈善　（charity）　226, 515-519, 528, 530, 535-537, 541-543, 550, 554
慈善学校　（charity school）　541
慈善興行　（charity performance）　403, 497, 500, 511
慈善活動　（charity）　27, 403
慈善事業家　（philanthropist）　695, 701
自然主義　（naturalism）　609, 700
自然発火　（spontaneous combustion）　260, 261
自尊　（self-respect）　199
時代錯誤　（anachronism）　462
死体盗掘　（resurrection）　320, 325
実証的研究　（well-documented study）　715
失踪　（disappearance）　376, 377, 384, 389
実存の不安　（anxiety of existence）　713
10ポンド戸主　（ten-pounder）　695
視点　（point of view）　338, 339, 343, 344, 351

自伝 (autobiography) 240-244, 247, 250, 251, 253
自伝的手記 (Autobiographical Fragment) 201, 209
自伝的小説 (autobiographical novel) 604
児童教育 (children's education) 419
児童文学 (children's literature) 413, 418-422, 429
シナリオ・ライター (scenarist) 74
芝居 (theatre) 19, 22, 27, 28
資本主義 (capitalism) 124, 131, 132, 271, 273, 341, 351
死亡率 (mortality rate) 122
ジャーナリスト (journalist) 65, 68, 131,172, 407, 475-480, 482, 488, 493, 536, 696, 701, 702
ジャーナリズム (journalism) 42, 43, 53, 104, **475-493**, 515, 709, 711, 725
社会悪 (social evil) 96, 104
社会改革 (social reform) 680
社会改革家・社会改良家 (social reformer) 51, 161, 162
社会活動 (social activities) **534-555**, 537
社会主義 (socialism) 279
社会主義運動 (socialist movement) 609
社会小説 (social novel) 282
社会小説家 (social novelist) 724, 725
社会的上昇 (upward mobility in society) 414, 431
社会の良心 (social conscience) 715
社会批評 (social criticism) 96, 104, 108, 207, 362, 379, 702
社会問題 (social problems) 489, 536
社交界 (Society) 307
ジャコバイト (Jacobite) 145
写実主義 (realism) 611
写真 (photograph) 48
謝肉祭 (carnival) ⇨ カーニバル
ジャンル (genre) 391, 392
自由意思 (free will) 307, 308
週刊 (weekly publication) 314, 316
週刊連載 (weekly serial) 278
宗教運動 (religious movement) 695
自由主義 (liberalism) 375, 477, 478, 482
囚人 (convict) 651, 663
自由党 (The Liberal Party) 41, 42
自由貿易 (free trade) 374, 482
重反逆罪 (high treason) 550

宿駅 (stage) 438, 440, 445, 447
祝祭 (festival) 211
祝福 (blessing) 204
手稿 (manuscript) 717, 724
主体 (subject) 249, 257
主知主義 (intellectualism) 64, 123, 698, 704
首都公衆衛生協会 (Metropolitan Sanitary Association) 553, 554
巡回商人 (commercial traveller) 406
殉教 (martyrdom) 695
巡礼 (pilgrim) 128
蒸気船 (steamboat) 356
笑劇 (farce) 63, 64, 396, 401, 403,497, 498, 500, 502, 503, 505
小劇場 (minor theatre) 495, 496, 511, 626, 628
情事 (love affair) 29
ジョージ王朝 (Georgian Age) 239
小説の存在理由 (raison d'être) 610
小説論［小説理論］(theory of the novel) 596
象徴 (symbol) 31, 230, 231, 281, 285, 355, 362, 366, 368, 681, 686
贖罪 (atonement) 667
植民地 (colony) 222, 229, 344, 356, 375, 381, 388, 390
植民地主義 (colonialism) 124, 125, 744-747
植民地政策 (colonial policy) 476
処刑台 (scaffold) 551
女性 (women) 249-252, 593, 594, 677, 678
女性観 (view of women) 725
職工学校 (Mechanics' Institute) 534, 535, 544
「白い服の少年」(A boy in White) 169
素人演劇活動 (amateur theatricals) **494-514**, 515, 564
素人劇団 (amateur dramatic company) 19, 29
素人芝居 (amateur theatricals) 45, 564, 618, 619, 629, 631
新救貧法 (New Poor Law, 1834) 41, 78-80, 87-89, 144
新興工業都市 (developing industrial city) 41
紳士 (gentleman) 335, 339, 340, 344,

索　引

　　　　　348-351, 602, 643, 651, 662, 664, 666
心象　(mental picture)　　431, 433, 443
神聖同盟　(Holy Alliance)　166
神秘主義　(spiritualism)　382
人物造形　(character building)　71, 357,
　　362, 363, 496, 583, 677, 678, 729, 731
新聞記者　(newspaper reporter)　23, 24,
　　477, 480
シンボル　(symbol)　636, 637, 690
新マルクス主義　(new Marxism)　700
人民国際同盟　(People's International
　　League)　167
心理学　(psychology)　664, 665, 669
心理主義的批評　(psychological criticism)
　　711
心理描写　(psychological description)
　　245, 248
心理分析　(psychoanalysis)　228, 236, 362
心霊術　(spiritualism)　645
新歴史主義　(new historicism)　86, 249,
　　251, 282, 598, 736-742, 744, 745
水彩画家協会　(the Society of Painters in
　　Water Colour)　571
水晶宮　(Crystal Palace)　658
スイス風山小屋　(Swiss chalet)　617
随筆新聞　(periodical essay)　416
スキャンダル　(scandal)　29, 517
図像　(icon)　560, 577
ストーリー・テラー　(story teller)　68, 73
ストライキ　(strike)　22, 277, 283
図版　(plate)　563, 565, 568, 571, 574, 575
スピーナムランド方式　(Speenhamland
　　System)　79
スペクタクル　(spectacle)　626-628
スペンロー・アンド・ジョーキンズ
　　(Spenlow and Jorkins, DC)　445
スラム　(slum)　258, 259, 262, 269, 270,
　　441, 444, 536, 537, 553-555
「聖アグネス」(St. Agnes)　169
正規劇　(legitimate drama)　459
世紀末　(fin de siécle)　375
政治　(politics)　638, 639
聖人　(saint)　648, 665, 666, 671
成人教育　(adult education)　544
精神的外傷　(trauma)　89
精神分析　(psychoanalysis)　247, 249,
　　250, 263, 264, 268, 343, 345, 380, 381,
　　388, 390, 705, 733, 734, 741, 742

精神分析批評　(psychoanalytic criticism)
　　82, 83, 282
精神療法　(psychotherapy)　147
聖地　(the Holy Land)　297
聖なる愚者　(divine idiot)　642, 662
「聖母被昇天」(The Assumption of the
　　Virgin)　169
聖母マリア　(Virgin Mary)　217
セクシュアリティ　(sexuality)　326, 743
世態　(manners)　597, 598, 600
摂政時代　(the Regency, 1811-20)　59,
　　340
絶対主義　(absolutism)　672
セパレート・システム　(Separate System)
　　131
セポイの反乱　(the Indian Mutiny, 1857-59)
　　314
セルフ・ヘルプ　(self-help)　340
選挙法改正　(electoral reform)　22, 41,
　　277
選挙法改正法案　(Reform Act)　239, 695
全国労働組合大連合　(Grand National
　　Consolidated Trade Union)　534
潜在意識　(subconscious)　641
センセーショナル　(sensational)　19
センセーション・ノヴェル　(sensation novel)
　　268, 425
センチメンタリズム　(sentimentalism)
　　32, 577, 685
善の原理　(the principle of Good)　80, 84,
　　89
創作メモ　(memoranda)　717, 718
想像力　(imagination, fancy)　120, 125-
　　127, 129, 132, 407, 432, 438, 441, 442,
　　451, 461, 468-470, 489, 695, 696, 711,
　　713, 717, 726, 728
相続　(inheritance)　187, 188, 192-194
挿話　(interpolated tale)　65, 68-71, 73,
　　607
疎外　(alienation)　60, 69, 644
蘇生　(revival) ⇨ 再生
俗物根性　(snobbery)　32, 340, 347
俗文体　(popular style)　597, 598
俗謡　(ballad) ⇨ バラッド
速記　(shorthand, stenography)　239, 254,
　　475-477
速記者　(shorthand writer)　22, 522

た

第1次選挙法改正 (The Reform Bill, 1832) 41, 137
大英帝国 (British Empire) 375, 388
大英博物館 (The British Museum) 23
大衆 (the masses) 116-118, 120, 123-127
大衆演劇 (popular theatre) 53, 104, 110
大衆化 (popularization) 59
大衆教育 (popular education) 624
大衆娯楽 (popular entertainment) 101, 104, 112, 127
大衆読者 (common reader) 703, 707
大衆文学 (popular literature) 116, 123, 125, 468
大聖堂 (cathedral) 375, 385, 386
大団円 (happy ending) 208, 210
第二次大戦 (World War II) 704, 713
第二帝政 (the Second Empire, 1852-70) 315
退廃 (decadence) 375
大法官裁判所 Court of Chancery) 260, 265, 270
台本 (prompt-copy) 716, 719
大陸文学 (continental literature) 601
脱構築 (deconstruction) 85-87, 248, 254, 282, 343, 344, 39, 742
タナトス (死の欲動) (thanatos) 734
旅芸人 (itinerant showmen) 127, 129
タリー・ホー号 (The Tally-ho!) 439
探偵 (detective) 29, 191, 192
探偵小説 (detective novel) 381, 382, 384, 385, 387, 391, 392
団欒 hearth and home) 205
暖炉 (hearth) 202, 214, 216
地下鉄 underground) 356
知性主義 (intellectualism) 227
父親 (father) 250, 252-254
父殺し (parricide) 65
知的エリート主義 (intellectual elitism) 698
チャーティスト運動 (Chartist Movement) 137, 144, 145, 276, 277, 314
チャーティズム (Chartism) 536, 685
チャップブック (chapbook) 41, 419, 420, 423, 424
チャップマン・アンド・ホール (Chapman and Hall) 24, 96, 98, 116, 136, 138, 152, 153, 167, 314, 334, 354, 394, 395, 398-400, 404, 406, 478, 479, 482, 567, 616
中産階級・中流階級 (middle class) 89, 92, 93, 221, 222, 230, 233, 335, 340, 341, 347, 598, 678, 687, 689-691, 695
著作権 (copyright) 27
勅許劇場 (patent theatre) 457, 626, 627, 630
罪意識 (guilt) 340-342, 351
定期刊行物 (periodicals) 41
ディケンズ・ディナー (Dickens Dinner) 158
ディケンズ・フェロウシップ (The Dickens Fellowship) 4, 280, 678, 693
帝国主義 (imperialism) 133, 229, 230, 246, 251, 374, 381, 388, 390, 391, 476, 745, 748
テクスト (text) 58, 65, 67, 78, 82-84, 86, 238, 251, 560, 561, 568, 570, 571, 716-718, 724, 734-736, 738-740
テクスト解析 (explication de texte) 697
テクスト分析 (textual analysis) 694, 712
鉄道 (railroad) 31, 181, 239, 298, 356, 477, 483-485, 487, 488, 695
テムズ河 (The Themes) 432, 436, 438, 446-449
テレビ (television) 18, 26, 33, 34, 53, 381, 532
テレビ・プロデューサー (TV producer) 26
テレビ映画 (TV movie) 530
伝記 (biography) 241, 243, 247, 250-252
伝記批評 (biographical criticism) 251, 741, 742
天然痘 (smallpox) 554
天保の改革 (the Tenpo Reform) 180
電報 (telegraph) 356, 695
トーリー (保守) 党 (Tory party) 22
ドゥー・ザ・ボーイズ・ホール (Dotheboys Hall) 96, 100, 108, 109
投資 (speculation) 356
透視画 (diorama) 458
同性愛 (homosexuality) 381, 390
「道徳的教師」 (a moral teacher) 120
銅 (鋼) 版画 (etching, engraving, steel-engraving) 559, 571
銅版画家 (etcher, engraver) 559
動物演技 (animal acts) 453

索　引

動物磁気　(animal magnetism)　　390, 645
読者　(reader)　　84-86, 245, 254
読者層　(the reading public)　　25, 598
読者反応批評　(Reader Response Criticism)
　　707
都市　(city)　　643, 653
トジャーズ下宿屋　(the Todgers's, *MC*)
　　184, 190, 706
特許　(patent)　　298
徒弟　(apprentice)　　142, 146; 徒弟制度
　　(apprenticeship)　181
富　(riches)　　300
奴隷制度　(slavery)　　154, 160-162

な

ナイアガラの滝　(Niagara Falls)　　157
内的変化　(inner change)　　725, 730
ナポレオン戦争　(Napoleonic War)　　239
涙　(tears)　　121, 122, 126
ナンバー・プラン　(Number Plans)　　708,
　　709
南北戦争　(the American Civil War)　　180
二月革命　(February Revolution)　　166
二重人格　(double, double personality)
　　384, 387, 388, 652, 662-664
二重性　(duality)　　184, 186-192, 248
日曜日　(Sunday)　　303, 306
ニムロッド・クラブ　(Nimrod Club)　　61,
　　69
ニュー・クリティシズム　(New Criticism)
　　82, 85, 86, 337, 338, 339, 341, 712
ニューゲイト小説　(Newgate novels)　　80,
　　81, 120, 413, 426-429
人形劇　(puppet show)　　459, 460
人形芝居　(marionette)　　176
人情　(human nature)　　596-598, 600, 608
熱病　(fever)　　554
ノースコット＝トレヴェリアン報告　(the
　　Northcote-Trevelian Civil Service
　　Report)　297, 305
ノートン版　(Norton edition)　　718
ノーボディー　(nobody, Nobody)　　299,
　　300, 308, 310
乗合馬車　(stagecoach)　　181
ノルマンの征服　(the Norman Conquest)
　　193

は

バーソロミュー・フェア　(Bartholomew
　　Fair)　626
ハーレキン　(harlequin)　　458, 464-466
バーレスク　(burlesque)　　54, 628
バーレッタ（喜歌劇）(burletta)　　396,
　　459
稗史　(legend, romance)　　597
売春婦　(prostitute)　　81, 536, 545, 546,
　　640, 645
俳優　(actor)　　517, 518, 527, 531-533
博愛主義　(philanthropism)　　375, 389
白日夢　(daydream)　　706
白痴　(idiot)　　148
馬劇　(hippodrama)　　454-457
馬車　(coach)　　432, 439-441, 443, 450
旅籠　(inn)　　440, 441
バニェロ別荘　(Villa Bagnerello)　　170
パノプティコン　(panopticon)　　265
母親　(father)　　250, 253, 254
母親像　(maternal image)　　725
パブリック・スクール　(public school)
　　540
バラッド　(ballad)　　357, 358, 419, 424,
　　428
バレー・デュエット　(balletic duet)　　461
パロディー　(parody)　　102, 104, 109
反逆罪　(treason)　　137
版権　(copyright)　　137, 138, 480, 481
万国博覧会　(the Great Exhibition)　　180,
　　199, 258, 375
犯罪　(crime)　　80-83, 85, 88, 91, 199, 205,
　　206, 647, 663, 665
犯罪小説　(crime fiction)　　120
犯罪心理　(criminal mind)　　376, 381
パンタルーン　(pantaloon)　　464
反探偵小説　(anti-detective fiction)　　391,
　　392
パントマイム　(pantomime)　　249, 492,
　　493, 455, 457, 458, 465, 563
繁文縟礼省　(Circumlocution Office)　　301-
　　303, 305, 306, 309, 310, 350, 442, 722
ピカレスク　(picaresque)　　59, 62
ピカレスク小説　(picaresque novel)　　20,
　　102, 103, 413-416, 429
ピカロ　(picaro)　　102, 414
悲喜劇　(tragi-comedy)　　66, 336
ピクウィック・クラブ　(The Pickwick Club,

PP)　　　117-119
ピクチャレスク (picturesque)　　577
悲劇 (tragedy)　　122, 124, 126, 128, 228, 232, 234, 695, 700-702, 704
非国教会派 (Nonconformists)　　409
非勅許劇場 (unpatented theatre)　　627
批評理論 (literary criticism)　　49, 705, 707
秘密の生活 (secret life)　　380, 385
ヒューマニズム (humanism)　　120, 121, 697
ピューリタン (Puritan)　　140
剽窃 (plagiarism)　　378
鄙俚猥俗 (vulgar & unrefined)　　597
ヒロイン (heroine)　　119
ピンク色の牢獄 (Pink Jail)　　168, 170
貧困 (poverty)　　199, 258, 300
貧民学校 (ragged school)　　541-543, 549
貧民窟 (rookery)　　444
ファーザー・コンプレックス (father complex)　　451
ファシズム (fascism)　　143
ファミリー・ロマンス (family romance)　　264
ファンシー（空想）(fancy) ⇨ 想像力
ファンタジー (fantasy)　　292, 418, 419, 700
諷刺 (satire)　　30, 60, 63, 67, 96, 104, 108, 109, 183, 193, 300, 302, 303, 305, 310, 394, 397, 413, 416-419, 426, 428, 520, 523
諷刺画 (caricature)　　561, 566, 573
風俗画 (genre)　　649
フェミニズム (feminism)　　86, 229, 248, 252, 261, 265, 266, 345, 743
フェミニズム批評 (feminist criticism)　　282, 319
フォースター・コレクション (the Forster Collection)　　708, 709
福音 (gospel)　　639, 665, 671
福音主義 (Evangelicalism)　　303, 341, 543
復讐 (retaliation)　　65, 69, 70
父権制 (patriarchy)　　232, 234
不条理 (absurd)　　470, 669, 671
舞台 (stage)　　615, 618-622, 624, 627, 630
舞台監督 (stage manager)　　496, 497, 499
舞台背景 (backdrop)　　499, 506, 508
普通選挙 (universal suffrage)　　277
復活 (resurrection)　　203, 207

ブラッドベリー・アンド・エヴァンズ (Bradbury and Evans)　　166, 171, 220, 276, 278, 296, 321, 402, 483, 484, 487, 489, 490
フラヌール (flâneur)　　407
フランス革命 (the French Revolution, 1789)　　145, 314, 317, 320, 322-324, 576
フランス思想 (French thought)　　712
フランス文学 (French literature)　　609, 610, 712
ブルーブック (blue book)　　423
ブルームズベリー・グループ (the Bloomsbury group)　　683, 698
ブルジョワ (bourgeois)　　249, 686, 687, 700
プロット (plot)　　84, 131, 227, 391, 677, 678, 681, 705-707
プロテスタント (Protestant)　　136, 143, 146, 402
ブロードシーツ (broadsheets)　　419, 423, 424
プロレタリア (proletariat)　　686, 687, 691
プロローグ (prologue)　　508
文学芸術ギルド (Guild of Literature and Art)　　403, 501, 719
文学至上主義 (art for art's sake)　　26
文学土壌 (literary resources)　　413-429, 727, 729
文化唯物論 (cultural materialism)　　744
文芸協会 (The Athenaeum)　　516
分冊 (installment)　　478-480, 482
分身 (a double, alter ego)　　60, 69, 120, 320, 321, 343, 432, 450
文体 (style)　　676-679, 691, 728
分裂した自己 (divided self)　　187, 191, 192
ページェント (pageantry)　　543
ペーソス (pathos)　　23, 104, 124, 525, 632
「ベアトリーチェ・チェンチ」(Beatrice Cenci)　　169
ペシミズム (pessimism)　　308
ペスキエーレ荘 (Palazzo Peschiere)　　168, 170, 172
ベストセラー (bestseller)　　24, 118, 124
別居 (separation)　　29, 221, 222, 489, 512, 517
ペニー・ドレッドフル (penny dreadful)　　41, 425

索 引

ペルソナ (persona) 307
「ペン・クラブ」 (PEN Club) 27
ベンサム主義者 (Benthamite) 549
編集者 (editor) 67, 649
編集長 (chief editor) 476, 477, 479, 481, 482, 484, 485, 487, 562
ホイッグ（自由）党 (Whig party) 221
法学院 (Inns of Court)442, 444, 445
暴徒 (mob) 136, 142, 145, 148, 669
暴動 (riot) 22
報道合戦 (press rivalry) 486
放蕩息子 (prodigal son) 72, 341
暴力 (violence) 235, 376, 384, 385
保守党 (The Conservative Party) 42
ボズ歓迎舞踏会 (Boz Ball) 158
ポスト構造主義 (post-structuralism) 87, 281, 342, 343, 712, 733, 734
ポスト植民地主義 (post-colonialism) 86, 124, 344, 381, 390, 744-747
ホモソーシャル (homosocial) 326, 381, 390
ホモフォビア (homophobia) 390
ポルカ (polka) 458
翻案 (adaptation) 608
本稽古 (dress rehearsal) 497
本文 (text) 559, 577

ま

マークスシステム (Marks System) 546
幕間劇 (interlude) 497, 498, 500
マクローン社 (Macrone) 480
マジック・ランタン (magic lantern) 223, 583
魔性の女 (femme fatale) 267, 268
マゾヒズム (masochism) 344, 345
魔法 (magic) 458, 464, 465
マラプロピズム (malapropism) 65, 72, 522
マルクス主義 (Marxism) 247, 323, 700, 744, 746, 747
ミステリー (mystery) 32, 140, 227, 338
見世物 (exhibition) 454
ミュージカル (musical) 18, 33, 628
民衆文化 (popular culture) 744, 745
民主主義 (democracy) 154-156, 159, 165
民法法廷 (Doctors' Commons) 22, 494
無意識 (the unconscious) 85, 89, 231, 390

無韻詩 (blank verse) 623, 699
無教養 (uncultured, little education) 32, 33, 715
無商旅人 (uncommercial traveller) 406, 407
無知 (ignorance) 199, 202, 205
明治 (Meiji) 596, 604-609, 614
名誉革命 (the Glorious Revolution) 402
メイン・プロット (main plot) 67, 72
メゾティント (mezzotint) 575
メタファー (metaphor) 603, 706
メタフィクション (metafiction) 142
メトニミー (metonymy) 706
メロドラマ (melodrama) 101, 102, 104-109, 112, 113, 227, 229, 279, 454, 455, 458-460, 462, 465, 469, 519, 521, 525, 545, 582, 593, 619, 627, 629, 653, 683, 691, 705, 726
妄想症 (paranoia) 148
模擬戦争 (mock battles of warships) 458
「木造パヴィリオン」 ("wooden pavilion") 455
木版画 (wood-engraving) 571
モダニズム (modernism) 358, 363, 364, 683
モチーフ (motif) 584
物語芸術 (narrative art) 311
物語論 (narratology) 733, 734
物真似 (mimicry) 496
モノローグ (monologue) 525, 526
モラリスト (moralist) 81
モンタージュ (montage) 580-584, 589

や

役者 (actor) 617, 619, 620, 623, 626, 628, 631, 634
役割演技 (role-playing) 463-465, 469
安芝居小屋 (penny gaff) 627-629
屋根裏部屋 (garret) 432, 435
ユートピア (utopia) 154
ユーモア (humour) 23, 30, 59, 63, 64, 110, 174, 175, 202, 280, 302, 303, 337, 351, 438, 609, 677, 679, 682, 700
ユーモリスト (humorist) 62, 63
遺言法 (Wills Act) 222
唯物主義 (materialism) 658
有限責任法 (Limited Liability Act) 298
郵便制度 (the post office) 302
「遊歩者」⇨ フラヌール

835

有用知識普及協会 (Society for the Diffusion of Useful Knowledge) 425
幽霊 (ghost) 202, 204, 205, 209, 210, 213, 216
幽霊物語 (ghost story) 404, 480
ユダヤ人 (Jew) 358
ユニテリアン教会 (Unitarian Church) 173
夢 (dream) 204, 205, 207, 217, 292
幼児の魂 (soul of a little child) 204
妖精物語 (fairy tale) 418-420, 422, 423
呼売り商人 (costermonger) 629

ら

楽天主義 (optimism) 230, 231, 246, 250
ラジオ (radio) 33
ラファエル前派 (Pre-Raphaelite) 577
リアリズム (realism) 49, 50, 244, 245, 303, 362, 577, 677, 681, 700, 705
リアリズム小説 (realistic novel) 270, 273
リヴァプール＝マンチェスター鉄道 (Liverpool and Manchester Railway) 239
陸軍士官学校 (Military Academy) 157
リスペクタビリティー (respectability) 375
リソグラフ (lithograph) 575
リチャード・ベントリー・アンド・サン (Richard Bentley and Son) 479
立身出世 (success in life) 604
リハーサル (rehearsal) 496, 497, 499, 501, 503, 508, 511
旅行案内人 (travel guide) 404
倫理観 (ethics) 639, 642
流刑 (transportation) 344, 346, 550, 551
ルネサンス期 (the Renaissance) 708
ルポルタージュ (reportage) 27, 491, 493
霊媒 (medium) 381, 382
歴史主義 (historicism) 305, 696
歴史小説 (historical novel) 139, 141, 143-145, 576
列車事故 (railway accident) 361
レッド・ヘリング (red herring) 349
劣等処遇 (less eligibility) 79
レパートリー (repertoire) 519, 520, 522
廉価版 (Cheap Edition) 567

連載 (serialization) 24-26, 136-139, 480-482, 489, 491, 596, 601, 606-608
ローマ・カトリック (Roman Catholic) 402
ローマ・カトリック教会 (the Roman Catholic Church) 297
ロイヤル・アカデミー (The Royal Academy) 506, 568, 579
ロイヤル・チャーター号 (Royal Charter) 491
労働組合 (labor union) 277, 283, 284
労働者・労働者階級 (working class) 347, 349, 677, 678, 689
労働条件 (working conditions) 535
朗読 (reading) 19, 28, 31, 200, 212
朗読旅行 (reading tour) 515, 517, 526, 531
ロウバック委員会 (the Roebuck Committee) 297
ロシア文学 (Russian literature) 609
ロック収容所 (Lock Asylum) 546
炉辺 (fireside) ⇨ 暖炉
ロブスン・エムデン劇団 (Messrs. Robson & Emden) 509
ロマン主義 (romanticism) 422
ロマン主義的子供像 (image of childhood in Romanticism) 125
ロマンス (romance) 141, 145-147, 221, 230, 253
ロマン派 (the Romantic) 698
ロンドン＝バーミンガム鉄道 (London and Birmingham Railway) 222
ロンドン・シェイクスピア委員会 (London Shakespeare Committee) 618
ロンドン像 (image of London) 490, 432, 498, 451
ロンドン大博覧会 (the Great Exhibition) 258
ロンドン貧民学校連合 (London Ragged School Union) 541

わ

笑い (laughter) 122, 126, 130, 132, 200, 204, 205, 700
ワンマンショー (one-man show) 496

ディケンズ鑑賞大事典
The Reader's Encyclopedia of Charles Dickens　　　　　　　［D-45］

2007年5月24日　第1刷発行　　　　定価（本体20,000円＋税）

編著者　西條隆雄　植木研介　原英一　佐々木徹　松岡光治
発行者　南雲一範
装幀者　岡　孝治
発行所　株式会社　南雲堂
　　　　〒162-0801　東京都新宿区山吹町361

　　　　振替口座　00160-0-46863

　　　　［書店関係・営業部］☎ 03-3268-2384　FAX 03-3260-5425
　　　　［一般書・編集部］☎ 03-3268-2387　FAX 03-3268-2650
　　　　［学校関係・営業部］☎ 03-3268-2311　FAX 03-3269-2486

製版所　壮光舎印刷
製本所　長山製本所
コード　ISBN978-4-523-31045-7 C3598

〈検印省略〉　　　　　　　　　　　　　　　　　　　Printed in Japan

南雲堂／好評の研究書

進化論の文学　ハーディとダーウィン
清宮倫子著　46判上製 408ページ 定価 4,200円
19世紀イギリスの進化論と文学芸術と宗教の繋がりを探る本格的論考。

孤独の遠近法　シェイクスピア・ロマン派・女
野島秀勝著　46判上製 640ページ 定価 9,175円
シェイクスピアから現代にいたる多様なテクストを読み解きつつ近代の本質を探究する。

世紀末の知の風景　ダーウィンからロレンスまで
度會好一著　46判上製 336ページ 定価 3,873円
世紀末＝世界の終末という今日的主題を追求する野心的労作！

魂と風景のイギリス小説
岡田愛子著　A5判上製 500ページ 定価 6,825円
イギリス近代文学から日本古典文学まで比較文学者の眼が輝く論考12篇。

イギリス小説の読み方　オースティン、ブロンテ姉妹、エリオット、ハーディ、フォスター
鮎沢乗光著　46判上製 244ページ 定価 2,681円
階級的、政治的要素を色濃く反映しているイギリス小説を、自立的にとらえて解明する。

南雲堂／好評の研究書

シェイクスピアと夢
武井ナヲエ著　A5 判 上製 278 ページ 定価 3,675 円
シェイクスピアが伝統の殻を突きぬけ、いかに革新的な夢の世界を創造したかを探究。

女性たちのイギリス小説 1800〜1900
メリン・ウィリアムズ著　鮎沢乗光・原公章・大平栄子訳　46 判 並製 350 ページ
定価 2,940 円
女性作家と作品の女性人物に焦点を当て、男性作家の女性観の変質を考察する。

言葉の芸術家 ジェイムズ・ジョイス『ダブリンの人びと』研究
米本義孝著　A5 判 上製 356 ページ 定価 3,990 円
ジョイス文学にひそむ言語芸術の真髄を短編集『ダブリンの人びと』に求めた作品研究。

グレアム・グリーン文学の原風景　その時空間を求めて
岩崎正也・小幡光正・阿部耀子著　46 判 上製 258 ページ 定価 3,150 円
天国と地国、光と闇、故郷と異郷、二つの世界がせめぎあう境界領域を新視点で読み解く。

中世の心象　それぞれの「受難」
二林宏江著　A5 判上製函入 736 ページ 定価 15,750 円
宗教詩を中心に、中世の宗教文学の根幹をなす基本テクストを駆使して詳細に考察する。

南雲堂／好評の研究書

小説の勃興
イアン・ワット著　藤田永祐訳　46版上製 458ページ 定価 4,725円
イギリス近代の文学と文化を活き活きと考察した不朽の名著。学際的アプローチの先駆。

創り出された医師ケーキの話
アンドルー・モーション著　伊木和子訳　46判上製 236ページ 定価 2,100円
イギリス・ロマン派の詩人キーツが、25歳で夭折しなかったらどんな生活をしただろうか？

シェイクスピア・カントリー
ロブ・タルボット
ロビン・ホワイトマン写真
スーザン・ヒル著　佐治多嘉子・谷上れい子訳　B5変型判上製 200ページ 定価 7,350円
女流作家スーザン・ヒルが限りない愛をこめて魅力的な風景をいきいきと描く。

風景のブロンテ姉妹
アーサー・ポラード著　山脇百合子訳　B5変型判 上製 194ページ 定価 7,952円
ハワースの四季折々の表情の中に、ブロンテ姉妹の姿が鮮やかに浮びあがる。

きつね物語　中世イングランド動物ばなし
ウィリアム・キャクストン著　木村建夫訳　A5判上製 364ページ 定価 3,990円
悪が善を騙す痛快さ。奇妙なユーモアにあふれた、面白くてためになる動物ばなし。